U0686201

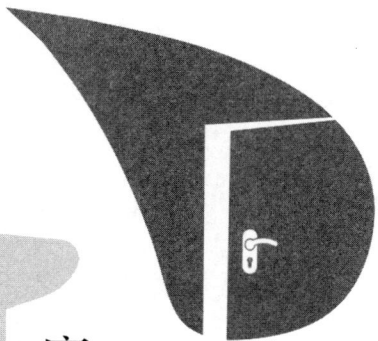

门虚掩 上

廖静仁 著

廖静仁中短篇小说选

新华出版社

图书在版编目（CIP）数据

门虚掩：廖静仁中短篇小说选.（上）/ 廖静仁著.
-- 北京：新华出版社，2023.5
ISBN 978-7-5166-5663-1

Ⅰ.①门… Ⅱ.①廖… Ⅲ.①中篇小说–小说集–中
国–当代②短篇小说–小说集–中国–当代 Ⅳ.①I247.7

中国版本图书馆 CIP 数据核字（2021）第 030962 号

门虚掩：廖静仁中短篇小说选（上、下）

著　　者：廖静仁

责任编辑：蒋小云　　　　　　　　装帧设计：云上雅集

出版发行：新华出版社
地　　址：北京石景山区京原路 8 号　　邮　　编：100040
网　　址：http://www.xinhuapub.com
经　　销：新华书店
　　　　　新华出版社天猫旗舰店、京东旗舰店及各大网店
购书热线：010-63077122　　　　中国新闻书店购书热线：010-63072012

照　　排：云上雅集
印　　刷：长沙市精宏印务有限公司
成品尺寸：170mm×240mm　　　　1/16
印　　张：56.5　　　　　　　　　字　　数：920 千字
版　　次：2023 年 5 月第一版　　印　　次：2023 年 5 月第一次印刷
书　　号：ISBN 978-7-5166-5663-1
定　　价：268.00 元（上、下册）

版权专有，侵权必究。如有质量问题，请联系调换：010-82951011

说几句廖静仁

谭 谈

本是一位写散文的高手,笔锋一转,写起小说来,且一发不可收拾。不少精品,还被《新华文摘》《中华文学选刊》《作品与争鸣》等权威选刊选载。真让我刮目相看。

最近,他清点自己这些年发表的中短篇小说,竟达90多万字,结集成上下两卷,将付梓出版了。真为这位老友取得的丰硕成果欣喜不已。

我们相识相交几十年了。他是以写资水生活的散文搅打文坛的。十多年前,我主编《文艺湘军百家文库》时,在"散文方阵"里,就有"廖静仁卷"。和我一样,他也是一个没有读书却写书给人读的自学成才者。平生只上过四年学,是资水河畔丰富多彩的生活送他走上文学这条路的。一个知识基础这么低的人,要闯入文坛,领骚于文坛,其艰辛的付出可想而知。而他所从事的本职工作,也很出色。在安化县报当总编时,因业绩突出,被评为全国劳动模范。到省企业文联工作后,策划、主持了丰富多彩的活动,主编了不少知识含量挺高的文献类图书,丰富了图书出版画廊。一个只上了四年学的农家娃子,写书,能写出好书;编书,能编出妙书! 这不能不令人佩服!

作为他的兄长兼老友,在他的洋洋洒洒90多万字的中短篇集出版之际,忍不住地说上这么几句,真诚地祝贺老友取得的成就!

前面的路更长,希望他有更精彩的表现在后面。

(谭谈系著名作家,中国作协名誉副主席、湖南省文联名誉主席。)

乡土，是一扇虚掩的门

刘鸿伏

　　廖静仁的写作，大约可分为两个阶段。20 世纪 80 年代至 21 世纪初为第一阶段。他以小学四年的学历与农民加篾匠的身份横空出世于群雄并起的文坛，扬名立万于散文江湖，有横扫千军的霸悍之气。其时，评论界惊呼：资江边出了个高尔基！这个阶段的廖静仁，是散文家的身份。不过，这一阶段他有过较长时间的写作潜水期，几乎从读者的视野失联。第二阶段在近十年或者不到十年吧，他忽然毫无征兆的一声惊天动地的龙船鼓响，复又站在那一条伟大而又激荡的文学河流之上，以每年发表十几部中短篇小说的战绩，再一次刮起"廖旋风"。案头这部煌煌 90 余万字的《门虚掩》，是他除了已出版的长篇小说之外的中短篇结集，足以证明其惊人的创作激情与创造力。因此，这个阶段的廖静仁，在潜水又出水之际，倏忽就完成了由散文家向小说家的华丽转身。

　　廖静仁以小说家的新面目出现，这对读者来说自然有着意外的惊讶、惊喜。一般而言，诗人或散文家转型写小说，很容易沿袭诗或散文的文本写作惯性，与职业小说家的作品比较，存在着明显的分野。但廖静仁似乎转得比较彻底，让人怀疑他的潜水期是脱胎换骨去了。从发表的第一篇小说《资水船歌》开始，到后来一批影响力广泛的作品，如《斯文摆渡》《何处觅乡贤》《寻找乐正子》《门虚掩》等等，虽然一如既往地围绕资江流域的人与事这个主打乡土题材来写作，但作为小说家的廖静仁，却是野心勃勃地用全部心力和才思营构他理想中的文学资江,正如沈从文的湘西、莫言的高密、贾平凹的商州一样。如果说廖静仁现在正在试图用他的小说营构他的文学地标,那么,当年他的散文写作也即乡土的资江却并非出于文化的自觉,而只属于自然而然的、近乎原生态的写作,但他的小说创作,则可以说是一种思想的自觉了。不同的追求与不同的文本,承载的是作家不同的创作理想。应该说,廖静仁成名于资水题材的散文,现在又以小说再一次打开乡土的大门,这是一种长久的坚持与执念,一以贯之的,是他对这片胞衣之地的无比眷恋与追索,几十年风云巨变,唯独不变的是他对文学的初心。无疑,廖静仁算得当代为数不多的深掘于新乡土文学的有志者和思想者。散文家廖静仁与小说家廖静仁的相同之处,是他永远接地气并永远关注底层乡土社会,而两种不同的文体在他手上都运用得如此得心应手!不相同的地方就是在他的小说创作期,是以新乡贤的身份回归原居地,并建造资水书屋,出发与回归,都在同一个点和面。这是形而下。从资江的山野走出去与从红尘喧闹中归来,却有着本质上的不同,他以一种迥异当年的全新的感受与思考,对陌生又熟悉的田园、村舍、青山、流水以及已逝或亲历的人与事,进行理性的梳爬与深入,从而抵达乡土最动人的也最隐秘的敏感点,抵达各色人物命运的内核,找到原汁原味的隐藏于平常岁月的温暖,一如母腹子宫中的那种温暖。然后用笔把这一切碎片化的影像还原或重新塑造成自己心中的完美整体——这就是他正在做或想要做的建造一个只属于廖静仁的文学的乡土资江,一个有可能也是属于文学史或地方志的文学的乡土资江。这已是形而上了。这种形而上对一个作家的意义非比寻常,尤其对廖静仁这种本色作家而言,不啻是一次精神飞跃。因此,在他的笔下,故事与人物,便有了一种穿透的力量和哲学的思辨与社会学的拷问。如《斯文摆渡》这部小说,廖斯文一生渡人也渡己,无论是在村学,还是在出没烟波的孤独的渡船上。乡土社会的文脉与人性的坚韧,命运的曲里拐弯与整部作品的隐喻与象征意味,都足以见出作家对乡土文学的独到视角与举重若轻的驾驭能力。

中国的乡土文学,近百年来出现了许多耳熟能详的名家巨匠,如沈从文、汪曾祺、柳青、周立波、莫言、贾平凹等等,乡土文学在中国近现代文学史上可谓千峰竞秀九派奔流,要独辟蹊径,谈何容易,因为高山在前,长川在后。但廖静仁是独特的,因为乡土才是他的精神家园,也是他灵魂的归宿。他原本是一个地道的农民,他与他的资江以及资江边的田园本就浑然一体,生活在这里的人们都是顶亲近的乡邻或者兄弟姊妹,他与他们,从来没有生分没有隔阂,他是他们中的一员。很多小说中的人与事,都是真实的存在,不需要去找寻原型。正因为如此,廖静仁的小说,便有一种与众不同的鲜活的生命力,不做,不隔,比一般职业小说家的矫情迥异其趣,有着自然而然的温度与亲和力,有着只可意会的浑厚与沉着。廖静仁的小说,节奏不疾不徐,元气充盈,思辨深隐,技法上多留白处,如中国画的飞白。他小说中营构的乡土即是私密的、个性化的,也是民族的,他隐身其中时,是平视甚至仰视的角度,其时他是农民的廖静仁;但他也会常常俯视他的乡土,俯视他心心念念的那条浩荡长河,此时他便是作家的廖静仁。像当年驾着毛板船穿越资江险滩一样,现在他驾着他的文学的竹筏正穿过岁月的大河,他是乡贤,亦是文化的"传灯人"。设想,彼岸正有一个逐渐成形的叫文学资江的理想国,让一代代人走进他的世界。作为廖静仁的同乡兄弟与最密切的文友,我遥望未来,心里充满了热切的期待。

乡土,永远是一扇虚掩的门。

(刘鸿伏系著名作家、文物鉴藏家、学者、书画家。)

目录

资水世界

一

白驹村有两个怪人。一个住在船上，守望七百里资水；一个寄居在庙里，陪伴千年古寺中的菩萨。两人均颇有来历，前者姓祝，名高之，绰号竹篙子，人称祝爹；后者是人们眼中的廖疯子明地。有关祝姓与廖姓几代先人的故事，毕竟与今天相隔太过遥远，想要从蒙尘的岁月中再寻找出较为准确的细节，这已是徒劳。

廖光磊却发誓要把这故事写出来。他是一位小有些名气的作家，这次鬼使神差从省城回到老家，完全是受了前些日诵读《金刚经》时得到的一个"还至本处"的句子所牵引。他此时已分明从悠远的钟声里听到有人在喊魂："回来了吗？回来呀！"喊魂是资水船帮对在水上走失的难兄难弟寄托哀思的一种传统方式。有老一辈驾船人说，被水卷走的只是皮囊，人的灵魂还在波峰浪谷间流浪，只要听到有亲人的声音在喊他，灵魂即便是远去了洞庭、长江，也总有一天会回归故里。

在鸡鸣犬吠和钟声的轻抚中，廖光磊忽然觉得，自己的内心遂变得柔软，目光遂变得明净起来，眼前似乎就见到了挂在草木叶尖上的一颗颗晨露化成了缕缕白雾，在曙色朝晖的光照下，袅袅地升腾着……他感觉自己的眼眶有了潮湿，心想，那不就是乡愁在疯长吗？此时的廖光磊就觉得神情似有些恍惚起来，并且还不由自主地迈开了脚步，踏着潮湿的钟声，向奔洪滩头上的孟公塘方向走去……

只要有机会回到家乡,听到从白驹寺传来的悠扬钟声,廖光磊的神情便会陡然变得亢奋,觉得自己的创作灵感亦会纷纭而至,于是一腔血液也就有如资水的浪涛般在血管中奔突,目光也会被鼓满长风而又翩然翻过的白帆点亮……

资水荡荡七百里,最长最险奔洪滩。白驹寺就坐落在奔洪滩头的孟公塘江湾之上。这是一座古寺,据说还是兴建于明洪武年间,现属于省级文物保护单位。

廖光磊是资水船帮后代。他家老宅坐落在离村口不远处的学堂山左侧,大门面对资水南岸的白羊山。日子如白帆一页页翩然翻过。于是他打小从奶奶口中听过的船帮旧事,也便时常在他的记忆里复活:木船被奔洪滩旋流旋入江底后,又会在下游数百米处的满天星乱礁群中哗地冲出水面,船板遂撞成碎片,而血肉模糊的浮尸则随汹涌浪涛倏然站立如礁石。据说还有不甘心猝死者竟会于某夜找回家来,惊起一片鸡鸣犬吠……老宅确实是老了,算起来已有五代以上,青瓦上长满了绿苔,但房梁并廊柱却依旧榫卯坚实,据说他家的屋场还是一处风水宝地。

这时已经是后半夜了,没有月亮,星星倒像是被银河水刚刚洗过,清爽而明亮。他只披了一件夹克外套立于老宅檐下,忽记起年幼时奶奶教他唱过的一首童谣:"萤火虫,打灯笼,飞过小溪,飞过田垅,帮我找回失落的灵魂……"当时小光磊曾经问过奶奶:"人的灵魂也会丢吗?"奶奶却一脸肃然说:"人若只忙着去趋名逐利,把灵魂弄丢了,即使连他自己也不晓得的。"还是个稚童的光磊听了一惊,也就把奶奶教他唱过的这首童谣和说过的这句话牢牢地记在心里了。

他终于没有能够忍住,情不自禁地再一次唱响了那一首古老的童谣:

萤火虫,打灯笼,

飞过小溪,

飞过田垅,

帮我找回失落的灵魂。

大山却沉默着,不舍昼夜的资水就在老宅门前的不远处荡荡流淌……

也许是受到了惊扰,不知是谁家鸡埘里的一只雄鸡,竟"扑扑"地扇动翅膀居然率先唱响了"格格喔喔——朵"的一声长啼,随即便引来了一长串此起彼伏的鸡鸣和犬吠声。廖光磊也就又没有忍住,扬起双臂作鹏鸟展翅状"啊啊"了两声,侧耳听屋内仍然寂静,便进屋洗了把脸,再出门时,但见曙光乍泄,鱼肚白的天际就渐渐地濡开了一片橘红,仿佛只在眨眼的工夫,旭日也随之从向阳岭的山垭间再冉升了起来,而村口左侧白驹山顶上的白驹寺里钟声也被如期撞响了:

"当——!"

"当——!"

"当——!"

撞钟的人叫廖明地,按辈分光磊叫他明叔,村人则称他廖疯子。

依旧是三声,并且一如既往地沉缓而又悠长。

二

祝爹曾不止一次跟光磊说:"明地天资聪颖,自幼曾拜梅山高人为师,练过猿猴功,能手脚并用攀崖,还可以悬空爬树,既读过私塾旧学,也进过省城的新学堂,且英俊潇洒,写得一手庄重的颜体。但没想正值历练修为到炉火纯青,遵循曾祖父遗命欲接任族长一职之时,新中国宣告成立,破碎了他一枕黄粱梦,加上爱妻亡故,续弦的妻子不久又跟人私奔,雪上加霜的廖明地便成了疯子。好在只是文疯,平日里不吵不闹,衣着也算整齐。自那以后,明地就长年着一身蓝布长衫,走上村串下村吃起了百家饭,夜深了就到孟公崖后山的白驹寺去寄宿。"

"家道中落啊!"明地疯子偶尔也会来一声喟叹。但他却把中落的根源归咎于"真不该姓廖(谬)的,这世道也太荒谬了",并且还疯疯癫癫又补上一句:"按说也不应该呀?怎么会变得如此荒谬呢!"他或许是内心深处早就有着对社会现实的不满,以及认为自己爷爷的父亲能文公的某些做法确实有欠妥当,才说出了这一番令人费解而又无法让人抓住任何把柄的"怪话"吧。他是在绕口令!

廖疯子明地每天要做的事情,无非就是在庙里一早一晚撞一次钟。

一开始也有人问他:"廖疯子,和尚都走了,你还撞什么钟啊?"

"嘻嘻",一听终于有人在叫他疯子了,明地就好开心,于是便龇着一口白牙说:"和尚走了,菩萨还在呀!"继而他又会补一句说:"我撞钟是为了给在奔洪滩走失的船帮人招魂呢!"多事的人听他红口白牙说是给在奔洪滩走失的船帮人招魂,便也一脸肃然,并且还由衷地说:"这也确实算得是做的一件正经事。"

从此,也就很少有人再去问津他了。

廖疯子就乐得自在。

有了大把的时间，他便经常会撩起长衫、高挽袖管在一个早年专门用于讨百家饭吃的土钵里研上半钵木炭水当墨汁，立在大殿菩萨座下的香案前用黄色草纸横平竖直书写颜体小楷，直写得大汗淋漓，只是从来没有人知道他到底写了些什么。当然还有更不为人知的事，那就是他会经常仰脸与菩萨对视，并且对视的次数多了，他的双目竟愈发明亮如朗星，天庭饱满的脸相也近乎慈祥。而一日三餐吃过百家饭后，他偶尔也会去江边的孟公塘崖垴上"蹲点"。这蹲点的习惯，也就是在近二十来年才养成的——是因为祝爹不再过问农耕，只恋船后方有的事。

明地已然是一个典型的河里洗澡庙里睡的廖疯子。

有路过此处的熟人，若见他又蹲在崖垴，也不免会问一句："廖疯子，你在看什么？"他却照例会"嘻嘻"一笑，红口白牙回答说："我是在看下边的奔洪滩呀，也看船上的竹篙子。"人们就只当他说的又是疯话。他的心里其实却在说："船帮人死在江河，就如将士战死在疆场！你们年轻人不会懂的。"廖明地或许是有过大情怀的人，如今却什么也不剩，剩下的唯有装疯卖傻，唯有虚度的时光。

这一天清晨，白驹寺的钟声刚刚响过，泊在资水孟公塘江湾唯一的一艘木船上也就"叮叮当当"响起了锚链声，紧接着便是一声"依哟哟——嗬嘿"的船夫号子喊响，嗓音弱显嘶哑，却声如滚雷，震得孟公塘江湾浪涛涌动若问号，一页孤帆便徐徐地升了起来——这确实只是一页孤帆，因为如今的资水早已进入到机器船的时代了。船上立着一位老者，那就是人称竹篙子的祝爹。人到老年瞌睡少，而头枕奔洪滩涛声，心怀昔日船帮旧梦的祝爹就更加难以睡稳。其时他已经稳稳地立在了舵舱板，满脸沟壑的皱纹间正洋溢着因喊过船夫号子的兴奋之情。

曙光初照的水面波光粼粼，木船犁一江雪浪正向着上游的唐家观小镇驰去。

这是他每日的早课。正好与从白驹寺里传出的钟声相呼应。

孤帆远影碧空尽，资水荡荡入洞庭。祝爹的木船却是逆行，待到得只有三里多水路的小镇唐家观的吊脚楼下，祝爹便照例又吼喊出了一声"依哟哟——嗬嘿"的船夫号子来，然后才泊了船，拾码头石级从容到镇上去，也不见得要购买什么东西，从上街转悠到下街，却很少与人打过招呼。人家叫他一声"祝爹"，他就只点一下头，最多也就是"嗯"一声。也有人在私下里耳语，说他是一根成了精的竹篙子，或是一个有福不晓得享的怪人，他就装着耳背，瞄也不瞄人一眼。再过几天，就是祝爹的96岁生日了。这对于祝家的后辈来说，无疑是一件大事。

"家有一老，胜过金银珠宝。儿孙们多有面子呀！"村人们说。

祝爹本人却颇不以为然。

就是在日前，老人还对专程来与他商量该怎么安排寿宴的晚辈，一连发出了三问："不就是过生日吗？以为是船过奔洪滩呐？也用得着这般大张旗鼓？"当时村上的支书、村主任及村会计也都齐崭崭到场了，这毕竟是县委祝副书记的长辈呀！儿孙们听了祝爹所言，晓得拗不过他，也就只好说："尊重既是孝顺，就依了他吧！"祝爹这才开颜道："你们是公家人，多关心公家的事那才是正道。"

三

祝爹过生日的这一天，秋高气爽，在县里和省城的儿孙们全都赶回来了，大大小小的人丁，包括还抱在怀里的共有26人。祝家是继白驹村自廖氏能武、能文公之后，又一个四世同堂的大家庭。生日家宴却设在孟公塘那一艘有着两节大货舱的木船上，男女老少20多人，或站或蹲或坐，笑闹声比船舷边"嘭嘭"绽放出的雪浪花还要热闹。这当然是祝爹本人的意思，晚辈们拿他也毫无办法。一锅豆腐煮鱼，坛子菜和时鲜蔬菜都是祝爹自产自做的，居然也是由他自己亲自掌勺。淡蓝色的炊烟从船尾溢出，袅袅升腾又倒流江面，竟如水天一色。当然也少不了有酒水，但儿孙们带来的茅台、五粮液、水井坊及可乐香槟等，全被老寿星原封不动撂在船头甲板上。祝爹说："那些金贵东西靠不住，还是喝我自己酿的陈年谷酒吧！早就叫你们不要来的，来了也只能在船上，我就是哪天死了，也不会离开资江，不离开船的。"长女祝红鲤抢过话茬，他是个退休教师，已75岁了，有父亲在上的女儿毕竟还是女儿，只是接腔的底气比其他晚辈要足一些，她说："爸——村里人都说你祝爹是竹篙子成精，资江的水不枯竭，您就不会老的！"不会老就是不会死。此言一出，满船儿孙立马附和："资江的水不枯竭，您就不会老！"祝爹就把高腔打得比奔洪滩的涛声还要响："哈哈，我是成了精的竹篙子！"已然泛绿的眸子便一亮，仿佛见有船队在上奔洪滩，有纤夫在江岸奋力拉纤，有头篙手疾走于船舷逆水撑篙，就忍不住亮嗓一声高呼："依哟哟——嗬嘿！"顿觉江天倏然辽阔。城里长大的小孙却一个个被老寿星此举惊得目瞪口呆……

"嚯，好你个竹篙子，还真以为自己已经成精了是吧？那我还是白驹寺菩萨转世哩！"蹲在孟公崖上的廖疯子却龇着两排白牙暗笑，尔后又在心里慎重地补了一句说："千载江流，百年一瞬。即便你竹篙子成精又如何？"廖疯子与祝爹同庚，也是在这一天过生日，只是他自己却不一定会记得，旁人当然就更加不会记得。不过在近一段时间以来，村里忽然就有了关于廖疯子的传闻，而且是有眉有目地说："你们不晓得吧？这些天夜里，有一匹火狐狸曾窜进过白驹寺呢！"有好事的人说："难怪廖疯子在敲钟时，总像是在喊，你回来了吗？回来呀！"

火狐狸是白驹村的一个特定名词，说的就是专门勾引男人的骚狐狸精。

这一会儿，祝家的儿孙们已经全都走了。是被祝爹赶走的。他当时立起身来说："这一两年我还不舍得死，我不就是想要图个清静嘛！"祝爹的话被居高临下的廖疯子听得一字不漏，"你竹篙子真是想得美！江上无风也生浪，你还想要图个清静？清静个屁哟！"他又龇着白牙想要笑，因为他知道，祝家的晚辈们看似走得轻松，心里却一定像吃多了盐巴，苦咸苦咸的，尤其是他那两个自己也已经做了奶奶的女儿，眼里分明含着一把热泪，总觉得自己没尽到行孝的责任，被儿孙扶着上了江岸后，还手搭太阳罩，一步三回头地交代了又交代父亲说："爸，你要保重啊！"祝爹却豪爽地说："我晓得。你们也把日子过从容些，我有一江资水养着呢！"但是上了江岸的儿孙谁也没有注意到孟公崖上还有一位老人。祝爹心里却是有数的。待儿孙们拐过山湾，听到了从联株桥那边传来的小车喇叭声后，祝爹这才昂首朝孟公崖垴上喊道："明地呀，你未必就不想下来陪我饮几盅？"明地已经很少进村里讨百家饭了，经常是由祝爹罩着他。"饮几盅就饮几盅。"常与菩萨对视的明地更不显老。船帮人个个海量，这是祝爹喝第二顿酒，先是儿孙们敬他，他来者不拒，毕竟大家是为他而来。按照白驹村的风俗，95岁后过生日就是庆百岁寿诞，他今年96岁，是本命年，看到满船儿孙绕膝承欢，族脉兴旺发达，他没有理由不高兴！晚辈们上岸之后，曾吃水很深的船头又高昂起来了，他接着又陪老庚明地饮酒："今天也是你明地96岁生日。"祝爹给明地斟过酒说："这杯酒我竹篙子敬你，也敬能武公！"却未饮，而是把酒朝江岸的金鸡岭祖坟地方向揖首洒下，"别人不记得你生日，我不能不记得呀！"祝爹尔后又在心里说："要是你祖上能文公也如能武公,你明地也不至于到如此地步。"

明地白牙似玉,笑出几许尴尬说:"可记得又如何呢?"祝爹知道明地并不疯,运动说来就来,明地装疯也不失为一种躲避批斗的好法子,他于是说:"但我不能不记得呀!"明地明白竹篙子重复这句话的意思,他记得的不只是他的生日,而是能武公当年与祝家的约定:船帮交由祝家经营,廖家守住岸上基业。也就是从那时起,能武公一脉很少安排有人进船帮,几乎均以种茶为主业。这是两个资水男儿的约定,无须用纸笔,只需一个眼神,彼此的约定就铭刻在心里了。

如今船帮早已经解散了,白驹村的山山岭岭却茶树成行。

于是,明地也高举起酒杯,却只吐出了三个字:"多谢了!"

酒杯"叮咚"一声脆响,船舷边的雪浪花亦绽放得愈发欢腾了。

酒过数巡,两个世纪老人且把心思付流水,一切尽在不言中。明地抬眼望过天色,又勾身船舷掬水抹过脸,辞也未告便下船了。已被岁月漂洗成浅灰色的蓝布长衫在他开合自如的双脚下有节奏地掀动,似一朵鼓满风的铅云向着白驹寺徐徐飘去,口中却在喃喃自语:"白驹过隙,光阴如许,资水汤汤,世事沉浮……"

夕阳晚照里,明地的足音已经渐渐远逝。

祝爹却忽然嘀咕了一句:"狐狸精也算重情重义,离开他那么多年还会想起来看他一眼。"其实这传闻祝爹不仅仅是听说了,而且还正面问过明地,明地也并没有回避说:"嗯,我也做爷爷了!"他当时的表情有些激动,"她说她走时就已怀上了我的种,是个男儿,男儿后来又生了男儿,如今在市里当领导!"他接着又补了一句说:"却不姓廖,这是她一生中的秘密,只告诉了我。"但他最后还是龇着一口白牙笑了,并欣然地说:"江河湖海是一家,男儿姓啥不是男儿?"

"这个明地啊!"此时的祝爹竟然容光焕发,一张被岁月风雨镂刻得沟壑纵横的黑红脸上正溢着柔和的光彩,他微仰着头任凭江上微风轻抚白发银须,双目凝视着下游奔洪滩和更远的寡妇矶,心想:"明地说的没错!我清静得了吗?非也,非也,死难的船帮兄弟不会答应我,这一江荡荡资水更加不会答应我……"

祝爹乘着酒兴,就又一次扯开了嗓门,"依哟哟——嗬嘿"的号子骤然而起,夕阳晚照下,江对面的白羊山霓裳纷披,这时,白驹寺的钟声又在暮色中撞响了:

"当——!"

"当——!"

"当——！"

几只水鸟在钟声中掠过孟公塘江面，对岸白羊山已然静穆……

四

如今人们眼中的廖疯子明地，却是廖氏能文公一脉留在白驹村里的唯一后人。能文公已作古多年了，墓碑上的字迹已然在岁月中模糊。据说他老人家在世时曾用破一生心，信奉鬼谷子，自诩经营不让陶朱，然而死后却未能流芳。其实所谓的盖棺定论多是虚妄。所幸廖明地虽然疯话连篇，却从不乱来，他说自己每日撞钟是为了给在资水奔洪滩激流中走失的船帮人招魂，然而廖明地的祖上，自能文公一脉下来根本就没人进过船帮。按廖姓辈分，光磊得管廖疯子叫堂叔，他是廖氏能武公一脉的第五代后人。这事说起来有点远，也有点绕，但是哪一个家庭的家族史在经历过三代四代甚至五代又不绕呢？其实有一个最简单也最奏效的方法，那便是用姓氏辈分先捋一捋就清晰了。廖姓辈分的排序中，有两句如此说："今能佐盛明，光大恢先泽。"廖光磊这一代属"光"字辈，他父亲属"明"字辈，他爷爷属"盛"字辈，爷爷的爷爷属"能"字辈，故而取名叫能武，能武的弟弟叫能文。当年光磊他爷爷的爷爷卸任廖姓族长后，族长之位也就传给了他的弟弟能文。

其实若按照通常意义上的文意排序，兄弟俩取名，应该是先能文后能武，但是像白驹村这样一个"屙屎不生蛆"的穷山冲，能武却远比能文更加重要。而自能文公任族长后，他的后人又在白驹廖姓中历任了两届族长，第一任是能文公的长子廖佐业。能文公是当时白驹村唯一活过百岁的一位长寿老人，也是直到临终时才肯把族长之位传给儿子的独裁者，并且还给时年 26 岁的孙子廖盛为留下了如何继任好第三代族长的锦囊妙计。在山高皇帝远的大梅山腹地，那时的族系就等于是一个独立的王国，族长既是家族的至尊，不仅掌握着本族的族规大权，就连资源的配置权也掌握在族长手中。能文公在接任族长后的风云岁月中，可以说把权术与计谋玩弄到了极致，而到他死后的这一代，儿子廖佐业显然就只是一个过渡，因为待他接任族长时也已垂垂老矣。没几年族长之位就传给了廖佐业唯一的独子廖盛为，但好在廖盛为虽然自幼娇生惯养，却心地善良。他继任族长后几乎是无为而治，族中人也因此过了几年轻松日子。

廖明地或许根本就不想继任什么族长，因为在此之前，明地在长沙第一师范读书时就已经自由恋爱，夫妻俩本来可以留校任教的，却祖命难违，双双回到了白驹村。不久，爱妻又给他怀上了龙凤胎，但是不曾想在临产时大人与孩子都殁了。这一致命的打击令廖明地几近崩溃。当过族长的父亲凭余威又张罗给儿子花中选花挑了个黄花闺女，可娶进门才一年多，小他六岁的媳妇又因不甘心当地主婆，竟然跟一个走四方的年轻阉匠私奔而去，并且听说他媳妇还走得很招摇，是梳妆打扮后穿着一身出嫁时的大红旗袍离家的。

"不该姓廖的，真是不该姓廖的！这世道也实在太荒谬了！"廖疯子想，此话只有他自己能懂（或许祝爹也懂）。读过私塾又进过新学堂的廖明地，在经历了亡妻丧子继而又断弦的沉重打击后，就一直把廖姓当成荒谬的"谬"字在看待。

廖光磊曾听他奶奶说："你曾叔祖能文公是个既想得天下又要争小利的贪婪之徒。而你爷爷的爷爷能武公则自幼就在船上，心里装的全是激流险滩，是行船观天色并两眼察流水，是船帮兄弟的安危冷暖，是无论船行多远，最终要平安回家。"其实事物都有着两面性，此一时彼一时，所以光磊曾想，或许能文公也无大错。他那年意外地接任族长后，终于觉得可以扬眉吐气、大展宏图了，于是便将膝下的儿孙们一个两个地往外"赶"，先是把三个儿子只留下长子廖佐业在身边继承下一任族长，其他两个，一个送往上海，托人进了洋行当差，另一个送往广州经商。当然这都是能文公早就做好了准备，打下了经济基础的，在之前的几十年里，他本人卧薪尝胆，韬光养晦，一大家子省吃俭用，等的就是自己能决定家族命运的这一天。当时儿子均已成家，老二老三远足，算是举家移民，盘缠是少不了的，但能文公的口号是："宁可倾家荡产，也要有儿孙走出逼仄的穷山沟，到外面的世界闯出一片新天地来！"村里当时也有不少人羡慕，说能文公毕竟是饱读诗书之人，有放眼天下的眼光。只是时也，运也，命也，此一出山的后人，却正逢八国联军入侵、袁世凯窃国、各路军阀混战的乱世，从此就再没有儿孙回过白驹村来归宗认祖。也有说他的后人是去了南洋，但这些都只是传闻。

"唉，这就是天意呀！"据说能文公在断气时，也曾经一声浩叹说："都只怪我廖能文心生杂念太多，存颠倒之梦想，时逢国弱世乱，覆巢之下，岂有完卵乎？"所幸能文公还在世时，廖佐业的儿子廖盛为已经喜得贵子，他或许是对自己过往的主张有了反省，又或许是为了想继续保住他这一脉的族长之位，便给重孙取名叫明地。他说:"我为何给重孙取名叫明地?今后白驹村的地就是他明地的地!"不久能文公经高人点化后,还在老屋左侧的弩形山上建了一所私塾学堂。

那时能文公已经老迈昏庸,真正组织人力物力的是他的儿子廖佐业,也正是因为能文公在临死前毕竟主修过一所学堂,村里还是有不少人念及他的好处。这事据说还得益于他的小重孙廖明地有一嘴白而整齐的好牙。当年有个走江湖的术士路过白驹村,想讨一碗茶饭充饥,见了族长家的小重孙便一脸惊讶说:"这位小少爷天庭饱满,地阔方圆,尤其是一口好牙齿,乃非富即贵之相,若是此人今后能继任族长之位,全村人可都会跟着他沾光啊!"其时,信奉鬼谷子的能文公已经耳背,这话还是经伺候他的一个年轻保姆将嘴巴杵在他耳朵边大声说给老族长听的,能文公闻之大喜过望,仿佛瞬间年轻了十岁。他立马令厨房备上好酒好肉招待贵客,还赶忙右手拄着拐杖,左手由保姆扶着去会了这个江湖术士,而且并不听家人的劝阻与酒足饭饱后的术士长谈至夜半。他还引用了贾谊的诗说:"宣室求贤访逐臣,贾生才调更无伦。可怜夜半虚前席,不问苍生问鬼神。"他自称是汉文帝,这当然也给白驹村后人留下了笑柄。而让人更哭笑不得的是,他当时诵过此诗之后居然还大言不惭地说:"我能文一脉,复兴廖氏家族终于有望矣!"

自那以后他又活了几年,直活到老眼发绿。

五

奶奶曾说,白驹村廖氏家族的能武公和能文公在交接过族长一职后,各自所取的人生价值观却不尽相同,能文公的口号是:"宁可倾家荡产也要有儿孙走出逼仄的穷山沟,到外面的世界闯出一片的新天地来!"而能武公则是不惜一把老骨头一边亲自率领儿孙开荒拓土种植茶树,研制黑茶,一边仍念念不忘辅佐船帮。

在奔洪滩上游约三里处的资水北岸,匍匐着一座号称已有八百年的小镇,叫唐市镇,也有叫它唐家观镇的,前者属于官方名称,只标示在地图上或志书里或文告中,而后者却流传在人们的口头,一代又一代口口相传至今天。从唐家观到奔洪滩这三里处的中间地段,也是在北岸,有一条溪流,叫九峡溪,溪口上横跨着一座双拱麻石桥,叫联珠桥。这座桥当然有了些年代,大概已有 140 余年,而主修这一座桥的人,却是被九峡溪溪口里面的白驹村人尊称为能武公的廖姓老族长,他也是上溯几代船帮的帮主。奔洪滩下游约七里处的南岸也有一座古镇,叫江南镇,规模比唐市镇要大一些,据说这"上三下七"的两座小镇,均始建于元末明初,又全都是清一色的吊脚木楼,并且连街道上铺设的青石板也是来自同一座山脉。其实这些都并不新奇,在南方的许多大江小河两岸像这一类吊脚木楼和石板街道多的是,而新奇的是在奔洪滩下游到江南镇上游七里处的中间地带,有一段名叫"满天星"的江域中,却在三分之二的江心蜿蜒着一条千多米长的分水堤,堤首处屹立着一座宽约三米、长约二十八米并形似箭矢的冷峻石矶,名字也很冷峻,被叫着"寡妇矶"。而且这一座长堤和名叫寡妇矶的石矶,就是由祝篙子他爷爷祝帮主一手筹划,并亲自率领着白驹村的船帮人就地取材,炸了江中礁石垒砌而成的。所以在祝帮主后人祝篙子的眼里,这一座石矶也就有着非同寻常的意义了。于是,在一次搜集和整理这些过往的原始资讯时,廖光磊也就完全有理由从祝爹的人生经历中,得出了一条无可怀疑的结论来,那就是心中装有奔洪滩、眼睛盯着寡妇矶的人,老也会老得从容而又坚毅——尽管如今在不远处的唐家观上游又新修了一座调控江流的低水坝电站,并且在下游的滩涂及河道也得到了有效的疏通和清理,但过往的一切却始终如纤痕般铭刻在祝爹的记忆深处,如浪涛般激荡在他的心中,所以他才是白驹村里的老寿星中,老得最有尊严的一位。

若有人问他:"祝爹您老高寿?"他一般都是装聋作哑不回答。

对方要是熟人,他也只会拈须说一句:"不高,虚龄百岁而已。"

对方的双目便会一亮,说:"啧啧,难得,难得,百岁老人呐!"

也会有人在心里惊呼:"这竹篙子成了精呢,百岁还能如此硬扎!"

然而对方那目光,又似乎是被他那白发白须白眉毛映得发亮的。

祝爹见之于官方户籍的名字叫祝高之。竹篙子这个颇具职业特点的名字却是他那当船帮帮主的爷爷给他取的,他爷爷的来历本身就是一个谜。不过现在说出来也无妨,祝高之祖籍,其实并不是本村人,到底是这资水上游哪个县份的也无人去做过考证,人们只知道是他爷爷祝寿那一代就已经流落到了白驹村,更准确地说,他爷爷是被当时村里的廖姓船帮人从奔洪滩下游的满天星乱礁滩"捡"到的,捡到后就连同桅杆抬回了村里,一并交给既是族长也是船帮帮主的能武公了。

能武公有两个儿子，长子佐远自幼随父入船帮，船上活样样能干，却生性放浪，有一次驾船至湖北汉口与船帮兄弟夜逛汉正街时，居然与此前看上的一名烟花女子私奔，从此再无任何音讯；次子佐中，就是光磊他爷爷的父亲，他一生从未上过船，留在家中守业，打点族中事务，却把自己的儿子早早地交给了船帮。

这一天，是资水白驹村船帮帮主能武公过 60 岁生日，他早早地就在对河的江南码头离船登岸，去镇上吃了一碗阳春面。那时的交通多是走水运，而拥有三大码头的江南镇无疑也就有着"小汉口"的称谓了，尤其以美食小吃著名，价廉物美的光头面更是一绝，汤是用资江河里的鲶鱼熬制，手擀面在沸水里只需打一个滚就捞进了蓝花瓷碗，再佐以生姜米、韭菜末，也不盖任何码子。能武公从来就只点这种光头面。他的理由是，素面原汁原味，而且价格便宜。人刚坐下，店老板娘就将一蓝花瓷碗热气腾腾的光头面端至了客人桌前说："来啰，光头面一碗，您别烫了舌头。"已经是常客了，老板娘又笑着补了一句："就晓得您喜欢这味道。"

能武公却没有答话，也没有抬头，是不好意思抬头，因为他的嘴已经被一筷子面条给堵住了。虽然家中的生日宴有儿子和儿媳在操办，也会给他做寿面，但他打小就特别喜欢吃江南镇上的辣椒油光头面。付过面钱，也没有跟老板打声招呼，他就乘渡船从一天门登岸抄小路翻山往家里赶。他并没有侧过头去望上游的船队一眼。这样他刚好就绕开了满天星乱礁滩和奔洪滩。他一直到在背倚资江又望得见白驹村的山坳上才坐了下来，凝视着自家那一栋飘着袅袅炊烟的青色屋脊抽了一袋旱烟，心里还正在盘算着等过完生日之后，自己就离船退役，也好如晚清名臣陶澍先生的父亲所言，"红薯苞谷蔸根火，这点清福老夫享了"。陶澍的老家就在这下游 18 里处的小淹乡石磅冲，是一个出了名的穷山村。但是白驹村人更穷，是一个典型的羊肠子村，百多户人家，依两侧山脚盖木屋而居，600 多张嘴吃粮，人均不足三分田，七分地，好在村口有一条汤汤资水，由青壮劳力组建成船帮，这是廖姓祖上人开创的一大明智壮举，被当成求生之本一直沿袭下来。

此时的能武公虽不能说是有意回避水事，但也确实是真心想要退役了。

村里流传着一首民谣："白驹村人命太贱，七分土地三分田，老幼妇孺做农活,青壮劳力去驾船。"因此说,船帮营生无小事,虽然跑长途水运的山货,如棕片、桐油、各种草药及木材等长途业务多的是,但是千里护航如护镖、帆船飙险滩、过洞庭、入长江,一路上不得有任何闪失,途中一旦有船只触礁散板,或者沉没赔款事小,弄不好还会出人命,又得平添出几户孤儿寡母来。所以领头的船帮帮主,也就显得尤为重要,既要具备好的水上身手,更要是一个目光如炬并有毅力、有恒心的人方可担当此重任。据说廖光磊他爷爷的爷爷能武公在 18 岁那年,就接任了船帮帮主,他当时是受命于危难。那是他一辈子也无法忘记的一桩悲壮往事!船帮流传着一首上千年的气象歌谣:"桃花水涨三月间,老天拉下娃娃脸,春汛如同脱缰马,追风追浪到跟前。"那一日原本是个大好晴天,满载山货的船队从县城东坪出发,进入奔洪滩滩垴上的孟公塘后,船工们正聚精会神拉开架势闯滩过峡,谁也没闲工夫去看天色,但头船刚进入奔洪滩滩口时,突然狂风大作,暴雨倾盆,天色也黑得像锅底,而已经驶进了滩峡的头船再靠岸是不可能了,执舵的船帮老帮主廖今生在后舱一声呐喊:"头篙手,把牛卵子给我鼓大点!一篙要顶十篙用啊!"牛卵子鼓大点是特定环境中的方言用语,意思就是将眼球瞪大再瞪大,而在船过激流险滩时,头篙手手中的竹篙,每一篙该甩向何处,这是船头会不会偏离航向的关键,可是这时,头篙手却丢过来一句:"眼前一片漆黑,我看得这卵清呐!"回应声未落,后面的船队就只听到江峡中轰隆一声巨响,但见船板满江漂,头篙手和船帮帮主也就在那次事故中双双遇难……

有人撕破嗓门喊响了船谣:"前面滩涂打烂船,后面滩涂船扬帆!"船帮是不能因出事故而解散的,年仅 18 岁的廖能武就在此次被推举为船帮新帮主……

六

关于能武公把船帮交由给一个来历不明的人接手这件事,作家光磊大多也是小时候从奶奶口中听来的。他此时之所以一听见钟声就踏露前往孟公塘方向,其实又是想去找祝篙子和他的疯子明地叔,但明地叔从来就不漏哪怕是半点口风。

俗话说小心驶得万年船,行船跑马哪会有绝对的安全可言呢?这话也是光磊他奶奶说过的。然而,当光磊离滩啸声越来越近时,就似听见能武公在说："我也只能尽人事。"在他数十年的水上生涯中也曾多次经历过船毁人亡的惨剧，真不忍回首啊！眼下他就要卸任了，却在为下一任的人选犯难，他必须要抓紧物色一名过得硬的船帮新帮主。这副担子他原本打算交由长孙廖盛众承担的，他人品厚道，又在水上历练了20余年，但就在四前年的桃花汛期间，他独自领了一个水手送短途货运去益阳时，也是在穿越自己家门口的奔洪滩出事遇难了……

能武公其实还有个次孙叫廖盛森，虽然撑篙执桨掌舵样样都身手出众，却小聪明多。"这是作为船帮领头的大忌，别的事可以赌，船帮人的命不能赌。"

其时，阳春面的气息仿佛仍然还留在喉舌间，能武公却终于还是没能够忍得住，又回过了身去，但他有意识地将头颅昂了起来，让目光越过眼下的奔洪滩和满天星乱礁滩，再一次深情地落在了商铺林立的江南镇上……他这大半辈子人生其实一直在思谋着想在江南镇上拥有几间商铺。"资江河里一艘船，不如镇上半间店。"他口中喃喃自语着，这才一路沉思下了山，心深处却难免会奔涌着遗憾。

家人正在为他庆生日忙碌，哪知刚进屋落座，取出火镰和纸纽欲打火再续一袋早烟，身后一干船古佬就吆喝着进村了。他在堂屋门口远远地望去，见伙计们正抬着一根长长的桅杆，并且桅杆上好像还爬着一个人。"嚯，这帮兄弟，是在搞什么名堂嘛！"正纳闷间，伙计们就已经把桅杆搁在他家的门口了，"恭喜帮主，贺喜帮主，这是老天爷给您过生日添柴（财）啊！"一个个都欢天喜地的。

桅杆就如同船的灵魂。捡到桅杆如造了一艘新船。廖族长手中正握着铜嘴烟枪，连巴了几口才又"噗"地吐出一串缥缈的浓烟，这才把一双鱼鹰般的目光投了过去，先是看了一眼桅杆，眼睛一亮说："啧啧，这个船家了不得，桅杆是每年都上过桐油的！"廖族长在心里暗自赞叹。上过桐油的桅杆坚如铜柱，虽然在江峡中遭遇过礁石撞击和巨浪捶打，却依旧油光锃亮；他继而再看那一条双手双腿如铁箍般搂着桅杆酣睡的汉子，见他衣衫已被激浪狂涛扯成了碎片，人的神态却依旧肃穆而泰然……他于是勾下身去，用两个指头先是往那汉子的鼻孔边靠了一靠，又探了探他颈部的动脉处，故而道："你还真是会睡呀！"便回头朝屋里儿媳妇喊话："赶紧的，给煎一大锅老黑茶姜汤水！"然后又嘱咐身边的两个年轻船古佬说："喂，你们把他抬进我房间的木桶里去，让他先用老黑茶姜汤好生在杉木桶里泡个澡，祛祛寒气，记得在他醒了之后再给多灌几碗老黑茶姜汤！"

寿宴在照例进行中，毕竟是族长兼船帮帮主的能文公过大寿，白驹村百多户人家每户都有长者来祝寿，包括船帮里 50 多条汉子在内，流水席开了 28 桌。酒宴上，船夫水手们大碗喝酒，大块吃肉，猜拳行令，热闹得把整个白驹村都抬了起来。但能武公并没有放开饮酒，他心里始终惦记着那一条泡在木桶里的汉子，中途还进过房中几次——尽管他一生中这类事见得多了，早料到此招定会灵验。

村人们都已陆续散去了，只有船帮汉子们仍然在猜拳行令中：

"一根篙子插到底呀！两片桨叶挽狂澜呐！"

"桅杆笔直指青天呀！布帆蔸风船向前呐！"

"一根纤缆众人拉呀！拉直河流拉直岸呐！"

饮酒比的是气势，行酒令亦然。船古佬们正你一句他一句抒着豪情，身后却忽然传来了一个陌生而响亮的声音："上滩容易下滩难呀！靠人靠神更靠天呐！"

众人回头，原来是白天"捡"来的那条汉子，并且见能武公就立在他的身后。

"嚯，这汉子不错耶！"能武公暗自在心里说，"懂得驾船人要知敬畏。"

他果然一是条铁打铜铸的硬汉子！于是便拱手言道："由我来先敬各位恩人吧！"一连就饮下了三大碗，而后又是一句行酒令出口："资水荡荡七百里，脚踩风浪潮头立。"接令的却是能武公："注入洞庭奔长江，大海作浪连天际。"

那一夜，船帮人直把酒饮到了月上中天，才如同脚踩波涛般晃荡而归。

第二天一早，船帮人都已经不约而同来到了停泊在孟公塘江湾的船上。那汉子也上船了，是能武公亲自把他领上船的，他居然满面红光如常人一般，且捉篙弄桨掌舵照样玩得溜活。但问题也接着来了，他从哪里来，包括姓甚名谁都给忘记了。老族长兼船帮帮主的能武公昨夜在给那汉子亲手喂老黑茶姜汤时，就仔细抡过他的耳垂，察看过他的手掌纹理，"嚯，也就 30 岁吧！"能武公说。他是很自信从一名江湖术士那里学来的这一套本领。而今天却是想要辨识那汉子在船上的功夫，见状后顺口便说："既然你们说他是老天爷送给我祝寿的，那就叫他祝寿吧！"族长此言一出，祝寿就"扑通"一声跪下了，眼里闪着泪光说："老帮主，您和船帮兄弟都是我祝寿的救命恩人，从今往后，我这条命就交给白驹村船帮了！"能武公也便赶紧还礼说："祝寿你客气了，江湖之内是一家。"

也就在那一天，能武公就已经在心里暗自做出了两个重要决定：一是把族长易位交由给他的弟弟廖能文，二是船帮帮主也有了着落。但他表面上却仍然不动声色。也就是在同一天，能武公还又从自己的祖屋中划给了祝寿两间房子安家。

年长些的族人其实都心知肚明，能武公这个族长也是捡来的。他的父亲就是前一任族长，膝下二子都是绝顶的聪明，但族长也不能徇私呀，于是长子能武十多岁就进了船帮历练，却把幼子留在家中，还给他专门请了私塾先生，其用意当然也就很明确了。后来的变故就是出在准族长能文的心术不正上，他曾多次威逼利诱管家瞒报船帮收入，篡改发放红利账目，然而毕竟纸包不住火，事发后老族长气得一口黑血喷出，一声长叹："你这是自毁长城啊！"并知道自己已不久于人世，连夜嘱家人把族中的几位长老请来，当众交代后事："吾死之后，族长一职由长子能武接任。"说完就断气了。长老们一时大愕，便帮着忙起了丧事来……

"毕竟许多年过去了，并且当时也没有几个人知道详情。"能武公每每忆及此事时，便在心里由衷地说："兄弟，人生在世，德性和品行才是最紧要的。"

族长易位是族中大事，仪式当然是在廖氏祠堂举行，而且把另外几位能字辈的老人也请来作见证，供品已然备齐，香烛也点上了，能武公一脸庄严地在先祖的牌位下磕过头，便喊应能文说："吾弟呀，族长一职我这就交给你！"廖能文不卑不亢地走过来，也跪下了，欲从兄长手中接过那一只象征着族长权威的乌亮牛角时，双眸就是一亮，但老族长能武公却稍做了片刻停顿，然后又郑重其事地说："有两件事我得当众强调一下，第一、船帮仍坚持老规矩独立核算，赢利部分与族上按旧约分红；第二、我想在退位后趁自己这把老骨头还能动，另劈荒山种植茶叶，如果有愿跟我一起干的可以加盟，只是要请新任族长考虑在五年之内不另增人头费。"廖能文听后，便起身向兄长拱手说："我看行。就这么定了！"

打从那时起，白驹村就正式开启了茶产业与运输业并举的双轨经营模式。

数日之后，船帮就又接了一趟跑汉口的长途货运，已卸任族长后的船帮老帮主能武公力排众议，亲自坐镇在头船的船头上，却把亲近了大半辈子的舵柄交由给了外乡人祝寿执掌。也许是老天爷有意要成全他，那一趟长途，无论飙资江还是过洞庭，居然都出奇的顺利，比原计划还提早了一天到达汉口的廖家码头……

七

多年以后，祝寿便成了长孙祝篙子心中的河神爷和他人生中的一根标杆。

还在幼年时，光磊曾不止一次地听奶奶说："自从那一次汉口之行后，廖老帮主、也就是你爷爷的爷爷，又以同样的方式坐镇在船头，跑了一趟去南京的长途，并且照例是顺风顺水，船帮中不少骁勇汉子也越来越听他祝寿的召唤了。"

"嚯，这祝寿还真是我白驹村船帮的福星嘛！"能武公在心里得意地说。

其时，能武公已经胸有成竹，不日便果断退役了船帮帮主，并且几乎是以独断专行的方式，把继任帮主的位置交给了被"捡"来的外姓人。船帮帮主传位是要先祭拜河神的，得祈求神明的护佑，奔洪滩垴上的这一块黑色孟公崖就是河神爷！崖壁上被一代又一代纤夫的纤缆勒进了无数道深深浅浅的纤痕，也被竹篙的铁矛戳出了无数个篙眼。船帮人曾自豪地说，这就是他们无数代人写下的天书！

传位的日子是能武公亲自选定的。那一天风和日丽，十几艘木船一字摆开在孟公塘，老帮主一声"唉哩喂哟——"的号子声喊响，船帮人便在齐崭崭的"依哟——嗬嘿！"的应声中如升旗般将帆篷拉上了桅杆，紧接着又把事先备好的祭品摆放在船头，几十条汉子一并下跪，再由老帮主将头船的舵柄交给新帮主……

江风轻抚白帆，阳光照亮船队，开阔的江面上有水鸟在嬉戏，奔洪滩的滩啸声隐隐地传来，船古佬们跪出一片黑红的脊背……但是就在如此肃穆而又庄严的传位仪式中，族里却有个别年长的人，尤其是在船帮中早已有了一定影响力，也想要做老大的二少爷盛淼却极度不满。"算什么东西！"这是盛淼在恨恨地嘀咕。

能武公是何等智慧并目光如炬的人物？为了不至于使这种抵触情绪继续蔓延，他接着就与新任族长的弟弟能文一并商量又抛出了一个连环方案，那就是把与自己儿子关系密切的另外几个年长的船夫留下同他一起开荒建茶园，而一拨年轻人则跟随新任船帮帮主祝寿，照样驾船跑湖北汉口或江苏南京乃至重庆等地。

若干年后，光磊他奶奶在传古时曾经自豪地说："后来的事实证明，老族长能武公的选择是明智和正确的，在新任帮主祝寿的精心安排和亲力亲为下，那些年来船帮不但生意更加兴旺，分红更多，而且给族上的盈利也增加了好几成。是完全可以用顺风顺水来形容的。"奶奶的脸上已网满了皱纹，笑容却依然灿烂。

自竹篙子他爷爷做了船帮帮主以后，大半生精力都倾注在给了他第二次生命的白驹村船帮。这一年祝寿 36 岁，是本命年，但也就是在这一年他却做成了两件大事：第一件大事是娶了能武公的二孙女为妻；明眼人一看便知，老帮主这又是在给船帮也是在给整个白驹村人"和亲"。他的长孙女廖盛花早在三年前就已经开了先例的。当时，离白驹村只有 20 多里的半边山上，有一股势力不小的山匪常年打着劫富济贫的口号到村里来骚扰，为首的山大王一眼就看中了老族长的大孙女，并扬言说："要是廖族长愿认我这个长孙女婿，便可以保半边山与白驹村从此相安无事。"这个土匪窝子是颇有来历的，据说还是石达开手下的一支旧部在半边山驻扎时留下来的，下山时声势浩大，人人跨高头白马，头缠红巾，个个双手都会使火枪，骁勇强悍，威猛若虎豹，就连当地官府也拿他们毫无办法。

"爷爷这也是被逼无奈呀！"能武公送长孙女去"和亲"时，曾一声长叹。

长孙女深明事理，反倒劝慰爷爷说："这就是命，人不与命争。"

谁也没有想到的是，也就是这一支土匪武装在后来的抗日战争打响不久，却是大梅山地区首支高举起"湘中铁血游击支队"的义旗，开赴淞沪前线的骁勇骑兵；而留在山上的几十名女眷，在数年后的雪峰山抗日大会战中，又由能武公的长孙女廖盛花统领着，在安化与溆浦交界处的擂钵山下，成功地阻击过一支偷袭芷江机场的日军顽寇并谱写了一曲巾帼英雄传奇。但事情的结局是，开赴淞沪前线的骑兵就再也没有人回来过，而去阻击偷袭芷江机场的日军顽寇的女眷们也同样无一生还……再后来还是由光磊的奶奶领着白驹村全体廖姓族人，会同祝爹的父亲召集了白驹村的船帮人在"土匪窝"的半边山上为英烈们垒了两座偌大的衣冠冢，中间还立了一块无字石碑，四周遍种着廖盛花在娘家做闺女时就特别喜欢的山杜鹃……此后，每逢春天，四周的山杜鹃迎风怒放，红得如同滴血……

光磊是在奶奶讲述的故事里长大成人的。只是每每听奶奶说起以上这一段旧事时，她总会是一脸肃穆，而眼神中却幽幽的似充满了神往。她最后还会补充一句说:"白驹村人都一直说我们廖家的女人明大义,懂事理。这当然也包括了二姐,当老族长提出将二孙女盛珍许配给船帮新帮主祝寿时,她一口就应下了。"

祝帮主当年所做的第二件大事,却是花了有足足一个秋冬的枯水季,由他亲自率领船帮人用数年时间购来的炸药,炸掉了不知毁掉过多少船只和家庭的满天星乱礁滩。也就是那一次,祝帮主在排哑炮时还险些丢了性命——人还刚接近到哑炮,便突然"轰隆"一声巨响,幸亏他敏捷若灵猴,就势卧倒在一块巨礁旁才躲过了一劫,不过自从经历了那一声巨响后,他似乎便恢复了部分记忆,忽记起了自己应该是曾经有过妻室的,但也仅此而已,却再也记不起任何细节来。于是就有了在垒砌分水长堤时,祝帮主便忽发奇想,又在堤垴上砌了一座寡妇矶。

从此以后,满天星乱礁滩已不复存在,资水便多了一处壮美的人文景观。

八

祝爹是白驹村原船帮中的最后一名头篙手,个头高,体型瘦,骨骼硬朗,船帮人一律都叫他竹篙子。他也确实像一根竹篙子,无论往哪里一站,哪里就能被他站出两个脚窝来,也有人还说他像一根桅杆的,这当然是在形容他桩子站得稳当、站得持久、站得麻直。而事实上,他也确实是一条在船头上迎着风浪站立了好几十个春夏秋冬的硬汉子。这些年以来,他就一直守着一艘老木船,把"家"安在奔洪滩滩垴上孟公崖下的孟公塘,他这是决意要以奔洪滩为邻,以船为家了。

孟公崖是一方崛立于资水北岸的悬崖,颜色黝黑,形象酷似一尊巨人的高昂头颅,崖下即是一湾深潭,人称孟公塘,是往来船只停泊歇息的最佳去处。而这些年来江上往来的船只也已经稀少了,祝爹的这一艘老木船,也就成了资水孟公塘江湾里的孤舟,好在这孟公崖垴上,还经常有一个借宿白驹寺的村人眼中的廖疯子居高临下地望他一眼,也算是一种无声的照应吧。当然了,廖明地更多的时候并不是望江,而是在仰望江对岸的白羊山。这一座名叫白羊山的大山与廖家是有着瓜葛的,也就是当年说小少爷有一口非富即贵的好牙的江湖术士曾说过:"你们廖家的屋场地正好在虎形山下,大门面朝白羊,是世世代代的福气呀!"但他后来又叹息了一声,指着左侧叫弩形山的小山包说:"若在这座山包上建一所学堂就好。"也就是经那位高人这么一点化,明地的曾祖父能文公就当真倾其一半家产在山包上建了一所私塾,从此改弩形山叫学堂山了。如今学堂山依旧,私塾学校却早已经坍塌,好在早年又由祝爹的台胞二弟捐资新修了一所白驹村希望小学,可是这些年村里所剩的留守少儿无几,学校也又孤零零地废弃在山包上了。

此时,江对岸晚秋的白羊山顶已仿佛被落日点燃,晚霞在西边的天际静静地燃烧,泊在孟公塘江湾里唯一的一艘木船就显得更加孤寂了,祝爹也照例无言。

庙里的晚钟已经撞过,明地又开始研"墨"了,然后静坐于观音佛像下的香案前,悬着手横平竖直地写起了颜体来。他是白驹村里少数几个读过私塾也进过新学校的人,但如今却早已无人再关心他的过去,他自己也在努力地想忘记自己的过去。曾经指定的廖氏家族继承人,土改时只藏了几卷线装残书在蓝布长衫的怀里,而那几卷残书后来就一直藏在大庙观音佛像的莲花座下由虫子在啃读着。

光磊忽又记起了一件旧事,他年少时常有空就喜欢往寺庙里跑。有一天他总算见到明地叔龇着满口白牙笑了,果然是一口白而整齐的绝好牙齿!这么大一把年纪了,牙齿照例白如美玉。这确实是个奇迹!光磊始终记得,那是他去告诉明地叔说,从今往后已不再兴阶级成分了,只有社会阶层……话没说完明地就抢着说了一句船帮话:"本该是这样,江河湖海同一家,顺风顺水闯天下。"说着便龇牙笑了,笑出几许天真。

光磊也便有了感动,而且有了几许心得,那时他已经学写诗了,便顺口吟道:
老天开恩,苍生有福。
天下秩序从今始,
河清海晏无重数。

廖光磊并没有想到,他这么信口开河的几个句子却令明地叔赞叹不已。待他走了之后,明地叔竟然再一次展纸握笔,把这几个句子用庄重的颜体录了下来。

也有人说:"明地疯子就是有城府,深得如孟公塘里的水,见不到底。"

光磊在无数次听奶奶传古时,老人似乎总是在有意回避着能文公一脉,更少言及过明地叔。为这事他还专门从侧面问过祝爹,可祝爹说:"家家有本难念的经,何况是一个家族。"其实光磊早已经隐约感觉到能武公和能文公之间是有着过节的。至于是什么过节,他也不太好刨根问底去深究,毕竟是祖上人的恩怨了。

光磊的奶奶出生于大户人家,读过三年私塾,在38岁那年就守寡了。他爷爷其实一直活在奶奶的记忆里,奶奶总是说:"你爷爷是一把撑头篙的好手,他经常会在半夜里踏着奔洪滩的巨浪回家里来,难道你没听见过篙子声吗?"奶奶尽管已经上了年纪,鸭蛋脸却仍然是饱饱满满的,就在她满70岁那年,还从箱子里翻出过一件蓝花旗袍一个人偷偷地对着镜子穿上,一会儿侧身,一会儿扭头,照了又照。奶奶却是很欣赏竹篙子的,她常说:"竹篙子上了船后真是见风长,不到16岁就长成一米八二的篙子了。"奶奶还说起过竹篙子16岁那年经历过的一件稀罕事:"那一年五月,船帮的十多条货船满载着山货过洞庭,湘资沅澧四条水系一夜之间暴发山洪,湖上浊浪滔天,杂树茅草漂浮湖面,头船的舵叶在甘溪港入洞庭时就被茅草缠死了,舵柄因用力过猛已被折断,而且一时又找不到合适的港湾停船修理,当他爷爷祝帮主正望湖兴叹时,立在船头的孙儿祝篙子居然将身上的短衣短裤剥个精光,一头扎进万顷洪涛,潜水至船尾,两手搂着半根舵柱硬是用他的赤身充当了舵叶……那需要怎样的蛮力和毅力啊!"奶奶接着又说起了家事来:"祝篙子他爷爷娶了我们家盛珍后,七年时间就给他祝家生了三个儿子和两个闺女。"竹篙子是祝家的第三代长子,白驹村船帮中照例有个不成文的规矩,那就是每户每一代人中也只有长子才最有可能会安排进船帮。祝家第三代的老二和老三后来都当兵吃官粮去了,老二当的是国军,后来去了台湾,再后来又成了大老板,"祝家是我们白驹村里的福星!"奶奶对祝家的赞叹是由衷的。

光磊的奶奶也是个老寿星,活到了89岁,只是这后来的事情她没有见到。

九

祝家第三代中的老二在20世纪80年代还由省台办一位副主任陪同回过一次老家白驹村,这件事光磊曾亲眼见证过。自那以后祝家老二的儿女孙辈又在国内投资了多家规模不小的实体公司,并且还给白驹村捐资建了一所学校,这当然也是祝家老二的心愿,他那次由省台办副主任陪同回乡时已满头皆是银发,好在当过少将的他腰板仍然硬朗,并且还专门到过泊在孟公塘唯一的那一艘木船上。

老二说:"我近来常梦见寡妇矶和奔洪滩,也梦见孟公塘还有一艘老船。"

那时光磊已进了县文化馆,听说有台胞大老板到了村里,也就匆匆忙忙赶回了家中,没想到就是祝爹他二弟。这不也是我们廖家的亲戚吗?光磊说。台胞二弟阔步走路,站姿如松,语气中仍带着乡音,说话措辞颇有学者的风范,刚上船就一脸愧色地对兄长祝高之说:"祝家幸亏还有兄长您一直守在白驹村,守着这一艘老船。"两个老兄弟相见,祝爹却回了一句令众人意想不到的话:"你们兄弟手足相残,这是何苦嘛!"二弟苦笑着一时无语,只有下游的江声在沉沉低吼。

"现在好了,一切都过去了。"台办领导满脸堆笑,他是在出面缓和气氛。

"是的,一切都过去了,而我们却已经垂垂老矣!"这语意中带有唏嘘之声的话是蹲在孟公崖垴上的人说出来的,那个人不是别人,就是大多数村人眼中的疯子——能文公一脉的廖明地,只是他的这一番慨叹,船上的人不一定听得到。

祝爹也许是听到了的,凝霜的眉头动了一下,微叹了一声,却照例无语。

二弟要比祝爹矮半个头,身坯却显得更加扎实,兄弟俩立在船头之上,一个如劲松,一个似竹篙,光磊趁他们说话时忙去了船尾给他俩抢拍了几张照片,背景是峭壁如削的奔洪滩江峡。祝家老二此次回乡探亲,虽然是来去匆匆,却给搞文学创作的光磊留下了一种山高水长的长者印象。那时已是秋季,由于上游的柘溪电站截流蓄水,平时森森深渊的孟公塘就显得小了许多,下游的奔洪滩更是显出了一副骨瘦嶙峋的老态龙钟的样子。光磊忽然发现,老二的眼中似乎有着几许难以捉摸的忧伤之感,他立在船头向上向下观望良久,之后便当着老大祝高之的面说:"浅浅的海峡把我与家乡隔得实在太久,我们祝家人欠这条江的情实在太多,欠白驹村人的情实在太多,多得难以回报啊!"二弟还对兄长祝高之能始终在昔日船帮泊船的孟公塘坚守着这一艘老船,并决意要以船为家的做法表示了由衷的钦佩,他颇有感触地说:"也只有吾兄您在为白驹村和祝家守护着这一条资江了。您就是白驹村船帮,更是我们祝家人留在这七百里资江的一股浩然之气!"祝家老二说这番话是有前提的, 他已经进村去拜访过自己还能记得起名字的如今还健在的十多个老人——过了村口联珠桥，沿羊肠子村往里走，一直到向阳岭的山脚下，却很少见到有人在田间地头务农，一打听才知村里除了老幼妇孺留守在家，青壮劳力都一窝蜂到沿海广东那边打工挣钱去了，这不免令老人多少感到有些揪心和遗憾，乃至他后来去金鸡坟地祭拜祖先时，内心仍然倍感落寞和隐忧。

竹篙子始终立在他二弟身旁，若有所思地凝视着远处的寡妇矶，而当他忽听到二弟对他的这一段评价时，不免一惊，他心里似乎在说："二弟，还有个人在崖上！"但光磊已分明感觉到祝爹的心中有一条往昔的奔洪滩在激荡、咆哮……

竹篙子确实是那种一根篙子要插到底的倔强人。光磊曾经听到过一个有关他的传闻，说的是当年在船帮解散后不久，当他得知上游要修建拦江大坝后，还把儿女们全都叫到那一艘土改时分到了自己名下的船上，硬是由他掌舵执篙，儿女们上岸拉纤，一直把船驾到了资江二源合流处的双江口，再由双江口返回后，才将船泊在孟公崖下的孟公塘江湾。至于他为何要执意如此，自然只有船帮的汉子们才能理解：资水七百里，竹篙子这是在溯源啊！不久后就传出了一首歌谣："白驹过隙，光阴如许，资水七百里，滩多浪涛急，唯有孟公塘，深沉不见底。"而这首人们不知所云的歌谣却是从明地口中传出来的，村人们只当是笑谈，光磊却怎么也笑不起来，并且也就是从听到这一传闻后，他心中对祝爹更加充满了崇敬。

"少小离家老大回，乡音无改鬓毛衰。"光磊在给二位老人拍照时便想，祝爹作为长兄在水上历经过的种种，他的弟弟们是无从体验过的，正如他的两个弟弟所经历过的战争生死考验，竹篙子也无从体验过一样。当然他们又毕竟是兄弟。

那一次祝家老二与老三及老三的儿孙却没有能够见上面，或许是已身居高位的弟弟不便屈尊前来见他这位曾经是国军少将的二哥吧。老三的儿孙们无疑都是属于红二代、红三代，早已经是地道的北京人了，并且到后来也有晚辈移民去了美国或加拿大的，不过他们都很少与家乡人有过往来。祝爹有三儿两女，并已有孙儿重孙若干，而且不少人颇有出息，有在本县做了副书记的，也有在省城当了处长的，他们也各自都已经把父母接进了城里，唯有他祝篙子却一意孤行，顽固到底不愿意离开白驹村，更不愿意离开资水，儿女孙辈们实在拿他没有办法，后来他们的母亲（奶奶）走了，就干脆又给父亲（爷爷）改造了这艘昔日的旧木船，让祝爹在孟公塘船上安享江上清风水意的晚年。

祝爹的内心世界其实是孤独的,而这一种孤独,又只有在这一江汤汤流水的轻抚中才能得以消解,尤其是这一次他二弟的突然出现,又更加激荡起了他对以往岁月的种种回忆……竹篙子破例把他二弟送上了江岸,"你们在船上先等一等吧!"祝篙子交代其他人说:"我们兄弟俩再走一走。"于是一前一后,两位老人顺纤道而下,经过奔洪滩,再到离寡妇矶只相隔数丈的江边才打住。船上人远远地望去,只见竹篙子率先朝寡妇矶的方向跪下,他二弟也相继跪下了,然后双手合揖似乎在说些什么,但到底说了些什么,在上游船上的人们当然不得而知。

崖垴上的廖疯子却说:"兄弟同心,其利断金。可惜祝家老三缺席了。"

江峡中起风了,孟公塘开阔的江面亦陡然生出了无数条问号般的波纹……

十

在祝爹二弟离开白驹村之后的某一个下午,光磊又一次来到了祝爹泊在孟公塘江湾的"家里",这一次他是有备而来的,还特意带了一坛家里窖藏的老酒。

"你来了。"祝爹的声音很平静,似乎一点也不觉得意外。他真是个怪人。

光磊便开门见山:"我是来听您叙旧的。"说着就把酒坛子放在船头甲板上。

祝爹朝酒坛子瞟了一眼,目光却柔柔地一亮,又稍怔了一下才进了尾舱。

光磊知道祝爹这是要去做下酒菜。蔬菜是他自己种的,就种在孟公崖垴上的几分黑土地里,还种了上百株烟叶,他每餐都少不了清水煮鱼,渔网就放在舵尾上。只一会儿,船尾果然就传来了火镰撞击石子的"叮叮"声。这声音于光磊是熟悉的,熟悉得如同年幼时听过的童谣,因为在白驹村凡是驾过船的老人大多都还是沿用火镰击石取火,这也许并不仅仅只是一种习惯,而是潜意识里有着一种对往昔事物的留恋或者依赖。这时,淡蓝的炊烟就从船尾袅袅地升了起来,俄顷就又有了几许江风拂过,炊烟便如瀑布般倒流,紧贴着江面缓缓地随风淌去……

光磊心里的记忆也在流淌,不禁便想起了去年在一天门渡口见过的一位打草鞋的老人来。老人比祝爹还要年长,头发眉毛胡须全都白了,双目已经失明。更准确地说,是那个老人先"听"到他的。那次是廖光磊忽然心血来潮,想利用周末去为已经开了个头的一组资水系列散文补充创作素材。他骑车从县城东坪沿资水北岸的纤道而下，小半天就到了寡妇矶下游，也就是江南镇对面的一天门渡口。

在途经奔洪滩和寡妇矶这两处江域时，光磊也曾驻足过，还仿佛见到了眼前的江峡长滩中有嶙峋的礁崖又疯狂地长出水面、船板四散乱漂……他的爷爷就是在奔洪滩丧命的。他当时并没有勇气往深里想，正好这时，远远地就听到了从下游飘过来的沉闷的"嘭嘭"声。这声音于他并不陌生，但一时又想不起究竟在哪里或是什么时候听到过，也不仅仅是出于好奇，光磊飞身蹬上自行车，便朝着响起声音的方向风驰而去——却原来是从一天门渡口的一艘老渡船上飘出来的声音。渡船确实是老了，老在一边，船篷上长满了绿苔，船头枕在一方黑色的礁石上，一前一后插着的竹篙上也似长出了细小的白毛菌。渡船的旁边停着一条趾高气扬的机器船，凡过渡者，每人伍元，骑摩托车的另加三元，自行车加两元。

光磊当然没有去理会那一条机器船，而是把自行车靠纤道里边停稳后又上了锁，然后就直接向一旁的老渡船走去。也不知是为什么，当他快要接近到船头时心里居然就有了一种近乡情更怯的感觉，沉闷的"嘭嘭"声骤然就止住了，船舱里却飘出来一个苍老的嗡嗡的问话声："你来了？你终于来了？是来穿我织的一天门草鞋吗？"光磊低首朝船舱里望去，里面的光线有些暗，但他还是清楚地看见了一只露着青筋的、皱巴巴的、举着捶草棒的手，停在眼前如一个问号……

"是的，我是白驹船帮的后代，是来穿您织的一天门草鞋的！"光磊的眼眶已然潮湿，说话的声音有些颤抖，是心在颤抖，这也不完全是一个善意的谎言。

进了船舱后，老人并没有起身，只是勾腰用手去摸光磊脚下的鞋……

"你穿的皮鞋，根本就不是船帮人，你是个骗子！"老人居然号啕起来。

光磊本来就心里发虚，一阵慌乱，竟无言以对，便逃也似的走出了船舱……

他后来才终于得知，老人就是一天门人，因为天生残疾，一生未娶，半辈子靠给驾船人打草鞋为生，船帮中人也就与他亲如兄弟，所以他经常说："船帮人是我的衣食父母。"后来船帮散了，没人再买他的草鞋了，老人寂寞得心慌，就找到这一艘废弃的渡船住了下来，每天一早起来照例捶稻草，织草鞋，晚上又把织好的草鞋一只一只扔进江中，口中还喃喃地说："船帮一路顺风！"这样就再不会有人嫌弃他瞎折腾了，他就靠当地民政部门发放的残疾人救济款过日子……

自那以后，光磊就总会时不时出现一种间歇性的精神恍惚——其实那是他脑子里"进多了资水"造成的，是一种精神分裂症，或叫幻想症。凡是在那样的时候，他就总是觉得船帮依旧是存在的，只是不在资江，而是去了天际的银河……

船身忽晃荡起来，接着便是一声汽笛长鸣，也就把光磊从恍惚中唤醒了。他定睛一看，才知是一艘自县城东坪开往江南镇的客船从孟公塘经过。这时，有一股浓郁的紫苏味扑鼻而来，原来是祝爹手提竹篮将碗筷并宴酒菜摆到了船头上。

"哈哈，河水煮河鱼！"光磊随即便来了一声惊呼："还有这么多小菜。"

"那你还不打开酒坛子！"看来祝爹今天的心情也和天气一样清朗。

于是，在 20 世纪 80 年代中期的某个下午(具体是哪一天光磊已经记不起来了)，一个七旬老人和一个 20 多岁青年，就在孟公塘船头上对饮和对起了话来。

"这酒还是你奶奶红姑健在时窖藏的吧？"酒过数巡，祝爹忽含笑问光磊。

光磊心里一惊，却没有正面回答，只问了一句："酒的味道还醇厚吧？"

"肯定是她藏的，我曾经喝过的！"祝爹说："你奶奶当年视我为半个儿子。"

"这话我信"，光磊脱口而出说："我年幼时，奶奶还经常跟我说到你。"

一阵出奇的沉默，只有奔洪滩低吼的滩啸声……

"唉，好汉不提当年勇。"祝爹把半碗老酒一口就干了，紧凝着眉头说。

光磊心里便想，祝爹这一定是误会我说听他叙旧的意思了。于是就有意地把话题往船帮的旧事上引，问他说："您晓得一天门有个打草鞋的盲人老倌吗？"

"他才不瞎呢！"没想到祝爹接话会这么快，"人家的心里明亮得很。"

"原来你们认识？"

"岂止是认识？从 14 岁那一年开始，我半辈子都是穿他打的草鞋！"

"听说船帮人都是把草鞋称为脚力的，这是真的吗？"

"曜，你廖光磊一个吃笔杆子饭的人，懂得还不少嘛！"

"可是我这笔杆子却比不上你这竹篙子。"

"这是什么话！你这笔杆子难道就不能把船帮人的精气神写出来吗？"

一句话激活了光磊的心思，他说："遵命！"几杯老酒下肚，心就热了，趁着酒兴,光磊把胸脯一拍,便豪情地说:"我要用笔把船帮人写进银河系去!"

"难不成我们这些穿一天门脚力(草鞋)的人还是天上的星宿啊!"祝爹哈哈大笑,夹了块鱼进嘴,鱼刺却从他的嘴角被剔出来,然后便从脚力说起了往事。

十一

竹篙子14岁那年入船帮,头一件事就是在奔洪滩滩垴上的孟公塘江湾由老帮主,也就是他爷爷亲自给他"授脚力"。"脚力"是什么?就是草鞋!那阵势极为庄严,祝老帮主一手拉着长孙祝高之在船头站定,另一只手里拿着草鞋,脸却朝向奔洪滩,只听得他一声"唉哩喂哟——"的号子刚一出口,十几艘船上的50多条汉子便齐崭崭接过声去,"依哟——嗬嘿!"而紧接着,船上的布帆就全都升了起来……帮主便转身,把六双叠成一摞的草鞋郑重其事地交到新人祝高之的手中,并交代说:"你省着点穿,这回从汉口打转就这12只脚力了!"

竹篙子一开始还有些颇不以为然,嘀咕着说:"有六双呢!六双还少吗?"

他爷爷似乎并没有听他啰唆,又是脸向众人一声吼喊道:"开船啰——!"

一阵锚链声响过,几十根竹篙同时射向江岸,又被篙手们用肩胛顶成一张张弯弓,船就离岸了。这一程是空船跑上水,先要到小镇唐观商行去给东家装山货。

第二天一早,船队正式起锚去湖北汉口。跑下水的单程至少也得七日,但作为新人的竹篙子头一趟还并没有撑篙的资格,只得手握一根竹篙在船头上立着练"桩子",刚开始他是很得意的,有一种腾云驾雾或水上漂的感觉,两岸如画的景致更是令他兴奋不已,所以也就不时地扯开嗓门高喊出"依哟——嗬嘿"的船夫号子。这也是当帮主的爷爷交代的:"先练稳庄子,练好嗓子,然后你才能撑篙子!"直到第二天进入了八百里茫茫洞庭后,他的腿脚就开始又酸胀又发麻起来,但祝篙子毕竟还是个少年,体力恢复得极快,当第七日傍晚船到汉口廖家码头后,看到如此繁华的大都市,他又雀跃起来,吵着要跟父辈们去汉正街逛花花世界。爷爷忍着没有出声阻止他,尽管他的心里有一丝隐忧——"这小子不会走老帮主他大儿子的老路吧?"但他立马又否定了自己的多虑,独自站在暮色的船头上喃喃道:"他天生就是一根竹篙子,船在哪里,他就自会插在哪里的。"

然而,真正艰辛的还是回程过了洞庭入甘溪港以后。回程船装的是食盐,比去时更沉,吃水也更深,船上除了留一艄公掌舵和一篙手外,其他船工一律得上岸拉纤。竹篙子当然也在拉纤的队伍中。他首先想的是拉犁的牛,后来又觉得比牛还要牛。那是在盛夏,船过洞庭时,靠的是风帆,是双桨,太阳虽然也是在天空倒悬着,那毕竟还是太阳,但自从上了江岸,系上了纤搭肩,把腰杆弯成了桥拱状后,太阳就已经变成了一个火球,紧紧地贴在了背脊上,如雨的汗珠刚渗出毛孔,就又被太阳的火球给吸干了,他仿佛还听到了火球吸纳汗水的"嗤嗤"声。

"一天门以下的滩涂,其实还算不了什么滩涂。"祝爹从回忆中回过神来又端碗饮了一口酒,说:"要命的还是船过满天星乱礁滩,尤其是再上奔洪滩!"

船终于进入了安化境内,过了小淹石磉山脚下的江峡,就是江面平缓的百花墩和麻溪口,江南镇便在眼前了。但资江行船的航道多在北岸,而非南岸,在船头甲板上吹了一阵江风,享了一阵清福的船工和水手们又得在一天门上岸。此时六双"脚力"嫌多的竹篙子最后一双草鞋也早已磨穿了,稚嫩的脚掌和脚趾头尽是结壳的黑血,他刚才坐在船头上歇息时还不敢看呢。幸好从一天门吊脚楼下登岸时,有人从窗口里仍出了一串"脚力"来,说:"你们有缺脚力的先穿上吧!"拉头纤的父亲一伸手就接了两双,对着吊脚楼窗口回话说:"老弟,你这是雪中送炭呐!等哪天闲了,我就给你送脚力钱过来。"他留下一双,把一双扔给了儿子。

从满天星乱礁滩脚下的一天门,至奔洪滩垴上的孟公塘,有整整七里的漫长纤道。从这里开始每一艘船必须得配齐六名纤夫,每一趟只能拉四艘船,如此往返得拉三趟才能把12艘船聚齐到孟公塘江湾,次日还得送货至县城的东坪码头。

号子声又起了,"唉哩喂哟——"当帮主的爷爷一声吼喊,江天顿时辽阔。

"依哟——嗬嘿!"应答声又同样是放纵而又齐崭崭的。

这时,纤搭肩早已经系上了纤夫们的肩头,纤缆也早就由头纤手散开,领队船的头纤手依旧是祝帮主的长子,也就是竹篙子的父亲,号子声还在江面上"依哟——嗬嘿!"地随波涛滚动,他那黑红脊背便率先弯下去了,所有纤夫的黑红脊背也都跟着弯下去了,唯有才加入拉纤队伍没几日的竹篙子的脊背,却还是白里透着微红……也许这就更加惹得太阳嫉妒了,火球的毒火舌,似乎正在舐食他的每一寸肌肉,但他却始终强忍着,"嘿嗬、嘿嗬"地跟紧着前面的黑红脊背。

船夫和水手们是趁刚才过一天门下游平缓处时吃过午饭的,也算是积蓄了满身的力量,但是,当纤夫们进入了奔洪滩江峡后,船与波涛却僵持着,此时的波涛已经不是波涛,而是一块又一块涌动的青石……竹篙子还是平生头一次见到这种阵势,再努力地抬起头来看前面的头纤手(那是他的父亲),见他的双脚先是曲着,之后又拼命地伸直,十个脚趾头早就已经挣出了草鞋,像十根铁钉紧紧地铆着沙石的纤道,左手还抱着一圈纤缆,右手试图去抓住一把小草……那可是救命草啊!祝爹回忆说:"我再侧首看后面的纤夫,也几乎全都是相同的样子……"

这时风已经停了,布帆耷拉着惨白的脸孔挂在桅杆上,这就需要"喊风"了。

"唉哩喂哟——嗬嘿!"只听得此时的祝爹忽地一声穿越时空的呐喊,已然酩酊的廖光磊,似乎又出现了间歇性的精神恍惚——眼前有人影在重叠,那是一个个手舞竹篙的骁勇水手,是一队又一队负重前行的纤夫,是昔日的老船帮主能武公,是继任的新帮主祝寿,也还有命丧于奔洪滩的他自己的亲爷爷……也就是因为祝爹这一声突如其来的呐喊,终于释怀了光磊心中有关白驹村人所说的奔洪滩常有鬼魂在"喊风"的传闻——这哪是鬼魂,分明就是活生生的船魂在呐喊!

缄默半晌后,祝爹一脸肃穆地说:"这就是喊风。"接着又是半碗老酒倒进了肚子里,又说:"得要船上和岸上的人一起呼喊,这样才能够感天动地……"

光磊当然知道,祝爹这只是简要地说了他在资水的点滴经历,比如船过洞庭湖他把自己的身子当作舵叶,在激浪狂涛中为父亲导航的事,他就隐瞒着没有说。

那一夜,20多岁的廖光磊,还有七旬的祝爹,就醉倒在老船的船头上……

十二

也是在那一个秋夜,光磊做了一个非常奇怪的梦,梦见了他那心高气傲的二爷廖盛淼也走上了他的亲爷爷廖盛众的老路。所不同的是,他的亲爷爷是受了船帮老帮主的委派，给唐家观镇上的商贩去益阳跑一趟短途货运，用当下的话说是出公差，是因公死亡的，而他二爷却是对自己的亲爷爷将船帮帮主的位置传给了祝寿心存不满，是他自己主动要闹单干的，所以这事在白驹村从未有人提起过。

那时的二爷壮年气盛，二奶奶又为他生有三个儿子，小的已满13岁，勉强可以组成船队，就赌气跟曾经是老帮主的爷爷提出来要独立门户。未曾想以船帮利益为重的爷爷也并不阻拦，只丢了一句："心已不在船帮，留你又有何用！"

没有了船队的拖累，一家人轻捷简便，生意自然活泛多了，不上三年，二爷家便换了新船，也确实是令人羡慕的。但是天有不测风云，人有旦夕祸福，就在新船下水的第二年开春，从汉口装了满船食盐返航时，意想不到的事情就发生了。

正是桃花水涨三月天。暴雨中的江水如同千军万马在咆哮着狂奔……这样的时候，二爷家的新船已经停泊在挨近满天星乱礁滩下游一天门吊脚楼下的江湾里了，只需拉过眼前的这两条滩涂——满天星乱礁滩和奔洪滩，满船食盐便可以交货给小镇唐家观的商行换取运输费了。掌艄的当然是二爷，他起初还有着几分犹豫，双眉紧锁，少言寡语，一袋接一袋地抽着旱烟。凭着他行船20多载的经验，一定知道在洪水暴涨的时候，顶着巨浪洪涛闯奔洪滩是件凶多吉少的事。可他那才17岁的长子，性情却比父亲还要刚烈，也还要心急，见暴雨稍微有了停歇，却执意要起锚开船。他也学着父亲"咕噜咕噜"猛灌了几口老白干后，便冲着父亲说："船到顶风也能开！"话音未落，自己便跳下江岸去解缆拉纤。二爷明白已阻止不了，只得勉为其难地升起了帆篷……此时雨点子仍在飘着，三兄弟就已经赤着膀子牛吼般喊响了过滩号子，满载货物的木船便缓缓地离开了江湾。

纤夫拉滩哪——嗬嘿！

不惜命哪——嗬嘿！

前面有人坠下滩哪——嗬嘿！

后面纤道脚板响哪——嗬嘿！

凝重、深沉的号子声，从江岸上的兄弟三人胸腔里迸出，在江峡中回荡着……

七百里资水就是一条野河，有名有姓的滩峡九九八十一条，而逼在他们眼前的奔洪滩，便是这八十一滩中最凶险的一条滩峡。船已经过了满天星乱礁滩，又进入奔洪滩中段了，那被两岸群山突然逼得狭窄的江流咆哮着，翻滚着，其声势令人毛骨悚然。水上人有句民谚说："不是硬汉莫驾船，驾船的硬汉胆包天，有朝一日遇险境，神莫慌，意莫乱！"二爷当然称得上是一条铁打的硬汉子，闯滩过峡，从未见他有过惧色，然而江岸上的三个儿子已经不敢分神再看父亲，只照例把弯成了桥拱状的稚嫩腰杆子拼命伸直，将脚趾头使劲地扣进纤道。匍匐在前面拉头纤的老大的脊梁骨已经在"咔吧咔吧"地响着，过滩号子声已经乱了，气也已经接不上了，而水势却仍然在上涨，巨浪一个大似一个地盖将过来，船舱里进水了，船身在一寸一寸下沉……"天要亡我啊！"有着丰富行船经验的二爷已经预感到了事情的不妙，他深情地望了一眼匍匐在地的三个儿子，在心里说了句："你们日后好自为之呀！"便毅然决然地做出了无奈的选择——他也只能在这别无选择时——选择了果断地斩断纤缆，以求保护住在江岸上已经挣扎得筋疲力尽的儿子们，不然，渗水的盐船一旦横头逆转，那是会把紧系在纤缆上的一家人全都拖入滚滚洪流的。说时迟，那时快，撑篙掌艄的二爷一跃而起，冲向船头，从船板上抓起了那一柄明晃晃的镇妖板斧，手起斧落，绳缆便"啪"的一声成了两截……

　　"行船从此莫单帮啊——"这就是二爷留给这个世界最后的忏悔的呐喊声。

　　可是二爷"啊"声未落，就已经被突然断裂的纤缆抽得如陀螺般坠入了激浪洪涛；船翻着滚着，在汹涌澎湃的江流中被撞成了无数碎片……待江岸上的三个儿子从天旋地转的晕厥中省悟过来时，悲剧已经酿成，一切都已成定局无可挽回。

　　二爷血肉模糊的尸体，是在下游的一天门江湾里被打捞上岸的，闻讯赶来的二奶奶托人扯了几丈粗白布为自己的丈夫裹住尸体。性情刚烈的他的长子满心愧疚，一下子就崩溃了，轰然一声，跪在父亲的尸体旁，两个拳头鼓点般擂打着自己的胸脯，泪如雨下，"行船从此莫单帮啊——"他也在心里无言地忏悔着……

　　"这只是一个梦！"醉倒在船上的光磊从噩梦中惊醒过来，喃喃地自语。

　　因为有关二爷的过往，光磊所听到过的，也就仅止于二爷当初对竹篙子的爷爷祝寿接手船帮帮主时心里不服气。他也曾问过奶奶，但奶奶总是讳莫如深地有意岔开话题："你只要记住你自己是能武公的子孙就行了。"他便也不好多问了。

成了精的竹篙子真是智慧，他听了光磊的复述后，既没有说是，也没有说不是，而只是说："有时坏事会变成好事，资江从此再也没有人行船跑单帮了。"

不知什么时候明地叔也到了船上，他说："资江是一本常读常新的大书。"

十三

一晃又是多年。但在之后的漫长岁月中，光磊即便是进了省城长沙，自己也做了爷爷，而只要有机会回到老家白驹村，他都会去拜访已置身村外的这两位百岁老人。他始终觉得，也只有祝爹和明地叔的心里才一直装着一汪孟公塘——这里是新老船帮帮主传位的地方，这里有一尊世代凝视着船帮闯滩过峡的河神爷！

这天一早，光磊踏着白驹寺的钟声又来到了泊在孟公塘的那一艘老船上。

祝爹已经熟悉了光磊的脚步声，他正在船尾生火做早饭，光磊前脚还刚踏上船头，祝爹居然就丢了一句："你祖上能武公是我们白驹村一个永远的神话。"

"其实你祝爹也是！"光磊接话说："您早就没有把船帮人驾船看成是一种谋生的职业，而是一种贯穿于一代又一代白驹村人生命过程中的精神与信仰！"

光磊不禁又记起了奶奶传古时说过的那两句酒令，一句是祝爹他爷爷祝寿说的："资水荡荡七百里，脚踩风浪潮头立。"另一句却是他自己爷爷的爷爷能武公说的："注入洞庭奔长江，大海作浪连天际。"船帮的先辈是何等的浪漫啊！

祝爹却忽然说："他会来吃早饭的。今天你不用再爬山去看他了。"

光磊一时还没有领会到祝爹所言，着一身褴褛长衫的明地叔却已经上船了。

于是，两位老人皆莫名其妙地大笑起来……

他们是快乐的，即便是到了百岁高龄的老年，仍然能与一江资水相随相伴。

光磊不禁猛回头向奔洪滩的方向望去时，眼前似乎就有十多根竹篙已经射向了江岸，有一队纤夫也已将脊背弯成了桥拱状，还听到了每一个骨节处发出的"咔吧咔吧"声……原来是有船队正在上滩呐！逆水行舟，不进则退，这不正是船帮的亡灵在提示他如何才能写好资水文章吗？他不禁猛地喊出了一串船夫号子来：

唉哩喂哟——嗬嘿！
前面滩涂打烂船呐！
后面滩涂船扬帆呐！

这既是船队上滩时喊风的号子，也是有驾船人遇难后船帮再度起锚的号子！

廖光磊的脑海中准是又一次"灌满了资水"，他仿佛觉得有一股长风从下游的奔洪滩江峡中刮过来，孟公塘江面的迷离水雾即逝，不远处几只刚露头的水鸟亦倏地蹿起，"嘎嘎"然洒下一片啸叫……而船身却像是在急剧地晃荡着，并且有起航的锚链声在"叮叮当当"地脆响，紧接着船篷上的布帆也爬上了挺立的桅杆，被江风鼓荡得如擂响的鼓面"嘭嘭"作响，船头亦高昂起来，这不是欲作飞船向着天际驰去吗？向阳岭的旭日也轰鸣而来，给白帆打上了鲜红的邮戳……

唯有传说中象征河神爷的那一尊孟公崖却依然肃穆着脸孔静静地立在江岸。

这一天，是 2017 年 9 月 20 日，也是曾经少年的廖光磊年届六旬的生日。

哦，记忆只是碎片，往事无法打捞，即便是真有生花妙笔，也无法再还原廖氏能武、能文公及祝寿们那一代人的胸襟与情怀——唯有祝爹一竿子插到底的篙子精神和疯子明地叔守着白驹寺的菩萨，并从不缺席的钟声似是在提示着什么！

到底是在提示什么呢？惯看流水的孟公崖却始终铁青着脸孔，默不吱声……

廖光磊忽就记起了老一辈驾船人说的：被水卷走的只是皮囊，人的灵魂还在波峰浪谷间流浪，只要听到有亲人的声音在喊他，灵魂即便是远去了洞庭、长江，也总有一天会回归故里；也想起了 19 世纪英国现实主义作家狄更斯曾经说过的一句名言：如果我的世界不能成为你的世界，那么我愿将你的世界变成我的世界。

"那么，我又为何不能在文字中建立起一个资水世界呢？"廖光磊于是说。

传　灯

一

　　宿鸟归巢的时候，传灯先生与往常一样，已经在空旷的学堂坪里结跏趺坐了。乍一看去，先生的坐姿安逸，神情祥瑞，似乎还真有那么一种"放下"与"安顿"的感觉，但是，心却不是一时半会儿能够安静得下来。这一点局外人不一定能看得出，而先生本人却是很明白的，就如此时，他的脑海中就已经闪出了自己曾经写过的几个句子：

　　不记得当初是什么力量牵引我出发，
　　要奔赴的前方在哪里我也很迷茫，
　　为什么我的内心会如此躁动？
　　人在征途，我不知该如何描述前景！
　　只有当我每一次踏上联珠桥头，
　　隔江眺望时心里才会怦然一动：
　　江对岸白羊山顶上的北斗七星啊，
　　你未必就没有什么秘密向我诉说？

　　先生入座之后一动不动。是的，一般人都会以为他很快就已经入定了，他的下颌微微向上翘着，该不会是有意在等待北斗七星的出现吧？远处又传来了山歌声，他也一定是听到了，却根本没往心里去：

　　太阳转背又偏西，黄瓜蓬上落阉鸡，

若是当初不阉你，多子多孙多福气。

这是一首由鄢吉叔自编自唱自己录下来的山歌，声音凄怆而邈远。这首歌他已经唱了有好几十年，就连白驹村里三岁的小孩都会唱了。他原本有着一腔极好的嗓音，当年走村串户时，他的手中还握着两块锃亮的钢板，每进村口或有庄户人家群居的地方，他就会把手中钢板敲得"当当"响，然后是一声高呼："阉鸡哦！阉猪啊！"

每到麦子黄了，禾苗也返青了的季节，上村下村的妇女们就开始翘首盼望着鄢吉叔的出现，这些鸡呀猪呀的事情，理应就是村里妇女们的头等大事。这个时候，肯定就会有村妇打着日罩子神神道道地说："麦子也收了，禾苗都开始灌浆打苞了，这鄢吉叔他怎么还不来呢？"

"他去年就说过的，"接话的也是妇人，说要让小公鸡多快活几天。

"咯咯咯……你这骚堂客！"于是，村妇们就荡起了一片笑闹声。

但是后来，也记不清到底是从什么时候起，鄢吉叔虽然照例喜欢走村串户，却再也不干阉匠的营生了，而是一路游走，一路放声唱山歌。而近几年来不知是何原因，鄢吉叔经常会出现间歇性嘶哑，心中那个苦呀！有歌硬是唱不出来。后来也不知他是从哪里找来了一台手提式录放机，有了这玩意以后，他在嗓子好的时候，就边唱边录，而且一录就是好几盘磁带。每当他想唱又唱不出来的时候，就只要把录放机往地上或凳上放平，轻轻按一下播放键，歌声就流出来了……

鄢吉叔属鸡，今年71岁。有人说他是靠了这首歌养着才一直活到了现在，不然早就走了。传灯先生也说，从文化的意义上看，这话是有几分道理的。先生还说，在某种特定的心理环境下，人的忏悔意识也有可能会成为一种精神原动力。只是村里人却听得一头雾水。

"鄢吉叔一个阉鸡阉猪的，有什么好忏悔嘛？有人还跟先生较真。见先生不语。"那人又补了一句说，"阉人的人才才应该去忏悔！"

先生忙把个指头靠向嘴边，嘘了一声说："别乱讲，这话别乱讲！"

"怕个鬼哩！"种田人都是直肠子，说："如今不是又鼓励生第二胎了？"

先生便圆话说："此一时，彼一时，都没有不对的。"

太阳转背又偏西，黄瓜蓬上落阉鸡，

若是当初不阉你，多子多孙多福气。

鄢吉叔的歌声又起了，仔细一听，似乎还真有几分忏悔之意……

先生早年曾致力于对湖湘文化的搜集和整理工作，并主持出版了诸如《千年湖湘胜迹图志》《千年湖湘经世文鉴》《千年湖湘民俗图文录》《四水一湖诗文选》等大量的民俗和地理文献著作，还创办了一本叫《自觉》的民刊。这在省内文化圈里曾一度产生过良好的影响，就连省委有关领导也曾专门为这一套丛书做出过重要批示：湖湘文化源远流长，渊澄取映，有利后人，建议省图书馆为此类文化专著设立专门的书柜。传灯本人，也因此获聘为省文史研究馆馆员。

这对于一个民间文化公司的老板而言，是殊荣，更是鞭策，先生自己也曾先后去图书馆回访过好几次，可得到的信息反馈却不太乐观。省图书馆负责人介绍说，书是好书，但除了一些专门从事湖湘文化研究的学者偶尔来借阅外，一般的读者平时很少会有人去光顾。

先生自己对这套大部头书系其实也有过较为中肯的评估，他的结论是：虽然当时有做概念或有哗众取宠的嫌疑，但整体的指导思想却始终是本着挖掘地域文化，弘扬湖湘精神的原则去搜集去整理的，而且在编辑出版的技术层面上，也是严格按照以历史年代为经，文化类别为纬。所以他坚信这些都是文化的种子，总有一天会发出芽来。

"信念就是用来坚守的！"这是先生经常对自己公司的员工说过的一句名言。后来他又开始在思考着另一个问题，那就是文化的土壤应该在乡村，也正好在这一段时间里，他应邀参与制作了一期《寻找新乡绅》的电视专题片，这又重新点燃了一直潜藏在他内心深处的希望。

也有朋友好心而含蓄地提醒过他，说："传总，你骨子里就是一介书生。"先生便反问："喂，你这到底是在表扬我有人文理想呢，还是在批评我不切合实际？"其实先生自己又何尝不是在不断地自我叩问！

先生多半是在利用打坐来思考一些他自己认为的所谓大事情。他觉得只有在这样的一种状态下，人的灵魂才有可能通神，甚至能得到神的帮助。先生打坐曾得到过佛门高僧的指点，是中规中矩的七支坐法，双足跏趺，脊梁直竖，两肩微张，双掌圈结于小腹之下，平放在胯骨部分，两个拇指轻轻相拄，掌心朝上，给人感觉仿佛是承接了满掌霞光。他入座一般都会在两个小时，头正，脑稍微向后收,双目微张,似闭还开,视若无睹。也就是那次,高僧还开示过他,说他有佛缘。但先生却笑问:"是出家,还是回家?"高僧亦只是浅笑而不答。

传灯先生所说的回家,是回到他自己的老家。先生对老家白驹村情有独钟。就如此时,结跏趺坐的传灯先生极目处即是资江对岸的白羊山,而余光里的双拱联珠桥则在离学堂山千米处的白驹村村口,七百里资江横前,浩浩荡荡入洞庭,奔长江,直指蔚蓝色的大海。

这一远一近的两处地标在先生心间或意识里是颇有着象征意味的。他这么挺腰昂首,席地而坐,直到星月渐明才含笑起身,双手合揖于两道如炬的目光前,再朝着远处的北斗七星深深鞠上一躬,然后在操场坪里再稍事歇息。有萤火虫打着忽明忽暗的小灯笼出来了,也有了夜鸟偶尔的鸣叫,这才是先生最放松的时光,他管这叫心理磁场的切换。也只有在这样的时候,他或为了去追一粒萤火虫再绕山下的田垄走上一程,或看一会儿从学堂屋檐口飞出的蝙蝠,有时甚至还顺口唱响了一首儿时唱过的咏蝙蝠(白驹村叫蝙蝠为檐壁鼠)的童谣:

檐壁鼠,飞屋高;
借我的刀,砍柴烧;
借我的牛,耕大丘;
借我的马,跑神州。

先生儿时最大的愿望就是能够策马跑神州。这愿望他算是实现了一半,但显然不是策马,而是驾车跑遍了大半个中国,然而现在……

凡是在这样的时刻,先生的心里就会忽然"咯噔"一下,接着又摇了摇头,然后在心里感叹着说:"唉,可跑着跑着,又跑回老家来了!"

先生的思绪也回来了,于是便会转身上楼,掌灯于阳台,或诵古人书,或习魏晋帖,半个夜晚的时光里,充溢着书香,弥散着静气。

然而这个傍晚,对岸白羊山顶却见漫天彩霞风姿绰约久久未落,煞是壮美。先生的心中便有了些许感慨,几个长短句也就信口溜出:

谁说辉煌过后是淡定?
夕阳是一颗不舍坠落的热泪,
缤纷的晚霞,

是难以拭去的斑驳的泪痕。

学校快要放暑假了，这是传灯先生与孩子们将要共同度过的最幸福也最快乐的时光。近些日子以来，先生一直在心里为孩子们盘算着放假后的课程安排。他并不是孩子们的老师，更不是时下流行的补习学贩，而是孩子们的大朋友，是孩子们的传灯爷爷。他本来就是白驹村人，"少小离家老大回"，他是在去年清明节后才回到白驹村定居的。

先生在白驹村曾有过一栋老宅，如今早就已经成了一片废墟，由传家的另一支后人种上了蔬菜，那栋房子是当过族长的曾祖父手上修建的，当时的传家是三乡九保有名的大户，宅子也大，坐北朝南，属于向阳门第。老一辈人讲究风水，择屋场更是严谨得很，既要考虑坐向，还要考虑朝向，先生家老宅的屋后是形如卧虎的虎形山，为了朝向，院子还筑有大宅门，宅门打开，极目处便是江对岸的白羊山。据说当年来给看风水的大师还是从宝庆府请来的，传闻他的师傅曾给曾国藩和左宗棠家择过祖坟地。可见传家的祖人是颇有雄心壮志的。

卧虎守白羊，万代拥吉祥。这就是外来的大师从传灯他曾祖父手中接过辛苦费时的赞言。

但是智者千虑，必有一失。当年白驹村也有看风水和择吉日的所谓大师，其实这样的人每个村或多或少都会有，只是外来的和尚好念经罢了。传族长这一"失"就失在轻看和怠慢了本村的"和尚"，不久，村里就有人放出话来，说传家大宅门左侧那个小山包叫弩形山。

这还了得？卧虎一侧有强弩，想有所为而不得，分明近在咫尺的白羊便只能成为传家永远的诱惑！传族长乃聪慧之人，悟性极高，当即就想，世间万事都应该有序可循，他最后终于想出了"远亲不如近邻"的破解法，于是不动声色立下宏愿，要为白驹村做两件大事：一是在大宅门左侧的小山包上建一座学堂，百年大计，育人为本，从此便改弩形山为学堂山；二是在株溪注入资江的村口修一座石桥，并且是双拱桥，如此一来，就等如形似卧虎的地脉有了两只日夜醒着的眼睛，既可仰望对面的白羊山，也能俯察荡荡而来又荡荡而去的一江流水，更可以解乡邻往来只能依靠渡船过河之烦琐。何乐而不为呢！

这两件大事终于干成，却几乎倾尽了传族长的毕生财富和精力。

"我们的先人真是伟大啊！"这就是传灯先生去年回乡时曾发自肺腑的一

句慨叹。当时他的一双儿女和儿媳都在场，孙女和外孙则跟着他们的奶奶兼外婆到河边玩水漂去了，做父亲的却总想不失时机地给儿女们传古。两代人立于学堂山空旷的操场，父亲先是遥指着白羊山说出了祖上与虎形山和学堂山的掌故，然后又指着横跨于村口的双拱联珠桥问晚辈："你们看那像不像白驹村向外面世界注视的两只眼睛？"

桥下清波里有石拱桥的倒影，儿子顺口接过话说："像，太像了！"

但是，父亲再接话时表情里便多了几许肃穆，他说："联珠桥的目光所及处，绝对不只是停留在对面的白羊山！它的双目一只向上游追溯，可至资水发源地广西猫儿山北麓。'问渠哪得清如许，为有源头活水来。'流水无论行走多远，都不会忘记自己的源头。"父亲稍停顿了一下，正要往口袋里摸烟，儿子就把烟递了过来，打火机的火苗在微风里颤抖，父亲忙伸出一只手来护着，深深地吸了一口说："它的另一只眼睛则看得更远，可延伸至洞庭，乃至长江并蔚蓝色的海洋以及海洋的那一端……这就是我们祖先的目光！"父亲还说到了近代的一位名人，他说："在这条江的上游，有一个叫魏源的先生，早在百多年前就曾经倡导过要睁眼看世界，还写出了'师夷长技以制夷'的理论著作。"

"啧啧！"晚辈们听得呆了，好像在这时他们才忽然发现，自己的父亲不但是一个作家，是一个文化创意工作者，原来还是一位哲人！

但父亲毕竟又是一个充满着童趣的人，说话间，他远远地就看见了有一只红蜻蜓正安静地趴在操场边的一株小草上，是一株俗名叫剪刀草的蒲公英。父亲跟他的小孙女和小外孙说过，他小时候最爱吹蒲公英玩了。记得去年秋天，父亲也领家人回了一次老家，他给孙辈们作示范时，摘一株蒲公英在手中，撮嘴鼓气，顺着风向一边吹，一边追着离开了母体的蒲公英跑，后面的小孙们也跟着爷爷跑，一直快跑到株溪口的联珠桥上去了，他还一脸天真地跟小孙们说："爷爷是一个追赶太阳的人！"那一天，傍近白羊山顶的夕阳特别浑圆，缤纷的晚霞如同焰火，特别炫目。小孙女却出语惊人，说："爷爷那你会被太阳烧死的。"爷爷怔了一下说："怎么会呢，追赶太阳的人是不会死的，那叫涅槃，会获得重生。不过这个季节还没有开出蒲公英来，所以才叫它剪刀草。"父亲此时居然当着儿女们的面轻脚轻手地猫了过去，近了，更近了，这才迅速出手，再用双指轻轻一夹，那只或许还正在做着美梦的像火苗一样颤动着双翼的妩媚蜻蜓，果然被他给逮着了……父亲说："凡成大事者首先要学会守静，只有能够守得住静的人，方可把握住最有利的机会，不是有句成语叫'静如处子，动如脱兔'吗？"但父亲只将蜻蜓捏在指尖欣赏了一会儿，又把它托在掌中让它随风飞去了。

也就是在那一次，全家人终于同意了让父母亲留在老家白驹村。

父亲在大是大非问题上又是一个有着绝对自我控制能力的人，即便只是每一次领晚辈们匆匆地回一趟老家，他也总是会要儿子先停下车来，在联珠桥上伫立良久。儿女们渐渐地也就觉出了父亲的良苦用心，他这是在率晚辈们感受先人之灵气，但他却一直矢口未曾说起过自己爷爷与这一座临江石拱桥有关的晚境。父亲一路走来，无论是少年做手艺，还是到后来从文、从政以及下海经商，都能够进退自如。

这里还需要插叙几句，传灯的成长本身就是一个传奇。他的少年时代因为受成分论影响，只读过四年初小就早早地涉足了江湖，跟随一位堂叔学篾匠。20世纪80年代，正值青春好年华的他又忽发奇想，从写作民歌寓言开始，到后来写诗写散文居然成了名作家，还担任过县文联主席和县报社长、总编，并获得了"全省自学成才标兵"的称号和"全国五一劳动奖"等殊荣；就是在县里要考虑一个党外副县长人选找他谈话时，他又主动要求放弃，并且坦言自己是一个太感性的人，弄不好会辜负了组织的培养和代表们寄予的厚望。也许是为了逃避，不日他就选择调进了省城，在省委统战部的杂志社做编辑部主任，后来又做了执行主编。也就在这长达八年的时间里，由于工作性质的关系，先生曾与宗教界人士有过广泛的接触，从而对佛道的历史文化渊源也有过不少思考，然后在21世纪之初，他又毅然下海创办了一家文化传播公司。先生对20世纪80年代始终满怀感恩，他曾多次在与当年的文朋诗友相聚时说："那是我们这一代人终身也不能忘怀的黄金岁月！"

如今公司正顺，儿女均已成家并有小孙绕膝承欢时，他又多次跟家人商量提出要急流勇退，想回到老家白驹村去做一名地道的村夫。

夫人心里放不下小孙女和小外孙，她是反对丈夫回老家来定居的，说："这都是省电视台给害的，要你爸去弄什么《寻找新乡绅》！"

儿子就在一旁笑母亲，说："妈，爸这是在寻找诗意的栖居地！"

儿媳的话却说得含蓄："妈妈，你这是还不了解爸爸的个性吧。"

听了这类牢骚和解读后，先生也就觉得自己应该跟妻子和儿女们有个交代,他首先说,眼下是一个城镇化轰轰烈烈的大时代,所有的乡村人无不羡慕城市,只要有可能,乡村也在努力城市化。这是历史的必然,但我们也该清醒地知道,有些东西可丢,有些是不能丢的。

儿子知道父亲又要在家里"开讲"了,就使了个眼色要老婆去给父亲泡来了一壶安化老黑茶。含饴弄孙磨日月,闲来无事泡老茶。这是父亲前不久写下的打油诗中的两个句子。父亲其实是心有不甘。

从儿媳的手中接过茶杯,轻抿了一口,父亲果然又开言了,他头一仰若有所思地接着说:"想起自己从年轻时代,带着一身的心力和体力,怀抱着满腔的热忱与血气,从乡里来到县城,再来到省城,在这里运用着一生的智慧、情感、意志和气魄,去奋斗、去打拼、去创造,也算小有所成,只是每次回乡在联珠桥头站上一站,望上一望,忽然就会想起陶渊明那句'田园将老兮胡不归'的诗来,便无端地有了归念。"父亲越说越动感情,又轻轻啜了口茶水,说:"树林无不想从根向上长,水无不想从源向前流。但若拔了根,断了源,则枝亦萎缩,流亦枯竭。数十年的城市生活让我与自然实在是久违了,是不是该停下来舍弃点什么?找回点什么?从来乡村的安定、孤独都是与大自然相接,也都是在为城市养息精力。我想若是趁此还能自食其力的时候回到家乡,重返自然与乡邻为伴,少小为伍,便可不再紧张、忙碌,全身心地放松自己,重温'种瓜得瓜,种豆得豆'的乐趣,或许还能间接为儿女,为人生在自然、安定并孤独中另辟生机,重谋新路……"

就是在去年清明节的那一天,先生认为圆自己归乡梦的条件已经基本成熟了,便在与家人一道去坟地祭拜过祖先后,就叫儿子去把村支书和村主任请到了学堂山上。先生就是在这里读过的初小,不过那时的传氏学堂早就已经更名为白驹村小学了。前几年白驹村同株溪口两个村子合并后,学校也合并到了一处,被迁到了唐家观小镇上。

这一栋旧学堂,在传灯先生的心里始终是一个难解的情结。

学堂山依山临水,右侧是翠峰峭拔、怪石嶙峋的虎形山,左侧是一条从向阳岭下一直逶迤至株溪的清澈小河。旧学堂的构造不但用材特别,形式也很特别,有上下两层,两间教室在中间相连,两侧厢房曾经是老师的宿舍,一楼多盖了一个包角是厨房。如今荒芜多年,蛛网满布,杂草丛生,寂静中却并无半点哀伤的情韵,意象繁芜又没有任何壅塞之感,在气道上还反而有一种轩昂的、清贵的格调,耐人咀嚼和回味。当江对岸落霞笼罩的青黛山峦逐渐模糊,只剩下高低起伏的轮廓线,一群蜻蜓在晚风中飞舞,嘶嘶作响,先生独自站立于操场葳蕤的草木中,仿佛听到有桐油灯下黄卷的书声,真切感受到文化在向自己靠近。他这才真正地意识到自己如此迫切地要回到这学堂山上来,就是想和那些留守的少儿们一起诵读《大学》,诵读《千字文》,为祖辈曾经的信念,也为今天自己的自觉。他似乎看见,一个懵懂少年曾赤手空拳从这个操场上走向繁华都市,左冲右突,终于有了好鞍的马,好的剑和好的行头,威风八面,但有一天他会忽然明白,人其实无须一味向外,永无止境地去寻求,去决斗,而是更应该把目标设定为完善自己,反省自身……于是,那一副重铠也就显得多余了。

村支书与村主任兴致勃勃地来了,先生就把自己的一些想法与两位年轻的村干部交了底,两人便异口同声地说:"这是好事啊,传总!"

"请千万别再称呼我传总了!"传灯先生忙摆手制止。

"那我们还是叫您主席或社长吧!王镇长也是这么称呼您的。"

"这更扯远了,"先生摸了一下头说,"我这人最怕的就是戴高帽子。"

两位年轻人稍怔了一下,便省悟道:"哦哦,应该叫传灯先生。"

先生的心里是有了几许得意的,但出语却很淡然,他说:"我辈哪敢妄称先生呐!不过是想望其项背而已。以后还得请二位多多关照。"

"哪里哪里,有先生在,我们村上今后有些事办起来就方便多了。"

先生心里想笑,话却说得诚恳:"只要我能做的,我都会极尽绵力。"

……慢时光也是时光,结跏趺坐的传灯先生恰到好处地收住了回忆,而后又缓缓地嘘了一口长气,起身看表,刚好是整整两个小时。

二

第二天一早,先生便忽发奇想说:"今天我们磨一桌豆腐吧!"

夫人心里一惊,便问道:"未必你晓得我昨晚上泡了黄豆?"

先生却王顾左右而言他,说:"但我晓得儿子今天会回家。"

这"回家"二字,从先生的口中吐出来,该是何等的灼热啊!因为在他的心中或意识里,始终是那么的认为,有根的地方才是家。

"儿子没给你来电话吧？"夫人说，"我是前天夜里梦见他说会来的。"

"母子连心，他既然在梦里跟你说了，就一定不会是骗你的。"先生这其实也是纯属瞎猜的，不过他特别喜欢欣赏夫人磨豆腐的过程，也还会时不时搭一把手，帮着夫人推一推石磨。这副石磨是去年底才添置的，就摆放在学校礼堂的中央，不知情的人还以为只是个摆设。

先生高挽了袖子，缓缓地推动石磨，夫人就往磨眼里喂豆子。

刚推过十几圈，先生就偏着脑袋看着雪白的豆浆对夫人说起了掌故来，他说："两汉有个叫曹植的诗人，写了一首咏豆诗，诗曰：'煮豆燃豆萁，豆在釜中泣，本是同根生，相煎何太急？'诗是好诗，但毕竟是生在帝王家的才子，把豆子这么善良的物种写得太血腥。"先生后来干脆停下石磨，勾腰从木桶里舀了一掌豆子说："你看看这喂饱了水的豆子，像不像学堂山下邻居家那个肥肥胖胖的小女孩呀？如果我们不磨豆腐而直接让它们长成豆芽，又该是何等亭亭玉立的美少女呢？"

"哈，还美少女，尽讲废话！"夫人说，"去去去，楼上写你的字去！"

先生就不再言语了，愣着头一心一意地推着石磨。直到把豆子全都磨完了，他才独自上楼，倒墨展纸，开始用功习字。不一会儿，夫人就端来了一碗热气腾腾的豆腐脑送至案前，先生接过蓝花瓷碗，怔怔地看着，又自言自语地说："豆浆比初雪还白，豆腐比人心更柔美。"

夫人在旁就嘟哝了一句，说："先生是越来有慈悲心了。"

先生接话说："真正拥有慈悲心的，是我们脚下的这一片土地。"

夫人便有了感动，她觉得这些年先生在对儿女们苦口婆心的同时，她也从先生平时的言谈中学到了不少知识，尤其是情怀和气量。

上午十时许，儿子果然来了，还带来了几捆宣纸和一箱墨汁。这是先生早年囤积在长沙家里的陈货。父亲对自己的晚年生活确实是有过精心设计和安排的，这不得不令儿子对父亲的缜密思维深感钦佩。

上周末女儿也来过，她是来给父亲理发的。这是做父亲的给女儿下的一个套，说是自己要在外在形象上先解放自己。用他的话说从头到脚来一次彻底革命，先是一改以往的一边倒西式头为光头，然后是只穿布鞋不再与皮鞋沾边。而每个月用推剪理一次发的任务自然就落在女儿身上。其实株溪口也有理发店，父亲之所以点名要女儿来理发是有玄机的，他知道夫人最疼爱小外孙，但从小就是个男孩子性格的闺女却随意散漫，住在长沙同一座城里也难得见她带儿子回家一次，所以父亲在点名要女儿来给他理发的同时还提出了一个附带要求，那就是必须把外孙也带来，说是让他来体验农村生活。若没有这个理由套着女儿，她或许还真是几月半载也想不起来看望父母一次。

"外公，您以前那一边倒的头发才有味呢！"小外孙转前转后地看妈妈给外公理和尚头，忽而像想起了什么似的，偏着小脑袋遗憾地说。

外婆就笑得眼眯起，泪水都快掉出来了，说："你个鬼崽子！还只有两岁多就经常要拿你外公当马骑，尤其是你妹妹就更加顽皮了，她就喜欢拨弄你外公那几根从左边绕到右边的护顶头发。"

"不过留那么一圈长发也确实难看！"女儿是赞成父亲理光头的。

外公也笑了，说："只是小外孙长大了，不能再骑外公的脖子了。"

理过头发后，女儿留下来陪母亲一起聊天，然后又一起去菜园摘菜并做午饭，这时外公就拎着一双赤脚带小外孙到株溪口的小河里去翻螃蟹，捉小鱼，重复着小孙女每次来井湾里时爷孙俩的快乐时光。

红翅，白翅，红翅，白翅……一老一少的手中，各执一根剥去了树皮的柳条，在小河里穿来梭去追赶鱼儿，笑声与浪花齐飞。后来他又专门带他去了一趟祖坟地，跟他讲外公的祖上是如何如何的书香门第，当然回到学堂山后，又亲自教小外孙习了一遍《千字文》书帖。

"天地玄黄，宇宙洪荒……"小外孙一边习帖，一边摇头晃脑吟诵。

这是外公教小辈们习帖时定下的规矩，要求边书写，边朗读。

因为这一天正好是周末，在唐家观中心小学读寄宿的孩子们也都回家了，入夜，便有哥哥姐姐或弟弟妹妹们，也会循着那一盏闪烁着月晖般温馨光亮的电灯来到学堂山上。这时，外公就俨然又成了传灯先生，他往白炽灯下的教室讲台上一站，孩子们就嚓地来了一个立正，并异口同声地说："先生晚上好！"外公一脸慈祥，居然先给孩子们鞠了一躬，然后才说："我们今天继续温习《千字文》。"他刚转过身去正要在黑板上抄写时，又猛地回过头来，微笑着问："你们有谁会背诵吗？"

周末回家的都是初年级学生，况且先生以前教的是《诗经》，是唐诗和宋词，《千字文》是上周末才开始教的。先生说："不要求大家现在每一个字都会认，都会写，先跟着我一遍一遍地朗读，一直读到能背诵了，这一千个字大家也就熟悉了,然后再慢慢地去理解文意。"

先生还说:"我读了一千遍,写了一百遍,也没有完全理解透。"

这个晚上,小外孙也在,先生安排他坐在最后一排,见教室里有了小小的骚动,他就举起手来,朗声诵曰:"天地玄黄,宇宙洪荒……"

"哇!"孩子们这才回过头去,也随声附和着诵读起来。

从那一天起,彼此就都认识了,小外孙也成了白驹村的小明星。

传灯先生边听着声声稚语,边来回踱步,他觉得这个世界上没有什么比听孩子们一起肆意诵读千字文韵更令人愉悦的事了。清脆的童声最令人精神振奋。他忽然就想起了梁启超先生的名文《少年中国说》里的句子:"天载其苍,地履其黄,纵有千古,横有人荒。"梁先生这铿锵如少年的声音不就是脱胎于古老的千字文"天地玄黄,宇宙洪荒"吗?圣贤说"四方上下谓之宇""古往今来谓之宙",这是堂堂中华民族的时空观念。据说宋代大儒陆象山少时读到"宇宙"二字便豁然开朗。宇宙之间,如此广阔,我立于中,须做一个大人!

在童稚悦耳的"宇宙洪荒"声中,先生回想起自己已逝的激情时光及泥沙俱下的做所谓文化策划时的往事,忽觉得有一种少年的憧憬在心底冉冉升腾。便不由得发出了一声喟叹:"如果岁月能够重来!"

读一年级的小孙女来的次数多一些,她和他们早就是好朋友了。

这次儿子是单独来看望父母,是搞突然袭击。不管怎么说二老毕竟是花甲之人了,细心的儿子对父母的生活起居和身体健康等多少有些不放心。儿子把三菱吉普直接开到了学堂山的操坪里时,母亲还在屋档头摘辣椒。是父亲先看到了儿子的小车,不,更准确地说应该是听到,因为儿子在停车前总喜欢先按三声小喇叭,这是一种讲礼貌的行为,是一种良好的道德习惯,无论前后有人没人,也算是先打个招呼知会一声。父亲正在楼上阳台的书案前写字,一如往常,他的身板是笔挺的,右手腕上下左右旋动,这一切,做儿子的太熟悉不过了。

凡习书法,下笔要果断,笔尖要跟着纸走,横要平,竖要直,撇要见锋,捺要显燕尾……儿子仿佛又听到父亲在教读一年级的女儿练字时的谆谆教诲了:"做人也一样,品行要端正,而又不失去个性。"

但父亲依旧没有抬头。儿子懂得父亲,他做事从来都是这样,总是想要一鼓作气把事情做得有眉目了才嘘一口气的。他今天是在写心经,这是儿子不知道的。自从寒假结束,孩子们去了学校后,他除了周末照例拿出专门时间"同孩子一起成长"外,就给自己布置了一个任务:每天写一张《心经》。是的,他每天只写一张,共 260 字。

听到儿子上楼的脚步声了,父亲正好搁笔,但他仍然不徐不疾地揭开了朱红印泥盒,再拎过印鉴在泥盒里轻轻地粘了粘,然后才郑重其事地在落款处稳稳地按下去,再抬手时,有着浓郁沉香气息的特制经宣上,"传灯"二字便如红莲般在先生笃定的目光里绽放开来。

"爸——"儿子叫父亲总是拖着长长的尾音,亲切而又情深。

父亲转头嗯了一声,也没多说话,就要过来接儿子扛着的宣纸。

"不用呢!"儿子说,"我知道该放哪里的。"便直接进了里面的书房。

楼板像老人的牙齿有些松动,毕竟是八十年前修建的旧学堂了。

儿子曾多次听父亲传古:那时候的人,目光就是长远!父亲说起自己的曾祖父和祖父那两代人事来的时候,总是一副身不能至,心向往之的肃穆神情。也是去年清明节那次,父亲说:"我给你们讲一讲联珠桥和学堂屋的用料和工艺吧,那是何等扎实和精湛啊!修桥的石材全都是来自江边婆婆崖垴上的紫竹湾,这是亿万年前地壳运动形成的冰碛岩,不晓得当时开凿条石时费了多少钢凿和时间;而学堂屋的所有廊柱和横枕,尤其是挑梁,又无一不是从株溪源头的原始次森林猴子冲采来的上等楠木,所以尽管年代这么久了,联珠桥上还能跑得汽车,学堂屋还堂堂正正地屹立在学堂山上。值得我们后人深思啊!"

小外孙鬼精得很,眨巴着眼睛问:"哇,楠木!没人来偷?"

外公一怔,一脸严肃地说:"读三年级了,好好读你的书呀!"

"这小屁孩,尽歪想!"女儿当时就听出了父亲话里的弦外之音。

儿子心细如缕,他知道父亲每年回老家扫墓祭祖后,无论早晚都要到学堂山上来走一趟,要到楼上楼下四处看一看,父亲其实也是有过这种担心的。那么他此次回老家执意要留下来,虽然主要是想圆自己的归乡梦,但也不排除是对祖上所付出的心血的一种庄严捍卫。

儿子刚把肩扛怀抱的几捆宣纸放上里屋的书桌,父亲也进来了。

"来来来,让我来放。"父亲说,"宣纸是通人性的,这算是陈年老纸了,还是我刚下海的那一年买下的,已经在家里藏了十五个年头。"于是像伺候宝贝一样,平手端起来,再轻轻地一捆一捆放上书架。父亲还告诉儿子,好的宣纸,存放时间越久,性情越温顺,也越吸墨。

凡事都有讲究的,世事洞明皆学问。父亲的性情亦如老宣纸。

儿子一边聆听,一边点头,心里却在想着另外的一件事情。

那就是父亲在十年前进的一批安化黑茶。当时他和新婚不久的妻子内心里都是反对的,毕竟要拿出来六十多万元现金,再说家里又不是作茶叶生意的,只是出于对父亲的尊重没有说出各自的想法罢了。

父亲的心里却如同烛照,他说:"此事就这么定了!"然后又回头对兼任了公司出纳的儿媳妇下达了指示:"你明天就先把款汇给蒋伯伯。"

"货都还没有到呢,爸!"儿媳妇鼓足了勇气说。

"你们担心蒋伯伯还会害我?"父亲有些动气了,说:"他要不是也想在长沙给儿子购一套住房等钱用,蒋伯伯还会找我贩茶呀!"紧接着父亲又丢了一句硬话:"有些事我会与你们商量着办,这种事没商量!"

只有在一旁始终没有吱声的母亲心知肚明,她后来告诉儿子和儿媳说:"这事你们就高高兴兴地顺了你爸!蒋伯伯是你爸在县里工作时的老朋友,他当年在报社任总编,蒋伯伯就是城关镇的党委书记,无论订报纸还是做专栏宣传,都是你爸一句话;后来你爸到了省里,蒋伯伯又当了副县长;就是早年你爸创办文化传播公司,他也帮过你爸不少忙的;要不是前年出了事丢了乌纱帽,蒋伯伯也不至于贩茶。"

儿子自然就懂了,父亲是一个有恩必报的大男人。

但是令他们万万也没有想到的是,随着茶饮市场对安化黑茶的不断认可,十年前六十多万元所进的千两和百两篾篓黑茶以及手筑茯砖和机压砖茶等,其价值已经翻了不知多少倍!就是在近几年来,儿媳和闺女偶尔也顺带出手一些,按说当年的本钱早已收回,而产品却只动了冰山一角。姜还是老的辣!这是多年以后儿媳才说出的心里话。

"我陪你去看看你妈妈的小菜园吧!"父亲对儿子说:"她在摘菜的。"

"好呵,我还以为妈妈到村里逛人家去了!"被唤醒的儿子说。

路过阳台,儿子便在写字台前站定了,"爸,您的行楷更耐看了!"

"你是说这心经吧?"父亲把压在经宣两端的镇纸拿开,一脸慈祥地说,

"沐手写经,首先是心要静,神要宁,气要闲,要怀有感恩,要知道敬畏,别看心经只有短短 260 字,却通神明,达天意,深远得很!"

父亲又说:"别说是写经,写字就如修行。从磨墨倒水开始就要有清净之意。古人写字是先要磨墨的,俗话说非人磨墨墨磨人,磨墨如打坐,专注于磨墨,把所有焦虑、不安、杂念都缓缓磨去,最后只剩下这乌黑发亮的墨液。现代人就是因为用墨汁太过方便而随意,故容易散漫,失了安宁,失了敬重,失了气道。所以守心就尤为重要了。"

父亲是在借题发挥,说:"心经便是咒子,是大神咒,大明咒,是无上咒,是无等等咒,能常念叨心经确实有大益处。'揭谛揭谛,波罗揭谛',就是自度自度,快快自度的意思。'波罗僧揭谛'就是大家快快自度。菩萨传你这个法,就是要你凡事要自我承担,别自欺欺人,故弄玄虚。人贵自立自助天助,所以真正的大道是简单的,是直截了当的,虔诚、敬畏、正心、诚意,不装神弄鬼,不颠倒梦想。释与儒的文化理念其实是一样,只是引你进入的方法各有不同罢了。"

儿子亦豁然,却也忍不住插言道:"您这每日一经,都送给谁呀?"

父亲把一旁写好的信封摊开,原来全是县里和省里的朋友们。

"不是说心经要上门拜领的吗?"儿子有些疑惑。

"文化是靠人传播的,心经是用来度人的。"父亲的神情便多了几分肃穆,说:"佛度有缘人,既然彼此有交集的缘分,还需那么多讲究吗?"

儿子惭愧地"哦"了一声,顿有醍醐灌顶的惊醒。

父子俩便拾梯而下,拐过灶屋,便是父亲所说的小菜园了。

园子并不大,也就是半亩来地,却拾掇成了好几个土垅,红灯笼绿灯笼是辣椒,紫灯笼是茄子;黄瓜和豆角,全都挂在用麻竹或紫竹搭成的架子上。母亲正弯着脊背一手提竹篮,一手在摘红辣椒。

"妈——"儿子拖着长音的一声热喊,人便闪身到了母亲的身边。

"你呀!"母亲的脸上菊花绽放,"每次回来都不晓得先发个信息。"

儿子在母亲的面前才更像儿子,他接过母亲手中的竹篮,然后立定说:"妈,来来让我看看,哇,您好像越来越显年轻了呢!"然后又掉过头来,把目光落在父亲的脸上说:"爸也是越发显得精神了。"

"这倒是真的。"父亲说,"至少乡下的空气要比城里好。"

儿子听罢，也就仰起脸来，深深地吸了一口早上十点多钟的纯净空气，居然是一副很陶醉的样子。父亲的目光便愈发地柔和起来。

<h2 style="text-align:center">三</h2>

吃午饭时村支书和村主任也来了，这是惯例，只要儿子回老家看望父母，他都会电话把村上的两个主头请过来一聚。这也是父亲的意思。省城离白驹村也就 180 余公里，车程两个多小时，他每月都会回来一次。儿子一直记得父亲不经意间说过的一句话。父亲说："离开家乡几十年，没想到农村也变得如此势利了，我这个回乡只想传播文化薪火的人，倒像小说中描写的当年八路军驻国统区的办事处主任了。"

儿子接手父亲的文化公司之前在省电视台当记者，他也曾对这些年来的农村，特别是农村基层组织有过担忧，还做过这方面的专题采访。那也是在资水江畔的一个小村子，总人口就八百六十人，村支委却还要按每个人头每年抽取一百元的社会发展费为村领导养一台小车。

村上有一个从武汉医学院退休回乡的老中医，因为祖上就是名满资水两岸的杏林世家，想为乡邻奉献余热开一家诊所，执照手续都办了，场地也租下了，没想到挂牌接诊那天，村支书却带了几个跟班的人先上了门，往门诊室里一坐，就码着二郎腿吞云吐雾地抽起烟来。

老先生见是村上的土地爹来了，赶忙嘱小护士给领导看茶，自己则拿了听诊器过来询问："请问支书你这是哪里不适呀？"支书却哼了一声，头也不抬说："我哪里都不适！"老先生在武汉医学院坐诊时见过的大领导一打一打的，但他还是装糊涂说："你真有病就要积极配合医治，拖深了就不好治了。"对方这才抬头，冷不丁丢过一句话来："配合？我看是你先要积极配合吧！"他把快烧到嘴唇了的烟蒂"噗"地朝一边吐去，然后又干咳了一声说："你这私营诊所暂时怕还不能开张营业！"

老先生百思不得其解，忙从柜子里把所有的手续拿出来请村支书过目。没想到支书连看也不看一眼，这才手指着红十字招牌拖长了声音说："你真糊涂还是假糊涂？这上面必须要有村支委监管才行的！"

"好好好，"老先生硬着头皮说，"我明天就去把招牌重新写过。"

没想到支书却牛眼一瞪,说:"你以为就是添几个字那么容易?"

其中一个跟班就做了个点钞票的手势说:"是要交米米的!"

老先生乃闻名江汉的一代名医,尤其是在治疗早期癌症上学有专攻,要不是一心想着回乡报效桑梓,学院还拿他当宝贝呢!他哪受得了如此侮辱?当即就亲手将牌子摘了下来,往门前的资江里扔去……

病入膏肓!简直无可救药!老先生第二天就带着夫人又回了武汉。

儿子并没有将此见闻跟父亲说起过,他深知父亲不喜欢听家里人传播负面新闻,更对父亲在处理人际关系方面充满绝对的信心。父亲有一句口头禅,那就是"恶有恶报,善有善报",果然在前不久,那个小村的支部书记被县纪委作为"雁过拔毛"的反面典型给查处了。

支书和村主任来学堂山已属于常客,夫人说:"你们来了,无非是多添几个下酒菜。"家常宴就摆在一楼教室里,一大碗新磨的豆腐尤其醒目,上面还盖了一层葱花,象征着一青二白,桌椅都是现成的,也便于聊天。儿子边给递烟,边把客人领进了教室,三个年轻人称兄道弟,有说有笑打得火热,父亲也跟着进来了,坐在一旁闲翻魏晋碑帖。

支书姓贺,名加贝,祖上是桑植人,据说他的祖父就是跟随贺龙闹革命的途中走失的,才阴错阳差逃难至白驹村。这事是真是假没有人去考证过,不过早几年新修族谱时,贺加贝举家还专门回过一趟桑植老家,一次就给贺氏族谱编委会捐了9999元现金。这件事倒是真的。

他跟编委主任说:"我贺加贝生在红旗下,长在红旗下,现在不大不小也算一块基石,没别的意思,就是希望我们姓贺的能天长地久。"

"嗯,这话说得好。我们这些跟随贺军长打过江山的就希望江山永固!"主任是一位离休老军人,一高兴就给贺加贝也拉进了编委成员。

这可是他贺家的荣耀啊!贺支书从桑植请回族谱的那一天,还特意电话通知了当村主任的小舅子,并且安排整个村班子悉数出动,鞭炮从联珠桥一直放到他家里。那个热闹啊!传灯先生后来听人说。

去年夏末,加贝支书还邀了村主任传礼以慰问传灯先生的名义主动来过学堂山。他首先对先生能利用学生放暑假的时间义务给孩子们授课表示了感谢,然后又从随身携带的公文包里小心翼翼地拿出了用红布裹着的贺氏族谱,说是请先生鉴赏。

先生是何许人也? 他是在官场商场甚至江湖都有过历练的,尤其对编撰什么年鉴名人志传记等了然于心。他当然知道面前这位年轻基层领导的用意,便也就翘起了拇指说:"贺支书,你可是红三代啊!"

"不敢,不敢,先生是前辈,以后还得仰仗先生多予提携!"

"一定的,一定的。"先生心里想笑,就喊夫人把手机递过来,他打开一条信息说:"你们看看,昨天市委组织部何俊丰还说来白驹村看我的!"何是先生下海前在省委统战部任杂志执行主编时的同事,是去年空降到湘中市委任常委兼组织部部长的。先生便也来了一招借力打力。

"就是嘛! 先生是文化界的老前辈。"村主任传礼明显就低调多了。

贺支书这时才像突然想起来似的:"哦,对了,听王镇长说,传灯先生还是省长亲自下过聘书的文史馆员! 这是个终身荣誉是吧?"

先生却淡然答道:"那是个虚衔,我现在是你俩郎舅治下的村民!"

贺加贝是传礼的姐夫,换一句话说,村支书与村主任是姻亲。

母亲已经把菜端上桌了,陪两位村领导聊得正欢的儿子偷眼看父亲,见他还处在沉思中,便有意提示说:"爸,您也来一小盅酒?"

"噢,噢,我就免了吧!"父亲这才回过神来,笑着说:"你们年轻人边喝边聊。"先生的话音刚落,学堂坪里便响起了鄢吉叔的山歌声:

太阳转背又偏西,黄瓜蓬上落阉鸡;

若是当初不阉你,多子多孙多福气。

"又是这个死阉鸡的!"贺支书在心里说,表面上却装得若无其事。

见儿子给三个杯盏里斟满酒了,先生也就发话了:"开始呀,都是自家人,别客气!"这是先生家的传统,长辈不发话,晚辈不举箸的。

酒是儿子从小车尾箱里取出的酱香型赖茅。正要筛第二杯,一曲山歌唱过的鄢吉叔却不请自进了教室,他拖过凳子往桌前一靠,又把随身携带的录放机搁在后面的桌子上:"好香的酒啊!"鄢吉叔也入座了。

"哈,贺土匪也在!"鄢吉叔接过酒杯,开口就是满嘴火药味。

"你个死阉鸡的,我和你有仇啊!"贺支书酒杯一顿说。

"你我无仇,但老子与你家贺星有仇! 这你难道还不晓得?"

贺星是加贝的父亲,是 20 世纪 70 年代白驹村大队的支部书记。

"不吵了，不吵了，到先生这里是来喝酒的。"村主任赶忙打圆场。

却还是无人相让，像两头斗红了眼的公牛就要动起手来。

这时桌子上啪的一声，饭碗菜碟震得叮咚响，只见平素温文尔雅的先生满脸愠怒，接着便是一声断喝："像什么话？天下没有礼数了！"

这一下全都懵了。儿子也很少见父亲动怒，一旦动怒便是雷霆。

两头公牛也傻眼了，他们目睹过先生的脾气，连镇上领导他都训过的。但先生随即又平静下来了，和风细雨地说："乡里乡亲是撑不开的土船。人非圣贤，孰能无过？况且有些过错是历史造成的，或许与当时的执行者无关，与今人更无关，大家都只能汲取教训朝前看。"

这顿酒当然就没有尽兴，两位年轻人说下午还要去镇政府开个短会，就先告辞了。临走时加贝拱手对传灯说："下次由我做东请先生。"

先生也敷衍了一句："那好！"然后让儿子把二位送到了操场。

鄢吉叔没有走，几杯热酒后，便一把泪一把鼻涕痛陈起家史来。

白驹村有六户外姓人家，鄢姓的祖籍是邻县新化人，三代都是单传，而且三代从业的都是阉匠。阉牛，阉猪，阉羊，以阉鸡最为出名。要是在往常，一到初夏他就会忙活起来，家家户户都会等着他去阉小公鸡。村里老幼都管他叫鄢吉叔，其实谁都知道是喊他阉鸡手。

"阉鸡手，你哪天来我们家？"凡是有催请他的当家妇女想跟他先约个日子，他就会一脸淫笑说："不急，还让小公鸡先快活几天嘛！"

他阉鸡确实是有一套的，到了人家的堂屋阶沿，接过主妇递过的半手掌大米，身子一勾，顺势把大米绕自己撒了一个半圆，趁鸡崽们一哄而上，他转瞬间就把才开始学打鸣的小公鸡们一个个头颅往翅膀里一挟，全都给放翻在地了。于是再打开一个小竹匣，不慌不忙地拿出工具来，先拔去几片翅膀底下的绒毛，嗤地一刀划开一条细缝，再用一块两档有勾的小铜片将细缝撑开，把一个缠了棕丝的小竹勺往里轻轻一挑，两粒血红的鸡卵便随手而出了。他接着又顺势朝禾坪外一挥手，小鸡卵划出的弧线红光一闪，优美之极。来年春天，禾坪的一角便会长满了鸡冠草，还会开出一朵比一朵鲜艳火红的鸡冠花来。

鄢吉叔比传灯年长 11 岁，可以说是看着传灯长大的，后来做篾匠的传灯也偶尔见识过鄢吉叔的绝活。就在计划生育抓得正紧的那一年，36 岁才娶妻的鄢吉叔居然在第二年就喜得了一对双胞胎男儿。

他人一高兴，就忍不住拿出那两块揽生意的锃亮钢板猛敲起来。

"老天有眼啦！"鄢吉叔说，"我要放肆挣钱，将来好让儿子上大学。"

有人就拿他打趣说："阉鸡手，儿子读过大学也跟你学阉鸡吧？"

"碰了你个鬼噢！"鄢吉叔就作古正经说，"读了大学后，我还是会要我的两个儿子都回到白驹村里来，一个当村支书，一个当村主任！"

那年月凡出村都要向生产队请假，三天以上得写请假条，由贺星支书批了同意才可外出。也就是说鄢吉叔游走乡里并不自由。他原本就对老支书心有怨气，但鄢家与贺家的仇却是在那年初夏结下的。

这个死阉鸡的还真是有狠！阉猪阉鸡又不把他自己也给阉了，下种就是双胞胎，又多占了村上的一个指标！老支书贺星大权在握，叫了几个年轻人趁鄢吉叔不在家，就把他老婆捆绑着抬到公社卫生院一刀给扎了。没想手术时破了血管，还未出月子的鄢吉媳妇就一命呜呼在手术台上……不久，两个没妈的儿子也在出天花时随娘去了天国。

鄢吉叔为此事当然也吵过，也闹过，甚至还拼过命。

可上面来的干部说，医疗事故嘛！在所难免。便也就不了了之。

从此，鄢吉叔就发誓不再阉牛阉猪阉羊阉鸡了。

也就是从那时起，鄢吉叔成了半个疯子，成天开口就只晓得唱他自编的那一首山歌：

太阳转背又偏西，黄瓜蓬上落阉鸡；

若是当初不阉你，多子多孙多福气。

"事情都过去了，您老还是看开些！"传灯先生已经不是第一次开导鄢吉叔。先生说，"冤家宜解不宜结，人心不能总被仇恨的怒火烤着！"

"他贺星就是天下祸根！我堂客当时还是在月子里呀……"

"这事确实做得有些太过分！"夫人便也旁白了一句。

"逝者已矣，生者自重。人嘛，大多都是这么活过来的。"先生说。

"我们这种人连草芥都不如，春草还能年年绿，我鄢家却断根了。"

鄢吉叔又含泪而歌，疯疯癫癫走了，学堂山却一时陷入了沉默。

四

乡下的空气纯净依然，田地却多有荒芜，人心也早已经生了乱象。

先生是有着思想准备的，他是个典型的"知道"分子，更是个务实的过来人，懂得什么叫入乡随俗。还是在去年春节前，他就把儿女们全都召了回来，还专门买了一头肥猪，第二天就把村里六十岁以上的老人和几个村干部请过来吃了一顿团年饭，给每人发了个168元的吉祥红包。他这是受了那次应邀参加黄江学校一个同学会的启发。

盛情邀请他去参加同学会的人，一个是现任县政协主席，一个是省书法研究院秘书长；前者是先生当年在县报任社长、总编辑时的同僚；后者是他下海创办文化公司时的文化顾问，有着亦师亦友的情谊，先生是被作为省里的文史馆员受邀莅临指导的。他起初觉得自己去参加这一类民间同学聚会多少有些不妥，但他的内心深处却对黄江学校充满崇敬，深怀着某种亲情，经不起三邀四请，后来还是去了。先生后来颇有感慨地说："黄江学校，果然是一方百年树人的风水宝地！"

他始终忘不了的是由学子们给母校赠送"行成于思"匾额时诵读过的那一篇好文章。文风铿锵，掷地有声，赤子情怀，回肠荡气，令人警醒，引人深思。先生当时即猜到，此文乃出自亦师亦友天成先生之手，便赞道："学养与才思齐辉，书法共宏文流芳！"没想此言一出，县政协主席就硬是要请从省里来的文化名流传灯先生也给勉励几句。

"主席你这是拿我开涮呀！你们都是黄江学校的佼佼学子。我无非是个来感受百年校风的局外人。"传灯先生确实是没这个思想准备的。

后来见实在是推脱不了，先生说："那我就讲一点自己的心得和体会吧！"他如是说："同学们，我们眼下无疑正处在一个大变革的历史时期，肩负着两个一百年的双重责任，可谓任重而道远。我有幸应邀来参加你们的这一次活动，感受学子们的炽热情怀，确实让我深受教益和启发，我将愿意同你们一道，为家乡的建设和发展，奉献自己的余热。"话说得很客套，基本上是属于官话，但他后来话锋一转又接着说："黄江学校是我们家乡的百年名校，为国家为民族培养了不少人才，其意义之深远在刚才主持人读过的《行成于思》的宏文中已有了很好诠释，所以我们的老师，尤其是校长，应该有一种担当，一种抱负和一种大气魄！这些年我在城里见得多了，每到大年三十的除夕之夜，总有太多的商贾甚至某些丧失了人生信念的政府官员，都会驱车前往开福寺或更远的南岳大庙，出巨资争着烧转钟的头香礼佛，以求来年好运道。其实殊不知学校才是一座真正的人间大庙，校长是大方丈，社会的所有风起云涌都发轫于小小的课堂。乱世人心不古，世风浮躁动荡时，学校应该是一方山水的定海神针；盛世社会欣欣向荣时，学校又理当是推波助澜的发动机。那么在今天这个足足有四五百学子参加的盛大的同学会上，我斗胆说一句，你们即使如今是执政一方的官员或富甲一方的老板，都不过是从这个庙堂走出去的'小和尚''小儒生'。我今天想要说的是一种另类的现象——先生接着说，我最近从有关资料上获悉，现在已有一些所谓功成名就的人，或一时迷茫失意的人纷纷去了终南山、蓬莱岛，想要做个当代隐士。这类现象其实古已有之，但古已有之的还有另外一种，那就是有不少官员或巨贾告老还乡后能够彻底放下，安心在自己的家乡做一名平凡乡绅。圣人所说的修身齐家治国平天下，修身齐家是摆在前面的，而我们目前更需要前者，说句实话，我们在这方面已经缺位了。我希望在你们这一群如今活跃在党政军甚至商界的人中，今后也能多出几名乡绅……"

先生的发言，虽然带着某种偏见，却出自肺腑，引起了不小反响。

他自己却还沉醉在那一篇《行成于思》的文章中，回家后又拿出了打印稿来重温，还忍不住用八尺整张的徽宣对着原文誊抄了一遍：

日月如轮，流年似水。离别母校，忽忽卅载。风物凄凄望断，老校门、文武庙、跑马楼旧痕尤在，半月塘、梧桐树光影依然。卅年重聚日近，念同窗之高谊，缅师长之厚恩，欲制一匾以遗母校，为择一言，踌躇再三，徒添伤感。或云，刻"忠信笃敬"，语出《论语》，纲常万古，节义千秋，祖先在漫长历史中所形成的信仰、规则、价值其实早已寥落。国学回归纵有方兴未艾之象，终究时过境迁，于事无补。况今世之所谓大儒犹如贩夫，经师原为术士，执念于此，实无异刻舟求剑。或云，刻"厚德载物"，出自《易经》，读书做人，像天之高大刚毅以自强不息，若地之厚重广阔而雍容有度，又觉大而无当。昔胡适先生云：容忍比自由还更为重要才能合为良好的集体。惜大道多歧，"容忍""自由"既易遭误解，又常成空话，吾心何忍？

日前，又因诵韩退之《进学解》，得"行成于思"四字。韩文公文起八代之衰，以接续道统自居，开宋明理学之先声。行成于思，知行合一，学生时代独立思考之能力实决定其一生可有之成就乃至国家民族之命运。"知"与"行"经朱熹、陆九渊、陈献章、湛若水、王阳明诸大儒阐明发扬，成为我中华民族最为深广得意之智慧。方诸今之德育，唯惯于通过历史的遮蔽、信息的封锁和片面的知识灌输，把人熏陶成缺少独立人格和思想能力的驯服工具，以至知行脱节，进退失据，行藏多悔。古多殉道者，今多逐利者，斯志士之大痛也！"士之读书治学，盖将以脱心志于俗谛之桎梏，真理因得以发扬。"此陈寅恪先生不朽之名言也，每个青年学子在身体生命史特有的"灵魂发育"季节，如及时而确凿地得闻如此澄明清洁之言，则树斯匾于讲舍高悬，亦可系哀思而不忘，表哲人之奇节，诉真宰之茫茫矣。

一个世纪之前，鲁迅先生就曾经提出"改造国民性"和"立人"的理想，其要在个体之"心"与"性"的"新塑"，在"自由之思想、独立之精神"的培养，社会改造如果不是发轫于个体健康人格的自由发展，则制度转型国家富强民族复兴等等，岂非痴人说梦？

大师远去，言犹在耳！百年树人，母校师生其不勉乎哉？勉乎矣！

文章到此虽戛然而止，余音却在传灯先生心头回响。他缓缓搁笔沉思，是啊！百年树人，勉乎哉？勉乎矣！先生也就由此想到，自己既然回到家乡，并抱有要坚守这一所旧庙堂之梦想，就更应该想到这将是一场自己与自己，同时也是与当下民情世风环境的旷日持久战。

路漫漫其修远兮，吾将上下而求索。

先生自有妙计，他想倒不如先用世俗的方法来应对世俗，待把基础筑牢实后方可再言及其他。这当然带着浓厚的个人理想主义色彩，但先生说："信念是用来坚守的！"

白驹村是个长寿村，他那次预算了二十五桌。其中三桌是拜过传灯先生为师的孩子和家长。临开席又增了两桌，有九个孩子由家长领着一定要在年前行拜师礼。宴席就摆在一楼往日的教室和中间的礼堂。

这是一个谁都不会感到陌生的场所。村里大多数人都曾在这里度过了人生中最快乐的童年和少年时光，无论贫穷或富有，即便是在大食堂和大炼钢铁的困难时期，以及在后来阶级斗争口号喊得山响的运动中，只要是在学堂山上念过初小的,想必心里留下的都会是幸福和美好;而如今已是奶奶辈的老妇们也该在学堂山的操坪里晒过稻谷或剥过玉米吧!在昔日无数个盛夏的阳光和秋夜的月色里,学堂山上无一不流淌着五谷的芳香!先生不禁想起了前不久读过的一首小诗:

> 去年的时候它已是废墟。我从那儿经过
> 闻到了一股呛人的气味。那是夏天
> 断墙上长满了紫云英;破损的一个个
> 窗户上,有鸟粪,也有轻风在吹着
> 雨痕斑斑的描红纸。有几根断梁
> 倾靠着,朝天的端口长出了黑木耳
> 仿佛孩子们欢笑声的结晶……也算是奇迹吧
> 我画的一个板报还在,三十年了
> 抄录的文字中,还弥漫着火药的气息
> 而非童心!也许,我真是我小小的敌人
> 一直潜伏下来,直到今日。不过
> 我并不想责怪那些引领过我的思想
> 都是废墟了,用不着落井下石……

如今先生来了,来了就不想再走了,他是来陪伴着学堂山的。

确实如此,这些年白驹村也与全国各地的农村一样,青壮年们都一窝蜂往城里赶,像要赶到城里去捡宝贝抢钱似的,被放弃了的乡村不仅田地荒废,连村小学也空置了。传灯先生此次回乡,虽然口头上跟儿女们说得很光鲜,说自己是想要回老家寻找童梦,而实际上他的内心是清醒的,他未来真正所要充当的无非就是一个孤独的拾荒者。

他是立志要从泥沙俱下的岁月长河里淘金!

先生是过来人,对国情和民情以及道德的缺位和人心的浮躁是有过诸多思考的,尤其是对当下的教育多有担忧。他也曾经坦言,自己作为一个社会人,同样也有着不可推卸的责任。所以他才会在六旬之年了,还选择要回到最初出发的地方,想要与孩子们一起成长。

先生曾有戏言,说自己就像个游方和尚,游走了大半辈子却始终未能找到一座适合自我修行的庙宇，到最后才终于明白，他要找的其实就是自己的祖先早就给修建好了的这一座学堂，就是他出发的这个地方。他首先是打扫和检饰学校，还添置了简单的书架和写字台等。书是从长沙家里搬来，也有朋友捐赠，还新买了不少适用性书籍。

儿子来来去去为搬家跑了十多趟，先生一忙就是三个多月。愿意与他"一起成长"的孩子们却是今天三个，明天五个陆续到来的，尽管与先生一起成长了一个学期的孩子们确实尝到了甜头，回到学校后像完全变了个人似的令老师和同学刮目相看，但有的至今仍在观望。

"如今骗子高明得很，他这该不会是在钓鱼吧？"

"就是嘛！这世道哪还会有老师收学生不要钱的道理呀？"

"不过也难说，据说传灯先生祖上就有乐善好施的家风和传统。"

"那倒也是的，他一双儿女都做得蛮好，自己也挣够了钱。"

"先生风范，山高水长。他是回来颐养天年当新乡绅的。"

村人的种种猜测和疑问，是鄢吉叔学给先生听的，他听了只淡然一笑，趁此次请客的机会先生讲了一席话，那是一次意味深长的讲话。

"莫放春秋佳日去，最难风雨故人来。"先生举杯在手，开口就引用了一句古诗。席间顿时就有了窃窃私语。都是乡里乡亲，传氏子孙，尤其是村里上了年纪的人，谁不对传灯祖上五代一脉刮目相看呢？传家老曾祖父中过举人，在清皇帝的尚书房行走。曾祖父当过三十六年族长，祖父又是县里当初唯一的一所私立新学堂——黄江中学任过教育长的。虽然后来他的祖父，包括他行医的父亲因为地主成分成了被批斗的对象，但到了传灯先生这一代，兄弟三人个个都进了省城，而他传灯还是一个既有官衔，又做过老板的社会名流，他如今主动归隐田园，是想要健健康康地活到一百岁，做个与孩子们一起成长的人！

先生却从容得很，他"喂喂"了两声接着说："此诗句所表达出来的语意，乍一听是喜语或是痛语，毕竟是春秋佳日已去嘛，但我的乡亲们呐！"他便拖长了语音，动情地追上了后一句说："再难风雨故人来呀！"

喊喊之声顿时打住，席间一片肃静，传灯先生侃侃而谈，他接着说："一家人不说两家话，我传灯回到老家，是来寻根的。我土生土长在白驹村，根在白驹村，请大家放心，我不会侵占任何人的资源，现在我所寄居的旧学堂，这些年就冷落在学堂山上，只有风来过，雨来过，灰尘在这里落脚打住，蜘蛛在这里结满了蛛网，如今我把它们赶走了，利用起来，楼上以前三、四年级的教室做了图书阅览室，这里每天都开放着等人来翻阅；一楼以前一、二年级的教室，是为那些愿意同我一起成长的孩子们准备的。承蒙乡亲们不嫌弃，到今天农历腊月二十八日止，已经有十八位小朋友来与我结伴了，我陪孩子们一起练习书法，一起读《千字文》《三字经》《诗经》和唐诗宋词，这你们该不会反对吧？说到底我是来看花开，盼果子成熟的。我说的花是你们的子孙，果是子孙们今后的出息，我传灯不过是一个园丁，或者干脆说是比孩子们懂得多一些世事的老顽童，是从这里出发的少年又回来了，适时帮着浇一浇水，修一修枝，除一除虫，如此简单嘛！"

先生一番深入浅出的话音刚落，席间便掌声、喝彩声雷动。

"要真是这样，那是好事嘛！"有人就高高地举起手来要求发言。

儿子见此情形怕时间失控，忙起身接过话题大声地说："各位叔叔伯伯，婶娘伯母，乡亲们，后天就是除夕，我在这里代表全家给大家拜年了！祝老人健康长寿！祝小朋友快乐成长！祝各位新年好运！"

"来来，请大家举起杯来，干了这杯酒，幸福天长地久！干吧！大家一起干吧！"儿子代表父亲和家人，挨桌每人象征性碰了一下杯。

酒过数巡，支书贺加贝也讲了一席话，他说："学堂山是我们白驹村上的一块风水宝地，今天借传灯先生的酒，我代表村支委和村民委员会敬传灯先生也敬各位村民，希望大家在村支委和村委会的领导下今后多支持先生，我也一样会全力以赴给予支持，为了奔小康嘛！"

无非是大话空话和套话，而且还牛头不对马嘴。

先生当然明白，加贝这是在提醒他别忘了还有当地的一级组织。

人们酒醉饭饱后，接下来便是新生行拜师礼了。

尽管在实际操作中传灯先生确实是与孩子们交朋友，很少有过训诫之类的言行，但对于真正要进学堂山与他一起成长的学生，也包括有几个高年级学生，正式报名的第一件事是要按照旧俗行拜师礼的。

传灯先生本无行旧礼之意，是白驹村几个老人执意要坚持。不过这样也好，在这西风渐进的时代，有很多传承其实也就是因为少了那一份师道的庄严、敬畏和情谊，才使得一些年轻人目无尊长，连起码的孝道也不再会有人去遵循。后来先生如是说:"我端坐于此是代夫子受礼,是在圆同学们内心的一份对文化的谦恭、虔诚和敬畏之梦。"

先生特别诠释说:"此礼是纯粹的精神之礼,任何物礼一概拒收!"

这一次先生也破例喝了几杯,趁着酒兴,他上楼进卧室去更衣时还来了一句"我正在城楼观山景"的高腔,他是有意唱给贺加贝听的。

此时的传灯先生,已经穿上了那一身蓝布长衫,这是他爷爷留下的压箱底的遗物,已经有些泛白了,右袖伏案处还打了几个明显的补丁。先生一米七六的个子,因为坚持习古人碑帖和打坐已有数年,给人一种仙风道骨的印象,他往讲台上一站,如苍松般笔直挺立。

仪式开始了,司仪就是村主任传礼。人群里却又有了私语声:

"像,太像了! 简直就是他爷爷脱下的壳。"

"依我看,传灯比他爷爷还更显得精神!"

"就是嘛,听说他几次辞官不做,却是个无冕之王。"

这是村里唯一与传灯的祖父同辈分的两个老者在耳语。老者年过九旬,眼眶深陷,眼珠泛黄,身子骨却硬朗。孩子们正依秩序拜倒在蓝布长衫下行大礼时,传灯他祖父的形象却在老者的面前生动起来。

两位老者当年是在黄江学校读过书的,传教育长那时也就三十出头,一袭青布或蓝布长衫穿在他身上得体得很,偶尔还戴了一顶黑呢礼帽,是那种典型的站如松坐如钟的儒者气派。那时学校里每周一上午都有一次集训,数百名男女学生列成方队,叽叽喳喳像一群阳雀在鼓噪,但只要传教育长咳上一声,人还未至,操场便寂然一片了。

"同学们上午好!"教育长往前一站,先是一个鞠躬,再一声问候。

"教育长好! 教育长您辛苦了!"学生们一个队礼,回应异口同声。

老教育长的尸体,就是由现在正在耳语的这两位当年的学生打捞上岸的。往事如在眼前,他当时穿的就是这一件打着补丁的蓝布长衫。

传先生,传先生……这时在两位九旬老者眼前站着的似乎是另一个人,他俩居然拄着拐杖起身,向正在接受新生行拜师礼的传灯走去。

这一切来得太突然了。传灯先生见状,心中却也猜到了十之八九。

忙拱手向二老行礼说:"晚生明白,一切尽在不言中。二老保重!"

爷爷的死因是传灯心里的疼痛,他却始终没有跟晚辈们说起过。

逝者已矣,生者自重,得朝前看。人嘛,大多都是这么过来的。

先生就是用劝慰过鄢吉叔的话,也一直在劝慰着他自己。

盛宴终于散场,但先生深知,人情却留在了乡亲们的心中。

五

送走支书和主任后,儿子没有再过来与鄢吉叔打招呼,而是去睡了一觉,他只跟母亲说了一声,请母亲转告爸爸他又赶回长沙去了。

"哎,我说他爸!"夫人过来收拾餐桌,顺便还送了一杯明前茶到先生手上,好心地说:"村上的这些恩恩怨怨你今后还是尽量少管为妙。"

"哦?好,好好。"先生从冗长的回忆中被唤醒,他知道夫人所指的是鄢家与贺家的事,但夫人却不会知道,先生已从回忆的隧道中,穿越过了去年参加黄江同学会和春节前的那一次宴会,便也就点了点头,忽而又感叹着说:"村要村好,邻要邻安,乡亲是撑不开的土船!"

这句话倒是让夫人又想起了先生半月前开导过的南开嫂子。

南开嫂家在学堂山下,家里就只有她和儿媳还有一个不到三岁的小胖孙女。隔三岔五就会听到这婆媳俩吵一架,其实仔细一听,又只是婆婆在吵,砍的剁的乱骂一气。每次骂得累了,她还要跑到学堂里跟夫人诉说一通。有一次先生就忍不住问:"南开嫂,你儿媳是不是在家里从不做家务?"对方就哼了一声,说:"她敢!"先生又问:"孙女是由你带的吧?"没想到南开嫂却说:"这砍脑壳死的,她不舍得让我带!"

先生算是听明白了,然后一脸严肃地说:"这就是你当婆婆的不对了!"见南开嫂想辩又一时找不出理由,先生又说:"你儿子在外面辛辛苦苦打工,一年也难得回家两次,儿媳妇在家里任劳任怨,既包了家务又要带孩子,你本应该像疼爱自己女儿一样多疼爱儿媳才行呐!"

"像疼爱自己女儿一样?"南开嫂子听了一脸茫然。

"嗯,像疼爱自己女儿一样!"先生答得果断。

也就是从那一次以后,这半个多月来,山下就再也没有传来过南开嫂子的骂声了。村要村好,邻要邻安。夫人看了一眼先生,笑了。

这天下午,鄢吉叔走了后破例没有播放山歌,学堂山上一片宁静。

自从以一种少小的心态回到老家以后,先生不再午睡已成常态,他悠然地品了几口明前茶,便已经上楼,来到了走廊上的书案前。

　　午后的阳光从檐口下穿过来,慷慨地打在先生脸上,他看上去神情很是清爽。先生抬首即可以远眺到江对岸苍翠的白羊山,俯察便是操场周边的杂草满满,忽然就想起了宋人"万物静观皆自得,四时佳兴与人同"的句子来。古人观景的方法多半与人的心意相通,这与宋明理学的修养方法有关。相传,宋代理学的开山祖师周敦颐读书的窗前杂草丛生,有人劝他清除,他却执意不肯并辩说,吾要借此"见造物生意"。原来心中有着生意和生气的人,看杂草也是生机盎然!

　　想到此处,先生便笑曰:"谁说理学家总是端着架子、板着脸孔的呢? 我这个湖南老乡却能把自家意思与天地意思融会贯通。"于是又展开宣纸,缓缓注墨于石砚,提笔运气,默写周敦颐的《爱莲说》。

　　正酣畅时,便有小车驰进了学堂山的操场坪里。先生当然认得,这就是村上去年购买的专车。从车里出来的果然是支书和村主任。

　　贺加贝抬首唤先生说:"村上请您和夫人到株溪口农家乐吃鱼去。"

　　先生愕然:"支书也真是雷厉风行呀! 中午表态,下午就兑现了。"

　　"不但要取信于民,更要取信于先生嘛!"他也许去镇上后又喝酒了。

　　"贺支书此言差矣,老朽回了老家,就是老百姓一个!"先生说。

　　村主任传礼忙接话说:"别听他瞎吹,我们是来请先生帮忙的。"

　　二位村干部上了楼。先生却说:"你们先进阅览室翻翻书吧,我习过这几十个字就进来。"然后又朗声叫夫人,快去给两位领导泡杯茶来。

　　"不要客气的,我们也正好陪着先生学习一下《爱莲说》美文。"

　　"支书此言差矣!"先生说,"《爱莲说》可不仅仅只是一篇美文。"

　　俄顷,默写终于完成。先生又不徐不疾揭开印泥盒,拎过长条形和田石印鉴在朱泥上粘了粘,再郑重其事在落款后寸许处使劲地按了下去,抬腕间,传灯二字便稳稳地如生长在温润的红星牌徽宣上了。

　　"线条酣畅,疏密有致。好功力呀!"村主任传礼在心中暗自赞叹。

　　"哪天有幸能请先生赐一幅作品该有多好!"他终于忍不住开口说。

　　先生便笑言:"你村主任要真是喜欢,把这幅字拿去就是!"

　　贺支书也有了几分眼馋,但他心里有事着急,就先进了阅览室。

原来他们还真有事情想要请先生亲自出马。听完加贝支书的陈述,先生沉吟道:"我县的交通一向滞后,如今终于能有一条高速公路过境,也算是对山区贫困县的一种补偿,这当然是一件天大的好事。"

　　"县里却偏向于把过境出口放在木子而不是我们杨林。"贺支书说。

　　"其实开始的方案是放在我们这里的。"村主任接着补充。

　　先生听得明白,但又故意装糊涂问:"我能帮你们做得了什么?"

　　"您就别瞒我们了,听说交通厅厅长与您是铁杆文友。"

　　贺支书真是耳目通天啊!先生心里清楚,这是儿子泄露出去的。

　　他有些哑巴吃黄连说:"我也只能帮你们带路去试试。"先生在说出这句话之前其实脑海里是画过两个问号的:第一个问号是他们硬要争着往杨林修出口的动机。按照先生的理解,目的不外乎是通常意义上说的要想富,先修路,要想富得快,高速公路通到门前来;还有个问号就是自己到底有无把握能做好交通厅厅长的工作。先生同时也还想过,如果自己对此事无动于衷,又势必会得罪村里人和他贺加贝。

　　他稍微迟疑了一下,才回头喊应夫人:"哎,帮我把手机拿过来!"

　　人怕杵面,先生干脆就趁支书和村主任在场拨通了交通厅慕容厅长的电话,说是明天上午专程去拜访他。对方在电话里哈哈大笑说:"早闻传灯兄回老家当乡绅去了,该不会是要我帮你家门口修条路吧?"

　　"厅长明白就好,那一言为定了。明天上午见了再当面向您报告。"

　　"哈哈……"对方笑声极是响亮,说:"你老兄还跟我讲客气!"

　　挂了电话,先生这才表态说:"那就明天一早直奔省交通厅吧!"

　　二位年轻村干部在旁听得清楚,凭他俩这口气,分明就是兄弟之间在说家常嘛!便不免喜出望外,心想,这事应该是坛子里抓乌龟,十拿九稳了。传礼忙提醒说:"那请先生和夫人一起到株溪口吃鱼去!"

　　"请吃就心领了,我还是早点打坐养足精神,当好明天的向导。"

　　夫人忙解释说:"他呀,过午不食已经坚持快一年了。"

　　"恭敬不如从命,改日再请先生!"二位说着便又驱车去了株溪口。

　　缤纷的晚霞一如昨日,先生结跏趺坐的姿势亦如昨日,不同的是今日之思绪却更多了几许芜杂,世无桃源,做乡绅也是满身尘土啊!

　　年已花甲的传灯先生就是因为在尘埃里滚得太久,不忍一身污垢才好不容易挣脱出来，本想远离尘嚣，回到初心，唉！如今又……先生很无奈，他的心中亦仿佛结着莲子，有苦自知。便沉思道，没有淤泥哪有清涟，杂草的生意与莲花的清香并无二致，君子之心，中通外直，不枝不蔓，宅心仁厚，有容乃大，《爱莲说》实属儒者的心经也！

"哎，小传，我说你要学会用辩证法眼光去看问题，要学会更新观念换脑筋去思考事物的本质。你知道你最大的优势和劣势在哪里吗？"

结跏趺坐的传灯先生又走神了，而且是走进了早几年前……

叫他小传的人其实年龄也就只比他长了几岁，但人家位高权重是省委分管意识形态的副书记（当然现在已经是人民政府的省长了，慕容斌厅长就是他当年的秘书）。副书记又说："你小传有才华，这是你的优势，但同时也是你的劣势，因为有才华的人总喜欢恃才傲物，自命清高。殊不知清与浊、高与低都是相对的：清者自清，浊者自浊，水低成王，一切都将由时间说了算！"后面的话，副书记就说得更加明白了，他说："你的目的是想要整理并出版湖湘文化系列专著，但出版这一类书籍目前根本就没有市场，经费由谁来出？这当然只能靠出卖你自己的才华，先拿出一个好的策划方案，写一篇好的序言，再去找能够给你出钱又想在史上留名的人，请他在序言上签一个大名，出版经费不就有了着落吗？"他最后还说："这就叫着双赢，或者叫着共赢。"

大俗即是大雅，反过来不还是作用于文化吗？小传恍然大悟。

大领导的思维就是与一般人不同啊！这就是早年间作为曾经的董事长传灯受到了贵人点拨后，执掌文化公司时走出来的一条新路子的起因。也正因为此举，既获得了省委领导的高度重视，又得到了专家们的一致认可，传灯董事长才被破例聘为省里最年轻的文史馆馆员。

想到这些又再想明天去省交通厅的事，先生心里便蓦然开朗了。

先生对面的白羊山上空，缤纷的晚霞在逐渐隐去，夜幕开始降临。

先生的心情又骤然变得矛盾起来，便不由得想起了诗人李白的几个惆怅句子：玉阶空伫立，宿鸟归飞急。何处是归程，长亭更短亭。

也许，人生原本就没有真正的归途，只能永远在跋涉的路上！

因为村里的年轻人大多都进城打工去了，老人们在家里节俭度日是一种传统美德的延续，这时候，一盏一盏的灯灭了。四面八方的光源消失了。原本单调而宁静的一个小村遂变成了一片黑色。既然天黑了，那么就睡觉去吧，反正天还会亮的,明天的太阳又会照常升起。

　　然而,先生此时却并不想再关注尘世中的一切,他双目微闭,气息均匀,已然是一副物我两忘的入定神情,至于其间有与他一起成长的孩子们来过,学着先生的样子结跏趺坐,口中念着"天地玄黄,宇宙洪荒……"以及再后来鄢吉叔也来过,还在他的身边按下了手提式录放机的播音键,里面有贺加贝与一个觊觎白驹村已久,一直虎视眈眈想要购买老学堂的楠木柱子和挑梁的开发商的谈话内容,他也许全然不知,或许又尽在掌握之中……这就只有天知地知和先生自知了。

　　但鄢吉叔却一路走,一路疯疯癫癫地说:"头顶三尺有神明,要想人不知,除非己莫为。"而且他嘶哑的声音在夜风中传得老远老远……

　　当然还有被鄢吉叔录下来的村支书与那个开发商老板的对话。

　　支书的声音里似乎还带着浓烈的酒气,说:"我们明天就去拜会省交通厅的慕容斌厅长,一旦高速公路的出口能够定下来,辅道就一直可以修到学堂山下,你今后拆下来的宝贝木头就不用再愁搬运成本了。"开发商老板说:"这消息靠得住吗?"

　　接着是支书胸脯拍得山响:"开什么玩笑,你不晓得是谁出马吧?"

　　另一个声音追问道,"谁呀?"

　　贺加贝神秘地说:"是学堂山上的……"

　　而后,播放键啪的一声脆响便再没有声音了。天地又归于静穆。

　　不久,先生终于站起了身来,双手合揖,习惯性地向白羊山顶的北斗七星虔诚地鞠了一躬,便从容返身上楼,一瞬,灯就亮了……

祖业，祖业

黑格尔曾经指出，历史题材中有属于未来的东西，找到了，作家就永恒。

————题记

一

1939年9月，日军第106师团中井良太郎部大举进攻长沙。

这是一场蓄谋已久的会战，还是在同年4月某夜，我们家在长沙城坡子街的廖氏茶行就提前当了日军火力侦察的炮灰，被一架从武汉超低空而来搞突然袭击的飞机扔下的几枚炸弹炸成了一片废墟，连茶渣也不剩，全都化成了一缕青烟。

按说日军的目标并不是茶行，而是它旁边的火宫殿，只有那里才每夜灯火通明，一些爱吃夜宵的长沙人，经常会在祝融宫里吃喝盘桓到半夜还不肯散场。火宫殿是长沙城里的一栋标志性建筑，琉璃青瓦，飞檐翘角，尤以地方小吃闻名。

当时虽然谁都晓得一场恶战会在所难免，但日子还是得照样过呀！幸亏我曾祖父廖银河临时已回老家安化监督收购新茶去了，坡子街的茶行且由二位曾祖奶奶照看，她们是白天过去营业，晚上回南门口的家里睡觉，不然我曾祖父早就殁了。

坡子街茶行"轰隆"一声成了废墟，消息送回到白驹村，在村口联珠桥督阵验收鲜叶的我曾祖父脱口便问："没伤到人吗？"送信的伙计回答："没伤到人！"

"哈哈，这是我廖家列祖列宗的在天之灵保佑啊！"我曾祖父听罢，仰天一声大笑说："只要人没事就好。留得青山在，不怕没柴烧，茶行毁了可以重新盖一栋，下一回我要在新盖屋宇的每一根柱子和每一块青砖上都刻上一个廖字，让其成为廖家的百年基业！"也许是因为情绪过激，颇具民国范做派的我曾祖父忽一低首，一口气竟然没能接得上来，身子一斜，两眼翻白，抬回家时就快不行了。

廖银河的长房张淑德是我的亲曾祖奶奶，她十多岁就嫁给了我曾祖父，在西安城里领着自己的两个亲妹妹(也就是我的另外两位曾祖奶奶)打点茶行，又追随我曾祖父走过西口，多有江湖历练，便立马发话说："管事的，赶紧派人把我两个妹妹和老爷的儿女们接回来。"她稍犹豫了一下，才又接着追了一句说："喂，管事的，你给我记住了，孩子们暂时还是不要告诉，莫影响了他们的学业。"

我曾祖奶奶有三儿一女，长子廖枕戈是我爷爷，顾名思义，一听名字就晓得颇有来历和故事，但又绝对不是后来一些别有用心的人所臆测，说廖银河这是复辟和亡我之心不死，期待自己的儿子能枕戈待旦，一有机会，便会反戈一击，卷土重来。而实际上我爷爷是曾祖奶奶在戈壁滩上怀上的，又是在西安城里念完的中学，因为我太祖父和太祖母思孙心切，更为了加快廖家繁衍后代的进程，枕戈16岁就被曾祖父召回了白驹村当学徒，既学做茶又学管理茶园和茶厂，且于同年就与我奶奶完婚，次年便喜得了贵子，并取名晓山，即拂晓的山，也是寄希望于后人晓得廖家到底有多少山河之意，那就是我的父亲。这即便在当时也算早婚，哪知道这一扇早婚早育的门一旦打开，我父亲也是19岁就有了我这个长子。

帮工的李世已奉管家之命，丝毫也不敢怠慢，快马加鞭就往长沙南门口的廖家私宅赶，又急拨了快船，分两班纤夫把二位曾祖奶奶昼夜兼程送回了白驹村。

见过了一脸肃穆的大姐，两个妹妹也没行任何礼节，便"哇"的一声号啕直接就冲到了老爷房里，"老爷呀！老爷……老爷……我劳碌苦命的老爷……"这硬是如山洪暴发般的恣意情绪，一时间廖家老宅地动山摇，仿佛天就要塌下来了。

三个女人一台戏，可那并不是在演戏，而是真真切切凄凄惨惨感天动地的哭嚎声："老爷呀，我的老爷，你是世上少有的活菩萨呀！要不是你当年好心收留了我们姐妹仨学茶艺，说不定我们早就已经饿死在敦煌石窟的洞口了……"这一段哭词其实还是在两年前我太祖父辞世时，她们姐妹仨齐崭崭地趴在公公的楠木灵枢上，我曾祖奶奶就曾带头历数过的。从某种意义上讲那也是事实，当年要不是经太祖父同意，我曾祖父凭一己之力也爱莫能助。这事一直在我们白驹村传为佳话，说我太祖父有神的目光。二位祖奶奶的哭喊声还在继续："老爷你怎么能被小日本一个炸弹就给炸垮了呢？前几年在西安的茶行说关也就关了，我们一家人不也好好地都过来了吗？"数着往事，历历在目，其声嘤嘤，其情切切。

在西安古城里的安化廖氏茶行，是我曾祖父带着他的三个老婆一手创立起来的，兴盛过近 20 年，在西安城里留下了"饮茶就饮安化廖氏牌黑茶"的良好口碑，这当然也是我曾祖父人生中最华彩、最美好的时段。但后来由于战乱，今天是这个军阀要来募捐抗战款，明天又是那个政府官员来打秋风，当然更主要的还是因为家父一病不起，廖银河要赶回老家尽最后的孝道，才不得不忍痛放弃了在西安的门店，而把重点又转移到了长沙。我太祖父就是在那一年九月病倒的，老人家临走时，把我曾祖父和他的三个儿媳全叫到身边，"西安古城是我们廖氏茶行兴家旺族的福地。"太祖父的目光里含着赞许对儿媳们说："更是你们三姐妹的吉祥地。你们要记得……"他咳了几声又恨恨地说："要记得是因为国家太贫弱，民族不团结，才让外虏有机可乘，这笔账要记在小日本的身上。"他最后又不舍地拉着我曾祖父的手，含着浑浊的泪水嘱托："坡子街茶行，一定要持续下去！还有老家白驹村里的几百亩茶园……"他的话没有说完，头一拐气就断了……

"爸，您放心，只要儿子在，就会有这份祖业在！"我曾祖父泣不成声地说。

自此，这"祖业"二字在我们廖家人的心中，便重若千钧！

我曾祖父毕业于湖南省立第一师范学校。它的前身是南宋理学家张栻创办的城南书院，1903 年始立湖南师范馆，享有"千年学府，百年师范"的美誉。1911 年校址迁建长沙书院坪"城南书院"旧址后，才更名为湖南省立第一师范学校。那时的廖银河，正值同学少年！

好汉不提当年勇。据说我曾祖父也从未跟人言及过自己曾经是谁谁的学长或同学。倒是我曾祖奶奶的那两个亲妹妹一口气哭数下来，从西安数到长沙再数到资水江畔的白驹村，直哭得天昏地暗，却谁也没有注意到床上居然已有了响动。

"谁说我被一个炸弹就给炸垮了？"我曾祖父说这话时，眼睛还没睁开，然后又梦呓般说："你们……你们姐妹又哭又喊，还想不想让我好生歇息啊？"

号啕声戛然而止。刚好这时，我曾祖奶奶就端了一碗红糖姜汤老黑茶到了床头，如哄小孩般说："我就晓得老爷不会舍得丢下我们的。"便欠身准备给老爷喂姜茶汤，这时她的两个妹妹已经一个忙着抱起老爷的头，一个将枕头垫高，姐妹仨配合得像一个人。我曾祖奶奶已举起汤匙用舌尖先舔了一下，见温度已然适中，就柔柔地说："来，喝碗姜汤老黑茶，气死郎中的耶。"（耶即爹的意思）她这应该是这些年到了白驹村管理茶园与茶农打交道后，学到的本地俗话。她接着又说："红糖水旺血，生姜祛湿寒，老黑茶清热降火，没想还真如塞满了硫黄的土枪，对扎对响呢！"入乡随俗，我曾祖奶奶的白驹村方言已经能够以假乱真了。

这个救命的土方子，其实还是从陕西和甘肃那边传过来的。据说在明末清初年间，安化贩运黑茶走西口去新疆内蒙古的马帮，在途经到陕西和甘肃一带忽遇上了百年罕见的暴雨，一下就是十多个日夜。"这年头兵荒马乱，国无宁日，百姓遭殃，连老天都被清朝人给捅破了！"贩茶叶的安化马帮眼睁睁看着一竹篓一竹篓的紧压黑茶受潮发霉，毫无办法又不忍亲手扔在荒野，这毕竟是一年一度茶农的血汗收成！故只能说好话沿途寄存。"若天气晴稳了，你们晒干后就当柴禾烧了吧！"于是人疲马乏哭丧着脸空手而回。数百年来，这始终是安化马帮的一个心结。在当时，这事也就如旧黄历翻过去了，只得待来年重整旗鼓再度西去阳关碰运气。没想到第二年再度经过毁了茶叶的伤心之地，当地人居然把安化贩茶叶的马帮视为上宾和贵客。于是一打听，才知自那一次百年不遇的水患后，这一带不久就流行开了一种上呕下泻的奇怪病症，求医拜菩萨也无一灵验，这时有人就想起了安化马帮扔在偏厦里发霉了的老黑茶来，便一锅一锅地用来熬成酽浓的茶汤，就算是死马当作活马医吧。于是又一碗一碗地灌进了肚子里。"哈，灵丹妙药啊！一个两个地全都好了。"当地人说着，就只差没给安化茶客下跪谢恩了。

其实我曾祖父的神智一直是清醒的，当他刚才又听到我曾祖奶奶说"喝碗姜汤老黑茶"时，人已好了一半，惺忪间夺过碗"咕哝咕哝"就把茶汤给喝下了。"淑德这话我爱听，我们家有的是老黑茶呀！"他把目光一路扫过去，如巡视自己与德、贤、慧三个善良女子一路走过的蹉跎岁月，眸子里顿时便放出了异彩说："我廖银河何德何能？这是托了祖宗八代的福气，才修来了你们姐妹仨……"

那一年，我曾祖父48岁，是本命年，他这也算是死了一回。关于我曾祖父在"死而复生"后双眸中忽然放出异彩的稀奇怪事，我奶奶后来在跟我传古时曾经有过一段口头描述，她说："没准是因为你曾祖父想起了在他过36岁生日的那一天晚宴后，带着妻室儿女们出游西安古城的情景。"奶奶只稍停了片刻又接着说："某些唯心的旧俗真是害人，说什么男人过36岁生日就如年猪过腊月二十四的小年节，是一道生死的门槛。"我当时听了，觉得这比喻有些滑稽，但奶奶接着又往下说的故事却令人难忘，并在我的脑海中拼凑出了如下的一幅画面：

这年农历九月二十的古城西安，秋高气爽，日丽风和，廖氏茶行一家大小围圆桌为廖老板庆过了36岁生日，便挂出了一块打烊的牌子，准备提前关门歇客。

"本店今日不营业，全家人陪老爷到城墙口登高去！"老大淑德发话了。

"到城墙口登高去，这主意好！"曾祖父长衫一撩，便率先出了店门。

老爷步履稳健，目注前方，三个女人则依次跟着男人款步向城门处的古城城垛走去，而孩子们却欢呼着如一群放飞的鸽子冲在了前面，老三淑惠便一时忍不住性子，正欲跨步超过大姐淑德时，走在中间的二姐淑贤却提醒她说："妹妹你这是走混了路数吧？"二姐说的这个"路数"里是有着大学问的，即三姐妹的排序，无规矩岂成方圆。妹妹的脸嚓地就红了，立马便收住了放开的脚步……

"做我们廖家的女人不容易，"我奶奶脸色庄重地说："得守妇道！"

我奶奶还说过，如今在坡子街的廖氏祖业，是我曾祖父病愈后亲自设计，并且还是在战火纷飞的年代里只花了五个多月时间，吃睡都在工地上，硬是以拼上性命的恒心和毅力，重新在留有小日本弹片的废墟上修建起来的茶行。小院的建筑风格与我们老家资水唐家观小镇上的砖木结构铺面十分相似。所不同的是在每一块青砖和每一根廊柱上都铭刻着"安化廖氏茶行"的明显字样。竣工后的第三天，又经历了长达数月的敌我双方胶着战，而最后又不得不沦陷成了敌占区。

二

我曾祖父那一辈有兄弟三人，银海、银河、银江，人人都进过新学堂，个个都是人中之龙，令村人无不称羡。而这一切，又皆得益于我太祖父的开明豁达。

他们三兄弟中,老大银海毕业于北平燕京大学,最早由湖南衡阳老乡谢晋介绍与黄兴认识并加入了同盟会,从此信仰三民主义,根本就没有把家父含辛茹苦创下来的一个小小茶行放在眼里。"孙先生推行三民主义,要的是天下民心,我辈时逢乱世,当誓死辅佐孙先生!"银海动辄京腔,能说会道,言语中充满激情。

"哼!张嘴就是海口,就不怕海水会呛死人?"当然有听他说话不顺耳的。

银海却毫不掩饰地回答说:"所以这才有了古人所说的精卫填海呀!"

与银海说这话的是白驹村老乡,却听不懂他的回答。也许正因为他有着如此鲜明的个性,人们后来便私下里送给了他一个绰号叫"银海口"。黄兴是众人所知的新民主主义革命先驱,这里要多说几句的是引银海结识黄兴的谢晋。此人 1883 年 2 月 7 日出生于衡阳县京山,曾就读于衡阳岳屏书院、衡州国民高等小学堂并毕业于湖南优级师范。1907 年,就是他力举银海等人在上海一并加入的同盟会。也不知是何原因,我奶奶每次说起这位大曾祖父时,总是毫不忌讳直呼他"银海口"的绰号,这在我看来,多少对前辈有些不恭。但我后来才知道这是奶奶有意为之:她一直希望廖氏传人有朝一日能出一个作家,哪怕是出一个说书的艺人也行,只要能把廖氏家族的现代史记录下来便是一种功德。奶奶说:"成大事者不拘小节,直呼长者的名讳又有何妨?后人还记得牢靠些。"我奶奶也读过几年新学,思想新潮,要不是后来受成分论的牵连和影响,她至少也能做一名中学教师。

老大"银海口"在上海、广州等地混过几年革命后,刚好就是我曾祖父银河大学毕业的第二年他又折了回来,并跟他娘说要光大廖氏祖业,全权掌管茶行业务。

"我看行,这家当本来就有你娘的一半!"他母亲想也没想就答应了儿子。

银海他娘老家也是安化人(后来举家到了长沙),出生于做木货生意的暴富家庭,从小就养成了过奢侈生活和出口便是大话的习惯,何况她又是我太祖父娶的第一个老婆,到了廖家后更是大手大脚,既抽香烟打牌,又从来不管茶行的正事,但太祖父还不得不让她几分,因为当年生意上一时间周转不动,就是靠准岳父拿出了一大笔银圆当女儿的陪嫁东山再起的。可见大太祖奶奶在家里的地位。

这当然已经是陈年旧事了,如今廖氏茶行岂止是当年在老家安化的作坊可以相比?自太祖父娶了二房,也就是银河的母亲我的太祖母后,两人夫唱妇随,如鱼得水。女主内,管理老家白驹村的茶园和生产制作流程,男主外,经营茶行和拓展大西北的业务,眼看着家业日渐殷实,更让太祖父长脸的是人丁兴旺:二房三年之内竟给他生了两个儿子,也就是我曾祖父银河和曾叔祖父银江。随着长房娘家水推沙一般败落,太祖父为报当年滴水之恩,在省城南门口置办院子时,给大太祖母多添了两间,还把她父母也接来了长沙,只是长房不得干涉生意和二房的家政事宜。但"银海口"毕竟是家中长子,太祖父对他还是十分宠爱并寄予厚望的。

"银海口"此次回到长沙,先是去过南门口讨得了母亲的口风,然后才来到坡子街的茶行。见过父亲和二弟,也不拐弯抹角直接就大谈起经济形势来:"纵观天下,当今只有欧洲之经济发展最为健康。""银海口"言词凿凿,动辄就是东西方之比较,但他在从小就混迹于茶行和马帮中的父亲面前还是稍有几分收敛的:"就我国近百年经济发展史来看,也唯有晋商和徽商摸出了属于自己的路子来。"见父亲并不搭理,他又说:"当然啰,商道即人道,修身齐家当是第一位的。"

"这话老夫爱听,吾儿终于懂得言及修身齐家了。"太祖父脸阔耳大,相貌似如来,双目却有如孙悟空的火眼金睛,他当然知道老大这次回来醉翁之意不在酒,而是想在掌管茶行后,好为孙总理的革命事业筹措经费。太祖父是个有着大情怀与大智慧的人,并没有当面拒绝银海的要求,他特意只将圣人言说了上半句,而把"治国平天下"的下半句放在打量儿子的目光里。银海的心便有些虚了。

坡子街紧挨着湘江,算得是长沙城里做生意的一条黄金街道。在这里集中了珠宝行、绸缎行、湘绣行,还有杨吉饭庄、李氏酒楼及火宫殿等等,尤其是火宫殿生意特别火爆,清一色的湖南小吃都集中在这里,什么糖油粑粑,白砂糖饺子,糯米青团,还有闻起来臭、吃起来香的臭豆腐……但凡是来长沙城里的外地商贾或政府要员,作为东道主的长沙人,都会把客人带到火宫殿来尝新鲜,直到下半夜这里还灯火通明,如同白昼。老二银河的母校省立第一师范学校也在这附近。

当天下午,太祖父嘱咐正在忙着准备行囊的老二说:"先替我打理茶行生意吧!你去西安的日程,只怕要暂缓一两天了。"又把大儿子银海叫到门店正中的茶案前落座,并亲自执壶泡茶。太祖父12岁起就与茶打交道,从山中采摘鲜叶到萎凋揉捻,再到上七星灶和紧压茯砖青砖及红茶绿茶等,可谓十八般茶艺样样精通,而且还不下20次亲自押货随马帮或千里单骑去过新疆、内蒙古等地。胆识过人又睿智豁达,在茶界享有廖老爷子之美誉,泡茶品茶鉴茶的功夫尤其了得。

"想要当老板,必先做茶童。取和予是一对孪生子。"太祖父不温不火,头也不抬,烧水烫壶,冲杯、启茶、注水,再举起壶盖来闻了闻香气,又偏着头观察汤色……全套下来一环扣着一环,如行云流水。然后如款待客人一般,把浅浅一盏琥珀色茶汤双手递给早已心猿意马的大儿子银海,说:"做一个真正的茶人不容易,如山中神仙,看似逍遥,而修炼成仙的过程却不是一般凡人所能忍受的。"太祖父品了口茶,舌尖抵着上颚"啧啧"几下,正又要慢条斯理说什么时,便有一群从第一师范举起小红旗,擎着大横幅昂扬而来的年轻学子从茶行门口经过。

"誓死拥护孙中山!坚决反对军阀内战!"

"驱除鞑虏,复兴中华!"

"天下者,是人民之天下!"

学子们像是专门过来为银海打圆场似的,激越的口号声一浪高过一浪,深秋梧桐树上的黄叶也被纷纷震落,跟随队伍铿锵而过的人群,满街满巷里奔跑。

"爸,这你都看到了吧?"银海的情绪已然难以自控。

"我还没老糊涂。"

"那您同意了?"

"来,看茶。"太祖父亮开壶盖,"你晓得这茶是来自哪个山头的吗?"

银海茫然,不知可否。父子俩一套太极推来搡去,儿子并没有占到上风。

"那我告诉你,这是安化小淹石螃山上的茶叶。"太祖父说。

"陶澍陶大人的老宅就是石螃山的。"银海的话答得有些勉强了。

"陶澍老家山上的茶你识不得,他写过的一副联你该记得吧?"

银海不知道父亲这又是要唱哪一出戏文,抬首间却一时无语。

"红薯苞谷蔸根火,这种福老夫享矣;齐家治国平天下,那些事小子为之。"

这是银海年少时父亲就曾经教过他和两个弟弟的,父亲还说过:"父望子成龙,学而优则仕。只要世道清明,为父就是当牛做马也要让你们完成学业,你们考上哪我就送你们到哪。即使今后你们中谁有机会过海留洋,父亲我就是卖掉一座两座茶山,也保证会送你们风风光光出国去!"然而,当银海今天又一次听到父亲吟诵起陶澍的这一联句时,心中充满感慨,其景仿佛眼前,其言犹在耳畔。

"爸,儿子会为您长脸的。"银海在说这句话时,终于有了几分动情。

"是吗?我等着!"为父的表情复杂,却并不是嘲讽,也未寄予太大期许。

那一天晚上，秋夜长沙的夜空月辉姣好，星光璀璨，坡子街的廖氏茶行里茶汤氤氲却并不宁静，几个 30 岁左右的年轻人在老大银海的召集下，以茶客的名义来到了廖氏茶行，围在红木茶案旁慷慨激昂到天明，而太祖父全当装聋作哑眼不见为净，早早地就回南门口的私宅去了，看守店面的银河却是满腹心事重重。

<h2 style="text-align:center">三</h2>

这是一个更深露重的晚秋之夜，睡在二楼卧房的银河却始终无眠。他原计划天一亮就要启程去西安，那里有今年春初新开的一家分行。因为门店系转租，以前是做其他营业用途的，就只是简单地改造了一下货架和增加了一张条形茶案和几把凳子，摆放了廖氏茶行出品的各类样茶，暂时请父亲在西安城里的一位同庚挚交代行打理，还收容了三个老家在甘肃白银黄河地界逃难出来的女子做帮手。

眼看试营业已经有半年多了，自己却还没有去正式接管和挂牌。

这是老二银河自大学毕业后，首次随父亲去茶马古道必经的几个重要省份考察时定下来的。且主意也是他出的："爸，我觉得廖氏茶行的根基已经牢固，正进入了良性发展期。"那日，父子俩领着三个无家可归的女子，途经兰州到西安在古城一处客栈落脚时，儿子便有意抛出了这么一句话来。说实在的，当时我曾祖父应该还没有想到要为自己的儿女私情做任何铺垫，更说不上是在预谋后路。

知子莫若父，父并没有感到突然，而是满心期待："你且把话往下说。"

得到了父亲的允许，银河一脸肃然地又接着说："我们家的茶行除了在省城长沙有专门铺面外，还应该试着走出湖南在茶马古商道的重镇省会布下棋子。"

"嗯，吾儿也有大情怀了！"听到儿子出言便是棋语，父亲心就一动："是啊！为父正有此意。老一辈说'湘人要出湖'，指的就是要走出湖南。你意先在何处布子为好？"其实做父亲的当时脑海里已然有了一幅鲜明的愿景，至于能否真会按照自己的意愿发展，得且行且引导，得遵天意。这就是世人所说的姜还是老的辣。我太祖父虽然只是个茶农兼茶商，却也是读过几载私塾的，再说那时候的世风中，人文气息淳厚馥郁，从他口中吐出几句文言来，这一点也不足为奇。

儿子则是个既有茶学渊源，又是正宗的名校学子，听了为父的鼓励也就不再藏着掖着，于是便先从自己在书本中所熟悉的人文地理开始说起："西安人文地理的历史样貌，折射出文明发育和文化形成过程中的许多关键节点，包括意义因素和意指因素这些贯通文化经脉的血液构成，都是在西安的人文地理图谱中聚合汇流在一起的。"银河侃侃而谈，历史人文是他的长项，见父亲听得认真，他又接着说："西安也是一座信仰之城，曾经所建的宗教场所密度超过耶路撒冷。中国本土宗教里道教的发源地即在西安的楼观台。这里也是老子讲经、著述《道德经》的地方，留存着道教的祖庭。佛教东传在中国本土化的过程，同西安也有着密切关联。"最后儿子把话题一转，说："唐初，阿拉伯商人经丝绸之路将伊斯兰教带到长安，而这一条流金淌银的路也正是我们将可以着重开拓的茶马之路。"儿子的用意也就在这一条路上，且又正好切入了此次随家父出湘所考察的心得。

"要得，此言正合吾意。那就分头行动，我们率先在西安城里落子吧！"

我太祖父半生中有的是经营茶叶的产销常识，对如何走出去的途径早就成竹在胸了。他回头看了一眼身后的姐妹三人，见她们一脸虔诚而又神往的笃定样子，当即就一锤定音嘱银河去打听门面，自己则去寻访早年结识的一位同庚挚友了。

说来也真是有趣。每当听奶奶讲起她也是道听途说来的我太祖父和曾祖父这些家常事时，我都总会有一种亲临其境的感觉，这就是血缘关系的魔力所致吧？

四

我奶奶口中当年极尽繁华的坡子街，是长沙城里的中心地段，街口是湘江码头，街道狭长，七拐八弯，两侧商铺林立，又多是纯木结构的双层楼房。一楼是门面，二楼是卧室和仓库，所以一到夜阑人静后，巡夜的更夫也就格外尽职尽责。

"当、当……驳！"这时，更鼓已经节奏分明地敲过了五响，接着又是一句善意的提醒："人在梦中，神明即在云端，各家各户，谨防火灾偷盗，店家小心呐——！"声音拖得极是悠长，在街巷里悠来转去，人在睡梦中也能听得分明。

可是，在那一个深夜，当时的银河却有可能是更夫从楼下走过才听到的，他已完全沉浸在早春二月大西北之行的回忆里："未必就已经是五更天了？"这是茶行二楼的银河在惺忪中嘀咕，他刚被拉回到自己所处的现实中，也就想起日前给西安父亲同庚的书信他应该已经收到了。与此同时，一张略显忧郁而又绝对好看的鹅蛋脸和一双月牙泉般清澈的眸子，却又不期而遇地走进了他的视线……

也是这年早春的那一次，儿子随父亲在甘肃敦煌拜访几位生意上的朋友，已经在此地逗留了两天也住了两晚，按说第二天就要启程转西安打道回湖南了。其时，儿子便忽然向父亲提出，想去一睹敦煌石窟的真容和去看看月牙泉的清澈。

敦煌位于甘肃河西走廊的最西端，是古代丝绸之路也是茶马道上的名城重镇。父亲手一挥说："是值得去看一看的，你去吧！早去早回，我就不去了，在驿馆歇歇脚。"但父亲却并没有告诉儿子，之所以多留一天，就是专为他安排的。

"你租一峰骆驼去。"父亲在吸着铜咀烟杆，吐了口烟雾，又交代儿子。

"我晓得的，您放心吧！"儿子心如烛照，父亲的心思他已经明白。

写到这里，我忽然又想起了我奶奶曾经发过的一句感叹："你太祖父是一个通神之人，不信你今后好好去想想啰！他每到关键时刻所作出的一些抉择，背后肯定是有神明在提示他或者帮助他的。"我当时听了觉得很玄乎，但过后细想起来又觉得有些道理，并且我同时也还觉得，我曾祖父银河似乎也有着类似的遗传。

他当初之所以选择在省内上师范大学，并且又是选修了人文地理的专科，前者是因为离家里近，他在情感上总是难得割舍在白驹村里的老家；后者则是因为他心中又装有大好河山。正如我奶奶所考证："其实你曾祖父当时的学习成绩并不在银海口之下，甚至比他更有天资更务实，他们兄弟三人各有特点，银海口激进张扬，银河沉稳务实，银江天真单纯，之后，正好就应了那一句性格决定命运的名言。这当然是后话，但往后的事谁知道呢？"奶奶说得很含蓄。银河毕业后满口满应就同意了帮忙打理茶行，这既是乱世逼他做出的无奈选择，也是考虑到给年过五旬的父亲分担一部分责任。毕竟父亲创下这一份祖业不易，今后总得有人接班和传承。且我曾祖父银河还敏感到有着厚重地域文化特色的安化黑茶，日后一定会有更加光明的前景。这一点我太祖父或许也想到了，又或许没有想到。

短暂的人文考察之旅是惬意的,曾祖父银河后来回忆说:"这都是天意。"

有关敦煌石窟里巧夺天工的浪漫壁画,尽管银河在书本中曾经多有见识,但当他真正置身于我国古代艺术瑰宝的面前时,那一种震撼却是前所未有甚至是终生难忘的。也就是那一次,他怀着一颗被飞天神女感动后的柔软之心从石窟中出来,却遇见了一张略显忧郁而又绝对好看的鹅蛋脸和一双月牙泉般清澈的眸子。

"大哥,大哥……"突如其来的喊声里带着颤音,有如天风拂来,甚是柔软。

早春的太阳也很柔软,西北风却像刀子般割人,银河闻声,立马就站住了。

"大哥,您菩萨心肠,您大恩大德……"跪着的女子却没有抬头。

他摸了摸怀里,共有八个大洋,就匀了一半递给她,此举也足够大方的。

"您菩萨心肠,您大恩大德……"她还是没有抬头,只是用余光看了一眼在日照下闪闪发亮的几个晃眼的大洋,并且还没有想要伸手的意思,她或许是不敢伸过手去,又或许是从没有遇见到过如此大方的男人,身子就抖得更加厉害了。

"你这是……"他稍有些犹豫后,就脱下了自己的绽蓝色学生装外套,诚恳地说:"穿上吧!冻病了就更加哭天无路了。"接着又把银圆顺手放进了口袋。

"菩萨啊!您是活菩萨!"她说着头就点到了地上,也铺了一地秀发。

"喂,不要这样,你千万不要这样子嘛!"因为始终没有看到对方的脸,他也并不好随便称呼,只把衣服给她披上了,转身向骆驼走去,步子却有些迟缓。

对方立时站起身来,追了几步,说:"您收留我吧!我已经没有家了……"

红得像苹果的早春的太阳遂钻进了云层,起风了,风掀起了她一头长长的秀发,一张娇好的鹅蛋脸被彻底打开,两潭清澈透亮的水供养着一对黑幽幽的眸子,她定定地望着他,然后怯怯地说:"我能做很多事的,什么苦我都能吃得!"

"不,不不,不行的,这不行的!"能说会道的银河一时间竟乱了方寸。

"菩萨开恩,您还是收留我吧!"她说着又要跪下。

"不要这样,不要这样子嘛!"他赶忙拉住了她。

"我又不是赖着要做你的女人!"情急之中,女子又怯怯然补充了一句。

这句话在风中旋着飘走了,银河并没有听见,他还沉浸在惊诧之中。是惊诧于这一位大西北女子的美貌,惊诧于她的那一双天生白皙而又修长柔软的手,是那种踏破铁鞋无觅处的典型的茶修手。她该不会是从石窟的壁画中走出来的吧?

女子已然勇敢地扬起了头来,这时正好太阳钻出了云层,天地为之一亮。

两人就这么对视着,一个是风华正茂的南方男儿,一个是豆蔻年华的西北女子,披上了湛蓝色学生装的女子顿时像变了个人似的。大概有好几分钟,双方都没有说话。出入敦煌石窟的游客不由自主地站住了,围观的人越来越多,还有人在窃窃私语:"真是天生一对呀!"女子立时如梦初醒,像一只受惊的羔羊欲要把手挣脱时,银河却把对方的手一拉,也不知从哪来的胆量说:"我们走!"

没想到身后突然又追来了两个女子大声喊:"姐姐,姐姐你不能丢下我们呀!"

银河却被紧追过来的这一声"不能丢下我们呀",一下子弄得懵了。

一脸尴尬的姐姐,泪珠儿便"啪嗒啪嗒"地落在了黄沙地上,一点一个坑。

"是我的两个妹妹。"她迎着他的目光说。

清澈而透明的目光是来自神奇的月牙泉么,令他想起千里共婵娟这个词来。

"一起上驼峰吧!"声音渺渺,好像是自很遥远的地方飘过来的。

他没有再去看月牙泉,不,他已经看到了月牙泉。

那一天,我曾祖父银河是一人一峰出去的,回到客栈时,却已经是四个人。

儿子还是跟父亲细说了缘起,其实这事根本就无法说得清楚,连她们是何处人氏,因何事姐妹仨又逃荒在敦煌石窟旁落脚,他一概没有问过。问了又如何呢?

只听她说过,她们的老家在甘肃白银的黄河边上,姐妹姓张。

面前忽然就出现了三个楚楚可怜的年少女子,太祖父虽然没有责怪儿子的冒失,却也始终紧绷着脸。年轻的儿子毕竟是初涉江湖,他或许只是出于一时的同情,根本没有想过收留后的任何后果,于是才心软应允下来这也是情理中的事,但作为父亲,我太祖父又不得不把问题考虑得更复杂或者更长远一些。因此一直到西安,把分行的门店安排得差不多了后,我太祖父才打开心结跟儿子说:"那就先留她们在店里学茶艺吧!"听话听音,一个"先"字里应该是有着玄机的。

"你不晓得吧?"奶奶在一次跟我传古时说:"天上的玉皇大帝也姓张,也许是我们家的这两个男人,潜意识里已经把她们姐妹仨当成是上天的赐予呢!"

其实我奶奶才是一块当作家的料,她的想象力总是那么丰富而又浪漫。

也许真如我奶奶大胆的猜测所言,我太祖父本来就是一个通神之人。但我想太祖父自己并不会如此认为，他只是在凭着良心、常识和经验做了他应该做的事。

只是我曾祖父当时恐怕还没有往那方面去多想。父子俩要离开西安古城的那一天早上，是姐姐领着两个妹妹亲手为老东家和恩人包的水芹菜馅饺子。芹与情谐音，这是当姐姐的先天就刻意准备好了的，天还没有点亮曙色，当姐姐的就已经轻手轻脚地在里间的厨房忙碌，接着两个妹妹也进来了。还真有点像传说中的仙女下凡，父子俩刚洗涮过，热气腾腾的饺子就由姐姐端上了饭桌，她只低着头轻轻说了一声："东家您多吃点，还要赶老远的路呢！"就不声不响地退出去了。

不一会儿，就听到有人在一扇一扇地打开柜台门。

父亲用舌尖扫过厚实的嘴唇，瞄了儿子一眼说："这饺子真香！"儿子却埋着头，把水芹菜馅掀出来先吃了，一副津津有味的样子。其实余光却在看父亲。

行囊已经到了年轻的廖银河肩上，临走的时候，他和她什么也没有说。店里收拾得整整齐齐，店外的街面上也被打扫得纤尘不染。父亲有意把步子迈得宽一些，儿子却偏偏碎步赶了上去。他没有回头，她也没有抬头，两颗心却在对视着。

父子俩回到长沙后，父亲就把儿子派回了老家白驹村，让他跟母亲去学验茶和做茶的细活了。银河是前几个月才来到坡子街茶行跟父亲学习打理生意的。

"时光荏苒，世事变幻，这半年来她还好吗？她们还会在茶店帮忙吗？没有受到什么人欺负吗？"忽然间想起这些，辗转反侧的银河心被紧紧地揪了一下。

五

更鼓声已然远逝，天就亮了。长沙坡子街商铺云集，只要天眼一开，你就休想能睡个囫囵觉，市声如潮声，热闹是从大清早就开了闸的。窗外飘来了阵阵诱人的油香味儿和熟悉的叫卖声，"热豆浆，热油条卖哟——"此声未落，彼声又起，"糖油粑粑，才出锅的新鲜呀！一个铜钱三串！快来买呀——"口音很重，做这些小生意的多是邵阳人。于是乎，各家商铺的柜台门也就一扇一扇地打开了。

早上起来开店门的一般都是东家雇请的店小二，老板们自然还有另外的住宅。廖氏茶行也雇了人，是从老家安化雇来的李世，只是这几个月暂时打发他回老家茶园帮忙翻耕去了。这是太祖父安排的，他有意要把二儿子银河带在身边历练，让他从店小二开始做起。父亲的苦心，做儿子的当然明白，因此从不敢懈怠。

廖银河闻声起床，揉了揉惺忪的双眼，穿好衣服就直接去了洗漱间。

昨夜一场好梦，既到了甘肃敦煌，又去了西安古城，还吃过了她们姐妹做的芹菜馅饺子，味道似仍在喉中，说实话他还有些不舍得醒来。楼下传来呼呼的鼾声，那是老大银海怕太晚回家说不清楚，不好意思凌晨去南门口的家里，而是趴在茶案上睡着了。银河去开店门时犹豫了一下，有几分心疼地看了一眼沉睡的兄长，又不忍把他叫醒要他到楼上去睡，只好转身取了一床小被子盖在哥哥的身上。

"驱除鞑虏，复兴中华！"银河心里也很欣赏孙先生的气魄。

他其实也打心眼里敬佩这位同父异母的兄长。赌徒的血性，按说每一个男人的骨髓之中都会有，但又并不是每一个男人都愿意放弃现有的安逸生活，敢于用大好的青春年华去赌一把的，兄长银海却敢，并且是不顾家庭，乃至奋不顾身。

对于孙先生的三民主义理想，银河虽然越到后来就越有所怀疑，却在恰同学少年于省立第一中读书时也曾有过向往。但治家和安邦定国同理，也就是父亲常说的时逢乱世，得把圣人所言的修身齐家和治国平天下分开来理解，总得有人实实在在做实业才行。父亲是一个敢于打破传统文化的束缚，并且还能在日常生活中善于破局的人，他总是希望自己的家族一代更比一代强。"所谓家国者，先家后国，家庭和谐了，才有国邦的安定和强盛。可人生在世，不是遭天灾就是遇人祸，有很多事情是料不到的，大凡智者也只能尽人力而已！"这是在去年吃团年饭时，父亲首先举起手中酒杯，当着全家的面说过的一番话，当然更是说给好不容易才能够坐到一起的银海银河银江三兄弟听的。人生总是聚少离多，刚过完正月十五，银海就去了广州，银江也赶赴南京去了。银江是被一位当了师长的堂叔带去做副官。按说他俩都是在为国尽忠，只有银河守在父亲的身边尽孝，所以他才更加事事处处谨遵父命，想尽早担起廖氏茶行的这一副担子，为父亲分忧。

"嘭哐"一声，店门在银河的思绪中被打开了，也迎进了满室晨光。

街巷里有梧桐落叶在晨风里翻飞，里屋银海的鼾声却还在继续。

银河到店铺的一角，取过从老家安化带来的那一种特制的竹枝扫把开始清理店铺门前的黄叶时,左右包括对门的商铺前,也已经有了店小二在埋头清扫。听见这厢的门也开了,人们领首朝年轻的廖老板友好地点了点头,他便也和颜悦色地回敬人们以微笑。虽然刚满 24 岁,跟父亲学经商加起来也还不到一年的时间,银河的个性和气质看上去却已经有了那种人们常说的儒商样范。他身材高挑,脸方颈长,又加上眉目爽朗,面色柔和,即使是身着粗布长衫也有几分儒雅之气。

长沙素有山水洲城之美誉,坡子街两侧巷弄空当处,有着不少梧桐树,春天和夏天一片浓荫一片绿,给店铺商家平添了不少生气,而深秋黄叶飘,严冬枝条条,却又并未见得给人有丝毫的萧瑟之感,这里是旺铺,人气火得很。这里有好的传统,入夜有人轮班敲竹梆巡更,白天有专人清理环卫,但商家们却有着自扫门前雪的习惯。正忙着呢,就已经有公家人推着木制鸡公车过来了,车上盛着硕大的木桶,木桶两侧留有细密的圆孔,刚从湘江打进桶里的水清清澈澈地从圆孔中争先恐后溢出来,划出的千百道弧光在朝晖里仿佛千百根细细彩线,洒落在街道的麻条石上,又如一颗一颗晶莹透亮的珠子,还弥漫着湘江河里的氤氲雾气。

新的一天就这在叫卖声起伏、油香味扑鼻和流光溢彩中开始了。每每看到这样的情景,银河的心里总是充满着莫名的感动。"要是没有连年战乱该多好!"天灾无可抗拒,而战乱却往往是由政治家们所操纵。所以他对政治毫无好感。正这么胡思乱想时,一辆双轮车就在银河前面的不远处停下了,一个魁梧的身影站起来,他一眼认出是自己的父亲:"爸,您今天来这么早。"他小跑着迎了过去。

"你哥呢?"父亲却劈头盖脸问过来。

"在店里,在店里。"银河说着自己就赶紧先进了店门并朗声道:"哥,爸过来了!"银河有意把音调拉得很高,这是在善意给醉睡中的兄长银海以提示。

"啊?爸过来了!"银海从醉睡中惊醒,却丝毫也不敢怠慢,应声就站起了身来,并且慌乱中还没有忘记顺势把小棉絮往茶案下一塞,双手来了几下猛虎洗脸,又把睡乱的西式头抚了抚,人顿时就精神了。"爸,您这也太操心了,店里有我和弟弟照看呀!"还真是平时有过这种历练的,居然大大咧咧得如无事一般。

"我操心只是为了这个小家。"太祖父话中有话,却一脸平静。

没想到银海却来了一句大套话:"覆巢之下,岂有完卵!"

"完了,完了。"银河却在心里暗自叫苦,他是生怕哥与父亲又会对立起来自己夹在中间左右都不便说话,就趁机朝候在巷弄拐角处的大爷招手,不一会三碗热豆浆和一碟金色油条就上了茶案旁的小桌。太祖父却没有急于落座,而是先绕到了茶案旁欠身拿起塞成一团的小被褥,一边叠一边说:"革命最伟大也是为了有吃有睡,吃过早餐后,还是回南门口去补睡一觉吧!你娘在家里等着你。"

做父亲的心疼儿子是装不出来的,何况太祖父又是个出了名的刀子嘴豆腐心。坐到桌旁后他又郑重其事地宣布:"我昨晚上测算了一下,家里还有些现大洋,反正这季节茶行也不急等钱用,我再给你凑一部分,明后天即可办妥,也就差不多是半个现有的家当了,你难得回湘一次,在家里好生待两天再带去复命吧!"太祖父素来有火烧眉毛心不急的大将风度,端起蓝花瓷碗喝了口豆浆,又补了一句意味深长的话说:"等你们革命成功了,还全家人几年太平日子!"

一听此言,银海刚塞了一截油条的嘴巴就半天没有合拢来。

"我跟你娘商量过的。"太祖父又补了句:"免得她总提半个家当的事。"

其实那并不是商量,而是大太祖母出面说情想让儿子银海掌管茶行,但她的话才出口就被太祖父给堵了回去,太祖父说:"你不是经常挂嘴上这廖氏茶行的家当你有一半吗?我会给银海匀出一半的银圆来。"大太祖母还愣着,太祖父又说:"银海是老夫的长子,按理我应该让他当掌柜,但你也不想想,他会是真心回来守业兴家吗?他是来为革命筹资的!只怕没过几天,你打麻将的花销和吃饭都会无着落。"银海当然不会知道,父亲是有过怎样的思想斗争和反复考量啊!

"谢谢爸慷慨解囊!"听到父亲有如此安排,银海心里终于如释重负,他确实是受命回湘筹资的,孙先生自海外归来不久,急需各方面的支持,而经费则是重中之重。没想到每逢大事不糊涂的父亲这次出手会如此大方。儿子努力克制着内心的激动,也不好意思再在父亲和弟弟的面前多抒豪情,便告辞回南门口去了。

这里要插几句我奶奶对事态发展的分析,在她看来,我太祖父对大儿子和二儿子这两茬事的处理肯定又是得到了神明的点拨。"你想想看,按照银海口的性格,他这次既然是受命回湘筹资,就不可能是几百块大洋打发得了的,更不可能空手而归,如果满足不了他的要求,还不知又会搞出什么样的后果来……"奶奶说到这突然就缄口不再多说大曾祖父的事了,我感觉她一定有什么事情瞒着我。

莫非有史料记载的长沙城里发生过的一起夜盗银行旧案与银海有关吗?

但我立马又否定了自己的无端猜测,尽管我曾为证实此事查询过家史,那年某月正好是银海燕京大学毕业回湘在长沙,之后就匆匆离家出走几年没有音讯,再后来就有传闻说他参加了革命党。但有一点我始终纳闷,我奶奶根本没见过大曾祖父,却似乎对他一直有着某种偏见。

那天早上,太祖父掉头又嘱咐银河说:"去收拾一下,你还是按计划启程去西安,那边也一定等你等得急了的。"也不让儿子插言他又接着说:"尽快把那边的生意做活。此去时间长短,事务大小皆由你自己全权做主,也该是你为这个家出力的时候了!你们得做出个样范来给为父和母亲看,让我们也高兴高兴。"

银河听得云里雾里,老半天都还未得要领,太祖父又从怀里掏出一个封了口的信函来,慎重地交给儿子,说:"这是为父赐给你的锦囊,到西安后再打开。"

"爸,您什么时候也学起诸葛孔明来了?"儿子还真有些诧异。

"我还会鬼谷子占卜呢!"父亲笑出一脸诡异,"这本来就是父亲应该为吾儿考虑的事,等你有了儿女,也就能够体会得到了。"父亲的叙说出奇平静,又说:"这边茶行的事有我,李世过两天就会来店里帮忙。家里茶园茶厂的事有你娘,只是吾儿此去西安任重道远!"当父亲的其实已经把所有的事都做好了安排。

儿子有些动情,双目注视着满脸沧桑的父亲,父亲便伸出手来,重重地拍了一下儿子的肩膀,说:"你去吧!胆气大一点,为祖宗泰昌公争光。"泰昌公是廖姓在白驹村的祖人,但祖上七代始终是一脉单传,直到银河这代才有了兄弟三人。

"爸,儿子知道了。您放心吧!"声音有些哽咽,却很坚定。

父亲破例送儿子出了店门,在街道前的拐角处站定,良久没有转身。

儿子此去西安到底何时方可回湘,父亲心里也没底。凡安化做茶叶生意跨省去开拓市场的也不是什么新鲜事,最远还有直接到了内蒙古和新疆的,这无疑是一种向好的趋势,只是背井离乡,10 年 20 载也难得返乡一次,个中艰辛难以诉说。

几片梧桐叶无声落下,当父亲的脸上却流淌着自信的笑意。

这一天秋阳高照,是太祖父亲自翻过黄历所择的吉日。

六

我后来还专门查过新中国成立前最后一次新修的廖氏族谱,在大事年表上有着如此记载：公元一九一九年九月二十日，廖银河只身前往西安古城，之后，正式挂牌开办安化廖氏茶行西安分行，并与张氏三姐妹完婚，一去数载后，领三妻多子返乡认祖。泰昌公一脉从此人财俱旺。新修族谱中还有另外两件大事也需要在这里一并提及：公元一九三七年九月（又是九月），幼子廖银江在淞沪会战中不幸阵亡，同月，其父闻讯一病不起，于次月初九仙逝，有一子三儿媳及若干小孙送终。

新修族谱中所言及的一子三儿媳及若干小孙，即是银河一脉，因为老大银海自当年携巨款去复命后，由于时局更加动荡，便一直杳无音讯。这也是太祖父在临终时，久久不肯闭目的原因之一。其实身后事他对儿子银河已经早就有所交代。

"人固有一死，生不带来，死不带去，所争无非是一股豪气。"太祖父交代身边的儿子说："为父气数要是尽了，丧葬事宜务必从简，把你弟弟银江的衣冠冢就放在旁边陪我。"老人歇了一口气继续说："还有两件事，你务必记牢、办妥：一是你要在自己的儿女中择出二子分别过继给银海和银江，不能让他们在族谱上留下无后的名声；二是老家的这几百亩茶园，尤其是长沙坡子街的廖氏茶行，这是为父用了毕生心血凝聚的泰昌公一脉的祖业，你务必得给我守住！"太祖父的远见卓识确实是令我辈后人钦佩的，他最后还说："即使时势有变，也总全有变回来的时候，你得教育自己的子孙们，祖业是祖先传下来的气脉，不可中断，即便是一时断了，也要适时接上去，只有这样，睡在祖坟地里的先人才会安心。"

廖银河连连点头，并且慎重地告诉他的父亲说："我已经把在西安的铺面给退了，是为把财物和精力全都集中投入到老家的茶园和坡子街的祖业上来。"

父亲的脸上终于现出了笑容，这才要把儿媳和小孙们叫过来……

父命不敢违，我太祖父的葬礼确实是一切从简，但老人家声名远播，噩耗还是不胫而走，出殡的那一天，不但方圆十里的茶农们闻讯纷纷赶来送葬，就连安化茶界的大小老板们也自愿手执野菊花无声地随在人群的后面。白驹村两侧群山肃穆，村人与乡邻万众恸哭，有人还说那天村口的资江也陡涨了阵阵涛声……

太祖父的遗像由银河的长子，也就是我爷爷枕戈捧在胸前引路，而我曾祖父则作为唯一在父亲身边的儿子，硬是三步一小跪，九步一长跪给抬柩的轿夫们磕头。这是湘中大梅山地区的丧葬风俗，说是跪给亡灵的。在这一路跪过去的送葬路上,银河一直在心里跟父亲说着话:"爸,恕儿不孝,我还没来得及跟您说起过在西安城这些年来的种种经历。不过您放心,我把所挣的钱全都存着呢!"

在送葬队伍的鞭炮声以及轿夫们"起啊!起啊!"的呐喊声里,我曾祖父的眼前却不时在闪过另外的一种图景,心思已穿越重重关山盘桓在以往的岁月中。

七

人生如梦。这句话仿佛就是专门针对当年远赴西安的我曾祖父廖银河说的。

他怎么也想不到,这一幕居然会在此时重现:当年,他前脚还刚刚跨进古西安城的廖氏茶行,店里的张家三姐妹竟"呼"的一声,齐崭崭跪在了他的面前。

"老爷您回来了!"领头的就是让银河牵肠挂肚的张家大姐。

"你们这……这……"银河的脸唰地就红到了脖颈上,怎么今天竟像是做梦一般,有三个女人叫自己老爷呢?

"这……这是干什么?"情急之中,银河就把目光投向了父亲的同庚。

代理掌柜居然一脸笑意,似乎在反问:"你爸我老庚未必没告诉你呀?"

银河是何等睿智之人,立马就读懂了刘掌柜的提示,继而便记起了自己行前父亲曾说过的那一句怪怪的话,也就赶紧掏出了父亲所赐的所谓锦囊妙计,打开一看,儿子才幡然明白,原来这所有的一切都是父亲在此前就刻意安排好了的。

刘掌柜说:"少老板,你这是天意也是人意,天意与父命均不可违的。"

银河听了,心生喜悦,耳边仿佛又响起了父亲的嘱托:"你要尽快把那边的生意做活,此去时间长短、事务大小,皆由吾儿自己全权做主,也该是你为这个家出力的时候了!你们得做出个样范来给为父和母亲看,让我们也高兴高兴。"

"既然是天意又是父命,当儿子的就得双肩承担。"银河在心里说。

"那就照令尊所说,择日把两茬事一并给办了?"刘掌柜又烧了一把火。

"嗯,好,那就办了!"银河接过父亲同庚的话,胆气便从此强大起来。

此时的少老板廖银河,俨然如一位帅印在手的征远大将军,下达了第一道命令:"老大在家里检场,老二去置办几件像样点的衣裳并顺便买回红烛,老三去买菜,准备明天中午的酒席。"一口气安排下来,居然井井有条。稍做了片刻停顿后,他又把目光投向了刘掌柜,谦恭地说:"挂牌开张的事,有我和掌柜。"

与我太祖父同庚的代理掌柜老刘是秦岭人,自小随家父来到西安也是经营茶庄，两年前把店铺甩手交给儿子，本想在家里自个儿泡茶带孙，乐享天伦，可儿媳进门三年了，就是不见有身孕，他正在家里闷着，没想与自己曾有过生意往来的同庚廖老板又找上门来，硬要请他重新出山，还说要他帮忙先带一带在路上捡回来的三个姑娘。"就当是你收的学徒吧，这也是善莫大焉呢！"并且又反复交代他先要瞒着少当家。他当时没搞清状况，又不方便主动多问，是这几个月廖老板几乎每月有书信来，而且每次都详细问过几个姑娘的人品和表现，他这才感觉到，廖老板没准是瞒着儿子留了一手，在暗中考察儿媳吧？这次少老板奉父命千里迢迢来西安之前，他又收到了同庚的书信，这才证实了自己的猜测是对的。

"我这老庚真乃神人也！"刘代掌柜在心里不无感慨地说。

廖银河与张氏姐妹完婚那天，他事先就对三个女人有过交代，必须按年龄和女人所应该具备的"德、贤、惠"为序，分称别老大、老二、老三，并且还给她们重新取了名字，分别为淑德、淑贤、淑惠。德者为长，辅佐老爷主管内外生意，贤者次之，分管店面事务，淑者治家。成家伊始的廖银河千钧担子便已集于两肩。

第二天，少老板的两桩喜事都终于尘埃落定后，代理掌柜当晚就请辞回家了。

这事听起来确实太玄乎，能有如此简单吗？可我奶奶当年就是这么跟我说的。不过奶奶却始终没有多说起我曾祖父在西安茶行的生活和经营琐事，只较为详细地反复讲述了我曾祖父首次走西口去大西北送茶和联系客户时的有关经历。

新挂牌的茶行步入正轨不久，安化那边又正好送来了不少今年的茯砖茶，银河便提出趁此闲时，去给甘肃、宁夏那边的老客户送些今年的新样茶，这也是今年早春他与父亲曾经拜访过的茶商，还可以凭优良产品争取逐步推开黑茶市场。

"大西北的冬天，寒冷的日子长，那边的人没准还正等着我们的黑茶熬羊奶暖身子呢！"入夜，银河与其说是同老大淑德商量，不如说只是跟她知会一声。

"是呀！我还正准备跟老爷您说这事呢！"

"店里的事，就劳你和淑贤、淑惠了。"

"我早几天就跟她俩说过了。"

"我明天一早就动身，再雇 7 名马帮的伙计。"他其实早就已经有了安排。

"还有我呀，我是个现成的伙计呢！"大姐淑德终于有些迫不及待。

"你？"

"是的。是我！"

"开什么玩笑呀——就你？有一段沙漠要穿过的！"

"你以为我还会怕沙漠？我是一棵抗风沙的胡杨！"

银河一时语塞，忽然就想起了敦煌石窟里的飞天神女。

其实到这个晚上止，他们完婚还只有 20 天，虽然拜堂是姐妹仨与银河一起披过红的，对外也都是以夫人相称，但是在拜堂前的那一个晚上，银河却当着证婚人也就是自己父亲同庚的面说了，得让两个妹妹年满十八岁后再与圆房，而两个妹妹像两朵含羞花似的毫无怨艾地点头说："一切听从老爷和姐姐的安排！"

那日，曙光乍泄时，两人就随马帮们一起出发了，且一去便是将近一个月。

去时的头一夜，月亮还只是一把银镰，从大漠返回西安时，月儿就圆了。

"你们先去客栈投宿吧！"银河交代马夫们说："反正也就是十多里路了，把这两匹马也带回去，我俩在这里先歇一歇脚，再慢慢走路到客栈与你们会合。"

"这不好吧？荒漠野郊的，而且天气说变就变。"

"哈哈，你们想多了，这能有什么事嘛！"

"那还是得注意点，这鬼地方，怕有……"

"怕有狼是吧？"当老板的知道马夫们是出于一片好心，说："不会的。"

其实此地距离土屯子客栈顶多也就十里路程，而且那天又正好是农历十一月十五，夜里的月亮肯定会很圆。把伙计们都打发走了之后，小两口在一棵老胡杨树旁坐下，就着凉茶吃起烧饼来。"我们边吃边走走吧！"男人说着就起身了。

女人抿着微笑，喃喃如梦呓："能够在大漠里陪着自己的男人走夜路，这是我张淑德几辈子修来的缘分呀！"女人身材依旧窈窕，一头秀发也更柔更美了。

他俩就这么手拉着手，迎着刚刚露脸的一轮满月，步履轻盈，踏沙而行。

"天地无垠如大屋，月华初上提灯来，纯金的大漠，是你的婚床。"还是在读大二时就在校刊发表过不少新诗的男人，此时居然又有了想要写诗的冲动。

恋爱中的女人本来就是一首诗，淑德当然懂的，一股暖流从心田涌出，流遍全身，被男人拉着的手也暖暖的了。她微微地仰起头来，先是看明月，再又望星空，忽然便是一声惊呼："银河！银河！你看见了吗？好明亮的一条银河！"

男人就再也忍耐不住了，陡然把拉女人的手一松，随即又是一个拥抱，便紧紧地把女人搂在怀里……

当男人也跟着躺下时，月亮就已经升得更高了……后来又没入了云层，还起风了，并且风越来越大，有黄沙开始成团，朝着这边滚滚而来……他俩却浑然不知。待两人气喘吁吁地醒过神来时，月亮和星星全都消逝得无影无踪了，天地间已经一团漆黑，两人的身上也盖满了沙子。前面有几点蓝光在闪动，男人正准备呼喊，嘴却又被女人的嘴给堵住了。这时，远远地传来了几声"嗷嗷"的狼嚎。

也就是那一次，女人怀上了男人的儿子，后来就取名为枕戈。

这当然也是奶奶告诉我的。在我的印象中，奶奶就像是一本《故事会》。

八

由于受历史和时代的局限，有关我曾祖父在土地改革时的故事，尽管奶奶曾经向我们儿孙们灌输过多次，但我却只能有选择性地一笔带过。历史就像一条长河，弯弯曲曲是为必然，而时代潮流有起有落，洪水来时，河堤决口甚至冲走家舍田园亦不足为怪，它的大方向却始终不会改变，那就是一往直前，奔向海洋。

按说我们廖家无疑是新中国成立的积极拥护者和支持者，这一点只要稍加回顾或稍有历史常识的人都会知道，廖家的银海就曾经是新民主主义的建设者或直接参与者之一（当年引荐他加入同盟会的衡阳人谢晋，此时已经是湖南省新政府要员），而廖银江年轻的生命就是在淞沪会战中洒尽最后一滴鲜血的抗日烈士，况且在坡子街开办茶行时，银河更是屡屡为抗战主动捐过钱物，但一切皆成过往！

"等你们革命成功了，还全家人过几年太平日子吧！"

我太祖父当年说过的这一句意味深长的话，还犹在廖家后人的耳畔，然而万万也没有想到，如今天下太平了，廖家却要衰败了。

当时人们正沉浸在"解放了，天亮了"的喜庆气氛中，这些日子已经没有公家人来洒水洗街道，商铺里也再没有店小二"自扫门前雪"，就连廖家茶行后来升职为主管的李世也回老家"分田分地正忙"去了。银河也听到了一些风声，长子枕戈乘船急匆匆从老家赶过来，进到茶行连水都来不及喝上一口说："爸，茶园的中耕除草我看还是先停下来吧？就要开始土改分田分地了，只怕今后……"

"怕什么怕,天还会塌呀!"没等儿子的话说完,父亲就脸红脖子粗,便劈头盖脸呵斥道:"即便是全都上缴政府,茶山也还是村里的。能让土地荒芜吗?"

"这次是天翻地覆……"儿子的声音很轻,而且不敢再往下说。

做父亲的却半晌无言,掏出烟丝来的手有些发抖……

银河三个老婆共为他生有子女12个,唯有长子枕戈胆子最细,有人说这是与他的父母当年怀上他在戈壁滩遇上了狼群不无关系。但银河最疼爱的也是他。

枕戈如今也已经是儿女成行的父亲了。

"赶紧做饭吧!"银河回头冲老三说:"今天早点关门大吉。"

自从那一年廖氏茶行被日军飞机炸毁后,银河为了急于筹资在这片废墟上修建新的铺面,就已经把在南门口的私宅院卖出去一半了,而另一半则为履行父亲当年承诺给大娘的娘家人留着,也就是从那时起,他的三个太太也就只留下了淑惠在茶行做饭打杂,淑德和淑贤已经回白驹村老家去侍弄茶园和管理生产去了。

一家三口刚吃罢晚饭,枕戈正准备去关店门,人至门口时,便远远地看到有几个手持梭标的年轻人由原来的管家李世领着,从下河街的巷弄口匆匆而至。

"喂,关店门的,慢点!慢点!"走在李世前面的一个青年朝这边大声喊道。

"今天这店门就不劳你们亲自关了!"另一个青年的口气明显很阴冷。

李世在廖家帮工多年,见了枕戈,毕竟有些不好意思,便畏畏缩缩退到了人群的后面。几条年轻汉子一字排开拦住店门,梭镖上的红缨在暮色中如同染血。

走过西口的银河见状却并不惊慌,说:"来的都是客,想必你们昼夜赶路也走辛苦了,先进门喝杯茶吧!"说着撩起蓝布长衫,在茶椅上落座,准备烧水泡茶。

他其实也已经看到了退在后面的李世,知道这一次来者不善。

"喝资本家的茶,我们贫下中农没这个口福!"

"哪里还是他的呀?从现在起,就已经是人民政府的了。"

另一个没有说话的后生就已经冲进了茶行,把手里一张盖有鲜红大印的公文在银河眼前一展,冷冷地说:"你这家店铺已经由安化县土改工作组没收了!"

"没收?"廖银河激动得腾地从茶椅上弹起身来,"没搞错吧?你们!"

说时迟,那时快,门口的四条年轻汉子便纵身扑了过来,不由分说就把银河按倒在地,并厉声道:"你这个大地主兼资本家,还真敢与新政权作对不成!"

廖银河气得只说了声:"这是哪家的王法……"人就昏倒在地了。

老三淑惠见状，也要扑过来拼命，却照样被按倒在地。

老实巴交了半辈子的枕戈，便倏忽一声狼嚎般吼道："你们是不是人呐！"

结果也被五花大绑起来。从此，我爷爷枕戈便更加胆小如鼠了。此乃后话。

其时，幸好有被迫前来领路的李世出于对原东家的同情，说："同志，老掌柜十年前就得过晕病，曾死过去好几天的，请你们赶紧先送医院吧！不然……"

对方还正在僵持和犹豫着是否送廖银河去医院抢救时，一辆敞篷吉普就已经"唦"的一声稳稳当当在茶行门口停住，车上又下来了一拨人，其中一位身着军服，腰里还别着短枪，刚进门就问："你们是安化土改工作组派来的同志吧？"

"是呵，你们是……"对方应声一抬头，话却只说了半句。

着军服的同志见此情形，便一脸严肃地说："你们怎么能这样对待工商界代表人士？"并示意一位文书模样的年轻人出示了随身携带的文件，"市府昨天就接到了安化的电话，刚好省领导谢晋在我们军管会视察工作，他听了汇报后对此事很重视，已经亲自跟安化方面沟通并给市里也作出了批示。他说，银河先生是民族爱国资本家，应该继续留下来为新政权的经济建设出力。你们在移交文件上签个字吧！"他接着又命令随行人员："赶紧的，送银河先生去医院抢救！"

我曾祖父银河先生这一次又奇迹般活了过来，并且连医院也没有进。据说是老三淑惠效仿她大姐，也就是我曾祖母用一泡陈年黑茶煮的姜汤水灌醒过来的。

奶奶在说到这一件事时，神情却有些激动，她说："真正救了你曾祖父银河先生的并不是老茶和姜汤，而是军代表转达的那一段话起了决定性作用。"

我记得奶奶当时还特意清了清嗓门，尽量在模仿着军代表的口气，她正色说："银河先生是民族爱国资本家，应该继续留下来为新政权的经济建设出力。"

在坡子街的廖氏茶行的产权已经归属于长沙市人民政府，暂时由安化县供销合作社代为管理，我曾祖父也不再是掌柜，叫执行经理，工资是由供销社统一发放。他的三个老婆和儿女们都回了原籍白驹村，老家的茶园和茶厂也一律充公。

我曾祖父仍然是兢兢业业地为茶行工作，他的工作职能主要是讲解茶道和泡茶，凡是有来店里卖茶和看茶样的顾客上门，他都会不厌其烦地给人讲解饮茶尤其是饮用黑茶的种种好处。还有就是每当夜阑人静，他都会独自在店里店外悠转巡查一两次，像个幽灵似的在这根廊柱上抚一抚，那块砖墙上摸一摸,久而久之,那些镂刻着"廖氏茶行"字样的字迹,也便在月色灯光下放出了暗红的光亮……

在我的想象中,在新社会的茶行里工作的我曾祖父仍然身着粗布长衫,目光深邃如寒星,样子亦很是儒雅。只要能与茶行在一起,他的精气神就不会失散。

九

后来我曾祖父还是被遣送回乡了。那是 20 世纪的 1964 年。

曾祖父回到老家白驹村后,整个人就已经没有了精气神,他是由我的三位曾祖奶奶扶着进堂屋的,身着的那一件灰色长衫,像挂在一根老树桩上,空荡荡的摆动着,然后,又由我的爷爷辈们,把他扶着坐进了神龛下的一把由老树蔸雕琢而成的太师椅中。他屁股还没有完全落座,我们晚辈们就齐崭崭跪了一大圈。

"你们都给我记住了,廖家祖上是走过西口的安化茶人。"骨瘦如柴的曾祖父眼睛瞬间一亮,声音颤抖又近乎低吼地说:"现在祖业虽无,精神犹在神龛!"

这是我人生第一次面对面听到曾祖父给儿孙们的训示,当然也是最后一次。

此后,就很少听见他说过话。我曾祖父的余生,用风烛残年这个词来描述是非常准确的,他阴雨天在祖宗的神龛下坐着,天晴就在堂屋门口晒太阳,幸亏始终有三位祖奶奶轮流陪着他。但我常想,在曾祖父看似闭目养神的脑海中,一定会偶尔闪过他在西安城里开茶行时与"德、贤、惠"三姐妹相濡以沫的情景,以及后来在坡子街的废墟上亲自与帮工们一道昼夜不眠地建造新屋的艰辛画面吧!

我奶奶说:"你曾祖父一直是在等待中苦熬着。"

"他在等谁呀?"我好奇地问奶奶道。

奶奶说:"也许是在等待真正属于安化白驹村茶人的明媚春天吧!"

然而,我曾祖父却没有能熬过 1967 年那个寒冷的冬天。

时间是一位魔术师,变出什么样范的把戏来都不足为奇。

自此,除了我奶奶偶尔还有提起过传承祖业一说,廖家就再也没有人触碰过已成为过去时的"祖业"那一页悲壮的旧黄历了。这当然也是与时势有着莫大的关系。且随着后来"农业学大寨"运动的不断引向深入,我们家那几百亩早就已经充公了的优质老茶树,也在一片"叫高山低头,要河水让路,人定胜天"的口号声中,全都成了千家万户做饭烧水的柴薪。如今想来,那真是一个发疯的时代呀!

那时,我也已经是年满 16 岁的少年,在鼓励男女老少齐上阵的当时,也算得是一个准劳动力了,但奶奶担心我太文弱,说:"你还是去学一门手艺吧!"

我脱口便同意了:"我要学篾匠。到深山老林去!"

奶奶懂得孙儿的意思,她知道我这是不忍心看到我们廖家几代人经营过的数百亩上好茶园,就这么眼睁睁地被毁掉,所以才只好选择逃避,但是也就是在那一次,奶奶皱着眉头,双目紧盯着我说:"你从小就语文成绩好,做匠人了也不要忘记看书,争取今后能做一个自学成才的作家,写一写我们廖家的创业史。"

也不知奶奶是从哪里搜集到的,我在打理进老界去学篾匠的行囊时,她把一本被当年视为禁书的《红楼梦》塞给了我,当然书皮上贴着的是《红岩》封面。

还果然被我的奶奶言中,随着政策的不断放开,不再有唯成分论的精神压力之后,在 20 世纪 80 年代初期,我便试着写出的第一个短篇小说处女作《祖业》,居然被省刊采用,并获得了当年全省期刊年度一等奖。这在当时的安化县城确实算得上是个爆炸性新闻,不久,我被破格招工转干,调进了县文化馆做文学专干兼内刊的主编,成了白驹村泰昌公一脉的子孙中唯一一个吃皇粮的国家干部。

有了风光的人生,日子似乎过得更快一些,转眼就是十多年过去。

命运之神是幽默的,有些事明明看着已经没有了指望,它却又找上门来。

1997 年香港回归祖国怀抱后的第二年某日,廖家祖业的盖头又一次被掀开了。那一天,是八月中秋,正在审理稿件的我忽然听到有人在楼下直呼我的大名。

"廖道远,廖道远老师,你有挂号信!"原来是邮递员老王。

是一个大信封,我以为是哪里寄来的杂志,一看才知是一封公函,还是由长沙市房地产局寄来的。"这就怪了!我什么时候又与长沙房地产扯上了关系?"

心里正纳闷,老王提醒说:"打开看看不就知道了!"

我便撕开了信封,但我惊住了,居然是一个盖着长沙市房地产局鲜红大印的房地产证书,上面分明写着"长沙市雨花区坡子街 168 号原廖氏茶行产权证"的字样。里面还有一封便函,用繁体字写着"请转安化县文化馆廖道远先生亲启"。

我似乎感觉到了什么,但又不十分明晰。于是箭步上楼,在办公室读起信来:

亲爱的大哥:

我叫廖怀湘,当您读到这一封家书时,妹妹我总算是为自己的曾祖父廖银海完成了一桩遗愿,他老人家的在天之灵也可以在另一个世界安息了。我曾祖父半生隐居香港,但老人的心却始终惦记着故土家园,并终于在去世前经多方打听,才知太祖父在长沙坡子街的祖业已被政府没收,故立下遗嘱要后人关注此事,一旦有机会,即便是倾其所有积累,也要把茶行买下来赠送给在大陆的亲人。日前,香港顺利回归祖国怀抱,我也刚好有机会被邀请参加了在湖南长沙举行的首届迎春华商"湘香"盛会,并经多方奔走,终于办成了此事。

亲爱的哥哥:虽然我已经托人打听到了生活在家乡白驹村泰昌公子孙们的有关情况,但毕竟世事沧桑,近乡情怯,请原谅妹妹还没有做好回乡探亲的心理准备,只能通过以公对私的渠道把我曾祖父的遗愿转赠给您,这也是物归原主吧!

祖业是烙在我们后人身上永远无法抹去的胎记。余下的事情请哥哥酌办……

读过堂妹的来信,面对一纸廖氏茶行房产证书,我的心里不禁一阵绞痛。

一朝被蛇咬,十年怕井绳啊!沉思良久后,我想自己还是应该回一趟老家白驹村,召集在家的所有泰昌公子孙去虎形山的祖坟地,燃上纸钱香烛,把怀湘妹妹的家书念给祖辈们听,以此告慰廖家亡灵。我还要单独在奶奶的坟前坐上一会,与她做哪怕只是片刻的交谈,我要告诉她老人家:"奶奶,您一直执着地惦记着的我们廖家的祖业,就像一颗顽强的种子,终于等来了破壳重生的机会!"我想奶奶一定会很高兴的。当然,我还要请她老人家改变对我大曾祖父廖银海的看法。

我抬腕看过手表,已是下午四时,心想,既然那么多年都等过来了,也不硬要急着在今天这个时候赶回去吧!但也就是在当晚,我做了个怪梦:早春的天空分外明丽,辽阔而又悠远。县城离白驹村只有20多里路程,我是骑自行车回老家去的,过了村口的联珠桥,远远地就能望见我们廖氏家族的祖坟地了,我的心里忽然就生出了千万感慨,一首关于祖业的小诗便也在我的脑海中形成,诗曰:

祖业在历史的纵深处奠基,
又被岁月的尘埃淹埋,
出土与否,
历史终究已成为历史,

唯有祖业的精神，

永远不死。

  我是以一种寻找的姿势走进白驹村廖氏祖坟地的，然而，遗憾的是廖家儿孙晚辈一听说"祖业"二字就连连摇头，有人甚至要划清界限说："前人的事已与我们毫不相干，我们不想再去蹚浑水了！"祖坟地里唯我一人，先人的嘱托声也因为力不从心而断断续续："即使时势有变，也总会有变回来的时候……祖业是祖先传下来的气脉不可中断……只有这样，睡在祖坟地里的先人才会安心。"

  "你们都给我记住了，廖……廖家祖上是走过西口的安化茶人！"

  说这话的应该就是我的太祖父和曾祖父，是我在白驹村廖姓坟地的祖先。

  落日已近西山，残阳如血，祖坟地四周的林子里，有归鸟在啁啾，一群南飞的大雁从天宇中飞过，一会儿排成一字，一会儿又排成人字，山脚下的资水从遥远处流来，又向着遥远处流去……但我却无心去关注这外部的一切，而只是虔诚而又专注地在聆听着先人的叮咛……然而，也许是因为我的族人对"祖业"无动于衷与麻木，我忽然感到了一种空前的心寒，脑海中也顿时变成了一片空白……

  我是被这一个奇怪的噩梦惊醒来的，睁开惺忪的睡眼，已是第二天凌晨。

  但我仍不愿意相信这梦会变成事实，心想，即便是真如梦中的结果，泰昌公一脉已无人再对祖业有任何兴趣（或许是根本就不再敢抱任何希望），我也得独自到祖坟地去完全这一严庄的仪式。于是便匆忙起床，推开窗户，一股清新的晨风扑面而来，但见高空一碧如洗，我的心亦顿时变得空明并喃喃道：祖业，祖业。

斯文摆渡

一

一场百年不遇的洪涝已经过去了，泊在婆婆崖下的摆渡船依旧寂然。

对岸的白羊山上空悬着一轮浑圆的落日，静静地燃烧的晚霞给开阔的江面洒下了薄薄的一层余晖，一群金丝鲤在色彩斑斓的波光倒影里奋力前游。

子在川上曰："逝者如斯夫！"守渡船的斯文爷在一声喟叹中起身。

船身遂晃了几下，又渐趋平稳。自从上游数百米处修建了一座低水坝电站并兼有跨江大桥的功能后，渡口已经少有人迹，婆婆崖下的摆渡船也几乎形同虚设。此时的斯文爷正沐浴着晚霞光影静静地立在船舱口写大字了。俄顷，他仰头嘘了口气说："水是流动的，空气也是流动的，如此光景，真好！"

他内心里很喜欢这样的光景，也习惯了自言自语，他是在与流水说话。

他又在习字了，他说自己习的是"三养"字，即：养身、养气、养心。

他握着的竹竿笔很粗，曾有人好奇地问他："你这也是毛笔吗？"

"怎么就不是毛笔了！"斯文爷说，"你看我这不是在写毛笔字吗？"

斯文爷写字，习惯让笔尖顶着纸走，如犁尖行走于泥丸，他要的就是那一种迟送涩进的感觉。写着写着，纸上那些粗糙不匀的纤维颗粒便在斯文爷眼中逐渐变大，字体就显得更大，满纸无处不是深刻、舒展、疏宕和奇崛。

这时忽来了个人，并且是个行家："好有劲道啊！像摩崖上的榜书。"

声音惊乍了江水，斯文爷听了，不免微微一怔，忙抬起头，认真看了眼对方，然后说："先生也来几笔？"邀请是真诚的，还准备挪身给他让出场地来。

"岂敢岂敢呐!"对方却忙摆手,继而双掌合十道:"晚辈不过是幼年时随家父习过两年字,有年去西北送边销茶,又绕道去过一回汉中褒斜古道,那绝壁上的字,一笔一画,随石势或迟送,或涩进,参差错落,纵横开阖,雄峻得不得了,遒劲得不得了,那才真令人大开眼界耶。先生的字,亦如此!"

"老朽惭愧,惭愧啊!"斯文爷亦抱拳拱手。他当然不会知道,来人乃是邻县新化人氏,自幼酷爱书法艺术,此次出行就是有意寻古探幽瞻仰方外高士。

两人便海阔天空地闲聊起来,却无人再聊及与书法相关的话题。

多半是听斯文爷在"聊"。他后来稍一仰首,便又脱口吟出了以下诗句:

"众鸟高飞尽,孤云独去闲。相看两不厌,只有敬亭山。"

声音低缓,像是在沉吟,目光却对着江岸上黧黑的婆婆崖。

对方仍然凝视着老者,并且还有了深刻的感触,也有了心得,便低头思忖:一个"尽"字,一个"孤"字,一个"独"字,一个"闲"字,这四个字里该潜藏着多么深广的意蕴啊!这不是"仰天大笑出门去"的李白的诗句么?

在这个日暮江流空寂荡的资水婆婆崖渡口,望着这位满脸沟壑纵横的世纪老人,对方遂想起了李太白的另一句诗:"永结无情游,相期邈云汉。"沉浮于名利俗世的人,是断然领略不到那一种高邈出尘的胸襟与气度的。

这世上未必还真有只宜遥相寄托之人?对方的心中,忽然就有了归意,于是便淡淡地吐出一句话来:"先生您这是张隐逸、倪高士浮家泛宅的风流!"

斯文爷只是淡然一笑道:"也许是,也许不是。"来人说到的张志和、倪瓒的故事,他当然是知道的,也偶尔在心里念叨过"今我绿蓑青箬笠,浮家泛宅烟波逸"这一类诗句,只是他却始终觉得自己从未曾隐过,更没有逸过。

于是两人皆沉默,唯有流水抚摸船舷的低语和呢喃……

之后,斯文爷像突然记起了什么,便问道:"先生是过渡吗?"

对方指了指上手边的电坝笑答:"我就是从那边过来的。"

"哦,先生也是过来人!"斯文爷话中有话。

对方当然是听得懂的,便说:"想要达到您老的这种境界,却不易得。"

"人的一生,其实就是在放脚,在散步,无论水路还是陆路,用不着赶的。"

"晚生受教了,所谓踏平坎坷成大道,既是虚妄,也是真实。"

目送忽留下了一串脚印又渐行渐远的人影消逝,斯文爷又发了一会儿呆,接着便自言自语说:"横要平,竖要直,能把字写正就不易了,哪来的劲道哦!"

依旧稳立在船舱口写大字的斯文爷，身板与笔杆一样直。船头的甲板高低正好与他的膝盖并齐，他只把头顶上的船篷向后挪了几许。规格不足三平尺的淡黄草纸是由乡野村夫所制，工艺粗糙，纤维含量并不均匀，厚薄也不统一，吸墨功能却特别强，就堆放在他左边的脚踝处。用完了一捆，又从尾舱里搬出一捆。他也只用得起这种纸，每捆五十斤，二元一斤，合一百元一捆，有两千张，里面的纸张有的缺角，有的断裂，每取一张上面都有着薄薄的一层纸灰。他一早一晚往船舱口站定，江上的波涛也似乎镇定了许多，但这或许与波涛缓急无关，而是与斯文爷心里的那一份镇定和静气以及他挥手把书写过的草纸漂入江流有关。字纸或沉或浮，他却懒得回头再看上一眼。

他每日写字过百张，最后留下来的就只有两个繁体字，一个是"親"字，一个是"愛"字，平平整整地铺在船板上，用河卵石压着，到第二天再更换。

如此收拾停当后，他还会喃喃几句："亲不能不见，爱岂可无心……"

天色便在他的自语中暗下来。

二

斯文爷是一个典型的孤老头，他已经少有经济来源了，所谓的墨汁和毛笔也是他亲手制的：墨汁由米汤拌木炭粉研成，笔毫用的是他自己头上的发丝，是苍苍白发，即便是被墨汁浸泡过之后，也偶尔会显出黑白相间的颜色来，而手中那一管套着毛发的罗汉竹，则是他从婆婆崖的山腰里砍来的。

他原名叫廖斯文，斯文爷这个尊称，是魏县长去年底才馈赠给他的。

在还没有冠以"爷"这个尊称之前的若干年里，株溪口和白驹村，也还包括了对河的鹊坪村，多数人都直呼其名喊他斯文，也有叫他斯（施）肥和斯（施）粪的，那是魏家的儿孙。直到 20 世纪 80 年代初，才偶尔又听到有人叫他一声廖先生，不过也还是有少数廖家的后人始终沿袭旧称叫他廖老师。

比如廖技术一家，从他父亲到他儿子，就一直是称呼他老师。

这天中午，廖技术就揣着一瓶"牛栏山"老白干来到他的渡船上。

他是来找斯文爷抒发愁肠的，前脚刚一踏上船头，廖技术便左一声老师右一声老师的叫得他好亲切，他说："老师，这一场滔天洪水真是百年不遇啊！"他还说："老师，其实很多所谓的天灾，根本就是人祸造成的，比如红岩水库这一次决堤坝的事,本来是可以避免的嘛,可魏县长就是听不进我的建议!"

廖技术是县气象局的一名气象学专家,这个头衔斯文爷当然是知道的。

本是同村人,相煎何太急。斯文爷本来也想套用一句古诗点醒一下他的这位本家堂侄廖技术,但话都到了嘴边,又还是忍住了,转而便是一脸肃然地问他:"你就跟我说一句实话,这回到底死了多少人?"斯文爷问的就是前几天水库决堤的事。技术说:"只上报了九人。报多了是要处分县以上领导的。"

"唉!草菅人命,这还敢瞒报呀?会遭天谴的!"斯文爷的声音里有些悲怆。

他说着就别过了头去,目光有些空洞,似乎是在打望不远处的株溪口或株溪口里面的白驹村,那里是他的老家,他是白驹村人。然而他的目光又慢慢地聚焦在一个点上,变成了凝视。技术心里就有了些许的惊慌,也循着斯文爷的视线望过去时,他看到了一棵树,一棵没有人知道它年岁的沧桑古树。

连斯文爷也不知道这一棵树的实际年龄,他只记得从自己懂事起这棵树就一直挺立在白驹村村口的联珠桥档头,树干硕大无朋,树冠苍翠,奇怪的是却无鸟雀在上面筑巢。莫非是与这一棵树的经历有关?斯文爷曾如是想。

百年古树,孤独了百年,树冠却依旧苍翠,风霜雨雪并没有遗忘它。

今年是农历丙申年,丙申是猴年,廖技术也属猴,整整三十六岁,刚被任命为县气象局副局长。斯文爷忽然回头冷不丁说他:"你呀,就是个坐井观天的。"

"那确实,像老师这么有阅历的人,现在已经没有几个了。"

"我这也能叫阅历?无非多摆渡过几个来来去去的人而已!"

"您这是秀才不出门,知晓天下事。"

"廖姓中也只有你技术才称得上是一个秀才。我嘛,就是个摆渡的。"

斯文爷对廖技术是有过期许的,在白驹村的年轻人当中,他唯独对技术这小子的成长有过关注。他忽然又想起了"摆渡"这个词,觉得这个词还蛮有意思,自从应允看守渡船以来,还真不知摆渡过多少新人,多少故人。早年间白驹村和株溪口凡有红喜事白丧事都会请他去写对联。那也是摆渡呀!

廖技术也想到了摆渡这个词,只是他接过来时却有些大言不惭地说:"魏正横行,斯文摆渡,技术观天。哈哈,无独有偶,我们恰好又都是属猴的。"

斯文爷自然明白技术这话里所指的意思,这无非说的是政治、文化和科技。便笑着说:"我可不敢与你们是一路人。"他后来又在心里说了一句:"这小子也太狂了!人嘛,其实就是一群猴子!"他没说出声来是给技术留了情面的。

"老师,您这是明摆着不愿意与我辈为伍吧?"技术感觉到对方的语气有些冷,便把怀中的酒瓶亮了出来:"我今天是来孝敬老师的,来,我们走一个!"

俗事随流水,对酒须当歌。斯文爷一见有酒,心就热了几分,说着进船舱拿出了三个碗来,技术还带来了一袋油炸花生米,两人就在船头坐下了。

立秋后的太阳依旧有些老辣,却善解人意,技术前脚还刚登上船头,悬在中天的太阳眼看就跟着栖进了云层。婆婆崖土垴上的那一片罗汉竹林里也似有了窸窸窣窣声,原来是江面上骤然兴起了几丝凉爽清风所致。

江湾里虽然浪小,水波却不平静,渡船晃动着,也似有了微醺的醉意。

"老师,您的打坐功夫已经出神入化了。"廖技术打了一声酒嗝说。

斯文爷无语,他在用心品着酒的味道。那是一种似曾相识的味道。

"魏横行后来就没有再来看过您?"技术接着又补问了一句。

"这酒性烈,只怕不是纯粮酒。"斯文爷是在说酒,或许又不全是。

廖技术口中的魏横行说的就是魏正,他是白驹村里老支书魏山风的儿子,做过一届县委副书记,去年底又当上了县长,年少时瘦得像只猴子,没少吃过大补药丸和肉食,但还是不见长结实。村里人都叫他魏豆角,还有人给他编过顺口溜的:魏豆角,风吹倒,幸亏有堵篱笆墙,扶着篱笆才长高。

篱笆墙说的就是他那当大队支书的父亲,魏豆角是有着靠山的。

这才过去几年呢!魏正如今却是一副腰粗、嗓门也粗的官僚相了,走起路来踩着方步,远远看上去像是在横着走,廖技术暗地里总喜欢叫他魏横行。

斯文爷对技术背地里称魏正为魏横行是颇不认同的:"他说,都是土生土长一个村的人,又同朝为官,抬头不见低头见,你们本应该相互捧场才是。"

其实斯文家与魏家是有颇深渊源的,当然主要是与魏正的父亲魏山风始终有着纠葛,土改时斯文的父亲廖族长被镇压,大炼钢铁时侄儿廖学正被派往猴子冲伐木有去无回,"文革"时斯文自己又隔三岔五被绑上批斗台并游行示众,魏正的父亲魏山风都是参与者或指挥者。但这又能怎样呢?历史也是一条长河,滩涂过后必是平缓江流。冤家宜解不宜结。斯文爷确实是如此想的。

按说廖斯文要比魏山风老支书年长十多岁,而魏山风却在早几年就已经走了,是刚当上县委副书记的儿子为他庆八十大寿时被假茅台酒醉死的。如今坟头都长出了树来。这人呐,只要活得长久,就总能看穿或看清很多的事情。

魏山风走得太突然,那一天,当即就有好事的年轻人跑到了婆婆崖渡口来报信说："老师，一直像恶魔一样缠着迫害过你们家的魏老倌，这次终于被阎王爷给收走了！"那人就是已经被分配到县气象局的廖技术，而他本人却是专门从县里赶回来给魏老爷子祝寿的。没想廖斯文听了气也没吭一声，一脸肃穆提腿就去了白驹村的魏家，并直接走进魏老支书的下榻处，深深地行了三个大礼，还主动提出要给魏老爷子写挽联。此言此举，令众人惊愕不已。

他的表情凝重，出语恳切，他说："亡者为大，写挽联是我斯文的本分。"

"老师，您这是？"紧跟而来的廖技术大惑不解。

"这什么这呀！一笔难写一个人字，人与人之间需要的是相互帮衬，至于以前所发生在他魏山风身上的那些事，早就已经随了流水。"老师坦然地说。

廖技术与斯文爷同宗，属孙子辈，斯文爷一直叫他技术。斯文爷当民办教师那会，技术的父亲还是他的学生，技术这名字就是老师给取的。这小子出生那年，他父亲就是靠科技革新当上村民委员会主任的。不过这已经是多年前的事情了。技术是村里唯一的博士生，气象学是他的专业，毕业后分配在县气象局工作。这个副局长是他因祸得福捡来的，因为此前他曾多次给县委、县政府提出过对本县中型水库红岩电站腾出库容，要主动应对厄尔尼诺气象的建议，可政府有政府的考虑，说放水会影响发电，放走的都是钱。结果还真被他言中。日前任命廖技术为副局长，是表明县委、县政府对专家的重视。

技术却觉得这是在有意堵他的嘴，刚看到任命文件就找斯文爷解闷来了。

斯文爷既抽烟，又好酒。烟是他自己种的，就种在泊船渡口的婆婆崖垴上，去翻地，种烟，施肥，捉虫子时，还要到株溪口去借梯子才能上得去和下得来。那儿是一块绝地，没得人要的，大概有半亩出头，能种上三百多株旱烟，供一人抽一年还有多；蔬菜也是他自己种的，偶尔有两岸好心的乡邻也会送一些坛子菜和干菜给斯文爷；酒就只能靠被白驹村和株溪口的人家请去写红喜白丧对联时，才能喝几盅过过瘾，有大方一点的除了给个百十元红包外，也还会送他一对邵阳大曲做酬谢。可如今村里会写毛笔字的年轻人逐渐多起来，也就很少有这类好事轮到他头上了。这些年轻人无疑都是受了他影响成长起来的，有的还经由他手把手教过，所以在很长一段时间里，白驹村和株溪口两个村的少年，基本上都会说"横要平，竖要直"的习字要诀。

"斯文先生，你这不是在自己砸自己的酒坛子吗？"有人替他惋惜说。

还有人直截了当说："也不兴拜个师就白教人家，这样太不划算了！"

终于有人肯叫他斯文先生了，廖斯文听了打心眼里高兴，便说："翰墨总得要有人传承才能发扬光大的。我这也是在摆渡嘛！"那神情如同醉酒一般。

不过像技术这样带酒上船来的毕竟少见。但魏正也来过船上一次，给斯文送了整整一箱"牛栏山"老白干，十二瓶呢！他说这是贯彻中央"八项规定"以来县委招待所的常用酒，还亲手送了一个红包给斯文，里面有九百九十九元慰问金。

三

那是在去年初冬，当时还是县委副书记的魏正忽然带了民政局和文化局的两个局长并随从，还有一帮记者，说是专门来给老寿星拜年。大腹便便的魏副书记上船过跳板时，全身都在发抖，由两位局长扶了一把才登上船头。

魏副书记的突然造访，一是因为他去北京公干时有一位曾在国家某部委工作过的女首长电话中提到过廖斯文这个名字；二是因为政府班子换届选举在即，他这个已经内定的县长候选人来亲自看望孤寡老人是一种亲民之举。

"斯文爷，您还记得我吗？我是白驹村的魏正啊！"魏副书记白净的脸上笑容可掬，开口就称廖斯文为斯文爷。当时就有人敏感地意识到，魏副书记这省去一个"廖"字，却加了一个"爷"字的称呼是有着特殊意义的，他还侧过身来对着镜头握住斯文爷的手摇了好几下说："我今天是代表县里四大班子来给您老拜年的。祝斯文爷翰墨璀璨！健康吉祥！寿比南山！"他果然声若响雷。

斯文爷有一种被人强拉着配对的久违感。他对魏正的感觉也很奇怪：一双柔软无骨手怎么能握得住权力呢？权力应该比逆水行舟的竹篙更难得伺候吧！心里忽然就为这个已经是从七品县官的小老乡生出了几许隐忧：嗓门粗有个屁用！自古江山又不是靠嘴巴喊来的。这话他当然只是在心里说说而已。

"斯文爷保重！我还会来看您的。"魏正临走又称了他一声"爷"。

也就是从那一刻起，斯文或廖老师或廖先生就成为名正言顺的斯文爷了。

他当时还确实显得有些激动，毕竟很久没有人来过渡了。他后来认真一看，又感觉并不像是来过渡的，人们一哄而上，船身在晃。倒是对魏副书记那一声斯文爷却答得爽快。后来有人问起这事时，斯文爷就理直气壮地回答，他说："魏姓虽不与我们廖姓同宗，无辈分可循，但按年龄，我就是个爷。"

"来，老师，我们为爷的尊称，再干一杯！"廖技术已然微醺。

斯文爷从回忆中醒过神来，说："这一声爷是不是比老师和先生都要显得尊敬？"他也打了个酒嗝，并放下了酒杯，冷不丁的一句话把技术也问得哑了。

醉意朦胧的廖技术走时依旧怅然，谁人的心里没有疑惑呢？他想。

又是一日随流水，天边的晚霞，渐渐收拢了斑斓的余晖，归巢的鸟雀在婆婆崖垴上的竹林里窃窃私语。鸟们在议论些什么呢？该不是在笑话我浅薄的得意吧？斯文爷不禁摇头，表情中有顽童的尴尬，因为他自己也并没有完全弄得清楚，爷与老师与先生之间的差异到底是在哪里。不过他对"爷"这个词听起来却觉得特别顺耳和亲切。也许是在他的潜意识里自己一直就有着一个想要做爷爷的梦想吧！因为斯文爷一生未曾娶妻，他始终是光棍一条。

他又开始写字了，写了一会儿，手中的毛笔终于停了下来，搁在盛"墨汁"的土钵上，船头甲板上那最后的一张黄色草纸却并没有被斯文爷随手揭起，或许是太过沉重的缘故，或许是还有着别的原因。草纸上端端正正摆着的两个斗大繁体字黑得尤为醒目，一个是"親"字，一个是"愛"字。

亲不能不见，爱岂可无心？这改繁体为简体的人也真是糊涂啊！形单影只的斯文爷亦被酽浓的墨色渐渐地染黑了，唯有江浪拍打船舷的声音依旧。

夜色如墨，没有月亮也没有星星，看来明天是阴是晴尚无准信。

阴是一天，晴也是一天，风霜雨雪年复年。斯文爷俯身进船舱时在心里嘀咕说："人事还拿捏不准呢！他又去想年轻时在莫江学校执教的往事了……"

四

莫江学校是新中国成立之前县里唯一的一所新式学校，相当于现在的大专，以语文为主，辅以数学，每周还有两堂书法课，廖斯文就是书法老师。

"同学们好！"又是一期新生班开学了，书法课安排在每星期的周三和周五上午授课，分上下两节。斯文老师着一袭蓝布长衫，说话的声音很圆润。

"老——师——好——！"学生们大多是来自于本县各乡，也有极个别是来自外地的，十里不同音，老师的问候声未落，回应声却整齐地亮开了嗓子。

斯文老师把长衫一撩，袖管一撸，取过纸张顺手展开在长条桌案上，握笔蘸墨便做起示范："横要平，竖要直，学书法先要把字写端正，这是打基础。"他写过一个土字，又写下一个田字，然后补充说："做人也是同样的道理！"

有学生就问："廖老师，您为什么下笔就先写这两个字呢？"

"有土有田方可立身，才可言及人格。"老师的话说得何等实在！

才过去三周，学生们就对书法课产生了浓厚兴趣，对老师更有了兴趣。

老师常说，书法艺术是一棵枝繁叶茂的树，根植于我国传统文化的沃土。

他是从夏、商、周……魏晋……直到摩崖石刻，民间书风等一路讲过来的，一个学期讲不了几个朝代。但老师每一次开讲，都会在中间截一节从实践做起，他总是会说："口述无凭，实践为证。"因此讲台的课桌旁就围满了学生，墨汁已经研过，纸张早就铺好。为他准备这一切的是个女生，姓花，名月容，人与名字一样，花容月貌，却淘气任性若男儿，事事喜欢抢风头。这或许与她的家庭背景不无关系，她是县里最大的茶商花老板的独孙女。

花月容十二岁就没有了父亲，外公家是个土财主，拥有优质茶产地高马二溪的半壁河山，两家联姻多半是为了生意上的相互利用。不过她母亲倒是长得细皮嫩肉，性格正好与女儿相反，说话细声细气却袖里能藏乾坤，是个很有心计的女人，加上公公对她的万般宠爱，家里财政大权基本上是交由她来掌控。花月容的父亲却是个喊打喊杀的直肠子性格，她后来曾听人说起过父亲与母亲的事，说两人婚后不久，夫妻生活就已经名存实亡。这样熬了十多年，男人终于在一次随马帮押送黑茶跑大西北时，人就留在了陕西，只托人带了口信回来，一是告诉父亲，好男儿志在四方；二是告诉老婆，有合适人家可以改嫁。家中父母气得捶胸顿足，也派伙计千里迢迢去找过，回来的人说他可能是去了延安，还惹得县警察所盯了他们家一段时间，但除了民间传说，却找不出任何有用的线索。倒是他的独生女花月容确实是学校里的激进分子，十五岁就秘密参加了当时县里的中共地下党组织，她后来之所以主动接近廖老师，就是想通过发展他从而影响其他的老师和同学。廖斯文当时二十五岁，未婚，是黄江学校毕业后留校当老师的，一表人才，风华正茂，因为酷爱书法，儒雅中颇显古人气度。年方十八的花月容一开始也正是看中他这一点，她认为革命不仅仅需要像自己这样的勇猛之士，还应该有真学问者参与其中，这样对党的事业才更有恒久推动力。她的想法自然得到了组织的支持。

黄江学校就建在资江南岸一个叫鹊坪的开阔山坳里，左右有连绵的山峰如巨人的手臂抱过来，校园大门又正好面对着资水有名的长滩奔洪滩，激浪狂涛迸发出的清澈浪响，如敦促学子们"不进则退"的声声警语；白帆如日历般翻然翻过,更令人感觉到时间的不可重来。沿着一百九十九级青石台阶逶迤而下至江边,是一处比学校操场还要大的空旷沙滩。廖老师授课有些特别,自与学生们有了默契后,他有时甚至瞒着校方,在天色将明未明时就把学生召集到河滩上读《千字文》,一个个青葱少年或坐或立于沙滩,但见疏星残月悠悬空际,山河大地皆在静默,唯闻江声浩荡。置身于此情此景,最易令人兴起,"天地玄黄,宇宙洪荒,日月盈昃,辰宿列张……"在清澈澄明的朗读声中亦觉心地清静空寂,觉世人皆睡我独清醒,觉生而为人的庄严与责任。

后来,斯文老师经请示校长同意,有时也把书法课搬到沙滩上来。

这时候写字就不是用毛笔了,而是一人手里握一管罗汉竹。这种竹子是当地的特产,粗不过酒盅口,竹子上紫色的印痕如一个个形态各异的打坐罗汉。到了野外,大地当纸,同学们兴奋不已。见是时机到了,老师对学生们说:"也许我们的祖先,就是某一天在江边偶然拾取一节树枝或一管毛竹,看到辽阔沙滩静穆如纸,心生欢喜,就在上面左一笔,右一画,这一笔一画不要紧,但再回头看时,便于这平淡无奇的笔画中,惊异地发现了破天荒,辟鸿蒙,上下、阴阳和明暗……"此时的廖老师竟然似有了醉意,趴下身子狂饮了几口江水,又用竹竿在湍急的江水中画横画竖做起示范来。他说:"唯有这样才能练出腕力。"学生们一个个看得目瞪口呆,对老师也就愈发地佩服。但是为了安全起见,老师只教学生们在沙滩上练习横平竖直,他说:"这是习字做人的根本,横平了,竖直了,气息就顺了,气势也就有了,至于其他,不学也自然会通的。"他还指着江流、江岸和峻岭悬崖对学生说:"你们认真看看:那里有反有正,有偏有侧,有聚有散,有近有远,有内有外,有虚有实,有断有连,有层次,有剥落,有丰致,有缥缈……"足以让人去思索去遐想的。

老师的才情如此之丰沛,这也是学生们逐渐才见识到的,虽然还有些似懂非懂,却是最令少年们兴奋的事。唯独平日最抢风头的花月容同学却有些生闷气,她不能亲手给老师铺纸研墨了,只能像影子一样跟在老师身后看他把字写了又抹去。偶尔有人在沙滩上写情诗,当然是写给花月容的,诗曰:

开阔沙滩上,我手写我心。佳人未及读,浪打无影踪。

花月容才懒得去看别人写字或写诗呢!她的心里和眼里只有斯文老师。

可是斯文老师却并不领学生的情,他始终笔挺着腰杆,双目只盯着罗汉竹尖下的一横一竖,或一撇一捺一点一弯勾,有时写得忘形了,挪步踩到了花月容的脚,他居然还会责怪她一声:"太痴呆了吧?怎么不晓得闪一下呀!"

"明明是你自己没有长眼!"也只有花月容敢如此冒犯老师。

"我眼看我字,有错吗?"老师鸡啄不烂的话倒是答得诚实。

"哈哈,我眼看我字。"同学们笑声如滩声,花月容一跺脚,一路小跑就到了江边的一尊礁崖上,江风撩起裙裾,秀发飞扬,似乎是要纵身一跃的样子。

当老师的心就急了,也就一个箭步追过去,登上了礁崖。

花月容却并没有回头,也根本就用不着回头,粼粼清波里,有两个人影在荡漾。有鱼儿从重叠的影子上游来游去。

终于有一天,难忍压抑的花月容居然门也不敲就进了老师的单身宿舍。

老师正在房间里临帖,抬头间还吓了一跳:"月容同学呀!找我有事吗?"

"有事!"学生说着就逼近到老师的面前了:"未必没事我就不能来?"

老师一时语塞,脸红得像关公,慌乱中就把"中兴"的"中"字一竖写成了一撇,眼睛却只盯着书案上那一本浯溪三绝碑帖《大唐中兴颂》,想入定而不能。

花月容倒是无拘无束惯了,说:"老师,您让我也临几张吧!"

老师有些猝不及防地说:"好好,"便赶紧挪身,把手中的毛笔让给学生。任性的花月容却有意把笔横着一拖,老师便沾了满手掌墨汁而又不好言说。

花月容果敢地捉过毛笔,手腕向左一推,又往右一拖一使劲,墨黑一横就落在了宣纸上,她还得意地说:"是这样吧?横是横,竖是竖,这是您教过的!"她才懒得顾什么师生之礼,假装一个趔趄,顺势就要倒进老师怀里去。

"使不得!使不得!"老师情急中扶了一把学生的杨柳腰。

但也就在这一扶的刹那,斯文老师的双手,却感觉像是捧着了一掌柔软的面团,全身触电似的,心头一热,血往上冲,顿时便觉得有一种瞬间的意乱情迷向他袭来,一颗年轻的心狂跳不已,慌忙中他赶紧跳开了半丈之遥。

也正是被这仓促的一扶,花月容反而如一只扑火的飞蛾,又要向老师扑过去,老师却连连摆手,欲向书案下钻去时,学生这才发现老师的一双手掌上全是墨汁,再低首看自己洁白的连衣裙上,已留下了两朵墨色荷花……

"使不得,使不得……"老师居然放大了声音,还在拒绝学生。

其实真正惹恼花月容的,应该是老师缺少了男儿的气概,她于是怒气冲冲地把笔一扔,愤愤然说:"你个假斯文,去扫地吧你!"口沫与墨汁飞溅,这还不解恨，又顺手将铺在桌面上的毡布一拖，纸笔砚台便纷纷坠地……

这是廖斯文平生头一次，但也是他最后一次双手扶过的女人。

没过多久，花月容就不辞而别，不但离开了学校，还离家出走了，连她母亲和爷爷也不知道她去向，有人说她也许是去了西北，寻找她父亲去了。

花月容的心思，斯文老师其实也早就感觉到了，只是他不习惯她这种方式，他所想要的是《西厢记》中张生与崔莺莺的那一种。但对于花月容的突然失踪，斯文老师心里是有着自责也有着愧疚的，并且是一种负罪的愧疚。

至于他后来再也没与其他的女人有过任何近距离接触，或许与花月容有关，又或许无关，但此事给斯文老师留下了一个很复杂的心结却是有可能的。

"你个假斯文，去扫地吧你！"此时的斯文爷忽又想起了花月容曾经咒过自己的这一句话来，居然忍不住笑说："花月容同学，你预言错了，斯文不是去扫地，而是在摆渡，如今连渡也没得我摆了！"那挂在斯文爷脸上的笑，是一种天大的讽刺。斯文爷的神情有些恍惚起来，他当然也想努力使自己镇定下来，故而走出船舱，他又在黑夜中用黑色的眼睛开始凝视着那两个黑色的繁体"親"字和"愛"字了，或许这亲不见，爱无心，才是他此生唯一的遗憾！

夜已深，斯文爷却还是因为花月容而想起了她花家后来的那些破事。

五

在斯文爷看来，命运之神就像个爱开玩笑的顽童，当初若是他自己也主动一点，说不定还真能够与花月容花好月圆，不仅会拥有一个革命家庭，如今也许已经是四世或五世同堂的显贵家族了。当然也还有另一种可能，那就是早已经被架上了断头台。他忽然记起一句诗来："出师未捷身先死，长使英雄泪满襟。"他于是在心里说："我天生就不是块当英雄的料，而是个摆渡的。要不是技术这小子又提起花月容，她花家的那点破事我才懒得去想呢。"

有关花老板家的一些传闻，当时的斯文多半也只是从道听途说中得来。

花老板家是在资水北岸的东坪镇，与黅江学校隔着一江流水，相距二十多里路程。花老板的儿子走了，孙女也失踪了，不久老婆又气得吐血身亡，偌大的家当和产业竟然身后无人。他本来也想过续弦接代，以便有人继承花家产业，没想和儿媳偶然的一次，她却给他怀上了。

后来有人议论起这事，说是她娘家担心肥水流入别人田，帮女儿一手策划的；但无论是哪一说，结果都一样，公公与儿媳已死去活来搭上了。这花家还真不愧是个敢破敢立的门户，后来干脆就明目张胆公开了公公与儿媳的关系，次年居然喜得双子，取名花荣，花华。再后来日本投降，解放战争也取得了胜利，花老板终于有了孙女花月容和儿子的音讯，花月容已经是共产党中央机关的一名文职干部，他的儿子已经是人民解放军某团团长，遗憾的是在解放海南岛时不幸壮烈牺牲。不过花老板本人却丝毫没有什么可遗憾的，一切都已经过去了，舆论从来都不会谴责胜利者。曾一度被街坊邻居戳过脊梁骨的花老板也就理所当然成了革命功臣的父亲。六十九岁高龄的花老板，还被荣幸地推选为新中国成立后县里的第一任商会会长，他与儿媳所生的双胞胎儿子，花荣和花华，前者担任过本县的县委书记，退休前还享受了副市级待遇；后者出任过省商会副会长。如今均已儿孙绕膝，成就了花老板显赫家族的梦想。

"不要问为什么？世间事也从来就没有那么多为什么！"斯文爷说。

但身为革命者的花月容却始终没有再回过安化老家。

关于她的消息是有过的，听说她曾经担任过国家外贸部某司司长，退休后又致力于助学扶贫，还成立了私募基金会。前年县里想要做大做强黑茶产业，时任县委副书记的魏正就曾亲自率领与之相关的局长们专门进京想要去拜访这位茶商世家的奇葩老乡，没想却被花老司长在电话中婉言拒绝了。

魏正一行从京城无功而返，带来的却只有花老司长的传闻，说得最多的是花老不肯与老乡见面，是怕厘不清与自己家里人的关系，不知该怎么称呼也混了个司局级头衔的花荣、花华二人。但那次魏副书记却意外得知老首长确曾是渡船老倌廖斯文的学生，这并非传言。这事是技术传到斯文耳中的。

"世事如麻啊！"斯文当时听了，半晌才从喉咙里滚出一句话来。

之后便是一阵沉默……

斯文爷不禁倏一仰头，但见天上乌云尽散，早已经是星稀月朗。他想说，不要向苍天问阴晴，不要向命运讨公平。但他摇了摇头，最后还是忍住了。

"心事不过是江上流水。"斯文爷再次进尾舱睡觉时，终于丢了一句话。

六

斯文爷已经上"床"了，后舱宽一米六，长两米五，他睡觉又从不用枕头，习惯撒开手脚把自己摆成一个"大"字。他说，船自从嫁给了流水的那一刻起，就注定了会处在一种不平静的状态中，这是船的宿命。在岁月的长河里人也一样，一出生就在时光里流浪。还有树亦如此，树欲静而风不止。

想到树，他便想起了父亲，斯文爷这一晚注定了又不得安宁。

他父亲是白驹村廖姓的最后一任族长，被吊死在联珠桥档头那棵古树上。

那是在 1950 年孟春，正月刚刚过去。那一年斯文老师三十岁。按照村里旧俗的说法，三十而立，而立之年应该已经娶妻生子了，如果连这一点都没有做到的男人，三十的谐音就是散与死，这是男人年龄段中的一个大限数。

那一年，他家里果然走散了两个最重要的人——斯文的父亲和母亲。

父亲被吊死在古树上的那一天，斯文和他的母亲及兄长、嫂子还在廖氏祠堂——也就是刚成立不久的土地改革临时工作组驻地，名义上说是集中改造学习，实际上则是被关押。在现场的血亲就只有斯文的傻侄子廖学正（兄嫂唯一的独生子），他挤在人群里看镇压他爷爷的热闹。学正当时才满六岁，爷爷却先后给他请过三个私塾先生，最后都是被傻孙子学正举着清扫庭院的竹枝扫帚给赶出了大门。他那一天也照例扛着一把竹枝扫帚，起初只是觉得好奇，便一边喊着"我爷爷是族长！我爷爷是族长！"一边却流着口水往前挤。

"你们不能捆我爷爷！你们不能捆……"可是往日里见了他都要喊一声"廖少爷"的人们，就是不愿意再搭理他，有的还摇头说："唉，真是个傻子啊！"

"学正不傻，你才傻子呢！"童稚的声音在人群中逐渐消逝。

学正后来一眼就看见爬上古树正在往树下甩绳索的魏山风了，便仿佛看到了大救星似的，精神为之一振，仰起稚嫩的脸庞大喊："魏哥哥！魏哥哥！"

趴在树杈里的魏山风装耳聋，根本就没有朝学正这边丢一眼，他已经是村里的基干民兵，全心全意投入到打倒恶霸地主和镇反是他的神圣使命。

魏家曾经是廖族长家的佃户，魏山风的父母当年带着三个儿女，也不知是从何方逃荒要饭来到白驹村时，廖族长收留了他们一家五口，还让出了两间住房和一间灶屋，留两个大人在家里做长工。魏山风就是魏正的父亲。

爷爷廖族长被活活吊死在古树上的样子很难看,口腔里血沫直往外冒,一双眼珠子从深凸的眼眶里暴露出来,闪着寒光……傻孙子学正看着看着人就懵了,眼睛也花了,他以为自己看到的是两个小月亮。

"两个月亮粑粑,挂上古树枝丫,分一个给你呷,分一个给他呷,天就要黑了,月亮粑粑不能呷,呷了月亮,学正我真的好害怕……"傻子学正一路童谣喊过去,拨开人群冲到了树下,抱着爷爷一双冰凉的脚哇哇地大哭起来。

后来有人说,那一天的春阳其实很明媚,还是一个黄道吉日。

有迎亲的队伍从联珠桥那头的资水官道朝这边走过来,喜庆的唢呐呜啦啦吹得山响,啼笑两种声音糅合在一起,最后又全都被资水的滩啸声湮没了。

斯文爷祖上曾经显赫一时,出过翰林和举人,还有个未出五代的堂叔叫廖杰,是伪政府教育厅厅长,新中国成立后又被聘为省人民政府参事,虽然少有往来,背景却摆在那里。廖族长祖父那一代生了两个儿子,他父亲却只生了他,而到了他这一代虽说也有两个儿子,长子却只生了个傻儿子,次子满腹文才却拒不谈婚论嫁,廖族长也会偶尔在半夜里叹息一声:"家道中落啊!"

廖族长死后不久,斯文的母亲也跟着父亲走了。是悲伤过度而死。

斯文仍然当老师,但已经不再是在县立黄江学校执教,而是在白驹村的村小学教一、二、三、四年级的体育,也不是拿薪水,而是生产队记工分。

斯文家一夜之间被划为了地主成分,又是旧社会宗族族长的儿子,属于被改造的重点对象,按照当时的形势,其实连做一名体育教师也是不够资格的,据说还是因为上面有人打过招呼,才保留了他一个民办教师的头衔。

有人跟他吹风说:"先委屈一下吧,你省里的参事叔叔还会替你使劲的。"

斯文老师说:"能教体育也不错,正好我自己也可以锻炼身体嘛!"

他原本就是个爱好体育的活跃分子,尤其擅长乒乓球这种新体育项目。

时光倒回去十年,在黄江学校读书的学生时代,他还当过体育委员。

从县立学校搬回白驹村时,他的很多书籍都送人了,一些碑帖拓本别的老师也不敢要,怕人说是收藏封建残余,斯文老师就一捆背着,来到昔日教学生野外临字的奔洪滩滩涂,一页一页撕开,又一页一页地付了资江流水。

书生穷途末路,斯文已付流水……

斯文在滩涂前站定,望着一江激浪发痴发呆,待内心完全平静后才抬起头颜。此时,但见疏星残月悠悬空际,山河大地皆在静默,唯闻江声浩荡……

这情景何其熟悉啊！他同时也又记起了自己曾经对学生们说过的一段话来：你们看看，那里有反有正，有偏有侧，有聚有散，有近有远，有内有外，有虚有实，有断有连，有层次，有剥落，有丰致，有缥缈……其实社会人生何尝不是如此？其时，斯文老师终于有了解脱，他最后只留了那一本浯溪摩崖三绝碑石刻《大唐中兴颂》的拓印本，那上面的大块墨迹还依然醒目，是早年间花月容同学留下来的唯一物证。他的内心深处还是留恋着花月容的。

很多事物都已经本末倒置了，比如斯文老师家的老屋。

七

斯文家的老屋傍近资江，在进白驹村口处的虎形山下，有六楹五进加两档的灶屋，是村里少有的大宅子。原来是兄弟两人各有一进两间住房，堂屋左边两间是父母住的，再往左的两间和灶屋让给了魏家。如今却完全倒过来了，只给廖家兄弟留了两间住房和一间灶屋。哥哥嫂嫂侄儿住前面一间，斯文住后面一间，进房还得往后面绕着走。一家四口，共一个锅子做饭。

斯文每天照例早起，嫂子在灶屋做饭，他就卸了自己房间的门板扛到外面檐下的阶沿，搁在两条木凳上研墨习帖，也偶尔教侄子写几笔。傻侄子居然很听叔叔的话，一横一竖写得颇是认真，慢慢地就能把一个"十"字写得像模像样了。斯文教侄子写十字主要是觉得学起来容易，他那时并有想到这个字还代表着十字架……日子就这样如水般流过，终于学会了写"十"字的傻侄子天天扛着一把竹枝扫帚往村口的古树下跑，先是清扫树下落叶，然后将扫帚倒过来用扫把一横一竖写"十"字，居然写得端端正正，透着几许静气和禅意。

有过路的人见了说："族长家这傻孙子懂事了，晓得来找他爷爷了。"

这事斯文起初一点也不知情。他每天早餐后去学校，午饭是用竹筒带到学校里吃的，放学了就和学生们一块回家，有时留在学校里负责卫生值勤也会回得稍晚一些。他已经不再穿长衫，那是旧中国文人的装扮。他当民办教师后穿的是中山装，胸前左边的小衣袋里还插着两支钢笔，一支是蓝墨水笔，另一支是红墨水笔，因为学校里唯一的公办教师兼村小校长唐老师，有时会把学生的作文临时交给斯文老师批改（有人说姓唐的校长是个空心萝卜肚子里没装墨水的）。但斯文老师却不这么看，他认为既然解放了，劳动人民翻身了，已经是新中国了,在这新旧交替的特殊时期,一切都有个重新建立的阵痛过程,他作为旧文人接受改造这是应该的,自己得顺应历史潮流。

白驹村小是与株溪口两个村合并一处的,有一百二十多个学生,却只有四个老师。但村里人还是觉得只有斯文老师才真正像个先生的样子。哪怕他教的是体育课,一身仍然是干干净净的,举手投足间总是透着一股儒雅之气。偶尔听到这些评价,斯文老师就总有些不安。尤其到后来他得知傻侄儿学正经常去古树下用扫帚写"十"字,当老师的叔叔心里就更加有一种惴惴不安的慌张。

他的感觉是对的,后来果然出事了。

"哈,傻子学正也会写毛笔字了?你们老廖家还真是文脉不断嘛!"有一天早上,斯文老师正在欣赏侄儿把一横一竖写得干净利落的时候,同一屋檐下的魏山风走过来说,正好生产队里缺去猴子冲伐木炼钢铁的人手,他就去大队部报到吧!他接着还丢了句话说:"这么大的人,也不该只吃闲饭了!"

其时,魏山风已经是大队支书,他的话没有人敢不听的。

猴子冲是株溪的发源地,离白驹村有五十多里路程,与叙浦和沅陵交界,是一处脚踩三县的原始次森林。去伐木的全是青壮劳力,伙夫一句"吃饭了"的吼喊声未落,一锅红薯米饭就盛到了各自的土钵里,抢不到饭的傻学正实在忍不住饥饿,就独个儿循着溪声往里走,他是想要去寻野果充饥。

然而学正此去却没有再回来。到晚上点卯时,领队的庚生不见有傻子,毕竟是丢了个大活人,他怕担责任,就燃起松明火把,带了三十多条年轻汉子进山去寻找,翻山越岭穿丛林,一路"傻子傻子"的喊声满山谷回荡,就是不见有人答应。后来还引来了虎狼的嗥叫,人们才只好放弃,无功而返。

傻子也是母亲的心头肉,学正的母亲得知儿子失踪后,硬是哭得死去活来,他父亲也气得捶胸顿足,便带了干粮要去寻人。但支书魏山风说:"眼下炼钢铁才是压倒一切的政治任务,你们家傻子走失在一座原始次森林中,这不等于是去大海里捞针,你们想到哪里去找呀?说不定过几天他就回来了。"

斯文后悔不已,说:"这都是我的过错,我不该教学正学写字的。"从此就再也没见过斯文习毛笔字了,他一早一晚经常发呆,还总是说学正会回来的。

不过若干年后,有进猴子冲开金矿的人居然发现某一处崖壁上竟有用坚石刻下的"十"字,并且不止一个两个,是一整块石壁。传出这消息的也是个少年,名叫猴生。当时猴生还没被人叫成傻猴子,初中毕业就随父亲和哥进了猴子冲开矿的乱石工地。也正是因为年少好奇，到了矿场后就在原始次森林中满山满谷四处窜，溪谷源头崖壁上的"十"字，就是他偶然发现的。斯文闻讯后，与兄嫂并请了十多个热心乡邻进山寻找过，但十天半月过去，虽然也找到了一处刻有"十"字的崖壁，却生不见人，死不见尸，最后才只好作罢回家。

猴生还说他发现了野人拉的粪便，粪便中带有不少动物的毛发。

没多久，猴生就得了痴呆症，有人说他这是撞到了山鬼才变傻的。

也是个命苦人！渡船晃了几晃，斯文爷终于从一场漫长的旧梦中醒来。

月已西沉，夜到尽头，天就快亮了。星星像是被资江流水浣洗过，亮得刺目，斯文爷从尘封的往事中爬出船舱，探头看了看天说："怎么又起风了？"再把双目投向船头，他被吓了一跳，猛一声吼喊："谁呀？是谁在船头上！"

船头上杵着的一个黑影说："写……写对联的，你不要凶嘛！"

原来是株溪口村的傻猴子。傻猴子又说："我……我告诉你一桩怪事……"

八

傻猴子就是猴生，今年四十八岁，与魏正是同庚，同日同时辰所生。两人的命运却完全不同，一个是当县长，一个又痴又结巴，大家都喊他傻猴子，连三岁的小孩也这么叫他。这类智障者每个村都会有一两个，只是有的傻得可恨，有的傻得可爱，但猴子却傻得可怜。他虽然有父亲也有兄弟，但父亲当年进猴子冲开金矿发了浮财，成立了公司，再后来就带着公司管账的一个与自己小儿子猴生年龄差不多的女人进了县城，他亲娘一气之下投了江。亲哥哥得生是株溪口村的现任村支书，还经营了这一河段唯一的一艘挖沙船。因为家里常有上面的领导来往，也偶尔有生意上的朋友进进出出，嫂嫂嫌他丢人现眼又碍事，把他赶出了家门，他就住在被巨雷劈空了树心的古树洞里。

好在这些年来形势有了松动，古树空坪里的小小土地庙前，常会有人送点供果什么的，傻猴子就靠与土地爷分食，也经常在半夜里跑出去找吃的。

造孽啊！看到傻猴子，斯文爷又想起自己的侄儿学正了。

"告……告诉你……我……又看到'十'字了。"傻猴子十分认真地说。

"什么？你说什么？"斯文爷正准备回船舱给傻猴子拿吃的，听到这话，便连忙掉过头来问他，还不偏不倚被支撑船篷的横木"砰"地一下撞了前额。

"我……我要吃的。"猴子并不傻,他也晓得提供情报要付报酬。

"这是自然,这是自然,我这就给你去拿,我这就给你去拿!"此时的斯文爷淡定的儒雅之气已然全无,忙转身钻进尾舱,把饭锅连同几样剩菜一股脑儿端了出来,这是他昨晚为今天匀出的早餐,全都放在了傻猴子的面前。

"喂!猴生,你是在哪里又看到了'十'字?"斯文爷从不叫他傻猴子。

傻猴子已抓了一把饭塞进嘴里,说:"在……在……我家门口。"

"那你快告诉我!在你哪个家门口?"

"古……古……树家门口呀。"

斯文爷喜出望外,神情便有了激动,说:"那写对联的就先谢谢你了!"

白驹村和株溪口也只有傻猴子才直接用"写对联的"称呼斯文爷。

"那你慢慢吃,千万别噎着了!"斯文爷说着便自己先下了渡船。

此时天已微明,向阳岭上的青色山脉在晨曦里渐次分明,白驹村和株溪口早起的人家已陆续升起了炊烟。斯文爷也没顾得上等猴生便独自赶到了古树下,这一棵树在斯文爷的心灵深处曾留下过太多太深刻的记忆。自己的父亲是在这一棵树上被吊死的,不但死得悲惨,还背了个被镇压的罪名。他虽然没有亲眼看见家父被吊的惨状,可侄儿学正的比画已足令他欲哭无泪,喊冤无声亦无门;侄儿学正失踪后没过多久,大队支书魏山风又磨斧磨锯,领着一帮人欲伐古树以填充喂不饱的土炉子炼钢铁。却没想惹得雷霆震怒,平地里一声巨响,电光四射,把硕大挺直的树干铲去了大半边,仅给古树留下了半条残命。再后来又有人于一个雷雨之夜,在古树下用石块垒起了一座小小的土地庙(据说是魏山风父亲给儿子赎罪所为),古树才苟活到了今天。

斯文爷匆匆至此,是来寻找猴生所说的"十"字,他是想通过"十"字的线索寻找到自己的侄子学正的下落。尽管已过去了半个多世纪,斯文爷却始终相信侄儿一定还活着。这些天他还常扳着指头算年份:学正属猴,今年应该是满满七十二岁了。他还继而想,侄儿只是从"十"字的另一端走岔了路,就如当年告诉他写"十"字要先横后竖,而侄儿却总是先竖后横一样。古树下的空坪里,有片片落叶在仲秋的晨风里翻飞,如翻飞的纸钱。父亲的在天之灵是不会缺钱花的,斯文爷在心里说。他于是就趴下了一身老骨头,翻扒着潮湿的落叶,但是翻扒了小半天,才好不容易从零星的鸟粪和蚂蚁爬过的曲线里找到了几条若隐若现的横竖痕迹。这不会是学正写的,不会……他认为自己侄儿的"十"字写得比这些歪歪斜斜的线条要端正。他说:"横平竖直,学正不会不记得的!"

斯文爷毕竟是个年事已高的九十六岁的老人,因走得太急,腰酸背痛、气喘吁吁便是难免,就盘腿在古树下的土地庙前打起坐来。这些年已经少有过渡的乘客,他除了一早一晚信手涂鸦写大字,打坐也是他必不可少的功课。

打坐是有讲究的,有单盘也有双盘。斯文爷却能把两只脚掌从双腿的膝弯里穿过来,掌面朝天,这是只有在庙里修炼过数十年的老和尚才有的功夫。他每天早上写过了大字后,就在船头上双盘坐下,气定神闲地注目着江中流水,任由过往的人事随流水荡荡远去成虚无。其实他的脚掌也在观天,江上清风徐来,从脚掌心拂过,有一种腾云驾雾的舒畅之感。有人说斯文爷之所以能够健康长寿,百岁不老,耳聪目明,并且腰板挺直硬朗,就是得益于他平时的打坐和写大字。这应该是有道理的。但斯文爷今天的气息却有些乱。

"写对联的。"他忽然又想起了猴生对自己的称呼。

"写对联是我的半生兼职,我喜欢这个兼职。"斯文爷在心里说。

他自己也说不清这一生中什么是主业。二十三岁当教师,在县立黄江学校教书法,教得好好的就碰上了解放,又成了白驹村小领工分的民办教师,不再是教书法而是教体育。学校里唯一的公办教师兼村小校长的唐老师还鼓励他说:"教体育也很重要。"他就点了点头回答说:"是很重要。"他在给学校写标语时,其中有一条就是"锻炼身体,保卫祖国,准备打仗!"但是他却因为家庭出身而失去了保卫祖国的权利,那就当好一名体育老师吧,让自己学生们去为国争光。唐校长之所以还愿意偶尔跟斯文老师客套几句当然是有目的的,他会常把他请进自己办公室,桌上是一堆三年级和四年级学生的语文作业。

"我们俩应该换过来教学生的。"唐老师是涟源人,说话乡音很重。

见校长如此坦诚,斯文便有些不好意思地说:"您怎么能这样想呢?"

"我是在跟你掏心窝子,说的真心话。"唐校长适时把作业推过去。

"真要换也不是你校长能做主的。"斯文老师书生意气地说。

"那也是,得与魏支书商量才能定得的!"唐校长就笑得有些僵硬起来。

然而,祸从口出,也就是这一位跟斯文老师掏过心窝子的唐校长,"文革"刚拉开序幕。学校第一张大字报就是他带头写下的,标题上还打了红叉,其中就列举了斯文在习毛笔字的时候总喜欢写《千字文》中的内容:天地玄黄,宇宙洪荒,日月盈昃,辰宿列张……

村里人一开始不明就里,说:"这念的是哪门子斯文经呐?"

后来都知道是怎么回事了,又说:"这还不晓得?念的是四字经!"

"懂了,我们都懂了。"斯文念的是四字经。

《千字文》的句式确实每句四个字。其时,白驹村已没有几个人再叫他廖老师或斯文老师了,说"我们懂了"的是一群好心的妇孺。既然村里的妇孺都说已经听懂了,唐校长也就不好意思再说自己不懂,于是又出一题,他指着学校两面的砖墙说:"那就把你的本领用到写革命标语上来吧!要用正楷字体,得让在两边山坡上劳动的阶级兄弟都能看得清楚。"斯文听了好生激动,他在心里欢呼说:"我终于又可以堂而皇之写毛笔字了!"但他并没有表露出来。

这要写多大的字呀?斯文一边点头领命,一边却在心里估摸着。他于是只好请来哥哥嫂嫂帮忙。哥哥帮他扶梯子,嫂嫂帮他和石灰浆,他自己则找来一把棕扫帚当毛笔,居然在两天的时间里将扫帚字写得方方正正好醒目。

没想此举反而让斯文得意,唐校长真是气急败坏。不久,报纸上登出交白卷可以成为英雄,他也就考虑到没必要再留下抢自己风头的廖斯文了,经与大队支部书记魏山风商量,斯文从此被清除出了学校,成了地道的农民。

"喂!斯文,你去清田埂!斯文,你去掏牛粪坑!喂!斯文,今天照顾你与妇女们去锄玉米草!"

不会使牛耕田,又不善于育秧下种的廖斯文只有干杂活和脏活的份。

精通《千字文》的斯文自然听天由命,也从不与生产队长讲价钱,他知道讲也没有用,唯有逆来顺受,一条泥路从早走到天黑。也唯有天黑了,他才有真正属于自己的一片天,一片地。他就可以端出一条椿木板凳来,独自坐在灶屋档头的空坪里仰面数星星,心里却仍然在默写毛笔字。他已经不方便去外面的禾场坪,那里不再属于自己家的领地,已经由姓廖改成姓魏了。

魏山风摇身一变又成了大队革委会主任,斯文兄弟俩无疑成了他树立权威的棋子。斯文当然不想被魏主任发现他还有如此悠闲的夜晚。其实呢,悠闲只是表面,是做给与自己相依为命的哥嫂看的。在这一段唯有星月做伴的夜晚,他就在不断地回味着《千字文》里的那些四字韵句,他觉得这些字句里有中华文化至高无上的博大精神:不独爱人,草木万物皆在存怀默化之中。他最后又想起了开篇"天地玄黄,宇宙洪荒"一句,所谓上下四方曰宇,古往今来曰宙,人生赤来赤去,世事难测,只要守住了那一点点天地良心,在这上下四方,古往今来里我斯文就是一个堂堂正正的大写的人！

就是在这一段特殊的黑夜里，他心里不但始终在回味，而且在写着《千字文》。他写的是颜体，笔锋内敛，堂堂正正，但他又生怕自己忍不住会把那一卷浯溪摩崖三绝拓印本《大唐中兴颂》拿出来，这是他留下的唯一一份青春记忆，不能再失去了。他睡觉常把自己打开成"大"字也是从那时开始的。

"兄弟！夜凉了，明天一早还要上工的！"嫂子心疼小叔。

"晓得了。"斯文便起了身，拐进了里屋的房间。

房间里漆黑如深井他也从不点灯的，他已经习惯了黑暗，或者说正在学会习惯黑暗。当时一个工日只值一毛二分钱，吃盐都紧张，煤油比盐价还贵。

那一年夏天，还出现了一件很奇怪的事，久晴无雨，夏夜燥热难当，加上里屋又不通风，房间里闷热得像个蒸笼。为了消除暑气，斯文每天收工回家后就给房间里浇了一遍凉水，还把睡垫也用湿毛巾抹了一遍。晚上入睡后果然凉爽，一夜好梦到天明。但是当他有一天一觉醒来正准备起床时，手掌却摸到了一团冰凉滑腻的软物，定睛一看，竟被吓得连滚带爬出了房门，还不敢吱声，怕惊动了哥哥嫂嫂——他摸到的那一团软物原来是两条蛇在相会，扭麻花般紧紧地扭在一起。这个书呆子当然不会知道"相夫"为何意，他一双手大半辈子也就只沾过一回女人身，那就是在黄江学校当老师时的学生花月容。但是白驹村的那一句"看见蛇相夫，家中遭横祸"的俗话他是知道的，他不想让哥哥嫂嫂的心灵上再添阴影，再说他自己也并不相信这些，斯文当时就在心里说，这个家已经破败得不成样子了，还会生出什么横祸？

他还自我解释说："没准是蛇也怕热，才爬到我床上来图凉快的。"

于是他找来挑柴火的扦担，小心翼翼地把两条不肯分离的蛇送到了后山。

天地玄黄，玄字里有究竟多少秘密？不管你信与不信，乡俗就摆在那里，历经千年，像山崖上的杜鹃花，总是以滴血的方式证明自身的存在。没过几天，家里果然出事了，那天下午，斯文正在田塅上清理田埂，是快收工的时候了，几只乌鸦不怀好意地在归巢的途中停了下来，落在他对面的田埂上。

"哇呀——哇呀——"乌鸦的鼓噪声令斯文的心里极是不安。

忽然有种不祥的感觉向他袭来，一举头，见一群人正扛着一块门板朝自己的家中走去，再一细看，发现门板上躺着一个血肉模糊的男人。他心里一惊，便赶忙丢了手中活计，一路狂奔过去……原来是他苦命的哥哥出事了！

"节哀吧！你老兄是排哑炮时被炸死的。"

"那地方能开什么鬼田啰！不死几个人他们就是不甘心！"

"要是换成别人，肯定会被追认为农业学大寨的标兵。"

"说不定还会是烈士，是可以补一笔钱的！"

从人们的议论中，悲痛万分的斯文已经知道到底是怎么一回事了。他木然地站在离哥哥还有几步之遥的槐树旁，身子晃了几晃，就不省人事了……

九

如今，那一棵由斯文他爷爷亲手种下的，说是能够看家护院的槐树早已经只剩下树干，自从斯文去了婆婆崖渡口后，他嫂嫂不久就已经改嫁，廖家老宅也随着魏家搬迁新居而成了一片废墟，唯有注视着白驹村和株溪口两个村子的那一棵古树，尽管也九死一生，却还依然苟活在两个村庄的分界处。

斯文爷喜欢用"苟活"这个词，大概是一种活得无奈的泛指吧。

凡有人问他："您老高寿？"

他就会扳着指头说："属猴的，今年九十有六了。苟活而已！"

"喔耶！百岁老人啊！"百岁老人是乡邻对九秩老者的通称。

"您老这一生，怕是送走了上百人吧？"也有人故意这么问他。

"来来往往的，哪个还记得！"斯文爷这是揣着明白装糊涂。

他其实明知道人家指的是写白丧事对联，就有意绕着道说："我是个摆渡的。"而心里却在说："红喜白丧的对联我都写，这不也是迎来送往如摆渡吗？"

"这还得感谢唐校长！"一个声音似是从遥远处传来。

依旧在古树下打坐的斯文爷忽然记起，他能够在自己土生土长的白驹村为写毛笔字重新拾回一点尊严，就是从给学校写过那两条巨幅标语后开始的。

"啧啧，看不出呀！字比门板还要大，又写得这么周正。"

"人家这还是用扫帚划的，要是用毛笔写，那更不得了！"

"要是能够写在纸上，不力透纸背那才怪！"

偶尔听到人们对自己的这些议论，斯文的心里真是喜欢。

他已经很久不写字了，自从侄儿学正走失之后，他就再也没有习过毛笔字，更何况当时运动正往深里走，根本就无人敢冒险请他去一展翰墨身手。他只能于夜阑人静时仰望月亮和星星在心里写着大字，只能在清理田埂时用锄头过着手腕的干瘾。他有时还甚至觉得，眼前的纵横阡陌就是大字，远处连绵起伏的青山就是大字，还有从头顶飞过的雁阵也是大字……

大概是农村实行土地联产承包制后的第二年，白驹村被特许为全县率先由大队改村的推广典型，斯文的一个学生廖炼钢经民主选举为首任村民委员会主任，并在当上主任一月后喜得贵子。他已经是一个有选举和被选举权的正常公民了。当时围绕该不该给斯文发选票，魏山风以白驹村大队党支部书记的名义，举行了最后一次支委会。魏山风说："我看斯文这一票就不用发给他了。"村主任候选人之一的廖炼钢立马就接过话茬说："我看应该发给他，这是每一个公民都应该行使的权利。"他本来还想说，我们欠斯文老师的已经够多了！没想到魏支书却又蹦出一句莫名其妙的话来，他说："如果我没有记错，属猴的斯文今年已经六十岁了吧？"

其实他还有半句话没有说，那就是，斯文已经垂垂老矣！

"公民也有退休的吗？"新党员廖练钢还真有些不懂政策。

魏山风自知理穷，说："就当斯文已经退出了历史舞台嘛！"

"斯文除了上过批斗台，没见他上过别的舞台吧？"

"怎么没有？人家二十多岁就上过黄江学校的讲台！"

"你们忘了吧？还登高台写过大字！"

与会者说着说着就开起玩笑来，会议在一片哄笑声中宣布结束。

第二天上午，驻村干部清点人数时还是给村民廖斯文留了一张选票，但是他却没有去参加，因为那天晚上，他借着一轮明月的清晖一直在反复默读着报纸上的文章给耽误了瞌睡，正窝在里屋赖床。一觉醒来村头的高音喇叭里有人在宣布选举结果：三个候选人中廖炼钢同志得票最多，顺利当选为白驹大队改村后的首届村主任！

廖炼钢是当时的白驹村，甚至是全县最先富起来的新一代农民。

当黑白电视里"科学技术的春天已经到来"这句话成为热词的时候，他就已经闻风而动，开始了用科技的方法种植竹荪。竹荪属于菌类，氨基酸成分含量高，是当时县里一些稍有名气的酒店、餐馆和县委招待必备的一道佳肴。栽培竹荪是技术活，原材料主要有腐干竹、废竹块、竹林里处于腐解或半腐解状态下的竹叶及木屑、蔗渣、麦皮……有条件的地方也可以由玉米秆、麦秆、泊莱秆等秸秆与竹料混合使用。他也是从外地学来的,才经营一年多时间就成了名扬一方的万元户。所以他当村主任也是上面领导的意思。

无论按辈分还是年龄,廖炼钢都应该叫斯文老师一声叔。

喜得贵子的当天下午,炼钢就把斯文请到了家中,还入了上坐。

"恭喜恭喜!你这是双喜临门呢!"斯文既谦卑又不失儒雅。

"您是我的老师,对学生还讲客气!"

"斯文不敢为师,我又没教过你识文断字。"

"老师您忘记了?您教我的乒乓球绝招让我得过全学区第一名的。"

斯文就有些感慨:"都过去那么多年了,难为你一直还记得!"

他的眼前仿佛又出现了那个调皮捣蛋的小男生。

当时整个学校就只有一副乒乓球拍,能够轮上去用球拍练习的学生,大多是由唐校长亲自点名推荐的。廖炼钢已经年满十一岁了,因为留过级,还在读三年一期,个子却是全校最高的,无论跳高跳远都是一把好手。但这次的竞赛项目却偏偏只有羽毛球和乒乓球,比赛近在眼前了,他还没摸过球拍。

廖炼钢因为其他成绩不好,就总想着在体育成绩上能超过别人。

"你放学后留下来,我陪你练习。"斯文老师懂得学生的心思。

唐校长家在小镇唐家观,离学校也就三里多,晚上一般都会回唐家观去陪家人了。到了放学后,整个学校里就是斯文老师和炼钢同学的天地。也就只有一个星期左右的时间,炼钢同学的扣球和吊矮子球就玩得出神入化了。

出发那天,唐校长问斯文老师:"这次争个名次没问题吧?"

"那您给我增加一个参赛名额吧。"斯文冷不丁提出了一个要求。

"只要你敢立军令状,给我拿到名次,增加两个都行!"

"我只要炼钢同学,他肯定能给学校拿到乒乓球赛的名次!"

唐校长愕然:"胡闹!他什么时候摸过球拍?"

"您给不给?"教体育的斯文老师这次是用了逼宫的口气。

"好,那你带他去吧!"唐校长最后表态说,"拿不到名次扣你工分。"

却没想到,这个从半道上杀出的李鬼,却得了全学区乒乓球赛冠军。

"来来来,学生我敬您一杯!"村主任廖炼钢从回忆中醒过了神来。

也就是在那一次,新官上任的廖炼钢主任就代表村上做出了安排,说要请斯文老师去婆婆崖渡口守渡船,口粮由村上供应,还每月有八十元的油盐钱补贴。但是学生并没有告诉老师，这是他在村支委会上拍案而起才争取到的。

炼钢把酒杯碰过来，接着说："还有一件大事，请老师为犬子赐个名字。"

"就叫技术吧！"斯文老师稍一沉吟说，"技术能革故鼎新。"

"嘿，这名字好。父亲叫炼钢，儿子叫技术！"学生又把酒杯碰了过来，颇是得意地说："从我们父子俩的名字上就能充分体现出历史是在不断向前的！"

那一天，久未饮过酒了的老师有些微醺，起身告辞，到了禾坪里又回过头来，他望着门楣和几根廊柱说："满月那天，我送廖公子几副对联如何？"

"求之不得，求之不得啊！"学生喜出望外，说："犬子有福了！"

做父亲的谁都会有着望子成龙的心愿，尤其是后悔自己当年没有把学习成绩太当一回事的廖炼钢，更希望自己儿子的将来能有机会跳出龙（农）门。在他看来，儿子满月就是他人生中的第一个阶梯，若是能够得到斯文老师撰联为之寄语，这该是多大的荣耀和福报啊！

小儿满月那天，晨曦初露，炼钢就拎着两瓶上等好酒亲自去了婆婆崖渡口接老师。过了联珠桥，远远地他便看到斯文老师正立在渡船舱口，挽袖挥毫写大字。江风轻拂，衣裾飘飘，年届六旬的斯文老师精神饱满若壮年。

"老师终于又开始重拾翰墨了！"学生老远就跟老师打招呼。

"还得感谢主任的抬爱！"斯文老师并未搁笔，笑脸迎着学生上船。

"您老初上渡船，这里的一切都还习惯吧？"作为村主任的廖炼钢此行虽然并非公务，但他也还是从船舱到船尾细细看了一遍，学生对老师的关心是由衷的。他接着便双手抱拳说："我今天是专门来恭请老师为犬子写对联的！"

"记得的，记得的，"斯文老师朗声道，"我这不是正在温而习之嘛！"

那一次真是斯文有幸，他被请进堂屋，村主任亲手展纸磨墨，老师一口气写了八幅，每双廊柱一幅。只是毕竟事过多年，具体内容他已记不得了。

自那以后，斯文便成了名副其实的斯文先生，两个村凡是有结婚的，祝寿的，包括过年的春联，当然也还包括老了人的白丧事联，都得请他撰写。

十

从讲台到田间，从陆地到江上，悲乎？喜乎？斯文爷自问却不能自答。

他不禁又想起了清代诗人蒋士铨"老夫野鹤闲云，浮家泛宅"的诗句来。怎么又是浮家泛宅！他仿佛又见到那天与他讨论过书法与诗文并人生的过客就在眼前，便自语道，天地者万物之逆旅，光阴者百代之过客。我们都只是时光里的过客而已！他如此感叹过后，便又结跏趺坐于船头，静静地对着那一册伴随了他大半辈子的《大唐中兴颂》拓本发起呆来，"盛德之兴，山高日升，万福是膺"。斯文爷并没有打开拓印本，不过是凭着记忆与兴致来回默念。在他看来，元次山这词真是高简古雅，义正词严，忠肝义胆；而颜鲁公如椽大笔，横平竖直，浩然一往。星斗之文，云烟之字，不愧双绝，照见万古纲常，千秋节义！面对江风轻拂，置身于水色天光，斯文爷开始觉得有点凛凛然，丝丝真气正从足底慢慢升腾，非常和煦、淡定、悠然……

"写……写对联的，你……你看见十字了吗？"又是猴生的声音飘入耳中。

斯文爷这才从回忆中慢慢地撑开眼帘，打开双腿站起身来，"是猴生啊！"

此时的斯文爷全身筋脉已然通畅，沧桑若古树皮的脸上也有了光泽。

在一旁看得发呆的猴生揉了揉眼睛，他看到"写对联的"头顶上有一圈光晕，发间似乎有一股紫气在升腾。但他根本就看不懂，还以为是看走神了。

古树洞里便有了细微的声响，斯文爷却没有回过头去，他是害怕看到父亲的影子，深知自己已无脸见父亲。而只是侧首朝白驹村的向阳岭方向瞥了一眼，也就是这一回眸间，他竟然已看到了山顶上照例升起来的旭日，浑圆而蓬勃，便不免触景生情："天地玄黄，宇宙洪荒，日月盈昃，辰宿列张……"

斯文爷提起了双腿，他想自己还是该回到渡船上去，不管有无过客，摆渡仍然是他余生的职业，他不能辜负了村上对他的信任。竟吟道："今我绿蓑青箬笠，浮家泛宅烟波逸。"他继而想，日前预订的习字草纸也该到了。

他已经到了联珠桥上，也远远地看到了泊在婆婆崖江湾里的渡船，但是当他再侧首向下游望去时，就看见了激浪狂涛的奔洪滩，以及再沿滩涂里边的石级迤延而上的县立黄江学校了……那个身着蓝布长衫教书法课的年轻老师呢？那个为他展纸研墨的如花女子呢……斯文爷的脚步便有些恍惚起来。

"写……写对联的……写对联的……"身后忽然又传来了猴生的声音，并且不再结巴地追着他喊道："我家树洞里藏着一个人！我家树洞里藏着一个人！"

斯文爷闻声猛一转身，"学正！学正——声音苍茫而邈远。"

再定睛望去，果然发现从树洞里闪出了个人来，是一个野人，身上裹着的树皮用藤蔓串着、缠着和捆着，一头蓬乱的长发黑里透红若棕丝，脸垢如斑驳铜锈,倒是一双眸子却锃亮如同宝石,闪着冷冷的绿光。

"学正! 学正——"斯文爷像是腾空而起,声音如同滚雷。

他瞬间就到了"野人"身边。

但是他立马又怔住了,面前的"野人"似乎变成了一只猴子,再一细看,仿佛又是一个幼童:"两个月亮粑粑,挂上古树枝丫,分一个给你呷,分一个给他呷……"斯文爷不禁打了一个寒战,感觉到一种莫名的孤独向他袭来。

"是学正吗?是的,你就是我侄儿学正!"斯文爷自问自答的声音有些喑哑。

"野人"无语,用手在胸前比画着十字,他或许已经不会说话了。

"是的,你就是我失散了半个多世纪的亲侄儿廖学正!"斯文爷从未有过如此固执,果断地拉起了他认为是自己侄儿的手大声地说:"走,跟我回家去!"

"野人"却很固执,嗷嗷数声,他是在问家在何处?

斯文爷平静地说:"家在水上,水上有一条船,是渡人的船!"

"野人"眨了眨两颗寒星般的眼睛,这才肯勉强起步。

仲秋的朝阳从白驹村里的向阳岭方向普照过来,强光打在这一对"叔侄"的背后,两个长长的影子疾步朝前,虚幻而又真实,温暖中透着微凉。

"家在水上,水上有一条船,是渡人的船!"猴生在后面猛喊。

钟声袅袅

用我三生烟火，换你一世迷离。

——代题记

一

圆满是一个大字不识的和尚。有天，他手里捻着佛珠，居然冷不丁冒出了一句石破天惊的话来。他说："用我三生烟火，换你一世迷离。"当时并无旁人在场，他是结跏趺坐于破庙殿堂的菩萨前说这一句话的。却不知是被哪阵风还是被菩萨给传了出去，传到了附近的白驹村、鹊坪村和唐家观小镇的读书人耳中，但没有哪个相信会是和尚的原话，后来有人果然找到了出处，便恍然大悟说，这是出自专讲鬼故事的蒲松龄之口！

圆满和尚是一个谜，几乎没人晓得他从何处来，也没人晓得之后他又去了何处。最后的解释其实就在那一句"从来处来，到去处去"的禅语里。

唯有慕容居士看法不同，她说："真正能解释我师父去了何处的，应该是在蒲松龄说过的那一句'用我三生烟火，换你一世迷离'的'鬼'话里。"她是自言自语脱口而出的，说得很轻。不会也被风传了出去吧？她在心里说。

那一年桃花汛过后，雨脚渐住，资水也渐趋平静了。婆婆崖渡口有人在扯着闲谈等候渡船，一个年轻汉子正扬起手向老远走来的圆满和尚打招呼。

"圆满师父，您这是过河还是上街啊？"那汉子是资水对岸的鹊坪村人。

"阿弥陀佛！我是上一趟街去。施主您这是回家吧？"听到有人在喊他，圆满和尚收住了纷乱的心思，也停住了脚步，出于礼节，就答了话。

两人当然是老相识,去年开春,那人还给庙里送过最后一批梨树苗。

都说出家人不打诳语,圆满和尚却有意隐瞒了自己是去看慕容大夫。或许这也并不叫打诳语,因为人家又没有问他是去街上做嘛子事呀。他于是向其他几个候渡船的人也微笑着作了个揖:"善哉,善哉!"重又拾步从容前行。

走在通往唐家观小镇的纤道同时也是官道的沙石路上,圆满和尚的心里又一次在纠结于自己到底是不是去过唐家观小镇。他努力地想连接起自己一早起来后的思绪,但记忆却仿佛已经错位。他只记得自己在刚剃度的那几年里,始终是守在寺庙里几乎足不出户的。只是近些年来为了要完成师父明禅法师的遗愿,才经常下山走村串户去化缘树苗,却也总是有意识地不到唐家观去。一来小镇上根本不可能有他需要的树苗;二来他听说那里毕竟是一条商业街,上了街是要花钱的,而寺庙里所需的日用品山下的村办代销店就能买到。"又何必要舍近求远呢?"这是圆满的心里话,他还说,"人的所需其实很简单,尤其是出家的和尚。"

是耶非耶?但这还不是他真正想要回避的理由,令他不敢轻易涉足唐家观的原因,其实是他偶尔听人说起过小镇上的女子一个个好生漂亮。

但是这一次,他却鬼使神差般踏上去小镇唐家观的砂石路了。

脚下的小路绵长而又蜿蜒,两侧茅草丛生,靠江边突兀的崖壁上,还留有许多深深浅浅被纤绳勒出的纤痕,如同他恢复神志后的往事般杂乱且深刻。

慈善寺在资水中下游北岸的白驹村村口,寺庙不大,却颇有年代。圆满是寺庙里的最后一个和尚。几十年下来,他除了打理慈善寺的日常事务,就是不舍昼夜地一心想着要把这座满目疮痍的荒山,打造成他在幻境中所看到过的那座花果山的样子。这是他半辈子人生中最希望实现的一个梦想,尽管他也曾做过许许多多另外的梦,但唯有此梦才是真正地承载着圆满和尚神圣使命的一个大梦!圆满和尚就是为了圆此春秋大梦,足足花去了他二十多年的时间和心血。

"为嘛子叫春秋大梦呢?"和尚却答得实在,"这是春天开花秋天结果的梦呀!"

他当然没有想过自己的人生到底能有多少个二十多年。有些事情是根本就经不起细想的,人一旦发了宏愿,立下了恒志,就得一心一意,日复一日不彷徨,不迟疑地朝着那个方向走去。终于功夫不负苦心人,他也确实离圆梦并不遥远了。日子如慈善山脚下的资水,时而喧嚣,时而平静地流过,起伏间也就到了公元一九八一年的春夏之交。在这个年代信奉神明的人已然不多了,但他却是有着坚持的。或许是因为所经历的事情太多，并且随着年岁的递增以及体力透支的缘故，近一段时间来他的身体常感到多有不适，光秃秃的脑袋刚一落枕就做梦，而且总是做着一个内容稀奇古怪的梦。

已经好多好多次了，圆满和尚每次都会梦见到了同一个地方。

昨天晚上也依旧没有例外。他又梦见去了同样匍匐于资水江岸的一个小镇。只不过那是在资水的南岸，并且连名字也是现成的，就叫：江南镇。

"那一定是在资江对岸的某个去处吧？"圆满和尚在梦中嘟噜自问。

一条蜿蜒的青石板街道串联起小镇上数百户杂名杂姓的人家，楼房一律是杉木结构，有两层，一楼是商铺，黄绸旗幌昭示着主题各异的店名，但店名又无一不是冠用了"资水江南"字样打头的，如"资水江南牛角梳店""资水江南纯银首饰店"等。洋货土货琳琅满目，地方小吃应有尽有。二楼是睡房，南北各开有门窗，门窗外面是窄窄长长的回廊。每一栋木屋都围在回廊中。但无论门楣前还是窗格上，均贴有花鸟虫鱼的剪纸，活灵活现，栩栩如生。

偶尔有穿了响底牛皮鞋的外地商贾或游人穿街而过，青石板的街巷里就会叩出声声紧或声声慢的韵律来。这却是圆满和尚从没有机会体验过的，也当然就不知道还会有另外的一番景象，那便是有临窗梳妆的女子会竖起垂了糖油粑粑大小环佩的双耳捕捉着这声音是熟悉还是陌生。有调皮的抑或胆大的还会推开窗户干脆移步到窄窄长长的回廊上来，往楼下丢一眼，若碰巧与过客双目撞上了，也算是一种缘分，那女子就会毫不吝啬地抛去一个媚眼，并加上一个莞尔笑靥，只是有两朵火烧云般的红霞就会瞬间落到那女子白白净净的鹅蛋脸上了。

这就是圆满和尚梦里的江南。他翻了个身，手掌托腮，是睡仙陈抟老祖的睡姿状。

梦却仍然在延续。

他就在这样的一条街巷里走着，脚上蹬着芒鞋，步履轻盈如风，宽松的僧袍一开一合如旗如幡，竟无声响。在不声不响间圆满和尚就感到有些口渴了，但这并不要紧，只要他随便在哪家铺面前坐上一小会，店老板娘就会很客气地递过来一蓝花瓷碗芝麻豆子茶。家家店面前都放有两三条原木方凳，那是专供逛街累了的旅人小憩的。圆满和尚一手接过冒着腾腾热气的蓝花瓷碗，一手又摸了摸僧服的口袋，里面空空的，不免就现出了一脸的窘态来，说："出……出家人忘了带……带钱。"欲说还羞，又不敢轻易乱打诳语。

善解人意的老板娘就笑笑地打圆场："落座是客，解渴而已，不用花钱的。"

圆满和尚就心存了感激，复又宽心而坐，且慢慢地品着滚烫茶水，双目定定地已然只盯着碗里看。没想碗里居然就有了回廊上女子的倒影，他一惊吓，立马就微闭了双目只浅浅地啜饮，只暗自韵味，那是一种久违了的味道，芝麻豆子的香，茶水的甜，该不就是童年的味道吧？却又无论如何也记不起是在嘛地方或嘛时候品尝过的，就硬是把芝麻豆子一粒一粒地用舌尖舔食得干干净净了。幸亏这只是南柯一梦，不然会有多么的尴尬。圆满和尚醒来后想。

这些天来，他的腰椎骨又开始疼痛了，这是近年入春以来常患的老毛病。

用慕容居士的话说："师父您这叫腰椎劳损，是多年湿寒和劳累所致，只能贴一贴狗皮膏药，服一服止痛片缓解疼痛而已，断不了根的。"

他于是干脆就起了床，想去找止痛片时，摇了摇小药瓶，才记起早几天前就已经空了。

和尚无奈地摇了摇发亮的脑袋，见窗外仍然是黑沉沉的一片，只好反身上床，但和尚的脑袋刚一落枕，没想到迷迷糊糊地又走进了梦中的江南小镇，还被一位白发大娘钳住了手，硬是死活也不肯松开，并且把他拉进了一家店铺，颤颤抖抖的手还从布纽扣的宽襟衣怀里掏出了一张发黄的全家福照片。

大娘手指着一位穿将军服的男子嗫嚅地对圆满尚和说："我苦命的儿啊！他就是你爹呢！兄弟俩好端端地在江南镇上做点小生意不行，硬要去当兵呷粮，还说是好男儿先有国，后有家，结果好不容易赶走了小日本，兄弟俩又接着打，还打得头破血流，末了你叔叔战死沙场，你爹又逃到了一座孤岛上，有家也回不得噢！"大娘随后又指点着照片上一个穿学生装的十多岁少年说："这就是你呀！怎么做了和尚就真的超脱得连自己也不认得了？"大娘的眼眶潮湿了，说话声也像梦呓："你看看，你看看，那一年你若不是硬要逞强说外面的世界那么大，你想去看看，还夸海口说是去寻找济世救国安邦的理想，也不至于一路流浪，被天上落下的炮弹震得疯疯癫癫，还皈依佛门做了和尚……你们父子俩真是心狠呐！丢下我一个妇道人家在这小镇上给你们守着老家。"大娘抹了一把哭诉的泪水，又接着说："天下之大，哪里还有嘛子净土啊？你回到自己的江南老家来不照样是皈依么？哽咽的声音揪得圆满和尚的心好生疼痛。"

"皈依，皈依……"圆满和尚在梦中久久地念叨着这个词。

稍停了片刻后，大娘终于止住了悲伤，冲着圆满和尚叨唠着说："而今好了,我的儿总算是回到家来了。我就晓得你们父子只是一时间走迷了路径,终归是会回家的,终归是会回到江南小镇的。你想想看,老家多好啊!满镇子人各做各的生意,虽是杂名杂姓,却和和睦睦,亲如一家。你说你还想要到哪里去找嘛子济世救国安邦的理想呀?"慈母般的声音在满街巷里回响着。

是呵,回到老家多好……深陷于长梦中的圆满和尚一脸的茫然,一腔的疑惑,尽管他也曾听师父明禅法师说过,他当初收留他时确实是一个被榴弹炮震昏了脑壳的疯疯癫癫逃荒要饭的少年,并且还真是穿着学生装的,但那也不一定就是老人手中照片上她失散了几十年的儿子啊?还说我当时离家出走是要去寻找嘛子济世救国安邦的理想那就更加荒唐了,我的理想不就是要把这一座满目疮痍的慈善山打造成我在幻境中看到过的花果山的样子么?

"阿弥陀佛,善哉!善哉!"圆满和尚竟一时间不晓得如何是好,像是安慰老人,也像是安慰自己,忙挣脱被抓得铁紧的手作了个揖说:"如今世道终于向好,尘埃正在落定,缘来总会团聚的。施主您多加保重吧,贫僧去也。"

话音未落,圆满和尚果然就不无遗憾地扬长而去了。

二

他再一次醒过来时,才晓得又是南柯一梦。

但圆满和尚的心里还是多少有了一种不踏实的感觉。尽管他自己已是一个出家人,红尘俗事本该是与己不相干了,但近一段时间以来,自己为嘛子就总是在不断地重复着同样的一个怪梦呢?也真是活见鬼了!如今的慈善山上漫山果树还刚刚栽种完工,却又凭空做起思念老家思念娘亲的怪梦来了。

莫非这尘世间还真有着另外的一种皈依?莫非又是菩萨给我的另一个提示?圆满和尚的心里便有了疑惑,他忽然就想,或许哪天自己也真该去找人问一问,这七百里资水南岸到底真有没有一个叫着江南的小镇?若是真有的话,说不准那还真是我以前的老家呢!

又是在另一个梦里,他就听到了一个女人的声音说:"用我三生烟火,换你一世迷离。"

竟然像是慕容居士的声音。

"阿弥陀佛,善哉!善哉!"圆满和尚越想越觉得糊涂,口中念念有词便翻身起床了。

他脚趿芒鞋，穿上僧服，从半边庙门前探出头去望了望天色，见春夏之交的绵绵细雨仍然没有停歇，又返身到寺院后门口瞥了一眼上游不远处烟雨朦胧中的唐家观小镇，心问："慕容居士平安与否？"却无有任何的回应声，似乎一切如常，便努力地静下心气来又开始重复着每天早起的功课了。

"噹！噹！噹噹！"

慈善寺里的晨钟又照例被圆满和尚敲响了，惊起了几只鸟雀向远方振翅而去，也惊飞了几片带雨的皎白梨花和粉红桃花，飘飘然落在了树杈或刚被翻耕过的泥土间。一切又归复于平静。他于是熟练地从壁柜中拣出了几支香烛，步入被岁月抹黑了脸孔的残破庙堂中，于在莲花山打坐的观音像前续上香火，虔诚地鞠了三个躬，并在菩萨座前的蒲团上亦照着菩萨的姿势打起坐来。

陪伴在圆满和尚身旁的还有那一匹年老体衰的花面狸(又称果子狸)。

时间还真像是个魔术师，当年的小伙计一转眼就成现在的老伙计了。他侧过头去望了望它，见到的已然是一副老态龙钟而又无精打采的样子：它的毛色发暗，双眸发黄，眼角上还残留着黏黏糊糊的泪痕，和尚的心就有些发酸了。

庙里的木鱼已成朽木，早就发不出声音了，当然也用不着再去敲打木鱼。

他从左手腕上取过一串佛珠，用右手拇指一颗一颗熟稔地捻过去，口中却喃喃地念叨着："南无阿弥陀佛，南无阿弥陀佛，南无阿弥陀佛"……刚好三句一个轮回，渐渐地，圆满和尚昏涨的脑子就清醒了，心神也就安定了。

这是一串很有些年代的佛珠，或许是经历过好几代老和尚的手吧，一颗一颗的珠子黑红锃亮，润泽无比，里面如藏着一轮太阳，又如藏着一轮明月。这是老和尚明禅法师圆寂时亲手交到圆满手上的，戴在他手腕上已经有足足二十四个春秋了。明禅师父是白驹村里大炼钢铁的那一年圆寂的，按历书应该是公元 1958 年。师父走时虽然满怀遗憾，却也走得从容和淡定。

"圆满，你过来一下。"师父的声音仿佛又是从风中飘过来的。

圆满和尚不但一点也没有感到吃惊，相反还觉得特别亲切。

因为在他的意识里，师父从来就没有离开过他。圆满的法号就是师父明禅法师当年给他剃度时取下的。他还依稀记得，师父从山脚下的稻草堆中发现了他，并低声把他唤醒又领进庙里来，还慈祥地询问过他的身世和俗名。

"施主从何处来，叫嘛子名字呀？"明禅法师声音嗡嗡的，鼻音很重。

可少年却一问摇头三不知,只一个劲地面朝明禅法师打着手势。

他先是把钵口向上摊着,然后又把右手掌拱起来盖住钵口,他其实只是想先讨满满的一钵斋饭填饱饥肠了再说话的,至于自己是从嘛子地方来,姓嘛子又叫嘛子名字,他已记不得了。但在明禅法师看来,却等于少年疯子给他传递了两个信息:第一是少年左手托钵把钵口朝上,无疑告诉他代表的是个"圆"字;而少年随即把右手掌拱起来盖在钵子上,这不是个"满"字又是嘛子?当明禅法师得出如此结论时,也就自作了主张说:"我佛慈悲,你且皈依佛门吧!"只是他接着又如游丝般叹息了一声说:"只怕你就是慈善寺里最后一个和尚了!"老和尚如此嘀咕着,于是安排他先吃饭,又洗过澡,之后便从从容容地亲自给少年疯子剃度,并且还顺口给了他一个禅意十足的法号。

"你就叫释圆满吧。"说话间,明禅法师又给少年点了戒疤。

有了法号的释圆满"哎哟"一声,原来他并非哑巴,明禅法师悬着的心终于放了下来,一脸悦色地说:"这就好,这就好。"奇怪的是没有几日少年的疯癫病居然也全好了,只是从前的一切他却一点也无法记得。于是,剃度后的疯子少年已然成了佛门弟子释圆满,成了慈善山慈善寺里最后一个和尚。

三

不久,新中国成立了,慈善山下的白驹村也搞起了轰轰烈烈的土改运动。

新政府的宗教政策是开明的,并没有太惊扰这一座据说是从明朝朱元璋当皇帝时就有了的古老庙宇,就连这一座屹立于资水北岸崩洪滩滩咀上的慈善山山上的一草一木也没有被划分出去。还下了专门文件,文件里说,慈善山方圆600余亩林地留下来作为以山养寺庙的固定产业。只是圆满和尚的几位师兄都自愿还俗了,回原籍分得了田地和耕牛,做了新中国真正的主人。

从那以后,香客越来越稀少了,这一座远近闻名的千年古寺里,也就只剩下无家可归的圆满和尚陪着明禅法师参禅礼佛,敲敲木鱼,撞撞钟了。

"这样的日子好哩,其实也就是和尚想要过的日子。"徒弟诚恳地说。

师父微微点头自语道:"心无杂尘,一心向佛,善哉!善哉!"

寺庙外的小雨似停未停,琉璃瓦沟里的檐雨滴滴有声,圆满和尚手中的佛珠仍然在轮回着一颗一颗地拨过去,而那一桩又一桩不堪回首的往事,却又始终无法从他记忆的时空里拨开,总是在他的眼前晃来荡去,如过电影一般。圆满和尚却没有看过电影,只阅历了比电影里还要离奇古怪的人间故事。

那一年初冬,白驹村忽又热闹起来。由大队支书也是土改根子的廖盛甲扛着一面鲜红旗帜,带领全村的男女在慈善山奋战了整整一个月,硬是把一棵又一棵参天古木悉数放倒,然后锯成一截一截填进了村口的土高炉,变成了一堆又一堆铁疙瘩。老和尚明禅法师最初是表示理解的,他像自言自语又像是劝慰年轻的圆满说:"开国之初,一穷二白,民以食为天,不想些办法先解决众生温饱怎么是好呢!"他以为是新政府号召人民开荒种粮。

圆满听了就傻傻地笑,然后跟师父说:"他们是炼铁疙瘩,一堆一堆的就堆在村口,全都是些做不正用的废物。"徒弟说着就把师父领到了现场去验证。

明禅法师看得瞠目结舌说:"这不是乱搞吗?为嘛子搞成这样啊!"一声长叹,接着一口黑血仰天喷出……圆满和尚急得慌了,忙扶着师父回了大庙。

把师父安顿好以后,圆满和尚还在气头上,他愤愤然说:"我这就找甲憨宝支书讲理去!"然后又从香烛柜里把早年间政府颁发的一纸红头文件也找了出来说:"这张纸上盖的红粑粑油墨都还没干呢,不是说过慈善山漫山都是些护庙的千年古树吗?为嘛子说砍就砍呐!"情急之中他就要去取师父的禅杖。

"没得用的,这是劫数,也是天意。"师父摇着头阻止徒弟。

"哪……哪来的劫数,哪是嘛子鬼天意啊?"圆满和尚似乎又患了疯癫,怒气冲冲出了禅房,不管不顾地撞响了庙里的洪钟。

喤喤喤喤!

喤喤喤喤!

喤喤喤喤!

钟声如雷鸣般滚过,震天撼地,四山回应。

如此急促的钟声在慈善寺是不常被撞响的。稍微年长而又有心的白驹村人都会记得,当年有一支正赶往雪峰山参加抗日大会战的队伍从白驹村的官道上路过时,却没想到突然有鬼子的飞机从向阳岭山垭口的那边飞来偷袭,幸亏明禅法师眼尖耳灵,匆忙中便撞响了急促的钟声。因为有他的报警,队伍骤然分散着趴在了山沟田埂,而那两架描有太阳旗的飞机虽然在低空俯冲着扔了几枚炸弹,也扫了几十梭子弹,却并没有造成太大的人员伤亡。还有一次,是村里有户人家半夜里突然起火,浓烟翻滚,火星四射,却正好被起来小解的圆满和尚看见了,他也是这么急匆匆地撞响过一回钟声的。

噇噇噇噇!

噇噇噇噇!

噇噇噇噇!

震天撼地的钟声仍然在撞响着,仿佛从过去的岁月里一路滚滚而来。

伐木的人们先是一惊,一个个全都停下了手中抢起的板斧,没承想盛甲支书却一声断喝:"莫信两个闲和尚那一套,有嘛子能比大炼钢铁更要紧呐!"而且还奋力地紧砍了几板斧,紧接着就吼起了"顺山倒啊哦嗬"的喊山号子。

一株又一株古木就这么应声倒下了。

然而,意想不到的怪事却还是相继发生了,先是被伐倒的几棵千年楮树的两端伐口处直冒气泡,尔后还流出了黑红的血水来,紧接着又是从古木丛林中忽地卷起了一阵又一阵阴冷的寒风,一股一股的潮湿地气如青烟般弥散着,有人当即感觉到头昏脑涨,眼冒金星,四肢发软,气喘吁吁……

"不得了呀,这不得了呀,一定是触犯山神哒!不然为嘛子会这样啊?"

有人便惶惶然丢下手中板斧,相扶着要逃出慈善山。

"哪来的嘛子山神呐?老子年轻时在九峡溪里头的擂钵山伐木解板都没碰到过神鬼的。那是迷信哩,你们晓不晓得?赶紧都给老子回来!"人称甲憨宝的"土改根子"廖盛甲支书先是"呸!呸!呸!"几声壮了壮自己的胆子,其实他的心里却是在默默地乞求:"山神山神请快让路,弟子我这也是无奈之举,上边领导催着要我们完成炼钢任务哩!"说起来也真是奇怪,也许只是钟声伐木声和喊山号子声惊起的鸟雀和逃窜的獐子野兔等一时间搅起的瘴气?待大家再定下神来时,老楮树的伐口处气泡没有再冒了,血水也止住了,阴风也停住了,地气也飘散了,一切又归于平静了。

也就是从那一天开始,明禅法师的精神支柱却被彻底伐倒了,他几乎是整日里不吃也不喝,打坐在禅房的蒲团上面壁思过:"阿弥陀佛,善哉,善哉!人有病,天不知,这也是我佛的罪过啊!"他的说话声越来越细弱了。

圆满和尚心里着急,也就更是方寸大乱,他除了照常打理庙里的日常事务,一有时间就像獐子似的往慈善山越来越稀少的古木林子里乱骂乱蹿。

"阿弥陀佛,善哉,善哉!这老天呐!人若跟树过不去,天会跟人过不去啊?"圆满和尚装疯卖傻般在伐木的人群里疾行疾呼,哭天喊地,却终是于事无补。

"圆满和尚，你这硬是不想要命了不？小心树木不长眼呐——轰隆一声砸下来，菩萨和老天也救不了你哩！"支书甲憨宝仍然把圆满和尚当疯癫少年看。

"阿弥陀佛，善哉，善哉！自作孽，不可救啊！"

圆满和尚却依旧无畏无惧地穿行于榛榛莽莽的古树丛林里，芒鞋已经磨破，他就干脆打着赤脚，僧衣被刺条刮烂了，他也懒得在乎。但他也只能眼睁睁地看着村人们把一棵又一棵千年古树伐倒，又一截一截地扛出山去……山中的残枝败叶翻飞着，有丝丝缕缕的氤氲地气弥散，如慈善山无声的叹息。

二十多天下来，整山的树木就已经被砍伐得所剩无几了。

"真是造孽啊！"圆满和尚悲怆的哭嚎声在顺山倒的伐木声中显得何其无奈与微眇。

他仰头望天空，天空却被昔日在慈善山栖息安居的，而如今却已无枝可依的鸟雀黑压压地遮蔽着，那惊恐而凄惶的啁啾声令人不忍耳闻。但这又有嘛子办法呢？师父都说了这是劫数，也是天意！劫数躲不过，天意不可违，就连菩萨也无可奈何的。倔强的圆满和尚几乎是有些绝望地往回走去。

近些日子以来，师父总是不吃不喝，身子骨已经弱不禁风了，他老人家一旦真去了西天，留下这一座千年古寺和一座光秃秃的慈善山，这不是有辱佛祖吗……圆满和尚一想到这些，心就一揪，身子也不禁打了一个寒战。

他已经再不敢往下想了。他要赶回庙里去侍候师父。

在快要到山顶上的一条十字山径旁，圆满和尚发现有几棵趴地的青毛竹在窸窸窣窣颤动着，这里面该不会是藏了嘛子活物吧？他快步上前，弯下腰身一看，原来是一匹年幼的花面狸战栗着躲在了竹丛中。那是一匹毛色绚丽的花面狸。眉眼如描过浓墨一般，瓜子型脸上的几块花斑也点缀得恰到好处。见有人已经凑了过来，幼小的生命居然没有了丝毫怯意，它那毛茸茸的尾巴在摇动着，一双眸子平静而哀婉地望着面前的圆满和尚。山下飘过来一阵阵伐木人烧烤野兽的膻腥味，它的父母和同类或许已遭不测，又或许已经逃逸，只剩下它孤苦伶仃地在这山顶竹丛的洞穴口等待命运之神的宰割。

这已经是它最后的藏身之处了。圆满和尚想感叹，却又没有感叹。

莫非它已经晓得面前的光头和尚并不是掠夺和毁坏了它的家园的人？目光中没有仇视的火焰，脸上没有责怪的表情。这无疑更使得圆满和尚动了恻隐之心。他想，应该把它救下来才对。它是属于这一片山林的，但现在山中的林木几乎尽毁。"阿弥陀佛,善哉,善哉!你莫非是不舍得离开这一片山林到别的地方去吗?"圆满和尚欲抬首向对面的金鸡岭望去时,却又婆娑着泪眼不敢举目,因为金鸡岭茂密的林木早在慈善山动斧之前就已经被砍伐得光秃秃的了。"那可是一座公家坟山呐!人们为嘛子连祖坟地的树木都敢砍伐呢?"

他和它对视良久,那一匹美丽而充满着灵性的花面狸或许也晓得了和尚的无奈吧,它反而变得镇定起来,勇敢地走出了竹丛,完全是以一种赴死的气概从容地向山腰间正在伐木的人群走去……圆满和尚一惊,便再也没敢迟疑,赶忙闪身抢上前去,一勾手就抱起了那一匹几乎绝望了的小花面狸。他悉心地把它搂入怀里,还腾出了一只手来轻轻地抚着它的身子。

他和它又有着对视的机会了,这是一种复杂无望的眼神啊!圆满和尚终于嘟噜着发出了感叹。他定定地凝望着它那一双清澈明亮而又略显得凄楚哀婉的眸子,悬着的手终不忍碰到它睫毛上挂着的如晨露般颤动的泪珠……

"花面狸呀,我就叫你小伙计吧!"他亲切地对它耳语着。

小伙计居然会意般眨了眨泪眼,乌黑的双唇动了几下,却没有声音。

一阵彻骨的寒风陡然从半空旋下来,也仿佛飘来了明禅法师脆弱的呼唤声,圆满和尚的心里一紧,也就想起自己离开大庙已经有两个多时辰了。

"师父!"他一声大喊,搂着怀里的小伙计便向大庙的禅房奔去。

明禅法师已然骨瘦如柴,他早就已经穿好了袈裟,这是只有庙里每逢大事师父才穿的袈裟。圆满和尚似乎预感到后面将要发生的事情了。他的双手一松,花面狸轻盈地落在地上,它却对寺庙里一点也不觉得陌生,而是亲切地打量着眼前的一切。它莫非早就已经来过的?当它那一双美丽如同描过的小眼睛向依然打坐在蒲团上的明禅法师也投去温柔的一瞥时,老和尚肃穆的脸色微微地舒展了一下,有几丝不易察觉的笑容亦在眉梢的皱褶里流淌着。

"快扶我起来!"师父的声音更加脆弱了,语气却十分坚定。

徒弟帮着师父努力地撑起身子,袈裟着在明禅法师的身上,像是挂在一根老树桩上似的,空空荡荡。老和尚由年轻和尚搀扶着走出了禅房,拐过里弄,径直来到了庙后廊檐下那两排合着的大瓦缸旁。他手扶着缸沿一对一对地摸过去,到得最外面左边的一对空着的瓦缸旁时,明禅法师便站定了。

"把我放进去吧,我也该去见佛祖了!"这一回明禅法师虽然没有出声,却已经是用淡定的目光向圆满和尚传递了他最后的旨意。徒弟当然不舍得师父坐进瓦缸里去，又害怕碰到师父大慈大悲而又威严的目光，于是就下意识地瞟了一眼身后两排上下紧合着口子的青色缸沿……我以后也会坐进这缸里去的。徒弟在心里说。他忽然记起来了，师父曾经有一次指给他看过的，师父说："那两排合着口子的瓦缸里分别坐着你师父的师父、曾师父、太师父……到我这一辈就已经是第十九代了。"明禅法师就这么一路点过去说："总有一天我也会坐进去的。"语气竟然是那么的平静，如告诉他这寺庙里的故事一般。

没想到这一天终于到了。圆满和尚是经过了一番思想斗争的，之后才又平静下来，小心翼翼地把瘦骨嶙峋的师父抱进了瓦缸里。如同坐在禅房中蒲团上的坐姿一样，明禅法师两腿紧盘，腰杆直直地挺着。如此安顿好了师父后，他这才又瞟了一眼右边还空着一对瓦缸，心曰："那便是释圆满的归宿了。"

我与师父的缘分确实是尽了！圆满和尚突然感到了一阵从未有过的虚空。

尘缘尽了，但佛缘却是无尽的。老和尚像是看透了年轻和尚的心思，他有些吃力地把手上的一串佛珠取下来，又有些颤抖地亲自把它戴到了徒弟的手腕上，稍微静息了一会儿，忽然就中气很足地一字一顿说："这一身袈裟我带走了，你也用不上的。但你要记住，祛恶念，存善心，你得把慈善山的树木重新栽种起来！"老和尚说完，只打了一声嗝，便脸带笑容仰首西天圆寂了。

圆满和尚也跟着仰起脸来，朝着师父仰首的方向望去。在他的极目处便仿佛呈现出了一片离奇的幻象：一座由七色祥云形成的山冈，简直就是镜中或画图里的慈善山一模一样，山顶上也有着一座大庙，所不同的是，山冈上里三层外三层，全都遍种着各种果树，盛开着各色花朵：鲜红的是桃花，粉白的是李花，皎洁的是梨花，一线一线的是板栗花，一点一点的是杨梅花……

嚯，还真是神奇耶！这山上几乎每一个季节里的果树都应有尽有。圆满和尚心中顿时一动，似乎就有着某种神启已经深深地储藏进他的记忆深处了。

"这就是师父寄托给我的最后的愿望了！"圆满和尚在心里坚定地说。

噹！噹噹！

噹！噹噹！

钟声又响了，舒缓而悠长，是为圆寂的明禅师父送行的钟声。

慈善山的伐木声和顺山倒的号子声，居然也在一瞬间停了下来。

哦，天已经擦黑了，但西天的七彩祥云却久久没有散去。

那是一个离春天依旧还很遥远的初冬。毛色油亮的小伙计就静静地陪在圆满和尚的身边,双目闪烁着幽幽绿光,却遗憾地看不懂纷繁复杂的人世。

四

红而有光亮的佛珠依旧在圆满和尚的指头下一颗一颗地被拨过去。往事如烟,该过去的都会在尘埃中落定,该来的总是会迎面而来。这是师父说过的话呀! 圆满和尚正感叹着,却又突然想起了唐家观小镇上的慕容居士。

她怕是有个把月没有来庙里了吧? 圆满和尚在心里头数着日子,这是他终于答应了收慕容大夫为在家潜心礼佛的居士以来,根本就不曾有过的心思。

若是换了在以前,慕容大夫总是十天或最多半个月就会上山参禅礼佛一次的。哪怕是像1971年冬天那样恶劣的天气,暴雪纷飞了十多日,山上结着厚厚的冰冻,但到了第十五天,慕容大夫还是照例上山了。她在靴子底下裹了棕片,套了草鞋,捆了草绳,手里还拄着一截罗汉竹当拐杖,硬是一步一滑地爬到了山顶上的寺庙里,也只有她才想得到庙里肯定快断烟火了。

"阿弥陀佛! 施主你不该这样认真的。"风雪纷飞故人来,圆满和尚迎出残缺的半边庙门,见到一身疲惫一身雪的慕容居士,心有不忍地双手作揖说。

慕容大夫喘着粗气,白净的鹅蛋形脸上两颊冻得通红,放下竹杖亦双手合十说:"咋啦,师父这是咋说的话啊? 我佛虽然慈悲,但当弟子的礼节却是不敢少的。"她的东北普通话里夹着半生半熟的本地方言,回答得十分虔诚。

"善哉! 善哉!"圆满和尚一脸惭愧中略带羞怯,晓得她是特意来送功德的。

他突然间想起了那一件往事来,还依旧感到耳根发热,心里柔和而温暖,那只拨动着佛珠的手稍停了一下,记忆之弦的余音却仍然在时空里弥散着。

慕容居士的男人叫欧阳青,是远近闻名的一位手术大夫,却是死于非命。圆满和尚还破例为名医欧阳青的死撞响过庙里的钟磬,那既是抗议,更是对无辜亡灵表示崇敬。

也就是从那以后,慕容大夫就有了想要皈依佛门的念头,但因为庙里仅有一个中年和尚怕人会说闲话,才请求做了俗家居士。她每次来庙里都会给菩萨上三炷香,上一轮供果,还会投拾元或贰拾元纸币进功德箱里去。女人的心思就是细致,她每次给菩萨上供果时,总会给那一匹始终守候在圆满和尚身边的花面狸留下几颗果子解馋,并且说:"真是难得,师父有你这样忠实的伙计陪伴也算是一分福气！"慕容居士的声音很轻很轻，内心却并不平静。

和尚有满腔的心语却无言，只发出了如游丝般轻微的一声叹息。

花面狸像是听得懂慕容居士的话，一双妩媚的眼睛里盈满着感激的光亮。

圆满和尚当然还记得，就连不久之后，一群手臂上戴红袖章的年轻人闯入山门，把古庙当成封建迷信砸得只剩下半边了的那一天，慕容居士也摸黑赶来给观音菩萨续了香火，上了供果，并且照例给功德箱里投了几十块钱的。

医者仁心，慕容大夫还天生了一副菩萨心肠，在她看来，古庙虽然残破了，只要还有俗世中人前来续香火，菩萨就不会对人间失望。只要功德箱里不空着，和尚就不至于忍饥挨饿；佛地是修心地，但和尚也是凡人……

一想到这些，圆满和尚的心里就总是热乎乎地怀满了感恩，他感恩慈善山，感恩山上的慈善寺，感恩明禅法师收留了当年的那一个疯癫少年，更感恩这俗世间能有如慕容大夫这般善良的人。因此，他的胸怀也在慢慢地变得阔大，即便古庙已日渐残破，但庙堂里的菩萨还在，师父及师祖们的肉身还在，那一座撞响了几百上千年的古钟还在，"我圆满和尚虽然没有能力重新修葺这一座千年古庙，但至少得独自坚守下去，把师父的嘱托变成现实。"

像是有意要证明自己的存在或另有其他深意似的，那一只毛色有些发暗了的花面狸亦挪了挪身子，更加靠拢了打坐在蒲团上的救命恩人。可当圆满和尚的目光与衰老的花面狸的目光在不经意间再次相互一触时，和尚的心便一惊：哦！在庙里唯一能相互对视也相互取暖的两条生命就只有他和它了。

这二十多年来，当年懵懂的小和尚已成了老和尚，当年的小伙计也早已经成了老伙计，它的那一身美丽毛色早已油亮不再，那一对幽幽发绿的清澈眸子也愈发幽森得深不见底了。狸类的寿命一般只有十五到二十年的，而它来庙里眼看就快二十四年了还能活下来，确实已经是托菩萨的保佑了。师父明禅法师圆寂后，圆满和尚就已经在心里许下宏愿，那就是要把这一座满目疮痍的慈善山装扮成师父西归时仰目西天时所看到的那个样子。他始终相信那就是师父内心的愿望，更是神给予他的一种启示。因此几十年下来，圆满和尚每日挖山不止，就像一个活着的愚公，把整座荒山都翻了一个遍，而且每年春天到来，他就会把一梯一梯已经开垦出来的梯土种上果树苗。那些不同种类的树苗，有的是用省下来的功德钱买来的，但更多的是化缘来的。

"圆满师傅，你孤家寡人一个，这是何苦啊？"每每下山去化缘苗木时，圆满和尚总会面对诸如此类疑问，他也只是平静地笑一笑，然后再说上一句："和尚虽然无后，但你们不都是会儿孙满堂的吗？慈善山本就是一座公家山哩。"话说得在情在理，言词亦不卑不亢。欲有人再往深里问，他也不多做解释，到了这一家，又去另一家。一来二去的，村人们受了他的感化后，也就自愿把树苗捐上山来。

春去春又回，如今的慈善山已经是果树成荫了。但果子好吃树难栽，圆满和尚的身子骨也因此累坏了，而且还落下了一身湿寒。要是在往年的这季节，慕容大夫总会比平时来得更勤密一些的，一来履居士之职参拜佛祖；二来尽大夫之责给圆满和尚带些祛湿止痛的药物上山。而此次为嘛子快一个月了还不见她的人影呢？圆满和尚不免就有了一些担心。那么会不会是她自己也病了呢？我得去看看她才是。一个中年丧夫的弱女子，上有老下有小，还得经营一家个体诊所，也确实是多有不易的。

他其实并不晓得当年的欧阳慕容诊所如今已被改名叫唐市合作医疗站了。"阿弥陀佛，善哉，善哉！"圆满和尚终于停住了拨动佛珠的拇指，把珠串戴回了手腕上。经过一阵打坐调理，血脉也畅达多了，他毅然从蒲团上立起身来，便径直来到了明禅法师那一对上下紧合着的瓦缸旁，毕恭毕敬地作了个揖说："师父，弟子今日又要向您告假了，但不是下山去化缘，而是要到唐家观小镇去看看慕容居士。"圆满和尚是一个不轻易打诳语的人，尤其在大慈大悲的师父面前。再说了，他认为自己也是替庙里的菩萨去看望慕容居士的。

"应该的，你原本就尘缘未了。"瓦缸里似乎飘出了师父的声音。

"师父，师父。"圆满和尚着实被吓了一跳，想要解释，又不晓得如何解释。

慈善寺与唐家观遥遥相望。庙门正面是七百里资水最凶险的崩洪滩，向北是横跨九峡溪出口的联珠桥，过了桥沿资水一直往前走，四里多路程也就到了唐家观小镇上。但圆满和尚到慈善寺都已经三十多年了，却是今天才想起要亲自去一趟这远近闻名的小镇呢。一直跟在他身旁的花面狸确实是越老越精了，主人的心思和言语它仿佛全都懂了似的，把主人送出残缺的庙门后，便独自去了圆满和尚的卧房，窝进了他的床底下静静地等着主人的归来。

此时绵绵细雨终于停歇，久违的太阳从云缝里挤出了半张脸来。

圆满和尚芒鞋轻履走得何其匆匆，他得快去快回，下午正好把最后一垄梯土上的最后几十棵树苗的闲枝修剪完。漫山的果树全都栽下了，他的使命也就算是完成了,剩下来的日子和事情就是培育管理以及喜收各种果实了。

但剩下的日子和事情谁又能预料得到呢?

"满和尚!满和尚!我正要上慈善寺去找你。没想到我佛果然慈悲,不要让我亲自上山去,你倒是送了个背影过来。"一个熟悉的声音在后面追着他喊。

圆满和尚站定在山脚下的联珠桥上,回头一看,原来是新上任的村支书廖明权——白驹村老支书甲憨宝的儿子,也只有他们父子俩才直呼他"满和尚"的。甲憨宝是廖盛甲的绰号,其实他不但不憨不宝,还阴险狡诈。人们这样子说他当然是有原因的,更是如今仍然在小镇唐家观守着当年曾荣耀一时的明德土特产贸易商行的廖姓最后一任族长明德先生领教过多次的。

或许早年间送给廖盛甲绰号的人,是有意咒他来世变成个憨宝吧。

"哪还有嘛子慈善寺啊?早就被你们砸得只剩下半边破庙了!"圆满和尚一直习惯了把什么说成嘛子,他当然有一万个理由这么回答廖明权,但身为出家人,他还是礼貌地侧过了身,双手合十说:"阿弥陀佛!施主找我有事吗?"

"没得事我会来找你?我未必还不晓得窝在家里睡个懒觉啊!"明权支书三步并两步抢过来,把手中的一张报纸往圆满和尚的面前一抖说:"你看看你有多荣耀噢,都成为全地区学习的花和尚了!"他说话的语气怪里怪气的。

"阿弥陀佛!善哉,善哉!出家人不愿听妄语,请施主尊重贫僧。"

"是你和尚自己念歪了经哩,我讲的花和尚又不是你想的那个意思。"明权支书自知刚才口误,又不愿认错,就赶忙把手中的报纸展开,指着鲜红的《湘中日报》报头下的一行粗黑字体说:"大和尚自愿当果农,慈善山上繁花似锦。"

"阿弥陀佛!善哉,善哉!施主您请便,我又识不得字的,您就留着慢慢看吧,我还得到镇上去看大夫呢。"圆满和尚有意把"慕容"二字略去,还反手捶了捶背脊,复又转身向唐家观小镇走去。他才懒得在乎嘛子登报不登报的,自己几十年如一日所做的一切,无非是遵循了师父的遗训。

江风撩起他身上僧服的下摆,着芒鞋的双脚竟有了些许沉重。

自讨没趣的明权支书杵在桥上半天未语,他虽然了解圆满和尚是个出家人,更是个粗人,斗大的字认不了几个,但毕竟自己不大不小也是一级组织的负责人,而且也确实是一片好意赶来传递喜讯,不想却好心没得好报,心里就觉得窝了一股气,便冲着和尚背影吼道:"你满和尚牛什么呐!老子我哪天一发宝气,喊声收就把慈善山给收了,正好做我的村办企业。到时候看是你牛还是我牛!"廖明权支书之所以说出这样的话来心里是有谱的,已经有公司找过他好几次了,人家早就想要来承包开发慈善山。他之所以一直没有表态,是因为自己对政府的宗教政策还拿捏不准。要是换了前些年,他早就已经拍板了。明权支书把脚重重地在石拱桥上蹬出了响声来。桥下流水喧哗,波翻浪涌着滑过了双石拱,也给东去的资江平添了几许激越的浪响。

圆满和尚的俗缘已然不错,这些年为着满山树苗的事他也确实结缘了许多邻村的村民,几乎人人见了他都认识。他匆匆地与在崖渡口等候渡船的鹊坪人打过招呼,复又从容前行,而此时,他满脑子聚散的尽是从来来去去的香客们口中听来的,有关慕容施主和欧阳大夫俩人的如烟往事……

五

慕容居士的全名叫慕容白,是哈尔滨人,1956年就随丈夫欧阳青来到了唐家观。他俩是在同一部队服役,且都是军医。欧阳青是外科医生,并被誉为吉林军分区第一把刀;而慕容白则是妇产科医生,在军区医院亦小有名气。两人又同在军区总部医院工作,经常碰面,后又相互倾慕,一来二去地便坠入了爱河。慕容白和欧阳青的恋情被曝光后,组织上对这两位专家型的年轻人非常失望,先是教育引导,要他俩一刀两断不再来往,但谁知双方态度却依然坚决,最后的结果就是双双都自愿提出转业回地方。

在两人从恋爱到结婚的那一段时间,慕容白显然更加主动,因为她肚子里已经怀上了欧阳青的孩子。她领着他去见父母时,慕容先生正在看当日的晚报,女儿先跟爸妈口头上隆重地介绍过欧阳青,见两位年轻人进了客厅,当母亲的忙起身让座,而父亲则照例看手中的报纸,并头也不抬便问道:"小欧啊,你老家在南方哪个城市?"欧阳青大大方方地坐下,脱口就回答说:"湖南唐市。"他的家乡唐家观在区划典籍中包括县级地图上确实是叫唐市镇。简称为湖南唐市也不能说是对长辈不诚实。

"你转业回南方后有何打算?"老教授紧接着又问了下一个问题。

欧阳青瞟了一眼略显羞涩而又态度坚决的慕容白,其实慕容白一直在盯着他,用目光在给他传递勇气,他于是就大胆地把两人商量好的结果告诉了准岳父岳母:"如果您二老同意慕容白跟我回湖南,我们打算在唐市开一家私人诊所。只要有医师资格和场地，当时有政策鼓励开办私人诊所的。"

"嗯，学有所用就好！学有所用就好！"母亲忙抢着打了圆场。

两位年轻人其实早就胸有成竹，欧阳青的回答又在情在理，做父亲的也就没有了不同意这一桩婚事的理由。于是当天就摆了一桌酒席，算是给女儿设的订婚宴。这事就算是正式定下了。

慕容白什么也没有多想，第三天就随着自己的丈夫一路南下。到了湖南长沙，欧阳青告诉她说很快就会到家了。又坐了一整天船到了益阳市，欧阳青还是说真的就快到唐市了。第二天两人又从益阳大码头换乘了小木船，沿资水逆流而上，途中又是两天一夜，眼看就快要傍黑了，而小木船却仍然没有停泊的意思。慕容白也就没有再问了，资水沿途风光秀丽，这是北方姑娘慕容白从未曾领略过的。她娇柔地依偎在欧阳青的怀里，还时不时能听到船尾艄公喊出的号子声，以及资江岸上纤夫吼响的过滩谣：

呃哩喂哟——噢嗬！船上滩呐——噢嗬！如登天呐——噢嗬！前头风光好啊——噢嗬！过了一滩又一滩呐——噢嗬！

乡音俚语如同歌唱，这是多么难得的一次浪漫之旅哦！

"亲爱的，我们这是在旅行结婚哩！"慕容白由衷地说。

"是呀，亲爱的！"欧阳青抚摸着偎在自己怀里的女人的一头青丝说，"人生本来就是一次长河之旅，有时风光无限，有时也会遇上险滩狂涛，但只要与你在同一条船上，我心足矣！"近乡情更怯，欧阳青的心里多少有了些不踏实。

"你说啥话呢？险滩狂涛又有何妨！咱只要一路上有你，你就是我人生中最好的风景！"从小就酷爱《安徒生童话》并深受其影响的慕容白喃喃地说。

"我会一路陪着你走到老的，带着我们的孩子一起陪你。一定会！"这么说着时，丈夫欧阳青就把头勾了下来，欲侧耳倾听爱妻肚子里小生命的动静。

"才多久啊？就想着与儿子交流了，亏你还是个医生哩！"

"我就是想听嘛，你在想什么，儿子就会告诉我什么。"

小木船重重地抖了一下，接着是铁锚扎岸的声音。

"到了，到了，唐家观小镇已经到了！"艄公也努力想讲官话，从舵尾经由船舱里钻过时，见一对年轻人仍然恩恩爱爱地偎在一起，便有些不好意思而又有几分感慨地说："家里的被窝床会比船上的棕毯更松软，更舒坦哩！"

夜色已渐渐浓了,江湾里泊着几只小渔船,明明灭灭的点点渔火从船舱里泄出来,江面上显得朦胧而又温馨。这一回是真的到了!透过低矮的船舱,就已经能够看到匍匐在资水北岸上小镇的灯火了,欧阳青竟也说起了乡音来,他把慕容白扶起来一并上了江岸,然后自己又反身与船家结清了船钱,一手提着一个重重的行李箱往前引路。慕容白还沉浸在"旅行结婚"的幸福遐思中,欲靠近挽丈夫的手,触到的却是一箱行李,也就忙添上了一分微力。

六

此时正是 1956 年初夏,微微的江风拂动着慕容白长长的秀发,也撩起了她窈窕身段上的裙摆。穿惯了严谨军服和白大褂的慕容白,此次铁了心跟欧阳青到南方来成亲。尽管一切都是那么的陌生,那么的出人意料,而且那么的猝不及防,但南方小镇那一份难得的恬静,兄弟妯娌间那一份无隙的默契,婆媳间的那一份诚挚的信任,这不正是自己少女时代就梦寐以求的吗?哈尔滨是一座冰城,一年有三季都几乎是在冰雪的覆盖中。慕容白的名字,取的就是白雪之意。

后来她还记起,自己新婚夜其实也做了个梦,梦见回到了少女时代,她在白皑皑的冰天雪地里跟随着飘飞的雪花一起舞蹈,她当时是把自己也当成《安徒生童话》里的白雪公主了。但是当她正舞蹈得最开心,也最纵情的时候,有几个小青年却走过来用雪球朝她猛打,还骂她是汉奸走狗的女儿。她梦到的是十六岁时的往事,当时她已经懂得很多的道理了,日本鬼子早就被赶跑了,就连解放战争也即将结束了。她也曾经努力地申辩说:"我爸爸虽然是在伪政权里任过中学校长,但他绝对是一个真正爱国爱乡的民主人士,还帮助和掩护过学校里的地下党员哩!"然而那几个小流氓似的家伙,又骂她是两面三刀的动摇派,后来就连学校里一些不明真相的老师也对她有了歧视。

她后来能够应征入伍,却完全是因为她所学专业才破例的。

但是就在去年冬季,刚好又是一个大雪纷飞的日子里,她忽然被叫了到院长办公室,院长一脸严肃地问她:"爱情与理想,你认为哪个重要?"她却想也没想就回答说:"作为女人,爱情是第一位的。"院长摇了摇头,竟一时无语。

然而后来……后来慕容白就再也不喜欢雪花了。她认为雪花太过冷漠。

她是在梦中被惊醒的,一觉醒来,已是南方唐家观小镇的祥和清晨。

仿佛是有意在安慰她似的,慕容白的耳边就有着轻抚江岸的浪响声涌过来,原来自己睡在吊脚楼上,是头枕着清脆透明的资水小夜曲入眠入梦的。

因此,那已经过去的不愉快的往事,也就渐渐地被流水冲得一干二净了。

但是在睡梦中飘然入耳的钟声她却依然记得:

喤!喤!喤喤!

喤!喤!喤喤!

钟声是从遥远处缥缈地传到她的梦里来的,仿佛是神的祝福,又仿佛是亲人的叮嘱,慕容白立马就睁开了惺忪的睡眼,身边的欧阳青却已经不见了,她这才突然想起,丈夫昨晚就跟她说过,他要趁热打铁去县城把开诊所的相关手续办下来。世上没有不透风的墙,若是时间久了,有关部门知道他是非正常转业,怕是很多事情办起来就没那么顺利了。在慕容白眼里,欧阳青不但医术高明,而且还是一个有着大智慧的居家好男人,她对他处理这些俗事和小事是一万个放心的。那就由他去忙吧,自己不参与就是对丈夫最好的支持。她抬起手腕看了看表,才早上七点多,但慕容白还是很麻利地起床了,毕竟是当过兵的,日常生活从不拖泥带水。她说:"我何不乐得先熟悉熟悉这小镇唐市及周边的环境呢?"其实她对唐家观这名字更有好感。她知道丈夫一直把他的家乡说成是唐市是有苦衷的。这有啥呢?唐家观就唐家观呗!慕容白不禁一笑,心里便有了主意,她侧身出了卧房后门,来到了吊脚楼临江的回廊。她一边梳着秀发,一边循半睡半醒时飘来钟声的方向望去,晨雾朦胧间,就见到屹立在下游四五里处资水北岸的一座山峰了。

那是一座不算巍峨,但绝非平常的山冈,从那一山苍翠幽深的古木及早先响起过的悠远钟声就能判断得出来。她不禁随口就吟出了刘禹锡的《陋室铭》:"山不在高,有仙则名;水不在深,有龙则灵;斯是陋室,唯吾德馨……"

但她却并不知道,大诗人刘禹锡就曾经在此地不远处的朗州任过司马。

七

梳洗罢,慕容白怀揣着万千思绪,又在自己房间的吊脚楼回廊上站定了。

她是循吊脚楼回廊尽头的木梯到江边去洗漱的。资江虽不能与长江黄河相提并论,但湘资沅澧,它却是湖南的第二大水系,全长有七百多公里;也确实不如松花江有名,但抗日战争中的最后一次会战却是在它的中上游雪峰山告捷,并在它的支流处芷江接受了日本天皇签署的投降书……这是夫妻俩在益阳大码头登上资水小木船后的旅途中,丈夫就跟她做过介绍的。

欧阳青还说:"我父亲欧阳彬曾为那一场战争出过不少力。"丈夫在介绍这一切时,神情亢奋而又充满了自豪。她当然也为男人的自豪而深感自豪!

昨晚一家人团聚时,公公欧阳彬老人还专门发了话:"这三间木屋全是我们欧阳家的产业,正中的堂屋今后就是青儿夫妻俩坐堂问诊和抓药的门面,左侧两间的厢房,一间为医疗手术室,后面临江的一间为卧室。我跟你妈随文儿住右边的两间,到时候也还是可以腾出来的,你哥嫂在学校也有房子。"

难怪欧阳青介绍说他死去的爷爷是工商业成分,幸好父亲是一个开明商人,曾积极支持过抗日,给队伍上捐钱捐粮,并且与当时的地下党湘中地委负责人,也是新政权后担任中共湘中地委书记的李正是同窗挚友。在李正书记的影响下,如今这一栋有着四盈三进的木屋才没有被没收充公,还经由他的推荐,将毕业于协和医学院的欧阳青直接分配到了哈尔滨军分区医院……

慕容白满心温暖地倚在后门回廊想着心事,房门就轻轻地响了两下。

"还习惯吧?唐市地方小,倒是清静。"嫂子一早就来打招呼了。

"好哩,太好了!这不才起床么,让嫂子您见笑了。"

"看你这说的嘛子话,都一家人了,谁笑话谁呀?过去一起吃早餐吧。"

慕容白随嫂子来到堂屋后面临江的吊脚楼饭厅,除了欧阳青一早去了县城,全家人都在。她觉得与这一家子在一起似乎比自己家里人还要亲切。她父亲是学理工科的,如今虽然没当校长了,但仍然是有名的理工科教授,平时总喜欢板着一张严肃的脸。母亲出身名门,又是个音乐教师,家务事从未沾过手的,到家了还习惯性地往钢琴前一坐,等到保姆请吃饭才又坐到餐桌旁去。后来保姆被辞退了,儿女也大了,一家人就经常是各吃各的公共食堂。也许是缺少家庭温暖的缘故,哥哥慕容晓参加工作后就很少回过家,她之所以深深地爱上了精明能干的欧阳青,或许也就是想早早地寻求一种依靠,一份有家庭的温暖和亲情吧。如今还真的是寻找到了。

"尝尝我们这里的特色菜河水煮河鱼吧!"婆婆居然亲自给她夹菜了。

"这资江河里的鱼呀,好吃得不得了的。"公公率先夹了一块说:"我吃了大半辈子就是吃不厌。"老人家慈眉善目的,一看就让人觉得亲切。

慕容白感激地望了一眼二老,正要说话时,嫂子却先接腔了,她说:"弟媳你是从大城市来的，一下子还有点不习惯吧？我刚出嫁满月那会，娘过来接我，看了这阵势她都嫉妒了，她说这到底是你们的闺女还是我的闺女呀？看亲家母您说的，闺女和儿媳还有区别吗？"嫂子居然像讲解课文般又学着婆婆当时的口气补了一句本地方言，她南腔北调地把一家人全都逗乐了。

"本来就没啥子区别呀！"公公长寿眉闪了闪正色说，"女人大半辈子都是在婆家的，生儿育女，传宗接代，进了婆家门，等于一辈子都是婆家的人了。"

"你看看，你看看，小儿媳前脚才进门哩，公公就想到要抱孙子的事了。"

哥哥的话刚一出口，慕容白脸就红了。难道他们已看出我身怀有孕了？

"吃了早饭之后，要不我领你到慈善寺去求一个签吧？也好顺便先熟悉熟悉这周边环境。"还是嫂子的心思细腻，一转话题，就打破了弟媳妇的尴尬。

"好啊，好啊，那就谢谢嫂子了！"慕容白的心里原本就是装着童话的，但自从她怀上了欧阳青的孩子，尤其是进入了这样一个充盈着和睦与温馨的新家后，一颗柔软的心似乎又平添了几许对宗教的虔诚与敏感，莫非这一切还真是冥冥中的安排吗？再说大清早的，她在似梦非梦中听到从寺庙里飘然而来的悠远钟声时，心中的那一种说不出来的情感也就愈发地强烈起来。

也就是在那一次，慕容白拜见了明禅法师，也结识了圆满和尚。

"施主是远客，千里姻缘一线牵，我佛会保佑你们的。"

明禅法师一听妯娌间的谈话，就知道对方身份的十之八九了。他在这慈善寺参禅礼佛已有半个多世纪，对资水南北两岸方圆数十里的红尘中事，即便无心，却也常有耳闻，还礼节性地对正在给菩萨上香的慕容白鞠了一躬。

"明禅师父，您老真是慧眼呢。"嫂子陪婆婆来过寺庙多次，与老少和尚都是熟人，也就并不掩饰内心的自豪，向明禅法师介绍说："我弟媳慕容白是个医生，正打算和我弟弟在镇上开诊所哩！"法师就双手合十接过话说："阿弥陀佛，善哉，善哉！那可是悬壶济世的活菩萨噢！"他说着便示意徒弟圆满和尚给二位端了禅茶过来，还嘘寒问暖地道起了家常和南北两地的民情风俗。

自那以后，慕容白对慈善寺及佛门的认识就又更深了一层。

她觉得这一老一年轻的两个和尚，就像是街坊邻居一般的亲切。

"人皆在旅途，无所谓起点，也无所谓终点，能在芸芸众生中的驿站相遇就是缘分。我会常来看您的。"慕容白和嫂子起身告辞时，诚恳地对和尚说。

"阿弥陀佛，二位施主走从容些！"师父还有意嘱徒弟将妯娌俩送出了大门。

上了桥头，慕容白又回头望了一眼大庙，但见鱼鳞青瓦的飞檐翘角半隐半现于森森古树林中，便愈发觉得庙宇的肃穆与神秘。但是待一年多后慕容白再来寺庙拜访故人时，慈善山却成了满目疮痍的一座荒山，曾经给过她美好祝福的明禅法师也已经圆寂。更令人扼腕叹息的是，慕容白一生中最感到幸福的日子，也只往后过了不满十一年，她的丈夫欧阳青就出了大事。

1967 年的一天下午，小镇唐家观依旧平静，阳光从左右两侧檐口的缝隙间射过来，有无数的尘埃在光束中起落。天若有眼，当然也会发现欧阳慕容诊所突然闯入了三名警察，且不由分说就把欧阳青从手术间铐了出来，硬是当着前来问诊的不少患者和街坊邻居的面把人给带走了。当时有不少人仗义说情，也有人打抱不平想要拦阻，谁知一公安从腰间拔出手枪朝天砰砰就是两声枪响，还说欧阳青是湘中地区最大的走资派和叛徒李正的交通员。看谁再敢包庇，杀无赦！无奈之下，只剩下一片窃窃私语和唏嘘。那时慕容白正好又不在家中。自欧阳慕容诊所开办以来，为了多让出两间房子收留住院的病人，欧阳老夫妇也已随大儿子去了县城里的学校，而慕容大夫被附近的村邻请去接生又是常有的事，救人如救火，何况往往一救就是母子两条性命。

也就是在那一次，慕容白终于第一次感受到什么叫天塌地陷了！

当她从资水南岸的鹊坪村接生回家，自己还没有进入家门，噩耗就先一步传到了她的耳中，一名警察见到匆匆进门的慕容白劈脸就问："你就是欧阳青的女人吗？"慕容大夫正对警察的不友好表示愕然时，令她无比震惊的消息便如一梭子弹般扫了过来："你快请人到长安公路九十六公里处收尸吧，你家男人畏罪潜逃被当场击毙了！"

八

一路走一路回忆的圆满和尚已进入唐家观街口了，却无人听见他在说话，更没人去理会他突然发出的这一声沉重喟叹所含的复杂情绪。

圆满和尚始终想不起自己患疯癫前的所有事情，但奇怪的是，当他刚一踏上一路青石板铺成的街巷时，整个人感觉到的却是一种似曾相识的亲切气息，满眼捕捉到的也是极为熟悉的景物。他便有了些许疑惑，这不就是自己在梦中曾经去过许多次的那个小镇吗？但仔细一看又是有区别的，他梦中的那一个小镇明明是在资水南岸,且地名也直接被叫作江南镇呀,但和尚的意识里却分明感觉到欧阳慕容诊所就应该是在进街口后的第三个拐角的对面。

想来这或许是因为曾经听到去寺庙里拜菩萨的香客说起过的吧?

过了张家米豆腐店,又过了石打铁的铁匠铺和曾老板苞谷烧酒肆,远远一抬首果然就看到一块标示着红色"十"字的招牌了。诊所的规模不大,堂屋一分两用,中间由一组齐胸的矮柜隔开着,一边为诊室,一边是药房,右侧一楹两进的房子,一间是手术室,一间可供观察病人并打吊针所用……

据说,在欧阳慕容诊所开业后的第三天,一个用自制手雷炸鱼被提前引爆的雷管炸断了手腕的白驹村汉子,被同伴呼天喊地抬过来时,因失血过多已经昏死了。当时有街坊说:"还是让他们抬到大医院去吧,莫做好不讨好反而还惹一身麻烦。"邻居也是出于好意,怕手术一旦不成功会坏了诊所的名声。

欧阳大夫见状却只说了一句:"救死扶伤乃仁医本色。"便想也没想就主动把伤者让进了欧阳慕容诊所的手术室,他麻利地给伤者进行过紧急的消毒处理后,可接下来要为伤者输血时,却又没有与伤者吻合的血浆,人们正一筹莫展,欧阳大夫竟二话没说,挽起袖子就嘱慕容白抽他自己的O型血……

因为抢救及时,伤者只住了不到十五天就出院回家了。

"真是华佗再世啊!"此话从民风强悍的白驹村人口说出,一传十十传百也传到了圆满和尚的耳中。欧阳慕容诊所的夫妻俩便成了人们心中的"活菩萨"了。

圆满和尚无缘见过欧阳大夫,但他却已经从众多施主的口中认识了他。

圆满和尚从恍惚中回过神来,向正侧身在厅堂壁柜处忙着抓药的伙计鞠了一躬说:"请问慕容大夫在家吗?"对方循声回首,眼睛一亮便赶忙放下手中活计,很是礼貌地说:"大夫回哈尔滨了,是收到她父亲病危的电报匆忙赶过去的。您就是慈善寺的圆满师父吧?"对方又是端水又是让座,还从壁柜中取出一包事先准备好的药物递到了他的手中说:"难为师父了,让您亲自走一趟。大夫行前专门交代要我给您送去的,真不好意思,一忙就拖下来了!"

"阿弥陀佛!善哉,善哉!施主客气了。"圆满和尚稍怔了一下,才又打开布包一看,里面全都是慕容居士每次上山时给他带过的祛湿止痛药和外用膏药。睹物思人,便更加觉得慕容居士确实不愧是资水两岸人们称道的"活菩萨"。

"我们慕容大夫总是时常夸您,她说您拓荒遍种果树再造了慈善山,为地方上留下了一山永久性的功德。"抓药的伙计真会说话,一拐弯又说到了慕容大夫。他说："不过话又说回来，其实我们慕容大夫做的也是功德，每年平平安安地接生出那么多难产的婴儿，还一再嘱咐我们对万一交不起医药费的病人免费供药。她还常对我们说，为医者，皆应以救人为本。是个'活菩萨'哩！"

"阿弥陀佛！善哉，善哉！请施主记得替贫僧感谢你们慕容大夫。"

"谢嘛子呀！治病救人，是医生的本分。何况师父您的一身病痛都是为后人累出来的。"一个熟悉的声音从门外飘来，接话的是一口本地腔的慕容居士。

"大夫回来啦！大夫回来啦！"药剂师伙计喜出望外地说。

"善哉，善哉！"圆满和尚亦显得有几分兴奋，忙起身拱手相迎。

"这是回我自己的家哩，你们对我这样客气做嘛子？"慕容大夫对圆满师父的出现并没有感到意外。她给师父鞠了一躬。人们这才发现，浮肿着双眼的慕容大夫手臂上戴着一圈黑色的孝袖。不用问，老人家已经仙逝了。

见慕容居士一副疲惫的模样，圆满和尚的心里一阵酸楚，却又找不出安慰的言语，便只说了声："大夫您长途劳顿，请早点歇息吧。贫僧就不打扰了！"

他正欲付药费告辞，门口却又冷不丁闪进一男一女两个陌生人来。

男的西装革履，皮鞋擦得雪亮，虽然沾了一些泥土，却仍然不失绅士风度；女的打扮妖艳，脸上涂脂抹粉，颈上还挂着一串显眼的珍珠项链。

"大师父，你让我们追得好苦啊！"那男的进门就握住圆满和尚的手，像遇到了老朋友似的说："我们是来找你洽谈承包慈善山果园的。"那女的却忙递过来一张名片，接话补充介绍说："这就是我们沃土公司的甄董事长，在整个湘中地区承包了十多处果园，我们是从报纸上看到了您的感人事迹，才慕名远道而来的。幸亏白驹村的廖支书说你来看医生了，才没让我们到寺庙里扑空。"

"阿弥陀佛！施主请出去说话。"圆满和尚一脸窘态地望了一眼慕容大夫。

那男的却并没有理会圆满和尚的话接着说："我们这次来是想把慈善山整体承包下来，进行立体开发，将其打造成融观光、采果及拜菩萨为一体的休闲式宗教花果山。我们还会出资把古庙修复好，到时候你大和尚就是我们公司旗下的一个股东了！"来人说得头头是道，一副眉飞色舞的得意样子。

"阿弥陀佛！善哉，善哉！这是大事，我做不了主的，你们得先与村上商量，村上也还得请示政府宗教部门才能定的。"圆满和尚虽听得一头迷雾，话却说得滴水不漏，他给那两人作了个揖便夺门而出，连感谢慕容居士的话也没来得及说一声，便像躲避瘟疫似的，轻一脚重一脚急匆匆向慈善寺赶去。

慕容居士心里就有了几分慌乱,并轻轻地吐出一声叹息:"这是嘛子事呀!"旋即又去了吊脚楼回廊,目光跟向砂石路,随师父的背影一直至慈善山……

九

圆满和尚确实是逃也似的一路向山上走去的, 他的双腿有些酸软了,背脊也胀痛了,但他还是咬着牙上了半山腰,倚着一棵稍粗的果树坐了下来。

"阿弥陀佛,善哉,善哉!"他长长地喘了一口气,双目微合,努力想清空自己心中纷乱的思绪,当然也包括慕容居士的影子……渐渐地,他的眼前仿佛又出现了师父圆寂时他所看到的幻影:重重叠叠的花树,有桃,有李,有梨,有枇杷,有板栗,有杨梅……一年四季都有着果花在慈善山上次第绽放,万紫千红,流光溢彩,云蒸霞蔚。蜜蜂飞来了,唱着歌谣采蜜忙;蝴蝶飞来了,翩翩起舞传播花粉;游人赶来了,红男绿女笑语喧哗,赞叹不已!渐渐地花瓣又落了,果实却挂上了枝头,熟在了枝头,人们在果树下抬首就能咬到自己想吃的果实,并且每一年的每一季都有花赏,都有果尝,人们可自由来去,不花费分文均可既饱眼福,又饱口福,只要不贪心带走,亦无人拦阻。

和尚没有家眷,没有亲人,一人吃饱全家不饿,当然无须存钱养老。几十年来,他就是靠偶尔上山的香客给奉上的微薄功德度着日月,他现在所做的一切,也算是对众乡亲的一种回报吧。圆满和尚是在不知不觉间入睡的,并且起了微微的鼾声。他觉得梦中的一切真好,他真想一直停留在梦中。

然而他还是醒了,一觉醒来已是下午,圆满和尚便不敢再迟疑,他几乎是急忙地进了寺院,那一匹已从禅房又到了庙堂蒲团上打瞌睡的花面狸见到主人回来,努力支起年老体衰的身子,泛绿的眸子里似乎也饱含了委屈。

"老伙计,我这也是没得办法的事,你老了,我也快老了,可我还有很多的事要做,不能总是陪你的。"圆满和尚安慰了他的老伙计几句,便进禅房倒水吃了几片慕容居士给他配的西药,又到右侧的杂屋里取来了一把修枝的大钢剪。早年间栽种的桃树李树和梨树正是挂果期,他必须一棵树一棵树地巡查过去,把那些只开花而不结果实的旁枝剪掉,免得吸收挂果枝条的养分。

小半天的忙碌,总算快将最后的果树旁枝修剪完了。

日积月累,满山瓜果飘香,这是圆满和尚数十载功夫的成果。花面狸很知趣地复又趴在了蒲团上，它已经习惯了，自从圆满和尚开始为梦想奋斗以来，他几乎每天都只能在一早参禅礼佛的时间和夜晚收工的时间在庙里陪它。

"老伙计，你就安安静静地在寺庙里陪着菩萨吧，我佛会成全你百年之后也进入西天的。说不定到了西天我们还会在一起呀！"圆满和尚有几分心酸地蹲下身来摸了一下老伙计的头，唠叨了几句，又毅然地出了半边庙门。

山脚下最前面的几垄梯土上栽种的都是杨梅树，大的已经碗口粗了；再往上是板栗树，去年也开始挂果了；而半坡以上则分别是桃树、李树和梨树。圆满和尚这么安排自然是有讲究的，因为这几种花开得好看，开得热闹，所以他就特意把它们栽种在高处，他是想让过路或前来观光的人们远远地就能看得见花的鲜艳，花的皎洁，感觉到花开时的喜庆。看来今年的挂果率比去年又多了一些。他不由得瞥了一眼半山腰那一间用几根杉木条搭成的简陋杂屋，心中充满了感激。那是他几年前一时心血来潮搭建的，原本想等漫山的果树成熟了守夜防贼用的，没想到歪打正着成了堆满了家畜肥料的储存库。

去年果树的果实成熟的时候，一批一批的乡邻都往山上涌，就连白驹村年近九旬的廖姓盛字辈老人盛余爹也不让儿孙搀扶拄着拐杖爬到半山腰来了。慈善山的水土还真是托了菩萨的福哩，这里栽种的果树结出的果子就是比别的地方的果树结出的果子好吃些，又甜又脆，水分又多。老人家硬是一口气啃完了三个脆皮梨，才腾出嘴巴来说话，他反复说："多好噢，多好噢！"

"能不好吗？有圆满大和尚当亲儿子一样护着它们，就是一座石头山也被他所花的心血浇肥了！"盛余爹的孙子廖大成接过了话茬说。廖大成是白驹村大队改村后的村民委员会主任兼团支部书记了，也算是村里名正言顺的第三代有文化的主事人。村民们就你一言我一语又议论起圆满和尚的不容易来。

也就是在那一次，盛余爹还以白驹村长老的名义给当村主任的孙子廖大成口述了一条规矩，他说："从今往后，凡进山品尝果实者，都必须或肩挑或手提十斤以上家畜肥料放入山腰的杂屋，并且只准现吃不准携带果实出山……"

一个粗重的声音劈面而来："满和尚你还真把慈善山当成庙里的私有土地啊！"一股浓烈的酒气也随风而来，他着实被吓了一跳。抬首望去，原来是村支书廖明权又领着上午在欧阳慕容诊所纠缠过他的那一男一女找上山来了。

"阿弥陀佛！善哉，善哉！"圆满和尚猝不及防，一时找不出别的话回答。

明权支书却又接着说："沃土公司起草了一份与白驹村联合开发慈善山果

园的合约,看在你多年来也确实是付出了不少劳力的分上,我过来找你签个字,也算上你一份,到时可参与红利分配嘛!"明权支书说话的态度非常明确。

圆满和尚听得呆若木鸡,像一根老树桩直直地立在果树丛中。

他此时正好脸朝对面的金鸡岭坟地,目光忽地就被拥着里三层外三层花圈的欧阳大夫的坟墓吸引住了,就记起了是在今年春头上,欧阳大夫的冤魂终于得到了彻底平反。清明节的那一天,资水两岸凡受过他们夫妻俩恩惠的乡邻全都自发地来到了金鸡岭,为死者献上了迟到的花圈。就连早在欧阳青之前平反的,如今已经是省委顾问的李正也微服专程到唐家观看望了欧阳老夫妇,还由慕容白陪着到她丈夫的坟前吊唁。

李正老书记说:"欧阳大夫是受我的牵连出事的,但我们还得朝前看,相信类似的悲剧不会重演!"老首长的言语中既有着歉意,但更多的却是鼓励。

也就是在那一次,李正顾问还顺便到了一趟慈善寺,并且颇为深情地发了一番感慨,他说:"远的我就不讲了,在抗战时期,庙里的和尚们为驱逐外虏是出过不少力的。我们可千万不要忘记了这一些爱国爱乡的宗教界朋友!"

不知是碰巧还是因县乡的领导有意打了招呼,村主任廖大成正好也在。

临离开慈善山时,老首长望着已是满目繁花的漫山果树,满是沟壑的脸上溢出了悦色,但他还是像早有预感地交代身旁的廖大成说:"有嘛子过不去的难事你可以随时来找我。"只是当初谁也没有在意老书记说此句话的用意。

突然想起此事的圆满和尚不禁心里一动,对来者却仿佛视而不见。

见和尚老半天没有吱声,那个西装革履的老总特意向明权支书使了个眼色,赶紧打圆场说:"我们还是先给大师傅几天考虑的时间吧,改日来签字也不迟呀!"他是见识过圆满和尚如犟牛一般的脾气的,不想把事态扩大,让宗教部门知道又会受阻。于是三人便围绕着慈善山参观一圈复又扬长而去了。

此时已近黄昏,斜阳夕照里,江声依旧喧嚣,慈善山照例静穆⋯⋯

十

那一夜,圆满和尚只小寐了一会儿,他回忆起明禅法师临终前所托,回忆起自己这二十多年风里雨里开荒植树,浇水修枝的辛劳,为的不就是给村邻们留下一处无须花钱也能共享四季花果的人间仙境么?但如今眼看就要经自己的手把整座花果山交给以挣钱为目的的承包商,他心中多么不甘呐……

圆满和尚也想到了如果能够找到李正老书记,向他反映情况,或许还有挽回的可能,但再一想自己毕竟是个出家人,不应该卷进尘世是非的,况且挽回了又能嘛子样呢? 还有就是……他使劲地咬紧着牙关不敢再往下想了。正左右为难时,圆满和尚的耳边忽然传来一声短促的哀号声。

像是不忍心主人再为它分心似的,那一匹整整陪伴了圆满和尚二十多个秋冬的花面狸终于断气了。这时天已蒙蒙亮,东边向阳岭山垭也呈现出了微红的晨曦,仿佛早有心理准备或正好自我解脱似的,圆满和尚并没有表示出任何惊讶,而是用自己的双手轻轻地抚摸了一遍老伙计那一身几近干枯的狸毛,又用一方洗脸巾帮它擦干净四蹄,然后抱着它来到了寺庙后那两排瓦缸旁。他说:"老伙计,这最后两口瓦缸是菩萨留给我用的,但我答应过送你去西天,你也算得是护守慈善寺庙的有功之臣,还是先成全了你吧!"圆满和尚平静地把他的老伙计盘腿放进了缸中,又吃力地把另一只瓦缸也合上了。

把一切消消停停地做完,圆满和尚长吁了一口气,神情也顿觉轻松了。

他的眼前仿佛又出现了那位白发大娘,心里也忽然有了别样的盘算。

喤! 喤喤!

喤! 喤喤!

钟声又敲响了,声音却格外地悠远而平和,这竟然是他最后一次敲钟。

圆满和尚是踩着袅袅余音下山的,口中还念叨着:"用我三生烟火,换你一世迷离。"他或许在不动声色中把一切都已经想明白了,自己亲手救下的老伙计已有了好的归宿,这是他的担当;师父圆寂时最不放心的慈善山也已花果满园,这是他兑现的承诺,至于漫山的果树以后的命运会不会也像之前的参天古树,却不是他所能左右得了的。和尚喃喃地说:"我也该去寻找自己梦中的那个叫江南的小镇,说不准梦中的那位白发老母还在翘首等着我呢。"

有晨风拂过,圆满和尚的耳边仿佛又响起了老人动情的声音:"你想想看,老家多好啊! 满镇子人各做各的生意,虽是杂名杂姓,却和和睦睦,亲一如家……天下之大,哪里还有嘛子净土啊! 你回到自己的江南老家来不也是一种皈依吗?"

一切皆是云烟。圆满和尚走了,正如他谜一般来,又谜一般去了。

从此,慈善寺竟成了一处空着的古迹,不过人们的心中并没有悬念,因为寺庙里最后的两口瓦缸已经严严实实地封存着那个不为人知的秘密。

圆满和尚也许还带走了一个秘密，那就更不会有人晓得，因为他会一直把它封存在心灵的深处，那才是他最后下决心一定要离开慈善寺的真正动机。

"阿弥陀佛！善哉，善哉！"他的牙龈咬出了血来，且使劲地摇着头，又连喊了数声"否"，但最后还是无法阻止昨夜梦中的景象再一次在眼前浮现：

那是在荒鸡快要唱响的五更天了，天地间一片寂寥，忽然，一阵闻所未闻的扑鼻香风却徐徐地向他涌过来，似梦非梦间，仿佛一尊用羊脂美玉雕刻而成的观音神像乘着莲云缓缓而至。轻盈的体态闪着月亮的清辉，朱唇欲启未启像有什么重要的旨意要向他昭示，虔诚的圆满和尚正要顶礼膜拜时，菩萨果然就开口说话了："师父，您不必拘礼呀！"软软款款的声音竟是那么的熟悉，圆满和尚忽抬眼一看，伫立在面前的菩萨居然变成了慕容大夫，那徐徐涌来的香风原来就是从她身上散发出来的……他努力地想使自己镇定，便立马紧紧地闭上了眼睛，然而……

"阿弥陀佛！善哉，善哉！圆满啊，你是真该圆满了！你还敢称自己是个出家人吗？"他醒来后顿觉无地自容，恨不得纵身跳进庙门前那口千年古井中。

他还仿佛看见井水在沸腾。哦，月满则亏，水满则溢，这是亘古不变的事实。凡世间万事万物都是在因果轮回中，当初师父赐他法号圆满时就已经预言他是慈善寺最后的一个和尚了。但是，圆满在花果山上的慈善寺里做的最后一个梦呢？那或许是连得道高僧的明禅大和尚也未必能预料得到吧！

一切皆会尘埃落定。值得庆幸的是，慈善山果园并没有被转包出去，因为此事不知怎么还真的惊动了李正老书记，在他的亲自过问下，慈善山被列入了湘中地区的宗教文化遗产和名胜古迹，所有权归属国家，由白驹村代为管理。并且是由相关部门以红头文件的形式直接送到了村支委和村管委会的。

明权支书一看到红头文件，当即就傻眼了。

"难怪这几日老子没见到他人呢，原来是私下里到地区告我的黑状去了！"愣了好一阵，明权支书突然就记起圆满和尚失踪后，反对他把慈善山承包出去的村主任大成也说是有事要出一趟远门……刚想到此，他不禁怒火中烧，情绪失控，把红头文件"嚓嚓嚓"撕了个粉碎，并顺手一挥，纸片如梨花般飘落。

接下来当然是独断专横的村支书被免职，廖大成顺理成章当选为新一届村支书。为此事乡党委还专门来了一位副书记，并列席参加了盛况空前的首次村支委民主生活扩大会议，白驹村新老党员近百号人全都到齐了，就连廖明权也发了言，还诚恳地承认了自己在任职期间的妄自尊大和私心。也就是在此次会议上，由新任支书廖大成提议并亲自操刀为如何管理好慈善山出台了一个山规村约，并一致同意凿石立碑于慈善山下的路口。

碑文曰：慈善山屹立于资水北岸，自古以慈善扬名，经万载风雨，历百世沧桑，斯为胜迹。凡享此胜迹者，皆应以释圆满大和尚为楷模，祛除妄念，常怀善心，履护山之职，尽守土之责。每年白驹村每家每户按人头须投入三个义务工，当在村支委和村民管理委员会的统一安排下，为果树翻耕、施肥、浇水、修枝等。果熟季节，凡资水两岸无论老幼男女均可上山尝鲜，却不能随身携果出山。此为山规村约，有违反此规约者，必当众口诛之。

自公元 1981 年立此碑之日起，永久生效。

释圆满的事迹终于被刻进了石碑。这期间，慕容居士曾按照以往的惯例先后到过慈善寺多次，她同样是带了药物上山，也同样给菩萨上过香，给功德箱里放过纸币，末了又来到齐崭崭陈列着两排青色瓦缸的后院，并在最末尾处的那一对紧合着的瓦缸旁站定，呆呆默立良久后，才复又寂寂然下山。

山上花落花开，山下的那一条土路便越来越宽阔了。

就在第三年春天，慕容大夫居然不顾一儿一女的强烈反对，竟然独自一人搬进了残破的慈善寺，她的理由很是充分，她说："如今唐家观小镇上已有了新的公立医院，我不应该挡了公家人的道，再说我做了那么多年的在家居士，也该正式皈依佛门了，菩萨也总得有个敬香做伴的人吧！更何况慈善寺开门即可看到我男人欧阳青在金鸡岭上的坟地。未必也有错吗？"她的话虽然说得很是平静，而眉目间那一份浅浅的哀愁却只有她自己方可懂得。

心安处即是皈依。儿女亦无言，只好依从了人称"活菩萨"的母亲。

白驹村人当然欢欣鼓舞，大成支书也专门代表白驹村基层组织出面，经由他请示上级主管部门的同意，还为慕容居士争取到了寺庙住持的正式身份。后来又在她的积极倡导下，人们投工出资，把半边已毁的庙宇也修葺一新了。

从此，既是住持又是大夫的慕容白，便在这一亦古亦新的慈善寺里从容度日，潜心礼佛，安享晚年，继续着她人生中的安徒生童话。果林中亦时有如描过眉眼的花面狸出没，毛色光滑而油亮。人们都亲切地称呼它：果子狸。

春去春又回，如今慈善山确已经是一处宁静祥和的世外桃源了。

捆龙索

像唯灵论者那样思考,像唯物论者那样行动。
　　　　　　——摘自费尔南多·佩索阿语录代题记

一

　　捆龙索是一个特定语境中的地域专用名词,龙武也是从他继父廖明忠口中听来的,继父有一天郑重其事地对他说:"龙武,你不要淡看这根绳索,上房梁时少不了它,抬千年屋时也少不了它,哪怕是刚出生的男婴,也得用它象征性地捆一次。"他还说:"男人心里都有一条孽龙,只有用这捆龙索才捆得住的。"龙武不解,便问继父:"村里人不是叫它力索吗?"继父就明显有些不爽说:"如今的人搞卵不清!"继父生气时总带脏话,龙武不敢再多问,继父其实也没有搞清楚。

　　时间从来就不会饶过任何人,也包括龙武的继父,他如今早已经去了另一个世界。每年清明节后的第三天下午,龙武都要比平日收工得早一些,他站在地头或田垅间先抬眼看了看天色,于是便不紧不慢地回家去,进了堂屋先跟老婆知会一声,又将她已经备好的行头再悉心清点一遍,然后才又从容出门。就这样已经连续坚持有三年了。农谚有云:一年之计在于春。按理说,这个季节是大地上的事情最多、农人也最繁忙的季节,但这些年来的农村和农民,大多都已经变得不正常了:土地被撂荒,青壮男女劳力都一窝蜂涌进了城市,村里基本上就只剩下四种人:老人、孩子和少数几个对土地有着特殊感情、或因为有别的事走不开的人。龙武就属于后面这两种人。他说他已经离开过一次故土了，不应该再轻易抛下现有这一片能够包容他的土地了，再就是他守孝在身刚好满三年；另外村里还有三个半头也必须是青壮年，那就是村支部书记，村管委会主任和村会计，出纳只算半个头。白驹村情况有些特殊，是由支部书记兼任出纳，管委会主任不过问村里财务，会计却是由大队改村前的老班子成员宋天曙继续留任的，而且村支书贺加贝又是村管委会主任传礼的姐夫，宋会计则是前任大队支书记贺星的铁杆亲信，说穿了，村里的这三个半头基本上就是贺家人说了算。不过他们三人却很少有去干农活，属于半脱产的基层干部。这些年国家财政对农村有着各种补贴，政策是好了，但好处却进了少数几个人的腰包。

　　龙武是个外乡人，在村里说不起硬话，再说他也并不关心这些事，他是个万事都可以退让的老好人，但又是个有心人，他曾经摸索过清明节前后的气象规律，发现一般都只有在节后三日老天爷才开始放晴。大凡是在这一天的这个时间段，他出门的行为都总会让人觉得有些古怪：明明是晴天，却要披一领蓑衣，挎一个竹篓，蹬一双草鞋。他走的是门前的大道，一直到了资江边上的联珠桥头以后才又向左拐，再沿慈善山脚下的纤道向金鸡岭走去。金鸡岭是一座坟山，有龙武继父的新坟，他这是去看望他的继父，去为老人家清明扫墓。老婆淑兰也想去，但一地一乡俗，白驹村的坟地下午是不准女人进入的，不过她总会在男人临出门前郑重其事地交代一句："记得替我给耶老子敬杯酒。"淑兰是桑植人，叫公公耶老子是湘西那边的本土方言。龙武的回答很干脆，说："这我晓得。"跨过门槛了，他又说："我晚上不回来的。"淑兰就点了点头，薄薄的嘴唇动了一下，但另一句话她却是在心里说的："能跟你结成夫妻是我前世修来的福气。"这句话她是从公公口中学来的，公公在世时常跟村里人说："我这福气是前世修来的，所以做人要有慈悲心。"也会有人故意刁难她公公说："你未必晓得自己前世是个善人？"公公就笑着说："前世的事我当然不晓得，但在我死了后你们自然会晓得。"他这话虽然有些模棱两可，却很智慧，意思是说，作恶之人，是不得善终的。刁难她公公的人听了有些心虚，给他扔了根纸烟，便扬长而去了。

　　扳着指头算算，淑兰嫁给龙武有 20 多年，儿子都已经读研究生了，她记得公公从来不抽纸烟，只吸旱烟，用一根长长的竹马鞭兑个铜咀，是他抽旱烟的法器。但是他会把纸烟留给他的儿子龙武抽。龙武抽纸烟是在公司里养成的习惯，却并不是他自己花钱买的，是他服务的老总"扔"给他的，还是云南玉溪烟厂的"阿诗玛"牌，每月不多不少有三条，每天平均有一包，可见他们关系了得。

村口靠近资江的金鸡岭，是白驹村近年来新开辟的一座坟地，也有人把它叫成"新坟山"的，但是这一个"新"字当然也并不仅仅只是针对亡灵。世上只有新人笑，有谁怜惜旧人哭？这里边还有着另外的一层意思，是说给活在阳界的人听的。这是一种反讽，更是一警示。之前的祖坟地（这里只是单独指廖姓家族的祖先）是在虎形山上，那里已经挤满了祖先的坟墓。要是在早年，一个又一个呈三角形的土堆上，每年清明都会有后人去清理一次杂柴茅草，并添一坯新土，再插一挂红白相间的纸幡，也还有扎一个草人的，但自从成了旧坟地以后，来虎形山光顾的人就不多了，坟头上也早已经芳草萋萋。幸亏一左一右及档头，有的是用青条石，而有的却是用青砖砌了将近半人高的围墙，正面的墓碑用的也是青色石材，上面还刻着亡灵后人的辈分和姓名，但毕竟隔了三代五代以后，陆续新涌现出来的晚辈，因为墓碑上已经没有了他们的名字，也就很少还会有人再去尽一份孝心，那一座又一座或砖砌或石垒的百年荒塚，除了偶尔几个还有怀古之心的游子回乡去寻根，也就逐渐很少有后人再去光顾了。

龙武的继父属于廖姓中的"明"字辈，人称他明叔或明公，是三年前去世的，安葬在金鸡岭上。其实这里也已经很拥挤了，但他继父在白驹村廖姓中辈分高，"今能佐盛明，光大恢先泽"，这是族上祖宗传下来的廖姓辈分的排序。他是明字辈中走在最后的一个，又是老土改根子，更重要的是他人缘好，尽管他的后人龙武是他在 60 岁那年才"捡"到的，但龙武为人厚道，把自己的独子也过继给了继父廖明忠当孙子，姓廖，名龙文，现在北京协和医学院读研究生。

龙武的继父廖明忠死后，千年屋理所当然就修在金鸡岭的鸡冠上。不过这里边是有着玄机的，是经由村支书贺加贝亲自发话后才定下来的。加贝支书是一个有远见的人，不看僧面看佛面，这个人情他是送给廖明忠的孙子，也就是在北京协和医学院读研究生的廖龙文的。老人病重期间，学校正好放寒假，孙子廖龙文专门从县里请来最好的医生，他自己也给爷爷把过脉，还跟在协和医学院的导师在电话里报告过治疗方案，该想的办法都想过了，但爷爷还是走了。

村里人说他不舍得走，龙武父子也是这么认为的，在临终前大约有十来分钟突然面色红润，双目炯炯。儿子和儿媳终于松了口气，以为父亲这一劫应该是躲过去了，龙文却对龙武低语："爷爷这是回光返照。"老人家果然把孙子招呼到床头，拉着他的手说："你是学医的大学生，是我们廖家修来的福气。"老人又说："医者仁心，术在其次，学医必须先学做人。"爷爷歇了口气，然后说："爷爷都94岁了，眼看皇帝都换了上十个，已经知足了，我这得的不是病，而是年冠寿满，是阎王爷要召我回去了。"老人家是从从容容走的，他到了最后还强撑着说："做医生的要是能医得了人心……该多好！"他这句话说得很艰难，是攥着他孙子廖龙文的手说的，龙文就俯身跟爷爷耳语了一句话，老人头一拐人就走了。

其时，窗外正飘着鹅毛大雪，漫山遍野，银装素裹，白得晃眼……

家里那只大公鸡腾地跃上了晾衣竿，顶着火红鸡冠就唱了句："果果儿……"

明忠老人走了之后，都好一阵了，双眼还半开半合不肯闭上，孙子龙文就贴下脸去，又不知他在爷爷耳边说了一句什么话，老人的眼睛居然就奇迹般地合上了，满脸的纹沟里似乎还溢出了笑容。儿子本来想等天晴了再为父亲出殡，然而老天爷硬是不肯给一个笑脸，到了第七天，天气依然阴沉着，路上仍有积雪，但按照村里对亡魂"留七不留八"的旧俗，也只好安排在这一天出殡。是由村支书和村主任亲自督阵送上山去的。抬灵柩的八大金刚是清一色的壮实后生，这是白驹村近年来很少见的一种现象。"我公公这是积善修来的福气，刚好人们都赶回家过年来送您了！"儿媳妇淑兰一把鼻涕一把眼泪哭得情真意切。

二

有些往事就像长在脑子里的青苗，龙武一边回忆，一边攥着青苗爬山，却总觉得眼前有什么东西在晃。到底是什么东西在眼前乱晃呢？该不会是父亲烟杆上的火镰在晃吧？他忽然记起儿子龙文对他爷爷烟杆上的火镰也很感兴趣的。

"我爷爷其实是一个典型的自然主义者，他老人家不但只抽叶子烟，烟杆也是用竹马鞭做的，连火柴也不舍得用，只用石头和铁片取火。"这话是龙武的儿子龙文说的，他不知道那吊在烟杆上的铁片叫火镰。这是在早些年一次暑假期间，当时爷爷身子骨还算硬朗，他被孙子这句话逗乐了，哈哈打得山响说："还是大学生呢！这不叫铁片，叫火镰，也不叫取火，是撞火。你千万别小看了这块铁片和石头，当它俩奋力一撞时，就开出火花了。这都不晓得！"他说着就从挂在烟杆上的布袋里掏出一颗石子，又从竹管里取出一根纸捻做起示范来:只见他用左手把纸稔靠近石头握着,右手抓住火镰,拉开约尺许的距离,然后"当"的一声撞了过去,纸稔就燃了。哈,还真是撞出来的火花耶!龙文的眸子里也有火花在闪烁。龙武很庆幸自己为继父留下了一个能续香火的廖姓孙子,当然也还想为龙家再生一个龙儿或龙女,但是老婆生下龙文只有十多天后就被结扎了。当时是贺加贝的父亲贺星任支部书记,是他带了村里的几个基干民兵把未满月的淑兰捆到公社医院强行做的手术。也是用捆龙索捆的,当时贺星手中也拿了根绳索,是公公明忠临时要更换的。事后不久,明忠老人又听村人说,少数民族是可以生二胎的,是因为贺星支书好大喜功,想在公社里得表扬、拿奖金才这么做的。为了这件事,从不得罪人的廖明忠此后再也不搭理老支书贺星。

此时的龙武已经来到了金鸡岭的鸡冠之上。这里的地势很特别,是岭头上陡然隆起的一个小坡,四周有绿树掩映,若是赶在前些日子到山上来,映山红还盛开得红红灼灼、热热闹闹的。这几天一场接一场的清明雨下个不停,将漫山的艳红摧残得成了遍地的落红……龙武忽然想起,继父生前每年都要来这里一次两次的,每次都会折几朵红红灼灼的映山红回去,然后还郑重其事地交代儿媳给学堂山那边的石榴奶奶送去。石榴奶奶是新中国成立前廖姓老族长盛邦公的二儿媳,是白驹村里出了名的美人胚子,比继父小好几岁,但村里的年轻人都叫她石榴奶奶。石榴奶奶的人缘也很好,很慈祥,样子也很像观音菩萨。"你石榴奶奶是属羊的,心善,她也是个苦命人。"继父曾多次跟儿媳淑兰说,"我在族长家做长工的时候,她从来不把我们当下人看。"

淑兰就总是静静地、很认真地听着,她懂得公公话里话外的意思,所以要她去给石榴奶奶送花时,每次都只笑笑地说:"耶老子,您放心好了!我一定会把您的红花和心意,不折不扣送给石榴奶奶的。她有什么话我也会给您带回来。"公公就不再吱声了,只是憨厚地笑一笑,且目送着儿媳出门去。

淑兰见到石榴奶奶时,每次心里都充满景仰,老人家精神十回有九回都是饱饱满满的,并且又特别爱熨帖,她身上玫瑰红的灯芯绒衣和藏青色的裤子是她亲手缝制的,圆口布鞋一尘不染,尤其是满头银丝的发髻,盘得像一朵白牡丹,一点也不像是八十多岁的样子。她见了映山红眼睛一亮,忘情地吻着花朵。淑兰本来准备了好多话的。老人家若是问起,她会告诉她,这是我耶老子去慈善山给菩萨续香火时,特意到金鸡岭上给您折来的。可人家只忙着赏花,什么也没有说。不过淑兰回到家里后,还是会善意地撒谎说:"石榴奶奶那个高兴呀!"

人生一世,草木一春,真是花开花谢不由人呐!两个老人或许都在心里如此感叹过的。而此时的龙武也正在心里想,开得这么红红艳艳、热热闹闹的花朵,怎么待到要凋谢时,就成了一团黑血呢?夕阳正在西下,落日已经接近到江对岸的白羊山了,如火的晚霞散发出的热烘烘的气息也仿佛隔江而来,掠起身边坟地里的草木馨香,这令龙武的心头感到了阵阵暖意。原来刚才是夕阳的余晖在我的眼前乱晃呀!龙武斜了一眼对岸的白羊山,又在心里头自言自语地说:"清明时节雨纷纷,路上行人欲断魂。"他这是当俗话说的。他还说:"真让古人给说准了,清明节前后几天,每天都下雨,今天的太阳也是下午才破云而出的,像是老天爷有意对我龙武的特殊关照,这三年来的这一天,每天都是如此。"

这么边走边想,就要到老人的坟前了,龙武说:"父亲大人,不孝儿上山来看您了。"他一直是这么叫继父的。他记得自己头一回称呼他"父亲"时,老人家还似乎有些不好意思,一张被风雨阳光浸得黑红的脸上荡着笑容,说:"我这是前世修来的福气啊!"龙武脱口就说:"父亲,您见笑了。我们下一辈子还做父子!"老人心里乐开了花说:"我这做父亲的又没什么本事。"老人一脸慈祥,顿了一下又憨笑着说:"不过只要你肯学,我会把做厨师和打捆龙索的手艺传给你!"

其实龙武本身就是个厨师,只是没有遇过大场面,没有做过大宴席,他是在深圳公司专门给老总做饭菜的小厨。但是他万万也没有想到,父亲大人亲手教他打下的捆龙索,头一回用,却是送父亲自己出殡上山,而且在三日之内又送走了一人……这不是活见鬼吗?再过了不到半年,村里又走了一位老人,也是借用他打的捆龙索出殡的,但不过三日,还是有人重蹈了覆辙。村里人管这种事叫"犯重殇",是大不吉利。最近的一次就是在去年年底,村里又一位老人走了,他闻讯后,自己就干脆去外面躲了几天,可刚回到家里,老婆就惊讶地说:"真是邪门吧!"龙武的心里就是一揪,赶紧问道:"怎么啦?莫非又是……"

"你说还能怎么啦?"老婆一脸凄惶说,"又是走了两个!"

还真的是活见鬼啊!只要一想起这件事,龙武的心就跳得好厉害,感觉像是他自己做了什么亏心事被捆龙索捆着了似的。幸好没过多久,县里就下来了红头文件,要求把精神一直贯彻到了村上,强力推行人死了以后,一律要执行火化,并且还在每一个乡、镇都修建了火葬场,也新规划了陵寝墓地。火化的目的,首先就是移风易俗,丧葬从简,不再用千年屋,从此捆龙索也就闲置了。

凡是在这一天的下午,龙武来到金鸡岭,既是来为父亲清明礼坟扫墓,也是来请教父亲大人的,他想把这件怪事情的来龙去脉搞清楚。现在三年多已经过去了,父亲却一直没有给他托过梦。然而就在此刻,当他感觉到自己被从白羊山顶隔岸而来的晚霞余热给裹挟着时,却又仿佛闻到了父亲大人身上的某种气息。他心里也就涌起了一阵久违的感动,便赶紧把手中的竹箩放在坟前,又将背上的蓑衣也卸下了,与父亲的坟墓并排铺开。父亲的坟墓也是用砖块砌成的,但用的是红砖,花岗岩的墓碑上刻着廖明忠老大人的名字,正中是孙子廖龙文的名字,他和淑兰的名字在左侧。这是父亲大人的福气。竹箩里放着一把柴刀,也备了锅子和碗筷及酒盅,还有切好的腊肉、腊鱼、腊肠和腊牛肉,并且还备了一壶谷酒。龙武脑海里的记忆却清晰得如同昨天,他当然记得这些都是父亲大人生前最喜欢吃而又难得开一次全荤的大菜。最近几年下来,他既在自家的一亩三分地里务农,也偶尔会游走村里做厨师,虽然没有太多的存钱余米,日子却还是好过了,什么酒呀肉的,也不能说家里没有得吃,是父亲一般都不准儿子和儿媳如此奢侈,除非是家里来了客人。他总是唠唠叨叨地交代儿媳淑兰说:"人的福禄寿是连在一起的,就像塘坝里蓄积的雨水,放空了就没有了。所以说人要惜物,惜物就是惜命。"儿媳就"咯咯咯"地笑,说:"耶老子,你这是迷信哩!"公公却一本正经地说:"怎么是迷信呢?祖上就是这么传下来的!"

龙武心里却始终有一个难解的结,他一直觉得,父亲当年断气了都不肯闭上眼睛,应该是还有什么紧要的事情没有向后人交代清楚……他又想到了捆龙索,但今后能用捆龙索的机会更少了,就是真有什么秘诀又有何用呢?龙武自问却不能自答,他觉得心里很空。坟头前,旧年挖下的火塘还在,似乎仍然在冒着丝丝热气。龙武先取出了柴刀,将坟头和四周的茅草清理过,再把锅子架上火塘,又去周边拾了些柴禾,还特意给添了几个半干的杂树蔸根,这样火种会保持得更持久一些。他是用父亲留下的火镰撞出的火种。父亲走后,龙武也学会抽喇叭筒旱烟了,不为别的,就为着这一分亲切。正这么想着时,龙武的烟瘾就上来了,他空出手从衣袋里摸出一个黄灿灿的镀金盒,这是上个学期儿子从北京给他带回来的。他取了烟丝,还取了烟纸开始卷烟,也给父亲卷了一支。菜已经热过了,分别用几个粗碗盛着,把三个酒盅也摆放在了坟头,又从火塘边拿过酒壶来每个酒盅里斟上半杯,这才烧纸钱,才举酒杯,先是碰了一下在前面的酒盅说："父亲大人，儿子敬您！"然后又端起另一个酒盅也碰了一下说："这是替淑兰敬您的！我代她先干……"有傍晚的山风拂过来又拂过去，树叶"咚咚"的摩擦声仿佛父亲在低语，酒盅和菜碗里的热气忽然就腾了起来，龙武脸上便溢出了宽慰的笑容，他心里在想，这是父亲大人也在饮酒了，也在夹菜了。

袅袅热气同火塘里的袅袅青烟，一并融入了黛青色的山脉……

三

龙武身坯大，酒量也大，就这样，他以自己和老婆并儿子的名义一轮又一轮敬父亲，共敬了三轮，三三得九杯，并且又是差不多能盛一两酒的杯子。他再度举杯时，月色也在酒杯里泛出了乳白的光辉，头顶有星星在闪烁，像一双双眼睛正在注视着微醺的龙武。他忽然觉得，这每一天的到来，都是从上村向阳岭山垭的那一缕曙色开始，又悄然落在对河白羊山山巅树林丛中的最后一抹晚霞才结束的。日子与日子的衔接，无论阴晴或圆缺，都是一如既往地周而复始，这是何等的井然有序啊！乱的只是风云，只是雨雪，只是世道人心。至于夜里可遇而不可求的月色和星晖，便是上天给有心抬首望神明的人们的一种额外赏赐吧。龙武的心里就已然有了一种庄严的肃穆感在滋生，故而又把目光收回来，扫向了祖先的坟地。清明节过后，凡是有后人扫过墓的坟头上都会垒着一堆黄灿灿的新土，仿佛是一座又一座小小的金字塔。他只凝视了一会儿又掉过头去，久久地注目着对面慈善山上只剩下半边的宁静的慈善寺……

慈善寺是建在慈善山山顶上的一座古庙，半边庙门正对着金鸡岭，而曾经令驾船跑长途的水上人闻名而胆怯的资江崩洪滩和滩垴上的孟公塘，就正是在这两座山的山脚下，但没有人知道这寺庙是因山而得名，还是这山是因寺庙而得名。关于这座山和这座寺庙的传说却有很多，有人说这寺庙还是在明朝洪武年间修建的，建筑规模不大，香火却旺得不得了，就连那些驾船跑长途的船工和纤夫从山脚下的资水过往也会在孟公塘停下船来，先拜过孟公崖河神再上寺庙去添一炷香，燃一叠纸。以前的慈善山有古树参天、杂草丛生，有麂子、火狐狸还有长尾金翅鸟……像一座天然植物园和动物园，但全都在大炼钢铁时给毁了。如今的寺庙只剩下一边。前者如伐木大炼钢铁的事，龙武的继父也曾有过参与。不过廖明忠当时觉得，一个新的国家还刚刚成立，政府的手头一穷二白，做人民群众的，理应尽可能地帮助政府渡过难关，再说政府这也是在为人民着想呀！

这些并不遥远的往事，是继父偶尔翻古时跟龙武说起过的。

可别小看只读两年半私塾的继父，他有时还真像个哲人！龙武忽然想起继父有天盯着挂在神龛下的捆龙索说过的话，继父说："看来这捆龙索在人们的心目中已经是越来越没有地位了，只知道用来抬死人的灵柩，而不晓得用于约束活人的野心，藏在男人骨头里的孽龙不出来作乱才怪呢！"龙武一开始并没有听懂父亲话中的意思，直到他自己也做了父亲以后，有一天他欲把儿子龙文放进摇窝，父亲却忙制止道："慢点，你先慢点！"说着就赶紧从供着祖宗牌位的神龛下取过捆龙索，虔诚而又郑重其事地围着摇篮捆了三个圈。父亲这么做，乍一看只是某种象征，但是从他口中念念有词说出"捆龙索，捆龙索，且把孽龙来捆住。捆住了孽龙，天下就太平……"的咒语，却肯定是有着另一番深意的。

龙武也还听村里年长的老辈人说起过，自从寺庙被砸得只剩下半边后，整个白驹村也就只有继父廖明忠才敢顶风每隔十天或半月去一趟庙里，专程去给菩萨送供。明忠家门口本来是有一条田间小路可以直接通向慈善山的，他却一直坚持要走门前的大道，不是因为别的，而是先要到联珠桥头的代销店买几个糖果。直到后来形势稍有了松动，代销店也敢经营香烛了，他就又会买上几根香烛。他后来"捡"到了儿子龙武，又添了儿媳淑兰，不久还添了小孙，去的次数也就更勤了。凡是在这样的时候，龙武也会偶尔跟着继父一起到慈善山去，而去的次数渐渐多了，龙武的心里也就觉得越来越亮堂了。他还领着淑兰和龙文跟父亲一起进过祠堂，把儿子龙文过继给继父姓廖。他说："这是神明在保佑我们一家人！"淑兰心直口快，说："哪里会有什么神明呐？"龙武却答得虔诚，说："有的，就在信神明的人心里。"他记得继父到死时都还念叨过火狐狸，他总是说自己曾不止一次亲眼见到过，还说那红色的狐狸尾巴拖得老长，就像一柱火把，只有在月黑风高的夜晚才会现身。有人曾经打趣他说："明爹，你说的是石榴奶奶吧？她80多岁了还穿红衣服！"继父就嘿嘿地笑几声，不紧不慢地掏出火镰来，然后又补一句说："我还没修到那样的福气呢！"

石榴奶奶是个名副其实的大家闺秀，出自豪门，家父是江南镇上有名的茶商，她自己也读过几年新学堂，而老族长家的二儿子，又是毕业于长沙一师范的高才生。只是时逢乱世,在石榴嫁进廖府的第三天,她男人就应征入伍上了前线,在雪峰山大会战中光荣了,但因为他是国军的人,连烈士头衔也没有争取到。但也有人说她不是真寡妇,与村里某某和某某某单身汉都有来往,其中就有龙武的继父廖明忠。关于火狐狸和以上这些传说,龙武听了也就听了,根本没有往心里去。如今父亲已经去了另一个世界,神明就附在龙武的身上了,慈善寺他是常去的。就是在这个清明节后的第三个夜晚,龙武躺在继父坟堆旁的蓑衣上,忽然就觉得活人和死人本应该是相通的,二者不就只隔了薄薄一层黄土么?脚旁的火塘里不时有火花爆响,也偶尔有山风拂过,还有火星子冷不丁飘出来……因此他在凝视着只剩半边的慈善寺时,也就不由自主地想到了火狐狸,还想起了生父和红花姨……

四

　　龙武的生父叫龙岩,人照例长得武勇高大,仪表堂堂,当时瑶寨村的人都说,龙武就是龙岩脱下的壳,特别像他的父亲。但是他父亲从事的职业却很特别,是个赶"脚猪"的——脚猪即种猪,听起来难为情,得到的却很实惠。在 20 世纪六七十年代,凡从事别的手艺,都有着搞资本主义的嫌疑,唯一"赶脚猪"的却没有受到过冲击,因为公猪给母猪配种是不收交易费的,只是到了母猪生过猪崽后,将一群猪崽中最小的那一只送给"赶脚猪"的作为酬劳。为什么会是给最小的呢?这个规矩定得很滑稽。可人家还理直气壮地说:"哪个让你的脚猪冒卵用呢?配出的种不如你长得这么结实呀!"这令"赶脚猪"的龙岩听了哭笑不得。

　　龙武 12 岁那年,母亲就去世了,那一年,他正好刚读完初小。他母亲其实是被繁杂的家务琐事给累死的,因为他那"赶脚猪"的父亲每年都要从全乡十多个村寨带猪崽回家,而母亲得亲手把小猪崽一只接一只喂养得像模像样了之后,才卖出去,这样方能够卖个好价钱。母亲就是小猪崽们的亲娘。

　　母亲死后的第三年,龙武刚好满 15 岁。有一天夜里,父亲突然领了个年轻女人回家。那是一个月色如水,星星也像刚洗过澡的晚上,就快要放暑假了,当时龙武在屋门口的禾坪里等父亲,手里还拿着一册卷了角的初中地理课本在月光下乱翻,"我的祖国有 960 万平方公里,地大物博,美丽富饶……"这是他闭着眼睛也能背出来的。正读得来劲时,忽然就听到前面的田塍路上有了脚步声，龙武抬头一看，原来是父亲，他身后还跟了一个人。再定睛看时，居然是一个年纪轻轻的女人，蓬头垢面，长发披散，装束却很时尚，上身红得像一团火的是双排扣天鹅绒衣，下身的西式裤是蓝色士林布（这当然是龙武后来才从那个女人的口中知道的名称），拎着两只没穿鞋的脚，身段窈窈窕窕，走起路来时而向左一侧，时而向右一侧，双手还打着兰花指，一蹦一跳的像是在跳"忠字舞"。龙武正在发愣，父亲说："是个可怜人，就让她住在我们家吧！"女人却笑："我叫红花，你要叫我红花姨，我不可怜。"父亲把那女人领进家里后，亲自去烧水让她洗了澡，还拿出了龙武他妈的衣服给她换洗，但她却死活也舍不得把自己的红衣服给换了，父亲无奈，只得依了她说："我明天就去镇上的百货店里给你买几件回来，全都买红衣服。"女人的脸上就笑出了花来，龙武忽然觉得，自己的父亲还真有艳福，他领回的这个女人真的好漂亮噢！既没请过媒人，也没有办过酒席，更没有去民政所办过任何手续，那个年轻女人就这么不明不白跟了父亲，父亲也要龙武叫她红花姨。

红花姨就红花姨呗！龙武想。红花姨看上去至少要比父亲小了十多岁，典型的鸭蛋脸，皮肤又细又白净，说起话来声音脆脆亮亮的，进了家门后莫说是喂猪崽，连饭菜都是放暑假在家的龙武做好了请她吃。不过说来也怪，龙武不但毫无怨言，还每天开开心心的。父亲龙岩照例还是"赶脚猪"走村串乡，只是不再把猪崽带回家来，而是在途中就转手给贱卖了，所以他每天回家都几乎有钱要交到红花姨手里，但是红花姨则每隔三天五天就要到离家十多里的小镇上去逛一次，而且每一次出门，又都是身着玫瑰红或大红衣服，两条辫子上还各扎了一只红红的蝴蝶结。当然啰，这一切龙武的父亲龙岩并不知情，龙武也从没有跟父亲提及过。"小帅哥，不准告密哦，告密是很可耻的！"红花姨出门时交代说。

龙武就瞪大了眼睛，痴痴地望着她，直到她的背影消逝了才使劲地点头。

红花姨是从天上下凡来的神仙姐姐吧？她走路的姿势总是与众不同，衣着打扮也不同，没有哪个女人能跟她比耶！龙武经常在心里问自己，却不能自答。

但人家却并不这么想，总是对父亲和她飞短流长，尽说红花姨的坏话：

"这个'赶脚猪'的龙岩，还真是艳福不浅呀！捡了个红衣妖女回来。"

"谁晓得他施了什么魔法，未必也跟'脚猪'学了一手'硬'功夫？"

"你们还以为他捡了宝呀？不过就是一双扔在路边的破鞋，是个狐狸精！"

瑶寨村里的人一时间说什么的都有。那时龙武已经是个准劳力了，但没有出集体工，而是给生产队里放了一头大黄牛，是头公牛。他其实偶尔也听到过人们对父亲和红花姨的议论，却装作听不懂，这是大人们的事，由他们说去吧。

有一回，他亲眼见到有人在欺负红花姨，这事令少年龙武的血往上喷。

那是在一个初秋的上午，太阳公公像是喝多了苞谷酒，圆脸膛醉得血红血红的，就快要爬上中天了，无须抬头望天，看光影应该是十点钟左右吧？这一天，父亲一大早又去了外村。按照往年的惯例，这时正好是去东家收猪崽的旺季。父亲以前有时候晚上并不回家，但自从红花姨进了家门，即使是摸黑走夜路，他也会赶回家里来。龙武也是一早就去放牛了，生产队放牛的少年不只是他一个，往往都是三五成群，而且一旦把牛群领进了山湾，只要有一只耳朵注意听牛铃的声音就能知道牛的去向，大伙儿就可以先砍一担柴禾，然后就安安心心在哪个宽敞的草坪里，或用石子下五子棋或看蚂蚁搬家，甚至仰脸看流云。

然而那一天上午也是活该要出事，刚把砍过的柴禾捆好，龙武却鬼使神差挑起两捆柴跟伙伴们说："喂，帮我照看一下牛呀！我先把柴禾送回去就过来的。"

"曤，好你个龙武！要我们帮你照看牛，你是要急着回去看红花姨吧？"有年龄比龙武大两岁的"黑岩古"露着两颗龇牙说。"黑岩古"当然是绰号，他叫苗青，是治安主任的儿子。他父亲也有两颗龇牙，被旱烟熏得乌黑，叫苗根，如今改名叫苗红了。但苗红不仅有两颗黑龇牙很打眼，还是个癞痢头，人称癞龇牙主任。

其他伙伴就笑暴了说："去看红花姨，去看红花姨……"把龙武闹得一脸窘态。但连少年龙武自己也没有想到，接下来发生的事却更让他气得想杀人……

说一句真心话，龙武的心里还确实是放心不下她的红花姨，在他看来，红花姨虽然年龄比他年长了十来岁，可自我照顾能力却幼稚得像个小女孩，有时连衣服的扣子都对错了扣眼，他怯怯地告诉她时，她却还傻笑着说："不能告密的，告密很可耻！"龙武就闹了个大红脸说："红姨，我这是为你好呀！"还把一个花字给掉了。没想到红花姨却说："告我密的那个人，也说是为了我好。"龙武怀着满腔心事来到了禾场坪，把肩上的柴禾一扔就往家里跑，因为跑得太急，脚下的草鞋都掉了，还被柴棍子刺破了脚板心，伸手摸去，摸了满掌鲜血他也没顾得停住脚步。可刚进堂屋门，他就听到红花姨在房间里浪笑，而且除了红花姨的笑声还有另一个人粗鲁的喘息声，仔细一听有些熟悉，但又绝对不会是父亲龙岩的声音。龙武顿觉得脑门一热，便什么也没想就"呼"地一脚踹开了房门，结果看到红花姨和另一个男人正滚在一起……龙武的眼前一黑，连摇了好几下发胀的脑袋，才终于隐约地感觉到是怎么一回事，也似乎认出了那个头顶冒着热气的是个癫痫头。莫非是他？该死的癫龅牙！龙武在心里愤愤地骂着，但又不敢确定，掉头就去了厨房，然而待他手中握了一把明晃晃的菜刀冲进房间时，那个他还没有完全看清楚是谁的男人却已经逃得无影无踪了……

待龙武终于醒过神来，他和红花姨都已经躺在地上，而且还……红花姨却笑笑地说："小帅哥你不准告密哦！"龙武一身骨架全散了，爬起来就跑，还绊着裤子摔了一跤。

但他又能跑到哪里去呢？夺门而出的龙武不敢回头，他总觉得身后有一双热辣辣的眼睛在盯着自己——是红花姨那一双水汪汪的眼睛……他最后又回到了山湾里的大草坪，其时，牛群已经聚到一起了，伙伴们也正围着牛群在看热闹，龙武手抚着胸口，心还在"呼呼呼"直跳，他嘘了口气，努力想使自己镇定下来。然而当他也把目光投向牛群时，却看到了自己的那一头公牛，正举着一双前蹄趴在一头母牛的屁股后面，并且是那么的奋不顾身，伙伴们也一个个都看得呆了，尤其是"黑岩古"，两颗龅牙缝里还流着口水……尽管此类情形以前也常有过，但此时的龙武看了却大为震惊，砍了根刺条冲过去就猛抽黄牛……

自打从那一天起，龙武就已经不再同伙伴们一起去放牛了，也不敢正眼看红花姨了，还有意无意地避开父亲的目光。父亲照例经常外出，但红花姨见龙武总是不肯搭理她时，便一个人在房间里待了几天后，也就隔三岔五往镇上跑。

龙武却像完全变了个人似的，曾一个人悄悄地、并万分虔诚地跪在堂中的神龛下忏悔过。这样大概僵持了有半个多月时间，龙武终于做出了一个令他父亲龙岩怎么也不理解的决定，有一天，他鼓起勇气跟父亲说："爸，我不想在家里住了，也不想再去上学了，我已经是一个男子汉，要出去闯世界。"父亲听了一怔，叹了声气，又摇了摇头，也并没有要阻拦的意思，最后只说了一句："也好，男子汉志在四方。"红花姨却躲着父亲在一旁悄悄地淌着眼泪，又不敢过来跟龙武说话。这时一只被公鸡追逐得慌不择路的母鸡刚好从龙武脚边窜过，又"噗噗"几下振翅跳上了晾衣竿，遂惊魂甫定地呼喊着："果果大，果果大……"

就在当天，龙武说走就走，他只清了几件换洗的衣服，当然也没有跟红花姨告一声辞就悄然离家出走了……但红花姨却是泪眼婆娑看着龙武的背影消失的。龙武到了离家乡瑶寨村有几十里路远的舅舅家,跟着一个做篾匠的堂舅当学徒。那时手艺人都归社办企业统一管理,做泥瓦匠的有基建队,基建队给每一个工地都配置了做木匠活的,或建学校或修粮库,一般都是在公社附近的城郊做事;还有木业加工厂,也有叫木业社的,不过他们都有自己相对固定的工场,唯有做篾匠活的却是些散兵游勇,做的是计件包工活,由社办企业每年在产楠竹的老山界与当地生产队签订合同,入冬就砍伐了楠竹,再聚到某一户人家的禾场坪里,这一户就算是做篾活匠人的东家了。但东家也就只是给外来的师傅空出了一间寄宿的住房和一间干活的堂屋,被盖和食物都是做篾匠的人远天远地自带而来的。其实这还算不错了,毕竟有一张床铺睡觉,有一个灶台轮流做饭。也还有另外的一种情形发生,那就是竹林离住户太远的,生产队只能将砍伐后的楠竹堆放在山湾的某一处空坪里,给来干活的篾匠搭建一座临时工棚,顶上盖的是就地取材的杉树皮或茅草,四周用旧晒垫围着,再用竹钉子给加固的,所谓床铺也就是用几根湿松木搁在一角,天晴自然无事,一旦遇上连日阴雨天气,里面就会是泥一脚,水一脚,而龙武头一次跟师父上老山界,享受的就是这种"特殊"待遇。这样其实也好,反而培养了龙武的野外生存能力。

这样的日子一过就是七年多。在龙武做篾匠的这七年多时间里,外面世界也在发生着翻天覆地的变化,但他更关心的还是偶尔从舅舅家听到的一些有关父亲和红花姨的消息,知道他们有了儿子,还知道红花姨以前是公社中学的一个美术老师成了疯子……

有关红花姨的身世和经历的来龙去脉,据说是村里的治安主任癞龅牙主动请缨去外调后弄清楚的。听到了这些传闻之后,龙武其实也想过要再回一趟瑶寨村,他要回去亲眼看一看红花姨的儿子到底会像谁,弄清楚到底是谁播下的种;如果既不像父亲龙岩,也不像他龙武,而是像癞龅牙的话,他就要把癞龅牙的脑壳一篾刀给砍了去喂狗!但是他后来再往深里一想,又觉得自己也是个该杀该剐之徒。做师父的堂舅目光如炬,他已经从徒弟的眼神里看到了仇恨之火,看出他的骨髓里滋生出了孽龙,就劝他说:"龙武,师父是过来人,这人世间有很多事情已经过去的就算了,要学会退让,退一步海阔天空。"师父天生一张国字脸,左脸上有一道刀疤,人长得敦实,两道又粗又长的眉毛像两只睡不醒的黑毛虫,却生就一副菩萨心肠。按说做篾匠的只信奉山神,师父却是个佛教徒,他行走江湖的包袱里藏着一个镀金的罗汉,无论到了哪个新的工场都要先请出罗汉来拜三拜,口中还念一通"揭谛揭谛波罗揭谛"之类的咒语。龙武在一旁听得呆若木鸡,师兄就翻译说:"这是渡我渡我……"龙武觉得奇怪,师兄就附耳补充:"师父以前是上山为过匪的。"龙武说:"是吗?像师父这么厚道的人还上山当过土匪?这横看竖看也看不出来呀!"师兄却说:"是千真万确的。这样的事我还敢乱说啊!"师兄是从省城下放来的知识青年,是大学应届毕业生,一肚子墨水,连师父当时都认为他学篾匠实在是屈才,不过听说他很快就会回去的。师兄也有个包袱,里面藏着几本砖头一样厚的书,有时还会把书中的故事和道理讲给龙武听,他说的话自然是可信的。师兄说:"只有文化的力量才是无穷的,师父就是认同了某种文化的人。"但龙武想,红花姨和她的父亲不就是有文化的人吗?为什么却一个成了疯子,另一个被打成了臭老九呢?此时的龙武心乱如麻,他忽觉得自己很同情红花姨……同情和怜悯这一类词,龙武是听师兄说过许多次的,师兄有次还说过一句无厘头的话,他说:"作为人类的个体我们可以没有后代,而作为老祖宗的文化根脉是绝对不能断裂的。"只是龙武记不清师兄当时说这话的背景,好像是针对计划生育。但是龙武却始终没有听师兄说起过,人的骨髓里还会滋生出孽龙。师兄对师父的评价特别高,他曾经在私下里跟龙武说:"师父前半生为匪,后半生做篾匠,能放下屠刀立地成佛,这就是文化的力量!"师父还真不愧是老江湖,他似乎早就已经看清了龙武所有的心思,碰巧当时正好遇上沿海企业来招工人,他就亲自去瑶寨村跑了一趟,把龙武的户口转到了他所属的东风村,让龙武也去了深圳。

五

1983 年初春,龙武 22 岁,一个乡里伢子忽然穿上了崭新的工作服,还坐上了火车,虽然那只是长沙至深圳的普通列车,但也油然而生出了几多的自豪感。师兄也很为龙武高兴,是他亲自把龙武送下山去的。他告诉龙武说:"中国已经正式拉开了改革开放的序幕,进入了一个前所未有的新的历史时期。"他说他自己本来早就可以返城的,之所以赖着不肯走,是因为与家父赌气不想回去顶替父亲的教师职业,他要通过自己的努力考取北大的研究生,他的志愿是想当一名科学家。师兄最后说:"你这去的深圳就是改革开放的最前沿,来招工的是一家很有发展前景的民营企业,在那里你一定要好好干!"师兄一路上跟他说了许多,龙武虽然听不全懂,但也觉得很受教益。到了深圳后,龙武就开始了为期45天的新员工训练。教员是公司专门从当地驻军部队请来的,科目也完全是按照正规入伍的新兵一样,30多人一个排,由一辆蒙着橄榄绿帆布的军用卡车拉到了岭南一座原始次森林,每个人身上只带了少许干粮和食盐,要在大山里训练半个月,主要科目是爬树、攀岩和穿越丛林及学会在野外求生。因为龙武个头大,被分在炊事班负责背炊具。那是一次残酷的魔鬼式训练,但对于从小在瑶寨村长大,后来跟堂舅学篾匠又一直行走在老山界的龙武而言,却根本算不了什么,他的本事和耐力让"战友们"大开眼界,也令带队的部队老兵排长刮目相看。龙武的野外求生能力强,办法多,把三、五天就已经断炊了的30多名战友养得个个精力充沛,精神饱满。他的拿手好戏就是不用枪而只用石头即能击中山鸡和打到野兔,还会挖野菜和葛根并寻找木耳。他的这些本事都是在做篾匠时跟着师父学来的。20世纪70年代中、后期,农村物资奇缺,粮油更是紧张,但这填饱肚子的事情根本就难不倒龙武的师父。龙武记得第一次快断炊时,他作为火头军的小徒弟当时一脸苦相,师兄却反而开心地笑了,轻声问龙武说:"你堂舅在我们这个年纪时是干什么的?"龙武并没有听懂,说:"我哪里晓得他在做什么呀!"师兄就在他耳边又补上一句说:"是飞檐走壁,打家劫舍的,能三拳打死一只豹子,你就等着吧,没五谷蔬菜了却有山珍野味!"果然不久,师父就去了一趟丛林,待他再出现时,不仅手中提了只野兔和山鹰,怀里还抱了一大堆木耳和青嫩的野菜回来。师父第二次再去丛林时,就把龙武也带了去,并冲着大徒弟说:"你是个书生,迟早要进城去的,留下来守工场吧!"这次毕竟是师徒俩去的,收获更多,师父的本事也让龙武大开了眼界,回到工场后还跟师兄较劲说:"师父是打野味劫山珍的。"师兄大笑:"哈哈,你这小子!那你就好生学一手呗,说不准哪天你还能用得上呢!"龙武也笑,是憨笑。师兄毕竟是从城里来的文化人,看问题的角度就是不同,他还跟龙武说:"师父身上真正值得我们学习的,是拿得起,放得下。"这话龙武是听得懂的,师兄所指无非是师父放下了打家劫舍的屠刀以后,又拿起了做手艺活的篾刀,而且还有了事事处处能为他人着想的一副菩萨心肠。当然也有他一时半会还没有听懂的,比如有一天师兄忽然说:"文化是有力量的,能滋润人的心灵,也能约束人的行为。"他又接着说:"但我们老祖宗的传统文化中,也存在着糟粕,一旦把握和运用不当,就会成为捆住自己灵魂的一根绳索。所以,文以化人才显得更加任重道远。"

师兄所说的这些所谓文以化人的事,龙武还真是没有仔细琢磨过,也不知道对自己以后会不会真有什么样的影响,他当时只觉得师兄就像是古书中所说过的刘伯温和诸葛亮,还有辅佐了周王治理天下的姜子牙。师父对他的言传身教,还真如师兄当年所料定的"说不准哪天你还能用得上呢!"嚯,师兄就是师兄,说得真准呢!他在那次新员工的集训中之所以占尽了风流,不正是因为师父带他进深山时的真传起到了决定性的作用吗? 师父曾经跟他说:"兔子的前腿短,下坡走急了就会翻筋斗,你若是追兔子下坡时,要先把罩衣给脱了,伺机一罩就准能把它给盖住的,而见林子里有肥硕山鸡出没,一石击过去时要算准山鸡起翅的距离,至于木耳嘛,一般是长在潮湿背阳的山涧朽木之上……"他的这一段非凡经历,战友们当然不知。集训结束后,龙武立了三等功。之后不久,公司老总亲自搞突然袭击来到了他们这个"连队",据说这一次新员工魔鬼式集训就是他提出的。非常巧的是公司老总的尊姓大名也叫龙武,并且也是瑶族人,他对这个来自湖南的与自己同名同姓的新员工很感兴趣,嘱手下人叫过去一见,果然英武,也就只问了他两句话,头一句问:"你是瑶族?"龙武双脚一并,行了个军礼说:"是!"老总又问:"你还会做饭菜?"他又是一个军礼说:"是!"

一切都来得太突然,第二天,公司人事处就指名道姓通知龙武去总部,这使他有些猝不及防。从此以后,龙武就成了龙总的私家厨师兼勤杂工。他后来才知道,龙总原来是对越自卫还击战攻打塔山的战斗英雄,在战场上曾经九死一生,全身有十多处枪伤,他夫人是战地文工团的演员,是赴前线慰问演出时司令员亲自当的红娘。他是自己主动要求退伍的,在部队首长的帮助下创办了这家当时在深圳排名靠前的民营企业,并且还开创了用军事化管理公司的先河。

青春年华,蹉跎岁月,往事历历在目,人生若梦,而此时仰躺在继父坟墓旁的龙武脑海里却是一片混沌,他确实已经不知道自己是身在何处。月亮早就隐退了,星星却越来越亮,这不禁使他想起了一双迷人的眼睛。那是嫂子的眼睛。嫂子就是和自己同名同姓的龙总的夫人,这是龙总亲口命令他这么叫她的。

龙武觉得那一晚特别的漫长,并且也感觉到从未有过的温馨而又揪心。他不知自己是睡着了还是醒着的,就这么在混混沌沌中凭着记忆梳理着他的大半辈子人生。他首先想到的是自己的童年,在他的印象中,最深刻也最难忘的是母亲的怀抱。当然有更多的时候，斜靠在堂前的母亲还会仰起她那日渐消瘦了的脸庞来，望着高远的天空哼一曲她即兴编出的歌谣："天上白云飘，地上牛吃草，龙儿胃口大，娘的奶水少，还不赶紧睡，你爹要回了，他若上了床，娘就没空了……"娘的目的是想让他早点入睡。而此时仰躺在继父坟墓旁的龙武却怎么也睡不着，他忽然又想起了传说中的火狐狸，其实准确地说，火狐狸只是一抹红色的意象在他眼前闪了一下，还有红花姨的身影也闪了一下，而最后停在他脑海中的却是龙总的夫人——嫂子！这是龙武一生中永远也无法抹去的血色记忆。

嫂子一年四季都喜欢身着红色衣裳，冬天是红色的尼龙外套，春天是红色的针织毛衣，夏天是红色的尖领衬衫，秋天是红色的连衣长裙……龙总事事处处都总是会让着她，宠着她，但嫂子却好像一点也不快乐。她的鹅蛋脸总是白白净净的，没有一点儿血色，也许这就是她喜欢着红色衣裳的缘故吧。尤其是她那两排整齐的牙齿，一颗一颗，白得像……像什么呢？龙武词穷语拙，一时半会还说不上来，他后来终于想起来了——像刚刚灌浆抽出红胡须还裹着青壳的玉米粒！他几乎每天都能欣赏到嫂子的那两排白牙，当然也并不是他有意要看的，而是龙总命令他每天给嫂子打洗脸水，还命令他在嫂子洗漱后梳理头发时，给嫂子在身后举着一面长条形的镜子对着前面的镜子合着照。这主意是嫂子自己想出来的，龙总居然满口就同意了。据说龙总是龙家的一根独苗，想有个儿子都快想疯了，可嫂子的身段却总是一如既往地苗条……"举上一点，偏左一点，嗯，就这样别动。"……嫂子一边对镜梳妆，一边指挥身后的他。她每每说话时声音总是柔柔软软的，还时不时牙齿咬着牙齿在镜子里微启朱唇冲着自己笑——龙武始终是这么以为的，直到后来他才知道是自己的理解有误，嫂子有一天主动问了他一句，说："你未必不觉我的牙齿很好看吗？"龙武却像鸡啄米似的点着头不说话。嫂子就"扑哧"一声笑了，问他说："你这是心不在焉吧？"龙武一惊，他当时确实并没有太注意她的白牙齿，而是在偷看她微露的后脖颈，他觉得有一股很特别的香味就是从她白嫩的脖颈里溢出来的。这香味令他的骨头里胀胀的，痒痒的，但龙武当时还并不知道自己的骨髓里正有着一条未显形的孽龙在滋生，也未想到就是这两排牙齿之后一连好多天都会狠狠地咬他……

人生有很多事根本就说不清楚，也许那就是天意吧？那年秋初龙总出国考察，临行前他还特意当着夫人的面给龙武下达了两点指示，龙总慎重地说："第一，我龙武不在家里时，你就是家里的龙武；第二，也是最重要的一点，嫂子的吩咐就是我龙武的命令。"龙武双脚一并，啪地来了个立正大声地说："是！"龙总继而目视龙武问："是什么？"龙武又大声回答说："嫂子的吩咐，就是您的命令！"

龙总是打着呼哨出门的，看得出他走时非常高兴，还照例给了他三条香烟。

但也就在那一次，龙总一去欧洲就是半个多月，那是他离开嫂子时间最久的一次。整个独栋别墅里就只剩下厨师兼勤杂工的龙武和嫂子。然而就在龙总外出的第三天晚上，嫂子就给龙武下达了第一道命令。嫂子一直习惯于用一个大木缸泡澡，平日里当然也都是由龙武给烧热水，然后把热水送进房间倒入洗浴桶，还要撒上一层专用的玫瑰花。那香味真是很好闻，难怪嫂子那么香……

"龙武，你过来！"嫂子在浴室里喊他，声音柔柔软软的。

龙武听见了，却没有吱声。

"龙武，你聋了！"

"龙总还没有回来呀！"听得出他的声音有些颤抖。

"小龙武，你给我过来！"

"到！"音未落人却已经进了浴室。

结果一连十多天，嫂子天天都是这样命令龙武，他的脖颈上、手臂上甚至大腿上到处都是嫂子那两排白牙给留下来的上弦月和下弦月的血色牙印……

时间真快，再到后来，龙武已经无须再等嫂子下达命令，他就早已经把一切都提前准备好了。但是龙总却终于从欧洲考察一圈回来了，见到夫人的鸭蛋脸上总算有了浅浅的红晕，那个高兴呀！又隔了大概半月，龙总还带着夫人去医院做了检查，一进门就兴奋地喊："小龙，今天多做几道菜，你嫂子给我怀上龙宝宝了，我龙家从此有后了，你得陪我好好喝几盅！"龙武听了后兴奋得大声地回了一句："是！"这是一种出自本能发乎内心的兴奋——他当时确实什么也没有来得及想——满脑子装着的，就是龙总盼望有一个儿子盼得太久了，也等得太苦了，嫂子现在终于给他怀上一个龙宝宝了……但是……但是他随即又是一怔，心里顿时就生出了一种惶恐。龙总却又在下命令了："磨蹭什么？你快点呀！"

这一次，厨师兼勤杂工的龙武的回答居然又现了抖音，拖着长音："是——！"

那一夜,也照样很长,两个龙武就在小院的月光下饮酒,是龙总亲自给他斟酒,并且由衷地说:"小子吔,你是个好员工!"厨师兼勤杂工的龙武却始终一言未发,只是一杯接一杯把酒往肚子里倒,直到把酒饮成了透明的月色,直到南山那边传来了荒鸡的啼唱,直到晨曦流出蛋黄颜色、旭日从海面上升起……

第二天上班时间,嫂子就被龙总的司机给接走了,说是医院通知她去做复检,也是由龙总亲自护送她去的。小车刚出别墅院门,公司人事处长就上龙总家来了,是来给厨师兼勤杂工的龙武送辞退通知书,还有一张拾万元的农行存折。处长只说了一句:"对不起,龙武同志!"龙武当然明白这是怎么一回事,一切尽在不言中,他默默地收拾好简单的行囊,又把户主写着龙武名字的存折放在了那一张熟悉的梳妆台桌面上,然后用同样熟悉的镜子倒扣着便出门了……

这样的心情,这样的境遇,对于龙武已经不再陌生……

如今该去哪里呢?原以为是上天赐给他了一只金饭碗,没想却是一只擂钵扣在了自己的头上——但也不能完全怪自己,怪只怪江湖水太深,只怪命运捉弄人。龙武边走边想,不知不觉就来到了长途汽车站,是的,他不想再搭乘火车,好汉不吃回头草,他也并不想就这么回家,是不好意思回家,更不愿意再去找师父,他怕面对一肚子墨水而且对国家改革开放的前程充满着浪漫理想的师兄。忽然有一个红衣少妇从他的眼前一晃而过,真是活见鬼耶,那少妇走路的姿势居然很像红花姨,而发型却又特别像嫂子,他刚想紧走几步追上去看个究竟,一抬头就看到了一辆深圳至安化的大巴,他于是就鬼使神差地挤上了车。

六

1983 年农历八月十五,这就是只背着个背包的龙武来到白驹村的日子。

白驹是安化境内傍近资水的一个羊肠子村,这里曾经传下来一首民谣:大人盼插田,小孩望过年,老牛最怕中秋月儿圆。白驹村的农人们把自己一生中的喜怒哀乐与牛的命运紧紧地联系在一起。自从农忙的双抢季节过去后,耕牛到这时也已经轻闲了一段光景,该养膘的已经养肥了膘,只准备为来年再战春耕做出贡献。但是畜与人同,也有着退役和生老病死的大限。若是老牛过了秋天再进入隆冬,这剩下的日子会很难捱的。于是村里人就专门挑选在二十四节气中的中秋节这一天给老牛热热闹闹地做一回道场——白驹村的老人们信奉六道轮回,人们这么做是为辛劳了一辈子的耕牛转世投胎能找到一户好人家而祈祷。这也是白驹村人的规矩。这一年的中秋,又正好是农村实行土地承包责任制后的第三秋,生产队当年有意没有把风烛残年的一头老黄牛分到私人户头上去,是专门留着等待这"三秋"的到来。给老牛做道场的仪式是很庄严的,人们对功德圆满的老牛的虔诚,一点也并不亚于给人老(死)了后做道场的声势,也照样会请来乡里的道士为老牛开祭超度,照样会敲锣打鼓吹唢呐热闹一场。

做道场开祭的仪式是在学堂山上的操坪里进行,这一天刚好是周末,只听得唢呐声在空旷的操坪里一扬,顿时便锣鼓喧天,村里凡是能行走的男女老幼也全都闻声涌到学堂山上的操场里来了。这时,那一头披红戴彩的老黄牛就由白驹村里辈分最高的花甲老人廖明忠牵着,先是在操坪里绕了三个圈,然后便悄然退场……多数的人仍然留在学堂山上继续观看道士装神弄鬼,而只有少数一群人则跟着老牛和明忠老人来到了山下的空坪里去杀牛。杀牛需要安排八个青壮劳力,叫八大金刚。这样一种杀牛的阵势龙武还是平生第一次见识。他本来只是漫无目的地从安化县城沿资水一路徒步下行,走了有小半天,在白驹村口的联珠桥上过路时,忽然就听到了从左侧一个小山包上传来的唢呐和锣鼓声,便不由自主地循声往村里走,刚好就在山脚下碰上了正准备杀牛的场面。外地人龙武并不理解,人们为什么还要为一头即将被杀的老牛披红戴彩呢?也不理解要用一根数丈长、酒盅口粗的棕绳在老牛的四蹄下设下圈套,而且还要八个大男人各执一端等待牛蹄自行踏入进去……龙武的脑海中忽然就冒出了师兄曾经说过的话:"我们老祖宗的传统文化中也存在着糟粕,一旦把握和运用不当就会成为捆住自己灵魂的一根绳索。所以,文以化人才显得更加任重道远。"

他后来又发现,八个男人中,其中还有一个是花甲老人。这一年,是田土包产到户已满三秋,在白驹村三秋是个吉数,村里的男劳力在搞完抢收抢插后全都一窝蜂进城里打工去了,八大金刚怎么凑也只有七个到场。眼看牛脚就要进入圈套了,这让在现场的花甲老人廖明忠急得嘴里叼着根竹烟杆团团转,他正欲亲自上场时,龙武见状,一个箭步便冲了过去,代替老人捡起了他脚边的棕绳……说时迟,那时快,只听得一声呐喊,七条汉子同时发力,而初来乍到的新手龙武却根本还没有反应得过来,就被受惊腾起的老牛突然一后腿踢得飞去老远……待他醒过来时,已经是第二天夜里了……他第一眼看见的是异乡窗外的一轮满月,这是 1983 年农历八月十六的月亮,特别地圆,也几乎就是在同时,他还借着月光发现了自己躺着的床头有一个人影……

"你终于醒来了!醒来了就好,醒来了就好!"那个人影嗡嗡地说。

龙武正要开口问这是在哪里,人影便起身出去了,他于是想要爬起床,却感觉到左边的胯骨痛得钻心,用手一摸,才知道还被敷上了草药。待人影再进房中时,他的手中捧着一碗热汤,并说:"是牛骨炖的。"他还说:"千万别动,伤筋动骨这要好多日才能复原的。"几勺热汤进肚后,他也就记起昨天的一些事情了,也认出了人影就是主持杀牛的那位花甲老人,他于是从上衣口袋里摸出身份证来给老人看,这是唯一能证明他身份的东西。老人却懒得理会,继续喂汤。

然后,老人廖明忠就成了龙武的继父……

再然后……

七

龙武终于在他早已经铺好在继父新坟旁的那一领蓑衣上睡着了。但是并没有睡多久,他似乎又醒了,还分明看见继父从坟堆里钻了出来,龙武就赶忙从蓑衣里起身,礼恭卑敬地给父亲大人卷了支喇叭筒,然后自己也卷了一支,正要摸火镰和石子撞火时,火镰和石子包括纸稔都握在父亲的手中了。父亲亲手握着那一根闪着火星的纸稔给儿子点烟,他自己先叭了一口,然后才一脸正色说:"你不是一直想要晓得捆龙索的秘诀吗?这其实是心诀,你见到捆龙索的时候,心里不要去想这只是捆'龙扛木'抬灵柩用的;在白驹村人的眼里和心中,屋宇的木梁才是真'龙',为什么会有'栋梁之材'这一说呢?那是山中之神木!从山中伐了最直的木料回来做房梁时是要用雄鸡开祭的,再说房梁也是用捆龙索捆着拉上去的,并且来不得半点马虎,梁横跨在屋宇的正中间,梁要上正,首先是心要正!所谓上梁不正下梁歪,这上梁的事全在于捆龙索发力要均匀。"父亲使劲地吸了一口喇叭筒烟,忽然一抬眼望着对面的慈善寺说:"即便是菩萨被毁了,头顶三尺还有神明在!这做人呐,要学会分得出主次,捆龙索会告诉你分清主次:先捆生,后捆死,捆生是为了捆住人骨头里的孽龙不让现身,捆死是不至于让孽龙再转世投胎。"龙武这才记起了自己儿子龙文初进摇窝时确实是被他爷爷用捆龙索捆过摇篮的。他似懂非懂欲问父亲,这就是白驹村里的捆龙索文化吗？然而父亲却不见了,他一声呼喊,梦就醒了,满脑壳都是雾水。

好浓的晨雾啊！对面的慈善寺,一半外露着,一半隐在雾中。这时的龙武已经经历过昨夜接二连三的旧梦,又被月色和今晨的雾水洗过了脑,头耷拉着像一个抬不起来的沉重问号。他于是心重重地从金鸡岭坟地下山,在村口联珠桥头,却又碰到了一件怪事:村支书贺加贝也耷拉着脑袋,由两名干部模样的人带上了停在桥那头的一辆专车,人们在议论纷纷说,贺加贝多年以来一直欺上瞒下,不仅贪污了上面下拨的各种款项,还挪用了党费……

怎么会这样呢？龙武的心思还盘桓在凌晨时见到了继父的幻觉中……

"捆龙索、捆龙索……"龙武喃喃着,百思不得其解。

第二天上午,镇党委就来了文件通知,宣布贺加贝已经被纪委"双规"。村里的管委会主任传礼却并没有按常规接任村党支部书记,他是贺加贝的亲妹夫,姐夫被县纪委带走后,传礼整日里人心惶惶,没过几日,他就主动去找到了龙武,跪着求龙武用捆龙索把他五花大绑后,就直接去镇党委投案自首了,他说自己虽然没有贪污,没有挪用公款,但也没有尽到监督的职责。之后还连锁出现了村会计宋天曙畏罪自杀案……宋天曙是上吊死的,无独有偶,他上吊用的就是龙武家的那一根捆龙索。毕竟是人命关天,县公安局刑侦队和县纪委都来人了,根据他的遗书留下的线索,人们从他家屋后多年前用过的、窖藏红薯的地洞里找出了一个塑料蛇皮袋,里面居然整整齐齐地叠着自他担任白驹村(大队)会计以来所有的真实收支账簿。这是一个非常隐蔽的去处,两棵芭蕉树不知是何年所植,肥硕浓绿的蕉叶正好遮着洞口,旁边还丛生出了各种杂草。后经纪检部门对照两个不同版本的账簿统计,所显示的数字竟与村上每年发布的所谓公开账目相差 338 万元,此数字刚一出来,消息便不胫而走,因此村里也就有人戏言说:"啧啧,这还了得,什么宋天曙,简直就是胜硕鼠——338 万呢！我们人民群众居然还一直被蒙在鼓里,比拦路打劫都还要恐怖好多倍呀！"也有人为死者打抱不平说:"你们搞得卵清？真正得大头的还是贺家父子！"

此事一出,狭窄得像根羊肠子的白驹村就如同发生了一场大地震,村里在外打工的党员也几乎全都赶回来了,一个个义愤填膺说:"耻辱啊！真是奇耻大辱！"没过多久,在北京协和医学院读研的龙文也回家了,就在他回家后的第三天,镇党委来了一位分管组织人事的副书记,并由这位副书记亲自组织白驹村在家的所有新老党员召开了村里有史以来规模最大的一次村支委扩大会议,会议的主题有两个:一是通报免去了前任村支部书记贺加贝的职务,并交由司法部门立案查处;二是宣布了镇党委的任命,由廖龙文同志任白驹村党支部书记。

龙武也应邀列席了这一次特别的村支委扩大会,但他对突然宣布自己儿子担任村支书的任命却一时接受不了。"你这鬼崽子!"龙武说,"白驹村好不容易出了个学医的研究生,你怎么就想起要回来当支书呢?"见父亲一脸惊愕,龙文就悄声告诉父亲:"我三年前就在爷爷的病榻前答应了他老人家的,我当时跟爷爷说,你廖明忠的孙子一旦在协和医学院研究生毕业后,不但要用自己的平生所学回乡为乡亲们治病,还要同乡亲们一道探寻出一条医心的路子来。"父亲龙武却还是不太明白,龙文又将前因后果告诉了父亲,原来他自己早已经向县委组织部门投寄了档案,是主动请缨回乡工作的一百名大学生村官之一。也就是在那一次村支委的扩会议上,他还当着镇上的领导和白驹村人的面表态说:"我廖龙文回乡任村支部书记,分文不领政府的工资,还将在联珠桥头租一间民房开一家名为白驹村廖氏为民诊所。我一定会说到做到,请各位父老乡亲予以监督。"

有人在窃窃私语说:"嚯,莫讲起耶,这明忠老人还真是有福啊!"接言的说:"岂止是明忠老人有福?是我们白驹村人都有福呀!"也有人说:"路遥知马力呢!"几多祝福,几多期待,也有猜疑,年轻的廖龙文深感自己任重而道远。

资水汤汤,白驹村平静安宁,时间过了数月,新人新气象,龙文支书事必躬亲,又有新支委的全力辅佐,村上既定的几件大事进展得也算顺利。只是做儿子的龙文却发现,父亲最近以来似乎总有些魂不守舍,一副心事重重的样子。

再过几天,就是父亲龙武的五十岁生日了。老一辈人说,三十而立,四十而不惑,五十知天命。如今即将知道天命的龙武,有贤妻在侧,有子嗣如此,按说他应该是很知足了,可是他为什么却又忽然一反常态,像是做了什么见不得人的亏心事一样,总是闷声不响地背着妻儿,经常偷偷摸摸地掏出一张在深圳时与龙总的合影旧照来看了又看呢?然后便是一声沉重的叹息,并且自言自语地说:"龙总比我年长21岁,他儿子(如果是个儿子的话)应该比龙文大一岁。他们都还好吗?"他接着还说:"这些天我经常梦见他们,也梦见了红花姨,还梦见了我的师兄和师父,可胸前捧着个菩萨的师父却见到我就打哑谜说，你龙武原本是一个好人，但也是个有罪之身……"这一切，妻子不知道，儿子也不知道，但他们都已然感觉到龙武有着心事。

该来的终究还是会来，一天，从联珠桥的那一头，忽然走来了一名仪表堂堂的年轻军官，有人根据他身着的军服上的徽章认出了来人的军衔："哇——是个上校吧！"上校的脚步却迈得有些沉重，过了联珠桥后，正好就在村口与从村里督促春耕生产回为民诊所的龙文相遇了，上校便礼貌地问他："同志，这里是不是有一个叫龙武的人？"廖龙文脱口而出，说："我爸爸就叫龙武。"继而又问他，"请问您怎么称呼？"年轻上校便有些迟疑地说："我爸爸也叫龙武，我叫龙文。"

廖龙文听了，一脸愕然，心随即便想，这世上还真有如此巧合么？不仅两人的父亲同姓同名，竟然彼此的儿子也都同名同姓！再认真看对方时，便情不自禁地"啊"了一声，半晌才回话说："我也叫……叫龙文，但我是随爷爷姓廖。"

两个年轻人就都怔住了，后来是上校龙文终于启齿，他一脸尴尬地说："那我也就不瞒你了，我爸是个民企老板，现在癌症已经到晚期了，但他总是在梦里一直喊一个也叫龙武的名字，说他是一个好人……所以我就硬是通过各种关系和渠道查找与我父亲同名同姓的人，还真是功夫不负有心人……"上校并没有再往下说，他还怕对方不肯相信，又赶紧从手提包里慎重地掏出了一张发黄的合影旧照……察言观色是为医者的基本功，廖龙文已经敏感到这突如其来的事情将意味着什么，同时也似乎解开了父亲最近以来一直心事重重的谜团……便有几分迟疑地指着身边的诊所说："请随我先进屋里去吧！我爸应该就在里面的。"

龙武确实就在药房，而且两个龙文的对话他也听得清清楚楚。然而，待两个年轻人走进诊室时，但见后门开着，人却已经不知去向……

"我爸应该是回到村里自己的家里去了。"村支书龙文说。

上校龙文却提出要求，想到村里去拜访父亲当年的厨师兼勤杂工龙武叔叔。

但是，有些回忆注定了就是一杯毒酒，有些人注定了不能相见。

这没有为什么。后来所发生的事却谁也没有想到，龙武回到家里后就上吊死了，而且也是用他自己打的捆龙索上吊的，虽然舌头照例伸出来老长，却面色红润而祥和，还似乎露着微笑。死因自然成了一个难解谜团，但是从此之后有关捆龙索的传说，却再一次在白驹村里复活了，并且被传得沸沸扬扬，神乎其神。

红梅花儿开

丹尼尔·笛福说:"在最不幸的处境之中,我们也可以把好处和坏处对照起来看,从而找到聊以自慰的事情。"我借用这一句名言送给本文的男女主人公。

——代题记

一

红梅花儿开是红梅姨的绰号,她本名叫薛红梅,母亲姓王,是土生土长的白驹人,父亲却是从溆浦那边招婿过来的,但我从未见过红梅姨的父亲,只知道她父亲叫薛东贵。"红梅花儿开"这个不伦不类的名字是袁瓦匠从歌词里给红梅姨捡来的,后面还跟了一句"朵朵放光彩"。乍一听还确实有些拗口,有人就讪笑袁瓦匠说:"哪有取这么长名字的呀?你是喝多了洋墨水吧!"但袁瓦匠却总是一本正经地回答:"我哪有喝过嘛子洋墨水呀,我这只是唱着革命歌曲在叫革命同志。"真不愧是当过兵的人,部队是一座大熔炉,连叫人都忘不了用革命歌曲。

"红梅花儿开,朵朵放光彩。嚯,这哪像是名字呢?"我当然也心存过疑问。

但奇怪的是,每每只要袁瓦匠扯开粗犷嗓门喊出这样一句歌词来,平日里矜持沉稳的红梅姨就有些魂不守舍似的乱了方寸,准会仰起她那白白净净的鹅蛋脸庞,抬起双手,用两个小指头勾开挂在额前的刘海,还把一双水灵灵的目光也寻声望了过去。袁瓦匠眼睛毒,自然就看得特别清晰,他于是也就一定会把接下来的歌声唱得更加嘹亮，更加有激情。一时间，白驹村房梁屋檐下都会回荡着他的歌唱了，把村里头能打鸣的公鸡也引得跟着唱起了"哥哥儿儿——朵"的歌声来。

直逗得大狗叫，小狗也叫，而我们一帮少年伢却扯开嗓门在哈哈笑……

若是偶尔被庚伯碰上了，他也就会不知是褒是贬地照例扯开嗓门来一句："你看看你们这些伢儿，眼睛里都笑出尿来——这有嘛子好笑的，不就是唱歌吗？"

如同鸡肠子一般逼仄的白驹村里，也就被他引发了一片无端的沸腾。

"这个卵袁瓦匠啊，他硬是存心要把白驹村搞得鸡鸣狗叫人不宁！"说这话的不是别人，是村里的治安主任葛癞子。

"这是好事哩！证明村里头有人气，只要莫到头来鸡飞蛋打就行了。"接话的是吉跛子吉会计，他俩算得是白驹村的一武一文，却总是存心跟袁瓦匠过不去。

"呷哒盐萝卜操闲（咸）心，关你俩卵事？一不影响治安，二不在生产队分粮食。有狠你们到王婶那里告御状去！"王婶是红梅姨她娘。这话也只有庚伯敢说。只要有庚伯出现，葛癞子和吉跛子也就会立马偃旗息鼓，瞬间就不见人影了。

"哈哈，这就叫水碾遇碓屋，一物降一物。"袁瓦匠心里头特别感激庚伯。

庚伯是个退伍老兵，曾经在湘西抗日游击队当过通讯员，还参加过雪峰抗日大会战，抗战结束后，他就回到了老家白驹村，还学了一门做锯木匠的手艺。也许是惺惺相惜吧，他对袁瓦匠确实很有好感，深知出门在外不容易，觉得这后生崽手艺活过得硬，而且做事也踏实；自打从袁瓦匠头一次上屋翻瓦检漏，庚伯就已经看出来了，这后生崽做事从不偷工减料！别看他平时有点油嘴滑舌，一双浓眉大眼如火把，能把村里的妹子和年轻堂客们的脸照得绯红，可上了屋真做起事来却总是埋着头一丝不苟。"嗯，是个晓得分轻重的角色！"庚伯自言自语地说。

大人们的心思，尤其是他们刚才针尖对麦芒的一席说词，还是个准少年的我听不太懂，也懒得去揣摩，去理会，却仍然在想袁瓦匠给红梅姨新取的这个名字真有味。这名字起初只有红梅姨自己知道。"红梅花儿开，朵朵放光彩。"这不明明只是一句唱词吗？不知怎么，后来却被其他人也听出了名堂。想来想去，我始终觉得确实也只有红梅姨才配得上取这么长的名字，她虽然也土生土长在白驹村，个性气质却与村里别的女人有如天壤，人长得文文静静，说起话来细声细气。

有一次，我听到奶奶在跟红梅姨她娘说："红梅是个天生的好女人！"

王奶奶却回答说："好嘛子呀？年纪轻轻就守活寡，也真是苦了她耶！"

之后，两个老人就一声叹息，半天没有再吱声。

我奶奶出生于大户人家，做闺女时就上过私塾，还做得一手好女红，她总是想把飞针走线的绝活传授给邻家的红梅姨，但是人家上有老下有小，里里外外都要靠着她，哪有闲工夫学这些呢？奶奶就常跟我说："你红梅姨呀，她就是与村里那些疯疯癫癫，讲起话来像打雷的女人不一样，她那细声细气的话语是能够说出大道理来的。"也许是奶奶对红梅姨有着一份特殊的情感吧，因为红梅姨也年纪轻轻就成了寡妇，就这一点而言，她确实是与我奶奶的身世有着相似之处的。

白驹村在资水中下游北岸，地处湘中大梅山西部，相传为梅山峒蛮后裔。村里多为双层木屋，楼上堆放杂物，楼下住人，一般都是四楹三进，两档各有一偏厦，布局颇为讲究。居中的堂屋是没有铺楼板也没有架设楼枕的，是家里为办红白喜事时摆放酒席或举行婚丧礼仪的唯一一场所。两侧东厢为大，西厢为小，各有一进两间住房，还有一间专门的客房，那就是堂屋里面的一间长条形卧室。也偶尔还能够见到五楹四进或六楹五进的木屋，那是只有大户人家才修得起的。全村也就十来户。但无论大户还是小户，所有木屋全盖着清一色的鱼鳞青瓦，于是也就有了一首民谣："木屋盖青瓦，落刀也不怕，一年一检漏，百载屋不塌。"青瓦的结实和木屋的牢靠也就由此可见一斑。但前提是必须得一年一检漏，檐条及楼板是经不起雨水浸泡的。在资水白驹村，检漏是一门下贱手艺，叫瓦匠。村里很少有人去学瓦匠，"不怕卖苦力把脊背压垮，就怕上屋顶检漏翻瓦"，因为常年风吹雨淋，瓦隙中青苔、壁虎、毛毛虫什么都有。做瓦匠委实不是一个好行当。

但事情总会有着例外，近几年，袁瓦匠就一直包着白驹村的木屋检漏。

瓦匠不是被人称之为一门下贱手艺吗？袁瓦匠为嘛子又能爱上这一艰辛劳苦的行当呢？待我渐渐长大后才终于明白，袁瓦匠起初或许只是想躲避老家的舆论暂且为之，而后来那又是因为他有着一身过得硬的真本领和一颗懂得感恩的心。袁瓦匠早先只是来白驹村做上门工，和其他门类的手艺人如木匠、弹花匠及补锅匠一样，把老家的农忙活干完他就过来了，一直到快要过年他才又回老家去。

袁瓦匠名叫袁胜利，曾经在部队里服过役，是个特种兵。我还有幸看到过他在部队里的一张照片，当然是偷看的。那是有一天，我又像影子一样随在红梅姨身后去放羊，见红梅姨有事没事就从衣袋里拿出一张照片来偷偷地欣赏，把雪一般白的后脖颈也看成了桃红色，还不知她那鹅蛋形脸庞会红成个什么样子呢。心有好奇的我刚想走近一些，可红梅姨就又抬腿走远一些了。后来终于有了个天赐的机会，深秋的太阳忽然老辣起来，羊是最怕晒太阳的动物，一只二只地都往树林里躲，红梅姨抬眼望了望天色，说是可以收羊群入圈了，就将照片放回衣袋并把那一件红条纹的罩衣也脱下来随手甩给了我，自己则钻进树林赶羊去了。待红梅姨的背影刚一消逝，我就怎么也忍不住好奇把手伸进了她的衣袋，哦耶，原来是一张照片！照片里是一位年轻军人，双脚立定，两手并拢，宽脸阔额，浓眉大眼，一身正气。这不就是袁瓦匠吗？再看背面，还写着一行歪歪扭扭的字，我毕竟也已经念初小了，这几个字才难不倒我呢，于是就摇头晃脑还念出了声来："袁胜利赠送红梅花儿开，朵朵放光彩。"只是少年的我当时也生出了疑问，袁瓦匠怎么会送红梅姨照片呢？后来有好几次我总想亲口问他，可话到嘴边又忍住了。

事隔不久，我就从村人们的口中听到了一些关于袁瓦匠的桃色绯闻，说他在当兵期间曾有意多次装病或负伤，而实则是看上了一名女护士去谈情说爱，而故被视为道德品质败坏，被罚回了原籍新化，还从此落下了一个"好色兵痞"的坏名声。

传闻是从葛癫子口中流出来的，他幸灾乐祸地说："这就是好事不出门，坏事传千里。不久，方圆百里就都晓得袁瓦匠是一个兵痞了，这对于想要在本地找个女人当老婆恐怕还真不是一件容易的事情。后来一气之下，袁胜利就干脆做起了瓦匠。"葛癫子像是亲眼见到过似的，他最后还扯开嗓门大声地说："幸好袁胜利当过特种兵，翻墙上屋是他的拿手好戏。那一年秋收过后，他就一个包袱一把伞，背井离乡沿资江而下给人翻瓦检漏，后来居然成了我们白驹村的常客。"

这当然只是葛癫子的一面之词。庚伯却一板脸孔说："癫子的卵话少信！"

不过袁瓦匠还确实有着一双色眼，他来到我们白驹村检漏的头一户人家就是红梅姨家。也许这就是天作之美，他是搭乘一艘运煤船从老家新化漂过来的，因为货船在我们家左侧的资水码头停靠，袁瓦匠就鬼使神差地沿着青石台阶一级一级走上来，到得我们家门前抬头一望，发现鱼鳞青瓦的屋脊有些零乱："这屋宇怕是好几年没有检过漏了吧？"他其实是自言自语说的，不想正好被去牧羊路过我家门前的红梅姨听到了，也就好奇地接了一句说："我屋里早就像一把筛子了，既漏太阳又漏雨。"红梅姨的声音很细，她想这后生子不一定听到了，又接着补充了一句问他："你莫非还会检屋漏？"是的，她只是顺口很随意地问了一声。

"当然会。我就是个检漏的瓦匠。"袁瓦匠看着那如同一朵朵白云般飘过田埂的羊群，便很是认真地回答说。就这样，袁瓦匠开始了在白驹村里的检漏生涯。

白驹村人真是幽默而智慧，后来竟传出了两人对话的另一种暧昧版本——

"我不但会检屋漏，更会检别的漏哩。"这是袁瓦匠说的。

薛红梅的耳朵似乎就竖了起来，天生白净的鹅蛋脸唰地就红到了脖颈，说："你还是先检好自己的嘴漏吧。别的漏今后有得你检的。"她说着就低头在前面领路。

"大姐此话可当真？"袁瓦匠紧追着问。

"本大姐从不说假话，一句是一句，落地能生根。你以为只有声音重才是真话呀！"薛红梅的声音如一缕微风，羊群撒着欢"咩咩咩"地飘向了对面的山冈。

"这些咬舌根的，还描得有枝有叶呢！"我奶奶却对这一传闻嗤之以鼻，她说："当时我正在门口晾衣衫，看着他俩相隔一丈多，就说了句检屋漏的话。"

不过说笑归说笑，袁瓦匠确实是一个很受白驹村人欢迎的后生崽，尤其是深受家庭主妇们的欢迎，这是他在老家新化恐怕根本就不可能得到的一种礼遇。因为袁瓦匠这个手艺人好打讲，容易伺候。只要是哪家的嫂子或闺女灌几句甜言蜜语，袁瓦匠心就软了，肉就麻了，饭菜差一点，能管饱就行；工钱少一点，能过得去也就算了。一来二去的，袁瓦匠就和白驹村人混得滚熟了；慢慢地，也就再没有谁把他当外人看。袁瓦匠终于在异乡找到了温暖，找回了尊严。人也就越来越精神了，越来越放肆了。袁瓦匠有一套娱人娱己的硬本事，一是会吹口哨，二是会编顺口溜，还会唱出一首又一首连白驹村的小学老师也很佩服的革命歌曲。

但袁瓦匠从不会耽误做正事，他只在歇工时唱："革命军人个个要牢记，三大纪律八项要注意：第一一切行动听指挥，步调一致才能得胜利；第二不拿群众一针线，群众对我拥护又喜欢……"而奇怪的是，他每次只把这首歌唱到此处就打住了，从来没听到他继续再往下唱过，更没有听到他唱过"第七不要调戏妇女们"，这就正好给葛治安和吉会计留下了乱嚼舌根的依据，在他俩看来，这就是袁瓦匠的硬伤，是他的痛处。有谁会往自己的伤口上撒盐呢？袁瓦匠自然也听到了这些不怀好意的议论，但他却像完全变了个人似的，戛然而止了油嘴滑舌，只是憨厚地一笑，接着又唱起那一首"日落西山红霞飞，战士打靶把营归把营归……"的军歌，而且还唱出一脸的自豪，看神情好像他曾经就是个百发百中的神枪手。

至于那首"红梅花儿开，朵朵放光彩"的歌那是后来才专门唱给红梅姨听的。

"嚯，还真是看不出来耶，一个靠手艺吃饭的江湖浪子，唱起歌来功夫却如此了得，简直像个嫖客。"说此话的无疑又是葛癞子，也只有葛癞子才说得出口。

袁瓦匠听了，也照例从不出言反驳，依旧是一副事不关己的憨厚样子。

"此时无声胜有声，这明摆着是不屑搭理人嘛。"吉跛子的话里有话。

葛癞子和吉跛子同是光棍汉，据说两人都曾经想过打红梅姨的歪主意。

"喂喂，你们有哪个见到过狗咬狗一嘴毛吗？其实这就是。好戏还冒开场哩！"还是庚伯目光如炬，一语道破天机。庚伯还是村里的老土改根子，也是个爱讲直话的厚道人。每每只要有他在场，葛癞子和吉跛子也就不敢太为难袁瓦匠。

其实一开始确实嘛子故事也没有的，手艺人背井离乡是为求财，尤其是袁瓦匠，吃一堑长一智，他是个吃过"男女作风"亏的人，凡是讽刺挖苦他的话横竖装着没听见，尤其是不想与葛癞子和吉跛子搭理。这倒不全是因为他俩是村里的基层干部，而是见他俩也是单身汉。此心彼心，哪个男人打光棍久了又不想沾点女人的便宜呢？但他每天却照例吹着口哨一梯三回头地爬上屋去检漏翻瓦，而收工时也又总是会一边吹着口哨，一边手搭太阳罩把一双黑溜溜的眼睛往田垅山坡间四处扫描一通才下梯子。他是在寻找红梅姨放收的羊群吗？袁瓦匠毕竟也是个三十岁出头的光棍汉，血气方刚，好酒好色乃是男人本性，若是哪次他突然忍不住性子冲着某处喊起了"太阳落西山，牛牯进栅栏，哪家俊俏女，为何跑了单"的顺口溜，那想也不用想，肯定是他又发现有哪个落单的女子在回家的路上了。

依山傍水的白驹村因其地理位置的特殊，历来有着对女性一半保守、一半开放的传统,所谓保守,是针对已娶进门来的媳妇而言,对自家的女子却始终持开放态度。所以白驹村女子天性泼辣狂放,这边的顺口溜刚落,那边的山歌便起了:"姑奶奶我跑了单,与你瓦匠何相干,你若有狠放马来,谅你也没有这扎胆。"白驹村遍地是山歌,是民谣,只要随便改几个字就把袁瓦匠的顺口溜给盖过去了。

"喂,我说袁瓦匠,你听听人家这不已经松口了,若有狠就放马过去试一回嘛!怕什么呐?"说风凉话的又是葛癞子,也不晓得他突然是从哪里冒出来的。

白驹村口那几栋飘着炊烟的木屋檐下倏忽便起了讪笑声:"哈哈,怕什么!"庚伯的嗓门最粗:"是的,袁瓦匠,你怕什么呐!"他这是在打压葛癞子。

葛癞子其实人长得并不赖,牛高马大的,只是那一脑壳粉白的癞子经常会发出一股难闻的鸡屎气味来。庚伯还正准备补一句:"哪来这样大一股臭味呀?"一转背葛癞子却又没见人了。袁瓦匠碰了葛治安一个软钉子,也不搭话,就跟着一阵傻笑,心想我惹不起还躲不起吗?无非也就逗乐一下女人。下了梯子的他便到屋角的水井旁舀了瓢凉水洗过手,也抹了一把沾满了瓦灰的脸,于是又像什么事也未曾发生过似的,迈着有板有眼的军人步子,豪放铿锵地进屋里吃饭去了。

袁瓦匠进的是红梅姨家,一栋四榀三进的普通木屋,家里除了红梅姨还有一老一少两个人,老人是她娘,小的是她儿子。自从有了那次风言风语的经历,袁瓦匠后来每年给白驹村检漏翻瓦时,他干脆就把红梅姨家安排在最末的一户了。

待手艺人如待贵客,这是白驹村祖上传下来的规矩。一年两载过去,对袁瓦匠已经心生了好感的红梅姨也就多出了一个心眼,只要是轮到袁瓦匠来她家里检漏的那一天,一日三餐热茶热饭总会想着法子安排得与众不同,她会早早地去一趟小镇唐家观,沽一斤白酒,称半斤淡干鱼,白天一边牧羊还一边扯羊草,下午太阳没偏西就早早地把羊群赶进了屋后的羊圈,将肩扛手提的草料再均匀地分食给还并没有完全吃饱肚子的羊群,又雷急火急地进偏厦的灶屋里给袁瓦匠做饭菜。红梅姨她娘王奶奶虽然眼睛看不见,心里却明亮得很,老人家早就心里有着盘算,想要成全自己女儿与袁瓦匠的好事,只是不知道人家愿不愿娶个二婚……

"师傅,你家里还有几口人呐?"趁在一起共桌吃饭时,老人家终于开口了。

"有个老父亲，跟我姐姐和姐夫住一起。"袁师傅边吃饭边答话。

"那还是蛮脱洒哩！"老人家很想把话题往深里引。

"嗯啦，正好伞把挑祠堂，到处当家乡。"袁瓦匠回得也干脆。

"那就好，那就好。"当娘的有些急不可耐，正寻思想把话题点破。

"只有娘，不想让人吃饱饭呐！"女儿却把筷子在碗沿敲了一下。

"也是的，你看看，你看看，我闺女又嫌她娘多嘴了。"红梅姨的嗔怪让老人家有了警觉，她想，也许是女儿还有别的什么想法，也就从此不再提起此事。

袁瓦匠倒是大大方方，憨厚地一笑说："婶子，我明年秋收后又会来的。"

"你真的还会来吗？"老人家有些感激，说："那就好，那就好。"

已经是腊月隆冬了，对面山崖上的红梅花在寒风里绽放出笑容，联珠桥前的资水也涌动着寒流。把白驹村所有的屋漏检完，袁瓦匠就回到新化老家去过年了。

葛癞子和吉跛子果然又开始了"狗咬狗一嘴毛"。

有大人们议论说，这是村里的一武一文在争风吃醋。

二

第二年夏天，白驹村的井湾里出了一桩人命案。

白驹村有七个生产队，井湾里属于第三队，是因为井多而得名的。除了队长家门前有三口公用水井外，差不多每家每户的房前或屋后都有着一口水井。那井深幽幽的，出口处围了圈青石，既为了保证水的洁净，也为了保证人畜的安全。

然而，蛮牛嫂却在这样的一口水井中被淹死了。

蛮牛嫂的名字好美耶，她叫常玉花，在娘家做闺秀时，常玉花这名字是与她的容貌极相称的，她根本就不需要刻意去打扮，那粉嫩嫩的脸蛋，微微上翘的鼻子，薄薄的嘴唇，弯弯的柳叶眉下如露珠滚动在荷叶般的眸子，简直就像是从图画里走出来的女子一模一样的。只是她跟蛮牛哥结了婚后，我们白驹村就再也没有人叫过她的名字了——大人们都喊她蛮牛堂客，小辈份的伢儿们就喊她蛮牛嫂。在我的记忆中，蛮牛嫂嫁到我们村的头两三年里，她还有着和红梅姨一样的美丽，也经常会引来一些眼馋的汉子。只是汉子们的到来当然不能太直露,谁不晓得自己村里的规矩呢:谁家讨进的堂客,就属于谁家的私有财产,就是多看一眼都得留点神。于是有心里明亮点的,就挑了木桶到蛮牛嫂门前的井台去打水。

"哟,后生崽,我家的井水甜些吗?"蛮牛嫂的婆婆就会阴阳怪气地问一句。

"噢,不,不……我们家那井……井枯了哩!"即便是色胆包天的汉子,在此时也做贼心虚,话就答得别扭起来,然而那木桶"啪"地扔进井中,老半天却不把水舀上来,见人家婆婆没太注意,忙挑了空木桶往自家门前的井台走去……

此时太阳正在往高里走,蛮牛嫂在阶前晾衣服,她见了后,就游丝般轻微地叹息一声,也只是偷偷地抿着嘴儿笑了笑。那时,蛮牛哥是多么的自豪呵!他经常放开嗓门唱一首当地流行的民谣:"堂客是我讨来的,讨来洗衣做饭生崽的……"

硬是把想打歪主意的葛癞子和吉跛子两个单身汉,羡慕得要死。

但也就只有几年的工夫,如今的蛮牛嫂已经像玉米籽一样秕了:脸皮皱巴巴的蜡黄了;眼睛呆滞得红火钳戳过去也眨都不眨一下了,作新媳妇时的俊秀、干净以及那浅浅的笑意,全让疲惫给赶跑了;甜脆脆的一张灵巧嘴也成哑巴了……

带着一颗疑惑的心,我去问过了依旧是漂漂亮亮的红梅姨。

可是红梅姨说:"蛮牛嫂对她的男人百依百顺,温柔得如同从月亮国里嫁过来的,又会喂猪又勤俭,只有一件事她对不住自己的男人:她怎么也生不出一个儿子来。已经三十六岁了,生了五胎,全都是女孩。她嘛子样的办法没想过呢?请过近百里闻名的老中医,喝过偏方熬的大碗大碗的苦汤;蛮牛哥还接过阴阳看过风水,拆过大门,挪过屋宇也迁过祖坟;蛮牛嫂更是用磕响头磕起青疙瘩的虔诚想为她那真正地如同一头蛮牛的男人祈祷一个儿子……然而,倒扣着大锅一样的肚子解怀了,青一块,紫一块的男人的粗暴却又增添在了她那佝偻的身上……"

红梅姨仍然在自言自语般继续述说,我的心里一阵酸楚,却再也听不下去了,不禁像大人般重重地叹了口气,并无奈地摇摇头。我感到了羞惭,甚至无地自容。

有天刚吃过午饭,倏忽就听到外面传来一阵杂乱的呼救声。

"——救命啊!快来人救命啊!"

声音脆弱,却撼动人心。那是蛮牛嫂的几个女儿在呼喊。

逼仄的白驹村里一时间鸡鸣犬吠人惊慌,老少男女们纷纷出得屋来,却已经晚了,蛮牛嫂居然带着满腹怨恨跳进了那口曾经有不少汉子来打过水的井中……

那口井真深呀,却并没有激起一星水花!

我感到一颗少年心在抽搐,原以为蛮牛哥会落泪的,不期,随风而来的却是他愤恨地一声诅咒:"哼,只养得出母货的贱妇,临死都还要废我家一口井!"

此事毕竟是关乎人命,身为大队治安主任的葛癞子按理是应该站出来说几句公道话的,他至少也得去现场看看到底是怎么回事呀!袁瓦匠在白驹村做上门工时他不是常喜欢把一张嘴搁在人家的身上吗?既要人家回去补开了身份证明,还亲自公差到新化去搞了外调,没想他此时却像只缩头龟似的躲在人群里不吱声。

"人家蛮牛正在气头上,他葛癞子本身又不干不净,想去找死啊?借个胆给他也不敢再惹蛮牛!"吉跛子阴阳怪气的话一出口,人群中立刻引起一片议论声。

原来葛癞子早年就曾经被蛮牛吓了个半死的,他是个有前科的人。

那是在七年前,也是夏天,蛮牛嫂从对面山湾里打猪草回来,只穿了一件花格子短袖衬衫和一条短裤衩,在自家门前左侧的水井旁舀了一盆凉水擦身子。那时的蛮牛嫂还只生过头一胎,身段仍然是那么窈窕,肌肤依旧白如初雪,这情景刚好被巡查田水的葛癞子看到了,虽然当时还隔着半坵稻田,他却如一阵风般旋到了蛮牛嫂的身后,双手一合便紧紧地抓住了她,蛮牛嫂一声惊叫,却把正在偏厦劈柴的蛮牛唤了出来,蛮牛见状,手舞板斧飞奔过来,要不是他葛癞子腿长跑得比獐子还快,说不定真被蛮牛一斧头劈成了两半……他从此便再也不敢正眼看蛮牛嫂了。

只是今天村里出了这么大的事,却为嘛子也没有见到他吉跛子呢?

村人们还在交头接耳地议论声中,葛癞子早就已经溜之大吉了。

蛮牛嫂常玉花的娘家就在资江南岸的余皋溪村,一干人闻讯匆匆赶来时太阳还刚刚偏西,平日在村里牛逼哄哄,动辄喊打喊杀的一介莽夫蛮牛哥却也一时间慌了手脚,任由岳丈家的人当家作主说是要杀猪宰羊祭奠枉死的冤魂。俗话说人死无罪,死者为大,何况蛮牛嫂确实死得冤枉,死得悲惨,娘家人要讨回一个公道那也是在情在理的事。眼看着气势汹汹的娘家人就要动手了,却谁也没有想到居然是文文静静的红梅姨走过来平息了一场风波，只见她拨开人群，"啪"的一声向收敛入棺的蛮牛嫂磕下了响头，然后连头也未抬，就如姐妹道家常般地哭诉着说："玉花姐，你好忍心，你好糊涂啊！你给蛮牛家一生就是五个女儿，五朵金花，如今大女儿还只有十岁，她们都正是在吃长饭的年龄，还有老二老三老四老五正等着上学呀！你和蠢蛮牛累死累活的家境本来就不充裕，今天你至亲至爱的娘家人却要为给你一个风光，硬是要在这个青黄不接的季节里把你含辛茹苦喂养的半大不小的猪羊全都给宰杀了，玉花姐你快醒来看一看，快劝一劝你的这些亲人呐……"红梅姨是从斜对面的月形山上赶过来的，一同被她赶来的还有朵朵白云般的"咩咩"叫唤着的羊群。红梅姨的土布裤子上沾满了血色的草籽，薄薄的青布衬衫也早已汗淋水滴了，她那紧裹着的单薄身子抽搐着，在她身边依次跪着的是蛮牛嫂狠心抛下的五个女儿，这五朵金花此时全都耷拉着脑袋，也陪着红梅姨淌着无声的泪水……红梅姨照例是细声细气的，她的哭诉却如一场毛毛细雨，把全村在场的老少男女们的眼眶全都给濡湿透了，也把死者娘家人心中愤怒的火焰给悄悄然浇灭了，人们转而纷纷走过来扶起早已成了个泪人儿的红梅姨。

百多只山羊就匍匐在禾坪一旁，静静地如一朵朵白云，正闭着声息、竖起了一个个耳朵，羊们也是在谛听自己的主人在诉说吗？羊们或许什么也听不懂，但它们红红的眸子里却分明含着悲悯，眼眶中亦似乎蓄满了泪水……就这样，接下来便是由支书廖建忠亲自主持给苦命的蛮牛嫂开了一个简单而又隆重的追悼会。

那一夜月色空明，星星在蓝天下悬着，村人的心却被五朵金花的哭声揪着。

"你们看看，你们看看，红梅这孩子就是与众不同，她细声细气的一场毛毛雨看似是在道家常，实则是蕴藏着道理在其中的，一场大风波就这样被她给平息了。"那是一个非同寻常的夜晚，我再一次听到了奶奶对红梅姨发自内心的评价。

夜色渐深，萤火虫打着小灯笼在村里乱窜。追悼会快要散场了，孩子们追赶萤火虫的童谣仍然在继续，"萤火虫，打灯笼，打着灯笼找良心……"童稚的声音传得老远老远。而这一首同样蕴藏着道理的童谣却是我奶奶教给孩子们唱的。

我奶奶也是个有故事的人，红梅姨曾经跟我说起过："你奶奶是一个虔诚的佛教徒,你爷爷还追随过三民主义呢!要不是过早地走了,说不定如今已是个大官。"红梅姨说起这一些她也是听来的旧事时,水汪汪的眼睛里闪着幽幽的光亮。

可自从新中国成立以后,我那成了寡妇的奶奶却再也不信教了。

有一回,奶奶突然说:"只有良心才是最靠得住的。良心若是坏了,资江水就不会再清澈了。"我瞪着一双童真的眼睛向奶奶看过去,却发现奶奶正仰头望着天空,天空莹莹地蓝,一颗一颗的星星像是刚被清凌凌的资水洗过,亮晃晃的。

此刻的我也正随了村里的伢妹子们在追着萤火虫唱童谣,鬼精鬼灵的寿保儿在路过富农老婆吉竹娥家时,一双追萤火虫的雪亮眼睛却发现了正扒在竹娥家窗前的葛癫子,他猛地喊了一声"葛叔",不料把葛治安吓得一跤摔在了窗下。"你这鬼崽子!"葛治安一声怒吼,随之又看到吉跛子慌里慌张从富农老婆家中倏地拐了出来……这当然只是一个小小的插曲,该去的总会过去,该来的照例会来。

三

终于等来了晚秋。经历了收割阵痛后的田垄里空空旷旷的,一群又一群小麻雀,在农人们还未来得及回收的稻草堆上跳来跳去,叽叽喳喳的鸟语无人能懂。

这是白驹村里的放牛伢妹子们最省心,也最开心的好时光。

因为受家庭成分的影响,初小才毕业的我也过早地成了放牛郎,也照例随伙伴们把牛牯往田垄里赶,便三三两两地又凑到一起,或到堂屋的磨砖地上玩打陀螺,或楼上楼下玩捉迷藏。奶奶却摇着头说:"你们简直就是一群飞天蜈蚣!"

后来都玩得饿了,又一窝蜂说到后山去采野果吃,我却怔怔地杵在禾场坪里。

有大人忽然就像想起了嘛子紧要事似的在念叨:"这袁瓦匠也该来了吧!"

声音好像是被风吹过来的,在我家屋后王奶奶家的禾场坪里,红梅姨居然时不时右手搭在额前往上游的纤道上张望。她这是在盼望着袁瓦匠来家里检漏吗？

　　能够抬眼就望得见的上游是唐家观小镇，它如一条千足长虫匍匐于资水中下游北岸的山崖，临江是清一色的吊脚木楼，一根根千年古木做成的后廊树歪歪斜斜地插在汤汤资水的礁石缝隙中，顽强地擎起一座数百年了的小小古镇。这是离白驹村最近的唯一的"街上"。过了我家门前右侧的联珠桥，再沿着资水的纤道也是官道往上走，大约三四里路程就到街上了。那可是我们白驹村孩子们心目中的湖北汉口和江苏南京。"嘿呀呀！那汉口和南京才叫繁华热闹啊！要嘛子有嘛子，只有你想不到的，冒得你买不到的，关键是只要你腰间搭琏里有票子。""嘛子"也是梅山方言，既什么的意思，搭琏则是用纤搭肩改制成的腰包，里面就是装个几千上万的钞票也并不显眼的。这说话的人自然是到过湖北汉口或江苏南京的，一脸的骄傲和自豪。要是红梅姨也在场听人家说起这话时，她那一双水汪汪的眼睛里便肯定会忽闪着幽幽波纹，只是她也又会马上逃也似的远远离开……

　　我忽然想起了去年过小年那一天，奶奶带我到唐家观裁缝铺里去做一件过年穿的新衣裳的事。裁缝铺是在小镇的街口上，老板姓莫，五十开外的年纪，莫裁缝有三个女儿，三个女儿都出脱得漂漂亮亮的。小镇唐家观人，甚至还包括对河的鹊坪、余皋溪，尤其是我们白驹村和株溪口的人，都称她们是资水的三朵花。

　　大姐莫莉花，二姐莫桔花，三姐莫槿花。

　　莫裁缝是读过私塾的，是个为人行事都颇有讲究的谦谦君子，给女儿取名自然也很讲究，都是按照女儿出生的月份，挑选了该月份最美的花朵给取的名字。

　　当时正好是学校放寒假了，刚好三姐妹全都在家里，因为莫家与我们廖家是老主顾了，我和奶奶的前脚刚一进门，她们就随着我的辈分"奶奶奶奶"的叫，我奶奶就笑得像一个活观音似的，也忙要我叫过莫伯伯，又叫过那三朵花的姐姐们。

　　"你看看，你看看，莫家资水三朵花，一朵比一朵漂亮。"我奶奶说。

　　"奶奶，您这意思是说我没有妹妹们漂亮吧？"莫莉花嘴快不饶人。

　　没想到我奶奶也会一时语拙，但她再定睛看莫莉花和她的两个妹妹时，便"哎哟——"一声，脱口就说出了真心话来："嗯，那姐姐还是姐姐。"于是满室人都笑得前仰后合。"奶奶您这一回终于露馅了吧！"两个妹妹竟也异口同声地说起了大人话。谁说少年不识愁滋味？我却突然害羞得不敢抬头,怕碰到那一双双水汪汪的目光。给我量尺码的是大姐莫莉花,也就十五六岁年纪吧,幼年学艺的她一双巧手在我的身上比画着,我的心里却莫名其妙地打起鼓来,幸亏那"咚咚响"的声音只有我自己才能听得见。"小少爷长得好英俊哩!"莫莉花姐姐是在有意缓解我的紧张情绪吗?声音比屋后的山涧水还要清澈。我却照例没敢抬头,只是偷偷地闻着从她身上散发出来的淡淡馨香,心里头的鼓点也便敲得愈发紧密了。

终于量过了尺码,我的心情也总算渐渐地平静下来了。奶奶经不住孙儿的纠缠,就只好又领着我向街上走去。那个繁华和热闹哦!南杂百货,山珍河鲜,剪纸风筝,琳琅满目;臭豆腐干子,白嫩豆腐脑,糖油粑粑,粟米粽子,糯米青团等,应有尽有,看得我眼热嘴馋,口水"咕咕"地含在嘴里,时不时还滴到了衣襟上。

"看把你小嘴给馋的,也算是个准少年了,害不害臊哟你!"母亲病逝后奶奶即当祖母又当娘,她心疼地说着就从怀里掏出了一个小小手绢包,一层一层打开,拿出了几个银毫子来,准备给嘴馋的孙儿买几个糖油粑粑饱口福。可没想手一抖,"叮咚"一声,银毫子就掉到了街面的石板上,又如蹦着跳着坠进了石缝……

"大伯母,我来付钱,我来付钱。"一个熟悉的声音灌入耳中。

原来是红梅姨也上街了。她怀里揣着一段玫瑰红的灯芯绒布料,白白净净的脸上飘着一抹红云。她有些兴奋地一边争着给付了钱,一边含情脉脉地瞟了一眼前面街角去船码头的巷弄口,顺着她那幽幽的目光望过去,我看到了袁瓦匠向江边走去的背影。这也并不奇怪,他是说过要赶回老家去过小年的。只是红梅姨……

"是啊!袁瓦匠也应该来了。"我奶奶不知是什么时候也来到了禾场坪。

我终于从馋嘴的回忆中醒过神来,也把疑惑的目光投向了唐家观的方向……

嚯,说曹操曹操到,袁瓦匠果然就来了耶!还大包小包地带了蛮多的新化特产:有笋干,有豆腐干子,有猪血丸子。还有一个小布包,里面软软的,他没有打开。因为我们家就住在联珠桥旁,是进村口的头一家,按照惯例,袁瓦匠每年来到白驹村,头一两天就在我们家里借宿的,也是从我们家最先开始翻瓦检漏。

袁瓦匠是快生火做晚饭的时候才到的,正好就分了一小部分新化特产给我奶奶,他说:"您老就尝尝鲜吧。每年过来都尽给您老人家添麻烦!"奶奶也并不推辞,笑笑地说:"你一个光棍男人,这肯定是花钱买的吧?"说话间,王奶奶家的女儿红梅就到了,手里拿着一只细篾织成的小簸箕,人未进屋,声音就飘过来了:"大伯母,要向您借一碗晚饭米呢!明天一早碾了谷子就还给您的。"目光刚好就与袁瓦匠的目光相碰,却还装成根本就不知道袁瓦匠已经在我们家似的,忙不好意思地说:"哦,袁师傅,您是嘛子时候来的啊?"袁瓦匠就故意大声回答:"才到的。才到的。我还正要去你家看王伯母哩!"奶奶进房间给红梅姨去打米的时候,袁瓦匠就偷偷把那一包未打开的软软的东西塞给了红梅姨,他悄悄地说:"入冬后,你牧羊时用得着的。"我好像隐约听见是一条红围巾吧。

检漏活确实不是一般人能干得了的。像我们家那样高的木屋,一个楼梯根本就搭不到房檐上去,得用两个梯子连着,在连接处用棕绳一个箍又一个箍地捆紧捆牢实后,得由三五个男人合力才能把梯子搭上檐口,人沿着梯子一级一级地往上爬时,梯子一闪一闪,像随时都有可能会遭遇到断裂似乎。但袁瓦匠毕竟是当过特种兵的,爬起楼梯来轻手轻脚,像个猴子,一天溜上溜下四五趟,还常常回过头一双浓眉大眼往四处扫描,一副丝毫也不吃力的样子。不过有时候小便他也懒得下来,看看前后无大人,直接就把尿水射在青色瓦沟里。万一要是被大人发现了,袁瓦匠就嬉皮笑脸地说:"先试一试水,免得没检熨帖,真下起雨来漏水就麻烦了。"村人们就只是笑一笑,若是碰上了调皮的后生,也会偶尔补上一句:"千万莫让人家薛红梅看见啊,惹得她夜里做花梦,你可就回不得新化了!"袁瓦匠也不驳斥,一脸的傻笑反而偷着乐。

红梅姨是白驹村里的活寡妇。家里就一个老母和一个儿子。男人是招婿过来的,是资水对岸田庄公社竹湾里人。姓黄,名书旺。有人说她家是坟山和屋场有问题,因为她娘也年纪轻轻就守寡。我对这个姓黄的"姨父"毫无印象,有一次听村里人议论起他:"什么黄书旺呢,根本就是只黄鼠狼!"还有妇女甚至拿黄书旺当反面教材说男人:"有狠的,你也做一只黄鼠狼啊!肯定会不得好死!"

据说黄书旺确实长得一表人才,像模像样,要不然红梅姨也不会看上他,还把家里好不容易才逐渐积累起来的木货和土特产也全都交由他去放毛板船变钱。

听说那是在黄书旺招婿到红梅姨家的第二年春上,而且还是他主动提出要与同村的几条汉子驾送毛板船去湖北汉口,红梅姨当初是并不愿意自己的男人跟着去冒这个险的,说是可以多做几次托人捎过去,与驾毛板船的汉子对

半分成就行了,因为这挣的毕竟是赌命钱。是当娘的王奶奶却多了一句嘴说:
"不到资江河里经几番风浪,往后夷嘎能在白驹村立得住足啊!"娘说的是一句
大实话:"夷嘎"是梅山本地方言"怎么"的意思。红梅姨也就没有再坚持。可当
娘的也万万没有想到,这个招进门还没满一年的女婿分得一大摞票子后人就
开溜了。有人说他是在汉口又招了婿,女方是个有钱人家,黄书旺投靠人家吃
软饭去了;也有人说他是不想再回白驹村,留在了花花世界的汉口跑单帮做生
意。反正去了就没有再回来。刚好那时候红梅姨在家生了孩子,等满月后她一
个妇道人家带了盘缠去汉口找人时,黄书旺早就无影无踪了。红梅姨当初不愿
意让男人跟着毛板船去送货其实真正的原因就是对黄书旺的为人不放心,只
是不方便明说罢了。如今红梅姨的儿子黄望郎已经快满六岁,就要启蒙上学
了,却连父亲是个嘛子模样都不知道。

袁瓦匠倒是很同情红梅姨,要不他为嘛子从老家新化带来的东西只给我
们家分一小部分后,全都送给了红梅姨呢?有人就想凑成好事,成全袁瓦匠和
薛红梅;但更多人却表示反对,说红梅的男人黄书旺虽然是个混账家伙,但他
们毕竟是拜过堂,摆过喜酒的,还在公社民政所领过结婚证呢。就有好事者编
出了顺口溜:

袁瓦匠啊袁瓦匠,见了红梅心莫痒。

碰巧哪天男人回,乱棍打死野鸳鸯。

好事不从忙中起,隔上几年也无妨。

其实这也是白驹村好心人的一种善意提醒。不怕一万,就怕万一,哪天黄
书旺真的就回来了,袁瓦匠和红梅姨不就真如葛癞子所预言的"鸡飞蛋打"空
欢喜一场吗?但袁瓦匠毕竟是当过兵,跑过江湖,见过大世面的人,他心里有数
得很。

"嘴巴两块皮,爱说咋的说咋的,不过好事确实不从忙中起。"他照例挨家
挨户一路检漏翻瓦,照例吹着口哨爬楼梯溜上溜下,照例只要一看到红梅姨牧
羊进山或牧羊回家时,那一段"红梅花儿开,朵朵放光彩"的革命歌曲顺口就溜
了出来。所不同的是,只要他偶尔说起是要到红梅姨家去看王奶奶时,总会事
先去一趟离我们村三四里路的小镇唐家观,花两个工日的工钱称上两三斤猪
肉送给老人家,还故意大大咧咧把话喊得山响:"我家老娘要是还健在,和您老

年纪差不多呢。就算我是借您的光,来孝敬我老娘啊!"在情在理,让上下邻居家的老人听了既嫉妒,又羡慕,还堵住了一些爱咬舌根人的嘴巴。袁瓦匠真是一套一套的。

"哼,还老娘老娘,怕是去看小娘吧!"葛癞子才不信这一套。

葛癞子和吉跛子都特害怕王奶奶,但这事得从王奶奶的父亲王山峰说起。当然还是在新中国成立前,王山峰是白驹村老族长廖银和家的长工,而王奶奶从小就是个牧羊女,一根长长的羊鞭顺手一甩,就是一个"啪啪"的连环响,鞭长一丈有五,挽了十来个圈握在手中,出手可远可近,可及之处鞭梢喊打哪里就是哪里。传说她还三鞭抽死过一只豹子,年轻时有"神鞭奇女"的称谓,只是命运不济,也是招婿上门的男人薛东贵在资江桃花水涨时驾毛板船于崩洪滩遇上风暴,此后连尸首都没有找回来,可怜的王奶奶带着不满一岁的女儿薛红梅天天在崩洪滩涂哭喊丈夫,硬是把一双鹰一样的眼睛也哭瞎了,以致再后来连个上门女婿也没能看准。

但即便王奶奶的眼睛瞎了,也照例一根羊鞭从不离手。

四

我们白驹村里,曾一度流传着两个与王奶奶手中那一根羊鞭有关的故事。

头一个故事说:在一个月黑风高的夜里,有个年轻男人悄悄地摸进了王奶奶家,想用一根铁针去挑开已是新寡妇的薛红梅的房门,还刚把一只脚踏进堂屋,却被仰躺在堂屋竹板床上的瞎眼老人一羊鞭甩了过来,硬是把一条好端端的右腿给打成了残废。那男人对村里淳朴的民风颇是熟悉,晓得没有入夜关堂屋门的习惯,也晓得薛红梅的房间是在右侧,但他却做梦也没有想到明明已起了鼾声的瞎眼老人会睡得如此警醒,更没有想到的是她连在睡梦里也把那一根羊鞭握在手中……第二个故事更玄:又是另一个想沾腥的男人天刚断黑就躲在王奶奶家的窗下,一直等到四更天听到老人起伏的鼾声才悄悄地摸进堂屋去,王奶奶这一次是有了怜悯之心的,并没有挥动手中的羊鞭,而只是梦呓般地说了一句:"你进来了?"来人一听,便吓出了一身冷汗,立马就抽身出了堂屋的大门,没想到老人紧接着追了一句:"出去了啊?"硬是把那个想偷腥的男人吓得兜了一裤裆骚尿……

前面那一个故事是吉跛子与吉竹娥调情时不小心说出来的,吉竹娥听了就揪着吉跛子的耳朵说:"原来那个被打残了右腿的就是你吉跛子呀!"并且还半仙似的又接着说:"吓尿裤子的那家伙肯定就是葛癫子了。"说完就抿着嘴直笑。

吉跛子一怔,半天才咬着牙愤恨地说:"哼,这笔债我迟早是要讨回的!"

吉竹娥是廖世青的老婆,而廖世青又是个富农成分,他老婆与吉跛子和葛癫子有染是白驹村里大多数人都晓得的事。庚伯其实也想过要出面干预,但一想吉竹娥毕竟是一个四类分子的婆娘,这两人能与她勾搭在一起,兴许对富农成分的廖世青会有某些好处,也就算了。当然更主要还是出于对阶级兄弟的同情,毕竟这一跛一癫的两个贫下中农子弟已到中年了还没沾过女人,就放他俩一马吧。也免得他们一天到晚惦记着再打薛红梅的歪主意,还能给袁瓦匠一个更宽松的环境。

只是吉跛子私下里跟吉竹娥说过的笑谈被传了出来,这事还真有些蹊跷……

白驹村有大小百多户人家,也就有百多栋青瓦木屋。一路检漏翻瓦下来委实消停不得,得花上好几个月的时间。袁瓦匠着实是敬业得很的,除了下大暴雨不能上屋外,偶尔遇上有麻麻细雨的天气,他也从不敢怠工,总是会背了蓑衣上屋。

人心都是肉长的,将心比心,于是就有家庭主妇确实担心袁瓦匠的安全,也有是故意一语双关逗袁瓦匠开心的。"袁师傅,莫从屋顶上滑下来了啊!心急呷不得热豆腐,就莫急了这一天半天的。"而毕竟在部队时就与女护士有过白纸黑字交道的袁瓦匠却一句文绉绉的话回答得很满当。"我是想不急哦,可苍天不老人易老,就怕青春不等唱歌郎啊!"对方又说:"你还真是个人(淫)才耶!"

袁瓦匠当然听得明白,嬉皮笑脸说:"是个人(淫)才也要靠大嫂成全呀!"

说笑归笑说,袁瓦匠却始终是把村里的事当成自己家里的事在做。别看他平日里像个不想事的嬉皮士,其实心里经常在算着日子。他是中秋节后第二天来村里的,就是忙到过了小年回老家新化去,满打满算也只有百多个工作日,这中间还有雪雨天气偶尔得耽误几日。袁瓦匠说:"我总不能留几栋屋漏不翻检吧?"

所以碰上月色如水的夜晚,袁瓦匠还得顶着寒风夜露加班加点也是常事。

在那样的夜晚,我们一群少年伢妹子们也是不肯闲着的,上村和下村分为两个阵营打散沙仗是我们的拿手好戏。散沙是就地取材,女孩们负责从家里带了簸箕到资水江边的滩涂去搬沙子,伢儿们就以江边上的那一棵老槐树为分界,各执一方潜伏在路旁茅草丛中,一见有对方的人露出头来,就劈头盖脸地打过去。有时若碰巧哪个背时,沙子里的小卵石砸到了头上,就会鬼哭狼嚎地骂娘骂祖宗。

有天夜里,月光格外地明亮,星星也像是被资江水洗涤过,连续二十多天冬晴,气候也回暖了,孩子们不但不觉得冬夜的寒冷,一阵子下来,还个个都满头大汗,脸上身上甚至连头发根上全都沾满了细沙。怕是快半夜了吧,上村领队的干国儿就喊话了:"喂,下村的听着,今夜就停战算了,明晚再战吧!"下村的孩子王寿保儿也就见好收场地回应说:"就依了你们吧!反正也打了个平手,明晚上可是要分胜负的啊!"于是就作鸟兽散去,纷纷回家了。我却因为平时奶奶管得严,快到家时,还会照例到门前的江边先洗一洗满头满脸的细沙和尘土再进屋去。门前的右侧是一条清凌凌的小溪,那是从六十多里旱路的擂钵山流淌而来的,易涨易退,却从未干枯过,出口处的联珠桥正好就在我家右侧资江边上。

这是一座青石双拱桥。高高的桥拱呈半圆形,中间桥墩两边的驳石上,年长日久,已经积了厚厚的一层沙土尘埃,也不知是风吹来还是鸟衔来的种子,居然长满了芦苇。春夏的时候芦苇青青翠翠,而到了深秋与冬季,芦苇秆上依然还挂满了洁白洁白的芦花。在如水的月色下,一经夜风悄然拂过,修长的苇秆擎着满头皎白芦花,摇曳出鬼魂般的舞蹈,还会发出塞塞窣窣的声响呢。我当时正提着胆子沿门前的麻石码头一步一步往走下去,忽然就听到桥拱下窃窃的说话声了:

"你怕是又加了好几个夜班吧?"

"还不都是为了早日检完屋漏好回去过年嘛!"

"那我呢?"

"不是讲好了同我一起回新化的吗?"

"说得轻巧哦,有些事你又不是不晓得。"

"晓得,晓得,我都会做出安排的。"

……

声音好熟悉耶!我便赶紧收住了脚步往回走,不敢继续往下听。但又并不是怕惊扰了说话人,而是突然想到了奶奶曾经告诫过我的话:"偷听人家说话是不道德的行为！"一个能遵守道德的人，或许就是奶奶曾经说过的有一颗良心人。

那一夜，我睡得好香，好甜，好踏实。

我为自己藏着秘密而得意。没想到第二天放牛时，寿保儿又跟伙伴们爆料了一个重大的发现，说是吉跛子和葛癞子两人同时争抢着进攻了富农老婆吉竹娥。

"曛，那阵势你们有谁见过？"寿保儿刚准备做细致的描述，在田垄里啃草的一头水牛就突然发出了"昂——"的一声长哞。"嘿呀——"寿保儿惊讶地说："葛治安和吉会计也像这头水牯哩！"他说这话时口水都流出来了。

"呸呸呸，羞不羞啊？你们这一群野伢儿！"

正当寿保儿拉开了架势，准备绘声绘色地继续往下说时，红梅姨细声细气的声音便从田垄的那边随风飘来，也飘来了一朵一朵的白云。是红梅姨又要去山上牧羊了，她款款地走近孩子们，一脸严肃地说："万千的好样你们不学，还是人不是人呐！"把手中的羊鞭啪地在寿保儿头顶甩出一声响，便跟着羊群上山去了。

庚伯曾经说过："红梅和王婶手中握的是一根上打昏君下打奸臣的神鞭。"

寿保儿也便立马就收了口水，望着两头仍然在寻欢的水牛发呆。

其实有一些秘密是根本就藏不住的，就像我们白驹村村口的一江资水，日里夜里川流不息，即便是一路上拦江筑坝，也根本就没有办法阻挡它汤汤东去，汇入洞庭，注入长江而后直奔大海。我心中的秘密终于在过小年的那一天真相大白于白驹村了。奶奶一大早就叫醒我起床，告诉我今天家里请人杀年猪，嘱咐我早一点到王奶奶家去，请她们一家三口中午到家里吃小年饭。请迟了对人家不恭敬。

因为王奶奶家人口少，几把大米和红薯米过滤的米汤不足以喂一头出栏的壮猪，而百多只山羊又全部是为生产队牧养的，所以每逢过小年家里杀年猪时奶奶都要请她们全家一起来家里吃一餐饭，并且还会送一块五六斤的猪肉给她们过大年。然而这一次，却只见到有王奶奶和她孙子望郎两个人盘在偏厦的火塘边烤着蔸根火。火塘的中间，是从偏厦的房梁上悬下来的一个用空竹子与山楂树条制成的梭筒。这是白驹村常见的一种炊具，是祖上先人们利用几何力学原理的一种土发明。入冬天冷，一般都不再在柴灶上煮饭炒菜，而是在火塘中央用梭筒吊着饭炉和菜锅,既可做饭菜,又可烤明火,是一举两得的事。此时,王奶奶家的梭筒钩上就正好吊着一只并没有捂盖子的铁锅,里面还炖了一个开成四大块的猪头肉和一片一片的白萝卜。汤酽酽的,好香好香呢。听见我的脚步声进了偏厦,王奶奶就主动地说:"替我谢谢你家奶奶!今年就不去麻烦你们家了,你看,我们家也早就备好了过年肉哩!"随着王奶奶手指的方向望去,偏厦的案板上果然摆着一大菜盆鲜猪肉,上面还撒了薄薄的一层食盐。我还奇怪地发现,那根从不离身的牧羊鞭却没有在王奶奶手中……我也突然想起今天还没见红梅姨上山去牧羊。

<h2 style="text-align:center">五</h2>

后来就终于明白了,王奶奶的女儿,也就是我常叫的红梅姨已随袁瓦匠去新化了。消息一传开,白驹村像煮开了一锅粥,有人还说要去公社派出所报案。但王奶奶却很是平静。老人家拄着一根拐扙硬是挨家挨户地去说好话:"你们要是真心爱护我家红梅,就成全了他们俩吧!"还尽说人家袁瓦匠想得如何的周到。

袁瓦匠确实是一个不错的青年。他硬是赶在腊月小年节前就完成了全村所有木屋的检漏,跟村里人结完账目后,还诚诚恳恳地跟王奶奶老人家做了一整天工作,说是安顿好家里后,只要她老人家愿意,过了年就把她们祖孙俩都接到新化去。还说一定会待她如亲娘,待望郎如己出。王奶奶说着老泪就淌出来了,还生怕人家不相信,末了又从怀里掏出一大撮皱巴巴的钞票来,说:"你们看看,你们看看,他辛辛苦苦检漏翻瓦积攒的钱全都给我们祖孙俩留下了,还给家里买了一大菜盆过年肉呢。就是怕不好意思面对大家,他俩于昨天夜里就已经摸黑走了。"

屋后羊圈里的羊们"咩咩"地叫成一片,似乎是也在恳求村人们不要难为它们的主人……其实也只有羊们才知道自己主人执意要离家出走的真正心思,因为一连好几个夜晚,红梅姨把白天割来的草料整理好搁上羊圈横枕后,又会同她的宝贝羊们掏一阵心窝子,羊们当然听得懂主人的话:"女人一生遇上个好男人不容易,袁瓦匠就是一个好男人。但我又不能把他留在白驹村,我担心村里的个别坏男人迟早会容不了他,再说我自己也害怕家门口那幽幽深深的水井……我千想万想最后才想到选择了同袁师傅先私奔，等过了风头后再偷偷地把娘和望郎接到新化去。只是委屈了你们要跟新主人，我已经给你们备足好几天的草料了……"

羊圈里"咩咩"的私语是与羊们打了大半辈子交道的王奶奶听出来的，但她却只跟我奶奶说过这一席话，她知道即便是跟别人说了那也是白说，弄不好还会笑她是闭着眼睛说白话。"你家红梅的想法是对的。"我奶奶高深莫测地说："你是看不见哩，这几年资江的水总是浑浑浊浊的，证明人的良心都开始变坏了。"

王奶奶说："是啊！人心不古，会出大麻烦的。不晓得新化那边会不会太平？"

我奶奶接言："那也难说。但愿上帝能够保佑好人，留几颗良心的种子！"

两位老人最后那一句"留几颗良心的种子"，却深深地种在了我的记忆深处。

在瞎眼王奶奶的千般恳求下，白驹村终于平静下来了。

但平静只是暂时的。不久又从治安主任葛癫子和跛了一条腿的吉会计口中传出话来，而且是堂而皇之的理由，不容驳斥，他们的意思是说：白驹村自古以来民风淳朴，路不拾遗，无论家贫家富，木屋的正堂和两档的偏厦都是从不上锁或上门闩的；即使是有外地人从村子里过路，或上茅厕，或喝茶水，随手推开哪一家虚掩着的门方便就是。如今却出了拐跑人口的大事！村支书建忠叔听了也觉得应该有一个交代，后来干脆就通知所有在村里的大队支委召开了个紧急会议，专题讨论了薛红梅跟袁瓦匠私奔的事。会议开到很晚，村里的老人及妇女们，尤其是忠厚的庚伯，都为薛红梅和袁瓦匠捏了一把汗。但会议结果却大大地出人意料：

经村支委会研究决定：

　　取消黄书良与薛红梅的婚姻资格，薛红梅可按照自己的意愿另择对象。此决定拟报人民公社民政所审批后生效。

中共白驹大队支委

一九六四年腊月二十八日

决定是由廖建忠支书亲自起草的，他还真不愧是白驹村人的好支书，考虑得特别细致，也就是在当晚未散会前，他还专门嘱咐大队会计吉苟华也就是吉跛子用红纸黑字写了若干份，并从上村到下村共贴了十多张。第二天一大早，又专门委派葛布青也就是葛癞子去公社民所审批决定，而他自己和大队长却是赶往新化泊溪村去接薛红梅和袁瓦匠回白驹村，说一定要劝动袁瓦匠到村里来安家落户。

村人们谁也没有想到的是，在那晚的大队支委会上，吉苟华和葛布青两人还当众对自己以前的行为做出了深刻的自我批评。而且两人的话都说得很感人，大意是听了王奶奶所陈述的她女儿薛红梅之所以离家出走的原因，以及回顾了袁瓦匠这些年在村里所做的贡献后，极为感动也深受启发，想想自己毕竟还是一名共产党员，一名基层干部，却连一个外地来白驹村检漏翻瓦的瓦匠都不如，真是良心被狗叼走了。或许他俩内心深处还有着别的动机，那就只有他们自己知道了。

那一年正月，村里特别喜气，一时间有蛮多人说："袁瓦匠真不愧是个检漏高手，既捡了一个幸福美满的好家庭，更捡来了吉跛子和葛癞子失落的道德和良心。"

唯有我奶奶却颇不以为然，一连几个早上都站在檐前望资水，像打哑谜似的说："流水若腐，良心必坏，得看日后是何潮流。"老人说着又仰首望了望苍天。

时间如白驹村村口从擂钵山发源的九峡溪溪水，也如我家门前左侧的那一江资水，或粼粼，或汤汤，仿佛一眨眼便是许多年流走了。之后所发生的许多事情，尤其是后来运动进入到高潮时吉跛子和葛癞子与红梅姨一家的恩恩怨怨，我虽然记得真真切切，却不忍再去回顾，因为那毕竟是一个令人性的丑陋和罪恶竞相迸发的特殊年代，是吉跛子曾经说过的"哼，这笔债我是迟早要讨回的"最佳时候，也是奶奶曾经预言过的"流水若腐，良心必坏，得看日后是何潮流"的潮流吧。

六

斗转星移，物是人非，才过去两三年吧？

还是在大白天呢，我却像做梦似的，忽然间北风呼啸，一场铺天盖地的纷飞暴雪袭来，并且还分明看到，白驹村的田垄白了，山冈白了，通往小镇唐家观的纤道上，脊背仍然硬朗的袁瓦匠和身材依旧窈窕的红梅姨两人手拉着手，一人胸前却各吊着一块杉木门板，门板上还写书着"一对色胆包天的苟合男女"

十一个墨色极黑的大字。最吸引我目光的还是红梅姨脖颈上那一条如火苗般在风雪中飘扬的红色围巾，此时此刻，我却已经毫不含糊地确定，那就是袁瓦匠早年送给红梅姨的那一包软软的东西里的特别的东西，虽然一直没见红梅姨舍得拿出来过。

难道她早就知道真正的严冬还没有到来吗？少年的我便忽发奇想，红梅姨和袁瓦匠的心中或许是温暖的，因为那一条如火苗般的围巾是那么艳丽和炫目……

我同时也见到了瞎眼的王奶奶，她正在自家木屋的堂前如一根枯瘦的木桩僵硬地杵着，尽管她的手中仍然握着那一根曾经三下就抽死过一头豹子的丈五羊鞭，白发苍苍的老人已然生出了一种鞭长莫及的无奈之感——能主持公道的建忠支书成了靠边站的对象，庚伯又在一场暴病中身亡……怎么却没见到望郎呢？莫非又是被她娘倒锁在里屋复习功课？王奶奶正要仰脸呼喊苍天时，远远的纤道上却倏忽间传来了袁瓦匠粗犷地放歌："红梅花儿开，朵朵放光彩，昂首怒放花万朵，香飘云天外，唤醒百花齐开放，高歌欢庆新春来、新春来、新春来……"

不晓得我奶奶是嘛子时候也站在阶沿档头了，她朝王奶奶家望了一眼说："你这女婿是好样的，再过几天就过年了，他是不想让自己的爱妻就这样苦着一张姣好的鹅蛋脸走进村人们的视野，他们已经是合法夫妻，得唱着革命歌曲回家！"

"良心都被狗吃了啊！"一腔苍老的呐喊声突然迸出，王奶奶手中那一根被誉为上打昏君下打奸臣的丈五长鞭，倏地朝堂屋房梁上一甩便扭成了死结，紧接着她那单薄的身子一蹾双脚，两只布满青筋的手向上一伸便将自己挂了上去……

最先听到喊声的居然是与袁胜利正在唱革命歌曲的薛红梅，此时的红梅姨几乎是奋不顾身地拉了男人就飞起来跑，两人胸前的木板上也飘满了雪花，黑字早已模糊不清，唯有红梅姨脖颈上那一条红色的围巾在风雪中飘扬着，特别地耀眼。

暴雪依然在寒风中曼舞，资水呜咽，白驹村崖畔上的梅花在怒放，血红如火。

只有香如故

尤金·奥尼尔说，我们生而破碎，用活着来修修补补。

——代题记

一

老家有一座小镇，叫唐家观镇。镇上有一家姓莫的裁缝铺。莫裁缝取的是单名，就一个字：怪。莫怪有三个女儿，三个女儿都出脱得漂漂亮亮，令小镇唐家观及周边熟悉她们姐妹的人，尤其是年龄不相上下的男儿，一个个都眼馋得要命。

她们姐妹的名字亦与花同，大姐莫莉花，二姐莫菊花，三姐莫桂花。

莫裁缝是读过私塾的，名字虽然滑稽，为人行事却颇为讲究，待人接物彬彬有礼，是个谦谦君子，对上门的顾客能帮衬则帮衬，不能帮衬则言词抚慰，老少无欺，再加上他的裁剪手艺确实了得，在方圆百里的七乡三镇都是有口皆碑的。

我最早认识的是他家的大女儿，而且一见面就有了一种刻骨铭心的亲近感。

莫莉花就是个美人胚子，心灵手巧，文文静静，尤其是她那双水汪汪的眼睛里养着的两个眸子，就像从清泉里刚洗过的一对黑宝石，光亮幽深得迷死人呢。

小镇上的孩子启蒙迟，女孩子更迟。开学的头一天，八岁的莫莉花挎着父亲莫裁缝亲手缝制的小书包，微仰着头说："我叫莫莉花。四月间出生的。"她大大方方地向镇小的老师自报了尊姓大名。莫裁缝很绅士地就站在女儿的身后保驾护航，满面春风，却又笑不吱声，他是有意在考验女儿，心里是颇有几分得意的。

"哇，莫莉花同学，你好漂亮哦！人和名字一样的，果然是一朵清纯的茉莉花耶！"老师说话很甜,也是一个特漂亮的女子,见了莫莉花却眼睛一亮,由衷的赞叹便脱口而出。她刚从省艺校毕业就分配过来了,是小镇上学历最高的教师。

"老师您才漂亮呢！像是从图画里走出来的。"做手艺的人见闻广,莫裁缝就忙接过了话茬笑笑地说:"早就听说镇小来了个从省艺校毕业的女大学生,肚子里是装满了彩色墨水的。这是我女儿他们的福气呦！"他说的并非是奉诚话。

老师的桃子脸嚓地就红了,比东边天际的朝霞还要光彩照人,她也友好地笑了笑,把薄薄的下嘴唇撮过同样是薄薄的上嘴唇,吹了吹额前垂着的刘海,有些不好意思地说:"大叔,您老见笑了,你家莫莉花今后会比我更有出息哩！"

"那就好,那就好,借美女老师的吉言,更托美女老师的福气呦！"见身后挤满了家长和儿童,一口一声美女老师的莫裁缝就忙拉着女儿的小手退了出来。

"我小名叫栀子花。是白驹村的,就住在村口联珠桥右手边的档头,正好是资水北岸的江边上。我母亲去世得早,是奶奶把我带大的,吃九岁的饭了。"我姐姐紧跟了上去,像一只活泼的小喜鹊喳喳地叫着。人群中瞬间又荡起了笑声。

我奶奶也站在人群中间,她那多皱的脸庞上亦绽开着好看的菊花瓣。

"又是一朵花呵！你的姓名是——？"美女老师说完便掩着嘴笑了。

"我姓廖,广羽廖,奶奶告诉过我的;名字叫栀子,我爸爸给取的,栀子花开的栀子。"姐姐是白驹村的小美女,奶奶送她去唐家观镇小报名,已经三岁的我也吵着闹着去了。也就是那一次,莫莉花的名字便在我幼小的心田长出了根来。

小镇唐家观与下游的白驹村相隔不过三公里路程,同饮着一江澄碧清澈的资水,但白驹村小的条件要差一些。住在村口江边的十多户人家之所以愿意舍近求远,并且还既是送礼又是说情,硬是请了大队支书前往协调关系,就是冲着镇小有一位艺校毕业生做班主任来的。开学以后,姐姐每天一早就随着邻家的同学们往唐家观镇小赶去,下午四点半放学后又三三两两地结伴回到家里来。他们背着母亲或奶奶缝制的小书包,手里拎着一个竹筒饭盒,开开心心的样子特令人羡慕。

"我也要跟着姐姐上学去耶！"姐姐和莫莉花是同桌,她俩特别投缘,每年寒暑假期间,姐姐都总会邀请莫莉花到我们家里来玩,莫莉花还经常一口一声要我也叫她姐姐。小小年纪的我心里便忽发奇想,姐姐就姐姐呗,说不定她还真是我前世或来生的亲姐姐呢！我于是就爽爽朗朗叫了她一声:"莫莉花姐姐！"她的应答却只有一个"嗳——"字,不过她把尾音拖得老长,就像潺潺流水漾开的波纹，一波紧接着一波，余响不绝于耳，她末了还近前拉着我的小手说："拉钩，扯钩，一万年，心不变。"我却始终不敢抬眼看她，害怕自己一不小心就会掉进她那两弘清泉，尤其害怕从她那一对黑宝石般的眸子里闪出的幽光，那是一种能够洞穿人五脏六腑的幽深之光啊！但我却又特喜欢亲近她，总想着同她玩，当然还有我的亲姐姐栀子花一起玩了。姐姐上四年级那一年，满了七岁的我有一次也就硬是吵着要当姐姐的跟屁虫，其实心里是另有着小九九的，那是我的小秘密。

"你这小调皮，等明年吧，明年新学期开班你就可以启蒙了。"奶奶顿了一下，抬起手来将了将鬓边的几缕白发后又说："要是你爸当年不去部队耽误那几年，你也早该上学了呢！"奶奶笑得满脸都是菊花开，一手拉住我，一手像赶鸭子似的让栀子快点跟上其他的同学们。我当时就好奇地问过奶奶："为什么我比姐姐小好几岁是我爸爸耽误的呢？"奶奶不语，脸上的菊花瓣却开得更加热闹了。

二

"奶奶，您真是好耶！"这话是我想要说的，姐姐却先替我说了。姐姐是最知道我心思的人，我还只有三个多月，母亲就得急症撒手人寰，我是奶奶用米糊喂养大的，也是趴在姐姐稚嫩的小肩背上度过的幼年，因为大人毕竟有大人的事要忙，奶奶给我喂过米糊，换过尿布后，就把我交给了只大我五岁多的姐姐栀子花，她当时还不会抱人，也抱不住我，奶奶就用一根布带把我捆在也还只是个小女孩的姐姐背上。这些事姐姐却从未跟我提起过，是我后来从邻居的口中听来的。

奶奶吻了下我的额头说："小馋嘴，是想要我带你去小镇唐家观吧？如今你姐姐上学读书了，读书是正事，你不能经常缠着姐姐的，耽误学业可不得了。"

"是呀、是呀！"我兴奋得跳起来，说："姐姐对我好，奶奶对我更好！"

"小汉子不准油嘴滑舌！"奶奶装出一脸严肃，"有一说一，有二说二。"

我立马小手一抬，学着姐姐们的样子给奶奶行了个队礼说："是！一二一！"

"你呀，你呀！"奶奶笑着摇了摇头，满头白发居然比芦花还要白。

在我们乡下有句名言：人穷礼不穷。家里来了客人，要上街去沽酒称肉，没有了煤油没有了盐也得到唐家观镇上去买。从家里出发，过了门前九峡溪口的联珠桥，沿着一条溯江而上的官道也是纤道的弯曲小径，远远地就能够看清匍匐于资水北岸的小镇唐家观了。一根根色如腊肉皮的柱子探入时涨时退的江水中,居然能奇迹般地支撑起一栋又一栋吊脚木楼,并且历经数百年风雨而不倒。在蒙童的眼里和心中那是一个多么繁华的小镇啊!南杂百货,山珍河鲜,剪纸风筝等琳琅满目;尤其是各式各样的资水特色小吃,如:麻辣豆腐干,白嫩豆腐脑,糖油粑粑,粟米粽子,糯米青团,蜜制酸枣等等应有尽有,看得我眼热嘴馋,口水咕咕地含在嘴里不舍得溢出来,因为在我的幻觉里,我都已经一样样地尝过鲜了。

"唉,看把你这张小嘴给馋的哟——像前世都没有吃的一样!"我的母亲病逝之后,奶奶既当祖母又当娘,她心疼地说着,又摇了摇头,就从怀里掏出了一个小小手绢包一层一层地打开,拿出几个硬币来,给我买了几个糖油粑粑饱口福。

唐家观的街巷很深,且弯如月牙,是前人依傍着江湾而修建的,溯江而上进入街口,过五栋坐北朝南的单向铺面就进入到街巷了,街巷里铺面对着铺面,檐口咬着檐口,一路青石板连着青石板,天晴要近午时分才可见到从檐口缝隙间泄漏下来的点点光斑;倘是遇上落雨天却无须撑伞更无须戴箬笠,檐口有木槽接住雨水,会曲里拐弯把檐溜一直送至江边某处,给汤汤资水平添几叠人间烟火的温馨浪响。但是有一回,我奶奶一层一层地打开小手绢取银毫子为我买糯米青团解馋当午餐时,却听得叮当一声脆响,一颗硬币落地像长了无形的腿脚似的沿着青石板一路跑去,我发现奶奶单薄的身子像风中的树叶抖了一下,立马又蹭着一双小脚想要追上它,可当她一手掌盖下去时,银晃晃的硬币又跳到了她那皱巴巴的手背上,再用手指去抓它,却原来是一粒明晃晃的太阳光斑,而那一颗淘气的银毫子早已经悄没声息地落入进青石板与青石板相接的缝隙里了。奶奶摇了摇头一声叹息,轻声责怪我说:"就你这张小馋嘴,一进唐家观就只挂牵要吃吃吃!这下好了,"她把手一摊,又补了句吓唬人的话说:"银毫子被青石板给吃了。"

其实我的心思奶奶不懂,我是想着能遇见莫莉花姐姐的。但每一次都不巧得很,总是在我们打回转出了街口,学校里午休的铃声才叮叮地响起来。我磨磨蹭蹭落在奶奶的身后,还心有不甘地一步三回头,却连莫莉花的影子也没有见到过。

资水涨了又退了,月儿圆了又缺了,人生可遗憾的事情实在太多,待我启蒙读书时,守了半辈子寡,含辛茹苦了一辈子的奶奶却又从容地走了。是的,奶奶走得很从容,那天太阳快落入到对河的白羊山顶了,奶奶自己打水洗了个澡,然后叫我端了把椅子靠堂屋门放着, 她说:"今天西边的云朵很光彩,我想要好好看看,也好顺便目送太阳落山。"奶奶落座之后,又嘱我把梳子递给她,那是一把黄梨木梳子,据说是奶奶的陪嫁,奶奶十七岁嫁入我们廖家,这把梳子跟了她有 59 年,把她的一头青丝梳成了满头白发,居然一颗齿儿也没有掉。奶奶是边梳头边去了另一个世界的,或许是去了她说的云朵光彩的西天吧。奶奶还说过一句话,也好顺便目送太阳落山。但是在那一天傍晚,她的小孙我却成了目送奶奶走完人生之旅最后一程的唯一亲人。奶奶享年 76 岁。而这之后不久,我姐姐她们班的学生们也作了鸟兽散。姐姐栀子只念过小学后,就去了龙塘公社卫生院学护士,跟在没有妈妈照顾的爸爸身边。莫莉花姐姐也没有继续升学,而是到县服装厂学做时装的手艺去了。莫裁缝是个有眼光的人,他明白推陈出新才是硬道理。

我姐姐栀子花去了龙塘公社卫生院学护士以后,莫莉花姐姐也就没有再到我们家里来过了。为了巩固这个残缺的家庭,刚满十八岁的哥哥黎晖也便早早地成亲了。嫂子石榴花比我哥哥大两岁,是邻村祠门口石岩匠的女儿。嫂子自己没进过校门,对读书事却看得特别重要,她把所有的希望全都寄托在小叔子我的身上。

唐家观说书的秦爹总说天下的女子苦,但在我们白驹村做女人是既苦又累的。忙了山里忙地里,还有家务事等着做。眼看着"双抢"在即,男人们就一个个地都走光了。为赚回几个买农药化肥的救急钱,他们只得把家中及田里地里的农活全都留给了婆娘和儿女们, 自己却赶脚去给洞庭湖沿岸的产粮区抢收抢插当禾客。我哥哥黎晖当然也去了,他是白驹村的一条年轻壮汉,凡外出做拉锯的解板匠,或抢收抢插的禾客等场面活,是绝对少不了要他到场的。用村里恒山伯的话说:"黎晖不去能行吗? 我们这支人马中,就他这一根体面的擎梁柱子啊!"

奶奶去世后,我心中的偶像就只有两个人,一个是哥哥黎晖,另一个是嫂嫂石榴花。我是在哥哥和嫂嫂的羽翼下度过失去了奶奶庇护的童年和少年岁月的。

但我的心里,却经常想着我姐姐栀子花,当然还有莫莉花。

盛夏的夜晚,带着丝丝水气的凉风从屋场左侧的资江涌来,萤火虫在右侧的山间田垄里闪着耀着。我却总喜欢在门外的禾坪里唱响一首关于萤火虫的童谣:

萤火虫,打灯笼,

打着灯笼找良心，

时而潜入溪沟边，

时而越过高田埂，

良心丢了难找寻。

……

这是奶奶在世时教我唱过的。奶奶豁了两颗门牙的嘴里关不住口风，常有童谣溢出。悠扬的童稚声与虫鸣的大合唱，在山村夜晚的水月间明明晃晃地流淌着。

小镇唐家观仿佛就在咫尺，莫莉花姐姐也能够听得到我唱响的童谣吗？那时候，小小年纪的我还并不懂得这一首流传于白驹村几百上千年了的童谣所承载的特殊含义，在我的心里痴痴地想着的就只是自己眼前的事情，因此也就越唱越劲，一会儿仰着个小脑袋望星空，一会儿又把稚气的目光投向了上游灯火阑珊的小镇唐家观，我是执意要从万家灯火中寻找出哪一盏灯光是属于莫裁缝家的吗？

嫂子当然也不会知道我的心思。她根本无心去关注，因为这是她最忙碌的夜晚。直到夜深了，我才回家倚堂屋的门槛坐着，却仍然努力地唱着童谣，给在堂中切猪草的嫂嫂石榴花做伴。可唱着唱着一双眼皮却愈发沉重了，撑也撑不开呢。

"我又不怕什么，半夜了还不去睡啊！"嫂子已经不下三遍五遍催促我。赶忙揉了揉眼睛，我回头装出一副满不在乎的样子说："我不困嘛！"嫂子就甩了一下散在额前的乱发，边切着青嫩的猪草，边游丝般轻微地叹了声气说："唉，你呀！"嫂子心里一定很清楚，强打着精神的小叔子为的是替她分担些许寂寞。

灯盏里添过两次的煤油也快燃尽了，灯芯的光亮由白转红，堂屋里看着看着就暗了。嫂子似乎是有所察觉的，三下两下便把碎细的猪草用撮箕撮进灶屋的大锅里，然后，嘱我将昏黄的一豆灯光吹熄，她自己就坐在灶膛门口生火煮猪潲。

柴薪很干，灶火正旺，长长的火舌"呲呲"地从灶口直往外舔，嫂子那一张被风雨阳光捺抹得黝黑的苹果形脸庞经由红红的火光辉映着，像是又被抹上了一层五色的油彩，亮得炫目。我顿时就觉得，嫂嫂原来是如此的端庄而又美丽！然而嫂嫂又叹了口气。她在娘家是长女，三个妹妹和一个弟弟全都是她帮着母亲给拉扯大的,如今嫁到了我们廖家来,也并没有像俗话所说的"既然为人妻,就得从糠箩里跳进了米箩里",而照样是风里雨里忙里忙外,劳累得身心疲惫便是无疑了。在我们白驹村还流行着一句俗话,叫"长兄当父,长嫂当娘"。此话于比情此景中年幼的我来体会,便是愈知其中深意的。我真想扑上前去安慰嫂嫂,并且告诉她说:"嫂嫂,我也是快八岁的人了,会给你做一个好帮手的!"但我终于没有敢说出口,怕嫂嫂反而骂我是个傻小子。顿时就有一种愁绪在蒙童的心里滋生着。

这样的夜晚莫莉花姐姐会在做什么呢,会不会又在逗得缝纫机嗞嗞歌唱?

一不小心我打了个盹,果然在梦里见到我姐姐栀子花和她的同学莫莉花了。

三

我最初认识的字,是"天、地、君、亲、师"。那是写在我们家神龛中间的神柱牌位上的,烫着金,辉煌得很哩。父亲偶尔回家时就总会把我举过头顶,一遍一遍地念给我听过。但我那一颗幼小的童心却不懂得其中的含义,并且还常常走神,总是想起我姐姐的同桌莫莉花不久前来我们家说过的:"等姐姐也学会裁剪了,你就穿姐姐亲手给你缝制的新衣服好吗? 姐免费给你做。"我已记不清那是第几次见到莫莉花姐姐,但是在我的心里,她是有着天上神仙姐姐般漂亮的。

父亲并不能经常回家,他也只有到我们村邻近的病人家出诊时才能顺路来家里看看。但他每一次回家又肯定是事先就有所准备的,因为总是会从他那有着红十字标志的出诊箱里翻出一包花生或几个鸡蛋来,那是病人家打发给大夫的人情。父亲是个中西皆通的大夫,中医是年少时在唐家观专门跟老郎中拜过师也盖过卦的,西医却是当兵后在部队医院随军抗美援朝从实践中所学,所以他转业到地方医院后无疑是个技术权威。按理军医是可以一直留在部队医院服役的,但我父亲不行,他去当兵前就已经有了家小,当初他是因自告奋勇用了几剂猛药救过一位驻扎在唐家观小镇的南下剿匪部队中得了伤寒的首长,被那位首长看中后却没有在当地办过任何手续就随军去了前线,这一去就是四五年,他因为思家心切才主动要求转业到了地方。

我总算盼到启蒙入学的那一天了,嫂子石榴花领着我去报名认老师,并悄悄地告诉我说:"她叫殷老师,也是你姐姐的老师,是教学生认字、做人的。"嫂子的声音未落,我立马就接过话茬说:"还有莫莉花姐姐也是殷老师的学生!"

"小朋友,还记得你那位神仙姐姐呀?"殷老师也似乎想起几年前的事情了。

殷老师的声音好甜哟!蒙童的我心里像有蜜在流淌,忙偷眼看那位我幼时就见识过的被称为殷老师的人,即一愣:殷老师原来还是这么年轻,这么漂亮啊!

我忘了报姓,自报名字说:"我叫黎稼,黎明的黎,庄稼的稼,八岁了。"

殷老师笑笑地说:"黎明的庄稼。这名字好有诗意耶!"又朝我嫂子点了点头。嫂子并不懂得诗意为何意,也忙给老师报以笑容说:"老师您才诗意耶!"

顿时便惹得前来帮孩子们报名的家长全都笑了,嫂子也莫名其妙地跟着笑。

上课铃被敲响了,"叮铃铃"好生脆亮,嫂子一直望着我跟随同学们涌进了教室。

同学们都进入教室后,由老师分了座位,我的心里却充满好奇,一双童真的眸子溜来梭去,想要找出哪一张课桌是莫莉花姐姐和我栀子花姐姐当年坐过的。

"同学们好!"老师脆脆的声音响了起来,比上课的铃声还要悦耳,把我的目光和思绪也拉了过去。殷老师大大方方的清了清嗓门,扯了扯衣服的下摆,于是就落落大方自我介绍说:"我姓殷,叫殷桃花,以后你们就叫我殷老师罢!"

那一天,殷老师穿一件袖口同领口均卷着白边并绣了金色丝线的黑色短袖衬衫,着一条隐格的墨绿色裤子,乌亮乌亮的长辫梢上扎一对火红的蝴蝶结,白白净净的桃子脸上两个浅浅的酒窝满盛着甜甜的笑意,格外抢眼。她的出现,顿时使几十双童稚的目光灿烂无比,嬉笑打闹的教室里寂静一片。

窗外有一棵老槐树,树上有几只翘尾巴的喜鹊却在"喳喳喳"地叫得好烦人。

"同学们,从今天起,由我来担任你们的班主任老师,并且还兼教你们的唱歌课和图画课。"脆亮的声音如泉水般淌过来,溢满了孩子们小小的心湖。殷老师又接着说:"你们都是来自小镇上和山村里的孩子,是蓝天同大地的宠儿,对于小小的教室一时肯定还并不习惯的。我们今天的唱歌课就搬到野外去上吧!"

"好啊!这好啊!"仿佛是异口同声,大家雀跃着,欢呼着,便紧跟着殷老师来到了学校南边的一片绿叶婆娑的香樟林子里。只是孩子们却很长时间也并不明白,学校为什么在开学的第一天就安排殷老师为我们这一群蒙童上唱歌课呢?

我始终还记得特别清晰,那是一个秋阳高照的爽晴日子。有风儿徐徐地拂过,从翡翠树叶间筛落的阳光带着浓郁的香樟的气息,在孩子们的身上、脚踝边蹦着跳着。殷桃花老师说:"同学们,等你们真正地懂得音乐了,就会感觉出音符就是这个样子的,是鲜活的,是带着香樟气息的。"孩子们都静静地听着,很是入迷,却并不懂得老师话中的意思。殷老师在说这一番话的时候,淡淡柳叶眉下的那一双眸子,格外的明亮。比蹦着跳着的阳光还要明亮。不过我的一双眼睛却总是在不安分地四处乱瞟,因为我一直在想着莫莉花姐姐也许会突然从这里路过。

这时,老师领唱的歌声响了起来:

雄鸡尾巴拖几拖,

山里的娃儿会唱歌,

不是爹妈教给我,

是我自己聪明捡的歌。

……

同学们也跟着老师唱。这一支儿歌我们实在是太熟悉了,唱得可欢快呢!童稚声声里,脚下蓬勃的绿黄相间的草地仿佛要把我们哄抬起来,香樟树林里,刹那间便成了欢乐的海洋。但我一直没有弄得明白,殷老师教唱的第一首歌居然会是我们也同样熟悉的一首儿歌。只是这一首我们平素唱得滚瓜烂熟了的儿歌一经殷老师的口中唱出来,却是那样地动听,那样地韵味十足,正如她所说是鲜活的,是带着香樟气息的。忽然就有一群我还是头一回见到的,身披七彩羽衣的稀罕大鸟不知是从何处闻声飞来,也栖落在香樟树的枝杈间,"吉咩咩吉咩"鸣叫得好欢,它们莫非也在学着老师的歌唱么?那一次,殷老师还教孩子们唱了另外一首歌:

长城外,

古道边,

芳草碧连天,

晚风拂柳笛声残,

夕阳山外山。

……

唱着唱着，夕阳当真就往西山的那一面走去了。我同样还记得，我一颗蒙童的心忽然感到了沉重，只是一时间说不清缘由。我真希望姐姐栀子花和莫莉花也在同学们中间，但一双清澈的眼睛把前后左右都扫了一整遍，哪有她们的身影哦！

晚风拂柳笛声残，

夕阳山外山。

哼唱着这一首令我的心里忽然就生出了莫名惆怅的歌曲回家，我仿佛觉得自己开始懂得事理了，并且时不时有一种想要抒发情怀的冲动。如今偶尔想起这一些美好的往事来，我似乎终于明白，或许那时就已经在心里埋下了诗歌的种子呢。

四

又是一年过去。镇小放暑假了。

一天早上，我被一阵紧似一阵的打稻机"嗡嗡"声从睡梦中碾醒。便赶紧揉了揉惺忪的双眼，刚一定神，心里就暗自喊了声："糟糕，太阳晒屁股了耶！"

盛夏的阳光是从木格子窗的眼洞钻进了房间里来的，明亮的光斑如银毫子般跳着蹦着，是火一般的灼人呢。我慌忙下床，去到阶前踮着脚尖张望，金波翻滚的稻浪中，队里的十多名妇女在抢收早稻。她们已割倒约两亩稻子了。空旷的田间如产后的母亲显得极其疲惫，麻雀如淘金者在稻草人群中努力地搜寻金子，我嫂嫂却并没有在割稻的行列，她是生产队里的妇女队长，无论做什么样工种的农活都总是会捡最重最累的干。那两位脚蹬打稻机，手里搂着一束纯金般禾摊子正在脱粒的妇人当中，有一个就是我的嫂嫂。"嚯，这事我也能帮上忙呀！"我在心里说着，便一路猛跑也进入了田中，完全没有去顾忌泥水是否湿了衣衫，仄身一插便挤入进嫂嫂与同样是在脱粒的岩成嫂嫂两人的中间了，气喘吁吁地就帮着蹬起了打稻机来。嫂嫂并没有拒绝我，因为打稻机只能算得上是半机械化，和泥带水的稻蔸一旦搭上脱粒滚筒，脚下的踏板自会重似千斤，哪怕是只添上微弱的脚力，那也是一种力呀！嫂嫂只侧身望了我一眼，什么话也没说，便继续着手中的活计。这时，我却吃惊地发现，汗珠儿在嫂嫂的脸颊上已经串了线似的滚落下来,她身上的衣衫已无一根干纱。太阳像成双的火球,一个在天空悬着,一个在水田里浮着,人就如同夹在火炉的中间了,加上稻飞虱叮人皮肉,稻芒刺人眼目,还有吸血的蚂蟥也不时来侵犯……哦,我在唐家观镇小读书时念过不下百遍的那一首"谁知盘中餐,粒粒皆辛苦"的古诗,于此情此景中就觉得根本无分量了。

嫂嫂仰脸看了看炫目的天空,太阳已经正当顶,她撩起带泥水的衣角抹了把汗,大声喊道:"都歇一歇脚吧,要回去吃午饭了!"打稻机的"嗡嗡"声戛然而止。嫂嫂说歇脚,而手却并没有停下,她顺势拿过一只簸筐,双手"嚓嚓"地将谷粒往簸筐里填,一筐满了,又接过另一只筐……不到半小时,禾桶四周的十多只簸筐就已经全都装满和泥带水的新谷了。嫂嫂分秒必争地拔出插在禾桶旁的那根扁担并招呼另外几名体魄强壮的妇女说:"喂,趁太阳正烈,我们赶紧把出了桶的谷子都送到队屋禾坪里去吧!"自己就率先挑了满满一担,低一脚、高一脚地走出泥田。浑浊的田泥中,嫂嫂踩出的脚凹里正冒着气泡,三个,五个,花朵一般呢。

所谓"双抢",即"抢收"和"抢插",那既是春天的延续,又是秋天的开始,一环紧扣一环是必须的。晒完谷子回到家中,嫂嫂只胡乱扒了一碗剩饭,就又要率领生产队的妇女们到麦湾冲去扯秧。上午刚收割后的稻田里,已经有留守在家中的唯一男劳力石岩伯在吆牛"打糊滚"(打糊滚即夏收时一种耘田的名称),那一个个短短的禾篼,全被"糊滚"搅上来的泥浆压住,水田里是一派淤泥的汪洋。石岩伯六十出头,鬓边爬满白发,满脸的络腮胡须也已经花白,但他站在糊滚架上却如一位策马出征的老帅,见有妇女们路过,一串顺口溜便喊得回肠荡气:

白驹过隙无蹄印呦,
白驹村里穷得要命,
青壮挣钱跑江湖呦,
老幼守不住寡妇村,
留我石岩忙不赢呦,
忙脚忙手呃又忙心。

再往下喊就是逗乐妇女们的粗言野语了,但妇女却没闲工夫搭石岩伯……

"到麦湾冲扯秧去啊！"担任妇女队长的我嫂嫂嗓门大得出奇。

"扯秧去噢！"妇女们回应着，也全都加快了脚步。

村里人之所以选择了在麦湾冲播种秧苗，是历代老农的经验使然，自然是有着道理的，这地方上午向阳，下午却阴凉得很，偏西的日头被一线黛色山脉遮挡着，山湾里的草木远比其他地方青葱，是麦苗一样的青葱，所以才叫作麦湾冲的。我起初还以为在麦湾冲扯秧是"双抢"时的一种享受。只是不一会儿，农妇们脸颊上就又渐渐地渗出了汗珠，已经干了的布衫也渐渐地被汗水浸湿……原来扯秧同样是一种很费力气的劳作。我站在嫂嫂旁边见习，只见她双腿一前一后叉开，腰杆弯成桥拱的形状，两手却左右开弓，"嗖嗖嗖"一阵水声响过，仿佛就在眨眼间的工夫，一把青翠如烟的秧苗就抛在身后了。这样呆呆地看了一阵子，我终于忍不住说："嫂，让我也来试试吧！"话没说完，紧傍着嫂嫂的岩成嫂就接过了话茬说："小叔子也想试试？等你长大一点再试吧！"秧田里顿时就爆发出喧天的欢笑声。我被闹了个大红脸，偷眼看嫂嫂，嫂嫂也笑得前仰后合呢。笑声过后嫂嫂冲我正色道："怕没你呷苦的时候？还是先练练弯腰功和腿脚功吧！"

我起初并不服气，也大人般叉开两腿弯腰就扯起秧苗来，可是秧苗还未扯上一小支，腿肚子就酸了，腰杆也如断了一般难受……我隐约觉得自己的脸色一定纸一样惨白了，嫂嫂见状就摇了摇头说："你以为五谷粮食就那么容易呷吗？"

山冲里有风拂来，田垄里的秧苗如碧波般荡漾，我却也不由得叹息了一声。

嫂嫂也一定是腰杆发胀了，空出一只泥水淋漓的手来轻轻地捶打背脊。泥水溅落着，星星点点全都绽开在嫂嫂那件粗蓝布衫衫上。看着看着我就觉得，嫂嫂的粗布衫衫变成了她做新娘时穿的那件花衬衫了。"嫂嫂，你好漂亮噢！"我在心底里由衷地赞叹着。这样的时候，岩成嫂抬头看了看天色，尔后侧过身子对嫂嫂石榴花说："喂，怕是该起秧了吧？"嫂嫂点了点头，立起身，又一次履行起妇女队长的责任来，她点将般说："石山婶和石岩婶还有恒山伯娘，你们到队屋坪里收谷子去，其余人把秧挑到墩上田垄里，插完了收工，夹卵回家呷晚饭。"

妇女们又是前仰后合一阵大笑。我当时便想，白驹村的女人是真正的乐天派，劳动是艰辛的，但于她们却是快乐的，我同时也在心里暗自庆幸，多亏我姐姐栀子花和莫莉花姐姐不在这样的现场，不然我会多么尴尬，也会感到无地自容的。

见我不置可否地杵在她的身旁，嫂子便用粗嗓门朝我吼道："还待着干什么，赶紧上田埂走起呀，帮石山婶她们收谷子去嘛！"虽是高腔，却分明深含爱意。

队屋坪也是每年正月用来耍狮舞龙的一个活动场所，分三垅乘以六摆开十八床晒垫，婶婶伯母们忙得又是一身臭汗，谷子堆在队屋的大堂里如一座座小金山。

石山婶婶也拿我开心了，说："你哥不在家，是你晚上陪着嫂子睡的吧？"

紧随着又是恒山伯娘帮我打圆场说："小叔子疼嫂嫂，这是好事嘛！"

我脸烧得滚烫却又无语，因为我确实是跟嫂子睡的，是嫂子听见我说梦话担心我害怕走了魂，主动要陪我睡。其实呢，我是经常在梦中跟莫莉花姐姐说话。

五

无忧无虑的日子过得真快呀，过了一个学期，又过去了一个学期，唐家观镇小再一次接纳了一批启蒙的新生。殷老师照样还担任着全校四个班级的唱歌同图画课老师。那样的时候，我已经是三年级的学生了，学会了唱许多新歌，一下课就唱，放学回家的路上也唱；也学会了画许多图画，学校操坪里画，家里板壁上也画……少儿的世界里充满了歌声，涂满了色彩。我想得最多的是成了画家以后一定要给我的嫂子石榴花，老师殷桃花，当然更有栀子花和莫莉花两位姐姐一人画一幅美丽的肖像油画。她们各有着各自的特点：嫂子石榴花黑里透红的满月脸庞上始终洋溢着朝气；老师殷桃花白净的两颊微笑时浅浅酒窝里总是盛满着爱意；而姐姐栀子花和莫莉花却有一双沉静时似积蓄着幽幽潭水，热闹时又像闪着明亮星星的眼睛……这一切都在从童年成长为少年的我心目中留下了深深印象。

有一次，我正这么想着时，奶奶绽放着菊花瓣的笑脸却蓦地浮现在我的眼前了，我心里猛然一惊，于是大声地说："奶奶，我一定会给您绘一幅世界上最美丽的油画肖像！"但是当我再举目寻奶奶时，见到的却是天边的一抹绚丽晚霞。

记忆中莫莉花姐姐去我们家的次数并不多，但每一次去都会给我带上一两份小礼物，如彩色折叠拉页连环画，如比火柴盒稍大一点的蜡笔盒，还有就是几串糖油粑粑或几个糯米青团……有看的有用的还有吃的，那可是我的盛大节日哦！

那时我奶奶还健在，我大概也就四五岁吧，姐姐栀子花巧嘴不饶人说，"嗳，莫莉花，你这是来看我奶奶还是看我弟弟呀？小心我弟弟长大后非你不娶耶！"

"你——你尽瞎说！"我发现莫莉花姐姐听得一怔，潭水幽幽的眼眶里似掠过了几许波纹，但她随即又热闹起来，说："真坏哩——你！"抡起两个拳头就要去打我姐姐栀子花。两朵花闹过笑过，莫莉花忽又回头，说："你姐她是瞎说的。"一双眸子却比宝石还闪亮。真有些猝不及防，我一时语拙，不敢抬头看两位姐姐。

随着年龄的不断增长，我满脑子也就越是胡思乱想着这些花儿们的事，殷老师是什么时候来到了我的身边，也一点都不知道。"你不是希望长大后要成为一名画家吗？"老师仿佛看透了我的心思，一脸严肃地提醒我说："画家与手艺人是有区别的，可不能光凭手上技巧，得要首先学好文化才行的。"我有些不好意思，更不敢抬头看老师，慌慌张张地赶紧就把一张正在画着图像的纸藏进了抽屉。

毕竟是又上升了一个年级，同学们活动的天地就更加广阔了。

上图画课的时候，为了节约纸张，殷老师在征得校长的同意后，常常就把我们领到资水江边的沙滩上去练习画画。汤汤东逝的资水清凌凌，在流水中游写着自由体诗句的鱼群也成了孩子们临摹的对象，还有往来江中的帆船，船上的艄公同水手，以及从孩子们身边经过的负重的纤夫……全都成了我们图画中的景物。沙滩是上帝赐给我们的画布，我们尽情地在这块硕大无比的画布上任意涂鸦。

慢慢地，我们居然能够把眼前的景物画得愈来愈真切了。

"同学们，仅仅画得像还不行哦，这只不过是走出的第一步，"殷老师舒展着淡淡的柳叶眉，由浅至深，娓娓道来说："因为艺术的真实并不等于生活的真实。真正的艺术家首先应该是哲学家，要有自己独到的思想，深远的意境。"怎么会是这样呢？刚刚以为自己已经成为画家了，又说我们还只是走出了第一步！殷老师准是看出同学们的疑惑了，就笑笑地说："先休息一下吧，大家可以去自由活动活动了。"立时几十位同学就作鸟兽般散开，在绵软的沙滩上打滚、嬉戏。

虽然早已经过了中秋，但连续十多个爽朗晴天，暑气却照例还很酽稠。有几个年龄稍大一点的调皮男生便悄然溜进了江中游泳。当时，殷老师正坐在江边一片树荫下想着心事。她的坐姿真美哟！白里透红的桃子型脸上有甜甜的笑意流淌着。老师一定是沉浸在美梦中了，她是在想象着我们这群山村和小镇上的孩子脱颖成了歌唱家,成了画家吗?殷老师已经三十出头,在乡下算是个老姑娘了,却还正处在热恋中,因为她一心想着要把自己亲手带的我们这个班级完成初小学业(当时初小是四年制),一直拖着没有结婚。现在好了,我们终于快要毕业了。

殷老师的未婚夫是县委宣传部的副科级理论干事,经常有大块文章发表在报刊,还上过《人民日报》和《红旗》杂志,是人们称道的郎才女貌型最佳派对。

我还正处在想入非非中,意想不到的灾难却降临了。那几位悄悄溜进江中游泳的男生中,有一个小名叫牛儿的同学已经被江湾的旋流卷进了江心,待同学们发现时,牛儿已经精疲力竭,小脑袋在激流中一仰一仰地就要沉入江心了……

"出大事了啊!出大事了啊——牛儿快要被淹死了!"

同学们的呼喊声顿时大乱,也把殷老师从江岸边树荫下的甜梦中惊了醒来。

说时迟,那时快,殷老师立时起身,连衣带裙便冲向了滚滚激流的江中。殷老师老家就是在下游的江南镇,她从小就同驾船的父亲在船上生活过,水性好得很呢。只见她双臂挥动,如一支离弦的响箭,浅蓝色的裙子同水天融成了一色。仿佛只是一瞬间的事情,殷老师就托住了正被江水呛得"啊扑、啊扑"的牛儿。

这真是不幸中的万幸啊!牛儿终于得救了。但由于江水流速太快,更主要的还是衣裙带水,殷老师托着的牛儿在快到下游崩洪滩的入口处才到岸边。然而学生们最亲最敬爱的殷老师却被崩洪滩汹涌的激浪卷走了。"快来人哪!快来救我们的殷老师啊!"我的声音率先响起,顿时,江湾里童稚的呼救声又响成一片。

涛声在湍急的江谷中咆哮,崩洪滩两面对峙的石壁间也有我们的呼救声在撞来荡去。但是我们美丽的殷老师却不见身影了!闻讯赶来的人们一直追到很远的下游,也就是快要靠近殷老师家的吊脚楼下才追上了被激浪卷走的老师的尸体。

"真是造孽呀,一开学她就把星期天都交给了补习的学生,她这是想自己的家了!"有人怆然泪下说。老师已经永远地失去了青春和美丽,一对盛着爱意的浅浅酒窝也不见了,静静地躺在由牛儿家自愿捐出的一副棺木里,双唇乌紫,脸色惨白……大人们一片惋惜。"殷老师是因为心急没有来得及脱掉皮鞋,吃水后的皮鞋太重,使她双脚无法施展才遭厄运的。年纪轻轻就走了,真是造孽啊!"

时隔十年,二十年……直到我后来在武警部队服役,不,应该说硬是从 20 世纪 70 年代初至今我快退休了,还能清楚地记忆起殷老师出殡的场面。那是怎样的一种悲痛情景啊!小镇唐家观和我们白驹村里凡是能够走路的男女老少全都出动了,人人胸前佩戴着白色的小花为殷老师送行。手捧着殷老师遗像的牛儿走在出殡的最前面,随后是刘校长、蒋老师、吉总务和全校的学生及家长。人们全都低垂着头,流淌着悲怆的泪水,恸哭声震撼着汤汤资水和江峡两面的群山……

殷老师就安葬在我们家屋后左侧的金鸡岭上。这是白发人送黑发人的殷桃花老师她父亲提议的,老人家说:"就让桃花立身在高高的金鸡岭上吧,这样往下游能望见她的出生地江南镇,向上游能清楚地听到镇小叮叮当当的上课铃声。"

然而殷老师的未婚夫却没有来,这一定是香消玉殒后的殷桃花怎么也想不到的。老师也一定想不到的还有凡经由她教过唱歌课图画课的我们这些学生,全都在第二年春天人手在老师坟墓周围种植了一棵桃树,金鸡岭后来又名桃花岭了。

六

从我的童年到少年时代,在经历了奶奶的去世和殷老师的遇难,尤其是在龙塘公社卫生院当医生的父亲被无端地打成牛鬼蛇神,随之而来的又是父亲为了让自己女儿能够顺利转为正式医务人员的编制,他咬破指尖写下血书主动提出与女儿断绝血缘关系,而我姐姐居然也默认后,我倏忽便觉得,人生原来是如此的无常,美好的事物居然是那么的容易失去。少年的心中也就曾一度布满了阴霾。成天一副无精打采的样子,晚上回家作业也懒得做了,早上的晨读也懒得练习了。

"看看你这一副没得出息的样子,以为天会塌下来,地会陷进去呀!"见小叔子我一早起来又在望着一江资水发呆,嫂嫂石榴花实在是有些忍不住了,便劈头盖脸地对着我吼道:"醒醒吧你!"她这是恨铁不成钢啊!我着实是吓了一大跳。正待慌慌张张想要进屋取书包去镇小上学时,嫂子又喝道:"今天就别去上学了,就这点承受能力亏你还是个伢儿!书读得再多又能够做成什么事嘛!"

我傻傻地望着眼前这平日里对我呵护有加而又目不识丁的嫂子。眼眶一热,泪水就险些儿淌了出来。嫂嫂的脸庞更加黝黑了,腆着怀胎七八个月的大肚子,腰间系着的粗布围裙像兜满了江风的帆篷隆起着,为了给她的小叔子我挣钱交学费,白天照样上山下田挣工分,一早一晚还要扛着锄头背着筐去山上挖药去采金银花,不就是指望我能好好上学读书,长大了有个好前程吗?我终于止住了即将夺眶而出泪水,"啪"的一声跪在嫂嫂石榴花的面前:"嫂嫂,我知道错了!"

"碰哒鬼哟——哪个要你下跪啊!男儿膝下有黄金,只跪天跪地跪父母,嫂嫂我与你是同一辈分的人,我不就是指望你能长成一个经得起风雨,担得起重担的堂堂汉子!"嫂嫂慌张地把我拉了起来,心痛得真想要煽我几个响亮的耳光。

也就是在那一次,嫂子石榴花居然脱口说出了一句让我铭心刻骨的文雅话来:"无情男子非好汉!我小叔子今后肯定会是一个有情有义的人!"这话真是中听耶,我虽然似懂非懂,却鸡啄米一般连连点头,心里就盈满着暖暖的阳光了。

从童年到少年,仿佛就是一夜间的事。

睁开惺忪的双眼,我却并没有成为一名画家,而是只读完初小就成了生产队里的放牛郎。到唐家观去买牛铃铛时,踏上那条熟悉的小径到得唐家观小镇的街口上,我似乎就有了更多的发现:先是七个平平整整的青石板台阶,尔后就是五栋依山临江的木屋。这一段木屋的前面是没有吊脚楼的,而是用枕木铺成的悬空过道,外面是用上等杂木做成的临江护栏。人在上面行走,低头就能看到汤汤流过的澄碧资水。我就这么走着,快要接近到吊脚楼的街巷处时,耳际便忽然响起了"吱——哒哒哒"的缝纫机的歌唱声。那是流泉飞瀑的声音,那是百鸟啁啾的声音……想着想着,我猛一抬头时,不小心就被一双隔窗的黑幽幽的眸子给怔住了……原来是莫莉花姐姐!是我天天都想见到的莫莉花姐姐终于又回唐家观了。

"喔耶——是黎稼弟弟吧?我去县时装厂学徒才几年的时间呀,你就长这么高了!"清清亮亮的声音就追了过来。我居然紧张得连头也不敢再抬,一溜小跑着就远远地逃开了。再经过这一扇窗户时,我总是勾着头,虽然连做梦也想碰到那一双水汪汪的目光,但又害怕自己会一不小心就掉进到那两个神秘的深潭……

从那时起,少年的心中就又无端地多生出了几许或叫着牵肠挂肚的惆怅来。

直到十四岁的那一年,我总算是有机会名正言顺地去见莫莉花姐姐了。

"我们去请莫莉花姐姐为你做一件新衣裳吧!"姐姐学护士出师之后,一直等到父女划清界限后才被正式招进龙塘卫生院,也终于领到了第一笔工资,她要做的第一件大事就是给我扯了一段蓝仕林布,让我穿着这一套新衣服去跟堂叔学做篾匠。说实话一开始我是很不乐意的，并且还曾想过也要与姐姐划清界限，因为我觉得她太软弱也太爱虚荣了，后来是嫂子跟我说了一席话，我才终于肯原谅她的，嫂子说："你就不要再逼你姐姐栀子了，你看她如今瘦成这个样子，她自己的心里压力还大不大吗？她也不易得呢，心里有苦无处诉，她跟我说过她的心里是始终压着一个十字架的。"嫂子叹息了一声又说："这是个什么世道啊！"

姐姐不再是原来的栀子花了，神情都萎了，也许那时她就已经患了绝症……

还是接着说我去莫裁缝家的事吧，后来还是由姐姐带我去的，我的心里却惴惴然，我把所有的激动和不安都强压在少年的心中，尔后又鼓足了勇气，才大大方方地跟随着姐姐进了莫裁缝的家门。一双眼睛四处梭巡，却没有见到想见的人。

"是廖栀子呀，还有黎稼小少爷，你们是来找莫莉花吧？"莫裁缝忙站起身来，很绅士地笑着说："她同她母亲去黄沙坪外婆家了。明天才能回来的。"

我的脑海里"嗡"的一声，一种莫名的恼怒无端地涌上了少年的心头。

"这真是不巧啊，好几年没有见到老同学了！该不会是由莫伯母带着相亲去了吧？"姐姐说着，就把手中的一段布递给了莫裁缝，姐姐说："那就只有麻烦莫伯伯了，她还亲口承诺要给我弟弟免费做衣服哩！"我姐姐嘴还是那么灵巧。

木木地杵在那里，我的心里七上八下，郁闷得头都要炸裂了。

"来来来，黎稼小少爷，快把男子汉的腰杆挺直了，让莫伯伯给你测一下身材。"莫裁缝口里同我们说着话，扶了扶架在鼻梁上的金边眼镜看了我一眼，然后把姐姐带来的蓝仕林布轻轻一抖，便平平整整地铺开在裁衣的台子上，只见他顺势拿了一块划片，横竖斜勾地划了几下，手起剪落，三下五除二就把一块整布料裁剪成衣和裤的雏形了。"明天就有穿的，做好了托人帮你带来。"莫裁缝说。

"谢谢莫伯伯！"没听到人家谈价钱，姐姐沾了点小便宜应得特别快。

就是那之后的第三天，我穿着姐姐栀子花对弟弟的一片情意：一身蓝仕林布新衣服跟堂叔学篾匠去了。临出门的那一天早上，姐姐专门把崭新的衣服送到了我的房间，还借着窗外溢进来的晨光把衣服抖开，边看边夸赞："你看看，这衣服的针脚缝得多密致，肯定是大美女莫莉花用缝纫机缝成的。"也不知是从哪里来的兴奋，我一跃而起便麻利地穿上了新衣，还有意地挺了挺年少的腰杆说:"姐,你看我像一个男子汉吗?"姐姐似乎敏感到了些什么,笑笑地说:"你今后也要娶一个像莫莉花姐姐那么漂亮的女子当媳妇哦!"一语道破天机,我顿时羞得满脸通红。又或许姐姐根本就是无意,话音未落她又默默地去了厨房,帮嫂子石榴花做饭去了,留下自称是个男子汉的我在房间对着穿衣镜偷偷乐了个满心满怀。

但是,那一次后不久,姐姐却检查出得了癌症,再见姐姐时她却已经……

七

姐姐也走了,父亲下放在黄沙农场进行再教育劳动改造,哥哥黎晖不是外出做锯木解板匠,就是去洞庭湖区当禾客,身边真正疼我的也就只有嫂嫂石榴花了。

"学徒学徒,做马当牛,到了师父门下,你什么事都得学着做!"嫂子每次送我出门时,都会苦口婆心地告诫我:"要勤快点,坟山里人又不是累死的。"

"知道了,我会做得很好的。"我理解嫂子的苦心,回答是由衷的。

嫂嫂又说交代说:"我已经把你爱看的那几本书也放进包袱里了。"

那是姐姐留给我的忆念,一本是《钢铁是怎样炼成的》,一本是《飞鸟集》。

几年的学徒生涯,我跟随师父做的是基本上全都是篾匠包工活,并且是在资水中上游的老山界上, 就寄居在由卖竹子的生产队安排的农户家中,就连粮食和干菜也是从自己家里带去的。当徒弟的得首先学会做饭菜,还得晨起给师父打洗脸水,摸黑收工还要清扫场地,最后又把洗脚水送到斜端着一根竹烟杆、翘着一双二郎腿的师父面前。然而我却一点也不觉得累,不觉得厌烦。心里盼着的就是早日把粮食和干菜快点吃完,只有到了那时,师父才有可能委派我回家去取粮草。

"师父,粮食快吃完了。"或又说:"干菜也没有了。"我百般殷勤把暖暖的洗脚水送到师父的面前,每每还假装不经意而实际上却是怯怯地提醒着师父。

师父吸了口烟,悠闲地喷出成团的烟雾来,半晌才不置可否地"嗯"了一声。

"您难得勾腰哩,从早忙到晚,腰脊椎肯定累痛了,您只管坐着,我来给您洗呀!"为了得到师傅允许我回家取粮食的请求,我拐弯抹角极尽讨好之能事。

"你去打听一下看,这几天要是有便船往家门口过,你就回去一趟嘛。"师父总算松是口了,他把快吸尽的残烟磕掉,又添上烟丝后说:"快去快回啊!"

一切安排妥当后,那一天便是我的节日到了。

每每在那样的一天到来时,我肯定比雄鸡醒得还要早,一跃而起下床后,穿上平日里压在枕头底下由莫裁缝只瞟了一眼就下料裁剪,而且肯定是经由莫莉花姐姐那一台崭新的缝纫机缝制的蓝仕林布衣服,就赶到江边等候便船起锚开船。

近乡情更怯,还刚上船我就在想象见到莫莉花姐姐和我嫂子的情景了……

"依哟哟——嘀嘿!"船佬大一声吆喝,船就梦幻般地离开了江岸。

木船顺流而下,江风习习,涛声浩荡,两岸景致甚是迷人,我佯装翻着书页。

船头的掌篙手问我:"喂,小篾匠,你看的是什么书呀?"

"是《飞鸟集》。"我有口无心地应着。

"里面说的鸟吗?"

我不置可否地说:"是鸟的梦。"

"鸟也有梦呀!"

我们正说着话,后面掌梢的船佬大蓦地一声长腔就喊起了粗犷的野歌子来:

江两岸大道上如花的女子,

好漂亮,好漂亮呦!

你可睁大水汪汪的眼睛,

望一眼船上的俊俏郎呦!

我虽然只有一根竹篙两页桨,

却能带着你漂过洞庭闯大洋,

出得湖来天宽地广呦!

总比做一辈子山花花强,

郎学杜鹃啼血声声喊,

喊不应江岸上如花的女子,

好心伤,好心伤呦!

……

声声如诉,字字如泣,长歌当嚎,短歌当哭,船佬大已经三十有六了,却还是一个纯粹的单身汉,他这似唱似喊又似吼的野歌子是用了真情的。而年少的我却心不在焉,只眼巴巴地注视着前方,看是否快要到唐家观了。船过马歇滩,我便迫不及待地请求船佬大靠北岸莫裁缝家门口的莫家码头停一停。还未等船头靠岸,小小少年便纵身一跳立在码头上了,也来不及向好心的船佬大挥手作别便一路小跑着拾级而上,为的就是能从莫莉花姐姐的窗前虔诚而过……我确实是走得小心翼翼的,两耳捕捉着"吱——哒哒哒"的缝纫机的歌唱声,却又勾着腰不敢抬头,直到再也听不到动人的歌唱了,然后才怀着一颗踏踏实实的少年心回家。

"一只鸟儿、一朵花、一颗星、一个雨滴……"我这是在说《飞鸟集》吗?

"宝宝,你看像一阵风刮过的是谁呀?是你叔叔回家啦!快叫你叔叔呀!"像是早就掐准了我的行程似的,老远就望见嫂嫂石榴花抱着小侄女站在门前向我招手了。这是嫂子生下的第二胎,也是个闺女,她已经把大女儿送回娘家去带了。

我小跑着立在嫂子的面前,恭恭敬敬地叫了声"嫂子",尔后就把胖嘟嘟的小侄女抱了过来,走到门前的石榴树下,唱起了即兴自编的《女人花》的歌谣:

淡雅栀子花,
清纯茉莉花,
血色樱桃花,
灼灼石榴花。

刚唱过四朵花,我忽然就停下了,感到似乎还遗漏了一朵花似的,但当我看了看自己抱着的两岁还不到的小侄女甜甜地笑着的样子,又立马接着唱了起来:

怀中小小花,
是朵幸福花,
四季花儿开,
芬芳满天涯。

理想总是美好的,而现实却是多么的残酷。风吹来一声凄婉的微叹,此时的嫂子正从屋档头抱了捆柴禾经我身后进厨房,她这是要给我做几样可口的菜肴。

八

茉莉花又开了。开得清纯,开得质朴。

当我真正有资格面对面请莫莉花做衣服的时候,她已经初为人妻了。也就是在那一次,我却感觉到了一种从未有过的狼狈,而那一种狼狈又令我终生难忘!

当时我跟堂叔学徒已经年满三载,可以正式脱师独自走江湖从艺了。

脱师那天我想要做的头一件事,是多么的令人激动而想想又是多么荒唐。在当学徒的那几年里,师父每月会给我伍毛钱理发费,而我却为了省钱一咬牙只花两毛钱去剃光头,每月就能够积蓄下三毛钱,再加上三年来每逢过春节师父发的小红包,到唐家观布店去买一段当时流行的草绿色布料该是切实可行的。我当然知道自己潜意识里是想着去莫裁缝的店里请他女儿莫莉花做一件体面的军便装。因为我记得她说过最喜欢军人的。然而没想到手头的积攒刚好只够交布料钱。

布料已经按我说的尺寸扯下了,清点出身上所有的整钱和零钱,数来数去还是没数出盈余。"您再算算看,是不是算错了!"我接布料的手有些发起抖来。

"哈,你这小青年是怎么说话的,不信任我是吧? 不信任我你自己算嘛!"营业员是一个大块头女人,一脸横肉却白里透红,她说着把算盘往我面前一推。

我还清楚地记得自己从家里去小镇唐家观布店途中的复杂心情。快接近进街巷入口处的裁缝铺,我老远就听到了缝纫机"吱——哒哒哒"的歌唱声,那样的时候我的胸腔里就像怀揣着一只小兔子,心"怦怦"地乱跳乱撞着,但我却终究没敢抬头,只一心想着买了布料后堂堂正正走进裁缝店,理直气壮地去请神仙姐姐莫莉花为我做一件流行的军便服,并且还假设了许多种与她见面时的美好情景。

当时我已经在心里开始改口称呼莫莉花为神仙姐姐了,这是我在老山界上听多了仙女下凡的民间故事的缘故。并且还坚信莫莉花原本就是传说中的花仙子。

可是现在,依旧是凡夫俗子的我口袋里却再也掏不出做衣服的手工费了。

这是多让什么人感到难为情的揪心事啊！我怀着一种从未有过的懊恼和失望的心情悻悻地往回走。那是初夏的一天，一连几日暴雨刚刚放晴，资水陡涨了好几丈，倾泻的江水一浪高过一浪，从两岸冲下的枯木杂草，时而垒成喜鹊窝，又时而扭成一条长龙，唐家观下游入口处的护栏边，站满了观望大水的人群。我却一点看热闹的心情也没有，只顾埋着个十七岁的圆圆光头往家里赶去。但令我没有想到的是，当我刚走近莫裁缝店门口的时候，一个甜甜脆脆的声音就随着江风飘了过来："嗳，小帅哥，做军便服是吧？"循声抬首，我险些儿一脚踩空。原来是那一双自己做梦也想碰到的黑幽幽的眸子在笑笑地盯着我。她已不再叫我黎稼弟弟而是称呼我小帅哥了。我当时多少有些得意，又肯定是一脸的窘态，但也就是那一抬首的瞬间，我想象中的神仙姐姐和现实中的莫莉花便牢牢地定格在步入青年的我的记忆深处了：她那鹅蛋脸白白净净的，两个浅浅的酒窝里，涨着红晕，盛着微笑；养着黑宝石的汪汪深潭中，一尘不染；偶尔一眨眼时，两缕柳叶眉就颤了一颤，没有一丝儿惆怅；一头刚剪过不久的齐耳短发在江风的吹拂下，一丝一缕地飘动着……我一时语塞，不置可否地腼腆笑着。莫莉花就像看穿了我的心思，忙大大方方地说："进屋吧，进屋啊！"便轻捷地走在前面，把我领进了裁缝铺。

也许是为了驱走我心中的尴尬，莫莉花接过我手中的布料一边比画，一边同我道起了热乎的家常："你也当师傅了吧？你还没有去当兵耶，就不认我这个姐了！"顿了一顿她又接着说："这身衣服就算是我履行当年的承诺，免费给你做哦！"话语声就像泉水似的，在我忐忑不安的心间淙淙流过。也就是在那一次，莫莉花姐姐还自豪地告诉我她已经结婚了。"你姐夫是县消防队的大队长，他穿军装的样子真是帅气呢！"她说这话时，两颗黑宝石般的眸子忽闪着幽幽光亮。

我只是一声不吭地听着莫莉花姐姐在说，我能说什么呢？又该怎么回答她呢？当初懵懂童年时的稚语，情窦初开少年时的心里话，全都只能是深深地藏在心里，到了老来看天边燃烧的夕阳时，才可以独自回味和静心享用的呀！正这么想着时，布料就裁剪成形了。"你看看，多帅气噢！"莫莉花姐姐说着，还有意拿着裁剪后的布料把我领到长长的穿衣镜前，让我自己从下到上打量了一番。我微低着头，装成毫不在意的样子，一双含羞的眸子却总是不由自主地跟着镜中莫莉花的身影梭来梭去。莫莉花一定是看出什么了，"扑哧"一声就

"咯咯咯"地笑了起来："哪有这么追着姐姐看的啊！"手中的布料就飘落到地上了。我忽然就觉得，眼前的这一位神仙姐姐，也许真的就是我上一辈子或下一辈子的亲姐姐哦！

也就是在那一个初夏的夜晚，我终于领略到了失眠的感觉原来也可以是那么的美好。窗外月色星晖如水。从窗格里泼洒进来的银辉，在我的床前漂浮摇曳如少年的渺渺思绪。一定是有夜风儿在轻拂着，窗外的树影也在微微地摇动呢。我忽然就像是又闻到茉莉花清纯的馨香了，一颗年轻的心，也就渐渐地平静下来。

我还真的不知道自己是在什么时候入睡的，但那一夜所做的一场十七岁的青春美梦，却始终还清晰地记得：踏着熹微的晨光，我独自爬上了后山，就循着一缕一缕溢人心脾的香气，于万木丛中寻找着初绽的茉莉花。我曾听姐姐栀子花说过的，在资水中下游一带其实有着许多种类的茉莉花，但于初夏开放的却只有被白驹村人俗称为香魂或木梨花的一种，且一般夹生在春夏里蓬勃生长的灌木丛中。虽是贱生，却很特别，每一枝所开的花朵都是单数，通常是一朵或三朵。我于是想，那就只采摘一枝一朵的吧。那一朵说不准正是神仙姐姐莫莉花的花魂呢。

也就是在那一场梦里，我终于把一枝滚动着清亮晨露的茉莉花虔诚地送到了神仙姐姐莫莉花的手中……还真是怪事耶，莫莉花居然真变成一朵茉莉花了……

哦，虽然是梦，但梦由心生。从蒙童到少年再到十七岁的准青年，我那一颗对石榴花、殷桃花、栀子花、莫莉花等美丽女人怀满虔诚和敬意的拳拳之心，于那一个夜晚后，总算是安安稳稳地给放下了。但是，多梦的年龄也一去不复返了。

九

第二年秋天，我父亲终于得以平反并恢复了工作，我也在那年秋季征兵中入伍成了一名武警战士。当我穿上崭新军服的一刻，我想到了姐姐更想到了莫莉花。

到了部队后，紧张的军事训练和自觉的文化补习让人喘不过气来。当时我正在营房里埋头看书，有战友见我如此发奋便打趣我说："嗳，黎稼，你是不是做梦都想当将军啦？"我的回答是铿锵而果断的，头也没抬就说："不想当元帅的士兵不是好士兵！"战友却颇不以为然地回了我一句："你就吹吧！将军嫌太小还元帅，做梦吧你！"但我并没有跟他说，我的心中只有理想，却没有了梦想。理想和梦想是决然不同的两个筐，前者是理性的，是用来装目标的；后者是非理性的，是用来装浪漫的。这时，眼前的书页中忽然跳出了一句话："我们生而破碎，用活着来修修补补。"这句话对我触动很大，令我的心仿佛裂开出一道血痕。

既然生而破碎，须用活着来修修补补，我又何不咬紧牙根、挺直脊椎更加发奋而努力地让理想与梦想并驾齐驱？就是从那之后，我便开始了业余文学创作。

世人有一种说法，叫红颜命薄，然而我却更愿意拐一个弯说，女人如花，但每一种花的花期都很短暂。这难道就是宿命？于是才有了诗人所感叹的："零落成泥碾作尘，只有香如故。"十八岁那年我外出当兵后，家里不久就传来了噩耗。我嫂子石榴花七年生四胎都是闺女，这不是她的错，她一直想要为我们廖家生个儿子的。我记有一次在家吃饭时哥哥黎晖板着一副脸孔冲着我嫂子说："都生一窝了，也该给我生个能传宗接代的了！"嫂嫂只嘀咕了一句："又不是我一个人能做到的。"哥哥却把饭碗往桌上一摔，头也不回就走人了，并且数日没有归家。因为一再超生，嫂嫂的妇女队长已被罢免了，并且生三胎时也罚过款，而这一次处罚更惨，没收了八年前结婚的陪嫁家具还不算，就连夫妻俩辛勤劳苦，省吃俭用给女儿存下来读书的积蓄，也全都掏出来交了违反计划生育的罚金。嫂子自己没有文化，哑巴吃黄连苦了半辈子，然而到头来却竹篮打水一场空……嫂子是一个烈性子女人，她实在是想不明白：自己生的孩子自己养，这犯了哪条王法啊！

是夜，我嫂嫂石榴花却把半瓶剧毒农药"咕噜咕噜"当红糖水给喝下了。

然而接到家里拍来的电报，她的小叔子我却只能望乡落泪，连想回趟家送亲娘一样待我的嫂子最后一程的机会也没有，部队首长听了我的事由后说："死人的事是经常发生的，没假。"我当时多么幻想能变成《飞鸟集》中的一只飞鸟啊！

嫂子就这么怀着遗憾走了，她曾经跟我说过的那一句"看看你这一副没得出息的样子，以为天会塌下来，地会陷进去呀！"的铿锵话语却犹在我的耳际。但是嫂子啊！你曾经是如此坚强又能吃苦耐劳的一个人，怎么自己就这么想不开呢？后来我才终于知道，嫂子其实还另有隐情——我哥在外面已有了别的女人。

我进部队后其实就已经定下了自己的人生目标，要做一个我嫂嫂期望的"堂堂男子"！为此我不但要履行好作为一名武警战士的职责和义务，还要努力自学文化，争取早日提干。果然功夫不负有心人，我陆续在军报和《中国武警》杂志上发表了诗文，被誉为武警支队的才子。但真正的机会却是老天爷给的，那一年八月，三湘大地上的"四水一湖"暴涨洪水，我们支队接到命令后被紧急派往洞庭湖严防死守野鸭子垸的堤坝，那是由总队司令员亲自督阵的一场恶战，也是我头一次见到将军级的大首长，他不但面对滚滚洪涛指挥若定，居然还能像一座铁塔般立于冲锋舟到行将缺口的杨柳垸去了解第一手险情……洪灾终于过去了，由于指挥得当，省委、省政府下达给我们武警总队严防死守的几个垸子全都保住了。我也连夜赶写了一篇题为《脚踩洪涛冲在前》的5000多字的人物通讯，发表在第二天省报的头条位置上。那之后没过多久，我居然被调到了省武警总队给司令员当秘书。到了省城，天地是大多了，却时有雾霾笼罩着，我说的不仅仅是自然界的雾霾。一天，我去机要室给首长取文件，漂亮的机要员小肖顺便递了一封信我，并且神情有几分暧昧地打趣我说："是你老家哪个土妞给你写来的求爱信吧？"能在总队机关工作的，要么是有真本事，要么是有硬靠山的，我算是哪一类呢？"机关"重重啊！我当时也只是很礼貌笑了笑，我怕一不小心把自己也陷进去了。更何况我已隐约地听人说起过，肖美女是首长从下面点名调来总队的。

当时我并没有来得及看信，取了一叠文件就往回走，因为有些急件是不能过夜的。首长办公室的门敞开着，我的办公室就在首长室的隔壁，取了文件的我没有在自己办公室停留，而是直接就把文件送到了首长的案头。首长的红木办公桌有乒乓球桌那么大，桌上一只青铜雄狮昂首俯身，威猛之极。首长是在对越自卫反击战中曾经立过一等功的战斗英雄，五十岁不到，是武警部队中较年轻的少将。不过他的性情很古怪，这还不仅仅是体现在爱酒爱女人那一类事儿上，这是英雄男儿的共性，原则上是可以理解的。我说的古怪是只要他一进入办公室，临八一路的那扇窗户就会即刻关上，还会把厚厚的朱红色窗帘也合得紧紧的，完全整得像个密室，也很少有开房间的大灯，只纽开桌上的台灯看文件。很容易让人联想到林彪打仗思考问题时爱抓豆子吃，毛主席一有空闲时就爱躺着看书的伟人癖好。有战友曾跟我介绍过,这是首长在对越自卫反击战中夜袭敌阵用手电查地图时养成的习惯。首长并不在房间,我进门一眼看见朱红色落地窗帘全幅开着就知道,还看到窗台上居然有一盆含苞待放的茉莉花。我当时心就一怔,却并不是又想起了莫莉花,而是在想这不就是前几天去基层调研时……我立马意识到自己不是一名合格的秘书,除了给首长负责起草有关文案,别的事我一概漠不关心,幸亏还有跟随首长的生活秘书。这时,我才打开了手中的那封信,是从小镇唐家观寄来的挂号信,天呐! 我顿时惊得呆了:是一封血书,署名是"冤妇莫莉花"。

原来是莫莉花姐姐请求我为她的男人洗刷冤情的,血书摘要如下:

黎稼弟弟(请允许我最后一次这么称呼你):得知你已经是省武警总队司令员的秘书了,我男人是县里的消防大队长,这你是知道的,听说也属于你们司令员管的兵,他在前不久的一次火灾中冲进大火中救人牺牲了,本应该属于因公殉职的烈士,但他不仅没有被追认,事后还说他指挥不利,要追究他的责任。这其实都是因为姐姐我长得漂亮惹的祸,你姐夫的一个上级(某某某)多次想打我的坏主意,有次还被我扇过他一耳光的。这次你姐夫走了以后,那畜生居然明目张胆地提出要我做他的情人,只要我同意了,他马上就可以替你姐夫申报为烈士。

这难道就是我莫莉花"红颜命薄"的宿命吗? 反正他已经走了,我也只好追他而去……黎稼弟弟,你能帮姐姐我讨还个公道吗? 姐姐会在天堂保佑你……

血写的字很粗,也很模糊,内容却十分冷静,而且还是真名实姓的举报。

"光天化日之下,居然有这一类畜生不如的东西呀!"我不禁拍案而起。但是我很快又冷静下来了,莫莉花姐姐所指控的这个人我是认识的,是县委常委兼县武装部政委,我前不久陪同首长去基层调研时,就是他代表县里作的汇报。那人乍一看还是蛮有水平的,并且仪表堂堂,深得首长的青睐和赏识——这当然是因为他与首长攀上了老乡,还送了首长一盆他自己说是濒临绝种的名贵花卉。

难不成就是这一盆茉莉花吗? 我顿时感到有一种前所未有的茫然,不敢接着再往下想了,而那一份展开的血书竟如火一般灼痛着我的双手,惶惑中我赶紧把它藏进了衣袋……但是与此同时,我的眼前也仿佛出现了我姐姐当年为什么会向命运妥协,而自愿默认了与父亲断绝血缘关系的情景,以及莫莉花大呼一声:"苍天呐——你何时能真正地打开天眼啊!"就纵身一跳,吞没在滚滚资江激流中的幻觉镜头,并且,我的耳边还似乎由远而近飘来了一个多情少年唱响的即兴歌谣:

淡雅栀子花,

清纯茉莉花,

血色樱桃花,

灼灼石榴花。

但是,我却始终没有敢接着唱后面的那几句:"怀中小小花,是朵幸福花……"

我会不会也像我姐姐一样向命运妥协,而让心灵压上深重的十字架?但如果我勇敢地接受莫莉花姐姐的请求帮她向权贵挑战向上申诉,我又有这个能力吗?

我的心头忽然一阵绞痛,紧接着又是一阵惊怵和恐惧,便想,该不会也有癌细胞已经渗入进我的体内了吧?但耳边却又似乎有一支由远而近的童谣声响起:

萤火虫,打灯笼。

打着灯笼找良心。

……

这时,门外响起了铿锵脚步声,来人正是我服务的首长。我下意识地双脚一并便行了个军礼:"首长好!"首长却手一挥说:"你去吧,这没你的事了!"

我刚出门,随在首长身后也同样貌美如花朵的机要员小肖就进了办公室,之后就听到了拉合窗帘的声音,随后又听得砰然一声:"是花盆落地了?"我下意识地回头,却见到首长脚下黑亮的皮鞋后跟一闪,门被合上了。我正迟疑着,几丝清纯的香气已然扑进我的鼻腔,还仿佛看到一缕白光闪过,那会是花魂么?

零落成泥碾着尘,只有香如故……这句诗居然如一梭子弹从我的耳际擦过。

太极鱼

米兰·昆德拉说，生活，就是一种永恒沉重的努力，努力使自己在自我之中。

——代题记

昨天夜里，斯奉中辗转反侧，久不能寐，脑海中似乎总有两尾红鲤在各自逆向游动。他知道这是爷爷曾经喂养在老家堂屋水缸里的那一对太极鱼又在作怪。

他最近经常梦到这样一幅画面：两尾红鲤在同一口水缸中，一尾向左游，另一尾向右游。爷爷管它们叫太极鱼。飘着银须的爷爷指着那对红鲤说："这口水缸就是它们赖以生存的天地。它们可以选择各自的方向，却无法选择跳出水缸。作为养鱼人所要把握的，就是水不能太满，满则溢；也不能太浅，浅则缺氧。至于它们游的方向不同这不要紧，它们游来游去不仍在缸里吗？醒来却是南柯一梦。"

爷爷的所言里是藏有深意的，但斯奉中却始终未能够弄得完全明白。

一

他今天一早赶飞机去三亚，是为了去参加由教育部统一安排的一个人力资源开发与管理学习班，时间为一个月。这是人间四月天一个风轻云淡的日子，他又刚好靠机窗坐着，放眼望去，但见阳光如水般泼向大地，是那么慷慨，那么无私。

他不觉心头一怔，便忍不住喃喃自语道："万物生长靠太阳，葵花朵朵头高昂。"

这是他母亲日前来长沙时,送给孙子也就是他儿子斯远程的兜肚上刺绣的一句话。母亲的思想意识或许还停留在属于她那一代人的青春岁月。她在兜肚上绣着一大片刚刚含苞的葵花,如处子般高昂着头颅,仰着青葱的脸庞。但是娘为什么偏偏就没有在开阔的天头绣上一轮红日呢?这不应该是娘的疏忽,或许是她有意给儿孙们留下的某种启示?娘其实并没落伍,她是智慧地用了大道至简的道理来激励儿孙们,无论是否遭遇有无太阳的日子,也照样要昂首向上,仰面朝天。

也就是在这一次,斯奉中依稀记起年幼时娘对自己说过的一段话:"葵花的生命是激情的,奔放的;而如同葵花的人生也应该是浪漫而积极的,向上的,即使遭遇凄风苦雨也不会迷失生活的方向。"斯奉中后来终于还记起娘在说这一番意味深长的话时神情是那么的夸张,哦,这应该就是那个时代留在娘记忆深处的特征。

他这次搭乘的是一架小飞机,一边只有三个座位,中间一个走道,所以稍遇强劲一点的气流,机身就颠得很厉害,而他的心里,也就会陡然生出一种失衡的恐惧。他最近常有这样一种恐惧感,以至于再往深处想时便不免自问:"是因为自己也如当下社会上的许多人一样,感觉到心中没有了信仰,眼前失去了前行的方向么?我为什么总会经常产生这样一种失衡的恐惧感呢?是因为在与妻子、母亲以及和岳丈家之间的三角关系上总难得寻找到一个共同价值观的平衡点?唉,哪还有什么'万物生长靠太阳,葵花朵朵头高昂'的葵花般人生哦,我就是石磨中间两头受压的磨轴!"正处在而立之年的斯奉中长长地叹了一口气,想起那天从乡下来的母亲把为孙子刺绣的红肚兜慎重地交到儿媳手里时,不但没有得到儿媳的热烈反应,而且连感谢的话也没一句,就嘱咐保姆将兜肚同土特产一并放进了杂屋。

母亲当时一定是很失望的,心里没准就憋着气,只是没有机会发泄罢了。

斯奉中进省城已有十年,在这里上大学,在这里结婚成家,也从一个小小的科员到了如今的市教育局人事处处长,怎么说他也算是半个长沙人了,但他对这座省会城市却始终也亲近不起来。为什么会是这样呢?这连他自己也觉得很难理解。十年树木,百年树人。这是他在偶尔陪同省、市领导去学校或视察或督导时见得最多的一条标语,而且是见一次心动一次。我不就是一棵从乡下的山野间被移植进城的树么？树木不易，树人更难。想要在这片陌生的土壤中做到既不认生又能扎下根须，长出新枝，抽出嫩芽，也成为这城市里的一道风景，尤其难。他脑海中想得最多的就是要做一棵城里的树，就是要用根须紧紧抓住这一片陌生的土地。他其实又并不是一个不知道满足、不懂得感恩的人，只是心里头总觉得纠结。怎么说呢？他总觉得自己就是一个走在钢丝上的人，一忽儿左边轻了，一忽儿右边重了，无论怎么走也觉得没有办法去平衡自己，更不要说去平衡一个家庭了。其实家里也就三个人，他和老婆，还有从乡下接来的娘。按理说他是个幸运儿，刚至而立之年就当上了市教育局人事处长，这多不容易呀！老婆邹幸福是他湖师大的同学，在校时成绩虽然也就是一般般，调子却高得吓人，就差没有同学叫她母老虎了，以至于后来为人妻为人母了，在家里也仍然还有着虎威，但这也是没有办法的事，谁叫她是全省著名企业家邹大老板的千金小姐、掌上明珠呢？

凡事得一分为二看。他曾听到自己单位一些从农村调进城里的年轻同事信誓旦旦般自嘲地说过："为了儿孙做个城里人，准备自己做牛做马当畜生。"这话虽然难听，却又不无道理。工资这么低，房价那么高，要想在城里安家落户、娶妻生子，住房总得有一套吧？这么说来我还算是个幸运儿呢！他在心里自我安慰说。

幸与不幸是一对孪生姊妹。这当然是斯奉中慢慢才悟出的人生道理。他幸运的是自己有个好岳父。他岳父是当年下放在大通湖农场的老知青，而且他们那一批知青回城又正赶上恢复高考的好时光，如今从省领导位置上退下来的有好几个就是他岳父大人当年的老插友。也难怪他老人家当初不过是白手起家却发展得那么快、那么稳健。斯奉中也跟着沾了岳父不少光，不花分文就住进了岳麓山下的独栋别墅。而不幸也恰恰是因为他有这么一个在商场叱咤风云的岳父。人说十年磨一剑，而斯奉中却并没有能够做到扬眉剑出鞘，更不要说什么十年不鸣，一鸣惊人了。他就像一根夹在石壁缝隙间的竹根，只能屈辱地生长。前年家父因病去世，剩下娘一个孤寡老人独守门庭，他任处长后一切都看似已经尘埃落定了，就是在不久前的春三月吧，他硬是两边说尽好话才把自己的亲娘老子接来了长沙。

娘是个明白人，看得懂局势。"你在家里又不能自己做主，该不会难为你吧？"

"哪能呢？我好歹也是个市教育局人事处长，这点话语权还是有的。"斯奉中这话也只是鼓足了勇气说给娘听，其实他处不处长跟家事还真没有一毛钱的关系。

娘努力不想影响儿子的工作，说："好呢，娘信你的，你安心忙正事去吧！"

斯奉中确实很忙，把娘接到长沙后，又要去三亚。他本来也想推掉让副处长去，可他老婆却说："这样的培训是要进入档案的，对今后提拔也算是个硬件，你还不去，蠢不蠢哪？"想想也是，他于是揣着一颗忐忑不安的心登上了飞机……

一朵乌云从机翼旁划过，飞机一颤，他的思绪又飘忽起来，一桩桩往事也便浮现在眼前了。就拿当年正式结婚，为了在哪里办喜酒的事来说吧，按常理是要在男方的家里去摆喜宴的，奉中是斯家的独生子，在白驹村也算得是有名望、有渊源的人家，他父母亲打肿脸充胖子忙前忙后，把猪呀羊的卖主都定好了，还租了一条渔船在资江河里提前捕鱼，说亲家是省城长沙人，难得尝一回无污染的清水野生鱼，尤其是把要陪女方高宾的长辈和贵客也排过了，什么舅舅、舅妈、叔叔、婶婶，还有村上的支书和村主任等。父亲还在电话里自豪地说："我和你娘商量过了，对联由她亲自写，堂屋门口的匾额上就写'向阳门第'，你娘这大半辈子对太阳念念不忘，就免去'鸾凤和鸣'吧。"可岳父却只轻描淡写地说了句，"乡下我们就不去了，我先在喜来登把双方的客人都请了，到时你再带小邹一起去白驹村见见公婆就是嘛！"岳父却并没有说把亲家也接过来，这应该不是疏忽，而是根本就没做这个打算。他所说的两方的客人，实际上又几乎全都是女方的亲戚和朋友，男方最多也就只有分配在省城的几个同学，还有就是本单位的一些同事。

斯奉中当时也迟疑了一下，想说什么，但话到嘴边又终于止住了。倒是岳父似乎看出了端倪，紧接着又补充了一句说："你给我提供一个名单吧！"这当然不是同他商量，只是在布置任务。斯奉中哑巴吃黄连，有苦道不得，尴尬之余便装着从口袋里掏烟，他其实并不抽烟的。邹幸福在旁忙接话说："这事呀，我与斯木头早就商量过了，一切服从你大庆同志的调度。"女儿从小就喜欢直呼老爸的大名。

有钱人就是任性，说办就办，请柬和场地全都由岳父公司公关部早就做好了安排，被商量好的新郎，挽着身怀有孕的新娘上了一辆扎有999朵红玫瑰的加长林肯，由清一色的宾利轿车尾随着直接驰向了喜来登。这是长沙当时最豪华的超五星级酒店，婚宴包下了十八楼整个大厅，预订八十桌，备了十桌,结果还是爆棚,最后又加了八桌……那个排场和热闹啊！是新郎官斯奉中怎么也想不到的。

那一天他似乎醉得一塌糊涂了。边敬酒边附在新娘耳边说醉话,他大着舌头问打扮得花枝招展的邹幸福:"亲爱的,你今天这是在跟哪一个结婚哪？怎么没见到新郎官家的父母呢？"新娘子那个气得,本来有身孕就厌酒厌油腻,只见她哇的一声,硬是把新郎官吐了一身污秽。在众目睽睽之下,岳父岳母也只能强装笑脸说:"如今的年轻人哪,就是不沉稳！"斯奉中却干脆以醉卖醉,趁机开溜了,回到岳麓山下的独栋别墅,想起自己父母在老家准备好的一切,不禁暗自落泪……这原本就是个靠势力说话的世道,人穷志短,能怪谁呢？斯奉中在心里直吐苦水。

令斯奉中更加想不到的还是初为人父时,老婆预产期一到就被岳母娘请的高级月嫂陪着进了省妇幼待产,他却一早一晚还得去产房给准妈妈请安、问好,这当然算不了什么,也是他应该去做的,但是真正使斯奉中难堪的事还在后头呢。

孩子生下了,是个白胖男娃,母子平安是斯家的福报！斯奉中一时兴奋,拿起手机正准备给在白驹村候消息的父母大人禀报喜讯,岳母娘就抱着胖嘟嘟的婴儿到产房门口说:"快看看,快看看,我们家邹全长得多有福气,蛮像他爷爷呢！"

斯奉中听了头一蒙,手中的"苹果"啪地就摔在了地上,手机里是母亲"喂喂"的声音。岳家连刚出生的婴儿名字都给取好了,居然还改斯姓邹了！斯奉中一回头,真是哭也不是,笑也不是,他竟连自己儿子也没瞧一眼就怒气冲冲推门进了产房。他完全是以一种忍无可忍的口气冲着老婆喊:"你邹家也太仗势欺人了吧？"

邹幸福自己也还蒙在鼓里,从生死线上熬过来的她一脸寡白,莫名其妙地问:"是谁欺负你呀,给你生了个带把的也不谢我！"说着眼眶里便盈满了委屈的泪水。

斯奉中又气又心疼,真是满腔苦水无处吐啊！便又强装笑颜俯身吻了一下老婆,嘀咕说:"邹全邹全,我为了应付你们这个贵族家庭一天到晚周旋得还不够是吧？"这下老婆听懂了,斯木头是为她娘家给新生儿取了个姓邹的名字在生气,便说:"他取他的,你取你的,犯得着气成这样啊？"她确实听爸妈说起过这事,两位老人想抱孙子想疯了,嫂子却一直怀不上,只是当时她并没有太在意他们的言谈。

斯奉中火气仍然未消，大声说："我儿子叫斯、远、程！你也只能叫他斯远程。"

"别的都是小事，我可以忍，也可以让，但此事毕竟关系到我斯家的主权。"斯奉中在心里坚定地说。他还猛然记起了自己与父亲为儿子取名时的言谈，若是个男儿就叫斯远程。这话还犹在耳际，怎么平白无故就成了邹全呢？这不是要把我斯家往后的子孙都改姓了吗！他顿时便觉得像一脚踩空，仿佛整个世界都发生了倾斜。这可不行，哪怕真与老婆闹翻，我也得脚底下生根，咬住青山不放松！

就是为了这事，斯奉中还真的硬气了一回，非逼着满月后回娘家的邹幸福当着她爸爸妈妈的面左一声"斯远程"右一声"斯远程"地叫儿子。岳父岳母的心中虽有不快，却也不好意思当着女婿的面与自己的宝贝女儿红脸和发生争执。

后来终于是以折中的方式解决问题的，那就是在邹家叫邹全，在斯家叫斯远程。即便是现在的这种半主权结果，也确实是老婆大人给努力争取来的。"这下你该满意了吧？还不好好谢我！"邹幸福把苹果脸仰了起来，期待着男人的亲吻，还撒着娇硬要他把她抱进了三楼的卧室。小别胜新婚，那晚上两人那个亲热呀……

二

斯奉中是个一根筋的人，但由于角色的转换和为了平衡两家关系，也不得不硬是用破了十载苦心。尤其是那一次提出要把娘接过来住，想让妻子真心对待婆婆，他更是枕边教妻，软硬兼施。他说："我们家远程也要长大的，也得结婚生孩子的，俗话说檐前水不乱滴，那时候你若当了婆婆……"男人把话都说到了这个份上，也真是别出心裁，用心良苦啊！好在邹幸福也终于答应了自己学会慢慢改。

这次他到了三亚后硬是一天一个电话，有时是两个，一个打给家里座机，娘死活不用手机，说那洋玩意她用不惯，其实儿子知道娘这是为他省钱。电话接通后也总是娘一个劲地问儿子在三亚习不习惯，儿子就傻笑着说："妈，我又不是才离开过家的。"娘一想就乐了，说："也是呵，你18岁那一年就到省城读大学了。"只要听到娘的粗嗓门一张口，儿子的心就放下了。但没想到出去还不到半个月，有一天老婆却在电话中说："你娘她病了，最好还是你自己回来带她去医院看看吧。"

那一天正好有半日小休，一帮来自内地的学员三五成群地相邀着来到了亚龙湾海滨去踏浪。天蓝蓝，海蓝蓝，雪浪花儿开在我心间……学员们欢呼雀跃，歌声悦耳。斯奉中是在资水边长大的，从小就对水有着一种特殊的情感，看着那铺天盖地而来的海浪雪球般滚来，一颗压抑已久的心就如同被猫爪抓一样痒得难受，正欲将上衣剥下甩给同伴去冲浪时，衣袋里的手机便"嗞嗞"地振个不停，掏出一听，是妻子邹幸福的声音。"亲爱的你快回来一趟……你娘她病了……"他听了心里便一怔，挂了电话就去向会务处请过假，于是匆匆赶回长沙和妻子把娘送到了湘雅附一，既是磁共振又是脑电图，娘最后确诊为脑血栓和老年精神抑郁症。医生还反复交代病人不宜过分情绪化。

儿子一脸茫然，说："真是滑天下之大稽，我娘艾葵花怎么会得精神抑郁症？"

老婆更是没好气地嚷嚷："她得抑郁症？我还被她那高音喇叭吵得精神分裂呢！"

夫妻俩在诊室外的话却被耳尖的娘听到了，当时医生正在给她测量血压，眼看 160 的血压就飙升到 180 了。医生忙安慰她说："大嫂，别激动，大嫂别激动！"

娘一开口，果然是高八度，她说："我能不激动吗？我崽他堂客在嫌弃我高音喇叭哩！"娘这就是有意想让外面人听见的，又说："还不如干脆早点送我回去嘛！"

老婆的声音也跟着高起来："那确实，每个人有每个人的生活土壤，你以为你这就是行孝啊？"且句句辛辣尖酸，她还补充说："不就是每个月多汇点钱给她嘛！"

娘又是何等人物？有儿子在旁，她是有意想要把该说的话说开，压一压儿媳妇，免得儿子一辈子也成不了这个家里的太阳，说："我冒看见过钱？手不残，脚冒跛，我还养不活自己呀？"竟然哭哭啼啼地数落起苦楚来："你以为我把你拉扯大容易啊？当初我就反对过教你不要攀高枝，如今倒好，讨个婆娘，丢了老娘。你真是个冒得出息的东西！当不得家，做不得主，丢了我们斯家八辈子丑哎！砍脑壳死的斯保丘，你倒是好，两脚一伸，双眼一闭，一走了事就不管我了啊……"斯保丘是斯奉中的父亲。可是呢，爹已走了……儿子知道娘其实是很依赖父亲的。

娘后来心一横，医生也懒得再看了，气冲冲奔出诊室，你一来我一去的，两个女人居然在医院里大吵起来。一下子就围拢来一堆人，幸亏这些人也包括医生和护士，都不认识他们，不然传出去多丢人……斯奉中里外受气，成了个石磨的磨轴。他当然不愿意眼睁睁看到母亲受委屈，但这事又不能完全怪老婆。于是就只能是在娘这边当崽，在老婆那边装孙子，然而没想到这一手也照样不管用。

娘看到儿子这副窝囊相，更加气不打一处来，说："你装什么崽呀？你本来就是老娘我身上掉下的血肉！"然后又冲着儿媳妇大放了一通厥词，硬是指桑骂槐把从没有受过此等委屈的邹幸福也骂得飙下了眼泪，但这还不算完，在村上当过若干年基层干部的艾葵花最后又使出了撒手铜，气冲冲佯装着呼天喊地般夺路而走……专家门诊是在二楼，娘又是个多年来患有高血压的病人，一旦有什么闪失那就麻烦了。此时的斯奉中居然想也没想，甩下妻子便狂奔着跟了出去。他本来是去拦住母亲，不想却在情急之中自己一脚踩空，一失衡便"啊"的一声从二楼"嗒嗒嗒"滚到了一楼的水泥过道……也多亏是摔了这一跤！后来斯奉中还在心里暗自称幸。这一前一后的两个女人，顿时就都傻了眼，慌慌张张地向着斯奉中这个中心赶了过去，争着抢着又是揉又是摸的。还是邹幸福清白，又赶紧到大厅的窗口去挂了急诊号，硬是非得要男人也去照了一张片子，生怕哪里会摔出什么暗伤来。

直肠子的邹幸福哪里知道，男人的真正伤痛，不是在皮肉，而是在心里。

艾葵花也破涕为笑了，说："你呀你呀，就是个蠢崽！娘不就是想试试看你到底更在乎哪个吗？居然也是那一道娘和妻子同时落水你先救哪个的白痴测试题。"

斯奉中哭笑不得，摇着头在心里说："我真是太没本事了，连个家事也摆不平！"

娘确实憋了一肚子气，她在白驹村家里时，一张喇叭嘴何曾停过？不是唤鸡崽就是骂小狗，有时甚至还会仰起脸一往情深地唱出几句"大海航行靠舵手，万物生长靠太阳……"的老歌。现在倒好，儿子嘴上说是接娘到城里来享清福，几天后他自己却飞去了三亚，留下她艾葵花和邹幸福在家里，一早一晚大眼瞪着小眼。儿子斯奉中不在家的这十多天里，她本来也想出去到近旁的大学城走走或者到毛主席少年时代就常去过的爱晚亭看一看，自己还没开口呢，儿媳就立马以关心婆婆的名义说："妈，现在外面的社会治安一团糟，您万一出去迷了路……"

爱晚亭就在儿子家别墅左侧的山湾,相隔也就里把路,天气好的时候,她站在屋檐头还望得见绿树掩映中的琉璃檐角,还能听到游人的谈笑声。"哼,还说怕我会迷路?几十年前,我去首都北京天安门都没迷过路!"婆婆艾葵花这话也只是在心里说说而已,好汉不提当年勇,再说她还一直记得男人斯保丘生前曾不止一次委婉提示过她,那样的旧事你以后就别再提了,罢课闹革命又不是什么光彩事。想来想去也只能怪自己生得贱,儿媳本来请了个保姆,帮做饭打扫卫生尤其是护院的,可自己刚进门就要儿子把保姆给辞了。她当时确实是怀了成见的,恨保姆不懂人情味,把她给孙子的礼物一并收进了杂屋。如今却连个说话的人也找不到,成天守着一台宽屏幕电视看。用儿媳向奉中告状的话说,你娘陪着韩国人吵吵闹闹,还替剧中人担忧帮着人家或打哈哈或落眼泪,简直像个疯婆子,这不病才怪呢!儿子倒是心细,在三亚时隔天就来电话问候娘,他越是这样,当娘的反而越是觉得心里不安,只得把什么事都憋着,还得在电话里装快乐打马虎眼。

从医院回家后,一顿晚餐是在冷战中咽下去的,天没全黑三个人便各自回了房间。率先上楼的是母亲艾葵花。她照例把饭桌上的摊子收拾干净,便一声不吭往卧室里走。孙子才满月就被外婆家"抢"过去带了,理由是幸儿反正没奶,你们想崽崽时正好可以顺便过来看看我们嘛。这是哪跟哪呀,荒唐!偌大的一个家既无小孩又无鸡犬,这不是在唱空城计吗?母亲心里居然用了句很时尚的流行语说,真是弱国无外交啊!哪怕具体到一个家庭,到人与人之间的交往。她越想越觉得心里烦躁,肯定是血压又升高了,赶紧从床头柜的小瓶里拿出一粒药丸,水也没喝,一仰脖子就干吞了进去。药是她进城那天儿子给娘准备的。儿子说:"妈你睡二楼吧,一楼的卧室多少有些潮湿。"儿子事事处处生怕委屈了娘,但儿媳就不好说了,虽然也谈不上是有意为难婆婆,可两个人在一起却总是觉得特别不自在。一个是大老板的千金小姐,从小到大任性骄横,而另一个是在自己家里粗声粗气惯了,甚至在白驹村还有个"艾喇叭"绰号的人。但是当娘的自从被儿子接进了省城,尤其是踏进了这一座富丽堂皇的独栋别墅后,她就硬是亮不起高音来了。

相打手重,相骂口粗,艾葵花想起自己今天在医院时还真是豁出去了,竟然冲着儿子指桑骂槐说:"金窝银窝,还不如自家的狗窝。这由别人家置办的别墅简直就像一口活棺材。"她硬是把该说的和不该说的全都哐了出来,一吐为快。想到这里,艾葵花脸上便露出了小小的得意:"哼!看来我是终于可以回白驹村去了。"

原来娘是早有预谋,怕儿子夹在中间为难,她是决意要淡出他们的生活。

一想到要回自己土生土长的白驹村,艾葵花似乎又看到祖坟地山坳上那一片热烈的葵花了。那地方早先是一片荒山,长满了清一色的芭茅草。春夏还好,整个山坳上绿如烟海,但是刚一进入深秋,一棵棵茅草就会顶着一头白雪般的芭茅花,像是给坟山坳上披了一件孝服,令艾葵花越看越觉得心闷,越看越觉得不吉利,整日里戴孝,巴不得白驹村天天都死人哪!终于有一天她骂骂咧咧就去了山坳,还带了午饭去,硬是挖烂了几把锄头,把它整成了一块肥黑的土地,种上了葵花……嘿,没想到还真是换了气象,山坳上金黄一片,明明亮亮煞是热闹耶!

斯奉中心里却始终纠结着。什么叫伸脚踢了老娘、弯腿压了婆娘?这话真是形象啊!他本来有着每晚看本市新闻联播的习惯,见妻子拉长着脸上了三楼,刚打开电视机却又关了,也想跟着妻子一同进房去,但刚伸手准备推门,妻子就从门缝挤出头说:"今晚不行!你懂的……"声音冷冷的,脸上也像罩了一层冰霜。这要换了平日也不算什么,富家小姐有富家小姐的优越感,自从两人结了婚后,妻子凡来例假就必须让男人睡在隔壁房间。为什么偏偏要这么做呢?任性的邹幸福说:"我怕到时又忍不住嘛……"但为了夫妻俩方便说话,当初搞装修时她还特意嘱工匠在两人一墙之隔的床头留了个碗口粗的洞。这样的馊主意当然是邹幸福出的,也只有她才想得出来。但斯奉中今天被婉拒门外,心里却特别不是滋味。

他本也想厚着脸皮明知故问:"怎么你大姨妈来了?"可话到嘴边,却又打住了。谁见过脚踩钢丝、手里端着根平衡杆的人还有心思开这类玩笑?屋后突然传来几声野猫叫春的声音,迫切中似有着几许幽怨。看来只要是生命,就会在不同的诉求中有可能遭遇到窘迫与尴尬,那么失衡与纠结也就在所难免。斯奉中想。

那一夜,三个人其实谁都没有睡好,或者更准确地说是谁都没有睡得安稳。

三

斯奉中分明是躺在宽大而舒适的席梦思床上,却仿佛觉得自己是置身于波峰浪谷间。他的双脚打开着，一只脚踩在娘船上，另一只脚踏在老婆船上，但无论自己怎样努力，却始终被一种失衡感狠狠地撕裂着。他不禁一声叹息，"我这是两边都不是人啊！怎么搞成了这鬼样子呢？"不听老人言，吃亏在眼前。他想这莫非真是因为自己当初没听母亲的劝阻，找了个富家小姐做老婆招来的报应？

当初母亲一听到儿子说已经谈了女朋友，就尤为警觉地问了对方是什么背景，而当她得知女方是省城一个大老板的千金小姐时，娘不但没有感到高兴，相反还板着脸教训儿子说："你也不看清自己是只什么鸟，就随便去乱攀人家的高枝——你会跌得很惨的！"儿子知道娘是从阶级斗争的岁月里走过来的人，在娘的脑海里时常绷紧着一根敏感的弦也就见怪不怪了。儿子不敢苟同，说："不会如此严重吧？"于是便干脆摊牌说："妈，生米都已经煮成熟饭了，你总不能让我背一个负心汉的名声吧？"那时候娘的声音比如今要洪亮得多，尽管是一桩"先斩后奏"的家庭丑事，她也硬是有意把声音压到了低八度问儿子说："什么？你们总不会连信也不把一个，就要让我稀里糊涂地当奶奶吧？"此言一出，斯奉中被问得连连摆手，意思是说，轻点，声音轻点。可娘就是个高音喇叭，开口又追问道："你俩到底是谁先提出要那个嘛？"斯奉中就装成是没听懂似的，这种事做儿子的怎么好跟娘启齿呢？忙绕开话题说："妈，刚交过毕业论文我就赶回来看你了，你的宝贝儿子我肠子都饿得打了结！"儿子最后又只好打悲情牌搪塞了几句，这是已经成大男人了的斯奉中在娘面前惯使的小伎俩。他知道娘是个刀子嘴豆腐心的人，用上如此一招后，他才总算是把关给过了。

当时爹正好从祖坟地里回来，这是他近年来养成的习惯，有事没事就喜欢往坟地跑，还说是去陪着他的父亲掏一阵心里话，但谁也不知他说了些什么。又或许父亲是也爱上那一片金色的向日葵了，在感受万物生长靠太阳的热烈也未可知呢。母亲艾葵花从来就是个有口无心的人，她才懒得管那么细。但娘儿俩刚才说的话爹倒是听得真切，见奉中他娘终于停止了追问，就插嘴说："斯家有后，好事啊！我也好向祖先交差了。"在他看来，儿子这一学期就要毕业了，还听说工作单位都已由女方的父亲联系好了。"那就两桩麦子一起收——既当公公又做爷爷吧。"

斯奉中听了心里一紧，他还真没敢抬头，怕碰到渐趋老境的父亲的目光。

娘却一脸正色地冲着父亲说："这你就真会盘算哪！还两桩麦子一起收——真是丢了你们斯老郎中先生家的丑哎！"娘一通连珠炮放过，爹也就没有再吱声了。

顿了一顿，娘又猛然抬头感叹说："今后你要想成为斯家的太阳，就难啰！"

这是娘口中的特殊语境，儿子当然是懂得的，爹却只是若无其事地笑了笑。

忽然想起这些水落三丘的往事来，斯奉中心里还真是五味杂陈。但他接着又想，凡世间事物都有着两面性，这得一分为二来看待问题，有所失必有所得，在外人眼中看来他斯处长不知有多风光呢！还有如今明摆在人家眼前的这一切，无论别墅、小车及得来全不费功夫的市教育局人事处长的职位，能说真与岳父没有关系吗？就拿这个人事处长的位置来说吧，当初有好多双眼睛盯着啊？但还不是比到最后比关系和比势力！是岳父大人亲自出马，把局里的正副局长和市里有关领导请到了华天大酒店，甚至把当年下放大通湖与他睡上下铺的省人大党组书记兼常务副主任的老肖也请来坐镇了。几杯茅台酒下肚，市教育局局长便心领神会先表明了自己的态度，其他几位副手也不好再含糊……一想到这些，斯奉中心里似有了暗暗的得意。他还想，韩信也受过胯下之辱呢，以退为进不也是进吗？而且是为了更好地进！他翻了个身且昂起头来，把半边脸嵌进了床头的那个通话圆孔。那一夜窗外的月亮一定很圆，房间里铺满着静静的月辉，他似乎感觉到老婆大人也并没有入睡，于是就努力地把眼睛睁大想看看她的脸却怎么也看不到，又有些不好意思主动搭讪说什么，便只好重新躺下，但脑子里却仍然是乱糟糟的。

他不禁又想起了一堆陈芝麻烂谷子的旧事来。这些旧事，大多是从前年去世的父亲口中听来的，现在想起竟也肃然。原来他斯奉中这名字是有来历的，往大里说其实还负有着某种特殊的文化使命，是他的爷爷亲自给取的。当着早就是村妇女主任的儿媳妇艾葵花的面，爷爷好像只是随口一说："就叫斯奉中吧。"而后来他又郑重其事地把儿子叫到了一边说："何谓奉中？斯奉中庸也！中国文化延续下来几千年，儒释道你方唱罢我登场，但到最后还是修身齐家治国平天下的孔孟之道管用。"那一次，父亲一脸庄严地回忆着说："这话你爷爷当然也只能是说给我一个人听的。还包括了他当初给我取名保丘：保丘就是斯保孔丘。"父亲沉缓地说。

爷爷是个乡下郎中，一辈子遵循往圣先贤的训示，特别信奉中庸之道。

有一个场景斯奉中始终记得，那就是爷爷在堂中的一个石缸里喂养了两尾红鲤，在他的调教下，两尾红鲤居然一尾向左游，另一尾向右游。爷爷叫它们太极鱼。爷爷说，这口水缸就是它们赖以生存的天地。它们可以选择各自的方向，却无法选择跳出水缸。作为养鱼人所要把握的，就是水不能太满，满则溢；也不能太浅，浅则缺氧。至于它们游的方向不同这不要紧，它们游来游去不仍在缸里吗？

父亲是个守正的人，不过他也曾郑重其事地说："现在时代不同了，做人也还是要懂得顺势而为才行，如果只晓得一味地坚持己见，就会碰得头破血流，搞不好还会一事无成。"那一天，父子俩去给爷爷上坟，天下着毛毛细雨，两代人就跪在耸立着"故显考斯公盛明老大人之墓"的墓碑前，父亲用低缓的声音说了以上的话。做儿子的当然也由此想了很多很多，父亲在他人生最好的年龄里当过两届村主任，为村里办过好几件大事。如白驹村家家户户通照明，从资江北岸的奔洪滩垴上架设电排引水上山和修渠道等，那全都是大工程。没有外力的支持是根本就不可能办成的，与上级党委和政府部门的领导疏通关系，有时甚至是厚着脸皮去四处化缘，光靠爷爷所说的"富则兼济天下，穷则独善其身"的"中庸"他能把这几件大事办得如此漂亮吗？儿子此时并没有表示出任何惊讶和表明任何态度。父子俩后来都站了起来并转过身去，看了一会儿从雪峰山那边汤汤而来又汤汤远去的资水，儿子却沉吟道："水向东流是江河的宿命，有时却并不是它的方向，至于在途中经历过多少险滩和拐了多少弯子，这一些或许都并不重要，重要的是它最终会汇入大海。"在性格的中庸与求变这一点上，儿子与父亲有着一脉相承之处，或许儿子比他的父亲更懂得变通。斯奉中继而想，何谓"长江后浪推前浪，世上新人胜旧人"？我们斯家就是个鲜明的例子。斯奉中有时甚至觉得自己是在跟儿子斯远程一起成长。为什么这样说呢？显然是因为儿子的事与岳父家时有冷战而磨炼成了他能进能退的性格。之后父亲便没有再言语。他已经习惯了沉默，用他自己的话说，家里有一个高音喇叭足矣，再说真正的道理也并不是用粗嗓门讲出来的。父亲对母亲的爱和宽容是在心里，尤其对她能生出斯奉中这么个有出息的儿子来甚感欣慰。也许他老人家这两年总是去祖坟地，除了在向爷爷倾诉斯家的兴衰荣辱事宜，还有就是在独自默默地欣赏着母亲一手种植的葵花吧。

母亲艾葵花是一个性格偏执的人，她20岁前从不多说半句话，以至于村里人都暗地里称她为艾哑巴。可20岁那年，也就是在工农兵学校她懵懵懂懂地跟着同学们搞大串联去了一趟首都北京，见过在天安门城楼上的伟大领袖和革命舵手后，回到学校居然像完全变了个人似的。特别是后来又在不断串联的大风大浪中锻炼了两年多，毕业回乡她还毛遂自荐当上了共青团白驹大队的支书，成天握着一个铁皮喇叭筒，从上村到下村，高呼着革命口号和背诵最高指示。这样还嫌不够，她后来还硬是从自己家里掏钱给添置了一台干电池播放机和一个高音喇叭……这些像传说的东西，都是斯奉中懂事后，听村里人零零碎碎说过的，真真假假只有母亲自己知道。不过母亲有一张喇叭嘴总是闲不下来，这倒并不是传说。

他这么想着时，竟还是轻轻喊了几声妻子的名字："邹幸福，邹幸福……"

四

夫妻俩怎么说也是心有灵犀的，轻轻的呼喊声居然被隔壁房间的邹幸福听见了。她虽然赌气没有应声，却还是犹豫着侧身昂头朝通话孔里瞄了一眼，也就只瞄了一眼，见丈夫那边又没有什么动静了，才翻了个身把目光投向了月华如水的窗外。"斯木头折腾一天也累了。"她说。窗外是著名的岳麓山，山上不仅有一座千年古寺，还有一座同样已是千年的道观。尤其使她刻骨铭心的，还是他和她变成虫子扭在一起的那个夜晚。近窗是一棵棵随风摇曳的玉兰树，一朵朵肥硕的玉兰花亮如灯盏。她的思绪也似陡然间被点亮，一桩桩青春荒唐往事，当然是指与斯木头相识相处的往事便涌上了心头。

斯木头就是邹幸福的丈夫斯奉中。他俩是同学，在大学里念书时却很少有人叫他斯奉中，而大多都只叫他的绰号斯木头。她记得这绰号就是她的杰作。他们是同班，又是同桌，但大概有近一个学期吧，她与他这位同桌居然没有说过一句话。谁会去理他呢？一个安化乡下佬，平时连屁都不会放一个的。邹幸福虽然算不上湖师大最漂亮的校花，但她自信自己是一朵富贵牡丹，所以也就特别矜持。

临近期末考试，同学们都在发奋，尤其她身旁这个叫斯奉中的更是上课下课都把头埋在书堆里。那一天，老师只布置了几道代数题就挟着包走人了，待老师的背影刚一消逝，邹幸福冷不丁就爆出句话来，说："简直就是根斯（死）木头！"

全班同学们顿时一片哗然，此后，斯奉中就成为湖师大有名的斯木头了。

当然啰，他的名声还是得益于那一期期末考试，成绩单公布那天斯奉中居然是全校同年级同系综合排名第一。在场的同学们顿时呼喊声雷动："斯木头——请客！斯木头——请客！"就连排名几乎在最后的邹幸福也跟着起哄似的狂叫起来。

那也是被逼无奈，当晚斯木头还真在校门口的夜宵店请几位安化籍的同学海喝了一顿啤酒。也就是花了200来块钱吧，一大盆洞庭特产的油爆小龙虾，一人五瓶青岛啤酒……邹幸福居然也鬼使神差般尾随着去了，就坐在靠窗的一个并不显眼的角落里。她只点了几叠凉菜，要了两瓶啤酒。但她之所以偷偷地跟了去却是连她自己也没有一个明确动机的——是来偷窥斯木头醉酒后出洋相的吗？是担心从未见下过馆子的他囊中羞涩结不了账吗？或许是，又或许不是。但有一点是可以肯定的，那就是她邹幸福对斯木头这个贫寒学霸已然产生了浓厚的兴趣。

店内已经顾客寥寥，路上晃来荡去的，大多是学校的学生。也活该是斯木头与邹幸福成为冤家，不就是人均五支青啤吗？一个个居然醉得稀里糊涂。在回到校区时，斯木头刚进宿舍一摸屁股口袋，糟了！钱包忘在酒桌上了。其实他钱包里也就只剩下一张红票子，家里毕竟不太富裕，这是他咬紧牙关才请一回客的。

斯木头醉眼蒙眬刚出学校的侧门，摇摇晃晃的他竟一头撞上了同桌的邹幸福。也不知是有心还是无意，那天邹幸福居然穿了条玫瑰红的连衣裙，身上还洒了几滴法国名牌香水。这气息对于同桌的斯奉中而言，哪怕他真是根木头也并不觉得陌生。但斯奉中居然像认不得这位同桌的高傲公主了，大着舌头问："你……你贵姓？"邹幸福也有些醉意了，说："碰……你娘个鬼哟——我是你老娘，我姓邹！"

"嚯，你……你姓（性）邹（交）？"安化人把"邹"念成"交"是本地方言。

邹幸福确实是在毫无思想准备的情形下，听到斯木头说出这么句极具挑衅的鄙话，心里居然就"咯噔"了一下，更似有一股电流袭来，顿觉得全身麻酥酥的。因为她平时根本就懒得理会他这个乡下佬，所以在考试时也从来就没有瞄过他的试卷一眼，却没想到这个木头居然还会如此出色！事后再一打听，才知他当初高考时成绩硬是超过了一本一大截，是可以直接填写清华或北大志愿的，只是因为家里经济条件有限才保守填写了湖师大（她当然更不会知道,斯同学真实的想法是从师大毕业后至少可以谋个村小教师)。早知如此,本小姐随便瞄上几眼他的试卷,也不至于排名在全校倒数第三这般难堪。她越想越后悔,越想越来气,竟把考试失利全都归咎于斯木头,而且大有新账老账一并清算之架势。此时的邹幸福也就凭着酒兴一吐为快说:"你居然想性交?那本小姐就……成全你!"

没想这一回酒气熏天的斯奉中却毫不木头,竟也豪言说:"去就……去呗!"

这之前当然还有一个小插曲,几个老乡同学竟然在酒桌上就已经怂恿过斯木头说:"你小子就是个只晓得埋头啃书的蠹虫子,同桌有一朵富贵牡丹也不晓得你闻到过香味没有。四年一晃成往事,莫待花谢空摘枝呀!"哪知斯木头一杯啤酒刚一下肚,这头闷牛就把牛皮给吹破天了,便口出狂言说:"这不易得,顺手摘来就是!"斯木头在乡中学读初中时,就曾暗恋过一个教音乐的女老师,如今又正是血气方刚的年纪,说出这话来其实也见怪不怪,有人就说:"你还是一条闭眼蛇呀!"

那晚的月亮真圆。已过熄灯时间的校园里没有了白天的喧嚣,而抬眼向环抱着大学城的岳麓山望去,但见水一样的月色把林子洗得如同白昼,再侧耳倾听除了偶尔有几声夜鸟和虫子的啼鸣,整个世界都寂静一片。天时地利,这也许就更加助长了两个被酒精烧灼着的年轻人膨胀的胆量,他们中也不知到底是谁率先起步,居然就高一脚低一脚晃进了一片杂树茂密的林子……

人呵,总是经不起或精神或物质的诱惑,两人那次乘着酒兴完事后,邹幸福就几乎是步步紧逼。当然平心而论,像她这样的任性女子看重的并不是自己所谓的贞操,而恰恰是因为斯奉中的木头性格和他那沉静内敛的个性气质。"校园学子千千万,我独钟爱斯木头!"这是邹幸福那天拂晓酒醒后在斯同学耳边悄悄说过的一句最动情的话。为了证明她掏出的是肺腑之言,后来她还在校外租了个两室一厅的房子,两人过起了准夫妻的生活。斯木头当时也曾有过不敢高攀的犹豫,只是没想到那次在后山两人牛刀小试,邹幸福就碰巧怀上了,后来还不得不去做了人流。邹幸福尽管在家里任性骄纵,但出了这档子事她还真不敢一人兜着,于是把男友姓甚名谁是哪里人全告诉了母亲。当然不久后她还郑重其事地把他的成绩单也给父亲看了。待一切都似乎水到渠成了,她又有心选择了一个阳光灿烂的日子把斯木头也一并带进了家中。邹府就在湘江世纪城富湾国际,仅观景阳台就有 100 平方米,凭栏俯瞰,大江横前,涛声北去奔洞庭;举目远眺,麓山巍峨,衡岳南来生紫气。斯木头眼界大开。邹家人见了新姑爷也已经不再感到突兀,这愣小子腰圆膀粗的,居然还是湖师大中文系的头名状元,虽说家在农村又有何妨?凭我邹大庆在省城的关系,他想要进一个旱涝保收的单位还不就是我一句话!准岳父已经把心思写在脸上了。而准岳母也在心里盘算:一个外向任性,一个沉静内敛,这是绝配呀!再说他斯木头若成家了,今后还不是由我家大小姐说了算?

斯奉中空着双手,并且是头一次进女方的豪门竟然赢得了满堂彩!而自从那以后,斯木头根本就只有任其摆布的份了。"在长沙买车买房找单位,本小姐全都给你包了!"邹大小姐还真是说到做到,结婚前她居然又要父亲邹大庆在岳麓山下买了一独栋别墅做陪嫁。女人心,细如针,她是念念不忘在这里的第一次啊!

斯木头也在心里暗暗地想过,不急,我若是一轮太阳,迟早都会升起来的。

如今邹幸福在市社科联当上了副主席,是个名正言顺的副处级。女人虽然不在乎什么级不级,但面子上还是要过得去。她毕竟是个正儿八百的公务员了,还常常能听到人家左一声"邹副主席",右一声"邹副主席"的称呼,心里头那个甜啦!她最初本来是在父亲的公司里上班,还给挂了个空头副总,工资奖金却照样拿,用她自己的话说不拿白不拿,拿了也白拿。父亲是湘房公司董事长兼总经理,公司前几年改制后虽然名义上还是由国有控股,实际上他才是掌控和驾驭全局的大股东。但她在那毕竟只是个全民所有制编制,这政策变来变去,改革更是改来改去,再加上父亲也快要到退休年龄,万一今后要是又有什么新的变故,而那时自己又已经徐娘半老,后悔也就晚了。她也就只是把自己的想法跟父亲闲说了这么一次,没想到姜还是老的辣,父亲看似糊涂,其实却目光如炬,比女儿看得更深更远,他已经在心中早有盘算,当时就问女儿说:"去社科联怎样?他们党组书记每年都要找我搞赞助的。"于是就给市里几个分管领导和社科联班子成员分别打了个电话,又给他们每人弄了一套内部价的联排别墅指标,这事就算成了。

邹幸福到社科联去上班那天,她的办公桌子上搁了一份红头文件,上面白纸黑字,还任命了她为市社科联副主席。这其实是邹幸福万万也没有想到的,后来一打听才知是从企业那边套过来的级别。党组书记还很是关心地说:"幸福呵,你今后就分管社里的杂志吧,如果方便的话,每年给社里的基金会拉点赞助就行了。"

邹幸福想也没想就答应了，说："这个没问题。书记您看还有什么指示吗？"

书记说："指示不敢，今后有什么事反正要开例会的，大家一起商量着办嘛！"

单位上的事对邹幸福而言，还真不是什么大事，上班不到一个月，她几个电话就把给基金会的三百万元赞助费先搞定了，还远远超出了社科联党组对她的预期。这事于邹幸福而言有如囊中取物，市里20多家优质企业的老板几乎全都是她父亲邹大庆的铁杆，这个叔那个哥的，话还没有说完，人家就爽快地说："你邹大小姐——不，不不，应该是邹大主席开了金口，先把账号报过来就是。"当然末了还没忘捎一句，"有时间主席过来视察嘛，年底可要给我们授一个金字招牌哦！"

学也用不着学，邹幸福照例会打官腔，说："好的好的，本来就应该相互支持嘛——做我们社科联理论与实践相结合的重点联系基地如何？这事包在我身上！"

原本一切都顺风顺水，但没想到婆婆艾葵花才来了不到一个月，生活就又全乱套了。首先是婆媳俩在饮食上的分歧，年轻人怕身材发胖提倡素食主义，可婆婆却一日三餐不离肉，早上面条是肉码子，中午晚上是辣椒炒肉，就连煲个海带汤也是佐以五花肉……早中餐邹幸福还可以在外面或单位吃，但晚餐和周末不至于也吃外卖吧？再有就是她人还没进家门，就听见婆婆对着电视剧里的人物在自言自语地评头品足……听得那个烦啦！她当然也不好造次当面讲婆婆的闲话，只是没个好脸色，进屋扒几口饭就上楼去了。有时她上楼也会偶尔嘀咕一句："还说是保送进过大学呢，连个保姆的素质都没有，也不知她是怎么把斯木头带大成人的！"这话她当然说得很轻，有时也只是在心里发句牢骚而已。在边看电视剧边吃饭的婆婆自然什么也没有听见。也幸亏没有被婆婆听到，不然两座火山早就爆发了，还不知会谁烧着谁呢！邹幸福确实曾不止一次地听斯木头说起过婆婆的过去，说他母亲曾有过的厚重历史和拥有过的辉煌岁月。尤其是听到斯木头说到他母亲总喜欢把那一句"万物生长靠太阳"挂在嘴边时，邹幸福硬是笑得接不上气来，好一阵才说："别的靠不靠太阳我不敢打保票，反正本小姐是靠手中有钱。有钱能使鬼推磨，这才是放之四海而皆准的硬道理。"呛得斯奉中脸红脖子粗，"妇人之见，妇人之见哪！"但他的话音刚落，老婆紧接着又咬上一句，"未必你娘就不是妇人哪？"不过她有时也会将心比心地想，婆婆只怕是因为上了年纪才这样吧？"家和万事兴，家事比天大。"这是老公曾三番五次地在她耳边嘀咕过的一句话。只是这下倒好，自己怎么说也是够小心翼翼的了，婆婆竟还患了个精神抑郁症……

邹幸福的心眼其实并不坏，而且确实深爱着斯奉中，只是从小被爸妈宠着又与丈夫是在两种完全不同的家庭和文化背景中成长的。她忽然想起婆婆在医院里发飙时数落儿子的这几句狠话："你以为我把你拉扯大容易啊？当初我就反对教你不要攀高枝，如今倒是好，讨了个婆娘，丢了老娘。你真是个冒得出息的东西！当不得家，做不得主，丢了我们斯家八辈子丑哎你！"邹幸福不禁也倒抽了一口寒气。也许自己有时确实做得有些过分，想到这，她居然也有些同情起婆婆来了。

五

艾葵花是斯木头他爹的小学同学，比斯保丘小一个年级。白驹村就只有一所学校，教师有三个，其中一个公办教师还兼着小学校长，另外两个是村上领工分的民办教师。艾葵花她爹在旧社会是斯家的帮工，给斯老郎中制药房打下手，从小就没有进过校门的，识文断字不是他的长处，但人却天生聪明，捏起顺口溜来那是一顶一万的厉害，还会编山歌，一到了歇工的时候，亮嗓就是他即兴编出的词曲，如"诸药赋性，此类最寒。天冷勿忘加衣衫……"或"犀角解乎心热，羚羊清乎肺肝。起居饮食宜简单……"等等，全都是与斯老郎中笔下的药名相关的句子，还把声音拖得老长，在狭窄的白驹村里滚来荡去，直撩拨得牛也哞，狗也吠，鸡也叫，也难怪廖族长家的瞎眼奶奶就咒他，"你个艾敞口，把你艾家几代人的白都扯尽了，只怕你今后找个婆娘生出伢儿会是个哑巴！"没想还真被廖族长那什么也看不见的奶奶给言中了一半，土改后的那一年分得了房子也分得了田土的艾敞口找了个老婆，就是对河雀坪村老丁家的哑巴女儿，第二年还给艾家生了个白白胖胖的女儿。当时自留地里的葵花开得正旺，艾敞口便给女儿取名艾葵花。

有人说："这是艾敞口一厢情愿，想让女儿艾葵花今后的日子红红火火向太阳。"

"你也真是会嚼舌根哪，人家不就是顺手给女儿从自留地里捡了个名字嘛！"

就是。这个季节,哪家的地里不是向日葵开得热闹啊!

人们议论归议论,但艾葵花开口说话却很迟,后来会说话了也是石磨都压不出个屁来。但这并不能代表艾葵花心里愚蠢,她娘是个哑巴,什么都不会,女儿却无师自通做得一手好女红,更使人刮目相看的是她还会刺绣活,尤其是绣出的葵花,朵朵精神饱满,热烈昂扬,还给配了一行金色的"万物生长靠太阳"的标准楷书。也许是因为斯艾两家毕竟有过主与雇的渊源关系,在白驹村里读初小的那几年里,比艾葵花年长一岁多的斯保丘对这个比自己低一个年级的小学妹总是百般呵护,照顾有加,以至于一些调皮早熟的同学还认为他斯保丘是喜欢上艾葵花这个"哑女"了。没有人探究过艾葵花的心路历程,或许在她的潜意识里,那时的太阳就是斯保丘吧。人说女子十八变,但艾葵花却一直到 20 岁那年有幸被村上保送她去读地区的工农兵大学后,才终于像一座突然爆发的火山熔岩四溢……

那时的村上不叫村,而叫大队,也没有了党支部,叫大队革命委员会。鉴于艾葵花平时专绣葵花,并在天头上还恰到好处地添上了"万物生长靠太阳"的时髦句子,有人就鼓励她说:"你这就是政治表现!"当然还因为她在资江河里救了一个小男孩——那是大队革委会主任的独生儿子,在同他母亲乘渡船去外婆家时不慎落水的,满船男女一片惊慌,居然无一人肯冒险去救孩子。那天碰巧高中刚毕业的艾葵花也同船过渡去雀坪舅妈家,她想也没想就和衣跳进了滚滚江流,托着小男孩一直到下游一里多路的联珠桥口才上岸。她自己也硬是呛了好几口水,脸色都嘎白了……后来革委会就特别推荐她上了湘中地区的一所工农兵专科学校。

艾家飞出了金凤凰,当父亲的艾敞口那个高兴哪!大队部组织了革命群众敲锣打鼓送艾葵花去上学的那天,艾敞口就拉着女儿走在最前面,即兴编出的歌谣唱了一首又一首:"谁说艾家出哑巴,我看就是个睁眼瞎;风干的咸鱼能翻身,白驹出了个大学生娃……"他这是有意唱给被划成大地主的廖族长家听的。郎中先生的儿子斯保丘却没有资格加入敲锣打鼓的队伍里去,他家是中农成分,就站在家门口目送着比自己小一届的、曾经是默默无闻的艾葵花同学,只是他对曾经是他们家帮工的艾敞口所唱的歌谣颇不以为然——何必呢? 廖族长家已经够惨了。

艾葵花最忘不了的还是她那一段朝气蓬勃的大学生生活。天南海北的年轻学子聚集一堂,刚搞完开学典礼还不到一周,就从省城大学来了几个高年级的学兄学姐,他们是擎着"青年学生联合会"的旗帜来学校的,理所当然就受到了学生会的热烈欢迎和积极支持——动员同学们加入他们的"青联"组织。才入大学的土妞艾葵花什么也不懂,又没有哪个老师出面劝阻,她以为大学生活就是这个样子的。再后来她和同学们一路上高唱着"大海航行靠舵手,万物生长靠太阳"的革命歌曲,就连乘车、吃饭、住旅馆也无须掏钱。能做个大学生真好! 艾葵花想,我要是日后有个一男半女,也一定让他去上大学。平时连屁都不放一个的艾葵花居然有了满肚子话想要诉说。从此以后,她的胸腔被打开了,嗓门也宽了……艾葵花的几年大学生生涯,就是在那样一种如梦如幻的岁月里度过的。

三年一晃成往事,毕业后她原本被分配在县供销社工作,但是她却主动请缨要求回乡并毛遂自荐当上了白驹大队的团支部书记。原本是文文静静的一个姑娘,怎么到头来连一张寡嘴也活像她爹艾敞口呢? 还有的甚至疑惑不解地自问,未必如今大学里就是这样教子弟的? 但她父亲艾敞口却蛮开心,一是女儿能说会道了;二是能够把威风了半世的廖族长弄出来戴一顶高帽子当众游行……

只是如此一来,女儿的婚姻大事就给耽搁下来了,也就是艾葵花 35 岁的那一年,才经由已是大队改村的村支书出面牵线搭桥,把她介绍给了她自己父亲昔日的东家——斯老郎中的儿子斯保丘。

艾葵花喜不自胜说:"行吧,我一定会把斯保丘也拉进我们革命队伍中来! "

村支书却哭笑不得说:"你呀,现在是要斯保丘带领你们家脱贫致富呢。"

没想艾葵花却话来相去:"你这是说我们父女只会抓革命,没有促生产吧? "

支书忙赔笑说:"好好好,是我说错了,这下你们家就可以革命生产两不误了。"

艾葵花心里像喝了蜜糖水,说:"这还像个支部书记说的话,够有水平! "

而三十有六的斯保丘之所以还是个单身汉,是因为他正在为田少地贫的白驹村谋求新的出路——他这几年一直躲在家里研究一种能生长出对人体健康有益的叫突冠散囊菌的黑茶发酵技术耽误了青春。安化黑茶历来有名,但在只顾抓革命的这些年好名声一落千丈。当然也有说他是在有意等艾葵花的,却不知是真是假,这些即便是无关风月的事,父亲也从未跟儿子斯奉中说起过。人家给他说媒那年，又刚好是该项目获得了重大突破。那时年事已高的斯老郎中早已经歇业，见毕竟是老帮工艾家的血脉，又问过了儿子，这小子却把头点得像鸡啄米似的，也就满心欢喜地答应了。两人婚后，斯保丘经民主选举为村主任，艾葵花还是村支部委员，并由团支书改任村妇女主任了。凡村里有大小事她仍喜欢拿着个喇叭筒上村下村地喊话……这些陈年旧事她从不跟儿子说，她决意要烂在心里。

按说斯奉中也听说过一些。尤其是对那个跟随了娘几十年的铁皮喇叭他还有着深刻印象，上次接娘去省城时他还问过娘："妈，那个铁皮喇叭呢？"娘听了心头一热，望了一眼堂中的神龛，有些不置可否，那个铁皮喇叭就搁置在神龛上……也就是那次娘告诉了儿子一个秘密，说："还有一台播放机和高音喇叭锁在公屋里。"娘还说："你爹其实是一个宰相肚里能撑船的厚道人，即便是我俩为了家里一些鸡毛蒜皮的事吵吵闹闹了半辈子，但对你娘的评价，却算是客观公正的。"至于爹给了娘一个怎样的评价艾葵花就没有跟儿子斯奉中再说了。这是她锁在心中的秘密。

不知不觉间天就亮了。屋后林子里百鸟的啼叫煞是热闹。经过了一整晚的回忆梳理和思想斗争，艾葵花终于想明白了，她自己并不属于这一座独栋别墅，更不属于这一个日新月异的省会城市，那么，她还在这里添什么乱、挡什么道呢？

六

天要下雨，娘要嫁人。娘是个说得出就做得到，有时甚至不说也能做出一些离经叛道、意想不到的事情来的人。儿子也就并没有过分地挽留母亲，只是为她备了一些常用药和反复提醒娘，要她记得医生的叮嘱。因为斯奉中知道，紧跟在孝后面的还有一个"顺"字。每个人有每个人生活的土壤。妻子这话或许是对的。

娘照例是先起床，她从小就跟着自己当过帮工的父亲养成了闻鸡早起的好习惯，或许娘少女时代的那一手女红和刺绣活，就是在每日的晨曦里悟出来的。莫非阅人无数的郎中爷爷看重她的也就是这一点？早餐又是面条，待儿子和儿媳妇也都上了饭桌后，母亲说："奉中，你送我回去吧！"她这已经不再是商量的口气。

儿媳却先接话了："妈，要不今天带您到'世界之窗'和橘子洲去看看吧？"有了歉疚的邹幸福也是一片好心，婆婆毕竟已决定要回白驹村了，今后来一次少一次。

娘忍不住旧话重提："天安门我都看过，这里有什么看头！"语气中充满自豪。

三个人都经过了一夜的反思，儿子说："还是带您去看看吧！我反正还有两天假。"三双眼睛都有些泛红，但好在心态都已经平和下来。这也是斯奉中最感到欣慰的。其实昨晚他还真有话想要跟妻子说："家事国事天下事，家事才是摆在首位的，作为家庭里的每一成员，尤其是上有老下有小的中间成员，更应该事事处处顾全大局，任性不得。"他是想换一种方式向妻子做灌输，没想却被她堵在了门外。

娘态度很坚决，说："娘反正迟早得走的，我走后你们就可以安心去忙工作了。"还有意把一句"我走后你们就可以安心去忙工作了"的话说得很沉缓。儿子当初并没有多想这句话里所隐藏的玄机，他只是觉得娘根本就没有把她自己看成是这座富丽堂皇的独栋别墅里的家庭成员。娘的神情有些古怪，末了她又还丢了一句："要是你们不为难，就把孙子接过来让我看一眼。"谁也没想到这竟是最后一眼。

斯奉中听了心里一揪。也是啊，斯远程都已经5岁了，爹和娘却很少见过孙子。他不禁想起了曾跟父亲讨论过的有关"修身齐家治国平天下"的话题来。那一次，父子俩扯得很宽，还扯到了父亲和母亲在家里的话语权等，父亲说："你娘依赖的是神话语，当一个个体或一个组织，在人们的心目中变成了神以后，他就认为自己掌握了一种无坚不摧、战无不胜的话语权。既然这样，我就先听从她的又如何呢？"父亲居然是一脸的和颜悦色，不过他又接着说："一旦你娘遇到了很实际的具体问题，比如家里的油盐柴米短缺时，她不又要回过头来依赖我吗？"

突然想起这些家事来，当然还有他与妻子的婚宴等，斯奉中已是满脸愧色。

"不至于让我进棺材了才能再见到孙宝吧？"娘的话又一次戳到了儿子的痛处。

"不会的，我就去把崽崽接回来住一晚。"邹幸福似乎终于读懂了自己男人的心思和脸色，她毕竟在机关里历练了两年多，真要平衡起关系来，也算得是一把好手。或许也是又突然想起了斯木头有天酒后曾经发过的那一句感叹来："我们家是势力决定一切。"这话从表面上听起来似乎是一句牢骚，而实际上却意味深长有弦外之音，他斯木头今天虽然还是个处长，说不定明天就是个局长了，而自己父亲退休已经是铁板钉钉的事，势力是可以在时光里此消彼长的怪物。按照他斯处长现在的发展趋势，说不定再过些年他也是长沙城里盘根错节的一个势力人物呢。"妈，那我先去娘家了，马上就回的。"这一回，儿媳妇似有几分讨好地说。

婆婆艾葵花才懒得想那么多，见儿媳妇的脸色阴转晴了，还以为是儿子在昨晚上枕边教妻的结果。还真不愧是我男人斯保丘下的种，连这一招也学会了。娘也就颇是满意地扫了斯奉中一眼，想怂恿儿子几句，要邹幸福再接再厉，却只是抿着嘴笑了一笑还是忍住了没有开腔。儿子是懂娘的，也跟着会心地笑了一笑。

娘的心愿终于得到了满足，孙子进门见一老婆婆大张着双臂，先是一怔。"这是你奶奶呀！崽崽快叫奶奶。"邹幸福说。也许是在路上他妈咪就教过儿子，斯远程像突然明白过来了似的，小跑着扑进了艾葵花怀里，一点儿陌生感也没有，还"奶奶，奶奶"居然叫得好亲热，而奶奶也顿时像个"活观音"了，要儿子赶紧去把她给孙子斯远程绣的那个红肚兜拿过来，娘说："就藏在我的枕头底下。"儿子箭步冲向娘睡的二楼，又双手恭恭敬敬放到娘手上。她一边亲自给孙子系上，一边问："奶奶给你绣的兜肚好看吗？"斯远程觉得很稀奇，大声嚷嚷说："花花，好看，花花，好看！"他居然不认识这是向日葵，当然更不认得上面的那一行字。奶奶就指给孙子认，她一字一顿地教，斯远程就嗲声嗲气地一字一顿地跟着念："万物——生长——靠太阳，葵花——朵朵——头高昂。"娘多皱的脸上居然还真的笑出了一轮红红的太阳。娘从未有过如此的和颜悦色。她这是感觉到完全可以放心了吧？

欢乐毕竟只是短暂的，第二天一早，娘就叫儿子把她送回了老家白驹村。

娘走了，也带走了儿子的一份牵挂。重新去了三亚学习的斯奉中一颗心硬是又分成了两半，一半在长沙邹幸福和崽崽斯远程的身上，一半在白驹村娘的身上。

有天夜里，儿子斯奉中还梦见了娘，可那是一个稀奇古怪的梦啊——

他梦见自己也回到了白驹村,就陪在娘的身边。娘到省城来,这一去一回的虽然看似平常,不知怎么又重操旧业做起了刺绣活来,她是决意还要绣一幅"万物生长靠太阳"的绣品留给儿子斯奉中吗?然而事与愿违,六十好几的娘,身体毕竟大不如前,小小的绣花针握在她的手中,却仿佛是一条溜滑的泥鳅,总也无法捉住,人一着急,肯定是血压又飙升了,左颈部一阵抽搐,娘的头就偏了,而且是一个劲地向着左侧回首……娘就这么悄无声息地走了。也真是怪事啊,没见娘说过有什么不适,只是周边的邻居却觉得娘这次从省城回来后有些反常,没有了以前的高声,见人就笑笑的,还总是夸自己的小孙子斯远程长得天庭饱满,一双眼睛明明亮亮像两盏探照灯,肯定会比他父亲斯奉中看得远,也更有出息……

丧事照例是在白驹村举行,办得简单而又特别,因为娘在跟儿子道别时交代得非常清楚,娘说:"娘和其他人一样,啼哭着来到这个世界,而不一样的是或许受了你那哑巴外婆的影响,从小就不喜欢说话。娘的童年和少女时代是在默默无闻中度过的,这或许就是娘的本性,但是在 20 岁以后,娘的心灵被神的火把点燃和烧灼,一味地说了太多太多的神话……但娘从来未说过鬼话!现在娘唯一的希望就是能够重新找回自我,默默地带走我应该带走的一切。你要记得一切从简。对了,还有就是不要忘了为我播放那一首'万物生长靠太阳'的老歌……"

又是那一首老歌!

娘是想用这首老歌再送自己一程。我为什么会做这么一个梦呢?斯奉中想。

这是个谜。

七

斯奉中从梦中惊醒后,他枕边的手机却突然响了。一看荧屏,是老婆打来的。

斯奉中想用玩笑驱走噩梦,说:"亲爱的,你睡不着啊?天没亮你就想我了!"

电话那端却好一阵没有声音,然后是轻轻地啜泣,"你娘……娘她走了……"

真是晴空霹雳!虽然刚才在梦中他确实梦见娘走了,但一旦成为现实,儿子的心便揪起来痛。老婆也是才接到村支书打给家里的座机电话，对方说："你们斯家老宅昨夜里起火了，你婆婆死在火堆里……"她没听完，就赶紧给男人来了电话。

斯家老宅是一栋不小的青瓦木屋，新中国成立前做过药铺，父亲斯保丘是斯家的长子，奉中还有两个叔叔，因为嫌老宅阴气重，早些年陆续建了新房搬了家，只留下斯保丘这个长子和长媳妇守着斯家基业的根脉。可如今，脉犹在，根却无存了。

斯奉中是搭乘凌晨六点二十的航班往长沙赶的，一夜噩梦接着又是噩耗，但他的思维却纤毫般清晰，居然把上次脱产去三亚学习乘飞机时回忆过的往事也记得清清楚楚。一家三口当天中午就赶回了白驹村。老宅已由村支书和两位叔叔组织村人们清过场了，并且正在废墟上搭建简陋的灵堂。这是斯奉中在电话里安排的，他说："这也是娘亲口交代的，要记得一切从简。"原来昨夜里是娘在托梦啊！

娘只剩下一具焦炭尸体，儿子还有意看了，娘的头果然是向左侧斜倾着。有人提醒斯奉中是不是要报案彻查着火的原因，他却只回了一句："那就算了吧。"或许他是已经想到娘这是用心良苦要断了儿子对"根"的念想。该来的总归会到来，该去的也总归会去，儿孙前程远大，免得后人为了这"来去"的事，再耗费心力。

棺材是从小镇唐家观千年屋专卖店购来的，是上等的实木材料。

这事可不能太委屈了娘。儿子说着便亲自帮手把娘请入了漆黑的"千年屋"。

人亲骨头香，很少与奶奶有过接触的孙儿斯远程居然硬要爬上棺材口去看奶奶，还嚷个不停："我要奶奶说话，我要奶奶教我读万物生长……"

是斯远程童年无忌的一句稚语突然提醒了斯奉中，他忙回头找来了村支书商量，他说："您还能找到以前大队部放过的那个高音喇叭和那一首有着《大海航行靠舵手》的光盘吗？"村支书听了后一怔，说："都什么时代了找那个做什么？"但话一出口他似乎就明白了，他也是个过来人，知道那一套行头都是奉中他娘当团支书时给大队置办的，就忙改口说："还锁在村上的公屋里哩，没有人再动过的。"

大凡从那个年代过来的人都应该对"公屋"这个词不陌生，它的书用名叫大队屋，做过开群众大会的会场，更主要的是还有一台播放机和一个高音喇叭，除召开大会发通知和作报告外，每天太阳升起的时候就用来播放一首百放不厌的《东方红》，而太阳落山的时候就换成了另一首同样是百唱不厌的《大海航行靠舵手》。是村支书亲自把这套行头找来的。

白驹村也就百多户人家，两面青山对峙，中间是一个狭长的村落，一声"呵嗬"全村人都听得到，更何况斯家老宅又坐落在村子居中的山坳。播放机一打开，村子里顿时就热闹起来了，从来就没有听到过高音喇叭的鸡们狗们牛们也还包括了两面青山上的鸟雀们，随之一片惊慌。又惊扰生灵了！这或许是娘临终前怎么也没有想到的。灵柩在斯家老宅废墟上搭建的临时棚里摆放了三天三夜，灵堂里照例是灯火通明，挽幛高悬，却既没有沿袭旧俗请道士开祭，也没有按照新事新办召开追悼会。前者是因为艾葵花毕竟是个老党员，后者是因为孝子斯奉中觉得给母亲盖棺定论的悼词并不怎么好定性……再说这应该也是他母亲大人的意思。但是那一首《大海航行靠舵手》的革命歌曲，却周而复始地放个不停……

出殡是吃过中午饭后才启动的，这或许也是白驹村开天辟地头一回，按村里的风俗，都是在早上八点钟时就要起驾的，因为说好要等争取在中午前后赶过来的亲家老子邹大庆才推迟了。他从省城长沙到白驹村，不就是一百多公里么？还真是个大老板，架子天大呀！虽然也有人提出了异议，但村支书却说："邹老板是个全国人大代表，他能够抽出时间亲自来送亲家母一程，这是艾葵花的福气呀！"

邹老板之所以延误了给死者送葬的时间，其真正的内幕却无人知道——因为他在临行前突然接到了市国资委找他谈话的通知，超龄任职的他终于卸任了……

中午 12 时许，一台疯狂的"路虎"风驰电掣般过了村口的联珠桥，车尾还扬起了滚滚尘埃。越野车刚驰入村口，邹大老板远远地就听到了一支回肠荡气的经典老歌，作为曾经积极响应，或被动接受过"农村是一个广阔的天地"号召的老知青，他听得倍感亲切，也尤为激动。下得车来，他照例也恭恭敬敬地在亡者的灵柩前深深地鞠了一躬。待孝家答过礼后，他再昂首时，听到的还是这一首老歌在反反复复地播放着，便有些不解地问女婿斯奉中："你怎么不更换一支新的曲子呢？"女婿停顿了一下便哽咽说："娘喜欢这首歌，这是我娘健在时指定要播放的。"

邹老板的声音明显有些颤抖，说："死者为大，既然是家母的遗愿，应该应该。"

"起驾啊——"随着一声高亢的呼喊声响过，八名抬柩的殓夫一并起肩，一鼓作气就出了灵堂，往村口的金鸡岭坟地摆驾而去……此时，爆竹声、哭号四起，紧随其后的，是两人扛着的那一台陈旧的干电池播放机和那一个斗大的高音喇叭。

"大海航行靠舵手，万物生长靠太阳……"嘹亮的歌声仿佛从另一个世界传来。

儿媳妇邹幸福拉扯着儿子斯远程走在灵柩的后面，一地一乡俗，这叫作死者身后有来人。而孝子斯奉中是要走在最前面的，他得不断地给抬柩的殓夫下跪行礼——无论孝家的地位有多高，若是礼节没到位，抬柩的八大殓夫是随时都可以罢工的，这也是白驹村的乡俗。斯奉中始终是一边走一边低首注视着搂在怀里的母亲遗像，但是就在快要到坟地时，他却仿佛发现母亲的双眼似乎睁得特别大，而且嘴角也像是在嚅动。斯奉中心里不禁一惊："娘，您老人家是还有什么心愿未了，或者是还有什么生前难以启齿的话要交代儿子吗？"他在心底里默念着，人却仿佛一脚踩空，又一次感觉到了严重的失衡，而且，还并不知道失衡的真正原因。

他再抬眼时，就又看到坟地上方娘亲手栽下的那一片金灿灿的葵花了……

同时也想起了爷爷养在堂屋水缸里的那一对取名"太极鱼"的红鲤，仿佛就在自己的脑海中游着，他的头一下就大了，不禁喃喃自道："太极鱼、太极鱼……"

陋石铭

帕斯卡尔说，人只不过是一根苇草，是自然界最脆弱的东西。

——代题记

一

又是傍晚到来。传灯独自下楼，习惯性地来到了湘水畔的十里长堤上散步。

"智者乐水。上善若水。善念如水……"这是传灯每次面对流水发呆时，喜欢自言自语地念出来的几个与水有关的句子。然而今天傍晚，他却在一味地念念有词说："《陋石铭》，《陋石铭》，这该不会是陆世那小子的涂鸦之作吧？"

湘水汤汤流日月，往事历历上心头。原来是传灯忽然间想起了白天曾听儿子传奇说过的，近日流行在微信朋友圈里的一篇半文半白的短章，于是也便心血来潮，从牛仔裤兜里掏出苹果手机并熟练地点开了朋友圈，遂找来一读，嚯，这文风确实眼熟——"譬如奇石，深埋甚久。自暴自弃，自惭丑陋……"他摇头晃脑还只读了几句，就忍不住与陆世通了电话，一问，果然是出自这位老伙计的手笔。

传灯与陆世是一对旧友。在老家安化县委机关报工作时就曾有过上下级关系，但近年来很少谋面，也不常通电话，彼此一顿闲聊后，陆世却冷不丁冒出一句惊人之语说："华夏几千年文脉传承，有两个湖湘人物在我心中颇有分量。"

"哈，是吗？"传灯听了一愣，心里却在揣摩：一个开口闭口必言改革与西方哲学的人，居然对本民族文化也有了如此浓厚的兴趣？而且还是两个湖湘人物！他以为是自己听错了，颇有几分诧异问："你倒说来听听，是谁和谁呀？"

此时暮色渐浓，上弦月怀抱半壁虚空，星星闪烁着冷冷的清辉。

凭传灯对事物的敏感，尤其是有那么多年来对陆世了解，他知道陆世是个总能够不断地萌生出奇思妙想的人，一个让人捉摸不透的人，但电话那头的声音却有些凝重地说："一个是周敦颐，一个是王船山。都是出生在同一条河流上。"

传灯听后默然良久，心想，这伙计是怎么啦？还真是太阳打从西边出来了！

没想陆世又很自负地补了一句："那是一条向北的河流！"而心里弄不好却在说，"你老兄充其量就是个半调子水的'知道分子'，凭你这点儿学问懂个屁！"

有几许晚风徐来，眼前开阔的湘江遂皱了面容，清波微漾中，如一个又一个问号向江岸这边推涌而来。传灯觉得陆世的情绪似有些诡异，还险些脱口就说了一句大实话："那是因为你并不懂我。"但他毕竟又是一个修炼得有了一颗玲珑心的过来人，能想象得出电话那端的陆世在笑他传灯的窘态，只不过没有笑出声来而已。于是也就回敬了他一句讥诮的话："你陆大主任还真是条变色龙啊！"

"老兄此言差矣！并非我变，而是世道人心在变……"之后，信号就断了。

传灯确实也就是一个只上过初小的工农分子，虽然靠刻苦自学走上了社会台面，还摇身一变成为了一名文字工作者，但哲学和历史绝对是他的短板，更是障碍他难以成为一名真正意义上的作家的致命硬伤。至少陆世就一直是这么看他这位好朋友和原上司的。在陆世的眼中，尽管传灯对他曾有过提携之恩，而当年自我膨胀时总以为自己就是君临天下，说穿了那都是因为他曾经在县里不大不小当过几个科级单位一把手养成的陋习。想想也是，麻雀虽小，五脏俱全，所以如这一类人基本上都有个共同特点，那就是开口必言"我单位如何如何"，尤其惹毛了发起飙来还动兀就是一句"干得你就干，干不了走人！"等，把公权力当成自己私有特权是体制内一些不大不小官吏们屡见不鲜的通病。陆世当年在《安化报》做时政版记者时与乡镇和部门一把手打交道多，曾经痛恨的就是这一类人和事。

"是些什么东西呀？一个二个全都狐假虎威，只要一抬脚进了本单位就以为自己是皇上,把整个单位都看成是他自己家里那一亩三分地,真是恬不知耻!"

"这样一种各自为战的公权私用体制,不改革能有出路吗?"

这就是陆世当年曾经多次在私底下跟传灯在一起闲聊时发过的感慨。也许正因为他心里憋着这么一股浊气,所以那一年在梅城经济技术开发区采访时一篇题为《群妖分食唐僧肉》的头条通讯曾在安化政坛引起过轩然大波。文章开篇就大言不惭地写道:"处处拦关,层层设卡——梅城经济技术开发区会成为孤岛吗?"而接下来笔锋一转又如解剖刀般直指工商、税务和银行、盐业、电力等垂直管理部门的不配合甚至趁火打劫。但此文虽然在读者中大获好评,也得到了县委、政府领导的高度肯定,却给报社惹来了无尽的麻烦,被迫中断了与这些部门的友好合作,也错失了他们对报纸专版的支持。当初终审此稿时,身为总编的传灯虽然有所犹豫,却也因为年轻气盛对一时间卷起的改革浪潮充满着必胜的信心,所以也就根本没有去考虑会出现如此后果。他后来却气得捶胸顿足说:"你陆世是不当家不知柴米油盐贵,就凭你言辞凿凿发一时之怨气,却损失我几十万元的发行与专版费。"没想陆世接下来的话更难听:"哼,为获一己之私利,宁错失鼓动风潮之良机。亏你平时还以作家自居!"堵得传灯真想骂一句:"你给我滚!"

不久,县委汪书记亲自主持召开了县直部门和有关乡镇一把手会议,会址就选在离县城有近 60 里地的梅城经济技术开发区礼堂。这是老县城的旧县衙。新中国成立后县址迁至资水江畔东坪镇,据说主要是为了解决饮水问题才另择新址的。原来的县衙就成了如今的梅城区委、区政府所在地,而由省府特批的梅城经济技术开发区也就挂牌如此。这是一次现场办公会,主要议题就是协调各部门如何加强对经开区的支持和配合。也就是在此次临时通知召开的会议上,汪书记劈头盖脸就说:"我们有个别垂直管理部门,简直目无王法,根本就不把地方党委和政府的政令放在眼里,但我今天要正告这些部门的一把手,我这个县委书记虽然管不了你们的行业长官任命,而你们头上的党组书记这顶乌纱帽本县委想什么时候摘掉就可以什么时候摘掉!"汪书记扶了扶眼镜把手头一份《安化报》高高举起来,接着说:"现阶段县委和政府压倒一切的中心工作任务,就是如何搞活省政府正式授牌的梅城经济技术开发区,为经开区打掉壁垒,清除障碍,可你们在做些什么呢?处处拦关,层层设卡——是想让梅城经济技术开发区成为孤岛吗?"

汪书记是个谨慎之人，平日里很少有说过此类硬话，但这回不但火气重、嗓门高，而且还一字不落地用上了《安化报》所发通讯的引题。全场顿时鸦雀无声。

陆世当时也在场，但他并没有感到自豪，而是深感震惊，且还悄声嘀咕了一句："哼，典型的霸王作风，简直是一丘之貉！"这使他陷入了双重迷惘，曾一度在以笔为旗和弃笔经商之间产生过游离情绪，然而后来的实践证明，还是以笔为旗的想法在陆世的思想斗争中占了上风，不然在他去了南方滨海市的这些年里，又怎么能如此心甘情愿，甚至可以说十分迷恋地为区委一把手服务呢……

忽想起这些陈年往事，传灯却仿佛又听到了自己曾发过的一句感叹："陆世啊陆世，你真是生不逢时或生错了地方！"但感叹归感叹，他接下来又想起了陆世当年常跟他说起过的法国哲学家帕斯卡尔的名言："人只不过是一根苇草，是自然界最脆弱的东西。"他当时确实曾似懂非懂一脸窘态，但陆世并没有挖苦他而是乐为人师地说："人虽然脆弱如芦苇一样在风中飘荡，随时都得忍受自然界狂风暴雨的摧残，但人又是能思想的芦苇，因为思考而区别于其他的动植物，因为思考而证明自己的独特存在。所以笛卡儿曾说，我思故我在，思考是人存在的明证。这是帕斯卡尔的本意。也有从另一个角度强调人作为风中芦苇在大自然面前的脆弱性，从而教育人要尊重自然、保护自然，以期保护人类自己的生命。"

"哦？"当初听了陆世的这一番诠释后，鬼精如猴子的传灯却在心中冷冷一笑，反过来便戏言般问陆世道："就不晓得你说的芦苇是一棵呢还是一片？要是一棵风吹两边倒，要是一片那必定也是哪边风大就倒向哪边。作为人又何尝不是如此？这是宿命，没几个人能逃得脱的。"他说完后便把得意的目光投向了陆世。

陆世却也一时语拙。传灯竟然以胜利者自居，慢条斯理地从口袋里掏出了一盒"沉水"牌香烟，又掏出了打火机准备点火时，便调侃他说："你也来一支？"

陆世并不吸烟，但想不到他却伸手把烟接下了，还要过了打火机，"啪"地打出火花，斜眼瞟着传灯，心里却在说："浅薄，真是浅薄！这才是芦苇的痛苦！"

后来传灯被调入了省城，又因近年来担纲主编了如《湖湘胜迹图志》《四水一湖历代名人文选》等一系列湖湘文化专著，他不仅已经对湖湘文化有着较深的了解,还对这一条北去的湘江更是产生了浓厚兴趣。他曾在《四水一湖历代名人文选》之《北去湘江》分卷的前言中如此写道:"三湘大地拥有四水一湖,湘资沅澧入洞庭,湘江居其首位。她无疑是一张关于湖南的灵动而大气的名片。湘江始称潇湘,发源于广西海洋山西麓的海洋坪,其源流分为南北两向,南向曰漓水,北向为湘江。两千多年前,秦始皇一声号令,在湘、漓两水之分水岭开凿了著名的灵渠,沟通了长江、珠江两大流域,同时也沟通了湘江与大海的联系。湘江游弋于五岭崇山,又奔走于衡岳七十二峰与洞庭湖地,而尤其人文情怀之博大更是令世人景仰:纳濂溪,揽船山,映韶峰……在历史的多个节点上,这条江上的先哲及伟人,又无一不是对民族甚至对未来之中国产生过巨大影响。"文字激扬洒脱,亦有着滚滚湘江之气概。传灯也因此而被省政府破格特聘为文史研究馆馆员。

这些都是陆世所不知道的。虽然他们回老家安化过春节时也曾有过晤面,并且还应陆世邀请去过滨海,但又多是打打闹闹,逢场作戏而已,彼此之间已经很少有过深谈。如同陆世并不了解如今的传灯,而传灯对如今的陆世亦知之甚少。

传灯的思绪又回到了《陋石铭》上。依他的理解,这并不只是陆世一己之浩叹,"铅华褪尽,获大自由。呜呼吾命!何陋之有?"他怅惘地重复着铭文中末尾两句,俯仰江天,流水汤汤,夜空星光诡谲,传灯的心情却久久地不能平静。

二

此后不久,具体地说是在时逢国庆长假的前一天,陆世又追来了一个电话盛邀传灯携妻子菊儿姐一定得去滨海玩几天。这是他第二次相邀,几年前传灯携菊儿、陈仓及阮飞就曾去过一次,但这次陆世却换了个理由,说主要是邀请菊儿姐。

"你得要菊儿姐来,否则你也别来!"陆世依旧把话说得很呛人。

传灯心如烛照,知道陆世所为何故,并满口答应下来:"好的,一言为定。"

"一言为定。"陆世长吁一口气说:"订好票后知会一声,我去车站接你们。"

传灯当时其实就有一种感觉——陆世这小子,是有意想要偿还一笔感情债。

"又不是今后没有机会了,为何非得像要做一个了断似的?"传灯在心里说。就在第二天下午，传灯夫妻俩当真便乘高铁从长沙直奔滨海市。

陆世在出站口翘首接人，一见面，就把三五天的日程安排向传灯做了通报。

也不知传灯是有意夸张呢还是真觉得不妥，便正色问："你说什么？安排的超五星酒店，还总统套房！你如今真是大手笔呀？是图嘴巴快活开玩笑说的吧？"

陆世却一脸暧昧说："我会开这一类低级玩笑吗？不过实话实说，是朋友昨天就给预订好了的，管他呢，反正我这是君子动口不动手。"紧接着又补了一句："也不是公款消费。你和菊儿姐心安理得地好好享受几天嘛！"话语尤见诚意。

"好嘞，那我们就客随主便了。"传灯也就没有再多做推辞。

毕竟已经在沿海工作多年，又是个处级干部，陆世的驾车技术已然不错，早年过春节就是他自己从滨海市开车回安化的，路上花了整整十个小时，说是腿脚都麻了，差点没累出腰椎劳损来。那时他已是椰林区委办公室副主任，分管政策研究和综合调研，其主要职能是为区委书记起草和把关文字材料及报告，是通常意义上的大秘书。照流行的网络语说他还真是个奇葩！一个曾经恨透了"党八股"的名牌大学哲学系高才生，居然阴差阳错，专门为他人作嫁衣，而且是专门从事自己骨子里最瞧不起的那一种工作的负责人，据说还深受领导赏识，连年被评为先进个人。传灯也曾开玩笑讽刺过他："陆世，不晓得你是哪片芦苇中的哪一棵？我看不管你是哪一棵，同样是哪边风大就倒哪边。"陆世却笑言："为稻粱谋而已。"

那一次回老家安化县城过春节，他开的是一台别克商务车，是后面有两排座位的，主要是考虑到以前在安化报社共事的兄弟姐妹们凑到一起去乡下玩耍时乘一台车更方便聊天。陆世是个心思缜密的人，总能够超前把什么问题都考虑到。

后来果然如陆世事先所盘算，由当年报社的老大哥传灯做东，把平时难得一聚的弟妹们全都邀约到了一起，去了一趟乡下他岳母娘家的小镇唐家观。传灯是 20 世纪 80 年代中期就已经小有了名气的青年散文家，再加上后来又由他牵头组建新创办的县委机关报，所以他麾下的一批编辑、记者，除了从文学骨干中吸收了两人和县领导打招呼的三名对象外，其他五人都是他从各部门挑选出的精英，当然县委有一个明确意见，那就是先实习一年，再转正。陆世就是做精英被选入的。

也就是在那一次招摇结伴去唐家观小镇,大家玩得特别尽兴。男男女女全都往陆世的别克商务车里塞,搂的搂,抱的抱,原本只能坐 8 个人的商务车,硬是挤了 12 人。基本上是由两拨人组成,一拨是原报社的同事,一拨是仍然坚持文学创作的文友。传灯在县报干了四年,如今又是省文联某协会秘书长,与县里的文学作者自然有许多联系,文友们闻讯而来也是必然。传灯是个念旧情的人,更是一个爱虚荣讲面子的人,为此,他还专门通知小舅子高价买了一头吃纯天然草料长大的黑猪招待客人。一车人嬉笑打闹,又诗又文的,约半小时许,就听到传灯小舅子家黑猪悽惨的嚎叫声了,大家下得车来,刚好看到屠夫把一条油黑的后猪腿端起,用满是胡须的毛嘴巴正在对着猪蹄的一个切口处吹气,而且吹得十分起劲,这是为了方便刮猪毛的一道工序。看着看着就把猪的身子给吹得滚圆了。

"陆主任,你快点过来。"走在前面的阮飞一脸坏笑,回过头喊应了陆世。

"你阮老板是又有什么高论吧?"旧友们每次凑到一起,最开心的事莫过于互相揭老底,甚至戳伤疤。陆世一听阮飞称呼自己陆主任,也便当即有了警觉。

阮飞皮笑肉不笑说:"你给敬爱的书记写报告时,要的就是这种效果吧?"

陆世书生脸"嚓"地涨得通红,却也勇于自嘲地说:"幕僚而已,幕僚而已。"

那次大家确实玩得开心。不但风卷残云把主人专门卸下一块门板摆了近 20 个荤素的菜肴一扫而光,临走时还给每人带了四、五斤一块鲜肉回去。这四、五斤的标准是传灯钦定的,说是后天就要过年了,好用鲜肉包饺子。没想此番好意还闹出了笑话,那是文友中一位凡事很注重细节的兄弟,回家后还专门用平时去农贸市场买菜用的小电子秤过了一下,结果只有三斤七两。这事不知怎么竟然传到传灯小舅子那里去了,他小舅子是个打铁的粗人,听了后气不打一处来说:"这帮卵家伙!还口口声声是文人,老子特意浓情满意做了一门板菜,冇想到最后连汤都不剩。我姐夫还那么多的穷讲究,一人送一坨肉,他们还好意思回去复秤!"

进了小车副驾驶座的传灯于此时忽然又想起这件旧事,不禁便笑出了声来。

陆世侧过脸望了他一眼,还真不明白传灯为什么会突然笑得如此暧昧。

菊儿忙打圆场说:"他呀!肯定是高兴呗。你开这么好的车亲自接站。"其实菊儿也根本就不晓得丈夫又是在发什么神经。不过她自己的心里确实很高兴。

"这车性能好。最主要是安全系数高。"陆世说。

接到传灯夫妇后，陆世也确实是满心热忱，一腔诚意。凡事都很讲究细节的他先是把菊儿姐安顿在后座，然后又转过身来，把传作家让进了副驾驶的位置。

"难得你兄弟还记得我爱与司机平起平坐的。"传灯意味深长地说。

陆世就抿着嘴狡黠地笑了笑，始终强忍着没有说出那一句"可惜开车的已经不是田美女"的话来。这当然是有典故的，此乃后话。但陆世却并不急于开动还没熄火的小车，而是一脸坏笑地转换话题问传灯："晓得你这是什么心态吗？"

"你不会又说我这是在自我膨胀吧？"传灯秃了顶的脑瓜子还是同样灵光。

陆世便乐了，一如从前，笑脸阳光般灿烂地说："你老兄还是一点都没有变，有自知之明！"他按了声喇叭，轻轻一踩油门，小车平平稳稳地驰出了停车场。

"陆世，你这车不便宜吧？"菊儿还是头次见到这种全进口的捷豹车。想想以前在报社那几年，陆世去她家里蹭饭吃那是常事，还常夸菊儿姐做的三合汤就是好吃，辣得过瘾！菊儿也总是笑吟吟地说："好吃你陆世尽管天天来吃。"所以哪怕后来多年未见，她都一直未曾改过直呼陆世其名。菊儿如今也不乡巴佬了，儿子有台日本三菱，闺女是一台国产宝马，她是常坐的，但感觉都没有这车舒适。

"菊儿姐真是好眼力！这是一台进口捷豹。"陆世随口应着："是朋友借给我的。"却没有说价格。他像有意要别开这个话题，从反光镜里看了一眼菊儿姐又接着与传灯的话说："传灯，你听到过老佛爷慈禧头一次坐洋车的笑话吗？"

传灯当然知道陆世这小子死人肚里没好屁，便说："那你讲来听听呗！"

陆世已然是领导干部的派头，从车架旁端过一只泡有参片的精致保温杯，浅浅地咪了一口水后，捂上盖又放回原处，于是便强忍着笑说："外国使者送了一辆汽车给慈禧太后，并让小太监学开车。"他还有意模仿一主一仆的腔调演示说：

"小三子，学会开车了吗？"

"老佛爷，奴才学会了。"

"那好啊，聪明。今个儿带我出去转转。"

"嘁！老佛爷，您请上车。"

"大胆奴才，你竟敢坐在我的前面？"

于是太监小三子又把慈禧也请到了前面的座位上。

"大胆奴才，你竟然敢和我平起平坐？"

太监小三子无奈亦无语，只好跪着开车。

"哐！"车撞到墙了……

"咯咯咯，陆世……陆世你还是这么会挖苦人！"菊儿笑得接不上气来。

这是老掉牙的故事，传灯并没有笑，或许根本就没有听，而是在想着心事。

"滨海的变化真大，这才几年呀，好像又长高了。"又是菊儿在发感慨。她其实并不清楚滨海的过去，只是有意想在陆世面前装见识，她这是第二次来滨海。

传灯却已经是第三次来滨海了，第二次是陪老婆菊儿一起来的，也是受了陆世的盛情邀请，而第一次那是在 20 世纪 90 年代初，当时这里很多地方还是渔村，但商贾云集，开发的势头很强劲。是黎县长亲自带队来这里考察和学习改革开放的先进经验，也想通过在这里任常务副市长的老乡介绍几个大老板到安化去搞投资开发。时任县委机关报总编的传灯就是考察团成员，负责时政版的陆世也去了。

当年的陆世有一颗蓬勃的心，他说："改革开放总算是看到一点曙光了。"

"但愿新一轮旭日能够冲破云层。"传灯向来就有一种英雄情结。

"传灯，中国就是你们这种人太多了！旭日、旭日，总喜欢把希望寄托在某一个人身上，殊不知那是最靠不住的！"在陆世的眼中从来就没有把传总编当领导看待，他始终认为传灯是一位有生活感悟能力的作家，是一个有正义感的兄长。

"好个陆世，又开口闭口必言改革开放了？"传灯本想接下来说："问题是你现在连个立足之地都不牢靠。"但话到嘴边又改口说："你这口气不小哎！"

陆世是何其敏感，他头颅一扬说："我虽然还处在实习期，但位卑未敢忘忧国。别看我陆世刚从大学出来就因为年轻气盛妄议改革碰过钉子，但我骨子里却激情依旧。国家要振兴，除改革必无他途！"陆世的声音在传灯耳边久久回荡。

确切地说，是陆世的一颗热血男儿心，再一次令传灯深受感染。

他当然还清楚地记得，自己第一次被陆世感动是在那一年的春夏之交，他居然敢在头上缠一条书写着"国家之前途必在改革"几个墨黑大字的白布条，独自站在县委大院的门前高呼"将改革进行到底！"的口号。一时间围观者众，把县委大院的门都给堵塞了，最后还是被公安当成聚众闹事的疯子把他给赶走的。那时候，传灯与陆世还并不相识，更不知道他就是曾经给自己写过一封热情洋溢的书信的陆世。也就是因为曾经有过这样一件轰动过安化县城的荒唐事，毕业于北师大哲学系的陆世分配时却多次遭遇拒绝，最后被发配到县供销学校守了传达。

车停住了，传灯却还沉浸在对往事的回忆中。

"传作，酒店到了，请亲自下车！"陆世说着就去开尾厢帮忙取行李。

传作是家乡文友们对传灯的尊称，说是比叫传老师或传总编更加亲近。

这的确是一家洲际大酒店。传灯环顾四周，心想毕竟是沿海单列城市，同样是超五星级，却比长沙的喜来登显得豪华多了，尤其是眼前这一片蔚蓝色大海。

"陆世，这也太奢侈了吧！你把我们当总统接待呀？这么大的套房，简直是牛栏里关猫呢。"菊儿是头一次进这种酒店，新奇感不亚于刘姥姥进了大观园。

"本来就是总统套房。"传灯已有了思想准备说："既来之，则安之。"

接风晚宴亦出人意料，满桌海鲜，还上了鱼翅汤。陆世的夫人凤姣却没有来。

"陆世，这也太奢侈了吧！"菊儿又一次重复了这一句旧话，并且还接着说了句："你在我们家吃一年，怕也抵不得这一餐的花费。"她说的确实是心里话。

"我看是你又见外了，"陆世一脸真诚地说："有很多东西并不是能用钱来衡量的。你菊儿姐一直待我如兄弟，陆世心存感激，唯恐此生难报答一二呢！"

"这就是地域的差别，尤其是职业的差别。"陆世敬了杯酒后，又补充说。

传灯对陆世的自我表白甚感忧虑，于是便略带几分讥讽地说："这倒是一句大实话。你陆世如今已经是沿海发达城市的人了。"

忽想就想起了陆世刚进《安化报》实习时曾经出过的一次洋相。那是传灯带他一起去仙溪采访一位中学校长，在与校长交谈时他居然一口一声汪支书对我们报社如何如何重视。他说的汪支书其实就是县委汪书记，他这并不是口误，而是因为当时根本就没有接触过党内机制想当然闹出的政治笑话，硬是令校长听得如堕雾里。传灯当时便想，一个虽然在政治倾向上如此激进，却连党内体制序列都没有搞懂的人，怎么能认定他的言行是"政治上反动"呢？所以后来在向县委组织部推荐陆世正式调入报社时，传灯是站在客观公正的立场上为他说过不少好话的。时间是一位刀功精细的雕塑家，如今的陆世显然是接近于一个政客了。

"传作，其实古人要比今人智慧，所谓月满则亏，水满则溢，这是一个宏大的哲学命题……"陆世忽然说出这一句无厘头的话时，眼神里似有一抹云翳掠过。

传作信口便说："破这个局也很简单，人要知进退，要知足，方能常乐。"

"传作就是传作，书没多读，总结却总能出彩。"陆世的心中似乎积郁着块垒，但他又怕把气氛搞得太沉闷，故而举杯，切换话题说："我们干了这杯！"

高脚杯碰出声声脆响，血红的洋酒穿肠而过，晚宴已近尾声。

一个老板模样的人走来与陆世耳语了几句，签过单说："我在外面等您。"

陆世的脸色似乎就有了变化，嘴角上也忽然有了几许讥诮，他起身后，却并没说要送二位上楼。传灯亦无声，望着陆世渐行渐远的背影，心里便有些纳闷。

那个晚上，睡在宽大舒适的席梦思床上，传灯却显然失眠了。他上床后就在心里琢磨，陆世今天于酒席间忽然冒出的那一句莫名其妙的"所谓月满则亏，水满则溢，这是个宏大的哲学命题"到底是有何深意？这小子心里一定有什么事情捂着想说而不好意思说，又或许他还并没有把想要表达的意思说完……因为酒精的作用，传灯已然感觉到头脑有些发胀，人便混混沌沌地进入了另一个时空……

三

在 20 多年前，传灯和好友阮飞、陈仓就去过陆世家里，他家在安化县城关镇的边街上，是一栋被岁月抹了黑脸的吊脚木楼，竖竖斜斜的后廊柱插在资水北岸的崖壁缝隙里，楼下常年泊有渔船，门前是一条悠长的青石板路。一群穿了响底皮鞋的年轻人一路招摇过去，悠长的青石板街巷里便惊出了几多新奇的目光。

有人在议论说:"肯定又是老陆家那个爱出风头的儿子惹来的同学。"

也有人为陆世感到惋惜:"读了一肚子书,结果只能在职校守传达。"

那是在过小年节的一个傍晚,传灯是邀约了朋友们去给陆世道喜的,为了这事传灯还真是动了不少脑筋,县委宣传部终于同意先借调陆世去报社了。但他父母包括兄弟却不知道陆世的行踪。父亲木讷着脸一副恨铁不成钢的无奈相说:"这是个不争气的家伙啊! 学校早就放假了,一直就没见他回来过。"母亲在厢房里纳鞋底,望了几个年轻人一眼,无言地摇了摇头,吊脚楼下有流水淌过的声音。

"我哥他心里苦得很,只怕又是窝在学校里了。"陆世的弟弟陆洋说。

"那就打道去学校呀!"传灯打了个响指,一摆手便大步往前走去。

县供销学校在后街的虎形山下,一行人说说笑笑又往后街走去。这也是一条老街,各色旧木屋沿山脚坐北朝南而建,却也错落有致。学校在山咀上,始建于六十年代,是两栋红砖楼房,占地有六亩多,还砌有一圈围墙。离大门传达室还有百余米,就闻到了酒气和浊气。门前横着竖着躺着十多只空啤酒瓶,在年关岁末的黄昏里迎着寒风唱响着呜呜的醉酒歌,哥几个踮着脚尖跨进幽暗的房间,陈仓拨燃打火机,才知大伙儿脚下是一地连饭带菜的呕吐秽物,靠墙的钢丝床上老棉被捂着一个人,阮飞手捂鼻子走近床铺,将被子一掀就高声喊道:"罪臣陆世接旨,县委宣传部诏曰:新年新起点,尔过春节后即赴报社报到上班。"哪知陆世酒醉心里明,一个鲤鱼打挺跃了起来,尼采及叔本华们的书籍纷纷滑下了床脚。

"还真是定下来了?"他是听传灯说起过这事的。

迎着陆世惊讶的目光,传灯点了点头,心中却是五味杂陈。

陆世却激动得突然三声长啸:"啊——啊——啊——"

次日一早,小小的城关镇居然就有人在说:"你们知道吗? 虎形山上真有老虎耶! 昨晚还叫过。"大多数人当然都不相信,说什么年月了,是猫叫还差不多。

第二年正月初八,是一个爽朗的晴天,陆世的命运从此出现了新转机,成了《安化报》最有活力的时政记者。不过那都是在 20 世纪 90 年代初期的事情了。

资水汤汤,当年人事早已时过境迁,就连陆世家年届八旬的父母也被日渐发迹的一官一商的两个儿子接到了滨海市，住进了漫山椰林的独栋别墅安享晚年。

老家的吊脚楼冷落在资水北岸的边街，就由同父异母的兄长独自守着。

传灯始终认为陆世骨子里是一个正直和充满正义感的人，说话刁钻刻薄或许并非本意，而是读多了那些旧文人和西方哲学家的文章，自己也就时不时想要秀一把卓尔不凡的风骨。但他却并不是传灯执掌《山花烂漫》内刊时的重点作者。

陆世当初与传灯的相遇很是偶然，两人是在县印刷厂碰上的。

"你就是传灯传作家啊？敝人陆世，大陆的陆，世界的世。暂且供职于县供销学校，是来帮学校印信纸信封。"他当时如此介绍自己，也算是不卑不亢的。

"你就是陆……陆世呀？"传灯一怔，他忽然记起自己是见过此人的。

其实此前两年，传灯还曾收到过陆世写给他的一封信，猛一想起，仍觉半文半白的行文是何等的不卑不亢。陆世在大学时虽专攻哲学，文学理论却也一套一套的，出口就能点人死穴，尤其对五四新文化运动推崇备至。两人因此一见如故。

"你今后可以为我们杂志写稿啊。"传灯那时在县文联做秘书长，他是专门来印刷厂排印《山花烂漫》内刊的，继而又再一次动员说："写评论也行嘛！"

"激情早已消失，灵感几近枯竭，已久不动笔了。"他的回答有些无奈。但他并没有主动提起曾经给传灯写过信的事。或许是忘了，又或许是不再屑于此事。

传灯也便装成根本就没收到过他的信似的。不过从此或多或少有了来往，也偶尔通知他参加过文联组织的活动。又过了几年，传灯从县文联主席岗位被任命为新创办的县委机关报总编辑，在组建报社班子网罗编辑记者时，硬是与宣传部和组织部的领导磨破了嘴皮，乃至他后来还找到黎县长和汪书记那里去了，好不容易才终于把陆世也招进了报社，先实习而后再办理正式调动。同时招进的还有陈仓。本来想把在时装厂搞办公室的阮飞也一并网罗进报社，但后来分管人事的副县长就发了脾气说："你有完没完呐？以为报社就是你传家私人的店铺吧！"

呛得传灯半天作不得声。

好在不久后，阮飞还是被珍惜人才的慕容局长调进了县文化局。

在报社的那几年，陆世是唯一敢跳起来顶撞传总编的。尽管后来曾有人提醒过传灯说："这就是陆世的高明之处，他是把准了你的脉，晓得你是一心想要做个开明皇上，那他就正好是魏征。"传灯却笑言："我怎么就成皇上了？"那人进而说："他就是棵墙头草，你离开报社后，对你的继任者却俯首帖耳的。"

"不会吧？"传灯将信将疑说："那他怎么后来又宁愿停薪留职呢？"心里却想起了陆世曾跟他说过的"人只不过是一根苇草，是自然界最脆弱的东西。"

就在当天晚上，传灯还有意找出了陆世曾经写给他的那一封信来，他想，那时候的陆世或许才是最清澈，最本色，也是最能看出真性情来的。信中如是说：

传灯君：我是安化县城关镇人，也算是老乡，给您写信是为诉说衷肠。记得当年刚入高校，锐气得很，虽然是哲学专业，心中却存有文学梦想，几个同学聚在一起，办起诗社和文学会。为文章事，我们去拜访了这里的一位搞当代文学评论的教授。教授礼贤下士，问清来历。得知我来自安化，教授似有所思，极轻地说道："很远，产木材，蛮好。"便望着别处，不再言语，像有些深意。我疑心该教授已经把我当成了一根立在身边的木头，眼下正思谋把我砍了做锅盖好呢还是做床脚好。一时慌张，文章大事，都丢到了锅盖床脚的底下。好在教授沉吟半晌，终于哼出最后一句说："安化有个传灯。"我松了一口气，心想自己是根不材之木，能保天年，不会变成床脚或其他什么东西。只是传灯又是什么呢？该不是一种树吧！让文学批评家的教授这样惦记着，兴许是良木。之后，也就未曾再想此事。

楚地老作家碧野的外甥在这里得意，尤以散文知名。某次忽问我，可认识传灯？见我摇头不语，又笑我孤陋寡闻，生在安化而不知有传灯，如今是人知有传灯而不知有安化。到此我才知传灯君是个写东西的，出身很苦，已经写得有些名气，散文被翻译到国外去了。两年前弟弟在文化馆学画，忽然弄回一本诗集，说是传灯君所赠，又问我传灯君散文如何。我除了知道传灯之名外，其余一概不知。薄薄的一本集子，刚读出一些爽快，却就完了，余兴未了，赶紧四处找传灯君的散文。兴味越读越浓，觉得这姓传的真是个姓传的：照这样写下去，恐怕会神。传灯君文中窄窄的一条边街，是生养我的地方，平日里常来常往，也见过人背远去，越远越小总不消失，可为何不曾觉得那条街的巷弄有好深呢？遍挂领袖像章的疯子，也曾见过，一旦被传君笔头捉住，却又为何不同寻常？在大学的几年里，传君的散文，凡是能找到的都找来读了，并阴谋写关于他的毕业论文。

我实在是不知天高地厚读了几册书。居然也动起笔来。一位极聪明的朋友看了很不以为然。劝我去干点别的，说艺术是很痛苦的行当，文人寻死的多。去走私黑市，或者去种庄稼，都会比爬格子强。又说如今世道在变，阿城在海南做买卖，北岛在办公司。有才如斯，尚且向孔方兄致敬，你一个黑瘦书生，才财两无，能写出东西？想想也是，我检点了自己的全部家当，觉得自己曾经写过的那点东西，确实不算东西，一齐收拾好，统统交给了湘江火柴。忍着手痒，不再涂鸦。

临近毕业，清点书生生涯遗产，发现火口余生还有年前的一篇习作《诗人》，不由有些感慨。我已经不小了，二十出头，父亲在我这个年纪已经早就支撑起一份家业。不禁想起不曾谋面的传灯君，想起他过的苦日子，想起他那一段几乎被死神蛊惑的黯淡时光，不觉心动。传君或许确实是一棵树，若时运济，可成栋梁。

时值校园内外，电台、报刊，改革呼声如潮，时候还早，不如奋起。笔中蓝墨亦可添一叠浪响，我又何须如此自轻自贱？望先生能允许敝人陆世登门求教。

读过纸页泛黄、墨迹渐淡的短笺，传灯真是后悔没有给他回信。遂点了支烟陷入了沉思：人只不过是一根苇草，是自然界最脆弱的东西。是人就有苦衷啊！

"改革呼声如潮，时候还早，不如奋起。笔中蓝墨水亦可添一叠浪响，我又何须如此自轻自贱？"信中其他的文字均可忽略，传灯却记住了这几个句子。他沉思良久后，并又想起了自己曾经的感叹："真正的文人只要有了适合他生存的环境和土壤，复苏得比野草还快，陆世在大学里的斗志一点也没被磨钝，至于他经常顶撞我，仔细想想又全是诤言。"传灯其实特别欣赏陆世的就是他锐气……

"他为何如今却像完全变了个人了？"传灯在心里自问，却不能自答。

身旁的老婆起床小解，见男人还睁眼望着天花板，问道："你没睡？是当不惯总统吧？"后来菊儿又突然问他说："哎，你没感觉出陆世今天的情绪有些反常？"

远处传来一声汽笛的长鸣，菊儿顺便去关上了傍晚观海时敞开的窗户。

传灯只"嗯"了一声，他的思绪仍然在沿着惯性往深里走——

四

当年报社是白手起家，连办公室都是临时租用的民房，财政除解决人头工资外，每年仅拨了不足十万元的办公经费，党报又杜绝作一般性广告，想要有所发展和壮大，只能靠大家拧成一股绳，苦练内功，把报纸办出影响来。县里办报在当时属于新事物，在发行上可以深入到基层，做足文章，但必须让读者觉得价有所值。因此总编传灯亲自下乡镇游说跑发行是常有的事。当然更没有办公用车。

一天早上，刚进办公室的传灯就冲陆世交代说："哎，哎，陆世，请你又去租一辆车啰，我俩还得去跑几天发行，今年要争取突破三万份才好过日子啊！"

陆世虽是一介书生，办事却雷厉风行，不出半个小时，他就已经随车到了楼下，又是县妇联的那一辆破吉普。这也是别无选择的事，一来只有妇联这类单位车才有空，二来破吉普车的租价相对便宜，但好在开车的是个三十岁左右的女司机，而且长相也耐看，又能说会道，还唱得一口流行歌曲，嗓音甜得像湘妹子李谷一。报社已经不止第一次租用她的车了。司机叫田美，传总编见了她，便风趣地说："看来你田美女真是与我们报社有缘呐！"他称呼她田美女也只添了一字。

"哦耶，还是传总编会说话，不愧首先是个作家，您这话我田美爱听。"田司机莞尔一笑，又从反光镜里瞄了一眼后坐的陆记者，一踩油门，车就开了，并且顺口就飚出了张学友《祝福》中"若有缘，有缘就能期待明天……"的歌曲来。

陆世是早就已经有了些警觉的，他在心里说："都成徐娘了，还田美女。"

不久后，传总编和田美女果然就险些儿出轨了。自那次从乡下搞发行回到了县城，传灯与田美竟然成双成对去了几次舞厅，有一次（也许那就是他俩的最后一次)刚好被携女友也去跳舞的陆世碰见了,这伙计还真敢撕破面子,劈头盖脸就是一句呛死人的话甩过来:"你俩还是点到为止吧!小心玩起火来烧垮一个刚办出点影响的报社,还有两个家庭!"说完便不屑一顾地拉着女友扬长而去了。

传灯被呛得半天做不得声。话虽然难听,但传灯还是听进去了。

"家有糟糠,永勿相忘。"如这一类尖酸刻薄的话,陆世确实是斗胆提醒过传灯许多次,两人也因此更多了一份朋友间的信任和兄弟般笃实的深厚情谊。

陆世后来还顶过传灯一次特别扎实的,那是在报社已经进入良性循环后的第三年夏天。随着传灯在文学创作上的声名远播,共青团江西省委的一家杂志社来函,想要调他去当副主编。当时正好也想跳槽的传灯便邀陆世以公差的名义去了一趟南昌,他是有意去考察的,毕竟人到中年了,调一人动全家,单位是否有住房以及对家属的安排等,都必须得有个准确的信息。他俩当时是坐火车去的,到南昌已经是午夜了,又时逢盛夏,天气炎热无比,坐了近十小时硬座的传灯刚钻进的士就说:"去南昌大酒店。"他其实想也没想,初来乍到,人生地不熟,哪里便捷,就去哪里。陆世却立马问司机:"师傅,请问南昌大酒店是几星级?"

"标准五星级,很高档的。"对方普通话说得很标准,是个北方司机。

"标准间多少钱一个晚上?"上过北师大的陆世也卷着舌说起了京腔来。

"600多吧。是我们这最好的酒店了。"司机以为是搭上了两个大款。

"啊?600多!咋这么贵呢?"陆世像电触了似的说:"差不多我一月工资了,那不行!帮我们找一家200元以内的普通宾馆。"全然没有了读书人的矜持。

"算了吧,不就是一两个晚上的事。"传灯心有不悦地接话。

没想到陆世却几乎在后坐里吼了起来说:"传作,你这事本来就是假公济私的个人行为,还犯得着如此奢侈吗?"完全是义正词严的表情,如训斥下级一般。

司机也被他俩搞糊涂了,险些就撞了红灯。"你们到底是谁说了算?"

最后又还是传灯作出了妥协,说:"听他的吧!"一脸尴尬,还赔着笑脸。

也并不完全是因为传灯的要求苛刻,他后来并没有去成江西,而是调进了省委统战部,在《湖南统一战线》做了两年编辑部主任和六年执行主编。从县报总编岗位到省刊执行主编的那八年多时间里，传灯已几乎把曾经高呼过万岁的文学给扔在了一边，也险些抛弃了曾经天天在观音菩萨前为他祈祷平安的妻子菊儿。

传灯调入省委统战部不久，陆世也办理了停薪留职手续，去了沿海开放城市的副省级滨海市。先是帮在滨海搞个体户的弟弟开了一段时间书店，后来竟然又考上了滨海市公务员。十年磨一剑，如今终于已成为陆副主任，且阮飞也成了北漂的阮老板。但是这一帮文友无论身在何处，却总是会找出各种理由至少每两年要相聚一次的。就在那一年国庆期间，陆世三番五次如吹响集结号一般，硬是把传灯与阮飞、陈仓等邀请到滨海，还空出当老板的弟弟家的独栋别墅，供兄弟们一起足足大闹了三天，而且天天酒醉，夜夜笙歌。菊儿也去了，是陆世强烈要求她一起去的。在电话那端，陆世跟传灯叙旧说："一晃就是十几年，我还始终记得菊儿姐亲手做的三合汤，那味道呀，真是猛辣，狂辣，那（辣）才过瘾哩！"

那一年国庆节长假的滨海之旅，陆副主任专门设家宴招待了朋友们，他还当着大伙的面，说了一段令传灯和妻子菊儿都十分感动的话。当时酒过三巡，陆世突然起身，并且叫妻子凤姣也一同举杯，满是深情地说："我俩一起敬传作和菊儿姐。"这还只是个开场白，传灯和菊儿也站了起来，四个杯盏相碰，声脆如馨。陆世还有意欠了欠已经大腹便便的身子，又一脸肃然说："有句话说得真好：年轻时愿意和男人过苦日子的女人，年老时愿意和原配过好日子的男人，都是值得人们尊重的。正因为如此，所以我一直很敬重你这位兄长和菊儿姐！至于写多少文章，那都是狗屁！"便率先"咕噜"一声把满盏老黄酒灌进了大腹便便的肚子里。

"好啊！此言甚好！"阮飞和陈仓等便鼓掌起哄说："哲理呀，哲理！"

"什么狗屁这（哲）理那里！你们难道不觉得我如今越来像个领导啊？"陆世打了个酒嗝，一脸的醉意与得意，谁也没有想到他竟会说出这么一句屁话来。

稍冷了一下场，阮飞也站起身抚着日渐隆起的肚子说："嗯，我也像个老板了。"他这明显是在给好兄弟陆世解围，才有意挺身而出想拿自己做挡箭牌的。

"嗯，那确实像，简直太像了！"陈仓一脸坏笑，很暧昧地说："一个是当年的改革先锋已成了如今的陆副主任；另一个是昔日的裁缝匠现在也当上了阮总。"

在真朋友面前的显摆不叫虚伪。后来若不是添了一段世俗插曲，那年的滨海之行还真是充满诗意。插曲是陆世又搬出来一坛绍兴老黄酒招待文友们引发的。

"这酒是受贿来的吧？"在滨海创办英语教学的游总冷不丁问道。

"你这是放狗屁！一坛老黄酒还要受贿？别说话像拉屎一样小看人！你来我往，交情而已。"陆世脸色一下就阴了，果然一副陆主任派头愤愤然如临大敌地说，"你们这些商人哪，一方面争着要烧香进贡，一方面又心不诚出卖菩萨。"

游总同样也是安化县城关镇的老乡，大学毕业后，曾经一度在政府部门得意过，并且还是在珠海市当过几年市长的秘书，是个牛皮哄哄的人物。在场的哥几个都称呼他"牛总"。但都是文学惹的祸，就因为出版了一部叫《牛人》的官场小说，且无论是在业内还是在发行市场都获得了一片喝彩声，只是偏偏却惹得市长成天不给他好脸色看，一气之下他便下海办起了公司，而且发展前景蛮乐观。

"我说陆世小老弟，你牛什么卵牛啊？我游某也是官场过来人。虽然冒吃过你这么多猪肉，你怕我还冒看见过猪走路啊！"游总才懒得叫他什么陆处长或陆主任，他接着又说："你这卵区委、区政府办公室副主任也别太神气，我们这些搞市场经济的不一定硬要去求你。"他仗着是老乡，说话也就越来越冲："讲一句不好听的话，我就是哪一天真有什么卵事想求你，你一个耍笔杆子又没得卵实权的鸟副主任，也不一定能解决什么问题。"满嘴粗话，都是乡音土语惹的祸。

陆世这一次还真是来气了，对方话音刚落，他便冷冷然一笑，然后拉着脸阴气沉沉地说："你老游莫一口一个卵啊鸟的，我这个副主任也许真如你说解决不了什么问题，但我哪天要找出你的问题，那还不是分分钟！"官腔甩得梆梆响。

两人你一来我一去的，话越说越刻薄剜心，撸起袖子欲要动手时，陆世的手机忽然响起了"汪汪"的狗叫声，他听到后"嘘——"了一声，立马就抽身去了阳台，里面的酒疯子们也就只听到他说了声"敬爱的书记"！他老婆向各位解释说,书记属狗,这彩铃声是他特别设置的。因此也就给阮老板日后留下了话柄。

游总却似乎仍未消气,趁势丢了一句:"哼!还不晓得到底是哪个属狗?"

人是环境中的产物,一旦进入了某个圈子,日久必会被异化,没有几人能够做到真正出淤泥而不染。传灯不禁为陆世的变化捏了一把冷汗,但他又不好当众多说什么,便赶紧以老大哥的身份举起酒杯打圆场说:"来来,喝酒,喝酒!"

酒后吐真言,自那以后,作为老大哥的传灯对陆世便隐隐有了某种担心。

五

不久,陆世得到了升迁,被提拔为区纪委副书记兼监察室主任了。

听到这一消息后,传奇从心底里感到欣慰,心想愤世嫉俗的陆世终于可以在此岗位上大有一番作为了。正考虑是不是该发一条信息过去向他表示祝贺,陆世却来了电话,但没想到他开口便是满腔苦水,在电话的那一端,陆世说:"人的一生真是悲哀,两条腿虽然长在自己的脑袋下,却无法走自己想走的路。"他几乎是不等传灯插言又大谈起多年未听他谈过的叔本华来。他后来沉闷地叹息了一声,似无奈地说:"人生确实是在苦楚和无聊之间像钟摆一样往返摆动着。"

"你不是已经升迁了吗?纪检监察室是个肥缺,权力大得吓人的。"传灯欲翻起了旧黄历来说:"反腐败不正是你当年所求,好为改革开放保驾护航呀!"

"没想到你传作的思维还停留在当年,幼稚!反腐败真是那么简单吗?"

"曬,你陆世居然还有资格说我是幼稚?"传灯正在案前泡茶,是一泡陈年黑茶,汤色深红如血,味道甘怡醇厚。这些年来,他这个当年一听到陆世谈哲学就头大了的工农分子,心壑中早已经填满了生活的哲学,就不免在心里思忖:难道是陆世自己已经身陷官场的泥潭中去了,没勇气和胆量再去监督和查处他人?

陆世或许也觉得自己刚才的话太出格,于是就心平气和地说:"在我国目前的这种体制下,若是能以笔为旗,幕僚到底,其作用肯定远比纪检监察更管用。"

原来陆世是想用平时所学去影响一把手,他这是志在成为"帝王师"呀!如今从表面上看,他确实是提拔了,而实际上却已经失宠,这难道不是一种失败吗?

人的一生中,有些变化是悄然的,而有的变化却是那么的突然,让人意想不到。陆世便属于后者。有一个最显著的例子,传灯当然也只是道听途说的,之后不久,陆世不但业余时间学会了养狗、遛狗,还"狗狗、狗狗"地唤得很亲切(这不禁让传灯忽然想到了他老婆说过的书记属狗,这彩铃声是他特别设置的),并且将那些搬了好几次家都一直伴随着他的宝贝书籍也几乎全都捐给了他所在的区图书馆,而把书房则改头换面变成了奇石收藏室,还给它取了个"陋石斋"的雅名。好你个陆世啊!传灯摇着头一声喟叹。但过后一想,倒是觉得"陋石斋"这名字取得还算诚实,何陋之有?原来都是陆世平日里从外地出差时捡来的各种颜色和各种形状的石头,只是凭着他的学识和理解,化腐朽为神奇给取了一个又一个很禅意或很哲思的名字。石头原本就是一方石头而已,或陋或奇的是陆世这个人。

然而,有关陆世的传闻居然越来越多,被一些别有用心的人描得越来越黑,也越来越狰狞可怖了。传灯听了之后,却始终甚感疑惑,他不敢信这会是真的。不会的,绝对不会。虽然风气在变,环境在变,整个社会生态都在变,但是曾经满腔热血,一身正气的陆世怎么可能会变成了一块陋石呢?这次传灯之所以如此爽快地就答应了又来滨海,其目的就是想来亲眼证实这些与陆世有关的不利传闻。既然是兄弟,就得肝胆相照,亦如他从前坦诚待我,我也就责无旁贷,该直言还得直言。但是从陆世这次对他和菊儿如此高规格的接待,尤其是所使用的方式,酒店是朋友预订的,车是朋友借开的,就连接风的晚宴,也是朋友过来埋单的……传灯感激之余,心中便有了深深的担忧:这都是社会上一些不怀好意之人所惯用的伎俩。虽然自己也被岁月的湍流磨成了一块无棱无角的顽石,但传灯还是决定要与陆世兄弟好好地聊一聊,他或许是一时走迷失了。陆世是个绝顶聪明的人,只要有人大喝一声,便可回头。想到这,传灯就悄没声息地起床了。

夜色愈深,涛声依旧,传灯心中亦波翻浪滚。

那晚在豪华奢侈的套房里,菊儿倒是睡得很香,而传灯却一直隔着窗玻璃面朝大海毫无睡意,思绪万千……他无疑便想到了海子的《面朝大海》并喃喃吟道：

从明天起，做一个幸福的人；

喂马，劈柴，周游世界；

从明天起，关心粮食和蔬菜；

我有一所房子，面朝大海，春暖花开。

……

他并没有把诗读完，因为，陆世的心路历程反差如此之大，却是传灯始料未及的：难道这就是世俗的"知道分子"如我辈与满脑子叔本华的陆世的区别吗？

然而，第二天早上，说好要来陪传灯和菊儿姐共进早餐的陆世兄弟却并没有如期而至，打他的手机不是忙音就是无法接通。"不会是真出了什么事吗？"传灯顿时便有了一种不祥的预感，心里正惴惴然，昨天晚宴后为陆世埋单的那一位老板模样的人便神色慌张地走了过来，一见传灯就言不由衷地说："二位，对不起，实在对不起！陆副书记一时有事来不了啦，由我来陪你们。"并一脸菜色。

"领导还真不是人当的，就连法定假日也身不由己。"菊儿接话说。

"是啊！真不是人当的……真不是……"对方的言语明显有着慌张。

传灯何其敏感，心就凉了半截，便直截了当地问道："陆世是不是……"

那人却欲言又止地说："是的。你们既然是陆副书记的好朋友，我也就不瞒二位，他犯事了！昨晚从酒店刚出大堂，就被……被……被市纪委给带走了。"

"啪"的一声脆响，菊儿手中盛自助餐的瓷碟猝然落下，地上开遍了瓷花。

"陆世兄弟他不是一直很优秀的吗？一直很先进的吗？"如同晴空霹雳，菊儿顿时脸都白了。"这世道怎么就……就看不懂了呢？"她仰面朝天，一串长问。

传灯丢了菊儿一眼，跟那位老板说："幸亏还有像你这样的一位忠实朋友。"

老板说："您这话就见外了，陆世书记曾经对我有恩。"

倒是文盲一个的家庭妇女菊儿说："懂得感恩的人，肯定不会是坏人。"

时光里表面上一脸平静，心中却不免寂寂然。

六

人生往往就是一个局,谁都不可能置身于局外。但是就目前的局面而言,陆世本身就是个做局的人,他或许早有预感,并且可以说他是早有了思想准备的。

自从去年年初区委、政府"两办"人事调整,他没有在副主任位置上被提拔为主任,而是拐了个弯被安排到区纪委去任副书记并兼监察室主任之后,陆世就已经敏感到这是书记不再信任他了。尽管书记之前常夸他陆世笔管里装着的全都是点睛之句和辩证法,但书记心中或许已经有更适合效力于他的人选了。作为一心想要以笔为旗,影响一把手为己任的陆世便顿时有了一种如丧考妣的大悲哀和大失望,至于去纪委监察室自己到底能有何作为,他根本就拒绝去考虑,而是只丢了一句:"既然不能以笔为旗,又何必去做……"去做什么呢?他却没有说出口来。

也就是从那时起,陆世口袋里便经常揣着一本薄薄小书,既上海古籍出版社出版的《太极图说》,作者周敦颐,也就是被后世称誉为理学源头的周子。此人一生所著不多,《爱莲说》是其中之一,乃湘江上游濂溪人氏,因此又名周濂溪。

"陆主任,我看应该是你自己太过于敏感,虽然在纪委书记前面还有一个副字,但监察室主任毕竟是正职,在外人眼中还是个肥差,到哪当官不是当?"面对原办公室个别还算深交的朋友们的安慰,陆世自然表现得很淡定,说:"其实正副并无关系,只是到一个新领域怕一时间不太适应。"他的回答明显言不由衷。

"不折不从,亦慈亦让;星斗其文,赤子其人。我陆某此生为两任书记所写过的报告至少有上千万文字了,也算得已经幕僚过一番,是该到遛狗玩石、赋闲养老的时候了。"好一阵,已是陆副书记的他居然迸出了一句令人费解的话来。

此一时,彼一时,陆世说此话时,如今接替他职位的前下属政研室主任也在场,人家却说:"知足常乐才是福。如今的报告里是要撸起袖子多写一点基层的鸡毛蒜皮事例了,你之前常挂在嘴边的那些所谓形而上的理论和观点恐怕……"

"恐怕……恐怕什么？"还没等对方说完，陆世就以老卖老发起飙来，他知道这小子对自己以前经常把他写的材料改得面目全非，总批评他太形而下一直就心存不满，但没想他居然这么快就拿出来说事了，便起高腔说："你也别得意太早，人心是个小宇宙，说变就变，我这种结局，既不是空前，也不会是绝后！"

自那以后，陆世的人生观整个就变了，虽然每天照例准时上下班，或开会或看文件，却已经不再慷慨激昂，像是在有意要摸索出一道让人看不懂的玄门似的，在八小时以外，一边养闲情伺候他的"狗狗"，一边又颇费心思地摆弄起他自己多年来在外出差捡回家里的那些五花八门的石头……

这以上的情形，传灯当然也只是听陆世那一位老板朋友说的。从滨海回长沙那天，传灯竟然收到了陆世寄来的一封挂号信。从邮戳上得知，寄信的日期刚好是传灯同妻子菊儿启程去滨海的同一天。其中有一段这样写道："世风如此，特立独行谈何容易？没想到我陆某亦正如你老兄当初所戏言的芦苇：哪边风大就朝哪边倒。老兄勿要笑话，即便陆世真是一方奇石，凭一己之力亦无法去补天裂。思来想去，我唯一能做的便只能是求一处闹中取静之地，终日反省，争取在自己有生之年能将一己之经历与思索写成一部《陋石铭》的薄书，一是为这个波澜壮阔的时代作一小记，二是为警醒世人，或许还能对自己后人有些益处。我心足矣！"

从信中得知，在他感觉到自己失宠的那一段期间里，陆世就已经办成了两件大事：一件事是把父母安顿在弟弟新装修的海滨别墅；二件事就是给在加拿大读书的儿子陆洲办理了移民，要不是妻子死活不肯出国，照他原来的打算，是想一个人独自守着新置了"陋石斋"的旧居，于摇曳着翠绿椰枝的椰树林里终老。陆世信中最后说，这也不失为读书人的一种无奈之后的选择。也许就是在那时，他就已经想到了要与叔本华们告别，而重新选择了周濂溪和王船山两位湖南同乡。

刚收到这封信的时候，传灯还着实大吃了一惊，他仿佛一下子就掉进了冰窟窿，脑海中随即闪出的就只有"遗书"两个字。他久久地不敢拆开信封，而是独自一人来到了楼下的湘水江畔，在渔港码头旁的一块条石上坐了下来。这是他在江边散步时经常小憩的老地方。此时正值晚秋的黄昏，几叶渔舟懒懒散散地泊在江湾,从船尾溢出的炊烟是温馨的,也是宁静的,渔舟亦如经历了波峰浪谷的高潮后的渔人信脚脱下的几只鞋子;左侧的荒洲之上,是一大片芦苇,苇草在斜阳晚照里轻轻地舞蹈着,很难看出它真与什么哲学有无关系。传灯的心绪总算已平静下来,他于是才慎重地拆开信封,一字一句地读了过去,谢天谢地,这只是一封与传灯交流心得的家书!从整封信函的内容来看,自以为还算了解陆世的传灯却一下子觉得对这位兄弟是如此的陌生。一个人永远也无法走进另一个人的内心,之前对陆世兄弟的种种猜测皆是误读,他有太多的不容易和太多苦衷。但有一点传灯却甚感欣慰,那就是陆世早已对自己不得已而为之的那些事情,皆做过万无一失的技术处理,也就是说即便东窗事发他真进去了,也只可能是待个一年半载方可出来,然后无党无派,无官一身轻,改弦易辙做一个椰林深处的著书人。

"好个陆世,你还真是比泥鳅还要滑头——原来你小子是知道自己既然不可能再用一支秃笔影响权贵,又料定自己也成不了现实生活中的包拯,最后才想到要'净身出户'呀!"传灯终于长长地舒了口气。他绝对相信从事过多年政策研究,又在纪委机关任副书记并监察室主任近两年的陆世对自己的判断不会有错。

陆世还在信中向传灯诉说了可能连他自己弟弟也不一定知道的一桩隐情。

原来他每两年总要回一趟安化老家,并不仅仅只是赶在度春节假期与旧友们嬉笑打闹、或讽刺挖苦一通阮飞及陈仓们那么简单,他回安化的真正目的是专门为了给同父异母的兄长去还赌债的。在计划经济时期,兄长陆习是县供销社一个下属公司的经理,管着二十多个职工,本来干得有滋有味,可后来公司说解散就解散,人平分了几万元所谓安置费便成了地道的无业游民,加上第二年老婆得急症亡故,因未能挺过失业失妻的双重打击从此便染上了赌瘾,而且十赌九输,欠下的赌债均打了白条,并署名还款人陆世。"我亲弟弟在滨海市早当处长了,还怕还不起你这点小钱呐!"他口气居然硬邦邦的。对方一打听,才知他弟弟陆世果然是滨海市某区"两办合一"的办公室副主任。然而一年累计下来的赌博欠款少则几万,多则十几二十万,这都是要陆世回来点现票子的。陆习还有一儿一女随爷爷去了滨海,学费照例是由陆世负担。弟弟陆洋虽已是滨海小有名气的书商,但毕竟与陆世和陆习并非同一父亲,感情上多少有些相隔,他能确保两位老人颐养天年就算不错了。好在如今陆习的一对子女已大学毕业，并在叔叔陆世的亲自操作下，均有了比较稳定的一份工作，他也就终于可以不再为兄长家的事操心了。

原来一介书生的陆世肩上还扛了如此沉重的一份额外负担，他又岂能不想办法获得一些额外收入？而在不动声色中经营这一切时，作为公务员的陆世又怎能不耗费心力？自古忠孝难两全，真是难为陆世了！但这一切或曰家丑也好，或曰烦心事也罢，却是局外人均不得而知的。传灯到此时才终于明白，陆世后来之所以干脆以《陋石斋》暴露自己，实则是因为离开了一把手的光环笼罩后的一种心虚表现，也是一种高明的自保行为。不怕一万，就怕万一，他是在对以往利用大秘身份谋过的不义之财做巧妙掩盖：之前与他有过"往来"的人，家中都有他赠予的一方并多方奇石。石头或奇或丑陋，但毕竟在市场上是可以作为物质流通的。

传灯毕竟是一个能够淡看风云的过来人，他心里已经并没有为陆世的遭遇感到有太多的纠结，甚至还认为，陆世若是真能走近湘湘历史上的这两位理学先贤未尝不是件幸事。于是他从微信里再次找了那一篇题为《陋石铭》的短文，意味深长地读出了声来："譬如奇石，埋没甚久。自暴自弃，自惭丑陋。冬去春回，万物复苏。桃花水涨，泥石成流。虽坠山溪，毕竟出头。涧水潺潺，涤尘洗垢。光阴来去，晶莹剔透。终得人识，置于案头。雅室恒温，倒也知足。灵光耗尽，春秋几度。福兮祸兮，又弃山垢。铅华褪尽，获大自由。呜呼吾命！何陋之有？"

读罢全文，传灯又慨然重复："铅华褪尽，获大自由。呜呼吾命！何陋之有？"他还按照自己的理解又续了两句："濂溪周子，因荷得藕。衡岳船山，著文启后。"

是也？非也？传灯却无端地乐了。

落日贴近麓山，归鸟投林，暮色渐深，传灯却仍然驻足于江边。江上有轻风拂过，天上有明月星光，脚下的湘水沉沉北去，那么，海洋可是江河真正的归宿？

寻找乐正子

一

2016 年冬末某夜,老天爷竟然毫无征兆就降下了一场迷离大雪,才小半夜工夫,人间城郭、空坪隙地、绿树、江堤……全都浑然于一片单调的白色之中。

那时候我已经睡着了,正与笔名叫乐正子的徐求正在做春秋梦游呢。

"乐正子,何意也?"我明晓得这问题问得无知,但我还是想要求证于他。

徐求正说:"善人也,信人也。"

"何谓善,何谓信?"

"'可欲之谓善,有诸己之谓信,充实之谓美,充实而有光辉之谓大,大而化之谓圣,圣而不可知之之谓神'。这里面包含有儒家人生修炼的六重境界。'乐正子,二之中,四之下也'。在善与信之间偶有光辉。"

我还想要问"乐正子出生于哪个朝代",手机忽然响了,我已经被惊醒了。

对方的声音仿佛劈头盖脸而来:"老兄,你晓得乐正子下落吗?"

"是宴厅长啊?我还以为他到你那喝喜酒去了。"我这是在有意拿他开涮。

"这个怪人!连他老婆也说不晓得他行踪,打他手机又是忙音。"

我这才一惊,认真地说:"只是暂时失联吧?我俩下午都还在一起的。"

"他这个人——是什么意思嘛?!"听话听音,看来宴爹对乐正子没有去给他捧场,心里是有了不愉快的。我仿佛闻到了电话那端喷出的满嘴酱香型酒气。

那一天晚饭前,我也独个儿小酌了两杯,同样是酱香型茅台,所以比平日里上床要早一些。这酒其实是宴爹送给我的,当然也是人家孝敬他的。我俩是多年的旧友了。挂了电话后我便不敢再迟疑，从床上一跃而起，哪怕只做做样子，也应该帮新任省财政厅厅长的宴爹去寻找突然失联的文胆乐正子，就算为左右都是朋友的他俩打个圆场，也得尽心尽力才对！但当我和衣步入临江的阳台，放眼望去时，但见漫天玉蝶飞舞，迷离中极显虚幻，这偌大的一个红尘俗世，已被一场突如其来的大雪遮蔽成白茫茫一片了。一只流浪狗竟然还大模大样地在风雪中行走，可走着走着，就变成了一只白白胖胖的雪狗，并且消逝于我的视野之外了。

我这人天生爱雪，爱雪的轻盈和纯洁，扑朔且迷离，但面对满世界白得如此目眩，又不免心生出寒意并恐惧。风在呼啸，傍晚前合在阳台茶案的一卷《红楼梦》被翻得"哗哗"作响。我忙弯腰将书拾了起来，书页中那一首《好了歌》却击目而至："世人都晓神仙好，唯有功名忘不了！古今将相在何方？荒冢一堆草没了。世人都晓神仙好，只有金银忘不了！终朝只恨聚无多，及到多时眼闭了……"我的身心不由得猛然一颤，便想，这该不会是乐正子在借老天爷之意把自己的行踪给雪藏起来了吧？也许还有一种可能，那就是乐正子原本就不屑这个浮躁的尘世，而真实的人生又太琐碎，一地鸡毛，驴鸣狗吠，谁又能终生守得住一颗洁净之心？尤其是在既为好友又为上司的宴爹新官上任之时，方方面面的应酬肯定会比以往更多。之前，宴爹有社交活动时，偶尔也会叫上乐正子一同参加，只是他去了却总觉得气场不对，太不自在，后来他就经常找出各种理由婉言推辞了。

宴爹的心思乐正子是明白的，宴爹是出于一片好心，其目的无非是想让乐正子在圈内多结交一些朋友，以便能够早日进入主流阵营。然而人各有志，乐正子所图的无非是个自在。他曾经不止一次地跟我说起过，《易·谦》中的那句"卑以自牧"他尤为喜欢。莫非他这次又是在有意避之？但今非往常，毕竟是宴爹荣升为省财政厅厅长，这对于身在仕途的宴爹而言，怎么说也是他人生中的一件大事！我虽然不敢妄言他会有多么忘形，但得意之情还是有的。而乐正子居然在此关键时刻失联，这不明摆着是给宴爹难堪吗？如此一想，我便只好借用一种最笨拙或许也是最能冰释他俩前嫌的办法，那就是由我，把我所熟悉的乐正子，也包括他还是徐求正时的过往简略地描绘出来，以便让朋友圈，尤其是让宴爹对他多一分理解，看是否能从我的这一堆文字中嗅出某种熟悉的气息，一起去把乐正子给找回来……但我得首先说明，本文的重点并不在故事,这也不是故事,就连结构也没有任何讲究,我求的只是一种气息,是徐求正之所以借用"乐正子"做笔名的书生气。空气在人的眼里看不出结构,空气成云成水,是自然的舒卷和流转……

二

雪令人生寒,也让人冷静,我想问题也许就出在"乐正子"这个笔名上。

在 21 世纪之初的那几年中,我曾经下海创办过一个文化自觉传播公司,徐求正是我公司的策划总监。"自觉"这个关键词就是他当初建议的,他抬出圣人来,说:"苟日新,日日新,又日新,是为自觉。"那时大家都称呼他徐总或徐老师。

后来我抽身上岸去了省文联,没有再回原单位省委统战部的杂志社去,而他休闲了几年后,也终于有了一份更适合他自己的工作,并且还用上了"乐正子"这个笔名。尽管之后我们的关系较以前更加亲密,成了亦师亦友的兄弟,但说实话我却感觉他完全变了个人似的。究竟有哪些变化呢?也许是更像"乐正子"吧!

我这人是一个典型的实用主义者,平时不太喜欢把时间花在钻故纸堆上,在徐求正还没有取这个笔名之前,根本就不知道历史上确曾有过一个叫乐正子的人物。我总共才读过四年初小,懂得一点所谓的历史知识皮毛,那也是从年少时半生半熟读过的几本古典小说中得来的,如从《封神榜》里知道有夏桀、商汤、商纣王和周厉王,还有个知天文、晓地理、能掐会算的姜子牙……又从《三国演义》《水浒传》《红楼梦》中知道有汉室、宋朝、清朝等糗事,但都不是正史。

真正让我对历史知识稍有些感性认识以及对"经史子集"分类等在心里也有了一点儿谱,却是自徐求正有了"乐正子"这个笔名,我俩又不再是老板与员工而是亦师亦友的关系之后。两人只要有机会能够凑到一起,即便有时只是在江堤上散步,他也会侃侃而谈地聊及历史和儒释道文化,我想他这完全是有意为之。

有天上午,应该已经是快到十点钟了,我因事从他家的楼下路过时,便仰首很客气地连叫了两声"先生",因为这毕竟是在人口群居的小区内,我不可能像在江堤上那么敞开嗓门叫唤他。自从他有了"乐正子"这个笔名以后,我就经常称呼他"先生"。见家中无人应答,于是就顺手发了条短信:"先生还在梦里?"

待我出小区上了的士，他才回道："在容膝斋静坐，没见老师路过呀？"

下面是我与他对话的一组短信截屏，或许也可以说明一点什么。

"还以为先生云游去了。"

"心处一室，不思远游。老师您回去了？"

"怕扰了先生清梦，已经上了的士。"

"我现在一般是上午九点起床，有梦也早随晨露被阳光蒸化了。"

"不是先生赖床，而是我醒得太早。"

"那确实。早起的鸟儿有虫吃，所以老师的影子比我的身形厚重。"

"瘦是仙风道骨，我乃俗人一个。先生可又在容膝斋读'无用之书'了？"

"先生是晚生，无用乃大用。"乐正子对我称呼他"先生"是心有顾虑的。

我们俩的对话经常是如此无厘头，况且彼此已经习惯了这样的一种意识流方式。但是"不思远游"的乐正子今天怎么会突然失联了呢？这于情于理也不应该呀！

我有时也在想，我们所知道的甚至是看到的每一部历史，或许都不会那么完整，甚至包括我们每一个具体的人，或多或少都会有一些不可言说的隐情。于是便有了所谓的断代史。比如在乐正子还是叫徐求正之时，曾经经历过的那一桩"过去的事"我也只是道听途说、稍有耳闻，而至今也未得到过证实。

说起那一桩"过去的事"的人，就是当时极力促成徐求正来省城发展的一个老乡。老乡是资深策展人，谈起策划来口若悬河，他当时把徐求正介绍给我认识后，又背着他跟我说了一件怪事。他神秘地说，在很长一段时间里，徐求正总爱做噩梦，每次都是在梦中说同一句话："我不会说出去的！我不会说出去的！"然后就从梦里惊醒过来，嘴唇发乌，黑脸泛白，满头大汗，心中似充满了恐惧……

此说当然过于抽象。他那位老乡当时并没有说任何前提，只是随口说过徐求正在北大读研时曾经出过事……不久后徐求正就与自己的家人也包括最要好的朋友、同学失联了差不多一年时间。每个人的人生都或多或少会有隐私。他老乡没往下说，我也不好再寻根究底。也许时间能够冷却一切，这让我想起屠龙刀在传说中成了弯月，那应该是一遍又一遍淬火冷却后的结果吧？我想应该是的。

我曾经因徐求正"过去的事"偶得灵感，写过一首叫《涅槃》的短诗：

　　被时间冷却后的，

那叫历史，

也包括传说，

浴火的凤凰还会重生，

那叫涅槃。

终于有一天，过去的徐求正不见了，却以笔名乐正子的身份来到了我们的身边，融入了我们的生活……也许这就是涅槃，他的心中从此便有了一牙弯月。

有一次，他还忽然跟我说："人生日常其实也是可以简化的。"当时他正在捉笔习怀素草书，说："就像这草书的结体，因略去了繁杂，线条才更加优美。"

很显然，他这是有所指的，而我却一知半解不知道该怎么回答他。

<h2 style="text-align:center">三</h2>

乐正子的夫人是一个小老板，她经常要到下面市、县给农村信用社送货。

她一般都是在早上出去，晚上再赶回来，也偶尔有在下面市、县的朋友家住上一或两晚的时候，那时家里就只有乐正子一个人了。在外人的眼中（当然也包括他的夫人），他似乎也已经习惯了这样一种"闲来且读无用书"的逍遥生活。

这样的一种生活状态，谁都会心生羡慕。

但羡慕归羡慕，有所得自然会有所失，更不是谁都能够进入到这样一种人生状态中去的。乐正子经常是一觉睡到自然醒，才又开始新一天的生活和工作。

这一天却不然，他是被收拾停当后的夫人在临出门前温热的一吻给吻醒来的。"真是条懒虫耶，你看看，太阳都已经晒屁股了，也不起床！"夫人一边亲完男人的额头，一边又痒痒地蹭在他耳边含笑说道："太阳公公都催你了！"

"没有吧？"乐正子睁开惺忪的眼睛，窗外的阳光果然灿烂了，于是将被盖一掀，顺势就把夫人搂进了怀里。

事后，夫人亦一脸灿烂，愈发娇嗔地说："我得要赶紧出门才行了。"

乐正子努力地把头从鸳鸯枕里仰起来，又无奈地一笑，便只好也下了床。

"夫人是世界上最伟大的推销员，路上要多——注意安全哦！"他有意把一个"多"字音拉得特别长，又一面松塌塌地趿着鞋把夫人送至家门口这才折身进了盥洗间。他只是简单地洗漱、修面，随后就不疾不徐坐到餐桌前喝了一碗稀饭，外加一个面包。餐毕，他又习惯性地步入阳台——一个仅有三平方米的阳台。

这便是令乐正子颇为自得的"容膝斋"。

我当然也是这一方小小"容膝斋"的常客，还记得他为此曾说过"容膝斋图"的一个典故。他说，元代有一个画家、诗人叫倪瓒，博学好古，堪称诗书画三绝。倪瓒有一幅画取名就叫《容膝斋图》，是其晚年的精品。《容膝斋图》笔墨极为淡雅，炉火纯青。构图简约，墨色清淡，干笔皴擦多于渲染，设色少，是典型的"三段式"构图：下方土坡上画杂树五棵，二棵点叶，二棵垂叶，一棵枯萎无叶，树后是平坡茅亭；中间留有空白，一片茫茫湖水；上方画远山数叠……给人一种"横看成岭侧成峰，远近高低各不同"的多态美感，不仅旷远，而且清新，看似萧条暗淡，其实开阔磅礴之极。整幅画面简逸萧疏，风神淡远。

记得他当时还跟我发过感叹的，说："而我之所言自己这小小阳台为'容膝斋'，完全是出于对古人气度的一种向往而已，哪能真有这种造化和福气！"

而此时的乐正子，却极娴熟地将已经泡过了数遍的老黑茶和红茶又一并儿续水回炉给煮了，他还给这一种再次被利用的茶取了个洋名字，叫"鸡尾茶"。

一切都是在从容不迫中进行，也包括他又有心无心地把薄薄的一册《通书》从书柜中摘下来搁置在案前。他一边烫杯斟茶，一边念叨："唉，也真是苦了我家夫人，虽说已注册了公司，却老总兼员工，外带司机都是她一人。"

他还从夫人想起了女儿，前不久，女儿就曾在微信亲友圈里秀过一段话："我老妈的心里，经常揣着我爸跟她说过的一句'你是世界上最伟大的推销员'的甜言蜜语，也就是这句流蜜的话，一直鼓舞和驱动着老妈，让她心里如同揣了一轮冉冉升起的旭日，明亮而温暖着哩！所以在我的梦中就曾出现过一幅动人的画面：我老妈开着她那辆红色的奔驰小越野，奔驰在绿树环合的省道、乡道上，像是一团移动的火焰，那是春天的火焰，是照亮和温暖着我和我老爸的火焰！"

都说女儿是父亲上一辈子的情人。乐正子心中当然明白，女儿这一段略显青涩但又绝对真挚的文字里所涵盖的意思，无非既是在为父亲的逍遥开脱，也是在为母亲的奔忙加油喝彩……但为父的心思，女儿却未必真能知道。

乐正子的夫人，出生于大梅山地域文化中心一个叫梅山小镇的市井人家，家中人口众多，前面有三个哥哥，她最小，是父母的掌上明珠，自幼娇惯受宠，也养成了不少恶习，再加上少时读书不知发奋又没有多少文化，能够达到像如今这样的一种境界,可谓冰冻三尺,非一日之寒,还真不知费了乐正子多少心力。

若有人言及他夫人能干,乐正子却说得含蓄:"是往圣先贤帮我调教好的。"

夫人有时也会发一点小牢骚,她曾红嘴白牙地说:"我这是嫁鸡随鸡,嫁狗随狗,嫁个书呆子,女人出外跑业务,男人在家里翻闲书。"但也是句大实话。

这人世间的爱情与婚姻,也许从来就难以装到一个篮子里去,追求完美不过是人生的一种理想而已,乐正子亦不能例外。他在读大学时当然也曾有过不少仰慕者、追随者,每有忆及,心中也难免会有微澜。这时,他便不由得朗声吟诵出了一阕伟人的词句来:"恰同学少年,风华正茂;书生意气,挥斥方遒。指点江山,激扬文字……"尔后便又是一声喟叹:"那不过是在青葱岁月中的镜花水月罢了。人要认命,看清楚了,想明白了,也就豁达了,释然了,放下了。"

他是真的豁达了,释然了,放下了吗?我有时也会很天真地想。所幸乐正子一家如今正在朝着向好的趋势发展,这应该是他找到了人生的法门所成焉。

"有妻贤女淑如此,夫复何求!"其时,乐正子带着一脸复杂的笑意,已然在那一条特制的椿木独凳上双盘趺坐。他曾自得地说:"椿与春谐音,万木之中唯椿木乃生阳之木。"他又将目光移向了早就摊开在几案的那一册薄薄的《通书·诚上第一》上。常与往圣先贤相晤于黄卷,乐正子心里真会有一牙弯月在照着吗?

乐正子练习打坐日久,坐姿已然很标准。他有时也启发我说:"其实你也不妨练一练的。"他还说:"打坐的最大好处是既能静心,又可通筋脉。"

"哈哈,是吗?"我明知自己是个既收不住心,也坐不安稳的俗人,便总是大大咧咧一笑了之,还不免用风凉话回他:"这等好处,还是让给先生吧!"

为了求证打坐的正宗法门,乐正子还专程去苏州拜访过南怀瑾先生。

"千里迢迢,只为解惑。"他见到大名鼎鼎的南先生时,倒也并不觉得拘束。

南先生亦微笑作答,说:"见面即是缘分。"然后示意他在对面席地而坐。

随即便有人端来一杯清茶,两人一席长谈,甚畅,甚欢,还就此结成了忘年之交。也就是在那一次,他将自己平日学习打坐时所遇到的障碍全都一一道出向南先生请教,先生居然知无不言,言无不尽。在他临走时,南先生还特意给他开具了一纸书目,并嘱咐他说:"这一些书,都是此生应该找来一读为快的。"

说来也怪,自那以后,读书于乐正子便已如鱼之于水,人之于空气,缺之则寝食无味了。他家书柜里典籍满壁,写字有砚边书,煮茶有案边书,即便是出去办事或散步，口袋里也总忘不了会插着一二黄卷，就连睡觉也得有一册枕边书相伴才香。好像没有往圣先贤相陪、相伴、相护，他就有可能会坠入万丈深渊似的。至于周子所著的这一册薄薄的《通书》，他自己也不知道到底已读过多少遍了。

此时已入隆冬，却久无雨雪，气爽天高，翠竹在窗外窸窸窣窣，他如此再一次与周子晤过，品了一口酽酽的茶汤，起身便长长地伸了个懒腰，脑海中不禁又浮现出了日前无意中读过的另一卷书中的一段文字，便目视窗外，故而吟道："或问长生久视之术，青主曰，大丈夫不能效力君父，长生久视，徒猪狗活耳。或谓先生精汉魏古诗赋，先生曰，此乃驴鸣狗吠，何益于国家。"他的这一段沉吟自王晋荣《仙儒外纪削繁》一书中得来。他记得自己当初读到傅青主这一段话时，还真是惊心骇目，曾扪心自问："有多少自得之事可以为虚妄？"

窗外的那一丛俯仰有致的茂密青竹，在一阵清风拂过之后，显得肃然静默，它们也是在等着想要听哲人的心语吗？乐正子的双目复又坚定起来，心曰："长生久视之道，我独钟爱儒家的静坐。道家有咒，佛家有无上咒、无等等咒，但我个人却始终觉得，最好的咒莫过于《易经》里的'天行健，君子以自强不息'和文天祥的'天地有正气'来得令人顽强，令人勇猛精进，令人振奋崛起。"他在心里接着又说到了"正心诚意"四个字，先生无疑只是一介书生，在他看来，周子一生中对理学最大的贡献是单独从《易经》里拈出了一个"诚"字来大加发挥和弘扬。作文讲求修其辞，立其诚！有三百年来第一人之称的何绍基先生曾经说："一切豪诞语、牢骚语、绮艳语、疵贬语，皆所不喜，亦不敢也。"当今之世，丰文茂记，繁如荣华，诙谐剧谈，甘如饴蜜，未必得实，驴鸣狗吠者实多矣。

四

乐正子的每一个上午，差不多都是如此度过的，他常戏称这就是虚掷时光。

又日，上午十时许，门被敲响起了，乐正子便立马勒住了思绪去开门，"吱呀"一声，房门敞开，他却一愣："宴爹啊，难怪阳光照进我这容膝斋了！"

"路过你家门前，又正好有难得的空闲，我就放脚上你家来了。"

"'放脚'好。是东坡先生也爱用的一个动词。"乐正子有意用了一个"也"字。

宴爹当然姓宴，名如墨，他当时还是省财政厅副厅长兼省书协主席，但朋友圈里都习惯地称呼他"宴爹"。"爹"这个字是个头衔,有其独特的地域性,是梅山地域文化中对有身份的人物约定俗成的一种尊称,其实并不代表实际年龄。

曾经有传闻称,宴爹在从下边市里(党外)副市长的岗位调省财政厅当副厅长之前,就已经确定他为省书协主席的候选对象了。之所以没有安排他去省文联或省文化厅任职,是省委统战部、宣传部和组织部三个部门的一把手应邀参加了由省文联、省书协为宴如墨在乌有书画馆主办的一次个人书展上合署定下来的。最熟悉和了解宴如墨的人莫过于省委统战部的史部长,当其他两位部长同时被一幅八尺整宣的墨宝所吸引时,史部长介绍说:"宴如墨书写的这一幅苏轼的《水调歌头》堪称他的代表作,曾获过全国书展金奖。连沈鹏老主席都竖大拇指连声叫过好的!"身旁的两位部长便几乎是同声赞许道:"嗯,确实不错!"

组织部部长还把苏词中的"但愿人长久,千里共婵娟"的末句也吟诵出声了。

宴如墨就在领导们身后,史部长把他叫到跟前说:"如墨呀,看看你多大的面子!两位常委兼部长在百忙中也抽时间来给你捧场了。"没等宴如墨说"还不是您的面子大呀",史部长接着就下了指示:"你要记得感恩哦!两位部长同时亲临现场指导,这是史无前例的。"宴如墨心领神会:"记得,记得,这我哪敢忘啊!"不久,宴如墨高票当选为省书协主席,之后的一周,他就被调到了省财政厅任副厅长,这是组织上考虑到文化强省的一大举措。只是如此一来省书协主席就是个兼职了,好在有乐正子这个文胆全力辅佐,书协这块他也就放下心了。

宴如墨与乐正子之间如今虽则是上下级关系,却因为有着多年至交在先,况且乐正子家他以前是来过的,也就不再客套。主人还在掩门时,宴爹就已经直抵容膝斋的茶案前了,还握了那一册薄薄的《通书》在手中,随意看了几行且由衷地感叹说:"还是你乐正子过得逍遥自在,这才称得上是中隐隐于市啊!"

"托主席的福,我这是在大树底下好乘凉。"乐正子说得很是诚恳。

待宴爹落座,乐正子便已取杯并冲洗过,也斟了茶,他又说:"偷得浮生半日闲,但于我而言,本身就是个闲人,在完成了主席交办的工作后,也就读读无用书而已。"他当初与宴爹是达成了默契的,得允许他不介入单位的具体俗务。

"这还是无用书呀?"身为厅官的宴爹,心里还真有几分嫉妒与羡慕。

乐正子却没有正面回答宴爹,只是看似轻巧地说了一句:"周子的著述并不多,为官也就是个七品小吏而已,却在学术界拥有着理学源头的名声。他的这一种人生轨迹还真是耐人寻味，是值得让后人去探究的。"他转而又说："但我以为，《通书》应该是他所有著述中最'无用'的了。他一生所求，无非是求个自家意思。"他这话或许是有意想要说给宴爹听的，但人家却不一定能听得进去。人在旅途多有风雨，谁都想要走出一片阳光天地，何况是身在仕途的宴爹呢？

"那今天我们就来一点'有用的'如何？"宴爹品了口茶，一抬头接过乐正子的话题便单刀直入说："省委党校有个安排，要我给党政学员们讲一堂书法课。"

"主席情怀博大，高屋建瓴，心里装的全都是经世致用的学问。那还不是你饭碗里的事呀！"其实乐正子心如烛照，知道宴爹是无事不登三宝殿，也品了口茶，便特意抛出了以上空论为话引子。与智者打交道就是让人省事，总是能够把台阶不动声色地铺好在你的脚下。他沉吟了片刻，便又说道："依我愚见，主席还是不要正面谈书法技巧为宜。谈深了，便成了小众；谈浅了，又不过瘾。"

"此言正合我意！"宴爹一拍膝盖说："我就是来和你商量这个事的。"

乐正子这才似胸有成竹地说："我看不妨就从最基础的文房四宝说起，不知主席以为如何？"其实他内心深处真想一吐为快的话却是："当今世道之所以人心浮躁，多是源于对常识的熟视无睹。我们一些所谓的书法家，开口就大谈什么技巧呀、章法呀，实乃驴鸣狗吠而已。"如此想来，他脸上便多了几分冷峻之色。

"嗯，我看如此甚好！这几天来，我就一直在琢磨着这个课题。"宴爹听了高兴不已，有滋有味地又啜了口茶，头也未抬便说："但文章不宜太长，就十分钟说完，剩下的几十分钟是现场书写观摩，理论与实践相结合嘛！你觉得呢？"

乐正子心领神会，便顺口接言说："我正好也写了一个这方面的心得。"于是就起身进了书房，拿出几页散乱的稿笺递给宴主席，说："您看能用得上不？"他其实早就已经为宴主席做了好几套预备文案的，这是他做文秘工作的职责所在。

一方面在官场得意，一方面又在书法界名声日增的宴如墨接过乐正子手中的稿子，张嘴便说了句："嗯，这话题我俩以前是聊过的，文房四宝里确实有着大学问。"继而又抬起手腕看了一眼时间，再次强调说："得在十分钟以内。"

"应该差不多的，也就是篇千字文而已。"

"要不我干脆先试试？"宴爹习惯性地咳了一声，随后当真就朗读起来……

这显然还只是一份草稿，段落自然也未曾分过，这是乐正子一贯的行文风格。但凭着乐正子对笔墨纸砚的一往情深和学识才华，文章却无疑是一气呵成的。

宴爹常颇为自负地戏称自己是个好汉不改乡音的文人，他是咬着一口浓重的梅山普通话摇头晃脑读过这篇千字短文的。梅山话起音就是高腔，宴爹读罢大悦，一看时间，果然是在十分钟内："这个好！就它了！"他兴奋得一拍茶案说。

"哐"一声脆响，宴爹身边茶案上的汝窑杯被震得凌空坠落，还旋出了好几个圆圈来，如一朵幻境中的白色昙花，在绽放中闪烁出耀眼的银辉，茶水便也洒了满地，硬是把从窗外投过来的一地阳光与斑驳竹影，也泼了个浸湿……

"失态，失态，都是因为激动惹的祸，也只怪这文章立意太好了！"宴如墨说着便随即弯下腰去，拾起了茶杯，又接着说："此文确实说到了点子上！"

乐正子也就笑道："只要主席您喜欢就好，这也是我们在一起聊过多次的结果，我只是将其整理和归纳了一下。"他这是谦虚，但谦虚正是乐正子的美德。

"哎，你还是先抓紧打印后直接发到我邮箱吧！"打官腔已是体制内的流行病，宴爹也难以免俗，他又毫不拐弯说："给省报副刊老邹那里也送一份去。"

乐正子说："既然主席拍板了，我还想再斟酌一下，误不了您的事的。"

"抓紧哦！我还要熟悉几遍，得脱稿讲的。"宴爹说过便告辞了。

送走了宴爹宴主席，乐正子却并没有急于"斟酌"，而是又双盘打起坐来。

五

乐正子的"容膝斋"是一个多功能场所，既是书斋，也是办公室和会客厅，有时还要兼作卧室。当然只是坐卧。乐正子给宴爹起草的演讲稿和文章大多都是在这里完成的，我曾笑言"容膝斋"是先生头脑风暴的发源地。他有时觉得累了，便就着打坐的姿势稍做梦游，偶尔有一二蝴蝶从窗口翩翩而至落入他平端于肚脐处的掌中，他也会在梦中抿嘴一笑。其时，客走主安，"容膝斋"又恢复了之前的宁静。阳光从对面楼群的空隙间泼过来，乐正子又接着翻他的黄卷，享受着这份自在。

不日，在省委党校的大礼堂里，宴爹给学员们讲书法艺术，他侃侃而谈——

"中国书法的地位，在世界艺术史上那也是无与伦比的。笔、墨、纸、砚，素称'文房四宝',作为书法之美以及文明的载体,对中华文化的传承起着不可替代的重要作用。我先说说毛笔:毛笔和西方人手中的鹅毛笔截然不同,我们的毛笔是山林溪涧边万竿修竹的遗留,那笔管里的毫毛依稀晃动着曾经的血肉之躯跳跃的身影。文人的笔,犹如武士的剑,笔有长锋、短毫,剑有利剑、钝剑,顶尖的剑客,是能身剑合一,能使无锋重剑。一剑霜寒四十州,一管柔毫,也可以气吞强虏。所以真正的书法家和一般人的根本区别,就在于用笔的出神入化!宋代最擅用笔的书法家米芾号称能八面出锋。一支好毛笔应具有'尖、齐、圆、健'的特点,写字用好笔,而使用毛笔更要靠敏锐温润的心境。当干燥的毛笔泡入清净的水中,笔毛散开、润化、舒展,仿佛生命在苏醒,会光彩重现。感恩我们的祖先,每一次泡笔就是一种清净身心仪式的开始,庄重,温柔,平安,喜悦……"

当然是脱稿演讲,果然获得了近千名听众的满堂喝彩,掌声如雷声是为必然。接下来便是在党校礼堂早已摆开的长案上现场献艺了,笔墨纸砚和印泥俱已备好,他却从随身的包里掏出个闪着幽光的竹篓,还拿出了两方闲章和署名印鉴。

有人在低语说话,气氛自始至终非常活跃,这其实是宴爹意料中的事。

"他是要用自己的毛笔,使起来顺手一些。"

"宴爹有一个规矩,那就是进入书写状态时,从不写应景的文字。"

"真正的艺术家不但要有个性,更要有风骨。"

"这话说起来容易,做起来难,何况他宴爹首先还是个官员。"

听到学员们这些调侃般的议论,宴如墨也并不在意,只是在心里默默地说了一句:"林子大了,什么鸟都会有。"便拉开架势,大大方方地撸起了藏青色西服的双袖,一口气下来写了二十八张方才搁笔,然后,旁若无人般伸了个懒腰,又反手捶了捶背。纸是六尺整张的红星牌徽宣,内容却是唐诗宋词中的名篇。

"杨柳渡头行客稀,罟师荡桨向临圻。唯有相思似春色,江南江北送君归。"有人在朗诵着宴爹刚刚写下的墨宝,感觉像是见到了故人一般的亲切。读过了一幅,又接着读另一幅,而且情绪也愈发饱满,咬音也更加抑扬顿挫了:"白酒新熟山中归,黄鸡啄黍秋正肥。呼童烹鸡酌白酒,儿女嬉笑牵人衣。高歌取醉欲自慰,起舞落日争光辉。游说万乘苦不早,著鞭跨马涉远道。会稽愚妇轻买臣,余亦辞家西入秦。仰天大笑出门去,我辈岂是蓬蒿人。"并继而赞曰："满纸是笔走龙蛇的淋漓墨迹,诗的内容亦有着难以掩饰的喜悦与豪情扑面而来。"

还有人发出了由衷的感叹:"宴主席不但字好,记性也好啊!"

"这下还真让你给说对了。"站在学员前排的党校教导处主任秦俭说得更玄也更夸张:"去年省政协组织了一批委员沿长江考察,途经三省五市十六县,他一路写了两百多幅,居然没一幅内容是重复的。那才真是叹为观止耶!"

顿时,"啧啧"之声四起,人们这才忽然记起,忙掏出手机来纷纷拍照……

秦俭也是省政协委员,这次处干班书法授课活动就是他一手张罗安排的。

宴爹并未回头,而是换了支三寸狼毫的粗毛笔,往端砚中来回滚了几下,再提笔时,便写下了"同道相携"四个墨色饱满的魏碑大字,揭起来送给了秦俭。

同样是这四个字,也照例是用庄重雄浑的魏碑体书写,宴爹给乐正子也赠送过一幅。那是在早年的春节前夕,宴如墨亲自登门找乐正子商讨上任伊始的省书协年会的讲话稿,他这是既作为拜年礼物,也是表示自己对乐正子的挚友之情。

他在去乐正子家之前,心里也曾反复斟酌过的,毕竟是第一次去他家里,又是近年关了,总不能空着手去呀?名烟名酒,家里多有现成的,但又未免显得俗套,况且乐正子不曾吸烟,不好酒。那就赠一幅书法作品吧,他的初心是想写"高山仰止"或"山高水长"的,后来提笔,稍一犹豫却写成了"同道相携"四个魏碑大字,还暗自说了一句:"也好,往圣先贤之后都是同学,尽在不言中。"

"主席,您这份厚礼,我且替往圣先贤收下了!"乐正子双手接过道。

宴爹则一怔:"书生人情纸一张。"便大方落座说:"来,我们品茶。"

他此时忽然想起这一桩旧事,两相对照,心里便有了一种莫名的得意。

六

也许还真是有着某种心灵感应,此时跌坐于"容膝斋"椿木凳上的乐正子亦仿佛听到了阵阵喝彩声。他照例双手平端于肚脐处,脸含笑意,印堂泛着微红的光亮,而心里却在温习过往。自己携妻带女来到省城已有十六个年头了,处事为人始终恪守着君子之道。至于是哪年哪月启用"乐正子"这笔名的,他自己也记不太准确。

话说那日，家里来了一位不速之客，是来托他向宴主席求字的，那人一通极是夸张的闲扯后，转而又刨根究底，问他是何时想起来要取"乐正子"这个笔名的。

乐正子就回了一句："你去看写字台上那一方印鉴吧，上面有落款的。"

好事者还真从案台上将印鉴拿起来，借着从阳台泻过来的光亮看了又看。

这时，他才缓缓地撤了双盘起身，来到写字台前将罩在头顶上方的灯光扭开。

那是一盏可以升降的不锈钢柱落地灯，十八平方米的客厅一下子就被炽白的灯光照得满室彻亮。来人这才发现，原来客厅并不是为接待客人所用，而只是他的一间书房兼书法室。那一张写字台何其霸气啊！几乎占据了客厅空间的三分之二。再看桌面，上铺一袭厚厚的白绒毡毯，文房四宝及数册魏晋碑帖赫然其上。他身后的一墙书橱，齐膝是香气馥郁的樟木矮柜，上面则是三节玻璃门直抵楼顶，里面站满了林林总总的典籍并闲书；而对面的铁皮墙壁上，则或粘贴或挂着二王、颜鲁公、何绍基、伊秉绶等人的代表作拓印条幅。他曾多次向夫人与女儿灌输说："这些典籍与拓印里，是有着往圣先贤的气息的，只要你能真心诚意去亲近它们，你的灵魂就会亮堂。"这两壁间的诸多闲书典籍或条幅拓印，确实花费了乐正子不少心血，那都是他从各处旧书市和文物摊流连忘返一件件淘来的。

还记得是几年前，我和同是资滨老乡的散文家刘鸿伏先生第一次进乐正子的新家时，在观看了他客厅的摆设和布置后，刘先生就曾一针见血地道破过乐正子内心深处的隐秘，说："你乐正子这分明就是雄踞中原，霸主天下的气概！"

"鸿伏兄此言差矣。"乐正子双眉微微一颤，看得出他是在脑海中组织答话的遣词选句："我这只是雄踞客厅、霸主家庭而已，哪有什么气概可言啊！"

其情其景，在一旁的我当然是看得极为真切的，不免就想起了《三国演义》中曹操与刘备论"当今之世谁是英雄"的一段对话来，曹操曰："今天下英雄，唯使君与操耳！"刘备闻言，吃了一惊，手中所执匙箸，不觉落于地下。时值暴雨将至，雷声大作。玄德乃从容俯首拾箸曰："一震之威，乃至于此。"

但乐正子继而接过的话，却令我与鸿伏兄弟无不哑然，他说："有幸生而为人，最紧要的是图个自在，一旦自以为是做颠倒梦想，大祸临头便不远矣！"

而此时的乐正子，心思却是怕人家一不小心，摔坏了他的宝贝印鉴。

这确实是一个宝贝，上好的鸡血石且不说，主要是赠送这一方印给他的人重要，他们是萍水相逢的忘年之交。对方当年把一这方印鉴赠予他，并郑重其事地交到他的手中时，他还恍若梦中。他和他不过是邂逅近于杭州主办的一次全国性书法展览会上，更准确地说，是两人同时被一位近代书法名家的作品所吸引。

他当时见到那一幅作品时，如见故人，眼睛一亮便情不自禁地对其作品的结体和师承，随兴自言自语喝彩了几句，没想到对方却跨前两步，一双如炬的目光向他盯过来，冷不丁地问道："这位老弟，你是哪里人？"他当时甚感唐突，回答老者时，居然就鬼使神差般报了个笔名："乐正子，子虚省梅山资滨县人。"

"乐、正、子。"对方喃喃："善人也，信人也……"

稍停了片刻，对方便自报了家门："老夫家在苏州，名白止。"

"噢，苏州白止。"他这才恍然大悟说："久仰先生，久仰先生！"

就这样，在杭州的西子湖畔，两人便成了无话不谈的忘年好友。

临走的那一天，也就有了白止先生送他的这一方鸡血石印。

人家是真心诚意的，一脸悦然地说："我这是宝剑赠英雄！"

"先生美意我知道。只是——"乐正子有些惶恐说："学生惭愧！"

"老弟你也太过谦虚了，太过谦的话，我白止还真是不爱听哦。往圣先贤之后，我们都是同学而已。"先生一把年纪，幼时上过数载私塾，新中国成立后又长期研习书法与金石，是江苏省文史馆馆员，还是西泠印社的资深会员，对"乐正子"这个笔名的来历想必也是烂熟的，继而便拱手说："老弟满腹经纶，又内心求正，将来必是大才！"平实的言语中竟连续两次称他"老弟"，出语何其亲切！

时间一晃便是数年，他如今自我介绍时，虽然早就不再称自己为徐求正，而是只报乐正子的笔名，却很少拿出印鉴来派过用场，因为他从不出去混场面。

他喜欢栖在自己家中结跏趺坐，泡老黑茶，或信手从书柜中摘下一二黄卷来也并非捧读，而是把书本摊开置于茶几前，左右各压一方镇纸，一边品茗，一边摇头晃脑地朗声读上几行。他还曾多次打趣般说："这样的书只宜用来闲读，要读出声来，每有所感，便可会心一笑。"若是有时闲得手痒他也会倒墨半砚，顺手从案下牵出焦黄的土纸来，或横平竖直，或笔走游龙，张黑女、颜鲁公、二王、张旭等横写一阵。他写大字的心得和体会是,写字就是写气,要笔到意到,或心驰,或神游,意却要在笔尖;又如练太极,最好要大汗淋漓,方能入佳境。而白止先生赠予他的那一方宝贝印鉴,却始终大模大样地置于偌大的一张写字台上。

——岩浆在地底下运行奔突,在还没有冲破地表之前,又有谁会去关心过它的能量和热度呢?但沉默并不等于沉沦,而是在无声中积蓄,在内敛中壮大。

乐正子不禁沉沉地吁了口气,伸了个长长的懒腰说:"壮大而生光辉。"

此言一出,却把正在赏印的人吓了一跳,手一抖,印鉴便从掌中滑落,幸好是落在案头的毡毯上。见没有丝毫损坏,乐正子含笑说:"没事,没事。"

我是之后才听他说起此事的。

七

早年乐正子待业时,我也常去他家走动。是这些年来他才开始坚持在每天早上九时起床,一碗白米粥或一碗清水面,九点半钟开始打坐,一直到中午十二点才起身。平时也很少有去办公室,他的工作都是在电脑上完成的,再通过电子邮件发送给院办或直接发送给宴主席。这一份安逸的工作,于乐正子而言是捡来的。

乐正子一家三口也是近年才好不容易把日子过得从容一些。想想当年,在刚来到省城的那一阵子,老婆又没有正当职业,女儿还不到三岁,租一套两居室的房子也只能是找价格相对便宜的僻静处,虽然自己是北大毕业的高才生,平生所学却无用武之地。但时间是一位魔术师,变出什么样的戏法来都不足为奇。这一句荒诞语在徐求正的身上也同样得到了应验,老天爷终于给了他机会,让他遇上了贵人,满腹才华得以被挖掘和发现,如今他已经是省书协下属书法研究院公开招聘的副秘书长了。这其实只是一个对外的头衔,实则是好友宴如墨的专职文秘,在外人的眼中,这无疑是一件求之不得的大好事,包括我在内也曾经有过类似的想法。但有一次我与乐正子聊及此事,他却只淡淡地说:"算是有了个领工资的地方。"稍顿了一下他又接着说:"当然啰,承蒙老师当年推荐,让我得以与书法家身份的宴爹交往了多年,也很愿意在不被名利绑架的前提下,倾其所学辅佐这位有望在书法史上能留下点痕迹的兄弟。但官场是个大染缸,不知宴爹能守住寸心否?一旦内心失守而热衷于官场的那套假大空,我岂不是助纣为虐了?"

这当然只是乐正子与我在私下里的闲聊,是他内心深处的一种隐忧。

不过近些年来,时间慢慢地成就了他家中的几件大事,先生还是很开心的。

有一天,他还扳着指头跟我说:"一是老婆注册了公司;二是在省城有了属于自己的住房,也有了小车;三是女儿徐风也考上了北大。"他是在无意识中把一个"也"字音落得很重的,忽而又仰起头来双目凝视着空蒙的远方说:"如此甚好! 说不定哪天我还真可以仿效前贤,清心寡欲去修炼长生久视之术了。"

乐正子此说也并非完全是空穴来风,记得有一次,我曾从他夫人向总的口中得知,她家先生在取笔名"乐正子"之前,就曾经有过先后两次在"容膝斋"辟谷打坐的传奇经历。头一回是一个星期,第二次竟长达十二天,在此期间,他居然点滴油盐未进,粒米不食,每天只小饮几杯他老婆从麓山半坡白鹤泉打来的泉水。

"还真想修炼成仙呀?小心你家先生走火入魔哦!"我为乐正子攥一把汗。

他夫人说:"他呀,表面一脸和蔼,骨子里却犟得死。你又不是不晓得。"

后来我还专门向乐正子求证过,他却淡然一笑:"我只是想体验一下而已。"

先生到底都体验到些什么了呢?我听得有些玄,也不懂,更不想去深究。

没想这事也传到了宴爹耳中,有次开文代会我俩都坐在主席后排,宴爹把嘴凑过来问我:"乐正子能绝食达十二天,你可晓得?"我便笑道:"是辟谷。"

八

我与乐正子在一起时,偶尔也聊及过宴爹,他却总是会发自内心地说:"宴爹书读得好,有过人之处。四岁时就被做乡里郎中的父亲逼着学写毛笔字,横平竖直、点撇捺勾,从未有过间断。这些年,我确实从他身上学了不少东西!"

我说:"你俩能同道相携,这是书法界更是子虚省文艺界的一大幸事。"

平心而论,自宴爹任主席以来,子虚省书协还确实干了几件漂亮事:一是成立了专门的书法研究院;二是在乌有山设立了书法讲坛供全国各地名家来此交流讲学;三是与中国书协举办了何绍基全国书法大奖赛;另外还在着手整理和出版子虚省历代书法名家作品集等；更主要的是使书坛风气大变，变得风清气正了。

追溯起来，乐正子与宴爹的相识是得益于一本叫《自觉》的民刊，那还是我当年下海以文化自觉公司名义拿到的一个资料型内刊准印证号创办的。作为投资方的我自任出品人，乐正子是执行主编，曾一度在省内文化圈里名声很响。

我们在创刊号上，就拟定了要推出一个叫"梅山书风"的地域主打专题。

当时宴爹还在同属于大梅山地域文化圈的某市任（党外）副市长，省书协副主席是他的一个兼职头衔，做梅山书风的地域文化专辑，主帅自然非他莫属。因此前我曾在省委统战部工作过多年，与宴爹是老相识，便带乐正子找到了他。

"这是件好事呀！也只有你老兄才能想得出来。"宴爹听了来意特别振奋。

"我？我哪想得到！"我指着身旁的乐正子说："是他一手策划的。"

"噢？"宴爹转而与乐正子握手。"幸会，幸会！"两人从此便认识了。

我当时已经被"招安"进了省文联，因为分管协会俗事太多，更主要的还是有意想要把乐正子隆重推出，便借故即日就返回了省城。据乐正子后来对我说，他俩当晚清茶一杯，彻夜长谈，也谈到了彼此的身世。碰巧两人的父亲又都是乡里郎中，而且彼此的老家又同处大熊山脉，相距也就几条田垄两座山坳，于是从中医处方到农人头上戴的斗笠，身上披的蓑衣以及土地庙、乡庙门前的墨迹，一直延伸至路牌、界碑和村口的乡规民约等，无一不是传统地域书风之清澈流韵。

直到远处已传来几声荒鸡的"喔喔"啼唱，宴副市长才抬起手腕来看手表说："已经是清晨五点了，我们小睡一会儿吧！"彼此就和衣在沙发上打了个盹。

次日，两人分手时，宴爹还专门安排了他的司机送乐正子回省城。

"兄弟，知己难得，我们后会有期。"宴副市长亲自为他关车门时说。

乐正子心存感激，拱手道："先生山高水长，令我受益良多。"

乐正子一直很珍惜这样的一个长夜和这样的一段交往。

至于他后来阴差阳错，又得到宴爹的关照去了省书协的书法研究院，从表面看是为了油盐柴米之需，实则或许是想使自己平时之所学能够找到一个好的替身……但我知道，他俩在那一席彻夜长谈后便能结下如此深厚的情谊，肯定不只谈了一些俗事，我便有意打哑谜般信口就背诵出了李商隐的一首诗来："宣室求贤访逐臣，贾生才调更无伦。可怜夜半虚前席，不问苍生问鬼神。"

乐正子目光一亮，接过话说："好一个逐臣！知我者，老师也！"

我一时兴起，便胡乱猜测说："你们的谈话一定还涉及了《周易》吧。"

乐正子也就坦言："您也晓得我从来就不干这一类事的，可当我们谈到老子谈到周敦颐时，宴爹确实要我帮他占过一卦。不过我有言在先，下不为例。"

"我就说嘛，是《易经》中六十四的最末一卦吧？"

"还真是什么都瞒不过老师，确实是'未济卦'。"

"我这是瞎掰的。"

"老师就是老师，"乐正子说："瞎掰也能被您一语道破天机。"

我们后来的话题又从《贾生》一诗回到了"读无用书"和"无用之用"上。

以下文字，便是乐正子有意想为我补历史课，用短信形式发在我手机里的——

古人是习惯于席地而坐的，双膝跪下，臀部靠在脚跟上。李商隐诗中说的"前席"，就是形容汉文帝听贾谊所说听得非常投入，以至于不知不觉间在向前靠拢。这样一个小小的细节，已经把汉文帝那一种殷殷垂询、认真着迷的情态描绘得活灵活现。"可怜夜半虚前席，不问苍生问鬼神。"李商隐的这一首《贾生》能够传诵至今，虽然叹问的不是天下苍生的治国大计，而是别出心裁的求神问鬼，其实并不偶然，这也就正好从另一个方面表明，贾谊是一个能真正通鬼神的人。

有比谈鬼神更能令两颗心如此相契的吗？贾谊为长沙王太傅，既以谪去，意不自得。及渡湘水，为赋以吊屈原。"已矣！国其莫我知兮，独壹郁其谁语？"贾谊的忧伤我们不能懂。贾谊居长沙而作《鵩鸟赋》，赋里表达的鬼神意识我们更不能懂。但贾谊的政治才华不容置疑，在我们今人眼光看来无比重要的治国大计，于他也许就不过是《鵩鸟赋》里所说的"细故蒂芥，何足以疑"而已。

文帝的孙子汉武帝，曾经在元光元年向董仲舒提问道："三代受命，其符安在？灾异之变，何缘而起？"董仲舒于是连上了三篇策论以作答，这就是历史上有名的"天人三策"。"天人三策"中主要讲了四点：天人感应，君权神授；推明孔氏，罢黜百家；春秋大一统，尊王攘夷；建立太学，改革人才的拔擢制度并反对任子訾选制。汉武帝已经是一个有了大作为的君王，他却接受了董仲舒的建议，并开创出了一个汉人不可一世的飞扬时代。董仲舒"天人三策"的核心"天人感应"，便是在肯定君权神授的同时，又以天象示警、异灾谴告来鞭策约束帝王的行为。他说："臣谨案《春秋》之中，视前世已行之事，以观天人相与之际，甚可畏也。"我且将此鬼神之论、无用之学易为空言之论、灵魂之学、哲学之思。

老子说："有之以为利，无之以为用。"庄子也说："人皆知有用之用，而莫知无用之用。"殊不知真正推动人类文化进步的往往是不切实际、无关功利的理论：数学如此，物理如此，哲学亦如此，艺术更是如此。无用之用，是为大用！

读过乐正子以宇宙观诠释李商隐《贾生》一诗所引发的一席慨叹，我眼前为之敞亮，便回信息说："此文发《自觉》吧。先生心有明灯，我辈受益了！"

乐正子也随即回道："让老师见笑了，无用之谈而已。但我国传统文化之深远、之璀璨，是值得今人去探索和追寻的，而我们永远只是在复兴的途中。"

拳拳之心，何其恳切！令痴长乐正子十岁的我，感佩不已。

不久，因不允许公职人员在外有兼职，《自觉》民刊也就不得不暂时停办了。好在后来宴如墨顺利当选为省书协主席，又调任省财政厅任副厅长，还成立了省书法研究院，命运之神也为乐正子敞开了另一扇门。

九

就是在这天傍晚，乐正子过来了，陪我在江边遛狗，他忽发感慨说："如果一个人心中没有童话，且又不相信天地间会有鬼神，必定是一个可怕之人。"

"那确实。"我说："等于是一个没有善念的人，一个不知敬畏的人。"

乐正子一声喟叹："可眼下此种潮流已成泛滥之势。"他似乎又感到了胸闷。

脚下是汤汤江流，但我想，乐正子心中的郁结也许一直是与潮流有关吧。

他还在读大学的时候，就已经把西方古代的苏格拉底、柏拉图等著名哲学家的代表作找来侧重读过，其间还读过包括近代的卡尔·马克思等的不少原著，但他最后研究的方向却还是选择了植根自己东方本土的儒释道，且对老庄哲学思想及玄学尤其着迷。据他夫人透露，乐正子枕边有几本睡前必翻的书，一本是《庄子》，一本是《周易》，一本是《金刚经》，另一本居然是《达摩易筋经》。

我正要问他是否在修炼"长生久视之术"时，还未开口，就被迎面而来的一个以前在公司里共过事的熟人堵住了。"嘿呀！我们又见面了。"来人老远就先打上了招呼。我也就顺口打哈哈说："是啊！这就叫人生何处不相逢嘛！"

那个熟人继而又面向乐正子说："怎么样？听说你已经当上省书法研究院的秘书长了，总算不用为稻粱谋而奔波劳神，有个施展你大好才华的平台了。"

乐正子却只淡然一笑，更正道："是副秘书长，有个领工资的地方。"

大江横前，渔舟唱晚，说罢，乐正子仿佛又跌进了比江天更深远的沉默。

我也陪着他沉默，唯有狗在不远处的河滩上无忧无虑地撒欢。

此时，我才忽然想起省财政厅厅长将调任某市任市委书记，听说宴爹接任已成不二人选。这本来是一件皆大欢喜的好事，乐正子却似乎因此而有了心思，他虽然一直守口如瓶没有透露内心的想法，但我知道他本意只是想为作为一名书法艺术家的宴主席服务，而并不愿意介入或者说得更加直白并不想去迎合一个作为政府官员的宴厅长的意图。但人生在世，谁又真正能够免得了名利的诱惑？我从不敢否认自己心中的茫然。

但是此刻，我却鬼使神差般面对沉默的乐正子说："其实我们彼此都有着一种盲目的自信。一个人认识另一个人，往往认识的只是标签，说得更刻薄一点只认识一具行走肉身而已。谁又能真正走进另一个人的心灵深处呢？不能！"

"或许是，也或许不是。"乐正子不置可否，他是被我从发呆中拉回来的。

"怎么叫是，怎么叫不是？"

他却又在俯首看江中流水，一副欲说又止的书呆子模样……这倒是令我记起了当年与还是徐求正的他初识时的情景。那一天，他自我介绍道："徐求正，取'徐徐求正'之意。这是我父亲的一片苦心。"神情中大有几分羞怯和腼腆。

"也可以理解为实事求是吧？"我有些颇不以为然，故而反问道。

当时他也是这么回答的："或许是，也或许不是。"

"此人只怕是个书呆子。"我在心里说。这是他当初留给我的第一印象。

后来，有昔日的同学或故交偶尔见面，就总喜欢问他："哎，怎么样？"

他明白对方话中的意思，也就只说了一句："还好，虚掷时光而已。"

"都什么年月了呀？还虚掷时光！"能这样说话的人，当然无疑自以为是至交的人，其实心里却在讪笑他："曜，以为自己是个不食人间烟火的神仙！"

还是徐求正的他又答道："也唯有时光于我，才是最富足和充裕的。"

话不投机，他的朋友便日渐稀少。

没想到这些年来，还真是天助乐正子，他真有着富足和充裕的时间了。

我有时也甚至在想，像乐正子这样的怪人，一个城市里应该多有几个才好。他兴许就如某一处闹市边缘的几栋老房子，或一条陈旧幽深且静谧的青石巷。

自去年以来，我们之间几乎已经成了一种习惯，每隔三岔五，不是我邀他来江畔风光带散步遛狗，就是他请我去家里的"容膝斋"煮茶闲谈。我们两家相距也就七八里，打的士跳表即到，况且我在前年就已经请辞了省文联某协会的秘书长，正静候退休，也总算是可以陪着他一起虚掷时光或读无用之书了。当然啰，我们偶尔也还会去一趟富湾国际十九楼的"雅山茶舍，"因为舍主乃一妙龄才女，不但能做得一手好厨艺，还时不时有几个佳句在微信里私聊并盛情邀约。记得有一次女主人陪我们小酌了几杯自酿的杨梅酒后，乐正子便乘着酒兴说："圣人曰：饮食男女人之大欲存焉。"才女含笑久望先生，乐正子故而笑道："但也可以如此断句的：饮食男，女人之大欲存焉！所以女人养男人得先从嘴养起。"

我便趁机打趣乐正子说："原来先生是一个深知'食色，性也'之人！"

乐正子要比我整整年轻十岁，属猴，离知天命之年也只是一步之遥了。按说这正是人生中的黄金岁月，他真的能够切断众流，放得下所有的世俗吗？

恰在此时，落日的余晖已给江面洒下了薄薄的一层赤色，晚风轻拂中，不远处的福元桥下，又有人吹响了一管长箫，声长声短，如乐正子的满腹心事……

十

人一生中所有的际遇，当然也包括欣喜与磨难，困惑和通透，无疑都会在每一个人的心灵轨迹上留下过或深或浅的擦痕。想要磨去这些轨迹或抚平这些擦痕该有多难！当年的徐求正曾经是高考学霸，全省文科状元，进了北大后又是学生会负责人之一，还是学校所在区的人大代表。更令我感到惊讶的是，他在大学期间居然每年都会靠打工挣路费，沿着当年红军走过的路线独自去考察……

也许他内心深处有一口花木掩映的古井，但我们之间从不谈及这些，只谈儒论道。记得有天在他家"容膝斋"品茶闲聊，忽然又说到了饮食，他当时正盘腿趺坐于那一把椿木独凳上，抿了口茶说："孔子的饭食饮水之乐，与今日之吃小菜粗粮尚简素的健康理念是一致的。"稍顿了一下他又说："当然，如孔子而言，这已不是理念，而是一种快乐。《中庸》里有一句'人莫不饮食也，鲜能知味也'。看来吃东西知真味者极少，学问大，快乐深。"他还说："平淡清新的快乐才是至乐，最好的食物是在乡下，最好的水是泉水。孔子曲肱而枕之，即是用手搭着枕头睡觉，与佛的吉祥卧——右手掌托腮，左手放于胯下以及道家睡仙陈抟老祖睡姿是一致的。睡中有妙诀，有大乐。"看到他那一副对往圣道仙充满着无限神往的样子，我的心里却像打翻了五味瓶。没有一个人能够走进另一个人的心灵，即便是相濡以沫的夫妻，也不能。心灵上真正的创伤，未必都写在脸上，更不会挂在嘴上。

一个人的心路历程，只怕连他自己也不一定能够尽知。

灶膛的柴薪冷却成灰烬后，它还会记得自己熊熊燃烧时的那一份激动吗？所以我对徐求正一直以来有意识在回避"过去的事情"，是一如既往地表示理解的，而对他如今又取了个笔名叫乐正子，虽然心生好奇，却也很少有去探究。

"先生，还是看你写大字吧！"就是在那一次，我有意岔开话题说。

他放下了手中的汝窑茶杯，一脸笑相地缓缓撤了双盘起身，还一俯一仰地先伸了个懒腰，又左膀右臂一阵耸动后，说："好的，那就涂几张！"我听到了他骨节处发出的"嘎巴嘎巴"声。这时，我的眼前仿佛看到了乐正子头上有一轮光晕，起初以为只是他身上冒出的热气，但再一细看，却像是一道彩虹……

这并没有让我感到格外吃惊，因为类似的景象我还见到过一次，那是在去年春天，我与乐正子结伴出游，两人专程来到了潇水江畔的浯溪碑林。我当时只是走走停停，既用手机拍照，又是大发感叹，而乐正子却是直奔那一幅著名的《大唐中兴颂》"三绝碑"而去了，并且还在碑前仰首面壁，一站就是近两个小时。待我四处瞎逛一通寻过去远远地看到他的背影时，也看到了他的头顶之上有着一圈如彩虹般的光晕。我记得当时甚是疑惑地问过他这圈光晕是怎么回事？他却说："这并不奇怪呀，是往圣先贤在这里留下的气息。"我当时心想，也许是吧！

乐正子常说他在写毛笔字的时候是人生的一种大享受。但我看他写字也同样是一种享受。先是注墨于砚，然后铺开黄色土纸，这种纸是他弟弟从老家梅山的民间造纸坊买来的,非常便宜而且吸墨,再取过约两寸长毫的毛笔在旁边的水钵中稍一浸泡,继而饱蘸浓墨,笔尖便如犁田一般在纸上纵横来去,俄顷,"天地玄黄"四个大字就赫然在目了。他每次习字,习惯下笔必先写《千字文》。

我曾多次听他深有感触地说过,他今后一定要为此写一本小书。

我想这肯定会是一卷奇书!他每说一次,我亦每期待一次。但是他除了以宴主席的名义写过不少或豪情或隽永的文字,我还从未见他写过自己署名的文章。

乐正子说:"在土纸上写字的感觉如练太极。"一纸《千字文》已经写过,接下来他便展开了一张六尺徽宣,也换了毛笔,开始习王羲之的《兰亭集序》了。

他继而又跟我说起了他对这"天下第一帖"的心得和感悟。

话题一旦涉及书法,乐正子总是神采飞扬,侃侃而谈:"老师您也许有所不知,《兰亭集序》在书法技巧上,历来称为天下第一,其心法亦是纸上的无上心经、圣经。王用笔极美,我确信那些极美的字是用极美的人生风姿写出和外化出来的,其字极其飘逸,优雅空灵,如春风拂面,你很难学但又极喜欢,所以它能引领你,改变你,甚至令你超脱俗尘。"他还说:"短短的《兰亭集序》有三次出现'俯仰',可见王羲之于'俯仰'实在感慨遥深,字才写得如此俯仰有情。"

乐正子开口必唤我老师或人师,而这些年来我却也始终称他为先生,这在外人看来是很可笑的一件事情。实则是这样的,我称他先生,是感佩于他深厚的学识才华与修养;他唤我老师的理由是:"您是一位难得的人师。知识和修养可以从书本上得来,而个体的大格局,秉性的敦厚与善良却是上帝赋予。"我知道他这话里带有个人感情,但也是彼此间的一种默契,更是对相互的一种认同。

客观地说,这些年来,乐正子对我的文化历史熏陶还真是不少。

也就是在那一天,我装腔作势欣赏过他的书法作品后,便心生出一个奇怪的念头,话题也被我引到了"俯仰"上。我这是在有意逗乐他。他于是便说:"第一句,'是日也,天朗气清,惠风和畅,仰观宇宙之大,俯察品类之盛。'这一处'俯仰',古人谓四方上下曰'宇',古往今来曰'宙'。于天地玄黄有神秘感故曰'仰',动物、植物都在大地上,人为万物之灵,出乎其类故曰'俯'。在《千字文》

里就有一句叫'俯仰廊庙'的话，廊庙者，不是朝廷国家，就是家庙宗祠，是令人肃然生敬之处。人在廊庙俯仰，则当仰不愧于天，俯不怍于人。庄严恭敬，效仿前贤，反省自己，也有《兰亭集序》文末'后之视今，亦犹今之视昔'的深意！"他抿了口茶水后，又说到了第二句："'夫人之相与，俯仰一世，或取诸怀抱，晤言一室之内；或因寄所托，放浪形骸之外。'人生一世，有时低头看人，有时抬头看人，有时低姿态做事，有时高姿态做事，人之浮沉穷通，不过俯仰两种姿势变化而已。"他又接着说："第三句，'向之所欣，俯仰之间，已为陈迹。'此时，曲终人散，一辈子莫过如白驹过隙，生住异灭，何况人生的各种喜乐？喜欢的东西有可能突然变得不喜欢了，真是大痛！所以人的兴趣、追求，需要不断地反思、深入和确认，需要不断地去求真……"这"三俯仰"说过，便是戛然而止。

我也一时无语，但我知道，乐正子还有满腔的话想要诉说。

人生在俯仰之间，到底是以什么样的方式虚度才算有意义？我于是想，他或许自己也是颇感踟蹰的，所以才常在不经意间就说出了那一句"虚掷时光而已"。

我当时也只是猜度，或许在他看来，读书习字，得心无杂念才是正途。

他果然说："如拿此当生财之道，晋身之阶，实在太过无聊，不过为生存而已，何苦要做俗世的书匠和文字匠呢？"他又说："我每在提笔写字的那一瞬间，面对一纸空白，是为去体认老子的虚无，庄子的逍遥游，孔子的游于艺，周子的无极而太极。读书习字，一体两端不分离。"难怪他如今除了常在古籍中与往圣先贤晤面外，便以书法为至乐，或许在笔尖入纸的那一瞬间，恰如东坡《赤壁赋》云："纵一苇之所如，凌万顷之茫然。浩浩乎如冯虚御风，而不知其所止，飘飘乎如遗世独立，羽化而登仙。"惜乎这一分快乐，"只可自怡悦，不堪持寄君"。

之后，我们又回到了"容膝斋"的茶案前。

隆冬的阳光看似明艳，却无多少暖意，从对面楼群的空隙里斜照进先生家二楼，窗前有竹影婆娑，冷风飕飕。给我续了一盏滚烫的"鸡尾茶"，他便说起与夫人的一段趣事："某日，与夫人对坐，鼓励夫人诵《大学》，'修身齐家治国平天下'，而我自己却在随意品玩《兰亭集序》，当我念至'夫人之相与，俯仰一世，或取诸怀抱，晤言一室之内；或因寄所托，放浪形骸之外'时，忽而自笑这开头的'夫人之相与'，'夫人'二字可连在一起读，此亦《兰亭集序》之修身齐家也！与老婆俯仰一世，取诸怀抱，晤言一室，因寄所托，放浪形骸，均实不过是与夫人俯仰而已！"

"妙哉、妙哉！"我便大笑："此乃先生与夫人琴瑟之乐也！"

乐正子却正色道："一屋不扫，何以扫天下！"

我即接言："先生依然是有着大情怀，大抱负的。"

"不敢，不敢，只是逗老婆开心的，纯属家常玩笑而已。"他啧啧有声地抿了口茶，继而道："圣人说修身齐家治国平天下，老百姓说夫妻是冤家，可见老婆是最难应付的，所以孔子也说'唯小人与女子难养也'，这是有道理的。据说，尧是将两个女儿一起嫁给舜，两个老婆很和谐，尧才放心将天下交付舜。男人与女人相处，无非就是'容忍、反省、提升'这六个字，能容忍老婆的不好，反省自己也会有错，老婆不优秀，首先是因为自己不优秀，要多以反省为主，自己进步了再帮老婆进步，谓之达则帮助老婆，并兼济亲友和睦邻。圣人所谓仁，仁就是二人，有二人以上仁才得以体现。个人修养，个人仁德，必于他人身上譬如老婆、儿女验之而始见。平民之仁，见于父母妻子。读书人和乡绅之仁，见于家族、乡党、朋友。天子诸侯卿大夫之仁，则是见于国家民族和治下的黎民百姓……"他这一席话，如长河流水般汤汤而来……

我不禁由衷地赞道："先生说读无用书，实则是一种自嘲啊！"

"非也，非也，"他又开始自嘲了，故而朗声说："此一时，彼一时，文人的所谓情怀与抱负，多是在纸上谈兵，一旦面对俗世的柴米油盐，却也是……"他便没有再往下说，我当然知道这并不是他语拙，而是不忍心把话说得太透彻。

于是两人皆站起身来，俯仰而大笑……

就是在那一次，我也忽然又记起了他夫人说起过的一段往事。

那是在徐求正从北大失联约一年之久后，终于回乡，正处人生的低谷期。其父对儿子当初选择大学专业的一意孤行，原本就心中有个死结，没想到果然还是被过来人的父亲所言中，不但为良相的抱负落空，且还招惹来一身麻烦……

儿子觉得愧对了父母，回乡却没敢归家，就在梅山小镇上租了间小门面，幸亏有昔日的同学在农村信用社当了主任，愿意担保帮他借了本金，便与一直追求他的小镇女子、也就是如今的夫人开了一家皮鞋店。门面与卧室其实就是一间直筒房，一张床铺靠里面的砖墙摆着，中间只隔了一块条纹布帘，而所谓的厨房却是在后墙外用几块杉木板夹出来的一个小小空间,漏风漏雨漏太阳。夫妻俩居然也在这样的生活环境中一待就是两年多。可生意刚刚做得顺利一点,老婆又临产在即,况且女人当初的性格又多有粗粝与怪异,既不愿意接受婆婆过来帮忙,也不让娘家人来插手,可想而知徐求正当时的窘境。

不过毕竟已经事隔多年,他夫人是当笑谈说起这一段往事的。

她说:"我们家徐求正呀,天生就是个书呆子,去菜市场买鸡说是为我补身体,买来又不会拔毛,拿铁钳夹着鸡头用明火烧,结果把鸡肉也烧焦了,炖出来的鸡汤就像一锅墨汁。给我做墨鱼炖肉时,连墨鱼骨头也一并剁碎了全放进锅里煮,那个苦涩呀,啧啧,根本就进不了口耶!哼,还有更好笑的呢,他听说鳝鱼吃了能够补血,可做好端到我的床头时,整个房间里全是鳝鱼腥味……"他夫人像是在说别人的故事:"不过总算熬过来了,想想也不失为一种人生经历。"

我当时便转而问乐正子:"先生,夫人所言是否属实?"

他却只云淡风轻地一笑,然后说:"唯小人与女子难养也!"

十一

然而此时,乐正子却久久地面对大江,沉静的双目中仿佛时光在回流……

那已然是多年前的一个双抢季节,少年徐求正在田中割禾,父亲背着药箱从村上的赤脚医疗站回家,特意绕道到田垄。"求正,你过来一下。"父亲在喊他。

徐求正回头向父亲望去,"哎哟"一声,手却被镰刀割出了一道血口。

有人就笑话他:"你呀,天生就不是块握镰刀的料!"

他忍着痛,赶忙用另一只手紧紧地压着伤口,迎着父亲走了过去。

"高考的分数线已经出来了。"父亲一脸严肃地说,见儿子的手指在流血,却并没有打开药箱用酒精消毒,而只是顺手从田埂上扯了几根野草喂进嘴里,嚼出绿汁后又吐入右手的掌中,先在伤口处滴了几滴汁液,再将碎草一并敷上。

一阵出奇的清凉,血便止了。儿子没有看伤口,而在偷眼看父亲。

"你的分数超出了录取线很多。"父亲说。

"这是肯定的。"儿子答得自负而且干脆。

"志愿就填协和医大吧！"父亲是想一锤定音。

"想让我也当赤脚医生？要么不填，填就填清华或者北大。"儿子很倔。

"又要做颠倒梦了，是吧？"父亲脸一沉。

儿子杵在田埂上，头也不抬，眼睛只盯着自己的一双泥脚。

"你也不想一想，我们老徐家在梅山几代为医，虽不敢夸口悬壶济世，但哪家有个三病两痛也总能帮得上忙。你以为读了清华北大后真能为良相啊！"父亲说着，把学校寄来的通知书往儿子脚边一扔，自顾自便转身走人了。

斜阳夕照里，父亲矮瘦的身躯却被光影无限拉长，有如巨人的影子……

徐求正这才抬首一声叹息，怔怔地目送着渐行渐远的父亲，内心深处却有一种难以言说的情绪在疯长……但是，他后来还是执意在第一志愿栏填写了北大。

没想到，真是没想到，再后来却……

此时的乐正子照例又长吁了一口气，怅望远处，夕照安宁，不免喃喃道："也罢，也罢，做一个读无用之书且又乐于求正的善人、信人，如此甚好！"这些年来，他终于得到了父亲的宽恕，女儿也进了北大，这该是另一种风景吧。

听到"善人、信人"一语，我不免好奇地问他："这就是你笔名的缘起吗？"

乐正子转而平静地说："在我国历史上，是确实有乐正子这么个人的。"

我当时也就"哦"了一声，没想入夜居然又梦到了乐正子说"乐正子"。

其时，我儿子已经下班，他或许是遵了母亲的嘱咐，特意来到江边，替我将狗唤回，因为老婆知道我一旦与乐正子闲聊开了，忘记吃饭这已经是常事。

狗望了我一眼，便撒着欢随我儿子回家去了。

"我们去矶石上小坐一会儿吧！"我知道这一回又可以大长见识了，但又怕散步时会在人行道上遇见熟人而打断了乐正子的言说，便率先下了河堤，来到了一块兀立于岸的黑色礁崖上站定。身后的世纪城楼群里，骤然响起了"噼噼啪啪"的鞭炮声，是哪家又添了新丁吧！脚下的江流也似乎有了激动，一浪一浪地飞溅过来，乐正子却依然口若悬河般说："一个有着深信不疑的方向、有着清晰明了的层次追求的人生是幸福的，也就是圣人说的不惑不忧和不惧的人生！"

暮色在归鸟的叽叽声中悄然降临，我骤然发现，有如月晖般的光泽正淡淡地罩着乐正子蓬勃着粗密胡楂的脸，还仿佛听到有一个立体的声音在继续："吾非斯人之徒与而谁与？"另一个声音说："吾谁与归？"也就是在此情此景此时，我忽然想到，看似内敛而又矛盾的乐正子，他的内心一定是坚定如磐石，或怀了宗教徒般的虔诚，气质才变化得如此不可思议的吧！譬如他平日之所言——读书和写字，越深入地坚持下去就越觉得有味，越觉得喜欢，也越觉得今是而昨非，真正慢慢地像变了人生，而开始进入到"有诸己之谓信"了。有诸己就好像道家、佛家修炼功夫开始上身了！庄子说："虚室生白，吉祥止止。"我的理解是：内外光明，大吉大利！江风微寒，拂面而过，再望北去长河，碧水涌波，我心荡漾，心中陡然便生出了一个灵动的句子："有一种风，令人钦服，令人向往……"

恰时，乐正子的手机响了，是他夫人说顺路来接他回家。

原来，是我先去到江岸矶石上的那会儿，乐正子就已经与夫人通过电话，要她来老地方接他。这正是他夫人常来接送乐正子的我家楼下的"老地方"。

我俩正要转身时，他的手机又"叽咕"了一声，一条短信蹦了出来，他埋头看过后，便喜忧参半地说："宴爹果然被提拔为省财政厅厅长了。"从乐正子说话时的神情里，我已然读出了他内心的纠结与矛盾，说："先生，你是担心梅山书风的历史长廊中会少了一位书法家吧？"他却只把话说了一半："按理是可以兼而得之的，只是……"我欲问他下文时，江堤上便鸣响了"嘟嘟"的喇叭声，一辆红色的奔驰小越野，就像是冬天里的一团温暖火花，已经出现在我们的视野中，这是乐正子的夫人来接他了。他夫人没有下车，只从驾驶室伸出了头来朝我打招呼说："老师，对不起，我得接老公回家了，他还惦记着去读无用书呢！"

"好的，那我也回家读书去，还必须是无用书！"我仰首应答道。

乐正子拾江边石级而上，接着又响起了喇叭的"嘟嘟"声……

待我举目回眸时，一团红色的火焰已经融进了暮色中的人间城郭。

我再仰首望向天空，见到的却是一副云翻云卷的异兆之象……但我当时还真是没有想到，这样的一个夜晚会突然下起了大雪；也更没有想到乐正子会突然失联！他到底是去了哪里呀？该不会是云游到哪一座少有香客打扰的小庙去读无用书，或者是寻了某一个神仙曾经住过的山洞在修炼所谓的长生久视之术吧？我除了能够提供这两种我比其他人更富想象力的可能性外，也实在想不起来还会有其他的可能了。但我又记起了乐正子曾经所说"心处一室,不思远游"的话来。

这时夜已深沉,手机的右上角忽然蓝光闪烁,接着便有一条短信过来了——

"报告老师:春节将至,放假在即,老婆从江边接我回家的途中,我已思之再三,回到家后,我就抓紧把一年来的工作总结和有关文案,一并发给了省书法研究院的办公室主任。我已'悄悄然'打的先回老家梅山小镇陪父母兄弟过年去了,至于'其他'就随缘吧!我这人不喜热闹,更不想应酬,在这'辞旧迎新'的关键点上,又怕扫了朋友的兴致,故连我夫人也没有告诉,就当是'又一次失联'吧。好在这一回我是走向父母,走向萌发初心的地方。一想到明天早上起来,能仰天大笑在田间的乡道上自由自在地迈步,呼吸清新的空气,回家能吃到老母亲用柴火煮的里面还夹有红薯的米饭,嚼着自家地里种的菜根,然后烤着兜根火坐等冬去春来,该是何等惬意的人生啊!提前给老师拜年,祝全家来年吉祥止止!"

手机号码并不是我熟悉的,署名却是乐正子。"原来如此!"我不禁会心一笑。他在信息中把"悄悄然""其他""又一次失联"和"辞旧迎新"句还专门用了引号,这其中的意思我当然是明白的。我于是便给他夫人也去了电话。

没想到"由往圣先贤教化过"的他夫人回了我一句:"知我先生者,老师也!"她竟然又接着补了一句:"真正能把乐正子找回来的,恐怕只有宴爹。"

我却想也没想,脱口便说道:"是我们应该一起去把宴爹给找回来!"

内心深处竟然又无厘头地涌出了前不久读过的《圣教序》中的几个令人警醒的句子:"是以翘心净土,往游西域;乘危远迈,杖策孤征。积雪晨飞,涂闲失地;惊砂夕起,空外迷天。万里山川,拨烟霞而进影;百重寒暑,蹑霜雨而前踪⋯⋯"

此时,在这个万籁俱寂的冬夜,独自凭栏的我也终于长长地吁了一口气,欲举目向远处望去,但见苍莽大地,雪落无声,白茫茫一片,这大地真是干净啊!

乡村仁医

一

夕阳掳走了最后一缕余晖,窗外的远山也渐渐地隐去了青黛色的轮廓。一只红蜻蜓忽然穿窗而入,进入到昏暗的堂屋后,便又奇迹般地褪去了耀眼的颜色。

"嚯,你也不过就是一只披着夕辉当彩衣的普通蜻蜓呀!"躺在病榻上的传灯先生稍微侧了一下身子,冷不丁就丢出这么一句寡淡的话来,然后又觑了一眼窗外。

对面禾坪里一株柚树的叶子忽然颤动起来,堂屋里时大夫给病友搭脉听诊的桌子上,几页处方也跟着翻动了纸角,躺在靠里墙一角简易病床上吊水的传灯先生,鼻翼就微微地动了一下并深深地吸了一口气,又换了一口气,他这是在嗅风吗? 乡村向晚的风里含有淡淡的草木馨香,这是一种久违了的熟悉的气息,至于风起于何处,是否真如古诗文中所言"风起于青萍之末",此时的传灯先生已然无心去考究,他的心里,已经被一别数十年的老同学时遇春的人生遭遇所填满。

然而树欲静而风不止,传灯先生还正翻着白眼刚想入定时,忽然就看到一个蓝边瓷碗划着弧线嗖地从里屋飞了出来,"哐"一声,饭碗落地开花,四散的饭粒如碎花点缀,接着是一个十岁左右的男孩"啪"一声扑向"花丛",在哭声中,里屋又追出一个童稚的笑声,随后则是一个散乱着银丝的好看妇人,手握一把扫帚追出大厅,一边"嗷嗷"地叫着将扫帚砸向稚童,又一边弯下腰去扯起扑地的孩子……

于一片混乱残局中,灯光就"啪"的一声被拉亮了。

先生这才回过神来,遂见一手扶着门框,一手拉灯的人,就是这个家里两个孩子的爷爷和拥有湖南省职业医生资格证书的人，也就是这个家里的主人，名叫时遇春，是传灯先生在村里读小学时的同学，而拉起孩子的妇人则是时遇春的老婆。从身段和衣架子看，曾经也是一个美人，但事实上，她却是一个先天性哑巴。

灯光一亮，哑巴又是一声惊嗷，嘶哑中带着尖锐，刺耳且又锥心，她那皱得像一只在阴凉处存放久了的蔫苹果般的脸上，一双大眼睛里亦现出了惊恐，原来孩子满掌是血，右手在人扑地时，正好就一巴掌拍在了一块锋利的碎碗片上……

"妈妈的！乱套了，全都乱套了！"

一句"妈妈的"粗话从时遇春口中一经溜而出，传灯便抿嘴笑了。他知道这是他当年随部队南下参加过湘西剿匪的父亲时来宝留给儿子的唯一"遗产"，也许他是有意想要继承人们传说中的英雄父亲留给他的唯一的"遗产"吧，竟然几十年未曾离口。缓口气后，他又骂道："妈妈的！老子带大了一代带二代，你们还个个不学人样！我即使是华佗扁鹊再世，又有何用？治得了人病，治不了人心！"

刚才被哑巴奶奶出手重、而落地轻的扫帚只沾了一下脚后跟的顽童早就已经夺门而出，正在外面的禾场坪里幸灾乐祸庆祝胜利呢："呵嘀，瘦肉已经归我啦！"

"哈，好家伙，这兄弟俩，原来是在争食呀！"传灯在心里说。

二

传灯此次回乡，名义上跟家人说是协助儿子抓基建，而内心则是遵循圣人所言："回至本处。"可是没想到深秋的乡下气候早晚温差大，偶感风寒，便想起要到村医疗站去看大夫。他这人不当作家还确实是一种人力资源浪费，或许是心闲无聊，又或许是真迷恋上了《易经》，临走他还专门净手卜了一卦，是未济卦。

"未济卦：亨通。小狐狸快要渡过河，却打湿了尾巴。看来此卦……"

他还正在喃喃自语，就到了一栋挂有红十字招牌的砖屋前，于是驻足，见从侧首马路上远远地晃出了一个拖着条残疾左腿的人影，那人右手提着出诊箱，左手握着听诊器一拐一耷地走了过来，近了，再近了，两人几乎同时喊道："老同学——"

传灯与时遇春确实是老同学，同在一个村里长大，同一天报名上小学。只不过时遇春是烈士遗孤,他的父亲是辽宁锦州人,参加过著名的解放战争,也就是淮海大会战,之后又随部队南下经历了湘西剿匪战役,是一个九死一生的战斗英雄。时遇春这一颗被村人称之为"遗腹子"的顽强种子,就是时英雄 1953 年春天赴朝鲜补充兵员前留在白驹村的,但英雄自己却永远地留在了异国。而传灯则是本地富绅家庭后代,地主的子孙,只读过初小就离开了校门,尔后随一位做篾匠的堂叔当学徒,后来还做过泥工,再后来居然靠自学成才端上了国家粮饭碗。

怎么摇身一变又成医生了?在传灯的印象中,时遇春曾经是乡中学的教师。

"呀……这已经早是老黄历了。"时遇春稍微犹豫了一下,接着又颇有些自豪地说,"我已经先后经历了从赤脚医生、到乡村医生、再到如今由省卫生厅颁证的职业医生,我这是'三朝元老'呢!"说着就把老同学传灯往敞开着门户的厅堂里让。

两人进了厅堂,就着从门口溢进的一抹残照,传灯先生含笑巡视大厅,这厅堂应该有 40 平方米以上,在南方农村这叫堂屋,是要摆得下几桌酒席,也能够安放下"老了人"后的灵柩的,靠里墙是两张简易病床和吊水用的木架子,右边是一排中药立柜,正中摆了张桌子,一把椅子朝大门放着,另一条方凳在侧首,一看便知是供医生与患者用的。传灯走过几步,当仁不让地就坐在了那一把方凳上。

时遇春也就拖着左腿一拐一耷落了主座,问传灯道:"怎么,老同学有恙?"

"偶感风寒。小恙,小恙而已。"

"妈妈的,秋越往深里走,这早晚的温差还真的越大!"

"老同学,你这是'妈妈的'当教师不宜,才改弦易辙想做一名仁医吧?"

"什么仁医呀,别听他们帮我乱吹。医者仁心,这也就是尽我所能罢了。"

"火车不是推的,牛皮不是吹的,遇春叔还真算得是一位德高旺重的仁医!"

一句由衷的好评掷地有声,跟着从门口大大方方进来了一个满身鱼腥味的后生,左手还提着一个湿漉漉的鱼捞子,里面有两尾鲤鱼,他是来给时遇春送鱼的。

时遇春有意想要制止对方,又说了句:"医者仁心,我只是做了我应该做的。"

"遇春叔您就不要再谦虚了。"那个年轻人充满感激地说,"我水弟儿就是你这个仁医的受益者。那次要不是你抽了自己血相救,我廖水弟早就已经一命呜呼了!"

叫廖水弟的后生家就在白驹村口,是个依仗在资江上打鱼致富的渔夫,他有一条渔船，养了十多只鸬鹚，但他偶尔也会冒险用炸药做成手雷炸鱼。所谓冒险是政府早有明文规定，禁止在江河里用电打鱼和用炸药炸鱼，再就是自制的土雷引线不宜留太长，倘若出手慢还未见水就爆炸了，轻则炸断手掌，重则丢了性命。

水弟儿熟门熟路，先进了一趟里屋，将鱼带鱼捞子一并搁下后，再现身时就从袖管里伸了一只右手走到传灯先生的病榻前说："您看看嘛，我这几个手指都被炸飞了。当时人们抬我到遇春叔的诊所时，血都快流尽了，而我这种血型，身边的十多个人都不相配，但救人如救火，得争分抢秒呀！最后还是遇春叔自己将手臂往堂屋的桌上一摆，一连抽了好几管血输进我的血管里……"这时水弟的声音就低沉了："后来我是得救了，可遇春叔却当场晕倒了，还害得平日里只用眼睛说话的我遇春婶，扯开嗓子嗷嗷地哭得要死要活，从此这嗓门一开，出声就嗷嗷了……"

传灯的思绪却又跳跃到"未济"上去了，便无厘头说了一句："渡人亦是渡己。"

"毕竟是老同学，"时遇春亦跟话说，"小狐狸快要渡过河，却打湿了尾巴……"

"哈，"传灯诧异地问道，"老同学，你什么时候也开始钻研起《易经》来了？"

"你这就有所不知了吧？"时遇春自豪地说，"我读《周易》时你还在当泥瓦匠呢！"

传灯似还在想"未济"的事，居然把自己是来看病的正事也给忘了。但时遇春不敢忘，话题一转说："喂，把你写文章的手伸过来！"继而又说："再看看舌苔……"

三

昨夜凌晨两点多，时遇春被手机的"嘀嘀"声吵醒，惊断了好梦，心里窝了一股火气问："喂，是哪个？"对方的回答很急切，说："遇春叔，请您快点去看看我娘，她可能是肾结石的老毛病又犯了。"这时他已经听出来是谁了，二话没说便摸下床沿。

哑巴老婆被吵醒了，像这样半夜里突然被叫醒出急诊，对时遇春而言是家常便饭，都是乡里乡亲，自己从事的是治病救人的职业，家人也就习惯了，老婆"嗷嗷"着帮男人递过手电，他跟她比画说："奇志老师她娘病了，只怕要几个小时才回。"

老婆送男人到门口，一头银发比灯光还亮，呆呆地望断了手电光才返身进房。

时遇春昨晚上被惊断的好梦,是梦到了自己老婆年轻的时候,她虽然是一个先天性哑巴,当年却也是有着几分姿色的,苹果脸庞大眼睛,尤其是……是什么呢?他不禁暗自莞尔,眼前仿佛又浮现出自己刚进中学报到时结识的那一位谌姐。时遇春梦醒后说:"谌姐她妹妹照样是个好女人,女人能做的她都能做,且事事顺从男人,尤其在人情南北,居家过日子的这些家庭琐事上,几乎每天都是在心里拨着算盘节省节俭过来的。可是儿子从小被娇惯,好不容易找了个儿媳,分明也是农村女子,却戴副平光眼镜作知识分子状。老婆是既做奶奶又当娘才磨成现在这样子的。"时遇春边晃荡边自言自语,就已经看到奇志老师她娘家的灯光了。

老人独自守着一栋老屋,男人去世得早,两个女儿都嫁了人。但有儿子儿媳又如何呢?一个两个的都进城打工挣钱去了,留在家里畏前畏后不进城去打工的,也就是家里有点积蓄。或老人有门手艺和专长还能啃老的"败家子",年轻人才懒得去田间地头呢,而是窝在家里打纸牌、搓麻将,至于孝顺二字,早就在农村烟消云散了。所以村里的老人心里都并不舒坦,像奇志娘这样的空巢老人也多得是。时遇春自从做了大夫,就等于当了这类家庭里的老人半个儿子,几十年来如一日。昨晚一次性给奇志娘吊完三瓶消炎药水,回家时已经是东方既白了。有了缓解的老人要起床送送他,却被他按住了,老人千恩万谢,说:"那你走从容些啊!"

从容二字听得时遇春心头一暖,曙色曦光里,他一拐一耸的步子便稳当多了。

晨风轻拂中,老远还跟来了奇志娘在床上的微略声音:"遇春真是个仁医呀!"

我确实是想要做一个仁医的,曾经跪着向师父绍岩先生发过誓。时遇春从回忆中闪过神来,忽然一声叹息说:"可岁月是一把杀猪刀啊!我也只能尽力而为了。"

传灯听得心里一惊,他其实早就应该从老同学沧桑的脸相上看得出来他内心的隐忍,于是便笑着说:"晓得卑以自牧了。莫非'妈妈的'口头禅也已经改掉了?"

"改个卵!"时遇春摇着头,也努力地挤出了几丝笑意说,"我就是吃了脾气的亏!"

接下来便又是医生与患者的对话,在给传灯配药吊盐水的从容过程中,时遇春也就零零碎碎地跟老同学扯开了自己这几十年来的陈芝麻烂谷子的诸多人生旧事。可正扯到兴头上,只见一个银发妇人手中拎着菜篮子从外面进来,朝时遇春打着手势并"嗷嗷"了两声,又闪身进了里屋的厨房,紧跟着进来的便是两个顽童。

"这是我老婆,刚才跟进去的是我的两个调皮孙子。"时遇春介绍说。

传灯问："儿子和儿媳呢？他们也出去打工了吧？"

"妈妈的！还打工？一天到晚只晓得啃老打牌搓麻将。两个孙子也是她奶奶带。"

"时间真快！"传灯不无感慨地说，"你看你孙子都这么大了，我们都成白头翁了。"

"你倒是老得其所，一级作家退休，哪像我这个叫花子样的家呀！"时遇春说。

"人生嘛，到了最后，结果其实都是一样的。"传灯这么说也是想安慰老同学。

"那确实！"时遇春这回倒是答得爽快，看来英雄后代的他骨子里还是很坚强的。

哑巴老婆又在里面"嗷嗷"了几声，时遇春说："你自己注意点，我去吃饭了。"刚一转身，他又回过头说："要不你也跟我们随便吃点？"多皱的脸上竟有了些不自在。

传灯挥手说："你自己去吃吧！都傍晚六点多了。我是吃过晚饭才出门的。"

望着老同学拖着一条左腿一拐一耸进里屋的背影，传灯先生心里一阵发酸。

四

接下来没有多久，也就发生了刚才眼前飞碗的那一幕……

"妈妈的！这两个鬼崽子，吃饭都不安稳。"时遇春似有着几许尴尬。

"小孩嘛，安稳了还叫小孩？"传灯催促他说，"你赶紧给孙子处理一下伤口呀！"

时遇春望了一眼传灯跟前的吊瓶，再一次交代说："那你自己看着点。"

传灯笑道："你还真是个仁医呀，我又不是小孩。"

"仁医又有个卵用？"时遇春脱口说，"眼看着自己儿孙的人心走样都医治不好！"

传灯遂沉默了。心想，在世风日下的当今农村像时遇春这样有忧患意识的人实属罕见，他作为一名乡村医者，不辞劳苦治病救人，居然还能想到医心。虽然从他的言谈中已经再也难得找到当年曾经是个人民教师的影子，但又有何妨呢？

两个孙子已瞬间变得温顺，小的不再为刚才的胜利得意，偎在奶奶腿边惊恐地看爷爷帮哥哥包扎伤口，厅堂里静了下来，吊瓶的药水在塑管中无声滑落，传灯的耳畔却似乎又一次回响起时遇春刚才说的，从当教师改做医生的几桩往事。

20 世纪 80 年代初，从省师范大学毕业的时遇春被分配在刚刚由公社改乡的杨林中学，其实按照他在学校的成绩原本是可以分配在县属一中或二中的，但县教育局在研究新进教师分配时，局长听取了人事政工科长的情况介绍后说："把那个烈士的后代派到他自己所在公社……"局长知道口误，立马又纠正说："哦，已经改乡了，就安排到杨林乡中学吧！"他毕竟身有残疾，为人师表，形象还是要讲究的。局长还打了句官腔说："也幸亏他名字取得好，时遇春，遇上了教育的春天。"

时遇春正式去乡学校报到已经临近开学，待一切生活琐事安排就绪后，他就主动去找了中学的王校长。校长叫王左才，个子偏瘦，眼睛不大，双眸却炯炯有神，尤其那两撇浓黑的卧蚕眉天生有范，像极了十大元帅中的某某，若是学艺术表演的，肯定会被选去做特型演员，只可惜他是个工农分子，没上过几年学的。

"校长，我是来主动请缨的。"时遇春人还没有进办公室，就先把话递了过去。

王校长当时正好拉开抽屉，拿了一条"郴州"香烟在手中端详："请缨，请什么缨？"

"我想请缨当这一期新生的班主任老师。"

"哦？要教新生，而且还是主动请缨当班主任……"

"是的，"时遇春打马接言说，"我想把自己负责的这一个班，一直教到升高中。"

"嗯，年轻人嘛，有志气！"王校长已经打开了香烟，用指尖挑开了其中一包的封口，在鼻子边闻了一下并给时遇春也递过一支说："新出的牌子，这香型不错！"

时遇春连连摆手说："对不起，校长，我还刚出校门，在校学生是不准吸烟的！"

两撇卧蚕眉就动了一下，校长办公室忽然变得有些暗淡。时遇春下意识地睄了一眼窗外，原来是天上的阳光已被一团黑云给严严实实地遮住了，心里便七上八下有了一种不祥的预感。王校长就重复他的话说："嗯，在校学生是不准吸烟的。"

"这样吧，"王校长再开言时，便已然是板上钉钉说："你的主课是配合班主任教数学，另外还兼一个班的历史和地理课。"然后就做出送客的样子说："年轻人嘛！"

"妈妈的！"时遇春临走时，狠狠地瞪了一眼校长桌上的郴州烟，在心里骂道。

就这样，时遇春便成了杨林乡中学新生第九班的数学老师。但是他这个数学老师的第一堂课却是明显的跨界式授课。那一天早上多云，他起床后推开窗户看了看天色，收回目光时双眸却又被窗外的一片金色的杨树林点亮了。这一片林子他自然不会陌生，只是自己当年在这里上学时的寝室与现在的角度不同，离得要远一些，也没有如今当老师的心境开阔。昨晚上他并没有睡好，想起自己明天就要登上讲台，从此将会成一名为人解惑的教师，虽然只是个数学教师，他的心里也有着说不出来的激动，半夜辗转反侧，直到耳边似乎传来了隐隐约约荒鸡的啼唱才勉强入睡，并且还梦到了白天接站的有着一张苹果脸的谌主任。

今天却起得很早，洗刷后还一拐一耸去过一趟杨树林，他手里拿着一把老式算盘，那是一把从小学直到上完大学并到参加工作，都始终跟着他的一把红木架子算盘，每一粒珠子都被岁月擦拭得幽光闪亮了。这当然是有来历的，是他母亲当年的陪嫁。母亲的母亲是一个先天性哑巴，算盘珠子却拨得响当当的，他曾外公曾经是地主家的总管，说是只要教会了女儿打算盘，就是教会了她日后算着收入和开支过日子。哑巴外婆只生了他母亲一个女儿，居然一手一脉把一进一，一下五去四，二上二，二下五去三的哑巴珠算口诀教给了她，学会了打算盘的女儿却人算不如天算，明明找了个英雄丈夫，不久却不明不白地成了烈士遗孀，连丈夫的尸体也没见着。她既当妈又当爹把儿子拉扯大，也把祖传的算盘传给了儿子。

时遇春是卡准了时间的，待第一节语文课差不多下课后，他就离开杨树林过了操场。同学们已经悉数落坐，老师未进教室就先咳了一声，随着便是凳子移位的声音，待时老师右半边身子先挤进教室门，有女同学就眼睛一亮在心里说："哇！我们的数学老师好年轻，好英俊呀！"但紧接着当同学们看到年轻的老师拖着条残腿一拐一耸走向讲台时，下面却一片死寂。这样的境遇对时遇春而言早就已经有了足够的心理承受能力，不就是因为自己有生理残疾么？但我身残志不残！只见他一手撑着讲台，一手把算盘往桌上一扣说："同学们，请原谅！我今天这堂课要讲的与数学无关，又有关，并且还关乎哲学，因为数学的最高境界本来就是哲学。"

讲台下顿时就起了哄笑声，有人在悄悄地说："哈，这个跛子老师据说还是省师范大学毕业的高才生，是不是神经有问题呀？"还有人说，这肯定是在故弄玄虚。

时遇春却不卑不亢地举起了算盘，拨上两粒幽光闪亮的珠子问："这是多少？"

哄笑声依旧未止，有个大胆的女生率先答道："三岁的孩子都晓得，是二呀！"

"对，回答正确。"时遇春接着又问，"二的左边再加一个单人傍呢？"

"这还用问，是个仁字嘛！"又是那个大胆女生的声音。

教室里忽然一亮，原来天上的太阳也仿佛被老师手中幽光闪闪的算盘珠子映亮了，这时课堂里的哄笑声已然沉寂，一张张少年的脸上开始有了肃穆的表情。

"是的，这是个'仁'字。"时遇春一脸严肃地迎着一双双疑惑的目光，他咳了一声，然后用清朗的声音说："这个仁字是用二和单人傍所组成，简单地理解也可以说是二人成仁。"说到这他话锋一转问："但为什么还有另一个词叫杀身成仁呢？"

秋日的阳光透过窗玻璃，班主任闵老师在窗外贴扁了鼻子，听得睁圆了美丽的画眉眼。但同学们已然目不斜视，竖起耳朵等着这个教数学的老师往下讲……

这是什么课呢？既不是数学课，也不像是语文课……难道这真是哲学课吗？

这个仁字里既包含着读书人的终极追求，也涵养着天地之正气。同学们应该对文天祥的《正气歌》不会陌生吧？《正气歌》就是仁之歌，文天祥就是这样的一个"仁"！仁厚，仁爱，仁慈，仁义，仁德……他最后才讲到了"仁师"这个词。何谓仁师？他侃侃而谈："仁师应该是仁厚，仁爱，仁慈，仁义，仁德之总和。"

同学们张着嘴，瞪圆了眼睛，原来这个"仁"字里还包含着这么多"仁"呀！

这一堂面别开生面的课，毫无疑问地在同学们中产生了强烈反响，掌声爆发如雷声，久久未息。就连怀着七个月胎儿的美丽闵老师也忍不住走进教室向自己的拍档鞠躬说："时老师，难怪听你同学介绍说你在大学时就对文史哲特感兴趣。"

"谢谢闵老师！谢谢同学们！"时遇春竟有些腼腆起来，一拐一耸地走出了教室。

"时老师走路的姿势，原来还是一道别样的风景耶！"又是那位大胆的女生说。

却没想这堂令学子们听得动了心魄的课，传到王校长那里后，王校长却当着那一位同样听得心驰神往的美丽班主任闵老师冷冷地一笑说:"哼，满嘴仁义道德!"

"校长,这是说谁呀?"闵老师是乡党委彭书记的夫人,学校有老师开玩笑说她是第二校长，也只有她才敢在教育局局长的亲妹夫面前出言不恭:"你是王冠时戴吧?"

王校长的卧蚕眉往上一挑,便暧昧地回道:"怎么? 书记夫人也惜才呀! "

"我看遇春老师还真是个才子。"闵老师说这话时,仿佛还沉浸在"仁"字中。

王校长居然牛头不对马嘴来了一句:"人家说唯丑(楚)有才,他是唯跛有才!"

"你这是辱没人家人格!"闵老师这一回真生气了,"蹬蹬蹬"就冲出了办公室。

秋天的阳光不热不燥,是一种温暖的感觉,这是闵老师冲出办公室后走向学校操场时的真切感受,她抚了一下肚子里正在拳打脚踢的胎儿,满脸慈祥地望向操场左侧的一片杨树林。远远地她就看见了一个年轻英俊的身影正倚着一棵杨树在仰首高天,看样子似是在沉思。这会是谁呢?待她打着日罩子定睛一看,原来是时遇春老师,于是也就循着他凝视的高天望去,便望见了一群南飞的大雁……

"这大雁飞得真高!"也许闵老师这只是在自言自语。

时遇春却被这突如其来的声音吓了一跳,左腿一拐险些倒地,回头见是班主任闵老师,便挺直了身子说:"大雁属于候鸟类,但它又是所有候鸟中最顽强和最恋旧的,因为飞得高,所以才看得远,明年春暖花开时,它们又会沿原路飞回的。"

"您懂得真多啊!"闵老师已经走近,双手抚着肚子仍然在目送着南飞的雁群。

"这不算什么,都是百科知识里有的,以后还得多向您请教,您可别吝啬呀!"

五

"然而以后……"时遇春说到这,忽然就叹息了一声,脑壳摇得像拨浪鼓。

"以后该不是会与这位漂亮班主任闵老师有瓜葛了吧?"传灯却笑得有些暧昧。

时遇春坦然答道:"确实是与她有瓜葛的,但不是你想象的那种瓜葛。"

"哦,是因为一心想为仁师,克己复礼而不敢动此邪念吧?"

"仁师个屁!"时遇春似乎气不打一处来说:"妈妈的,简直就是一条丧家之犬!"

"哈,你这自我评价还蛮高嘛,孔子也曾自喻过自己有如丧家犬呢!"

"唉,妈妈的,一言难尽哪!老同学。"

传灯也摇了摇头,心想你这"妈妈的"的口头禅,未必还真与血缘有关?他本来是想多一句嘴的,但此时的目光却已经被堂屋一角的一张蛛网所吸引,先是余光所及处,见到一只趴在墙角的飞蛾忽遭到了看似懒洋洋的壁虎袭击,飞蛾猛一振翅,一头撞破了蜘蛛网,而跟着起飞的一只长脚蚊却无辜地落入了网中……

时遇春说:"我的仁师梦还不到一个学期,就被啪的一声闷响给破灭了。"他的目光也抬了起来,却不是看蛛网,而是投向了照壁神龛,上面有他娘的遗像和一把换了一根新架子的老算盘,那一颗一颗的算盘珠子,果然似一颗一颗的夜明珠。

"所以嘛,几千年以来,天下只有一个孔子。"传灯的目光已然变得有些深邃。

时遇春一时无语,转而又定定地注目着滴管,再一次进入了回忆……

六

当时的物质生活正处于典型的初级阶段,基层抽烟标准还停留在"一沅水、二火炬、三红桔、四经济"这四种牌子上,沅水是二角一每包,这是像彭书记他们这一类上了一定级别的领导抽的,火炬烟是一毛六每包,这才是属于王校长常抽的这种不上也不下的牌子,但最近湖南烟草集团又推出了一种一毛七每包的新牌子烟,也就是不知是哪位老师给他送过一条的,他则认为香型蛮不错的"郴州"牌烟。

"喂,那个大眼睛女生,"王校长点名说,"去供销社帮我买包郴(郴)州烟啰!"

当时新九班刚下数学课,一群男女学生正好拥着他们的时老师出教室,没想就与王校面对面撞上了。王校长其实是躲在教室门口偷听时遇春讲课,他经常听到同学们甚至还有不少老师,尤其是班主任闵老师对这个"跛脚小子"的讲课赞不绝口。说这个年轻的时老师学识渊博,即使是上数学课也能旁征博引讲出许多的新花样来，他或许也是听入迷了，连敲响了下课铃也没有听到，直到时遇春拿起讲台上的那一把老式算盘，在同学们的簇引中一拐一耸走出教室，才知是这一节课已经结束，他当然不想让人看出自己的小人行径——我王左才毕竟也是堂堂一校之长，还犯得着要在教室外面偷听老师讲课么？他也许仅仅是为了掩饰当时的窘态，一抬首就叫住了其中一位离时遇春最近的大眼睛女生，说是让她去给自己买一包郴（郴）州烟，并掏出了一张蓝版贰角的零钱递给了女生……学生们当然对烟的牌子不熟悉，何况是个女生呢？接过校长手里的票子就走了。学生们见到校长心里紧张，以为他是来找时老师有事的，也就一哄而散。唯有时遇春老师的表情有些异样，他当然晓得王校长要买的是郴州烟，而并不是什么梆州烟，"郴"和"梆"长得就像一对孪生兄弟。王校长原本就不是教人认字的老师，是由大队支部书记破格招工转干的校领导，关于他的政治背景时遇春也早有耳闻，当然不便说人家"郴""梆"不分，只朝校长诡异地笑着点了下头，就一拐一耸地又去了操场左侧的那一片杨树林。其时已是隆冬，学校临近放寒假了，他是到林子里去欣赏落叶吗？

然而也就是在那天上午最末一节课后的午饭时间，打了饭去操场坪里沐浴冬日边吃午餐边取暖的老师和同学们，却都在风传王校长叫大眼睛女生去买"梆"州烟的逸闻，并且有老师还凑到时遇春耳边问他是否确有此事？这倒令时遇春倍觉尴尬，他一时间还真不知该怎么回答，也就只诡异地笑着点了下头，又连连摇头……

但是，这事传到了王校长耳中后，他却咬牙切齿地认定这是时遇春在有意诽谤和中伤自己："哼，这个跛子不但走路一拐一耸，就连心术也不正，居然污蔑我对每天要抽一包多的郴州烟也不识货。还辱没我说是'梆'州，'梆'他娘的裹脚布啊！"

这一回顶他的人，却不是彭书记的夫人闵老师，闵老师身怀六甲已经很少与人太较真，而是王校长自己的老婆吉总务。其实吉总务也没读过多少书，是因为她亲哥哥在县教育局当局长，才以照顾干部家属的名义作为职工编被安排在与王校长一个学校管后勤，她听后愣了一下才说："你就不要再出洋相了，郴和绑你未必都分得清？看来人家笑话你让大眼睛女生去买包'梆'州烟，还真没有冤枉你呀！"

王校长就又"哼"了一声，牙齿切得"吱吱"响，门一甩，就出了宿舍。

从此以后,时遇春就经常在全校教师会上被校长点名:"我说时遇春同志,你好歹也是个烈士遗孤,要时刻注意自己的行为,不要以为如今天下太平了,但资产阶级和无产阶级的斗争,永远也不会结束,你不要总是踩偏脚,上数学课还兼着给学生们灌输孔孟之道⋯⋯"云云。其实王左才说了一大堆,主要是说他"踩偏脚"。

妈妈的! 时遇春却强忍着没有骂出声来,因为他心里正为烈士遗孤自豪呢。

这倒令王校长大惑不解,心想这个跛子还蛮有修养,得换个法子治他,所以只要是能逮到什么他认为能够说他几句的机会,王校长都不会放过。而且每次都是在大庭广众之下,堂而皇之地以批评和教育下级的口气,这样一直延续到学校放寒假,时遇春终于忍无可忍,才爆发了两桩冤案一回结并不计后果的恶性事件。

时遇春颇为得意地说:"发生这样的事件,肯定令王校长也万万没有想到⋯⋯"

传灯便接话说:"你莫非还真成了花果山水濂洞里的猴王,敢去大闹天宫? "

"哪敢呀! 我那是壮志未酬心(身)先死,长使英雄泪满襟。"

"难道你的仁师梦就是断送在王校长的那一句'郴州烟'里?"

"此事说来话长,"时遇春给传灯换了瓶盐水说,"起缘却是在两个女人身上。"

"该不是那个大眼睛女生吧?"一听老同学说到两个女人,传灯便笑着反问道。

"你看你,就只晓得嫁祸于女人,我再怎么不仁师,也不敢打学生的主意呀! "

七

原来时遇春拿到分配调令去杨林中学报到的那一天,头一个给他关照的就是校办的谌主任。谌主任叫谌桂花,是个少妇,人稍胖,苹果脸,柳叶眉下有着一对会说话的眼睛,短头发盖着半边圆脸,露出的半边脸上有浅浅的酒窝,一看就是属于那一种性格开朗、热情洋溢的女人,这也就是王校长为什么要挑选她做校办主任的原因之一吧,当然还有另一个原因,她是县委宣传部艾部长的外甥媳妇。

"你是新来的时老师吧?"谌主任是从车站接到时遇春的,当时还一脸的诧异。

"是的,我就是时遇春。请问您是⋯⋯"

"我是校办的谌桂花呀!你叫我谌姐也行。"说着就一把抢过了他背上的背包。

时遇春立马就对上号了:"您就是谌主任呀! 我在县教育局就听到过您的大名。"

"哈，从省师大来的就是不同，看你这嘴甜的。"说着目光又落到了他的左腿上。

时遇春也并不回避说："小学三年级得了场怪病，瘸了条腿，却留了条贱命。"

"这叫大难不死，必有后福。再说了，太聪明的人破点相，寿命活得万年长。"

"主任您才真会说话呢！"时遇春觉得在车站有碍雅观，说："我们先去学校吧。"

"对对对，我们先去学校，等帮你安顿下来了，我们今后还有的是机会交流。"

杨林站是个小站，从县城去益阳和长沙的长途班车，一般只上不下，凡是在这里停靠能有人下车的，就只有一天两趟的羊角和龙塘的短途班，车站就在学校出大门往下不到五十米处的左侧，谌主任是接到了县教育局人事政工科的电话通知后，在车站等人的，但第一趟羊角班只鸣了两声喇叭，司机见无人上车，一换挡连停也没停就唰地飚走了，扬起一车尾的灰尘，令站在路旁望长了目光的谌桂花跺起脚跟骂了句："什么素质！"然后拍了拍左右两肩的浮尘，又用指尖理了理盖耳的短发，一回头见龙塘班减了速，"扑哧"一声停住后，就有个英俊后生一手握紧车门旁的安全杠，一手提着大网兜，里面有衣服和脸盆等，她就已经断定他就是自己要接的新来的时老师了，但待她热情洋溢地走过去，见那英俊后生右脚先下车，又拖了条残疾左腿时，谌主任心里就"咯噔"了一下，也就有了前面的那段对话。

两人一前一后向学校走去，尽管只是个缓坡，时遇春却走得有些吃力，但这家伙腿脚不灵，眼睛毒，就在他刚一抬眼发现谌主任因为上坡而被一条蓝色牛仔裤勒成了南瓜瓣的肥硕臀部时，年轻的心就激灵了一下，并且跟着就是一个趔趄。

"把手里的东西给我吧！"在走前面的谌主任果真如大姐一般，又回头抢过网兜。

"不不不，姐，我自己能拿。"都是年轻惹的祸，他的斯文脸像着了火一样。

谌主任又回头看了他一眼说："逞什么强嘛！既然叫了我一声姐，就得听我的。"

"我真的能拿。"时遇春充满感激地说，"我跛了脚后，还上山砍过柴掏过鸟窝的。"

谌姐说："一看你就是个调皮角色。但今后不该逞强的事，你还是千万别逞强。"

"晓得的，我晓得的。"因为离得近，时遇春闻到了谌桂花发间溢出的淡淡香气。

说话间学校就到了，对于时遇春而言，这里的一切他并不陌生，他就是在这所学校里考上高中继而考上师大的。按照他当时的成绩，其实还可以填写去名牌大学的志愿，但他的目光，却只锁定在本省的师范和中医学院，因为他自己在心里反复权衡过，也只有教师和医生的职业，才勉强适合他这个身患残疾的人。至于想要做一个"仁师"的宏大理想，那是在他后来进了大学才慢慢生长出来的念头。

"我干脆先带你去教师宿舍，"谌姐自作主张说，"先安顿下来后，再去见校长。"

"听姐的，您是我还未进学校就见到的第一个贵人。"

"哈，就冲你叫我姐的分上，那我就把你安排在真正有可能成为你贵人的闵老师一个梯间，还是打对门，以前是她母亲住过的，那是她生头胎坐月子的时候。"

如此果断地做出决定，其实也并不是谌主任临时才想到的，她接到县局通知后，就向王校长做过汇报，而且就新来的老师住宿问题讨过口封，当时王校长表态说："反正就两处空房，一处顶天在六楼，一处立地在一楼，你定了算数。"她刚才临时拍板说安排时老师住一楼，一是因为他腿脚行动不便，另一个重要的动机就是感觉到这小伙子单纯可爱，能跟书记夫人打邻居，以后多少也能得到些关照。

但以后的事谁想得到呢？谌主任原本的好心，却被命运之神拐点变成了坏事。当然客观地说，自从闵老师当上新九班班主任与时遇春拍档以来，确实是给予过他许多关照的，尤其是当时遇春老师经常性地受到王校长的百般刁难和无原则的批评时，也只有她才敢于偶尔跳出来仗言，并且言辞犀利得简直是一剑封喉。

"有一回，记得像是立冬后的第二天，是的，就是在第二天。"时遇春肯定地说。

那一天是骤然间冷下来的，早上太阳还露了一下脸，不一会，就被云层吞没了，气温忽然从十多度一下就降到了零度，师生们刚刚吃过午饭，悬在学校二楼走廊的钟声就忽然被紧急敲响了——这时候会是谁在敲钟呢？待师生们同时朝走廊悬钟的方向望去时,钟声就已经停下了,但见一个头戴草绿色仿军尼帽,身裹旧军大衣的身影,举起了手中的铁皮喇叭在喊:"老师们注意了,请十五分钟内赶到学校小会议室,开一个重要会议,传达县局的紧急通知,不得缺席和迟到!"

居然是王校长在亲自敲钟,学校里明明有播放机和高音喇叭不用,却要扯起嗓门喊话,他这是摆哪门子谱呀?师生们远远地望去,哈,那形象还真像某某……

老师们没敢停留,加快了脚步往会议赶去,吉家清老师是前几年才从锯木村民办教师的岗位,转正到乡中学教语文的一根老烟枪,家有婆娘儿女舍不得花薪水买纸烟,一根七寸左右的铜嘴竹竿烟枪随身吊在裤腰带上,他还刚刚点燃一锅旱烟丝只吸了几口,也就忍着心疼抬起了脚腕,将铜烟嘴磕在布鞋底上,"梆梆"的几声闷响后,一坨火星就滚落在地,忙拉开了脚步,赶上走在前面的体育老师韩军问:"时遇春老师去哪里了呀?"韩老师朝杨树林那边努了努嘴,在那边发呆去了。

在杨树林里"发呆"的时遇春,当然也听到王校长敲响的钟声和喊开紧急会议的通知声了,他哪里敢怠慢呢?一旦迟到不又是自找批评吗?于是拖着一条废腿三步并一步,一耸两跳地就跨过了操场……而这一切却并没有逃过闵老师那一双画眉鸟般的美丽眼睛,同时也被办公室主任谌姐看在眼里,但她必须赶快去会议室做记录,也就只心疼地睃了时老师一眼,就匆匆忙忙先走了,倒是闵老师却有意进了一趟教室,看到时遇春进了会议室后才跟过去,这时大家都已经到齐了。

"搞什么名堂,你时遇春不把我王左才放在眼里,也得尊重各位老师呀!"王校长果然瞅准了时机,冲着刚落座的时老师就起了高腔说:"你睁开眼睛看看,在座的谁不比你年长?明晓得自己腿瘸,走得慢,未必就不晓得比人家先行一步啊!"

其时,时遇春老师还没回过神来,这倒并不是因为他还沉浸在杨树林与受伤的小松鼠对话的回忆中,而是还在回味他刚才一步两跳过操场时,无意中见到的匆匆忙忙走在前面的谌姐的肥硕臀部。那一天,谌主任照例穿着那一条她在广州工作的丈夫寄来的蓝色时尚牛仔裤,脚下还穿了一双油黑的高跟鞋,虽然两条腿确实显得比平时修长,但被裹得太紧的肥臀,却如两瓣快要裂开的南瓜,时遇春的目光当然已经不止一次暗自追踪谌姐的肥臀,也还趁班主任闵老师不太在意时偷窥过她那一双美丽的画眉眼。在年轻的时遇春老师的审美意识中,无论是谌桂花主任的肥臀还是闵老师的画眉眼,那都是无比的圣洁,他只是由衷地欣赏,而绝无一丁点亵渎的意思。他还经常庆幸自己的每一次暗自追踪或偷窥,从没有被他人尤其是当事者发现过,当然也包括这一次……在座的老师就把目光投向了时遇春,刚好闵老师推门进来,就接过话茬说:"这么着急,王校长家里没老人吧?"

老人就是死了人的别称。闵老师这话说得也确实刻薄,但她这是救场如救火。

会议室里顿时就爆发了一片哄笑声,唯有时遇春老师却表情茫然。

王校长却早就已经脸红脖子粗了,于是也就有点难以自控地借发挥说:"我看有的人,调子比下蛋的母鸡还要高,骄傲什么嘛?不就是因为有雄鸡公的保护!"

气氛刹那间紧张起来,大家都把目光投向了闵老师,预感着一场暴风骤雨的到来。然而闵老师却出人意料地冷静,她此前的行为和刚才之所以突然出言不逊冲撞王校长,完全是为了想要保护时遇春老师,现在火势既然已经从时老师的身上烧到了自己的头上,她也就达到了预期的目的,于是便主动作自我批评说:"校长,我向您道歉!收回刚说的话,您还是抓紧时间给大家传达局里的指示精神吧!"

王校长见状,竟一时语拙起来,尽管他知道闵老师挺身而出继而又假惺惺向他道歉是为了谁,但也只能打落牙齿往肚里吞说,其实也没什么大事,这不是来了寒潮吗?局里电话传达李县长对师生们的关心,要求大家注意保暖防寒……这一位由大队支书直接提拔的王校长,话闸一旦打开,每每就关不住嘴的,于是从操场和教室的卫生清扫,到学生寝室的整洁及门窗修理等都一一强调了一遍。他还搬来了句本地的俗话形象地说:"针屁眼大的洞,斗桶大的风,马虎不得的……"

时遇春的思想却又开小差了,他仿佛还逗留在杨树林,把自己偷偷用纸包着的、还散发着热气的饭粒搁在一颗树权上,树尖上的一只小松鼠,顺着树枝几跳几跳就跳到了饭粒跟前。嘴角上的几根棕色的胡须先颤动了几下,凑上前去贪婪地撮着嘴连吃了几口,尔后又用前爪洗了洗嘴,便俯身用一对比绿豆还细的眸子闪了下面的人一眼，目光中居然充满了感激。但时遇春说："我应该感谢你，你教会了我怎么赶急走路。"这是一只断了前右腿的三脚小松鼠，所以根本就不能像其他正常同类一样顺着光滑的杨树干蹿上蹿下，只能先瞄准了就近的枝杈跳跃式前行。这只小松鼠和时遇春的交道已经不止一次两次，彼此都成了好朋友，还真没想到，刚才听到铃声后的时老师过操场时，就是这么一跳一跳赶时间走路的……

然而王校长忽然又提高了嗓门说："气温都降到零度了，我们有的老师却还只穿一件春秋运动衫，这不是在逞强，不是在招摇摆谱显示自己的与众不同和装年轻吗？说严重点是不带好样！还满嘴的仁师，我看连为人师表的资格都不具备！"

目光又全都落到了时老师的身上，他自己却才从杨树林中回到现实……因为这一回并没有指名道姓，加上他根本没有听清王校长到底说的些什么。在接下来由谌主任宣布今天会议就开到这里时，时老师竟一拐一耸从容地走出了会议室。

"老同学，你这样做是对的。"传灯打断了时遇春的叙述说："嘴巴两块皮，说好说歹由他去便是了。人在红尘俗世间有些事还是不认真好，充耳不闻，乃是无事。"

"妈妈的！我这人就是吃了性格的亏，关键时没有忍住，哪有你的修为呀！"

"单位还有一个别称叫机关。机关呢，老同学，我这不也是磨炼成现在这样的？"

"确实。"时遇春话题又回到小松鼠说："搞不好就是被哪个学生设机关卡断腿的。"

传灯听了却笑得像个老顽童，说："你时遇春不做仁医还真是浪费了一颗仁心。"

八

然而现实是残酷的，在那个隆冬，学校临近放寒假了，这毕竟是时遇春参加工作后的头一个春节，他原本可以安安心心回到白驹村，陪着守了二十多年寡的母亲过一个安稳的假期，这其中突然发生的一件怪事，却使时遇春内心深受煎熬。

时遇春当时走得太过突然，也太过蹊跷，简直令学校的老师和同学们都猝不及防。却很少有人知道，他没有参加学校放寒假的总结会就忽然不见人了的真正原因，有着一双美丽画眉眼的新九班班主任闵老师不知道，最喜欢穿着那一条经常把肥臀勒成南瓜瓣的校办主任谌桂花也不知道，其实连时遇春自己也没有好好回头想过。但有一点他是想过的，得罪一个王校长是事小，而现在又不明不白得罪了彭书记！他跟老同学传灯说："其实想过又如何？昨日像那东流水，前尘往事如云烟。"遇春当时跟传灯说起这些已经水落三丘的往事时，居然是一脸平静。尽管他后来曾多次赌咒发誓："那两件事要是我说出去的，我时遇春下辈子还是跛子！"

第一件事是王校长要大眼睛女生去给他买一包"梆"州烟，但是他说这话时，当时又不仅仅只有我时遇春在场，新九班的学生几乎都在场。时遇春说着便微微地昂起头来回忆道："不过客观地说，当时或许还确实只有我一个人才听出来他把郴州说成了'梆'州，学生们又不抽烟，哪个去管它叫什么州？但我还真的就没有吱声。"

传灯却笑道："这还用想？肯定是大眼睛女生在供销社买'梆'州烟穿的帮呀！"

"对呀！真是不识庐山真面目，只缘身在此中呀！"时遇春说。"但是第二件事更冤。妈妈的！"时遇春接着说："我那是做好不讨好，但我从未为这件事后悔过……"

因为时遇春当初能搭上这一件事，追根溯源还牵涉到班主任闵老师和校办主任谌桂花。如果当时谌姐不是为了照顾他，怕他爬六楼，也就不会安排他与闵老师打邻居，如果不和闵老师打邻居，他后来也就不会背上污蔑和毁谤彭书记的罪名。其实也没有必要再追究事情的来龙去脉，因闵老临近预产期已经请假在家里待产后，由吉家清老师临时兼授新九班的语文课这是全校师生都知道的，而身怀六甲随时有可能生孩子的闵老师这些天却仍然是一个人自己照顾自己，这事却没有几个人知道，并且知道的人也讳莫如深，比如校办谌主任一定是知道的，但她也只是偶尔借故路过二梯间一楼时，停下脚步来听一听里面的动静。有天被时遇春从对门房间里出来看到了，见她鬼鬼祟祟的，就诧异地问道："姐，闵老师是不是要生孩子了？"谌主任就吓了一跳，忙回头将一个指头比在嘴边做出了嘘声的手势,然后才轻声说:"闵老师这是在惩罚自己,前些天她去医院请有经验的产科医生做过检查,说有可能又是一个女婴……"谌姐话没说完抽身就溜走了。时遇春当时就怔在门口,半天未动,那也是他唯一一次收住目光没有追踪谌主任的肥臀看。

也就是在那个晚上,不,准确地说是凌晨一点多了。时遇春当晚批改完这个学期最后一堂数学课的作业,欲起身时,见桌上的小闹钟已经指向了午夜零点过四十九分,正准备随便抹一把脸上床去睡觉,却忽然想起还有日记没有写,这是他来到杨林中学当老师的头一天晚上就给自己定下的规矩,当日事,当日了,不给自己的工作留下尾巴,尤其是临近放寒假的最后一天,这更不能中断呀! 于是便从抽屉里掏出了一个天蓝色塑料封皮的本子来,打开,刚写下了年月日,他就觉得膀胱有点胀,遂搁笔起身去卫生间。学校老师的住房是两居室,门对门的客厅中间隔着楼梯,而住房与卫生间却只隔了一面砖墙,但就在时遇春从卫生间出来经过睡房时,似乎就隐隐约约地听到了隔壁房间有惨叫声传来,这个平时看上去大大咧咧的处男,当时不知怎么突然就有了警觉,该不是闵老师要生了吧? 于是想也没有多想,就摸出了床头的手电筒,一拐一耷就往乡政府所在地赶去,他这是自作主张要去向彭书记告急。乡政府所在地就在乡中学下坡后往左手边过去约 1000 米处,在车站的斜对面,中间只隔了供销社和卫生院,是人民公社成立时同一年修建的,干部的办公室和宿舍合在同一栋楼,办公室在一楼,住宿在二楼,所谓的住宿其实也就两间房,卫生间是公用的,并且是在楼下的档头,也就是因为这样,身怀有孕的闵老师和彭书记大部分时间都是各自为政,当然还有一个重要的因素,那就是彭书记自己是彭家的一根独苗,在提倡领导干部只生一胎的国策背景下,左盼右盼却生了女孩,而且他冒着被组织处分好不容易争取到的二胎指标,据说又有可能是个不带把的,所以闵老师才有意责罚自己坚持不要家人来伺候……但时遇春才懒得去想这些,他想的是怎样才能减轻闵老师的痛苦。

此时月亮已经去了地球的另一端,只有星星在远天眨着诡谲的眼睛,时遇春凭着感觉估计已经离彭书记窗口不远,便扯开喉咙吼喊道:"彭书记! 彭书记……"

楼上的一个房间里顿时就亮了灯光,跟着一个脑壳探出窗口:"你是哪个呀?"

时遇春没有自报姓名，报了他当书记的也不会认识，只说："恭喜书记要当爸了！"

彭书记是裹了一件大衣就出门的，也没多问就拉开了脚步，在路过医院时又叫了资深接生护士戴大姐一同赶往学校，待时遇春拖着一条残腿刚进操坪时，就听到了婴儿"呜哇呜哇"的清脆长啼，而后又见彭书记兴奋得近乎疯狂地走出房间。

"老天有眼，我彭家终于续上香火了！"彭书记这一句话是头仰星空脱口而出的。

但是，这一句话却不胫而走，成了师生们议论的热门话题。

"怎么会这样呢？"传灯听得入神，却也心生疑问说，"是不是你跟谁说漏嘴了"

"天地良心，这话我也敢乱说？妈妈的！也许是有人上厕所听到了。"

传灯又紧问了一句："就因为这个，你便走人了？"

"妈妈的！还不是那个该死的王左才又故意找碴？老子就砸了他一算盘……"

"你确实不可能成为仁师。"传灯感叹道，"哪有老师动手打校长的道理？"

这时，堂屋里又有人进来，是一个五十岁左右的妇人，怀里还抱了个小孩。

"你孙子还没有退高烧？"时遇春一拐一耸走近对方，脱口又是句"妈妈的！"

妇人说："高烧是退了，就是还不想吃东西。"

"你这当奶奶的，我交代要你先给他熬点稀粥吃呀！"

趁时遇春在给小孩察看舌苔并把脉问诊的间隙，传灯也就又开始在脑海中还原他眼前这位把"妈妈的"挂在嘴边的老同学与王校长狭路相逢时的生活现场了。

九

学校眼看就要放寒假了，校办先天下午就张贴了通知，是由谌主任用粉笔写在宣传栏中，字迹娟秀而有力度，还用红粉笔勾了花边，内容如下：广大师生请注意，接上级通知，明天上午八点全校老师在办公室先开个小会，九点钟全体师生在学校操场集合，听王校长做过报告后大家合影留念。祝全体师生春节愉快！

也许是不长记性的时遇春没心没肺，忘记了这天的活动，也许是他一心仍在教学上,反正他出宿舍时,居然又将那一把每天上课必带的,闪着幽光的算盘拿在了手里。哪有那么多也许呀?"妈妈的!"后来时遇春自责地说,"根本就是命里有此一劫!"但他随即又开心地笑了,笑得像一个天真的孩子。不过这是他心中的秘密,是不会向外人言说的——闵老师能够顺利地生下孩子,而且还是个男孩,我时遇春就是再残废掉一条腿,又如何呢?更何况我后来还……还遇上了荷花……

荷花就是时遇春的哑巴妻子。别看她现在老成了一个嗷嗷叫的白发奶奶,当年时遇春第一眼看见她的时候,那苹果脸,那会说话的眼睛,简直就是与校办主任谌桂花从一个模子里印出来似的,虽然……虽然什么呀?人家毕竟比谌姐至少年轻十岁呀!正值邻家有女初长成,或小乔初嫁的豆蔻年华,这当然只是此时的传灯一厢情愿的心理活动,但事情就是真有这么巧,还真被老同学传灯给猜对了。时遇春拐着腿将那位乡邻奶奶和小孙送出大门后,又来到了传灯病榻旁,将半边瘦削的屁股搁在床沿边,先是低头看了看老同学打着点滴的手背,又用指头弹了弹塑料吊管,这才回过身继续之前中断的话题。

"可惜砸坏了我娘当陪嫁的那一把算盘!"这事令时遇春一直耿耿于怀,也是他日后心中无法解释的一个谜团——那天早上明明没有课程,自己为什么偏偏还带上这把算盘去会议室呢?并且是一算盘砸烂了一只铁饭碗,这不是有负了大半辈子算着开支过日子的哑巴外婆吗?但人生的命运又岂能是由一把老式算盘所能运算得出来的?若不是那一算盘砸下去……时遇春当即就已经意识到自己犯了大错,不然他又岂连会议室也懒得去,而干脆做好了打算让学校开除的准备,收拾了几样生活日用品就独自失魂落魄般离开了学校呢?并且还让他遇上了谌荷花。

什么是坏事能够变好事?什么是人生只能在上帝设定的程序中运行?当一加一并不等于二的时候,数学就已经上升到了哲学层面。时遇春后来在心里想。

那天早上,时遇春亦如往常去新九班的教室,也许真是天意,他教的数学课原本是在上午的第二节,因为他还兼了一个毕业班的历史和地理课,但自从班主任闵老师休产假后,就临时安排他代理班主任,把自己的数学课和吉家清老师代理的语文课调了个时差,这样也就不会影响吉老师照常教原毕业班的语文。他当天其实起得比平日更早,因为闵老师终于生了个男孩,让彭书记了却了一直悬着的心愿,时遇春虽然对身为乡党委书记的彭大领导重男轻女颇有不爽，但更多的却还是为美丽的闵老师卸下了心中包袱感到高兴。所以当晚回到宿舍后，他就干脆没有上床睡觉，而是从桌上拿过了一本线装书打开，那是一卷《易经》，但这一打开却正好是第六十四卦，以"未能渡过河"为喻，阐明"物不可穷"的道理。既然物不可穷，就说明事情尚未完结，或吉或凶，还有待发展和观察……也就是为了想要破解这一卦象，时遇春竟然在脑海中设定了很多种可能性，但他却万万也没想到自己在去教室的途中会与王左才校长狭路相逢。王校长是去会议室主持召开学校老师今年的最后一次会议，时遇春却是朝反方向新九班教室走去的，两人正好就面对面碰上了。"这家伙是临到放假了还想要当一回反面教材吧？"王校长远远地就在心里嘀咕，但待两人走到只差一步之遥时，他却脱口喊应时遇春说："小时啊，你平时对我王左才不满也就算了，而你造谣诬陷彭书记就太没良心了！"时遇春当然一丈二天高的和尚摸不着头脑，身子一拐又立定了问："王校长，你今天把话说清楚点，我什么时候造谣诬陷过彭书记了？"王校长却不阴不阳地抬首就来了一声浩叹："老天有眼，我彭家终于续上香火了！"时遇春一听，顿时就火冒三丈说："妈妈的！我今天才出门呢，到底是哪个造谣诬陷哪个了？"只见他右腿往前一倾，左腿还没来得及跟上，手中的算盘珠子"哗"的一声，紧接着就是"哑哑"的一声闷响，幽光闪闪的算盘珠子便散落一地，而王校长的额上就应声红了一道印痕……

这突如其来的一击，居然是出自亲口解读过"二人成仁"的时遇春之手，这还真让由大队党支部书记一跃成为乡中学一校之长的王左才怎么也想不到，但他却迅速地记起了自己也是道听途说而来的下面那一句"杀身成仁"的话，第一反应就是"好汉不吃眼前亏""三十六计走为上计"，这是他曾经作为基层领导在遇到棘手问题时的习惯性思维，于是捂着额头抽身就走……而忽然做出这一野蛮举动的时遇春自己也把自己弄糊涂了，刚才这个完全丧失了理性的人会是我时遇春吗？他怔怔地望着王校长狼狈逃窜的样子，心中不禁茫然，好一阵才把目光收回到手中散架的算盘上，并且来了一句："可惜砸坏了我娘当陪嫁的这一把算盘！"

但事情远远还没完！当时遇春把一条残腿向后摆开趴在地上一颗一颗捡拾散落的算盘珠子时，眼前竟又出现了未济卦的图形，他于是喃喃道："小狐狸快要渡过河，却打湿了尾巴……"而在此时一个声音便盖了过来："你也晓得打湿了尾巴？"

是吉家清老师。也幸好是他，他与时遇春之间似有着一种父子般的默契。

"吉师父您来得正好，"时遇春已然是一脸肃穆地说，"我有件事想拜托您帮忙。"

"你这不是想要一走了之吧？"吉老师拿出了烟枪，不紧不慢往铜嘴里填烟丝。

"师父就是师父，比我们这些所谓的'老师'来得实在多了。"时遇春苦笑着说。

"你才是我师父呢！都敢动手打校长了，我当年还只与老师对打过。"吉老师正要点火抽烟，一炬火苗就送到了他的烟嘴上。他巴了口烟问："你也备上打火机了？"

"这几天不是老停电吗？去买蜡烛时顺便配置的。"时遇春睃了一眼四周，趁无人注意，就把一片赤膊钥匙塞给了吉老师，并诚恳地说："师父，明年开学时我要还没有来，就请师父帮我把宿舍里的东西转到您楼上去，我不能占了学校的资源。"

"真决定要走？"

"真要走！"

"人生是没有后悔药买的呀！"

"我不会后悔的。"时遇春其实回答得有些勉强。

"不过也是，"吉老师说，"得罪了乡党委书记的后果远比得罪一个校长严重得多。"

"此处不留爷，自有留爷处！"时遇春拖着一条残腿，一拐一耸地走得很是悲壮。

吉老师一直目送着时遇春走出操场，然后又猛吸了一口烟，眼角被熏出了泪水。他在心里五味杂陈地说："这小子，偏偏要叫我师父，该不是学我与世无争吧？"

听得正入神的传灯一听老同学说到了烟，烟瘾也就上来了，于是点了支烟感叹道："分明只是两件微不足道的口舌之事，却改变了一个人的命运。人生在世是多么的微不足道啊！"如今的传灯乃是一个作家，他更关心故事的下文："之后呢？"

之后正如未济的卦象，时遇春淡然一笑，事不关己似的又继续着刚才的叙述。

十

第二年春季开学那天,学生们没有见到他们的时老师,第二天、第三天、第四天甚至一周都过去了,以后就再也没有人见到时老师出现在杨林乡中学。所有的学生和老师都觉得奇怪,尤其是他执教了半年数学和历史地理课的学生们更是对时老师牵挂得紧,因为他们在时老师那里所学到的,并不仅仅只是数学、历史和地理,还能够经常听他讲授与"仁"字有关的各种典故和逸闻趣事,更让他们感兴趣的还有独树一帜的湖湘地域文化,从时遇春老师滔滔不绝的言说中,学生们还意外地结识了历史课本中没有过的周敦颐、王船山、陶澍、曾国藩和杨度等理学、心学、经世之学等了不起的湖湘学派人物。但时老师却不再在学校,更不可能再教他们的课程和成"仁"的道理了……新九班中有人就想去问自己的班主任闵老师,可闵老师在上学期放寒假前一天晚上就已经生了一个男孩,那可是她当乡党委书记的丈夫好不容易争才取到的二胎指标呀!闵老师这时还在休产假。

"没事的,我们就说是去看小宝宝呀!"又是那个大胆女生自告奋勇地出主意说。

"也是耶!我们去了后,就说是为闵老师给彭书记生了个公子祝贺的嘛!"

原来同学们早在上学期就已经听到传闻,说彭书记一开始以为他爱人怀的又是个女儿很不高兴,本来要打发她回娘家去坐月子休产假的,是因为闵老师坚持才留在了学校。有同学甚至愤愤不平地说:"彭书记这么大的领导还重男轻女耶!"

"老天有眼,我彭家终于续上香火了!"有个女生居然模仿书记的口气一声慨叹。

但这些女生哪里知道,也就是彭书记的这声慨叹,最后决定了时遇春的去留。

他那天告别吉老师后并没有立即回家,因为上个周末他就跟娘说过,下一周星期天上午有个会要开的,回去早了娘又会追问他:"你是不是提早回来的呀?当老师的要给学生带好样。"娘还说:"你也是二十几岁的人了,老大不小了,在你这个年纪,你爸胸前都挂好几块五星牌牌了,你也该……"儿子懂娘的心思说："也该给您带个儿媳妇回家了吧？"娘就笑出了一脸菊花瓣说："你听懂了就好。"但儿子却很认真地说："哪个能看上我一个瘸子呀？"娘的脸色就一沉，一声叹息，不再言语。

时遇春在车站和供销社走了一圈，自己不回家又能到哪里去呢？学校离白驹村也就六里多路，他是每个周末都要回去的，一来确实也牵挂娘，娘虽然还只有五十出头，却守了二十多年寡；二来是回家吃饭能省下几餐伙食费，娘是一个拨着算盘珠子过日的人，自从把算盘传给了时遇春后，儿子也学会了精打细算。以前在读书时由娘省吃俭用供学费，现在自己有一份工资了，他得要考虑今后成家立业，所谓龙配龙凤配凤，我时遇春即使也找一个瘸子或者哑巴，总能够传后呀！

他忽然想起这些，对彭书记似乎就有了一份深深的理解，并对自己贸然动手砸王校长一算盘，也有了忏悔之意，而且还对是否就这么一走了之有了犹豫……

"走了就走了，好马不吃回头草！"时遇春在心里说，一拐一耸的脚步就迈开了。

从乡中学回白驹村有两条路，一条是老路，沿弯弯曲曲的九峡溪一直通往白驹村口的联珠桥，中间经过一座简易水坝和一段两侧扶着翠柳的渠堤，堤的尽头是一栋水碾房，水碾房过去还有一道约七十度的斜坡；另一条是前几年修建的简易公路，是靠里面山脚走的，虽然绕道远了一里多路程，但要平整得多，时遇春成了时老师后走的当然是公路。不过这一次他却鬼使神差般选择了走老路，因为他忽然想起了在老路旁的那一栋水碾屋，同时也想起了一个蓄羊角辫的小女孩很像某一个人……但到底是像谁呢？毕竟自己还是在读中学时见过的，并且应该比他小四五岁吧？所以他一时也不敢确定，他在心里努力地回忆着那个小女孩的样子，但她为什么就没有上学呢？他当年上中学路过水碾屋时，也只远远地见过她几次，而且每次都见她是一个人坐在水渠边上看着旋转的水车发呆，水车"咿咿呀呀"的声音很好听，她是在听水车唱歌吗？正这么想着时，他就忽然听到了一阵"嘎嘎嘎嘎"的鸭叫声，时遇春的思绪一下子就被这突如其来的声音所打断，刚一抬眼时，他就被眼前的情景给怔住了：一群白如初雪的水鸭子挤满了半段渠沟，一个妙龄女子手中握一根长长竹竿，竹竿朝天的一头飘着一角红巾，另一头兑着一把小铁铲，此时正从渠沟里撮了一团泥沙，轻轻往上一掀，似天女散花一般，却并不是朝着鸭群的方向，而是散落在渠沟对面的草丛和柳枝上。还真是个有心的女子耶！时遇春在心里说。然而那女子却仿佛听见了他的心音，齐耳垂的短发轻轻地一甩，便侧过了半边身子来……还真像呀！这一回时遇春是脱口而出的："你该不是……"但他这话只说了一半就停住了，觉得自己太唐突，更主要的是，他没想到眼前的这个亭亭玉立的女子，竟然就是他刚才记忆里的那个看水车的小女孩。

时遇春就停了下来，在渠堤上的一块平整的石头上坐下了，他要歇一歇脚。

这一歇就是好一阵子。他的心里有一种猝不及防的慌乱，是因为这个放牧鸭子群的女子吗？是因为有了电动打米机后，渠沟尽头的水车不见了吗？那一年是暖冬，冬阳悄悄地快要移上中天了，时遇春却一点也没有察觉到。而这样的时候鸭子已经入了用水竹子围成的鸭圈，挤挤挨挨成一团卧地的白云，水碾屋的灶房里也升起了淡蓝色的炊烟他同样不知道。直到有几丝暖风送过来铁锅炒豆豉的特殊香味，时遇春才忽然觉得有了几许饥饿感，于是便赶紧站起身来，心想回家晚了，连家里的午饭都赶不上。但正当他快要接近到水碾屋时，一根眼熟的飘着红巾的竹竿却倏地横了过来，也就是这一抬头，时遇春就已经读懂了那女子的眼神，也愈发证实了之前的猜测：她与校办主任谌桂花一定有着某种血缘关系……

"荷花，请客人进来呀！正好赶上了，想必人家不会嫌弃吃一餐平常饭吧？"

声音是从灶房里传出来的，听口气就晓得，应该是这个家里的女主人。

"我娘都把话说到这个份上了，你该不会真的嫌弃吧？"叫荷花的女子却仍然只用眼睛说话，并且收回了手中的竹竿，把它搁在廊柱旁，领着他进了偏厦的灶房。

灶房有些简陋，却收拾得很干净，大中小三个火孔的柴灶像牛角一样弯在靠里边，一张小饭桌配有四条凳子在靠窗的档头，桌上的菜也简单，一碗清炒萝卜丝，一碗干红辣椒佐蒜苗炒豆豉，一土钵大白菜佐粉条，还有一钵鸡蛋汤。但都是时遇春最喜欢吃的家常菜，他只偷偷地睃了一眼，喉咙里就像伸出了爪子呢。

家里就只有会用眼睛说话的牧鸭女和她的母亲。

热腾腾的一碗掺有红薯米的饭是那女子送到时遇春手中的，问话的却是女主人："你就是乡中学的时老师吧？"也不等他回答，女主人又说："我大女儿桂花就在乡中学，还是一个不大不小的什么主任呢！你不晓得，她每次回家都总是会说到你。我大闺女是难得夸人的……"女主人像倒豆子似的，荷花却在一旁连连点头。

时遇春的饭碗里堆满了菜，是荷花往他碗里堆的，她那苹果脸上的一对浅浅酒窝里也堆得满满的，但那是羞涩的甜甜的笑意。而她母亲却装得好像没看见似的仍然在继续唠叨说："她爸爸前几年得癌症去世了，水碾房也早就已经没有了生意，我这不争气的肚子，虽然一连生过四胎，却没有给他生出一个带把的来，四个女儿，中间走了两个……"她接着说："不过还算好，我这大女儿桂花终于读完了大学，托她舅舅的福进了乡中学，还当了个小领导，唉，荷花却有嘴说不出话……"

原来荷儿是一个哑巴！这倒是时遇春完全没有想到的，其实还有时遇春更没有想到的呢，她母亲所说的一切，荷花一字不漏全都听得懂，只见她低着头，嘴唇都咬得发紫了。也许是惺惺相惜，也许是心里还窝着王校长咬舌根的气吧，时遇春居然打断女主人的话说："婶子您这就错了，用眼睛说话比嘴说话更可爱呢！"

两个女人都怔怔地望着时遇春，而荷花的眼眶里竟然盈满了闪闪的泪花……

"你们俩就是在那一顿家常饭桌上定下终身的吗？"传灯忍不住好奇地问。

"这个嘛……"时遇春正要继续往下说，已是一头银发的荷花居然就端过来两杯芝麻茶，一杯递给了她男人，另一杯用双手捧着，恭恭敬敬呈到了传灯面前……

室内的灯光陡然一亮，传灯接过盛着滚水的茶杯，心里顿时充满了温暖。

他记忆中 20 世纪 70 年代末至 80 年代初的女子的形象，就应该是这样的：面容略带忧戚而眼神清澈，情愫虽然青涩，却又有着一种安静的传统的归属感……

传灯从恍惚中回过神来，朝她感激地一笑，想说句谢谢时，她却已经转过了身去。这时外面的夜色渐浓，他于是把目光投向吊瓶，最后一瓶药水终于快滴完了。时遇春想要跟老同学说的未济卦所预示的运势，由逆转顺也正好近了尾声。

十一

接下来的那一年春天，也就是 20 世纪 80 年代的第二春，命运之神终于成就了时遇春人生中的两桩大事:第一件事是他与荷花喜结连理,来送亲的娘家人就是荷花的姐姐谌桂花。"你现在已经明白我当时为什么让你叫我姐了吧?"谌桂花笑出的酒窝里盛满了得意。时遇春却觉得心有愧意地说:"多有冒犯啊!"谌桂花当然不会知这句话里的含意。婚礼办得简单而特别,所谓特别就是体现在洞房门口的那一幅对联上,上联是:时遇春腿脚不便大路不走走小路;下联是:谌荷花口舌笨拙眉目传情情定终身。对联是出自乡中学老师也就是时遇春尊称他为吉师父的吉家清之手;第二件事就是时遇春拜了从武汉医学院告老回乡的老中医绍岩先生为师。绍岩先生本不打算在退休后再收徒弟,但时遇春的拜师礼却与众不同,而是咬破自己手指写在一张四尺宣纸上的八个血色大字:"有愧仁师,誓为仁医。"并且端着一条残废左腿在怀里,用一条右腿单跪着,绍岩先生不点头他就长跪不起。

"年轻人,仁医不是你想为就能为之的。"绍岩先生板着脸,心如铁石毫无所动。

这我晓得,时遇春跪得身子发抖说:"要有仁心、仁德、仁爱……"话没说完人便倒下了,绍岩先生却眼睛也不眨一下,而时遇春又努力地撑起身来,如此倒下又爬起,直到后来再也爬不起来了,他口中却还在说:"要有仁心、仁德、仁爱……"

精诚所至,金石为开。就这样,时遇春终于成了绍岩老先生的关门弟子。

正好给传灯配的大小四瓶点滴也终于滴完了。时遇春却拖着一条残腿和一身疲惫硬是要把老同学送上大道,还由衷地说了一句:"你走从容些!"一直望断他手中微略的电筒光完全没入了酽浓的夜色,才转身进屋,"吱呀"一声,白驹村乡村诊所的门合上了,但没过几分钟,刚刚合上的门又被"嘭嘭嘭"地擂响了,"时医生,时医生,不得了,我家老父亲怕是吃坏东西了,上呕下泄,要启动您去一趟才行……"

室内的灯光又亮了,灯影里一个一拐一耸的身影已出门,一头银发贴在门前。

济卦:亨通。小狐狸快要渡过河,却打湿了尾巴……

夜正在往深里走,但乡村的夜晚,也并非是如城里人所想象的那么岑寂。

桥之东西,桥之上

一

在七百里资江的中游北岸,有一座叫联珠桥的双拱石桥,而桥梁石匾上刻着的却分明是"连株桥"三个魏碑字。据传说还没有修建这一座双拱石桥以前,河东与河西的人们往来走动就只能靠一艘渡船,也没有专门的摆渡人,幸好隔河相望有一对年轻株树如孪生兄弟般枝繁叶茂长于两岸,人们用缆绳拴住树身,中间一段串在船的两档,过往行人上得船后,既不用撑篙,也无须划桨,全靠双手牵着缆绳拉船过河。但一涨一退山溪水,老天爷一旦来了脾气,连续暴雨,渡船就得拴牢在或左或右的株树下。久而久之,人们就把这儿取了个小地名叫连株潭。

这是陈年旧事。而当年主修这一座连株桥的廖银和的子孙后代中,有个吃笔杆子饭的作家叫廖传灯,他考证的结果是,株树的原产地在印度,因此通称印度菩提树,别名觉悟树、智慧树。相传梁武帝天监元年(502 年),印度僧人智药三藏从西竺引种菩提树于广州光孝寺坛前。从此我国广东、云南均有菩提树生长。

至于传说中连株潭的那两棵株树是不是来自印度的菩提树,当作家的传灯也没有再往纵深里去考证。但是关于这一座桥的修建,他却走访过村里很多老人。

若能在连株潭前的溪口上建一座石拱桥多好! 当年有撑雨伞的人隔河兴叹。

"石拱桥是那么容易建? "其中一位老者说,"得等族里出了能人才行。"

话说有一年,能人终于出现了,他叫廖银和,是廖姓在来到白驹村后的第十九任族长。这是一个值得让日后从此过往的路人记住的名字。他在主持修建了一座公共学堂后,又带头掏出了家中所有的积累,甚至连夫人的陪嫁也一并进了当铺。说要修就修一座双拱石桥。话语铿锵,掷地有声。在这座石拱桥竣工时,主修廖银河就地取材给赐了连株桥这个名字,其中当然也含有视两岸人们为兄弟之深意。后来却被人把"连株"二字改叫成"联珠"了,合在一起就叫它双拱联珠桥。乍一听似乎是雅了些,却经不起追根溯源,前者是事出有典的。但从此一段江域过往的驾船人却说:"明明是一座三拱桥嘛!"这时桥洞里就会有人否定说:"桥墩上的这个石洞不是桥拱,是桥的天眼。"江上的人就将信将疑问:"桥会有天眼吗?"

"当然有。"桥洞里的人回答得理直气壮:"头顶三尺有神明,桥墩之上有天眼!"

双拱联珠桥距今已有百余年历史,桥梁主体除了东西两档和左右四角的石象石马被往来路人胯骑手摸得愈见光泽外,其余部分包括压石均依旧牢实如初。桥墩上雕刻着一对能镇孽龙的蜈蚣,并且被村人们说得玄而又玄。这话最先是从白驹村的明朗阿公口中传出来的,他用左手食指撩起银白胡须,右手在半空中比画着说:"民国二十八年,九峡溪暴涨桃花水,一条孽龙卷着半条溪流的杂柴茅草狂冲乱撞,呼啸而来,到得离双拱联珠桥十丈之余的株树潭处,老天爷忽然雷声大作,闪电划破滚滚黑云,桥墩上的两只石蜈蚣腾地跃起,箭一般射了出去,但见灯笼大的一对龙眼立时血流如注,血水染红了整条溪谷,龙身连续在桥洞的上游绕了七个大圈,杂柴茅草四散分开,水一下子就退了……"听众中就有人追根究底地问:"后来呢?"明朗阿公稍做停顿,昏花老眼扫场一周,就胡须一吹说:"后来?还有嘛子后来!"幸好有另一位也是阿公辈的廖明庆就添油加醋作补充说:"后来河东河西的人,为分龙肉不匀还结下了世仇……"这时围观的年轻人中有个叫向干才的就笑出了一脸诡谲说:"历史就是被你们这些老辈人以老卖老的嘴皮子给说歪的。"

白驹村杂姓人口也就只有三家,向姓便是这三家之一,他爷爷当年是从湘西保靖那边逃亡至此的,据说身上还负有追杀者刀伤。是吃斋念佛了大半辈子的老族长夫人仁慈,手捻佛珠劝男人收留了他,安排他在族里当公家人,为村里打铜锣巡夜,还给他分了两间公屋,又把自己身边的使唤丫头许配给了他,并帮他改名叫向善。向干才是向善的长孙,当时已是桥东头白驹大队的团支部书记,算得是半个有文化的人,经他一点破,大伙才知两个阿公辈的老人原来是在唱双簧逗开心。不过两只石蜈蚣中间铭刻着的主修人廖银和的尊姓大名却至今醒目。其实他本人当时是坚决反对在桥墩上留下姓名的,他说:"若是留不下做人的根本,留下姓名又有何用? 就如之前我主持修建的学堂一样,建在白驹村口能接纳四面八方之乡邻子弟,留下的是传灯的种子,这不是很好吗?"银和族长饱读诗书,胸怀大志,言语中的"传灯"二字,意味深长,寄意悠远。是石匠师傅们趁他外出筹措最后一笔建桥款时,连夜把他的名字给刻上去的。他后来看到了也便淡然一笑说:"但愿我这名字也能如蜈蚣。"这话在当时听起来也就像是一句戏言,没有人认真过,但事情却往往会有例外,这例外的事情就发生在一个例外的人身上,这个人就是十三阿公。十三阿公有个绰号叫"十三童佬",河东河西已经没有人知道他的真实姓名,更没有人晓得他的真实年龄。当然也有人问过他,而且问他的人还不止一个两个,也不只是一代人两代人,或者是三代人四代人也未可知呢?但问他又有何用?"十三童佬"根本就是个白痴,只要天不下雨,他就会照例从桥墩上方的那一个小圆洞里钻出来,然后扶一张竹梯爬到桥上。这圆洞并不大,但钻进钻出睡个人还是绰绰有余,据说这是在当年修桥时石匠们无意间留下的,为存放工具所用。爬到桥上的"十三童佬",一天到晚左手举一串银色麻丝,张开右手的五个指头当梳子,像是给谁梳理辫子一样,刚梳理得有些头绪,左手随风一抖就又成乱麻一团了,口中还自言自语说:"乱了,全乱了!"若是留不下做人的根本,留下姓名又有何用?"十三童佬"是个童子,这是大人们从他拉尿的包皮鸡里看出来的。也没有人晓得他以前是不是有家,就连明朗和明庆两个明字辈的阿公也说不晓得。

按理人人都应该有个家的,连孙猴子都有一座花果山呢。这种推断出自白驹村里唯一的一个心理学博士廖晴川之口。晴川是村里如今年龄最长的梦生阿公的重孙女,她还振振有词地说:"从十三这个名字来推算,我想他应该是在家中排行十三,或许还是大户人家的子弟,是哪一房姨太太所生呢! 但是人类的历史就是这样,总是会在最关键的时间段出现断层,这段层的出现也许并不是因为十三阿公活得太过长久,又是个白痴,而应该是十三阿公在年轻时受到过某种要命的刺激,从精神到肉体都还停留在那一刻,所以他才总是永葆一副鹤发童颜的样子。"

作为共青团支部书记的向干才当然对晴川这一推论断不相信,且嘲讽她说："狗屁！"晴川博士却继续按照自己的思路分析道："也许还与他的举止有关，一个总是能仰首把白云看成苍狗，或看成是天兵天将放牧的白驹的人，尤其是潜意识里又经常在梳理思绪的人，他怎么会等同于其他的人呢？"反对晴川的干才就钻上牛角尖了，一口粗话说："你这卵心理学博士是在扯淡吧？十三童佬一个白痴还会有思绪要梳理？"晴川的一张知性脸孔涨得通红，只在心里头暗自说了一句，"十三阿公是在对牛弹琴，我廖晴川也是在对牛弹琴！"便再无下文。于是有人就去村里头问如今老得银发蓝眼了的她曾祖父，可梦生阿公说："我懂事的时候他就是这个样子的，当年我就叫他十三阿叔。"后来就再也没有人去问梦生阿公了，甚至还有人说："这样的事你去问他？还不如干脆去问桥墩上的那一对石蜈蚣！"并且还有人用不屑的口气说："按照他重孙女的理论推断，梦生阿公就是个梦生子！加上他毕竟是个九十多岁的人，老得银发绿眼了，他搞得卵清呐！"冷不丁十三阿公就出现了，喃喃地说："乱了，全乱了！若是留不下做人的根本，留下姓名又有何用？"

向干才却像是做了亏心事似的，见到从天眼里出来的十三阿公就跑。只是后来晴川博士的分配被搁浅了，理由是她试图用唯心主义的理论歪曲和改写白驹村的近代史……可怜十多载寒窗苦读的一代才女却被罚回原籍做了向干才的妻子。

二

进入到 80 年代初，桥上一夜之间忽然就搭建了一栋小木屋，也就 20 平方米左右吧，后檐搭在桥右的压石上，前面的三根柱子落在桥的中间，但麻雀虽小则五脏俱全，有货架，有床铺，也有做饭的炊具等。行人从桥之东西过路而来，顺便就可以购得南杂百货。这本来是一件便民的好事，却有河西株溪口人忽然找上门来理论说："联珠桥是一座公家桥，你廖传灯是不是吃了豹子胆呐？"名叫传灯的是一个二十五六岁的后生，河东白驹村人。河东白驹与河西株溪口是两个自然村，中间就隔了这一座石拱桥，却都是廖姓，新中国成立前还共着一个祠堂呢。叫传灯的后生，当时已经是公社里的文化站辅导员，在县文化馆内刊上发表过民歌和小诗并在尝试写散文，正值年轻气盛，血气方刚，就头也不抬回了一句："你晓得我传灯也姓廖呀？桥墩上还刻着我曾祖父廖银和的尊姓大名,这你不会不晓得吧?"来人听了一愣,正要张口说:"哈,你才穿了几年有裆裤,黑五类的帽子刚摘掉就真成还乡团了?"这时十三阿公却正好从桥墩上的洞里爬上桥,顺口便说:"但愿我这名字也能如蜗牛。"斯文遂一抬头,目光就先落到了气势汹汹来问罪的人身上,这才笑脸相迎说:"是甫生支书啊?得罪了,得罪了!"没想到接话的却又是十三阿公,他说:"若是留不下做人的根本,留下姓名又有何用?"其实甫才支书也姓廖,若追溯起来,他的祖父和传灯的曾祖父还是叔伯兄弟,但是他当了支书后却六亲不认,常被村里的老辈人指桑骂槐说他丢了做人的根本。杵在传灯面前的甫才支书就显得有些尴尬,正要下意识掏烟时,传灯就给他递了一支,并"啪"地打燃了火机给他点上,且还睐了对方一眼,但见他脸上红得像泼了血一般。甫才支书悻悻然转身走了,传灯也就赶紧跨出门槛很礼貌地叫了一声十三阿公。他当然晓得十三阿公是从不吸烟的,也晓得他是一个吃百家饭的人,就没有多跟他客气。

从桥洞里刚钻出又爬上桥面的十三阿公,手里正梳着那一串似乎永远也理不清的乱麻。先是河东河西左右睃上几眼,目光在某一处流淌着淡蓝色炊烟的屋脊上停留了片刻,鼻翼微微地皱了一皱,似乎是闻出了菜香后,便抬起头颀看了一会儿天上的流云,继而念念有词道:"都说白云成苍狗,我看白云是白驹,白驹过隙,千年一瞬。"说罢之后,他才大大方方地朝着已经瞄好了的人家走去。他这人也真是特别得出奇,到了别人家里也不说话,在灶屋门口杵着,从容接过人家递过来的一大碗饭菜,吃过后也不道一声感谢,手中理着一团乱麻又向桥上走去。

一地一乡俗,一姓一民风。这乡俗民风虽然属于非物质的摸不着,而它的形态却是可感的,就如同勒进资水江岸崖石上的纤痕,被勒进了人心,在光阴之手的抚摸中愈见其光亮。就拿两岸起屋和丧葬这等事来说吧,若是得知哪个家里动工建房了,帮菜和帮工那是必须的,而若是谁家里的老人殁了,更是"人死饭蒸开,不请自己来",这就叫一家有事众人帮。新中国成立前,村里曾有过一顶慈善轿,比一般轿子要大一些,里面能坐能睡还能拉屎尿,是专门为无后老人或残疾人做的,这人由村上人轮流供养,得四个劳力才抬得动,为此还有人编过童谣:

慈善轿内有乡邻,
乡邻就是自家人,

衣服茶饭轮着供，

供人供己供民风。

关于慈善轿的始末是被廖传灯写进了文章里的。他把自己的爱人安排在
联珠桥上开店后，又开始尝试写散文了。

在清澈流水的倒影映衬之下，双拱联珠桥就如一双惯看世事沧桑的大眼睛。

如今寄宿在联珠桥那个被人们称之为"天眼"里的"十三童佬"，在民国34
年也就是公元1945年，曾经正式以廖姓家族中十三阿叔的身份出席过当时
的一次龙舟赛活动。因为受时局的影响，龙舟赛已经停办好几届了，那一年忽
然从资水上游的雪峰山传来了抗战胜利的消息，人们欢欣鼓舞，两岸三地的
八大家族这才想起要请出白驹村廖姓家族的新任族长明德先生牵头共襄盛
事。当时明德先生已经带领本族一帮伐木和驾毛板船的汉子入住小镇唐家
观，名义上是开商行做土特产生意，而实则是为半崩山抗日游击队筹措经费
和运送枪械弹药。经请示时任湘中地下党特委书记李正的同意后，年轻的明
德族长便亲自出面主持了这一赛事。廖明德是老族长廖银和的长孙，尊老爱
幼又热心于公益事业，用当地唯一曾经获取过功名的贡生吉泰来老先生的话
说，明德是一个有君子之风的人。也就是这个吉泰来老先生，还在那次盛典中
慷慨激昂地诵读过一篇他亲手捉笔的祭文：

维"中华民国"三十四年，岁在乙酉，时当重午，资水中下游，九大家族，谨
备清酌庶馐，遥奠雪峰山会战阵亡之我方将士灵下曰：

炎黄二祖，筚路蓝缕；施德怀仁，奄有此土。垂统四千六百四十三载，虽屡
遭战乱，然历代圣明，修文振武，故我华夏文明，未尝一日而斩也。

曩者倭夷小丑，假东亚共荣之名，行剧盗掠夺之实。占我疆土，戮我国民；
满目河山，云愁雾惨；二仪风雨，鬼哭狼嚎。社稷播迁，乾坤板荡，以至志士扼
腕，仁者锥心。然狼子野心犹不知足，起骄兵十万，犯险地三梅。天之欲罪，借
诸吾华。以忠勇之将，领哀愤之师，集二党之材，雪兆民之耻。剑光射斗，弹雨
挟风，铁翼掠空，炮声震谷。进退有方，攻守有备，敌皆胆落，我则志坚。歼敌二
万七千有余，亦自损二万六千之众，遂解芷江之危，力挽陆沉之势。

呜呼，唯我将士，抗日救亡。英风凛凛，正气堂堂。生是人杰，死作国殇。兄
弟同心，感泣上苍。洒血化碧，埋骨流芳。为河为岳，为日为光。音容虽邈，简

册昭彰。魂其不泯,伏惟尚飨!

吉泰来老贡士的诵读声刚落,鞭炮声响统声即起,整个唐家观小镇的吊脚楼下人头攒动,热闹非凡。吉泰来原本是个自视清高之人,连当时的县长亲自上门请他去做督学都被他婉拒过的,不想却被年轻的明德族长请出山了,名义上是做商铺账房先生,实则以师礼相待。但他隔着几排人头一眼看见了着蓝布长衫的十三阿叔时(当时外姓人也称呼他十三阿叔),便拨开人群挤上前去,双手抱拳主动打招呼说:"十三阿叔怎么把您老也惊动了? 晚生即兴胡言,请十三阿叔赐教!"

十三阿叔居然就只回了一句:"文为时兴,胡言又有何妨?"说完一抖手中原本理出了一些头绪的麻丝,转身就没入了人群。据说这是他最后一次说正常人话。

周围的年轻人全都将目光投了过去,并一脸惊诧,那意思是说,能得到吉老贡士如此尊重,这叫十三阿叔的人究竟有嘛子来历呀? 是啊,他究竟有什么来历呢? 但越到后来就越无人知道,以至叫他十三阿公或"十三童佬"也只是戏称而已。

三

廖传灯一家从白驹村搬到了联珠桥上后,却是很尊重十三阿公的,这并不仅仅只是出于礼貌,而是真正发自内心的尊重。有人忽然就记起了已经成为传说的廖银和曾经说过的那一段话来:"就如之前我主持修建的学堂一样,建在白驹村村口能接纳四面八方之乡邻子弟,留下的是传灯的种子,这不是很好吗?"村人不胜感慨地说,还真是事不过五代,廖银河的重孙还真成为一粒"传灯"种子了。

说这话的人,其实就是河西株溪口村的茅伯,还有河东白驹村的道叔。

其结果当然可想而知,俩人不仅救不了老族长,自己却反而成了陪斗。

白驹是一个羊肠冲,株溪口却一半临江,两地人平只有三分田、七分地,生活来源多半是一靠打鱼,二靠放毛板船,常年与水打交道湿气重,祛湿唯有喝白酒,他俩从那时就好上酒了,是出了名的酒仙,一日三餐少不了要来二两润润喉咙。传灯把自己爱人的小卖部开到了桥上,他俩是最大的受益者,所以每天有事无事都要往小店门口的压石上坐一阵,不过两个总是岔开去的。传灯的爱人叫菊儿,娘家就在离桥三里多路的上游唐家观小镇,对经常去镇上打酒的茅伯和道叔也就并不陌生,只要看见人上了桥,就会浓情满意地用一只蓝花瓷碗端上二两散装白酒,手里还拿了几颗糖粒子或半个化饼递过去。或茅伯或道叔也就毫不客气地接过菊儿递上的糖酒(乡下人把饼干也叫糖),一屁股坐在小店对面临江的压石上,眼睛时而眯着看太阳,时而睁圆看流水,而余光所及处便是"十三童佬"眼望流云在自得其乐地叉开五指,梳理那一团似乎永远也理不顺的乱麻。他俩喝酒是付了钱的,二两白酒一毛二分钱,糖却是送给他俩宴酒的。菊儿也好几次给一天到晚都在桥上的十三阿公递过白酒和糖,但十三阿公却视而不见,不搭也不理。

唯有一次却是例外,传灯的散文在省里获了奖,是以慈善轿为题材创作的那一篇,题目叫《慈善轿:行走的风景并没有消逝》,菊儿特意多备了几个菜为男人庆祝。一家四口刚围桌坐下,十三阿公却不请自来杵在了门口,并破例进屋端起酒杯饮了三杯白酒,自始至终只自言自语了一句:"留下的是传灯的种子,这不是很好吗?"临走时还从他那一件穿得油光发亮的蓝布长衫口袋中,掏出两个同样是油光发亮的铜钱,往斯文和菊儿的两个才牙牙学语的小孩桌前一扣,又重复了那句"留下的是传灯的种子",拿起那一团也尽是油腻的麻丝就仰天走人了。

那是一个文学幸运的年代,传灯在省里获奖的消息不胫而走,株溪口的甫才支书当然也听到了。但令人万万也没有想到的是甫才居然当晚就亲自下厨做了几道下酒菜,还挨个登门把河西茅老兄并河东道老兄也请上,说是要陪桥上的传灯贤侄喝一杯贺喜酒。甫才家离桥近,是河西辅桥边的头一栋木屋,他干脆将人情做到底,把自家的饭桌和菜都搬到了桥上菊儿小卖部一侧。四个人各坐一方,甫才便郑重其事地开言道:"茅老兄,道老兄,一笔难写两个廖字,上溯到我们廖姓家族八代九代,我们搞不好就是一家人,而我的祖父廖银江与传灯贤侄的曾祖父还是叔伯兄弟,这第一杯酒我敬传灯贤侄。"说着就举起手中酒杯道,"祝贺你从一个手艺人通过自学当上了乡文化站辅导员,还写得一手好文章,这明显就是一颗传灯的种子嘛!"他脖子一仰,酒杯见底说:"传灯贤侄,我先干为敬,敬你文化人有见识,从白驹村把店子开到了联珠桥上,这确实是方便河东河西民众之举嘛!"

听话听音，观人察心，甫才叔这次的行为究竟是不是黄鼠狼给鸡拜年，还有待日后才能见分晓，但既然他把话说到了这份上，传灯也不能太失礼，于是就做出一副很感激的样子，将手中的酒杯压低了一半，另一只手也抱过来并有意绕了个大弯说："甫才叔您大人大量，这第一杯应该是我借您的好酒好菜，也借我们先人修建的双拱联珠桥这块宝地敬您才对呀！"也一仰脖子，唉一声酒杯见底了。还挨个敬了茅伯和道叔。他这完全是反客为主的节奏呀！茅伯和道叔感觉有点悬。

三杯白酒下肚，传灯又不失时机有意敞开了胸怀，说出了自己之所以来到桥上开店子的"心里话"，他说："感谢支书甫才叔的理解！也感谢茅伯和道叔及河东河西父老乡亲们的信任！但我来桥上开小卖店，是专门请示过乡党委办艾张扬主任的，艾主任也和甫才叔您的认为是一致的，说绝对是便民之举；再就是这座桥上刻有主修人、也就是我曾祖父廖银和的尊姓大名，我要让在九泉之下的祖人也能感受到党的拨乱反正政策已经深入人心……"传灯不卑不亢，越说越来劲……

传灯不是个马虎人，他是有备而来，并且是站在了政治的高度。甫才心里想。

茅伯和道叔两个酒仙毕竟是早已知天命的人，心知肚明甫才今晚设这一场酒宴的用意，他之所以请来他俩，是想要有人出面当和事佬，冤家宜解不宜结，河东河西的两棵株树都能够通过蜘蛛结网传情，何况本是同一廖姓祖先的后人乎？

"有一桩怪事，你们还不一定晓得。"明年就60岁了的茅伯以老大哥的口气说。

三个人就把端在手中的酒杯放下了，竖起耳朵聆听下文。

茅伯见状，心里暗笑，索性从怀里掏出了一个小塑料包，准备卷旱烟，传灯毕竟年轻，耐不住性子就立马起身，去店里拿出一包沅水牌香烟，人手递上一支。

"你这是吊我们胃口吧？"甫才支书也主动给茅老兄打火点烟。

"这怪事我也是小时候听来的，后来就一直没有听人说过了，是人们不敢说。"

"那肯定是封资修的东西。"道叔接过茅伯的话时，样子有点像是在演双簧。

茅伯说的怪事原来就是河东河西的那两棵株树，且也与过渡有关，不过他说的是另一个版本，把两棵株树说成是一对恋人，而不是兄弟。茅伯说："在还没有修建这一座双拱联珠桥以前，人们过渡是从蜘蛛网上走过去的，蜘蛛网从两棵株树上的一对雌雄蜘蛛口中吐出来，为两棵雌雄株树传情，却由河风牵线成就了河东与河西人往来的一座网状便桥。然而有一天,雌蜘蛛想要越界过河,可刚刚结网至河心,却被装扮成一介布衣下凡巡视人界的太上老君一眼发现,于是手中拂尘一挥,平地里一声巨雷炸响,雌蜘蛛就被烧成两块黑礁石坠入了株树潭⋯⋯"

"罚酒!这要罚酒!"甫才支书首先跳起来说,"你这分明就是在宣扬封建迷信。"

"罚酒就罚酒。"茅伯"咕噜"一声,酒杯见底,又一仰脖子把传灯杯里的也饮了。

道叔就一手抓住了自己面前的酒杯,说:"甫才,你这是在变相奖励他呢!"

当支书的甫才就急了:"这话不能乱说的,小心隔墙有耳,这是在宣扬迷信。"

传灯却在想另一个问题,冷不丁无厘头说:"十三阿公拿的不会就是拂尘吧?"

"碰哒鬼哟!你这搞写作的就真是会联想啊!"甫才支书说这话时一脸严肃。

于是茅伯与道叔皆打哈哈为传灯开脱说:"这你也当真呐?酒话,都是酒话!"

那一夜,四个男人直到把酒饮成了酽浓月色,三人才踏月而归。

传灯却在装醉,待先后听见不远处关门落闩的声音,才起身乘酒兴去了河东并河西的两棵遍身爬满青藤的古株树下,他是去向古树致敬,也是想看个究竟。

对于世间万物,人只有仰视的份。传灯满腹心思回到了家中,是夜多梦。

四

传灯梦见了自己由祖母送至学堂山去报名读书。俩人过了操场坪,来到校门口的一棵松柏树下,祖母便站定了,说:"这是你曾祖父当年在学堂竣工后亲手栽下的,有两棵,咦,右边也有一棵。人说十年树木,百年树人。你猜猜这两棵松柏多少年了?"几天前才满六岁的少年传灯茫然,祖母就笑出了满脸菊花瓣说:"你当然不晓得,其实我也不晓得。但我大概能猜出先人为嘛子要在校门口栽种松柏树的意思,松柏干直,木质柔中有韧。做人也要这样。"祖母的身影忽然就不见了。

接下来传灯又梦见了自己的父亲。那一年他读三年一期,父亲当时在龙塘卫生院当院长,也是主持医生,他是抗美援朝的军医,转业到地方后才有了第二个儿子传灯。在给二儿子取名字时,父亲虔诚地跪在堂屋神龛下,郑重其事地对着祖上的灵位说:"望祖上显灵,保佑我廖家后继有人,我把二儿子取名传灯,望他日后能把德之灯火传下去。"传灯人如其名,内秀文静,当父亲的就想把医术传授给他,刚进三年级就教他读《药性赋》,父亲说:"你从最容易记的读起吧!"他母亲是新中国成立后的第一代教师,这当然得益于父亲是在抗战胜利的那一年就去从军的,后来只划了个小土地出租的成分,属于可以团结的对象。但遗憾的是母亲英年早逝,传灯是由从 28 岁起就守寡的祖母带大的。祖母的作息时间非常刻板,几乎每天都是日落而息,闻鸡即起,说是能节省灯油钱。自从传灯开始读《药性赋》以来,才每晚开始用油灯。某个雷雨之夜,传灯就着油灯正读药书:"诸药赋性,此类最寒。犀角解乎心热,羚羊清乎肺肝。泽泻利水通淋而补阴不足;海藻散瘿破气而治疝何难……"忽然后门被敲响了。"这深更半夜的,会是哪个啊?"祖母生怕耽搁孙子,一双小脚蹭蹭蹭去开门,原来是儿子裹一身雨衣回家了,却不进门,只站在门外说:"娘,我被打成资产阶级医学权威,成黑帮分子了。明天就会押出去游街。您告诉传灯,再也不要沾药书了……这德之灯火怕是传不下去了。"

父亲是趁雨夜偷着回家的,怕被人发现,又冒雨赶 30 里夜路回了医院……

传灯后来又梦见自己为了混口饭吃,曾跟随资水船帮人去过崩洪滩拉纤,那是五艘货船为一组,待一组船到了孟公塘后即可凭肩上的纤搭捐去领饭;虽然说是领饭,到手的却是两个荞麦粑粑。但是没得选择呀,能充饥就行! 13 岁那年他又拜一位堂叔为师篾匠,尔后又改行学泥瓦匠进了当时的公社基建队,直到前几年冤死的父亲平反,继而不再兴成分论后,有过顺口溜般押韵的《药性赋》药书功底的他,在一次偶然的机会,看到了同是泥瓦匠的师兄的名字上了报纸,才晓得了可以写诗文投稿这回事。师兄是下放知青,回城前送给他一堆书。他第一篇文章写的是自己村里的真人真事,题目叫《铜锣哑了鹅唱歌》。大意是搞集体生产队时,一个叫武老倌的单身汉专门为生产队打铜锣禁养鸡鸭,实行农村土地大包干后,他在耕种好自己分得的三分田七分地之余,又开始了学习养鹅,且养了上百只鹅,每天早上,他起床头一件事就是手中握着一根长长的竹竿,将一团白云般的鹅往九峡溪里赶去,鹅们大摇大摆地走着路,"鹅鹅鹅"的欢歌也激发了武老倌的豪情,这个年近六旬的单身汉居然一亮嗓门就唱起了自编的山歌来,歌曰:

> 如今老武好快活,

铜锣哑了鹅唱歌，

老牛也想吃嫩草，

隔河渡水打个啵。

株树潭的水波也唱响了清澈激越的歌谣，"哗哗——哗哗——"雪浪花飞溅着直往上涌，曙色霞光中，原来是河西株溪口村的寡妇邹三妹在潭边浣洗衣服……

传灯首先是用白描写实的手法把这天早上的所见所闻记在心里的，然后誉在纸上。他把文章写好后，就按照师兄教过自己的投稿方式，怀着试一试的心理把稿子寄给了《湖南日报》。他当时手头也只有师兄留下这个地址。不想几天后报社就回信了，因为人物通讯稿要组织盖章，回信寄到了乡党委办公室，主任艾张扬拆开这封来自党报的公函一看，是一份铅字样稿，于是就略作了修改，又把自己的名字加在传灯的前面，果然没几天就在《湖南日报》第二版头条见报了……

传灯也阴差阳错在艾主任的推荐下当上了公社改乡后的文化站辅导员……

梦很紊乱，全是一堆过往旧事。他醒来后，感觉自己手中也握着一团乱麻。

第二天早上起床，传灯舀了一缸清水面对资江去刷牙。这是他来到联珠双拱桥上后养成的生活习惯，他很在乎自己拥有两排好牙，每一颗都白如美玉，上下对称：36颗。他的口袋里经常揣有香烟，但自己却从来不抽，怕熏黑了一嘴牙齿，只是用来待客的。红唇白牙，只说良心话。这是他经常捂在心里的格言。曾经有一个看相先生追着他说："伙计，你今后吃的就是两排牙齿的饭。"他却含笑而答道："是用两排牙齿吃饭。"为此他还写过一首小诗发表在县文化馆内部刊物上：

晨沐江风，清水刷牙，

联珠桥上是我家，

邻居十三常缄口，

满腔思绪理乱麻，

出入天眼看人世，

参透之后，装聋作哑，

我自有一张红嘴，

两排白牙，

一半说人话，

一半说神话，

努力不去说鬼话。

记起这一首小诗，他又俯身看过桥墩，还用目光抚摸过竹梯，见薄薄的一层晨霜并没有被人攀爬过的迹象，便自言自语地说："十三阿公也有误时的时候呢！"

"你是跟十三阿公说话吗？"菊儿在开柜台门，她奇怪十三阿公怎么肯理人了。

传灯却有心无心地回道："嗯，我是跟十三阿公的影子在说话。"

旭日从白驹村后山的向阳岭上升起，晚秋的阳光冷冷地盖过来，一只盘旋在身后半空中的老鹰的影子，正以皮影戏般的技法写意在桥面上，传灯的目光也下意识地被牵引着游移，忽见昨晚用过的桌子已经撤走，只剩一地鱼刺由千万只蚁兵在打扫战场，喉咙不禁一梗，心就被刺痛了一下，便脱口而出说："原来桥之上也是不见硝烟的战场啊！"他又说："人生不也如蝼蚁吗？这句话他是在心里说的。"

九峡溪河东河西的沙洲上，一字排开的晒垫正在由女人们打开，男人们则霸着一只大木盆，挺直腰杆，双手紧握长把铲刀在剁红薯。俗话说薯好半年粮，近年来农村土地实行了大包干，最能体现丰收景象的就是一早在河东河两岸沙洲上剁红薯和晒红薯米的热闹场面了。浅浅的河流是一面镜子，照得见人心，也能洗涤人心的污垢。两岸的或男或女隔河说话，只问收成，不说是非。深藏黑色礁石的株树潭在百步之遥的双拱联珠桥旁暗自沉默，而上游数百步处是阎寡妇家的水碾房。水碾房一侧的水车依旧，"依呀"之声依旧，从一个一个的竹筒里倒出的流水依旧，但水碾却已被电器化冷落了。九峡溪是一条桀骜不驯的野河，发源于一脚踩三县的雷钵山雷打洞，那里有上万亩古木林地曾属于廖姓家族的祖业。当年廖银和的长孙明德履新族长后，居然愿背千古骂名贱卖给了另一大姓，领着众木帮排帮兄弟移师唐家观小镇，明里是经营地方土特产，而暗中却是湘中地下党组织在资水中游的秘密联络站。只是后来……传灯一声微叹，他又想起了十三阿公。

十三阿公手中那一团理不清的乱麻，在他看来就是太上老君手中的拂尘。人总是有着其两面性的，20多岁的传灯，一方面创作激情澎湃，血气方刚，斗志昂扬，为人处事柔中有韧，另一方面却又多愁善感，心怀忧戚而常发旷古之慨叹。

但是慨叹归慨叹，他刷过牙，抹了把脸，将一辆从岳父家"借"来的旧自行车骑在了胯下，又雷急火急地赶往乡政府去履行他三分之一文化站辅导员的职责。联珠桥距乡政府所在地也就六七里路程，步行不到一小时，骑车十多分钟即可到达。他在乡政府二楼有一个单间，一张简易木床供午休，一张办公桌上乱七八糟地堆着出板报时所需的白纸和红黄蓝绿各色颜料，墨汁是红星牌，这是党委办艾主任顺便给他带上来的。艾主任有事没事就喜欢来他的领地走走，有意无意地跟他说一些新闻线索，方便时也还带他一同乘一辆破吉普到乡下去检查生产。

"田土都承包到户了，人民群众积极性高得很呢！"有一次传灯又忽发感慨说。

艾主任睃了一眼四周，皮笑肉不笑说："不经常出来露一露脸，谁认识你？"

传灯一吐舌想，原来如此呀！就忙附和说："那是，那是，多谢艾主任关照！"

艾主任从不把传灯当外人，传灯也从心底里感激艾主任。他俩之间是有着默契的，除纯文学之外的作品，新闻报道包括纪实散文，甚至年底给县委办上报的典型材料，一律是由传灯先拿出初稿，然后请艾主任审阅润色，之后便把艾张扬三个字写上，再写上廖传灯的名字。但艾主任对传灯的关照也是常有的事，自从他老婆菊儿开了一家南杂小百货店后，凡是别的农村小商店吃紧的商品，如每到年关的红糖和白糖，包括墨鱼圣干等，只要是乡供销社有货的，艾主任都会亲自给供销社一把手打电话帮他搞到，心里还一直惦记着要帮他解决正式干部编制。

传灯刚上二楼，正准备掏钥匙开门，后面的木板楼梯口熟悉的脚步就响了。

"喂，传灯，白驹村有个叫向干国的，你认吗？"果然是艾主任在身后叫他。

"当然认识。我们还……"像预感到有什么事，传灯一嘴白牙咬住就没说话了。

艾主任没有再上楼梯，说："你到我办公室来一下，辨别一下通缉令上的照片。"

"您说什么？干国是通缉犯？"传灯听了心就凉了半截，钥匙"啪"一声落在地上。

五

向干国是向干才的亲弟弟，大队改村后，原大队团支部书记向干才已经是白驹村第一任村民委员会主任。干国比他哥哥干才多读了三年高中，人也长得比他哥哥英武帅气，据说晴川博士当年遭人陷害凤凰变成鸡后，家里要逼她找对象嫁人，她第一眼看上的就是干国。这当然是干国求之不得的事，他向往的就是新知识，想要出人头地。但干国比晴川小三岁，不敢明里谈情说爱，两人眉目传情人约黄昏后的那个晚上，却正好被从公社去开优秀团支部书记表彰会议回村的干才给撞上了，在当时那一种"宁可要无产阶级的草，决不要资产阶级的苗"的政治气氛中，男女私通不仅是很丢人的事，而且还可以上纲上线的，一旦传扬出去，晴川就更加难得做人了。而胸有城府的干才却有意只咳嗽了一声，这叫引而不发。但是就在第二天上午，干才就以团组织的名义把晴川找去谈话了。却没有人知道他跟她到底谈了些什么，反正后来上门去提亲的人是向干才，并且不久就结婚了。

干国当然就窝了一肚子气，还放出狠话说："哪天我要把这个当面人背后鬼的向干才给宰了，扔进海里喂王八！"这话当时谁也没有在意，但就在干才与晴川结婚的前一天有人见他去过陶山洞，直到新婚夫妇按旧俗"回门"的第三天，他才又忽然现身，并从此像变了个人。他发誓要混出个样子来证明给人看，首先是要给自己的父母看。但他并不是靠做体力活，而是靠一身胆量敢为人先，在别人不敢做买卖时，他就开始从小本生意做起，到常德烟厂找关系进出厂价烟贩往县城或周边的小商店。传灯他老婆店子刚开业那会，就是从他手里进的烟。只是最近一两年却没人见过他，大概是想履行诺言挣钱去了，怎么突然就成通缉犯了呢？

一张印有半截头像和百余文字的通缉布告就摆在党委办艾主任的办公桌上。

"没错，确实就是我们村的向干国。"传灯并没有看文字，一眼就认出他来了。

"他哥哥是不是叫向干才？"

"是呀，干才是我们白驹大队改村后新选出来的村民委员会主任。"

"这小子，连自己的弟弟都管不好，怎么能带领人民群众致富奔小康嘛！"

"其实他们兄弟之间……"传灯刚想说出原委，又觉不妥，一咬白牙便打住了。

"他这是走私杀人罪耶！"艾主任一拍桌上的布告说，"是福建省公安厅寄来的。"

传灯听得倒抽了一口寒气，双目直直地盯着干国的头像发痴发愣。

"你们等着吧，只要给我两年，最多也不会超过三年时间，我就会回来开发陶山洞，替那孽障赎罪，为白驹村子孙后代造福！"是干国的声音。他踌躇满志，信誓旦旦，还用剃须刀片"嗤"地割下了鸡头，将黑红的鸡血滴了几点进手中的一个矿泉水瓶子里，自己先饮了一口，然后递给庆丰，庆丰又递维汉，维汉又递给山地儿……最后才到了传灯的手中。干国又说："我们八人中，你传灯年纪最小，但你会写，到时候，你就祭出写《铜锣哑了鹅唱歌》的神来之笔，为陶山洞做宣传。"

那是在十一届三中全会后的第二年，也就是 1979 年初夏，艾张扬和廖传灯共同署名的人物通讯《铜锣哑了鹅唱歌》见报后不久，山地儿找到传灯，神神秘秘地说："有人要我专门邀请你到陶山洞八仙会集合。"并且拉着他就往后山走。

这是廖传灯第一次进陶山洞，关于陶山洞的传说他倒是听过不少，但令他最感兴趣的却还是王半仙连闯三洞的逸闻。王半仙是邻村王家墩人，是一个为红白喜事择日子并兼给人起屋葬坟看风水的老先生。他一生故事很多又油嘴滑舌会策白，传灯还想过要以王半仙一连闯三洞为素材写一个神话故事呢，因为党委办艾主任私下里跟他说，一定会在下次党委例会上提名他做三分之一的文化站辅导员。他当时还不知三分之一为何物，艾主任就告诉他，和农电员、植保员、电影放映员是一样的性质，暂无国家编制，工资由上级主管单位发一部分、乡村也补一部分。他最后还说："你要多写一写农村涌现出来的新事物，多歌颂自己家乡的美丽山水。"传灯其实一直想进那个神秘的山洞里去看看，没想机会却找上门来了。

传灯和山地儿是最后才到的，八仙会其实就是陶山洞往里走约十多米，再攀着一束野生常春藤下一道坎的一个洞中之洞。待他俩气喘吁吁下到洞中，山地儿说到了。八条天然石凳上已经坐了六个人，中间还燃起了一堆柴火，坐在最高那条石凳上手抓一只雄鸡的就是向干国，他那天穿着很庄重，灰色西装红领带，脚下还蹬一双黑色靴子，简直就像个山大王，两只猎犬一左一右蹲在他膝前，见有人来还猛摇尾巴示好。据说他那时已经跑汕头走私过几次电子手表了。他首先把王半仙连闯陶山三洞的逸闻复述了一遍，说当时他也在场，还带了他父亲养的这两条通人性的猎犬。他父亲向东林确实是个猎人，毕竟是湘西土家族的后代嘛！

向干国绘声绘色地说："我那回算是亲眼看见了王半仙的法术，我们先看过火洞，所谓火洞，是随便捡两个石头一碰就能撞出火来。"传灯听了就窃笑，资水崩洪滩上的石头撞石头也能撞出火来呢！当年纤夫们就是石头撞石取火点烟的。但他只是在心里说，耳朵却仍然在听向干国瞎吹。干国果然越说越离谱，说他俩由两条猎犬领着从风洞转到水洞，猎犬就再也不肯往前走了，冲着一根人手合抱那么大的、横在洞口的黑皮老松木狂吠，王半仙有备而来，左手提一只雄鸡，右手握一柄说是梦中由玉皇大帝所赐的宝剑，口中念念有词，把雄鸡按在松木上，那松木就动了一下，而在这时，王半仙手起剑落，鸡头两断，嗝都没有嗝一声，但那根木头却突然立地而起，水势也陡然跟着往上涨……"我和两条猎犬都吓得慌不择路，王半仙却定定地站立如一块岩石，咬破食指往宝剑上滴了鲜血，朝松木一指，一道闪电从洞口射进来，'轰隆'一声巨雷炸响，松木就倒下了。原来是一条巨蟒……"再接下来就是他也要仿效王半仙杀鸡了，却无宝剑，而是从靴子内胆里摸出了一块剃胡子用的薄薄刀片，只见他熟练地夹在指缝中，顺手往鸡脖一抹，连咻的声音都没有听到，鸡头落地，血喷如注，他又往左手的矿泉水瓶口一贴，待大家饮过鸡血水后，他便起誓说："你们等着吧，只要给我两年，最多也不会……"

"廖传灯，你是在发嘛子呆呀！"艾主任抓起通缉令往公文包里一塞，又打开抽屉拿了下乡常备的印有《湖南日报》红色字样的采访本说："跟我去你们白驹村。"

六

像是被一场噩梦缠身，坐进了破吉普后座的传灯，仍然是恍恍惚惚的……

向干国在白驹村的年轻人里算是个狠角色。追过他的美女成串，可他如今已是 30 出头的人了，却从来就没有正眼看过别的女人。有人说他心里仍然装着女博士廖晴川，还经常动不动出口就是"晴川历历汉阳树，芳草萋萋鹦鹉洲"的那两句古诗。据说晴川这名字确实是有来历的，她母亲就是鹦鹉洲的渔家女，当年她父亲放毛板船在鹦鹉洲触礁险些遇难，就是那个渔家女救了他，于是才有了廖晴川。不过这些旧事很少有人提起,倒是向家后来又传出了新闻,说如今已经小学毕业了的向干才的儿子向佐,眉目嘴鼻都像极了他叔叔向干国,而且廖晴川则隔三岔五被她男人打得一身青紫,后面这句话是从她那湖北亲娘嘴漏出来的……

传灯的脑海里还在上演蒙太奇,破吉普就"咈"的一声停住了。车两侧扬起的灰尘倒扑进车内,艾主任冲司机吼了一句:"你会不会开车呀!"传灯这才被拉回到现实,忙替司机打圆场说:"主任息怒,不怪师傅,是这条路一年难见一回车路欺生。"

简易的乡村公路只通到双拱联珠辅桥边的九峡溪口,这还是早些年专门为资江水货运码头修建的,后来安化至长沙的陆路交通日益发达,车站又设在公社所在地杨林并往易家塅和烟竹那边直通县城,这个老码头也就渐渐地被水草与苔藓所覆盖,只有打鱼人偶尔丢下的几串脚印。公文包里揣着向干国通缉令的艾主任当然无心这等闲事,就连经过以前来过的菊儿小卖部也没有停步。传灯只好匆匆跟上,但他还是扫了一眼桥的两侧,怎么又没见到十三阿公呢?当时菊儿伏在柜台边专心给顾客包红糖,他也没来得及跟她打声招呼就紧跟着主任过了联珠桥。

传灯的心里当然就有了几许小不安。一来是牵挂十三阿公,十三阿公是这一座双拱联珠桥的影子,只要天光一亮,桥上就总能看到他和他手中的"佛尘"(传灯已经将他那一串似乎永远也没有理顺过的乱麻称之为拂尘了)。在他看来,十三阿公虽然外表似葆有一副不老的童颜样范,但一身骨骼却早已经呈龙钟之态了,这是他来到桥上两年多在暗地里观察他所得出的结论,因为有好几次他发现他在攀爬竹梯时的样子很吃力,也很痛苦。他有时甚至觉得,十三阿公如此努力地活着,一定是负有某种使命的,一旦使命完成,他或许就会驾鹤西去……还有个小不安那就是这回艾主任路过菊儿小卖店时,居然连头也没有回一下,若是让甫生支书看到了,不知他又会做何感想,自己昨晚酒后说的话不是在瞎吹牛吗?

刚拐上进白驹村的石板路,艾主任却忽然停住了匆匆脚步说:"我去买包烟。"

"我去……拿……"传灯接这话时有些犹豫,因为艾主任明明捡了烟进包里的。

"你不懂!"艾主任皮笑肉未笑,嘴角却溢出了几许诡秘。

传灯便无言。

艾主任返身至菊儿小店前,接过烟后便大声说:"你应该改招牌叫便民店嘛!"

"当领导的就是水平高!"传灯在心中涌动着感激说:"真是学无止境啊!"

进白驹村的石板路是一条古商道,从狭长的田垄中间穿过,一直通到向阳岭那边的龙塘乡小喟村和玩沙潭小镇,再绕过道道弯村就通向边江小镇了,那里是资水北岸的一个重要埠头。古人的交通理念就是开阔,虽然有一条万古不废的资江水路,却还要用青石一块一块地砌出一条坚实的道路来以便沿途乡民。一条清澈渠沟也是由青石砌成,沿石板路蜿蜒至村尾的向阳岭脚下。传灯忽然记起,自己小时候常到这渠沟里捞虾米,捉螃蟹,夏天的夜里,还与玩伴山地儿等到渠沟里捉过月亮和星星呢。有一回,忽然发现有一个美貌如仙女的影子,与月亮和星星在渠沟里洗澡,正要出声时,那影子就笑笑地开口说:"是我呀!我是上湾里的晴川姐姐。"一回头,果然是晴川姐也在看渠沟里的月亮和星星。村民的木屋则是倚两面山脚而建,进屋皆另有小路,屋门口均有晒场坪。真是好事不出名,坏事传千里,艾主任和传灯刚走进关山口,远远地就看见向家门口的晒场坪里人头攒动,并且还有女人的号哭长一声短一声传过来。难道干国被通缉的事家里已经晓得了?今天一早才通过邮局送至乡党委办的通缉令还揣在艾主任的公文包里,即使县公安局也同样得知了此事,那也得会同乡里联合进村办案呀!但待他俩到了向家才知道,原来是向善的长孙也就是村主任向干才失踪了!且失踪了一个星期。

这倒是一个新线索。正好白驹村的支书廖青山在场,就连河西那头株溪口村的甫生支书也来了。传灯这才记起,当时向干才参与村民委员会主任竞选时,就是青山支书提名并动用了非常规手段确保他选上的,而正在堂屋里长一声短一声号哭的向氏兄弟的母亲,不也就是甫生支书的亲姐姐干才与干国的舅舅吗?农村基层班子的组织建设,原本就是一张错综复杂的关系网啊!若不是自己也已经身处在这一张关系网中——到了乡文化站工作,哪会一眼就能看破呢?传灯正感叹时,抬眼就看见了一脸痴呆的晴川,她就像一根木桩杵在堂屋一侧,这个曾经有着一双如星星般清澈明亮的大眼睛的心理学博士,此时居然目光空洞,似是望着众人,又似乎什么也没有看。传灯不禁一怔,于是也就有了如下猜想:这一切事情的起因包括之后的结局,她或许是知道的,分析人的心理不正是她的特长吗?

"乡政府的领导来了！"与其说有人已经认出了艾主任,还不如说是看见刚从省里获过奖的传灯跟在那人身后,晒场坪里忽然就起骚动:这肯定是个大领导耶!

两个村支书闻声从堂屋里走出,与艾主任握手时说:"干才失踪得有些蹊跷。"

堂屋里的嚎哭声止了,老向的老婆披散着头发"啪"地跪在了艾主任身边,便又哭着说:"领导你要出面帮我找儿子啊! 小的已两年不归,现在大的又不知去向……"

艾主任脸上就显出了尴尬之色, 他原本是来调查通缉令上的向干国,如今当村主任的向干才却又神秘失踪了。他在迅速地调整思路,那就两案并一案吧! 毕竟在官场上混了多年,艾主任扶起对方后又对两位支书说:"要不我们先去村部？"

村部就在早年的大队屋,隔向家也就几百米远近,传灯赶紧往前面领路,不想双脚却似乎被拖住了,低头一看,才知两只裤脚边已经被在陶山洞里见过的那两条猎犬咬住了,他吓得正要喊出声来时,遂发现两只猎犬并无恶意,且眼神怪怪的,似乎有恳求他的意思。传灯的心里就猛然"咯噔"了一下,脑海中立马就浮出了"陶山洞八仙会"这个地名来,他于是也用眼神对猎犬说:"狗狗放心,我晓得了！"猎犬果然就松了嘴,尾巴摇动如风中芦苇,拥着他们一行四人到了大队屋。

这是南方农村自成村落的中心地带常见的那种 "公屋"(把大队屋称为公屋者居多),有上下两层,全木结构,一层的中间有个大舞台,那是供放映露天电影时挂银幕的所在,也曾经一度用来批斗过地富反坏,两边则是大队干部的办公房,如今大队改村后,东厢为村支书办公室,西厢为村民委员会主任办公室,楼上则是大通间,只靠里面有一间配电房和播音室。青山支书正要掏钥匙开自己办公室的门,却被艾主任叫住了,说:"你还是先打开干才主任的门看看吧,趁大家都在,有个情况我也好跟你们通通气。"门锁是由留守公屋的武老倌打开的,艾主任正准备从公文包中取出通缉令时,一股血腥味便扑鼻而来……这……这……一干人全都被惊住了, 两只猎犬却扑进了房间,像是要消除罪证似的舔着血迹……

这是在场的人(当然不包括廖传灯)万万也没有想到的事。

"马上打电话向县公安局报案。"艾主任说。他似乎已经忘记了自己真正的来意。

传灯却提醒他说:"主任,要不再看看通缉令的内容?"

"哦,是的,是的。"就忙示意甫生把猎犬赶走,又让青山打开了支部办公室门。

通缉令上显示的信息是,走私犯罪嫌疑人向干国在汕头市某宾馆抓捕时畏罪潜逃,从他窝藏在床底下的提包内发现有一不明身份的死者人头和四肢。

"这就对了。"传灯倒抽了一口寒气自言自语说:"这是一个案中案的恶性事件。"

被赶出向干才办公室的两只猎犬,忽然就朝着后山陶山洞方向狂吠起来……

七

进陶山洞的洞口并不大,并且还悬挂在燕子垭下的峭壁间,就像农家木屋的一扇窗户,周围还爬满了青藤,也有叫它红藤的,因为在四季浓绿的叶子的覆盖下,其藤鲜红若血,柔软如麻,却韧性堪比钢绳。燕子垭与向阳岭山连着山,因山脉蜿蜒至此后忽现一堵石壁,且形似展开双翼的飞燕,便因形而得名。至于只有一个入口,而里面又分叉出了风水火三个洞的山洞为什么会叫陶山洞,却没有人知道其来历。但有一条天然石径直通洞口,走在最前面带路的是向家的两条猎犬,紧随其后的是传灯和青山支书,当然还有从县城赶来的三名公安刑侦队员。

刑侦队的郭剑副队长是向干国的高中同学,当他听了乡文化站员也是土生土长的传灯大胆的推论后,就断然否定说:"这不可能!干国是我们班思想最活跃也……"但话到一半便戛然止住了,他或者是想说也最有闯劲吧。艾主任却接话提醒说:"年轻人,你可别太感情用事哦!"郭剑稍顿了一下,知道兹事重大,随即就向县局电话做了汇报,并根据县局指示,成立了10·11临时专案侦破小组,乡党委办主任艾张扬任组长,郭剑和青山支书任副组长,传灯并其他两名刑侦队员为组员。艾主任在村支委会坐镇指挥,其他组员根据廖传灯提供的线索进陶山洞搜洞取证。当时也有人泼冷水说:"扯嘛子卵淡!自己的亲哥哥也杀?就算真是干国杀了干才,还会分尸带到汕头,又逃回陶山洞?"说这话的是株溪口村的支书廖甫才,他接着还嘀咕了一句,"真会编故事啊!"传灯嘴唇动了几下,两排白牙却硬是咬住没有开口。没想艾主任脸一沉说:"甫才同志是当事人的舅舅,请你回避。"

猛然想起艾主任在护犊子时翻脸比翻书还快说出的这一句硬话,攀着青藤往上爬的传灯不禁"扑哧"一声笑出了响动,接着又是猎犬的狂叫声灌耳而至,遂一抬头,便到了洞口。这时,两条猎犬已经跃入了洞中,在洞内传出的"汪汪汪"的嗷叫声特别刺耳,似带着哭腔……进洞口的红藤早已经被人给割断了,且刀口整齐划一,郭副队这才用肯定的语气跟传灯说:"你的推断没错,果然是我老同学所为。"

几个人便一齐动手从洞外挪过红藤,攀缘而下,两名队员手执电筒,还掏出了枪械,其实八仙会就在洞口不远,两道手电筒光束往前一打,洞内的石凳上亦有两道寒光对射而来,人们大惊,唯恐躲之不及。传灯或许已知谜底,迎寒光而上,两排白牙愈见白亮……一如上一次在八仙会的装束和座次,干国端坐于洞中的钟乳石凳。两只猎犬刚凑近只要一回家就会给它们喂肉吃的少主人,就听得"呼"的一声闷响,干国便从石凳上侧身倒下了……尸体已僵硬如木乃伊,郭副队一边指挥处理现场,一边尽同学之谊抹下死者的双眼,遂见一股血水涌泉而出……

"问世间情为何物?老同学你这是何苦啊!"郭副队的一声慨叹在洞内回荡着。

案件到此已逐渐明朗,前遇害者就是干国的亲哥哥干才,死因属于情杀。至于收藏在汕头某宾馆床底下已经解体的尸身,是干国还没来得及去海边将情敌作处置(喂鱼),就被当地公安在抓捕走私犯时侥幸逃脱,并潜回陶山洞自我了结。

向干国的尸体是村里重新来人用担架绑着弄下山的,其中有当初也听干国信誓旦旦说过:"你们等着吧,只要给我两年,最多也不会超过三年时间,我就会回来开发陶山洞,替那孽障赎罪,为白驹村子孙后代造福!"的铿锵之言的庆丰和山弟儿。但谁又能够想到,这么一个有血性的男儿最后的人生结局会是这样?

"宿命与命运之间的距离,到底相隔多远呢?"传灯在心里自问道。

"这也太残忍了。"

"就是嘛!自己亲哥也下得了手。"

"人家是来自湘西的种耶,那是个出土匪的地方。"

"不过说句实话,干才也是个杀人不用刀的阴角色。"

"有个秘密你们还不晓得吧?当年晴川没有被分配,就是干才给害的。"

"听说连他儿子向佐也是干国下的种。报应啊!"

"还是'十三童佬'说得对,头顶三天有神明,桥墩之上有天眼。"

待谜底揭开,村里各种议论都有了。廖晴川当然也就成了嫌疑杀人犯。

但当这位昔日的大美女、也是心理学博士的晴川被带到村支委临时专案组传讯时，却表现出一副大义凛然、宁死不屈的样板戏中的革命者样范。在昂首注目窗外片刻后，居然疯疯癫癫说："人有病，天知否？"看来白驹村今后又会出现历史的断层了……这让主持审案的艾主任和郭副队不知所措，面面相觑。但待两人交换过眼色准备继续往下审时，却突然发现她那一头乌黑秀发像结了一层浓霜，不知不觉间就白了一半。更让人匪夷所思的是，一个经常被男人向干才打得遍体青紫的女流之辈，竟然纵身一跃就射出了办公室的窗口，飞一般就去了联珠桥……

也就是在同一天，双拱联珠桥上又发生了另一件大事……

八

桥之东西的人说，这联珠桥上还真是个出稀奇古怪事的地方，走了一个爱抬起脑壳望天上白云的"十三童佬"，又来一个总是喜欢伸长了脖子看江中流水的白发魔女。白发魔女就是昔日的心理学博士廖晴川。只是过不了多久，廖晴川这个名字就会被遗忘，至于什么博士的头衔更不会被人提及。正如白女魔女所说"人有病，天知否？"看来白驹村今后又会出现历史的断层了……唉，她又伸长了脖子在看江中流水，并自言自语地说，流水有情，人无情。流水奔流到海，又会变成云朵沿路飘回，还会化成雨露滋润万物；而人呢？除了钩心斗角是掩盖和遮蔽。

后来传灯回忆说："那件事我早就应该想到。"他说这话时充满内疚，脸色凝重。

菊儿知道男人说的是十三阿公的事："想到又能嘛样？你那天在忙别的事呀！"

传灯就赶紧"嘘"了一声，厚实的嘴唇只现一线细缝，紧关着白如美玉的牙齿。

俩人便无言。

之后菊儿就给两个小调皮洗澡去了。传灯这次是趁周末从县文化馆回来接妻子儿女进县城的，自从县委常委会议研究决定破格录取他为文学专干，并将家属也解决了城镇户口后，文化馆也给他安排了一套两居室的住房。就要离开这座由自己曾祖父主持修建的双拱联珠桥了，传灯还真有些不舍。近三年的时间说长不长，说短也不短，但自从到了桥之上，能与桥之东西的人们尤其与甫生叔之间由猜忌到释疑再到以心交心，这和十三阿公以及被人们称之为疯子的白发魔女廖晴川是分不开的。痴人和疯子与哲人，有时或许就是同一个人。明天清早六点，那一辆由乡党委办可以直接调遣的破吉普就会来桥头接他们，这是传灯与艾主任商定好的时间，他不想让乡亲们前往送行，自从参与送别过向氏兄弟，尤其是主持送别了十三阿公后，他就已经对"伤别离"这个词有了一种刻骨铭心的痛感。为了缓解这一种沉重得化不开的情绪，传灯跨出了店门，伫立于双拱联珠桥上，欲仰首望月，但见此时的月牙正成上弦，一夜复一夜将怀抱希望往圆满里走，然而圆满了之后呢？他由此又想到了人生的得意或失意，想到了自己在由三分之一的农村文化站辅导员转为国家正式干部的过程中，所遇到的贵人相帮和相助。当初虽然有乡党委极力推荐，可参加由县人事局和文化局统一组织的文化馆干部试卷考试时，仅上过三年一期正规学校的他险些就交了白卷，幸亏统一命题的作文被前往监考的市文化局副局长李敏生一眼看中，在他的争取下，由县委常委会研究决定才被破格予以录取。那是一次前所未有的破格，连他老婆菊儿和一儿一女也一步到位给办理了城镇户口。那篇作文的题目叫《乡镇文化站辅导员的一天》。

那一天，晴川突然从村支委办公室闯出，疯疯癫癫来到双拱联珠桥后，就指着天上的一朵白云大声喊道："十三阿公升天了！你们快看呀，'十三童佬'升天了！"

人们猛一抬头，果然看到漂浮在天空的一团白云上，像是站着个人……

"原来'十三童佬'还真不是个普通人啊？"

"他是天上的神仙下凡，是河东河西的和事佬。"

"说不定还是老族长的拜把兄弟，他是看到传灯的种子已经生根了才肯走的。"

"能够在天眼里钻进钻出的，是唯一能识破天机的人。"

"你们还以为真有嘛子天机呀？还不就是桥之东西那点鸡毛蒜皮的俗事！"

传灯和专案组的人也陆续赶到了，但传灯却并无心思听以上这一番闲扯，也没有仰首看天空，而是翻过桥梁压石踩着叽咔作响的竹梯下到了桥墩，再往天眼里望去时，却不由得就是一声哀号般的惊呼："十三阿公，你怎么真的就走了啊！"

走在后面已经气喘吁吁的艾主任听到这个声音，双手撑着桥梁压石望了一眼桥墩上的传灯，问他道："下面又发生了嘛子事呀？"传灯却没有听到，而是钻进天眼里准备把十三阿公的尸体挪出来，也俯身在看下面的甫生支书忙回道："是住在桥墩石洞里的一个孤老头，这一回怕是真走了。"说着也就赶紧下去帮忙。这时已经来了好一堆人，河西的茅伯及河东的道叔也来了，几个年轻人则下去帮忙抬人。

菊儿端了一张长条木凳过来，请艾主任和几位警官坐，说："我去给你们泡茶。"

"不要客气，我们还有事情商量。"艾主任侧过头，用审慎的目光打量着正跳起来手指蓝天白云大声喊"十三阿公升天了！你们快看啦，十三童佬升天了！"的廖晴川，见十多分钟前还有青丝的蓬乱头发转瞬已经全白，心里也不由得生出了几许怜悯之情，遂回头用征询意见的口吻问郭副队："你看廖晴川该作何处理？"

"她已经疯了。"郭剑说，"我回去写个报告，争取与福建那边联系早日结案。"

疯女人的喊声戛然而止，遂低下了头去，目光的柔波里有水草在舞蹈……

三个刑警共一辆摩托，"哧哧"几声，一路灰尘起落，"10·11"专案组自动解散。

忙了有大半天，谁也没有记起给上面来的领导安排午餐，不过也难怪，事发突然，而且是命案一桩接一桩，这不，碰巧今天又……又在桥洞里老了人……艾主任想，要是平时下乡，我艾张扬无论走到哪，总是会被村上的基层干部前呼后拥，传灯那点酒量也是跟着我被逼出来的。这小子有潜力，艾主任在心里说，"思路清晰，不但笔杆子耍得活，处事也果断。下次在党委会上我得再烧一把火，争取把他转干的事早日定下来。这也是为国家推荐人才嘛！"他的肚子里开始"咕噜"起来，喝了口菊儿送来的热茶，临走又把头伸过压石喊道："甫生同志，请你转告传灯站长，这里的事就交给他了，我还得赶回乡上去。"文化站辅导员对外称乡文化站站长，这其实是艾主任给私封的，也只有他才经常带他一起下乡寻找新闻线索。

"好好好，按主任的指示办，我一定会做好配合工作！"甫生的回答唯唯诺诺。

艾主任也走了。他无意或又有意的一句交代却等于是给廖传灯赐予了一把尚方宝剑，甫生同志毕竟是个老党员，当了十多年支部书记，这点组织观念他还是有的。其实呢，他的内心还藏着一个叵测的想法，那就是要看看这个靠写文章有了出息的年轻人如何处置十三阿公的殡葬事宜。但没想这个传灯还真有本事呢！

十三阿公的尸体已经到了桥上，甫生支书原原本本地向斯文"站长"传达了艾主任"这里的事就交给他了"的指示，传灯这才如梦方醒说："是啊，这是大事！"

夕阳如血，资水对岸的白羊山仿佛着了火一般，传灯的脑海里却似有一个风火轮在飞速旋转，他下意识地从口袋里摸出了烟盒，弹出两支，给甫生叔递了一支，自己的一支却只放在鼻底下闻了闻，也就是十多秒钟的时间吧，他忽然就抬起头来说："甫生叔，我有一个大胆的想法，您如果同意，我会去说服青山支书。"

甫生叔遂一抬眼，双眸中便映出两排白牙，忙回道："你说吧，我坚决拥护！"

"这想法确实大胆，但今后的事实会证明，这也是一个最佳方案。我支持你！"

青山支书处事，历来以稳当著称，他的表态更加增添了传灯站长的信心。

消息刚一传开，茅伯就主动说："把我的那一副千年屋先让给十三吧！"

道叔却已经走在回家的路上，他是去请出自己的寿衣给"十三童佬"换上。

"这笔账就记在我传灯身上，到时由我一一归还。"传灯红唇皓齿，掷地有声。

在联珠桥一侧的疯子晴川已经安静下来，她口中的喃喃自语也许只有流水知道，她说："流水有情，奔流到海，又会变成云朵沿路飘回，还会化成雨露滋润万物……"但她并没有再说到人无情。她曾经是个心理学博士，应该能感觉到一切都在变化中，人心也一样。她后来就取代"十三童佬"不但住进了桥墩上的天眼，还吃百家饭。娘家人多次来接过她，却被她疯疯癫癫给拒绝了，她说的疯话却是颇有道理的：双拱联珠桥是一双惯看世事沧桑的大眼睛，我得要守护这一只天眼……

十三童佬就安葬在河西的慈善山上，面向江对岸的白羊山，山脚下就是一江资水和双拱联珠桥。坟墓由青石砌成，墓碑上刻着"十三阿公千古"六个苍劲的颜体大字，一左一右是向氏兄弟干才和干国的土坟堆，虽然并没有砌石立碑，却留了很宽的空隙，可待向家人日后动作。这就是传灯当时想出来的应急方案。

这当然是最佳的方案！作为亲舅舅的甫生支书代表向家表态时说："兄弟俩的案子尚未了结，但死者无罪，入土为安。他俩有十三阿公做中间人，但愿到了阴曹地府能够和好，来世做个善人。"甫生说得很动情，从此与传灯的关系也很铁了。

上弦月已经不知去向，天幕上的星星却如同在清碧的资江河里刚刚洗过，明朗如千万只眼睛。难道真会有天眼看着我们这个红尘俗世吗？那一夜传灯很晚才睡，菊儿就睡得更晚，要到县城去安新家，锅碗瓢盆包括烂烂落落的衣服都得打包，但是当初谁也没有想到，这一离开，就是跟着传灯踏上了人生的新征程……

第二天一早，艾主任派来的破吉普到了，桥墩上的竹梯就"吱吱呀呀"地有了响动，一个声音仿佛是在为传灯一家送行说："流水有情，奔流到海，又会变成云朵沿路飘回……"传灯回头，但见桥之上晴川的一头白发如十三阿公手中的拂尘……

何处觅乡贤

南非白人小说家库切曾经说:"正如有毒的癞蛤蟆对它自身没有毒一样,人很快就会长出一层硬皮来抵御自己的诚实。"那么,如果我们反其意而为之,将自身最美好的一面展示给我们的同类,以心换心,这个世界不就会很美好吗?

——代题记

一

地处资水中游北岸的株溪口、白驹、杨林,自古以来就属于三个完全不同类型的自然村。其建筑环境、建筑风貌、村落选址及民风民俗等均未有过大的变动。

人们世世代代居住在属于自己的村落里,或生老病死,或繁衍子嗣,最为普遍的一种说法是,株溪口是以九峡溪出口处的株树潭为标志,白驹是以白驹山为标志,而杨林则是以一片杨树林为标志。统而言之,村落与村名的形成与其山水自然有着密不可分的内在联系。自新中国成立以来,虽然也曾先后叫过某某农村合作社,某某大队或某某村民委员会,但无论怎么更替,村落的标志还会有名有姓地摆在那儿。外出的游子回家,远远地一眼就能够认得出来。于是就会忍不住热切地呼唤着自己村落的名字并加快了匆匆行走的脚步,投入她的怀抱。甚至有人还会从心底里发出一声由衷的感慨说:"外面的金窝银窝,不如自己村落的狗窝。"

这三个村原来一直隶属于杨林公社或杨林乡所管辖,而如今杨林乡已经并入到县城所在镇——东坪镇。忽然有一天,这三个自然村又被合并成了一个社区。

对于本地老百姓而言，都觉得这是一件很别扭的事。

"搞嘛子搞嘛？这样改来改去连名号都冇得哒，硬是呷哒饭冇事干，瞎折腾！"

"如今的干部都是高水平，他们不一天到晚设计谋划搞些花样，还能搞嘛子？"

一连许多天，人们议论得最多的就是"三村合一"改称谓的事，被闹得人心惶惶。

有左邻右宿的乡亲，见传灯毕竟是从省里退休回原籍养老的大作家，想必是个见多识广又懂得上面政策的公家人，便充满期待地跑过去问他。然而传灯的回答却也有些模棱两可，他说："撤乡并镇应该是为了加快城镇化进程的需要，至于撤村并社区，有可能是为了便于加强管理吧！"乡亲们听得云里雾里，又问："你未必不觉得如今统称为杨林社区这里面少了些嘛子？"传灯一脸笑相说："嗯，感觉是像少了些嘛子呢！"并且他自己也一字一顿地喃喃自语说了一遍："杨、林、社、区。"

传灯脸上的笑容就有些僵硬起来，他接着又画蛇添足补了一句说："应该是少了一点文化意味！"但无论从表情还是言语中都能看得出，他对此举也是颇有想法的，亦不免在心里自问：难道只是少了一点儿文化意味吗？传灯自问却不能自答。

没过几天，白驹和株溪口又被划成同一个片区了，并取了新的名称叫白株片区，统一由杨林社区派出的干部负责管理与联系，已经不再属于一级基层行政组织。这不是被挂空挡了吗？但人们所关心的却并不是有无选举权和被选举权，而是为了取新的名称两个原自然村的群众各执一词，死蛤蟆争出尿来，白驹人要用白字开头，株溪口人要用株字开头，最后还是以传统的"抓阄"方式才解决问题。

这年头事物变化起来真快，需要本片区的人民群众去努力适应。新春上班后的第一天，社区书记就亲自带领几个年轻干部到了白株片区，名义上说是了解邻里之间的关系和家庭之间是否和谐，实则却是动员大家推荐选举本片区的乡贤。

此举是由社区书记率先提议的，他的灵感就来自于前不久发生在株溪口与白驹挨邻杵宿的两个家庭中一件鸡毛蒜皮的小事。这种小事说出来还真是丢人呢！

株溪口与白驹两个自然村向来是以联珠桥为分界，桥西头属地为株溪口,桥东头属地为白驹。有一天,桥西头张家的公狗与桥东头李家的母狗居然大模大样地在桥上嬉戏,并且还时不时发出几声激情的吠叫声,引得桥两头的男女们都闻声上桥围观。有老人实在看不下去了,也就一语双关随口说了一句:"这些畜生!"

没想这句话却成了导火索,李家人冲着张家人说:"是你们家的狗在惹我家的狗!"

张家人不服,怒气冲天地回道:"连自家的母狗都管不住,小心你老婆……"

这话也确实太伤人。李家人于是也恶语相加,眼看着矛盾上升就要大打出手了,这时,平日里就喜欢出面讲几句公道话的夫明便往两家人中一站,一声怒吼道:"吵嘛子吵啊?我看你们连狗都不如!狗还晓得在一起找快活,这叫资源共享。"

两家人面面相觑,顿觉得无地自容,一场由狗惹出的纠纷也便就此了结了。

人说好事不出名,坏事传千里,白驹与株溪口张李两家发生的这一档低级趣味的事也传到了社区支书耳中,他听了后便在心里寻思道,乡里还是得有乡贤啊!

乡贤是嘛子?年老的妇孺没有文化,并不懂得乡贤的含义,睁大两眼问干部。

其实有干部自己也不全懂,解释起来就不免结巴,说:"是……是片区的好人。"

"是好人?干部,你出面讲一句公道话,如今还有嘛子好人吗?"这癫癫狂狂的话是从一位寡妇大婶口中说出来的。她还说:"我那忤逆不孝的报应崽,我一把屎一把尿拉扯大他,如今能攒钱了,一分一厘全都塞给他老婆,就不管我的死活了!"

就连桥档头的元妈也对自己儿子有牢骚,说:"我们家建勇在外打工蛮好,硬要搞起回来开嘛子油榨坊,还弄了个茶室,每天伺候那一帮闹武神(即年轻人)。"

有邻居就打抱不平说:"像建勇这样的年轻人如今打起灯笼都难找呢,他还不是放心不下你这老娘才回来创业的?再说有个让闹武神喝茶的地方这是造福呀!"

"造嘛子鬼福呢!"元妈满头白发一晃说:"你们这又是听我那叔伯侄孙在打文讲。"

她说的叔伯侄孙就是传灯。她还说:"也只有读过圣贤书的人才这样懂得礼数。"

元妈的辈分高,年岁也高,八十有七了,但是白驹和株溪口人见了她,无论男女老少都是叫她元妈。唯有传灯却是按照辈分叫她元奶奶,叫比自己年轻的建勇做叔。只是传灯当时并不在现场,他还蒙在鼓里呢。也不晓得他正在打喷嚏吗?

一连走访了好几家,情况大致相同,不是老人有怨言,就是年轻人火气旺。

社区书记30多岁,高子不高,身材中等,脸阔额宽,蓄平头,腋下夹一黑色拉链包,走路迈着方步。他虽非科班出身,却先后担任过村会计和村主任,有着丰富的实践经验,就更加坚信自己这一次提出的推荐选举乡贤的活动是无比地正确。他于是就发话说:"干脆每户通知一个当家的到联珠桥上集合,先推荐乡贤!"

联珠桥是一座双拱麻石桥,不仅是白驹人去杨林或上游唐家观等地的唯一通途,也是连接株溪口东西两岸的重要枢纽,有人形象地比喻它是两只圆睁的天眼。

桥上终于有明白人说了句大实话:"推荐乡贤?这好事啊!起码比协警好!协警是维持本地社会治安的,没有正式编制,却统一着装并由社区负责发工资。"说这话的人是松良,他曾经担任过株溪口的村委会主任,属于基层组织里的过来人。

也有人问社区干部说:"这当上乡贤了有钱补贴的吧?大概有多少钱一月呀?"

一位漂亮女干部出面解释说:"能够被推举为乡贤,是一种荣誉,不在于钱的。"

"哈,如今还有这号好人?"晓巴子见缝插针说,那我问你,"冒得钱的路你搞吗?"

遂惹得一堆人哄然大笑,说:"就你这晓巴子尽想好事!"晓巴子即是晓明的绰号。株溪口的闹武神几乎人人都有绰号,并且取"某某巴子"的多,是此地一大特色。

硬是把那一位漂亮的女干部闹了个大红脸,赶紧用白嫩的手背掩住了两片薄薄的红唇,欲说还休,不敢再言语。也难怪,人家毕竟还是第一次下到片区走访。

"你们这些闹武神,就只晓得欺负女干部!"后来还是晓明的老兄夫明出面打圆场说:"大家正经一点,协警能够跟乡贤同日而语吗?"他这话其实是针对松良说的。

这时,平日慎言寡语的建勇也说了一句:"大家还是莫乱打茬啰,先听干部的。"

忽见一群白鹤从人们头顶横空掠过,又侧向下游崩洪滩荒洲处展翅而去……

场面终于得到了控制,养老还乡的传灯居然成了片区推荐的乡贤热门人选。

传灯他人呢?几位年轻干部也很想见识这位准乡贤,都把目光投向了书记。

"大家先上车吧!"社区书记对几位随从手一挥说:"我们这就去拜访传灯作家!"

初春的溪水依旧清瘦,却澄澈透亮,双拱桥与水中倒影相交相映,确实如两只睁大的眼睛。七百里资江横前,几条渔划子泊在江边溪流出口处,船欲静而浪不止。江浪声声里,系船儿的老槐树上栖着的一群麻雀,"叽叽喳喳"地也在开会吗?

二

从联珠桥到传灯家只需十多分钟,一脚油门换两次挡也就到了。小车在门口停下,坐在前面的社区书记先下了车,手合喇叭筒,朝江景楼喊道:"传叔,传叔!"

紧靠公路的大门是敞开着的,这可以说是正门,但又不是正门,他家的屋宇是江景楼,真正的朝向是七百里资江,是江那边的白羊山,大白天不关门是传灯立下的规矩,并在门口还挂着一块"室内有凉茶可供路人解渴"的木牌,魏碑字体是传灯亲自所书,外行人乍一看还像那么回事,却经不起方家细阅,少功夫呢。

"来了,来了!"传灯应声从阳台走出,他老婆张菊儿却已经把客人领进了大厅。

书记一行人到了传灯家门口时,传灯当时还一如往常正手握一册黄卷在临江的阳台上发呆,目光却依旧注视着江景楼左侧近傍的那一株松树。其实说他是在守望还更加确切一些,自从他搬入新居与一对人们传说中的仙鹤有过偶尔的交集后,心中就似乎被那一道玄白的光晕所照亮,并更加迫切地希望能够再度与鹤相逢——虽然他明知道那一对仙鹤已经修炼得与天光同色,不但来去无影,而且鹤语如风亦如水声,但常与黄卷古籍中往圣先贤相会晤的传灯,却自认为彼此是有着默契的。然而,仙鹤没有等来,却等来了几声小车的喇叭声和叫他的人语声。

大厅是双向,中间隔有一道屏风,面江是一张仿红木案台,纸墨笔砚并印鉴一应俱全,是供书画界文友偶尔来此挥几笔的雅堂,当然更多的时候还是供传灯自己临帖养性;朝向公路的一半则是茶室,紧靠屏风是几把木椅和一张四方木桌,桌上是一个大茶缸,有几个茶杯倒扣在茶盘里,是为路人进屋休闲解渴所备用。

传灯在茶室用天尖招待客人,这是黑茶中的极品,相传以前是只供天子饮用的,其次是贡尖,是专供朝廷大臣们所饮用……这当然只是噱头,但价格确实不便宜,上千元一斤。传灯是爱茶之人,但他自己喝的,却是一般的千两茶或茯砖茶。这一款小罐天尖,还是去年国庆期间东坪镇张镇长来拜访他时送他的,当时社区的书记也在。书记亦是白驹人,按辈分,他应该叫传灯做叔叔,他也确实很亲切地称他为传叔。拿人家的手短,吃(喝)人家嘴软,为此张镇长当时提出要请先生为镇上正在编辑的一本宣传画册写篇序言时,传灯也就欣然应允并很客气地说:"我既然已经回乡养老,就是东坪镇百姓中的一成员,能为镇上出力,是分内的事呀!"而此时他取出这小罐天尖时还有意或无意地说:"是你们镇长送的。"

书记亦立马接言说:"传叔您还没舍得喝呀!"他这无疑是表明当时自己也在场。

接下来的气氛果然很融洽,几位第一次谋面的年轻干部对传作家更是尊敬有加。传灯是一个深谙官场之道的过来人,在20世纪80年代末至90年代初,就曾经担任过新创办的县委机关报总编辑,进了省城又当过省委统战部机关刊物的执行主编,后来调省文联做协会工作。虽然与地方领导打交道少了,但也没少体会过机关如"机关"的凶险。何况他当时对社区书记等一行人的来意并不摸底,有道是阎王好见,小鬼难缠,传灯自回乡建房以来又不是没遇到过……所以也就……

听了社区书记的来意,传灯这才双手抱拳对面前的侄辈说:"我只是回乡来养老度晚年的,做好你治下的一个遵纪守法的准村……村……"他本来是想说"准村民",却又觉得现在已经不再叫村,而是叫片区,便立马改了口气说:"哦,是做好一个遵纪守法的片区的准片民。至于推举我为乡贤,使不得,万万使不得!"

传灯后来还说出了为什么使不得的理由,他说:"我虽然已经退休回乡,但户籍却在长沙,并且省文史馆员是一个终生性职务,回乡建房是户籍在农村的你婶婶张菊儿的名义征地的,从理论上说我只是客居。"他还说:"既然是乡贤,就应该是从乡邻中推荐产生,年龄最好在50岁左右为宜,那样会更具成长性和影响力。"

他继而用欣赏的口气说:"推荐乡贤是一个很不错的创意哦! 只是……"稍顿了一下,他又接着说:"乡贤乃乡里的贤能之士,当然啰,也不能苛求,但德是首位。"

书记听了后,忙拱手说:"您是大名人,能够得到您的支持,事情就好办了。"

传灯却说:"百姓心中有杆秤,只要是真心为人民群众谋福祉,谁还会不支持?"

其实传灯从回乡建房到入住新居的这一年多时间里,就一直在思考着同一个问题,既自己是否能够处处以身作则并潜移默化来影响身边的年轻人,积极推动并造成一个地方的文明风气。他也是在不断地自我反省中,才逐步放下在体制内被端高的架子并恢复乡音的,且还有意识地说过,建勇叔就是株溪口甚至也包括白驹村的一个乡绅,也还多次正面引导并推介,夫明是株溪口闹武神中的大哥大。

传灯说这话是缘由的,建勇性格中庸,待人彬彬有礼,开油榨坊对上门顾客老少无欺;夫明虽然是"一铳硝"的"炮筒子"个性,却为人正直,敢于仗言,且有文化。

在他的心目中,其实还有另外两个乡贤候选对象,一个是原株溪口村的村主任松良,他老婆虽然受蒙骗参与了非法集资被判刑,也连累他丢了村干部位子,但他本人却是非常厚道并有思想的;还有一个是白驹的岩山,他虽然没有多少文化,却名如其人是一个实心实意的庄稼汉,这些年谁都晓得外出打工要比守在家种庄稼划算,也只有他才一如既往坚持种田种地,他的想法很简单,就是要为子孙后代留下几颗没有被嫁接过的土生土长的纯粹种子。何谓乡贤?为乡邻着想的人就是! 传灯于是说:"如果书记不介意,我倒是可以给片区推介几个备选的乡贤对象。"

"好事呀!您在这片土地上出生,这次又在家乡居住了一年多,最有发言权了。"

"最有发言权的还是乡亲们。"传灯说,"我只是提出这几个候选人来供你们参考。"

又是那一位年轻漂亮的女干部没忍住,便急切地问:"您说说看,是哪几个? "

传灯给围桌而坐的年轻人又续上一轮茶汤,还做了个"请"的手势,便从容不迫地说出了心目中候选对象的名字和各自的特点。然后再用茶巾抹了抹壶口。

书记听了,阔脸堆笑,好一会才用了一句外交辞令说:"我们再了解了解。"

传灯不禁后悔起来:"哼,还打官腔!"就又补了一句说:"拍板权在组织手里。"

之后彼此又说了一堆客气话,当然也都是套话,一行人便起身准备告辞。

传灯送客后进屋,见妻子菊儿在收拾客厅,自己便穿过客厅复又上了阳台。

阳台上有一把可坐可躺的竹椅,但他并没有入座,而只是斜倚栏杆慢条斯理地掏出了一支香烟,"啪"地打燃火机,然后深深地吸了一口,又微厥着嘴唇吐出了袅袅烟雾,目光却并没有随烟雾移动,而是定定地注视着烟蒂上红亮的火星出神。

这是他在思考问题时的习惯性举动,注目一处,思想却如野马驰骋……

什么叫世事纷纭,乱花迷人眼? 只有经历过岁月沧桑的人才能够真正体会得到。传灯自搬入江景楼后就一直想要做一个简单的人,力求回避去思考一些所谓的复杂问题,用古人曾经总结的话说,世间本无事,庸人自扰之。也不去扰别人。

他还写过一首小诗自勉,标题叫《在江上》,诗曰:

在江上,我是一个闲人,

居家养老亦养心,

偶读黄卷,聆听圣贤训,

鹤语如风,也如流水声,

不入时尚,不参政议政,

携妻逍遥在江上,

俯瞰流水,仰望白云。

然而此时,他却无法勒住野马的缰绳,任凭思想从 30 多年前的株溪口联珠上出发,一路驰骋至县城,又至省城,然后再听从了释迦牟尼所言而"还至本处"。

本处是何处?答案也许就是回到时下人所热衷说的初心吧?但又似乎不对。

坦诚地说,我传灯当时的初心其实就是野心,就是想要逃离农村,让自己去更广阔的天地间建功立业,还有就是想让自己的家人也能过上衣食无忧的好日子,或曰光宗耀祖。而如今这一切好像都已经做到了,在省城有了房子有了车子也有了所谓知名作家及省文史馆馆员的荣誉称号,且一双儿女也已经成家并有了小孙外孙,想拥有的都好像已经得到了,但为什么忽然又觉得一切都是虚无呢?

再次回到曾经出发的地方,不但没有半点荣归故里的感觉,却反而一开始还有着一种"壁上挂团鱼,四脚无依靠"的惶惑。他当时正要感叹世风日下,却忽然记起了大英雄曹孟德"绕树三匝,无枝可依"的诗句来,因此便想,所谓世风,其实首先就是自己的一呼一吸,勿怨天尤人,从自我做起:做一个赤子,做一个老顽童,与左邻右舍甚至乡里乡亲坦荡相处并推心置腹、将心比心,把自己完全融进这一方水土,做资江河里的一尾鱼或一只虾,做故乡山地里的一棵树或一株草。他忽觉心中一亮,不禁喃喃自语道:"天下万物,各有归宿,四时更替,乃是天下秩序。唯其如此,方可得其初心。"或许,这才是真正的"还至本处"吧……

他正如此思想着时,眼睛的余光忽然被一道白光所牵引,便心中一喜,即抬首望了一眼快上中天的春日,但见一抹云影正好遮住了日头,再回眸江景楼左侧的那一株松树,果然就发现了那一双神秘的仙鹤——于是水竹与草叶颤动了,江水也漾开了微微的波澜,并有鹤语佛耳而过:这就对了,所有修为均从修心开始。

传灯顿有醍醐灌顶之感,弹掉手中烟蒂,故向仙鹤抱拳道:"感谢仙鹤开示!"

松枝骤然间就颤动起来,如风如江声的鹤语说:"是相互在开示。我们也应该感谢你呀!"传灯的心头顿时便似有一股暖流淌过,并且感觉到眼眶有些潮湿,江湾里泛绿的水波如一面透明的镜子,照得见一道玄白的鹤影远逝,亦照得见穿过云层的太阳以及对岸的隐隐青山,当然还有从江心荒洲上起飞的那一群白鹤……

传灯便有了一种恍惚之感,往事如过电影似的,一幕一幕从他的眼前展开。

三

首先展现在他眼前的一幅画面是乡政府门前的那一堵文化墙,传灯就是通过那一堵文化墙与张菊儿认识的。那时菊儿最小的妹妹在乡中学读寄宿。每逢周三菊儿都会沿一路青石板台阶翻过小镇唐家观后山的新路坡,步行

三、四公里到学校去看一次由她一手拉扯大的小妹。学校正好在乡政府旁边，每次等候小妹下课时菊儿就总喜欢在文化墙下站一会，有心无心地看一看墙报上的文章。慢慢地虽然只念过初小的菊儿就喜欢读墙报上的文字了。其中有一首新民歌她特别喜欢：

爱吃蜜糖先养蜂，想吃芝麻自己种，

心有目标人勤奋，幸福生活在手中。

这一天，风和日丽，菊儿又一次站在了墙报下，半生半熟地念着上面的那一首民歌，碰巧作者也正好来更换墙报上的内容了。那就是时任杨林乡文化站的辅导员传灯，是个土干部，没有正式编制的，他的另一个身份是乡基建队的泥瓦匠。

“嚯，普通话不错嘛！”见有人在朗诵自己写的诗，传灯就主动先打招呼。

菊儿竟吓了一跳，回头便大大咧咧说：“碰哒个鬼，这也叫普通话呀？”

“真是经不起表扬，这——就不是普通话了嘛！”

“我本来就不会讲嘛子普通话，我要是也会讲普通话，蛤蟆都笑出尿来。”

“哈哈，蛤蟆都笑出尿来！”好形象的语言。

听话听音，菊儿便好奇地问：“嚯，这墙报上的文章未必是你写的？”

“是的。”传灯答得很肯定，并有几分自豪地告诉对方说：“这是就我写的民歌！”

这回菊儿便是一怔，看了一眼墙报上文章后的署名问：“你未必就是传灯？”

“我就是传灯。请问姑娘你是——”

菊儿本来就是个男儿性格，顺口便回道：“我是小镇唐家观的菊儿。”

“菊儿，菊儿……”传灯喃喃自语般说：“是深秋里的菊……儿……”

“你这人就味呀！菊儿菊儿菊儿……未必还不记得？”

“记得，记得记得……肯定记得，我一辈子都会记得了！”

菊儿的脸就红了，说了一句：“热死人呢！”就赶紧躲进了墙报一侧的阴凉处。

两人就这么认识了。不久，菊儿与传灯就成了情投意合的一对恋人。

那一年，传灯 23 岁，菊儿 26 岁，就是这一桩原本迟来的婚事也经历了不少坎坷。先是菊儿她娘对男方的家境不满意，尔后见了准女婿传灯本人就更是对女儿婚后的前程表示担忧。不过也是，菊儿家尽管人口众多，但近年来因为铁匠铺生意红火，也算是小镇唐家观响当当的富裕家庭。而男方就是挨邻杵宿的白驹村人。虽说祖上发达却反而成了后来的包袱，被划为了一个小土地出租的成分，并且母亲早逝，家中兄弟三人基本上是"各人自扫门前雪"的状况。尤其是传灯以男朋友身份头一次随菊儿上门，见过准岳父岳母后，他倒像个闺女似的，躲进了吊脚楼临江的菊儿房中，只顾埋头看自己随身带来的一本叫《文艺生活》的杂志去了。

菊儿的母亲当然不会知道，那是一份由省群艺馆主办的公开刊物，更不晓得那里面还刊登了准女婿传灯写给她大女儿的一首诗，并且题目就叫着《菊儿》：

谁没有被耽误的际遇呢？
你就未赶上春日的暖阳，
是花，总会盛开的，
和煦的春天过去了，
热烈的夏季过去了，
执着地、执着地，
你在茎秆的心间把信念积蓄。
谁说萧瑟的秋风里没有花朵呢？
你不信秋天就只有沉甸甸的收获，
秋天是收获的季节，
也是，生长希望的季节，
为了作一次幸福的体验，
你把所有的痴情，
盛开在寒风凛冽的枝头，
花开得越迟，
香留得越久。

这是传灯向菊儿求婚时写下的第一首情诗。菊儿看着看着，一知半解的她居然流出了幸福的眼泪。"爱情本身就是一首诗！"传灯说。他却不敢把这首情诗抄录在乡政府的墙报上，而是怀着惴惴的心情寄给了省群艺馆主办的《文艺生活》。

没想三个月后，这朵自己心中的《菊儿》竟然就真的在公开刊物上绽放了。

资水在吊脚楼下静静地流着，划出一波一波的问号，传灯就在菊儿家临江的吊脚楼里一遍又一遍地欣赏着《菊儿》。隔壁厨房里准岳母和未来的妻子到底在谈论些什么，传灯当时一点也没有在意。倒是后来菊儿娘忽然起了高腔的一句话一下就把自我陶醉中的传灯给惊醒了，菊儿娘说："你左等右挑的，怕是挑花眼睛了吧？找一个进门就只晓得躲进房里看书的书呆子，这今后养得儿女活啊！"传灯听了就如坐针毡，正犹豫着是否进厨房帮忙呢还是干脆偷偷走人，张铁匠刚好就闯进了厨房："你懂个鬼！人家看书做文章是脑力劳动，出息是迟早的事，就怕我家菊儿冒得这好的命！"听父亲如此一说，菊儿就乐了。就势进房故意响亮地亲了一下尴尬的传灯，并高调地宣布："我的婚事我自己做主！爹就是我的坚强后盾。"

菊儿是一个性格要强的女人，为了她的婚事，当娘的确实没有少操过心，但到头来女儿自己却找了一个既不像农民，又不像手艺人，也不像干部的"三不像"回来。娘拿她无奈，后来还瞒着女儿要了准女婿传灯的生辰八字，请算命先生专门测过婚姻，那个老盲人把指头抢过来抢过去，居然说："你女儿找了个文宿星！"

她父亲是打铁的，女儿能找个文宿星这也要得！终身大事就这么定下来了。菊儿跟了传灯后，从恋人到家庭主妇，确实没有少吃过苦，上山下田干过农活，还在联珠桥上开过代销店，即使后来男人被破格招工转干，自己也带着儿女进了县城，再后来又跟着进了省城，菊儿依旧是个忙人，也是个大大咧咧的人。

老天爷对每一个人都是公平的。这是几十年来始终挂在菊儿嘴上的一句口头禅。她还说："我菊儿虽然冇有嘛子文化，也冇有兴趣再去学嘛子文化，但我在屋里伺候的都是些文化人，男人是个写文章的作家，崽女也都是喝足了墨水的大学毕业生，屋里总得要有个做饭洗衣的呀！"菊儿其实是有着自己的明确人生方向的人，她认为自己过每一道坎，闯一道关，需要的并不仅仅只是吃苦和耐劳那么简单，有很多的时候，更需要宽容，需要释怀，需要有牛马一般的忍辱负重的精神。

她这一路走过来，即便明晓得男人也有烦过她的时候，更很少有带她出席过大场面，甚至还听人嚼舌根说自己的男人外面有女人，但菊儿从不动声色，她的心里就只记得两句话，一句是打铁的父亲在她出嫁那天跟她说的："菊儿啊，嫁牛嫁马有个命的。做女人的受再多的气，呷再多的苦，只要能守住自己的家就嘛子事都会顺起来的。"还有就是男人当年写给她的那首诗中的末句：花开得越迟，香留得越久。菊儿从不懂什么叫哲学，却能够在自己的人生中用辩证的方法看待问题，处理问题，解决问题。菊儿的思维或许有些简单，但行为从来就不简单。菊儿的大半辈子人生确实也有过不少哀怨，但更多的却是幸福和快乐。如今菊儿的丈夫确实出息了，成了省城里排得上号的文化名人。正如她男人自己在一篇文章中所写："我是一棵被移植进城里的树，虽然当初也难免有伤根折枝的痛苦，但因为自己比一般移植进城的树更多了几分自觉意识，慢慢扎深扎牢了根须，从舒枝展叶到枝繁叶茂，居然成了湘江北岸一隅的一道风景。"菊儿早已经做了奶奶也当了外婆。用她自己的话说："我菊儿在你们传家今后是神龛上有牌位的人！"这确实不假，所以传灯曾经开玩笑说："你是可以写上'故显考妣传母张氏菊儿老孺人'的。"

随着年岁的不断增长，传灯对菊儿的体恤也就越多，将心比心，他知道老婆也许比自己更不容易。毕竟是个女人嘛！但传灯是一个怪人，脑海里经常会闪出一些奇怪的念头来。忽然有一天，他居然心血来潮，趁一家人正围着桌子在吃早餐，却冷不丁提出要回到老家去建房。儿子和儿媳都把目光投向了母亲，菊儿亦感到意外，说："你们看我做嘛子？你爸一天到晚心里想些嘛子，我哪里晓得呀？"

传灯在外人眼中是个成功人士，在家里也少不了是"一言堂"，但回乡下建房毕竟是大事，得举全家之力，便解释说："我这是还至本处，想在老来与乡贤相晤于乡里。"但还有一个理由他并没有说，也不屑于说。那就是他最近在网上流览得次数最多的两条资讯刺激了他的神经，一是把钱存到了国外银行的裸官，一是离岸信托转移资产又暗度陈仓成了继承人的裸商。也就是这些人居然还说自己爱国！

"你们都远远地滚吧！"总得有人留下来做"麦田的守望者"。传灯在心里说。

他天生就是一个浪漫的理想主义者，少时在资江崩洪滩打短工拉纤混入船帮蹭饭吃，就想着要是能够把船拉到天上的银河去该多好，结果惹得船帮汉子一个个哈哈打得比滩啸声还响亮。后来走"狗屎运"被破格招工转干进了县城，从县文化馆文学专干到县文联主席再到县委机关报总编辑，组织上正要考察他作为副县长候选人时,他竟连报告也没一个居然逃离岗位去了省城长沙一家杂志社打工做编辑。没满一年又被省委统战部《统一战线》党刊作为人才引进,刚调过去就被任命为执行主编,他满满当当干了八年。居然在新世纪之初又突然提出辞职下海创办公司,并把公司取名为自觉文化传播公司,意为"日日新,苟日新",他后来还大言不惭地说:"若不是当年省文联把我招安,我如今说不定还在'自觉'呢!"

"你就折腾吧!"菊儿脸涨得通红,一句"要去你去"到了嘴边,却还是忍住了。

儿子和儿媳已不再吱声,而心里却在想,一时间去哪里筹措这么多钱呀?

但传灯再开言时,却是板上钉钉的口气,他说:"不扯茅蔸上不了坎,大不了卖掉一套房子嘛!"他心里确实是有这底气的,家里现有两套住房和三间门面,按市价有好几百万,这都是他早年下海创办文化公司时积累的财富,打下的基础。

一顿早餐不欢而散,但该做的还得做,这叫理解要执行,不理解也得执行。

四

回乡建房之初,确实是遇上了意想不到的困难。首先是在选址征地上,传灯其实是煞费了苦心的:他回乡第一站就去了县城,因为在白驹村口的老屋已老在村口的一个山湾里,漏雨漏风亦漏太阳,檐条枕木均已腐朽不堪,无法居住已是必然,但更主要的他还是想先找到县委闻达书记,与他见个面把自己拟以老婆张菊儿名义回乡建房的事进行沟通,也好日后遇上什么麻烦时有个说情的地方。他与闻达书记算是有一些交情的,早年回乡探亲时,书记曾亲自出面请传作家吃过饭,并且在席间还说:"传作家,您也许并不记得了,20世纪80年代您获得共青团湖南省委颁发的自学成才奖在长沙领奖时,我曾经得到过您签名的散文集《纤痕》,当时我就在团省委青联处工作。您的这一本书已经跟我搬了四次家,至今还在我办公室的书柜里。"传灯听罢,还真是感动不已,忙起身敬酒并先干为敬了。

此次他在车上跟儿子传承又说起了这件事,儿子明白父亲的意思,车进东坪镇,传承就直抵南区的云旅客栈。安顿下来后,传灯便给书记发了短信,并很快就得到回复,书记说:"欢迎老师回家乡,我今晚八点半在县委大楼418

办公室等您！"

传灯是一个很守时的人，也是一个很会把握机会的人，因为他不仅仅是一个思想活跃的作家，更是一个从事了多年党报党刊领导工作的实践者和管理者。他是 8 点半准时到达县委大楼 418 办公室门口的，见办公室门虚掩着，便轻轻地敲了一下，开门的就是闻达书记。彼此亲切握手后，书记转身去给客人泡茶，传灯则趁机扫了一眼这位家乡父母官的办公室。这是一间临时改装过的办公室，还不到 20 平方米，只占了原办公室的三分之二，另外的三分之一已被隔开，空在隔壁成了蜘蛛结网的天堂。这是为了应付巡视组的检查所为，身为省文联某协会副主席兼秘书长的传灯退休前，自己的办公室也是被这么弄过的。这叫上有政策，下有对策。办公桌也不是以前常见的那一种所谓的老板桌了，左侧的书柜里，站着几排政治和经济学方面的大书，传灯还真看到了出版于 20 世纪 80 年代的自己的那一本小散文集。他正在心里发着感慨时，一杯汤色红亮的老黑茶就递到了面前。

"大作家，我这里就只有家乡的老黑茶招待您啊！"闻书记的本地话说得很地道。

"知足了，已经知足了。"传灯是一个善于把握话语权的人，这是他从多年的县委机关报总编辑并省委统战部党刊执行主编的历练中所得来，于是接着说："耳边沐着乡音，舌尖品着乡茶，这是身为游子的福气啊！"继而又聊起了家乡这些年的变化，他说："家乡是撑不开的土船，这艘船有您掌舵，经济社会发展真是突飞猛进，一路高歌。我作为一个在外工作的安化人，也跟着沾了书记您的光……"云云。

书记却谦逊地说："安化人杰地灵，历史上出过两江总督陶澍、罗绕典，当代有羽毛球冠军，还有大作家传灯先生您，这是我跟着沾了勤劳智慧的安化人的光呀！"

彼此相谈甚欢时，传灯却突然话题一转说："有个事我得先向书记您报告一声。"

热烈的气氛中，书记说："老师您客气了，说吧，只要是我能做的，一定效力！"

传灯就说出了拟以妻子的名义回家乡建房养老的想法。

"这个事……呀！"书记稍迟疑了一下，但他终不愧为学者型的领导干部，再接言时，便又侃侃而谈说："老师您是个大名人，回乡建房养老，这就是一道人文景观，是我们想请也怕请不来的。不过得把该办的手续先给办好，这您懂的呀！"

传灯忙抱拳说："当然，当然。"

于是起身告辞，书记也跟着起身，一直送传灯至电梯门口并频频招手致意。

从县委大院出来，传灯上车后就给县国土局的朋友发了一条短信息，告诉他自己此次回家乡的目的主要是选择宅基地，还有意把刚才与县委闻书记见面相谈甚欢的事也向他透露了。这叫做功课，是传灯多年来与领导层打交道积累的经验。

家乡这些年的变化确实很大，尤其是资江两岸的亮化工程更令人炫目。

"我还是想把宅基地选择在靠崩洪滩的地方。"他跟儿子说，"滩头上还有纤痕。"

多年父子成兄弟，传承知道父亲心里始终有一个资水情结，但他也担心在江边建房征地会有一定难处，便说："那地方好像不是我们白驹村的吧？是不是……"

父亲的回答却很果断，说："事在人为嘛！"

儿子就笑了笑，心想，您不也说如今很多地方的农民都几乎成了刁民吗？

知子莫若父，传灯说："也不是绝对的。"他忽然就想起了"乡贤"这个词来……

车过资江大桥，传灯让儿子把车开慢一点，于是按下车窗，抬首望月。

传承亦受感染，也跟着瞟了一眼夜空，说："是上弦月。"

传灯说："是的，是上弦月。"他于又问儿子，"月的怀里抱着什么？"

儿子就又望了一眼天上，回答说："是虚空。"这个词他从父亲的诗里见识过。

"你只答对了一半。"父亲并没有完全否定儿子，说："也怀抱着希望。"传灯总喜欢用自己的内心感悟去影响身边的人，他又接着说："但愿人长久，千里共婵娟。"

云旅客栈到了，传灯下车后，儿子嬉皮笑脸跟父亲说："我去跟朋友吃个夜宵。"

"去吧！开车不喝酒，喝酒不开车。"

"遵命！"儿子把车移进了停车场，跟父亲道了声晚安，便融入月色灯光中。

他也许并不知道，父亲回老家建房还有一个目的，那就是想让他多历练……

第二天一早，县国土局的朋友、也就是现任县国土局副局长兼总工程师的陶斌就来到了云旅客栈，并做东请传灯父子一并用早餐。他还带了一个人来，介绍说是县国土测绘队队长。见面后就主动请缨说："老师,我们也陪您一起去看看?"

"求之不得,求之不得呀!"毕竟是既当领导又当总工的陶局,想得就是周到。

"老师您是大名人,能够回家乡来建房定居,我们理当要做好服务工作嘛!"

陶局一片热忱,一心想要凑成一件两全其美的好事,第一站就去了资水南岸的雀坪渡口。这地方传灯是熟悉的,他奶奶的娘家就在雀坪村。奶奶28岁就成了寡妇,每次回娘家都会带着小传灯做伴,祖孙俩就是从株溪口婆婆崖下乘渡船在这里登岸的。但如今早就已经没有了渡船,人们往来都是从上游不远处的低水电坝上过路,之前的那一条麻石砌成的渡船码头,也便形迹可疑地藏匿进了萋萋杂草丛中,唯有那一片一到春天就绿如烟海的柳林依旧,一行人便在这里下了车。

"这一片全都属于经开区,是县里去年征收的。"陶局指点江山般说。

传灯却没有弄懂,说:"陶局你这是带我来视察县里的经济技术开发区呀?"

陶局说:"老师觉得这地方怎么样嘛?您若是满意,我可以帮您找经开区陆书记协调,把这一片做成开发区的文化产业园,由老师您出面领衔,肯定会很红火。"

这一回传灯终于是听明白了,原来陶局是站在经开区的全局在考虑问题,此举既给县里招商引资找到了噱头,也为自己省下了买宅基地的钱,是一举两得呢!

传灯稍一沉思便连声说:"使不得,使不得,我回乡建房只是用来养老的,哪能领衔搞什么文化产业园呀!"他心里其实已经想得更深、更远,这只是陶局一厢情愿的好意,真的实施起来绝对不会如此简单。个人的贪欲一旦膨胀,自己曾经在市场经济中使用过的伎俩说不定又会重演,这不是又完全违背了我想要"还至本处"的初心吗?如此思想着时,传灯却把目光投向了株溪口下游的孟公塘江湾。

传承接过父亲的话说:"谢谢陶叔叔的好意!我爸想的是对面的那个地方。"

陶局"哦"了一声,说:"那我们掉头从电坝过去看看吧!"

然而事情却并没有想的那么顺利,到了株溪口一打听,孟公塘江湾不到一亩的河滩林地,业主却有三户人家,并且一听说是从省城回来的传灯想要在那地方建房,原本是乡里乡亲的老熟人,却一个个不是有意躲着,就是一问摇头三不知。

传承无意中听说其中有一块地是原株溪口村委会主任松良家的,就赶紧给松良打了电话。他是曾经帮助过松良的，那是前年在衡阳的一个建筑工地上，传承是施工方的管理人员，松良他因为老婆参与非法集资事发后，自己也丢了基层干部的职务，正四处找地方打工还债，是传承看在老乡分上把他拉了过去，同时还有株溪口其他几个闹武神伙计。但松良在电话那端却有些支支吾吾，传承也想学父亲的借力打力，说县委闻达书记对这事都很重视，县国土局还专门来了人。松良听了这话后，就干脆跟传承挑明了，他说："那块地已经分给我哥纯良了，我做不了主的。再就是你们千万别抬出县里的嘛子领导来，现在的老百姓对干部很反感，前一阵子也有个当官的，想来征地建江景别墅，结果村里人帮着狮子大开口。"

原来如此，大家之所以躲着传灯，是因为还当他是乡里乡亲怕不好讨价还价。

为什么会成了这样子呢？传灯忽然记起了自己当年在家乡的一些人和事，尤其是因为他在文学创作上成绩突出，并有写资水的《船魂》获得了百花文艺出版社第二届《散文》月刊奖，被县里破格招工转干。离开家乡去县文化馆报到的那天早上，株溪口联珠桥上挤满了送行的乡邻，有人还兑钱买了一支金星牌钢笔硬要插在他胸前的衣袋里，像叮嘱自己的儿子说："你如今当上文官了，不要忘记是从株溪口的联珠桥上走出去的啊！"这才过去多久呀，怎么彼此都恍若隔世了呢？

儿子传承是学环保的，他说："就像土地被污染了一样，要想修复，很难呢！"

父亲却只意味深长地说了一句："只要家乡还在，乡贤的根脉就不会断绝。"

此事只是暂时搁下了，父亲的性格传承晓得，他决定的事是不会轻易放弃的。

五

再一次回家乡是在清明节。诗人说："清明时节雨纷纷，路上行人欲断魂。"而在家乡人口中却另有一说，"清明要明，谷雨要淋。"这才是好年景的兆头。这一年清明节却是一个难得的爽晴天。传灯大喜，这次是倾家出动，有备而来，不但带了300多本新出版的长篇小说《七百里资江》，还备了几条芙蓉王香烟，就连被子床单及他和儿子换洗的衣服也带上了，越野车的后备厢里，堆得满满当当的。

传灯跟老婆菊儿说:"还记得当年我让你在联珠桥上开小卖店的事情吗?"

菊儿说:"当然记得。你莫又要设计谋划,一家一家去株溪口拜码头呀?"

传灯说:"这回不是去拜码头,而是去喊风,我就不信淳朴的民风唤不回来!"

以下这一段文字,是传灯在另一个《还至本处》的小说里写过的,兹录如下:

时间倒回去 30 多年,那是 20 世纪 80 年代,传灯与菊儿就曾经在株溪口的联珠桥上生活了整整四年。那时传灯还在乡基建队做泥工、并兼任乡政府半脱产的文化站辅导员。所谓半脱产主要是指工作性质和报酬渠道,既每月 15 个工作日为乡政府门前的宣传栏编写版报,15 个工作日在基建队照常舞砖刀砌楼房,当时并没有周末一说,而工资是由乡政府提供一部分,县文化馆补发一部分,基建队按出勤率发一部分,整个加起来也就 60 多块钱每月,不过在 20 世纪 80 年代初期,乡党委书记每月也只有 100 来块钱。当时的猪肉才七毛六分钱一斤,上初小才两三块钱一个学期……传灯当然觉得很满足。但后来传灯已有了儿女,也就是如今的传承和传奇,传奇是姐姐,不到三岁,传承是弟弟,不到一岁半,而责任制田土是传奇还没出生就分到了户的,添人添口未添田土,这样光吃饭都很难。

但最难也难不倒传灯,他这人灵光得很,不但会写诗歌和会写散文,还有商业头脑。他家在株溪口里面的白驹村,去乡政府或去基建队,都要从株溪口的联珠上路过。联珠桥是一座双拱麻石桥,横跨在鄰鄰株溪之上,长有百余米,宽有近十米,是资江中下游北岸行走东西的必经之路。有一天,他站在桥上一拍脑门说:"这也是一处最理想的经商之地呀!" 当晚他就与菊儿商量:"我们在联珠桥上开一家小卖店如何?我负责进货,你责任卖货,每月挣的钱肯定比我工资多。"菊儿听了一乐说:"要得,要得,这办法好。"但立马又面呈难色,"还是不妥吧,人家会不会……"传灯已猜出老婆的顾虑,便鼓足勇气说:"怕什么怕?桥是银和公修的!"

不过这句话传灯一直没有说,是不敢说,因为他家成分高,好不容易赶上一个开明的、不再讲成分了的新时代,自己若还翻出当过族长的曾祖父说事,这不是还乡团又来了吗?不过传灯却把自己知道的司马相如与卓文君当垆卖酒的故事讲给了菊儿听,虽然二者毫无可比性。但传灯想,菊儿毕竟是小镇唐家观的女子,况且她父亲与两个弟弟开铁匠铺确实成了小镇上先富起来的人，当初与传灯恋爱并结婚，家里也是极力反对的。菊儿听了，半天没吱声，之后便偎在传灯怀里说："我全都听你的。"凡成大事者讲究的是天时地利人和，而现在既得天时，也有地利，缺少的不就是人和吗？找准了方向后，平时不抽烟的传灯一狠心就买了一条沅水牌香烟，一连几个晚上口袋里都揣着香烟到株溪口一家一家去串门拜码头，而且还开诚布公地说出了自己的想法。但没想到在桥东第一家就碰上了软钉子，当家的是村上的会计，说话却绵里藏针，他说："这还真是个不错的点子，你传灯如今也算得是半个公家人了，有些事用不着我提醒你也应该晓得，这桥上是嘛子地方？"传灯便赶紧掏出火柴给他点烟，并把头点得像鸡啄米说："我晓得、晓得，这是要道、是公地，但我只借上一小角，就20来个平方，不但不会影响交通，还能够方便桥东和桥西的父老乡亲及往来路人。"村会计又皮笑肉不笑说："方便是说得好听，实际上还不就是为了谋利？"传灯也就把话说得更透彻坦诚，说："我当然是为了谋利，但我传某人绝对只谋取批发差价的利。"对方巴了一口烟，又撮嘴吹开烟雾，打开眼睛望着传灯，且一脸阴笑。传灯心里窝着火，却还是强忍着说："您不相信？我聘请您当我店里的监督员，若是今后我店里与乡供销社同样的货物价格却贵些，您随时可以带人来掀我的店！我说到做到，决不食信！"毕竟是搞文学创作的，一个圈又把人家给绕了进去，会计最后说："那我先祝贺你了。"

头一家是虎，第二家是狼，后面的全是羊。这比喻不一定恰当，却符合规律。

一条烟是一支一支递出去的，最后一支不剩。传灯跟菊儿说："老婆，成了！"

菊儿兴奋得想过来亲老公一口，却不习惯，转身进灶屋给他做了两个荷包蛋。

说干就干，这是传灯办事的风格。他邀了基建队的几个木工和泥工伙计，只花了两天一晚的时间就把小屋给盖起来了。盖在桥东靠里边的一角，占桥面确实没超过20平方米，但有一大一小两间，大的一间为了防潮湿还隔有地板，简易货架就做在靠里面的压石上。外面是一个简易柜台，中间是几个从供销社半花钱半讨来的盛饼干和红糖、白糖的铁皮桶，另一侧还摆了一张床铺，也是靠着桥面压石的，而档头还有一间小灶屋，门是虚掩的柴门，只需轻轻一开便开了，里面锅碗瓢盆一应俱全，还用了一把方凳专门放茶缸，这就是传灯说的"以前在联珠桥上开店不也是经常敞开着灶屋门的"那一间灶屋。他们在这栋小屋里一待就四年。

这四年里,菊儿始终本着传灯当初的承诺,不但方便了左邻右舍,所有货物特别是一些紧俏物质,如白糖、红糖等,也从未抬高过哪怕是一分钱的价格。当时的白糖和红糖在乡供销社也很难买得到,但传灯却因为在乡文化站工作,与供销主任混得熟,即便是到了年关,他也能走后门进到货。不过红糖和白糖的出货却是颇有讲究的,若出货得当,一麻袋百斤装的红糖或白糖,往往能多卖出三斤五斤来,那主要是在过秤和包纸封并捆纸封的时候,大凡是在这些技巧活上,传灯都会亲自出马。而这一类事又必须是夜阑人静时才能做的。此时不但传承、传奇已经入睡,更主要还是不会被人发现——因为传灯会事先将纸封安排双层,就连捆纸封的龙须草他也是挑选的比较粗壮的那一种,在舀糖过秤时,一律都是阴称(即秤杆子向下),而包好封子再复称时,又绝对会是阳称(即秤杆子向上)。

包出的纸封上还夹了一张双指宽红纸条,吉祥又喜庆……

父亲的小说儿女儿媳是看过的,并且早就听母亲不止一次地说起过她与父亲一起的"成长史",看到父亲所做的准备,也就大致猜到了他接下来要做的事。

下了高速,车过小淹,到了江南镇,父亲却指挥儿子把车开到江边船码头去。

还是菊儿敏感,满心狐疑问道:"你该不会是要我同你一起租船去株溪口吧?"

传灯一脸狡黠说:"正是。知我者,夫人也!"

于是当真租了一条小机帆船,还让把被盖并衣物也放在船头,然后才交代儿孙乘车走,传灯说:"你们先去小镇唐家观在舅舅家候着,我们安顿好后再打电话。"

一家人分成水陆两路,这其实都是传灯事先就在心里设计好了的。扶夫人上船,又把她送进船舱入座后,自己则手执竹篙立在船头,在船尾掌艄正准备开马达的年轻船佬大遂惊出了一身冷汗,声如雷吼道:"你这大叔不要命了?挣了你这百多块钱我今天怕是……"他本来是想要说"怕是还赔不起一幅棺材板呐!"却不料船头的大叔一竹篙甩向江岸,紧接着又是一声吆喝,"咿哟嗬嗬,开船啰——!"

年轻人见状立马改口说:"今天我怕是遇上河神爷了!"于是船头船尾皆大笑。

笑毕,马达声响起,传灯这才说:"我驾船的时候,你还没出生呢!"

江南至株溪口也就"三塘两滩"不足十里水路,过一天门江湾,上渣滓滩,再过祠门口,前面就是崩洪滩了。要是换了从前,没有经过水库调节和疏浚过河道的时候，崩洪滩是有着"七百里资江第一险滩"之称谓的，而眼下的流水，虽然也不泛激荡，却照例被加足了马力的船头犁出了一江雪浪。但手执竹篙立于船头的传灯，似乎又看到那一队赤着黑红膀子、脚蹬益阳板子草鞋把脊背弯成桥拱状的纤夫了，夹在纤夫中间的那一个少年不就是当年的自己吗？一直要憋着劲把船拉上滩头的孟公塘江湾才能松一口气，然后又去滩尾拉第二艘船……也难怪他会如此留恋这地方，因为在这里留下的已经不仅仅只是纤痕。上了崩洪滩，前面就是孟公塘江湾，传灯心中的江景楼就是选址如此，但他并没有声张，因为心中还没底。

也就半小时左右，株溪口到了，传灯指挥船佬大把船泊在联珠桥西的老码头边，自己则插牢竹篙扎稳锚，然后双手合成喇叭筒朝桥档头高呼，且连呼了数声：

"咿哟嘀嘀——来人呐——帮忙卸货啊——！"

"咿哟嘀嘀——帮忙卸货啊——！"

……

声音悠长邈远，陌生而又熟悉。

这会是哪个啊？在桥档头小卖部里扯着闲谈的几个闹武神立时就竖起了耳朵，他们这是在捕捉自己父辈们的声音……就是嘛！这会是哪个？有人就循声走出来朝老码头打望，或许是已经认出来人是谁了，正欲缩回屋里去时，传灯一声吼道："有货到了船码头，你们居然爱理不理，请问你们还是不是株溪口人呐？"

没想这话被桥东头的元妈也听到了，老人家上桥，俯身压石往下看："是哪个？"

"元奶奶，是我呢！把您老也惊动了。"

"是传灯呀！"八十多岁的老人不但耳灵，眼睛也尖，她又问："你这是搬家啊？"

菊儿正好也出船舱到了岸上，脸朝元妈说："元奶奶，我们又搬回株溪口呢！"

元妈乐哈哈地说："那就好，那就好！"又忙回头喊儿子："建勇，你快去帮忙啊！"

这时，在小卖部的另外几个闹武神也都到了船头。笼统也就只有一套被盖一袋衣服及一台手提电脑，人手还分不到一样呢，但传灯却给每人先扔了一包芙蓉王香烟，菊儿也一脸笑容地左一声小心点，右一声谢谢，这情形何其熟悉啊！

闹武神们很快就回忆起了自己年少时常去桥上小卖部的情景……

彼此间心与心的距离一下子就被拉近了。这令传灯想起了两句诗："家乡不在空间里，家乡在时间里。"也更令他对自己做出的这一看似唐突的决定而兴奋不已。

听说传灯要在株溪口租房子住下来，闹武神们纷纷自告奋勇出主意。说某某家里可以住，某某家里也可以住。如今农村外出打工的多，挣了点钱首先想到的就是回家盖一栋红砖屋，空房子自然多的是，但传灯最后确定要租下来的却是元奶奶给推荐的一栋空屋，也是一栋红砖屋，户住叫孟安，绰号豹子，就在联珠桥东头，是白驹山脚上的斜坡上，去崩洪滩正好要经过他家的屋门口，离元奶奶家也近，中间只隔了乡道里边进聋子一栋屋，下坡百步左拐即是。孟安虽然绰号豹子，却是个忠厚老实人，比传灯年长好几岁，老屋在白驹村口的响堂湾。这栋房子是早几年才盖的，他的两个儿子在长沙打工，挣了些钱兄弟俩在父母的帮助下盖了这一栋两层楼砖屋，与同是打工妹的女子回家完婚后又去了省城。但是第二年孟安的老婆五妹得急症走了，他就独自一人守着老屋，还说这也是守着自己的老婆。新屋当然就一直空着，听说有人想要租他家的房子，一见面，原来是传灯。

"还是你呀——传……传作家。"他本来是想直呼传灯的，但出口又改了称谓。

传灯很客气地叫了他一声："孟安哥。"并接着说，"只怕要租住一两年啰！"

"你这是回来……"孟安还没有搞清路数，却见元奶奶白发脑壳摇了摇并一个劲在使眼色，转而又说："我崽他们也已经在长沙买了按揭房，如今这些年轻人，怕是真的卖祖不想回来了，你要是想住，不住就是呀！随便给点租金认个主就成。"

闹武神们就起哄说："豹子，还要嘛子卵租金呀？不要你出守屋的钱就要得了！"

孟安却有些不好意思了，搓着手说："那也是啰！"

传灯很认真，说："你们这些闹武神，就莫打茬了，一码归一码。"

后来元奶奶就出面做中说："那就认一下主，每月租金一百块钱，看要得不？"

"要得的，要得的。"孟安说着就往前面带路。

闹武神们仿佛像成就了一件大事，欢呼雀跃着把被盖衣物等全都直接送到了传灯将要居住的家里。他们中有叫传灯叔的，也有叫传灯哥的，年轻人早已不兴什么辈分，但传灯却很认真地一一更正他们对自己的称谓，还说这是传统。

此事就这么轻而易举地定下来了。菊儿的脸上也笑开了菊花瓣……

事情的进展传灯已经通过微信告诉了儿子。传承给父亲回了九个大拇指的点赞图案，并跟父亲说："舅舅家的午饭已经做好了，我就到联珠桥上来接你们吧！"

父亲回道："好的。午饭后，我们还要去给你外公外婆和爷爷奶奶扫墓。"

这已经是每年清明节的惯例，做儿子的也会遵循这一惯例。外公外婆的坟地在唐家观后山新路坡的一个山湾里，爷爷奶奶的坟地在孟公塘江湾的金鸡岭，两地相隔也就三里多。传灯领着一大家子给两个山头的先祖磕过头、燃过纸线、点上冥灯并给坟头上添一捧新土，一年一次的扫墓事也就算完成了，这叫了却心愿。

但儿女甚至包括菊儿都并不知道父亲早已经来过金鸡岭，那是在梦中，是传灯一个人来的，灵魂并不需要任何形式感。他是来把想在山脚下的孟公塘江湾建房事跟父母亲汇报。他在梦中还做了一件事，不过他对任何人都没有说，这叫天机不可泄漏。传灯之所以每想做一件事基本上都能做成，全是在梦中就演绎过的。

接下来所要做的事，或许就只是在重复他梦中已经做过的事。

六

父子二人就在租借的孟安家里安顿下来。这才过去几天呢，带来的300多本长篇小说《七百里资江》就已经所剩无几了。株溪口和白驹总计也就300多户人家，传灯领着儿子挨家挨户去认乡亲，先是由儿子传承给抽烟的递烟，然后是传灯掏出笔来签上大名并将散发着油墨馨香（也激荡着资水浪花）的新书赠给对方。

传灯说："离开家乡几十年，回来也冇嘛子送呢，书生人情这只有纸一张啊！"

其实偶尔也会有人对他此举产生反感，说："我们只晓得三担牛屎六箢箕的。"

传灯则笑言以答："能像你还晓得六箢箕牛屎的人，村里怕是已经不多了。"

对方便摇头叹息："唉，如今的年轻人呐！"说这话的人多是比传灯年长的老者。

传灯一下就把话语权抢过来了："那就正好让他们看看《七百里资江》呀！"

"你这书里全都是扯淡的吧？都说你扯淡也能挣钱。"

"是不是扯淡的你们看了才晓得，除非你们把自己的过去都忘了。"

对方这才正眼看书的封面，但见一队纤夫弯曲着黑红脊背正狗爬于纤道，狭窄的江峡中一页白帆兜满江风……耳朵仿佛就听到那一首铿锵的《过滩谣》了：

前面滩涂打烂船呀，嗬嘿！

后面滩涂船扔帆呐，嗬嘿！

……

一首《过滩谣》，不，而就是这一部《七百里资江》的小说解开了乡亲们的心结。之后人们在私下里议论说："这传灯虽然也是吃公家饭的，却并没有忘本呢！"

所有问题都迎刃而解，建房征地，甚至包括请工（因为在上游十多里的一家大型茶厂正在建设中，外出打工的年轻人也闻讯回来了），也都顺风顺水了……

"这其实都是预料中的事！"再一次坠入对往事的回忆中的传灯自言自语地说。

他也想起了动工后发生的几件不愉快的事，一天，他正在指挥泥木工放线定位，忽然来了一辆三菱越野，从车上下来的人，双手叉腰就在上面喊道："先停工停工，你们老板是哪个？不晓得这里是河滩地吗？哪个给了你们这么大的权力呀？"

传灯赶紧从斜坡往上走，气喘吁吁边递烟边解释说："这里是分到户上了的林权地，是用自留地置换的。"但他并没有自报家门，只是想友好地解释清楚就算了。

人家却拨开他递过来的烟，亮出执法证说："我们是河道执法队的。"

另外一个人说："是书记打电话给我们局长，说这里有人在用挖机动了河道。"

一听是书记打电话反而提醒了传灯："请问是县委闻书记吗？"说着就掏出了手机，闻书记的电话拨通了，传灯简单报告了现场的情况，对方说："请他们听电话。"

"误会了，误会了，这里确实是林地。"接过书记电话的人说，"老师请多多包涵。"

传灯终于嘘了口气,心里却说:"这种事本不该上报书记的,我也是被逼的。"

没几日,林业执法的也来了;

再过几天,又来了国土执法的;

其实呢,该办的手续早就已经递交到了有关部门,踢过来踢过去就是迟迟办不下来。传灯无奈,最后才决定又亲自去找书记,书记听了一脸震怒,说:"如今这些办具体事的,就是怕担责任!"给传灯递上一杯茶水后,书记也面呈难色,犹豫了一下又说:"老师,这种事嘛,我也不方便打招呼,您看是不是……先等一等。"

传灯表示理解,便轻描淡写地说:"雁过拔毛,这已经是当下社会的顽疾。"

书记说:"还是作家目光如炬,一语击中的要害。"

最后还是一个业内朋友帮他出点子说:"还有个办法,届时你可以罚代征呀!"

"明明是合理合法的事,为什么硬要以罚代征呢?"传灯从回忆中醒过神来问。

却没有人能听懂他是在说些什么,就像没有人能听懂那一对仙鹤的鹤语……

自从搬入了江景楼新居,传灯每次只要手捧黄卷走上临江阳台,就像是着了魔似的。他是在等候仙鹤的光临吗?他是在思索当代乡贤的考量标准么?或许是在反思社会风气?他已经不再是一个无所事事的人,春天到来后,在闹武神们的帮助下,菊儿已经在房屋两档的空地种上了蔬菜,有辣椒、茄子、豆角、苦瓜和丝瓜并南瓜等。菊儿说:"别人家有的,我们家都要有。再不能像起屋时靠吃百家菜了。"传灯也表示了赞成,他说:"欠下了那么多人情债,得要我们慢慢还的。"他还说:"你放心,今后凡是除草和施肥的事,全都包给我了。"菊儿却如考官般又问了一句:"未必就只有这一些?"传灯便笑答:"也包括给豆角、苦瓜、丝瓜、南瓜搭篷。"

菊儿就"咯咯咯"地笑起来,脸上的菊花瓣绽放出久远的光彩。她已经很久没有过如此放松的笑声了,仿佛感觉到自己又见到了乡政府门前的那一堵文化墙……

爱吃蜜糖先养蜂,想吃芝麻自己种;

心有目标人勤奋,幸福生活在手中。

如今的传灯和菊儿确实很幸福。他常跟菊儿说:"执子之手,与子偕老。"

他也是忙碌的，把时间掰成三分过，一分是在江景楼两档的菜地里打发的。菊儿当然不会让自己的男人独自去做这些杂碎事，是夫妻双双一并去下地的。女人头戴草帽，男人则总喜欢光着脑袋，他就是这么一个人，以前做泥瓦匠时也是从来就不戴草帽的。如今头发稀落，就正应了那一句"和尚打伞，无发（法）无天"的俗语了；还有一分时间则是服务于晚饭后散步过来的株溪口的闹武神，他们已经把喝晚茶的据点从建勇家移到了江景楼，这是传灯在建房时就承诺过大家的。能与年轻人在一起喝茶聊天，也是传灯之所求，他喜欢听闹武神们漫无边际地扯闲谈，而闹武神们则不仅仅只是为了来喝茶，更多的人是来听他说古书黄卷里的故事……察其言，观其行，他始终坚信自己能从中发现未来的乡贤，也确实有所发现；另外的一分时间才是完全属他一个人的，那便是手握黄卷在阳台上翻一会儿书，还说自己是在与古代圣贤相会晤。又发一会儿呆，把目光投向横在眼前的七百里资江，以及下游崩洪滩江峡中的荒洲，还总是时不时往楼左边的那一棵松树上扫一眼，但遗憾的是，他所期待的那一对仙鹤却极少光顾，或许是来过了他也没有见到，仙鹤已经修炼得与天光同色……当然啰，他偶尔也会到楼下的河滩上去捡拾几枚形状各异的卵石回来，并供于堂中的茶案上，用茶水养着，还说是亿万年前恐龙下的蛋呢！他经常会一个人自言自语地说出些令菊儿无法听懂的话。

"你又在发嘛子呆呀？"这是菊儿经常问男人的一句话。

男人则回答说："你不是给我取了个呆子的绰号吗？发呆这是我的本分呀！"

还有另一句，那也是菊偶尔会说的："你这又是在说嘛子胡话呀？"

凡是提出此问题时，传灯会故作神秘地回答菊儿道："是在说疯话，也是在说水话。"他的"胡话"有时是说给天听的，这是他读过屈原《天问》后所得出的结论，有时又是说给眼前这一条江听的，他的脑海中经常会出现一个谦卑的老头孤独地站在江畔，并且也在说"胡话"：逝者如斯夫！但更多的时候是想说给那一对与日月同光的仙鹤听，因为，那一对仙鹤是在这一片江域出生和成长乃至得道成仙的，也只有它俩才真正地了解这一方水土，和世世代代生于斯长于斯的人们。

传灯又在说胡话了，他说："何处觅乡贤？乡贤是在每一个人的心中养着……"

一道白光倏忽从眼前闪过，天色于是便暗了下来……

门虚掩

一

有屋便有门。门是一道界线，门里和门外会有截然不同的两种风景。门内是家天下，门外是大千世界。传灯先生自从退休"还至本处"，尤其是搬入了儿子传承为他修建的"资水传灯书屋"之后，便觉得自己已经返老还童成了处子。他于是接着问："那么人心呢，也会有门吗？"他看着楼下孟公塘江湾那一汪流水发问。江水盈盈，如千万个问号漾开……

记得好友天澄先生曾说："古人以三十年为一世。"他今年六十有三，稚童也。

他的诸多行为也确实像一个稚童，天寒地冻的，只要天不下雨，他每天都会坚持去孟公塘冬泳，每次半裸上岸后，从不忘秀一回自拍。

他去江湾游泳的时候，老婆菊儿也会跟去，她对男人下水不放心。男人"扑通"一声钻进水中，水没头顶，先是半浮半沉作一会儿潜游。水很清澈，看得见他那一双不断翻动的脚掌，她的心也总是会"扑通扑通"跳得厉害。一直到看见男人的头颅完全钻出水面，然后是昂首甩臂奋力上游，待游到百米左右的一群隐隐露出水面的礁石处，她才放下心，并喊应男人道："算了，算了，莫逞强了。"男人就喘着气应着："好好好，听你的。"便又是一个潜水式游回来，上岸。她就赶紧帮男人用一条浴巾抹干身子，又将一件睡袍给他披上，并不厌其烦地唠叨道："年过花甲的人了，逞嘛子英雄！"他却嬉笑以答说："我晓得的。冬天的江水要比岸上暖和，不信哪天你也试试？"菊儿比传灯大三岁，平时就像大姐姐照顾小弟似的宠着男人，听罢自是无言，还得顺从男人把手机递过去，任由他来几张自拍……传灯还坚持每天早晚沿江边乡村公路放脚，这是他风雨无阻的功课。

"放脚"一词来自苏东坡的诗句。这也是听好友天澄先生说的，却忘记了出处。他大多是独行，并戏称自己这是独自放脚。老婆菊儿患有风湿性脊椎病，是年轻时坐月子用冷水洗尿布落下的病根儿。人们只有偶尔才能够见到他们夫妻俩执手同行。但传灯无论是独行还是执妻之手同行，心血来潮时仍不忘用手机拍照和配一串文字。如过年那天傍晚，他拍到落日，便配文道：落日斜阳如金剪，裁取光阴又一年。胡须茂密冬草枯，满脸皱纹溢笑颜。还如：安居乐业，百年大计。东坡栽茶，西山种菊。屋后采菌，房前捉鱼。大门虚掩，长幼不拒。廉颇老矣，老得有趣。虽是信手拈来，却也有饱满若谷粒般的佳句。好在有一位远在南京的女粉会每月定期帮他"收割"一次。这"收割"二字，便是那位忠实的女粉丝的专用词，每当一个月期满的时候，他的微信里就会冒出一句，哥，我收割了。然后又把整理好的一堆文字发给他审定，他也就回一声"谢谢！"再发三个拱手的图案。第二天或第三天，他就又会看到她转来的中诗网平台推出的数十首诗歌作品链接。他于是照单收下，转发并附上一句俏皮话：路旁起屋，搭帮旁人。微信码字，收割有亲。内心实则是满怀了感激的。

俩人偶尔也会私聊几句，她说的最多的一句照例是："哥，您还真是个稚童。"

"老夫若当真是个稚童该有多好！"传灯苦笑着摇了摇头，说："天地鸿蒙，混沌初开……"他忽然觉得脑子有些乱。

二

这几天手机微信和电视新闻里都是关于"新型冠状病毒"的各种消息，先是武汉封城，那毕竟还很遥远，但没过两日，老家所在县通过广播电视下发了《安化县新型冠状病毒感染肺炎疫情防控指挥部通知》，对所有班线车辆实行全线停班。这其实也不打紧，家里准备的年货吃个三天五天甚至一个星期不成问题。可第二天一早醒来，他习惯性地打开手机微信，便又看到周边农村都以村为单位还动用推土机在村口筑起了高墙，理由非常充分：严防死守，果断阻止带病毒者进入。

他于是便想，自己也应该主动为当地政府和所在社区做点儿什么才对，不然就愧对了镇上给颁发的"新乡贤"称号。然而他一介退休文人又能做什么呢?

家里有两箱口罩和手套。是装修房子时用剩下的。传灯去楼上杂屋查看,结果口罩还剩四百五十个,手套四百二十双。

他立马就喊儿子出车,父子俩先是去了社区。刚进社区门口,就碰到社区党支部书记带着几个年轻人出门,说是下去阻止有关路段擅自封路的行为。却全都没有戴口罩。传灯让儿子传承从车上把一百个口罩和八十双手套取过来,亲自交到支书手中,并郑重其事地说:"出门是必须要戴口罩的,这既是保护自己,也是给居民作表率呀!"

支书惭愧地说:"这不是'断粮'了吗?您真是'及时雨'啊!谢谢了,谢谢了。"

父子俩又往镇上赶去。镇办公楼有些冷清,只有宣传委员在家值班。一问才知,所有班子成员都到社区和村上搞疫情排查和宣讲去了。

把三百五十个口罩和三百四十双手套交给宣传委员,父子俩这才回孟公塘资水书屋。回程路上心情却轻松多了,传灯顺手扭开了车载音响,是汪峰的《春天里》,他跟着哼唱了第一段,却有意把段末的"请把我埋在这春天里"改成了"请把我埋在那孟公塘里",还反复吟唱……

孟公塘因孟公崖而得名。传说孟公崖原本是一方飞来巨石,立于资水北岸的金鸡岭下,年深日久就与山连成一体了。这是吃水上饭的驾船人给它取的名字,漂泊的人想要找一份依靠,希望它能护佑往来船只。

关于孟公塘,还有个真实的故事。故事主人公叫传山,也有叫他传三的,是传灯的曾祖父。话说那一年资江两岸流行潮热病(即打摆子),一艘从资水上游宝庆府邵阳县起锚去湖北汉口的大货船,途经孟公塘江湾时,染上此病症的船老大实在撑不住了,故打算停船求医,不想病来如山倒,刚离开船舱就倒在了船头甲板上,全身颤抖、手脚抽搐、口吐白沫……三名船工惊慌不已,手足无措。这船老大也真是命不该绝,正好被去下游祠门口出诊回白驹村路过此地的郎中传山看到,他丝毫也没有犹豫,从江岸小跑而下,纵身上船,说:"救人要紧,我来试试吧!"他取下臂弯里的包袱展开,又嘱人把船老大上身的衣服脱下,翻过身,脊背朝天,自己则盘腿坐于船板,左手拈起一排长长短短的银针,共有十二根,继而将银针一根一根从背脊向两端扎去……当最后一长一短先一根扎进头部脑顶,后一根扎入脚掌心时,船老大"哇"的一声,一股恶浊之气连饭带菜带水从口中喷出,病便好了一半。此时的传山先生已经满头汗珠,在春夏之交正午阳光的照耀下,蒸发出的热气若佛光笼罩着全身……

资水两岸有人说传山是神医,更多的人则说他是仁医,因为他家的诊所大门是昼夜不上门闩的。但也有人预言说,像他这种善举过不了三代,所以叫他传三。

传灯对门的思考,或许缘于他的曾祖父,也或许是儿子传承在老家为他盖的新楼资水传灯书屋的入户门。为了这扇门,儿子和儿媳还发生过争执。儿子偏向于传统,主张进老山界采购连体古杉请本地木工来做;儿媳是做美术编辑的,自然满脑子时尚理念,说门是人的脸面,当然得讲究,不能做成那种愣头呆脑的大宅门。婆婆同意儿媳的意见,说:"是应该与村里其他楼房的门有所区别。"传灯这次却始终一言不发。而他心里却对"门"这个词做过多次的掂量和揣摩。

传灯由"门"引申到了"门户之见"的隔离与阻拦。

三

20 世纪 90 年代初他在《南江统一战线》杂志从编辑部主任到执行主编。本来能担任主编的,在千禧年过了春节回机关上班后,却突然发生了变故。被任命为主编的人是他原来的手下,省委统战部部长的秘书。传灯一气之下便提出停薪留职,欲去省作协承包《南江文学》,省作协党组书记老赵闻言大喜,他正为作协机关刊物《南江文学》经营不善而发愁。传灯还注册了一家名为"自觉"的文化公司,既做《南江作家》,又做南江文化丛书。他觉得一扇"门"把他拒之在外,他又打开了另一扇"门"。

传灯聘请了一大批热心支持文学的官员和儒商当办刊顾问,团结了不少文学粉丝。他的刊物和文化丛书都办得红红火火。

人的欲望就像一股洪流,一旦泛滥,几乎没有人能够抵挡住激浪的冲击,而传灯却主动关了闸门。

文联主席惜才,又把他调进了机关,提拔为文联专职副主席。

传灯如今拥有的南江世纪城豪庭苑四室两厅住宅,就是那时下海挣钱买的。

在回忆中,小车已经从南江北路拐入了通往世纪城的滨江金泰路,路上车塞得很厉害,像一群甲壳虫在缓慢地爬行。传灯作闭目养神状,思绪却跳跃到了老家资水畔孟公塘江湾的新居，甚至更远。新居其实还没有完工，只做好了属于他们夫妻那一层的装修，传灯要在春节前搬进去，他让老婆把搬家的吉日都定了，是农历腊月十九。

传灯夫妻这次回省城，既是来看大门如何装修的，顺便搬来他主编的"南江文化系列丛书"以及刊有他作品的上百种杂志，还特意将新居命名为"资水传灯书屋"。

传灯三年前退休，退休通知时，他还乐哈哈地说："终于解放了，总算可以还我自由之身了。"当天下午，他还专门打电话给好友天澄说："先生又在'容膝斋'枯坐吗？过来品茶如何，正好庆祝敝人退休啊！"

天澄是传灯创办自觉文化公司时的策划骨干，天澄就是冲这公司名称来的，他当时见了传灯便说："自觉这名称好，日日新，苟日新，是为自觉呀！"传灯当时就觉得，"知我者，天澄先生也！"

天澄来到南江世纪城豪庭苑已是华灯初上的傍晚，传灯已吃过晚饭并煮好了茶。那也是在深冬，并且窗外还飘起了雪花。听见斯斯文文的敲门声，传灯知是天澄先生驾到，起身开门时，就信口拈了个清人联句说："最难风雨故人来。"

天澄穿一件青色中山呢服，系一条灰色长围巾，进门便搓着手且一脸正色回道："老师退休了这是好事，总算可以'还至本处'了。"他是始终称传灯为老师的。

这话题他们是有过探讨的，那是天澄去年回老家过春节，在微信里写了一段配图文字说：在熙熙攘攘的省城谋生活，皆有不得已的苦衷，虽然不是为名利挣扎，却也想为女儿谋一个好的学习环境。若只是为自己，倒不如"还至本处"好。

传灯即在微信朋友圈留言：我若退休后，必"还至本处"。

"还至本处。还至本处。"传灯还在梦呓般地呢喃，老婆却提醒他说："进车库了！"

四

夫妻俩回到省城的家里后，儿媳带公公和婆婆去厂家看定制好的门。这是一扇对开的厚实木门，门上还嵌有两个黄铜门环，锁却是很时尚的指纹防盗锁。传灯说："要得,蛮好,让送货车发货吧,把我那些杂志及书籍,也一道拉回去。"

传灯夫妻再次回到家中,已是下午四点多。孙女丫丫已放寒假,奶奶心疼孙女,也知道儿媳独当一面的艰辛,准备好好地做顿晚餐给她们母女吃。但打开冰箱,发现里面空荡荡的,就满腹怨言地冲着男人说："你看看你,只顾着自己回老家乡下去盖书屋。"传灯忙赔笑脸说："我就去买菜总行了吧!"

雨还在下,传灯出门忘了带伞。他就是这么个人,难怪老婆总是唠叨他长不大。本来出大门过马路就有超市,传灯却突然想起得去菜市场杂货店买几十个蛇皮袋回家,今晚还得把数千册书打包呢。于是光着脑袋就往菜市场走。幸亏头上没几根毛发,走进乱糟糟的菜市场,抬手在头上抹了几巴掌,再抻抻衣服上的雨水,还好,并没有湿透。他用心地回忆了一下,买了好几样菜,荤素搭配也还得当,都是儿媳和孙女最喜欢吃的,然后又找到杂货店买了蛇皮袋。

四个人的晚餐其乐融融,这使传灯多少有些怀念一大家子的生活气氛……

第二天,是传灯亲自押车回乡下的,老婆多留了一天,又是搭"黑的"回老家。

搬家那天,传灯郑重其事地对老婆和儿子说："今后无论黑夜还是白昼,都要为路过此地的人进屋看书或饮茶解渴留一扇虚掩的门。"他还说："破旧立新、与时俱进没错。但'旧'里也有好东西,好东西如同种子,怀在人们心里,日久必会生出根来、发出芽来。人们把这称之为怀旧。"

他当然知道自己是在逆风而行,但夜不闭户的乡村旧俗总要有继承者。老家白驹村不大,也就千余人口,据传是明洪武年间从江西迁徙而来,却民风淳厚如馥郁老酒,数百年来,一直有着夜不闭户、路不拾遗的好风气。只是后来——也就是"破四旧,立四新"的那些年吧,把这种好风气说成是粉饰太平和阶级斗争意识淡薄给毁掉了,加上前些年青壮劳力都一窝蜂外出打工,有挣了钱回家盖新楼的,也有一败涂地染上了毒瘾的,村里便有了偷鸡摸狗之徒。

现在白驹村已经不再叫村了,包括株溪口村和杨林村,都并入了一个社区叫甲乙丙组,这些被一代又一代村人念得滚烫的名字,不但被冷落而且将会消失。

有熟悉传灯的人将信将疑地说："这规矩定得霸道,不像是传灯先生所为。"传灯以前虽然不常回老家,这次回来建房却处事中庸,被社区人推荐为镇上的"新乡贤"。

搬新家无小事,家事老婆做主。还是在半个月前,老婆就去村里请风水先生择过日子和时刻——是的,是时刻,他老婆做这一类事情是极认真的,连分秒都得讲究,还给风水先生塞了一个三百三十元的大红包。那天老婆从村里回来,像成就了一件大事似的跟他说:"农历腊月十九,凌晨六时六十六分。"他当然明白她所指为何意,便笑道:"那不就是早上七点过六分搬家吗?"老婆却一脸肃然地更正说:"先生说的是六时六十六分。"他于是附议说:"好好好,六时六十六分,六六六大顺。"老婆便老脸绽开了菊花瓣,说:"就是嘛!六六六大顺。"为此她还同儿子去了一趟县城,进超市买了六条长约六寸的鱼干和六圈鞭炮并六桶礼花炮,又亲自劈了六小捆盈尺松柴,并用茶盘盛了一盘粮米。待一切就绪后,老婆说:"这是搬家那天要用的,叫有柴(财)有粮,年年有鱼(余)。"

五

农历腊月十九,东方尚未破晓,老婆就起床了,接着催传灯起床,并崴呀崴地叫醒了儿子。传灯打开手机看了看时间,才凌晨五点。一声无奈叹息后,他说:"还早呢!"老婆却正色道:"搬新家是大喜事,宜早不宜迟。"想想也是,因为他们回老家建房是租住在邻居家,与将要搬入的新居还有约五百米距离,尽管家私炊具等早已一应备齐,但进新屋前还有入乡随俗的仪式要举行呢。

一家三口到了新居门口的外天井,这是一方约三十平的空地,儿子把手中炭盆居中放下,炭盆里有备好的引火细柴,细柴之上有上等的木炭,这是点火时要用的。有家就有火,薪火相传,红红火火。旧俗里有哲学存焉。儿子又把事先藏在天井一角的鞭炮和礼花炮依次摆好;盛粮米鱼柴的茶盘仍由老婆端着,传灯专门负责掌握时间,儿子给了他一个封号,叫司仪。此时天已经亮了,东边天际呈一片橘红的颜色,而且那橘红像是在向一碧如洗的高空缓缓弥漫,这真是腊月里难得的好天气。传灯打开了秒表,笑着跟老婆和儿子说:"别紧张呀,还早,离指定的时间还有七八分钟呢。"老婆却又不高兴了,瞪他一眼说:"到底是七分钟还是八分钟呀?一点儿都不虔诚,搞得人心里七上八下的。"儿子扮了个鬼脸悄声跟他说:"妈是乡风习俗里的忠实信徒。"传灯想缓和一下儿气氛,便故意提高了嗓门说:"我们都是你妈的忠实信徒。"见老婆仍一如既往地严肃着,他也就眼睛盯着秒表心里倒数时间:一分零七秒,零六秒,零五秒,零四秒,零三秒,零两秒,零一秒……然后就正式开始倒计时说,六十秒,五十九秒,五十八钞……零三秒,零二秒,零一秒,他一个"放"字还未出口,鞭炮已经炸响……于是第二圈、第三圈以及礼花炮全都被点燃,天空一片璀璨……

炭盘里火越燃越旺。传灯心一热,思绪亦如礼花,千条万缕地交织展开……

新居选址在资水北岸金鸡岭下的一个江湾,小地名叫孟公塘堖上,下游是激浪奔涌的奔洪滩,再往下是祠门口村,离传灯新家有一千余米,属于江南镇辖区;上游是传说中护佑往来船只的孟公崖,崖头上密布纤痕,从孟公崖再往上是株溪口,传灯父子建新居就租住在那里的一户邻家。

传灯当时选址在此地是有缘由的,这里曾经是他少年时的讨吃所在,也是他后来开始自学文学创作的福地。这得扯远一些,他和弟弟从小就失去了母亲,是在寡妇祖母的拉扯下长大的。那是在 20 世纪 60 年代末,他已经十二岁,由于家里成分高,在龙塘公社卫生院当院长兼主治医生的父亲被打成黑帮,发配到黄沙溪的水库工地劳动改造。就连六十多岁的奶奶也经常被治安主任叫到大队部的戏台上陪绑批斗。传灯的奶奶手臂上长年戴着一块方形黑布条,布条上有三条白杠,那是地主成分的标志,富农是两条白杠,中农是一条白杠。但年少的传灯却始终认为自己的奶奶是天底下最为善良的人。他们家离村小学近,学校从不提供茶水,奶奶为了学生们方便来家喝茶解渴,专门腾出了自己当年陪嫁的一个大茶缸,坚持每天上午和下午各烧一缸茶水摆放在堂屋里,所以他们家的堂屋门是从来不关的。

有一回,一个贫农家的孩子出现了腹泻,家里的大人找上门来,说是地主婆在茶缸里投毒,想要毒害少年儿童,传灯他奶奶背了冤枉,被治安主任铐上手铐,敲着竹梆在村里游街示众,幸亏孩子不会撒谎,主动承认是自己在上学途中喝了小溪里的水。自那以后,在好心邻居的劝导下,奶奶只好将堂屋门虚掩着,但每天还是照例烧两缸茶水,只不过用了一个稻草把子象征性地反撑着门,轻轻一推,门就能开。

传灯当时读初小四年级,他不忍听同学们叫地主崽就离开了学校。为减轻家里的生活负担,更主要是为了节省下一份口粮,每天早上吃过祖母特制的蓑衣饭(用野菜拌煮的红薯米饭),他就独自一人拿着祖父曾经用过的纤搭肩去了奔洪滩,眼巴巴地等待有上滩的船队出现。那是从益阳或长沙给县供销社和生资公司拉食盐、农药、化肥的船队。那时候,就连县航运公司也成立了抓革命的工联组织,年轻的船工和纤夫无心再促生产而去抓革命批斗原来的公司经理去了,所以每每有货船上奔洪滩,至少需要等三五艘船停泊在祠门口的黑崖塘江湾,再将几条船上的船工聚到一起,才能把靠前的一艘船先拉上奔洪滩。在孟公塘江湾靠岸后再去拉另一艘。拉纤是很累的,船与激流对峙着,拉纤人把脊梁弯成桥拱状,四肢拼命往前爬行,哪怕是能攀住纤道旁一根藤蔓或一棵芭茅野草,也能够增添一分拉力呀!

少年传灯就是瞅准了这样的时刻加入纤夫队列中,并把有着一个小竹节的纤搭肩锁在纤绳上去的。"吭哧吭哧"的号子声沉缓而有力,还不时飚出一句过滩谣来:"纤夫拉滩呀,拉直岸哪!艄公一手掌舵,一手撑篙,纤绳亦勒出了嗞嗞声……"当把货船终于拉上滩涂泊在了孟公塘后,他就会迫不及待地一头扎进江湾"咕噜咕噜"牛饮起江水来。遂一抬头时,掌艄的船老大就会豪爽地给他扔过来一或两个他们当干粮的蒿子粑粑作酬谢。望着满脸皱纹而笑容灿烂的船老大,他的心里充满了感恩……

日子流水般远去,时间到了改革开放初期,当时传灯已经开始在文学创作之路上艰辛地跋涉了。当他从诗歌创作转入散文创作时,脑海中首先回响起了奔洪滩的激流,眼前亦漾开了孟公塘江湾千万个问号般的波纹,于是,一篇又一篇以资水船工和纤夫为题材的散文,陆续在国内著名杂志推出,他获得了第二届《散文》月刊奖,后来还被招工转干进了县文化馆……

如今,江上已经没有了运货的木船,而曾经靠拉纤讨吃的少年也已经退休,回到了老家,决意要盖楼居住于此地,还给新楼取了一个颇为响亮的名字,叫"资水传灯书屋"。他在装修时就把新居的大厅一分为二布置停当,面江的一半为书画创作间,面对资江写大字、画山水,这是为他在省文联结识的书画家们偶尔来休闲度假时准备的挥毫泼墨的场所;靠公路的一半是曲尺形的两壁书柜,里面整齐地摆放着数十套由他主编的"湖湘文化丛书"和各类杂志以及他个人的诗集、散文集和小说集,还有文友们赠送的签名书,也有农林畜牧渔等方面的科技性专著,而左侧的入户花园门内,则是能容纳十多个人的茶室……这一切,都是免费开放的。

礼花炮砰砰响过,缤纷的花絮仍如流苏,一轮旭日缓缓上升了……

这时,老婆喊他道:"还愣着做嘛子?赶紧把炭盘端到厨房里去传火呀!"

传灯迟疑地"哦"了一声，终于从回忆中醒过来，并对老婆和儿子说："今后无论黑夜还是白昼，都要为路过此地的人进屋看书或饮茶解渴留一扇虚掩的门。"

儿子知道父亲的心思，说："爸之还至本处，既是回到初心，又想唤回好的传统民风。"老婆张了张嘴巴，想说什么，终于没有开口，端着手中盛有粮米鱼（余）柴（财）的茶盘率先进了大门，并一路念叨着"年年有余"拐进了厨房。传灯和儿子紧随其后，儿子"啪"地点燃了燃气灶，传承薪火的日子便这么开始了……

六

眼看就要过年了，搬入新居的第三天，天澄先生从省城来了，他是代表省书协主席鄢福初专程来为传灯的新居送对联的，福初兄书法师化古今，擅写长毫，联曰：

静者襟怀似秋水，
仁人气象若春风。

从天澄先生手中接过对联展开，传灯道："哈，好联，好字，好意境，好喜欢。"
天澄也给他写了一联，习的是伊秉绶的字，庄重富贵气扑面而来：
著书煮茶既安且静，
存心养性由义居仁。

静仁是传灯的笔名。传灯说："知我者，天澄先生也！"喜悦之情，溢于言表。
然后两人入户品茶。照例是传灯亲手执壶，泡的是安化陈年黑茶。茶过三巡传灯便把"门虚掩"的想法与他交流，天澄先生闻言大悦，说："老师是真传灯也！"
传灯却谦虚起来："我当初还至本处建房，主要还是为了养老，后来一想，我们一起策划出版了那么多书，都是费了心血的，留在城里家中摆着，倒不如搬回乡道旁的新居，或许还有人偶尔进屋翻一翻，才将养老屋干脆取名为'资水传灯书屋'的，至于'门虚掩'更是偶得灵感。"
天澄却笑而更正道："不，不是这样的，这是老师心中本来就有的。"

传灯还真又如赤子了，手中公道杯停了下来，目注天澄将信将疑问道："是吗？"

"肯定是。"天澄说道。老师的这副表情于天澄并不陌生，传灯没有上过几年正规学校，搞文学多是凭天赋，而历史和哲学均是他的短板，所以每次在听天澄聊及古代文学并儒释道方面的知识，尤其是东西方哲学思想时，传灯都会听得如饥似渴。

天澄先生接着说："只要老师不嫌打扰，今后我会常来陪老师室内品茶、户外放脚。当然啰，也会带些宣纸来，每天晨起面对资江写些斗方，就写四个字的，如：天地正气，忠孝廉耻，勤俭持家，夫唱妇随等大家耳熟能详的句子，凡是来老师家喝茶看书的人，只要喜欢，随意揭一幅去即可，也是一份功德。"

"巴不得，巴不得。何言打扰？"传灯顺口溜又来了，"先生能常来，资水笑开怀。"

"那就这么说定了啊——老师！"

他俩人之间，传灯尊称天澄先生，尊的是对方的渊博学识；而天澄尊称传灯为老师，尊的却是对方的仁师风骨。天澄曾多次说："这世间，经师易得，仁师难求。"

天澄便起身，隔窗望江，但见江上白鹭翻飞，好生羡慕，说："老师养了千只鹤。"

传灯接言："还有亿万尾鱼虾呢！"

俩人遂哈哈大笑……

送走天澄，望断小车扬起的浮尘，传灯喊应了菊儿，便又下孟公塘冬泳去了。

全家人在新居过年。年后，也就是正月初六，儿子、媳妇就要带闺女丫丫回省城了。儿媳娘家在南江近郊，本来每年都是在正月初二就要去娘家拜年的，今年情况特殊，政府提倡电话和微信拜年，但儿媳却不愿一推再推，再加上自从回老家征地建房之日起，儿子就辞了原来公司的副总职务，现在还要去另谋工作呢。

儿子上车时说："爸，新居尚未完成的装修事宜，干脆先缓一缓我再作安排。"

父亲慈祥地点了点头，说："不急，不急呀，反正该用的已经都能用了。"

孙女丫丫真是懂事，先抱着爷爷亲过，又去亲奶奶，并说："到了就给您电话。"

奶奶的眼泪就不由自主地掉了下来……便赶紧侧过身子。

从老家回省城也就一百九十公里，他们却走了近四个小时才到省城的家中，因为途中有多处路段已经被各自为政的村干部为保"乌纱"下令堵了公路，得临时绕道。

七

不日，人们终于从电视新闻和手机微信里得知疫情已经有所缓解。传灯和菊儿照例是简单度日，平时一起下地种点儿小菜，更多的时候，老婆打发家务，传灯则翻翻闲书，亦不求甚解，或打开电脑写几行从容文字，也不图发表。纯粹娱己养心而已。只要天不下雨，游泳和散步，仍然是他的必修课。

门，是一如既往地虚掩着……

起初的一段时间，主动来家里讨杯茶喝，尤其是进大厅看书的路人寥寥无几，偶尔进门的也都是熟人。但无论老幼，只要进得门来，传灯都会热情相待，亲自执壶泡茶并陪着闲聊家常，主动请客人进入大厅，指着列开整齐长队的两壁书籍说："随便翻翻吧，有喜欢的可以带回家看的，下次记得带过来便是了。"接着就去忙自己的事，无非是想培养人们如进山或下河一般的大自在习惯。

不久，人慢慢地多了起来，不但有本村的青年男女或学校休礼拜天的学生，也有从下游祠门口来的陌生人，甚至从门前开车路过的司机也会停车推门而入，讨杯茶喝……终于有一天，有人故意在夜阑人静时驻足门外，见入户花园和大厅的电灯依然亮着，家里的两位老人在卧室里已有鼾声飘出，来人轻轻推了一下入户花园的大门，"吱"的一声，门果然是虚掩着的，便蹑着脚尖往里走，先是看到入户小厅果然摆着茶缸和杯子，里面大厅两壁书柜中也确实摆满了书籍……也就是那个之前还将信将疑的人，居然把"传灯书屋的门是虚掩的"消息像风一样刮遍了资江两岸。

只过了几日，一件意想不到的事情发生了。那是在一个早上，传灯照例比老婆先起床，他又是被那群"嘎嘎"然低飞于江面的白鹭唤醒的。这仿佛是他与白鹭之间的某种约定，每日晨曦初露，无论雨雪，白鹭们都会如期而至。他起床后，并没有急着出门，而是先进卧室内的盥洗间，然后再盘腿趺坐于临江的整面玻璃窗前，再点上一支香，他称自己这是在观自在。他眼中的白鹭们，在这一段江域大都飞得很低，乍一看像是在对着镜面般的江水顾影自怜，细看才知是在掠水觅食。白鹭与人同，活着都不容易。传灯先生每天所观察到的情形是，白鹭们总是伸长脖颈，两爪微收，双翅平展，洁白的身子纤尘不染，小眼珠红得像血色宝石，却目光如炬，只要哪里有小鱼的影子浮出水面，哪怕只是牵出一丝细浪，就会被它们中的某一只发现，于是飞翔的速度就会突然加快，箭一般射向目标，用钩一样的长喙，只需轻轻一叼，便成为鹭鸟的腹中食。若是在天气晴朗的早晨，江面上还会升腾起一层薄薄的雾。雾或许比白鹭醒得更早，一丝一丝，一缕一缕，忽聚忽散地漂浮着。但传灯先生说："这并不是雾，而是江水呼出的气。"江水也会呼气吗？应该是会的，还有很重的鲤鱼味呢。这气味是从打开的窗口流进来的。江上和室内都很安静。他的思绪也在流动，忽然又想到了这次从武汉蔓延至全国、甚至更远处的突发性疫情。这真的只是偶然的突发性事件吗？个中原因很复杂，他并不想也不敢做更深层次的思考。他曾为此事写过一首小诗：

天上一颗星 / 地上一个人 / 就别盲目自信了好哝 / 人不过就是 / 茫茫宇宙中一粒微尘 / 沉浮起伏是人的宿命 / 稍有风吹草动 / 便会成为一群 / 跟风的乌合之众

听到大厅有响动，他起身去开房门。走过去一看，便愣住了：有一个中年妇女正在大厅里用一块干净毛巾擦书柜的玻璃。见了传灯，她有些不好意思地点了点头，然后自报姓名说："我叫黄爱桃，下游祠门口中湾的。"见传灯还在发愣，便解释说："那天夜里偷偷进你们家来刺探的是我男人，因为他打死都不肯相信您真会在夜里也掩虚着大门。现在他终于信了，说您真是这七百里资江两岸的新乡贤，是在带头恢复被毁坏了的淳朴民风，所以他让我有空就来义务帮忙。"

传灯听了，很感激地说："谢谢您！也请转告你男人，我们一起努力恢复呀！"

妇人健康的脸蛋上两个酒窝盛满了笑容，兴奋地说："您同意我来做义工了？"

传灯却用诗回道：

门虚掩，门闩只是一种象征 / 没有门扣，锁是柜台里的标本 / 此心彼心，心心相印 / 天地本是一体 / 日月是一对孪生 / 名叫朗朗乾坤

咕咚一声

一

深秋的落日一如往常,先在对岸白羊山的树梢上踮了一会儿脚,然后又安详地栖进了林子深处。几片火烧云是夕阳脱下的霓裳,却被晚风牵住衣角留在了天边。天地随之变得肃穆。崩洪滩的江声就显得更加沉闷了,滩涂咀上的孟公塘里一只水獭刚露出头来,见茅草丛生的纤道上有个人影在移动,倏又潜入了深潭。

那个人影就是白驹村的牛牯。他已经失踪有许多年了。

关于牛牯的故事很沉闷,他外出打工有十多年,村子里的人们几乎都把他给忘记了,但是就在前天天擦黑时,牛牯却突然悄没声息地回到了白驹村。其实严格地说那不叫回村,他只是进了村口左侧金鸡岭下纤道旁的电泵站。这还是在当年"农业学大寨"时的产物,曾经红红火火过好几年的。如今却早已经被人们给遗忘了,或许只有在某个寂夜,出没于资水孟公塘里捕鱼的水獭还偶尔去光顾过。水泵站半开半合的门经由江风一吹,"吱呀"一声撞到了左手边的板壁上,又"哐噹"一下被弹了回来,声音传得老远。好在这附近没有住人家,否则早就把门给卸了。风一过,门就总处在一种半开半合的状态中。早年是上过锁的,是一把冷冰冰的铁锁,年长日久锁就锈烂了,一并锈烂的还有门扣。是某夜一场大风,门忽然"呼"一声开了,门扣和锁都掉在了地上。水泥地面时干时湿,几件废铁也就融成了锈水。

电泵站其实就只是一间木板房,才十多平方米,原先有一台泵机,像一只巨大的蜗牛伏在水泥地上,还有一块配电板,后来就都被撤掉了。不知从何时起房顶的檐木上还长满了细小的白木耳，青瓦上也布满了绿苔，有的地方还裂开了娃娃口，漏风漏雨漏阳光也就不是件怪事，幸亏以前供抽水人守夜睡觉的一块木板还在，牛牯把从工地上带回来的旧棉絮垫一半盖一半，就在这间电排房里睡了一晚。

牛牯心细，他这是早就已经做了准备的，在离开省城长沙的工地前，还特意去了一趟超市买了几斤桃酥，本来还拣了几瓶矿泉水，到付款台又放一边了。老子还怕冒水喝！他在心里说。也许就在那一刻，他就已经为自己设计好了后路。

当时夜幕正在悄然合拢，孟公塘里的波浪在缓缓地向崩洪滩涌去，几只归巢的小鸟如子弹般飞过，他的心便有了被击中的痛楚：连鸟儿都有个窝，而我牛牯却……这话他并没说出声来，只是一闪而过的一个念头。他曾经有过家室，与妻子兔妹生有一个儿子，取名铁生，这是他对自己当过六年铁道兵的一种纪念。却没想恨铁不成钢，儿子心气太高，不学愚公也不学张思德，居然要学蛇吞象，硬是把娘活活给气死了……后来为了给儿子还债，牛牯只好把一栋木屋也贱卖了。

这一次回来，他又穿上了那一套被岁月浣洗得泛白了的旧军服。他是回来给儿子还债的，这是他要还的最后一笔债务了。他前脚刚踏进电泵房，满脸就黏了蛛网，便愤愤然骂了句："他妈的，真是活见鬼了！"这是他在部队里的口头禅。然后就顺手抹了一把老脸，还揉了揉眼睛，恍惚间，牛牯就似见到妻子兔妹了……

二

兔妹是牛牯的小学同学，学校里只有夏老师喜欢连名带姓叫学生，所以也就只有她才叫她白兔妹，另外两个男老师和同学们却叫她兔子。夏老师原本动过心思要帮她改名叫白秀妹，但转念一想，学生中按属相取名的实在太多，怕一片好意反而会触犯了众怒，故只好作罢。兔妹也是白驹村人，家就在向阳岭下的白花台。其实也就是一个小山包而已，山包上只有白氏一族，如今儿孙满堂已分成四家。那时的男生女生基本上都不怎么来往，更何况兔妹还比牛牯小了一岁多，两人虽然同学几年，却形同陌路，直到牛牯去当兵之前，才与兔妹有了那个意思。

那一年秋天的一个中午，和往常并没有什么两样，刚吃过午饭的牛牯正准备到杂屋里去劈柴，他要出远门了，得给单门独户的母亲备足过冬的柴禾。父亲去世得早，他虽然还一有个兄长，但兄长成亲后却独立了门户，牛牯跟母亲住一起。

事情是这样的，前几天，村里的大队支书专程上门来问过他说："牛牯，今年秋季征兵任务就快下来了，你愿意去当兵吗？"他当时想也没想就脱口回答说："保家卫国的事，这还用问？我当然愿意去呀！"在一旁缝补衣服的母亲，却没有吱声。

儿子眨眼就满20岁了，娘正在四处求人，想要帮他介绍对象呢。

此时的牛牯正想着心事，刚拿起斧头还没进杂屋门口，就听到了"咕咚"一声沉闷的巨响。他起初心里一惊，以为是对面慈善山顶上的破庙又垮塌了板壁或檐木，但稍一定神，才知这声巨响是从崩洪滩咀上的孟公塘方向传过来的。他家离江边很近，那边的声音未落，他这边就扔了斧头，从窗下的铁钩上取过鱼捞子回头朝屋里喊了一声："娘，有人在孟公塘炸鱼，我捡鱼去了！"待娘从窗口探出头来，牛牯却已经转过山湾不见了人影，娘也就只自言自语说了一句，"这冒失崽！"

孟公塘是一汪深潭，待牛牯赶到孟公塘时鱼已经半浮半漂快沉入潭底了。幸亏他从小就水性了得，把鱼捞子举过头顶，纵身一跃，"咕咚"一声人就潜入了水中，潭底下的鱼翻着白肚皮沉浮未定，真是爱煞人了！牛牯憋住气在潭底游来游去，这是他最得意的时光。他还曾经跟母亲吹过牛说："娘，你就别费心了，我哪天从孟公塘里抱一条美人鱼回来给你做媳妇！"娘就笑："你这冒失崽，那我等着。"

他忽然想起这事来，就忍不住要笑了，双脚一蹬塘底，便向水面冲去……

一尊黝黑的峭崖崛江岸而立，高出水面两丈余，形似传说中掌管资江水域的孟公神。人们故称此崖为孟公崖，孟公塘也就是因此而得名的。早年间白驹村时兴农业学大寨，引水上山灌溉村里良田，人们就在这里建了电排，只是这几年生产又冷落下来了，一并被冷落的还有石壁顶端纤道后的电泵房。其时，孟公崖顶上还站着一个姑娘，她一上午都守在江边。她哥哥今天相亲，有女方贵客要来，没想去小镇唐家观迟了没买到肉。鱼总得要买几斤回去吧。她老远看见孟公塘这边泊着渔船，知道有人会在这塘里炸鱼就一直守候在孟公崖顶上。

她就是村里白花台上的白兔妹。刚才风一般来到这里，然后又脱得只剩一条短裤衩的牛牯居然连余光都没瞟她一眼，"咕咚"一声就跳进了深潭。这不能不使她心里有些失落，"哼！死牛牯，待在同一间教室里少说也有四年的时间，未必就不认识我了？"她恨恨地骂道。但后来见人跳入深潭好一阵都还没有露头,少女的心又悬到嗓眼上了。她还正着急呢,有个人头"哗"地就冲出了水面,还朝天喷出了一柱水花来,正午的阳光下顿时便显出了一道七彩光晕,这人正是牛牯。

"嘿呀,你这牛牯蛮厉害嘛!难怪在村里代课的衡儒先生曾说你是水浒一百单八将中的浪里白条。"白兔妹就再也忍不住,双手合成喇叭筒喊道:"牛牯!牛牯!"

牛牯也听到喊声了,把手中鱼捞子举出水面应声道:"兔子,兔子!"

"哈!你还记得我兔子呀?"兴奋不已的兔妹就冲着水淋水滴从左侧爬到了孟公崖顶上的牛牯大大咧咧地说。她那一双乌黑的眼珠却并没在意他鱼捞子里银鳞闪烁的十多条杆子鱼,而是盯着他那一张因在水中憋气太久仍涨得通红的娃娃脸。

牛牯顺口就回了一句说:"当然记得,兔子不吃窝边草呀!"

那一天兔子着一件白底蓝花尖领衬衫,脸红得像熟透的苹果,额前的刘海在微风里飘呀飘的,他看她的眼神居然也就闪闪发亮起来。好几年没有近距离见过面的兔子还真是长了豹子胆,说:"你这窝边草我还就吃定了!"她一手夺过鱼捞子又说:"这鱼我也要了。"走出丈多远,然后又回过头闪了一眼呆头呆脑的牛牯:"晚饭后就在这里等我,我替你过秤后按斤两给你鱼钱。哦,还有鱼捞子也一并给你。"

以鱼为媒,一对打小同过学的年轻人就这样好上了。直到个多月以后,也就是牛牯入伍体检后离开家乡的前一夜,两人还沿着后面的土坡爬进了电泵房……

人生就像一场梦,牛牯再一次来到这里,一切却已经物是人非。

"别再做梦了!我这是回来还债的。""做梦"在白驹村是个贬义词,因为人迟早会从梦中醒来,得面对残酷的现实。牛牯自言自语着,准备把肩上的背包卸下来撂到靠里边的那一块木板上去,但一看上面尽是尘埃,就俯身鼓起腮帮"噗噗"了几声,然而除了哈出的气浪,尘埃却丝毫未动,原来都结壳了,所剩的只有记忆。牛牯把背包卸下解开绳索,打开裹棉絮的塑料布垫在木板上,然后才展开棉絮铺好"床"。这中间有个动作很奇怪,那就是还未等棉絮完全展开,他就从里面掏出了一个裹得严严实实、有棱有角的牛皮纸包,再回头看了一眼渐渐黑下来的天色,确定只有崩洪滩的涛声和偶尔几声归鸟的啁啾后,才又郑重其事地把那一个似乎是沉甸甸的纸包悄然塞进了棉絮底下。这时,他忽然就觉得有些饥饿了。

他于是又来到了临江的孟公崖顶上，把自己也蹲成了一尊黝黑色的礁崖，口里正嚼着脆香的桃酥。这是兔子生前最喜爱吃的一种饼干，还说是自己小时候偷来的味道。因为她有个姑姑就嫁在离白驹村只有三四里路的小镇唐家观，每次回娘家，总会带一两斤来，奶奶自己又舍不得吃，东收西藏的，但不管奶奶藏到哪里，她都能准确无误地找到。她有次跟牛牿说："兔子的鼻子灵，我是闻香找到的。"

牛牿一直还记得自己对兔子许下的诺言，他曾说："等我以后有钱了，天天给你买桃酥吃。"所以他忽然觉得蹲在孟公崖上的已经不只是他一个人，还有兔子。

那一夜，不，而是那两个夜晚，他注定了并不会再孤单……

三

有一只早起的鸟儿轻盈地落在水泵房门口，这是只啄鱼鸟。它松了松羽毛并伸长了脖子向里张望，也许是发现了撒落在"床"边的桃酥碎末，才心存警觉地飞了进来。牛牿并没有吱声，连身子也没有翻动一下，他是怕惊动了觅食的小鸟。

据他以往的经验，这时应该还只有凌晨五点多，他在省城长沙的工地上守仓库时是每晚必先定了闹钟睡觉的，他得准时在早上六点钟起床，做事得守规矩这是他的处世底线。凡有来领水泥和钢筋的，他都要凭批条清点件数，然后做好出库记录和备注。工作确实轻松，但工资也少得可怜，头几年是每月1600元，后来才涨到1800元的，除去吃饭和日用开销，他横竖每月都要存下1200块钱，这个数字是雷打不动的。别人是父债子还，他却要为儿子铁生还债。那一年儿子闯了祸，屁股一拍就跟他半路上结交的一个在省城做建筑包头的伙计走人了，牛牿得知消息后追到了长沙，结果又听说是随省建工集团的一支路桥队伍去了斯里兰卡，到那边帮人家修铁路和桥梁去了。铁生去了后连个音讯也没有捎回来。他娘兔子硬是气得口吐黑血，从此一病不起。后来有一天兔子突然回光返照，要牛牿把她扶起来，还找到了当年的一件旧衣裳穿上，又到镜前稍整理过一头乱发，才要牛牿扶着她一起到孟公崖顶上站了一会，还进电泵房在那一块木板上也坐了一会，然后拉着男人的手说："牛牿，儿子我怕是等不到了，我哥借给他的那一笔钱你得记着，他那也是辛苦钱，不能让我在娘家丢了面子。"那是兔子最后一次到孟公崖和电泵房去，当晚就走了。兔子入殓时，牛牯没有给她换衣,因为她自己找出来穿上的那一件,就是他俩那一年在孟公崖顶上邂逅时穿过的白底蓝花衣裳。

20世纪90年代遍地都是开发区,儿子当初与一个同学合伙筹建了矿泉水厂并做法人代表,同学占干股当副总负责销售,当时公司多如牛毛,批个执照比去医院挂号还容易。厂址就在向阳岭下,离他外婆家白花台只相隔一条田垅,踮起脚尖都喊得应的。但是建厂房和买设备少说也得花20来万,他大舅当时也很支持,把多年积累下来准备给儿子成亲的15万元钱也取了出来,牛牯又帮儿子从有两个女儿南下跑广东发了点浮财的马生家也借了3万多,总算是把厂子建起来了。但没想到新产品刚推向市场却碰上了史上最严的"3·15"打假,送去抽样化验的矿泉水含锰过高,不仅被工商执法部门把厂子封了,还要行政拘人并罚款……

铁生就是这样连夜逃走的。他母亲硬是强撑着等了儿子半年多。

老婆死后的第一年春天,娘也撒手人寰,一个好端端的家就只剩下牛牯一个人,马生又天天逼着要还钱,无奈之下他就只得心一横,把一栋四缝三进的木屋腾出来抵债,准备去长沙打工。临去长沙前还专门去了一趟舅子家,说:"欠你的那15万我牛牯就是真当牛做马,也会还给你的。"舅子却无言,他又能说什么呢?

这一次,他真的是回来了,是专门给舅子还债来了。

天已经大亮了,觅食的小鸟也早已经飞走了……他在心里反复盘算过,认为自己最后要做的,也就只有两件事了,一是去看一眼儿子当年修建的厂房,那毕竟是儿子铁生萌发过创业初心的地方,用他在长沙打工时认识的一个教授的话说这是时代发展中的必然产物;再就是他要把欠债还给舅子。但这件事又只能是在晚上去做,他不想与舅子见面,当然也包括村里的任何一个熟人。他说:"我牛牯已无脸再见白驹村的乡亲。至于金鸡岭坟地的亡者那就还是省了吧,反正也……"

反正有太多的事就是个无解的代数。这也是那一个教授跟他说过的。牛牯与教授相识很偶然。那是在去年中秋节的一个傍晚,他去湘江洗澡。他很久没与江水亲近过了,一般都只用工地上的龙头冲洗。那天工地上放半天假,只有挖机没有停,那不关他的事,刚吃过晚饭他就搭了一条毛巾在肩上,工地离湘江近,他就独个儿去的江边。自从下游修建了拦江蓄水坝以后,这一带江面就显得开阔多了,水质也有了好转。他是在长沙一师范门前下水的,左边不远处是新建的杜甫江阁,再过去有朱张渡,隔江是岳麓山,中间是橘子洲。但这些都与他无关,他于长沙只是个路人,在同一个建筑公司打了十多年工,工地也换了好几个,虽然换来换去都离这里不远,他平时却也很少来过江边,更谈不上用欣赏的眼光了。

就在那天傍晚,他潜了一阵水,终于过足了与江亲近的瘾,上岸后,却见一个年纪和自己不相上下的人坐在岸边的一块青条石上,手里还握着个啤酒瓶,微仰着头在看对面岳麓山顶上的晚霞。牛牯只瞟了他一眼,就躲进旁边的柳树丛去换了干衣服,他正准备要回工地去时,却被那人喊住了:"喂,师傅,过来坐呀!"

牛牯仍然站着,他没想到他会是个教授,便说:"您这是独饮酒,独猜拳呐!"

"来来,人约黄昏后,你过来坐一下嘛!"那人给牛牯也撬开了一瓶啤酒说:"我们不猜拳,只欣赏晚霞,只道家常。"说着还从条石上的纸盒里给他拿了一个月饼。

"您太客气了。"牛牯有些受宠若惊,心想,原来也是个独孤老人。

这人是一师范的一名教授,学的是逻辑学,教的却是政治经济学,早几年才退休的,老婆前年走了,定居在美国的儿子因为正牵头一个重要的科研项目,连他母亲临走也没有回国来看最后一眼。教授说:"这就是因果宿命,当年我母亲去世时,我也没在她身边。"他似乎是自问自答接着说:"那时不是正兴搞罢课闹革命吗?谁还信个'孝'字!"教授冷不丁还从怀里摸出一本薄薄的蓝皮线装书来,是《孝经》。他然后一声长叹说:"这么好的一本书,当年却说是毒草,天地良心呐!"

原来当教授的也害怕孤独,整个人一副失魂落魄相,有失身份和尊严。

久未沾过酒了,半瓶啤酒下肚后,牛牯的话也就多了起来,他把自己儿子办厂失败又出国打工的事情也倒了出来,最后也长叹一声说:"那厂子就废在村里了!"

教授摇了摇头说:"我虽学的是逻辑学,却教了大半辈子的政治经济学,现在我是感觉到越来越看不懂了,社会是肯定发展进步了,国家也确实富强了,但失去的东西也并不少,而且更可悲的是却没有人去反思。反正有太多的事就是无解的代数。你儿子那个废厂房,这也是时代发展中的必然产物。来来,我们将进酒!"

牛牯只读过初小,不懂得什么是逻辑学和什么叫代数,闷头把碰过的半瓶啤酒一饮而尽,再一抬眼时见教授已经起身,将未撬开的最后一瓶啤酒随手扔进了脚下的江中,并自嘲地说:"'咕咚一声',什么都没了!"他的声音里有几分悲怆。

"教授，你没事吧！"牛牯被教授说的"咕咚一声"给震惊了。

"没事，我能有什么呢？"教授打了个酒嗝一字一顿说："天、下、本、无、事！"

之后，两人就像两根树桩杵在原地，久久无语。

为什么忽然又想起了这些？牛牯自己也觉得很奇怪。

四

一天的时间几乎是在回忆中打发的，牛牯一直磨蹭到太阳下山了才出门，他这是要去村里看一眼自己儿子当年雄心勃勃建起来的厂房，然后得待夜阑人静时再去他舅子家还债。他先从棉絮底下掏出了那个牛皮纸包夹在腋下，然后戴上草帽，还有意将草帽沿拉低了，他是循金鸡岭半山腰的渠道向村里的向阳岭方向走去的。青壮年都进城打工去了，走渠道进村应该碰不到什么熟人。他是这么想的。

这几年确实很少有人再进山了，渠沟里长满了荒草。后来他还是碰到了一个熟人，是村里老会计的儿子狗旦，年纪比牛牯小十多岁，从小就半疯半傻。他手握着一把砍荒镰刀开路，身上着一件半新的灰色西服，应该是捡得他弟弟的，牛牯想。他们兄弟俩一个是天上，一个是地下，哥哥是个傻子，弟弟却是在县里当干部，牛牯离开白驹村的那一年，就听说他已经当上了县移民局局长。狗旦埋着头，用镰刀乱砍着茅草从正面高一脚低一脚走来，牛牯想躲开他已经来不及了。

"喂，老人家！"他果然被狗旦发现了，还朝他这边打招呼呢。没等他答话狗旦又说："你当过兵吧？那我告诉你啰，今年我们白驹村里尽出新鲜事，我老弟当上县长了，给村上拨了好多钱，还派了个大学生当村干部。"狗旦又指着对面凤形山下的旧大队屋说："咧，你看见了吗？还专门找来了木匠，把大队屋改成了白驹村敬老院。我也可以住敬老院呢！"狗旦最后还强调了一句，"明天一早就放爆竹挂牌！"

牛牯见狗旦并没有认出他来，侧身躲过他，心想，傻子耶，这不关我的事了。

拐过前面的一个山湾，牛牯就看见他儿子当年修建的矿泉水厂房了。

兔子的娘家就在前面向阳岭的半山坡上，他只远远地望了一眼，也并没有驻足停留，他怕不小心被舅子的家里人见到。下意识地摸了摸腋下的牛皮纸包，自言自语说："去我肯定是要去的，但不是现在。"一抬眼他就看见厂房墙壁上的一行石灰大字了：白驹村经济开发区。只是字迹白已不白，黑也不黑，字里行间长满了青苔。那年月呀,也真是急功近利,遍地都是经济开发区。牛牯不禁想说,这今天的白驹村敬老院,不会是明天的白驹村经济开发区吧?他苦笑着摇了摇头。

脚步就沉重起来,有一种近乡情更怯之感,他有些恍惚地进了厂房,里面几台压瓶盖的机器被扔在长满杂草的墙角,干牛粪这里一堆,那里一堆,看来这里还做过牛栏屋的用途。他正要从厂房里退出来,却发现墙角的杂草在颤动,走近一看,居然是一只野白兔被夹在瓶盖机的卡子里,就忙俯身把卡子掰开,还与被困的兔子对视了几秒钟,并且从它那红宝石般的眸子里竟然看到了一种悲悯。目送野兔风一般蹿走的样子,他心里不禁掠过了一丝久违的感动:兔子,兔子……

他后来干脆就靠着一台废机器睡着了,睡得很沉很沉,没有梦。

是一声荒鸡的啼鸣把牛牯叫醒来的,他心里一惊,愤愤然骂了自己一句:"憨得死,险些误了我的大事!"便赶忙起身,见天地一片漆黑,心想这回怕是要变天了。他双手捧着那一个宝贝样的牛皮纸包,借着从向阳岭山垭上浮出来的一点点曙色,高一脚低一脚终于摸到了舅子的家门口。堂屋门照例是虚掩着的,白驹村都是这样,从没有人家关过堂屋门,这是祖上传下来的遗风,说是怕有赶夜路的人找不到地方或投宿或躲雨,路过这里时,也无敲门,只需轻轻一推,进来就是了,离开时也用不着跟主人告辞,这不叫夜闯民宅,是专给路人留着的方便之门。

但牛牯还是轻手轻脚的只推开了一扇堂屋门,他推门时,还蹲身用一只手使劲地将木门往上端着,生怕门轴会发出吱呀的声响来,侧身跨进了堂屋后,又摸到左边的房门口,他这才把手中的那一个牛皮纸包,慎重地放到门口的垫脚石上。

"他舅,对不起呀,借您的钱拖欠这么久,现在总算还您了!"牛牯在心里说。

五

他似乎把所有事都已经做完了,再也没有剩下来的事情可以牵挂了。此时的牛牯如释重负,从舅子家出来,他总算长长地嘘了一口气。一摸头上,草帽忘记在儿子的废厂房了,他这才记起草帽上是写了他廖牛牯名字的。算了,算了,也算是我留在这个世界上有名有姓的一件遗物吧!他气喘着,又来到了电泵房……

他从容地走向了那一块与兔子第一次发生性关系的木板,心里头不禁涌出了丝丝暖意。他认认真真地把那一床旧棉絮整整齐齐地叠好，又将两端四角拉直抚平，他这是要叠出曾经当过六年铁道兵的风格来，而且还重新整理了自己身上的服饰，当然是那一套被岁月浣洗得泛白的、只有在每年建军节才慎重地穿上的旧军装，把风纪扣也扣紧了。然后才把捆棉絮的那根塑料绳拿过来，见"床头"的油纸包里还剩了几个桃酥，也一并带上了，才十分平静而肃穆地走向了孟公崖。

此时天已经大亮了，但天上压满了乌云，一场暴雨似很快就会来临。

但是，他现在还有最后的一件事情是必须要亲自做的，那就是要把一块昨天就已经准备好了的、大约有 30 公斤重的青皮石先捆牢，然后一头又拴牢在自己的双脚上。他把这件事照例也做得一丝不苟，还反复地比画过，要留出大约一米的空挡和长度来，那样才正好让他能够把石头抱自己在怀里。哦，他还忘记了一件事，那就是口袋里还有一张去康复医院体检的化验单，那上面写着肝癌晚期。

"去他妈的肝癌晚期！"牛牯愤愤然骂道。那是在十多天之前，工地上忽然来了一男一女两个穿白大褂的，说是专门来建筑工地给农村务工人员作健康检查。当轮到牛牯时，那女白大褂问过他的姓名和年龄后，就拿出听诊器来，在他的胸口和肋骨两侧左探右探了一通，还跟他搭讪着问他是不是在老家有医保的，然后就给他开了一张单子，叫他一定要去她们医院照张片子。男白大褂就指着不远处一栋擎着康复医院和一个红色十字招牌的楼房说："喂，老人家，我们医院就在那！"

第二天一早，牛牯就请人给自己代班，连水也没喝一口便去了医院。照过了片子后，医生却像留贵客一般硬要把他留下来，还激将他说："老人家，命比钱重要，钱留着没有用的。"没想到这次去医院，他不但花了将近一个月工资，还给他判了个死缓！他当时拿着那张化验单横看竖看，直到现在他还一点都不相信，自己怎么会得肝癌呢？肝癌病人不是会很痛的吗？如今世道这是怎么了，连医院也串通一气，想方设法骗患者的钱！他不禁愤愤地骂出了声来说："你们这些昧着良心的人才会得肝癌肺癌呢！"但他后来一想，也许是自己早就已经痛得神经麻木了吧，儿子铁生走了后他揪心揪肝地痛过，老婆兔子开始吐血到最后断气时，他更是揪心揪肝地痛过……"还会有什么痛能够让我感觉到再痛的呢？"牛牯淡然地说。

那次他从医院逃出后，就已经暗自做出了决定："我该回去还债了！"

但他还是等了几天，等领了工资才刚好凑齐 15 万元……

如今一切都过去了。他掏出化验单时说："这东西绝不能留在我的身上，下辈子我牛牯一定要做个没有痛苦的人！"他说着就把那一张罪恶的化验单先是揉搓成一团，然后才又一下一下地撕得粉碎，任凭点点纸屑从他的指缝间随风而去……

村里的爆竹炸响了，一定是狗旦说的白驹村敬老院剪彩挂牌了。

他也想回过头去再望一眼自己的村庄，最后却还是忍住了。这时，他已经从脚边抱起了那一块青皮石头，在怀里搂了一会儿，又还是放下了。他这并不是在酝酿勇气，勇气于他牛牯来说是与生俱来的，在部队每一次排哑炮时，他都会主动请缨，不然也不会留他在部队一待就是六年，还立过四次三等功。他之所以又坐了下来，是因为纸包里还有几个桃酥没有完全消灭，他要和兔子一起把它彻底干掉："来吧，兔子，我们吃桃酥。"还或许，他是在期待会有奇迹出现，相信太阳一定能够战胜遮天的乌云，他于是如葵花般微仰着头，面向着对岸的白羊山……

整整一个上午过去了，一个下午又将过去了，暴雨依旧未下，并且漫天的乌云开始在仓皇逃窜……一轮浑圆的落日一如往常，从容而又淡定，金色的光芒令人炫目，让人眼眶发热得泪水盈盈，正当落日欲在对岸白羊山的树梢上踮下脚的时候，牛牯这才左手抱起那一方青色岩石，毅然而然地站了起来，双脚一并，行了一个极其标准的军礼，并放开了嗓门动情地喊道："兔子，牛牯来给你做伴了！"

但是就在这时，他的身后忽然伸出了一双手来，如钢绳般把他给缠住了，并且一个熟悉的声音在说："嘻嘻，我早就发现你不是个正常人，是一个傻子！就一直偷偷跟踪着你的，还把县里派到我们村的支书也特意喊来了，他说要把你请回去。"牛牯回头一看，原来是傻……旦，而且他身后确实有一个二十多岁的年轻人。

年轻人认真地说："前辈，您跟我回敬老院去吧！那里伴很多呢。"

一句突如其来的"前辈，您跟我回敬老院去吧！那里伴很多呢"的话，令牛牯心中一热……他还没回过神，脚下拴石头的绳子就已经被狗旦一刀给割断了。

"咕咚"一声，夕晖晚照的孟公塘里，倏忽溅起了一柱绚丽的水花。

江南好,风景旧曾谙

忘却的已然过去,记得的关乎未来。

——代题记

一

白羽老师在江南镇小任教,放暑假的时候,学校里就只有她一个老师。

白老师是北京皇城根人,普通话说得很是地道,她来到江南镇已有 20 多年了。非但未能入乡随俗讲本地方言,反而还影响了一大批学生,尤其是男生跟着模仿她的翘舌音。这当然就让学校里其他老师多少有点看不惯,又不好直接说白老师,而只是偶尔"善意"地跟某位学生说:"哎,看你啰,喝着资江水,满口的京腔,小心口吃哦!"学生听了,觉得有些莫名其妙,就反驳说:"如今不是提倡说普通话吗?"一句话把老师顶到死角。但也有老师兴许会来一句,"还提倡学英语呢!"

那意思就很明显了,跟白老师学京腔,还不如直接学外国语。

木秀如林,风必摧之。这道理白羽老师肯定是懂的,所以她事事处处都很谨慎也很低调。唯一有意地放纵自己的,却是她特喜欢用她那稍带一点翘舌音的语调,面对一江汤汤而来又汤汤而去的资水,朗诵唐代诗人白居易的《忆江南》:

"江南好,风景旧曾谙。日出江花红胜火,春来江水绿如蓝。能不忆江南?"

声音清清爽爽,语气抑扬顿挫,在江风轻拂、流水汤汤的情境中,更显得韵味无穷,怡然自得,桃子型的脸上也似绽放出了红胜火的江花,双眼皮底下的眸子更是水晶水亮,若是正好身着那件湖波绿的衣裳,白老师自己也就是一首诗。

有胆大的学生就问她:"白老师,白居易不会就是您的祖先吧?"

白老师就会习惯性的双手合揖,笑笑地说:"八百年前兴许还真是一家呢!"

白老师是在 20 世纪 90 年代初就来到了江南镇小学的,一直担任着毕业班的班主任老师,经她教过的学生累计起来应该已上五位数了。最早期的已有参加工作当上了处长的,也有做公司当上了老板的,当然更多的还是就留在了镇上做点小生意,结婚生子过平常人日子的。但学生毕竟就是学生,无论是后来走出了江南,或当官或经商,或就在本镇做寻常百姓的,见了面都总是会亲切地叫她一声白老师。她也就一律先爽爽朗朗地应一声,然后就是双手合揖于胸前再点一点头。

"白老师您还是这么显年轻,还是这样漂亮呀!"

"白老师,您是我们心中永远的女神呢!"

若是偶尔遇上了对自己来几句赞美的女生,白老师也就只笑着回答说:"老师在一天天见老,年轻漂亮的正是你们呀!"或者就有意把话题扯开说:"看你们说的,我们江南镇上真正的女神是在象形山上的尼姑庵呢!"那时候白老师其实还没有去过尼姑庵,也没有亲眼看见过女神的真容,她只是常听人说起庵子里的静然师太的经历和她的不老容貌。白老师说话时,脸上总是带着微笑,那么地从容不迫。

白老师的穿着其实也并不入时,这或许是她有意想保持低调而努力为之,除了颜色喜欢墨绿浅蓝就是湖波绿,深紫色的长裙也只是偶尔在暑假期间穿上,她一直沿袭着读大学的那个时代的风格,甚至还有点更靠前的不爱红装爱武装的味道。但是尽管这样,只要她往女人堆里一站,言行举止却又绝对是最惹人注目的。

"没办法呀!人家是北京大城市里来的,而且又是天生的杨玉环身材。"

说这话的是镇小谢老师,不过听语意却有些模棱两可。谢老师的丈夫是县文化馆的美术专干,他有一次周末来学校,正好在校门口与白羽老师遇上,便眼睛一亮,觉得这个中年女人好面熟。白老师走后他还回怔怔地望了好一阵,直到背影即将消逝,才猛然想起并拍着自己的脑门说出了两个字:"哦,《陶》!"却没想这一切竟被在操场里晾衣服的老婆大人全看到了,说:"'掏'你个尸呀,好色鬼!"

"对颜色敏感这是我的职业使然,再说《陶》是一幅著名的油画作品呀!"从县文化馆来江南镇小探亲的美术专干,望着自己的老婆立时便有了一种陌生的愕然。"唉!"他摇头一声叹息,轻轻地说了一句,"鹤立鸡群,可惜了一身纯白的羽毛。"

最近一段时间以来,白老师总觉得气氛有点怪怪的,有高年级,也就是五年级,特别是六年级的男生,叫过她一声白老师后,都总是会自觉或不自觉地低下头去,或一阵风似的远远逃开了。怎么会是这样呢?白老师还真有些想不明白。

就是在前几天,她的婆婆还专门来过一趟学校,名义上是说给她做了一碗干红辣椒炒豆豉送来,实际上则是像有别的心事。进了儿媳的宿舍,老人家根本就没闲过,先是靠近床头看了看,然后又走到窗户边瞧瞧,床头的左侧有一本《唐诗新注》,里面的书页还折了角,窗台上的君子兰青青翠翠的沐浴在午后的阳光里。见儿媳宿舍整洁,人亦安静,老人这才对儿媳说:"真是苦了你呀!"儿媳就只凄然地笑笑说:"妈,暑假我就不过去了,您和爸多保重。"婆婆说:"我晓得,你是怕……"话没有说完,声音就有了哽咽。老人执意要回,儿媳一直把她送到船码头。

白老师的先生是江对岸上游七八里的白驹村人,那里属于杨林乡。他俩是南开大学的同学,毕业时先生因在政治上出了点状况,还是县教育局领导关照临时安排在江南镇小,让他做了代课老师。自从儿子英年早逝后,老人家是很少来过学校的。这一回突然造访,让白老师的心里多少有些紧张,但更多的还是内疚。

船开了,桨叶搅皱一江资水,也搅乱了白老师的一腔思绪……

何以解忧?唯有《忆江南》!伫立于江南船码头上的白羽朗声吟道:"江南好,风景旧曾谙。日出江花红胜火,春来江水绿如蓝……"心与江浪,便渐渐地平静了。

二

又是一些日子如资水般汤汤远逝,这时已经放了暑假。一天大早,白老师正准备到思贤溪注入资水口子对面的象形山尼姑庵去。欲过思贤溪的石拱桥时,远远地她就看到了迎面走来的学生郭小刚,小刚当然也看到了白老师,可是两人刚一打照面,这小子叫了声白老师后,就埋着头从老师的身边逃也似的疾步而过。

"喂,郭小刚,你没犯什么事吧?"白老师关切地问了一声。

郭小刚家就在小镇街尾,他是六年级的学习委员,成绩特别棒,虽然还只有13岁年纪,却长得虎头虎脑,像一个小青年了,属于白老师毕业班的爱学生。

郭小刚被老师这突如其来的一声问话给怔住了,就申辩说:"我才没犯事呢!"

听话听音,白老师觉得蹊跷,便回头大声说:"小刚,你给我站住!"

郭小刚差不多就已经逃到街尾的大槐树下了,听到平素斯斯文文的白老师声音破天荒地起了高腔,也就只好乖乖地站住,并且还鼓着腮帮,但还是没有抬头。

白老师就主动往回走了十多步,神情极严肃地说:"把头抬起来!"

郭小刚真的就抬起头,只是把头扭在一边,目光投向了象形山。

"眼睛看着我!"白老师有些不依不饶,"你说说看,为什么躲着我?"

"我……我不敢……"郭小刚脸涨得通红,说话吞吞吐吐的。

白老师心就软了,说:"我是你老师,有什么敢不敢的嘛,你说呀!"

"那我真说了。"还是不敢看老师,便有些迟疑地说:"镇上的人给你取了个绰号!"

"你说什么……给我……还给我……取了个……绰号?"白老师好看的脸上飞满了红云,她喘过气问:"是什么绰号?"

"我才不说呢!大人们都是些流氓……"小刚朝老师这边瞟了一眼。

这回是白老师怔住了,看着自己学生难为情的样子,立马就有了警觉,她似乎想起来了,最近镇上一些男人或女人见了她皮笑肉不笑老远跟她打招呼时,已经不再是如从前那样叫她白老师,而是莫名其妙地开始喊自己白羽老师了。白羽——白乳,虽然谐音,但此羽非彼乳,这一字之差的暧昧意味简直令人无地自容!

白老师心里就有了一阵慌乱,下意识把双手操在了胸前,她是在想要遮挡什么。但也就是她这一抬手的姿势,就更加显示出她与众不同的一副天生的绝好身段来。眼看就是奔50岁的人了,身材还是那么好!她这天穿的就是一件墨绿色的尖领衬衫,西裤是深蓝色的,脚下的球鞋是白色的,面色稍有倦容,却照例迷人。

镇上的书记或镇长,每个学期都会去镇小"关心"一两次,了解毕业班的情况。白老师却总是不卑不亢先来一个深鞠躬,双手合揖说一声:"您好!"然后再认真做汇报。领导若是再想继续深入地问她什么,她就会更加显出一副极是尊重对方的样子,用一双明亮中弱显忧郁的目光勇敢地注视过去,双眼皮底下的眸子沉静若深潭,直逼视得让人不敢打半句幌语。礼仪的张弛有度,其实既可近人,也能拒人。两位主要领导去过几次碰了软钉子后,就再也不见有领导去"关心"过镇小了。

"就像个日本娘们似的,好歹不识,油盐不进!"

这话是镇党委王书记有一次醉酒后不小心吐出来的真言。

但是白老师今天听郭小刚说有人给她取了个绰号,言行举止却明显有些一反常态,先是脸上倏然起了红云,继而又是神情不宁……白老师心里一定是有什么事情了。她在槐树下迎风站了好一会,任江风拂乱了她的秀发也毫不知情,俄顷才终于觉得心绪平静了些。但抬眼想再细问郭小刚时,这小子却早就已经逃得无影无踪,只有眼前这一棵据说已有百年的古槐,在夏秋之交的晨风里兀自飘香。

这是一棵奇怪的古槐树,即便是槐花早就已经谢了,但花的香气却经久不会散去。镇上的人们都管这一棵槐树叫香槐,也有叫它香妃娘娘的,说它早成树精了。要是以前,白老师一早一晚都会来这棵香槐下站一会,反正学校离这儿就千余米,又正好临江,她是来这里吊嗓音的。白老师有一副百灵鸟般的好嗓子,只要她往树下一站,一曲《上甘岭》插曲中的"一条大河波浪宽"从她那红口白牙的嘴里飞出,资江上游渣滓滩的滩啸声都会突然哑音,江里潜水的鱼也会纷纷浮出水面来听她的歌唱……被镇上的人说得神乎其神,她反而就不好意思再来了。

树大招风,口沫淹人,白老师其实一直在努力地不让自己成为人们茶余饭后的谈资。当然真正的内幕或许并不止是如此简单,白老师是一个没有男人在身边的女人,她先生文夫子在她36岁那年就去了天国。寡妇门前是非多,当老师的女人也不例外。但不来这里,也总得再找个去处呀!前不久是受了杨雄老师的启发,她就干脆走得更远一些,才想起去象形山尼姑庵后面的松树林子里吊嗓门。

杨雄老师是一个典型的潮男,一米八二的高个,剃个和尚光头,络腮胡黑得油光水亮,胸肌特别发达,眼睛虽然不大,两撇眉毛却又浓又密,尤其是那一对闪闪发亮的眸子,令白老师从不敢与他对视。据说他与曾经获得过世界羽毛球冠军的龚智超是同班同学,刚调来的时候是做体育老师,主要是教学生们练习羽毛球。当时县里有口号:羽坛冠军从小学抓起!只是这几年县里的口号又变了,不再把"羽毛球精神立县"当回事了,而是改成了以"黑茶产业立县"。杨雄老师后来也就改行做了语文教师。他当然是有些情绪的,黑亮的眸子里便似乎有了浅浅的忧郁。

"哈,杨雄老师这小伙子还是一块当诗人的好材料呢!"

这话是白老师在私下里说的。当时她也没有多想,或许就只是出于欣赏,随口说说而已。白老师是专攻古典诗词的南开大学高才生,从她口中说出这番话来还真是不容易。白老师属于60后,杨雄老师属于80后,说他小伙子也并不是小瞧他,至于说他是一块当诗人的好材料,这是赞许他呀!没想到杨雄老师却并不领情,后来居然当着学生们的面,大言不惭地叫她"美女姐姐"。杨雄老师的原话是这么说的:"美女姐姐,我那也叫诗呀?"他还把那几个长短句又朗诵了一遍:

昨天立县之本是白,

今天又改成了黑,

这白了又黑的理念,

让人们的脚步,

怎么跟得上来。

他朗诵过这首小诗后,又丢了一句话说:"美女姐姐,我告诉你啰,尼姑庵后山有个好大的火烧坪,那才叫绿树掩映,鸟语花香,是一处吊嗓子的好地方呢!"

当时电视里正在热播古装武打连续剧《神雕侠侣》,高年级的学生中居然还有着特多的粉丝,于是有男生就起哄说:"杨雄老师,你还不如干脆学习杨过,叫我们的白老师姑姑呢!"一句"我们的白老师"被学生们叫得几多亲切啊!但白老师的心却在"怦怦"直跳,脸也就红了,她对学生们嗔道:"小小年纪不学好样!"然后又朝杨雄老师丢了一眼,心里说什么意思嘛!这不是要想把我往火烧坪里拉吗？

也就是白老师的一丢眼，杨雄老师的小眼睛里就闪出了火花，双拳擂着隆起的胸肌，怎一个雄字了得！他早晚搞锻炼都在那个绿树掩映，鸟语花香的后山。

一想到叫她美女姐姐的杨雄，白老师的心就像被一只粗手猛地揪了一下，她忽然感到眼前一黑，还打了一个冷战，就赶紧伸手扶住了身旁的那一棵老槐树。

学校放暑假后，其他几位本县籍的老师都回自己的家中与家人团聚去了，而杨雄老师则更是早就一拍屁股去了深圳，并且连招呼也没有跟白羽老师打一声……她其实一直在心里努力地克制着自己不要再去想他，走就走了呗！有什么值得留恋的嘛？一个是 60 后的丧偶之妇，一个是 80 后的时尚潮男，苟合到一起本来就是个天大的误会。唉，这都只怪自己的灵魂一时出窍，没有守护住世俗的肉身……白老师的心像被魔爪在一片片地撕裂着，她真想一头撞向那棵古槐树。

刚放暑假的前那几个晚上，白老师几乎是完全依赖着服安眠药才每晚睡上两三个小时的，可眼睛刚一合上，噩梦又缠身了，不，更准确地说，是杨雄那臭小子又缠身了。一上身就硬是不得消停，直让人想在煎熬里死去。自从他们有了那事后，私下里她就叫他臭小子，还叫过他毛毛虫呢！这臭小子简直就是个要赖鬼，是个混账东西！他居然厚颜无耻地对她说："你还真以为你就是我娘啊？是我婆娘！"

一声无端的呐喊，人就醒了，才知自己又是在梦中。她就只好赶紧起来，立马去更换床单，有几次就连里面的棉絮垫被也浸湿了，只得拿电吹风慢慢吹，可吹着吹着，她又"嘤嘤"地哭了起来。幸亏是放了暑假，学校里没有旁人，不然……

"真是走火入魔啊！"白老师失声说，就再也不敢往下想了。不过她后来还是想起了尼姑庵的静然师太，是师太前几天忽然下了一趟山，还专门找到学校来看她。

"闺女，是祸躲不过！我就晓得你会有此一劫的。"师太见白老师一脸憔悴，心疼地抚着她的头，又在她的额头上轻轻地推了几下，说："梦已经醒了，没事了。"

还真是奇了怪,后来果然就没有事了。白老师按照师太临走时的吩咐,每晚在睡前读一遍她送给她的"金刚经"。读着读着,心里渐渐地就有了阳光,也有了精神,还恢复了每天早上六点起床,六点半出校门去象形山的尼姑庵。她已经不再去庵子后山的火烧坪了,那里的鸟语花香也不会再引起她的兴趣,她是去与已经年过九旬的静然师太一起参禅礼佛。

但是此时,自己怎么又突然想起他了呢?真是个不争气的女子!白老师游丝般细微地叹息一声,望着汤汤而来,又汤汤远去的资江,真是斩不断,理还乱啊!

三

尼姑庵就崛立在象形山的半山腰上,过了街尾的思贤溪石拱桥,沿江边走上百余米,便有一溜蜿蜒而上的青石板路,白老师曾经不止一次地边走边数过,也和杨雄老师发生过争执。白老师是一路向上数的,她的结论是有 365 个台阶;杨雄老师却是回学校时一路往下数的,他说明明就只有 364 级嘛!后来为了得出一个正确的结论,两人还冒冒失失去庵子里问过静然师太。当时师太就结珈趺坐在正堂的佛像前,没有梵音,也没有敲木鱼,只见一柱禅香袅袅升腾,她的手中搀着一串闪烁黑红光亮的冗长佛珠,听见有脚步声至,单薄的身子却依旧笔挺着。

"施主是来问有多少级台阶的吗?"声音嗡嗡的,却很有穿透力。

两位老师吃了一惊,还是白老师先开口,她说:"打扰师太了。"

"施主都是斯文人,我佛慈悲,何言打扰。"

杨雄老师觉得老尼太玄,在心里暗忖道:"嚯,乃活神仙耶!她怎么全都知道呀?"一米八二的高个便稍许颤抖了一下,随之也就有了胆怯,忙拉了一下白老师的衣角想一走了之。白老师却拨开了杨雄的手,还上前几步,双手合揖,虔诚地跪在师太身边的蒲团上。她原本就对传说中的女神心存景仰,好多次都想要找一个合适的机会进庙里去专程拜访,没想到最后却是以如此世俗的方式来见师太。

"师太是活菩萨,我们俩人得出的数字确实有悬殊。"白老师说。

"这其实一点也并不奇怪呀!"师太把手中的佛珠挂上了脖子,双手平端于胯骨之上，才微微地侧过脸来，先是对白老师说："台阶就摆在那里，施主你脚踏实地是一个一个向上数的，从一数到 365 级，是单数。"她又回头对杨老师说："另一位施主是往下数的，数到 364 级，是双数。你们一个是来，一个是去，这一来一去之间……"师太戛然打住，轻叹了一声，然后又说："你们数出来的数目，都是对的。"

"这不是自相矛盾吗？明显就是两个不同的得数嘛！"白老师在心里沉吟了片刻，她想师太或许已说得明了，只怪自己慧根太浅。她侧过头去，把目光投向师太，欲问为什么会都是对的呢？但话到嘴边又咽住了，是被浅灰色僧帽下师太那一张好看的鹅蛋脸惊回去的。人们不都说师太还是在与日军雪峰山大会战时从武汉珞珈山过来的大学老师吗？怎么看面容却还像个童子呢？庙堂里的光线有些昏暗，白老师还特意挪了挪身子，想让出一点光亮来，那样她会看得更真切一些。

但师太就又说话了，并且是一脸的平静，她似乎并不是在说石级："人们看到的往往是一些假象。"俄顷，她接着说："比如施主你吧，向上数的时候是从踏上的第一个石级开始数数的，一直数到庵前的空坪实地上，那确实是 365 级；而另一位施主上下两档的实地，他都没有放在眼里，他数的只是纯粹的台阶，当然只有 364 级。所以说你们都是对的。"白老师正要插话，又有"嗡嗡"之声拂过耳际："也可以说，你俩的得数都是不对的。人从来处来，到去处去，怎么可能会忘记始终呢？我佛所说的空，依老衲的理解，空的应该只是过程，怎么能真忘记来处和去处？"

白老师似乎是已经真的听懂了，但她再回头看杨雄老师，却不见了人影，只有从门口吹过来的几许清风。这使她忽然想到了一个敏感词，那就是"空门"。

那天别过师太后，白老师在尼姑庵门前的柏树旁静立良久。

她有些进退两难。

过几天就要放暑假了，臭小子最近好像显得有些心神不宁，两人在一起的时候总是不忘先关手机，这是他以前未有过的现象。刚好又是周末，白老师隐隐地感觉到他似乎是在联系调动的事。再三犹豫后，她还是选择走上了左侧的斜坡，决定再去火烧坪看一看，哪怕那臭小子并不在那里，也要一个人再去待一会儿，即便只是一种对过往的凭吊，也要做到有始有终。师太其实早有暗示,空去的应该是过程,她不知自己能不能够做到,但是她必须强迫自己这么去做。太阳还未露脸,晨露打湿了她的脚踝,白色的球鞋上沾满了草籽,深红的裙摆上也有零星的几粒。应该说白老师是自今年仲春以来才开始破例在每个周末穿上裙子的。她忽然还记起,自己第一次按照杨雄老师口述的大致方位来这里也是这一身装束,不过那次还着了一件深蓝色的毛衣外套,因为那时毕竟还是仲春,天气有些微寒。

白老师的步履有些蹒跚,或是迟疑,终于到了火烧坪。这是她来过不知多少回的地方,但此时却觉得有了几许陌生,一大块铁锈色的空坪里,寸草不生,只有一些枯黑松叶落在上面,还有零星的几粒鸟粪。这还是在生产队时烧过火土灰的地方,一定是连底下的三尺黑泥都烧成了焦土,才会留下如此深刻的印记。这地方虽然不如那臭小子当时所说的有什么鸟语花香,周围却全是松树。靠右的几棵松树下有一栋用杉树皮盖顶和用竹块夹壁的简易小屋,没有门,只有一个同样用竹块夹成的栅栏,里面还有一张两档用圆木做垫脚而上面架了一块门板的床……这一切是多么的熟悉啊!白老师迟疑地推开栅栏,人就有些恍惚起来……

"美女姐姐,我就猜想嘛,你一定会的!"声音里充满了挑逗。

是在今年仲春的一个周末,那一天,白老师似乎起得比往日更早一些,她洗刷过后,还破例在身上洒了几滴香水。这是如今在深圳定居的一个以前的学生给寄来的,正宗的法国名牌,她一直留着不舍得用,也用不习惯,她是个素颜惯了的人。但就在那一天早上,她却破天荒拧开了瓶盖,香气袭人啊!她后来又鬼使神差走上了去象形山尼姑庵的青石板路。她出学校大门的时候就有舒缓的钟声飘过来,那是尼姑庵的钟声,看了看腕上的表还不到六点半,又回头望了一眼学校二楼杨雄老师的宿舍,门窗紧闭着,想来他已经早就出发了。她努力地在心里告诫自己走从容些,可到了尼姑庵门前的空坪却没有停步,硬是把神往已久的女神师太给忘到了脑后,而是继续沿左侧的斜坡走去,还没抬头就听到他的声音了。

"你这臭小子!"哪知白老师没过脑子就甩出了这么一句话来。

这一下正好就给了或许心里早有盘算的杨雄老师借口,臭小子居然说:"美女姐姐,我什么地方臭呀?"这个色胆包天的,一纵身过来就把白老师拦腰抱起,飞起一脚踢开栅栏就把他的美女姐姐供在了那一张门板床上。

一切都来得太突然,来得猝不及防……

白老师猛地一个激灵,挣扎着醒过神来,然后又走到那一张门板床前,双手捂着胸口,使劲按住像是要跳出来的心脏,仿佛许久许久,她再后才坐了下来,腾出手抚摸着似乎余温尚存的床沿。待稍有平静,她的脑海中忽然就出现了两个大大的问号,当年会是谁在这里负责给生产队烧火土灰呢? 有必要在这里搭建这么一栋简易的小屋,尤其是拆了家中的门板搭这么一张便床吗? 她还记起来了,那块门板床上虽然久未睡人,但板面上却放着深红的光泽,那是只有经汗水和肌肤反复摩擦过后才会有的一种光泽。当时枕在门板两档的圆木上还长了不少菌子,如一个个小的耳朵,那或许听到过的不仅仅是外面的风声和雨声吧!

他们后来的每一次见面都是在这小屋里进行的,学校里嘴多,眼睛更多,而尼姑庵后山的这一块火烧坪,却从未见有人来过。白老师当然也是有过负罪感的,比如头一次后,她就哭得死去活来,并且将一根只有指头宽的皮带往脖颈上勒,直把杨雄老师吓得跪下说:"我会为你负责的,我会娶你的……"

但是这一次白老师却已经预感到不会再有然后了。她努力地站起身来,毅然而然地走出了小屋,拼命不回头,几乎是一路小跑回到了学校。学校里出奇地清静,这是她从来没有感受过的一种死一般的清静。老师们已习惯了在周末睡个懒觉,这也已经不是头一次了,往常周末不也是如此吗? 白老师最终还是没能守住自己的心猿意马,正如当初没有能守住自己的人生底线一样,她下意识或者说是习惯地抬起头来,看了一眼她至今也从未涉足过的杨雄老师的房间。门窗依旧是紧闭着的。她恨恨地用自己的右脚跺了一下自己的左脚,"哎哟"一声险些要蹲下去抚摸痛处,但还是忍住了,在心里骂自己道:"你个蠢货还知道痛啊!"

白老师跌跌撞撞地进了自己的房间,又"呼"的一声关上了门,还给门上了反锁,又把那两页紫色的天鹅绒窗帘也紧紧合上了,和衣上床把被子一捂,倒头就"嘤嘤"地哭了起来……也不知自己到底是在什么时候睡着的,可是接踵而来的又是梦魇,是非要又把她逼到死角的梦魇,她被惊醒了……

四

是两个奇怪的梦。白老师最先梦到的是自己的先生文夫子。

他当然不叫夫子，但确实是姓文，名革生。这姓名若连起来读是能够读出鲜明的时代特征来的，这或许也可以看成是静然师太所说的来处吧！夫子是人们送给他的绰号。他却很喜欢这个绰号，原因有二：一是因为在南开大学念书时班主任老师赠送给他的；其二呢，用他自己的话说，何谓夫子？孔夫子，孟夫子……他最多也只能算半个孺子。他还说："知其不可而为之，这就是孺子的精神内核！"

他是全校出了名的才子，经史子集成竹在胸，尤其对刘勰的《文心雕龙》和王国维的《人间词话》等，很多章节信口便能背诵。这当然与他的出生有关，曾祖父是中过翰林的，爷爷当过私塾先生，父亲是远近闻名的中医，"文革"结束后父亲从家中夹层板壁中拣出来的古书装了若干麻袋，全堆在老家的木屋阁楼里，他从小就在古书里面打滚。还是在少年时，父亲原本想要他学医，他却大言不惭地说："医者只能治病，又不能医心，更不能治国，我要学的是既能医心又能治国的本领。"那时文革生的爷爷还健在，拈须朗声笑曰："吾孙乃大材也！"有一次班主任老师在解读《离骚》时，他居然举手要求发言，且直言不讳地指出："先生您此说并不全面。"当时先生听了，不免一怔。先生不仅是南开大学文史教授，而且还全国知名，尤其对上古文化的研究颇有建树，是国务院古籍领导小组成员。还真没想到，文革生居然有理有据从容道来说："《离骚》辞藻美艳，意象诡谲，不仅得益于楚文化的滋养，其实也与湖南大梅山和湘西一带的巫文化有着密不可分的关系……"这不禁让先生大吃一惊，沉吟片刻，便拱手赞道："你还真是个文夫子啊！"

这就是他绰号"文夫子"的缘起。文革生在此前其实还有另外一个绰号，叫"文书虫"。这是与他同年级的女生白羽给取的。那时两人已经私订了终身，而且是以书为媒，图书馆为爱河，还是白羽主动向文革生求爱的。南开大学的图书馆内有着各种流派的外国哲学书籍，也包括卡尔·马克思，但他后来得出的结论却敏感得要命，说所有流派的哲学思想都不如孔子和孟子的思想更适合中国国情……他说："儒家的精神内核是中庸，是天下秩序，是明之不可而为之。"也许是因为他的出色才华与治学的严谨态度,他不但是南开大学当时的学生会宣传部部长,还是全校唯一的一名市人大代表。他的班主任老师还不计前嫌地声称:"文夫子乃大材也!"

然而,就是这样一个一以贯之想要寻求和探索治国安邦方略为己任的年轻有为的学子,却因为在临近毕业前,参与并且还充当了学生会的组织者,搞了一次集会游行而给了他一个待分配的警告处分,被发配回了原籍,也就是资水白驹村。

他当时接到处分通知后,"扑哧"一口鲜血喷出,一声长叹道:"天不容我啊!"白衬衫就成了红衬衫。这其间曲折原委不便细说,倒是他的女友——南开大学中文系高才生白羽却不顾重重阻力,也不惜与户籍在北京的父母脱离关系,硬是佳人追才子,一路追到了资水白驹村,心甘情愿地做了江南镇小的一名语文老师。然而红颜命薄,满腹经纶的文夫子积郁成疾,却在 36 岁那年含恨撒手离她而去……

她先生文夫子是着了一身浅灰色长衫从梦中大步向她走来的,他的口中还吟诵着"关关雎鸠,在河之洲,窈窕淑女,君子好逑……"先生仪表堂堂,曾经是南开大学出了名的英俊男生,即使后来疾病缠身,国字脸盘也仍然显出刀劈斧削的英武模样。她还从未见他着过长衫呢。但是先生却在离她丈许的地方突然站定,因为他有话想要急于告诉她,先生说:"我现在已经是一名郎中了,是专门医心的郎中。"看他的样子好像很自豪,他又继续说:"我终弄明白了,夫子所说的修身齐家,治国平天下,其实还漏了两个字:医心。应该是修身医心齐家,治国平天下。"

白羽老师明显有些激动起来,毕竟已经一去十多年,阴阳两隔无音讯,连梦也不报一个给她,今天他却换了一身民国文人装束回来了,还满嘴胡言乱语,她才懒得管什么修身医心齐家、治国平天下的事情呢!她只要自己的先生。白羽几乎是奋不顾身向他扑去,没想一脚踩到了球鞋带,"扑通"一声摔倒,梦就断了……

白老师又是一阵好哭,她还始终沉浸在梦中,却继续在娇嗔地跟自己的先生诉说:"你真是个夫子啊!你走之后,天下何来君子?再说我都快成老太婆了,哪还是什么窈窕淑女呀!"但她说着说着便止住了声音,一种深深的自责向她袭来。

她后来的另一个怪梦却好像是睁着眼睛做的，梦见自己又到了象形山上。她是在离火烧坪不远的地方看到了一个男人，不，还有一个头戴僧帽的女人，是后来从小竹壁屋里走出来的，一边走还一边埋着头扣衣服的布扣，那衣服也像是僧衣。看身形有些熟悉，却不方便仔细辨认，白老师的心里感觉得怯怯的，脸烧得滚烫。男人正在架柴禾堆准备烧火土灰，女人就过去帮他递柴禾，两人还说着话。

是男人先说："哎，你还歇一会呀！我一个人就足够了。"

"你呀，真的就是个蛮牛！"女人说："我来陪着你一起烧不行吗？"

男人定定地看着女人，嘻嘻说："你不是才陪我烧过吗？"

没想女人却认真地来了一句，"阿弥陀佛，我佛慈悲！"声音嗡嗡的。

这声音好像是……白老师顿觉得天塌地陷，魂飞魄散……白日梦便醒了。

醒来才知自己依旧是在床上，却半天怔怔地回不过神来。

怎么会连续做了这样的怪梦呢？这其间会有着什么样的内在联系吗？白老师瞪大着眼睛想了很久，最后她才终于想明白，这无非是在为自己的这一段孽缘寻找开脱和借口。她忽然觉得自己做这样的白日梦很无耻。白老师其实就是从那一天起开始生病的，她后来虽然又陆陆续续地去过尼姑庵，想把梦里的情形跟师太说，但见师太总是一脸肃然，加上她自己的心里发虚，所以一直未敢启齿。她几乎是硬撑着，才撑到了学校放暑假。但杨雄老师却从此再也没有出现过，听说他早就已经递交了辞职报告，也谋好了去深圳某高校应聘担任体育老师的退路。

再后来就是静然师太的主动到来，师太说："梦已经醒了，没事了。"

但白老师自己是分明清楚的，梦，醒犹未醒，事，确实是不会再有了。真应该感谢师太！感谢《金刚经》中那一句"还至本处"！她还算恢复得很快，心绪也平静多了，她要再次上象形山，去尼姑庵正式向静然师太讨教。却没想到在途中又碰见了自己的学生郭小刚，还说有人给她取了一个绰号。这多丢人呐！看来自己与杨雄老师的孽缘是有人知道了，或者根本就是那臭小子自己说出去的……

白老师越想心里越是浑浊，还猛然感觉得一阵恶心，扶着老槐树就大肆地呕吐起来……莫非是怀上孕了？这一下给她的打击还真是不小。她跟自己先生也是怀过孕的，是他坚持不肯要孩子，说他身体不好，将来会连累了她。

而现在却被这臭小子……她想恨他，但不知为何又恨不起来。人说有爱才有恨，又说由爱生恨，这么说她与他之间莫非根本就没有爱，而只有欲……是的，她自从爱过文革生后就已经注定不会再爱上别的男人了，他俩同窗四载，是他高贵的灵魂和拔萃的才华先深深地吸引了她，而后才有了每一次灵与肉如胶似漆的放纵和相融。正这么胡思乱想着时，有一只不知是从何处窜来的野狗，正在贪婪地舔食她呕吐出来的胃液残物，这样子使她不禁又想起了厚颜无耻的杨雄……"小人呐！"她想恨恨地骂出声来，又觉得怕这几个字一旦说出口，会比呕吐物还要脏，于是又忍住了。

资水沉沉地从她的眼前流过，老槐树的倒影在流波里摇曳，白老师忽然对自己的先生滋生出了一种无端的思念，心也便一阵阵地被揪得疼痛，她不禁望江一声喟叹："人面不知何处，绿波依旧东流。"白老师这一次是走走停停才到得尼姑庵的，平时20分钟还不到的路程，她今天居然走了两个多小时。静然师太像是知道白老师会要来，她已经换过了禅香，还把另一个蒲团拉得更靠近她趺坐的身边。

白老师进了佛殿并没有吱声，她生怕自己吐出的是龌龊之气。

她先是想学师太的样子盘腿而坐，但几次努力均是徒劳。

"凡事不必太执着。"师太似已看破了白老师的心思，她虽然依旧闭目打坐，但这一次却破天荒说起了世俗中事，她说："老衲与白施主都是女人，也都是来自外地，施主是因追慕夫子才华来到江南，而后当了教师。教书育人是白施主的职业更是职责，这是不能轻言放弃的；如我寻壮士至此，做了尼姑，是这一座小庵收留了我，我的职业和职责，就是为菩萨续香火，让红尘中还有这么一块清净之地。"

师太喃喃自语，接着还把自己的身世也简要地告诉了白老师。

师太与她的丈夫也是同学，毕业于武汉大学，又同时在武大执教，小日本占领武汉前夕，他俩刚结婚，城池即破，男人便毅然从戎，参加过长沙保卫战和衡阳保卫战，后来是在雪峰山大会战中壮烈牺牲的。师太也是在那时走上了寻夫之路，因为在此前她收到了丈夫从溆浦寄来的一封简短家书，告诉她战争到了关键时刻，一旦战争宣告结束他就会赶回武汉。她就是怀揣着丈夫寄来的家书乘车到了益阳，然后换乘木船溯资水而上，想再转善溪至溆浦，却没想夜宿江南时就听到有人说某师包括师长在内全都壮烈殉国了……师太没有再往下说她自己的故事,而只是叹息了一声说:"当然,我的夫君是为捍卫领土的尊严而死,有抗日英雄纪念碑为证……而像你先生文施主这么一个有才华的人,却是在大好年华的人生时段……"师太毕竟是在 20 世纪 40 年代就做过大学老师的知识女性,人虽在佛门,心里却怀有着人世间的大悲悯,她最后的一声慨叹是:"文施主去处不明啊!"

师太的这一声慨叹,在白老师听来有如悬在钟楼里的钟声骤然轰鸣……她忽然想起,自己男人好像也是说起过师太的,或许他们早就认识。像是有意释疑白老师的揣测,但应该又不全是,师太后来又补充说:"文施主满腹经纶,是个典型的儒生,他所追求的,是明知不可而为之,这当然是人世间的大执着,老衲是极为欣赏的。可惜人生无常,天不作美,所学未能报国,终成遗憾。至于你我,都是女人,即便有过迷失,但只要最终看清了来处和去处,所谓的迷失那又如何呢?"

嗡嗡之音像是从她的胸臆间吐出,又仿佛是从遥远处传来。眼前的禅香升浮起落,师太却依旧泰然,白老师深吸了一口禅香的味道,还有师太大彻大悟的气息,便顿时有了醍醐灌顶后的真正清醒。她于是起身,并没有与师太作别,她觉得也无须作别,或许哪天又会来到她的身边,坐在那个为她留着的蒲团之上……

出得门来,太阳已近中天,放眼是汤汤而来又汤汤远去的一江资水,波光倒影里尽是人间城郭,市井喧嚣,烟霞缥缈。那一幢幢临江而建的吊脚楼和倚吊脚楼回廊看书或拉小提琴的红尘男女,也仿佛从尘封的岁月里浮现出来,她还仿佛一眼就认出了自己执教的学校,也仿佛看见了与她已经相濡以沫的三尺讲台和七尺黑版,那一位口齿清澈用纯正的普通话给天真纯洁的学生们讲课的女老师,不就是人们叫白老师的自己吗?这一切的一切,都是如此熟悉而又温馨。她不禁朗声吟道:"江南好,风景旧曾谙。日出江花红胜火,春来江水绿如蓝。能不忆江南?"

静然师太也出了庙门,说:"忘却的已成为过去,记得的关乎未来。"声音依旧是嗡嗡的,江上有风拂过庙门,是暖风。两个沐浴着秋阳的女人仿佛身披了霞光。

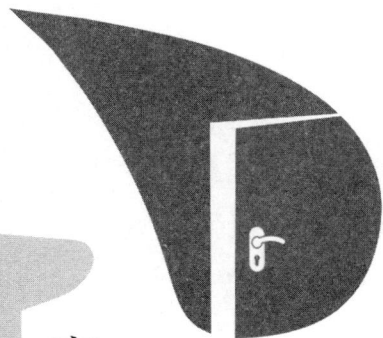

廖静仁 著

门虚掩 下

廖静仁中短篇小说选

新华出版社

图书在版编目（CIP）数据

门虚掩：廖静仁中短篇小说选.（下）/ 廖静仁著.
-- 北京：新华出版社，2023.5
ISBN 978-7-5166-5663-1

Ⅰ. ①门… Ⅱ. ①廖… Ⅲ. ①中篇小说–小说集–中
国–当代②短篇小说–小说集–中国–当代 Ⅳ.①I247.7

中国版本图书馆 CIP 数据核字（2021）第 030960 号

说几句廖静仁

谭 谈

本是一位写散文的高手,笔锋一转,写起小说来,且一发不可收拾。不少精品,还被《新华文摘》《中华文学选刊》《作品与争鸣》等权威选刊选载。真让我刮目相看。

最近,他清点自己这些年发表的中短篇小说,竟达90多万字,结集成上下两卷,将付梓出版了。真为这位老友取得的丰硕成果欣喜不已。

我们相识相交几十年了。他是以写资水生活的散文搅打文坛的。十多年前,我主编《文艺湘军百家文库》时,在"散文方阵"里,就有"廖静仁卷"。和我一样,他也是一个没有读书却写书给人读的自学成才者。平生只上过四年学,是资水河畔丰富多彩的生活送他走上文学这条路的。一个知识基础这么低的人,要闯入文坛,领骚于文坛,其艰辛的付出可想而知。而他所从事的本职工作,也很出色。在安化县报当总编时,因业绩突出,被评为全国劳动模范。到省企业文联工作后,策划、主持了丰富多彩的活动,主编了不少知识含量挺高的文献类图书,丰富了图书出版画廊。一个只上了四年学的农家娃子,写书,能写出好书;编书,能编出妙书! 这不能不令人佩服!

作为他的兄长兼老友,在他的洋洋洒洒90多万字的中短篇集出版之际,忍不住地说上这么几句,真诚地祝贺老友取得的成就!

前面的路更长,希望他有更精彩的表现在后面。

(谭谈系著名作家,中国作协名誉副主席、湖南省文联名誉主席。)

乡土，是一扇虚掩的门

刘鸿伏

　　廖静仁的写作，大约可分为两个阶段。20 世纪 80 年代至 21 世纪初为第一阶段。他以小学四年的学历与农民加篾匠的身份横空出世于群雄并起的文坛，扬名立万于散文江湖，有横扫千军的霸悍之气。其时，评论界惊呼：资江边出了个高尔基！这个阶段的廖静仁，是散文家的身份。不过，这一阶段他有过较长时间的写作潜水期，几乎从读者的视野失联。第二阶段在近十年或者不到十年吧，他忽然毫无征兆的一声惊天动地的龙船鼓响，复又站在那一条伟大而又激荡的文学河流之上，以每年发表十几部中短篇小说的战绩，再一次刮起"廖旋风"。案头这部煌煌 90 余万字的《门虚掩》，是他除了已出版的长篇小说之外的中短篇结集，足以证明其惊人的创作激情与创造力。因此，这个阶段的廖静仁，在潜水又出水之际，倏忽就完成了由散文家向小说家的华丽转身。

　　廖静仁以小说家的新面目出现，这对读者来说自然有着意外的惊讶、惊喜。一般而言，诗人或散文家转型写小说，很容易沿袭诗或散文的文本写作惯性，与职业小说家的作品比较，存在着明显的分野。但廖静仁似乎转得比较彻底，让人怀疑他的潜水期是脱胎换骨去了。从发表的第一篇小说《资水船歌》开始，到后来一批影响力广泛的作品，如《斯文摆渡》《何处觅乡贤》《寻找乐正子》《门虚掩》等等，虽然一如既往地围绕资江流域的人与事这个主打乡土题材来写作，但作为小说家的廖静仁，却是野心勃勃地用全部心力和才思营构他理想中的文学资江,正如沈从文的湘西、莫言的高密、贾平凹的商州一样。如果说廖静仁现在正在试图用他的小说营构他的文学地标,那么,当年他的散文写作也即乡土的资江却并非出于文化的自觉,而只属于自然而然的、近乎原生态的写作,但他的小说创作,则可以说是一种思想的自觉了。不同的追求与不同的文本,承载的是作家不同的创作理想。应该说,廖静仁成名于资水题材的散文,现在又以小说再一次打开乡土的大门,这是一种长久的坚持与执念,一以贯之的,是他对这片胞衣之地的无比眷恋与追索,几十年风云巨变,唯独不变的是他对文学的初心。无疑,廖静仁算得当代为数不多的深掘于新乡土文学的有志者和思想者。散文家廖静仁与小说家廖静仁的相同之处,是他永远接地气并永远关注底层乡土社会,而两种不同的文体在他手上都运用得如此得心应手!不相同的地方就是在他的小说创作期,是以新乡贤的身份回归原居地,并建造资水书屋,出发与回归,都在同一个点和面。这是形而下。从资江的山野走出去与从红尘喧闹中归来,却有着本质上的不同,他以一种迥异当年的全新的感受与思考,对陌生又熟悉的田园、村舍、青山、流水以及已逝或亲历的人与事,进行理性的梳爬与深入,从而抵达乡土最动人的也最隐秘的敏感点,抵达各色人物命运的内核,找到原汁原味的隐藏于平常岁月的温暖;一如母腹子宫中的那种温暖。然后用笔把这一切碎片化的影像还原或重新塑造成自己心中的完美整体——这就是他正在做或想要做的建造一个只属于廖静仁的文学的乡土资江,一个有可能也是属于文学史或地方志的文学的乡土资江。这已是形而上了。这种形而上对一个作家的意义非比寻常,尤其对廖静仁这种本色作家而言,不啻是一次精神飞跃。因此,在他的笔下,故事与人物,便有了一种穿透的力量和哲学的思辨与社会学的拷问。如《斯文摆渡》这部小说,廖斯文一生渡人也渡己,无论是在村学,还是在出没烟波的孤独的渡船上。乡土社会的文脉与人性的坚韧,命运的曲里拐弯与整部作品的隐喻与象征意味,都足以见出作家对乡土文学的独到视角与举重若轻的驾驭能力。

中国的乡土文学,近百年来出现了许多耳熟能详的名家巨匠,如沈从文、汪曾祺、柳青、周立波、莫言、贾平凹等等,乡土文学在中国近现代文学史上可谓千峰竞秀九派奔流,要独辟蹊径,谈何容易,因为高山在前,长川在后。但廖静仁是独特的,因为乡土才是他的精神家园,也是他灵魂的归宿。他原本是一个地道的农民,他与他的资江以及资江边的田园本就浑然一体,生活在这里的人们都是顶亲近的乡邻或者兄弟姊妹,他与他们,从来没有生分没有隔阂,他是他们中的一员。很多小说中的人与事,都是真实的存在,不需要去找寻原型。正因为如此,廖静仁的小说,便有一种与众不同的鲜活的生命力,不做,不隔,比一般职业小说家的矫情迥异其趣,有着自然而然的温度与亲和力,有着只可意会的浑厚与沉着。廖静仁的小说,节奏不疾不徐,元气充盈,思辨深隐,技法上多留白处,如中国画的飞白。他小说中营构的乡土即是私密的、个性化的,也是民族的,他隐身其中时,是平视甚至仰视的角度,其时他是农民的廖静仁;但他也会常常俯视他的乡土,俯视他心心念念的那条浩荡长河,此时他便是作家的廖静仁。像当年驾着毛板船穿越资江险滩一样,现在他驾着他的文学的竹筏正穿过岁月的大河,他是乡贤,亦是文化的"传灯人"。设想,彼岸正有一个逐渐成形的叫文学资江的理想国,让一代代人走进他的世界。作为廖静仁的同乡兄弟与最密切的文友,我遥望未来,心里充满了热切的期待。

乡土,永远是一扇虚掩的门。

(刘鸿伏系著名作家、文物鉴藏家、学者、书画家。)

目录

白驹村旧事

　　"神医"是他的绰号，是美誉度极高的绰号。"歌姐儿"这称呼亦然，但他俩的故事一直在白驹村里流传，很缠绵，也很凄婉。

　　白驹村老一辈人说起他俩的旧事儿来，有枝有叶，津津乐道，双眸中总是饱含着同情。可惜我与神医和歌姐儿错过了时代，听来的故事也是支离破碎的。他俩合葬的坟墓我倒是见过，高高地崛立在白驹村廖家的祖坟地里，而且每年清明节前后还总会有人去送上几束野山花。我也是送花人之一。

　　无须讳言的是，起初我确实有着诸多不解，他俩既然是一对名不正言不顺的野鸳鸯，又无嫡亲后人，怎么能够合葬在祖坟地里并且年年清明有人上坟呢？

　　疑问慢慢地解开。我甚至觉得他俩是值得我仰视和书写的。

　　2019年清明节这一天，我沿着记忆中的山径，再一次去给他俩上坟。

　　神医出生于我们白驹村里的郎中世家，自幼从娘的褓褓中就闻惯了上百种中草药材的气味，因为他母亲就是一个了不得的药剂师。若是做郎中的男人外出问诊了，方圆几十里凡是患伤风感冒或前来求医的一般病友，郎中夫人只需察言观色并稍问上几句话，就能给人家抓上三剂中药。

　　"你先回去用文火煎了，服后要是还不见好就再来找我家先生吧。"声音如春风般细细的。没想有蛮多人服了她看似随意抓配的这三剂中药病竟然好了。神医的父亲更神，他不但是学郎中"盖了卦"的，一把手术刀更是了得。不但能刮骨疗伤催生肌肉，还能开脑颅，被乡人称之为"华佗再世"。神医在这样的家庭氛围中成长，十二岁就能独自行走江湖。父亲会的他基本上都会了，但小小年纪的他却心比天高。

郎中只是做一个中间人而已，生死有命，富贵在天。阎王要人四更死，决不留人到五更。郎中所开具的方子，不过是向阎王爷陈述这个人还能活下去的理由。他说着一口平实的乡间俚语与病友掏心窝，还偶尔会不知天高地厚发一句感叹。

"为医者要是能医治人心就好！"他说这话时，一脸的肃穆。

小小年纪就有着如此志向，做父母的心里自然高兴。

"医心之事日后少言，此非医者所能也。你只要把药性及汤头歌诀烂熟于心，只要本着医者仁心的杏林祖训行走江湖，也算得是半个神医了。"父亲的话说得实在。

大概这就是神医名号的由来吧。

还有人说神医五六岁时就能把一本《诸药赋性》和一卷《汤头歌诀》背得滚瓜烂熟。"也不看看人家是怎么发奋的，每天鸡叫头遍就起来，松明火熏出一脸的黑油也全然不顾，只晓得一个人摇头晃脑唱药书。"这话是在他们家帮工的岩保说的。岩保是一个目不识丁的粗人，他把"读药书"说成"唱药书"，这是常事。不过也难怪，神医自幼口齿清晰，哪怕是诵读较拗口的《汤头歌诀》前言，也抑扬顿挫朗朗有声，如唱山歌。"古人治病，药有君臣，方有奇偶，剂有大小，此汤头所由来也。仲景为方书之祖，其《伤寒论》中既曰：太阳症、少阳症、太阴症、少阴症矣，而又曰麻黄症、桂枝症、柴胡症、承气症等。不以病名病，而以药名病。明乎因病施药，以药合症，而后用之，岂苟然而已哉！"读书声音拖得老长，也传得老远。

后来，居然连岩保的女儿也能把从神医口中听来的《诸药赋性》当成山歌唱出来："诸药赋性，此类最寒。犀角解乎心热；羚羊清乎肺肝。泽泻利水通淋而补阴不足；海藻散瘿破气而治疝何难。闻之菊花能明目而清头风；射干疗咽闭而消痈毒；薏苡理脚气而除风湿；藕节消淤血而止吐衄。瓜蒌子下气润肺喘兮，又且宽中，车前子止泻利小便兮，尤能明目。是以黄柏疮用，兜铃嗽医。地骨皮有退热除蒸之效，薄荷叶宜消风清肿之施。宽中下气，枳壳缓而枳实速也；疗肌解表，干葛先而柴胡次之。百部治肺热，咳嗽可止；栀子凉心肾，鼻衄最宜……"

她和他是同庚，是一对青梅竹马的灵性少年。

岩保夫妻俩都在神医家当帮工，因长年进深山老林采集山药在配制房中炮制中药材,日晒雨淋,烟熏火燎,俩人均面黑如锅底。而日渐成人的女儿却细皮嫩肉,尤其是天生一副金嗓子,声音脆脆的,还记忆力非凡。她只要听神医读过几遍《诸药赋性》,便能一字不漏地把整篇有如山歌般唱出来。因此有人打趣岩保夫妇说:"你俩该不是在配制房偷了仙药吧?真是黑鸡母生出了白鸡蛋,造化哩!"夫妻俩就异口同声颇为自豪地回答说:"嘿嘿,这有什么好奇怪的。黑到尽头就是白嘛,我家里就真是一条咸鱼,也总会有翻身的时候哩!"更自豪的是神医父母,跟帮工说:"等他们到十六七岁,干脆就合成一家算了。""不敢,不敢,我们家闺女怎么能配得上东家少爷呀!"俩人心里却美滋滋的。神医的父母都是开明人士,便说:"莫一口一声少爷老爷的,你我两家已经是几代世交,你俩这是在怪我们只晓得给人诊病,而不懂得天道良心、人人平等吧?"

岩保家的闺女当时只有十二三岁年纪,常喜欢穿一件浅蓝色衣衫。那衣衫虽然补着补丁,但穿在她那较为单薄的身段上,倒也是蛮顺眼。她不但学会了与自己同龄的神医所背诵的《诸药赋性》和《汤头歌诀》等,而且还能够将自己心中的即兴创作与歌诀融会贯通。家乡那些劳累得精疲力竭了的叔辈哥姐们听了她唱的歌诀,就像饱吸了一壶旱烟,饱饮了几海碗凉茶,顿时倦意全消。至于爹娘给她取的名字早已无人念及,而渐渐被"歌姐儿"这一灵动的绰号所代替。

有一天,"歌姐儿"一早就随父母上山学采药材去了。赶早从小镇唐家观出诊回家的少年神医有一阵没见到"歌姐儿",侧耳左右听听也没有听见她的歌声,心里就七上八下觉得不踏实。母亲是了解儿子的,特意朝对面的山坡努了努嘴。聪明的儿子就心领神会,拐着弯儿跟正在坐堂给患者问诊的父亲提出要求:"我也想进山学采药材去。这样能对药材更加知根知叶,开起方子来也会有灵气些。"父亲把目光投向母亲征询意见,正在抓药的母亲忙笑了笑说:"这是件好事嘛!"还告诉儿子岩保叔一家可能会去的几个山头。儿子将竹篓往肩上一背,风一般就旋出门去了。

少年神医老远就望见陡峭的山崖上一手攀着藤蔓、一手挥锄挖山药的"歌姐儿"了。初次进山的神医胆子小,仰头望着"歌姐儿"腿都吓软了,心里直发慌。"歌姐儿"也发现了神医,她就这么一边挖着药材,还一边少不了顺口甩出一句娇嗔的话来激他:"哟,少爷也上山来了啊?还是男子汉哩,我看你胆小得还不如一只兔子!"

神医脸就红了,红得像山崖上枫树的叶子,心里却一点儿都不服气,也就壮胆往山崖上攀去。"你一个小女子能去得的地方,我就更能去得。"声音却颤颤的。

"歌姐儿"本来只想打趣一下神医,他当真要攀崖时她就慌了。知道自己嘴快惹了祸,但小女子真有办法,情急之中脱口便说:"你不是最喜欢听我唱歌吗?听好了,我就真开唱了。"果然就有即兴的山歌惊飞了在崖畔上啁啾觅食的阳雀:

我说少爷莫逞强,

快把棕绳捆身上,

山崖太陡容易滑,

稍不留神把命丧,

少爷是个活菩萨,

岂忍有人心儿伤。

…… ……

神医一听到歌声就站住了,举目怔怔地望着"歌姐儿",眼眶里还不知不觉地潮湿了,脸庞也热热的有些发烧。他知道歌姐儿为什么说他胆子小。就在前些日子,正好家里只有他和她。"歌姐儿"说肚子不舒服,要他帮忙看看,没想到已经在外面有着神医之称了的小少爷,却像一只惊慌的兔子般远远地跑开了。少爷想着心事,怔怔地就有了迟疑,少女悬着的心终于放下了一半,便赶紧把竹篓里的绳索顺手抛给了神医,还告诉他捆牢在腰间,自己则把另一端紧紧地系在了山崖边一棵碗口粗的枫树上。她迅速地做着这一切时,一双水汪汪的眼睛却眨也不敢眨,一颗心也悬着,生怕神医会有什么闪失。

岩保夫妇就在对面的山崖上,俩人看在眼里,喜在心中。双双有意往山深处走去,把就近崖畔和溪边的首乌及七叶一枝花等,留给了女儿和小少爷采集。

歌声又响了起来,这一回是俩人的对唱。先开腔的是"歌姐儿":

崖畔畔上开花崖畔畔上红,

什么花瓣瓣开在绿叶中?

"歌姐儿"的声音还没有落地,神医的歌声就起调了:

崖畔畔上开花崖畔畔上红,

七叶一枝花瓣瓣开在绿叶中。

少男少女对唱的全都是草药的名称和药材的特性。两个人边唱歌边采集着药材,唱着唱着竹篓里的药材就堆成两座山尖尖了。收获的喜悦是可想而知的,尤其是头一次上山采药的神医更是得意。在回家的路上,岩保夫妇又有意匆匆地走在前面,在后面跟着的歌姐儿却是心事重重。望得到家门口了,她忽然低声对少爷说:"我再唱一支歌好吗? 只唱给你听的歌。"随即,那薄薄的嘴唇便启动了:

少爷少爷啊是一只鹰,

飞呀飞呀飞出松树林,

风狂雨骤莫停翅,

一直飞上九霄云,

…… ……

她的声音压得很低,旋律中带着几许淡淡的哀愁,但更多的则是真诚的希望和热切的祝愿! 听着听着神医却生气了。他有几分霸道地打断她的歌唱说:"难道你就不是一只鹰吗? 你会比我飞得更高的!""歌姐儿"一时语塞。少顷,才像大人哄孩子般地说:"你真不晓得吗? 乡里妹子本来就只有松鼠命,是离不开山沟沟的!"她的声音颤颤的。"我也不会离开白驹村的。"神医说着又举头望了一眼乌云密布的天空,却突然迸出了一句话来:"除非有一天白驹村人容不了我。"歌姐儿忙说:"怎么可能呢? 你们家世代郎中,方圆百里都说你们家是资水两岸的活菩萨。尤其是你还只十三四岁,就是个出了名的神医了!"此话不假,村人都是这么称呼他的。

"但医者只能医病痛,不能医人心,哪个晓得以后?"神医的话里多有无奈。

傍晚一对少男少女走在被山与山夹挤得愈发弯曲的回家的路上,他俩有意把脚步放得很慢,因此就说了很多很多的话。但说着走着"歌姐儿"又像想起一件什么事似的。"你晓得'葛草包'如今到哪里去了吗?"在"歌姐儿"的印象中,只有"葛草包"才属于神医所说的心里有病的那种人。神医回答得有些迟疑,"听说是到慈善寺里当和尚去了吧。也不晓得他真的能改过向善吗? 不然会枉费了明禅师父一片苦心！"

慈善寺在白驹村口左侧的慈善山，是一座千年古寺。明禅师父是寺庙里的住持，剃度出家的弟子有好几个，他的口碑在资水两岸好得不得了，人们都称他为"活菩萨"。他给人上门讲经、作法事，从来都不收财物。寺庙里和尚们的衣食开支等全都倚仗山下那十多亩肥沃的良田。他自己带领众弟子春种秋收，只偶尔向村邻借几天耕牛使用。"葛草包"是他前两年收容在庙里的。这家伙那年闯了祸，偷杀了村里的一头壮实牛牯到小镇唐家观卖了钱，而钱却又填进怡春院的无底洞了。族里的佐庭族长一怒之下硬是要依照族规捆了扔进资水崩洪滩。一干人押着"葛草包"从慈善山下路过，正好被带领弟子们在山下躬耕的明禅师父见到。他好说歹说硬是求佐庭族长法外开恩，说自己一定会尽力帮"葛草包"改恶从善。

"他这种人哪！本性难改的。""歌姐儿"接过神医的话茬儿说。

"葛草包"老家是涟源人，他是随做阉匠的父亲来到白驹村的。没想老阉匠来白驹村阉猪阉鸡没几日就得急病死了。当时碰巧神医他爹外出不在家里，神医还只是个能背诵药书的四五岁蒙童。他母亲虽然也给被村人背进"杏林世家"的老阉匠抓了几味中药，可还没来得及煎服患者就两脚一伸，走了。那时"葛草包"也就十二三岁年纪，无妻室无儿女的老单身汉树根伯见他可怜就收留了他。谁知他却连个鸡仔也懒得去阉，成天好逸恶劳四处游荡。于是就有了"葛草包"这个绰号。

神医和"歌姐儿"一路说着走着，天擦黑时才到家里。

日子亦如村前的资江流水汤汤，又是数年过去。

白驹村也兴起了土地改革。长年请有帮工而又世代无人荷锄种地的神医家无疑被划为富农成分了，属于剥削阶级。连同那块上百年的"杏林世家"匾额也被砸个稀巴烂，被人捡去当柴火烧了，从此不准他们家再开药铺和行医了。

"还自称神医！我家老子就是死在你们屋里的。""葛草包"这话确实不假。

不行医也罢，反正郎中无法治得了人心。

神医似乎早就有了思想准备，他不但这么劝导父母，还为自己今后挑起全家人的生活重荷在做盘算。只是人们谁也想不到的是，在白驹村主持抄家划成分的居然是"葛草包"。他这也不算是还俗，因为他原本就是个俗人。明禅法师根本就没敢收他为徒，只是暂时收留他在庙里混吃混喝躲了几年。真是救人人无义啊！那时候菩萨自身都难保了，明禅师傅也只能一声长叹，他确实是有苦难言。

不久，神医又有了新的职业，但白驹村人还是沿袭老习惯称呼他神医。

白驹村虽然地处资水中下游北岸，却属于梅山境内，人们信神信鬼，巫风遍地，即便是移风易俗口号喊得山响，也无法撼动历朝历代传下来的习俗：那就是村里的人死了后，少则在纸钱香烛焚烧的灵堂里唱上三天三夜，多则七天七夜方可抬枢出殡。这是天天得有人陪着唱孝歌的。神医自幼聪明伶俐，接受新事物特别快，且又天生一副洪亮嗓门，于是，他之前的郎中职业很快就被歌手的职业所取代了。当师傅的双手抚一对儿碗口粗精巧铜钹在前引路，做徒弟的则胸前吊一个洗脸盆大小的牛皮鼓紧随其后，再后面便是若干披麻戴孝的孝家。师傅手中的铜钹"哧"的一声擦响，徒弟胸前的鼓点就密集地敲响七下，紧接着孝歌便起腔了：

> 还了阳来还了阳，
> 还了锣鼓又还腔，
> 阴鼓改成阳鼓打，
> 孝歌改成草歌唱。
> ……　……
> 还了阳来还了阳，
> 还了日头还月亮，
> 前半夜打的太师鼓，
> 后半夜打的两头忙。
> ……　……

灵堂内外，鞭炮声、鼓钹声、歌唱声以及哭闹声混合成声音的海洋，但神医的声音却总是能非常清晰地灌入人们耳中。那歌声就像是从白驹村淌过的一条小小溪流，清亮清亮的。这也是属于七十二行中的一行，由孝家请来，不但白天包三餐茶饭和烟酒，晚上还备有夜宵，但神医真正在乎的并不是自己有吃有喝，他更看重的却是昼夜均有红包可得，而且数目可观。他就用这没日没夜攒来的辛苦钱去小镇唐家观粮店买回议价粮食来，为补家中缺少劳动力而少分的口粮。

"你呀,真是攒钱不要命了!"母亲心疼儿子,把土改抄家前藏在土窖的银耳和黄芪等几种名贵药材拿出来,炖汤给儿子补身体。但土窖里的宝贝越来越少。

"娘,我年轻撑得住,您给爹吃吧!"儿子有些哽咽。

爹虽然年岁不大,但因心灵受了重创,卧病在床已有多年,而且不愿意接受儿子的任何治疗。"你过来。"当父亲的把瘦得如枯柴的手伸出被窝,儿子赶忙上前也把手伸了过去,"您有什么要交代吗?"父亲声音很细:"爹错生了你。"儿子的心就凉了半截,但他还是咬着牙说:"不能怪父母的,这是世道的错。我还不到二十岁,等得起。"就为了"等得起的"这四个字,他后来每次唱孝歌时,几乎完全口是心非,嘴里唱着孝歌,而心里念着的却依旧是《诸药赋性》《汤头歌诀》等。

父亲就笑了,母亲也笑了,他们都以为儿子等的是与他青梅竹马的"歌姐儿"。

不久,父亲走了;没过半年,母亲也随着父亲去了。

他当然没有忘记过"歌姐儿"。"歌姐儿"老家在擂钵山,相隔白驹村有六十多里,同属于杨林公社。土改那年岩保一家怎么也不舍得离开白驹村,硬是想留下来继续照顾这一户"杏林世家"的好人。

"葛草包"怕岩保留下来,会分了他一直盯着的神医家那几间鱼鳞青瓦木屋!

"人在做,天在看。这号人迟早要遭雷劈!"

"也难说,好人命不长,恶人阎王都怕他。"

一时间说什么的都有。但从此已成了"歌手"的神医却很难与"歌姐儿"再见上一面。再说他心里也没底,猜疑着与自己同岁的玩伴"歌姐儿"还会不会搭理他。

白驹村口的九峡溪,就是发源于擂钵山,神医经常会望着溪水独自发呆。

其实呢,这些年来,"歌姐儿"照例还是上山采药,不过都卖给了公社卫生院。她每次出门远涉五十里山路到公社医院卖药材时,也总是鼓足了勇气想再沿九峡溪走十多里去白驹村一趟。但期期艾艾不知怎么又犹豫着没有继续前行。

这一猜疑和犹豫,便又是十多年过去。

"歌姐儿"已成了田嫂,神医也又有了新的职业,他如今已成了"窑客"。

没有了父母的神医后来干脆就装疯卖傻,隐姓埋名游荡四方。

他确实走过很多地方,但没有谁知道这个"窑客"是哪里人。他背一副做瓦烧窑的工具,优哉游哉,似乎是漫无目的地在江湖上行走。然而,据说他从擂钵山下的黄泥村路过时,一双穿草鞋的粗糙脚板刚踏上村口的黄泥小路,陡然便止了脚步说:"好瓦泥!真是难得一见的好瓦泥!"还弯下腰去,一掌一掌地捻那黄泥巴。

撮土垒窑,"窑客"在擂钵山下的黄泥村住了下来。

这时恰逢碰上土地承包责任制,又是风调雨顺的年景,修新房屋正成风气。

黄泥村人自己踩瓦泥,自己砍瓦柴,"窑客"就专管做瓦和烧窑。

"窑客"手巧艺熟,一掌黄泥托在手上,往瓦模上一糊,顺手一拨弄,瓦模便在他手下转着圆圈儿,然后再止住转动时,把撑开的活动瓦模居中一收,四块瓦坯便托在了他的手中。火候上的功夫,那便更神。一个能容纳三万瓦坯的中型瓦窑,他说需茅柴一百二十担,果真三天三夜刚好烧完。待揭开窑顶一看,啧啧,这真是上等的好瓦,不老不嫩,一色青,青得放毫光,是天青色的青呀!

窑烟袅袅,亦是天青的颜色。又是整整三年过去了。在这三年里他去过擂钵山多次,却是再也没听到有女子唱山歌。他也打听过,却终是无人知道"歌姐儿"。

"窑客"在擂钵山下的黄泥冲里,已经亲手烧过了九九八十一窑,且窑窑都是上等纯青的好瓦。窑客以他精湛的手艺赢得了黄泥冲人的敬重。长者称他窑哥或者窑老弟;少者喊他窑叔或窑伯。"窑客"也完完全全成了黄泥村人。

然而,忽然有一天,黄泥村口的瓦窑却不再冒出青烟来。那个用茅草盖成的瓦棚,亦空空落落地显得很清冷了。只有那曾经把一块块泥坯烧成了青瓦的瓦窑还是温热的。瓦窑里还捂着整整三万片没有出窑的青瓦呢。那窑瓦竟是田嫂家的。她男人已病故了二十年,她十八岁守寡,上有老下无小,日子过得颇寂寞。

"唉,这个苦命的女人哪!也不晓得改嫁或招婿?"

"你们年轻人搞事不清,黄泥村的女人哪个改过嫁呀?"

"她原本就不肯嫁人的,据说她一直在等外面一个叫神医的郎中。"

有人在交头接耳,这话让"窑客"听到了,心里一惊。

他发现人们是望着常常只肯留下一个背影给他的那个叫田嫂的在咬舌头。他记得自己是与她睹过面的,只是她当初用围裙裹着头,莫非真的是她吗？"窑客"想。

终于有一天，田嫂来请"窑客"做瓦烧窑了。俩人见面，先是一怔，竟然又谁也不敢相认。但"窑客"感到自己有一份责任要帮她。为了给苦命的田嫂祈求一个新的家庭、一种新的生活，"窑客"一片诚意地在瓦模的每一方位都刻上了一个"喜"字的底样，并且破例在这一窑瓦封顶时，还用雄鸡祭过窑祖。奇迹果然出现了，瓦即将出窑时，田嫂兴冲冲地去看瓦的成色。当她一眼看见瓦片上那清清晰晰凸出的"喜"字时，松树皮般木讷了的脸庞居然也荡起了红晕。那一双过早地黯淡了的眼神，竟也放出了闪闪的光亮。但是，这毕竟很是短暂。转瞬，不知为何田嫂的脸色却又变得紫黑了，两只眼里，也盈满了浑浊的泪水。

田嫂埋着头逃也似的就跑开了。跑到自己屋里后，田嫂赶忙把房门紧紧地拴着，好久好久，她才低声地也是梦呓般地说道："窑客是个好人！是个好人哪！"说这句话时，她的身子激动得像风中的树叶，在瑟瑟地发抖。

只在一夜间，"窑客"也陡然间老了许多。

一如"窑客"背了那做瓦烧窑的工具从江湖上走来，他又背了那副做瓦烧窑的工具悄然地走进了擂钵山。只是那脚步好沉好重，并且好沉好重地勾着头颅，如一个大大的问号。后来，田嫂终于修成了一栋新屋。那新屋就立在黄泥村口的瓦窑旁，只是不盖瓦，全盖的茅草。这是为何呢？村里人不解，心里却隐隐生痛。

又是若干年过去了，婆婆也走了。终于有一天，渐趋老境的田嫂竟然偷偷摸摸地离开了家，走上了一条完全陌生的但又觉得颇为熟悉的山路。

那山路坎坷不说，鸟粪兽粪、树叶杂柴铺满了一地，每前进一步，说不准还会后退两步呢。偶尔有一只两只麂子或花面狸之类的野物，倏地从她的眼皮底下一跃而过，让她毛骨悚然。但奇怪的是已成田奶奶的一个小脚老妪，走这样的路却没有觉得累，也没有觉得胆怯，她是不是走进了一种忘我的境界了呢？

走着走着她来到了一堵绝壁下。"这就是老鹰崖吧？"在心里她梦呓般地问自己。

她完全是一副故地重游的样子。这里看看，那里摸摸，田奶奶仿佛对那地方的一草一木、一石一土都有着特殊的感情。好久，她才像是从梦中醒来，抬起头来仰望着石壁。那石壁做着一种随时都有可能俯冲下来的姿势，但田奶奶却丝毫也没有胆怯的感觉。她还真希望让这老鹰把她抓小鸡一样地提起，悬挂在天空中。

"我会孤单吗？"在心里她梦呓般地问着自己。

不知从什么时候起，田奶奶发现不远处有一老者木然地立在那里。那老者肤色棕红、身架魁梧，只是一双深邃的眼睛里，却流溢出蓝莹莹的忧郁之光。他就把这忧郁之光凝聚在满头银发的田奶奶身上。田奶奶却仿佛不敢面对山崖上的那位老者。其实这一切背过身去的她已感觉到了，虽然并没有回过头去。但是她觉得全身热辣辣、麻酥酥的。这种热、这种酥，她曾经有过，可是早已离得遥远而又陌生了。今天复又注进了她的每一个毛孔，她能感觉不出来吗？

崖壁间忽然就响起了山歌，是从那老者的口中流出来的：
崖畔畔上开花崖畔畔上红，
什么花瓣瓣开在绿叶中？

田奶奶的身子颤抖着，她终于回过头去，想也没想就接着唱道：
崖畔畔上开花崖畔畔上红，
七叶一枝花开在绿叶中。

山壑中流泉淙淙，百鸟齐鸣，在为他俩的歌唱伴奏。她自己都被自己清脆的嗓音惊呆了，眼前仿佛又出现了自己时常在梦中出现过无数次的画面。那是一个阳光明媚草绿花红的日子，一个十五六岁的少年和一个十五六岁的少女，两人在老鹰崖下吃过自带的干粮，少年说："我的肚子还没吃饱呢，里面在咕噜咕噜地叫。"少女就笑笑地说："鬼才信呢，让我听听就晓得你是不是在骗人。"于是不由分说就一头扎进了少年的怀里。待醒过神来时，见崖畔上一丛丛的七叶一枝花正在春风里向他俩前仰后合地微笑……

田奶奶的歌声刚落，忽然"啪"的一声，不远处那个肤色棕红的老者却一脚踩空，从悬崖峭壁间坠了下来……是田奶奶眼睁睁地看着他坠下来的。像一只张开翅膀的山鹰凌空俯冲而下。他难道是想要扑下来把我当小鸡一样地搂进他的怀里吗？但她却没有哭，没有悲伤，似乎这样才自然。坦然又平静地,她就陪着那血肉模糊的老者躺在了石壁下。起初还能听见一个脆弱的、也是甜柔的声音在喊着:"神医,神医……"而后就归于寂静。崖壁下的石洞口摆放着一堆一堆的药材,有黑黑的何首乌,红艳艳的七叶一枝花,还有苍蒲和黄姜……

那也是一个阳光明媚的春日,两位老人无声息地躺在草绿花红的崖畔下。

是一场如期而至的桃花水把他俩从擂钵山下冲进了九峡溪的。他俩的双手紧紧地拉着对方,在暴涨的洪水中仿佛一对出远门回家的恋人。在快要到白驹村口联珠桥下的资水江畔时,幸而被村里人发现,将其打捞上岸。村里人说:"回来了就好啊……"

这故事一直在白驹村里流传着,是真是假却无人去考证,也无人说起过究竟是谁把两位没有了姓名的老者合葬在一处,并在墓碑上镌刻了"神医和歌姐儿"六个方方正正的魏碑大字。忘记过去或许并非人们的本意,只是现代人都很忙。但值得令神医和"歌姐儿"的在天之灵感到欣慰的是,毕竟仍有人记得在每年清明节到来之际,给自己已故的祖先扫墓的同时,还能随手摘几束野花放在他俩的坟前。

这就已经够了。死者已矣,来者路长。

残　局

赫伯特曾经说过,人应该化为岩石、树木、流水和断裂的大门。

最好成为嘎吱作响的地板,而非那耀眼的显而易见的完美。

——代题记

一

金菊满地,桂子飘香,暑气在逐渐褪去,秋便往深处走了。

以前在乡下老家,殷爹无疑也是个有棱有角的主。可随着岁月的递增,尤其是自从进省城做劳务,当上了一名路面清洁工后,他就开始在悄悄地改变着自己。

或许,真正改变他或让他改变自己的,并不是岁月,而是……而是什么呢?

殷爹本人也没有弄懂。他总是在心里说:"世事如棋,偶有残局不足为怪。"

又是一个平常的日子开始了,不平常的是他这个人。

殷爹之所以被人称为殷爹,也许是因为他的老成持重。其实呢,他年龄并不大,六十岁还不到,充其量算是个壮年吧。他的脑袋里像是有一座生物钟,一觉醒来,不早不晚,靠得住是凌晨四点,准得很呢。"所有习惯的养成其实并非全靠毅力,而是迫不得已。"殷爹在心里如此说。他就睡在湘江福元大桥辅桥的一个明洞里,那儿刚好是个拐角,很少有人会注意到,一般人恐怕连想也想不到的。

刚一开始时,毕竟也当过教师的殷爹亦咬着牙在安置小区租了个单间。

老板娘是一个中年寡妇,两居室有一间是空着的,她原本也没打算出租,主要是不方便出租。殷爹背着个简易行囊一家一家去租房子时,老板娘正好在门口望天气,是一个难得的晴日。她看了对方一眼,目光中似有着某种期许,很爽快地就答应了。那天殷爹穿的是正统中山装,说话又文雅,像个家教先生。但是没住上几日,一身的汗气和臭气让敏感的老板娘看出了破绽。估摸眼前这个相貌堂堂、腰杆挺得笔直的男人无非也就是在路面上捡垃圾的,就"呸呸呸"把他给轰了出来。预交的500元押金是他从乡下老家带来的,也不由分说打了水漂。

但班还得上呀,自己好不容易才找到的一份能与在老家白驹村里当民办教师时工资不相上下的差事,他不能说丢就丢了。"曨,我就不信活人会被尿逼死!"他于是卷了铺盖,背起行囊晃悠着出门,骂骂咧咧刚找到个僻静处,撒了泡尿,没想抬眼就发现了这个桥洞。他一甩行囊纵身窜进了桥洞,把几只正在里面争抢食物的老鼠也吓得凌空摔了个半死。好地方耶,真是个好地方!他暗自窃喜,心想就在这里安顿下来吧,而且不用交房租。

是的,这里是辅桥,桥洞当然不会太大,但也不小。有一米二的直径,坐在里面的"床"上,刚好能伸得直腰杆。所谓的"床"也不过是垫在桥洞里的一块木板,木板上铺了一床旧棉絮。被单却是他来长沙后新添置的,浅蓝底色,波浪条纹,还有一群白色的小蝌蚪点缀其间。他那天在商店里绕来绕去,当一眼看到这床被单时,便一脸喜悦地说:"嗯,不错,有弦有音符,就买它吧。"顺便又买了一床草绿色的仿军用被罩,付款时他还津津乐道说:"这军用的草绿色就是经污。"

被罩却一直叠在床头没有用过,睡觉时只搭了件中山装夹衣在肚皮上。

殷爹其实是个走一步欲看三步的稳当人,他年初就亲自来过省城,过了芒种才正式到这里来做路面清洁工,满打满算就百把天吧。正好赶上了有火炉之称的长沙大热天,有时柏油路面像是冒着青烟,人从上面走过,烫得鞋底"嗞嗞"有声。

哦,对了,殷爹住进桥洞后,还用铅笔自绘了两幅人物肖像画,他这也是一时兴起,一幅是大音乐家贝多芬,另一幅是老少对弈图。一左一右,就用口香糖粘贴在洞口的两档。画像当然只有他自己认得,不过也无外人能欣赏到他的杰作。

他当时还自我调侃说:"是个村级水平。"他还说:"就有劳你们帮忙看家了。"

殷爹来自安化乡下，户口所在地叫白驹村，推门便是七百里资江横前。据说这活还是区里一位领导跟环卫所打过招呼的。年纪大了，做清洁工也得找关系。

长沙自称屈贾之乡，有屈子庙在不远处的汨罗江畔，湘水东岸的太平街还有一座青砖青瓦的贾谊纪念馆。太平街很热闹，贾谊馆却颇冷寂。这两处地方都是读书人应该去谒拜的，但殷爹却始终无缘去过。长沙人天生就喜爱找乐子，是个出了名的不夜城。省卫视每周末有个主打栏目叫"快乐大本营"，这还嫌不够热闹，后来又弄出个栏目叫"越策越开心"。"唉，就你们使劲策吧！"殷爹说，但事物总是有着其两面性，有人开心，也有人犯愁，此事古难全。其实呢，他们早些年还是有过担当的，创办过"新青年""麓山论坛"，还有就是"乡村发现"等。

可富起来的人们正忙着找乐子呢，谁还去看这些呀？收视率不高就自动下课了。"这些个化生子呵！"殷爹翻身起床跳下桥洞，他摇了摇头说："你们还真把杭州作汴州了，专会给人制造一种太平盛世的假象！""化生子"是长沙本土方言，介于年轻人与准后生之间，似乎又不全是，反正不是什么好话。殷爹没有电视看，至少到城里当路面清洁工了就没看过电视，更没有手机。这些资讯是他在乡下老家时早就知道的，因为爱好文娱活动，所以对号称是"快乐中国"的湖南卫视也就并不陌生。至于偶尔会说几句长沙本土的新鲜词汇，却是做路面清洁工后学来的。

殷爹并非科班毕业，只是个拿工分的民办教师，而且还偏科，是个教文体课的。但别看他如今年近 60 了，吹拉弹唱，跳高跳远都还能来得几下。他睡觉的明洞离地面足有一人一手高，却从不用搭梯子或凳子，当然也没有梯子或凳子可搭，就连吃饭时也只能到桥墩旁的一块条石上偶尔坐一坐。而当他要进出桥洞时却能够蹦上跳下，不，简直是窜上窜下行动自如。他得意地说："这就是童子功！"

床脚头有一口旧木箱，里面装有一管短笛和一把二胡，却很少派上用场。

之前，也就是还没有进城务工的那些年，他最喜欢摆弄的就是这一管短笛和一把二胡，巴不得每天都要与这两件宝贝亲热。这是他刚当上村小教师时亲自去镇上买来的。他记得有一位名人曾经说过，人类不能没有歌声，没有歌声就没有欢乐，歌声是欢乐的海洋。可现代人却把歌唱当成了一种发泄的方式。于是，灯红酒绿的卡拉 OK 厅经常爆棚，而且一个两个全都在歇斯底里，"来呀来个酒，不醉不罢休。东边我的美人，西边黄河流……"这哪里是在歌唱？简直是喊山嘛!

记得刚到长沙来找工作时,他在省城里混了个一官半职的小老乡(曾经是他的学生)还特意带他去歌厅领略过一次,说是让殷老师也见见世面。可他呢进去不到半小时就逃了出来,还愤愤然说:"这简直就是群魔乱舞嘛,成何体统!难道这就是快乐中国的缩影吗?"好心得不到好报的小老乡哭笑不得。"难怪老师您空有一身本领,却又始终无用武之地,是根本就不晓得与时俱进嘛!"学生在心里说。

殷爹对文娱活动是很有瘾的,尤其对短笛和二胡。若是还在乡下老家,他总会在某个旭日点燃漫天云霞的清晨或月色空明的哪个夜晚,忍不住要来几下。有欣赏他的人便说,殷老师吹出的笛音如百鸟和鸣,拉出的弦乐似来自天外。当然也会有人说他是在搞"空头路"的。可他却照例对说好说歹一律充耳不闻。

前一阵子,也就是在莺飞草长、野猫嚎春的三月天里,他心血来潮时也在沿江风光带的柳荫下试过一、两次。可车来人往,市井喧嚣,把他或吹或拉出的声音全都给挤走了,根本就找不到一点儿感觉。他也固执地想过要在某个夜阑人静、气定神闲时好好露一手。让那些如泣如诉、不绝如缕的音符若有若无的飘进大白天为名来利往的高楼睡梦中。在他看来,鸡鸣枕上,夜气方回,桥洞琴音,江上清风,最足以客心洗流水,澄澈一段好时光。但再一想,凌晨五点不到就得起床开工,一直要忙到中午 12 点,还是留着精力应付路面上的卫生吧。他这么想也不是没有道理,在这个时间段里,他只有在途经"家"门时抽空扒几口剩饭,灌一缸凉茶。从浏阳河桥档头到福元桥辅桥旁的"居然之家"门前,是他的清洁责任制路段,来来回回如过梳子一般。一上午至少要往返五、六次,反正路面上不能看见有垃圾。

唉,世事如棋,偶有残局不足为怪。他不禁又想念在乡下老家的那些日子了。

二

殷爹很少有离开过家乡的时候。他对"故乡是游子心中的牵挂"这类文艺腔根本就没有过任何体会。因为他在老家过的也并不是什么快活日子。命运对他确实有些不公平,像是在有意与他为难或是考验他如何落子的智慧似的。好端端的一个民办教师职业,可干着干着就碰上了教育改革。鉴于他从事村小教育事业十多年,既有热情又有特长,上面也给过他机会。可自己面对农转非的公办教师试卷偏偏是两眼一抹黑,只考了个59分,没有及格。加上他的自负秉性又没有去求人,全乡其他几个教民办的同事一个两个都转国家编了,唯有他名落孙山。

"人生不就是一盘棋吗?偶有残局不足为怪!"这是殷爹还被人尊称为殷老师时就发过的感叹。但是自从他进省城长沙务工做了路面清洁工之后,较在白驹村毕竟是开了眼界也长了见识,就把前句改为了世事如棋并成了口头禅。这是后话。

诸如这一类感叹,白驹村人听了后有两种解释,一是超然大度;二是消气颓废。殷老师无疑属于第二种。他当时在家里蒙头睡了几日,情绪也就稳定了。后来他干脆就忽发奇想,改弦易辙,跟一帮年轻人干起了为孝家守灵唱夜歌子的营生。好在其中不乏他从前的学生,人们对他倒也很是尊重,左一声殷老师,右一声殷老师,他也就听得蛮顺耳。对此新工作也就蛮投入,常把手中笛子二胡或吹或拉出许多莫名的哀怨,时而杜鹃啼血,时而孤雁哀鸣……

他所诉说出的哀怨,当然还有着另一个更重要的原因,那就是正值中年的他意外丧妻。他本来也有一个读中专的儿子,却在妻子病故后,没了娘的崽性格大变,开朗阳光的个性忽变得沉默寡言。整天整夜就只捧着一本从他爷爷手上传下来的被翻烂了的《三国演义》顺过来反过去地看,并看成了个时而发笑,时而发呆的"傻子"。这鬼崽子有次居然还忍不住一声长叹说:"这姓司马的也太没胆量,明明就是一座空城嘛,却被个抚琴的书生给挡住了!"当爹的知道儿子是在为司马懿遇"空城计"退兵而叫屈。其实臭小子哪里能够明白,这正是司马懿的过人之处,他若一旦"识破",真要是灭了诸葛孔明,曹家又岂能再容得下凯旋的司马懿?真正的高手对阵并不是只图眼前得失,而是谋求长远,考虑的是身后事。他本也想跟儿子交流自己当年读《三国演义》时的心得,但再一想又觉不妥。

至于到底是有何不妥,他也就懒得继续再往深里去想了。

但是有一天,儿子就突然提出要跟村里的几个后生崽去广州那边打工。

这是好事啊!当父亲的甚感欣慰,说如今世道不同了,当公务员的也是在为国家打工呢。儿子听后只"哼"了一声,居然连头也没有回就走人了,而且一去多年没有音信。有一天,他正欲带上盘缠去南边找人,迎面而来的乡邮员却喊住他签收一封挂号信。"该不会是县教育局给我寄来了落实政策的文件吧?"他其实对教师的职业一直就很留恋,急急地拆开一看,顿觉得眼前一黑,原来是儿子在外面犯了事,被公安部门刑拘后给家长的通知。他适才得知,这鬼崽子实则是在社会上打流,还在广州汕头那边成立了一个叫"江湖正义帮"的地下黑社会组织。

唉,子不教,父之过。他不禁一声长叹,这不是把孩子给毁了吗?

该来的总得要来,已经被动改行了的殷老师虽然心有愧意,但也只能坦然面对。这鬼崽子幸亏还并没有血案,最后被判处了有期徒刑15年。他也就足足在家里等了儿子15年。可这鬼崽子刑满释放后也不见回来,只是托人带了个口信,原话是:请转告我老爹,当他没有我这个儿子。这年头,在外面的打工仔犯事被关被判的不少,但关过了倒过来连亲爹老子也不相认的却不多。如此一来,在村里头还惹出不少的闲话,说他也就是个只会早晚哼几句歌和吹个短笛、拉个二胡的本领,一个当老师的,连自己儿子都教育不好,也难怪中年下岗呢。他今年之所以一咬牙进城打工,就是怕被乡里乡亲的戳脊梁骨,想换个新的环境,当然也想存点钱,哪天这报应崽要是能够回头,也好给他成个家。别的想法是不可能了,但不孝有三,无后为大。他如今这么做,无非也是明知其不可而勉力为之。

来到省城做路面清洁工后,已经再无人叫他殷老师,而是称呼他殷爹。更无人能知道他在桥洞里还藏着另一件宝贝,那就是一盒象棋,而且是一盒残棋。用精致讲究的铜盒装着,就压在枕头底下。真人不露相啊!他平时很少有拿出来摆弄过,也鲜有人知道他会下棋。这盒棋子跟着他有50多年了,不,应该说是这盒棋子的棋谱藏在他心中已有50多年。那时他还只有5岁多,没启蒙呢,是他爷爷传授给他的,棋谱就手绘在牛皮纸棋盘背面。爷爷说:"所谓兵来将挡,水来土掩,那不过是愚者的做法。你见过真正的医者哪个会是头痛医头,脚痛医脚的吗?"爷爷真是耐心十足,每天晨起的第一件事就是教他走象棋。后来终于有一天爷爷把他叫到床前,向他传授了怎么布残局和破残局的绝招。这是只能偶尔用来自我娱乐的。老人家那时已经有气无力,但是当他从枕头下摸出黄铜棋盒,展开牛皮纸棋盘布下棋子后,人就陡然来了精神,照例能把腰板挺得笔直,他边说边比画,一步、二步、三步……直至用上三十六个回合,捣巢一将,神仙也没得解。

那盘棋还没有摆完,爷爷就坐着走了,走得庄严而肃穆。

其实人生从来都是一盘没有走完的棋,任何暂时的结局都不足以定输赢。这也是爷爷说过的。几十年过去了,殷爹却始终没弄明白爷爷在临终前为什么要把那个铜盒里的"残局"传授给他。世事如棋啊……爷爷临终时的举动定有深意。

但奇怪的是,殷爹虽然一直视铜盒为宝贝,却至今没将残局派上过用场。

这是只能偶尔用来自我娱乐的。爷爷把另一层意思说得很清楚。

爷爷是资水中下游两岸口口相传的一代棋圣,这称号的获得,恐怕也跟爷爷从来就没有对外摆弄过残局有关。爷爷只下君子棋,从不使诈。他下棋时的神情极是庄严,目光冷冷的,腰板笔直地静静坐着,如门前资江河里的一尊礁石。那时小小年纪的孙儿极不理解,爷爷个性中和,平时谦卑得连重话都不说一句,可棋逢对手时却像完全变了个人似的,变成了个气定神凝、正在指挥着千军万马的大元帅。他每每把棋子拈起来夹在指间,目光炯炯然扫过去,落子时却如同千钧着地。爷爷好像从没有遇到过真正的对手,一盘过后,总不忘跟对手说:"别计较。"

"不就是一盘棋嘛,"爷爷说:"对弈双方,享受的应该是过程。"

爷爷还说过一段颇具哲学意味的话:"从游戏到人生命运,到天下大势,棋能成为一种情趣,体现一种精神,折射一种心态,构成一种生活方式,这是只有中国才独有的一种奇特的文化现象,有几千年的文化积淀吧。"爷爷说这些话时,小殷还似懂非懂。直到在几十年后,他偶尔读到了一部叫《棋王》的小说,才终于领悟到当时爷爷侃侃而谈的言语中,原来包含着太多的人生道理。但爷爷没来得及说出的另一句"人生如棋"的话,他却多年不敢苟同,因为在他看来,人生比棋复杂。棋毕竟是有路数,靠的是算计,稳稳地一着一着走过去,总能走出个风起云涌,总能分出个胜负高下。但人生就不同了,在现实生活中,他也算是够谨慎了,却连个和棋的机会都没有,总是被命运之神莫名其妙的弄得晕头转向。

正苦闷时,殷爹似乎又听到爷爷的说话声了:"人生一世,如草木一秋,岁月苦短,命运无常,当局者迷,旁观者清。眼前富贵一盘棋,身后功名半张纸。"爷爷还说:"做人难得的是要有静气,只要你有了静气,自然能看得清宿命给你安排的结局,自然就会把人生中的所有波折当成是生命长河中泛起的浪花来欣赏。"大概是自己也到了该做爷爷的年纪。他近来总是时常想起爷爷,想起那副残棋,也便开始对爷爷曾经说过的那一段有关人生如棋的话,有了某种理解并日益叹服。

天边残月如钩,江上清风徐来,心安处便是吾家。忽然就有了一股静气的殷爹简单地洗漱过后,顿觉得周身也有了一种被打通般的清爽。辅桥旁的那盏太阳能路灯,足以照见他在自己的这一片小天地里完成一切,也包括他在桥墩旁一个废弃的岗亭里煮饭和做菜等。饭是在睡前就下了米的,这叫神仙饭,把煤炉气孔关到适当的位置,几把米,一瓢水,几个小时后就是香喷喷、热腾腾的米饭了。

日子如眼下的流水,殷爹每天重复着一辆手推车一把鸭嘴铁钳的工作……

他越来越觉得自己就像个"日出而作,日落而息"的古人了。他很享受这样的一种状态:每晚坚持在八点前进桥洞睡觉,第二天下班吃过午饭后又可以睡个短觉作补充。有时也没睡,那样的时候他又准是在辅桥底下清理那些可回收的杂什。一个一个的烟盒,一张一张的广告单或一片一片的废报纸等,他都能耐心地把它们捆成一小梱一小梱,然后摆得整整齐齐地放在桥墩旁。他有时还会颇有心得的嘀咕几句说:"前一阵子长江沉船,这一会儿又天津港爆炸……"他并不怎么关心时事,更不关心政治,这点儿资讯是他从废报纸上偶尔看到的。顿了顿之后,他又自问自答说:"不就是条理不清晰,没分好类嘛!"

"殷爹,你这是在教训谁呀?"有声音飘过来,差点没把他吓一跳。

原来是收废品的伙计来了。殷爹便笑言:"我这是在教训自己呢。"

时间还卡得真准,每天太阳傍山、渔舟唱晚时,收废品的伙计就过来了。

这是 2014 年秋天的一个傍晚,两人一通闲聊,过足口瘾,也没过秤,随便估了个价,给过几张零钞后收废品的伙计就走了。殷爹满心欢喜地便纵身从桥洞的枕头下摸出黄铜棋盒,小心翼翼地打开,独自在天色渐暗的黄昏研习起残局来。

但殷爹毕竟是个能把控自己的人,晚上 8 点钟便立马收了棋局。

他清醒地知道,自己虽然出身于书香门第,却是个俗人。身上不仅有烟火味还有垃圾的臭味,连租间房子都被房东当贼一样赶了出来,对棋也只是钟爱而已。

殷爹对零钞也是同样珍惜,一分伍分的也是钱呐。他说:"当初在村小做老师一个工日也才值一毛二呢。"他毕竟是个懂得感恩的人,深知自己能在这里做个环卫工和挣这点小钱，还是经由他在区里工作的那个老乡打过招呼的。同时也包括在岗亭里做饭炒菜等，不然早就被城管把他的这点家当给扔进垃圾堆了，甚至连他本人也会被赶鸭子似的被赶跑。这些当城管的一点人情味也没有，像是专门要与市民百姓作对似的。比方说吧，人家晚上在江边风光带摆个茶摊，还有就是偶尔有渔船或一早一晚靠岸，人家上船也好买几斤活蹦乱跳的鱼虾，这明明是皆大欢喜的好事呀……

他虽然只是个旁观者，沾他那位小老乡的光，又没人把他从辅桥下的废弃岗亭里赶走，但看了也令人心里痛呀！有天晚上正巧碰到个不怕事的主，双方争吵时就地摸了个碗大的石头，哑哑然一石头砸过去，鲜血飚出丈余，差点就闹出了人命。结果呢，被打的脑震荡住了医院，打人的进了派出所……

三

此时的殷爹又已经开始新一天的工作了。他一手推着垃圾小柜车，一手握着鸭嘴长铁钳，这是路面清洁工的专用工具。小柜车里有两个方形塑料桶，一个是用来盛烟蒂、槟榔渣和口腔里吐出的其他弃物，而另一个则是用来装烟盒、纸屑等可回收的杂什。原来的垃圾车只有一个车斗，如今改成了里面放两个塑料方桶的柜车，这还是殷爹的功劳，是他向环卫所分管路面清洁的负责人提出的建议。他跟那位负责同志边说边比画，人家一听就懂说："殷爹你是想变废为宝吧？烟盒纸屑能卖几个钱呐！不过你这主意倒还不错。"殷爹笑了笑，没说是，也没说不是。

殷爹能够想出这主意其实也是被现实所逼出来的。他进了省城后不久，不知怎么的就患上了低血糖症，或许是经常饥一餐饱一顿，并吃多了冷菜冷饭的缘故吧。有一回他正俯身捡拾垃圾时，突然就觉得心里发慌，四肢发软，豆子大的汗水"吧嗒吧嗒"滴在发烫的路面上，"嗞嗞"地冒出青烟。他眼前一黑，就倒在了垃圾车旁，幸亏被好心人发现把他送进了社区急诊室。一检查，还好，只是血糖下降，吊了瓶葡萄糖水又恢复了。但医生反复交代说："老同志，你必须记得经常在口袋里放几颗糖粒子，一旦心里发慌时就含一颗在嘴里。"可殷爹心想，就千多块钱一月，既要按月存下 1500，还要吃饭和剃头，哪来零钱每天买糖粒子啊？但就是这一发问，他便想到了拾垃圾时不是有那么多废纸烟盒吗？

这可以换几个零钱呀!

他其实也并没指望会有人能听他的,毕竟人微言轻嘛!他也就只是随口这么一说罢了。却没想到人家还真把他说的当成了一回事,不但采用了他的建议,还在季度总结时给他评了奖,发了 600 元奖金,并且责任区域也评了个红旗路段。

"果然是行行出状元呐!"殷爹深有感慨地说,"世事如棋,棋局总在变化中。"

自从他的合理化建议得到采用后,区里那位老乡领导还专门来视察过他所承包的路段。老乡已经是副区长了,他握着他的手说:"了不起呀,这就是全民创意嘛,高手在民间。我代表开福区人们感谢您!"这话听了多暖心呐!虽然当着那么多前呼后拥的手下没有叫他一声老师,但殷爹照样倍感荣耀。自此以后他的国字形脸上就总是时常堆着笑意。即便是有过偶尔的阴郁,也见风就散了。借用一句很落俗套的话说,命运虽然对他不公,他却始终以由衷的热情和殷切的期望对待每个人和每件事。以至于有面熟了的人路过他的"家"门,或在工段上对面问他:"喂,您老怎么称呼?"他便笑吟吟答道:"我姓殷,殷勤的殷,殷切的殷。"

"那您老到底是叫殷勤呢还是殷切呀?"也有人打破砂锅问到底。

"都不是,我叫殷实。"殷爹回复说,"叫殷切的是我儿子。"

"你还有儿子?"对方的意思是,有儿子你还出来干这种事!

"当然有。"殷爹答得很肯定,"我儿子叫殷切。"

他当初给儿子取名字时确实是寄予了殷切希望的,但是没想到⋯⋯后来有见面多了的,大多都尊称他殷爹。当然也有年轻人叫他老殷,因为他一双目光炯炯有神,人家有可能是叫的谐音"老鹰"也未可知呢。而他却一律笑脸相迎,爽快应声。然而他心里也不免自问,眼前富贵一盘棋,身后功名半张纸。姓名重要吗?

不想这些了,想多了会误正事。殷爹说。这时路上还鲜有人迹,城里又无荒鸡的啼唱,可以说还在万籁俱寂中。车轮声辚辚远去,唯有殷爹身上那件橘黄色工装在黎明前的黑夜里闪烁着微弱荧光——这当然是一句很诗意的表述,或者说是对他的人生观、价值观如荧光曾给人们有过某种烛照的赞叹。而事实上这一路段已有着太阳能灯光的照耀,并且如同白昼。人家从京城过来的开发商真是牛啊。他们当初进入长沙的口号就是我们为湖南造城。从浏阳河口至捞刀河口的近十个小区共三万多套住宅的配套服务，全都属于湘江世纪城物业公司所管辖。而临江风光带的十里长堤上的路面清洁，甚至包括江边上的垃圾等则是由开福环卫所负责。当然小便宜还是能沾一点，如沿线的太阳能路灯就是由物业统一安装。

殷爹很珍惜这一份工作，为此他还向区里那位老乡立过军令状。

他曾经对握着自己那双老茧手的副区长老乡说："我既然做好了敢于变一条泥鳅的准备，就不怕在泥巴里被弄瞎了眼睛。"殷爹当时的语意很明确，他又接着说："我肯定不会给你丢脸的。"所以到后来他哪怕是有过几次中暑，上呕下泄也从不旷工或请假，其实已不仅仅是怕扣发工资，而是为了一句承诺也为了荣誉在拼命。

爷爷下棋时落子如千钧的形象，便也时常浮现在他的脑海。

殷爹此时虽然始终在不停地想着这些俗世心事，手却没有闲着。他勾腰连续挟了多个烟蒂扔进前面的方桶，伸腰时还借路灯的光亮低头瞄了一眼工装上"开福环卫所"五个红色的小正楷字，心里头有着一种沉甸甸的责任感。这种胸前和身后印了字体的服装，他还是在几十年前穿过。那是联校组织去县里搞篮球比赛，他是作为村小骨干球员被抽调去的。集合的那一天，联校的吉校长还拍着他的肩膀说："小殷呀，听说你身手不错，你可要好好发挥，帮我们联校队争个亚军回来啊！"他当初就想问校长说："为什么不要我们夺个冠军给你呢？"校长就是校长，虽然正用余光盯着同样是从村小抽调来的一位漂亮女球员，却也看透了他的心思，然后又笑着补充说："冠军是要给县教育局队留着的。"吉校长真是沉得住气。

可那时的小殷正二十岁出头，血气方刚，年轻气盛，意气风发，雄赳赳上了球场便把吉校长后面补充的那句话忘到了九霄云外。本来拼到与县教育局队较量那场可以是个平局的，没想他却在最后的五秒钟里来了个远程精准投篮，结果是县教育局队只得了个亚军。凯旋时，他却被吉校长指着鼻子骂："你呀，你呀你呀！"

这小子还尾大不掉地辩护说："这运气也太神了，怪不得我！"

"我看你就是冲动，冲动是魔鬼，你会吃亏的！"这就是吉校长给他的忠告。

他今天又突然记起这几十年前的如烟往事，心里不免一惊并自问："自己当初民办考公办时只差一分也没人给说个情，是命该如此呢，还是冲动后遗症作怪？"

时间如白驹过隙，当年的小殷转眼便成如今的殷爹了。

世事如棋，偶有残局，不足为怪。殷爹再一次重复这句口头禅时，便想起了不知是从哪本书上读过的一个故事，题目叫《千年一瞬间》。说是从前有个牧童在山上牧羊，忽见白云腾起的山顶上有两个老者正在下棋，他便丢下羊群爬到了山顶，静静地在一旁观看。两位老者并不吱声，棋子在彼此的指尖拈起或落下，亦如板上钉钉，只一着一着地走过去。牧童越看越入神，越看越入定，待其中一老者突然问他从何处来时，牧童才猛然记起自己的羊群……可是没想他再回头看山腰，羊群早已成了一尊尊顽石，人世已是沧海桑田。后来另一老者说："你已经没羊可牧了，我教你一套棋法吧。"这牧童就是象棋的鼻祖。文章最后写道，其实人世间哪来的神仙呢？这都是牧童整日里阅山阅水悟出来的，是人心入静的结果。

此时的殷爹也似乎就有了某种顿悟，他在心里说："这不正好是从另一个角度告诉我们做人要有静气吗？"我爷爷曾经说过："只要你有了静气，你就能看得清宿命给你安排的结局，就会把人生中所有的波折当成是生命长河中的浪花来欣赏。"

好个"千年一瞬间"，这是与我爷爷的人生观有着异曲同工之妙啊！

正想着时，殷爹又看到那一辆绿色的洒水车迎面如期而至了。

四

一个清新的早晨即将来临，城市如襁褓中的婴儿，又开始躁动起来。

洒水车虽无鸣笛，但有一曲不断重复的《浏阳河》经典音乐同水珠四溢。殷爹突然心血来潮，竟也跟着唱了起来："浏阳河，弯过了几道弯，几十里水路到湘江……"他边歌唱边勾腰捡拾垃圾，十足的中气却能把一曲经典老歌演绎得声形并茂。可是他刚唱完上阕的一连串提问，一句"九十九道弯"还没来得及出口呢，却被身后的喊声给打断了。"该不会又是那个'发神经吧'？"殷爹嘀咕着回头，一看果然是那个伙计又来晨跑了。殷爹便接话说："什么歌唱家呀，唱起好要而已！"

"发神经"放慢了步子夸张地说："我们省歌舞剧团的主唱也就这水平。"

殷爹便有些好奇，还我们省歌舞剧团。哼，好大的口气！看来这"发神经"还是有些来历的，便说："橘生淮南则为橘，人家有个好平台嘛！而我就是个拾垃圾的。"

没想到这话却触动了对方，"来来来，先坐下聊一会天吧。""发神经"的伙计说。

两人在风光带的一处条石凳上落座，一通海聊后，居然彼此便以朋友相称了。

"发神经"其实只是殷爹在私下里给对方取的绰号，他实则是省文联机关的一名中层干部，并且还是上一届省书协的秘书长。鉴于他的组织能力和活动能力，省文联党组本来拟定他还连任一届。也好在下一届顺理成章安排个名副其实的驻会副主席，而他却像受到了天大的委屈似的，正当党组考虑换届领导小组的名单时，他自己却主动要求辞去换届领导小组的办公室主任职务。因为秘书长兼办公室主任这是协会换届的惯例。他说他当时只是想"将"组织上一军，意在提前争取个副主席职务，没想组织上并不中招，居然同意了他的请辞。结果硬是弄得他"扁担冇札，两头失踏"（即竹篮打水一场空的方言），只给他保留了一个相当于处级的调研员头衔。一气之下，他就干脆领空饷懒得再去办公室，而是自己在家里装修了一个气派的书法工作室，等着全省各市（州）的铁杆哥们带那些爱附庸风雅的什么局长、主任或老板们前来买他的作品。这当然只是他的美好愿望。

"将军乃是逼宫，首先得看清自己的棋局。"殷爹想以棋理开导对方说。

我当初就是想要逼宫。"发神经"居然毫不遮掩地说出了自己的理由。他的愿望或许是有由来的，因为在他任秘书长期间曾经按照主席团的意图，在省文联网站上发布过一条书法家的润格消息，既主席 8000 元一平尺，副主席 6000元一平尺，而他这个秘书长则是每平尺 5000 元。当然这一招主要是应付义卖活动，真正面对市场是有水分的。不过主席和他这个秘书长倒是能卖出去不少作品。可他万万没想到的是，他这秘书长职务才免去几天，就人走茶凉了，那些平日里找他帮忙的所谓铁杆哥们，不但没个电话安慰，有的居然连半个字的信息也不回了……他说着便突然停了下来，目光有些空洞地望着一江汤汤流水出神，而口中却在继续诉说着自己的委屈："哼，都是些什么货色！老子在任时，这个来找我帮忙，请秘书长给某局长争取解决个会员；那个来找我说情，请秘书长通融给某主任联合搞个书展；还更有会吹牛拍马者则肉麻地说，秘书长您的书法行情越来越看涨啊！"

他最后终于忍不住一声长叹说："唉，大意失荆州啊！"

他当然还接着又说了一气："老子就硬是不信这个邪，留得青山在，不怕没柴烧，艺术家还有另一种可能，那就是越老越值钱。所以锻炼身体才是第一位的。"

"那确实，艺术家是越老越值钱的。"殷爹是何等的睿智，听了后也就只顺口打哇哇。他一个捡破烂的不这么说又还能说些什么呢？说他聪明反被聪明误？说他人心不足蛇吞象？说他浪得虚名又如何？不过他终于算是明白了另一件事，那就是他每天早上五点多就来江边练习晨跑，原来是拼不赢艺术想和人家拼年龄……

我还以为你是在发神经呢——这句话险些就从殷爹的口中溜了出来，他伸了伸舌头，尔后便将心比心地想，这又是个落魄之人呐！但是他同时也认为，所谓的落魄，也许恰恰是因为他的自负所造成。定了定神后，殷爹于是便笑着说："可人生并不如棋，输不起呀！棋局可以推倒重来，而人生却……"他没有继续往下说。

人生如棋子，棋盘似宇宙，他自己其实也时常处在混沌之中。

殷爹的脑海里突然便闪出了"机关"二字，他于是便想，或许他的书法水平也就一般，属于那种没练几年楷书就直奔草书的所谓时尚书风路子，是通过同样爱好书法的某位领导打招呼调入省文联的非专业性人士？而他却不知天高地厚想在机关强出头……这当然是殷爹从他适才滔滔不绝的自我介绍中筛选和提炼出来的推论。殷爹虽然无缘在机关待过，却对"机关"二字天生敏感。他从小就随村里打猎的人在深山里安装过"机关"，连狡猾的狐狸也难逃机关的陷阱呢！

殷爹还正在回忆自己年少时曾与"机关"打过交道的往事，那位前书协秘书长却似乎找到知音了，惊喜地说："看不出呀，你还会下棋，改天我们杀一盘？"

殷爹回过了神来，笑着校正他说："好的，得闲了我们走一盘。"

"哦，是的，是的，我们走一盘。一个'杀'字确实太血腥。"

殷爹笑了笑，礼貌地说："朋友，不陪你扯淡了，我得去工作了。"

黎明已经到来，路灯相继自动熄灭，朝晖曙色铺了满地。

当然也不免常有雾霾来袭，但繁华和奢侈依旧。面对湘水，殷爹忽然想到了那位站在江边说"逝者如斯夫"的老人。他不禁回头望了一眼高楼林立的湘江世纪城,心底不免又生出了一种五味杂陈的感觉。这是别人的城市,殷爹有些犹疑地说:"我在城市以外,但也是在城市之中,因为我的工作就是在为这座城市服务。"

那位发神经的朋友掉头走了,听得出他的脚步因沉重而变得有些迟缓。

殷爹却还需继续前行,他的任务是要赶在早饭前把自己的责任路段清理一个来回,好让或开车或步行途经此一路段去上早班的各色人等,能看到一条干干净净的路面,能有一种清新爽朗的好心情。而他自己的生活却依旧是简单的,每天早睡早起,虽然手里头拾的是垃圾,心中却因清静而澄澈。要说偶尔有什么心思,那心思也是在棋中。只要尽职尽责把自己的每一桩事情做好,就会你好我也好。

殷爹不禁又自言自语地说了句:"纷纭黑白人间事,都在相逢一笑中。"

五

从浏阳河桥头转身回程,殷爹又把注意力转移到靠里面的路段和草丛了。

这边的可回收物无疑会更多些,一夜秋风吹,有的地方不仅草丛里钻进了烟盒和烟蒂,就连杂树枝柯间也飞上了广告纸片,红黄蓝绿,如万国旗帜般在晨风里飘扬。殷爹举目向上下各扫了一眼,便开始忙活起来。也许是因为年岁大了让他变得心思细腻,也许是因为偶尔研习残局使他的思维更加缜密,他在面对自己手头的这份工作时,已经越来越举重若轻并有条不紊了。先是用长咀铁钳"啪啪啪"横扫了一通草丛,嘿,还真是奇怪了,一个个烟蒂或烟盒全都暴露在光天化日之下呢;再用长鸭嘴长铁钳收拾起树枝上挂着的纸片来,更是他这位曾经的篮球运动员的拿手好戏,"嗖嗖嗖"一路舞过去,那些五花八门的纸屑便悉数进入了垃圾车的可回收物桶里。"这鬼个地方,垃圾真是比牛毛还多啊!不过也好,环卫所给了一份工资,纸屑还可以换零钱。"殷爹说。他是个知足之人。于是又打趣说:"每天捡得千页纸,换来角票十余张。但还有更多人说,富贵险中求。人要敢铤而走险,火中取栗。结果呢?有的被双开,有的走进了牢房,还有的直接就走向了刑场……"

殷爹行走在这条十里长堤的责任区路段上,今天已是第四个来回。

当他再一次路过"家"门时,把垃圾柜车里装有可回收物塑料桶搬了出来。

又是满满的一桶纸屑,他随手捡起一块青石将口子压住,以免江风忽起时吹得纸屑遍地都是。另一只桶里的口腔弃物也已经处理掉了,他换了两只空塑胶桶放进柜车。抬首望了望天空,但见太阳被一圈黑黄的光晕包裹着,再看云层,极是诡谲,疑是某种不祥异兆。"莫非真会有一场暴风雨即将到来?"他自言自语着也就加快了步伐。他得赶在暴雨来临前再将路面梳理一次,这样即便接班的同事晚来个把小时,路面上也不至于会有明显杂物。不然处罚事小,丢了红旗路段的名声事大。

殷爹觉得自己有幸能在湘江世纪城近旁的路段上当一名清洁工,寻寻觅觅地行走着。看开了也是一种享受,这毕竟是一个三江汇流的地方,空气质量肯定比城里的其他地方要好得多。还有就是在这里入住的业主大多是来自天南海北的人,而且从乡下来当陪读的不少,乡下人与乡下人打交道,一般来说都不会欺生。

殷爹在忙着手中活计的同时,耳朵却还能从路过或散步的人口中听到许多家国天下事。他的资讯是丰富的。这不,他身后又追过来几句感慨了:"一个长期在买码、赌博和搞传销的氛围里长大的人,绝养不成好的习惯。我真希望我的儿子在有记忆的时候,一定要远离这种氛围。"另一个声音又飞入耳中,"你逃到哪里不是一样?这叫无处藏身。"殷爹回过头用余光瞟了一眼,是两个准妈妈抚着大肚子在漫步。怀孕的女人是美丽的。可怜天下父母心,他不禁又有些想自己的儿子了。

风乍起,出了身臭汗的身上感觉有明显凉意。殷爹仍踽踽前行。

一来一回得要个多小时,百把分钟。

握着鸭嘴铁钳、推着垃圾车的殷爹,终于又忙完了一个充实的工作日。

他于是从从容容吃过了午餐,又看了看诡谲的天色,心想倒不如趁着天气凉快先整理好这几桶烟盒纸屑,一旦老天爷真下起雨来,也好省一顿晚餐,干脆早早地钻进桥洞睡个仰天觉吧。他刚把一个塑胶桶搬到条石旁,就感觉又听到那位隔三岔五过来说是找他扯闲谈,而实则是来蹭安化黑茶喝的老教授的脚步声了。

天凉好个秋,人生下午茶。嚄,还果然是那一位心怀忧患的老教授唱喏而来了。他倒是一点也不客气,见面便说:"殷爹你害人不浅呢,喝了几次你的安化黑茶,还真让老夫上瘾了。"他确实是个有资格称得上老夫的老先生,在湖大执教近 60 年,桃李遍天下,是省内获得正教授资格最早的学者之一。但他也曾经对自己的执教方法有过怀疑, 有天他忽发感慨说:"老夫实在是一贯秉承屈贾遗绪,遵循朱张精神,讲究中庸之道,但教出的弟子为什么总爱剑走偏锋、棋行险招呢,当老板的制假造假兜售假货⋯⋯我这张老脸往哪放啊!"

殷爹听了,却不免寂然无应。

此刻再聚,老教授说:"今天不谈天下事,就讨杯茶喝你不至于这般小气吧?"

"哪敢、哪敢呐!"殷爹朗声笑答,"您老能爱上安化黑茶,这是身为安化人的我和我的老乡们的福祉。"毕竟也是当过村小教师的,殷爹说话的措辞很讲究,并没说代表父老乡亲,他父亲早就殁了。他也曾经戏言,说自己是清洁工队伍里的文化人,是文化人群中的拾荒者。他已经起身去给老教授倒茶水了,而且还听得见在"厨房"里冲碗的声音。他每天在开工前就煎了一壶茶凉着,那茶叶可是他昔日的学生——如今白沙溪茶厂的厂长刘新安送给他的上等花卷。有数十载的年份了,清热消暑堪比灵丹妙药。"教授请用茶。"他满脸堆笑把一海碗凉茶递了过去。

"哪天你回老家时也帮我带几块花卷茶来吧。"教授说着便要掏钱。

"好的,好的,我记着。但钱就免了,讨几片茶也不会要我给钱的。"

"那我也跟着你沾光了。安化山清水秀,又盛产黑茶,是个好地方。"

两人一回一答,虽然客气,但也是真心话。君子之交一碗茶嘛。

殷爹也是在一次偶然的机会与老教授相识的。有天傍晚,他正在收拾成堆的可回收物,等着收废品的伙计过来一手交货,一手交钱。听到有脚步声由远而近,在桥墩后面的殷爹便嗔声道:"我还以为你今天不来了呢!"老教授有几分好奇,这是说谁呀? 便绕过桥墩探头一看,原来是个捡破烂的老头在自说自话。也真是阴差阳错,两人一聊,见对方居然谈吐不俗,再一深究,才知也算得上是半个同行,于是彼此皆大笑。其时殷爹正好得闲,便忙请老先生在条石上落座,"您老不会嫌弃吧?相识是缘,教授您喝碗茶吗?"老教授朗声笑答说:"好啊,那就讨碗茶喝。"

没想一喝便上瘾了,而且两人还成了无话不谈的忘年交。

就在那一块被殷爹的粗布裤子磨得泛光的条石上,两人便坐了下来。老教授年过八十有五,不但腰板笔直,而且思维极是活跃、缜密。谈起东西方比较文化来,口若悬河,既有对历史的反思,也有对现实的堪忧,更有对前瞻的乐观畅想。

人类社会总是在不断地向前发展的。老教授喝了口凉茶便滔滔不绝地说，就如眼前这条湘江，它不知拐过了多少个弯子，但总是会向前流去，过洞庭，入长江，大海才是它矢志不渝的目的和归宿……尤其令所谓棋圣之后的殷爹想不到的是，教授谈起棋术来居然也是一套一套的。他说："中国人重实践，喜欢体验，先秦诸子讲哲学多用寓言做比喻，讲军事用故事来启智。棋从一开始或寓教于乐或有更深刻的象征意义和人文精神。"他越说越来劲了。"走棋有许多行话，"他说，"也可以说是术语，比如有叫坐隐，遁世，忘忧，逍遥游。布局是抢占战略要地、交通要道，中盘斗力、厮杀，力量悬殊则胜负立判，而旗鼓相当最后就成了残局。"

原来老教授也是个棋迷！殷爹听得连连点头，忙钻进桥洞把枕头下那副残棋取来，老教授展开牛皮纸棋盘，看了背面所记录的棋谱半晌才喃喃自语："残局之王！此棋谱乃风云江湖数百年的残局之王'蚯蚓降龙'是也。此局双车虽矫若强龙，但始终为两卒所牵制故名，全谱变化诡谲，落子迥异，攻守相应，寓机巧于停着，闲着之中，共有三十三类变化，其变化多端，凶险异常，很多人用了一生也无法穷尽其中奥妙。"老教授抿了口茶水侃侃然道，"象棋残局是象棋的基础，正规学象棋一般都是先学残棋，再学开局，然后中局。残局可以在下棋时知道何种情况下可以简化局势，进入例胜或例和或继续维持复杂局面，但无论是例胜、例和或维持复杂局面，都需要掌握残局技巧，否则和棋和不了、赢棋赢不下、胡乱兑子造成败局！一般人的棋从开局到中盘到残局始终会有一种棋势贯穿而很难自知，大棋士则往往能从残局里悟出全新的布局。"殷爹正暗自感叹，一阵急促的呼喊声从湘江世纪城望江苑那边传了过来："有人跳楼！有人炒股血本无归跳楼了！"

唉，这已是第三起自杀案了。老教授缓缓站起身来，摇了摇头嘀咕说："第一起是借高利贷赌博，第二起搞传销被骗，这第三起则是炒股——还不都是为了想要一夜暴富吗？也就只是短短的半年时间呢！"老教授兴致全无，扬长而去，而口中却又沉吟道："天凉好个秋，人生下午茶，急需试手翻新局，莫对残灯复旧棋。"

目送脸色和蔼却胸臆怀忧的老人渐行渐远的背影，殷爹不禁怅然。

而这一次，教授已开明见山说了，不谈天下，就只讨杯黑茶喝。

教授果然一诺千金,默默然喝了杯茶,又默默然起身走了。

夜愈深时,风也愈刮越大了,山雨欲来风满楼,没准今夜还真有一场暴雨。

下吧,下吧,让暴风雨来得更猛烈些!那一夜,殷爹破例没有早睡,他虽然也早早地就进了明洞,上了"床"后,却又始终直直地挺着腰杆,铁青着那张平日里堆笑的老脸,静静地如一尊礁石。他先是从贴胸的衣袋里掏出了有些潮湿的存折,已经累积到 5000 元了。这是他省吃俭用存下的汗水钱,上面写着儿子殷切的名字。而后他又用长满老茧的手在抚摸着那个黄铜棋盒,许久,许久……

桥洞外风声大作,如鬼哭狼嚎一般,殷爹却依然静如处子。

"这尘世间其实根本就没有人能穷尽棋中奥妙。"爷爷的声音似从天外传来。

殷爹这次的话却答得尤其果断,他说:"既然如此,孙儿不学也罢。"

湘江世纪城的万家灯火在深夜里逐渐熄灭,投入进桥洞的灯光很暗。但这并不要紧,他已经随手把所有棋子全都甩了出去,连同他以往的人生。咕咚、咕咚,桥下的水中荡开了阵阵涟漪,似句号,又如问号,也像省略号……殷爹沉缓地叹了口气说,残局,残局,一盘残局……他的声音嗡嗡的,却传得很远,很远……

"眼前富贵一盘棋,身后功名半张纸。"这个熟悉的声音不知是在与谁诉说。

资水船歌

一

渡船是渡口的魂魄。桂驼子是守候着渡口魂魄的人。

他每天早早地就起了床。爬出船舱后的第一个动作照例会是侧过头去望一望东边的天际。每每也就是这么一望，便总会牵系起桂驼子几缕淡淡的愁绪，因为他望到的天际尽头，正好就是井湾里上村的向阳岭。而桂驼子家就在向阳岭的山脚下，他自己都已经记不清到底有多少个年头没回井湾里了。人说少小离家老大回，而他桂驼子虽不能说是离乡，却是望着近在咫尺的井湾里自从上了渡船后就再也没有回过村的。

桂驼子每天都在走着重复的老路，每天摇着同一片木桨，撑着同一根竹篙，夹着同一个舵柄。但他却能够相遇到不同面孔，不同心情的熟人或陌生人，这就够了。所以那偶尔被牵系起的几缕愁绪，也只不过在他的心头轻轻地拂了一下，又很快就会像江雾一样随风飘走了。桂驼子自我解嘲般地笑了一笑，便顺手从江里舀了一瓢清水，"咕噜咕噜"地漱了漱口，然后又一仰脖子把昨夜就备好了的一缸凉茶倒进了肚里。看看两岸暂无来客，桂驼子就在船尾躺下来，并且又扯开嗓子唱起了自编的船歌：

> 船过舵过，
> 降龙伏波，
> 一篙见底，
> 双桨在握。

浪涛般清澈的船歌于婆婆崖下响起，在开阔的江湾里滚来荡去。一缕一缕的乳白色江雾忽聚忽散着，如跳动在激越江流上伴奏的音符，就连南岸河柳丛中的喜鹊也拉长了喜庆的声调。"喳喳——喳喳——"地凑起了热闹来。"喜鹊叫，贵客到！"桂驼子在心里这么默念着时，便算定会有着迎亲的队伍前来过渡。

　　这里是资水中下游北岸的婆婆崖渡口。江岸上一座酷似老婆婆脸相的巨崖，高高地耸立于小镇唐家观与井湾里的官道也是纤道之间。人们对婆婆崖的信任，亦如对桂驼子的信任。搭乘桂驼子的渡船，每每是随到随开，一个人跑一趟，两个人也跑一趟，他是从不怠工偷懒的。人一从娘肚里生下来，有手有脚有力气，不就是老天爷安排你到这世上来做事的吗？有得事做，人就能安下心来，心也就不会胡思乱想。人不能跟命争，你争也没有用的。不就是因为年少轻狂，爱争强好胜，结果却争来一个罗锅扛在了背上？

　　桂驼子常常在闲着的时候就对着婆婆崖交流自己的心得和感受。而南北两岸四村八姓的孩子，或梦游，或梦哭，或不好带养的，大人们都会带了香烛纸钱来婆婆崖下祭拜一番，并求一个"崖保""崖佑""崖汉""崖成"的硬朗名字，还会贴上一张粘有鸡血的红纸黑字的告示在崖壁上。告示上端端正正地写着几行字迹：

　　天皇皇，地皇皇，

　　我家有个夜哭郎，

　　过往诸君念一念，

　　一觉睡到大天光。

　　倘若有哪一天过客稀少，桂驼子就会驼着背跳下江岸，一路俯身攀爬到崖壁下，并且拼命地昂起头来，双手合掌，把告示诚心诚意地念上十遍二十遍。阳光从婆婆崖一侧照过来，桂驼子活像一只匍匐在地的千年老虾，在七彩的光束里为他人的孩子祈祷着……

　　桂驼子当然是有名有姓的，叫廖桂秋，与我爷爷同辈分，也是井湾里人，而且还是同族同宗才出五代的堂兄弟呢。听村人们说，桂驼子其实也曾有过一段风流倜傥的美少年时光。十四五岁时，个头就有成人那么高大，且眉宇开阔，身板结实而硬朗，又能说会道出口成章，还天生一双宽脚掌，就像鸭子的脚蹼，游起水来翻江倒海，活泛得如同鲇鱼，特别是潜水的本领更是了得，能够在深水里换气，从我们北岸一个猛子扎下去，一直可以潜到南岸去。那时候的桂秋，偶尔上街沽酒或打煤油或买盐，连小镇唐家观的漂亮女子见了他也会主动抛媚眼，也会送秋波呢。

那一年我爷爷主持修建联珠桥时，廖桂秋喊着顺口溜往我爷爷面前一杵，便自告奋勇请缨当义工，修桥做义工，造福为子孙，莫嫌我年少，照样腰杆硬。

"你个少年伢，来凑么子鬼热闹啊！"我爷爷特意只安排他去给石匠捣三合泥。哪知年少气盛的桂秋却根本不领情，硬是嚷着要加入抬麻石的行列中去。而且还吵着闹着要抬头扛。

那可不是儿戏活。一块长条麻石，随便都有五、六百斤重，而且抬头扛的人无依无靠，身子容易摇晃。哪知十四五岁的桂秋却没有半点敬畏，还出言不逊，"男人一十五，出山如猛虎"，说着就往头扛下面钻。那就让他试试吧。可谁料一句"起啊"的号子声刚刚迸出，桂秋就"呃哟"一声闪断了脊骨。从此年少的嫩腰杆就没有再直过，成了一个"罗锅驼子。"

桂秋从十二岁起就是一个孤儿了，倒也无人牵挂，只是从此就再也没有去过唐家观小镇，他害怕见那些往日里向自己抛媚眼送秋波的如花女子，更害怕那些如花女子看见他背上的罗锅。为照顾因工成了残废的桂驼子，又是由我爷爷出面，安排年少的桂驼子专事婆婆崖渡口的渡船。不久就解放了，井湾里搞土地改革，桂驼子主动放弃没有参与村里的分田分地，政府就把这一艘跟了他五六年的渡船分给了他。从那时起，桂驼子就真正地与渡船相依为命，结伴同行了。

> 天生是贱命，
> 逆来且顺从，
> 客称桂驼子，
> 资江摆渡人，
> 往来都是缘，
> 寒暑桨相送。

廖桂秋天生是个会找乐子的人，虽然背是驼了，而且心里也多了几许难以言说的愁绪，但嘴巴依然快活。每日里照例唱着自编的船歌迎来送往，也迎送着自己的每一个白天和黑夜。渡船都已经上岸修补过十多次了，但婆婆崖渡口的摆渡人还是桂驼子。

他还正唱着解忧的船歌呢，南岸的渡口码头上果然就"噼噼啪啪"地炸响了接亲的鞭炮声。

滚圆滚圆的冬日，正好就浮出了井湾里上村向阳岭的山垭。南岸河柳丛中的喜鹊依旧在"喳喳"叫着，而且叫得更加的热闹了。桂驼子忽然就想到，一定是南岸鹊坪村的吉大少爷要到小镇唐家观去迎娶新娘了。"唉！真是造孽啊！"桂驼子口里嘟噜着，一股酸水就涌上了心头。"是什么贵客呢，简直就是一个禽兽不如的家伙！"桂驼子在心里恨恨地骂着。原来他早就听往来的乘客议论过此事。吉大少爷的父亲是公社管委会主任，他仗着老爷子的权势在乡里横行了多年，打砸抢淫，无恶不作。新娘是小镇唐家观的一位漂亮女子，完全是出于被迫才同意了这一门亲事的。

这一次，桂驼子并没有如往常一样，一旦听到有鞭炮在江岸码头炸响就立马摇船相迎。"鬼才想得恶人的红包哩！"桂驼子又一次在心里恨恨地骂道。因为凡是有红白喜事的队伍过渡，除了按人头每个收取一毛钱的过渡费外，东家还得另加一个大红包的。一般都是贰圆，大方一点的甚至有伍圆或拾圆。能买得回好多斤猪肉呢。见桂驼子还在磨磨叽叽老半天没有起锚开船，对岸就有人用双掌合成喇叭筒大声地喊了起来：

"桂驼子，快来接渡啊！有大红包呢！"

"鬼才稀罕恶人的红包哩！"桂驼子终于骂出了声来，并且边解缆绳边唱起了带刺的即兴歌谣：

　　鞭炮隔河响，

　　恶少迎新娘，

　　小镇黄花女，

　　可惜嫁错郎。

桂驼子对小镇唐家观是有着特殊感情的。自小就在唐家观走动，在他的记忆中，小镇吊脚楼里的女子，一个一个都如花朵般漂亮，红红的脸庞上嵌着浅浅的酒窝；淡淡的眉宇间流溢出隐隐的喜悦……像这样的女子只能是让男人呵护的，让男人欣赏的，怎么能嫁给像吉大少这样的恶棍呢？但桂驼子还是得把渡船摇过去。他不能坏了规矩，"往来都是客，过渡奔西东"。这是摆渡人的行规，自古如此。渡船终于抵岸了，一行人说说笑笑上了船，但是当新郎吉大少爷把一个胀鼓鼓的大红包递给桂驼子时，他桂驼子却故意手一抖，将一个胀鼓鼓的大红包滑进了滚滚资水。

"红包打水漂,一场空欢喜!"桂驼子还冷嘲热讽地补了一句太不吉利的挖苦话。

"真是个不认抬举的死驼子!"吉大少破口就是一句怒骂。

桂驼子却装耳聋没听清似的反问道:"你说的是哪个死了?"

"你爹死了,你娘死了!"吉大少更是气不打一处来。

"我爹娘确实早就死了,但你今天是做新郎就莫一口一声死哩!"

两人一来一回。满船人居然没几个出面劝架的,并且还有人暗地里幸灾乐祸。吵着骂着时船就到了江心,桂驼子干脆重重地摇了几把桨,船就在波谷间狂颠起来,吓得平日里不会游泳的吉大少脸色寡白。

"新郎官你就赶紧向桂驼子赔个礼算哒。"有人打圆场说。

"那确实。花钱买平安,你就补个红包罗。"大家一齐起哄似的。

吉大少死死地扒在船篷边,身子像筛糠般颤抖不已,他虽然知道人们是在难为自己,但扫了一眼正在使劲摇桨的桂驼子,却看不出有丝毫故意捣蛋的破绽,"我补,我补……"他的话还没有说完,船就靠近婆婆北岸了。结果仍然是皆大欢喜。

二

整日里往返于汤汤资水的桂驼子,虽然表面上是把许多的事情都看得淡了,但骨子里却仍然是一个爱憎分明的人。我和我奶奶就不止上百次乘坐过桂驼子的渡船。奶奶的娘家就在南岸鹊坪村的团溪口。自我能下地行走后,就是奶奶的一条尾巴,只要听说奶奶要回娘家去,就更是紧随着她形影不离。然而,每一次过渡,桂驼子都总是不肯收我奶奶的过渡费,并且还为此发过脾气。"嫂子,你这就太见外了,我桂驼子要靠你嫂子这一毛、两毛钱到阎王爷那里买路啊!"可我奶奶也是一个不愿欠人情的人,每次从我老外婆家回程时,就总是会打开手中的提篮盖,把娘家人送的红薯粉丝或坛子肉等,用事先就备好的芭蕉叶垫着分一半放到船头甲板上,说也不说一声就下船走人的。

其实也不仅仅只拒收过我奶奶的过渡费,凡是两岸四村八姓的乘客,他桂驼子心里都清楚得很,只要是家境或手头稍紧一些的,无论男女,无论老幼,他都会主动不让人掏钱。"生不带来，死不带去，我桂驼子一人吃饱，全家不饿，你就留着这一毛、两毛钱给家里买盐买煤油吧！"言辞中肯，话语平实，桂驼子总是能将心比心为他人着想。也因此就有蛮多人以心换心想着桂驼子，想着为桂驼子说一门亲事；想着为桂驼子过继一个儿子，免得百年之后没有人续香火。但每每都被桂驼子婉拒了。"莫说我是个残废的罗锅，就是个健康人，让人家跟我在船上过一辈子，怕也没有哪个心甘情愿呢！"桂驼子不但背上背着罗锅，心里还补着补丁的。他知道人家是为了他好，但我一个驾船的罗锅，最好又能好到哪里去哦！当然凡是过渡的乡邻们偶尔给他顺手拎来的几兜蔬菜或萝卜干等，他还是会乐意接受的。"煮着百家米，炒着百家菜；钱也有得花，没得女人爱。"这就是他桂驼子常在心里头默唱着的另一类船歌。

有许多个夜晚，他实在想得受不了，就干脆跳到江里去。江水凉丝丝的，柔柔软软的，抚摸着桂驼子弯曲的身躯，甚至，连每一处毛孔都被江水抚遍了，那是多么地畅快和舒服哦。桂驼子只要一进入水中，人就活泛了，像一只老龙虾，罗锅腰和鸭脚蹼全都能派上用场，他一弹一弹地，能在水底下潜上半个来钟头。再爬上船来时，桂驼子也就能安安稳稳地睡一个鼾声如涛声的踏实觉了。

桂驼子从不信邪，但却信梦。只不过睡在如摇篮一样的船上，桂驼子很难得做一次梦。一旦有美梦，醒来就准有好事。不久前，也就是过小年夜的那个晚上，桂驼子就梦见吉大少爷的父亲倒台了，两岸四村八姓的人家都放了鞭炮，还有人贴出了清算吉大少爷滔天罪行的标语。就贴在婆婆崖的崖壁上。第二天果然就传来了喜讯：吉大少爷的父亲乱搞军婚，被人当场抓获，已经由县里下文就地免去了公社管委会主任的职务，并移送到了司法机关。而被迫嫁给吉大少爷的小镇漂亮女子，也被公社民政办给解除了婚约。

一天晚饭时分，江峡中突然狂风大作，老天居然下起了暴雨。桂驼子想，一定是要涨桃花水了。他就一边听雨打船棚的声音，一边扳着指头算日子。"是的，是应该涨桃花水了。"桂驼子这么自语着时，不知不觉就睡着了。刚一入睡，桂驼子就又做了一个梦。他梦见自己真的变成了一只老龙虾，在浊浪滚滚的洪涛中，他的罗锅身子一弹一弹，鸭脚蹼一搅一搅，活泛得很。而且，眼睛睁得圆圆的，能看得见浑水里的小鱼小虾，就连河床底下的水草也看得清清楚楚。桂驼子就寻思着：我桂驼子已经在这条江上一待就是几十年了，要是这水中能突然冒出一个女子来，那我才不客气的。桂驼子想着想着就笑了。今天怕是真会

碰到美人鱼呢,于是桂驼子就情不自禁地在深水里唱起了顺口溜来:

美人鱼啊鱼美人,

驼子也是水中精,

你若此时能出现,

婆婆崖下订终身。

一曲顺口溜唱过,水草丛中果然就游出了一条美人鱼来。白白嫩嫩的肌肤,柔柔软软的身子,尾巴拖得老长老长,正朝着桂驼子游了过来呢。桂驼子欣喜若狂,正要弹过去抱住美人鱼时,双脚一伸,便踢在了船舱的挡板上。桂驼子就"啊"的一声醒过来了。

"碰哒个鬼哟!到手的美人又溜走了。"桂驼子恨恨地骂了一声,也不知是骂自己还是骂梦中的美人鱼。他就再也没有睡意了,眼睁睁地望着船舱外黑咕隆咚的神秘世界。

天渐渐地亮了,雨也已经停住,滩啸声却一阵紧似一阵地盖了过来。这时,桂驼子的耳朵一抽一抽地动了几下,他似乎就从洪涛声中听到了异样的声音。凭他在水上几十年的经验,并且立马就判断,一定又有人在洪水中遇难了。

眼下虽然已经是春意渐浓的季节,而洪涛卷起的江风却依旧有几分微寒。桂驼子哪里还顾得上这些,他猛地掀开被子,躬身一弹就出了船舱,只见他把手搭在前额,一双眼睛就在浊浪狂涛中扫描着……远远地,桂驼子果然就发现了前方波峰浪谷间沉浮起伏的一根檫木了,并且当即就感觉到他的判断一点也没有错。肯定有人在紧紧搂着那一根沉浮起伏的檫木。桂驼子已经在这一段水域中救起过几十条或不幸落水,或有意投江的鲜活生命。

说时迟,那时快,桂驼子已经来不及多想了,顺手就扒光了身上的一条短裤,纵身一跳就扎进了滚滚洪涛中。桂驼子和这一段水域打了几十年交道,他知道只要自己身体上一丝不挂,他就是一条溜滑的鲶鱼,即使是滔天的洪水也淹不死他的。哪里有鱼被水淹死的道理呢。完全如梦境中一般,此时的桂驼子罗锅身躯一弹一弹,鸭脚蹼一搅一搅,瞬间就接近到檫木了。桂驼子头一昂,甩了一下满脸的浊水,定神一看,果然是一个人,而且还是一个女人。只见桂驼子深深地吸了一口江水,然后就猛地往那毫无知觉,甚至不知是死是活的女人脸上"噗"地喷射过去,便顺势一拉,那女人的手就松了。桂驼子把那女人仰面朝天地托在自己的驼背上，再顺着水势向渡船游去。那女人一身软绵绵的，就像一堆吸饱了水的湿棉团，桂驼子几乎是用尽了吃奶的力气才把她顶上船头的甲板。

此时天已经大亮，而且雨后的春阳也已经鲜红鲜红地跃上了井湾里上村的向阳岭山垭。桂驼子一身仍然赤裸着，他先是侧耳贴在女人胸口，当听到还有着微弱的心跳声时，也就根本来不及遮羞，便不管三七二十一地一跷腿跨在了那女人柔细的腰间，俯身就嘴对着嘴地一阵猛吸，然后又把摇桨撑篙的粗大双手往那女人的肚脐眼处使劲地按着、揉着……大概不到半袋烟功夫，突然"哇"的一声，从女人的口中就喷出了一条弧形的水柱……

女人醒了。但女人也怒了。女人从深重的悲痛中一睁双目，居然看见一个男人骑在自己的腰间，就猛地一巴掌甩过来，然后哭天喊地拼命捶打着自己的胸脯。桂驼子仿佛又沉进了搂抱美人鱼的梦境中，哪管你羞啊嚷的，就像一条河蚂蟥死死地缠着那女人……奇怪的是，刚才还是死去活来的女人捶着嚷着忽然就不出声了……

江水渐渐地退了，婆婆崖渡口又恢复了往日的平静。然而，桂驼子的心却再也平静不下来了。他就像喝多了烈酒的醉汉，仰躺在船尾上，全身火辣火烧的，眼前却一直在过电影似的反复出现着早晨那激动人心的一幕。

原来桂驼子一大早救上渡船的女人叫王翠娥，是上游善溪镇的一个寡妇。男人原本是镇上的一个靠一条木船捕鱼为生计的个体渔夫，前几年死了。家中有一个十岁的男孩，却在放学回家的途中，被这突如其来的山洪给冲走了。王翠娥虽然也算是一个要强开朗的女人，但得知此事后，哪里再承受得起这雪上加霜的打击？也就一气之下跳进了滚滚洪涛的江流中。她本来想一死了之，却又鬼使神差地抱住了一根漂浮的檐木。也许是命中注定，王翠娥随波漂流了一夜，早以为自己已经死了，可偏偏又被从美梦中醒来的桂驼子救了起来。

也许，女人确实是水做的，尽管心已成冰，却还是被这打了大半辈子光棍的桂驼子几搂几抱给融化了。并且两人就在这"野渡无人舟自横"的渡口，在这春阳高照的光天化日之下，已经死过一回了的王翠娥，居然又燃起了求生的欲望。是的，好死不如赖活着！既然老天爷不准她就这么死了，倒不如干脆嫁给年近五旬的桂驼子吧。

"不！不行的！"桂驼子像是突然从搂抱美人鱼的美梦中醒来，连连摇着脑壳说。

"怎么就不行了？"王翠娥已决意与昨天告别，也就什么都不顾忌了，她把头埋进了桂驼子的罗锅怀里娇嗔地问道。

"我都已经快五十岁的人，又是一个驼子……"桂驼子一边紧紧地搂着女人，一边言不由衷地袒露着实情。

"你才没老呢！"王翠娥说的也是真心话，"驼子又怎么啦？驼子不正好驾渡船吗？"女人就用软软的手掌捂住了男人的嘴，不准他再说什么，而她自己就诚心诚意地跟男人说："我这就赶回善溪去，一月之内了结完那边的所有事情，就赶来渡口和你驼子一起驾渡船，一起过日子。"

三

又是一天过去了，桂驼子照例早早地起来，仍然窝着一个罗锅身子仰躺在船尾上晒着暖暖的春阳。一切都像做梦似的。这些天来，他一直沉浸在温馨的回忆中。"真是天意啊！不然这梦怎么会如此准呢？"他独自嘀咕着，反手抹了一把嘴角流出的一摊口水，正想着把罗锅身子侧一侧时，对岸就传来了喊渡声：

"桂驼子，又在做什么春梦啊！还不快过来接渡呃！"

桂驼子这才正式醒过神来，手扶着身旁的舵柱一跃而起，便躬身穿过船舱到船头去解缆开船。

江水汤汤地远去，船在水面上一波一波地轻驶着，南岸的河柳丛中，一群喜鹊叫得正欢，或上游，或下游的三五只熟悉的野水鸭，亦甩着水花时不时地"嘎嘎"几声欢叫。它们都是桂驼子的老朋友了，莫非也知道这婆婆崖渡口即将有喜庆的事情就要发生吗？

桂驼子仍然夹着舵柄，手里依旧摇着木桨，并且又照例侧过头朝井湾里望去。哦，那一脉青黛色山峰中的某一处，父母或许正有所期待地看着桂驼子呢，并且期待着这个不孝儿哪怕是五十岁了也能找一个婆娘成亲，生一个胖娃子继后哦？是不是自己先人的坟墓当真开坼冒出了青烟？要不，我桂驼子怎么就真的要抱着美人鱼睡觉了啊！人一忘情，顺口溜船歌又从桂驼子口中飚了出来：

谁说上帝不公平，

菩萨最痛老光棍，

桃花春汛交桃运，

罗锅怀里抱美人。

常年喝着资水的桂驼子嗓音畅达而嘹亮，显得中气十足，豪情倍增，歌声像是从罗锅肺腑里迸发出来的。江峡中忽然就起风了，满江的碧水卷起了银白色的浪花，像有意挑逗桂驼子的情绪似的。这是多么地出人意料啊，桂驼子就完全放开了唱腔，唱得豪情舒展，唱得荡气回肠……这是从桂驼子心灵深处飞出的最放浪，也最开心的船歌哦！

婆婆崖土垴上的春荞已经收割，新播种的玉米苗在春夏之交的暖阳下疯长着，仿佛是一天一拔节，转眼就半人多高了。明天就是立夏节了，离王翠娥所说的一个月时间就只剩最后一天了。桂驼子还真是有狠，像一个能掐会算的高人，他料定王翠娥今夜必定会来，而且还来得很晚。桂驼子早已经在心里把女人来船上后的头几日的活动都安排得熨丝熨帖了。

那一天桂驼子早早地就办好了两件事情。先是托可靠的人给村支书建忠带了口信，请他收工后来船上吃晚饭，说是渡口有事要向村上报告，然后是请我奶奶第二天上午到船上来，他驼子有家事要请嫂子帮忙。桂驼子虽然是井湾里村的村民，但也是建忠支书的本家堂叔，平时是没有这么多礼数专门请他来渡船上吃一顿饭的。既然是邀请，而且又确实是关系到他桂驼子的终身大事，所以就必须有所准备。太阳快落山的时候，桂驼子就已准备好了饭菜，而且还煨了一壶苞谷烧酒在炭炉旁边。红红的炭火上，是一大砂锅清水煮青鱼。汤都熬成酽酽的乳汁了，桂驼子就把两个酒杯也放在了炉子旁边的船板上。

船上做饭是不烧明火的，怕火舌乱飚乱舔，容易失火，而且是用废弃的柴油铁皮桶，里面再糊了三合泥砌成灶膛的，把木炭往里一塞，既安全，又省事，并且一灶膛木炭火燃开后也只需用侧口的铁盖加以调节，炉中的火势便可大可小了。见当支书的堂侄还没有过来，桂驼子就把铁盖捂紧，从后舱里探出半个头来张望。此时，船就一晃，一个人影就钻进了船舱。

来人正是建忠支书。

"嗯，好香啊！"是鱼的香味，是酒的香味。

俩堂叔侄围炉而坐，也没有太多的客套，举杯即饮酒，举筷即吃鱼。三五杯苞谷烧下肚，心就热了，话就多了，当支书的堂侄把外面的罩衣一脱，身着一件胸间印有"农业学大寨"字样的汗衫，就愈发像一个村干部模样了。这汗衫是公社管委会发给他的奖品,是一种身份和荣誉的象征。

"驼子叔啊,你虽然辈分比我建忠高,论年纪却也就长我两三岁,少年叔侄成兄弟,有事你开口便是了!"毕竟是当支书的,说起话来有板有眼。

"嘿嘿,是大好事!"桂驼子一脸的关公像。

"大好事?是捡到宝哒吧?!"

"还真是捡到宝哒!是一个活宝呃!"

此时的桂驼子,已经把身上的蓝褂子也扔了,赤裸着一个罗锅驼背,便一五一十地把与王翠娥的天赐奇缘向建忠堂侄说了。

村支书就像是听奇闻似的,越听越来劲了,还没等桂驼子提要求,他就把手往桂驼子的肩上一拍,信誓旦旦地说:"驼子叔,这确实是大好事,你放一万个心,你和那个叫,叫什么王翠娥的结婚手续,就,就包在我身上好了!""酒精考验"的村干部已经分明有着几分醉意了。

"来,还走一个!"桂驼子的心就放下来了。

"好,走一个就走一个!"堂侄附和着说。

喝酒的人都这样,尤其是喝苞谷烧的井湾里汉子,起初还讲一点斯文,说是干一杯,待半醉半醒时,就开始说"走一个,再走一个了。"

俩堂叔侄就这么一个一个地"走"着,直到月亮也走上了中天。

建忠支书肯定是高一脚低一脚走回家的,而桂驼子就早已经仰躺在船舱里了。至于自己的女人王翠娥是什么时候到船上来的,真的一点也不记得了。

四

婆婆崖渡口的夜晚是宁静的。青山隐隐,资水汤汤,就连江边的夜鸟也收敛了声息,像是有意在倾听这渡口的主人桂驼子和他的新娘说什么悄悄话似的。

这是他们成亲后的第四个夜晚了。在我们井湾里,有着"新娘三日不出门"的习俗。也就是这天一早,翠翠才由我奶奶陪着到井湾里走动了一整天呢。

"你以后还是叫我翠翠吧,莫总是呃呃呃的。叫翠翠多好听哦!"这是女人柔柔软软的声音,是征询,也是通报。现在桂驼子和他的翠翠又仰躺在船尾上。只要不是很冷的冬季,又没下雨或刮江风,桂驼子是最喜欢这么仰躺着的。甚至有许多个夜晚,桂驼子就这么仰躺着,独个儿看着月亮从井湾里上村的向阳岭山垭升起来,又缓缓地爬上中天;看满天的星星一闪一闪地眨着神秘的眼睛,而且什么也懒得去想,他生怕自己想着想着又想到女人的身体上去了。可如今就不一样了,他心里美滋滋的,刚一躺下就想到了那一场突如其来的桃花汛,想到了桃花汛中居然就美梦成真捞上了一条美人鱼来,而且美人鱼还有名有姓叫王翠娥,正好又是一个年轻的寡妇,还主动提出要嫁给他这一个驾渡船的罗锅驼子!他桂驼子正韵着味呢,隐约就听到挤在自己身旁的女人说话了,就赶紧坐了起来,脑壳像鸡啄米似的连连点着头,又不由自主地把手往身边一摸,就摸到翠翠软软的手背了。那手背如鱼儿一样的滑了过来,两个巴掌就合上了,十根指头就钳住了。

"那你又怎么叫我呢?"桂驼子侧过脸去,很是认真地问翠翠。

"你真是一个傻瓜蛋哦!"翠翠的声音娇娇滴滴的。

渡船在江湾里晃了一下,船尾就爆发出了"咯咯"的笑声。这是翠翠在笑,笑得开怀,笑得桂驼子一脸的火辣火燎。我没有说错话吧? 桂驼子在心里问着自己。这时,翠翠挪了挪屁股,也就坐起来定定地看着眼前这个在婆婆崖渡口经历了数十载风霜雨雪和惊涛骇浪的男人,同样也很认真地回答:"就叫你驼子啊!"说着,顺势一倒,就偎进了桂驼子的罗锅怀里。澄碧的资江倾斜了,高耸的婆婆崖倾斜了,深邃的夜空倾斜了,满天的繁星也在纷纷坠落。耳边忽然就刮起了狂风,江上卷起了巨澜,就连对岸的河柳也肯定被狂风巨浪一遍一遍地压了下去吧,但桂驼子相信,倔强的河柳是压不倒的,准会一次一次地弹起看似柔弱的身躯,并且会甩着满头秀发高呼着:"好啊!好啊!"而且翠翠或许却想到的是船尾那一根被桂驼子千遍万遍抚摸得油光锃亮的竹篙。他桂驼子是何许人也,竹篙在他的手中握着,就是握着的一根定海神针,任凭狂风巨浪怎么汹涌,只要桂驼子一竹篙插下去,就总会有被镇住的时候!

这一个夜晚,月亮很圆很圆,月光格外地明亮。

月光下,婆婆崖土堘上那一大片疯长的玉米显得特别青翠呢。微风轻轻地拂过来,也送来了清清淡淡的草木馨香,翠翠满满地吸了一口,立马就觉得从胸腔到腹部都有了清清淡淡的香气在流动着。翠翠一乐,便"咯咯咯"地笑出了声来。"还笑呢!"全身都像散了架的桂驼子并没有搞清是什么状况,用指头在翠翠的脸上拨了一下,意思是说,羞羞羞呢。翠翠就真的止住了笑声,侧身附在桂驼子的耳朵边说:"这一次怕是真的怀上了呢!"桂驼子一怔,但马上就意识到了翠翠是说的什么,也就乐得像个老顽童似的,捧过脸来就是一阵狂吻。

夜风微微地拂过，一片薄如蝉翼般的白色云朵，就袅袅地遮在了圆月的脸庞上，月辉也就更加的柔和了。渡船也只摇晃了几下就稳住了。翠翠说："驼子，莫再发宝气了，你休息吧。"说着就抽出身子，钻进了船舱，把一床不薄也不厚的春秋棉被抱了出来，然后撒渔网似的轻轻一抖就完完整整地盖在了驼子身上。

桂驼子确实是有着几分倦意了。他是很感激翠翠的，是翠翠执意要求低调结婚的。她说自己一个二婚女人，再说这渡船上也不方便摆什么酒席，她就是来同他驼子过日子的。但还是没有不透风的墙，人们突然发现，这几日桂驼子渡船上无端地多了一个陌生女人，消息一传开，两岸四村八姓的乡邻像是来渡口赶集似的，你一趟他一趟，而上了船进了船舱又根本没见着有什么新娘，也就只好硬着头皮过一趟渡。起初桂驼子还觉得有些奇怪，但不久就终于明白了，人们是拿过渡的借口来看新娘子翠翠的呢。就这么不明不白地一趟过来，又一趟过去，怕是往返了二十多次吧，桂驼子硬是一直忙到天快黑才算消停下来。也就是刚泊岸系船不久，翠翠就从井湾里回船上了。

"驼子，你还在默么子的神哪？早点睡啊！"

翠翠的话音刚落，桂驼子的鼾声就起了。翠翠也打了一个长长的哈欠，却没有马上要睡觉的意思。她的心里还在乐着呢，就紧挨着驼子坐下来，将被子齐腰捂着，甜甜蜜蜜地看着渐睡渐沉的男人。如水的月光，把世界洗涤得干干净净，翠翠的心里，也没有一丝一缕的杂念，嫁鸡随鸡，嫁狗随狗，她既然心甘情愿地嫁给了驼子，就只想着跟驼子过安安静静的日子。翠翠活到三十多岁了，还从没有享受过如此清爽宁静的夜晚哦。

江水汤汤地流淌着，江岸上高高耸立的婆婆崖，一如既往地沉默着。在翠翠的眼里，自己身边的男人或许就是这千年万年成了精的婆婆崖的儿子吧，虽然背是驼了，又在这渡口一待就是三十余载，但身子骨却依旧硬朗如年轻汉子，仍生龙活虎……翠翠知足地在心里回想着，不禁就侧了侧身子，把柔柔的目光盖在了驼子的脸上。这是一张眉宇开阔的国字脸，鼻梁直直地挺着，是古书里说的那种悬胆鼻子；两片厚厚的嘴唇，分明也是古书里描述的吃四方的嘴唇啊！乍一看，被江风江雨洗涮过的脸是黑色的，但再一细看，黝黑里又透着深红，还闪着厚实的暗光呢。这是健康的颜色，是能再活一百岁的颜色哦！翠翠的心都快要融化了。也不知是过了多久，翠翠也躺下了，把头埋进了驼子满是粗黑胸毛的罗锅窝里。就在这似睡非睡中，白天的情景又在翠翠的脑中清清晰晰地浮现了。

　　翠翠是按照驼子告诉的方向沿官道也是纤道的沙子路往婆婆崖渡口下游走去的。也就是里把路程，翠翠就到了驼子描述过的联珠桥头，是一座双拱麻石桥。桥底下清凌凌的溪水，一出桥拱便注入了汤汤远去的资江。而桥拱的左侧，却是一个能停泊好几艘大货船的水湾子。翠翠举目向桥那头望去，一眼就认出站在桥头木屋门口的老嫂子了。那就是我的奶奶。只是当时我已经外出学篾匠了，不然就肯定也站在奶奶身旁的。翠翠刚上桥就扯开甜甜脆脆的嗓子喊着："嫂子呃，又要耽误您啊！"我奶奶就迎了过来，"你驼子交代了又交代的事，我还敢怠慢你这廖家屋里的新媳妇吗？"说着就把翠翠领进了我们家的堂屋。奶奶忙递过一条凳子给堂弟媳，叫她先坐一坐，自己就去偏厦的灶屋里忙了起来。

　　像是到了自己的家里一样，翠翠一点也不觉得拘谨和陌生。她和我奶奶已经是老熟人了。当新娘的这头三日，我奶奶就一直在船上陪着她，都陪了整整三个白天呢。翠翠和桂驼子的这一桩婚事，一开始也就只有我们井湾里的村支书建忠叔和我奶奶知道。桂驼子与翠翠的结婚证就是请建忠叔亲自去公社民政部门当"特事特办"领回来的。好在桂驼子在渡口守了几十年，连公社书记都赞扬过他渡人渡己的乐观精神，办理新郎新娘没有在场的结婚证才如此顺利的。婚礼也简单得出奇，就是由我奶奶领着驼子和翠翠在婆婆崖下拜过天地，又朝井湾里祖坟的方向拜过父母，然后夫妻互相拜过后，桂驼子就仍然是一个信口便是船歌的摆渡人了；而新娘子翠翠也就由我奶奶陪着，坐在船尾的起居舱里如两个过渡的乘客。这一老一少的俩妯娌还真有着说不完的家常话，一连三天聊下来，又说又笑，亲切得很呢。并且还约好，一过"三日"就一起去驼子出生的井湾里走动走动。

　　翠翠正无厘头地闲想着，我奶奶就端着一碗热腾腾的荷包蛋进堂屋了。"来来来，先把这荷包蛋吃了，我们再进村里去吧。"翠翠也毫不谦逊地接过碗，风卷残云般连蛋带汤给收拾了。我奶奶窃笑着打趣地说："你们这些年轻人啊，肯定又是忙了一夜肚里空了吧？"翠翠就忍不住"咯咯咯"地笑了起来，笑自己狼吞虎咽的难堪样子，笑老嫂子话里有话的那个意思。翠翠原本是藏着一肚子快乐的开朗女人，只是在善溪镇被压抑得久了，眸子里才偶尔有着些许忧郁，但如今她才不管呢，该笑就笑，该哭就哭，是完全地放松了，也放开了。

　　通往井湾里的是一条古老的青石板路。也没有人知道这一条古商道始修于何年,只勉强清楚我家左侧江边上同样是用青石砌成的半月形码头,曾经是资水中下游的商船来此收购过棕榈竹木的重要埠头。俩妯娌就沿着这一条青青石板路往井湾里走去。村口是一大片良田。石板路是从田垅中间直接铺过去的。村人们正在田间锄禾除稗,时不时还有人跟我奶奶打着招呼:"老嫂子,你要把身边的这一位漂亮姐姐介绍给谁呀?"我奶奶也就信口说着:"只怕我们井湾里还没有哪个后生配得上她呢!"翠翠还真是好看,身材窈窈窕窕的,又新剪了一头齐耳短发,着一件蛮贴身段的红色灯芯绒上衣和青黑色西裤,蹬一双纯白蓝边的流行球鞋,完全是小镇上入时的装扮,根本就看不出来是有过十来岁小孩的三十几岁妇女。见田垅里有人向老嫂子打招呼,她也就落落大方地朝人家笑着点一点头。我奶奶是真心为堂弟桂驼子感到高兴。同翠翠虽然只有短短三天的交往,但是在老人如烛的眼里,她已经完完全全地认同了被桂驼子当美人鱼在洪水中捡来的这一位堂弟媳了。所以说话也就没有了遮拦。田垅里不知是谁家的媳妇或许是因为嫉妒吧,就丢过一句讪笑话来:"那就只有在井湾里外面婆婆崖渡口的桂驼子才配得上罗!"也真是歪打正着,还一下就被她给说中了。不想翠翠就被人家给逗乐了,不但没有难堪,反而还"咯咯咯"地笑了起来,俩妯娌都笑得前仰后合呢。

一抬头,就到了学堂山的山脚下了。学堂山是一座只有百米来高的小山包,原来叫弩形山,因为村里廖姓家族的祖坟地叫虎形山,我老爷爷他们那一辈人就特意在这叫弩形山的山顶上建了一所教旧学的学堂,所以就改名叫学堂山了。新中国成立后,村里就把旧学堂改成了井湾里小学。但仍然是叫学堂山。脚下就有着两条路了。一条是沿学堂山山脚进村里的石板路,另一条是铺成了台阶上学校的石梯路。"我们先到山上去看看学校吗?"我奶奶用征询的口吻问翠翠。翠翠还在心里偷着笑呢,就很是开心地说:"好啊,好啊,反正我都听嫂子的。"同翠翠在一起,我奶奶也似乎变得年轻了,又逗趣地补了一句:"是不是就怀上了小驼子想为他看学校了啊?"翠翠一惊,信口便回了一句,"还真是什么事都被嫂子给看到了!"俩妯娌又开怀地笑了。

学校虽小,但操坪却很大,而且体育设施很是齐全。有跳高跳远的沙坑,有爬杆,有翻杠,还有跷跷板等等。看得出村里人对培养下一代是很舍得花本钱的。校门口有两棵挺拔的松柏树,已有两尺多粗了,树干却光光滑滑的。翠翠就记起来,驼子在枕边向她介绍过这两棵树,说他读旧学时最拿手的本领除了会背古诗外,就是能空手光脚爬到这树尖上面去呢。学校里正在上课，老师的领读声和孩子们的复读声从教室里飘了出来，就更加显得这偌大的操场里静静悄悄的了。翠翠一定是触景生情想到了自己不幸被洪水冲走的儿子了，"嫂子，我们进村里去吧。"奶奶也感觉到了翠翠的心思，然后一老一少就穿过操场，往学校后面的关山口走去。

关山是井湾里的一块风水宝地。说是山，其实无山，只是一个像龟背似的小小丘陵。青青石板路把这一座不足五十亩山地的丘陵缝中切开，两面却拥着上百棵千年古樟呢。右侧的一棵结满了红布条的古樟下，兀立着一座青砖青瓦盖成的土地庙。井湾里虽然地处资水江边，却依旧保持着古老而淳朴的山民风气，家里大事小事都喜欢来土地庙前敬神，就连早两年所谓的"破四旧立四新"的运动也未能动摇土地庙的一砖一瓦。树枝上缠着的无数红布条，就是村人们捍卫土地庙的最好见证。庙门前摆放着供果，一年四季香火不曾断过。翠翠来到土地庙前，还恭恭敬敬地向土地神跪拜了三拜。这是她的驼子男人反复交代过的，一定要向土地神报一个户籍到，许一个求子愿。

翠翠正跪着拜着，平地里就起了微风，厚厚的落叶间也就有了一缕一缕的地气溢出来，顿时，草木的馨香与青烟的檀香就融为一体了，千年古樟的深绿叶片也发出了"窸窸窣窣"的声响，整座关山就显得愈发地神秘起来了。

在翠翠的眼里，这井湾里的一切都是新奇的，也是亲切的。因为她的男人就出生在这一个如世外桃源般的村子里。要不是他那时年少气盛，硬要抢着为修建联珠桥抬头扛闪断了脊梁骨，也就不会落一个终身残疾的罗锅驼子，也就不会几十年来一直漂泊在水上……想到这里，翠翠就立马收住了心思，她害怕再往下想了，再往下想肯定对她是没有好处的。理由很简单，如果男人不是成了一个罗锅，就不会在婆婆崖守着渡船，她翠翠也就不可能被驼子当美人鱼从滚滚洪涛的桃花水中捞上船来；还或许，当真就早已经娶了一个像仙女一样的唐家观女子呢。此时的翠翠，鹅蛋脸就"嚓"地红了，像是生怕被老嫂子看穿了她自私的心思似的，忙回过头来对着我奶奶莞然一笑……

"翠翠！翠翠！天大亮了，快起来啊！"

翠翠还在美梦中沉醉着，回忆着昨日里头一次进井湾里时的情景，就被已经在船头上清洗甲板的驼子一声大喊唤了醒来。翠翠忙睁开惺忪的睡眼，哦，天真的是亮了。也就是在这个时候，翠翠才意识到两个不怕害羞的家伙居然又在这船尾上睡了一夜。

"梦还只做了一半呢！"翠翠娇嗔地回了一句，但桂驼却并没有听见，他正扯开了嗓门在唱着船歌：

资水浪打浪，
船尾当洞房，
无须点红烛，
鸳鸯沐月光。

江湾里的清晨，朦朦胧胧的，空气却像奶一样清新。翠翠深深地吸了一口湿润的空气，看了看江面上飘飘忽忽的丝丝缕缕的乳白色雾幔，就再也不敢迟疑了，她不能让有了婆娘的驼子还得自己做饭吃。"过了三朝是主妇"，这都已经是第五天了，翠翠也确实该在这渡船上为驼子撑起洗衣做饭的半边天了。

翠翠也真是放松得很呢。都在船上待了三四天了，一直到眼下，才真正腾出心思来，里里外外地认识这一个属于自己下半辈子要生活的小家。一打开起居舱的舱板，翠翠就吓了一跳，这简直就是一个百宝舱哦！柴米油盐、炉罐锅铲都井井有条地挤在这船舱底下，尤其是各种干菜和时新蔬菜，应有尽有；难怪老嫂子说"摆渡人不种菜，四村八姓顺手带，"她这才记起，自己由老嫂子陪着、伺候着在起居舱说说笑笑的那三天里，就时不时见有乘客把带来的或干菜或蔬菜顺手放在了船头上的。翠翠就感到了一种从未有过的温馨。想想自己以前在善溪镇被人瞧不起的时光，泪水就忍不住淌了出来。这是幸福的泪水啊！

淡淡的炊烟从尾舱里溢了出来，与江雾相聚相拥着，或上游或下游的那几只熟悉了桂驼子生活起居习惯的野水鸭，悠闲地停在水面上，正伸长了脖子朝着渡船新奇地望过来，江南岸河柳丛中的多嘴喜鹊也就叫得更加殷切了："喳喳——！喳喳——！"像是要把这婆婆崖渡口发生的变化告诉资水两岸所有人似的。翠翠却没有理会这些，她只顾埋头忙着给驼子做一顿香喷喷的早餐。翠翠毕竟是早就做过当家主妇的，手脚麻利得很，只一会工夫，四菜一汤的早餐就摆到起居舱里的小餐桌上了。"驼子！驼子！快过来吃饭呃！"桂驼子已经从船头忙到了船尾，听到女人脆脆的叫唤声，也闻到了浓浓的饭菜的香味儿，就赶忙丢了手中的活计，伸腿就弹进了尾舱。"有了婆娘的饭菜真是丰盛哦，一个豆腐煎腊肉，一个油炸鱼块，一个手撕白菜，一个干萝卜条，还有一小钵老姜肉片汤。看一眼嘴就馋了！"见驼子那一副夸张的模样，翠翠就又"咯咯咯"地笑了,"你驼子也太会拍女人马屁了吧,都是这几日老嫂子做过的菜啊!"她口里这么说着,其实心里呀,却揣着蜜糖,荡着春风,还开着鲜花哦!

五

那一年的夏天,资水清澈而透明,就连江流中的细白沙粒也能看得真真切切。而最令人眼馋的还是婆婆崖江湾里的水草,青绿青绿的,叶片滑腻而厚实。要是在此之前,婆婆崖江湾里的水草不过就是水中的一种偶尔藏匿小鱼小虾的水生植物而已,谁也没把它当一回事的。然而在翠翠的眼里,这可是农家喂猪的上等猪食。刚过完端午节的第二天,翠翠跟桂驼子说:"驼子,我得去一趟嫂子家挑一担竹筐来,晚上给她家捞一担水草好喂猪哩!"桂驼子傻傻地望着翠翠,"你说这水草能喂猪吗?"

"你呀,真是木鱼脑壳呢,猪吃水草才长膘呃!"

翠翠已经有着两个多月的身孕了。据翠翠的观察,这地方的人们虽然豪放豁达,观念却是极其保守的,从没见有女子到江里游过泳,就连稍微敞胸的衣服也没见有女人穿过的。入乡随俗,翠翠也就不得不谨慎些。但翠翠天生大胸围,自从怀孕后就更是显形了,为此她还专门去小镇唐家观,请美女裁缝莫莉花做了两套宽敞的孕妇衣服。桂驼子成天兴奋得乐哈哈的,就连常挂在嘴边的船歌也忘记唱了,每天都要把耳朵贴在翠翠的肚子上听好几回,还总是手舞足蹈地说:"听到了!听到了!"

"你听到什么了啊?"翠翠抚着驼子饱经风霜的国字脸问道。

"我听到儿子在肚里叫爹呢!"桂驼子这么回复着时,翠翠的心里就像是有着蜂蜜在流淌。但她还是没有忘记要到我们家去挑竹筐捞水草的事,并且预先跟桂驼子打好了商量,待傍晚江边上没有什么人过路时,俩人就一并下水捞水草。

我们家确实是喂了猪的,每年腊月二十四过小年的前后,家里能宰上一头大肥猪,那可是农家最值得炫耀的事。因为父亲在外地当医生,我又正随着堂叔学篾匠,家中没有多余的帮手,我奶奶硬是靠着自己一人之力,从田埂、从山坡一筐一筐地把猪草采回家来。刚吃过午饭,我奶奶正挑着竹筐准备顶着酷暑上山呢,没想到翠翠就杵在眼前了,冷不丁一声"嫂子",把我奶奶吓了一大跳。

"你咯鬼婆娘啊!"翠翠的突然出现,我奶奶开心得满脸笑成了菊花瓣,伸手就去摸翠翠的肚子："应该有三个月了吧？肚子里肯定是有动静了！"说得翠翠"咯咯咯"地又滚出了一长串银铃般的笑声。这笑声一定是飘到婆婆崖渡口去了，像是有意附和似的，间断了好些天的船歌又从桂驼子粗犷的嗓门里飚了出来：

> 谁说罗锅无后人，
>
> 崽宝睡在娘肚中，
>
> 待到明年这时候，
>
> 爹唱船歌儿子听。

"你听到没有？驼子在点名要儿子啊！"我奶奶就止住了笑声，很是正色地对翠翠说。翠翠却仍然在笑，"那要看他驼子下的什么种呢！"俩妯娌乐够了，笑够了，翠翠就说正事了。

我奶奶还是头一次听到水草也可以做猪食，而且还能长膘。但翠翠说得绘声绘色的，也就将信将疑地说："那就先试试看嘛。"也就是这么一试，那个夏天，不，硬是一直到深秋，我们家的猪确实是飘起长，并且，便一传十，十传百地传开了。从此，我们井湾里的猪们又多了一种上等的饲料。

美人鱼终于又出现了。每天傍晚，桂驼子和翠翠一同潜入江湾里的水草丛中，俩人先是在水中嬉戏一阵，然后又拔一阵水草；拔一阵水草后，俩人又在水草丛中嬉戏；如此一来一去，小半夜就过去了。翠翠的父亲原本是善溪镇驾船跑水上运输的老船工，她翠翠从小就是在资水里泡大的。翠翠把这一切告诉桂驼子时，桂驼子却一点也不觉得奇怪，还说自己早就看出来了。

"这还看不来么？你翠翠能在水里漂上大半夜居然没有呛水，还有你站在船上比在岸上都稳当呢。"驼子的一双眼睛还真是明察秋毫。

起初桂驼子是反对翠翠下水的，他倒不是担心人家说女人下水的闲话，因为傍晚毕竟是很少有人在江岸上行走的，并且翠翠也谨慎得很，还有意穿了孕妇服，不像他桂驼子，只要一下水就总是赤条条白是白，黑是黑的全裸着。桂驼子是生怕对翠翠肚子里的小生命有影响。翠翠就又是"咯咯咯"地笑了起来，笑桂驼子只晓得驾船唱船歌，只晓得把女人箍得气都出不来。"女人怀孕了就是要多活动，生起孩子来才顺畅呢！"只要是对翠翠好，只要是对生孩子好，桂驼子就全依了。更何况他桂驼子自称是水里的鲶鱼，除了梦中见过美人鱼外，还从没见过女人游泳，更不要说是与女人一同在水中嬉戏了！

他们把渡船停泊在离江岸几丈开外的江中。桂驼子就三下两下扒光了衣裤，而翠翠却照例穿着宽松的孕妇服，并且站在船头上先是踢了踢腿，扭了扭腰，再便是双掌合并，把两个拇指靠拢前额，像是给水里的龙王爷行大礼似的，一整套烦琐的动作下来后，纵身一跃，便"哗"地钻进了清澈的江湾。水中的翠翠，样子更加迷人，只见她双手同时向前伸直，又同时往左右划开，而双腿却活像是桂驼子梦见过的美人鱼长长的尾巴，极是均匀地摆动着，时而侧泳，时而仰泳，把桂驼子的眼睛都看花了！但看着看着，桂驼子心就急了，他生怕这渡口所有的开心日子就只是一场梦，生怕翠翠当真就是一条美人鱼，迟早会从他的人生中滑走……桂驼子怎肯放过，也就"哗"的一声钻进了水中，罗锅身子几弹几弹就搂住了翠翠。于是，两个人就在这资水中下游婆婆崖的江湾里嬉戏起来。

桂驼子果然是一条溜滑的鲶鱼。翠翠刚把双手套在驼子的脖颈上，他在水里一翻，又躲开了；翠翠想搂住驼子把头偎进他的罗锅怀里去，驼子就又是一个鲤鱼打挺就飚去了几丈远；而驼子想要搂她翠翠，抱她翠翠，吻她翠翠时，翠翠又怎么也逃不过，躲不脱呢。

"你坏！你好坏！"翠翠就佯装着生起气来。

"你蠢呢！把衣服脱了不就灵泛了？"驼子想翠翠也能裸游一回。

"你还以为我不敢啊?!"翠翠虽然嘴里这么说着，但她毕竟没敢这么做，她是品尝过人言可畏滋味的。此时，月亮就升起来了，银色的月辉洒在江面上，宽阔的江湾里静悄悄的。南岸柳林里的喜鹊早已敛翅归巢，白日里活跃在上游或下游的野水鸭也早已不知去向，桂驼子猛一回头，见翠翠惨白着脸浮在原地突然就没说没笑了，心里一惊，赶忙一个猛子扎过来就抱住了翠翠。

"我没事呢，驼子！"翠翠说着，也就双手死死地套住了桂驼子的脖颈，生怕驼子又从自己的身边溜走了。

资水静静地流淌着，婆婆崖沉默地兀应着，就连圆圆满满的月亮也生怕惊扰了这一对恩爱夫妻似的，静静悄悄地钻进了白莲花般的云朵中……

"我们还是捞水草吧！"翠翠说。

江湾里的水其实很浅，刚好漫过翠翠高高隆起的胸脯，而背着一个罗锅的桂驼子即便是踮起脚尖站着，水也淹过了他的脖颈。为了不至于离得太远，驼子就提议俩人脸对着脸同时潜入水中，又头顶着头一手一手地拔着水草。这一招果然有用，翠翠又快乐起来了，两个人在水底下边扯水草边打着手势，还在水底下换气说悄悄话呢。但谁也不知道他们说了些什么。或许,游来游去的鱼儿是知道的,藏匿在水草丛中的小虾是知道的,倒映在江湾里的月亮是知道的……

六

夫妻恩爱日月短,那一年夏天到中秋,很快就过去了。翠翠的肚子也隆起来了。不能再下水打捞水草后,闲不住手的翠翠又变着戏法找事情做了。

过中秋节的那一天,刚好我也回家了。一大早,奶奶就嘱我去小镇唐家观割了两斤牛肉,还买了四个月饼,说是下午到渡船上陪桂驼子爷爷和翠翠奶奶一起过节日。翠翠还真会抓时机,见到我就静伢子长静伢子短的一顿夸奖后,看着太阳还没偏西,就硬是要请我到婆婆崖土垴后面的山上砍几根毛竹来,说是你翠翠奶奶怀着身孕正是需要适当活动的关键时候。我们都不知道她翠翠要毛竹怎么个适当活动自己,翠翠就"咯咯咯"地笑着说:"这还不明白么?用毛竹撕成细篾条给我肚里的小驼子编风筝嘛!"也不至于要我砍好几根毛竹来啊?见我还愣着,翠翠又说:"不是只有几个月就过年了吗?我闲着也是闲着,正好给井湾里每家每户糊一盏大红灯笼啊!"也就是从那一年开始,每逢大年夜,我们井湾里家家户户的堂屋门口,都会不约而同地挂起了洋溢着喜庆,象征着吉祥的红灯笼!这无疑给乡下的年夜增添了无穷的喜悦哦!

谁也想不到翠翠的手里会有那么多绝活。待我把毛竹砍了送到渡船上,翠翠就分工了,她笑笑地冲着我奶奶说:"嫂子,这中秋节的饭菜还是请您老人家亲自下厨吧,我和驼子想吃您做的饭菜都想了好几个月呢!"然后就吩咐我说,"静伢子,请你小篾匠把毛竹都帮我开了吧!"说着,她自己也动起手来,帮我铲竹节,帮我撇竹坯,俨然是一个做过篾工活的师傅。我还正奇怪呢,桂驼子就在一旁用欣赏的口吻说:"这你们就不知道了吧?她翠翠一个妇道人家在善溪镇是拿什么看家本领捞食吃饭的啊?她就是靠编风筝,糊灯笼养家的哩!"翠翠也就毫不掩饰地说:"我一天下来,能糊整十盏灯笼呃!"我真是打心眼里敬佩我的翠翠奶奶了。遗憾的是,第二天我又不得不谨遵师命,随师傅一同到老山界上做包工活去,不然,我也会陪着桂驼子和翠翠在这渡船上多待上些开心日子的。

那一个中秋节,是我一辈子也难忘的一个节日。

原来翠翠是早就备好了红纸、蜡烛和糯糊的。待我奶奶做好饭菜时,中秋的满月就已经浮上了山垭,也就是说,刚好是掌灯的时分了。翠翠把糊好红纸的两个灯笼嘱我一手拿上一个,从桂驼子手中接过火柴,啪的一声擦燃火苗,就相继点燃了灯笼里的蜡烛,然后又一前一后地分别挂在了船舱的进出口。我们两家四口,就在这燃着烛光的船舱里围桌而坐,品着我奶奶下厨的手艺,说着村里的家长里短,听着资水拍打船舷的交响,至于圆圆满满的中秋月是如何的泼洒着皎洁的银辉,明明晃晃的星星是怎样地眨动着神秘的眼睛,以及古代的那一位叫苏东坡的诗人是哪般地喟叹出"但愿人长久,千里共婵娟"的感慨,似乎均与我们没有太多的关系了。一切是那么的宁静而祥和。

第二天一早,我随师傅路过婆婆崖渡口去资水上游老山界的时候,桂驼子和翠翠还没有起床,他们一定还沉浸在中秋夜的宁静与祥和中吧。两个红红的灯笼却仍然一前一后地挂在船舱两端,像是向两岸四村八姓的乡邻们昭示,这船上的两个人儿,是世界最幸福最美满的一对恩爱夫妻啊!当时,我真想到渡船上去向桂驼子和翠翠告一个别,但师傅说:"早着呢,让人家夫妻俩还睡一会吧。"

深秋的天空,湛蓝湛蓝,空旷而又宁静。也就是从那一年的中秋节后,我们井湾里学堂山上的学生们,又多了一个体育项目,井湾里的天宇中,便不时地飘起了各种样式的风筝。有蝴蝶形的,有老鹰形的,有喜鹊形的,还有拖着长长身子的蜈蚣形的……孩子们真是长了见识啊!老师和家长更是拍手叫好!因为学生们上课老盯着黑板或书本,眼睛是极容易近视的,而且在教室用功久了后,四肢的血液也不流畅。现在好了,下课铃一响,蝴蝶、喜鹊漫天飞,孩子们一个个昂起了少年头,仰面碧空,放眼蓝天,放飞着多姿多彩的风筝,放飞着浪漫无邪的欢笑,放飞着稚嫩高远的理想。这是多好的一种锻炼哦!

而这一切,翠翠是花了心思的。她必须先征得刘老师的同意。刘老师是村小学唯一的公办老师,全权负责学校的日常工作。也就是中秋节后的第二天,翠翠一早就来到学堂山,找到了刘老师,翠翠说:"我想送孩子们一些风筝。"刘老师怔怔地望着翠翠,样子十分愕然。翠翠又说:"我们善溪镇还专门把放风筝比赛列入了联校的体育项目呢!"戴着高度近视眼镜的刘老师似乎明白了,就从头到脚地打量着眼前的翠翠,然后很生气地说:"看你也是快要当母亲的人了,怎么能挖空心思赚孩子们的钱呢?"翠翠听了,脸就一红,但是她并没有气馁,又诚心诚意地解释说:"刘老师,您是误会了,我是渡口桂驼子的媳妇哩,家里又不缺钱;我只是想得到您的允许,可以让孩子们下课后放风筝,看有多少个同学,我就免费送多少只风筝给学校呢!"

"哦,是这样啊!"这一回,倒是轮到刘老师脸红了。

与学校商定后,翠翠从早忙到晚,足足花了整三天时间,就给井湾里全校四十八名学生人手送来了一只风筝。然后又整整一个星期都陪在学校里,只要下课铃一响,翠翠就腆着肚子手把手地告诉学生们怎么放风筝。孩子们那一个高兴劲啊,根本就忘记了刘老师介绍的什么桂驼子奶奶,而是一口一声阿姨地称呼翠翠。翠翠甚至比孩子们更加高兴,自己亲手编织的风筝终于又被孩子们送上了蓝天,她仿佛觉得自己失去的儿子也回到了同学们中间。翠翠并没有正面回答孩子们甜甜的称呼声,而只是"咯咯咯"地笑着。这是知足的笑声!这是自信的笑声!这是无忧的笑声!笑声在井湾里回荡着,在孩子们的胸膛里回荡着……从此,在孩子们的记忆里,翠翠"咯咯咯"的笑声与"叮叮叮"的下课铃声,便同样地深刻而亲切了。所有的这一切,戴高度近视镜的刘老师全看在眼里,有一天,他终于就发出了夫子般的感叹:"这婆婆崖渡口的一对夫妻真是令人羡慕啊!一个驾船渡人,一个以心渡人;了不起!真是了不起!"

为了此事,桂驼子还生过翠翠的气:"你图个什么嘛?带着一碗剩饭一天到晚陪在学校里,也不怕苦了肚子里的儿!"翠翠知道驼子是心痛她,心痛她肚子里的小崽崽,也就满脸笑意地说:"我这是为了你还没出世的小驼子呢,他在娘肚子里就能看到自己村里的哥哥姐姐放风筝,就能听到哥哥姐姐的欢笑声,你不晓得他有多高兴哦!"桂驼子的心就软了,忙凑过来把耳朵又贴在了翠翠的肚子上,并讨好似的附和着:"是啊,我崽崽好高兴的!"

后来,翠翠还带出了一个徒弟。那就是我们家邻居吉木匠的小闺女。她叫吉银花,十五、六岁年纪,只念过初小就没上学了,在家里帮助母亲做一些家务。小银花是在小镇唐家观买盐路过婆婆崖渡口时,就看到在船头上织风筝、糊灯笼的翠翠了。多好看的风筝,多好看的灯笼,多好看的翠翠哦!小银花在心里情不自禁地赞叹过,便身不由己地来到了渡船上。

翠翠正在悉心地为一只刚织好的彩色蝴蝶系线呢,一举头,便与小银花怯怯的目光相遇了,似觉得眼生,便笑笑地问,"小姑娘,是到对岸去吗?"

"不,不呢!"小银花有些心慌,忙解释说:"我只是想看看。"

"这是嫂子屋后吉木匠的闺女,你没见过啊?"船尾的桂驼子说。

翠翠就"咯咯咯"地笑起来,忙起身把小银花拉到了近旁,并抚摸着她的头说："来来来，阿姨教你织风筝好吗？"小银花腼腆地点着头，怯怯地笑了。就这样，小银花每天在家里帮娘做过家务后，吃过午饭便往渡船上赶。怕只有个多月时间吧，小银花就能脱手织各种风筝和大小灯笼了。

有了帮手的翠翠，日子就过得更加充实，更加开心了。她把自己每天织的风筝，和每天糊的灯笼，除了分送给井湾里的近三百户人家外，凡是来过渡的乘客对风筝和灯笼感兴趣的，也都一一做了顺水人情。也就是从那时起，渡口两岸四村八姓的孩子们都迷上了风筝。尤其是过大年的时候，几乎家家户户的门前都挂上了大红灯笼，充满着吉祥，洋溢着喜庆。乡下的新年也就更加的热烈了。

七

资水汤汤地流淌着，日子过得真快，转眼就是一年一度的桃花汛期到了。谁也没有想到的是，翠翠和桂驼子只做了一场露水夫妻。好在翠翠还是不失时机为桂驼子生下了一个白胖儿子，虽然托孤给我奶奶抚养着，但毕竟是给桂驼子留下了唯一的血脉。而我奶奶却说："翠翠和桂驼子留下的东西多着呢！"奶奶在说这话时，神情幽幽的，像是深陷在某种难以言说的回忆中……

那是百年不遇的一场桃花汛。那一年春天，气候确实一反常态。立春后的头几日，就纷纷扬扬地下了一场大雪，铺天盖地的，就连井湾里关山口的千年古樟，也被暴雪"啪啪"地压断了许多粗枝。井湾里的老人是有过某种不祥预感的，婆婆崖渡口的桂驼子也是有过某种不祥预感的："春来飞暴雪，春尾落狂飙。"人们所说的"落狂飙，"就是狂风大作，暴雨倾盆。起初的几十天里，其实还看不出半点迹象来。暴雪过后，便是一直天气晴好，气温高达二十几度，完全就是初夏的感觉。桃花早早地红了，李花早早地白了，就连婆婆崖土墈上的那一大片已经开过了一次花朵的红秆绿叶的春荞，也又一次绽开了银白色的花朵呢。迷迷茫茫地白着，把桂驼子的眼睛都晃迷糊了，把翠翠的头也晃晕了。桂驼子就觉得有些不对劲，心想，往日的春荞开出的花朵全都是清清爽爽的，不是花朵都已经落过了一次吗？怎么又突然的开了呢？而且开得迷迷茫茫的，凄凄惨惨的！这肯定是不祥之兆啊！

"翠翠，翠翠，你带着崖娃到嫂子家去住几天吧！"桂驼子总觉得心里发慌，七上八下地就有些魂不守舍了。翠翠心里也有同样的感觉，但她抬头望了望天空，太阳正明晃晃地悬着呢，就死活不肯离开桂驼子，死活不肯下船。桂驼子就苦口婆心地说："我总觉得渡口这几天会出什么大事,你还是带着崖娃先去吧,我晚上收拾一下也就过来陪你们的。"崖娃是桂驼子和翠翠爱情的结晶,小年夜那晚才出世的,眼下就快四个月了。见两个大人推推搡搡的,就"哇"地哭了起来。翠翠到底还是犟不过桂驼子,因为她向桂驼子承诺过,大事都听他驼子的。便只好带了些小孩的日用品就匆匆离船上岸,到我们家里去了。

三月孩儿脸,说变就变。这正是农历三月十七,还过几天就要立夏了。也就是翠翠带着她的崖娃刚到我们家里,天上突然就起了乌云,紧接着就是连续几声巨雷炸响,瓢泼的大雨就追过来了。翠翠的心也一下就悬上嗓门眼了,赶忙把崖娃塞给我奶奶,自己就转身欲往渡口跑去,却被我奶奶一手拉住,"你这是做什么啊? 就不怕吓着崖娃啦!"像是有意宽慰翠翠似的,这样的时候,就有了隐隐的船歌穿过雨幕,越过雷鸣,从不远处的婆婆崖渡口那边传了过来:

　　桃花汛来不把信,
　　摧枯拉朽天地崩,
　　只要船儿牢系缆,
　　管它巨浪与洪峰。

听到船歌,翠翠的心就总算平静了一些,但她仍然放不下渡口的桂驼子。我奶奶也就搂着崖娃陪翠翠一并站在堂屋门口,眼巴巴地望着倾盆的暴雨,望着陡涨的资水,望着婆婆崖渡口的方向。小小的崖娃在我奶奶的怀里安详地睡着,嘴角还流溢着甜甜的笑意呢。为了缓解翠翠紧张的心情,我奶奶就用肩膀靠了靠翠翠说:"你看看,崖娃子与我这老伯母还真有缘分呢,睡得多香哦!"翠翠明白我奶奶的善意,也就笑了笑说:"那你就把崖娃当自己的亲生儿子啊!"

但谁也没有想到这一句无心的话,竟成了翠翠托孤的遗言!

这时,婆婆崖的上游就传来了歇斯底里的呼救声。暴雨仍然在下,一阵紧似一阵地盖过来,但卷起的尘埃已经在雨水中落定了,雨幕也就清晰了许多。远远地,翠翠就渐渐地看清了,原来是一艘吃水很深的大货船从小镇唐家观的江湾里一路颠簸着冲了过来,船头上站着一个年轻汉子,正朝着两岸撕心裂肺地呼喊着⋯⋯

翠翠自己就是驾货船人的后代,她立马就猜想到肯定是因为驾船人年轻大意,没有预先靠拢江湾系牢船只,更没有经历过这样突如其来的滚滚洪涛,而此时的货船就像一匹脱缰的野马，一旦贸然靠岸，准会船毁人亡的。她同时也意识到了，在渡口的桂驼子碰到了这一类事情，是万万不会袖手旁观的。一想到这里，翠翠就再也无法控制自己了，猛地挣开我奶奶的手，便旋风般地消失在雨幕中了。

桂驼子果然如翠翠所料，早就已经一头扎进了洪涛巨浪，老龙虾弯曲的罗锅身子一弹一弹，很快就接近到货船了，但他却没有上船，凭他的经验，货船一路随狂涛左右乱撞，肯定是舵叶已经毁了，他只能要船上的年轻人把粗硕的缆绳甩过来，自己哪怕是拼着老命也要把货船拉进联株桥口左侧的江湾里。否则再往下撞，到了资水最长最险的崩洪滩就人船无救了！

翠翠刚奔到联珠桥那一头的拐角处，就已经看清楚眼前的一切了，并且猜到了自己男人的意图，她首先想到的就是驼子已经不年轻了，货船吃水那么深，肯定是装的重货，凭一人之力怕是十有八九难如所愿的。翠翠就什么也不想了，不管不顾地脱掉衣裤，只剩一条花内裤和一件短袖内衣，一纵身跳就进了江中。翠翠的到来，让几乎是筋疲力尽的桂驼子感到由衷的喜悦，心想，这艘货船终于有救了。但随即又感到了莫名的悲怆；两个人若是无法把货船拉进桥拱处的江湾，怕是双双都会被卷入崩洪滩的……

货船终于被拉到了桥拱旁！然而，夫妻俩刚合力把缆绳系牢在桥墩上时，从珠溪上游冲来的一扇竹排却轰然一声撞了过来，只听到一声惨叫，桂驼子和翠翠就已完完全全地没入在越来越汹涌的江流中……

轰然一声炸雷，长长的闪电照彻天地，却没见那一对恩爱夫妻。

噩耗传开，婆婆崖渡口两岸四村八姓的男女老少无不动容，每个村子都自发地派出了十多个粗壮的男劳力，而且分成水路和陆路两队人马，沿资水一直寻找到出口处的洞庭湖畔，却活不见人，死不见尸。而那位驾货船的年轻汉子，硬是不吃不喝于停泊在联珠桥口的货船上跪了整整三天三夜。

半个月以后，人们知道已经再也找不到桂驼子和翠翠的尸体了，便由井湾里村支书建忠叔牵头，为死者召开了一个特殊的追悼会。也许，这应该是资水两岸空前绝后的一次特殊的追悼会吧！我们井湾里凡是外出的人都赶回来了。主灵堂就设在婆婆崖下，遗憾的是，桂驼子和翠翠连照片也没有留下一张，贴在婆婆崖壁上的双人遗像是村小学刘老师凭记忆画下的，居然描得跟活着的桂驼子和翠翠一模一样。因为前来凭吊的人实在太多，井湾里学堂山上的操坪里还设了一个分灵堂，校门口一左一右的两棵松柏旁整整齐齐地摆放着桂驼子和翠翠的衣服。男男女女挤了满满的一操场,怕是上万人吧。婆婆崖渡口两岸四村八姓的大人们全都过来了,人们木然地站立着,默哀着……而主灵堂婆婆崖的江湾里,却停泊了上百条船只,有反往于资水跑长途的货船,也有上下附近渡口的渡船……货船的桅杆竖立于森林,而白色的布帆,却奄拉着只挂了一半,婆婆崖壁上亡者的遗像下,身着白色孝服长跪不起的就正是那一位曾经在联珠桥口的货船上跪过三天三夜的年轻汉子,是他找到建忠支书哭诉着主动争取这么做的,并且还从县城里请来了七位吹唢呐的艺人。我也跪在那一位汉子的旁边,我奶奶抱着小崖娃就默立在我的身后。

建忠支书也戴了白色的孝帽,他与从县城里过来的七位艺人就立在跟随了桂驼子三十余年的渡船的船头上。建忠叔抬眼看了看渐上中天的白炽的太阳,朝身边的艺人点了点头,随之猛然就迸出了一声长长的呐喊:"驼子叔!翠翠婶!你俩一路走好啊——!"顿时,七支唢呐就同时朝着白炽的太阳呐喊起来……声音排山倒海似的,有如空谷里万人在呼号,天地间春雷在滚动……悲怆而又揪心!江面上成百条船上的船夫也在齐声呼喊着:"走好啊——!"

那一天,初夏的太阳惨白着脸孔,晒得人直冒冷汗;沉沉的资水咽鸣着,泛出幽幽的绿光;我想,从此以后,这七百里资水怕是再也听不到如此悲壮而又凄怆的船歌了哦!

喊风来

只要是一块好钢就不要怕淬火，就是放到犁尖上，也能犁出一个春天来！

——代题记

一

那一天太阳泛白，是人们常说的那种毒日头，光到最强烈时总是这种颜色。

资江流域有句气象民谚说：白太阳久晴，红太阳近雨。唐家观就是匍匐在资江中下游北岸的一个小镇。"这里的人都知道未济老师不怕太阳只怕雨。太阳有什么可怕？"未济说："万物生长还靠太阳哩，要是真晒得我眼冒金星了，就往江河里一潜，与鱼儿们嬉戏耳语一阵，再上得岸来时，啧啧，红翅白翅就像是来寻伴一样，都会争着要往我的鱼篓里飞。那才过瘾呢！"未济老师口中津津乐道的红翅和白翅，是山溪里两种不同类型的小鱼。所谓不同类型，指的是鱼翅的颜色，红翅翅呈红色，白翅翅呈白色，但这一类鱼都长不大，最大也长不过尺许，一般都在五六寸左右，极喜在浅水滩活动，是啜饮着雪浪花长大的，因此味道极其鲜嫩。

未济主业是镇小的老师，钓鱼只是他的业余爱好，正如有的人爱好搓麻将，有的人喜欢打纸牌一样。小镇委实很小，人口也不多，吃的是县里单例的墟场粮，每家每户在后山有几分菜地，至于花销零用，全仰仗各自的家庭做点儿小生意维持。未济老师钓鱼有两种不同的钓法，一种是河钓，河是江河，那就是在唐家观吊脚楼下的资江，未济在此地执教，自然方便；一种是溪钓，溪是指以唐家观为轴心的上手边槎溪和下手边株溪，还有就是江对岸的余皋溪及团子溪。左右或两岸四地的溪流虽发源于不同的山系，却万源同流全都是注入资江。未济有时也会突发诗兴，来几句很有意思的长短句，他手执钓竿朗声吟道："小溪如山中走来的蒙童/汇入资水就长成了少年/从此不再无忧无虑/吼出的江声/已然是一声声喟叹……"喟叹什么呢？他没有说，只把如炬的目光继续投向眼下流水。

槎溪发源于水竹园，株溪发源于水田坪，两个源头都带有一个水字，流经的长度也差不多，全长五十余里，与桃源交界，均属于雪峰山脉。江对岸的余皋溪和团子溪就短了近一半，在田庄乡境内，与新化大熊山毗邻，也属于雪峰山脉。就地理位置而言，安化属于湘西南，也就是今人所说的梅山文化地区。

河钓一般是在清晨和傍晚，出学校操场，跨过青石板街道，沿对面的石级而下到达码头月台，登上一直伸向江湾湍流处的跳板，把钓竿一甩，用不了两个小时，一日三餐食有鱼的问题就解决了。但河鱼味道远不及溪鱼，肉质要稀一些，也粗一些。溪钓却是在周末，最方便的出行是在放寒暑假的时候，一出门少则三五天，多则半个月，边钓边卖，运气好时十天半月就能抵得上他一个月工资。未济在县城东坪镇给读大学的儿子买了一套三居室，首付的钱多半来自钓鱼的收入。

未济只有一个儿子，他很想还生个闺女。但是无奈得很，他们这一代注定了都只能有根独苗，不是生活条件养不起，也不是身体原因怀不上。儿子叫未北溟，取自庄子《逍遥游》中"北溟有鱼"之意。

儿子如今在长沙师大读书，他希望他能继承父业。按理这几天就会回家了呀！一想到儿子，未济不免就是一声叹息："唉，这鬼崽子啊！不会又出什么花脚乌龟吧？"

"花脚乌龟"是个贬义词，在小镇唐家观是说人不三不四的意思。

北溟其实是个很不错的孩子，骨子里是有着一股静气和傲气的，这一点或许是受了他爸未济的影响，但是有一点却特别像他妈，极爱面子讲虚荣。大前年也是在这个时候，学校一放暑假他就回来了，却并没有直接回到唐家观，而是先去了在县城东坪的外公外婆家。外公是从县人大副主任岗位退休的，房子在县里四大家领导的住宅区"橘园新村。"这其实也没什么，出事是因为在当晚遇上了以前在二中的同学。安化中学的布局有其历史原因，一中是在前乡梅城,那里是新中国成立前的老县城;二中是在后乡东坪,又名城关镇,是新县城的所在地。他遇见的刚好又是几个没考上大学的流打鬼,一见未北溟从"橘园新村"的大门口出来,有同学老远就喊:"未北溟,你现在可是我们东坪镇的高干子弟呀!"未北溟先是愣了一下,见一女同学踮起脚尖往大门里望,他才回过神来,既不说是,也不说不是,这不等于是默认了吗?其他几个同学嗡地就围了上来,说既然是高干子弟了,我们又难得碰一次面,你看着办吧!北溟当时穿着牛仔裤,从屁股后面摸出钱包,看看还有三张红票子说:"这有什么了不起?要不请你们去大码头吃夜宵呗!菜由你们点。"

"也行。"这群流打鬼一哄而起,高呼"未北溟万岁!"说:"那就走起呀!"

"走起就走起!我首先申明,我只能喝啤酒,就两瓶的量。"

红男绿女们一起挤上了两台嘉陵牌摩托,吹着口哨吼着流行歌,如风驰一般就到了大码头的海鲜大排档。七八个老同学你点一个蟹,他点一个虾,她又加了一个扇贝,啤酒一开口就是两箱。像是专门赶来打土豪似的。北溟同学紧张得要命,又碍于面子不好制止,心里暗自叫苦:"我在学校请女朋友都只限一张红票子!"

大码头是东坪镇上的一个老渡口,也是早年泊长途船的地方,是最热闹、最繁华的去处。当然也是最平民化的商贸场所,什么菜市场、水果批发市场、鞭炮杂货等,沿资江北岸一长溜都是的。海鲜大排档在大码头的中心位置,面北临江可仰天俯地,把盏凌风,举杯邀明月,甚至通娘骂街,想怎么抒发就怎么抒发。

一二三呐!

三星堆呀!

堆牛屎啊!

屎壳郎啊!

郎相望啊!

…… ……

行酒令一声比一声高地盖过来,"啧啧,这哪里是什么行酒令呀?简直粗俗得不堪入耳!"但未北溟只是在心里说。他能明说自己昔日的老同学粗俗吗?不是找骂吗!接不上龙就得认罚,结果酩酊大醉的北溟当场就出了洋相,不但结不了夜宵账,还醉得不省人事。幸亏手机里存有他爸学校里的电话,才终于找到他妈(他爸已经外出钓溪鱼去了),也惊动了他外公外婆,叫了急救车就往县人民医院送。

人倒是没事,打了一晚吊针,静养了两日,未北溟瘦了一大圈儿。

再说半辈子钻研《易经》的未济,总感觉这两天有些甲不对乙,他手中握着鱼竿,心里却牵挂着儿子,也只在外三天,父子俩几乎是在同一时间到家的。他腰间一篓红翅白翅的溪鱼还未解下来,就被老婆砍的剁的一顿劈头盖脸怒骂。未济只是憨笑,什么话也没说,夫妻不就是牙齿和舌头的关系吗?被老婆红嘴白牙骂几句又伤不到皮肉,只是别当着学生的面骂就行。第二天他就去县城买了一部手机,轻声跟儿子说:"以后要是在学校找不到我,就直接打我手机,这是专为你服务的。"

儿子知道爸是个图静净之人,与书与学生与鱼水交道,从不与手机和电脑沾边的,心里不免就有了愧疚。"爸,儿子错了,不该爱虚荣的。"说着还瞟了一眼妈。

妈还是不解恨,瞪眼朝爸"哼"了一声,"还亏得你是在大上海混过的!"

儿子赶紧就打圆场,一脸顽皮地说:"妈,你还想着要圆上海梦呀?"

妈却认真了说:"我也就只剩下个梦!"于是又一脸严肃地问儿子:"你明年就要大学毕业了吧?"紧接着又是一句期待语说:"有狠你就给我找个上海媳妇回来嘛!"

"我才不呢!"儿子有些得意地说:"那你还不把尾巴翘到天上去?"

未济的目光与儿子的目光碰了一下,那意思是在告诉儿子,每个人的心中都有着一座金字塔,或者说是有着一件皇帝的新衣,外人不应该轻易地去把它摧毁或者戳穿。父亲深邃的目光里透着平和,他总是能以一种中庸的心态去理解或化解身边的各种事物和矛盾。一句"道不远人",这是父亲常挂在嘴边的口头禅。

儿子的心与父亲的心贴得最近,也渐渐地把这句话装进了心里。

见母子俩还在扯着口白,未济就抽身去厨房放了鱼篓,然后进了二楼四壁是书的卧室,把自己整个地埋进了书堆里,并且还朗朗然读出了抑扬顿挫来:"未济。亨,小狐汔济,濡其尾,无攸利。"他读的是《易经》最后一卦。这一卦他不知已读过多少遍了,也查过凡是能找到的注释和解读,却一直认为未能找到过真正的答案。或许根本就没什么答案可寻的,要真有也只能是在日常生活中。他真想不出目不识丁的父亲为什么会给自己取了这么个名字。父亲是个补菜锅饭罐的手艺人,一年四季游走乡间,见多了没有浸过油盐的菜锅,也见多了被饭勺刮穿了底的饭罐,他给儿子取了个济的单名,想来应该是有深意的。未济叹曰:"宿命啊!"

妻子做好晚餐未济才下楼,北溟好吃鱼,自然又是红翅和白翅的溪鱼为主菜。

饭后未济又上了二楼。不久,便起更了,"啵啵——哐!"竹梆和小锣响过,白天的尘嚣在街巷里沉淀下来,这是只有小镇唐家观还保持下来的一种古老习俗。因为是放暑假,学校里就一家三口,却并没有完全入静,儿子独处一室,戴上耳机在听手机里赵雷的《少年锦时》,这是一首很另类的歌曲,歌词特别棒:

又回到春末的五月,
凌晨的集市人不多,
小孩在门前唱着歌,
阳光它照暖了西河,
柳絮乘着大风追,
柳树下的人想睡,
沉默的人从此刻快乐起来,
脱掉冬天的傀儡,
我忧郁的白衬衫,
青春口袋里面的第一支香烟,
情窦初开的我,
从不敢和你说。
…… ……

北溟掏出一包万宝路烟,是前天晚上吃夜宵时女同学塞给他的,还没有开封。他并不抽烟,只是条件反射地闻了一下,烟味很呛人。"女孩子怎么抽这种烟呢?听说外烟特上瘾的。"他在心里说,"我爸还舍不得抽香烟呢!"就把烟随手放在了桌子上,继续听赵雷的《少年锦时》"没有咖啡馆和奢侈品商店/晴朗蓝天下昂头的笑脸/爱很简单/爱很简单……"一副陶醉的样子,忽然有个女生的影子就浮现在未北溟脑海了,且还有娇嗔得软软款款的声音飘过来……

"亲爱的,阿拉想这一次就跟你回去看看嘛,想去参观一下你描述过的那一座没有咖啡馆和奢侈品商店的小镇。"这是放暑假前她跟他说过的征求他意见的话。

"我们那里的夏天好热的。"他觉得时机还不成熟,是在委婉地拒绝她。

女孩就没有再多说什么,一头短发偎在男生肩头,然后就跟着手机里的赵雷唱起了"爱很简单……"来,上海姑娘的矜持总是恰到好处地表现得淋漓尽致。

未北溟忽然间想起这些,完全是因为他妈妈那句激将他的话。

这两天妈妈也跟着儿子备受折腾,现在终于可以轻松一会儿了。他们夫妻俩是楼上楼下分房睡的,妈妈用上海牌沐浴露洗了个澡,又用上海牌电吹风吹过了头发,便来到靠窗的桌前打开了那台老上海牌留声机,却是张学友的《定风波》:

十里洋场,成就一生功业,

潮起潮落,里里外外都体面,

你陪了我多少年,

穿林打叶,过程轰轰烈烈,

花开花落,一路上起起跌跌,

春夏秋冬泯和灭,

幕还未谢,

好不容易又一年,

渴望的你竟还没有出现,

假如成功就在目前,

为何还有不敢实践的诺言,

一辈子忠肝义胆薄云天,

撑起那风起云涌的局面,

过尽千帆沧海桑田,

你是唯一可叫我永远怀念。

……　……

"这不是男人听的歌吗?肯定又是儿子在捣鬼!"她这话刚出口又感觉自己的结论或许错了,说不定是他爸呢!女人的心有着天生的敏感,她知道男人骨子里还是有着一股气的。"我才不稀罕什么一辈子忠肝义胆薄云天,撑起那风起云涌的局面呢!"她说着干脆把留声机关了。心有大上海,也可以自得其乐过日子。又尖起耳朵听了听楼上房间,见没有一点儿动静,估计男人已经睡了,她也就上了床。

其实未济听到更声响过就下楼了,他的脚步很轻,这是当教师以后养成的职业习惯。他下了台阶来到学校的操场里,就等于来到了融融月色中。然后深深地吸了口气,环顾左右的街巷,大多都已经熄灯了,小镇有早睡早起的习惯,一早打开铺面静候生意。真是风水轮流转啊!自从水运被陆路交通取代后,唐家观昔日的繁华不再,就连月色星光也被檐口搭着的檐口给阻隔了,唯有这学校的操场仍以开阔的情怀接纳天地。然而又生源渐少,这未免令未济心生了几分惆怅⋯⋯

二

这当然都是往事了,从最近几年开学的情况看,升学率已经明显有好转。路遥知马力,日久见人心,才过去几年,一些把家安到了县城的家长又陆续回到了唐家观,说还是把孩子交给未老师来教育,文科基础会打得更加牢实一些。一下子就增加了十多个新生,联校领导还专门来表示了祝贺。

人言可畏,说夕口水淹死人,说好就是口碑,有人甚至把未济喜钓鱼、会钓鱼也与他教学生挂上了钩,说是因为他心能入定,会循循善诱,所以鱼才会咬他的饵,学生才会听他的课。经未济老师教过的学生就是不同,一个个进了中学后都是尖子生。而且越是往上走,就越能看出在初小打下的基础是何等重要。

现在的老师还有几个能像未济的? 他是在跟学生们掏心掏肺呢!

让一个复旦生教小学真是太屈才了,什么老子孟子孔夫子,他装了一肚子。

未济确实就是个白天教弟子,夜里访圣贤的另类人物,他爱上钓鱼,也确实一为养静气,二为增加些家庭收入,而对这些逐渐多起来的议论未济听了也就听了,最多也只是说一句,教书育人,同时也是在育己,这是我的本职。倒是让他那爱慕虚荣的妻子尚丽丽为男人感到了自豪,说:"他呀,是在与学生们交朋友呢! "

未济对妻子和儿子其实也是如此,他说:"齐家与教书育人乃是同理。"

难不成他与鱼也是在以心换心吗?这就未免让局外人看不懂了。此次出去钓鱼,未济已经吸取了大前年儿子出事找不到他的教训,不但把手机充满了电携在腰间,还不敢出远门。学校已经放暑假了,闲着也是闲着,先就在吊脚楼下的江湾里去河钓吧!未济跟妻子说:"干脆等北溟回来了,我再去溪钓也不迟。"

妻子微笑着点头:"说这样才是最好的,免得到时候又找不到你,还冤枉讨骂。"

他抬头看天,炽白的太阳像个刺球,刺得人睁不开眼睛。"看样子今年暑期又会干旱。怕懒得呢!"未济说。他几步就跨过了学校的操场坪,横过青石板街道后沿麻条石级到了大河横前的江边,又登上了长长的码头跳板,向江湾外面走去。

前不久还是下过一场雨的,并且是暴雨,那场突如其来的洪水,早已把江湾里的漂浮物摧枯拉朽般赶了个精光,就连水草上的淤泥也洗涤得干干净净了,像被梳理过的女子的秀发,水色莹莹地泛着碧绿,水里的蓝天没有一丝云影。

古人所言甚是,水清则无鱼。幸亏下钩处是在深水区——站在跳板末端的未济说,不然这回是白来了。未济钓鱼是有讲究的,所钓到的第一条鱼无论大小,一律得放生。当然不是简单的放生,得在鱼尾掐出一个月牙般的指甲印再放入水中,一直看到这做过记号的鱼儿游到远处消失后,才开始正式下钩,而一旦见到这条放过生的鱼再次上钩,就得赶紧另换地方。这叫见好就收。然而今天却奇了怪了,他把才开钩就上钩了的一条红尾鱼掐过指甲印子再放回江中去时,这家伙却一直在跳板前面的回湾水里游来游去,总是不肯离开。这不免让未济甚感疑惑。

真是见鬼了!未济在跳板上站了一个多小时,抽过了一支旱烟,又卷了第二支喇叭筒点上,然后深深地吸了一口。太阳越往上走就越是老辣,头顶上像有一团炭火烤,他就对着江面把双手合成喇叭状,粗声粗气地喊了一声:"啊嗬嗬!"这叫喊风,以前拉上水船的纤夫们想要得到天助时都是这么喊风的。"喊风来!"未济忽然就冒出了这么一句无厘头的话,并且紧接着就又是一句,"是的,是喊风来!"

原来他这是又想起《易经》中未济的卦象了:未济卦是既济的综卦,下坎上离,离为火,坎为水。火向上炎,水往下润,两两不相交。卦中也是三阴三阳两两相应,有同舟共济之象,故此卦"亨"。但六爻均位不正,阴差阳错,若"小狐汔济,濡其尾,无攸利"。小狐过河,尾向上舒,可刚要到河边尾巴就被沾湿了,没有过去,以此喻事情尚未完结,还要向前发展。但是怎样才有可能再向前发展呢?未济却已经想到了,他说,当人力不可为时,就只能得以天助:喊风来!

未济其实一直都在喊风,他每天教孩子们这不就是在喊风吗?风起于青萍之末,孩子们就是青萍!他用知识为孩子们启蒙,孩子们觉醒了,这不等于是喊来风了吗?孩子们是做父母的心中的天,也是当老师的心中的天。想到这些,未济是何等的开心哪!他举目望向江面,可现实中还是不见有风来,那条不知好歹的红尾鱼也几乎还在原处不肯游走。他回头望了一眼码头,也扫了一眼身后的一排吊脚楼,见没有人影后就干脆把短袖衫脱了,将腰间鱼篓和手机也卸下来放在跳板上,一跃而起跳入了江中。"真是舒服啊!"未济说,"下辈子我要变条鱼。"

但是他万万也没想到,此话刚一出口,心便一惊。

"哦,不行的,这不行的,那我不也会沦为钓鱼人的刀俎美食了吗?"未济在水里自语,他从小就是在资水里泡大,在水里活泛得很。难道水泡里冒出来的声音鱼儿也能够听到吗?那一条红尾上留有特殊记号的鱼儿,像是终于有了一种如释重负的欢欣,从它那好看的嘴里也冒出了一串水泡来,瞬间就不见了踪影……

做了记号的鱼儿死赖着不肯走开的情形,未济在溪钓的时候也曾遇到过。那是在去年的夏天,当时还差两周放暑假,给儿子在县城东坪买房的事已经与老婆商量好了,交首付还少了一点儿现金,存的几万元定期又舍不得取出来。那就赶紧去钓几天鱼吧!他把这一周要上的课程一五一十都告诉了尚丽丽,也反复交代临近考试了是绝对马虎不得的。趁东方刚现蒙蒙亮色,他就赶往了上手边的槎溪口。

这些年有闲的人逐渐多起来,钓鱼也仿佛成了一种时尚。但是钓鱼者并不是庸俗之人想吃鱼就可以钓得到的,鱼咬不咬钩并不在于饵,一些手持几百甚至上千元钓竿和买了所谓色香鱼饵的人不一定就能钓到鱼,只能钓到排场。未济在给学生上课时也讲过钓鱼的故事。他说,传说中姜太公钓鱼不但不用饵,就连钩也是直的,却能够钓到像周公那样的大鱼。本人也梦想成为姜太公,也梦想能从无涯的学海中为民族钓到大鱼。但这种事情不能性急,得慢慢等,还得看机缘巧合。未济老师又接着说,但我觉得李白的两句诗很能说明问题,那就是"长风破浪会有时,直挂云帆济沧海"。没想从教室门口路过的尚丽丽却冷不丁丢出一句话来,"嗬,你绕了那么大的一个弯子,原来就是为了说一个'济'呀?还济沧海,你就济资江吧!"学生们一个个笑得前仰后合。老师也在笑,笑出了一脸天真,然后正色说:"未济,未济!"

未济老师一旦进入了溪钓的角色中,风餐露宿是常事。那几日头两天手气好得不行，一个整白天和半个夜晚下来共钓了三十多斤，溪鱼比河鱼难得，三十六元一斤的溪鱼有人追着买，两天下来就有零钞整票大两千了。第三天一早他来到了一个叫山岚湾的小溪塘，见溪水绿得如同青烟，水面上还有着一层缥缥缈缈的白雾，这地方他往年是来过的，红翅白翅大的盈尺，肥硕如江河里的小青鱼，就是轻易不肯上钩，但是钓一条可以顶得两三条。奇怪的是这次他钓竿一甩，溪塘里的鱼就像前来赶集似的，摇头晃脑居然把小溪塘搅起了阵阵涟漪。

他有些欣喜若狂，心想这五千元购房款弄不好几天就能凑齐了。

未济还真是沉得住气，见此情形，他按捺住满心的兴奋自言自语地说："我不能破了规矩，绝不能像有的人，当事关一己之利时，就说规矩也是人定的。"他照例把开钓上钩的第一条鱼做了记号后放入水中，搁下钓竿掏出烟盒，慢条斯理地卷了喇叭筒旱烟，打燃火机吸了一口，目光如炬般盯着那一条做过记号的肥硕红翅鱼，然而这家伙却显出一副憨态可掬的样子，久久地不愿意离开。第二支烟已经燃到指头了，未济终于有些心浮气躁起来。就破一次例吧！未济双手合揖，口中念念有词："溪神爷保佑！溪神爷保佑……"他说着就从腰间的小竹筒里抓出了一只蛆虫，把它穿进鱼钩，然后将钓竿一甩……真是破了天荒啊！水中的红翅白翅就纷纷跃出了水面，争着要来咬钩……刹那间只见红翅如血，白翅似练，溪塘里阴风四起……

这种事未济只有在传说中听到过，是为不祥之兆。

撞到水鬼了！撞到水鬼了！今天我肯定是撞到水鬼了！未济便胆寒起来，扛了钓竿拔腿就跑，一口气跑出二十多里水路，晕晕乎乎地总算是到了小镇唐家观。

此时还不到上午十点，学校里却静悄悄的，尚丽丽连个人影也不见。往楼上楼下教室一看，只见黑板上留着一行大字：老师有要事，同学们上午自习，下午继续上课。有比上课还重要的事吗？未济气得捶胸顿足，楼板上一步一个血脚印，他这时才醒过神自己一路跑来是没有穿鞋的，鞋子还丢在山岚湾的溪岸上，他同时也觉悟到了自己作为教师的失职，这是溪神爷在惩罚他！于是未济二话不说，拾起一楼窗台上的小钢锤"当当当"就敲响了上课铃……

眼看就要到期末考试了，怎么能突然中途休课呢？这不是未济老师的一贯做派呀！家长正纳闷，骤然就听到了铃声，学生们也三三两两地到了学校。未老师把全校的学生都集合在一楼的大教室里，一双赤脚站在讲台上，他向学生们深深地鞠了一躬，然后说："教不严，师之惰，这次是老师的错，不应该丢下你们去钓鱼，让同学们耽误了学业。"老师的坦诚令学生们一时间显得很是惊慌，一个个全都低下了头。俄顷，童稚的声音便响了起来："人之初，性本善，性相近，习相远。苟不教，性乃迁，教之道，贵以专。昔孟母，择邻处，子不学，断机杼……"

声音由低到高，是一年级的一个小女生先起的头。

户外阳光很爽朗，透过后窗是一片葵花地，朵朵葵花开得自在，开得热烈。

未济后来终于得知，尚丽丽是因为娘家来了一个上海亲戚，并且还是一个七拐八弯的远房亲戚，她接到自己母亲打来的电话后，居然兴奋得扔下学生们不管不顾，一大早就赶往县城见上海人去了。她是吃午饭后才回学校的，见了未济有些心虚说："我确实错了，我不该因为去见一个上海人就把孩子们的学业给误了。"

"是我有错在先，也只怪我太急功近利了。"未济说，"知错能改，善莫大焉！"

未济是唐家观小学的校长。小镇上只有这么一所学校，他这校长的任命是由乡联校下了红头文件有档可查的，据说在乡政府和县教育局也都备了案。那是在 20 世纪 90 年代初，当时包括一个教民办的，镇小一共有四个教师，学生有百多号，是整个杨林乡村级小学最红火的学校。如今稍有一点儿本事的人要么是进了县城，要么是进了省城，留在小镇上的人已经不多了，生源也就少得可怜，全校学生才三十三个，教师也一个一个或调走或下海，只有未济依旧在原岗位。

前几年县里进行区划调整，把杨林乡并入了县城的东坪镇，未济也被新组建后的镇联校校长找去谈过话。先是一通寒暄和客套话，接着又问了未济的工作和生活情况，还跟他透露说县外经贸局想调他去搞办公室，主要是考虑到县里有招商引资的外宾对象时，也好兼顾给分管副县长做翻译。他听了只是轻描淡写地回复了一句："还是算了吧，唐家观小学这座庙也要有个和尚守着的。"联校校长曾经是他在县二中的学弟，给他扔了支烟，又反问了他一句："你真不想走？"未济把香烟拾起来还给了学弟，很客气地说："感谢联校领导的关心！但是就我个人而言，只要唐家观这一座小庙不废，我就会踏踏实实地念好经，敲好钟。"说着从浅灰色中山装的上衣口袋里掏出了一个旧式的铜制烟盒，打开是一盒金黄的旱烟丝，又从另一只口袋里摸出个小塑料包，里面是一叠薄薄的烟纸，他慢条斯理地把烟卷上，用舌尖舔了一下接口处，再把旱烟叼在嘴角才啪地敲燃打火机，深深地吸了一口。他是想等领导的下文，是不是我这小学校长已经当到头了？没想一抬眼领导已经不在办公室了，他也就拍了拍屁股，狠吧了几口浓烟，把烟蒂摁灭在烟缸里便走人了。"这人哪，就是不能当官儿，哪怕是个芝麻官儿！"未济是在说他学弟。

走到了联校的大门口，他正准备请门卫转告校长说他走了，后面却气喘吁吁地跟来了当联校校长的学弟，他的怀里揣着用报纸裹着的一包东西说："你拿去抽吧！"是两条芙蓉王香烟，当教师的没有谁还抽旱烟。原来学弟是给他拿烟去了。

"这个呀，我不要，嘴巴是惯适不得的。"未济连客套话也没说一句。

人家都只顾朝前赶，你却回头看。望着学兄远去的背影，学弟眼眶里有了潮湿，心想，曾经令全校引以为豪、令同学们引以为榜样的未济到底是去了哪里呢？

现在的唐家观小学，已经只剩下未济一个教师，也没见上面来过免去他校长职务的任何口头或文字通知，就是说领导和被领导都是未济。但麻雀虽小肝胆俱全，学校里照样有着一二三四五六六个年级，分楼上楼下两个大教室排兵布阵。当然还有绰号叫上海迷的他爱人尚丽丽偶尔会搭一把手，那是在期末考试的时候帮他管一个层楼的监督和敲一敲下课铃。因为他在讲课时总是口若悬河关不住闸，也许正是如此，凡是从唐家观小学走出去的学生，各科成绩都是一流的。英语就更不用说了，那是未济的专业，要不怎么连县里的外经贸局也想调他呢。

也有家长笑他说："未济老师，你这是开的夫妻店呀！"

他却一脸认真地回答说："学校怎么可以是店呢？是庙还差不多。"

"那也不是庙呀！"人家就开玩笑驳斥他，"男女和尚能混居一室吗？"

"你见过我们混居一室吗？这话可不能乱说的。"未济想也没想就脱口而出把话说"乱"了，见对方笑出了满脸惊讶，才忽然意识到自己说漏了嘴，连忙又跟着补充了一句说："我之所以把学校比喻成庙，主要是想给小镇唐家观留下一方净土。"

"那确实。人家这才言归正传说，这世道呀，也只有老师您念的是真经了！"

有什么褒奖比家长的肯定更重要呢？未济的心里有鲜花在绽放。

未济老师和爱人尚丽丽分房睡这确实是事实，并且已经分房好几年了。

是尚丽丽赌气搬到一楼校长办公室去的。反正学校里空房多的是，但只有原来的校长室比较宽敞，当时还兼做会议室用。如今校长老师就是一个人，未济办公也是在楼上靠山的卧室里，而且满屋子尽是书籍和作业，尚丽刚收拾过，又被男人搞得乱七八糟，更烦心的是他还经常摇头晃脑把书读出声音来。

尚丽丽无可奈何，干脆就把在楼下的办公室清了场，并且自封为"校长"了。

她还白了男人一眼自豪地说："你夜里想我了，得先喊声'报告'哦！"

三

尚丽丽就是这么一个特爱虚荣的女人，自从跟了未济后，虽然改变了不少陋习，但也难免时有"怀旧"。这话要从她读初小时说起，当年唐家观来了个知青，就住在教过她一个月初小的代课老师白秀秀家，大家都亲切地叫他阿拉。每每有人说起阿拉从头到脚与众不同时，尚丽丽听到的总是这句话："这还用说，人家毕竟是从大上海来的呢！"也就是从那时起，少女的心里就一直装着一个大上海。

尚丽丽的父亲在公社当干部，母亲是唐家观小镇供销社的营业员。但凡百货柜进了什么新产品，尚丽丽都是第一个知道，诸如上海牌香皂、上海牌牙膏、上海牌毛巾，只要是她能见到的，就逼着母亲给她买。随着年龄的增长，她还拥有了上海牌自行车和上海牌缝纫机，如今还一直戴着的一块颜色发黄了的手表，也是那时买的上海牌。这还不算，就连后来找对象她也要找一个与上海有某种瓜葛的。谁叫她是尚书记（她爸后来当了公社书记）唯一的掌上明珠呢！那时候，尚丽丽已经是唐家观供销社的营业员了，因为连续两年高考总分成绩差一大截，父亲拿她没办法，只好给她弄了个全民集体编，也算是有了一份正式工作。但她却吵着闹着非要站百货柜台不可，主任考虑到她们母女不能同柜台，只得安排她母亲管南杂和生资。眼看女儿就满二十二岁了，接下来再难的便是婚姻大事。虽然也有媒人踏破了她家的门槛，但每介绍一个，就被丽丽否决一个。

"姻缘前世修，我们着急也是空的。"尚丽丽的母亲也只能摇头。

这时正好未济出现了。未济是邻村白驹村人，与唐观家也就相隔三里多。他是八五年考上复旦大学外语系的高才生，其实他当时的总分成绩是县二中最高的，后来排名据说还是全省应届毕业生中的语文状元。用现在时髦的话说他对国学有着特别的兴趣和深厚的功底，选择去清华或者去北大都是可以如愿的。但是当年的未济毕竟年轻，血气方刚，他之所以果断选择了去有着大口岸的上海复旦大学，并且还是选修外语，是自认为通过几本黄老线装书"内圣"已经修成，那么不如干脆就去外语系补修"外王"吧。到了复旦后他的成绩也一直都很优异，是学生会的负责人之一。但世事总是难料，毕业前的那年被学校劝退提前回老家的结局。这对未济的打击当然是前所未有的，挥斥方遒的复旦大学高材生成了霜打的茄子，回家以后将近一年大门不出，也几乎与外界毫无联系，只是躲在家里把早年从旧书摊上觅得的几部线装书横看竖看。当补锅匠的父亲却很坦然，他跟儿子说："只要是块好钢就不要怕淬火，就是放到犁尖上，也能犁出一个春天来！"哥哥和嫂嫂却为弟弟的遭遇深感痛惜，在一旁嘟囔着说："这都是个什么世道呀？刚过上几年能吃饱饭的舒坦日子，又开始要乱了，连我弟弟这样的人才都容不下！"一时间白驹村里舆论大哗，说好说歹的都有。也就是从那时起，未济开始对自己的名字产生了怀疑，也开始迷上了《易经》……

　　未济在上海遇到尚丽丽很是偶然。什么叫姻缘本是前生定？或许这就是一例。那是在唐家观逢五赶集的一个晴朗夏日，自从陆路交通日渐发达，唐家观作为资水的一个重要水运埠头开始冷落后，人们为了挽留住昔日的繁华和热闹，便想出了个逢五赶集的招数来，在这一天，以唐家观为轴心的两岸四条溪水的农人们（当然主要是农妇），都会带了自己家里的特色农副土产来到唐家观镇上赶集，而一些年少的伢儿和年轻的妹子又几乎全都是来赶热闹的。他们个个打扮得清清爽爽、漂漂亮亮，只往人群里窜。这一天小镇上的豆腐米店、糖油粑粑店和糯米青团店生意好得不得了。就连供销社的营业员也把柜台里的时髦货摆到了店门口进行展示。尚丽丽却显得有些木然，因为她对土特产一点儿也不敏感。

　　"您这牙膏多少钱一支呀？"忽然有个抱小孩的妇女凑过来问她。

　　尚丽丽头也没抬，她在看自己手腕上新买不久的上海手表。

　　对方的声音不卑不亢，又跟她说："就是这一种呀，上海牌的！"

"嚯,还真有人识货!"一听是买上海牌牙膏,尚丽丽这才赶紧答话。但头一抬目光就直了,因为她看到了这位大嫂怀里抱着的小孩胸前居然别着一枚精致漂亮的校徽,虽然是繁体篆文,但上海迷还是一眼就认出了校徽上的"复旦"二字。

"来来来,让阿姨抱抱!"也不等人家母亲开口,她就把孩子抱了过去。

那个妇女就是未济的嫂子,她是认得尚丽丽的,也早有耳闻她还有个上海迷的绰号,就打趣着跟自己的孩子说:"宝宝,快叫一声阿姨呀——快叫上海阿姨!"

宝宝是个男孩子,还不到三岁,却很懂事,当真就笑笑地叫了一声"上海阿姨。"

"我哪里是什么上海阿姨呀!大上海我连去都没有去过。"尚丽丽笑出一脸的红霞,说:"宝宝身上这枚校徽的主人才是从上海来的呢!"语音里充满了无限向往。

"这是他叔叔未济的。"孩子的母亲有些欲言又止。

"是未济呀!"尚丽丽显然也有所耳闻,"请问他叔现在是在哪儿呀?"

嫂子是个冰雪聪明之人,稍顿了几秒钟,见人家姑娘对未济如此上心,猜想他们肯定是早就认识,弄不好还是她上海迷心中的偶像也有可能,就如实相告说:"他呀,这个时候肯定又是去了崩洪滩咀上的黑崖礁,稳坐在那块黑崖礁石上望着一江流水感叹逝者如斯夫了!"嫂子心里的小九九其实是拨得溜顺的,一来是她听说过上海迷的父亲是公社改乡后的书记,说不定孩子他叔安排工作的事能够帮上忙,退一步说他叔现在这么颓废,能有个漂亮女人临时冲一下喜也行呀!

压抑得太久了的女人,青春的潮水一旦奔放起来还真是势不可挡啊!

那一次,绰号上海迷的尚丽丽确实显得有些失态,也难怪有俗话说:"姻缘来了,连门板都挡不住。"尚丽丽居然立马就从自己口袋里掏出钱来扔进柜台,拿了一支上海牌牙膏和一块上海牌香皂,连同小孩一并塞给了未济他嫂子,还很有礼貌地说了声"谢谢!"又小跑着进商店里把妈拉出来值班,自己却风一样地旋走了。

尚丽丽是从吊脚楼下的江湾里驾了一条渔划子赶往崩洪滩去的。

渔划子的主人绰号叫牛绊筋,是很倔的那种人,但偏偏对尚丽丽百依百顺,这倒不是因为她爸是乡党委书记,用他自己的话说县委书记都不过是一粒芝麻大的官,与我牛绊筋沾不上边儿!他有天醉酒后跟尚丽丽说:"你尽管去迷恋你的大上海,我一辈子就只暗恋你尚丽丽!"没想到尚丽丽听了后笑得要死说："你有资格暗恋我？"当时旁边男女老少有一大堆，也同样笑得哈哈直滚……不过还真是一物降一物，也就是从那以后，牛绊筋只要见到尚丽丽就绕道，但大凡供销社或家里有什么体力活儿要他帮个忙，只要她扯开嗓子喊一声牛绊筋，他又总是随喊随到。

资江小渔划子是没有舵的，只有一根竹篙两片桨，方向在桨上。尚丽丽是个打小就同男孩子在船上和水里摸爬打滚过的"母夜叉"，双手摇起桨来活泛得像展开翅膀的鱼鹰，远远地她就看见滩咀黑崖礁上的一个人影了，想都不用想，肯定就是未济！她的心里不禁翻腾起来，还真想大声地呼喊出"未济未济我爱你！"

上海迷还真是没有猜错，那个人影确实是未济，他是一早就来到了这里的。

被学校劝退回家后，经过了一年多时间反思的未济，现在终于想明白了一个道理，那就是人首先应该回到本心，完善自我，在自我的精神宇宙里，照样可以驰骋出一片广阔的天地来。他如今还喜欢上了庄子，对庄子的《逍遥游》倒背如流："北溟有鱼，其名为鲲。鲲之大，不知其几千里也……"他每天一有空闲就会到这里来，一个人结痂趺坐在黑色的崖礁之上，目光也开始变得清澈和明亮起来，柔软和韧性起来。此时他正盯着荡荡而来又荡荡远去的一江流水，也想起了一些与水有关的句子，如：水能载舟，也能覆舟；上善若水；子在川上曰；逝者如斯夫等等，他已经能把水中游来游去的鱼看成是天上飞翔的鸟……

"救命啊！救命——啊！"就在此时，一声突如其来的女人的尖锐呼喊声却是未济怎么也想不到的，令他更想不到的是后来所发生的一切。有人跌入了江中，而且还是一个女人，又是在将要进入到崩洪滩滩咀下的激浪狂涛了。未济当时什么也没有想，就一个纵身跃入了滚滚江流，向着水中漂着一头长发的女人奋力游去，然而水流太急，他根本无法拽住那个似乎也同样会水性的女人。只是下意识地跟着她，顺着激流一直冲到了江心的两座荒洲之间的浅水湾。他还在疑惑间，女人却长发一甩站了起来，并且奋不顾身地向他扑了过去……

一切都来得太过突然也太不真实了！他和她搂在一起相互啃咬着，崩洪滩的涛声已经像在别处，一阵懵懵懂懂的疯狂过后，未济后来便想，自己当时一定是受了庄子的蛊惑，把尚丽丽幻想成了一条美人鱼，而把自己则幻想成了鲲。这其实是尚丽丽早有预谋的，她把渔划子泊在了滩咀后，自己便跳入了水中。那是温柔之水，韧性之水，更是激情之水，也就是那次俩人在水中搂抱着，她竟怀上了他的种，那就是现在大学即将毕业的未北溟。

未济后来的这一份工作,也果然是在尚丽丽她爸尚书记的努力下解决的。

当然主要的还是因为后来的大环境有了一定改观,形势也有了松动,幸亏他的学生档案还在,也幸亏他以前一直是个品学兼优的学生。而尚书记为了准女婿的事亲自到县委组织人事部门去协调关系时的要求也很有策略和低调。说是就把未济放在村级小镇的唐家观小学先锻炼和磨砺吧!其实后来也曾有过机会可以把未济安排到更合适和更大的平台上去,只是都被未济婉谢了,加上不久后唐家观供销社撤销,尚丽丽单位也面临分流,未济就做好了干脆在小镇上扎根一辈子的心理准备,他动员妻子办理了停薪留职手续,让她在家里当起了全职太太。

学校的后面有半亩多菜地,产权归校方所有,以前是由学校请的工友负责侍弄,后来只剩下未济一个老师,工友也就辞退了,正好成了尚丽丽这些年来消磨时间的用武之地。未济偶尔也会去菜地里走一走,帮帮手或巡视一下妻子的劳动成果,还少不了会顺口朗声吟诵出一句"采菊东篱下,悠然见南山"的诗句来。

白天有孩子们葵花般的笑脸相伴,入夜又能在古籍黄卷中与往圣先贤们做促膝交谈,偶尔还可以去钓一钓鱼,未济老师的小日子确实是过得很惬意的。

就在前不久,未济还被邀请参加了一次在母校安化二中举行的同学聚会。他本来是无心再往这一类热闹场面里钻,也很反感甚至厌烦时下这种动不动就冠以什么校友或其他名义的"假大空"的所谓聚会活动。还反复说明自己如今也是一名教师了,感恩母校最好的方式主要是在于不忘初心,遵循"厚德敬业、博学善导"的教风来得更加切实一些,但后来他还是被几位以前要好的同学强拉了去。

参加那次同学会回来后,未济的心里便不免有了一种失落和失望之感,失落的原因当然很复杂,但主要还是觉得本应该是一方净土的母校,似乎已经没有了昔日的肃穆庄严。失望是同学之间一见面,开口问的就是你现在混得怎么样?衡量所谓怎么样的标准无非是评教授没有?当官没有?老板当得多大了?而昔日被万人瞩目的县二中品学兼优的骄子未济却在尽量地回避着这一类话题,但后来还是有被热心的老同学问起,"嘿,后来怎么一直没见到过你,是出国了吧?"未济却也回答得从容,他是用了四句诗来回答的:"未济终焉心缥缈,万事都从缺处好。吟到夕阳山外山,世间难免余情绕。"只是大多数人不会知道此诗是出自曾经写过"我劝天公重抖擞,不拘一格降人才"的龚自珍先生之手。

四

这时,吊脚楼下的江湾里,蓝莹莹的碧水中忽然又多了一个人,是一个女人。

她是有备而来的,身着海浪条纹的泳装,像一条美人鱼向深水中的未济游去,这使一边潜水一边与鱼说话的未济根本就没有想到。能够在水里潜十五分钟以上的未济这一次是在跟鱼儿说庄子:"北溟有鱼,其名为鲲……"也说起了自己的儿子,他说:"鱼儿啊!我再也不钓你们了,北溟有鱼,我儿子的名字就叫北溟,鱼是留给我儿子的呀!再说我是个教学生的老师,教书育人,才是我应该要做好的……"

不承想未济这话却被游到他身后的"美人鱼"听到了,她接过话茬说:"现在有政策可以生二胎了,我们再生一个就取名叫鲲吧!"

从水中发出来的声音嗡嗡的,有水泡一个接一个往上冒,这令未济着实吓了一大跳,以为真有鱼儿在跟他对话了。于是一踮脚尖,"哗"地冲出了水面,却意外地看到跳板上多了一把蔚蓝色的遮阳伞。那颜色何其熟悉啊!未济终于记起来了,这是一把与自己儿子同龄的遮阳伞,是 20 世纪 90 年代初的那个夏天,他去母校复旦大学补办相关手续时,给未婚先孕的妻子尚丽丽买的一件上海牌礼物。这么多年来,她一直珍藏着舍不得轻易示人,而他早已把它忘记了……想到这里,未济的心便柔软起来,觉得自己还真是对不起尚丽丽,有负了尚丽丽。

原来是妻子也下来游泳了,并且已经潜到了他的身边。

未济再一次潜入了水中,蓝莹莹的江湾里便有了两条人鱼在追逐、在嬉戏。

夫妻俩确实已经很久没有这么欢畅过了,他忽然觉得自己应该感恩于水!

不断上冒的水泡里便有声音传出:"资水荡荡,上善若水……"

江上终于起了微风,是未济喊来的吗?两条人鱼已经坐到了一直伸向江心的跳板上,是未济把尚丽丽先托上去的,然后他自己双手一撑也上了跳板,还把遮阳伞拿了过来,坐在她的身边,终于破天荒为她擎起了一片宁静的蔚蓝。

尚丽丽的笑脸上已经有了几许皱纹,她告诉他说:"我接了两个电话,都是好消息,一个是关于儿子的,一个是有关你的。"尚丽丽比未济小三岁,今年已四十七岁,却依旧风韵犹存。未济的肌肤却呈现出古铜色,这是太阳赐予的颜色,他照例显得很从容,"先说儿子的吧!"未济始终是一副对自己的事高高挂起的态度。

"儿子已经向我报告了,他明天就回家。"妻子接着说:"而且是两个人,不,应该是……"她还有意停顿了一下,然后才神神秘秘地说:"真不愧是你未济下的种呀!"

"啊?我要当爷爷了!"未济似乎听明白了,但也明显吃了一惊,"儿子才毕业呢!"

"这你放心,他俩的接收单位都已经定了。他魏叔叔打了包票的!"

妻子口中的魏叔叔,就是早年当过东坪镇联校校长的未济的学弟,今年班子换届,一开春他就由县教育局副局长升为局长了。妻子接着又告诉他说:"还有你更加想不到的呢!"未济以为又是说他自己的事,依旧是颇不以为然的样子。

"你这儿媳妇还真是个上海姑娘呢!"从尚丽丽口中又爆出了个冷门来,她继续说,"他俩是同班同学,读大二时就好上了,女生名叫陶念湘,祖籍安化小淹人,至于是不是与从小淹石磅冲走出去的晚清中兴名臣陶澍有关联,儿子不得而知,他们年轻人才不关心这些事。不过有一点是可以肯定的,她父母之所以给女儿取名叫念湘,证明对故土有着思念之情。儿子还自豪地告诉我,你儿媳说人的生活所需很简单。"妻子在说这最后一句话的时候,似乎有着几分自愧不如的羞涩。

是啊!男人的目光从波光渺渺的江湾移向女人,似乎若有所思地说:"资水浩荡绵长,吾取一瓢足矣!"同时也还由自己名字中的这个济字想起了一桩"波是水之皮"和"滑是水之骨"的文坛公案来。他不禁喃喃道:"济,这不就是水之齐吗?未济,不就是浅浅的水吗?"他于是坦然地笑了说:"人的生活所需很简单,幸福就是一泓浅浅的流水。"后来妻子还是把与未济有关的一个消息告诉了他,她说:"电话是直接从县教育局打来的,办公室主任说,过几天县里要召开一次全县优秀教师表彰大会,将由县长亲自给优秀教师戴大红花,还有相应的物质奖励,你们家未济老师不仅是被表彰奖励的对象,还要他代表优秀教师作典型发言。"

"办公室主任最后还专门强调说,这是近十年来最隆重的一次大会。"

"这也是一个值得纪念的好日子呢!"尚丽丽接着又冒出了一句。

未济却没有直接回答妻子,而是把遮阳伞让出一边来,又抬头望了望天空,此时的太阳刚好已经居中,像个火球就要从头顶上砸下来,他的眼睛眯成了一条细缝,却忽然发现火球的周围全都是细细密密的金针。"难怪这么扎眼呢!"未济说。

妻子以为是跟她在说话,赶紧偏过头来,把耳朵也拉长了。

未济又说话了,是跟妻子说的,"从今天开始,我不会再去钓鱼了。"

"为什么不钓?钓鱼是你未济的爱好呀!"妻子有些不理解。她犹豫了一下,又接着补充了一句说:"今后你就只在周末和假期里去钓鱼嘛,又不会影响你上课的!"

未济沉默了片刻后,却说:"那我给你讲一个故事吧,是有关孔子的故事。仲尼适楚,出于林中,见佝偻者承蜩,犹掇之也。仲尼曰:'子巧乎!有道邪?'曰:'我有道也。五六月,累丸二而不坠,则失者锱铢;累三而不坠,则失者十一;累五而不坠,犹掇之也。吾处身也,若橛株拘,吾执臂也,若槁木之枝。虽天地之大,万物之多,而唯蜩翼之知。吾不反不侧,不以万物易蜩之翼,何为而不得?'孔子顾谓弟子曰:'用志不分,乃凝于神,其佝偻丈人之谓乎?'"未济的之乎者也,让尚丽丽越听越觉得迷糊,就使劲地揪了赤着膀子的男人一把。未济仍我自岿然不动,又用白话文重新说了一遍,未济耐着性子说:"孔子到楚国去,行走在一片树林中,看见一个驼背人在捕蝉,就像拾取蝉一样容易。孔子上前问道:'您的手真灵巧啊!有什么诀窍吗?'驼背人答道:'我有诀窍啊。练习了五六个月。在竿头上叠放着两个泥丸,这两个泥丸不掉下来了,然后再去粘蝉,那么失手的概率就很小了;后来在竿头上叠放三个泥丸,不掉下来了,然后再去粘蝉,失手的机会只有十分之一;再后来在竿头上叠放五个泥丸,这五个泥丸仍不掉下来,然后再去粘蝉,就好像是在地上拾取蝉一样容易了。粘知了的时候,我的身子站定在那儿,就像没有知觉的一根断木桩子;我举着的手臂就像根枯树枝;即使天地很大,万物很多,而此时的我就只知道有蝉翼。我既不回头,也不侧身,不因万物而改变对蝉翼的注意,为什么得不到蝉呢!'孔子回头对众弟子说:'运用注意力不分散,就是高度凝聚精神,恐怕说的就是这一位驼背的老人吧!'"

这一回妻子肯定是听懂了,却没有吱声,只听得"扑通"一声,一条半老徐娘的美人鱼又没入了蓝莹莹的江水中。未济大喊了一声:"我来也!"也跟着"扑

"通"了下去。

正午的阳光下,浅浅的水花溅起了一片五彩斑斓的霞彩。

五

那一夜,已经敲过五更了,小镇唐家观的街巷里万籁俱寂,只有未济老师楼上的灯光仍然亮着。儿子大学毕业就要回来了,并且一回来就是成双成对!尤其令未济感到高兴的是他俩将来又都是回到家乡来当老师,政府已经开始重视教育工作了。想起自己这大半辈子的人生,他自我感觉最得意的还是目不识丁的父亲误打误撞给他取下的这个名字:未济。于是顺手取过了案头上他每晚必写几页的笔记本,从头认真地把自己对末卦"未济"的心得和感悟过了一遍。

济就是渡河,是过河。但很有意思的是,东西方那些最伟大的训诫和故事里最后都是要落实到这个"济"字上,如佛教的《心经》里,揭谛揭谛原意就是自渡、自济,只可惜有很多人虽然《心经》不离口,却连基本文字语意障碍亦难扫除,更遑论能够上心,所以终是无益。西方的《圣经》里,最神奇最动人最念念不忘的故事,亦是先知摩西受上帝之命,率领被奴役的希伯来人逃离古埃及,前往一块富饶自由之地迦南,人们历经苦难和艰辛,最后也是大河(红海)横前,上帝让红海在中间分出一条道来,希伯来人才得以"济"海。但所有的"济"海,在今人读经时都不过是"心海茫茫""人心难测"而已。儒家五经之首的《易经》六十四卦终于未济,真的伟大,真的了不起!佛教的彼岸佛的境界终究是众说纷纭,没有人能真正成佛;基督教里的上帝又太过,可以主宰一切,但真能主宰一切吗?唯有"未济"正是孔子始终在人世间的真正精神!未济,未济,永远都是在努力渡河,没有彼岸,也没有一劳永逸的天堂。《易经》的终篇"未济"只是渺渺、浩茫,亦如宇宙人生的神秘,最后也是无法或不能解释的。历史上的孔子与庄子对比,庄子仿佛整天在河边、山林里到处游玩,观看大鹏、小鸟、蝴蝶和游鱼,看见的人也多是奇形怪状:驼背、跛脚,四肢不全……庄子好玩儿,庄子只能是不可或缺的朋友;而孔子则终日在受苦受难的礼乐崩坏的人群中穿梭,终日栖栖惶惶,受尽冷眼,人家骂他是丧家犬,他却说是的,我就是一条没有家的狗。他全然没有庄子的悠游自在,他说鸟兽不可以同群,吾非斯人之徒而谁与?

他说知其不可而为之。他就像是一位亲爱慈祥的长者，是可以牢牢地牵着他的衣袖永远跟随的人生导师。他一生言论都在《论语》里，那是我们不断上进，努力修身齐家不求虚无缥缈的渡往彼岸的明训！

一个"济"字是与河流有关，而几乎所有的圣人都是从河流中获得启示：道家是上善若水，水往低处流，水圆融，所以很少有挫折；孔子说的逝者如斯和《易经》中君子自强不息相通；自然、人生和文化都是川流不息的长河。东坡先生有"我家江水初发源"的诗句，他离开家乡后，念念不忘老家门前东去的江声，他说他是在万念俱灰、人生空蒙渺茫一片不得"济"的万分痛苦中，因故乡的江声而自觉生命之流，使他的心灵找到了慰藉之源。他还不止一次地把爱比作流水。

最难能可贵的是子女对父母之爱，因为这是生命原始的爱流逆流而上；最深长隽永的是兄弟姐妹之爱，因为这是生命原始的爱流之分枝派衍；最细密曲折的是夫妇之爱，因为这是一个生命原始的爱流与另一个生命原始的爱流之婉转融会；最复杂而又丰富的是朋友之爱，因为这是不定数的生命原始的爱流之纵横交错……耶稣、佛、孔子，这三个人其实济与未济，心里怀着的都是一个"爱"字，爱，仁爱与慈悲……

至此，未济已经合卷起身，他其实也想把自己今天所悟到的关于"喊风来"的心得也记上去，但又觉得这不够严谨，便悄悄下楼，步出操场，来到了吊脚楼下的资水江边，并踏上了如巨人长臂般伸向江湾泱泱碧水间的跳板。其时，下游不远处他老家白驹村的向阳岭上已经曙色乍泄，晨光亦如爱的流水一般涌向山河大地……未济顿觉得全身心一热，便无厘头般地朗然吟诵出了东坡先生的一句诗来："我家江水初发源……"尔后又狂呼了一声，"啊嗬嗬！"他这是在喊风来啊！

祈福的胡呐喊

一

胡呐喊是湘江世纪城楼盘前十里风光带上的一名路面清洁工，他大名叫胡祈福，就写在左胸前红色的工号牌上，名字前还有个工作序号，环卫：007。他很得意拥有这一个序号："嘿，007，是个能上天入地的大侦探呢！"但他只是偶尔在心里自慰地说说而已，却从不敢在人前如此高调，也包括在同一路段的姣姣面前。

真是世事无常啊！原本曾有人左一声、右一声尊称过"胡老爷"的，这才过去几年呢，自己却成了个捡垃圾的路面清洁工。此一时，彼一时，人生概莫如此！这就是胡呐喊在梦里发过的感叹。不过他此时已经梦醒，正面对着湘江在想心事。

他曾经有过一儿一女，只是女儿三岁时就得"天花"死了。没想到有天家里来了个算命的，却说是他儿子八字太大，容器小，家里只有他"一根独苗"才好带养，才会有大的出息。胡祈福他老婆拖起竹扫帚就赶那算命的，"你这是什么狗屁话！手掌手背都是肉，还真以为闺女死了爹妈心里就晓得不痛啊！"伤心旧事重提，急火攻心，一口鲜血喷出丈余，堂中的杉木照壁上顿时就遍开了朵朵红花，当娘的还落下了一个心绞痛的毛病。好在儿子胡耀宗果然会读书，六岁启蒙，因成绩显著还跳过级，二十岁那年就已经大学本科毕业，被直接分配到了省委机关，给省领导做了秘书。后来他服务过的首长荣调北京，胡耀宗也就多年媳妇熬成婆，被安排到省高速公路局任了副职。还没过去两年，前任局长出事被撤职查办，他又顺利地当上了局长，是当时最年轻的正处级单位一把手，手中管着数百亿项目资金。

儿子当真有大出息了，为父的自然高兴得不得了，成天有事没事就在新屋的堂前高呼着《胡呐喊》："噢——嗬嗬嗬！噢——嗬嗬嗬——！"呐喊声或高亢或沉缓。都会在靠近洞庭湖区的村落里传得老远，他却说他是在锻炼身体，增加肺活量，实则只有他老婆知道，他是为新修的华堂喊来"阳气"。因为新屋基是方圆百里少有的一处龙脉，地下挖出过一座古墓，当父亲的一开始就反对，但儿子却听信了那个该死的算命先生鼓动，还强词夺理说什么哪有活人让死人的道理。胡祈福心里便有了个结，于是只好装快乐每天靠"呐喊"驱走心中的阴影。左邻右舍就给他送了个"胡呐喊"的绰号。当然叫他时都会尊称他胡老爷或老爷子。老爷子自己却心知肚明，村里新修的公路还等着他儿子拨钱铺水泥呢。然而，天有不测风云，人有旦夕祸福，这一句要命的俗话就像是专门针对他胡祈福说的。儿子刚被提拔为省交通厅副厅长兼高速公路局局长没几日，竟连个预兆也没有就被"双规"了。一彻查，天哪！说是受贿超千万。胡祈福连夜去找算命的理论，可先生说："我算得没错呀，你儿子的容器太小，月满则亏，水满则溢。此乃天意也。"

"冤枉啊！冤枉！"常常挂在胡祈福嘴边的"呐喊"竟然变成了喊冤声。

胡祈福本人也是在村里当过村干部的，对公家人的这一套做法清楚得很，儿子的人品其实并不坏，只是政府的规矩有问题，官场水深似大海，每年数百亿资金都非得要经他亲手签字，这个首长一个电话，那个领导一声招呼，有的来头还大得更加吓人，你不签字行吗？你不签有的是人等着签哩！也许正因为儿子是受到了良心谴责，有过对某些关键人物打招呼的拒绝，才刚一提拔就被查处了。而所谓受贿又全都是身不由己的事情，人家送上门来你还不敢不要，不要就是不给人家面子，就是对打过招呼的人存有异心！可一旦东窗事发你又不得不只能打落牙齿和血吞，把事情全都独自担着，人家根本就没有留任何把柄在你的手里！

"这不就是官场的所谓游戏规则吗？呸呸呸，去你的吧！所幸我儿耀宗读了一肚子书，还并没有把这游戏规则完全读懂，值呢！"来长沙打工后，胡祈福几乎每天都会面对北去的湘江倒一阵苦水，末了还很自豪地重复这么一句无厘头的话。

湘江世纪城是长沙市目前最大的江景楼盘，开发商来此征地时的口气牛得很，开腔便说我们不是来建房而是来造城的。也确实是造了一座新城，上至浏阳河，下至捞刀河，共有大小住房三万余套，各类店铺上千家，雄踞于开福区地段"三江合一"的湘水东岸。顶头是一栋名叫世纪金源的五星级大酒店,就建在浏阳河出口处的江咀上,隔岸是迤逦南来的衡峰之足岳麓山;而一尊手提青龙弯月大刀的关公巨像,就崛立于捞刀河口的江湾里,昂首八百里浩瀚洞庭,好不气派。

胡祈福有一个与自己年纪不相上下的搭档叫姣姣,也是这一路段的环卫工人。世纪金源往北约两百米处的江岸上有一艘仿真观景船,那是房产开发商专门为业主们打造的一个人文休闲平台。观景船完全是模仿着真船的样子做成的:长三十六米,宽十米余,上立着三根原木桅杆,偌大的船舱两侧各开着一扇上锁的木门,正好可以给在这一路段做清洁的胡祈福和姣姣放工具。开发商还别出心裁在两侧各刻了"泰坦尼克号"五个朱红大字。西侧临江处的广场边撑开着一柄人造风景伞,伞下是一条长长的石凳。人们一早一晚都喜欢聚在这地方或锻炼身体或休闲聊天,尤其是到了周末或节假日,一路一路的少年儿童总喜欢往船上攀爬,人气旺得很。人们远远地望过去,但见高昂的船头直指西南上游,是极容易激发出"长风破浪会有时,直挂云帆济沧海"的豪情来的,也偶尔还会有找情调的青年男女一前一后立在船头,模拟电影中人张开双臂做飞行状,口中还哼唱着《泰坦尼克号》的主题曲,并掏出手机"咔嚓"一声来个自拍,定格为永恒的浪漫。

不过,无论是胡祈福还是姣姣,他们是不会有这种豪情和浪漫的。

两人每天的工作就是在这一条路段上重复着捡拾垃圾。

胡祈福是入伏那一天出生的,当农民的父亲随手就给他捡了个名字叫胡启伏,他之所以上学后又改成了现在这个"祈福"的大名,当然是心怀了美好的愿望。

那都是过去的事了,好汉不提当年勇,由它去吧。胡祈福原本就有着闻鸡早起的习惯,而今天却起得更早。昨夜是他当清洁工以来睡得最香也最踏实的一个晚上。一夜好梦,令他一觉醒来神清气爽,看看窗口有了橘红的亮色,便双手抱头,双腿一蹬,一个鲤鱼打挺就起床了。他前不久去做过一次体检,和医生交流时大夫还批评他说:"你这种起床的姿势不正确,你看看你,低血糖、高血压、脑动脉硬化,这全是危险的信号。"大夫又一脸严肃说:"尤其不宜太过激动。"但他一高兴全都忘了。他照例是三下五除二草草地洗漱了几下,就蹬着三轮小斗车往江边赶去。因为兴奋,便忘记了看床头挂着的小闹钟,也搞不清自己到底是什么时候起床的。他租住的房子离工作区就三里路远近,在芙蓉北路靠近浏阳河口一个叫马厂的棚户区。刚出门正好就碰上了播放着经典老歌《浏阳河》的环卫洒水车迎面而过，他也就哼着这支老歌，一路悠哉游哉地来到了"泰坦尼克号"旁边。

此时东边的天际像刚破壳的鸡蛋，流出了蛋白也溢出了蛋黄，不肯隐退的星星如晶亮的露珠欲滴未滴，空气亦如牛奶般清新。他把小斗车傍"泰坦尼克号"停着，却并没有先去开锁从船舱里取捡拾垃圾的工具，而是与往常一样先从从容容地来到了"泰坦尼克号"西侧的风景伞下，跷着二郎腿在长条石凳上想了一会儿儿子进入官场后的那些窝囊事，吐了一阵子冤屈苦水，便又闭声静气地倾听江声，凝神注目地欣赏起江景来。"人老瞌睡少，不如起个早。"这是他的口头禅。

这里是六百里湘江流域最为开阔的一段，"文革"前读过初中的胡祈福也是半个书生。在他大半辈子的坎坷人生中，风声雨声读书声并不稀罕，而江声却很少听过。"西南云气来衡岳，日夜江声下洞庭，"他虽已记不得这是历史上哪位诗人咏湖湘景物的佳句，其大意却是知道的，上一句无非是写诗人看到的，而下一句又无非是写诗人听到的。然而诗人能看到他这样一个一夜之间从"胡老爷"沦落到捡拾垃圾的"胡呐喊"吗？能听到满肚子苦水无处倾倒还不得不装淡定的"天涯沦落人"的心音吗？那肯定是看不到也听不到的。既然如此，倒不如自个儿放开眼量惯看世态炎凉，张开耳际静听民间苦乐。北去的湘江从容不迫，十多只小小渔船"八"字形摆开，伫立于船头的撒网人目光如炬地透视着汤汤流水，那心中一定是满怀着收获的希望；而此时的胡呐喊却把目光投向了斜对面的岳麓山，他刚一抬首时心就一怔：姣姣母女不就是住在那一座山的西南侧吗？昨夜里她一定忙到很晚才睡觉，饭后拖地洗衣是她每天不断重复的要务，而昨天却又会新增了一个项目，那便是亲自宰鸡、扒鸡毛以及清洗鸡内脏。她是个完美主义者，即便是鸡毛蒜皮的事，也都得亲自过手才放心。她就是这么一个人，明明人家在前面清捡过垃圾了，她却总能从后面草丛里又扒出些纸屑或果皮烟蒂来。还时不时取笑他说："你这胡呐喊呀，嘴上尽是毛，办事也不牢！"她是一个从不晓得偷半点懒的实心人。

"噢——嗬嗬嗬——！

噢——嗬嗬嗬——！"

他居然又一次情不自禁地朝岳麓山西侧的方向扯起喉咙亮开了"胡呐喊"……

胡祈福和姣姣的老家，一个在益阳，一个在安化，但都同属于湘中区域的梅山腹地，在那样一块土地上生活和劳动的人们，凡遇上或喜庆事，或烦心事，均习惯于用一种叫《胡呐喊》的简单歌谣来抒发和表达自己的情怀。"噢——嗬嗬嗬！噢——嗬嗬嗬！"便是《胡呐喊》的起调和开场白。这没有唱词只有旋律的《胡呐喊》，是生命最本真的释放，也是人类最原始的歌唱。他这么顺口一声就喊了出来，肯定是心深处有了某种感动，但到底是因何事如此感动呢？却连胡祈福自己也说不出一个所以然来。或许，他根本就已忘记了自己生日到底是在启伏前后的哪一天，更没有想到去重温自己为何又将"启伏"更名成"祈福"的原始动机，但是他却清楚地记得，有一次姣姣就是站在这个地方指着斜对面的山麓告诉他："哎，胡呐喊，我闺女的房子就在岳麓山脚下的那个小区。只有149和912路公交车是经过这湘江世纪城的，沿途近三十个停靠点，一路上得磨个把小时哎！"她有时叫他绰号，但更多时候是叫他祈福兄。却并没有邀请他哪天也过江到她女儿家里去走走。

"依我看呐，你外孙伢上初中后干脆就搬到这边来住算了！"

"那是的！这不又要花冤枉钱租房子啊？"姣姣出口仍是方言。

"要是你也是个男人多好，我们合租不就都省了钱！"胡祈福说。

"哈，才看出来，你这胡呐喊还真是会打小盘算呢！"姣姣佯装着剜了祈福兄一眼，脸就"嚓"地红了。一副嗔怒的样子就如他昨夜里梦见她时的模样毫无二致。

天终于大亮了，有清爽的晨风拂过脸颊，江上波涌如一个个重叠的问号，胡呐喊下意识地笑了笑，便不敢再作开心的回忆，而是忙转身来到景观船旁打开了"泰坦尼克号"船舱的侧门，左手提着两个蛇皮袋，右手握着一把长长的鸭嘴铁钳开始了每天新一轮捡拾垃圾的工作。路段很长，从世纪金源大酒店向北一直到楼盘中心位置的售楼部，整整有三四里远近都是他和姣姣俩人的卫生责任区域。

道路两侧有花树掩映。而沿途的路面上却在一夜间扔遍了垃圾，胡呐喊嘟噜着说："如今的人呐，真是越来越冒得教养，明明每隔几十米就有一个垃圾箱，却硬是不晓得把不要的东西往里面顺手一送，霸蛮像摆谱显阔似的到处扔。"他其实还有一句话到了嘴边，那就是"未必还不晓得这是把自己的良心与道德也当垃圾扔了吗？"但一想还是打住了。人心坏了老天也治不好，别浪费我吼《胡呐喊》的口水了。他又猛然记起曾听人说过在新加坡那边乱丢垃圾是要受鞭刑的，"这些不懂得文明的东西还真是欠揍！"他恨恨地骂了一声，便又一边摇着脑壳，一边勾腰用铁钳夹着果皮和纸屑放进两个不同的袋子。蛇皮袋渐渐地鼓了起来，他用手下意识地掂了掂装纸屑和烟盒袋子的分量，国字脸上的表情有些复杂，这些被人家信手一扔的所谓垃圾，在他和姣姣的眼里却是能换取乘公交车和付房租补贴的。他的目光不禁又投向了身后的"泰坦尼克号"，也投向了那条长长的石凳……

思绪如江上的浪花跳跃着，胡呐喊的眼前仿佛又出现了两位渐入人生冬季的男女各坐在石凳一端，悉心地分拣和归类着各种纸屑和烟盒。这是他俩每天四次或五次歇脚时必做的功课。他们把这些看似无用的东西一小捆一小捆地扎好后，到收工时自会有收废品的小贩开了小四轮过来一手交货一手交钱贱购了去。俩人就乐哈哈地如同发了小财的土财主，将几张零星票子翻过来覆过去的在石凳上抹平，又照在眼前识别真伪。他们的多疑实在是善良和幼稚得令人心痛的，如今连假酒假烟都只挑最高档的做了，哪还会有人拿这种几毛几块的小票来造假呢？

"哎哎，祈福兄你来看看啰，这票子上是两个什么人呐？"有一回姣姣像发现了新大陆似的把一张角票往胡祈福面前一推，手指票面上两个头像很认真地问道。

"你是把我也当成画钞票的画师了吧？我哪认得他们是张三还是李四啊！"祈福兄口里这么说着，身子却有意向前倾了过去，还趁机闻了闻姣姣头发间的气息。

"拿来借我看看。"偶尔像个幽灵一样出现在"泰坦尼克号"近旁的彭胡子又出来画湘水江天的美景了，他从姣姣手中接过角票，也同样很严肃认真地端详起来。

彭胡子看了不禁哈哈大笑，只是笑过后又突然神情庄重地说："这两人一个是工人，一个是农民，合一起就叫人民，是人民币的人民。"一副不容置疑的样子。

这真是蛮欺负人呐！只有一角的和伍毛的小票上才画着'人民'，而大票子上却是毛主席的伟人头像呢！

她身旁的祈福兄也觉得不解，有些茫然地望着彭胡子。

有好多事确实是只能意会而不可以言传的。彭胡子的心里也似乎有了惆怅。

夕阳傍近了河西的岳麓山顶，晚霞在天边静静地燃烧着，美丽而又悲壮。苍山似海，残阳如血。三个人面面相觑，竟然一时无语。

钻什么牛角尖啰，钱大钱小，命歹命好，到头来不同样是一抔黄土给掩埋了贱骨啊！阎王爷才不认得你什么官啊民的。过好每一天，如同活神仙。正在途中捡拾垃圾的胡祈福忽然就觉得那一天三个伙计都幼稚得很可笑，想想早年间自己还是胡老爷的时候，每逢年节或者家里有屁大点儿事，前来给他送钱送礼的人挤破门，结果呢？我儿子不就是被这伙人送进了监狱的？从胡思乱想中终于回过神来的胡祈福不禁身子一抖打了个寒战，"都是钱害的啊！"他的声音明显含有悲怆。

依我看呐，思来想去还是不如现在好！江上有轻风，头顶有骄阳，这不正好可以出出汗，排排毒吗？晚上回去了做一个中国梦——搞不好还能多活几年，多看几眼这变化无常的世道！他勾腰夹起一个精致的"和天下"烟盒，狠狠地往垃圾袋里一扔，又抬眼望了望东边冉冉升起的旭日，心想：她姣姣也该快到了吧。

二

姣姣今天凌晨三点就起床了。昨晚她确实一忙就是大半夜，差不多凌晨一点才上床，睡前还特意调好了小闹钟。小闹钟原本是一对，是祈福兄花了168块钱买的，一个绿的，一个红的，他送了一个给她，并告诉她只要睡前上紧发条定好时间，放在枕边便能够给她起早提一个醒。姣姣当时还说："真把我当乡里宝啊！"

她是个从不乱接受别人礼物的人，但当祈福兄把这个绿色的小闹钟往她手里一塞时，却很自然地把它抱在了怀里，还把他手中的另一个也拿过来作了一番比较后说，男红女绿，百看不够。毕竟是当过胡老爷的，买什么东西都蛮讲究哩！

"你又挖苦我！"祈福兄佯装生气地说，"哪有什么胡老爷？就是个胡呐喊而已。"

"好好好，胡呐喊就胡呐喊，你一天多喊几声，对身体有好处。"她顺着他说。

"就是嘛，只要身体好，比什么都好。"

"这祈福兄也真是有蛮逗，就像个老顽童！"姣姣在心里说。

那天她刚到家里，连晚饭也没来得及煮就给小闹钟紧发条，捧在怀里像个宝似的。正好被送亮亮回家的女儿撞上了，便笑话母亲说："现在连擦鞋的都用手机了，即能通话又可看时间，照样能当闹钟作提示。就你个老顽固还把闹钟当宝贝。"

姣姣却正色道："手机那洋把戏你妈我不晓得用。还是这闹钟靠得住。"

女儿当然不知道这小闹钟的来历。

"你这是霸蛮在找理由给自己台阶下，舍不得花钱那才真是的。"女儿华子有意呛母亲说："不过也是，你还有个宝贝崽等着啃老！"玩笑里有着几分认真的嗔怪。

"你尽讲些鬼话！"姣姣知道女儿心里有怨气，老是说她当娘的重男轻女。

要是换了平日，姣姣每晚十一点左右就会去睡觉的，第二天凌晨五点半准时起床，简单地洗漱过，炒一碗剩饭吃了后六点整正好可以赶到小区对面的公交车站牌下，搭乘早发的 149 或 912 路大巴车过河去湘江世纪城，开始她每天不断重复的工作。姣姣边忙边想着心事，脸上竟然荡开了幸福的笑容。今天是入伏的日子。一地一风俗，梅山人把入伏称为启伏，就是为了有意对应上一个"祈福"的吉祥谐音。一想到"祈福"这两个字，姣姣心里就特别温暖。美好的愿望人人都有，只是生活在社会底层的人表现得更加强烈些。胡祈福这个名字不正是包含了一腔质朴而美好的愿望吗？她这么想着，脸上便又一次绽开了菊花瓣般的笑容。

昨天下班的时候，姣姣还专门拐到菜市场，一咬牙买了两只大雄鸡。一只青椒爆炒，一只老姜慢炖。她心里早就盘算好了。但正当她准备从怀里掏钱的时候，身后却伸出一只手来把钱给付了。头也不用回，姣姣就知道争着付钱的是何许人。

"你这是搞什么名堂啰？"她的话只说了一截，身后的人就接上腔了，说："我这是入口福股哩！入伏呷雄鸡，小的长身体，老的补精气。你未必还冒打我的米啊？"

"你说呢，冒打你胡呐喊的米我能一买就是两只？"

"我就说嘛！"祈福兄一副蛮得意的样子。

正在打煤气准备炖鸡的姣娇突然间想起昨天在菜市场的这一幕时，也就忍不住"扑哧"一声笑了，她紧接着又自言自语地说了一句："这个祈福老倌也真是个神仙，我去菜市场买鸡他也晓得！"她忽然又像想起什么似的说，"他是007呀！"

"妈，大清早的你这是在跟哪个说话啊？"长沙原本就有着火炉的称谓，这入伏的天气就更热,女儿架一块竹晾板睡在客厅通往厨房的过道上,没有空调的房子只要瞄准哪里通风就睡哪里,这是只能解决温饱问题的打工者家庭通常的做法。

"你娘是在跟活神仙说话哩。"姣姣知道自己说漏嘴了,赶忙用话掩饰。

"那就好,我们做儿女的也可以跟着妈沾活神仙的光了!"

"娘都一把老骨头了,看你们还能沾光得几天?"

"妈,你一点都不显老,我觉得你还越来越年轻漂亮了。"

"你以为我也是个神仙能返老还童吧?"

"那难说哎,人逢喜事精神爽!妈你想不年轻漂亮怕都不行。"

听话听音,姣姣不免一惊。心想莫非女儿也看出点什么了?但又一想她能看出什么呀?自己都奔60的人了,还自作多情!就摇了摇头轻轻地叹了声气。丈夫去那个最终都得去的世界一晃就快十年,她一个寡妇靠肩挑手提拉扯着一女一儿,如今女儿嫁了人家,但还有个儿子在浙江农学院读大三。去年寒假时儿子忠忠还专门来到了她工作的路段帮过忙,并告诉娘说他已经在学校谈上了女朋友。

"忠忠这鬼崽子,别看他表面上经常对我嬉皮笑脸的,其实心思却重着呢!今年连放了暑假也不想起带女朋友回家来看看,而是俩人相邀着去了宁波,说是搞什么勤工俭学去了。"姣姣在心里这么嗔怪着儿子时,脸上又溢出了幸福的笑意。

女儿华子就嫁在邻村,小伙子是她初中时的同学,在省城长沙打工已经有多年,是个做泥瓦匠的。女儿21岁那年未婚先孕,对方只草草地办过几桌酒席就带着新媳妇进了省城,还给她租了个20来平方米的门面开了家小杂货店,俩人攒的都是辛苦钱。前几年春上好不容易按揭买了一套68平方米的房子,三口之家也总算有了个两室一厅一厨一卫的小居所,为了不影响自己在杂货店里上夜班,女儿硬是把在乡下安化老家养猪喂鸡的母亲请过来帮忙,专门伺候上小学了的小外孙阿亮。姣姣天生就是个"工钻子",外孙白天去了学校,她就怎么也闲不住,再说条件也根本就不允许她闲着,还有个在浙大读书的儿子忠忠等着用钱呢。她于是便托人好不容易找到了在湘江世纪城做路面清洁的这份工作。辛苦是显而易见的,一早一晚还要在大巴车里待上个把小时,风里雨里耽搁不得。但毕竟也能挣得千多块钱一个月。姣姣边煲鸡边想心事,她还并不知道这时女儿华子也起床了。

　　男人最近去了公司在衡阳的一个建筑工地，姣姣看了看壁上的挂钟已经指向六点，便赶紧催娘说："妈，鸡汤炖好了吧？你自己赶紧趁热先喝一碗，回头我再来收拾。"又忙着喊醒跟外婆睡在里间卧室的小阿亮，"亮子，亮子，快起床啊，不然我们把鸡肉都呷完哒，你就只有汤喝哩！"小阿亮怕是在梦中早已经闻到鸡汤的香味了，应声就跳下床来，洗漱间也懒得进就直扑厨房，一声"外婆"叫得浸甜。

　　"我要吃鸡腿！我要吃鸡腿！"稚嫩的声音像阳雀"喳喳"叫。

　　"有得我亮孙宝吃哩！外婆早就把两个鸡腿夹在你碗里了。"

　　"妈，你莫太惯着他了，免得长大了冒卵用！"女儿华子在家里是从不改乡音的。

　　"还有哩。"母亲回答着，便顺手从碗柜中取下了打午餐的饭盒。

　　"只有妈，男孩子要贱养的，你尽惯着他。一只鸡莫非还有着三条腿啊！"华子说着闪进了厨房，一手揪着阿亮的耳朵就往洗漱间里拉，并依旧在严厉声地训斥儿子："都念三年级了，一点儿事也不懂！你外婆白天在江边马路上日晒雨淋，下班了还得赶过来伺候你这小祖宗。只晓得顾自己吃吃吃，半点儿孝敬心也没有！"

　　"你这是做什么嘛。我讲了还有的！"外婆总是护着外孙。

　　"还有也只准他呷一个！"华子的态度很坚决。

　　其实姣姣早就安排好了：青椒爆炒的那只鸡的两只腿也放在锅里炖着。四个鸡腿分成两份，亮亮一份，祈福兄一份。买鸡的钱是他付的，亏谁也不能亏了小孩和祈福兄。她还特意在昨晚杀鸡时就把两个鸡内疮也清洗得干干净净了，是用一个小砂锅另外煲着的。据说那东西吃了对胃特有好处。祈福兄偶感风寒就总喊胃不舒服，也毕竟是挨近 60 岁的人了，一下子从富贵人家的老太爷落魄成了个环卫工人，而且家底子也被查抄得如洪水冲洗了一般，又再没有什么至亲的人理起他。"也是个苦命人啰！"姣姣这么感叹着，便情不自禁地从碗柜中又取出了一只小土钵，她要多打出一份带过江去，让祈福兄中午晚上都有得呷。她正要给祈福兄撮鸡肉时，伸出的手又悬在了锅沿边，心想自己还是该跟女儿讲一声，这鸡是工友胡祈福付钱买的，得给人家分一小半过去。但自己又怎么好开这个口呢？

"妈，江那边不是还有个跟你同一路段的祈福爹吗？也记得给他老人家带一碗过去呀！"刀子嘴豆腐心的华子还真是个善解人意的好闺女，和她母亲一样善良。

"同路也是缘分，应该要相互照顾的。"女儿又接着强调性地补充了一句。

"好哩，娘晓得的。"姣姣的心里比喝了鸡汤还要甜，她记得自己好像也只在家里偶尔提起过一两次，说与自己同一路的是个益阳人，大名叫胡祈福。女儿却记得人家了，就忙接过话茬说："那我替祈福爹谢谢你啊！"声音脆脆的，饱含了欢喜。

"妈，你是把自己的女儿当成了外人吧？"华子又扔过来一句半开玩笑的嗔怪。

"看你这鬼婆娘都想哪里去了！"姣姣一时语拙，想不出其他话来为自己辩护。

"是你自己想到那里去了吧？同是一条道上做清洁工，本来就该相互关照嘛！"

华子正在旁敲侧击打趣母亲时，阿亮却把洗脸巾往盆子里一扔，突然很懂事地问妈妈说："妈妈，你和外婆怎么这样高兴呀？是不是我外婆找到了新外公？"

窗外梧桐上的喜鹊"喳喳喳"地叫得甚欢，姣姣却装着什么也没有听到。

喜鹊叫，喜事到，华子顺口便说："你去问树上的喜鹊啰！"

三

旭日冉冉升起，长沙火车站的那一柱"红辣椒"地理标志也就更加透红了，一列北上的动车鸣地拉响了汽笛。已突破七百万人口总量的省会城市复又沸腾起来。

姣姣就坐在149大巴靠前的位置，正脸色红润地注目着江东岸的远方，心想祈福兄肯定又忙乎好一阵了。人老骨头枯，正好做功夫。也多亏有他这么个搭档。

入伏的太阳仍如流火，刚出来就热气炙人。阳光透过明亮的车窗，如聚光灯似的打在姣姣的脸庞上，她虽说已经是五十有五的年纪了，看上去却还像一个容光焕发的中年妇女。"妈，你一点都不显老，我觉得你还越来越年轻漂亮了。"她突然又想起女儿一清早说过的话，心头就涌上了几许感动。当然了，这感动或许还来自另外一个人对她的称呼。那个人就是和她同一路段的工友胡祈福老兄。

头一次听到他喊自己"姣姣"时，她简直不敢信他是在喊她。

"姣姣，我和你是分配在同一路段哩！"那一天，环卫主管还刚刚把新来的员工分过工，一个有些富态的老倌子就走过来主动向她打招呼并自我介绍说："我叫胡祈福，20世纪五十年初入伏的那天出生，属虎的。你以后就叫我祈福兄吧！"她还没有回过神来对方是跟谁说话，那人又说："叫我胡呐喊也行。相识是缘分，更何况我们每天都会低头不见抬头见的。"一脸忠厚相，还真像个当大哥的可靠派头。

"碰哒个鬼！你这是在跟我说话呀？"姣姣的脸上像着了火一般，顿觉得一阵热浪扑面而来，肯定连耳根都烧红了。她突然觉得自己这名字听起来那么别扭，同时又觉得那么亲切。"姣姣"这称呼还是几十年前的少女时代被同学们叫过的。

"姣姣，姣姣，我们踢毽子去！"

"今晚唐家观镇上放映电影白毛女，姣姣我们一起去看吗？"

"姣姣，镇小毕业了你还去公社读中学吗？"

那时候，男同学或女同学，以及老师们都一律叫她姣姣，但是姣姣却没有继续升学的条件，父亲和哥哥都被抽调到怀化那边修"三线铁路"去了，生产队按人劳各半分配口粮，刚满12岁的她过早地就成了家里的主要劳动力。她叫刘梦姣，是白驹村里的"一枝村花"。梦姣是农村实行土地大包干那年结婚的，就嫁在与白驹村一江之隔的雀坪村。丈夫是驾船吃水上饭的汉子，不曾想46岁那年跑水上长途时，在资水崩洪滩翻了船，不明不白呛水身亡，留下她一个中年寡妇和闺女华子及儿子忠忠艰难度日。幸亏儿女们争气，她也算快熬过最艰难的岁月了。

"对不起！对不起！冒犯您了。"见刘梦姣怔着久久地没有应声，胡祈福也就有了几分尴尬，于是连忙向对方解释说："我也是刚从你的工作牌对上号的。见你年纪要比我小去一大截，才这么称呼你，你不会介意吧？"言语中明显有些不自在。

"嘿，你属虎的，属虎了不起啊？"祈福老倌诚恳的话语把刘梦姣从回忆中惊醒过来，她心想不就是个称呼吗？张三李四王五叫谁不是叫！但举目一看，这老倌子却也并不显老，方脸阔额，浓眉大眼，一米七几的扎实个头，站在面前像一座稳稳当当的铁塔，"不是有意在装大叔吧你？我属狗哩，还讲我比你小一截，怕你的眼睛有白内障噢！"刘梦姣在老家当闺女时就是村里出了名的小辣椒,她噼里啪啦放连珠炮似的,把一大群同是来应聘的老大爷老大娘也全都逗得哄堂大笑了。

"还姣姣,姣姣,是青椒红椒朝天椒吧!"

"要不就是金屋里的那个娇!"

"虎落平川被犬欺,小心被属狗的给咬了后腿啊!"

大家你一言,我一语,还真拿他俩开起心来了。

姣姣目光一扫,见都是些一把年纪的乡下人,大家出门打工都不容易,一天到晚除了嘴巴子可以快活,怕也难得找到别的快活事。如今也只有这些上了年岁的人才愿意出来做清洁工。年轻的还有哪个愿意与垃圾打交道?万一找不到好的门路,哪怕就是开一辆摩的、擦几双皮鞋,也比天天闻臭气吃灰尘要强得多。

姣姣也就懒得介意这群同是离乡背井的扫地人胡乱讪笑了。

"真是狗咬吕洞宾,不识好心人。"胡祈福心里也在笑。

姣姣却一直搞不懂这位衣着装扮及派头都很像个乡干部模样,还自称祈福兄、胡呐喊的人到底是图个什么。该不是那种与儿女及儿媳搞不好关系的刁钻老头出来图自在吧?但共事的时间长了后,她倒觉得这老兄人品蛮不错的,不但任劳任怨,而且心态平和并事事处处总晓得将心比心替他人着想。也就对他没有了介意。加上再后来听人零零碎碎说起了他的身世,才知他祈福兄也是个苦命人。

他原本有一个幸福的家庭,儿子是省高速公路管理局局长,儿媳是高校人事处处长,只是儿子刚提拔为省交通厅副厅长后就因经济问题被查处,且儿媳妇也与他儿子办了离婚,带着他唯一的一个孙女儿另攀了高枝。更造孽的是,他那享惯了清福的老婆得知儿子被"双规"的那天,硬是一口气没缓过来便一命呜呼撒手西去了,留下他一个破产孤老头独自守着才修建没几年的偌大一座胡府……姣姣心里就有了几分同情,一来二去的,她也就不知不觉地很少叫他胡呐喊,而是称呼他祈福老兄或祈福兄了,而且还事事处处总想着多给他一些关心与体贴。

"祈福兄,你就冒想过续弦再成个家?"有一天姣姣突然问他。

胡祈福并没有抬头说:"都六十好几岁的人哒,黄土埋了一大截,想有何用。"

"有崽女做官,不如老来找一个讨米的伴。"姣姣的话说得极是诚恳。

"道理人人懂，天大地大，除了男人就是女人，但这根弦哪里有得找啊？你以为像捡拾垃圾那么容易！一个破产孤老头，趁身体还好还硬朗，多做点善事也算是为牢里的崽下辈子积点德。再说自己也过得踏实些，免得一上床就尽做噩梦！"

在姣姣面前，祈福老倌一点也不忌讳自己的身世。

"做什么噩梦嘛，如今都是在讲做中国梦哩！"姣姣却不以为然。

"看能不能指望你帮我也圆个中国梦咯。"胡祈福坦然地笑着，真想又脱口吼起《胡呐喊》来，脸上竟有了轻松的容光。

"哼，还是个平时会喊几声《胡呐喊》的大男人，我看你呀，连人家盲人都不如，那天我在电视里还看到一个盲人在唱什么星星点灯……至少我们还有梦。"老辣椒了的姣姣嘴巴子真是来得快，而且还拿电视里的歌唱家与他老倌子做比较。

在这条汤汤北去的湘水东岸——长沙市开福区的一隅，两个都上了年纪的当路面清洁工的苦命人，而且一个是孤男，另一个是寡妇，一边听着直下洞庭的江声，一边清理着垃圾堆里的纸屑和烟盒，居然也能时不时地谈论着他们的美梦。难怪会有人如此说："蜉蝣的悲欢和狮子的悲欢并无本质上的区别！"

乘务员在喊："湘江世纪城站到了，去湘江世纪城站的乘客准备下车！"姣姣当真像做了个梦。从梦中醒来，忙起身下了大巴，摸了摸提着的饭盒和小土钵，鸡汤还热得烫手。"祈福兄今天算有口福了。"她又自言自语地说着，便三步并两步往湘水江畔的"泰坦尼克号"旁赶去。

四

绿柳婆娑的十里长堤上，微风轻拂着热浪，暑气悄然地弥漫着。

一阵头晕，猛地一个趔趄，胡祈福顿觉得眼前一片漆黑，便赶紧用手中专供清洁工捡拾垃圾的鸭嘴铁钳撑住了路面。"碰哒个鬼，这该死的低血糖！"他说。同时也记起了昨晚一高兴连盒饭都没有叫的，难怪在梦里老是闻到鸡汤的鲜味哩。

"姣姣也该快到了吧！"刚一想到鸡汤，他的精神就又上来了。

"祈福兄，让我又占你便宜哒！"姣姣拖着长长的声音，果然就随着一缕清新的晨风从"泰坦尼克号"那边飘了过来，同时还飘来了丝丝缕缕老姜炖鸡的香味。

"哈哈,你人未到,鸡汤香气早到了,我倒是巴不得天天想让你占便宜哩!"胡祈福听到姣姣的声音,兴奋得要死。他边咽口水边诚心诚意地应着,提起两个圆鼓鼓的垃圾袋就往姣姣这边赶。一路走一路肚子里还"咕噜咕噜"地叫个不停。

"就晓得你会这样宝里宝气的,你这胡呐喊,只怕是惦记着想要呷鸡肉、喝鸡汤,昨晚上一宿都冒睡着吧?"姣姣走近,见祈福老兄的脸色有些不对,心痛地说。

"才睡得踏实哩,还做了一个梦!"他却有意把忘记吃晚饭的事瞒得铁紧。

"是梦见了娶婆娘,还是梦见了呷雄鸡啊?"

"我看你姣姣硬是个活神仙,两样都真的被你给猜中哒!"

"好好好,你就莫再练嘴皮子了,赶快趁热喝碗汤呷饭哩!"说话间,姣姣就把饭盒一层层打开,取出内胆里的一个小碗来,亲手帮祈福老兄从土钵里滤了酽酽的一碗鸡汤,又用另一只盖碗盛了饭,而后又关切地说:"还是悠着点,莫哽到了!"

此时的胡祈福就像个听话的小孩,偏着脑壳看姣姣张罗,喉咙里却像伸出了爪子似的。谁也没注意到十米开外的那一棵剁去了枝丫的樟树下架着画框的彭胡子正在争分抢秒地为他俩画肖像。这江堤上的大树多半都是如此,有的剁去了树尖,有的剁去了枝丫——有什么办法呢?树们都是从乡下的山野间迁徙进城的。

"幸福啊,真是幸福的一对!"搞艺术的人就是这样,一得意就忘乎所以了。

还刚刚一口喝下了半碗温热鲜鸡汤的祈福老兄,突然冷不丁地就听见有另一个男人在说话,便惊吓得险些儿全都喷了出来,顺口就朗声说了句:"还真是见活鬼哒,这么大清早的,会是哪个啊!"一抬眼原来是彭胡子,便马上转怒为喜地问道:"是在帮我们画像吧?"乡音土语里夹着普通话,这就是打工者们的常态用语。

"噻,踏破铁鞋无觅处,得来全不费功夫。"彭胡子把画笔一扔,紧握拳头将两个拇指翘得老高向这边做了个出彩的手势说:"平凡人生的不平凡之举,太美了!"

胡祈福和姣姣两个并不懂多少艺术的人却几乎是同时抬腿向画家奔去,

但见画框里的"泰坦尼克号"翘首西南，浪花在船舷边飞溅，桅杆上的帆篷正兜着满风，红红的旭日喷薄而出，一个身板硬朗的壮实男人正埋着半张脸在土钵中如饥似渴地吮着鸡汤，而一个中年妇女却正向男人递上另一只盛着米饭、盖着两条鸡腿的蓝花瓷碗，笑眯着慈母一般的双眼正深情地注视着面前的这个笃实男人……

"彭胡子，我说你这是画的什么符啊？"一男一女几乎是异口同声地问道。

"哈哈，源于生活，又高于生活。"彭胡子亦兴奋得像个天真的孩子，他忘形地继续说道："此景只能天上有，人间真情梦里寻！"得意起来便手舞足蹈忘了自我。

"几十岁的人哒，还像个疯子！"姣姣虽然口里这么嘟噜，心中却灌满了蜜似的连骨头缝里都甜滋滋的了："他彭胡子把我画得好年轻，好漂亮哦！鹅蛋脸饱饱满满的，几缕发丝被晨风微微撩起，笑眯眯的样子像个活观音！要不是眉心上那一颗小黑痣和身上的橘红色环卫服，还真不敢相信那画框里的人就是我刘梦姣哩。"

还是填饱肚子再看吧，以为一张画真当得饭啦！姣姣心里仍然惦记着饿慌了的祈福老兄，也就暗地里扯了一下他的衣角，那意思是说，别把彭胡子给惹馋了。

"等哪天时机成熟了，我就把这幅画当一份大礼无偿送给你们！这可是我跟踪和关注了你们大半年，直到今天才真正碰撞出灵感火花定稿的！"彭胡子得意地说。

这对奔七奔六的老人居然有些害起羞来，也没有道声谢便复又退到了"泰坦尼克号"旁边的长条形石凳上。一只流浪狗跑了过来，蹲在他俩中间，贪婪地仰头望着吃得津津有味的胡祈福，老人的心一沉，便把只吃了一半的另一个鸡腿放在它的面前。这是一只通人性的流浪狗，它一边啃着甜美鸡腿，一边摇动着毛茸茸的尾巴，还时不时看看一左一右的两位拾垃圾的老人。目光里似乎盈满了感激。

"这彭胡子说的等时机成熟是什么时候呢？"姣姣的心里在嘀咕。

朝阳从湘江世纪城楼群的间隙中露出红红的脸庞，火一样热烈的光芒斜斜地映在他们身上。胡祈福这时已经吃过早餐了，仰头"咕咚咕咚"地喝了一口自带的茶水，揉了揉肚子这才又埋头在清理和归类着倒了一地的大小纸屑和各种烟盒。姣姣的双手更麻利一些，她来自资水江畔的安化茶乡，有一双拣毛茶练出的巧手。

江面上如丝如缕的薄雾早已经散尽，打鱼船也陆续泊岸，十里江堤的柏油路面上却蒸腾起火苗般的热浪了。每每这时，依江临水的居然之家及万和超市的店门也一扇扇开，一辆又一辆小车驰入停车场，沿商铺的路段上戴墨镜撑太阳伞的人群看着看着就稠密起来，其中当然不乏着名牌服饰、揣金卡银卡的官员夫人或老板太太，只是这些看似衣冠华丽的人们却尤其不懂得尊重人，更不懂得尊重做清洁工的社会底层人。什么槟榔渣、口香糖、纸巾等，满世界乱吐乱扔。令姣姣感到特受委屈的是，她偶尔勾腰用戴着塑套的手去捡拾那些沾着口水，死粘在路面上的口香糖末及槟榔渣时，居然有人捂着鼻子怪声怪气地说："啧啧，这手还敢拿筷子吃饭啦！"她有时真想直起腰杆来大吼一声："你啧啧个屁！不是有我们这些贱卖苦力的人，怕屎都冒得你们呷哩！"但最终她还是忍了，并且连头也没有抬。

忽想起这些揪心事的姣姣，便不觉轻轻地叹息了一声。

胡祈福对姣姣的性格是越来越了解了，居然就冒出了一句既无奈又实惠的话来说："跟那些个冒得道德，冒得良心的人计较做什么。就不晓得想一点开心的事啊？若是世界上哪天真没有人制造垃圾了，我们这些搞清洁的不也就失业了！"

"你未必还真是我肚子里的蛔虫啊？"正清着纸屑一边想心事的姣姣倏地就抬起头来，一双幽幽的眼睛盯着面前的祈福兄说："连我冒出口的话你也先晓得哒！"

"差不多吧，你晓得什么叫着心有灵犀吗？"

"那你说说看，我刚才都想了些什么事？"

"这还不晓得呀，你都把委屈写在脸上哒，肯定又是在生那些不把我们清洁工当人看的达官贵人的气嘛！"胡祈福也把两眼定定地望着姣姣，回答得十分中肯。

姣姣心里一惊，于是就半开玩半认真地说："那我真不敢跟你共事哒，五脏六腑都被你看穿了！"目光却变得加倍的柔软，她又紧接着问道："什么事才开心？"

祈福兄却一下子被姣姣给问住了。他本想一五一十地告诉她自己昨夜里就做了个很开心的中国梦，梦见了他和她也住进了这湘江世城一个 68 平方米的最小户型里，他在巴掌宽的阳台上晾衣服，她在窄窄的厨房里煲鸡汤……但是话都到了嘴边边上，却硬是不敢启齿，便只说了句："哪天时机成熟了，肯定会告诉你的。"

心直口快的姣姣说："看你吞吞吐吐的，这不是在学人家彭胡子吗？"

彭胡子又凑过来说："千万别学我。"他停了停，像是要把心里的苦水全都倒出来似的接着说："我还真羡慕你们，也真心想同你们交朋友。从你们的身上，使我又重新发现了人世间的大美和大爱！我虽然是一个曾经获得过国家级美术大奖的画家，却因为一时的冲动和爱慕虚荣，以至于偏离了人生方向，走入了生活的歧途。这不，连当初硬是逼着我与前妻离婚的一个女学生也跟着那一位所谓的名画家跑了。唉，也只怪我自己贪恋美色有眼无珠啊！"彭胡子越说越激动时，突然就冷静下来："两位不会笑话我自己揭自己的丑吧？"一脸的冤屈像是无处投诉似的。

"冒哩，冒哩，我们哪有资格会笑话你呢！"姣姣毕竟是个软心肠，一时却找不出安慰眼前这位艺术家的话来，就想，原来人人都有一肚子说不出口的苦衷！

"命里有来终归有，命里无来莫强求。"胡祈福又搬出他那套宿命理论来安慰人。

"哪里是什么命中注定呢？现实并不是这样的。"刚吐过苦水的彭胡子像完全变了个人，又充满了激情地想要滔滔不绝一番人生道理时，却被姣姣茬开了话题。

"对不起啊，胡子老弟，你的话确实横说竖说都有理，但太阳都上了中天，我们要是还不去捡拾垃圾，那就是我们太冒得道理了。等一下要是碰上领班过来检查，发现我们在偷懒闲扯淡那多丢人呐！领了这一份工资，就得做好这一份工作的。"姣姣居然也一套一套地讲起普通话来，且边说就边向祈福兄使眼色走人了。

彭胡子显得有些尴尬，但当他目送这两位身着橘红色清洁服的朴素老兄和老姐从容而坚实地走在如火的烈日下时，心中不免又涌起了一种从未有过的感动。

五

彭胡子叫彭沐林，是一名个体画家。他早先是有编的，也属于体制内的公家人，20世纪80年代是县剧团的美工，画舞台背景，画人物肖像等样样都行。

后来团里有一个反映军工企业技术革新典型人物的花鼓戏，得了文化部的大奖，县里给剧团记了集体二等功，所以他也就到处吹嘘自己是获得过国家级大奖的画家。他是主动要求辞职下海的，当初县里鼓励下海的文件有两种方式：一是留职停薪每月交付三百元保编费；二是完全脱钩由政府一次性奖励三千元创业基金。他想也不想就选择了第二种。那之前他已经成家并有了一岁多个女儿，妻子在县百货公司当营业员，虽然文化水平不高，人倒是蛮贤惠的，但当时刚好有一个从省轻工业美术专科学校毕业的女孩追他，先是以拜他为师的名义天天跟他粘在一起，后来又策动他辞职南下去广东，再后来就干脆鸠占鹊巢了。他和她确实也相爱过，俩人初到广州时，仅租了一间地下仓库即为画室又当住房，天天吃盒饭和快餐，四处奔波拉业务，但后来攒到钱了，条件好了，见的世面也广了，她却跟着一位来广州画院考察学习的湘藉知名画家走了……若按照胡祈福的说法，这是报应，怨不得他人的。不过这种人和事在世风日下的如今比比皆是，早已见怪不怪。彭胡子自己又何尝不是这种世风的始作俑者之一？他是直到去年才孤身一人又回到湖南的。经历了那么多事情，他总算慢慢地有所自觉，自从去年入冬搬进湘江世纪城豪庭苑小区后，更准确地说是当他一次又一次看到无论风霜雨雪，无论骄阳酷暑，每天都在这十里长堤路段上往往返返，佝偻着脊背认认真真捡拾垃圾的这一对渐入老境的环卫工人后，他似乎对自己的人生又有了新的规划，他发誓要摈弃以前那种作商业画的模式而要真正回归到纯艺术创作的正道上来。

彭胡子工作室兼住宅在湘江豪庭九栋801室，这是一栋43层并拥有错层观江阳台的高楼，与"泰坦尼克号"相距不足百米。站在临江的半月形阳台上，低头处就是那一艘仿真景观大木船，就连船上与船旁的人高声说笑都能听得十分清楚。但令他最难以忘怀的还是去年深冬和今年早春常常看到的——在"泰坦尼克号"近旁那条石凳上的感人画面。那就是祈福兄与姣姣在一起相互取暖时的情景。

使他眼睛一亮的是在去年底第一场初雪的早上，大概九点钟左右吧，彭胡子睡了个懒觉，刚一起床就来到了阳台上。漫天的鹅毛飞雪在呼啸的北风中旋转而下，与往常一样，他把目光像撒网似的向楼下盖过去时，竟一眼就发现有两堆橘红色的火焰在风雪中聚到了一起，这冰天雪地的，是哪来的火焰呢？彭胡子心里不由一怔，当他再定睛看时，原来是那一对每天都活跃在这一路段的环卫清洁工。

雪花如亿万只玉蝴蝶狂飞着从天而降,覆盖了整个江岸,严寒封锁了整座城市。大地却并非是白茫茫一片真干净,一些在家里闲得发慌的人,清早就出门来观江天晨雪的壮美景色了,无疑也乱扔了一地的甘蔗渣和烟蒂等,特别的难看和扎眼。他俩是已经捡拾了一轮垃圾后,才过来暖暖冻僵了的手脚。多么感人的一幕,多么美好的一幅图画啊!彭胡子不由得发出了哲人般的感慨来,他在心里自问自答地说:"道德的火种不就是在这些社会最底层的人群中默默地传递着吗?"

湘水汤汤,不舍昼夜。

素洁的雪花仍然在无声地飘飞着,一连飘了四天,加上昨夜里又刮了一晚的西北风,他想这楼下的树上一定是挂了冰凌的,路面上也结了冰冻吧。在沿海城市呆了那么多年,像想念亲人一样想念雪花!他这些天总是有事没事就往江边上跑,也就是在"泰坦尼克号"旁边,彭胡子终于结识了两位当路面清洁工的朋友。

"噻,日子还过得有蛮韵味哩!"彭胡子踩着"咔叽咔叽"的积雪来到了景观船旁,见一男一女两个比自己年龄稍长的清洁工,头杵着头就着一个手提小火炉在一起取暖,羡慕之情便油然而生。他们也是才过来歇脚的,刚从装垃圾的小斗车中取出火炉想暖暖冻得通红了的手和麻木的脸孔,不想却来了个不速之客。两人闻声抬头,见是一长着满脸络腮胡子的陌生人,也就只礼节性地笑了笑,没怎么搭理。

"认识一下吧,我是个画国画的画家,就住在这湘江豪庭九栋 801 室的彭胡子画室,"并且还侧身指给他俩看,"呶,就在那个半月形的阳台里面,"他说着又回过头来,"你们就叫我彭胡子吧!"而且也凑过手去边烤火边问道:"你们俩怎么称呼?"

忽见到这么个长了满脸络腮胡子,住豪庭并自称是画国画的画家人还蛮和气的,姣姣就忍不住"咯咯咯"地先笑了笑来,且笑得一脸通红,于是便又蹦出了一句"你是个画胡子的吧?""画胡子"是长沙方言,即含有不三不四的意思。

彭胡子却毫不介意地说:"真是个典型的湘女,几十岁了还辣得如此呛人!"

"姜是老的辣呢,何况我就个是老辣椒!"姣姣的言辞的确有些犀利。

"她叫刘梦姣,是我工友,我们大家都喊她姣姣。"胡祈福不失礼节地忙接过话尾打圆场。稍停顿了几秒钟,他又补充说:"其实是一个刀子嘴豆腐心的忠厚人。"

"他叫胡祈福。我喊他祈福兄,有时也叫他胡呐喊。"姣姣已觉得自己心直口快得有失体统,便赶紧将功补过般介绍说:"你们楼下到居然之家是我们的责任区。"

叫胡呐喊多好!也就是在这冰天雪地的湘水江畔,三个人算是真正认识了。

天上仍飞着片片雪花,轻轻盈盈,素洁而又美丽。

结识了新朋友的彭胡子,心里头如沐春风,他已经在家里待不安稳了。

又是一天早上,当彭胡子再次来到楼下浏阳河出口处的江边时,不禁又习惯性地把目光投向了"泰坦尼克号"和那条长长的石凳。场景依旧,人物依旧。这样的时间段,祈福兄和姣姣已然工作一轮了,两个人又坐在临江那一条虽然铲净了积雪,却仍是冰凉的石凳上,头杵着头相互取暖。风雪已住,太阳却不肯匆忙露脸,整个天空灰蒙蒙的,像锅盖一样捂着这个缺少生气的寒冷世界。但他们照例只小憩了一会儿,又是姣姣先起身,她把小火炉放进了车斗里,又勾腰捡了一块片石盖住了火炉口。紧接着祈福兄也起身了,他紧了紧橘红色工作服,并示意姣姣也紧了紧工作服,于是,这冰天雪地里便又有了两团热烈的火焰在移动着。

彭胡子突然就记起了雪莱的诗句:冬天到了,春天还会远吗?

时间过得真快,春来春又去,夏天也过去了。此时的彭胡子正独立于初秋的阳台上,双目时而俯瞰着汤汤北去的湘江,时而注视着翘首西南的"泰坦尼克号",最后又落到了那一条长长的石凳上。他的思绪奔涌着,心中充满着万千感慨。是呵,倔指算来,他与姣姣和胡祈福相识已经有大半年时间了。但他还一直没有问过他们俩的身世,不过在他的心中,姣姣是他彭胡子的好姐妹,胡祈福是他彭胡子的好兄弟,而她和他,则更像一对患难与共、相濡以沫的老情人,好夫妻。

就是从去年冬天的第一场雪开始,彭胡子的心里其实就一直在构思着一组反映社会底层人物的组画,他试图用色彩和线条去揭示他们内心深处的无奈与喜乐,展示他们工作和生活中最柔韧、最坚忍、最平实、最美丽的部分……组画中的第一幅作品已经很完整地印在他的脑海中了,可取名为《冰天雪地里的火种》,那既是他们个体生命在相互取暖的火种,也同时是把温暖传递给了社会群体的火种；而第二幅作品则就是不久前姣姣和祈福兄也看到过的那一幅《启伏的鸡汤》。

当然还会有第三幅、第四幅……

秋天是农人们收获的季节。但在彭胡子看来，他的收获季节却是在结识了胡祈福和姣姣后到来的。在这短短的跨年度的四季中，他不但收获到了人世间最温暖、最朴实的友情，还收获到了作为艺术家梦寐以求的最美好、最本色的灵感。

六

也就是这个秋天的一个傍晚，华子收到了一条她弟弟忠忠发来的短信息。弟弟在信息里说："老姐，我即日将携女友白莲来长沙看你和姐夫并外甥亮亮。请告诉娘，她的准儿媳要求去我们乡下老家住两天。"华子读着短信，"扑哧"一声笑过之后，也并没有细想即日是几日，就自言自语着说："忠忠这鬼崽子，真是不害臊哩，两家长辈面都还冒见面呢，就准儿媳准儿媳的！"便随手一按就回复了六个字："要不要脸呀你？"手机又"叽咕"一声，也就蹦出了六个字来："向姐夫学习呀！"华子的脸一红，立马就想到了自己与丈夫当年也是先斩后奏的，娘生了几天闷气后照样只好接受现实。她随即想打电话把这消息告诉娘。可娘一直是拒用手机的，还说那东西麻烦，而实际上是舍不得花钱，娘总是把一分钱当成两分钱用，就是想省着为忠忠今后办婚事用。没想到这鬼崽子大学还差一年毕业，俩人就搞到一块去了。

晚上11点还差十多分，华子就提前关了店门，小跑着回家连钥匙也懒得掏便"嘭嘭嘭"直接捶门了："妈，快开门！快开门！"姣姣正准备进里屋睡觉了，拖着双凉鞋把门一敞，低声地说："亮亮刚睡着，是来强盗了不成啊！"华子也就忙压低了声音说："是你的宝贝大学生儿子给你抢了儿媳妇来哒哩！看神情不像是骗人的。"

"你尽讲鬼话。"姣姣当真把头探出门来四处瞄。

"看把你老人家急的。是忠忠刚发来信息了，说要把你儿媳妇带回家来。"进房把门关上后，华子又在娘的耳边吹风说："只怕是要恭喜你会有奶奶当哦！"姣姣又惊又喜，忙把华子拉到沙发上坐下来认真地问："到底真的还是假的啊？"华子就"咯咯"地笑了起来，"看把你急的，他们来了后，你亲口问问你儿媳妇不就都晓得哒！"

"你这鬼婆娘，尽扯白！"

"我只是给你提供情报，信几分不信几分你自己去分析。"

"真是冒得哪一个是盏省油的灯！"

"要真是这样，你当娘的才省钱省事呢，两桩喜事一次办嘛！"

华子把要说的话"噼噼啪啪"说完，激情也就过去了，扮了个鬼脸就进了洗澡间。

姣姣忽然就觉得孤单起来，女儿一直就是个不想事的直肠子，这一点很像她姣姣年轻的时候，女婿李建民又去了衡阳的工地，身边连一个商量的人都没有。

不知怎么，她的眼前仿佛又出现了祈福老兄的身影。

"这是好事啊！干脆到时候我们两桩喜事一堂办。"祈福老兄憨笑着也这么说。

这个突如其来的声音令姣姣羞赧得脸红耳热，什么叫我们两桩喜事？这老兄不会是终于忍不住在向我表白吧！但她毕竟没有急于接腔，心想他这也是在笑我即当婆婆又当奶奶的事吧？可一抬头客厅里空荡荡的，连鬼影子都没有看见一个。"也是嘛，他昨天明明说要回一趟益阳老家去的。我怎么又突然想起祈福兄了呢？害不害臊哦！真是剪不断，理还乱，"她想得心烦起来，嘟噜着就进了卧室。

岳麓北山下的夜晚静悄悄的，零零星星的几路大巴晚十一点就停开了，偏远有偏远的好处，房价便宜又能图个清静。一想到房价，姣姣的心里就发慌，手头就存了伍万来块钱，还想起要去买房！但忠忠这鬼崽子找了个大学生做老婆，莫还愿意回到乡下去结婚生孩子？就这么东一想西一想的，大半夜时间便过去了。

姣姣也想得累了，脑海里一片空白，不知不觉就睡着了。

第二天一大早起床，姣姣匆匆忙忙地洗漱过，连女儿招呼都没有打一声就出门了。外甥亮亮放暑假反正还差十来天才会入学，就让这对母子俩好好睡上一觉，想睡到什么时候起就什么时候起吧，姣姣自己有一肚子话急着想要找人诉说哩！

她已经上了大巴,心想在这他乡异地的,自己有满腹的话不找祈福兄说又能找哪一个?难怪连乡下的花鼓戏文里都这么唱:"自古知音天上地下难寻觅,想说的话只能烂在奴家的肚子里。"也是的,祈福老兄人品端正,性格又好,他不好意思开口,你就哪天先开了这金口啊!一想到祈福老兄,姣姣的心里就踏实多了。两人共事已经那么久了,姣姣深知祈福兄的为人和处世原则,照彭胡子的话说那叫"笃实淡定",而按她自己的理解那是拿得起,放得下,想得开。不晓得他今天什么时候才能赶过来哩!姣姣的心被一团乱麻缠着绕着,一时半会哪解得开?

立秋后的晨风凉爽多了,今天的大巴好像也比往常开得快一些,姣姣还在想着心事呢,乘务员就提示说,湘江世纪城站就到了。姣姣如梦动醒般下了车,刚向前走去还不到十多步,身后就追来了熟悉的"哆哆哆哆"的小喇叭鸣叫声,并且就像喊她"姣姣,姣姣"似的。这种车是只有湘江世纪城清洁工人才使用的脚踏三轮车,专门用于运送垃圾桶和捡拾零散垃圾的,每个路段仅分有一辆。他们这一路段的那一辆就由祈福兄保管和驾驶着。她太熟悉这喇叭的鸣叫声了,人家的三轮车喇叭都是"嘀嘀"地叫,唯独他祈福兄还专门到万和超市左挑右选买了个"哆哆"叫的。后面紧追着"哆哆,哆哆"的不是他胡呐喊又会是哪一个呢?姣姣正欲回头,三轮车就抢在她前面来了个急刹停住了。"还真的这样巧啊!我刚到那头去办了点事,打转就看到你下车哒。"说话的果然是连个谎也不会撒祈福兄。

"巧什么巧,一大清早你到那头去有什么鬼急事要办呐?口是心非的,尽讲假话!"姣姣的心里其实真是喜出望外,她当然晓得这是祈福老兄专门骑了脚踏车在公交车站旁等着接她的。但她口中却满不在乎地问道:"你昨天不是回益阳了吗?"

"是回了益阳的,不过我昨晚上又赶过来了。"

"你发宝气吧?未必在家里就硬是困不着觉啊?"

胡祈福一脸憨笑,便老老实实地回复姣姣说:"确实是困不着我才过来的。有一件怪事情,我本来昨夜里就想着要告诉你,找你商量看看怎么处理才好,又不晓得你女儿是住在哪个小区。"胡祈福顿了顿又补充说:"再说那么晚了也不方便。"

这就真是出鬼哒!姣姣斜了祈福兄一眼,她也正好有一肚子话想跟他说,看到平时那么拿得起放得下的祈福兄也有急事要找她商量，姣姣还真不敢大意。她往他旁边的座位上一挤说："走吧走吧，有事也莫急哒这一阵子在大路上商量，还是去了'泰坦尼克号'再说吧！"旁边正好有一对年轻夫妻晨跑路过，听到一大把年纪的姣姣居然也大言不惭地说着"泰坦尼克号"，羡慕的眼光一时便温柔无比。

两人十多分钟就到了"泰坦尼克号"西侧的长条石凳旁。

原来胡祈福昨天回去就是为了姣姣的心事。这些天来他经常听她念起儿子忠忠谈了女朋友的事，也注意到她在捡到废报纸时总是找房产广告看，于是对她的心思也就明白十之八九了。他回去是想看看家里还有些什么值钱的东西可以变卖，包括家具和电气。反正他一个孤老头在家里也用不着，儿子要真是猴年马月能出来，这些东西怕也烂的烂，锈的锈了，给他留下那栋宽宽敞敞的屋宇就行了。

"其实我这么做也只是想尽一份心意而已。"胡祈福一时还真不知怎么说。

"你这就真的管得宽啦！"姣姣是懂的，还没有听祈福兄把话说完，一颗妇人心就被感动得像是揪起来痛，他家里这几年的事已经够烦心的了，她绝对不会允许他为她这么付出的，于是就装作大大咧咧地说："我崽的那个事八字还冒一撇哩！"

"你莫激动，先听我把话说完啰。"

"好吧，那让你说，我认真听着哩。"

"这一回还真是件大事，也是件怪事，所以才想请你也帮我拿拿主意，将心比心，你要是也碰到这样的事会怎么办？"胡祈福边说就边从橘红色工作服胸前的衣袋里摸出了一个信封，然后打开信封口子，从里面倒出了一本草绿色的存折来。

"你打开看吧。农业银行的。"胡祈福说着就把存折递给姣姣。

姣姣一愣，根本就没有弄明白这到底是怎么一回事，于是就把手摇得像劲风扫过近傍那一棵老樟树的枝丫，"你这是……发神经吧你？"姣姣心跳得"呼呼"直撞。

胡祈福见姣姣这一副神态，也是一愣，但他很快就又明白过来这是姣姣多心了，一脸的尴尬哭笑不得地说："你是又把我想成歪脖子树哒吧！"姣姣也一脸尴尬，好一阵才平静下来，脸庞却依旧红得发烫。她犹豫地接过存折，但刚打开一看又尖叫起来:"我的天!陆拾捌万!"她被这偌大的天文数字惊吓得半晌合不上嘴巴。

七

旭日爬上湘江世纪城的楼群,还刚刚露出半边脸来,几缕云彩慢慢地由白变红。做清洁工的本来上班就早,胡祈福和姣姣似乎每天又比别的工友更早。分配的路段就原封不动地摆在那里,一天像过梳子似的来回要梳理七八遍,他俩来得早的原因其实很简单:反正上了年纪的人瞌睡少,还不如趁早来工作责任区先清理一遍,让上班的人们路过这干干净净的路段有个好心情。胡祈福住得离工作路段近,又有专门的三轮车代步,因此他每天早到后几乎都要在临江的那条石凳上坐一会。看看江景,听听江声,吐吐苦水,也温习一遍先天和姣姣在这条石凳上坐过的时光,扯过的闲谈以及偶尔碰撞过的目光。于是再开始他新一天的工作。

小百姓,小欲望,做小小的事情。累积起来就是大大的幸福!

渐渐地,胡祈福的心中仿佛也有了梦想。是的,他除了怀有一个暂时不好意思言明的梦想外,还坚定着自己一个简单的处世为人的信念:人人都说想做一个好人,想多做些好事。其实都尽是挂在嘴上,还需要刻意去做什么样的好人,做什么样的好事吗?把自己的贪念守住,不去害人的人就是好人;把自己该要做的事做到位了就是好事。这是近段时间来胡祈福经常挂在口头上的一句实在话。其实也是他如今一直在努力践行的。这是他常看江景听江声所悟出来的人生至理。

胡祈福久久地坐在临江的石凳上,姣姣也无声地陪在他的身边。

江雾忽聚忽散着,江流汤汤,江声沉沉,江面上亦映出了微红的光照。忽然一只杆子鱼冲出水面,胡祈福却装得视而不见,大步来到了面东的里边,斜倚着那一艘名曰"泰坦尼克号"的景观船,坚定而平静的目光穿过湘江豪庭高高的楼群,仰望着冉冉升起的旭日,竟凛然正气地甩出了一句话来:"人在做,天在看。"

"冒遇上什么难事吧?祈福兄你!"被偌大一个天文数目的一张存折吓得傻了半天的姣姣这才终于回过神来,见祈福老兄铁青着一张国字脸孔,也就赶忙走了过去，定定地望着他心痛而又关切地问道："不是昨夜里回去遇到什么为难事了？"

"我还能遇到什么为难事嘛？凭劳力做事，凭良心做人。我快活着哩！"

乍一看胡祈福确实是快活的。尽管儿子出事后，老伴一气之下去了阎王爷那里；还没等儿子的判决书下来，儿媳妇又把一张托人从监狱里找她丈夫签过字的离婚协议复印件往堂屋桌面上一放，连话也没一句就带着小孙女走了。偌大的一栋崭新屋宇顿时就变得空荡荡的，他胡祈福的心里当然也是空荡荡的。但是过了几天，他反而又有了一种解脱后的轻松："祸兮福兮，但愿我儿的以身试法能给他的继任者提一个醒，也算是功莫大焉！"他这么想着时，居然独个儿如释重负般就在自家的堂屋门前吼起了《胡呐喊》来：

"噢——嗬嗬嗬！

噢——嗬嗬嗬！"

这流传于资水两岸的《胡呐喊》是他发自肺腑、来自良知的警示之音哦！

"你这么大一笔钱是什么时候存的啊？"姣姣突然问道。

"哦，真的，我还冒来得及认真看哩！"

"未必还不是你自己存的呀？"

"我哪来这么多钱哪？就是卖了我还没得人要！"

"曜，若是你祈福老兄愿意贱卖，我还是可以帮你这个忙先寄存起来，哪天我又好再转卖给人贩子去。"姣姣是想把这沉闷的气氛搅和一下，便顺口开玩笑地说。

"你说话算数吗？"胡祈福紧咬着话尾认真地问。

"我说出的话肯定算数！"姣姣庆幸自己终于抓住机会了。

"那要是贩不出去你就自己受了啊。"

"你这老倌子，带我笼子啊你！"

两人果然就笑得前仰后合，笑得忘忧也笑得死去活来。

"这是有什么天大的喜事？说出来也好让我分享分享嘛！"彭胡子又出现了。

两人立马就止住了笑声，胡祈福终于像烧香见到了真佛："来来来，你来得正好，你是个见多识广的文化人，我这里有一桩天大的悬案哩！"说着便主动把彭胡子让到石凳上请他在中间坐下，又把存折摊开在他面前介绍说："这是我昨天下午回益阳在自己卧房的电视机底座下见到的。我本来是想把一些值钱点的东西搬到堂屋里去,有人愿意卖二手货时也方便些,但我一搬电视机却发现底板上粘着东西,翻过来一看,原来是一张用信封装着的存折。这不,存折上还写着我的名字哩。"胡祈福就差没把信封上注明着"密码是出生年月日尾数加九"也说了出来。

"打住!你先打住!"彭胡子忙把手一举说,"你是不想承认这笔存款是你自己的吧?68万哪我说老伙计!你做什么能攒这么多钱呐?"他把话停了下来,心想这不对呀!平时看上去那么笃实淡定的一个人,该不是个黑社会老大或者是个隐藏的毒贩吧?他之所以躲到这清洁工的群体中莫非就是想来清洁自己的灵魂?

"白纸黑字分明是就你胡祈福的尊姓大名,你想洗刷都洗刷不干净哩!"不知头不也知尾的彭胡子还真是被眼前一幕给一时弄糊涂了,说话的神情极是严肃。

"你这个画胡子的,尽添乱!你又不晓得别个的身世,"姣姣一听就急了,鹅蛋脸一下子拉得老长,紧接着补充一句说:"你以为这钱是他胡呐喊抢来的偷来呀?"

彭胡子不置可否地望望一望姣姣,又看了看身旁边这位平素笃定的祈福老兄,一脸茫然地说:"清官难断家务事。你们慢慢扯,慢慢扯。"说着就起身走人了。

亮不点不亮,理不辩不明,经几番折腾后,胡祈福的心廓终于清晰了。这钱肯定是自己儿子给他存下的,他之所以一时迷惑还弄出这么大动静来,是不知这笔钱该用在什么地方才可以替儿子将功补过。他当然早就想到过把这一笔钱上交给政府,但这念头马上又被他自己打消了。钱本来是无罪的,更是无辜的,要是能用在有意义的事情上,那才是一桩功德。他这才想起也应该认真看看这笔钱到底是存于何时。但真是不看不知道,一看吓一跳:2003年3月3日。他这么默念着时,心里不禁一酸,这正是他儿子过36岁生日的那一天,也正是他出任高速公路局局长满一年的日子。

"原来他早就知道自己会有这一天!"胡祈福自语着说。

"祈福兄,你就莫再发呆了,有哒钱还担心冒地方花?还是先踏踏实实做好手头的事哩!"姣姣是又惦记着要去捡拾垃圾了。

祈福兄又一次扯开了他那粗犷的嗓门,放肆大胆地吼起了《胡呐喊》来:

"噢——嗬嗬嗬——!

噢——嗬嗬嗬——!"

他这一次却是朝着刚刚升起的火红旭日吼喊的,而且姣姣也加入进来了。

江面上拂过来处暑后的微风,天气已然凉爽了几分。

八

在杭州火车站的售票大厅里,有两个年轻人手拉手直往向南的窗口走去。

这就是忠忠和他的女友白莲。浙江至长沙原本有"沪长线"的高铁特快,但是为了节约起见,他们购买的却是去长沙的普快列车票。上车后忠忠还特意指着已近暮色的车窗外对女友白莲说:"哎,你看见了没? 这一路到我们长沙,处处是湖光山色,宜人美景,够让你这位在黄土高坡成长的小女子慢慢欣赏的!"白莲在心里却直发笑:"省钱就省钱呗,还给我编故事。"她其实就喜欢忠忠这种性格的男人,大主意自个儿独裁了,小事情却还要处处哄着人家。她记得自己小时候娘就常对她说:"一家人大事听你爹的,小事看你娘的。"娘还说:"别看你爹平时省小钱,办起大事来可舍得哩!"说话的腔调活像与本山大叔演小品的那个宋丹丹。也就是从小得意于母亲的熏陶,她已经认定忠忠就是自己要跟一辈子的如意郎君。

"嫁鸡随鸡,嫁狗随狗。你说咋走就咋走。"白莲一片诚心。

"看把你乐得,丑媳妇终于可以去见婆婆了。"忠忠一脸幸福。

"好哇,你说我是丑媳妇!"白莲伸手就揪住了忠忠的耳朵。

"不过你的心灵比莲更美。"忠忠顺势就在白莲的脸上亲了一下。

"回答正确。加十分!"白莲兴奋地拍着巴掌说。

时间在说说笑笑溜过,不久,车窗里就灯熄了。

一觉醒来,列车便进了长沙火车站。

俩人出站后,白莲远远地就看到了广场中间那一柱象征湖南人性格的地标建筑——红辣椒红炬,便奋得像只小麻雀,"叽叽喳喳"问这问那。忠忠俨然就是个导游,耐心地一一作答,从近代的陶澍、左宗棠、曾国藩一直到现当代的黄兴、蔡锷等,一路数过来个个全是叱咤风云的人物。

"还是先去填肚子吧。"忠忠说,"等你嫁给我了,这里说不定就是我们的家哩!"

在就近面馆吃过早餐，白莲也收住了好奇的芳心说："快带我去见你母亲呀！"

"家务事全听你的。"忠忠说。他回头拉了起白莲的手，往通向湘江世纪城的大巴站牌下跑去。还是在去年寒假的时候，忠忠就去过娘工作的路段，并且还亲身体验过年轻腰杆一勾一伸捡拾垃圾的艰辛。他的眼前仿佛又出现了母亲的身影。

"妈，等我毕业找到工作了，您老人家就安心回家里去享清福算了。"

娘笑笑地说："如今大学生多如牛毛，你以为找工作是那么易得呀？"

"还真是想不到，我妈也关心起时事了。"然后忠忠又把年轻的胸脯拍得作鼓响说："您还真是小瞧儿子了！也不想想我为什么会选择了学人文茶艺专业，图的就是在毕业后回家乡能承包一片山地开茶园，为振兴安化黑茶产业贡献聪明才智！"

在一旁的胡祈福听了直点头说："嗯，这伢子不错，晓得选择与土地打交道。"

"胡伯伯，我妈没见过什么世面的，要靠您老人家多关照啊！"忠忠听姐姐华子很暧昧地说过，娘是和一单身老伯在同一路段工作，见面后他就看出了娘和胡伯伯的关系果然很近。忠忠不仅仅是出于礼貌，而且是有意在表明他做儿子的态度。

"她还处处关照我呢！"笃实淡定的胡伯伯心中充满了感激。

"你这是在说哪里话呀！"娘有些不好意思地剜了胡伯伯一眼。

开往湘江世纪城的大巴人气特旺，走走停停，忠忠的脑海里像过电影似的。

"也不知道娘和胡伯伯的关系如今发展得怎么样了？"温馨的回忆令年轻人的心中有了几许淡淡的惆怅。"娘也该有个伴了，胡伯伯也同样如此。"忠忠在心里说。

已经是上午九点多，要是在往常的这个时候，胡祈福和姣姣已经早就清理完一轮垃圾，又坐在"泰坦尼克号"旁的石凳上边乘凉吹江风边整理纸屑了。但今天早晨，两人却为了存折的事多耽误了一会，所以还并没有回程歇脚。刚入秋的太阳依然猛烈如虎，橘红色的工装早就已经是汗渍斑斑了。一身臭气满头灰，这对于做路面清洁工的人来说是常事，也难怪有人见了他们就捂住嘴鼻赶紧躲哩。

"妈——妈妈——！"忽然有个熟悉的声音随江风飘来，清脆而又急切。

姣姣的心就一颤，赶紧腾出手来理了理鬓边汗淋水滴的乱发。

"妈——"声音越来越近,儿子像一只猎豹飞奔过来,紧紧搂住了还在发愣的娘亲。姣姣还没有来得及开口,一个朴朴素素但又漂漂亮亮的 20 岁左右的姑娘也小跑着赶到了面前,而且还爽朗地喊了一声:"伯母!"也便与母子俩搂在一起了。

"叮当"一声,先是握在手中的鸭嘴铁钳落地,然后是蛇皮垃圾袋撒手,烟盒纸屑追风跑……原来是在江滨路另一侧的胡祈福也看到了这动人的一幕,还有那一只常与他跟前跟后的不再孤独的流浪狗,也定定地立在近旁使劲地摇动尾巴。

艳阳悬空,湘水横流,十里江堤一派寂静。

"还是先到荫凉处去吧!"胡祈福已走了过来,是他哽咽的声音打破了沉默。

"快叫你胡伯伯啊!"姣姣挣脱儿子和准儿媳的手说。

"胡伯伯!"两位年轻人异口同声地喊得好自然,好亲切。

一抹白莲花般的云朵缓缓地移动着,太阳便躲进云层里去了。

清风拂过十里长堤,树木摇响出"窸窸窣窣"的绿色言语。这些从乡下移栽于江岸的缺胳膊少腿的树,才几年的光景便已经扎下了深根,长出了新枝,抽出了新叶,生机盎然,绿意婆娑,成了湘水江畔的一道风景。树如此,人亦然。忠忠忽然发现,娘和胡伯伯似乎更亲切了,对这片城市和江域似乎也没有以前陌生了。

狗狗紧随着娘和胡伯伯,忠忠携着白莲,几个人一起来到了"泰坦尼克号"西侧的那一条被粗布裤磨得闪烁着幽幽光亮的石凳旁。那一柄巨型的景观伞高高擎着,姣姣用手摸了摸石凳,感觉并不显热,又蹲身吹了吹灰尘,有些不好意思地打趣着说:"你们俩是福星,刚一来太阳就被吓跑哒。来来,先坐坐歇歇脚吧!"

"妈,你倒是把儿子当成外人了啊?"忠忠居然同她姐华子是一样的腔调。

"你还是真不会说话耶"——忠忠的用意白莲当然是懂的,也就忙接过了话茬打趣着说:"脚踩同一方热土,头顶共一片蓝天,我看这里根本就没有哪个是外人!"

见娘和胡伯伯有些不好意思,忠忠就把白莲也拉到身边坐下。

给二老先隆重地介绍一下——忠忠站起身来说:"她叫白莲。"儿子便趁时机放胆地说起了正经事来,"妈,我们明年上半年就要毕业了,这次回来一是带丑媳妇见公婆。"他故意把"公婆"二字的声调说得重一些,并且又看了看娘和胡伯伯的反应。

"还好意思丑媳妇哩,人家长得跟仙女一样,比你强多哒!"娘抢着说。

"依我看哪,这就叫着郎才女貌。"胡伯伯也补了一句。

见两位老人开开心心地插了话,忠忠也又接着说:"我是想中午到姐姐家看看他们后,下午就赶回老家去,好让白莲也帮着去考察一下我们安化茶乡的土质和气候,她是学营销的。今后我就在家乡专管生产技术,她就驻长沙负责营销推广。"

"多好的事啊!"胡祈福由衷地说,"那我可要申请入股啊,前期资金就包在我身上了!我想你们也不会嫌弃我这个孤老头吧!"他这一次终于抓住表态的机会了。

"真的呀?那我就先谢谢伯父大人了!"忠忠人一高兴,便得意地把称呼也改了一半,并且根本也就没有去细想一个捡垃圾的人哪来什么前期资金这一档子事。

白莲说:"一旦我们的事业步入轨道了,你们二老就等着回家去享清福吧!"

"享什么清福呀,我还等着早抱孙子哩!"姣姣明白晚辈们的好意。

胡祈福乐得像个笑罗汉,他不仅仅因为忠忠和白莲的一片诚心美意,更因他总算为那笔来历不明的存款找到了理想的投资处去。"钱本身是无罪的,更是无辜的,如果能用在正途上,那才是真正的人民币。"他再一次在心里这么重复着说。

白莲也已经站起身来,正在用她那一双明亮的目光深情地注视着镌刻在景观船侧的"泰坦尼克号"五个温馨的朱红大字。"爱情并没有贵贱贫富之分,只有深和浅的区别,因为这两个字原本就是无价的。"但她并没有说出声音来。

"他胡伯伯,那我也得耽误两天,陪忠忠他们回一趟安化,这里的卫生就只好又辛苦你一个人了。"姣姣一改以往说话粗声粗气的习惯,并且连称呼也改了,她继而又像嘱咐小孩般说:"天气还热呢,你自己千万千万要注意保重身体!"他们做的是定额分段的包工活,人多人少公司并不计较,只要一日两次抽查达标就行。

"这我晓得的,你就放一百二十个心去陪崽和儿媳好了!"胡祈福答得爽快,尔后又在心里说:"我等着你们早日回来。"看着姣姣和她儿子及她的准儿媳渐渐远去的背影,胡祈福那一副经历了 60 多个人世春秋的男儿心肠便顿觉得柔柔的,软软的了。在初秋近午时分的阳光下,他的双眼潮湿着,但他又分明看到,不,是感觉到,那越走越远的一行背影,便已经是他在这个世界上最可亲近的人了……

"人生果然始终是在路上,山不转水转,看来老天爷还真是对我开眼了!"胡祈福说。他的内心一阵激荡,仿佛觉得自己倏忽间年轻了 10 岁,不,是年轻了20 岁,30 岁!也不知是从哪里涌出来的一股活力,胡祈福一个箭步就冲上了翘首西南方向的"泰坦尼克号",如铁塔般地立在了船头上,再一次扯开了粗犷的嗓门:

"噢——嗬嗬嗬——!"

"噢——嗬嗬嗬——!"

江上忽然又起了清风,呐喊声一阵高过一阵,这是祈福的《胡呐喊》,这是呼唤吉祥的《胡呐喊》啊!就连缠在他脚跟旁的狗狗也激动得汪汪地直叫起来。

但谁也没有想到,更没有人发现,如铁塔般立在船头桅杆旁的胡祈福突然觉得后脑勺一热,眼冒金星,竟然"啪"的一声猝然倒下了!他挣扎着想要把手伸向桅杆爬起来,整个身子却瘫软着不再听使唤,他也还想过要努力呐喊呼救,然而那一副粗犷的嗓门却再也无法发出声音……"天有不测风云,人有旦夕祸福啊——我这回怕真的是脑出血了!"这句话是停留在胡祈福大脑皮层里的最后的语言信息。

镌刻在景观船两侧的"泰坦尼克号"几个红字,此时却如血染。

湘水横流,麓山巍峨,太阳如火球般炙烤着入伏的大地。

一艘满载着沙石的驳船正逆流而上,船头劈开的波浪在烈日下大开大合,如一长串问号涌过,而溅起的无数朵闪烁着金光的浪花,却又悄然无声地凋落了。

哦,暖雪

一

慕容雪深有感慨地喃喃着说:"有爱的日子过得真快!"

又是一个周末的下午。爷爷领着冰冰到楼下的游乐场玩去了,男人出车还没有到交班的时候,这正好是慕容雪独自凭栏想心事的最好时光。她的眸子里饱含着温柔,却没有远眺阳台正对面岳麓峰顶的漫天彩霞,因为那毕竟是在河的西岸,女人的心无须那么博大,只要能装得下自己的男人和家人就已经满足了,她于是只把含情脉脉的目光投向了泊在楼下湘水北岸上的那一艘观景船,并且又在屈着指头喃喃地算着日子,"应该有整整七个月零八天了。"

她与他是过了元宵节后的第二天去领取结婚证的。

那是一个风和日丽的大好晴天,民政办的大姐一脸阳光,把摁上了圆圆钢印的红本本递出窗口时,也便递过来一句暖人的吉言:"祝你们夫妻恩爱,白头到老。"宛如春天里的微风,慕容雪心中的花儿仿佛在一瞬间全都开了,她想也没想便抢着回答说:"那是绝对的。谢谢您!"新郎官在一旁傻傻地望着新娘,心里头同样怀满了幸福。

也就是从那一刻,当她把那一本将她和他的命运紧紧地叠合在一起的小小证书捂在怀里时,"江水清"这三个字就已经深深地融进她的血液中了。还有……还有……凭栏注目着江岸观景船的慕容雪还要继续往下回忆时,瓜子脸"嚓"地就红了,火辣火燎的。

"你是属猴吧?大白天的就这么着急呀!"她的心跳得好厉害。

"我属马哩。马上要的马！"傻乎乎的他终于也耐不住性子了。

两位新人刚一到家，新郎官转身就把大门关上，抱起新娘就往新房里走。也就是在那一个早春明媚的上午，慕容雪怀上了江水清的骨肉……她不记得是从书上看过还是从别人口中听过的，怀上孩子的女人，只要是从受孕的那一刻起，就在心里时时刻刻地怀想着那个男人的名字，她生出的孩子就肯会像极了他。

"那是绝对的！"这是慕容雪的口头禅。别看她外表十分柔弱，内心却有一股子犟气，湘西姑娘大多如此。她总是心里十分肯定地说："这一次准是个男孩，而且会像极了他爸爸，那么厚道，那么笃实！"虽然男人说怀男怀女都是自己的崽，但她却固执地认为还是怀一个男孩好，因为男孩长大了才会更加像他。

男人喜欢傻傻地笑："反正我全都依你。"开口闭口就这句话。

一想起男人那一副憨憨的样子，她的目光便变得更加温柔，仿佛他就站在她的身旁。她的眼前，仿佛又出现了那一场暖冬里突如其来的大雪：纷纷扬扬，雪落无声，江天一片迷离……是的，这一切的到来，似乎全是从女儿冰冰梦中的那一场雪开始的。

女儿冰冰才是他俩的红娘，才是家里的小福星。

"噢，下雪啰！下雪啰！"那一天，刚从睡梦中一觉醒来的冰冰特别开心，她兴奋不已地从床上跳下来，满怀了喜悦地喊着来到窗前，想要看一看是梦里的雪花漂亮呢，还是这现实生活中的雪花漂亮？

昨夜里飘了几点雨星，气温却骤然降到了零度，还以为接下来真的要下雪了，可当冰冰踮起脚尖儿"嚓"地一下拉开了鹅黄色的窗帘时，惺忪的双眼却被窗外强烈的晨光刺得眯成了一条细缝，她赶紧后退了一小步，再仰头向高空望去，却只见蓝天白云，外面根本就没有下雪，那轻轻盈盈漫天飞舞的六角形雪花只是在她的童梦中飘着……

冰冰快满九岁了，再过一星期就是小年，那一天是她的生日。

冰冰是在湘江世纪城附近的清水塘小学读三年级。爸爸方圆是冰冰快四岁那一年离家的，从此就没有再回来。在小冰冰模糊的记忆中，爸爸是家里的一个大魔头，是一个重男轻女的大坏蛋。自从她有了记忆起，爸爸就并不怎么理睬妈妈了，还骂妈妈是一个连崽也生不出来的母货，再后来竟然连小冰冰也不理睬了，所以冰冰连爸爸是个什么模样也记不太清楚。以前家里还挂着爸爸和妈妈的结婚照，也挂着有小冰冰在一起的全家福，后来不知怎么却突然都不见了。就连邻居家的大人们也为她们母女鸣不平，"都什么时代了，还重男轻女，真是个封建脑壳！这么漂亮的老婆和乖巧的闺女也不知道珍惜。"还有人对爸爸方圆更是嗤之以鼻，"不就是一个靠承包煤矿发了横财的暴发户？攒了几个黑心钱就在外面包养女人，什么重男轻女哩，明摆着就是在为他自己找借口！"不过人家说这些话时，大多都有意背着慕容雪和小冰冰。但是妈妈常偷偷地流眼泪却是小冰冰碰见过好多次的。一晃就是五年过去，也就是从这个寒假开始，妈妈慕容雪的心情才总算逐渐地平静下来，并且还正式手把手地亲自教冰冰练习电子琴了。

人们说这是一个暖冬，入冬都两个多月了，气温一直在十八度左右。湘江的流水放慢了脚步，干涸的河滩裂开了网状的口子，而且直到昨晚上才迎来了一股寒潮，"说不定还会下雪呢，要真是那样的话，我们明天就可以休息一个早上了。"那时候冰冰正在看湖南卫视新推出的"爸爸去哪儿"的一档明星子女节目，或许慕容雪是担心没有了爸爸的冰冰会越看越感到失落，有意想要分散女儿的注意力才顺口这么一说吧。她走过来连头也不抬就关掉了电源键，并嘱咐女儿该去睡觉了。但一直与母亲相依为命的冰冰却相信了慕容雪随口说出的话，美丽的六角形雪花在她温柔的童梦中飘了整整一个夜晚。

妈妈是清水塘小学的音乐老师，寒暑假还兼了另外一份工作。好在一天中只有上午一节课和下午一节课，而且那一家名叫"白灵鸟"的幼教公司就在湘江世纪城赏江苑，骑自行车去只需要十多分钟。冰冰当然还不太明白妈妈这么做并不仅仅是为了挣钱，而是她那一颗空虚的心需要有一份工作的支撑。还是在十多天前，慕容雪就有了每天早晨到阳台上凭栏看江景的习惯，更准确地说，她其实是在看一位从一辆蓝色出租车里钻出来的年轻司机。其中奥秘冰冰当然也不知道。

最初似乎只是好奇，她不明白他为什么要送一位老者到江边来。

头一次发现他很是偶然，那天清晨，慕容雪正好到阳台上练嗓音，因为她兼职的公司说这几天有领导可能随时会到她执教的班上来视察。她是清晨6点20分起床的，简单地洗漱后便去了阳台，但当她来到阳台上放眼向江边望去时，一辆蓝色的出租车便正好驰进了她的视野，她的目光稍稍停了一下，没想从车里钻出的年轻司机也无意间猛一抬头，两人的目光刚好就遥遥地碰了一个正着。后来又见他从副驾驶位置扶出了一位老者,这人也真是的,他还很好奇地一步三回头向正在吊嗓子的她这边张望哩。这其实也算不得什么奇怪的事情,却没想第二天,第三天,天天如此,而且总是那么准时,像在有意赶赴一个约会。或许是为了解惑,又或许是受到了某种神的启示,第四天后,慕容雪居然主动提出了带冰冰到江边的景观船上去练习电子琴。

妈妈的脸上又有了难得的笑容,逐渐懂事的冰冰自然很是高兴和欣慰。虽然母女俩坚持着每天早上六点半必须赶到江边去,但女儿冰冰却没有半点怨言。她是一个很聪慧的孩子,入学后成绩一直都很优异,学练电子琴上手也特别快,这无疑使作为单亲妈妈的慕容雪信心倍增。谁说女子不如男?慕容雪有信心要把女儿培养得比男孩子更有出息。她已经把所有的希望全都寄托在女儿的身上了。

冰冰从三岁起就养成了独立睡觉的习惯。她依稀记得那时候爸爸是很少回家的,而且一回家就独个儿霸占着电视机看美国枪战大片,夜里还总喜欢同妈妈吵架,有时甚至还动手打妈妈。后来爸爸走了,不再回家了,小冰冰也曾提出过要陪妈妈一起睡,可妈妈说女孩子一定要学会独立,长大了才能勇敢地面对生活,面对以后的风雨人生。女儿虽然似懂非懂,但见妈妈一副很严肃的样子,也就照例只好一切如常了。慕容雪对女儿的学习和生活规律的养成是近乎苛刻的,但对女儿的调皮天性却并不怎么人为地去限制,所以冰冰一直很开朗。

"怎么又是一个晴天呐?"希望越大,失望也就越大,有一些任性的冰冰顿时便生出了几许懊恼。她生气地把窗帘一合,于是拎着双赤脚丫子就往妈妈慕容雪的房间里跑去。房门却反锁着,里面一点儿动静也没有。要是在平日,妈妈这时候早就起床把电子琴也抱在怀里,并一个劲催促女儿该出发去搞练习了。

"妈,妈妈!"冰冰挥舞着小拳头"嘭嘭嘭"地擂响了房门。

"淘什么气嘛?小女孩家的手脚这么粗重,就不怕影响了楼上楼下的邻居们!"慕容雪其实刚才也正在做梦,她梦见自己被那个笃实的男人紧紧地搂在怀里,厚厚的嘴唇吻得她连气也喘不过来……她起初似乎是想要挣脱,后来又像是害怕他会突然松手,最后用自己的双臂居然紧紧地吊在了他的脖子上……她是被女儿的擂门声惊醒的。

"你不是说今天会下雪的吗?"冰冰越长越像她妈妈,椭圆形脸蛋上有两个浅浅的酒窝,哪怕是生气时的样子也一样好看。

"怎么啦,莫不是又出太阳了啊?"慕容雪也以为昨夜里真的会下雪,听女儿这口气才知道老天爷只不过是开了个玩笑。

"你说过大人和小孩都不准讲谎话的。"冰冰感到有些委屈。

"妈妈的话没有错啊！说谎的孩子不是好孩子，说谎的大人更不是好大人！"慕容雪刚一起床却发现自己来例假了，难怪这两天觉得有些疲倦。她拖着懒懒的身子开了房门，一只手扶着门框，一只手抚摸着女儿的头笑笑地解释，"可老天爷有老天爷的安排哩，妈只是想着也该下一场雪了，好让冰冰也休息一个早上不去船头上练琴嘛。"

慕容雪住的是江景房，在湘江世纪城豪庭苑九栋十六楼，这是与丈夫方圆离婚时法院判给她和女儿的。阳台和主卧室的窗口对着汤汤北去的湘江，每日晨起后陪女儿去练琴和自己吊嗓子登上的那一艘被称为"泰坦尼克号"的景观船，正好就在她楼下的湘水江畔。这房子是她怀上小冰冰时丈夫买下的，说是好让他未来的儿子出世后从小就能面对北去的湘江养男人霸气，但是没想到妻子生下的却是一个女孩，虽然后来慕容雪还陆续怀孕过两次，可遗憾的是都在三个月内便习惯性流产了。三代单传的方圆对慕容雪大失所望。自那以后，承包矿山并做煤炭贸易成了暴发户的丈夫便性格骤变，夫妻关系就从此有名无实了。也就是从那时起，这一扇本该装满着人生风景的透明窗户，就总是习惯性地被一幅紫色的落地窗帘遮掩得严严实实的，一如她年纪轻轻便显得有些迟暮的春心，总是被文文静静的外表紧紧地裹了起来。幸亏女儿冰冰前几日在与妈妈去商场挑选电子琴时，硬是执意地要为妈妈的床头挑了一盏小小插灯，那绿闪闪的光亮如一朵永不熄灭的小小火焰，总算是给慕容雪冷寂的房间增添了几许盎然春意。

"妈，昨夜里你也梦见下雪了吗？"冰冰终于不再生气，扬起头笑问慕容雪。因为她的梦里是有妈妈陪着的，还有那一位每天早上见了她和妈妈都会笑出一脸憨态的司机叔叔，他们三个人一起打雪仗，一起滚雪球，妈妈笑得好灿烂哦，那百灵鸟般的笑声一路滚过，江岸上的草丛里便仿佛便绽出了鹅黄的嫩芽，漫江的清波荡漾着，一朵朵雪浪花竞相开放……

慕容雪顿了一下，薄薄的嘴唇动了动却没有马上回答，她不能跟孩子说假话，更不好意思说自己梦到的是每天早上都碰面的那一位开出租车的叔叔，而只是意味深长地笑了一笑。

当慕容雪正沉浸在回忆与梦境的交错中时，冰冰却睁圆了小眼睛在偷偷地盯着若有所思的慕容雪看:妈妈的脸庞就像是一个大大的鹅蛋,是圆,又不是圆,即便是刚下床还没有来得及去洗漱,也仍然如剥去了壳皮的荔枝肉一般,白嫩白嫩的;两片微红的嘴唇虽有些干燥,却薄薄的显得依旧耐看,难怪只要她一张嘴巴,就是说生气的话也像唱出的歌声一样清脆悦耳。而此时,她那一双幽亮幽亮的眸子正定定地泊在水汪汪的眼眶里,像是在凝视着什么,又似乎什么也没有在意。

"妈,你好漂亮哦!"冰冰终于有些忍不住了,便由衷地说道。

"说什么呀,你这鬼精灵!"妈妈一惊,身子像风中的树叶微微地颤了一颤。她突然发现女儿正在认真地看着自己,仿佛心里有什么秘密被冰冰窥破了似的,白白净净的脸庞顿时就飞满了红霞。她有些不好意思地撩了撩垂在鬓边的几缕微卷的发丝,神情慌乱地来到了窗前,并下意识地把双手往两边"嚓"地一拨,紧闭了多年的窗帘被应声拨开,弥漫在心头已久的阴云亦似乎随即消散了。

朝阳透过窗玻璃涌入房中,所有的冷寂一瞬间便荡然无存。果然又是个晴天,窗外风景如画,慕容雪顿时便有了一种莫名的冲动,没有了疲惫,忘却了忧伤,她不顾一切地推开了久闭的窗户。晨风轻拂中,心怀美梦的母女俩,几乎是同时都把目光聚焦在湘水江岸"泰坦尼克号"近旁的那一辆蓝色的士上。

二

这已经是第十九个清晨了,每天早上六点半左右,他和他的那一辆蓝色的士就来到了浏阳河出口处的湘水江畔。他把的士车停靠在"泰坦尼克号"景观船的左侧后,又从副驾驶的位置小心翼翼地接下老者,继而再搀扶着他在右侧的长条石凳上坐了下来。那一辆蓝色的士的车主就是江水清,被搀扶着的老人是他的父亲。

"只管忙你的生意去哩,十点多顺路来接我就行了。"父亲说。

"没事,我陪您一会再走又误不了蛮多生意的。您就不准我也看看船来船往啊!"江水清软磨着便坐在了父亲的身边。父亲天生就是一副犟牛脾气,但江水清却像他的母亲,不温不火的如深山老林里的绵绞藤,柔软而又有韧性,这也许就叫着一物降一物吧。

久旱的江岸一派肃穆,暖冬里的十里长堤上,草木却仍然苍翠。那些从乡下的山野间被移植进城的各色杂树，虽然伤根残枝历经过迁徙的阵痛，倒也慢慢地适应了新的土壤和环境，而且舒枝展叶逐渐成荫了。日渐消瘦的湘水汤汤北去，江面上漂浮着稀薄的水雾，这无疑给干燥的空气里注入了些许湿润，几艘满载着货物的大驳船因水枯就泊在江心。浏阳河出口处的江湾里，十多叶小小渔舟正一如既往地摆开着八字形阵势，每一叶小舟上就俩人，一人摇橹掌艄，一人撒网捕渔。那渔网撒得好圆哦！父子俩的目光不由自主地从江心的驳船移向江湾的渔舟时，便已经是满怀满脸的心驰神往了。

"爸，我们家的那一条渔船还在吗？"儿子突然问道。

"入秋前已拖上岸请船木匠上过了一次桐油，就搁在杂屋里养着哩。你该不会是想着在城里混不下去后也回老家打鱼吧？"父亲的脸相便有些难看，"人往高处走，水往低处流。你未必就只有老子我这点出息呀！"老人说着便起了高腔。

"我只是也想念资江了随口问问哩。"儿子忙赔着笑脸解释说。

"你没有忘记自己是怎么答应过你娘吧？还想要我给你重复啊！"这似乎是父亲每天都要做的早课，他又开始唠叨儿子了。

"我记得，我记得哩！"江水清忙讨好般拉过父亲的手，"不就是给江家找一个城里媳妇，让你们的儿孙今后都做城里人吗？这还不是小菜一碟呀，只要您老养好身体，说不准明年一开春就喜事临门了！"憨厚的儿子说大话时虽有些脸热，目光里却充满着坚定。有微风轻轻拂过，江岸的年轻杂树居然亦拍响了"沙沙沙"的翠绿色掌声。

父亲摇了摇头，又点了点头。老人家知道儿子是在宽慰他，也就不忍心再加责备，而是把目光放开去又投向了江心的驳船。

江水清的老家也是在江边上，但那是另一条江。

湖南有四大水系，分别是湘、资、沅、澧。江水清是喝资江水长大的后代。他父亲是一把驾船的好手，年轻时驾帆船跑水上长途货运，过洞庭、越长江，如湖北汉口或江苏南京，那是他父亲一生中去得最远的地方。所攒来的辛苦钱就用来供两男一女的孩子们交学费。后来陆路交通发达了，年纪也大了，家里又添置了一条小渔船，两位渐入人生冬季的老人便全靠打鱼为生计。江水清还有一个哥哥和一个姐姐，他是家里的幼子。哥哥江水淼去了国外，讨了个加拿大的洋老婆在别国安了家，去年母亲死了，居然也没回来送老人家最后一程。而父亲却半点责怪的意思也没有，还当着江水清说你哥哥能留洋是给老江家长了脸面哩。姐姐水郁就嫁在邻村,母亲病重期间就是由姐姐一直守护着的。直到母亲临终前的那一天,父亲才同意通知在省城长沙开出租车的清儿回家见老娘最后一面。

一回到家里,母亲就已经不行了。江水清整整陪了母亲一个通宵。

"清儿,妈有一事……求……求你了,"母亲在落气前断断续续地嘱咐儿子:"你爹他、他一辈子……臭……讲面子,你要……在城、城里站稳脚……脚跟,找一个城、城里媳……媳妇啊!"说着便费了好大的劲才取下自己手上的那一只玉镯子,颤颤地交到了儿子的手中,那是跟随了母亲大半辈子最值钱的陪嫁。

"娘,您就放一百二十个心吧。"江水清"啪"地就跪在了病榻前,发誓般对老人说:"我也一定会给江家人长脸的!一定会!"已三十而立的儿子虽带着哭腔,话语却掷地有声。

"把……镯子……给……给……给她!"母亲多皱的脸上终于浮出了几丝笑意,话刚说完,头一歪,便安详地合上了双眼。

江水清当然没有敢忘记自己对母亲的承诺。但婚姻之事光急也是急不来的,得讲个缘分,尤其是他这个开出租车的大龄青年想要真在城里成家找对象,首先得要有一个像样的窝。他来省城开出租车已经八年了,也确实有了二十多万元存款,去年正打算在自己租住的星沙郊区买一套小两居室的按揭房,但母亲的葬礼一下子又花掉了五万多,如今农村办红白喜事都是这样,何况他江家还有一个在国外攒洋钱的儿子,可谁知道被西方文化洗过脑的江水淼根本就没管没顾呢!更使江水清感到着急的是,他前不久又突然接到了姐姐水郁的电话,说父亲风湿病复发,而且双腿麻木连生活也无法自理了。

江水清又心急火燎地赶回老家,可前脚刚一进屋就听到了父亲在对姐姐发脾气:"黄土都埋一大截了,还要我去长沙诊么子鬼病嘛!我就是死也要死在家里。"虽然不常在家的江水清是特了解父亲的,他知道老人家一是舍不得又要花儿子的辛苦钱,二是怕到了长沙后便再也听不到江声更看不到船了。江水清早几年就曾经接父母亲来过一趟长沙,还特意陪二老去看了世界之窗和烈士公园。但到了晚上父亲却硬是吵着要儿子带他到湘江边去静静地坐了一阵,他是每天都要听一听江流的声音和看一看船的,不然就会心神不宁,吃睡不香。

听到父亲在责骂姐姐,江水清犹豫了一阵,才又后脚跟进屋里去。

"爸,如今老人都有医保了,是政府出钱哩,再说我现在经常都会去湘江世纪城那边接送客人，保准你到了长沙后每天一样可以听湘江的水声，看江上的驳船和渔船。"在父亲的心目中，清儿是一个老实忠厚人，在他的半骗半劝下，父亲才总算同意跟儿子到了省城。

天大地大，孝亦为大。看来买房子的计划又只能暂时搁浅了。

江水清每天一早出车时就把父亲送到江边，起初他还给老人准备了一个小暖炉，但风里来浪里去冻厚了一身皮肉的父亲却骂儿子瞧不起人，把那洋玩意远远地扔到了一边去；儿子送一趟远客或几趟短途后，又照例于十点钟左右把父亲接回租居的近郊星沙。但为了省时间，父子俩总是一日两餐，吃过早中饭又再把父亲送到医院去做理疗。

江水清每日里平静而从容地应对着一切，而且还得每天一脸灿烂地面对着身患顽疾的父亲。

"我讲了你只管去做你的事，天天这么陪着我你还想不想成个家呀？"父亲这一次是真发脾气了。

"我自己会有安排哩，爸。"儿子便侧身指着近旁的世纪金源大酒店对父亲说："这些住五星级宾馆的客人也得吃了早餐才会去机场或火车站的，我送一趟远程要抵得在城里转悠半天。"也就是江水清一回头的刹那，两个熟悉的身影总算是再一次跃入他的眼帘了。

那就是这十多天来每日清晨都会到"泰坦尼克号"练琴和吊嗓子的慕容雪和她的女儿冰冰。要是在平日，母女俩来得会更早一些，几乎每每是与江水清父子同时抵达江边，大人彼此遇见了也会礼节性地点头微笑一下，而懂事的冰冰还会甜甜地叫江水清一声"叔叔"，喊老人家一声"爷爷"。她们今天却被那一场虚拟的雪花耽误了半个多小时。江水清的心"咯噔"了一下，难怪自己一直赖着不肯离开，并且还找出了堂而皇之的理由搪塞父亲，莫非潜意识里就是想要与这一对与自己毫无关系的母女见上一面？旭日的光照从身后豪庭苑的间距里投射过来，血气方刚的江水清便已经是满脸朝霞了。

"爸，那我先去上工了。"他完全是想掩饰自己内心深处突如其来的那一种莫名其妙的情绪，便故作镇定地起身说。

然而，正当他欲跨开脚步时，意想不到的事情却发生了。

"呀"的一声尖叫和"啪"的一声闷响几乎同时从"泰坦尼克号"那边传了过来。江水清心里一沉，什么也没来得及想便一个箭步射了过去……原来是景观船的木梯打滑，已上到船舷边的小女孩放松了警惕，欲回头叫妈妈快上时，话未出口却一个趔趄栽倒在船下了。说迟时，那时快，江水清一俯身子，抱起冰冰就往自己的车里钻去，待回头再看慕容雪，她却被惊吓得如一团稀泥瘫倒在梯子的旁边……

"还不赶紧跟我上车送孩子去医院呐！"江水清一声雷霆般地吼喊，把孩子安顿后又跑过来欲拉她的母亲……慕容雪终于醒了，一声凄怆的长嚎把正准备勾身拉她的江水清吓得倒退了数步。她惨白着脸庞努力地站起身来，可刚起步却又是一个跄踉……

三

冰冰被直接送进了湘雅医院的抢救室，至于里面是什么情形以及女儿到底伤势如何，在外面的慕容雪一概不得而知。她一惊一急，虽然拼命地止住了号啕，双眼却肿得像两个水蜜桃，全身瘫软着，脑海里一片空白，早已失去主张地扒在了抢救室外面的长凳上发愣。她本来是一个坚忍而很有定力的女人，没想这一次却表现得如此软弱。

挂号及办理交费手续等，全是由热心的江水清蹿上跳下在操劳。

慕容雪的娘家在湘西的大山沟里，她十七岁那年父亲就死了，死于一场矿难。母亲是前两年去世的，还有一个嫁在老家邻村的姐姐这些年也几乎断了来往。二十一岁那年，她刚从自治州音乐中专毕业，就被在湘西投资开矿的方圆连哄带骗怀上了他的孩子，并且以闪电般的速度帮她在长沙开福区开后门弄了一个教师编制，还买下了湘江世纪城的一套江景豪宅……可是天上掉下的馅饼来得快也就去得快，短短几年的煎熬日子，对慕容雪而言像过了半个世纪。孤儿寡母的家庭好不容易才平静下来，忽又遭遇了这一场飞来横祸……

"你是孩子的母亲哩，怎么能乱了阵脚呢？"江水清忙完后来到了慕容雪身边，他本来想问她是不是已经通知孩子的父亲了，但是话到嘴边又换了口气，根据他自己在城里开出租车所见和所闻的人生经验，如今住豪宅开豪车的年轻夫妻大多都只是表面风光，谁知眼前这一位身居豪庭的美少妇家庭又是什么样一种状况呢。

慕容雪仿佛做了个噩梦，从手术室外面的长凳上支起身来，一双美丽的凤眼浮肿着,怔怔地望着眼前的江水清,双眸里盈满了感激。

"通知家里人没有?"江水清还是忍不住小心翼翼补问了一句。

"别……别……"慕容雪的心里一阵慌乱,便脱口说出了实情,"她爸早就已经不管我们了。"其实潜意识里她早就想说这一句话了。

江水清不置可否地"哦"了一声。也便一时无语。

"谁是孩子的家属啊?"俩人正窘迫着时,抢救室的门开了,一位着白大褂的女护士高声喊道。

"我。我就是!"慕容雪赶紧应着,便起身向白大褂走去。她的脚步很沉,走路时跌跌撞撞的,江水清见状忙抢前扶住了她。

"你们是怎么当父母的嘛!"白大褂劈头盖脸先教训起人来。

江水清居然也连连点头,似有一种深深的责任落在了他的肩上。

"请问我女儿到底怎么样啊大夫?"慕容雪着急地追问。

"中度脑震荡和左臂骨折。尽亏送来得及时,头颅里的淤血是抽出来了,但还要继续观察进行下一步确诊。"白大褂说着便又转身对江水清呵斥道:"怎么当爸的?还木偶样杵着,快去办住院手续啊!"

慕容雪下意识地摸了一下腋间,自己并没有带包而且身上也无银行卡及现金,莫非刚才的挂号和手术费,全都是由这一位好心的出租车司机代交的?待她回过头来时,的士师傅却已经不见人了。她的心里不知怎么却掠过了一丝隐痛。这也并奇怪,只是还没来得及问人家花了多少钱和道一声谢哩。先欠着这一份情吧。慕容雪这么想着时,犹豫了一下,又从衣袋里摸出手机,她想要请人帮忙赶来照看一下女儿自己回去取钱,或请人垫送一笔钱为女儿冰冰先办理住院手续,可是把储存的号码一路翻了个遍,却实在拿不准该向谁开这个口。她这时才真正感觉到一个单身女人的不容易。自从与丈夫离婚后的这几年中,也确实有过不少热心人帮她介绍过对象,但大多要不是离过婚或死了老婆的什么处长、厅长,而且家里都有了儿女;要不就是什么公司的老总想预选个更年轻漂亮的,与她挂上钩后离婚再结婚。碰哒个鬼哟!在她慕容雪的心目中,有权的,有钱的,没几个不是坏了心肝的。我自己受气不要紧,委屈了女儿冰冰那才真是做母亲的罪孽!

所以一个个都被慕容雪拒绝了。

万般无奈中,慕容雪从衣袋里掏出了一张名片,这是她兼职的"白灵鸟"

幼教公司董事长送给她的。就是在前几天的一个下午，她刚上完音乐课，教室门口就走进了一群人来，是公司总经理和其他几位教师，走在前面那位披着羊皮风衣的人就是魏董事长，慕容雪在公司宣传栏中见到过，听说还是市人大代表，而且也是个抛弃了前妻的主。

"教得太好了！教得太好了！"姓魏的董事长带头鼓掌说："慕容老师真是一只名副其实的百灵鸟啊！"还大步向前欲握慕容雪的手时，她却不好意思地低下了头去。董事长也并没有显得尴尬，而是大大方方地又向她递过来一张名片，并豪情十足地坦然说道："慕容老师既年轻又漂亮，唱出的歌声比宋祖英的还动听，是我们公司里聘请的精英哩！您今后有什么好的建议，或者是个人有什么要求和困难，随时都可以告诉我这位亲哥哥！"灼人的目光盯着慕容雪久久没有移开。

"亲哥哥！亲哥哥！"有几个胆大又调皮的孩子起哄般呼喊着。

当着众人的面，慕容雪没敢多想，慌张地把名片塞进了衣袋……

此时的慕容雪在迅速地搜索和回忆着，这话听起来怎么与自己的前夫如出一辙呢？他们当年刚认识时，方圆也这么对她说过，"美女，我就是你的亲哥哥，你今后无论有什么要求和困难，欢迎随时找我！"想到这里，她的心便一揪，马上便打消了欲找魏董长的念头，而且恨恨地把手中的名片撕成了粉末。

"住院的手续已经办好了。"慕容雪正一筹莫展时，江水清又稳稳地出现在她的面前了。

"谢谢您！谢谢您！"慕容雪激动得泪水夺眶而出，她正想说回去后就会把钱还给您时，推着冰冰的担架车从手术室出来了。刚经历过一场人生劫难的宝贝女儿，万般痛苦地躺在白色的被单里，美丽的小脸庞没有了一丝血色。

"冰冰！冰冰！"慕容雪哭喊着扑向担架。江水清也紧跟了过去。

冰冰仍处在半昏迷状态中，听到妈妈的呼叫便吃力地睁开眼睛，她的嘴角动了动，想说什么竟没有说出声来。

"没什么蛮大的事，现在麻药还未醒。先住院观察几天，要是没有其他变化，估计一周就可以出院的。"一位主持医生模样的男大夫安慰慕容雪说。

跟着担架车一路进了病房的江水清帮着慕容雪把冰冰安顿好，又赶忙去了一趟护理室，他匆匆地赶回把一张纸条塞给慕容雪，"上面有我的号码，昼夜都不会关机的。"说着便打开手机看了看时间，才突然想起该去"泰坦尼克号"旁接父亲回星沙了。

江水清走了后,陪在病榻旁的慕容雪一边小心翼翼地展开纸条,一边却想起了大清早被冰冰惊醒的那一场不可思议的梦……可纸条上仅写了一个名字和手机号码。"你还指望他写些什么呢?"慕容雪心里一热,不禁又涌出了万般感动,而且还鬼使神差般忽然轻轻地,也是梦呓般地念叨着"江水清,江水清……"的名字,似是在自言自语,又像是在低声呼唤。她的心里很乱,眼前却仿佛在过着电影:

"爸,天大地大,忠孝为大。儿子就是个的士司机,谈不上忠,行孝却是做儿子的本分。您老安心在我这里养病就是!"

"有种你就给我在城里找一个儿媳妇! 这也是你娘的遗愿。"

"您老放心好了,会找的哩,缘分来了,拦也拦不住的。"

"我看你就一张寡嘴,要是找不回来,老子死都不会闭眼睛!"

这是慕容雪有一天清晨在"泰坦尼克号"上陪女儿冰冰搞练习时,她有意或无意间偶尔听到过的江水清父子的对话声。一开始她似乎对俩父子的对话并没有太多在意,但现在突然回忆起来,心中却充满了无限感慨。父亲对儿子的要求虽有些苛刻,但毕竟是城市化进程加速后乡下老人的普遍愿望,而重若千钧的"忠孝"二字居然是从一位开出租车的司机口中说来,便犹见这个年轻男人的责任与担当了!

"妈,你叫的江水清是谁啊? 我见过吗?"冰冰已完全醒了。见妈妈一副无限神往的样子在念叨,便强忍着身上的疼痛好奇地问。

"你见过的。怎么没见过呢!"慕容雪俯身贪婪地吻了一下女儿,又有意岔开了话题,"头好痛吧? 我的小宝贝心肝!"

"妈,我没有怕痛,也没有哭。"冰冰鬼精得很,忽然又盯着慕容雪追问道:"妈妈,你这雪花要是落进江水里不就全都融化了吗?"

"你还真是会联想呵,"妈妈的心里满怀了爱意,也不再有躲闪,她居然很是认真地对女儿说:"是的,雪花若能融进那清清的江水里,那才是最好的归宿哩!"并且重又展开了纸条,满怀了温情地把江水清的名字和号码,慎重地输入进她那宝石蓝颜色的手机里了。

"妈,你说的江水清就是那一位送我来医院的叔叔吧?"冰冰的小脑袋还真是想事,她似乎已经从母亲的神态中感觉到了什么。

"你说呢?"慕容雪美丽的鹅蛋脸上便现出浅浅的红晕。

"我好想要他也来陪我嘛!"女儿撒娇地说。

"他自己的老爹都没陪哩！"母亲的心里有些许歉疚。

冰冰就不再吱声了，合着小眼睛想起心事来。要是那一位开出租车的叔叔能当冰冰的爸爸该多好，他每一次见了冰冰都总是笑笑的。那笑容就像一缕春风，像一束阳光，让冰冰的心里感到特别温暖。冰冰努力地回忆着，倏地又想起尤其是今天自己摔下船舷后，就是被他那一双有力的大手抱了起来的，她躺在他宽大的胸怀里虽然就只有那么短暂的一瞬，却体会到了一种从未有过的安全感，并且冰冰还突然记起了昨夜里的那一场美梦，陪着她和妈妈一起打雪仗、滚雪球的不也是这一位叫江水清叔叔吗？……而此时的慕容雪也在想着心事，她轻轻地拍打着冰冰的被面，眼前同样出现了早上登"泰坦尼克号"的那一幕。与往常一样，女儿是走在前面的，她还交代过她，"梯子打滑，你小心点啊！"自己的双耳却在捕捉着右侧石凳上俩父子有趣的对话。一切都来得太突然了，她刚攀到第三个梯子，就听见走在前面的冰冰"呀"的一声惊叫，一个黑影也便随之"啪"地坠下了船舷……慕容雪顿时就吓得瘫倒了，她仿佛记得自己是被一声巨雷般的吼喊声唤醒过来的，并且也努力地支起了身子，却不知怎么又一头倒在那个男人的肩膀上，那是一副多么有力的铁打铜铸的厚实肩膀啊……

"妈妈，你也是在想那位叫江水清的叔叔吗？"女儿天真地问。

"是你在想他吧？"妈妈的鹅蛋脸又是一红，有些猝不及防。

"嗯。我好想要他当我的爸爸！"女儿诚实地回答着。

"冰冰平时不是很勇敢的吗？自己去跟那位叔叔说呀！"慕容雪的心里突然又有些慌乱了，却没敢把这句话说出声来。她挪了挪身子，反手捶了捶有些酸痛的背，满盈着感激泪光的双眼便怅然地投向了窗外。但奇怪的是，她的眼前却仿佛出现了两个老人的身影，而且在不断地重叠着：一个是自己的父亲，一个是江水清的父亲，两个老人的脸孔居然是那么的相似，刀劈斧削，棱角分明，却又网满了深深浅浅的皱纹，那是性格刚毅的特征，那是饱经沧桑的印痕。

"家有一老，黄金活宝。"母亲曾经在慕容雪耳边不断唠叨过的话再一次从遥远处飘来，但自己的母亲和父亲却都不在人世了。

完全是下意识地，慕容雪又摸出手机，她想要给新号码发短信了。

窗外的冬阳很晃眼，有一对蝴蝶翩翩掠过。病房里却一片寂静，能清晰地听得见慕容雪"呼呼呼"的心跳声。

四

江水清的心此时亦狂跳不止,他在医院忙乎了小半个上午,匆匆地赶到湘水北岸的"泰坦尼克号"旁,一眼就发现父亲怀里抱着的那一架电子琴了。父亲的双腿已几近麻木了,虽然做过一个疗程的理疗后已经有了好转的迹象,但根本就无法独立地行走,而且又没有带拐杖出来的,他是怎么走过去把电子琴捡拾起来,然后再回到石凳上去的呢? 江水清的心里当即就猛地揪了一下。

"爸,你这是何苦啊?"儿子走近见父亲双膝果然有跪地的泥痕。

父亲看也没看儿子就问道:"她女儿怎么样了?"

"已经住进医院了。"儿子随口回答说。

"我是问小孙女伤了哪里?"老人对儿子的回答显然并不满意。

"爸也真是的,她怎么就成你的小孙女了呢?"江水清笑笑地在心里嘀咕着,便赶紧坐了过去,边拍打父亲衣袖和裤管上的泥痕,边一五一十地把去医院后的情形说了一遍。

"嗯,这还像一个男人做的事!"老人沟沟壑壑的脸上溢出了自豪的笑容。他把怀里的电子琴递给儿子,几乎是用命令的口气说:"你看看这洋把戏没摔坏吧? 要是坏了就赶紧给孙女儿换一个!"

江水清接过电子琴翻来覆去看了几遍,又试着按了按所有的琴键,"上好的,一点也没有摔着哩。"然后又意味深长地望着父亲打趣地说:"你不会自作多情到真把冰冰当成是自己的孙女了吧?"

"哪个是冰冰啊? 叫得这么亲热。"老人的脸上荡开了幸福的波纹,"我就是真想要捡个便宜,也怕你没这个福气哩!"但顿了一顿父亲又接着说:"不过她早喊过我爷爷了,值得的,值得!"

江水清刚要接腔,口袋里的手机就响起了接收到短信的声音,他掏出来一看,几个意味深长的字便跳入了眼帘:"冰冰和慕容雪真心地谢谢水清!"他的心头一暖,慌忙把目光投向了江面。一定是有微风从江面上拂过了,汤汤北去的半江柔波里,顿时便传来了清凌凌的浪响声。那是天籁的声音。在他的印象中,父亲一直就叫他清儿,在学校读书时,老师和同学全都是喊他江水清,而当了出租车司机后,人家都叫他师傅或者的哥,"水清"这一单独的字眼,除了自己的母亲和姐姐，还从来就没有哪一个人尤其是女人这么称呼过他。

"是谁呀？"父亲的警觉真是出乎儿子的意料。

"是她发来的……"水牯般结实的儿子声音有些抖，他的话还只答了一半，手机又"咕咕"地响了，这次是两句话："你安心照顾父亲吧。冰冰很乖，她已经睡着了。"

听话听音，老父亲似乎大大地松了口气，脸上的笑波也舒展得更加流畅，"我早就看出来了，那母女俩都喜欢你！"

儿子也笑了，笑父亲还是如驾船跑资水长途时那般武断，总是说自己的目光能看穿十丈深流。"爸，你怎么知道她就没有丈夫呢？"

"有男人还轮得你在医院里蹿上跳下呀！"

"我说过的嘛，姻缘来了挡也拦不住吧！"毕竟是从小就喝过资江水的，看似内敛而木讷的江水清，骨子里的那一股自信劲照样能掀起狂涛来。这是曾被资水驾船人诩为有一双"鹚子眼"的父亲怎么也没有想到的事。

"你小子原来早就有盘算呐！"老人一兴奋，不知怎么腾地就站了起来，居然直挺挺地如一根桅杆！

"爸，你的风湿腿？"儿子着实吃惊不小，忙拉着父亲的手说："再走走看，再走走看！"

父亲把腿脚一提，当真已没有了麻木的感觉，一步，两步，三步……竟走得稳稳当当。江水清猛然记起了这种病症的突然康复在江家族史里是有过先例的：那就是自己父亲的爷爷，他也是六十岁那一年因患风湿下半身瘫了，但是那一年，他的长孙，也就是江水清的父亲平生第一次作为头篙手随船跑资水长途时，老爷爷放心不下儿子带新手的本领，硬是叫刚满十七岁的长孙把他也背上船头去督阵。

"资水八百里，滩涂八十一，最险崩洪滩，礁多水流急。"在背上的老爷爷用一段滩谣提醒长孙说。没想到就是在船过崩洪滩时，新篙手果然乱了阵脚，刚甩篙避过几个明礁，紧接着又迎来一群暗礁，眼见船头就要撞上去了，半身不遂的老爷爷心里一急，一个腾跳便跃上前去，将孙子手中的长篙一把夺过往肩胛上一顶，竹篙霎时就成了一张绷紧的弯弓，紧接着便是滩啸般的一声呐喊从老爷爷口中迸出，船头往右一侧，正好与藏匿在激流中的狰狞礁群擦身而过。连人带货的飙滩船也总算躲过了一场劫难……

老爷爷的顽疾居然奇迹般痊愈，并且一直活到了八十九岁。

没想到这样的奇迹却再一次在老爷爷的长孙，也就是江水清的父亲身上出现了，他简直兴奋得忘乎所以，便"爸爸，爸爸"地欢呼着，而且双臂一张就把同样是处于亢奋中的父亲抱了起来……

"放下！你把我放下！"父亲也像个孩子了，佯装生气地正色道："你要真是有本事，就把她给抱回去！那我就既有儿媳又有孙女了，说不准我也能如你老爷爷活个九十岁哩！"

"哪有那么如意的事啊，我还房子都没买。"放下父亲，儿子说。

"瞧你就这点出息，我一辈子还造了三条船哩！"

江水清一时语塞，忙又讨好似的要父亲坐回石凳，他要认真地看看他的那一双风湿残腿。他带父亲去医院检查时，也跟那一位专治风湿并着四十多年临床经验的教授说起过发生在他老爷爷身上的奇迹，当时教授也说医学史上确实有过这种个案，因为风湿的顽疾从理论上讲主要是长期筋脉不通所致，通则畅，畅则病除，但你老爷爷身上发生的奇迹只是亿万分之一的意外，那需要激活人体中百分之一百的潜能才可逼通日积月累堵塞的经脉，弄不好当即就会喷血身亡的。

后来江水清带父亲去医院复查时，老教授亦惊愕不已。但是当听了老人跪地爬出去几十米来回捡拾电子琴的介绍后，便恍然大悟地说："你父亲是用了先死后生的疗法，恭喜恭喜啊！"那当然是后话。

而其时在湘水北岸"泰坦尼克号"旁江家父子所上演的那感人一幕，正好却被慕容雪全都见证了。女儿冰冰入睡后，她满耳是女儿想要那位叔叔做爸爸的话，亦满脑子是江水清的影子，但自己毕竟是一个离过婚的女人……她确实对未来的一切会如何发展感到迷茫，便试探性地给他发了两条短信，见没有回复心中就更是没底，于是给女儿留了一张纸条并请护士帮忙照看一下，自己就打一的士赶了过来，她要回家去取钱还给那一位叫江水清的好心人。从医院到她的楼下只有跳表的功夫，她刚一下的士，就被儿子抱着父亲欢呼的一幕惊呆了。

这一切江水清自然也是没有想到的。

父亲的双腿当真有红润的血色了，为了进一步试探父亲，他有意在他的老腿上狠狠地掐了一把。

父亲痛得腿脚一弹说："在我身上使么子牛劲嘛，有种就在人家母女俩身上多花些功夫去！"老人对儿子仍然不依不饶。

"这我晓得哩,我明天就跟她说去!"

"说什么说,是正儿八经去向人家求婚!"

"也不急这一时吧,还什么准备都没做呀!"

"女人需要的是一颗心,男人的真心!你以为她缺金少银呐?"

在他们父子俩身后"泰坦尼克号"旁站定的慕容雪,一字不漏地听着这一番朴实如泥土般的对话,她的眼眶里早已盈满了幸福的泪水,几近麻木的心尖颤颤地抖着……她再也无法控制自己的情绪,竟然亦如孩子般"哇"的一声哭出了声来。

两个大男人被这突如其来的状况惊得呆了,一时间不知如何是好。还是老父亲见多识广,他狠狠地踢了儿子一脚呵斥道:"还杵着干什么?人家天都要塌了!"自己却佯装着要去听北去湘江的流水声,便一步一侧首地向景观船尾的江边走去。

江水清再一次健步如飞射向了慕容雪,但到了她面前却又像一根树桩般杵着,他的双手做着立正的姿势,口里不停地劝慰着,"别哭,快别哭,你不是信息告诉我冰冰没事了吗?"他第一反应首先想到的却又是她的宝贝女儿。

"你呀!"慕容雪完全是喜极而泣,见眼前这位对自己怒吼过,也被他横抱着塞进过车里的男人竟然一副如此不知所措狼狈样子,一点也不像自己梦到过的他,便不禁破涕而笑,"还水清哩,我看你就是一塘浑水!"说着便不顾一切地扑倒在他的怀里……

五

一切都像是在做梦。而且是光怪陆离的梦。

江水清仿佛又回到了他刚进省城开出租车的时光,看什么事物都觉得新奇,见什么人都感到亲切。那一年他二十二岁,已经在甘肃酒泉当了三年运输兵,在部队的那几年里,他几乎每天都走着重复的路线,戈壁大漠让他习惯了沉默,顽强胡杨使他学会了坚忍。原本是可以不去当兵的,那一年村支书找到他父亲,说他们家是超生户,兄弟俩总得贡献一个出来为村里完成指标吧,反正当义务兵也就两三年,说不定退伍后还能分配工作哩!那时老大已大学毕业在家复习想要继续考研,江水清想也没想就自告奋勇说他愿意去当兵。三年服役期一闪而过,却让他掌握了一门好技术,回乡后他既没有去找老支书要求什么工作，也没有依从父亲继承水上运输的祖业行当，而是应了几位战友的邀约到省城开起了出租车。再后来姐姐嫁了人家，哥哥去了国外，他这个做幼子的也就理所当然成为江家唯一的擎梁柱了。

手机又"咕咕"地报告短信了，一看又是慕容雪发过来的，"昨晚上你和老人都睡得好吗？冰冰又在念你了。"

他却只回了五个字："我也想你们！"

就是在昨天上午的那会，扑在江水清怀里的慕容雪说："把老人就送到我家里去吧，十六楼的观景阳台比这里会看得更远。这几天你和老人可要帮我和冰冰守护好这个家噢！"声音软软款款的，却丝毫没有留商量余地。她仿佛觉得自己天生就只适合于这个男人，也似乎觉得等这一天等得太久太长，她不能再让自己生活在被抛弃的哀怨中，更不能让宝贝女儿过没有父爱的日子，她要牢牢抓住这一希望。

江水清听了一愣，似乎不相信自己的耳朵，并没有马上接腔，父亲却"要得的，要得的。"满口应承了。也不知老人是什么时候过来的，把两个紧搂在一起的年轻人吓了一大跳。

慕容雪居然得理不饶人一锤定音说："听老人的，那我们走吧！"

一切都来得太突然了，这使江水清多少有些心慌，他觉得自己太过高攀了，倒是平日里臭要面子活受罪的父亲却适应得很快，像理所当然似的，说他家清儿是一个忠厚踏实的好男人，令慕容雪的鹅蛋脸羞赧得红霞一朵一朵的绽放，枯寂已久的心湖里也似乎灌满了甘洌的清泉。"是个绝版呐！"她觉得自己很快就会成为世界上最幸福的人了。

"你真是个榆木脑壳！这个家就要有你这样的男人撑着哩！你还以为我是帮着你占便宜呐？"趁慕容雪进房后父亲居然一套一套的教训起儿子来，"人家心里明白着呢，如今这世道有几个有权有钱的男人能靠得住！多好的一对母女，你就是用一辈子去照顾她们也值得！"

"嗯，这我懂的，只要她母女愿意，我一定会呵护好这个家的！"

没想到两个刚毅男人这后面的一段对话，刚好被从房间里出来的慕容雪听到，她手中的小坤包和几件日用品"啪"的一声掉在地上，感激的泪水像断线的珠子挂了满面……

儿子掷地有声的回答并不止是给父亲的承诺，他忙赶过去帮慕容雪拾东西。"我先送你去医院吧,也好再去看看冰冰。"江水清说。

到了医院后,冰冰已经醒来了,一位护士阿姨正陪着她说话。

"冰冰的妈妈是做什么的呀?"

"我妈妈是音乐老师。"

"那你的爸爸呢?"

冰冰一下子却被护士阿姨问住了,她偏着小脑袋想了想正要回答时,已到了病室门口的慕容雪忙抢先叫了声,"我的宝贝,你醒了啊?"好机灵的小冰冰,见妈妈和那位好心的叫江水清的叔叔一副好亲昵的样子,似乎什么都明白了。鬼精鬼灵的她居然拍着小手大人般地说:"妈,冰冰这一跤摔得值哩!"

慕容雪和江水清都幸福地笑了,笑得好开心噢。护士阿姨却如坠五里云雾,看看冰冰,又看看慕容雪和江水清,便笑着退出了房间。

江水清昨晚几乎一宿没睡,他想了很多很多,却又什么也没有想透。莫非真是如常人所说的"姻缘前世修,缘来挡不住"么?只念过两年中专,当过三年汽车兵的江水清平时只是口里这么说说,那都是他用来糊弄父母的,可如今面对眼前所发生的一切,他又不得不相信每个人或许还真是有个命运之神在管着的。但无论有神还是无神,他的心中都充满了感激和感恩。

一早起来,江水清照例六点就去开工了。副班司机这个月休假度蜜月,江水清一个人顶一个半人的活。临出门时父亲追着他说:"中午早点回,我给你们做午饭,也好给冰冰母女送一餐家常饭去。"厨房和冰箱里有蔬菜也有肉食,这是慕容雪昨天出门时就交代过的。

今天的手气真好!还不到一个上午,江水清就送了两趟去黄花机场的远客,并且每一趟又都有回城的客人。他简短而深情地给慕容雪回过短信,便一路吹着久违的口哨,一路回忆着这两天发生的喜事,活脱脱是一个快乐青年了。

"是搞上对象还是当上爸爸了啊?"后坐的美少妇笑笑地问道。

"还真让你两样都给猜中了。"江水清根本没过脑筋顺口回答说。

后坐"啊"了一声,脸上掠过一丝复杂的表情,便没有再吱声,而是低头侧首瞅驾驶室前的后视镜。江水清马上意识到自己对冷不丁从后坐冒出的一句戏言回答得太唐突,也便下意识地抬头去瞄了后视镜里一眼,不想却刚好四目相遇,美少妇莞尔一笑,倒是他一个大男人却先不好意思起来。

"对不起,对不起!我刚才是走神了。"江水清实话实说。

"这好事啊！谁对不起谁呀？"那位美少妇毕竟是过来人，一看一听就把眼前这位憨厚的哥的心事掌握得八九不离十了，她自己也正好有满腔的喜悦要与人分享，便说书般把她的经历和从武汉来长沙的目的一口气说了出来。她也是一个离过婚的女人，前夫是个当官的，因收受巨额贿赂而且在外面又包养了小二奶，被判了十八年有期徒刑，还是在执行"双规"时他们就办理了离婚手续，是前夫觉得内心有愧主动提出来的。没想到前不久却在网上碰到了大学时就曾经暗恋过她的一个同班男生，在通过几次网聊当他得知她已与前夫离婚后，竟接二连三来武汉找过她，还向她表示了一如既往的爱慕之情。原来他也是个婚姻不幸的人，比他小六岁的女人另攀了高枝，还把一个未满三岁的小女孩也甩给了他……

"女人呐，一朝被蛇咬，十年怕井绳。"美少妇感慨万千地接着说："他老家是湖南安化山区人，那是个产茶大县哩，听说这几年安化黑茶的名气都快超过云南普洱了，他说他就在长沙高桥茶叶大市场自主创业开了一家茶叶贸易公司，手底下管着十多号人，既当老板又当妈，就想着等我去帮他做内当家的。但这年头有权有钱的男人没几个好东西！人心都被铜锈给腐蚀得稀巴烂了。我这次就是来搞私访的，如果一切真如他自己所言……"美少妇突然就停住了。

江水清复又抬头扫了一眼后镜，见她一脸灿然，完全是一副对未来美好生活充满着神往的样子，便真诚地说："那我先祝福你们哩！"

"应该是彼此祝福吧！"美少妇一脸善意。

"嗯。是的，我们都应该彼此祝福！"

说话间，高桥茶叶大市场到了。美少妇下车时居然连计程表也没看，票价也没有问，便随手从小坤包里掏五张百元的人民币放到了副驾驶位置上，并大姐姐般很是认真地提示说："记得给那一位发信息的美人买一束鲜花哟，女人是天生爱浪漫的！"

冬日近午的阳光，很明丽，很温暖，亦很耀眼。

六

一连又是几个晴日，明天就要过小年了。

昨晚收工后，江水清照例先去了一趟医院，到得湘江世纪城豪庭苑 9 栋 1602 慕容雪家里时，已经午夜十一点多了，父亲却仍然一个人倚坐在阳台的护栏边,这一次老人却破例没有倾听北去的江声,而是正举着头颅在遥看繁星闪烁的夜空。他没准是把观景的阳台也当成是帆船的甲板了?居然连儿子走近了也并没有在意,还没准他是装着没有在意也未可知呢!

"嗯,按理是该下一场暖雪了。"老人自言自语地说。

"爸,你不是在讲梦话吧?明星朗月的。"

"你这鬼崽子,"父亲对儿子的出现果然没有感到意外,"我十七岁起就跟着你爷爷闯资江、过洞庭,哪一次出门不先观天色啊!"

江水清便没有与父亲争执,他深知老人一生中积累的经验有很多奥秘并不是自己的阅历所能够解答的,何况他说的是该下一场暖雪了。忽然就记起了童年时听奶奶讲过的一个故事:那是一个百年不遇的旱冬,老天爷一点儿雨星都不舍得降下来,资江断了流水,大地裂开了娃娃口,草木都快要枯死殆尽了。方圆百里的人畜也同样没有了水喝,有人说这是老天爷给越来越自私的人类的一种警告和惩罚,还说如果人类继续不思悔过,哪怕是春天到了也不会见到一丝绿色。正当人们惶恐不已,不知从何做起的时候,村里的一个曾以伐木为生而后来做木货生意发了家的中年财主却悄悄地进山了。他沿着自己早年间砍伐过木材的一条小径,尽千辛万苦攀爬到了方圆百里最高的一座山巅上,男儿的双膝"呼"的一声跪下,扯开嗓门呼喊苍天,向老天爷倾诉和忏悔自己当年乱砍滥伐时对大自然犯下的罪孽,经商时对顾工和客户使过的奸诈手段,暴发后又只顾自己吃喝玩乐奢侈享受,而对父母不孝对家人不忠对众生毫无怜悯的自私行为……他的嗓音嘶哑了,喉管破裂了,但他还在坚持着继续用心灵在忏悔……老天爷终于被这个从一贫如洗到家财万贯,但最终还是找回了一颗悲悯之心的中年财主所感动,于是在匆忙中颁错了一道御旨,没有颁发给龙王,却颁发给了另外的天神,才降了一场纷纷扬扬的大雪。因为这是旱冬突然降下的一场暖雪,所以雪融以后,草木复苏了,花儿也开放了……

"哦,暖雪!"江水清喃喃地从遥远的记忆中醒过神来,当即又料定父亲接下来一定又会问他与慕容雪之间的进展及冰冰的康复情况。于是干脆把自己也学会了给慕容雪送花的浪漫举动,以及冰冰明天就能够出院的喜讯也一五一十向父亲做了交代。

冰冰入院已经有五个日子了,昨天上午江水清又去了趟医院。这几天他也是三餐饭并着两顿吃的。他先去找主持医生问了一下情况,医生一见到怀抱手提的江水清就主动说:"你闺女明天就可以办理出院手续,一家人正好能赶回去和和美美地过小年了。她这一次是不幸中的万幸,并没有伤到脑神经。今后可千万要注意莫出现同类情况了。"江水清连连点头称是,忙腾手掏出一张名片递了过去,还说如果有事用得着他,无论长途短途一定会免费做好服务。医生感激地笑笑,慎重地接过了名片,并对转身向病室走去的江水清行了个注目礼。

病室里静悄悄的。这是一间只有一张床位的小观察室。江水清照例一手提着老父亲亲手做的家常饭菜,一手握着个文具盒和一束带露的红玫瑰,轻轻地推门走进了病室。这已经是第三次给慕容雪送花了。第一次送的是两支素雅的百合,第二次送的是一束高贵的紫罗兰……

他当真把那位对未来同样满怀着美好向往的美少妇善意的忠告牢牢地记在心里了。也就是送过她去高桥茶叶大市场的那一天上午,三十出头的江水清头一次走进了花店,他觉得心里怪怪的,浑身很不自在,这里看看,那里瞧瞧,却不知买哪一种鲜花送给慕容雪最合适。

"先生,你买花是送朋友还是送恋人?"卖花的女孩笑亦如花。

"有什么讲究吗?"顿了一顿,他难以启齿地说:"是恋人吧。"

那女孩在心底里"咯咯"地笑了起来,她于是又仰脸再看了一眼面前这位五大三粗的憨厚男士,便很是诚恳地给出了自己的建议:"送百合花怎么样?百合花素雅圣洁,又能象征着百年好合。"说着她就抽了两支散发着淡淡微馨的百合递给了他,"大哥,你可要记得下次再来照顾小妹的生意哟!"卖花姑娘不但人漂亮,而且嘴也伶俐。

"好的,好的。谢谢啊!"江水清双手接过两支打着红塑结的带露百合,当真便在心里头揣摩着:那我下一次该送什么花呢?

"下一回您就送紫罗兰吧!"如花的女孩像是猜透了他的心思。

生活中确实是需要浪漫的,哪怕是小小的浪漫。那一天中午,慕容雪从他的手中接过那一对素雅的百合时,丹凤眼一闪一闪,激动的泪花便夺眶而出,她还把飞映着红霞的鹅蛋脸庞也紧紧地贴在了盛开的花瓣上,朱唇微启,喃喃地说着"谢谢!谢谢!谢谢"!

没想到小冰冰却有些吃醋了,躲进被窝里"呜呜"地哭了起来。

沉浸在幸福中的慕容雪一惊,赶忙把手中的一对百合分开来,一边揭被子,一边向女儿解释说:"你没看到叔叔特意是买了两枝百合么?他就是给妈妈和宝贝女儿一人一支呀！"

"是真的吗？"冰冰把一双婆娑泪眼投向了一脸尴尬的叔叔。

江水清忙俯身吻着冰冰的额头歉疚地说："对不起，叔叔下次一定给我们冰冰送一个大大的布娃娃！"他不敢有正面回答她。

"噢，噢，那我就会有布娃娃啰！"冰冰终于又破涕为笑了。

第二次给慕容送花是前天下午，当然是把布娃娃先送给冰冰的。

江水清今天特意先去了一趟文具店，给冰冰买了个文具盒后才去花店的。他深知冰冰在慕容雪心中的分量，也同时感觉到了自己未来肩上所要扛起的责任：一头是对父亲的孝顺；一头是对妻儿的宠爱。他虽然只是一个普通百姓，但毕竟也是一个血性男儿，修身齐家，这才是他要尽全力要去做好的分内事情。或许他肩负的担子会很重，但心情却一定会很愉悦。家和万事兴，家和国安宁。就如此时，他就是满怀着美好而又喜悦的心情踮着脚尖儿走近慕容雪和冰冰的。刚进门他就看到了冰冰正抱着布娃娃睡在进门的这头，一只打着吊针的小手露在被子外面，清澈的双目正望着一侧的吊瓶出神，谁也不会知道她那受过中度震荡的小脑袋里究竟在想些什。慕容雪就侧身躺在另一头的床沿边，好看的鹅蛋形脸上明显有着几分倦容，那一双平日里水汪汪的丹凤眼微微地合着，嘴角上却似乎流露出些许甜甜的笑意……

"叔叔！"冰冰一脸的兴奋。

江水清"嘘"了一声，慕容雪却已经醒了，惺忪的睡眼被火红的玫瑰瞬间点亮，鹅蛋脸上的倦容也随之一扫而光。她立马从床沿上弹了起来，真想给他一个长吻，又觉得当着女儿的面不敢由着性子太过于放纵自己，便稍为犹豫了一下，但是当她欲伸出双手去接过他怀里的花束时，江水清却正好转身把文具盒送到了冰冰的手中。慕容雪一愣，柳眉间似闪过了一丝失落，但她随即又很释然地笑了，"对自己的女儿好你还吃醋？人家这才叫实在哩！"

江水清回过头来憨笑着，这才愣头愣脑地把玫瑰花给了慕容雪。

激情已经过去了，但慕容雪的心里却反而觉得更加踏实了。浪漫不过是一种心情，只要能踏踏实实地过好每一天，心里的花儿就会常开不败。她于是万分珍惜地把火红的玫瑰慎重地摆在了床头的小桌上，并且已经在心里盘算好，明天一定要记得将这三束鲜花都一并带回家中去，把它们制作成干花，放进自己的枕头里，那样的话，她就能每晚都枕着他送的鲜花入眠、入梦，而且一直相伴到老。

女护士进来了,她一边拔掉冰冰手背上的吊针,一边对两位大人说:"闺女恢复得很不错的,明天一早再做一次复查后就可以回家了。"

"噢,明天就可以回家啰!"冰冰高兴地从病榻上跳了下来。

"你晓得明天是一个什么日子吗?"妈妈突然问道。

"明天腊月二十四,是过小年哩!"正在给母女俩盛饭的江水清见冰冰一时说不上,忙抢着帮她做了回答。

"答对了一半,给你们俩五十分!"慕容雪意味深长地说。

为什么说只答对了一半呢?冰冰并不记得自己的生日,忽闪着一双天真的眸子看看妈妈又看看叔叔,江水清更加是被蒙在了鼓里。

七

一场漫天飞雪纷纷扬扬。人间与天上的事果真被父亲给说中了。

过小年的这天清晨,江水清与父亲只说了几句话便驱车往医院赶去,他要去帮冰冰办理出院手续。用自己父亲的原话说:"就等你接她们母女回家一起过一个团聚的小年了。"他还说人家小慕的心里也准是这么想的,不信你问问她就知道了。

天气是昨晚下半夜才骤然变冷的,大概是午夜两点多后,高层建筑的窗外呼呼地起了风声,仿佛从北向南有无数只野兽在嗷叫着。那时候父亲早已经入梦了,老人家一旦睡牢实后山崩地裂也不会在意,并且反而还会睡得更香更安稳,这是他常年头枕波涛身卧风浪睡在船上练成的特殊本领。江水清却仍然辗转反侧没有睡意,这突如其来的幸福令他还一直处在深度的矛盾和高度的亢奋中。虽然事情确实是明摆着的,经与慕容雪和冰冰的几日相处,母女俩已经完全把他当成一家人了,而且自己的父亲更是坚信不疑地早已经把慕容雪看成了儿媳妇,把冰冰视为了小孙女。但江水清却总觉得多有不妥,自己还连一套像样的房子也没有,住在女方的豪宅里这像个什么话呢?再说一个开出租车的乡下人怎么配得上一个当音乐教师的城里人呢?父亲其实是一个爱讲臭面子的人,这回不知怎么却如此爽快而又心安理得地把这里当成是自己的家了呢?"还杵着干什么?人家天都要塌呐!"他忽然记起了父亲对自己迟疑的训斥。或许确实如父亲所言:"女人需要的是一颗心,男人的真心!"父亲是从风里浪里闯过来的人,心目中自有清晰的方向。他当然还同时想起了母亲临终前的嘱咐,莫非父亲的臭要面子就只是想要儿孙们都成为城里人?还或许是自己根本就曲解了父亲的心思,大爱不拘小节,老人才真正是站在人家母女的立场上考虑问题的!这么反过来一作思量,他倏忽又信心满满地了。

也不知过了多久,江水清终于迷迷糊糊地睡着了。

小区的院子里响起了庆祝小年的鞭炮声。江水清一看时间,糟糕!已经快七点钟了。幸亏那天老父亲多了一句嘴,"天热须三日,温降一时间",江水清才把那一件跟了自己多年的军大衣带过来了,他就势把它往身上一裹便来到了阳台上。鹅毛般的雪花迷迷蒙蒙飞得正欢哩,而且楼下的大地上也积了厚厚的一层纯白,已经有顽皮的少年在兴奋地打着雪仗,也有大人带着更小的蒙童在滚着雪球和垒着雪人。

江水清马上就想到了小冰冰,是该早点去接她们母女了。

"我说的没有错吧?旱冬的暖雪说来就来是不把信的。"父亲颇有些得意地对儿子说。他每天凌晨五点多就起床了,这也是他多年来养成的习惯,以前驾运输船是这样,后来驾渔船更是这样,即便再后来患风湿病不能上船做事了,他同样也会早早地起床,一个人一张小木凳坐在江边上望水流船往。但他今天早起却没有叫醒儿子。

"爸你确实神哩!昨天预报里只说是今天降温的。"

"你真以为我白活啊?"父亲的得意其实是话中有话。他顿了顿又接着说:"所有的菜我昨天就安排好了,还到楼下的超市里买了一条斤多的土鲫鱼,就等你接她们母女回家过一个团聚的小年了。"

江水清满口满应地"嗯"了一声,便旋风般出门去了。

雪花仍然在飘着,却比早先稀薄了一些,如亿万只银白色的蝴蝶在寻找着各自的栖息地。天色也明朗起来了,像是有阳光在更高的天空上照着。莫非真如父亲所说的这是在下暖雪么?人善事遂心。江水清的心廓亦倏然变得更加清晰,兴奋劲一上来,他又下意识地摸了摸怀里,嗯,母亲临终前给他的那一只玉手镯仍贴身藏着哩。就这么一路回忆着,思想着时,原本相距不远的湘雅医院就到了。

同样兴奋的还有冰冰和她妈妈慕容雪。

七点钟刚刚响过,冰冰的主治医生就推门进病室了,他其实只是赶在换班前过来例行看看,最后的体征检查昨晚就已经做了。见母女俩仍窝在床上的被子里，便笑着说："今天冷多了吧？外面下好大的雪哟！"没想到大夫的话音刚一落地，冰冰就兴奋不已地从床上跳了下来，并"嚓"的一声拉开了紧闭的窗帘。

"哇，这一回是真的下雪啦！"冰冰欢呼着，雀跃着不断地重复着说："真的下雪啦！真的下雪啦！"

"这孩子！"和衣而睡的慕容雪也跟着下了床，她无奈地摇了摇头，忙笑着跟大夫解释说："冰冰从小就喜欢雪。"

"爱雪是该子的天性，我们小时候也一样！"

"哎，我们小时候也一样。"

"她爸爸就会过来接你们吧？"

慕容雪一脸幸福地"嗯"了一声，江水清果然就进来了。

"还真是心有灵犀哩！"大夫对这位敦厚笃实的出租车师傅满怀好感，笑着打了声招呼又真诚地说："祝你们小年节快乐！"

"小年节快乐！"慕容雪和江水清几乎是异口同声。

大夫走了，冰冰仍然紧靠着窗玻璃在欣赏漫天飞舞的雪花，她没准还真是沉浸在那天清晨所做的美梦中？慕容雪忙对正欲向冰冰走过去的江水清摆了摆手，意思是提示他不要惊飞了孩子的梦幻，江水清会意地点了点头，却从怀里摸出了那一只贴身藏着的玉手镯，而且破例大胆地拉起了慕容雪的左手，又十分武断地把它戴进了她的手上。此时的慕容雪还真像是一个听话的小姑娘，鹅蛋脸火辣辣地仰着，微微地合上了盈满着泪花的丹凤眼，期待着一场暴风骤雨的来临……她已经深深地感觉到，这一次将不再是梦，就如女儿冰冰所渴望的这一场大雪，终于纷纷扬扬地舞满了她的世界，虽然来得迟了一些……

"感谢天，感谢地，感谢湘江让彼此相遇；感谢小冰冰，感谢老父亲，感谢那一场暖雪，让我的爱心苏醒……"凭栏想着心事的慕容雪，居然情不自禁地亮开百灵鸟般的歌喉唱起了自编的歌曲来。有爱的日子过得真快！转眼就是金秋，这是一个收获的季节！不也是她这个曾被岁月冷落了若干个春夏秋冬的家庭盈满着幸福的季么？

歌声随风飘远，清碧澄澈的江面上绽开了朵朵雪浪花。

她双手轻轻地抚摸着日渐隆起的肚子，目光却仍然注视着泊在楼下的那一艘被人们称之为"泰坦尼克号"的观景船，朱唇微启，口中不禁又喃喃自语道："哦，暖雪……"

孤独的执火者

一

如今已年近六旬的时光里，是从资滨县城走出去的知名作家。这里留下了他太多的回忆。每年春节长假，他都会回到资滨。羊年正月初四那天上午，时光里又接到了一个赴饭局的电话。这并不奇怪，这里有他曾经的同事和文友，有他的欢乐和梦想，是他耕耘和播种过的地方。这一座小城就是时光里文学生涯的起点。

对方在电话里热情洋溢并稍带官腔说，"老师好！学生向您报告，今天晚宴就设在彩云桥上第一号包厢彩云阁，东道主是彩云飞公司董事长云飞扬先生。"

"是吗？那多不好意思啊！又要白吃白喝并白拿人家的了。"面对人家的一番美意，时光里当即笑言，"出来混吃混喝混拿，总是要还的！"近年以来，几乎每年在这个前后，云飞扬先生都会设宴邀请时光里和他的那一帮文友们一聚。

"老师言重了，还什么还呀？不就是借我们手中的笔给他公司锦上添花！"

也真是难得人家有这一份热心，趁大过年的日子把如今已如蒲公英般飘散在天南海北的一帮文友，以及如几棵稀稀落落的文学常青树般始终扎根在家乡沃土的老文青邀约到一起，发发酒疯，扯扯闲谈，或放纵或矜持，或谈文学或聊影视神剧，当然亦兼叙旧并论红尘，即无尊卑长幼，也不分官阶大小及钱多钱少。这在局外人眼中是何等不三不四，不合时宜，而他们却照例一个个原形毕露须尽欢。

人员都是由县作协副主席文仲兄挨个用电话邀请的。此人有一副难得的古道热肠,且对时光里始终充满着崇敬,每每张口就能一大段一大段地背诵出他以前发表过的文章,这第一个电话又是先打给他,并劈头盖脸就是一声"老师好"!

当文副主席把时间、地点和东道主是谁做过通报后,紧接着又将参加饭局的对象也一一做了说明,他说:"严导和陆世主任我都会通知到位的,作陪的照例少不了有我们的老前辈慕容尊局长及作协陈仓主席,还有水月女士等,个个都是资滨的执火者。"文副主席说起话来咋咋呼呼,是个出了名的高音喇叭,他这次居然把仍然在坚持文学创作的兄弟姐妹们比喻成执火者,倒是电话这头的时光里没想到的。他有意把手机麦克捂住了一半,也还是让从身旁路过的人听得一愣一愣。文仲兄这副主席头衔当然只是一个兼职,也只有资滨文艺界业内人士才这么称呼他,更多的人都叫他文部长,他是县农村信用合作联社企业文化策划部部长。

"好嘞!本人遵命。"自称是资深文青的时光里到后来也就答得咋呼,"感谢文副主席的关照!让我们每天都酒醉饭饱。"于是又一通闲谈才挂断了电话。

流年似水,时光如风,人生中有许多美好的东西逝去后就再也追不回来。但是,作为从20世纪八十年初就有幸与文学创作结缘,并因此改变了他人生方向的时光里,文学和文友情结却始终在他所经历过的风雨人生中不断地发酵……

时光里离开资滨前曾先后担任过县文联副主席、县委机关报总编辑等,此前还主持过文学刊授工作,算得是改革开放后资滨文学界承前启后的半个元老。他的老家在白驹村,村里已经没有了至亲,一栋既漏风雨,也漏阳光的四盈三进木板屋,就废弃在临近资江的半山腰上。他每年都会回几次所谓的老家,陪妻子去舅子和姨妹子家走走,而他自己则更多的是来朝拜那一条绕县城而过的荡荡资水。他是一个靠写资水系列散文成名的作家。每次回乡都入住在城郊的茶马驿馆。

这天早上,时光里照例是六点钟起床,简单地洗刷过,也没有惊动夫人,就独自在资水南岸黄沙坪小镇新开辟的沿江大道上散步看风景了。这里曾经是资水的一个重要埠头,有着商铺酒肆旅舍一家紧挨一家,但随着后来水路交通日渐被陆路交通所替代,往昔的繁华已然不再,而到了最近几年,又正如唐诗人岑参所说:"忽如一夜东风来,千树万树梨花开。"黄沙坪亦旧貌换新颜变成了黑茶小镇,但时光里最关注的还是这一江流水。他自幼在江上长大,驾过船,拉过纤,用他自己的话说还搂着美人鱼睡过觉,在他看来,流水不浊,则人心不会阴暗。

时光里适才在电话中所说的,"又要白吃白喝并白拿人家的了"中的那一个"又"字,当然是指昨晚的另一个饭局,也是由文仲副主席刚点过名的这一帮朋友们所组成的,只是东道主不同,是由县农村信用联社的宋老板(董事长)请客。

酒是酱香型,菜是山珍河鲜,这是地处梅山文化奥区的资滨待客之道。"来来来,各位一起举杯。"开场白自然少不了是文仲兄,他把酒杯向时光里和严导并陆主任等一路碰过去,耸了耸肩说:"我们宋董事长从去年一直念到今年,硬是要我早点联系上你们,说你们是从资滨走出去的文化精英,所以一定要尽一尽地主之谊同你们聚一聚,沾一沾你们身上的文气!"文仲兄有电影作品在央视播放过,也出版过小说、散文集,尤使他得意是还当过一届电影百花奖大众评委。

他这人一旦投入影视剧创作,便是个拼命三郎。曾经有例为证,说是他某天为了赶写一个电影剧本的初稿,直熬夜至凌晨两点,打完最后一个句号,他这才起身推开窗户,冷月朦胧,凉风带露,似乎就听到屋后有人在喊他,"文仲,文仲。"这声音陌生而又熟悉,他便应声鬼使神差般循声而去,竟然完全忘记了这里原是一片坟地。那个声音又说话了,"我们俩合作的那个剧本通过终审了吗?"

"碰你娘的鬼哦!"原来是他早年的搭档,"你不是已经死了几年吗?"

"我人死了,灵魂还在。"那个声音说,"我还等着那个剧本过审呢!"

"过什么过,早就被二审给枪毙了!以为是喝蛋汤那么易得呀!"

"那我的灵魂也死了算了。但我不甘心哪!我不甘心哪!"

"我更不甘心呢,害得老子厚着脸皮满世界拉赞助,却说剧本不是主旋律!"

这或许只是文友们杜撰出来的笑谈,但人家为其付出的辛勤劳苦并对艺术的追求却是真的。有人曾为此失恋,为此丢掉工作,甚至发疯……时光里还正在走神,陈仓也开言了:"宋老板是县农信联社的一把手,也是个有文化情结的人。"

"哈哈,陈主席,你言重了,说实在的,我宋某人没别的长处。"又是一巡酒过,宋董长也就开口了,他说:"我只晓得把复杂的事情简单化。平日能挤出点时间来就看看书,古书新书都看,还自费订阅了《当代》《十月》以及本省的《芙蓉》《湘江文学》等,搞不好你们当作家的还没有订我这么多杂志。"

"那确实!不但我们自己,就连……"县文联副主席兼作协主席陈仓停了半拍又接言说:"家丑不可外传,我们文化局和文联两家合起来都只订了三份党报和两份杂志,其中一份还是摄影杂志,因为我们新来的局长兼文联主席是个摄影迷。"他早已经是一脸关公相,虽有吹捧宋董事长之嫌,但也肯定不会是谎言。

还是从深圳回来的陆主任语出惊人，他表面上看似是针对陈仓说，"确什么实呀！如今莫还有几个人在看杂志？"一副傲气十足又玩世不恭的样范，话音实则落在其他几个老文青身上，"当代文学艺术都是些垃圾，尤其是影视剧！"此言一出如少林神棍，横扫了一大片，把在场不熟悉他的人一个个呛得目瞪口呆。

县作协秘书长水月却抿着嘴在"吃吃"地笑，她知道文友们是故意要这么说的。

没想果不其然，刚被文副主席向自己单位的一把手宋董事长隆重地介绍过年产电视剧数百集的严导严老板，似受了奇耻大辱一般，立马便杀将出来说："嘿呀，以为你陆世给书记、区长写报告就不是在制造垃圾？你们这些写材料的就是典型的文抄公！"他也摆出了一副非要把大放厥词的陆世逼到死角不可的架势。

陆世是十多年前去的滨海市，现在是某区委办分管政研室的副主任，本来写得一手半文半白的好杂文，还令时光里羡慕得曾叫过他陆世先生，而如今一年到头笔耕不止的，却是给区委、政府一把手起草报告，成了一个典型的无名英雄。

资滨县文艺界的元老级人物慕容尊却似乎在笑看风云，一言不发。什么叫明修栈道，暗度陈仓？饭局其实不过只是个局而已。陈仓主席以资滨作协的名义创办了一份《作家报》并自任主编，文仲当副主编，说穿了就是他俩的一个融资平台和作协开展活动的小金库。所谓文官不贪财，那先得是个官才行，陈仓连一个副股级都不是，文联副主席和作协主席不是行政编，更无行政级别，他爱人又没有正式职业，家中上有老下有小，仅靠微薄的工资和偶尔一点稿费开销生活，有了这么一个平台，又加上文仲的口才和职业优势，在经济日渐发达的资滨笼络十来个协办单位和拉几个软广告也不是太难的事。所以由他俩接二连三张罗的饭局，东家不是有钱的单位就是有钱的老板也就在情理之中了。文人图钱开展活动，商人附庸风雅图个浮名也未尝不是一种两全齐美的选择，何况《作家报》每年也确实发了不少业余作者的作品，为资滨文学薪火的传承起到了一定作用，理应是件皆大欢喜的事。但陆主任和严导是何等聪明的人物，他俩的争吵无非是为饭局烘托气氛。像严老板陆主任陈主席文副主席这类戴高帽子的称呼，无非是喊给别人听或有意相互打趣，文人的生态环境往往只能是靠自己去营造的。"在如今这个物欲横流的世俗社会，坚守文艺阵地是要付出代价的。"慕容老在心里说。

"看来今天的晚宴也并不会例外，会是同样的热闹，是虚与实结合得恰到好处的。"从昨晚饭局的回忆中解脱出来的时光里，又把目光投向了荡荡远去的一江资水。江面上已很少有船舶往来，就连上游大码头的轮渡也早就停开了，一上一下建起了两座横跨资水的大桥，昔日冷落的南岸亦高楼林立，已然是一座新城。

然而，就在这一座貌似新城对面的老县城里，一直还盘踞在原城关镇上的大多数文人，他们的生存状况仍处于艰辛和窘迫之中。这其实也没有什么可值得大惊小怪的，当下文学艺术的处境不也如此吗？但大凡是这一类人，又天生喜好面子，时常把苦涩自个儿和水给吞下，而写作时则如吐丝的春蚕……即使像陈仓和文仲们偶尔设下的这么个饭局，也只是出于对衣锦还乡的昔日文友们的尊重，或一厢情愿地想于这种热烈友好的气氛中，顺手牵羊拉几个软广告和赞助商而已。

从县文化馆到县文联再到县委机关报社，时光里又何尝不是这么走过来的？

一幕幕过往的人和事，不由得在他的眼前徐徐展开……

二

当年的时光里曾经是杨林公社——后来又改为杨林乡了的一名手艺人，能到县文化馆做文学专干这本身就是一个传奇。那是在 20 世纪 80 年代初，刚过谷雨节没几天，时光里就蹬着一辆破旧的红旗牌自行车匆匆地来到了县文化馆，正要进大门时刚好就遇上了那一位拍着胸脯说"到我那里去做文学专干吧"的贵人。

"真巧啊！正好就碰上您了。"时光里喜出望外地向贵人打招呼。

那位贵人闻声一怔，摸了一下脑袋，便笑问，"是在喊我吗？你是……"

"我是杨林茶厂的小时啊！"时光里就差没说您真是贵人多忘事了。

"哦，是的，是的，看我这记性，你就是那个蹲着写诗的泥瓦匠！"他终于记起来是有这么一个人，便顺口问道："又写了什么好作品呐？是来投稿吧！"

时光里听得懵了，但还是说，"不是您叫我随时可以来文化馆找你吗？"

贵人又是一怔，嘴巴张了好几下，却一时间不知道该怎么回答才好。

"慕容馆长肯定又是在下面当了一回组织部部长。"身边便有人笑言。

"那天您不是说过要我随时都可以来找你呀！"时光里又把刚才的话重复

了一遍。他虽然感到有些意外，但既然来了也就懒得顾忌那么多了。心想，自古以来的那些读书之人十载寒窗，含辛茹苦，为的不就是有朝一日能够金榜题名，光宗耀祖吗？更何况我一个做泥瓦匠的，既然已经有这么一个拿文学当砖头敲开文化馆大门的现成机会，又岂可以轻言放弃？耍赖我也得先把话说清楚了再回去。

时光里的执意和坚持其实一点也不意外，这里面是有缘由的，他来时就有高人当面指点过，"要得赖中赖，方为人上人！既然人家当官的跟你开了金口，当时有那么多人在场，你这还不晓得顺着梯子往上爬呀！"他的师兄给他打气说。

事情的起因是在谷雨节那天，由县政协一位副主席带队，领着十多位县政协常委到时光里所在的杨林乡搞视察，一行人在乡政府听过汇报也吃过午饭后，乡党委张书记觉得不能让县里来的同志空手而归，便临时动议请大家到乡办茶厂去看看，也好每人带点刚做出的新茶回去尝鲜。乡政府距离茶厂就4里多，大伙是散着步过去的，到得厂区门口，一块宣传板报里的咏茶小诗便吸引了众人目光。

嫩芽初绽谷雨来，

怀春少女悉心采，

有谁识得杯中味，

带露山花梦里开。

领队的县政协副主席咬着生硬的普通话琅琅读过，竟引来一片喝彩声。

"哈，山野之间出才子，有色有味，情景交融。好诗！"接话的是一个大块头常委，"诗中没一个茶字，又无一不是在咏茶。"俨然是一副诗评家的样范。

副主席起先还以为是自己的资滨普通话朗诵得好，听大块头的慕容馆长一解读，亦由衷地赞叹起来："真是山野有才人啊！"竟然比午餐饮酒时还要开心。

乡党委张书记虽然并不懂诗，却看在眼里，更乐在心中，这可是在他所管辖的地盘。山野有才人！这评价是出自县领导之口，多高啊！便立马回过头问一身工装的成保厂长，"这诗是你们厂里人写的吗？快找来给领导们介绍介绍嘛！"

"不要去找了，不要去找了，既然是个山野才子，我们就应该去拜访。"领队的副主席也是个文学爱好者，他说，"政协委员中也需要吸纳文学人才。"

就这样，一大群人便来到了给厂区建筑做维修的时光里的集体宿舍。

这是一栋占地约200平方米的简易平房，当时工友们正盘腿在地，就着一只装碎茶的木厢玩扑克，虽然不兴钱，但也是有惩罚的，输了的头上戴一顶斗笠，只有时光里却静静地躲在一角，也就着一只木箱盘腿蹲在地上，他正在写诗作文。

"光里，光里，时光里！"成保厂长率先进门，一连喊了几声，其他工友见有领导进来视察，全都退让到了一边，唯有时光里却还微偏着头正在作思考状。

"嘘——"慕容馆长忙说："别惊飞人家的灵感了。"

"什么鬼灵感不灵感哩！"成保厂长是个粗人，不知灵感为何物，牛脾气一来便大喝一声："好你个时瓦匠，有县里领导来看你了，还在发么子鬼呆呀！"

时光里是着实被吓了一跳，"啊"一声猛地抬起头来，见满室陌生的人头攒动，云里雾里就慌忙起身，却还并不知道眼前到底是发生了怎么一回事，正准备收拾一下木箱上乱七八糟的稿纸，却被到了身边的慕容馆长拦住了，"来来来让我们先拜读拜读嘛！"他说着便顺手拿起一张写了文字的稿纸高声地念了起来：

含着柔情，你为我补一件衣衫，

油灯嗞嗞，忽明忽暗，

默默无语，我在你身边做伴，

哎哟！针刺破了你的指尖，

我的灵魂也在抖颤，

唯恐缝补爱情的细线，

不小心在你的手中挣断。

慕容馆长一脸喜悦上了眉梢，终于忍不住又是一声惊叹，"感情丰富，刻画细腻，生活味浓郁。好诗——真是好诗！"满脸笑容又把诗稿递给副主席欣赏。

爱情本身就是一首优美的诗。时光里写的其实就是自己的生活经验。他生在船上，长在船上，三岁丧母，十多岁亡父，上岸后是由在白驹村里守寡的祖母照看着，只读过四年初小就加入船帮拉纤，后又做起了手艺人，居然也有女子能够看上他并愿意同他结婚、为他生孩子，为他缝补穿破了的旧衣衫，为他打点出远门的行囊，尽管她从不关注他到底写的是诗还是文，但偶尔能够收到一张两位数的稿费单却是她最开心的事情。他也曾信誓旦旦地跟妻子吹过牛，说，"我一定会写出几只吃国家粮的金饭碗来。"妻子虽然将信将疑，但更加勤勉，更加任劳任怨，更加视他为心目中的大英雄。他妻子常说，"你是我们家里的霍元甲！"

此时正在表扬他的却是县里的领导，他心里似有一股清泉在汩汩流淌……

"小时还真是一个难得的人才，依我看呐，你慕容馆长干脆就把他安排到文化馆去嘛！"那是一个全民都崇敬文学的时代，有同来的政协常委也热情地接话了。"就是！你一馆之长，安排个把人也不算是个问题吧？"身后又有人在起哄。

慕容尊本人就是一名颇有才华的艺术家，又是文化馆馆长，他顿了一下，看了看旁边的副主席和乡党委张书记，见大家都充满期许地望着他笑，便当着众人的面胸脯一拍说："小时啊，文化馆就需要像你这样的才子，到我那里去做文学专干吧！"他紧接着又补了一句，"随时来县里找我就是，我一定做好安排！"

"慕容馆长的表态，那可是一言九鼎的！"副主席拍着小时的肩膀说。

没想到好事会来得这么快，时光里一脸虔诚地说："好，好，我记住了！"

当年的时光里真是无知无畏，谷雨节才过去三天，他就借了岳丈家一辆红旗牌自行车驮着被盖当真来到了县文化馆，而慕容馆长却把这事给忘到了脑后……

慕容尊是那一种只注重解决当下问题的人，如一句"兵来将挡，水来土掩"便是常挂在他嘴上的口头禅。这些传闻当然是时光里后来才陆续听到的，并且时光里还认为，慕容馆长原本是个极有同情心的人，是一个极具文学创作才华的长者，也是一个极有担当的领导。关于他的传说有很多，说他从不读名著却能在三五天的时间里写出一个两万多字的中篇小说或一个电影剧本，小说写出来后居然能上省刊头条，剧本能拍成电影搬上银幕。还有说他在过 50 岁生日的时候，先天亲自约了几位好友庆祝生日到他家里去吃午饭，可客人们都到齐了他自己却没了踪影，害得朋友们分头四处寻找，结果是在边街的吊脚楼码头上才找到了他。

"我正在为潇影厂赶个剧本，为了一个细节来体验生活呢！"慕容尊居然一脸惊诧地问他的朋友，"你们是怎么晓得我会在这里观察一群少年儿童游泳？"

"碰哒你个鬼哟！明明是你约我们陪你今天过生日呀？"

"哦，是的，是的。"他一拍脑门，便拔腿就走在了众人前面。

而就在这一回，他慕容尊曾拍胸脯当着县政协众常委的面答应要时光里来做文学专干的事又是如此，"哦，是的，是的，我答应过你的。"他仍然又拍着脑门说："这事我还没来得及与馆里其他领导商量啊！"竟大大咧咧如无事一般。

与慕容馆长一同出大门的几个人，这时也大概知道是怎么一回事了，一个个笑得一塌糊涂，有人就安慰时光里说："你放心，我们馆长肯定会一言九鼎！"

慕容馆长和时光里两人就这样面对面杵在了县文化馆的门口。

还是擅长于处理突发性事件的慕容尊有办法，他猛地来了一句，"娘的！兵来将挡，水来土掩，怕个鸟！"说着就把时光里往斜对面一栋废弃的木楼里领，两人沿木板梯子上得二楼，一路"空哐"走过去，一间间风吹即开的房间里密布着蛛网，不由得让时光里想起了正在阅读的《聊斋》，仿佛置身狐仙群居的深宅。

"哎，小时呀，这整个一栋木楼都是县剧团的，反正还差得半年搞拆迁，你就先随便挑一间住下来，工作嘛，"慕容馆长边走边说，"就以我们文化馆内部刊物《资滨文学》的名义搞一个刊授中心，由你来担任刊授中心教务主任兼辅导老师，我再打个电话到省里请几个文学顾问，向全国各地招收刊授学员，每年六期，专发学员的文章。"他说着就掏衣袋，"我先借 300 元启动资金给你印广告函，反正信封文化馆有的是，一旦有学员把刊授费汇过来，你就可以立足了，你做文学专干的事我也就好摊牌跟局里和县里去说话了。"一气安排下来如喝蛋汤。

时光里一听，心就急了，"您说是由我来当辅导老师？"

"怎么？这点胆量也没有！"慕容馆长丢出的话就有些生硬了。

幸好时光里也就只愣了一下，心中便想，这毕竟是一次天赐良机！也就是在时光里发愣的一瞬间，他似乎听到老婆的声音在自己的耳边响了起来，"俗话说得好，机不可失，时不再来，过了这个村，只怕就没有这个店了。这可是天大的一桩好事呀！"他立马就豪情满满地答应下来说，"好的，好的。谢谢馆长！"

那时的文学热简直就像春天里的暖风，文学的芽苞一拂即绿，刊授招收学员正逢其时，他自己就是好几个杂志的刊授学员，交了钱无非是想得到辅导老师的青睐，能够收到辅导老师的亲笔回信，并有把自己的作品变成铅字的机会。也真是初生牛犊不怕虎，时光里就这样稀里糊涂地把自己置身如蒲松龄《聊斋》中的旧木屋楼上，当起了刊授中心主任，并在不久后又进县文化馆做上了文学专干。

好雨知时节，当春乃发生。那一年的春天，雨水特别地充沛，阳光也格外地明丽，时光里在县城有了"工作"后，他第一次回家的那天，山坡上的野花丛中有人在歌唱，"崖畔上，开红花，咿呀么咿得哟……"歌者居然是他妻子菊儿。

三

说干就干，《资滨文学》刊授中心的招牌在一周内就在旧木楼上亮出来了。

那时候，时光里的心中总是有着幸福的花朵在绽放，耳边也经常流淌着慕容馆长的亲切教诲，他说，"小时呀，坚持就是胜利！"他还说："能借鸡生蛋是你的运气，找米下锅就得看你的本事了，所谓文以化人，你必须先学会化自己的书生气和迂腐气！"时光里懂得馆长说的鸡就是一本内刊，蛋就是招收的学员。

那是只有在 20 世纪 80 年代才能绽放出的奇葩！感恩曾经有过这样的年代。

就在昨天的晚宴上，时光里还曾经回忆说，《资滨文学》作为一个偏远县城的内刊，居然也能以刊授中心的名义在全国各地招到上千名学员。但当时坐他身边的严导却佯装一脸疑惑说，"时作，这是真的还是假的呀？"时光里心知肚明这小子是怕有失自己面子，也就没说当年这只准母鸡下的第一个"蛋"就是他自己找上旧木楼来报名的严恪，他后来还调进了资滨县文化局，再后来下海进入省电广传媒影视集团，而今又在京城注册了影视公司并搞得风生水起的严导严老板。他是从镇东桥宣传板报栏中看到招收学员细则的，同来的还有他的邻居小季。

"时老师，我早就晓得你会出息的。"小季是子从父业的一名乡邮员，负责杨林乡的报刊投递和邮件，给时光里送过很有限的几张稿费单，也送过若干退稿信，当然还包括他报名的刊授寄来的杂志，两人早就混得烂熟了，"我介绍一位文学青年给你相认。"小季说着就把跟在身后的一个愣头青让过来，"您早读过他写的诗，题目叫《时代的脚手架》，作者就是此人，名叫严恪，是他托我送给你提意见的，不晓得你有没有印象？"被引见者一双不安分的眼睛却在四处打量。

"有印象，当然有印象，我怎么会没有印象呢？太有印象了！就是在去年快过年的时候嘛！"好不容易盼来了第一个"蛋"，决不能因为自己的失手而鸡飞蛋打，时光里显得特别热情，话接得特别快，并且随口就朗诵出了诗歌的头一段：

　　我们是时代的脚手架，

　　沐晨光，浴晚霞，

　　我为祖国建大厦，

　　绿树为我们鼓掌，

　　白云为我们擦拭汗花。

"你说我是不是有印象嘛？"时光里随即还一个劲地夸赞严恪的诗写得比自己的作品大气，接着又俨然如一位辅导老师的口气说，"我当时就觉得那首诗写得气势恢宏，立意新颖，只是缺少了些生活细节，改一改是完全可以发表的。"

严恪这才定下神来，当即就表态说，"我今天就是来报名参加刊授的。"

那个时候，年仅 25 岁的泥瓦匠时光里，也还只是一个刚刚起步的文学爱好者，而比他要小八、九岁的严恪才高中毕业，但一看神情便知是那种很自负的人。

"这就是资滨文学的摇篮啊？"接过报名收据的严恪将信将疑。

时光里却答得敏捷，"延安文艺还是在窑洞里诞生的呢！"

"嗯，那也是。"严恪冷幽默地补了一句，"这和窑洞差不多吧。"

有了第一个学员，就会有第二个、第三个……时光里高兴得手舞足道。

就这样，《资滨文学》刊授的旗帜便在学员们的心中"哗啦啦"飘扬……

每每回忆起那时的一些往事，时光里感叹得最多的，就是《资滨文学》刊授中心的旧址。时隔若干年之后，他曾经在一篇题为《旧址》的散文中如此写道：

在资水中下游的北岸，有一座古镇，叫东坪镇，也有叫她城关镇的，因为资滨县人民政府就设在这个小镇上。但令我最难以忘记的却是一处旧址：那是县文化馆斜对面剧团的一栋木楼。当时我的工作量自然不会轻松，辅导业余作者，编辑学员内部刊物。刊物属于双月刊，十六开，八十六个页码，能容纳近 10 万文字，从修改学员作品、回复学员来信以及编辑、校对等，里里外外一双手，而且一旦来了灵感，自己又得全身心投入进个人的文学创作中去，辛苦是一定的，但我的心却总是被陶醉着。我自己当然也说不清楚，只觉得仿佛有某种力量在支持着我，引诱着我。在当时的那一段特殊岁月里，从泥饭碗到金饭碗那是一个多么艰辛的过程。妻子天天在乡下为我祈祷，也就是从那时起，她还敬上了观音菩萨。

"不是经常有人说，吃得苦中苦，方为人上人吗？"白驹村离县城也就 20 多里，妻子每月来看我一、两次，临走时她总会对我说上这句古人的励志箴言。

"会踏出条路来的，牺牲我一个，为了妻儿们。"我答得悲壮。

她就慌忙用手堵住我的嘴道，"尽胡说，你万岁万岁万万岁！"

"是文学万岁万万岁！"我此说虽是搞笑，但对文学的真诚却不容怀疑。

因为正是逢老路改新路，旧址又地处低凹，两面的沙土往门前猛填，天晴并不碍事，但一旦下起雨来，黄泥浊水就会把旧址团团围住，有苦便也无处投诉。一日三趟去食堂端饭菜时，故只好学猴子跳圈。奇怪的是一些业余作者竟全然没有被拦住，仍然三五成群地往我寄居的陋室里挤。你来时丢几块砖头，他来时垫几方岩石，渐渐地黄泥浊水中竟然筑起了一条坚实的便道直通向我住处的楼口。

在那一处被遗弃的旧址陋室里，我被信任与期望包围着。

"时老师,您忙吗? 我想请您看篇稿子。"

"我昨天送来的那篇稿子,时老师您帮我看过了吧? "

一声声全都是发自内心的怯生生的语言。我因为能够得到学员们的信任而激动得难以入眠。那样的时候,我确实是没有怀太多功利的目的,只一个劲地为作者们看稿改稿,也坚持自己业余写稿。于是又有作者来时,自然也就添了新的话题:"时老师,您的眼睛好红。"我当时真想补充一句:"人在做,天在看,我的心里却很甜呢!"此心彼心,每一颗心都是一颗文学的种子。那样的时候,我心中的天,就是一个个支持刊授的学员,是能够改变我命运的县文化馆领导。

偶尔有乡下学员来拜望为他们修改稿件,为他们的稿件提出中肯意见的编辑老师时,怯怯然先找到县文化馆院子内,挨个办公室探访,"请问您姓什么?"(因回信上署有辅导老师的姓名),回答自然是彬彬有礼的:"对不起,我不姓时。"沮丧之际学员便只好又红着脸作说明:"我的一篇习作经时老师修改后发表在《资滨文学》上。""我是一名刊授学员,有篇稿子想请时老师看看。"

其实,我的住所与文化馆只相隔着一条正在扩改的公路。

也正是因为有这一路之隔,或许就刚好使我的身上仍然散发着泥土的芳香,胸臆中的那一盏心灯,依旧闪烁着脆弱的光亮。从乡下专程赶来的文学爱好者怕是见自己要拜访的老师的衣着及所住房子与他们亦无多少优越罢,紧绷着的心弦便松弛了,也就大模大样地信手把专为"编辑老师"带来的半袋花生,或一包茶叶之类的见面礼物,往我那堆满了稿子的桌上一放,并且颇有些不信地叫道:"哎呀! 您就是时编辑?"那沾着泥土气息的粗手,居然就拍到了时老师我的肩上。

尔后便像是在自己亲兄弟的家里,丝毫也无顾忌地把花生或茶叶打开,一边泡茶或一边剥着花生,一边就东扯西拉谈起了文学来。只是这一谈,便没有了时间的观念,忘记吃饭那是常有的事,就连夜色悄悄地浓了,也不知去开电灯。

有月光袅袅地盖过来,编者与作者就沐浴在一片素洁的清辉里了。

长河流月无声息,澄碧清澈的资水在旧木楼下的不远处粼粼地淌着……

"那时我们的心境都如这月的清辉。"这是多年之后时光里与文友们偶聚在一起时发出的慨叹。彼此的心中亦粼粼地涌流着那一江资水。正因为这样,当年的严恪与不久也相继参加了刊授的陈仓及水月等,起初还毕恭毕敬地称呼时光里为时老师,后来就干脆直呼他老时或时作了。而每当听到文友们对自己这样的称呼,时光里心中便总是会萌生出一种两小无猜般的感动来,并且至今依然如是。

四

严恪是一个地地道道的资水北岸东坪镇人,家住边街,追溯至祖上三代,均以从事皮革业营生计。他高中毕业那会,父亲已经是城关(东坪)镇皮革厂的厂长了,所以他脚下常蹬着一双上等皮料的皮鞋也就并不稀奇。自幼好高骛远的严恪高中毕业后虽未能继续升学,却又不愿意子承父业,而是干脆在一建筑工地打工,于是一开始学创作也就写出了如《时代的脚手架》等那一类豪迈的诗来。

"三个臭皮匠,顶一个诸葛亮。学皮匠难道丢你的丑吗?"父亲对儿子说。

"哼,三个臭皮匠!"这话里话外的意很明显,天生我才必有用,我严恪就是一顶一的诸葛亮呢!严恪就是用这类很自负的理由拒绝父亲不愿去皮革厂的。

"你以自己真有孔明之才呀?你不愿意学做皮匠,那就去时装厂吧!"父亲接过儿子的话茬,继而又苦口婆心地说:"裁缝进屋九品官,莫这还会委屈了你呀?"父亲这是冲着自己与县时装厂易厂长是多年的老朋友,才敢夸这番海口的。

"九品也算官?"年少气盛的儿子本想甩出这句话来,一看父亲已拉下了国字脸,也就只在心里说说而已。他后来再一想,一个是镇办企业,做脚下踩的鞋。一个是县属企业,缝身上穿的衣,毕竟高了一级,胜了一筹,便也就勉强答应了。

那时严恪已经是《资滨文学》刊授中心的学员,发表了不少诗歌,正跃跃欲试写小说和散文。也就是在他进了县时装厂不久,刊授中心准备推出一期报告文学专号,当然是时下流行的文化有偿服务,而刚提拔为资滨县文化局副局长兼文化馆馆长的慕容尊与易厂长又是可共穿一条裤子的挚友,由县时装厂出几千元赞助费入选报告文学专号便是情理之中。采访和写作的任务亦无疑非严恪莫属了。

专号从策划到出版仅两个月时间。严恪采写的《云想衣裳花想容》洋洋万言发了头条。这是改革开放后资滨县出版的第一个报告文学集,写身边人,记改革事,文章中主人公的名字大多数资滨人都很熟悉。杂志出来后很快就在全县引起了轰动,一时间成了人们茶余饭后的谈资。尤其是严恪,一夜之间就成为严作家了,而且没几天厂里就把他从缝纫车间调进了厂办,并被正式任命为办公室主任。

"小严呐,你还真是会策啊!一会儿安排我乘飞机到了天上,凭窗俯瞰祖国的大好河山,心潮澎湃;一会儿又安排我坐火车去北京,伫立于天安门前激动万分,身感位卑不敢忘忧国;还把我们厂的服装也远销到东南亚去了。你这不是尽策白吗!不过也好,县轻工业局还真给了我一个出国考察服装行业的机会。"这就是易厂长看过报告文学后找严作家谈话的内容之一。他的脸上淌着笑容,眼中放着异彩,言语中充满了赏识,并当即表态要小严做好去厂办工作的思想准备。

好消息频传,严恪当上县时装厂办公室主任不久,时光里也因获得了全国散文奖被正式录用为县文化馆的文学专干,并且还当上了县政协常委。陈仓和文仲及水月等,也因为采写了本行业的报告文学而得到了所在单位领导的重视。一帮意气风发的文学青年,理所当然就成了资滨县东坪镇最抢眼的一道美丽风景。

"好话谁都爱听,包括把握人类命运的上帝。"时光里颇有感悟地说。

但人又是自然界最脆弱的芦苇,总是容易被风折服。所幸时光里并没有在这条路上走得太远,因为他同时还悟出了另一层道理,既文学也是一把双刃剑,一味地靠歌功颂德去换取名誉和利益,终有一天会魔鬼缠身!他最喜欢亲近的风景还是一座风雨廊桥——镇东桥。横跨在有着青青翠翠一溪名——清溪的出口处。

若是遇上晴好的天气,每日清早,旭日会如期从东边的朝霞里喷薄而出,于是清清浅浅的溪水中便游动着镇东桥别样的倒影了。桥身宽四米八,长千余米,共有廊房三十余间。两头高高翘起的角檐,就如同一对翅膀,翩翩又翩翩,是要携着整座镇东桥飞上云天,横架银河,给牛郎与织女成全千百年来的天地姻缘吗?

"这座桥确实是成就过人间好事的。"熟悉本地人文的严恪说。

"那就说来听听嘛!"时光里早就意识到这是个很好的散文题材。

镇东桥的两向,全是由青石板铺就的街弄,而且巷弄颇深,临江处有码头若干,是资水往来货船泊岸的最好去处。巷子亦有名,东向叫边街,西向是周家咀。

严恪祖祖辈辈就住在叫边街的街上,每天上下班都得穿过这一座遗世廊桥。

那一夜月色皎白,东坪古镇在月辉中显得玲珑而又神秘。但更神秘的事物还是凡在这样的夜晚,县城里的一帮恰同学少年的文友,如严恪、陈仓及水月等,几乎经常邀请家属不在身边的辅导老师时光里于月下一起或去散步,或者聊天。

"这桥上以前还兼有作妓院的用途。"陪着时光里散步的严恪介绍说。

那晚,美女学员水月也在,她是个习惯于倾听的人,性格与她的名字一样。

严恪说:"解放前的镇东桥与别的廊桥不同,除了中间留着一条人行道,两面还用薄薄的杉木板装成了房子。谋事的那些妓女们或是本镇人,或是来自乡下的,大白天,她们便着了艳妆抹了口红懒懒洋洋地倚门靠窗或坐或站消磨时光。一到夜晚,呜呜咽咽的箫声或笛声,就从她们那燃着暗红烛光的小房间里飘溢出来,缠缠绵绵召唤着客人。渐渐地,资江河里就有了船夫抑或水手们,踩着窄窄的跳板上岸来了,轻轻推开那虚掩的门,大大方方走近吹箫或弄笛的女子身旁。"

"听你严恪说得这么逼真,好像你也留过记号似的。"水月悄声了一句。

"嘘——"月辉下的时光里朝身旁的水月闪眼暗示,"别打扰。"

"后来解放了,"严恪继续说,"无匾无牌的妓院也就被解散了。怕再有女人躲进那小小的房间里乱来,政府就将板壁给拆了,唯有镇东桥廊柱子上那数以万计的记号依旧。到了'文化革命'的年月,这镇东桥也摇摇坠坠过一阵子。有人提出说这是四旧,要连同牛鬼蛇神一并给扫了,但镇上的女人们却跳出来反对,更有被资水跑长途的船夫及水手们知道了这一音讯后,干脆就远远地扬帆赶来,手握竹篙日夜守护。屈于民愤,桥还是没有毁成。仅仅改了个桥名,叫东风桥。"

时光里听后哑然良久。这时月亮也悄然躲进了云层,时光里却心里在说,"历史有如江河,虽然使流水浑浊过,日后又会变得澄碧清澈。只是那时,谁也没有想到它最后还是被一座叫着彩虹桥的巍峨建筑物挤到了一边,冷落到了一边。"

"冷落也是必然,如我们当下的文学,不也被经济潮淹没了吗?"这是许多年后,严恪与时光里在长沙的一次忆旧中,两人又说起镇东桥时所发出的慨叹。

这话题并没有再往深处展开,因为彼此的心里均有了难以言说的惆怅。

五

  酒席间文友们一口一声叫得很暧昧的陆主任也照例是东坪镇人。他家住在后街，也是一栋吊脚楼，那竖竖斜斜的后廊柱就插在清溪东岸的崖壁缝隙里，门前是一条通向怀化与叙浦那边去的过境公路。时光里和严恪陈仓等曾去过他家，不过那是在 20 世纪 80 年代后期。如今早已经人去楼空，父母被发迹后的一官一商两个儿子接到了滨海市，住进了南山荔枝丛中的独栋别墅安享晚年，留下这几间歪歪斜斜的老屋任凭古镇的岁月落满尘埃。陆主任骨子里其实是个很正直也很恋旧的人，说话刁钻刻薄或许并非本意，而是读多了那些旧文人的文章，自己也就时不时想要秀一把卓尔不凡的文人风骨，还或许是因为他的灵魂与肉体已被过早地剥离，才使得他对现实有了本能的挑剔？时光里这么分析他的好友陆世也并不是没有道理的。"大凡是人，首先得求生存。而且人又恰恰是所有动物中最具思想和灵性的一种，贪图享受也就无可厚非！"这也正是陆世自己曾说过的原话。

  但陆世并不是《资滨文学》刊授的学员。资滨文学创作热得炙手可烫的那一阵子，他正在读大四，其时正逢全国一线城市的许多所名校兴起了罢课反腐的浪潮，而陆世作为某高校哲学系的尖子生更是热血喷涌，参与其中，所以后来毕业分配就弄得很惨，被发配到了县供销学校当勤杂工。遭遇了这一闷棍后，他的革命热情曾一度低落，以至于再后来又阴差阳错与县城的一帮文友们混在了一起。

  也不完全是因为对陆世的处境表示同情，时光里在组建报社班子网罗编辑记者时，硬是与宣传部和组织部的领导磨破了嘴皮子，乃至后来还找到县长、书记及组织部部长那里去了，才终于把陆世调进了报社。同时调进来的还有陈仓。他是个全民职工编，之前在县饮食公司做白案（包点、油条和蒸饺），为了帮他转干部编的事，时光里亦没少亲自去求爷爷拜奶奶。本来也想把在时装厂当办公室主任的严恪也一并网罗进报社，但后来管人事的副县长发起了脾气，他桌子一拍说："有完没完哪？以为报社就是你时家私人的店铺！"呛得时光里半天作不得声。

  好在不久后，崭露文学才华的严恪还是被慕容尊局长给调进了县文化局。

在报社的那几年里，陆世是唯一敢跳起来顶撞时光里的，看来他在大学里的斗志一点也没被磨去，不过仔细想想又全是诤言。两人也因此成了最好的朋友。

三年后时光里调进了省委统战部，在统战杂志社做了八年执行主编。在从县报总编辑到省委党刊执行主编位置的那八年中，时光里几乎把曾经高呼过"万岁"的文学扔在了一边，也还险些抛弃了曾经天天在观音菩萨前为他祈祷的妻子菊儿。

"时作，跟你说句实话，患难之妻不可抛。你们之间的差距也休想要嫁祸于这个时代，我看根本就是你自己的心乱了，或许你当初搞文学就是别有用心，是在把文学当成敲门砖。也难怪当代文学越来越没有精品，依我看就是你们这类文学嫖客太多了！"又是陆世一顿尖酸刻薄的话把时光里从人生的悬崖边拉了回来。

"陆世，我也跟你说句掏心肺的话，你这个朋友我算没有白交！"时光里后来感叹说："我对文学是深负着良心债的。"尽管文学已日渐冷落，他最后还是又回归了文学，在省文联工作至今。人都会有迷失的时候，只要能迷途知返就好。

也就在时光里调省委统战部不久，陆世也留职停薪去了滨海，先是帮搞个体户的弟弟开了一段时间书店，后来又考上了滨海市的公务员，功夫不负苦心人，他如今居然已成陆副主任了。严恪也成了影视界知名的导演和老板。其实这些年来，世道人心都在发生着深刻的变化，能守住初心者已经少而又少。但是从资滨县城里走出来的这一帮文友们，无论身在何处，即便是谋了个所谓处长或当了老板的，都总会找各种理由至少每两年要相聚一次。陆世亦如此，他虽然不是《资滨文学》刊授的所谓学员，却也算是同道中人。陆世因为父母去了滨海，大前年春节没能回家，而就在前年国庆期间，他还三番五次如吹响集结号一般，硬是电话把时光里、严恪、陈仓等邀请过去，还空出了当老板的弟弟家的独栋别墅，供兄弟们一起足足大闹了四天。时光里的妻子也去了，是陆世强烈要求她一起去的。

"时间过得真快哦，一晃就是 20 年了，但是我还始终记得菊儿姐亲手做的辣椒菜的味道，猛辣，狂辣，辣才叫过瘾哩！"他在电话那端还跟时光里叫板说："如果不带上菊儿姐，你自己也别来算了！"他总是能把狠话也说得让人开心。

时光里心中如同烛照，他知道陆世这是在感谢自己当年对他的提携。

也就是在前年国庆节那一次，陆世在他弟弟在南山的别墅里设家宴招待了朋友们，他还当着大伙的面说了一段令时光里和他妻子菊儿都十分感动的话。酒过三巡，陆世突然站起身来，并且叫妻子也一并举杯，说："来来，我们俩口子敬时作和菊儿姐两口子,"这还只是个开场白，时光里和菊儿也应声站了起来，四个杯盏相碰，陆世便有意欠了欠大腹便便的身子，尔后一脸肃然地说："有一句话说得真好：年轻时愿意和男人过苦日子的女人，年老时愿意和原配过好日子的男人，都是值得人们尊重的。所以，我一直很敬重你这位兄长和菊儿姐！至于写多少文章，那都只是狗屁!"说着便率先"咕噜"几下把一满盏老黄酒灌进了口中。

"好！好!"严恪和陈仓等一起鼓掌起哄说，"此言哲理啊！哲理!"

"什么哲理！这叫领导寄语。"陆世打了个酒嗝，神情自负地说。

稍一冷场后，严恪也抚着肚子说了一句："嗯，如今老板不好当啊!"

"你俩还真是初心勿忘啊!"陈仓讽刺挖苦人的时候，照例一脸坏笑很暧昧。

六

资水汤汤，似从过去流来，又向未来淌去。时光里已经从小镇黄沙坪来到了资水北岸县城东坪镇昔日的边街，这里如今也已经成为沿江风光带。时光里就在江堤上漫着闲散的步子，欣赏着世俗的和自然的风景，也回忆着曾经在这座小城同文友们开心与共的往事，却陡然觉得眼前的这一江流水没有了往昔的清澈。

时光里心中便是一惊。不知不觉间，上午的半天日子就这么流过去了。

中午在姨妹家吃过午饭，他又去茶马驿馆睡了不到一小时的午觉。

"江南好，风景旧曾谙。日出江花红胜火，春来江水绿如蓝……"好一个老文青的时光里，他竟然在梦中把一首白居易的《江南好》念出了声来。妻子菊儿却没有午睡，她正在男人随身带来的手提电脑上玩着扑克牌，听到朗诵声，回头望了一眼梦中的男人，什么话也没有说，但她知道他梦到的一定不会是长江的江南，而是资水的江南。时光里果然是在梦中又回到当年在江南主办的那一次笔会现场了。一江澄碧清澈的资水从梦中荡荡而来，流进江南镇地界，倏忽间就安静若平湖，围住半个江南仔细端详，有鱼儿闲游，用尾巴"泼哧"甩出声响来，于是就荡漾开层层波纹，而江湾某处半藏半露于田田荷叶间的莲花，却也欲绽未绽地如一个个恍惚迷离的微笑引人遐思。文友中有一个写诗的时髦男青年，名叫杨欣，蓄披肩的长发，穿一双前掌后根钉着铁片的皮鞋，邀一女作者沿江边的一个小小巷弄，"哒哒哒"极有节奏地叩数不清的青石板，沿江南湿湿润润的路面向里走。

拐过了一个弯，又拐过了一个弯，女子问，"前面还有弯吗？"

"你还怕弯？"杨欣好为人师地告诉写散文的女作者说，"文贵在曲呀！"

笔会的学员们三五成群地走着，无不感叹江南小镇是一个民风淳朴的好去处。"时老师不愧是散文名家，有一双慧眼，您挑了这么一个好地方搞笔会，看来这回不写出好文章还真是对不起您和资水江南！"从山区来的学员很是兴奋。

"嚯，这不与我们东坪镇的边街风格差不多啊！"严恪却颇不以为然，只是他紧接着又还是补了一句，"资水江南规模虽然不大，但这巷弄还是蛮深的。"

在这资水江南的巷弄里，学员们无须担心走得口渴，你只要轻轻推开人家那两扇虚掩的门，便可见到堂中或灶屋里的椿木条桌上摆着蓝花瓷缸和瓷杯，你且自个儿动手倒杯茶水喝就是了。但切记莫说讨，更莫要说买，那人家老板会生气的；喝完了你也不要道一声谢谢，只要你在离开此一江南到了别的什么地方出差时，还能记起这里的人家来就行了。这地方有句俗话：茶水不要钱，人情值千金。

"要依我看呐，大家就先别急着要写什么文章了，"走在前面的时光里转过身来对学员们说，"还是四处走一走，仔细观察风土人情，下笔时便有神了。"

大家就异口同声地说："好，好。"便又往深巷里走去。

一路就这么走着，笑着，似乎快走到尽头时，一仄身往右转，过瘦瘦短短一个胡同，天地间倏忽变得开阔，一条新铺的水泥街道把两面崭新的红砖楼房绷得笔直。这便是新街，是由江南镇政府新辟的经济开发区。新街上有百货商场，有饭店也有酒馆，还有录像放映厅及图书阅览室等。亦有做小本生意的人家，这些人家的堂中都摆着一套或两套朱红桌椅，干干净净，等候人进去坐上一坐。一行人还刚止住脚步，火炉边系蓝布围裙掌勺子的少妇，就绽放一张盈盈笑脸亮开了嗓门："甜酒、糖油粑粑、米豆腐呐——"声音软软的，还拖着长腔，像是唱山歌。

时光里便手一挥说："快进去体验体验吧，管吃够，由笔会统一结账。"

"哈哈，由笔会结账耶！"20多名男女学员便一窝蜂往堂中涌去，一人占一把朱红椅子，满心欢喜，更满怀期待地把一双双目光投向了炉前掌勺的少妇。

"老板娘,先一人一碗米豆腐,共 28 碗。"时光里吆喝着。

这米豆腐好吃又实惠,悠悠颤颤一蓝花瓷碗,里面有葱、姜、辣、酱五味俱全,只收币壹角贰分,委实是一桩划得来的事情。但大家又很自然地不只是吃上一碗,用消毒纸巾揩了揩辣嗖嗖的嘴巴,眼睛便又对那少妇暗语道:"还来一碗好吗?"当即就热腾腾地又来了一瓷碗,她免不了会软软问一声,"客人爱吃?"

"爱吃,爱吃,当然爱吃,还没进口先就融进心里了!"

"不是心里,是肚子里!"老板娘心眼实在,不识作家与诗人为何许人。

吃过米豆腐,还会有香烟递过来。

烟是人手发两支,那是江南的乡俗:"喜"字成双,双方都图一个吉利。边吸烟边扯谈,渐渐地便与老板娘谈得很拢了,仿佛成了知己。凡是到过此江南的人,或男或女都会在心里由衷地说一声,"天下人到得这里原来就是一家啊!"

起身告辞,用依依惜别来形容宾主各方的心情,那才真是贴切。

"常来啊——"老板娘拖着软软款款的长音,送客人至门口。

"常来哩——"学员中水月美女和关键姑娘亦拖着长音回答。

双方都把许许多多的深情厚谊,全包涵在这简短单调的话语中。

那时的文学热真是令人难忘啊!就在那一次笔会上,时光里心中却有了些许隐忧,他发现笔会中有几个爱文学爱得很狂热的学员,情绪似乎有些不对头。

"我恋上文学,就如种子恋上土地,即使是发不出芽来,我就是腐烂,也得烂死在文学的襁褓中。"其中一位来自边远农村的已经年满 36 岁了的学员说。

"我是从省矿冶学院辞去教师职务回到老家江南来写长篇的,已完成了一部书名叫《江南如画》的长篇,但送了上十家出版社,编辑都说画面淹没了人物。你们《资滨文学》又发不了长篇,要是还出不了成果,老婆就会跟我离婚了。"

以上就是那次江南笔会开作品讨论会时,其中两位学员的发言摘要。

居然还有这样的学员!这是令时光里怎么也没想到的。"文学成就人,也捉弄人。"时光里在总结时深有感慨地说,"虽然有人拿文学当敲门砖获得了名也赢得了利,但更多的人却也走上了不归路……"他没敢再往深里说,也说不清楚。

首先发言的那个乡下学员,果然不久就患了神经病。时光里和严恪、陈仓还去看过他,一见面他仍然笑容满面地说:"我爱上文学,就如种子恋上土地!"而另一个也同样患了神经病,见人便说:"我的江南如画,我的如画江南……"

怎么会是这样呢?把文学看得太功利,他和他的生活中已经不会再有诗,也不会再有画,或者还可以反过来说,他们从此便生活在各自的诗与画的幻觉中。

七

梦总归是会醒的,刚过下午三点,时光里就走出了茶马驿馆。"你这么早去干什么?"老婆菊儿追出门问。其实时光里却并不是急着要去赴云飞扬先生安排的晚宴,而是心系着那座被彩虹桥挤到一边去了的镇东桥。茶马驿馆离镇东桥也就三公里远近,他手中的第二支烟还没有吸完就到了,伫立于桥头如一根木桩。

清溪已然没有了昔日的清澈,环境恶化成了城市的通病。令时光里更为感叹的还是横跨在清溪出口处的两座桥:外面那座混凝土建筑叫彩虹桥,冷落在它里边的那座矮矮的木结构建筑依然叫镇东桥。时光里在镇东桥头伫立良久,朝里面望了一眼,廊桥的过道何其深幽!岁月照例从这里来去,而昔日的长箫短笛声无疑不会再有人吹响,两侧的过道上,有卖乡里蔬菜和卖坛子菜的也有卖狗皮膏药的,还有给人算命的术士……他似乎想了很多,也想了很远,又似乎什么也没有想,脑海中一片空白。但最后他还是举步上了气宇轩昂的新桥。彩虹桥共有三层,一二层左右各有一条宽敞走道,中间是一长溜商铺,南杂特产,百货和服饰店、手机和电器店及地方小吃等,应有尽有。三楼是茶舍,有大小包厢若干,东头还有一个能容纳 20 余位茶客的大厅,上面还另加了一个小阁楼,既可饮茶亦可凭栏看全镇风景。整个三楼的文化气氛特浓,满目是小城名人字画和根雕奇石。

眼前的这一切,就如一道难解的代数,并没有一个完全正确的答案。

去彩云阁包厢得经过大厅,又穿过一个天井,是个很僻静的所在。包厢里圆桌也很大,18 把椅子围成一个大圆圈,时光里到包厢时,慕容前辈和严恪、陆世、文仲并水月等早已入座了,正在一边剥着瓜子一边扯着闲谈,只有陈仓还在途中,他租了一套房子在两公里多路外的郊区,自己在城里的住房却租给了人家开店铺。"我们陈主席不但文学才华了得,而且商业头脑也发达。"文仲副主席又在向大家发布内参了,"那时候报社集资建房,他居然要了大家选剩的一楼,不久沿江路打造成风光带,他那套一楼的房子又正好被人家相中高价租下来当门面,而自己在郊区租住的房子既宽敞又明亮,尤其租金低得叫人不敢相信!"

"好你个文副主席,就放肆吹吧你!有什么不敢相信的,总不至于不要租金吧?"陆世主任的口气照例又大得吓人,"如今一方面房价奇高,一方面到处是空城、鬼城,这就是盲目提升房地产经济的恶果!"也不知他又是在批判谁了。

"陆主任你还长脸了是吧?推高房价不正是你们政府和金融部门值得反思的事啊!"严恪的插言一语中的,一箭双雕,把文副主席和陆主任呛得面面相觑。

罗汉般稳坐在首位的慕容老依旧是一副泰然笑相。时光里亦在笑,文仲和陆世们又开始争吵得热烈时,他却拿出了手机,在翻看陈仓主席发来的打油小诗:

移居县城西,离城两三里;
楼下鱼虾跳,南山听野鸡。
东家熏腊肉,西家小儿啼;
忽闻冲天炮,黑狗钻裤底。
富人存房产,文人蕴诗意;
回望江南好,山花烂漫季。

"你们看看,陈仓主席倒是过得很奢侈的。"时光里突然冒出一句话来,争论声便戛然而止,他接着把手机一亮说,"不信?我这里有他写的小诗为证。"

传阅过陈主席的即兴之作,大家脸上表情各异,但时光里的思想却又开了小差:满桌文友以及没有机会聚在一起的文友们,又能有几人在所谓功成名就、衣食无忧后,还真正能常去回望资水江南那种充满着人情味,恬静而诗意的生活方式?又有几人能真正怀想起那段如山花烂漫时的纯真岁月?那么依然驻守在城西的陈仓不该只是唯一的吧?时光里在想,以文学批评家自居的陆世不会又冒出一句"文人的所谓淡定都是装出来的"尖酸刻薄话呢?此次他却并没有发出强音。

这时,几进几出厨房监厨的东道主云飞扬抱着个酒坛子又进包厢里来了。

"让大家久等了!"后脚跟进来的还有陈仓,他是骑自行车过来的,满面红光呈健康颜色。他每日里上班下班都是骑自行车,晚上回家后,还在练习双盘打坐,已经可以结跏趺坐两个小时了。他说,"这就是本人向往的幸福生活。"真让人嫉妒,也令人羞愧。时光里笑笑地扫了一眼全桌,目光正好与陆世碰了两秒钟,这位在官场正春风得意的老弟眼神中竟有了几丝惊慌,忙从口袋里掏出一包黄鹤楼牌的领导干部香烟,一人扔一支,自己率先点上,又深深地吸了一口,尔后慢慢地吐出烟雾,望着烟蒂上那一点微红的火星出神。他以前是从不见抽烟的。

但这种情绪一掠而过,宾主一番客套,晚宴便正式拉开了帷幕。

满桌尽是特色菜,猪血丸子、笋干粑粑,仅野味就有五、六样。

"我说作家朋友们呐!米酒泡陈年黑茶,既降三高,又催生黑发,这就是我公司新开发的黑茶系列产品之一。"在商言商,云飞扬敬酒也是满口的广告词。

"各位,那今晚就敞开来喝嘞!"好这口的慕容老局长一听便来了兴致。

"喝就喝!谁怕谁呀?"严恪亦豪情勃发,"醉了也是在自己的家门口。"

老黑茶泡过的本地米酒,进口柔和,后劲却足,一群男子汉果然都酩酊大醉了,就连平日里总显出一副超然物外的慕容老也有了朦胧醉意。但一个个又全都酒醉心里明,回忆起二十世纪八九十年代的趣事,人人都是一套一套的,尤其是始终在想装淡定的时光里,那次也没少说"感恩文学、感恩慕容老师"的真心话。

"懂得过慢日子的人,懂得感恩的人,已经是越来越少了!"慕容尊说。

唯独只有徐娘半老,风韵犹存的水月女士并没有喝酒,但她的表情却似乎很是复杂,当文仲副主席又咋咋呼呼起来要一人表演一个节目,哪怕是只讲一个黄色段子也算数时,她却说:"那我给大家朗诵一首北岛的诗——《一切》吧!"

"好啊!好!"酒疯子们便用筷子敲着饭碗配起了交响乐来……

水月是在 20 世纪 60 年代出生的,她参加《滨江文学》刊授之前,是县粮食局幼儿园的一名幼师,这多年来,她一直从事散文创作,市里的日报副刊还给她开过专栏,偶尔也写小说,如今已是局机关人事科科长、县政协委员,还兼着县作家协会的秘书长,是小城典型的知名人士。她起身清了清嗓门,便朗声念道:

一切都是命运,

一切都是烟云,

一切都是没有结局的开始,

一切都是稍纵即逝的追寻,

一切欢乐都没有微笑,

一切苦难都没有泪痕,

一切语言都是重复，
一切交往都是初逢，
一切爱情都在心里，
一切往事都在梦中……

声音清脆圆润，仿如大珠小珠落玉盘。朗读声恰到好处时便戛然而止，此时的水月又俨然如一位伫立于孩子们面前的幼师，她的身子微微前倾，脸上竟泛出了如云遮雾罩中初升旭日般迷离而奇异的光彩……醉汉们用碗筷奏着交响乐的手倏然就僵在半空，就连年已八旬的慕容前辈双眸中亦闪出了难以捉摸的神色。

唯有时光里却显得有一些另类，他不但对水月刚才朗诵的《一切》似乎充耳未闻，并且对眼前的情形也好像视而未见……是的，他已经在入定发呆了，正在心里构思着一部小说——在文学创作已然进入低潮的当下，行将退休的他居然老夫聊发少年狂，决意想要找回初心，重新投入到曾经改变过自己命运的文学创作中去。在他看来，文学创作原本就是一条寂寞之路，无须鲜花铺路，更不需要掌声开道，只需要拥有一颗诚实的初心。他将要写的小说标题都想好了，叫《执火者》。为什么是执火者呢？时光里下意识地从口袋里掏出了一支香烟，又摸出了似乎早有准备地从客栈下榻处得来的一盒火柴，一首即兴小诗便随口溜了出来：

就这么奋不顾身地一头撞去，
一朵灿然的火花，
足以将黑夜戳出一个窟窿，
我们是时代的执火者，
捧一朵火焰逆风而行。

醉眼蒙眬的文副主席便率先鼓掌起哄说，"好诗，老师，好诗！"
"好个屁！"接着就是陆世的一瓢冷水，"一大把年纪了，还如此矫情。"
是慕容前辈一句恰到好处的话打了圆场，"那就散吧！我们捧着火焰回家去。"
羊年正月初四的那个夜晚，天黑无月，资水的江声在朦胧中荡荡远去……

资水唐朝

汤玛斯·潘恩有句名言：当我们被逼迫到尽头时，我们
将不再害怕任何事情。

——代题记

一

唐家观小镇像一弯新月，弯弯地勾着资水北岸的一个江湾。

临江是清一色的吊脚木楼，脸孔早已经被岁月模糊了容颜，乍一看时，色如腊肉皮，危如累卵，间或百余米处就有一个去江边的码头，全是用了上等的麻条石砌成，一级一级从豁口处矮下去，直抵至临水的一个照例是用麻条石砌就的宽敞扇面形月台，是为装卸货物所用，也作用于防火的隔离带。吊脚楼的构造一律都只有两层两进，临江为卧室、厨房，其他杂物茅厕等挤在沿江的地下层，临街的门面却周周正正，大大方方；向南倚山而建的亦是木屋，却是风格多样，各有形姿，除了面街的商铺同样是周正大方外，后檐一般都会因地适宜地拖着两进或三进，也有更多的，分别亦为卧室、灶屋、猪圈、鸡埘及蹲地的茅厕等。但照例间或百多米就有一处用于消防的隔离带。当然不是码头，而是用青砖砌成的各姓祠堂。且每一座祠堂均砌有两扇高高的砖墙，翘角呈马头状，亦有称马头墙的。

悠长的街巷中，是一条用上等的青石板铺成的悠长街道。

街道很窄也很幽深，行人在街巷里走过，无须撑伞或遮阳或挡风雨，两边的檐口紧咬着檐口，而檐口下又套有木槽可以承接檐水一直送到江边去。路人

就这么一间一间地看过去，问过去。南杂百货、山珍河鲜、香烛纸钱、白嫩豆腐、酱色香干、粟米粽子、糯米青团及蒿草粑粑……甚至还包括旅社及酒肆等，均应有尽有。让从外地路过唐家观的人感觉得好生惊讶：麻雀虽小，五脏俱全耶！且街巷里永远是一线无风无雨的晴天。但是在小镇土生土长的一个叫唐朝的人却并不这么认为，他经常疯疯癫癫地说："哑！你想得美呢，街巷里从来就见不到青天的。"

人们倏一抬首，举目处果然只有爬满绿苔的屋檐，且檐口咬得很紧，似乎守口如瓶连风雨都不漏。有人就会立马纠正说："莫信他的，莫信他的，他是个癫子。"

忽然有一天，由县里和公社的领导前呼后拥着来了一群陌生访客，其中一个大领导模样的长者却突然驻足而问："小镇上未必就没有一家诊所？"这看似不经意的一句话倒是把陪同他的县社两级干部们问住了，一个个面面相觑，答不上话来。

其时是 20 世纪 50 年代初期，新中国刚成立不久，那一位大领导是专程从北京来小镇唐家观考察民俗的费孝通先生。听说他还是个研究乡土中国的著名学者耶！费老先生目光如炬，从人们无声的表情中，就已经知道陪同者亦似乎有着某种难言之隐，两撇粗长的眉毛浓黑地皱了一下，也就只遗憾地摇了摇头没有继续再往下问。宾主正尴尬间，忽然就不知从何处闯出了一名年轻男子来，只见他身着长袍马褂，脚蹬旧时朝靴，且一表人才，行色庄重得如旁若无人般从他们身边阔步而过。费老先生见状乐了，忙举起手中相机"咔嚓"了一声，于是又目送着这个穿响底朝靴的男子在悠长的街巷中敲一路声声慢或声声紧的蹊跷足音远去……

却依旧没有吱声，更不会晓得这脚蹬朝靴的男子，就是小镇上的唐癫子。

二

唐癫子当然姓唐，小镇唐家观也不只有他们一家是姓唐的。却不晓得他家长辈是有意还是无意，竟给他取了个单名，就一个"朝"字，人们若连姓带名叫他唐朝、唐朝时，自然就能够叫出几许古意的况味来。但除了他的母亲，很少会有人这么叫他，人家开口闭口都喊他唐癫子。况且他也应答得摇头晃脑儿多乐意。

不乐意又能怎样？唐癫子想，幸福是固体的，快乐是流动的，得自己去寻找。

说起来唐癫子还是出身于名门望族，他的曾祖父就曾经在晚清中兴名臣陶澍府上当过幕僚，后来经由陶大人举荐又在南京某地做过知州。陶澍亦是资水小淹人，在唐家观的下手边，两地与之相隔仅三滩四塘的水路。只是唐朝的曾祖父为僚为官十年不到，就因为始终不习惯于官场内尔争我斗及贪腐萎靡的政治生态，也或许是已经洞察到一个王朝崩溃在即，便一纸辞呈直接递送到朝廷，辞去了州官，携妻带家小到了广州经商，且专营家乡安化黑茶和红茶，到他年迈时，已经是羊城屈指可数的几大茶商之一，算得上是一个为安化茶叶日后走向全国乃至世界各地作出了重大贡献的有功之臣。其父唐辉系黄埔毕业的高才生，一直效命于国民政府，因徐州抗日大会战中战功显赫，且授少将军衔。唐朝是少将唐辉原配李氏所生，也是唐将军留在家乡唐家观小镇上的唯一血脉。母亲李氏亦出生于大户人家，上过私塾，也念过新学堂，算得是知书达理的开明女性。丈夫唐辉从尉官到将军，南征北战，于枪林弹雨中九死一生，继个二房三房的她也毫无怨言，且照例按名门家风教育和培养小唐朝。虽是孤儿寡母，家底却也殷实，明摆的商铺就有五间。四间出租，一间自己经营。儿子唐朝也果然不负母望，以优异的成绩考上了当时有名的医科大学——协和医学院。遗憾的是，就在唐朝即将大学毕业的那一年，国民党兵败如山倒，其父亲仓皇去了台湾，从此便杳无音讯。而学成后的唐朝因复杂的社会关系，工商业主的家庭背景，其前程也就可想而知了。

书生一夜成白头，皓首无颜面家母。北平宣告和平解放后，唐朝也想过在京城谋一份职业，但一旦被问及到家庭成分和社会关系时，空有满腹仁医抱负的协和学子却又投档无门，故只能回到原籍唐家观。没想又目睹了老宅被没收、家母挂牌游街等惨状。好在毕竟有见过世面，经历过风雨的寡母似乎早就已经做好了应对的心理准备，领着昔日口出狂言，"不为良相，但为良医"的孤儿搬进了行将废弃的唐氏宗祠的一角，勉强安了个家。度日如年呐！唐朝的精神防线似乎彻底崩溃了，不吃不喝昏睡了数日，但他从噩梦中醒来后，又很快找到了另外的出口，遂成了小镇上唯一的一个高学历疯子。有人搁腕叹息说，"唉，可惜了、可惜了！"但唐朝疯是疯了，却疯得与众不同，不吵不闹，还能时常吟诗作赋，出口成章，神情极是豪迈。母亲亦由着他的性子，因为有天夜里，她曾听儿子说过这么一句梦话,儿子说,"当我们被逼迫到尽头时,我们将不再害怕任何事情。"当母亲的尽管不知道这一句话的来历,儿子的心思她却明白:他这是心有不甘呐!其实他梦中所说的我们将不再害怕任何事情无非就是壮胆。儿子照例遵循着在大学时的作息时间起居,该念书时念书,该作文时作文,唯一令人不解的,就是他疯了之后再也不着学生装和中山装,而是从曾祖母的遗物中找出了自己曾祖父年轻时穿过的长袍马褂,和一双仅存的朝靴,并亲自在朝靴的后跟上一左一右各钉了一块厚厚的铁片,且总会选择在每一天的正午出门,于街巷里逛上一个或两个来回。

青天被屋檐阻隔,小镇上没有阴晴。唯一偶尔有破例的时候,那就是在白太阳当空的正午。仰天大笑出门去,朝靴敲响盛唐音。他似唱非唱,似吟非吟地就在有光照泄漏的此时这么一路走过去。如遇上衣衫褴褛的老人或小孩,便从长袍马褂的怀中掏出一两个温热的银毫子塞给人家。尔后又来一句,"我本蓬蒿人,千金撒尽,且为苍生"!一路摇头晃脑着大步前去,给街巷里留一串豪迈的声符……

唐朝家里并不缺钱,缺的是做人的尊严,至少是能得到起码的尊重,这在小镇唐家观已经不是什么秘密了。有人说是他曾祖父和爷爷经商时留下的;也有人说是他父亲逃往台湾时,曾托人专门给老家的孤儿寡母送过一整箱黄金,以作为对妻儿的抚恤。更有人把后者描述得有眉有眼,说是唐朝的母亲收到弃骨肉而不顾的丈夫送来的黄金后,连看都没看一眼,就请来人将那只大皮箱埋在了唐氏祠堂后院某处砖墙的一角,并丢下了一句话说:"这是我男人用性命换来的,就把它交给祠堂由老祖宗帮他儿子唐朝守着吧!"所以多次被抄家,甚至到后来的搬迁倒是离它更近了。但不论是何种传闻,唐朝癫子确实是给贫弱者撒过不少银币的。

然而唐朝晨起念黄卷古书时,除了复读往圣先贤的"子集经史"外,还读《本草纲目》《黄帝内经》及《诸药赋性》和《汤头歌诀》等医理专著,并且也能吟诵出琅琅书声来,如:诸药赋性,此类再寒;犀角解乎心热,羚羊清乎肺肝等。

其声圆润,抑扬顿挫,如汤汤涌来的资水,绕弯月小镇的吊脚楼清澈而过。人们遂窃窃地议论起来,"唐癫子哪天若不再癫了,没准还是个良医呢!"接话的是个老者,"这有什么稀奇的,不为良相,即为良医。"是唐家祖训呀!街巷里忽有几粒光斑在欢快地跳跃,那是从头顶的檐口漏下来的正午阳光。

三

唐家观既是一条商业街,也是一条民俗巷。资水中下游的各色地方小吃都在街巷里有的是品尝……只有你想不到的,没有你吃不到的。而这些地方小吃的摊主一般都没有什么家底,是小本经营,仅为生计而已。唐家观只是一个流传于人们口头上的小镇,在实际的行政区划序列中,却属于安化县杨林公社辖区内的一个基层农村大队。但又与其他纯粹的自然村不同,唐家观仅有街巷尾子上的柳树湾生产小队人平有三分田七分地,而其他住在江边吊脚楼里的则属于半工半商的另类人口,只能依靠县里下拨的统销粮,也就是有人把它叫墟场粮的定点定量的口粮过日子。这还只是按人头划拨的指标,每人头仅给了22斤,依照小镇人自己的说法,这是只能吃了"吊性命"的粮食,并且还得用钱方可购得的。所谓半工则是从事小手工业,诸如做篾匠、木匠、铁匠、油漆匠和给死人扎椁屋、花圈的纸扎匠,甚至还包括驾一叶小舟在资江里打渔捞虾等;半商则是利用自家门面优势做一点小买小卖,因此这地方上的人做生意靠的就是厚道,既要特色鲜明,又得货真价实,老少无欺,才有可能吸引资水两岸周边的乡邻前往交易和买卖呢。所以县里相关单位如有什么外地来的重要客人,东道主就总会免不了带人来小镇唐家观走一遭,购一些特色商品,馋一馋地方小吃,皆大欢喜,还说下次一定再来。

唐家祠堂的斜对面就有一家米豆腐店。老板娘是个寡妇,男人是在资水驾船跑长途货运时遇难的,寡妇的身边就只有一个女儿当下手。但她们家的米豆腐确实做得不错,而且又很便宜。汤是由猪直骨用一整晚的木炭文火煨出来的,浓而不腻,上面还浮着几星肉沫,白嫩白嫩的米豆腐用蓝花瓷碗满满地盛着,颤颤地飘着缕缕热气,上面盖着金黄色的姜米和青绿色的细碎韭花,每碗仅八分钱。唐癫子每次正午出门闲逛返程时,必会先到店里叫一碗米豆腐吃了才回祠堂去的。

"婶嗳——劳驾您,也帮我来一碗啰!"

唐癫子总是"婶嗳婶嗳"拖着朗朗之音,叫得老板娘心花怒放,眉开眼笑。

"好嘞!"老板娘甜甜地应着,"唐朝侄子,稍等一下下!"她居然也是叫他唐朝。

唐朝耳郭动了一下,遂掀起长袍瞄一空敞的位子正襟危坐,眼睛的余光其实却铺向了别处,还拐得弯呢,比如能透过门缝看到吊脚楼回廊。只是每一次给他递上热腾腾、香喷喷一蓝花瓷碗米豆腐的却不是老板娘,而是老板娘的独生女芳菲。这名字一听就是很有文化意味的,取名的不是她父亲,而是唐朝的母亲所代庖。她与他每次照面,唐癫子都觉得很是拘束,而芳菲却总是笑笑地说:"您请吧!"

偶尔,唐癫子闷着头"嗖嗖嗖"一碗下肚,又还会再续点一碗。一顿狼吞虎咽后便从怀里掏出一张伍角的纸币来放在桌上,也不许找零,便一掀长袍抬腿走人了。

那一天肯定是生意不好。是个怪癫子!望着唐朝远去的背影,芳菲若有所思地在心里嘀咕。那一路敲过去的响底朝靴,就像是一声声敲打在少女的心尖尖上。

又来客人了,老板娘怕街坊邻居见了,笑话自己的女儿虽然不是个癫子,却是个傻子,哪有这样目光拐着弯看人的呢?他唐朝不是已经进到对面靠山脚下的祠堂里去了么?做娘的同时也怕直接提醒女儿有伤她自尊心,便忙在灶台前敲了敲锅沿,但女儿还是没有反应,她这才假装手被锅沿烫着了,"呃哟"一声叫了起来。

"娘,娘你这是怎么啦?"女儿的心果然被牵了回来。

"你娘是打野眼走神,烫着手了呢。"客是熟客,便一语双关地打趣这对母女。

还是女儿聪明,赶忙窜到灶膛前佯装添柴,便随口说了一句,"这鬼天气,好热哩。"娘也跟着打起掩护来,说那确实,锅里的蒸气喷出来就像火舌子在脸上舔。

"那是的,是你们母女脸皮子白嫩得像米豆腐,灶神爷见了也眼馋呢。"

客人善意地附和着,随即又正色地问道,"你家芳菲怕是有十八九岁了吧?"

老板娘说:"嗯啦,呷十九岁的饭了。"

"也该选个好女婿了。是不是已经有了人选?"

"没有,没有。如今连自己的嘴巴都冇得口粮填,哪个还敢把人往家里娶呀!"

"唉,听说乡下吃食堂饭的都饿死人了……"客人只说了一半,就赶紧闭了口。

此类话题芳菲也曾听人说起过,也感觉到这小本生意的米豆腐店越来越没有人气了。"岂止是我家这米豆腐店?整个街巷里都空荡得令人心发虚呢!"芳菲又在嘀咕了,但人总得要活下去呀!她又往对面祠堂里睃了一眼,见吃米豆腐的客人和娘正说着自己婚嫁的事,便有些不好意思,悄悄地溜进了吊脚楼闺房。她的心里像藏了一只小兔子在"怦怦"乱撞,就有些迟疑地站在穿衣镜前怔怔地看自己的影子,可看着看着却不禁一惊:镜子里那一个有着一张白白净净鹅蛋形脸,并在此时正飞着红霞的人是我吗?那窈窕的身段,难怪有人私底下说你原本就不是个卖米豆腐的西施,而是这唐家观镇上的杨贵妃哩。

"喔耶,还杨贵妃呢,杨贵妃明明就是唐朝的嘛!唐朝的……唐朝的……"芳菲喃喃地自语着,随即又冷不丁反问了自己一句说:"你羞不羞呀?"一颗少女心也就忽然有了天花乱坠般的遐思,唐朝只是文癫,他或许根本就没有癫。那些叫他唐癫子的人自己才是癫子呢,哪个癫子能够把整册整册的线装古书像唱歌一样地背诵出来的吗?她于是便觉得,唐癫子或许只是在无奈之中另辟了一种属于自己的人生。遗弃什么、继承什么,在他的行为里原本就体现得极是分明的。芳菲毕竟也是读过高中的,心里亦如明镜一般,照得清是非曲直。但是她对唐癫子的好感和心仪,却似乎与这一切毫无关系,而到底是缘于什么,就连她自己也说不清楚。

四

不久,唐癫子的"神经病"果然就完全恢复正常了。

那一年,是 1961 年,唐朝虚龄 30 岁。

有一天,白驹村年轻的土改根子,首任大队支书记魏山风果真如一阵山风般刮进了唐家观小镇的街巷,闯进了唐氏祠堂,二话不说拉了唐癫子就往白驹村走。

"你唐朝先生癫不癫只有天晓得,今天我魏山风把你拉出来就是要你救人的!"

平日里总喜欢旁若无人来一阙"仰天大笑出门去"的唐朝癫子,这会儿却连屁也没有放一个。终于有人叫他一声唐朝先生了,而且叫他的这个人还是邻村的大队党支部书记!这对于一个自以为从高处跌入低谷,被命运逼到了死角而想要靠装疯卖傻来壮胆"仰天大笑"的人,却突然被一声"唐朝先生"所唤醒,或者更准确地说还是在似醒非醒的途中?这样的一种心路历程,恐怕不是当事者是永远也无法破译和理解的。两人已经过了下游的婆婆崖,就要踏上进白驹村的九峡溪联珠桥了，唐癫子这才仿佛睁开一双惺忪的眼睛盯着魏山风问了一句，"不是饿病的吧？"

"还真是瞒不过唐先生，原来你什么都晓得呀！"

"晓得又如何呢？"

"晓得了你就要帮我救人呐！"

"你我又不是活菩萨，拿什么去救人嘛？"

"这我不管，先生满肚子装着诸药赋性，办法由先生去想，我来当下手打杂。"

"为什么不直接把人送医院呢？"

"你这是要我去丢白驹村的丑啊！"

"那我就死马当成活马医吧！"

"我相信先生！白驹村人都相信先生！"

"如今病人在何处？"

"都临时安排在大队部的楼上了，我担心的是怕有传染病呢。"

"不会的。"唐癫子居然在魏山风一口一声先生的热烈呼叫中恢复了唐朝本色，"我们赶紧走起！"他也就快步如风并交代魏山风说："到了大队部后你立马找人熬稀粥。"

唐朝与魏山风原本是有过一面之缘的。那是在他刚从京城回家不久，有一天早上，魏山风作为白驹村的农村合组组长，去唐家观开一个临时性的片组长工作会议，周边几个村的负责人都到齐了，公社里的领导却还在赶来的路上。魏山风因为来得及还没有吃早餐，正要去米豆腐店时，迎面就碰见了被一群小学生追着喊打倒国民党少将大老婆的唐朝他母亲，当时文质彬彬的唐朝就远远地跟在小学生们身后看着母亲受辱，满脸憋得通红，敢怒而不敢言。没想到魏山风却忽然平地一声雷大吼道："你们这些卵崽子，喊喊喊，喊个尸呀！书又不去读。"学生中有人就认出这是白驹村的农村合作组组长，忙说："他也是基层干部耶。"便一窝蜂地散了。其实呢，还不到20岁血气方刚的魏山风在自己村上斗起地主来也是凶得很的，那一天却不知怎么居然动了恻隐之心。自那之后，唐朝就记住魏山风了。

白驹村突然来了个身穿长袍马褂、脚蹬朝靴的人，凡去过小镇唐家观的人自然都认得他，于是，起初还是窃窃私语，不一会就唐癫子，唐癫子地喊得好热闹。

魏山风就又是平地里一声雷，"你们搞得卵清吧？他是我请来救人的唐先生！"

唐朝还真是有狠,居然把魏山风支使得团团转。按照唐先生的交代,魏山风吩咐几名基层干部打水洗锅熬稀粥,他自己则把唐先生直接领到了大队部楼上。

<h1 style="text-align:center">五</h1>

　　大队屋二楼是全敞式的,四周连护栏也没有,清一色的杉木楼板却很是结实,靠东头还有一个主席台,这应该是考虑到雨天开大会时可以作会场用途的。这一类公家屋在南方农村很普遍,几乎每个村都有一栋。唐朝关心的却不是这些,他刚一上楼,一眼就看到了横着竖着躺在杉木楼板上的十多个“病人”,老者居多,还有一个看上去正是花季的女子。再凑近前仔细观察时,一个个面黄肌瘦,果然都患有严重水肿病。他不禁心就凉了半截。我这怎么给人看病呢?连个听诊器也没带一个呀!

　　“这无疑是营养不良造成的。”唐朝说。

　　“这还用得着你强调?”魏山风一听就急了,“你赶紧看看他们还有别的病没有?”

　　好个唐癫子,他当即就长衫一掀,双膝跪地,趴下身去偏头侧耳就把半张脸贴到了患者的胸前,用最原始的方法听起患者的心肺声来……他这是急中生智才记起在大学听西医导师上课时说起过的。导师说,在听诊器未发明之前,西方的医生只能通过把耳朵贴到胸脯上听患者心肺的声音,直到1816年,法国医生雷奈克发明了听诊器,才让医学推进了一大步。导师还在继续讲中医却是用望闻问切的方式时,教室里竟有人在窃窃私语说,这个雷奈克是男医生遇上年轻女患者时最不可原谅的。想到这,还一直是个处男的唐朝居然把灼热的目光投向了身旁第五个正值花季的患者,心里便陡然像擂起了鼓来,并无端地想到了芳菲……

　　那一天,唐朝一直忙到深夜,在几个基层干部的协助下,大家轮着一个一个给这群骤然晕倒在家或劳动现场的“患者”喂过稀粥,他自己则耐着性子一个个给他们做心理疏道,还反复嘱咐他们回去后,千万不能因为饿苦了乱吃消化不良的食物。那个花季少女却含羞地说:“家里哪还有么子东西能吃呀,野菜都吃尽了。”

"没事的,没事的。"魏山风插话说,"我明天就去公社,哭也要哭点救济粮回来。"

"你就莫扯淡了,公社又不产粮。还是靠我们自己赶紧搞点小秋收吧!"

"唉,这个冬天怎么过呀!"

"还算老天有眼呢,终于把食堂给撤了,炉锅架在自家灶上,总会有办法的。"

原来这十多名"患者"都是吃大散食时留下的后遗症。食堂原本是按人头定量打的饭,吃干时(红薯米饭)每人一勺子,最多也不过三两饭,吃稀时(红薯米熬粥)每人两勺,也就是汤汤水一小钵。而这些饿坏身子的老人则是因为心疼要干重体力活的儿孙,自己舍不得多吃几口让给儿孙才饿晕地上的。至于那个妙龄女子,却是把自己碗里的或干或稀总要省去一半来给她做工的父亲吃,结果……

唐朝这次被魏山风临时拉到白驹村耳闻和目睹了这一切后,内心久久不能平静,他似乎已经觉悟到,自己家中的苦难只能算得是小苦难,也包括眼前这些因一时饥荒而晕倒的父老乡亲……他为自己突然想到这些而庆幸,因为他知道上面早已经想到了。不然不会这么果断就解散食堂……

临走时,魏山风执意要送唐先生,唐朝却说:"别别,不需要这么客气的。"其实呢,忽然又找回了人生尊严,不再是唐癫子的他心里早就已经拨动了小九九。

那一夜月光如水,从羊肠子般狭窄的白驹村大步而出,穿过古香樟树茂密的关山口,又上了两档四头立有石狮石象、而矶墩双面却刻有镇摩龙蜈蚣的麻条石砌成的双拱联珠桥,面对一江汤汤而来,又汤汤远去的资水,唐朝的心里终于有了一种从未有过轻松和愉悦。走在通往唐家观的纤道也是官道上,唐朝已无须再装腔作势,而是开怀放纵地扯开了喉润声朗的嗓门,唱起了还是在上大学校时唱过的《大刀进行曲》来:"大刀向鬼子们的头上砍去,全国爱国的同胞们……"

他这是在为自己即将要去做的一件破天荒的事壮胆,或者说是在酝酿情绪。

那一晚他居然没有回到自己的家里,而是悄悄地摸进了唐氏祠堂对面那一栋三盈两进的吊脚楼米豆腐店。他是从资水江边攀着吊脚楼柱子爬上去的,轻手轻脚地到了临江的护栏内,这小子其实早就已经晓得芳菲姑娘是住在米豆腐门面后的里间耶……这事一直是芳菲打趣唐朝的笑柄,也是芳菲自己当笑谈传出去的。

六

那一件荒唐事发生后不久,唐朝与芳菲正暗度陈仓热乎着呢,白驹村却有人找到唐氏祠堂里来给他说媒了。来者一说起因,就把唐朝的母亲给惊呆了,也把在场的唐朝闹了个哑巴吃黄连。这事还得从前些天唐朝去白驹村救人说起,他不是把半张脸也贴近过一个妙龄女子的胸脯吗?那女子回家后就夜夜做花梦。

"这事你们村的魏山风当时就在现场呀!"唐朝心里一急,也就来不及否定说。

当母亲的立马接过了话茬问:"这件事还真有呀?"

儿子答得坦然:"真有。"

"那你回来了也不告诉妈,也好让妈先去看一眼呐!"

"妈,这事不是你们所想的那样!"

"到底还要哪样?你都把人家姑娘给……"

"我只是给病人听肺腔的声音……"

母子俩正理论着,魏山风就急匆匆进了祠堂,来说媒的那个大嫂一见到魏支书拔腿就走人了。后经魏山风将当时情形一陈述,唐母这才释然道:"我儿有担当!"

原来那个大嫂就是当事人的母亲,她是一厢情愿想要攀上唐家这门亲事。

"叫她们不要来的,"魏山风最后说,"我还想替白驹村攀上你唐朝当兄弟呢。"

于是,唐氏祠堂里就爆发出了朗朗的笑声,就连马头墙上尘封的风铃也笑了。

看来男大当婚事迫在眉睫了,经人介绍,唐朝终于娶了唐氏祠堂斜对面米豆腐店的芳菲为妻。他们两家原本就是世交,相互知根知底,因此夫妻恩爱便是情理中事。其时已经再无人叫他唐癫子了,人必称他良医。这首先是从白驹村传开的,还传到公社书记的耳朵里去了,为他的良医名声做宣传的当然是魏山风。而唐朝却仍然身着长袍马褂,虽说有些古怪,但也是某种遗风的体现,且由他去吧。

"你呀,既不像古人,又不像今人,像个外星人。"经常取笑他的是爱妻芳菲。

唐朝就很是认真地一语双关回答道："外星人会是这样的吗？我这是过来人。"

母亲担心会有人说儿子想复古，忙打圆场地说："他呀，这是已经成习惯了！"

"是的，习惯成自然嘛！"依然还是寡妇且照例开米豆腐店的岳母娘也帮腔了。

于是，两家人全都莫名其妙地大笑起来。笑声在悠长的街巷里传得老远……

一切都似乎是早有准备的，也就在第二年，唐朝就已经是一名有证有照的私家医生了。原来唐朝文癫的那几年，每天都是在苦读医书，如《黄帝内经》《本草纲目》《汤头歌赋》等中医典籍，就是在为这一天到来做准备的，再加上所学的医科专长，唐朝诊所刚开业便声名远播，而且还得到了当地政府和主管部门的高度重视，三番五次邀请他到公家医院当正式的国家医生。只是都被唐朝婉拒了。

诊所的规模虽然不大，但也不算太小。唐朝经与唐市大队党支部曹庆书记沟通，愿意拿出私家诊所的40%股份给大队上做福利，便因地适宜自己画了图纸，将唐氏祠堂改成了唐朝诊所。凡来唐朝诊所寻医问药者，均不收挂号费和处方费，而是只按市价收取药费，确实比其他的公立医院及私家诊所便宜了许多。

唐朝诊所虽然没有对外挂招牌，而坐堂接诊的良医名声却早已经传遍七乡三镇，自开办以来每天门庭若市，生意红火得很。我本蓬蒿人，千金撒尽，且为苍生！或许在唐朝的意识中是早就有了盘算的。唐家观人其实心里亦明白得很呢。

木秀如林，风必摧之。唐朝的私家诊所也是有过劫难的。

头一次劫难是由周边百里的十多家私立诊所联名发起的，他们实名向县卫生局和县公安局检举揭发唐朝，其理由堂而皇之：唐朝假良医之名，实履国民党特务之职等等。唐朝的父亲确实是去了台湾的高级将领，此一说也似乎有理有据的。但唐家观小镇的街邻才不管这些，如母鸡护小鸡一般护着唐朝诊所，而且也同样一批又一批地组织病友们上访县卫生局和县公安局说理：世上能有这么慈善的特务吗？自己劳心给病人诊断，分文不取，而且药价也比别的诊所便宜，住院也不收费的……所反映的全是实情，并且开设诊所的手续一应俱全，也就不了了之。

倒是被人们一口一声良医的唐朝大夫沉得住气,两耳不闻窗外事,每日里照样接诊不误,没有节日假日,无论寒来暑往,晨起早早地用餐,长袍马褂着身便正襟危坐于诊室。病人来了,他也只侧了侧身子,"是哪里不舒服啊?"边聊边伸手把脉,从餐饮习惯,到大小便次数,一遍一遍问过,尔后默神良久才开始处方。

　　"真是多亏了良医您哩,唐医生,我儿子腹泻昨夜里就止住了。"

　　"唐医生,您可真是个良医呀!我家男人的肺痨拖了那么多年,公社和县里的医院也去过无数次,没想到在您这才换两个处方就断根了。您真是个活菩萨哩!"

　　"我哪是什么良医,更不是什么活菩萨,这都是往贤先贤已经总结在典籍中了的。"面对不时上门来道谢的病人或病人家属,唐朝却照例连头也不抬,只指了指壁上写着的:医者心静。哪怕是诊室里挤满了病人,他也总是不慌不忙地应对。

　　"医病无小事,事事关乎人命,马虎不得的。"

　　这是唐朝从医后的口头禅。也确实,有很多人在大医院都未能检查出来的病源,却在唐朝这个小小的诊所里得到了发现,并被他三五剂中药就给治愈了病根。

　　经男人手把手调教成药剂员兼护士的芳菲却是忙得团团转,每每有被治愈后的病人若送来礼物或锦旗,都是由她亲自接待,又是让座又是上茶。"用不着破费的,大家过日子都不容易,我男人是个医生,能够保一方少病少痛是大家的福气,更是对我男人唐朝的福气啊!"于是死活不肯收受任何礼物,只是把人家的锦旗恭恭敬敬地接过来,却不见悬挂于堂中,而是整整齐齐地叠好放进了红木老衣柜中。

　　"红旗锦旗,这不都挂在病友的心里吗?"芳菲的话说得多贴心呀。

　　斜对面米豆腐店的生意也就更加红火了,闺女嫁给了唐朝后,老板娘又请了一个女子做帮手,前来诊所看医生的邻村病友,一旦认出眼前的唐朝夫人就是以前的米豆腐店西施芳菲时,都少不了要去品尝一碗热腾腾的米豆腐以示感谢的。

七

第二次劫难是在某天上午,小镇一切如常,一家家店铺照例敞开了门面。倏听得一阵突如其来的咆哮声遂涌进小镇,"打倒牛鬼蛇神!打倒资产阶级学术权威!"街坊们一时间茫然不知所措,更是惊慌了在玩耍的孩子们……口号声从小镇巷子口一路呐喊着盖了过来,呼喊口号的人们此起彼伏着拳头径直往唐朝诊所涌去。

孩子们被惊吓得一顿乱窜乱叫。街坊邻居们却立马清醒过神来。这一次是公立医院的造反派及不知是从哪里组织来的一群年轻学生,而且来势汹汹,非要把唐朝诊所砸个稀巴烂才肯收场。正当有人欲冲进诊所揪出"资产阶级医术权威"唐朝的时候,也不知是哪位街坊却突然就"哐哐哐"地敲响了只有在发生火灾才派用场的大铜锣,并且边敲边呼喊:"救火啊!快救火啊!唐朝诊所起大火啦!"紧接着就是一拨一拨的街邻提着木桶,端着洗脸盆蜂拥过来,朝着那些来唐朝诊所捣乱的不速之客一顿猛泼……不一会,就连正在忙春耕、离得最近的白驹村人也赶过来了。

终于众怒难犯,来犯者又"呜啦呜啦"作鸟兽散去,从此再无人敢动这类念头了。

有趣的是,其时人们口中的良医唐朝却正在药铺后面的那一间病房里给一位急性阑尾患者做手术,且手术刚做到一半,便听到了外面突起的口号声、敲锣声和喧哗声。患者担心着唐医生的安全,硬是要强忍着疼痛冲出病房说理,却被唐朝一把按住,动不得的!动不得的!语气平和如初,硬是一丝不苟地把手术完成后才长长地舒了口气说:"救死扶伤,乃为医者之天职。我怎么能因为尘世的纷扰而失职呢!"患者感动得泪流满面,在旁陪着的家属更是大恸,但唐朝却只是笑笑地低语说:"不碍事!不碍事!"似乎在安慰病人,或许,同时也是在安慰自己吧。

小镇街坊们为他所做的一切,唐朝是心知肚明的。

也许正是因为明白着这一份淳朴的街坊之情,才有了唐朝的那一颗饱满的感恩之心,才得以使他始终保持着每日能够在诊室里着长袍马褂正襟危坐的坐姿。

而小镇唐家观人，却总觉得之前没收过他家财产和批斗过他母亲心里有愧。

街巷之中，自有高人。果然有一天，就有人提议说："这运动就像吊脚楼下的资水，一波未平，一波又来，我们不如借力打力，干脆派人到北京去，请当年来过我们小镇的费老先生给唐朝医生的诊所题一个招牌，说不准还真能管大用呢！"

众人一合计，觉得此可行，于是由支书曹庆领头，几个街坊代表就去了京城。

费老果然还记得这个小镇，并且更记得那个身着长袍马褂、脚蹬旧时朝靴的叩出满街巷足音的年轻怪人。听了小镇人介绍和反映的情况后，老先生笑了笑，二话没说便展纸握笔，一口气就欣然题了三幅墨色饱满的条屏，分别是：资江小镇上的唐朝诊所、资水北岸上的仁医，最后一幅为：资水唐风。均为颜体大字。

"有意思！真是有意思！"费老一边端详着自己赐名并题写的墨迹，一边却念念有词。只是旁边人一时却并未明白费老所念叨的"有意思"，究竟会是什么意思。良久，费老仍觉得意犹未尽，又主动提出，"我还给唐朝这个怪人凑一副对联吧！"

"好啊！好啊！"小镇唐家观派出的代表终于明白，便一个个乐得手舞足蹈。对联曰：

小镇仁人，拯溺扶危，一片肝肠天日共。

山林奇士，行医劝善，八方疾苦铁肩担。

人们当然还记得，去北京的代表带回三幅条屏供唐朝自己选择定夺时，他却想也没有想，顺手就拣起了最简短的"资水唐风"为诊所的名称。人们好奇地问："为什么不挑有你姓名的和誉你为仁医的呢？"唐朝便笑答："盛唐遗风在资水。"

哦，原来如此，唐先生心里是自有个菩萨的。挂招牌和对联的那一天，是1979年孟春一个大好晴天的正午。其时，有金灿灿的暖阳如期从街巷檐口的缝隙间筛落下来，闪着，耀着，硬是把木刻的招牌和对联也镀上了一层春晖闪烁的颜色。

"谁言寸草心,报得三春晖。"这是在那一天唐朝口中朗声而出的十个字。

其实他还针对汤玛斯.潘恩的名言说过另一句话,"当我们以赤子情怀面对这个世界时,我们才将有可能真正地不害怕任何事情。"不过这话他是在心里说的。

如今,年过九旬的良医唐朝大夫确实是老了,但他总说自己老得其所。

老夫老妻的唐朝与芳菲膝下有着一儿一女,男儿名唐继,承家父医德,坐堂问诊,自有传人;女子叫唐风,在镇小当老师,传道解惑,兢兢业业。而鹤发童颜的唐朝老医生,虽然不再介入诊所事宜,却依旧是身着长袍马褂,套一双响底朝靴的习惯不改,且时不时喜欢领着小小孙女和小小外孙,沿吊脚楼某处的麻石码头而下,临江指点着汤汤远逝的一江资水,说道着些孩子们似懂非懂的陈年往事……也还偶尔深情回头,望一眼自己当年攀爬过的芳菲家吊脚楼的临江回廊。

长河流日月,遗风惊波澜。而新月般紧紧钩着资水江湾的唐家观小镇呢?

鹤眼识故人

《鹤豹古今注》中载，"鹤千年则变成苍，又两千岁则变黑，所谓玄鹤也"。

一、鹤眼识故人

七百里荡荡资江，俗称野河，两岸山壑纵横连绵，每隔三五里便有一条鲜活溪流奔腾注入，这当然是好事，江河不就是由无数条小溪壮大起来的么？但事物也总会有另一面，一涨一退的山溪水致使江流起落无常是为必然，且河床之中多有暗礁，尤其是在流经中下游的安化境内后，还有一条名叫崩洪滩的长滩，并由于江心有着三座荒洲首尾衔接紧逼，落差大，流速快，主干流故成了一条夹缝。

关于崩洪滩的传说颇多，但驾船人却只晓得"过龙门"，且有滩歌为证：

资江七百里，

野河驾船难。

鲤鱼跃龙门，

难闯崩洪滩。

江河流日月，船总归是要行的，于是又有一首滩歌在江峡中回响：

前面滩涂打烂船，

后面滩涂船扬帆，

顺流飚滩险中险，
逆水行舟难上难。

　　打小就曾经在崩洪滩拉过纤、而后来又成了作家的传灯，还专门为这一条长滩写过一本书名叫《纤痕》的散文集，集子出版时，同是喝资江水长大的刘鸿伏先生在序言中如此说：传灯生长在资江之滨某个贫穷封闭的小村，从小就失去了母爱，为着生存，可以说历尽了人生种种苦难。围绕着资江那一方水土浪迹求生，十多岁就在崩洪滩拉纤给船队打短工，唯一支撑他的就是对文学的执着和热爱……漂泊的传灯常置身日月合璧、大江疾走、静穆山川的造化之境，见到的是死生契阔、血泪爱恨、悲喜荣枯……他的作品往往呈现着一派苍莽厚重气象……

　　不过以上所说，已经是过去的事情，如今的资水安化境内仅 40 里水路就修建了三座低水电坝，不但水势可以任意调节，而且河道也得到了相应疏浚，崩洪滩河段便成了一处激流飞溅雪浪花的秀美风景。尤其是毗连于江心的那三座峰峦般的荒洲之上，也似乎增多了不少禽类，而北岸崩洪滩头的孟公塘江湾，原本是一处杂树与水竹丛生之地，却忽然在数月之间就长出了一栋造型别致的江景楼。

　　"哇，真是有眼光耶！在这样的江湾里建房真是太爽了。"

　　"可不是吗，白天有阳光照着，夜晚有月光笼着，还有江上清风徐来……"

　　"这对话的声音却如风，如江流，当然也就只有风与江流才能听懂。"

　　天很高，云很淡，水色清澈透明，让人疑心水就是天空的镜子。

　　这无疑是在仲秋季节。

　　能一眼见底的孟公塘江湾深潭里，有茂密的水草如戏子弄舞的绿绸水袖，但鱼虾却少得屈指可数。忽有微风徐来，又是那如风如江流的声音在说："唉，不得了哟，若是长此下去，只怕鱼虾都会绝种。这人类呀，就是贪婪，就是太贪婪啊！"

　　江湾里的静水遂惊起了波澜，一圈连着一圈，如一个又一个盛开的问号……

　　"就是嘛！在同一条河流上建那么多低水坝，未必就不怕哪天惹怒龙王爷？"

　　"岂止是惹怒龙王爷，江河的生态坏了，人也会没得活路的……"

　　一抹淡云轻移，阳光便弱了些许，有两只白鹤的身影也就映入了传灯的双眸。

　　对话的就是这两只鹤，是人们传说中已经修炼成仙的鹤，因为仙鹤的羽毛不再白如初雪,渐与天光同色,而只有在黑夜一身羽毛才会生出熠熠光辉。这两只仙鹤到底在这一段江域上生活了多久?无人晓得,就连仙鹤自己怕也未必清楚。

然而仙鹤的目光如炬,也就是说,它俩已经认出了这一栋江景楼上的主人了。

是两个人,一个男人和一个女人。

男人叫传灯,是一个靠自学成才从山那边的白驹村里走进了省城长沙的作家;女人叫张菊儿,是传灯的结发妻子,并有一儿一女,儿子叫传承,女儿名传奇,但自从传灯携家带口进城后,即便这真是一对仙鹤,知道的也就只有这些。

不过之前的一些陈年往事仙鹤却是晓得的,菊儿娘家就在著名的唐家观。

说唐家观有名,那是指在旧社会。

资江野河如野马,一路奔腾咆哮,闯过无数长滩,到得唐家观处,便是一个水流平缓的江湾。江岸有群山连绵,名五马奔漕,吊脚木楼依山傍水而建,鱼鳞青瓦的木屋檐口衔着檐口,甚是别致而又极显祥和。或上或下的水上人一眼望过去,就像望见了一弯迷人的月牙儿,瞬间就点亮了他们的目光,于是便心怀好奇在江湾里收了桨橹把船停下来,扎下铁锚也插了竹篙,三三两两的就沿了麻条石码头拾级而上,入得由一块紧接一块溜光青石板连成的街巷时,就更是大开了眼界:这街巷好深好繁华啊!珍稀山货如笋干菌类等,用竹篓或用木盆盛着,每隔七八户人家门前就有一堆;特色小商品如奇石、根雕、竹刻等琳琅满目;更惹人嘴馋的还是地方小吃,如糯米青团、蒿子粑粑、米豆腐等应有尽有……把能够看透湍急江流的水上人眼睛都看花了,肚子里的蛔虫也闻香蠢蠢欲动爬上了喉咙。

唐家观小镇的人气,就是如此这般日复一日地旺起来的。

那时候,凡是在七百里资江吃水上饭的人,都晓得有一个叫唐家观的小镇。

只是在新中国成立以后,首先当然是工商业和土地改革运动的兴起,打破了小镇人一代又一代摸索出来的原有的经营模式,一些与邻村有农产品供货契约的百年老店,一夜之间就被划归为工商业兼地主,成了典型的剥削阶级,再就是不久成立了合作社,镇上的青壮年又被强制要求不得外出跑生意,既不属于吃国家粮的城镇人口,又无尺田寸土可以耕种,更无山中林地能够经营的唐家观,遂变成一个纯粹靠做手工活或下水打鱼挣钱购买墟场指标粮过日子的所谓"小镇"了。

菊儿姓张,是唐家观小镇上一户普通人家的长女,她下面有三个弟弟和两个妹妹,父亲是个铁匠,母亲是家庭妇女。可想而知,在这样一种生活环境中长大的菊儿该有多艰辛,她 12 岁就已经辍学在家了,跟着镇上的女人们开始学织箸笠和编凉席,好在她心灵手巧又勤快,大家左一声菊儿右一声菊儿的叫,甚是讨街坊邻居的喜欢,直到帮父母把弟弟妹妹全都带大成人,她也就成了个大姑娘。

菊儿这名字,是她打铁的父亲顺手从江湾里捡来的。

20 世纪 50 年代,小镇唐家观与全国各地一样,照例是物质生活最贫乏的时候。好在吊脚楼下有一湾资江,且年年岁岁每逢秋冬江水必枯瘦。大凡在这样的季节,唐家观吊脚楼下的江湾里,平时靠叼食活鱼养得毛色发亮的水獭早已潜入下游的孟公塘,唯有来不及逃生的河虾搁浅在水草中,亦引来了鹤群徘徊于江湾。

这一天下午,年轻的张铁匠也夹在前来捞鱼虾的人群中。

他家里有一个怀胎九月的孕妇,或许就正等着河鲜补一补临产的身子呢。

突然,小镇唐家观就炸响了"劈劈啪啪"的鞭炮声。人们仰首望去,便冲着张铁匠道喜,"恭喜恭喜啊!张师傅,你老婆肯定是给你生了个小铁匠!"张铁匠听了就笑眯眯地说:"那就好,那就好,我将来也好有个帮手!"提起脚踝边的鱼篓子就飞快地上了江岸。一双下水时脱掉的布鞋,静静地躺在江岸纤道旁金灿灿的野菊丛中,拾鞋的时候,张铁匠却没有忘记顺手摘了一枝素面朝天的金菊。他是要用这一枝金菊花去犒赏为他生了个小铁匠的老婆。张铁匠家就住在小镇唐家观下街进口处的麻条石码头边,也是一栋吊脚木楼,原来分给他的时候只有三楹两进,后来他又利用码头过道的空地与邻居说情,檐口衔着檐口又新加了一进,中间是堂屋,左边是住房,右边是门面。门面是专门用于作锄头、斧头、镰刀等铁器产品的展示厅,打铁的工作间就安排在吊脚楼下临江的第二层。此时,乐得像个笑和尚的张铁匠拎着双赤脚刚进家门,把鱼篓子往堂屋里一扔,进房就要从接生婆曹妈手中抢婴儿。曹妈就紧张了,怯怯地说:"是个没带把的女娃子。"没想到张铁匠却更加高兴说:"女娃好!女娃好!我就是盼着要先有一个女娃!"曹妈听了先是一怔,立马就又喜笑颜开地附和道:"那确实,先开花,后结果,儿女一大箩。张师傅好福气哦!"并笑笑地要张师傅给女儿取名字。张铁匠把手中菊花在婴儿惺忪的眼前一晃,大声地说:"叫菊儿呀!"江湾里即刻便有了回声,"叫菊儿呀! 叫菊儿呀!"

正出没在江湾与捞虾的人们抢食的鹤群,先是受到了鞭炮声的惊吓,紧接着又是张铁匠金属般的声音荡过来,便觉得此地太过吵闹,也就展翅去了别处……

而如今,菊儿与传灯结婚一晃就快要满40年了,紧日子,累日子,风风雨雨地一路走过来,还刚刚过上几天舒坦的闲暇日子,男人却又说要回乡下老家盖房,还说是"回至本处"。有什么办法呢?自己虽然放心不下在城里的孙女和外孙,但总不至于让传灯独自回乡吧?纵有万般无奈,也只好清点行囊追随男人。

其实就在太阳稍微打盹的那会儿,两只仙鹤的身形,也已经映入了在江景楼阳台上手捧黄卷的老者的眼帘,虽然只晃了一眼,传灯却已经有了一种似曾相识之感,甚至连仙鹤的两次对话他也仿佛听懂了一些,于是就一声慨叹,"这人呐!"

双鹤听得一惊,在楼房近处它俩落脚的一棵松树的松枝也就跟着颤动了……

这对仙鹤原本也出游多年,在一个鲜为人知的岛上自行修炼,即便回到了资江也很少在白天行动,多是于月华如水的夜晚才会出来觅食,也很少驻守在某一处滩涂,能见到它俩的人没几个,但是,关于有白鹤修炼成仙的传说却流传已久。

传灯回老家建房,历时已有年余,也是头一次有幸见到这一对仙鹤的真身。

不过也难怪,在工地上值夜班守材料的是他的老兄传薪,而进材料并监督工程质量的是他的儿子传承,传灯自己则负责管伙食,他们租用了株溪口的一栋民房。开始的几个月,他老婆菊儿因为身体有恙还留在长沙的家里养病,而当时又正逢屋基平地、砌护坡,每天有十几号民工做的虽然是包工活,但午餐得由东家提供,起初是由传承开车去小镇唐家观外买来的盒饭,但也就只吃了几餐,传灯觉得实在难以下咽,便跟儿子说:"己所不欲,勿施于人。"还是我做给大家吃吧!

于是,他一双拿笔杆子的手又弄起了锅铲来。居然做得像模像样,还赢得了民工们的一片叫好声。传灯则笑出一脸得意说:"这有何难?又不是造卫星上天!"

他还正走神呢,那两只被阳光隐去了身形的仙鹤又开始在对话了:

"这位手握黄卷的老者真是几十年前常混在纤狗子堆里拉纤的那个少年吗?"

"怎么不是?你再好好看看呀!"

一阵沉默,应该是另一只仙鹤在从老者的身形上寻找他少年时的影子。

是传灯呀!还真是如古诗里说的:少小离家老大还,乡音无改鬓毛衰……

"是的。我们不老,是因为常饮夜间清露,人就不同了,吃的全都是……"可鹤语只说到一半,那一株松树的枝丫又颤动了,难道是天机不可泄漏?传灯在想。

江风仍在轻拂,江面微澜荡漾。传灯的两个耳朵也仿佛拉长了,之后,便含笑合上了黄卷,是一卷仿宋版的《易经》,继而遂朝渐逝的一道白光挥了挥手……

二、建勇叔是一个绅士

传灯也曾耳闻过有白鹤修炼成仙鹤的传说,那是在建勇叔家里喝茶的时候。

在整个株溪口,甚至还包括白驹村,能拥有一间免费供人休闲聊天茶室的也就只此一家。建勇叔自幼就没有了父亲,17岁去广州打工,在打工时认识了同是安化妹子的同事小简并结为夫妻,两人省吃俭用有了五位数的积蓄后,也曾自己当过小老板,既开了一家小型家俬店。直到30岁那一年,因为儿子已经到了要上学的年龄,一家三口才决定回家。于是在联珠桥西头的口子上,也就有了这一栋新建的六柱两层的红砖屋,楼上为卧室,楼下为榨油坊,还有厨房和一间茶室。

这一栋新屋和这一份家业,是夫妻两人在外打拼13年的结果。也不仅仅只是为了节省路费,更主要的还是有着不混出个人样就不回家的想法在作祟,建勇硬是强忍着念及老娘的男儿情愫,13年没有回过株溪口。但自从一旦决定了要携妻带儿回家的那一刻起,到与客户清账并做有关准备的整整半个月时间里,他却忽然像得了一场怪病,茶饭不思,坐卧不宁,直到真正回家了才又精神起来……

这是只有初中文化的小简,也就是建勇他爱人给透露的。小简还说,在外打工的人,其实都得过思乡病。这种病也只有真正回到了土生土长的家里才能治好。

这话对菊儿振动很大,也有很大的启发,她居然说:"建勇婶婶也是个诗人。"

建勇其实比传灯要小十多岁,传灯是按辈分叫他的,俩人都同是曾经担任过族长的银和公子孙,没出五代的。但儿子传承也叫他建勇叔,叫爷爷双方都尴尬。

建勇叔泡茶总是笔挺着身板,不疾不徐地注水入壶,揾盖,出汤,茶倒进公道杯后,还会用毛巾先将公道杯沿擦拭一下才筛茶进杯。在此过程中从不苟言笑。

建勇叔是株溪口和白驹村里唯一的一个绅士,这话是传灯说的。

当时有十多个年轻伙计正围着一张仿红木长条茶案喝茶聊天,在建勇叔家这样的自发聚会几乎每天都有,有时还有两次,茶好茶歹,也都是大家凑的分子。

"建勇是绅士?"其中一个绰号叫满巴子的后生听得一头雾水问,"绅士是嘛子?"

"这还不晓得?土豪劣绅呀!"接话的叫跃龙,他还补了一句说:"冇读过书的!"

"丢丑,丢丑啊,你们这些冇文化的,真是丢了我们株溪口人的大丑!"坐在传灯左侧的夫明特爱面子,穿着也讲究一些,看样子就是地方上最具权威的大哥。

满巴子叫满明,是夫明的大弟弟,心有不服地冲着哥说:"这也算丢丑?"

夫明有兄弟四人,个个都是牛脾气,当地土话叫"一铳硝"。

入乡随俗,传灯忙用方言打圆场说:"满明也就是一铳硝,这有嘛子丢丑呀!"

夫明这才岔开话题说:"毕竟是当作家的,就是见多识广,建勇确实像个绅士。"

建勇却不好意起来,腼腆得像个姑娘说:"只有传灯哥……他却称传灯为哥。"

这时,茶室门被推开了一半,一个白发妇孺的脑壳先闪进来,跟着又进来了半边身子,原来是建勇他老娘,现已80高龄,常有病痛,却总喜欢管儿子闲事。

传灯就率先起身,礼貌地叫了一声"元奶奶,您老进来喝茶呀"!

于是大家都站起来欠了欠身,遂弄得板凳脚走出一阵响动,把靠窗台上方正在结网的一只蜘蛛也吓得细毛脚一松,在空中荡起了秋千来。老人却嘴一扁,说了一句,"这是你们年轻人的天下,哪有我这黄土都填到脖子上的人容身之地呀"!

元奶奶转身走了,门却仍然开着,建勇去掩了门后,微叹一声又落座泡茶。

这样的事是常有的,不过平时只看一眼就走了,老人嘛,总有些神神叨叨。

茶过两泡,不知怎么就扯到王道士三探陶山洞上来了,这事传灯在年少时也听说过,说是洞中有洞,分别为风洞、水洞和火洞,每个洞口都有成了精的怪物把守。但从夫明的口中说出来,就更玄。他说:"水洞的门口,躺着一根十丈有余的粗皮松木，那实则是一条已经修炼成精的巨蟒，就连王道士也没有看出来，他当年初探陶山洞，把鸡公头按在松木之上，正欲手起刀落斩鸡头祭神明，却不料那一根粗皮松木倏忽立地而起，洞中亦顿时山呼海啸般卷起了滚滚洪涛，王道士吓得险些儿魂飞魄散，无奈中一口咬破食指，将鲜血涂抹于随身携带的、据说是在梦中由太上老君所赐的那一柄降魔宝剑之上，然后便一剑刺向松木，遂听得一声巨雷炸响，松木骤然倒地，一摊黑血……"夫明是这帮年轻伙计中的文化人，而且还是省属国有企业、也就是曾红极一时的资江机械厂的正式工，企业破产重组以后他就没有再去上班，但每月却有 2800 元工资打入他的银行卡。他正说得头头是道，建勇忽然就问了一句，"夫明，你横竖跟天师一样，晓得有仙鹤的事吗"？

建勇其实是帮传灯问的，他晓得当作家的就爱听这些新鲜事。

"这还不晓得？亏你还绅士！方圆百里的人都晓得的事你还问我。来，先给我倒一杯茶再说。"夫明就摆起架子来。是刚注入公道杯的滚茶，他沾了下杯沿，把杯子放下，正要掏烟，传灯就抢先递了一支，也给每人递了一支。夫明"啪"地打燃火机，点上烟深吸了一口，话与烟雾一同喷出："松鹤延年，松和鹤寿命都长，有松树活成精的，鹤就更不用说，上了一百岁的就是仙鹤，经常出没在我们崩洪滩荒洲上的那一群白鹤当中，就肯定会有仙鹤，只是我们即使碰见了也不一定认得。"

跃龙就捧着嘴巴笑，脸都涨红了，却还是没忍住说："原来你天师也没见过呀！"

大家就趁机你一言我一语互相抬杠，结果是"死蛤蟆争出尿来"，哄笑而散……

这是一帮谁也不信服谁的伙计，传灯称他们为一帮闹武神（即爱起哄的后生）。能经常来建勇家茶室喝茶聊天甚至动辄争执吵闹的，大多是株溪口的闹武神。不过闹武神们闹归闹，心地却坦荡，所以夫明曾说，"真理就是争出来的理！"

传灯则在私下里认为，在一个地方能够有这么一间茶室，就如同有了一处道场。而能够在工余饭后，静心为来茶室的闹武神们执壶泡茶的人，便是绅士无疑。

从那以后，建勇绅士就几乎成了他的别称。可见传灯的话还是有影响力的。

回忆中一个上午溜走了，传灯正要起身，里屋的菊儿在喊："呆子，吃饭了！"

传灯进屋时，又回头望了一眼侧首的那一株松树，心想，仙鹤还会来吗？

三、还至本处

"呆子"是菊儿随口叫男人叫出来的一个绰号,其实说是符号还确切一些,因为她很少叫过男人的名号,平素总是叫他哎!或者哎哎!是搬入江景楼以后,男人像着了魔一样,一旦黄卷在手,就会倚阳台栏杆一站就是小半天。这都是些什么书呀?菊儿在嘴上嘀咕,心里却在怨言天澄先生,也真是的,我们家顶楼的藏书室书还少吗?上千卷呢!还要给他带一堆线装书来,这不是带来寻伴凑热闹吗?

天澄确实是来寻伴的。他曾与传灯共事多年,还是在新世纪初,传灯居然一拍屁股离开省委统战部的党刊《统一战线》杂志社,放弃了好端端的执行主编不当,把人事档案交给人才交流中心后,下海以自觉文化公司的名义承包过省作协的一家内部刊物并更名为《新作家》,天澄在公司任过副总兼杂志的策划部主任。

那是传灯人生中最具浓墨重彩的一笔。但他自己却很少旧事重提,也并不希望有曾经的部属再去复制。正如他后来与天澄在某次闲谈时所言,既然是浓墨重彩,一笔足矣!天澄却回道,也无人能够复制。那时,他率领公司一帮热血文青纵横江湖,无往而不胜。他们在经营杂志之外,还与出版社合作策划出版了一批地域文化丛书,传灯不但亲自策划选题,还亲自给市(州)一把手致函拉业务。

第一单业务是从最南边的郴州市开始的,他笑说:"这是象征紫气南来的意思。"

果然不出一个星期,收到策划文案与信函的市委李书记就来了电话,此人也是个文青,曾有散文上过《人民日报》文艺副刊,彼此当然亦是熟悉的,他劈头盖脸便说:"传老师,方案我看了,16万块钱给我市做一卷地域文化丛书,钱肯定不是问题,但我想问问你,书名叫《诗画郴州》是不是太夸张?"传灯听了哈哈直滚,待缓过气来才说:"李书记,您这也太低调、太谦虚了,名山皆入画,秀水总成诗,有着国家森林公园之称的莽山和有着碧水美誉的东江湖还不诗画郴州吗?"

对方亦哈哈大笑说:"也是,也是,那就借你吉言,预祝合作成功吧!"

第二卷是做邵阳,在传灯心里这其实是最有把握的一卷,但不知为何对方却久未回音。"哈,蒋书记架子还真大!"传灯说。这回是他亲自挂帅与天澄一起驱车前往邵阳市委去找蒋书记的,出发前他跟书记秘书通了电话,但秘书似乎对此事并不热心,说:"书记今天没时间,上午是常委会,中午要接待省发改委客人,下午还得陪客人去扶贫点虎形山考察有关项目。"传灯耐着性子听完,便只对秘书说了一句:"就请你转告书记,说传灯上午十点去办公室拜访。"他掐准这是会休期间。

　　天澄当时便在心中揣度,人家会接待我们吗?但接下来的情形还真让他对自己的老总刮目相看。两人准十点就上了邵阳市委办公大楼二楼,传灯领着天澄直奔 208 室走去,门果然开着,看样子蒋书记也还刚入老板椅,见了传灯虽然并未起身,却笑脸相迎说:"传作家,是专程为有偿作文的事来的吧?"在后面的天澄听了一愣,进门的脚步也便迟疑了,却没想传灯接言亦是单刀直入说:"难怪有传闻说蒋书记您很快就会进省委常委楼,入主省委宣传部部长,管我们这些做文章的喉舌,您这是要先给自己手下人一个下马威呀!"他停了半拍又说:"当我是说醉话。"

　　书记办公室里顿时一片寂静,秘书端茶的手也僵住了……

　　唯有窗外的知了却在高一声低一声拉长了调门:"吱——吱呀!吱——吱呀!"

　　其实也就只有几十秒钟吧,蒋书记倏然起身,说:"传大作家,请坐,请坐!"

　　他俩原来是老相识,传灯还在安化县文化馆时,曾有幸获得过全国五一劳动奖,蒋是当时的益阳地委宣传部部长,也就是说,传灯曾经是蒋部长树立起来的一面旗帜,后来到省委统战部任杂志执行主编,在采访党外副市长与我党合作共事时又有过交集,这当然不是最主要的,他之所以敢在堂堂市委书记面前说话如此高调,是因为在省委分管意识形态的副书记家喝酒时,蒋曾多次请传灯代劳过……

　　蒋书记再开言时便说:"为什么书名叫《铿锵邵阳》? 我还在消化中呢!"

　　这就是权力对文化人的傲慢!策划文案中不是明写着吗?传灯在心里说。但他接下来的话便是侃侃而谈:"书记您这是谦虚啊!第一个提出睁眼看世界的魏源就是邵阳隆回人,而扎硬寨打死仗,打落牙齿和血吞的曾国藩是邵阳双峰人,这还不是铿锵邵阳?那么在 21 世纪之初,您领导的班子会不会也发出铿锵之音呢?"

原来是这样啊！蒋书记居然满面春风，一锤定音说："好，这个单我们接了！"

传灯上车后跟天澄说："蒋这个人我太了解了……"一脸诡谲，但话只说了一半。

只是刚好三年期满后，传灯又被省文联谭主席亲自出面做工作调入了文联机关，并推荐选举为某协会副主席兼秘书长。那时他还并不知有"还至本处"这一禅语，但心里却是有着这一份意思和觉悟的。而天澄后来也被招聘进了省文化厅书法研究院任职，俩人从此也便升级成了亦师亦友的好兄弟。天澄是北大历史系毕业的高才生，因某种不可言说的缘故而没能够进入公务员队伍，但"忧戚"二字却无时无刻不揣在心中。也许是为了排遣心中难以化解的情绪吧，他不但在应付工作之余常与古籍黄卷为伴，而且只要一旦有机会，就总是不会忘把自己从往圣先贤那里得来的感悟，用很平实的语言道出来与传灯分享。为此，传灯对天澄也就常以先生相称——尽管他始终称传灯为老师，还找出理由来说："自古经师易得而人师难求。"菊儿也随男人称天澄为先生。她是曾上过几年初小的，但全都交还给了老师，只勉强能认出其中几卷的书名，如《易经》《大学》《诗经》等。

这一栋江景楼，名义上是传灯和菊儿的养老屋，实则是暗藏了玄机的。

去年孟春的某个周末，传灯刚办理过退休手续没几日，天澄就在传灯入住的湘江世纪城豪庭苑小区前的江堤上发来微信："老师，我已经到你楼下了。"传灯会心一笑，也就随手回了一个"ok"的表情图案。这是他俩经常一起散步聊天的去处。

天澄见了传灯，开口便说："祝贺老师从此解脱了！"

传灯亦答得敏捷："是的，总算可以'自家意思'了（自家意思为周敦颐语）。"

天澄又言："古人有30年为一世的说法，您这是三世之初始，是还至本处了。"

他俩每次在一起或散步，或品茶，传灯其实都总是习惯于听天澄在说。天澄也总是会不厌其烦地把自己与往圣先贤晤面于古籍黄卷中的心得，如潺潺流水般从口中涌出，他这是有意为之在给传灯补历文化史课。但那天从他口中不经意说出的一句"还至本处"，传灯回家还专门从百度上查找过去处："还至本处"原来是语出佛教经典《金刚经》的第一章节。传灯读过后寻思良久，并在口中将"还至本处、还至本处……"默念了数遍，从此便动了要回乡下老家盖房养老的念头。

老婆菊儿第一个就提出了反对意见,她说:"你这人也真是的,奋斗了大辈子不就是想要做城里人吗?如今又说要回乡下老家盖房养老,这不是折腾自己吗?"

传灯就赔着笑脸说:"此一时,彼一时,这是两码事呀!"

分明就一码事!菊儿心里其实是不舍得离开正在读小学的孙女和外孙。

传灯说:"这叫还至本处。你不懂的。"

男人此言一出,菊儿就再不吱声了。她确实不懂男人,这是文化的沟壑。

其实传灯回乡下老家盖房还有一个动机,那就是自从他下海经营自觉文化公司以来,就已经开始在做挖掘和整理湖湘文化方面的工作,至今已经完成了如《湖南胜迹图志》《湖湘历代诗文集》《湖湘四水一湖图说》等,还与全省各市(州)合作,编辑出版了若干分卷,虽然省图书馆有收藏,但他也想在自己家里有一个专门的藏书室呀!这就是菊儿说的,我们家顶楼的藏书室书还少吗?上千卷呢!

天澄是传灯入居江景楼后,头一个来家里打住了十天半月的人。

他这是经不起传灯左一个微信,右一个晒图的诱惑应邀而来。但毕竟是好友搬入新居,贺礼还是要送的,至于送什么好,他还颇费了一番斟酌,最后才决定干脆就送一榻仿古线装书吧,这也正好应了那句"书生人情纸一张"的老话呢。

天澄先生的到来令传灯大悦,他不仅每天亲自执壶为先生泡茶,还把乡绅建勇叔也介绍给他认识了,他俩居然一见如故,有相见恨晚的感觉。不过这事也见怪不怪,因为在此之前,他们彼此早就从传灯的微信朋友圈或言谈中认识了。也正因为如此,建勇叔一有空闲,就会从株溪口的桥西档头到崩洪滩头的江景楼来陪天澄品茶聊天,天澄照例是主聊,并且照例是聊往圣先贤并经史子集。作为受益者的建勇叔还隔三岔五开了一条装有小马达的渔划子到江景楼下,于是三人便又乘舟去江心的荒洲之上,或一起在笨头憨脑的河卵石中捡拾资江奇石,或从芦苇丛中找寻野鸡并其他飞禽生下的蛋,当然更多时候是拥礁崖而坐欣赏白鹤……

某日天澄说:"老师此次还至本处,不仅可以颐养天年,或许还能得道成仙呢!"

天澄还说:"从常来陪老师的建勇叔身上,我发现他隐然有一种君子之风。"

传灯便笑言:"先生前一句只能信一半,而后一句是可以全信的。"

建勇叔却依旧只是腼腆地笑了一笑,他或许是听懂了,又或许没有全懂。

传灯的老兄传薪因为弟弟盖房也回了老家,老兄传薪虽然年近七旬,却仍然在长沙湘江世纪城做地下车库清洁工,月薪两千元,还是弟弟传灯出面找社区的熟人介绍进去的。他这次是辞工回来帮弟弟盖房守材料的,建屋花钱如流水,能省一个是一个呀。传薪在电话里跟传灯说:"我回来帮你看守工地上的材料吧!"传灯一想,这事还真得有个靠得住的人,于是便说:"那也要得,不过你这次回来就干脆别再出去打工了,届时让传承找人帮你把老屋整修一下,以后就在家里养老算了。本来也可以跟我们住一起,但就怕……"传薪就抢过话说:"我还是住老屋里好些。"他当然理解弟弟的担心,谁让自己的儿子不争气,染上了败家的毒瘾呢。

传薪是在长沙就认识了弟弟的好友天澄先生的,所以他知道天澄来了后,也常过来陪天澄喝茶,听他聊往圣先贤。有一次,天澄见他兄二人默契对视,便感慨道:"孟子曰:君子有三乐,而王天下者不与存焉。"父母俱在,兄弟无故,一乐也;仰不愧于天,俯不怍于人,二乐也;得天下英才而教育之,三乐也。孟子再三强调王天下者不与存焉!传灯知道这是在鼓励自己,便接言道:"可惜父母不在。"

传灯是被菊儿的一声"呆子,吃饭了"给叫醒过来的……

午餐有三菜一汤,这是起码的标准:一个青椒炒蛋,一个秋茄子和一个苦瓜干,外加一个咸菜汤,全是素食,但吃得放心,时鲜蔬菜全都是在人还未搬入新居前自己种的,在江景楼一侧还用废弃的渔网围了个圈,里面圈养了几十只公鸡母鸡。两人在各怀心思中细咀慢嚼。男人边吃边回味着"还至本处",而女人却在担心男人住进了江景楼后是不是中邪了,因为每次上了阳台,传灯其实也很少翻动书页,而是把目光怔怔地只盯着信手打开的那几行竖排繁体字,或干脆合卷面对江天翻白眼,不就是秋天的水,秋天的云,或偶尔跃出水面的鱼,或横飞江面的鸟,或栖落荒洲江渚浅水处梳洗羽毛或啄食的一群白鹤吗?有什么好看呢?

"呆子!吃午饭了。"有一天,女人端菜上桌后,也是这样隔窗随口叫他的。

"你叫我什么?"男人遂回头,满脸疑惑的样子,并且又补了一句,"就刚才。"

"刚才怎么啦?"女人觉得好笑说:"刚才我在叫你这个呆子呀!"

"哈哈,这名字好。你以后就叫我呆子。哎,哎哎叫得我耳朵都长出老茧了。"

这时张菊就已经生气了,连声说:"呆子就呆子! 呆子……"

"哎! 哎! 哎哎——!"男人的回答声脆亮而又爽快,把江渚上的白鹤也惊飞了。

想到这里,菊儿的心就软了,于是便无厘头地又说了一句,"还是个真呆子!"

传灯听了一惊,心想,让夫人受冷落了。

两人正好同时放碗,传灯便真心诚意地说:"对不起呀——让你受冷落了!"并立马就站起身来,走过去拉起了菊儿的手又说:"走吧,我们散步去株溪口联珠桥。"

四、在联珠桥上的日子里

去株溪口出门往左走,得上一道缓坡,再下一道缓坡,也就 600 米远近,中间有座山叫白驹山,白驹寺旧址就在山顶上,以前香火很旺,如今成了废墟。这是当初选址时,少当家传承特意用车载里程计给测量过的,同时还测量了去下游祠门口的距离,是 980 米。他跟父亲说:"爸,这正好是您带妈妈散步的最佳里程。"

株溪口和祠门口是一上一下两个自然村,传灯家位居其中,面对七百里资江横前,背倚连绵青山,一条乡村公路是由昔日的纤道扩改而成,虽然单门独户却可左右走动,而且 50 岁以上者不乏熟悉面孔,年轻人凡是上过高中的也只要一报传灯名号,大多都会一脸肃然地说:"您就是传灯作家?我读过你的《纤痕》。"

更熟悉传灯的当然还是株溪口人。菊儿"啪"的一声把堂屋门合上,传灯说:"门还是开着吧,有人路过想进屋喝口茶,也好给人方便呀!"他还说:"我们以前在联珠桥上开店不也是经常敞开着灶屋门的吗?"菊儿却回了一句,"现在的人心不同了耶!以为还能像从前……"她或许是想说那句曾经听男人说过的"夜不闭户,路不拾遗,"的话,却又一时想不起来。但男人很固执,说:"这就更加要从我传灯家做起,我就不相信好的民风会唤不醒。"女人就没有再与男人争执,她是被男人的话唤醒来了,心想,呆子这话也许是对的。她忽然记起了自己前不久领过的两张稿费单,那是男人发表在北京一本杂志上的一个小说,不久还被《新华文摘》给选了,篇名就叫《喊风来》。一篇文章得了两笔稿费耶,比他一个月的退休金还要多。这事菊儿还记忆犹新。莫非男人写文章就是在喊风吗？她于是又回头去开锁，顺手一推，打开了半页堂屋门。堂屋很大，有60平方米，直接通到了临江的走廊，中间一扇照壁隔成一分二用。面江的一半只一张仿红木案台，有乒乓球桌大，上有文房四宝，是为偶尔涂鸦所用；这是天澄建议备下的，省书协主席兼文化厅书法研究院院长鄢福初是他俩的挚友，说不定兴之所至时会驱车两小时来此面对资江写大字呢！再说传灯自己也用得上。临马路的一半摆设亦简单，照壁下一张方桌，桌上放一缸茶和几个茶杯，左右是几把木椅。这是儿子传承在监工建房时当古董收来的。传灯当时就说："正好，到时就放在堂屋里吧！唯有这间堂屋是传灯执意要照自己的想法设计的，两壁还挂了几幅书画界朋友赠送的字画。"

出门就是大道，老夫老妻于是就手牵着手，一路缓步向株溪口走去。

这牵手散步是传灯去年退休后才逐步养成的习惯，他当时还跟菊儿开玩笑说："都说与自己的老婆拉手是左手拉右手，没得感觉，但我倒认为还是左手拉右手靠得住一些。"他为此还写过一篇叫《十指扣》的纪实小说，头一段便如此写道：

菊儿是我传灯的老婆，是我儿子传承和闺女传奇的亲妈。此说并非多余，而是我有意在强调，因为像我们这一代人，尤其是与我有着相同经历的所谓成功男人，一旦进城之后，特别是自认为有了出息后，差不多一个二个都抛弃了糟糠重新组织了家庭，也就是说儿女还是自己的儿女，而妈却已经不再是儿女的亲妈。

本人就是在一个重新组织的家庭环境里长大的，生母去世得早，父亲中年丧妻，另择新偶也是出于无奈。而我心中对此是有着许多感触的。但为了给自己父亲一份慰藉，也为了对继母曾经的付出表示一种感恩之情，我还专门写了一篇标题叫《我把继母当亲妈》的文章。没想该文在省报副刊发表后，却在长沙城里的老乡圈中产生了强烈反响，昔日的旧友纷纷打来电话，说这文章写得如何如何得好，还有人提出来要设家宴请我喝酒。后来我一寻思，才发现了蹊跷，原来这些伙计都是进城后离过了婚的。老婆还是糟糠好。我当时竟因此还发出了这么一句由衷的感慨，并说，婚姻不是儿戏，是一辈子的磨合，喜新厌旧的折腾付出的不仅仅是自己半辈子人生代价，也会给后人的心灵留下难以愈合的情感创伤。得不偿失啊！也许是渐入老境的缘故吧，当作家的我已经越来越热衷于怀旧,而我自己却认为这是一种尘埃落定后的清醒,因为,有很多事物是需要时间才能澄清的。

也就是从那时起,传灯就已经有意开始培养自己的兴趣:与菊儿拉手散步。

此时的传灯思绪也在散步,时间倒回去30多年,传灯与菊儿就曾经在株溪口的联珠桥上生活了四年。那时传灯还在乡基建队做泥工、并兼任乡政府半脱产的文化站辅导员。所谓半脱产主要是指工作性质和报酬渠道,既每月15个工作日为乡政府门前的宣传栏编写版报,15个工作日在基建队照常舞砖刀砌楼房,当时并没有周末一说,而工资是由乡政府提供一部分,县文化馆补发一部分,基建队按出勤率发一部分,整个加起来也就60多块钱每月,不过在20世纪80年代初期,乡党委书记每月也只有100来块钱。当时的猪肉才七毛六分钱一斤,上初小才两三块钱一个学期……传灯当然觉得很满足。但后来传灯已有了儿女,也就是如今的传承和传奇,传奇是姐姐,不到三岁,传承是弟弟,不到一岁半,而责任制田土是传奇还没出生就分到了户的,添人添口未添田土,这样光吃饭都很难。

但最难也难不倒传灯,他这人灵光得很,不但会写诗歌和会写散文,还有商业头脑。他家在株溪口里面的白驹村,去乡政府或去基建队,都要从株溪口的联珠上路过。联珠桥是一座双拱麻石桥,横跨在潾潾株溪之上,长有百余米,宽有近十米,是资江中下游北岸行走东西的必经之路。有一天,他站在桥上一拍脑门说,这也是一处最理想的经商之地呀!当晚他就与菊儿商量:"我们在联珠桥上开一家小卖店如何?我负责进货,你责任卖货,每月挣的钱肯定比我工资多。"菊儿听了一乐说:"要得,要得,这办法好。"但立马又面呈难色,"还是不妥吧,人家会不会……"传灯已猜出老婆的顾虑,便鼓足勇气说:"怕什么怕?桥是银和公修的!"

不过这句话传灯一直没有说,是不敢说,因为他家成分高,好不容易赶上一个开明的、不再讲成分了的新时代,自己若还翻出当过族长的曾祖父说事,这不是还乡团又来了吗?不过传灯却把自己知道的司马相如与卓文君当垆卖酒的故事讲给了菊儿听,虽然二者毫无可比性,但传灯想,菊儿毕竟是小镇唐家观的女子,况且她父亲与两个弟弟开铁匠铺确实成了小镇上先富起来的人,当初与传灯恋爱并结婚,家里也是极力反对的。菊儿听了半天没有吱声,之后便偎在传灯怀里说:"我全都听你的。"凡成大事者讲究的是天时地利人和,而现在既得天时,也有地利,缺少的不就是人和吗?找准了方向后,平时不抽烟的传灯一狠心就买了一条沅水牌香烟,一连几个晚上口袋里都揣着香烟到株溪口一家一家去串门拜码头,而且还开诚布公地说出了自己的想法。但没想到在桥东第一家就碰上了软钉子,当家的是村上的会计,说话却绵里藏针,他说:"这还真是个不错的点子,你传灯如今也算得是半个公家人了,有些事用不着我提醒你也应该晓得,这桥上是嘛子地方?"传灯便赶紧掏出火柴给他点烟,并把头点得像鸡啄米说:"我晓得、晓得,这是要道、是公地,但我只借上一小角,就20来个平方,不但不会影响交通,还能够方便桥东和桥西的父老乡亲及往来路人。"村会计又皮笑肉不笑说:"方便是说得好听,实际上还不就是为了谋利?"传灯也就把话说得更透彻坦诚,说:"我当然是为了谋利,但我传某人绝对只谋取批发差价的利。"对方巴了一口烟,又撮嘴吹开烟雾,打开眼睛望着传灯,且一脸阴笑。传灯心里窝着火,却还是强忍着说:"您不相信?我聘请您当我店里的监督员,若是今后我店里与乡供销社同样的货物价格却贵些,您随时可以带人来掀我的店!我说到做到,决不食信!"毕竟是搞文学创作的,一个圈又把人家给绕了进去,会计最后说:"那我先祝贺你了。"

头一家是虎,第二家是狼,后面的全是羊。这比喻不一定恰当,却符合规律。

一条烟是一支一支递出去的,最后一支不剩。传灯跟菊儿说:"老婆,成了!"

菊儿兴奋得想过来亲老公一口,却不习惯,转身进灶屋给他做了两个荷包蛋。

说干就干,这是传灯办事的风格。他邀了基建队的几个木工和泥工伙计,只花了两天一晚的时间就把小屋给盖起来了。盖在桥东靠里边的一角,占桥面确实没超过20平方米,但有一大一小两间,大的一间为了防潮湿还隔有地板,简易货架就做在靠里面的压石上,外面是一个简易柜台,中间是几个从供销社半花钱半讨来的盛饼干和红糖、白糖的铁皮桶,另一侧还摆了一张床铺,也是靠着桥面压石的。而档头还有一间小灶屋,门是虚掩的柴门,只需轻轻一开便开了,里面锅碗瓢盆一应俱全,还用了一把方凳专门放茶缸,这就是传灯说的"以前在联珠桥上开店不也是经常敞开着灶屋门的"那一间灶屋。他们在这栋小屋里一待就四年。

这四年里,菊儿始终本着传灯当初的承诺,不但方便了左邻右舍,所有货物特别是一些紧俏物质,如白糖、红糖等,也从未抬高过哪怕是一分钱的价格。

当时的白糖和红糖在乡供销社也很难买得到,但传灯却因为在乡文化站工作,与供销主任混得熟,即便是到了年关,他也能走后门进到货。不过红糖和白糖的出货却是颇有讲究的,若出货得当,一麻袋百斤装的红糖或白糖,往往能多卖出三斤五斤来,那主要是在过秤和包纸封并捆纸封的时候,大凡是在这些技巧活上,传灯都会亲自出马。而这一类事又必须是夜阑人静时才能做的。此时不但传承、传奇已经入睡,更主要还是不会被人发现——因为传灯会事先将纸封安排双层,就连捆纸封的龙须草他也是挑选的比较粗壮的那一种,在舀糖过秤时,一律都是阴称(即秤杆子向下),而包好封子再复称时,又绝对会是阳称(即秤杆子向上)。

包出的纸封上还夹了一张双指宽红纸条,吉祥又喜庆……

那是一堆多么不容易的日子啊!就快要看得见联珠桥了,传灯忽然就生出了一种近乡情更怯的复杂感觉,他侧首用余光扫了一眼菊儿,菊儿其实也在看他。

下坡往左拐就是建勇叔的家,雄踞在堂屋中间的是一台正在建勇叔操作下的榨油机,"嗡嗡"的吼叫声中,菜籽油鼓着淡黄色的泡沫从油槽里汩汩而出。见主人并没有发现他们,传灯扣着菊儿的五个指头就有意识地紧了一下,示意继续前行。

刚上联株桥,传灯就有些恍惚起来,他分明看见有一道白光在昔日的菊儿小卖部上空盘旋,待他想仔细辨认是不是早先见过的那两只仙鹤时,午后的太阳却晃花了他的眼睛。他于是松开了菊儿的手,放开脚步几乎是小跑着向桥东头那一栋小屋走去,但到了原址时他才猛然想起,小卖部早就已经在他被破格招工转干调入县文化馆的那一年给拆掉了。老婆和两个孩子也一并跟着他进了县城,八年之后,又跟着他进了省城长沙……此一去就是 30 多年,认认真真给自己的人生书写了一个"u"字后,如今又回到了当初出发的地方。那两只仙鹤或许是当年就已经认识的,联珠桥下的河滩上绿草如茵,传灯一早骑自行车或去乡文化站,或去正在建设中的某工地,下班后还得去乡供销社给小卖部批发相关物质,待回到联珠桥时,已经是日头偏西了。但当父亲的却总是不会忘记带一对儿女去桥下的河滩看江中流水,或赏高悬在江对岸白羊山顶的辉煌落日和壮美晚霞。那时上游还只有一座被誉为"红宝石"的柘溪水电站,资江的野性犹在,流水中的水草肥美茂盛,鱼群逆行如过龙兵,虾戏水草似滚绣球,时不时还会有白鹤落脚河滩……

姐姐传奇自幼顽皮，性格比男孩更加男孩，每每在这样的时候，她就会从口袋里掏出几块饼干来捏成粉末，撒在河滩上让白鹤争相啄食，而弟弟传承却静静地陪在父亲身边，正欣赏着江对岸白羊山顶的落日与晚霞……往事亦如流水，唯有记忆永恒，传灯于是便想，在当时的鹤群中，是否也有着鹤眼在注视我们呢？

传灯刚一走神，菊儿小卖部似乎又浮现在他的眼前。有个中年妇女手提一篮时鲜蔬菜进了灶屋，勾腰将蔬菜往角落处一倒，茄子黄瓜辣椒摆了一地，出门时还喝了一碗凉茶，并喊应正在售货间给顾客包白糖的菊儿说："都是我刚从菜园里摘来的，露水还没干呢！"里面的人就回答说："道婶婶，经常吃您送来的菜，这笔人情债怎么还得清啊！"道婶婶说："看你说的，见外了不是？这算嘛子，全都是从自家地里长出来的土东西，我们家道生经常白喝你店里的酒，这笔账又怎么算？"

说话间从桥东头的石级上就走来了一个年龄约 50 开外的男人，此人身形高大，虎背熊腰，国字脸黑里透红，一看就知是一条曾经在资江野河里驾过毛板船的汉子。他就是中年妇人口中的道生，见了老婆只嗡嗡地说了声："你也在呀！"就大模大样往售货部对面的压石上落座，并面向菊儿招呼说："老板娘你好忙呀！"菊儿给柜台前的顾客递过已经包好的白糖纸封，也收过钱，就照例笑吟吟地给道生叔递上了一小碗散装白酒并几块下酒饼干。菊儿说："再忙也不能冷落道生叔呀！"

这时毛伯也悠晃着上桥来了，一手还扯着学龄前的小孙子跃龙。毛伯也是个船古佬，比道生叔年长十来岁，身板却硬朗若壮年。他先是去柜台前给小孙子跃龙买了个棒棒糖，然后说："也给我来二两白酒吧！"但菊儿却只肯收下买棒棒糖的钱，并且说："这二两白酒是我菊儿孝敬您老人家的。"毛伯就笑出一脸阳光说："好好，那我就又算是白喝了一回。"于是也在压石上落座，与道生叔扯起了闲谈来。

他俩在株溪口素有酒仙之称，一日三餐都得来二两，嗜酒是在水上养成的习惯，这次是午饭后来的，一扯就扯到日头偏西，扯到传灯下班回家是常事。有时传灯也会象征性地陪他们小酌一杯，是为密切与桥东头人的关系，虽然有妻子菊儿的贤惠，已经与近邻的关系处理得很不错，但他自己的礼节也不能少。当时传灯在散文创上已经小有名气，有文章还获得了《散文》月刊奖，县里也在着手要把他正式调入文化馆当专干，但越是在这样的时候就越是要谦虚谨慎。至于桥西头的几户人家，几乎都是同属于银和公的子孙，那原本就是一家人。时间如白驹过隙，不知不觉中一家子在联珠桥上就快满四年，传奇已经六岁，传承也快五岁了，夫妻俩也亲眼见证了桥两档的一群穿开裆裤的伢儿或妹子们，长成了少年……如今，当年的妹子都已经为人妻为人母，伢儿做父亲了却依然是闹武神。

这会儿传灯似乎又闻到了酒香，菊儿却过来了，一声"呆子"把他从记忆中唤醒。

醒后的男人用一种奇怪的眼光看着女人，心想，你未必就没记起点什么？

菊儿大概已经明白了传灯的心思，于是又拉起传灯的手说："那我们干脆四处走走吧。"她口中说的四处其实指的就是桥东头这一片，传灯说："知我者老婆也！"

五、重新认识闹武神

联珠桥东头是一处三岔路口。两条乡村公路呈八字形摆开，一条是沿资江通往唐家观小镇去的，并且小镇上游约百米处新修的电站是一座低水坝，可供往来车辆当桥梁用，过了电坝便是一条省道，上可达县城东坪甚至更远的叙浦，下可去省城长沙；另一条则是直通杨林乡政府，承接着也是省道的"长安"线，虽然始终还只是一条乡村公路，却已经与下游的祠门口、一天门以及百花墩等村镇接通了联系，往来车辆日益增多是为必然，再加上近年来新崛起的两家民营企业正处在大规模的建设中（一家是在上游南岸的华莱黑茶集团，另一家是在乡政府里面的茶乡花海），需要大量农民工，这当然对活跃地方经济起到了积极的推动作用，而这些就近的打工者又几乎全都是骑摩托车上下班。所以这一处三岔路口既成了株溪口最繁华、最热闹的地段，也是最脏最乱的地段。这话并不是传灯说的，他即便有此同感也不会如此直言，再多也只委婉地发几句慨叹，如：株溪口的变化确实很大，只是环境还有待改善……云云。能够一针见血指出"三岔路口既是株溪口最繁华、最热闹的地段，也是最脏最乱的地段"的人，就只有夫明。

夫明是传灯的叔伯姨夫，他岳丈就是菊儿的亲叔父，如今虽然二老已走，姊妹情谊却在，还有另一层关系，那就是传承从小就叫夫明师父，说是长大了要跟他学钳工，这当然是题外话。不过去年回老家盖房，传灯就是请夫明负责抓基建的，他是闹武神里的老大，做什么事都方便。传承与明夫这师徒关系还真续上了。

去年冬天的第一场雪，来得突然，山川大地仿佛在一夜之间就变成了一个纯洁的童话世界，睁开眼又是大好晴天。当时传灯家的江景楼主体框架已完工，只有几个泥工师傅在砌内墙，这是点工活，得由东家提供午餐。租居在桥西头一户老乡家的传灯一早又到桥西头的三岔路口处去买猪肉——这地方呈品字形有三家小卖店，也可以说有三家肉食店，因为各店的男人都是屠夫，他们凌晨把贩来的牲猪给宰了并开膛剖肚后，只留小部分在自家店门口的屠桌上由女人零卖，而大部分则是由男人开着烧柴油、冒黑烟的三轮车各自按既定的路线沿途叫卖，若万一当天还没有卖出去的，回家后又熏制成腊肉，由女人挂在手机微信上零售。

长相很像电影《秋菊打官司》里那个秋菊的老板娘，名叫陈了红，他的店铺就开在桥档头临江的第一家。传灯每次买盐、买酱油、买生抽并猪肉豆腐等，都是在了红店铺里买的，而且每次也都是用微信付账。传灯曾有意用方言开玩笑问过陈了红说："哎，你认为这世界上最动听的是嘛子声音？"了红不但漂亮，而且聪明，她也就笑出一脸桃花回答得拍实地说："这还用问？是微信进账的叮咚声呀！"

从此，陈了红也就有了一个绰号，闹武神们都叫她："叮咚。"

相对其他店铺而言，"叮咚"的小店是最热闹的，店里有一张牌桌，还有两桌麻将桌，逢年过节或逢雪雨天气，便成了不用去上工的闹武神们能分胜负输赢的战场，不过近半年来玩牌打麻将的人却渐渐地少了，都已经把战场转移到了建勇家茶室，说是偶尔听传灯哥扯几句闲谈，能够增长些知识，能够明白些做人的道理。

传灯却笑言："是我从你们身上学到了不少才对，比如真实、率性和正直。"

他说这话是缘于有一次亲眼所见，那是个吉祥日子，又是过中秋节，往来于株溪口过路的婚车有好几趟，但是第一趟刚入三岔路口时，却被一帮因节日放假闲在叮咚店门前的闹武神们给拦住了，喊着嚷着要新郎官发红包，有人甚至喊出了留下买路钱的话来。婚车过路到人口集中处撒红包是这一带的风俗，但也只是由车内的新倌抓一把红包随手一撒，谁能抢到算谁手气好。每个红包里当然也就只有五毛钱或一块钱，遇上讲客气的本地住户，还会点一串鞭炮相送，这叫皆大欢喜。然而那一天，闹武神中有一个刚从外地说是打工，而实则是打流回来的伙计却双脚打开，两手叉腰拦住新郎官的头车，说是不留下几个上百元的大红包休想过去。新郎官一看阵势，好几十人，给一个不给一个怕也不行。双方就这么僵持着，而且看热闹的人越来越多。虽然也有人在低声说："这真是没得名堂，把株溪口的名声都搞坏了。"却无人敢于出面执言。这时，有人就想起了夫明，但那一天夫明去了唐家观岳母家，远水救不了近火；也又有人想起了他的二弟晓明，却不料晓明手拿一根楠竹扁担已经分开拥挤的人群来到了头车前面，也没看清开腿叉腰的究竟是何人，便一声怒斥道："哪个吃了熊心豹子胆，敢在光天化日之下的株溪口拦路打劫呀！难道你自己就没有兄弟姐妹？你家里就没有做过喜事？延误了人家让客人们在家里干等呀！"那个打流的伙计见大事不好，就算自己能惹得起一个晓巴子（晓巴子即晓明的绰号），却也惹不起他家四兄弟啊！便拔腿就跑。

晓明最后还丢了一句，"也不晓得早点回株溪口来跟传灯哥和建勇学点文明！"

忽想起这事，着一双齐膝套靴"咔嚓咔嚓"踏雪去联珠桥东的传灯，心情大好。

他上了联珠桥后，还站了一会，面对七百里资江横前，一双目光由对岸的雀坪移向上游北岸的唐家观，又收回到了眼前的株溪出口处。在溪流汇入资江的口子上方，约 20 米处是一个江湾，这里曾经是往来船只泊岸卸货的码头。只是随着陆路交通的日益发达，跑长途的货船已经绝迹，唯有十多条小渔船泊在老码头的江湾里，而昔日被船夫并挑夫双脚磨得油光泛亮的麻石码头，早已氤氲着苔藓。

太阳从白驹村里头的向阳岭升了起来，初雪禁不住日照在暗自融化，桥墩石缝间长出的几蔸芭茅叶尖上，融化的雪水如离人的眼泪欲滴未滴……传灯这才想起，自己出门是去采购做午饭的猪肉呀！于是顺手从桥梁压石上掬了一捧雪，搓揉得快要融化时，就往脸上反复擦拭，并且还喃喃自语道："要是雪能洗心就好了。"

他刚迈开脚步欲向桥东头走去，迎面就来了一辆满载着砂卵石的大卡车，由于上桥有一道缓坡，马达的轰鸣声如同滚雷，车轮碾压积雪而溅起的水珠打在两侧的积雪上，则如梦中遗尿者留在被单上并不光彩的证据……这未免就影响了传灯原本大好的心情。他不禁一声慨叹：再厚再纯洁的雪也无法遮掩肮脏！但待他下了桥，来到三岔路口处时，眼前的情景简直又把他给惊呆了——从品字形店铺屠桌下溢出的血水并猪毛、猪粪等，早已经将三岔路口糟蹋得一片狼藉，再加上刮猪毛的热水还在往积雪中渗透，即便是用乌烟瘴气来形容也有过之而无不及！

怎么会是这样呢？又怎么能够这样呢？传灯下意识地用手捂住了口鼻，再冷眼扫了一周后，才发现这地方原来也就是这样的，各家屠宰牲猪的男人为了抢时间和图个方便快捷，刮毛水和开膛水，甚至翻大肠小肠的猪粪便全都是乱倒乱哐的，待贩卖猪肉的三轮车远去并一切消停后，再由店老板娘双手捉住一根自来水塑料管随意冲洗一遍便算完事。而今天的问题恰恰就出在这一场初雪太皎洁……

传灯正在进退两难时，忽然就觉得天地间为之一亮，再定睛一看，才知是斜直里已经有一束阳光射了过来，而紧接着，一个身披皮夹克外套的人影便大模大样地出现在他的视线中。这身影尤其是这做派传灯是熟悉的，心想，不就电视剧《赌神》的扮演者周润发吗？也正是因为这个人影的出现跟着就响起了一个雷霆震怒般的声音："你们看看，你们好好看看，看看你们这是不是人做的事？看看这还是不是人待的地方？！妈妈的，要是哪天惹发了众怒，你们这几栋房屋小心连烂瓦片都不会剩下一块……"声音还在继续，这振聋发聩的声音竟来自夫明，也只有夫明才有如此胆量和如此充沛的元气。他是株溪口这帮闹武神中的大哥大呀！

传灯就杵在桥东头的缓坡上，洗耳静听雷霆滚滚，如一根立地三尺的木桩。

说来也怪耶，雷声乍起时，呈品字形的三家店铺里还有人头伸出门外，转瞬间，敞开的店门居然如打掉了门牙的三个黑洞……其时，倒是其他各家的男女老幼如出巢的蚂蚁，参差不齐地在三岔路口站了一片，因为昨夜里刚下过雪，原本在华莱黑茶厂和茶乡花海打工的一帮闹武神，也几乎全都聚拢在夫明的身边……

粗俗的议论如万针穿耳，唯独"这风气要改啊！"一句让传灯的心为之感动。

接着就有人也扯开了嗓门说："我看这回就算哒，只是不希望再有下一回。"那人环顾了一眼左右后又说："我提一个建议看要得啵，不如干脆大家动手帮忙清一下场，也免得丢人现眼出地方上的丑。"说这话的人就是被闹武神们称作干部的松良。没想曾经当过几年村主任的松良说话还是有着号召力，大家说："要得，要得。"

闹武神里又有人在说："都同在一条撑不开的土船上，抬头不见低头见，更何况有几家店铺在也确实方便了大家，过日都不容易，何必硬要搞得仇人呢！"

三家店铺里的人就赶紧找出了铁锹、挖锄，甚至包括剁红薯米的长把斩刀也找出来了，女主人则从水龙头上接出了长长的塑料管，闹武神们居然全都动手了。那一天的三岔路口真是热闹，就连办事老成的传灯竟也忘记了买肉回家。此为一段佳话，也让传灯重新认识了株溪口这一帮闹武神，尤其是夫明老大。

"你又在发呆呀？"传灯终于从另一个时空里被唤醒，惊回首，才知是老婆菊儿在喊。原本只是出门散步的，她却又采购了一瓶生抽、一袋盐，还有几块豆腐干。无须眼看，更用不着心想，肯定又是从三家店里各买了一份，平衡是女人的特长。女人也多次交代过男人，要他买东西不只买一家的。可男人就是不长记性。半空里却有两双鹤眼在看，不仅在看人，也看三岔路口日益好转的人文环境。

太阳已钻进了云层小憩，传灯掏出手机来看了下时间，已经是下午两点多。

"难怪觉得脑袋有点发胀了。"传灯说。

菊儿说："见你像一根木桩杆在辅桥旁抽烟，我没敢叫你，是要睡午觉了吧？"

"应该是。"传灯说着便过去重新牵了起菊儿的手，两人复又往崩洪滩家里走去。

老家是用来荒芜的

一

　　那一天下午三时许,一辆蓝色的士沿省道资江路急驶而来,绕过崩洪滩垴上的孟公塘崖咀,又上了联珠桥,再往前就是小镇唐家观了。位于副驾驶的老人一脸心事,似睡非睡竟然毫无反应。也许是转瞬又听到被崖咀挡过来的滩啸声了,老人长寿眉一抖,故而扭头瞪眼朝司机喊道:"喂喂,你这后生崽,我说了只到白驹村口的,你还不赶紧停车,这是要送我到哪里去呀?"司机是个年轻小伙子,大块头,却也被这突如其来的吼喊声吓了一跳,遂一脚踩下刹车,"哧"的一声骤然减速,老人的身子便随之一俯,接着又是一仰,车终于停下了。"搞什么鬼!你晓不晓得开车呀?脑壳都险些被你这破车撞开裂哒!"老人说着头就一昂,腰板也在瞬间挺得像一块生铁,声音粗犷如响雷。

　　司机是个退伍军人,见状便一脸肃然地问对方,"大爷,您老也当过兵?"

　　他确实是当过兵的,1960 年秋季应征入伍,是个汽车兵。他在长沙上车时还牛逼哄哄地跟司机说:"老汉今年 73,属猴的。尊姓大名叫廖猴生。"他咽了咽口水又表情复杂地说:"要是生在国外,我早就已经享受全保了。"的士司机也并不是长沙人,当时还挑了他一眼说:"老人家没睡醒吧?你说这个我不懂,我只懂得互联网+。请问你去什么地方,是付现还是手机转账?"叫廖猴生的老人就笑出一脸尴尬说:"我去安化,安化东坪镇的白驹村是我老家。"他居然也用了"老家"一词。兴许是觉得有些拗口,稍一停顿他又补充说:"下了高速经益阳过桃江后有一条县道叫资江路,正好在我们村口过,到了我付现金给你!"司机又丢了一句说:"东坪我去过,专程送你一个人,260元包空。"

猴爷并没有还价,他听人说过的,是这个价。

听话听音,老人此时却双目突然一亮,心想,这后生崽该不会也……

"我也当过兵。"司机很认真地说,"去年退伍后战友就把我招来开出租车了。"

"你战友也是开出租车?"

"是呀!他是长沙人,我们在部队时就是同一个汽车连的。"

"还真是巧耶,我在部队也是个汽车兵,在甘肃那边开大卡车。"

"您可是我们的前辈呢!"司机说着忙侧身向老人敬了个军礼。

猴生就有些不好意思起来,赶紧从衣袋里欲给年轻人掏钱付费。

"免了,免了,就当是我专程送老前辈回家吧!"

"要不得的,这要不得的!"老人掏出钱往司机怀里一塞,开了车门就走。

目送着老前辈努力地挺直腰杆阔步而去的背影,年轻人心里五味杂陈。

他曾经听人说过,大凡是当过兵的人,都会有着他们自己独特的形体语言,只要看他们抬腿走路的姿势或昂首的气概,那一种曾经经过特殊训练的气质就是跟普通人不一样。但是时间无情,世俗的尘埃也终将会落在他们的脸孔上,于是,在年长日久的岁月蹉跎或堆积中,所有的痕迹都会被抹去……

"但是,这个叫猴生的退伍老前辈却是值得令人尊敬的。"年轻人在心里说。

二

资江两岸,十里不同音,一地一乡俗。白驹村老一辈人给儿孙取名字时又多半是与属相有关,所以叫虎生、龙生、牛牯、兔妹的都有,这并不稀奇。

猴生年轻时人称猴哥,随着年岁的增长,自然就有人叫他猴爷了。

他有个堂弟在省委办公厅当后勤处长。托堂弟的福,这些年他一直在省城长沙打工,是湘江世纪城地下车库的保洁员,也就是被某些趾高气扬的业主呼来唤去的"那个拖地的"。他倒是想得开,拖地的就拖地的,"这世上没有职业的卑微,只有人品的高下。"他还经常用这一类话安慰他的同事。与他在同一地下车库的同事中,有叫他老廖的,也有喊他猴哥的。但一看同事的年纪一个个都比他小一截,他就半开玩笑说:"还是叫我猴爷吧!"也有同事拿他开涮,"嗻,你倒会自封,猴爷比王爷还牛呢!"他便笑道,自我安慰而已。

"那确实,我们都是命运共同体,本应该相互尊重和关照才是。"同事说。

这时猴爷已拉开了前俯后弓的架势,用推着油沙的推耙子推出了一条笔直的沙带来,便顺口就说:"还是一带一路呢。"猴爷知道的新名词还真是不少。

这一天是猴爷的73岁生日。他照例一早就起床了,口中却念念有词地说着"七十三,八十四"这个无厘头的句子。这个句子的后面还有一句他没有说,那就是"挨在世上没意思"。这一天他没有去车库上班,而只是简单地收拾过行囊又去了趟超市,他是要回老家白驹村去。辞工手续昨天就去公司办过了。对于猴爷而言,老家不过只是一个概念,或者是一个念想,他家里其实没有人,老屋在孟公塘崖咀处不远,当年离家时就又漏太阳又漏雨,如今肯定是不能再住人了。有件事他本人其实还一直并不知道,旧屋几年前就被儿子托人给贱卖了。好在他也没打算回家去住,那是个伤心之地,宁肯直接到寺庙去。猴爷之所以决定要去寺庙是胸中怀有一种使命的,他得为自己的堂弟去守卫好庙里的菩萨,也好请菩萨保佑他堂弟千万莫出什么事。他当时能够想到使命和守卫这样的词,也许正是因为他曾经是一名军人所致吧。

猴爷的老婆去世得早,是夫妻俩吵架喝农药死的,那年月村里喝农药的多,每年总有两三起。人死如灯灭,像这类死法的人连追悼会也没开过,无非是送一副棺材。后来农药也兴掺假了,药不死人,只需灌几碗肥皂水人就醒了,从死亡边缘打转的人还会无厘头地来一句,"真见鬼,农药像喝红糖水一样!"那时候物资奇缺,买红糖也要凭票,所以死而复生的人往往就很自豪。

猴爷原本是个不信鬼神不信菩萨的人,就凭他经常挂在嘴边的那一句口头禅就能想象得出来。但事实上这些年来他却已经把信菩萨当成是他人生的另一种信仰了。有些事确实是说不清的,因为人生经历各有不同,也就有了各不相同的人生观。这或许与他从前一不小心就会溜出的那一句"我曾经是一名军人,退伍不褪精神"的口头禅并不矛盾,应该正好是他精神世界的两极。猴爷膝下有一独子,属牛,名牛犊,在家跟他务过农。这小子还真是初生牛犊不怕虎,把分到户的责任田一甩手转包给了别人,却说自己要子承父业去学开车,当父亲的一听这话心里就乐开了花说:"要得要得,到时我还可以帮上忙呢!"可这小子却真不是盏省油的灯,没想刚学几天车就撞了人,把方向盘一扔自己就肇事逃匿了。幸亏没出人命,害得他父亲和驾校一并凑了好几千块钱才私下里了结此事。当时牛犊已经是二十好几岁的人了,他其实是很想遵从父命,靠一门专业技术勤劳致富,也好能赢得芳心定下一门亲事传宗接代,却谁知才开头就落了个竹篮打水一场空。他开车出事后连滚带爬一口气就逃回家中,偷偷拿了几件换洗衣服就跟村里回乡探亲的龙生去了长沙。牛犊或许也有着当兵的情结,把他父亲压在箱底的一套旧军装也顺手牵羊给卷走了。这是他父亲猴生留下的唯一值得骄傲和自豪的军人履历的实物啊! 龙生是村里最早去省城的前辈,据说在星沙还开有地下赌场和钱庄,猴爷的儿子牛犊是给龙老大当马仔,也有说他是去当打手或保镖的,但去了就一直没有回来过。老婆已故,儿子又音讯渺无, 他硬是以军人的顽强气概独自在空空落落的家里坚守了有 20 年。村里也有好心人找上门来要他续弦,他却觉得自己有愧老婆给断然拒绝了人家的好意,并且还把胸脯一拍说:"我是一名军人,退伍不褪精神!"其实他的内心世界或许早就已经崩溃或分裂了。

他后来应该是感觉有些撑不住了才去省城打工的,想换个环境,但主要还是想到了长沙后或许能碰上自己的儿子。但是人海茫茫,十多年了却连牛犊的影子也没有见到,心也就慢慢地淡了。那时他堂弟还在省委当后勤处长,经堂弟介绍和推荐在刚入驻长沙的世纪金源房地产公司打工。是做勤杂,后来年纪实在超龄了就照顾他做了车库保洁员, 这当然还是看在已升任为省委副秘书长的他堂弟的面子上,不然早就已经辞退了。"现在的官不好当,一不小心就进去了。"这是猴爷如今在心里常说的一句话。但他只能在心里说,从未跟同事透露过自己有个当省委副秘书长的亲戚,因为堂弟曾多次嘱咐过他要少给他惹麻烦。他自信堂弟是个干大事的人,不能因小失大。这一点他当然是能够理解的,也因此没有少祈祷观音菩萨保佑他的堂弟能够平安无事。

猴爷打了十多年工,虽然早年间也有过一些恶习,但如今毕竟已是老头一个。"呸! 谁稀罕呐? 我曾经一名军人,退伍不褪精神。老子能去干这种下流龌龊的勾当吗? 还不如乐得存点钱,回去供养慈善山庙里的菩萨,也好保佑我来世当个处长!"在猴爷的心里,他堂弟才是白驹村里最有出息的人,是他们廖家祖上的荣耀。他其实心里还有句话没有说,也说不出口,那就是有朝一日儿子能够回来,趁自己这把老骨头又还能动,也好帮他盖栋新房。他说不出口的原因是根本就不知道还能不能有儿子回来。这些年出外打工客死他乡的不是没有,而是不少。他在湘江世纪城打工又不是没见过,就是在前几天,一个从湘西过来打工的路面保洁员为了在江边捡一只废纸箱不慎落水淹死，派出所也通知了当地，结果始终无人来认领。像这样的事情如果按照正常程序，是应该由当地民政部门来处理后事的。

怨不得别人的，这就是命呐！最后还是猴爷惺惺相惜，雷急火急去找了在省委的堂弟，再由堂弟出面协调环卫部门当自己的远房表亲给帮忙火化了。

为这事堂弟还向他下了最后通牒，说："今后与你无关的事我再也懒得管。"

"好的，好的。"他心里却在说："菩萨有眼，你老弟做了好事会有好报的。"

猴爷这一次回家，大致有三层意思，一是过 73 岁生日；二是看看老家到底真荒芜了没有；更主要还是去慈善寺守卫菩萨。这三件事最后一件最重要。

在长沙打工的这些年，他偶尔也会去当处长的堂弟家里走一趟，当然是空着手去的。后来堂弟又升官了，成了能够管一群处长的副秘书长，已经不再住在省委宿舍，而是搬到了鹅羊山别墅区。那可是豪宅呀！进屋当然要换鞋的，这让他多少有些不习惯。有次弟媳正好出差去了，家里只有堂弟和堂弟儿子在，他就顺口说了句，"你们城里人，就是爱脱掉裤子放屁。"这是一句歇后语，在城里长大的堂侄没听得懂，便举头问他，"伯伯，你这话什么意思呀？"他正要回答说是多此一举呀！堂弟却接过儿子的话茬，回头对堂兄正色说："哥，不是我说你，亏你也是当过两年兵的人，未必在部队里就没有学会懂一点规矩？你如今既然进了城市，就要学会遵守城市文明。"这话让猴爷听了半天没有吱声，心想也确实，我猴生毕竟也是个退伍军人，这不是丢了军人的脸吗？倒是堂侄似乎就听懂了，扮了个鬼脸说："伯伯又讲痞话了！"猴爷知道堂弟是看在与他同一个爷爷的分上给足了他面子，每次临走时还会顺手从壁柜里拿出两条香烟来给他，当然是好烟，不是和天下就是黄鹤楼，据说都是要上千元一条的。他哪舍得抽？回到工地就去换了软白沙，一条可换十条，20 条廉价烟够他抽小半年。他那次也抬头扫过一眼堂弟家客厅里的壁柜，啧啧，里面不是茅台就是洋酒，那是一壁柜的钞票呀！这也使得他多少为堂弟捏一把冷汗，心里念念有词："求菩萨保佑我堂弟，千万千万莫出事。"

有了堂弟那次的提醒和告诫，他后来的言行确实就注意多了，上班与同事见面也会扬手打声招呼，即使是下班他也还会回头跟来换班的伙计说上一句，"我先回了，再见呐！"而此时的猴爷却是背着个大背包埋头向慈善山走去。

三

慈善山因何而得名,猴爷并不知道,山上有一座古寺,叫慈善寺,却也没有人知道它到底是始修于何年何月,连具体朝代也很模糊,如今只剩下半边,另外半边是 20 世纪 60 年代末期被当成四旧给毁掉的,当初若不是古庙的一块楠木门方掉下来砸死了一个人,恐怕早就已经是一地残砖剩瓦的废墟。

猴生也是当年砸寺庙的行动参与者之一。他心中虽然对庙里的菩萨有几分敬畏,但还是胸脯一拍说:"我曾经是一名军人,退伍不褪精神。"于是也就自告奋勇地去了。没想还真的惹怒了菩萨,一块门方不偏不倚砸下来,那个喊打喊砸冲在最前面的年轻人居然声都没有吭半句,气就断了,一股血柱从脑门冲出来有半丈高,脑浆也流了一地……顷刻间,大庙里仿佛有阴风袭来,也有人惊呼,菩萨显灵啦!菩萨显灵啦!菩萨显灵啦!人们顿时夺路而逃。

正殿里的那一尊观音巨像,却依旧手持净瓶,打坐于莲台之上,样子一如既往地慈祥,还仿佛面带微笑在目送众生说:"我佛慈悲,施主走从容些。"

"走从容些"这个词组是白驹村送客人出门时的口头禅,语境中别有一番情趣。世上有许多事还真是说不清,如这寺庙,香火就从没有断过。第二年春上,有去破庙里给菩萨敬香的人回来还说:"你说怪不怪呀?我亲眼看见那个年轻人流过脑浆的地方长出了一堆灰包菌,那一块被血溅过的门方上还长出了一个个黑红的木耳。那分明是一个个竖起的耳朵嘛!也不晓得那冤魂是想听到些什么?"这话让人听得毛骨悚然。从此,便再没人敢提慈善寺是四旧了。

当时猴生从部队退伍回家也就七八年。他当然还记得自己在部队有一次单独与一新兵副驾驶去执行任务时,半夜里车灯忽然无缘无故就不亮了,他查了半天也看不出有任何问题,刚好那晚月色皎白,他就凭着对大漠路况的熟悉披星戴月继续前行,可是开了一阵车又回到了原处。这时新兵蛋子却多了一句嘴说:"师父,我们这不是碰上拦路鬼了吗?"猴生听了便一声怒吼,"哪来的什么拦路鬼呀,亏你还是一个兵!"一回头却见跟班的新兵正跪在地上虔诚地说:"菩萨保佑!菩萨保佑……"没想他刚说到第三句时车灯就又突然亮了。

他那一次去砸庙原本是出于好奇,不就是个榆木脑壳吗?是后来出了人命他才对菩萨真有了敬畏的。还是有呢!他回家跟老婆说。老婆却爱理不理半天没有吭声，她毕竟是大队党支部吸收的新成员，兴许是觉得自己不方便表态。这让猴生感到很没面子。他本来就已经有一肚子憋屈，老婆是对河鹊坪村人，上过公社中学，长得也端庄，前不久又当上了夜校的老师，后来她还专门去小镇唐家观请吉裁缝做了一件草绿色的双排扣列宁装，长辫子也剪成了齐耳的短发，她这是在模仿样板戏里的某个演员，半夜里回家不是哼唱一首"雪山上升起红太阳"，就是来一句"抓革命促生产"。猴生的祖上虽然八辈子不是老实巴交的农民，就是靠撒网捕渔的渔民，只晓得"一锄三棵粟"和"两只手抓一条鱼"，但自己曾经是一名军人，退伍不褪精神，为什么组织上就只把眼睛盯着我老婆，而不甩起我这个当过兵的人呢？他其实已经忍了很久。这次或许是存心想要撩发自己的女人，就又补了一句说："菩萨还真显灵啊！"女人就有些不耐烦了，她知道男人此说是在挑衅她，就用了一种居高临下的口气说："信者有，不信者无，有什么值得你大惊小怪的！"猴生一听就上火了，他最忌讳的就是女人在他面前趾高气扬，竟然一个耳光扇了下去并怒吼道："你个臭婆娘！想骑在老子头上拉屎不成？老子曾经是一名军人，退伍不褪精神。未必还不如你一个女流之辈呀！"却没想到老婆也并不示弱，立即就跳了起来说："你当了两年兵有什么了不起，只怕连枪把都没摸过吧？还有脸说退伍不褪精神！"又砍的刹的一顿大骂，最后还放出厥词说："老娘我不活了！"猴生早就已经被她那句"还有脸说退伍不褪精神"的话气得七窍生烟，啪地又一耳光说："真不活了？趁早！杂屋里有农药。"哪晓得她真的就去杂屋把半瓶农药一仰脖子给喝了……当时他俩的独生儿子还才上小学。

儿子拎着一双赤脚从学校回家，娘啊娘地喊，娘却不能再应声，儿子瞪着一双清澈的眸子问父亲，"我娘是不是被你逼死的？"猴生支吾着不敢看儿子。

大队支部书记闻讯赶来，见人已断气也就只遗憾地说了句，"太没觉悟了！"

其时正值春末夏初，慈善寺对面的金鸡岭上，映山红纷纷凋落，如血。

哪有夫妻俩拌几句嘴就喝农药的呢？

没准是撞到邪神或者是撞到鬼了。

一时间村里人说什么的都有，而猴生本人却始终认为，这一定是自己贸然参与去砸寺庙的行为和老婆的大言不惭惹怒了菩萨。他当然后悔过，心里也流过血，但是不管怎么说，人死不能复生，一切都是命，是前世注定的。

倒是在数年以后，县里和市里还陆续来过了好几批人，有民族宗教局的也有文物管理所的。来人说："这是座古庙，应该是始修于明朝洪武年间的。"

"不会吧，有这么早吗？"领路的是村上的贺老支书，他将信将疑，便有些惊讶地说："那还真是可惜了！"心里却也在反省自己当年不应该支持"破四旧"的。

四

猴生去省城打工，原本是要穿那一套旧军装去长沙的，心想堂弟跟人家推荐时，也好介绍说他堂兄曾经是个军人，这多少也有几分面子不是！可翻箱倒柜却硬是找不着，他后来反复一运神，才想起有可能是被儿子当初给拿走了，这使他顿时就有了一种从未有过的满足感，不禁在心里说："嘿呀，这小犊子，心中也有着当兵的情结呀！遗憾的是都已经水落三丘，只能当是老子留给你唯一的遗物了。"不过在临走前猴生还是去了一趟寺庙，带了供果还有香烛，无比虔诚地跪在观音的莲花座下说："菩萨，我猴生要到外地打工去了，特意过来跟您告个辞，请保佑我冒病冒痛，能够找一份轻松的工作，多挣点钱回来养老，也好经常来给您上一炷香！"他当然还说了："最好是能够保佑我儿牛犊也早日平平安安回来……"他仰首举目，见菩萨依旧一脸慈祥，耳边还仿佛有个声音在说："我佛慈悲，你放心地去吧，出了白驹村，外面就是江湖，施主走从容些，慈善寺一直会在，即使寺庙不在了，菩萨也一直会在。"

还真是托菩萨的福，这些年他喷嚏都没打一个。好汉就怕岁月磨，老婆死了，儿子走了，猴爷已完全忘记了自己曾经是个军人，却对菩萨坚信不疑。

当然啰，猴爷除了信菩萨，还特别信他堂弟，也就是那次他堂弟顺口说了他一句"亏你也是当过两年兵的人"，从此才又拾起了自己曾经有过的那一段军人的记忆，因此他也就偶尔会来那么几句顺口溜，有一天，他忽然就说："当年参军赴边关，家乡离我并不远，军装为何草绿色，那是禾苗颜色染。"

同事甲说："嚯，看不出耶，你猴生还文吊吊的。却没把他参过军当回事。"

"这也算得是文吊吊呀？《三国演义》和《水浒传》我都能倒着背的。"

新来不久的年轻伙计丙像是个万事通，也接过话说："猴爷，你好多年没回过家乡了吧？如今的乡下，哪还有人管啦，更莫说有禾苗了，一派荒芜！"

乙干脆就停下了手中拖把，一副乡村教师的做派，也凑过来很认真地插了一句说："田土都在各家门下，谁要谁管呀？这不很好吗？在古代这叫休养生息，蛮好的。"这伙计也是新来的,50多岁,戴一副像酒瓶底似的嵌铜边的近视镜,一看就是个书呆子,他接着又补了一句:"若是没有乡村的荒芜,哪会有城市的繁华?"他说这话时皱着眉头,一点也不像是开玩笑,倒像是讽刺。

也许是他这话说得太过高深,和者甚寡,车库里好一阵沉默,便再也无人接腔,各自就忙各自的事去了。但也就是因为这个书呆子的一句打哑谜似的闲话,却让猴爷想起了有天在江边上见识过的两个走黑白棋子的高人……

车库保洁员每年免费发两套制服,也分了双班倒,上午班早晨六点开始到下午三点收工。猴爷年纪大,瞌睡少,物业公司就安排他专做上午班。他也依旧从容,收工回到集体宿舍见房间无人,稍微坐了一会,拧开能装得下两斤半水的一个银灰色塑料壶,"咕噜咕噜"牛饮了所剩茶水,再掏出支软白沙廉价香烟,"嗤"地拨燃了打火机,狠狠地吸了几口,拎条毛巾就朝江边走去了。

保洁员宿舍就趴在江边,是以前基建筹备处放仪器设备的几间平板房。

他记得刚来长沙的那几年,一到初冬,湘江就瘦得像一条蚯蚓,只能扭曲着身躯在越来越皲裂的河滩谷底艰难地爬行。他有时闲得无聊,也会鬼使神差地绕开滩涂上的淤泥,独自走到江心去抹洗一把满是尘埃和汗臭气的身子,还不免会犯几句嘀咕,这城里未必就那么多人?把江水都饮用干了。看了都让人心疼!也许是因为开阔的江面成了野滩后,他自言自语时无人能够听得见,才喜欢去江边洗脸洗澡吧。只要不是下雨的天气,他就总是会去江边,口中还会哼哼一句,河里洗澡板房里睡,无妻丢子下半辈。他心里苦啊!

江水枯了又涨了,没过几年,市里就在下游修了一座蓄水坝。

如今的湘江世纪城河段,绿水盈盈,碧波荡漾,一年四季,就像个平湖。

用猴爷自己嘲笑自己的话说,我就是个只晓得"一锄三棵粟"的粗人,始终也适应不了城市生活。早年物业公司给他统一办理的农行储蓄卡,卡上已上六位数了,而他思乡的心情也更重了,或者说是想念儿子的心也更切了。不管怎么说儿子总是父亲的一个心结。在他当年决定来长沙打工的时候,就托付过新上任的村支书贺加贝,一有他儿子回家的消息,就请他打电话告诉他的处长堂弟。村上的支书也包括村民委员会主任,和猴爷他堂弟是有着来往的,每年春节后还代表村上带些土特产来给他拜年,堂弟也会跟县里和乡政府的领导打个招呼,在"船过得舵过得"的前提下,给白驹村多少解决点问题。

猴爷是个耳目很灵的人,这几年他在省城打工也偶尔曾听人说起过,人一旦有了钱，腰杆子就硬，心就开始膨胀。他还听说过，要想让人灭亡，先要让人疯狂。后者说得太玄，前者他是听得懂的。但自己毕竟是70多岁的人了，以前在老家种地，脸朝黄土背朝天，后来进城打工，尤其是这些年做车库保洁员，成天勾着一把老骨头，推着个大拖把，一旦天气要变，地面又噪又滑，要不是有过在部队里那一段难忘的历练，只怕腰杆子早就已经挺不直了，而一颗心硬得像颗干核桃壳，锤子都敲不烂，还能膨胀个屁！再说这城里再好，也不是他能长久待下去的地方，按照劳动保护法，物业公司早就要把他给辞了，堂弟也快要退休了。这些资讯，他是偶尔在江边走走时听到的。

"是的，我们乡下人只是走走，城里人那才叫着散步。"猴爷自我调侃说。

他忽然就记起了那天在福元桥下见识过的两个走黑白棋子（他并不晓得那叫围棋）的人，一个年长的应该是60出头，一个年纪轻的也有50岁左右了，两人走棋，好像意并不在棋，而只是为了延手，说得更具体一点则是在聊些不着边际的话题。他那天收工之后，把一条绛色的毛巾往肩上一搭，趿双拖鞋就到了江边，岸柳如女人的乱发在风中飘出几许轻薄，江水盈盈画着问号，他只洗了一把脸，又准备沿着江堤从容走走。这里已经打造成沿江风光带了，有来江堤上散步遛狗的，有跳健身舞的，有扯起喉咙练嗓子的，还有一个用小车载了音箱的小号手在百米开外处一株柳树下抒情……却有个冷嘲热讽的声音飘了过来"这城里的闲人真多，看样子还真像个太平盛世了。"这本来是一句很平常的话，那人却非要把一个"像"字音拖得老长，猴爷循声望去，见是两个闲人在辅桥下的一块条石上走棋，也就凑过去想看看，看到的却是一片白子和一片黑子，他看不懂，两个人说的话他也同样不全懂。

先是年纪轻的人在说："范仲淹称常人的情感为'悲喜'；称仁人的情感为'忧乐'，悲喜的关怀面小；忧乐的关怀面大，常人看的多是近处，仁人看的总是远处。自古以来，仁人志士'忧从中来，不可断绝'，但范仲淹却找到了化解的办法，于是便有了'先天下之忧而忧，后天下之乐而乐'，意思是不要只老想着自己，要多去想天下苍生，小人长戚戚，君子坦荡荡。"那人说得有些激动和慷慨，脸色却很凝重。那一句"先天下之忧而忧，后天下之乐而乐"的话，猴爷当然也很熟悉，他曾经不止一次地听堂弟说过，说这句话代表着湖湘精神。他记得自己当时还反问过堂弟，"现在电视里不是天天都在说快乐潇湘吗？看来你们这些当官的也是嘴巴两张皮，说话像放屁。"后面的这句粗话他只是在心里说的。

他觉得还是桥下这两个人的话中听一些。

年纪大的说："我昨晚写了一首小诗，观点有些另类，想不想听听？"

"好啊！"年轻的落下了一颗黑子，说："当下需要的就是另类观点。"

"原来是两个文人！"猴爷在心里说。他就静静地立在一旁听两人扯闲谈。

年纪大的那个就开始读诗了，手中还拈着一颗棋子，是颗白子：

老家是用来荒芜的，
荒芜多好啊！
小时候熟悉的山河，
甚至菜园，甚至良田，
全都荒芜着，
荒芜多好啊！
以前光秃秃的山头，
光秃秃的山径，
如今已然成了森林，
山径上杂草丛生。
心中就有了几分胆怯：
害怕从哪个方向，
窜出来一只老虎，
以及聊斋里的狐狸精。
荒芜多好啊！
游子在繁华闹市打拼，
留一片荒芜供他养心。

年纪大的那一个，硬是一口气背下了一堆长句短句之后，手中白子才终于"啪"的一声落下去。年轻些的那一个，也就是之前用了一种不置可否的语气说"这城里的闲人真多，看样子还真像个太平盛世了"的人，却半天没吱声。

两人都陷入了沉默。江上本无风，水波却惊起了一叠又一叠浪响。

过了好一阵，黑子和白子都没有人去动，年纪大些的那个就开始从口袋里掏烟，掏出来的居然是一支带咀的"和天下，"另一只手却往这边口袋里摸一下，又摸那边的口袋，猴爷就赶紧掏出了自己的打火机蹲身递过去，两人这才同时朝他看过来并点头道谢。尔后年轻些的那人又说了一段话，似乎更加高深。但猴爷记性好，有过耳不忘的本领，还是在村上读初小时，说书人在台上说三国、水浒，台下的他听一遍就能背出来。他记得年轻的说："我早上随手翻开《金刚经》瞄了几眼，所得'还至本处'四字而已。尔时的窗前翠竹在旭日晨风里一低复一昂，与我俱大欢喜。《金刚经》里有名的句子太多了，今日只为'还至本处'四字欢喜。"年纪大些的那个又接话了，是接他自己诗里的意思说："想想也是，没有故乡的荒芜，哪来城市的繁华？读书人满室的经史子集，当官的满屋子金银珠宝，还不如窗外寂寞的空地，能为庸常困顿的人生注入新鲜阳光和空气来得实在。"接着也感叹一声，"还至本处好啊！"

还至本处……还至本处……这还至本处该是何处呢？是那个年纪大的文人说的"甚至菜园，甚至良田，全都荒芜着……真好"吗？猴爷这一次是怀满了心思去江边的，因为这同样的"观点"居然又一次被人说起了，并且还是出自一个干苦力拖地的保洁员之口，这不能不让他有了震动，只是他当时并没有吱声，没吱声的原因，是他不相信戴酒瓶底眼镜的同事会有这水平。

水有些冷，他洗过脸，也擦过了身子，幸亏是一身老皮囊，也许还真是有慈善寺的菩萨在暗地里护佑着他，这多年来下来，或寒或暑还真是冒病冒痛过。他又到了福元桥下，长条石依旧横在原地，下棋的人却不在，是"还至本处"了吗？他却也莫名其妙地有了归意，不禁在心里自问，我的"本处"又是在何处呢？是在白驹村口慈善山上的慈善寺吗？是在观音菩萨的莲花座下吗？

于是，在次日，也就是在 2017 年 3 月 3 日，猴爷启程回了老家。

五

猴爷去慈善寺是有意走的小路，可走着走着路却把人给丢了。丢在了半山腰的荆棘杂柴茅草丛中，他左冲右突却怎么也找不到能够上山的路了。一开始的时候，他是全凭着以往的记忆上路的，尽管人迹已被新生的茅草和杂树覆盖，他还是自信能够走到山上去的。可越往上走却越觉得阴森，蓬勃的杂树和荆条把蓝天盖了，把阳光也遮了，丝丝冷风仿佛是从地心里冒出来的，卷起脚下的枯枝败叶，摇响草尖树梢，拂过面颊沟壑，他居然就有些胆寒起来。但是，这一种感觉毕竟在瞬间就过去了，是被地心里冒出来的风给拂走的。这不禁使他忽然又记起了几十年前自己当兵时开车迷路的那一幕。然而他却并没有跪下，宁愿在荆棘和杂柴茅草丛中摸爬打滚他也并不会跪下，就连自己曾经重复过无数遍的菩萨保佑的话他也没有说，而是突然又冒出了那句，"我曾经是一个军人，退伍不褪精神。"这话又并不像是一时心血来潮信口开河说出的，而绝对只有经历过无数次风雨洗礼和岁月蹉跎后的人才有的一种发自肺腑的慨叹。"我曾经是一个军人，退伍不褪精神"。他又一次重复了这一句话。猴爷还说："这条路我明明是熟悉的呀！怎么就荒芜成这样了呢？"

他忽又记起了那个手执白子的下棋人在长短句中所说："心中就有了几分胆怯：害怕从哪个方向，窜出来一只老虎，以及聊斋里的狐狸精……"他于是不得不连滚带爬循原路返回，再沿公路来到了孟公塘的崖咀处。这里有一条用河卵石铺就的路，拐着之字通往慈善寺。这是一条古道，据说还是在很久以前由资水跑长途的驾船人出资修建的，因为山脚下的崩洪滩是资江水域九九八十一滩中最凶险的一条长滩，凡飙资江、闯洞庭的船工也包括纤夫到了孟公塘处，都要泊船上山给慈善寺的菩萨烧一叠纸，点一炷香，捐几个公德钱求菩萨保佑平安才去飙滩闯峡的。猴爷家就在离孟公塘不远处，他驻足望了一眼老屋，老屋比他更老，还是他驾船捕鱼的父亲手上修建的，也就只想望一眼，见台阶上已漫涨着绿苔，榉柱和檐子上也长出了粉白或黑红的菌类如人的耳朵，那是在听我"还至本处"的脚步声吗？猴爷之所以决意想走后山的小路，就是有意要错开老屋的，怕睹屋（物）思人，但是怕什么偏偏就来什么，他仿佛又看到老婆的影子了……她照例穿着那一件"不爱红装爱武装"的草绿色双排扣列宁装，蓄着齐耳的短发，阳光从山那边斜过来，打在她那红扑扑的脸上，口中唱着"雪山上升起红阳"，手里却握着半瓶农药……

猴爷就站住了，怔怔地站了好一会，也边揉眼睛边看了好一会，他感觉老婆已经原谅他了，也原谅了过往的荒诞岁月，但是当他欲迈开脚步时，人却又不见了。唯有这条河卵石路倒是依旧光洁，看得出还是经常有人走的。

终于来到了山顶，他却没有急于进半壁寺庙里去，而是举目看山下的田垄和白驹村两面的山峰，他忽然喃喃自问："未必城市的繁华真的就只能由乡村的荒芜来供养吗？"他因而就想到，其实城市也有荒芜，那是人心的荒芜！

这样的问题似乎不是由猴爷所想，他应该也想不到，但此时此刻他却的的确确想了很多，他首先想起的是发生在他自己身上的几件小事。如有一次拖地时，他把身上一件罩衣脱下来顺手挂在一辆小车的反光镜上，心想这应该不碍事吧？可没想到他一刚转身，车主就过来了，是一个公务员模样的年轻人，腋下还夹着个公文包，也没有问一声是谁的衣服，开车门时摘下衣服就往地上扔，还走过去踩了一脚……那还是他堂弟送给他的一件有四个口袋的干部服，更为使猴爷看重的是衣领上有着风纪扣，自己曾经穿过的军装就是有风纪扣的。他是因为怕拖地把衣弄脏了才特意脱下来。猴爷当时就七窍生烟，真想举着拖把扑过去，将那个不把拖地的当人看的年轻伙计当垃圾给收拾掉，但他立马又想起了堂弟跟他说过的："你既然进了城市，就要学会遵守城市文明。"并且还自豪地说了句，"我曾经是一个军人，退伍不能褪精神。"他虽然觉得有些滑稽，却又强忍着心中火气，一声不吭地走过去把衣服捡了起来。一抬头，见后面又来了一个女人，她倒是还算有些良心，向他尴尬地摇着头说："大叔，对不起！我老公昨天上班时在网上玩游戏被来搞暗访的给逮了个正着，眼看要提副处的这又泡汤了……"猴爷看了看自己手中的干部服，却只淡淡地回了一句，"我能够理解，是人都会有难处"。他还想起了那些乱扔垃圾的业主，或男或女从家里提出来一整袋一整袋的生活垃圾，本来有指定的垃圾桶和垃圾箱，可人家却生怕多走了半步，经常是顺手朝指定处一撂，如天女散花扔得满地都是。他有时遇上了也就想好心地提醒一句，没料话还没有出口，人家却趾高气扬地说："交了物管费养着你们是干什么吃的！"

唉！他越想越不是滋味，便自言自语地说："这还不是人心的荒芜吗？"

"原是猴爷呀！还真让你堂弟给说中了。"一个声音从半边寺庙里飘过来。

"你说什么，我堂弟？"猴爷回头一看，竟然是村支书贺加贝。

"是的，是廖秘书长说的，他说你今天有可能会来庙里的。"

"他还说什么了？"猴爷这才记起自己回老家这事是告诉过堂弟的。

"你还是先去拜菩萨吧！廖秘书长说，你心里也就只剩下一个菩萨了。"

是他说的我心里也就只剩下一个菩萨了？猴爷有些不信，当然更多的还是不服气。他嘀咕着说："在我心里他才是个活菩萨呢！另外我还是一个退伍军人。"猴爷说着就放下了身上的背包，从里面取出了事先备好的供果和香烛。

香炉仍在，依旧是置于供桌案前，里面还燃了不少新香灰，盛供果的铜碟也在，他把供果摆上，将香烛点燃，然后又恭恭敬敬地跪倒在观音神像的莲花座前……待一切事毕，才起身和加贝支书说话。其实主要是听支书在说。

"我说猴爷,廖秘书长对你这个老兄还真是不错呀!"

猴爷望着支书,不知他所说何事。

支书接着说:"我一大早就接到了你堂弟廖秘书长从省委来的电话,他明确地告诉我,他已经跟市里和县里的宗教部门都通过气了,市县的一把手也满口答应了秘书长,说慈善寺毕竟是一处难得的人文古迹,就算不再作宗教场所用了,也应该拨一笔专款给村上把寺庙进行适当修复。廖秘书长还说如果你愿意,要村上就安排你护守寺庙,还交代我们要适当照顾你的生活。"

"他真是这么说的?"猴爷还是有些将信将疑,"他为什么不直接告诉我呢?"

"这我就不晓得了。"支书说,"秘书长可能有他自己的考虑吧。"

贺加贝其实还是截留了他堂兄说过的另一句话,那就是——让他猴生在老家安心守着这一方净土吧,当人生走到尽头,都免不了会回到故乡来领一抔黄土的。支书的隐瞒是善意的,因为他当时就说:"秘书长您长命百岁呢!"

"哦,对了,你一直就没听到过……他的消息?"猴爷有些欲言又止。

"没有,一直没有。"支书回答得很肯定,他知道猴爷是在问他儿子。他又说:"不过话讲回来,没有消息也不是什么坏事,说不定哪天他就衣锦还乡了。"

尽管是意料之中的事,但猴爷却还是发了好一会儿呆,可当他再一次举目时,就看到悬在半边寺庙门前的那一座千年古钟了,古钟应该已沉默了好些年头,它的空心里结满了蛛网,一层又一层,他又把目光移向了搁在一旁的钟杵,杵上也已布满了灰尘,他默然地走了过去,拿过钟杵就连撞了三声:

"喤——!"

"喤——!"

"喤——!"

钟声被骤然敲响,厚重而雄浑,并且远远盖过了崩洪滩的滩啸声……

是警示的钟声么?是祈祷的钟声么?也许是,又也许不是。谁知道呢。

猴爷眼前似乎又浮现出刚才那一个也是退伍兵的出租车司机向他行军礼的庄严神情,于是便喃喃地说:"菩萨有眼,也请保佑天下所有的退伍军人吧!"

此时,暮色将至,江对岸的白羊山顶上夕阳如血,晚霞瑰丽,啁啾的归鸟因忽然闻到钟声在低空里盘旋,久久不肯栖入林中……正往家里走去的年轻的加贝支书也在半坡上驻足停留,他似乎是从钟声里还听出了别样的声音。

花儿、青儿和傻老五

那一年七月,卢沟桥事变,国人忍无可忍,全面抗战终于拉开了序幕。

次年某日,一支由半边山土匪武装改造而成的湘中铁血支队,从白驹村口的联珠桥上经过,领头的青儿红披肩上扛着一面绣了铁锤和镰刀的血色旗帜,经由武汉整编后一路向北,直奔狼烟滚滚的抗日主战场。自此一支沉默已久的歌谣又在白驹村唱响了:"张打铁,李打铁/打把刀刀送姐姐/姐姐不要/转背送给嫂嫂/嫂嫂抿嘴笑笑/替代哥哥舞镰刀/镰刀割麦又割稻/还能上山砍芭茅/……"

就在那一次,村里的牛儿也跟队伍去了,是姐姐花儿送他进队伍的。花儿的鹅蛋脸上又有了馨甜的笑容,一并笑得灿烂的,还有白驹村满山满岭的红杜鹃。

一

倒回去两年的孟春,姐姐花儿十八岁。十八姑娘一朵花,何况她确实长得好看。但好看有好看的烦恼,不仅姐姐有烦恼,就连弟弟牛儿也跟着姐姐生出了烦恼,他一直觉得好奇怪,不晓得傻五哥是从哪个的口中学来的,"鹅蛋脸,丹凤眼,柳叶眉,嘴唇不薄不厚,嘴巴不大不小,鼻梁线条均匀柔和,鼻尖儿微微有点往上翘。"傻五哥经常追在姐姐屁股后面唠叨着,有时连口水都流出来了。谁都晓得这是夸奖他姐姐花儿的,要是换了从另外的人口里说出来,牛儿还不晓得会有多高兴,可偏偏是从傻老五嘴里和着口水淌出来的,牛儿就觉得特别没面子。

"那是人家老五喜欢你姐姐,喜欢到心里去了,心就开窍了,是有神灵在帮助成全傻老五,这是神告诉他说的。"从邵阳那边过来赊销菜刀和镰刀的张打铁就蛮喜欢听傻老五说这话了。就在前年初夏，他还当着众人冷不丁地接过了傻老五的话说，"翘里藏俏，端庄中显露出坚韧和倔强，要是我崽青儿能娶上像花儿这样的妹子做媳妇，我就帮他们到唐家观买一扇门面，好在小镇上安居乐业。一个潜心刺绣，一个专门打铁，我就乐得带孙崽呢！"张打铁六十岁年纪，据说年轻时曾随老乡蔡锷将军做过侍卫，难怪他能说会道，偶尔还咬文嚼字说出些让人似懂非懂的深奥话。他到村里来过好多次了，是株溪口与白驹村这一带的常客。

"你……你……"话都说到了这个份上，老五再怎么傻也是能听得懂的。

刚一开始时，老五听了张打铁说出的上半句话，以为这是在表扬他，心里还乐得"呼呼"跳，却没想这个狡猾的邵阳佬张打铁，其实只是在拿他当垫背，人家真正的用意还是为了他自己的崽，"青……青……青儿……"老五或许也想要回敬张打铁一句什么话，可一时又接不上腔，心里一急，满脸就胀成了猪肝色。

"喔耶——你还真不愧是个铁匠呢！把话说得比铁还硬嘛？"花儿毕竟是同傻老五一起长大，她自己虽然并不待见老五，但别人欺负他却不行，便猛一回头便朝张打铁白了一眼，说："你以为人心也是你锤子下的一块铁，任你打圆打扁呀？我又没有见过你家儿子青……青儿！"听那软软款款的话尾子，聪明的花儿这话并不止只是说给张打铁一个人听的，她也许对他口中的青儿还真是动心了。

"那还不易得？你花儿姑娘发一句话嘛！"张打铁的眉宇间溢着微笑，不徐不疾地说："我明年就把青儿带来让你看看。他可是在宝庆府进过师范的，教他们的先生还去法国留过学呢！"一说到自己的儿子，张打铁的劲头就上来了，他又接着说："宝庆府那只是旧时的称谓，如今早已经叫邵阳公署了，而邵阳师范是湖南最早开办的新学堂之一。我崽去年毕业时，还是全校的文科状元，并且和省主席何键都合过影的。"只是当张打铁提到省主席何键这个名字时，反而就把声音压低了许多。这让牛儿和他姐姐都听得一脸疑惑，心中便有了一种想要早日见到真神的企盼。只是当着瞎眼奶奶的面，姐弟俩不好意思表现得太心切罢了。

"那就更加八竿子都打不着了。"姐姐正抬首间，奶奶却先抢过了话茬。

气氛一下就冷场了，莫非张打铁并没有听懂奶奶话里的意思，或许是根本佯装没有听到？不然以他的心智和聪敏，肯定能够说出一席让奶奶也舒心的话来。

而他只说了一句："风随云走,姻缘天定。"就装聋作哑抽起旱烟来。

那一次,张打铁只在村里停留了一个晚上,第二天清早,他就匆匆忙忙赶往唐家观去了。不过在临走时,他还有意丢了一句话说:"我得提早去看门面。"

二

村口的资江河里流水荡荡,片片白帆近了又远了,时间就这么慢慢地过着。

在牛儿的印象中,姐姐花儿是在数着日子过,嫌时间实在走得太慢了。慢慢地走完去年的夏天和秋天,还有冬天……好不容易才终于盼到了今年的立夏节。

"我们明年争取早些来,最迟也不会过立夏节。"这是去年张打铁离开白驹村时丢过的又一句话,并且还用了"我们"这个词,姐姐虽然没念过几年书,但话里的意思她肯定是听得懂的。太阳正在慢慢地向西走,白驹村家家户户有的在磨米粉子,有的在剥水竹笋,女人们都在为男人和小孩准备一顿别开生面的风俗晚餐。一地一乡俗,白驹村人对每年立夏节是很看重的,这有民谣为证:"吃了立夏丸,能把大山捐;吃了立夏笋,长得齐楼枕。"民谣也是针对男人和孩子的。

这一年过了立夏,牛儿就满十六岁了。他父亲之所以给儿子取名叫牛儿,就因为这个季节是耕牛犁田的旺季,这名字是他父亲顺手从田垄里捡来的,当时他正在塅上吆牛犁田,忽然间听到爆竹声大作,一回头,原来是从自己家的方向传来的,便兴奋得隔着田垅喊:"喂,是个男孩吗? 若是个带把的,就叫牛儿! "

村里有句俗话:"男儿十八,正好当家。"十六岁的牛儿还只能算得是一个准男人,大人们正在平秧田,他就在田塍上帮忙递送平秧田的木耙子。春天的田塅像是一块又一块硕大的布料,听由粗手粗脚的农人用犁耙任性裁剪。当时只兴种一季水稻,简单有简单的好处,所以也就能把农事耕作得特别精细,还有大把的空余时间就用来走亲访友串门子,用来发呆望流水,也用来想心事和想某个人。

白驹村紧挨着资江,江水荡荡七百里,一页白帆翻过去了,又一页白帆吻过来了,船头犁开清碧的江水,船舷两侧绽放出两排雪浪花,而且呈八字形一路盛开过去,把两岸青峰的倒影也荡得一颤一颤的……这样的情景,是近日姐姐有事没事带牛儿去村口的联珠桥时,经常看到过的,还有傻五哥也照例跟在后面。他俩都看得特别开心，仿佛自己的心里也绽开了一朵一朵雪浪花。但是有一点牛儿却怎么也没看得明白，姐姐花儿口里说是去江边看帆船，可到了桥头，却总是把目光往上游的小镇唐家观那边梭过去，还时不时把脚尖儿都踮了起来。她这是在望什么呀？就连向晚了三个人回家时，也总是姐姐走在后面，还不时回过头去。

这一天，牛儿已经来回走在田塍上负责给大人递送平田的耙子，他又把目光向村口的联珠桥方向梭了过去，也就在这一抬首的瞬间，他看见有一个黑瘦老头正沿了纤道也是官道的砂石路远远地从唐家观那边走来，并且上了联珠桥，后面还跟了个挑着铁器担子的年轻人，比老人结实多了，身板与老五差不离。牛儿不禁就多看了一眼，见老头和后生过了联珠桥，又向左拐，就踏上进白驹村的那一条青石板村道了。渐渐地，他就已经看得很清楚，老头的手中还握着个铁搭子。

"果然是张打铁带他儿子青儿来赊销菜刀和镰刀了。"牛儿在心里高兴地想。

一股清爽的江风从村口联株桥方向拂过来，这使牛儿马上就联想到，原来姐姐每天都是去桥头望张打铁和他儿子的。牛儿想去把这一消息告诉刚从对面山上扯水竹笋回家的姐姐，但刚起念头却被岩山伯喊住了："牛儿，把平田角的窄耙子递给我。"平秧田得换三次耙子，田心用宽耙，田角用窄耙，最后用铁耙收泥浆。岩山伯是在帮牛儿他们家的忙。"哎——好嘞！"牛儿却答得并不太爽快。

牛儿从小就没有了父亲，也没有了母亲，父母是驾船人，罹难于八百里洞庭湖，他和姐姐是由瞎眼奶奶一手拉扯大的。奶奶的眼睛原本是明明亮亮的，六十岁那年还能飞针走线，尤其一手刺绣活，更是让村里的妇女和姑娘们羡慕得要死。

"首兆奶奶，能教我做刺绣活吗？"

"好呀好呀！我巴不得你们年轻人都来学呢。"

爷爷首兆是驾毛板船丧命的。在白驹村年纪轻轻守寡的女人，多是因为那条资江。毛板船其实不是船，而是由一块又一块木排相叠垒得像一座树山，也有叫毛板船"排山"的，却不是排山倒海的排山，在此处排山不是作动词，是名词。

"婶子，我虽然粗手大脚的，心却细腻呢，能当你的徒弟吗？"

凡是对找上门来的大姑娘或是哪家的儿媳妇，奶奶都总是会笑笑地说："针线也是灵性物，交道打得次数多了，心里头有它们了，针线也就会跟着你的心思走。"老人家稍顿了一下,忽然就像想起了什么事情来又接着说:"要不是这样吧,等牛儿他爹娘下一次送货去汉口,我要他娘多买几尺绸缎子布和彩色丝线回来,你们心思就是还怎么细腻,当真要学飞针走线,那也总不能把花呀蝶呀鸳鸯鸟的绣在麻袋上啊!"奶奶为人善良贤惠,处事宽严有度,这在村里尽人皆知。

但是,老天爷却并不一定就会待见好心人,吃水上饭的牛儿他爹娘那一次驾船送货去汉口,一去就没有能再回来。那是桃花水涨的三月间,船出资江在过八百里洞庭时,途中遇上风暴,人与船均未能出湖就被葬送了鱼腹,就连回来把信的人也没有一个。按照以往"出湖"的经验(白驹村的驾船人把出洞庭湖称之为出湖),往返于汉口的时间最多也就在二十天左右,可这一次,已经超过预计的时间好多天了,又过去好几个月了……奶奶每天清早起床,也没有心思再做刺绣活,拎一双裹足小脚就往村口赶,到了联珠桥上,就手打着日罩子向资水下游的方向眺望,一页又一页白帆从眼前翻过去了,可就是不见自己家帆船的影子……

寒露过了,霜降来了,过完了秋天,又来了冬天,再就是过年,奶奶的老眼经不起风寒,竟然在一个下雪的晚上突然双目失明了,满头黑发也成了银丝……

那一年,姐姐花儿不满五岁,弟弟牛儿还只有三岁。

"唉,船翻了,儿子儿媳也殁了,但孙儿孙女毕竟活蹦乱跳的,日子再难也得往下过呀!"瞎眼奶奶自言自语地说,用手背抹了抹眼角的泪水,手刚一离开,眼泪又涌了出来。她的泪水只能偷偷地落,面对孙儿孙女却强撑着说:"从此以后,奶奶就是你们的爹和娘,趁还有奶奶护着,你们要见风长哦!"这句"见风长"是一个俗词,来自"孩子好比一棵草,见风也能长得高"的民谣。有泪水又涌出来时,奶奶就破涕为笑说:"你们看看,你们看看,风真的就吹来了。"

花儿和牛儿就是由瞎眼奶奶一手拉大的。家里的一亩多水田和几亩山地,只能请邻居家的岩山伯帮忙耕种。说是请,其实则是按收成总数四六分成。岩山伯是个忠厚人,伐木解板务农是把全能手。但家里人多田少,大儿子娶妻生子后就分了家,二儿子三十多岁了还是单身汉,最小的老五比花儿大,不久前刚满二十岁,却呆头呆脑,一天到晚追在花儿的屁股后面跑,还"花儿,花儿"叫得馨甜。

花儿却被他烦死了,可奶奶还总是帮老五说话:"你看看老五多仁义。"

"嘿嘿,老五仁义,老五仁义!"傻五哥接这一句话倒是接得特别快。

"哼！一天到晚，你只晓得老五仁义、老五仁义，仁义能当得饭吃不？"渐渐长大的花儿懂得奶奶话里的意思，她的要求并不高，但生儿育女总得要穿衣吃饭呀？便把两条长辫子往后一甩，冲着傻五哥说："去去，帮你爹做工夫去！"

老五什么事只听花儿的，当真悻悻然走了，只是还没一袋烟久，他又来了。

"做人要懂得知恩图报的。"老五刚转过背，奶奶就干脆把话往明里挑。

"你干脆哪天把我当猪狗送人算了！"这一次，花儿的话却回答得很冲。

"那还不是把花绣在麻袋上啊！"牛儿倒是迸出了一句经典来。

这一段简短对话，就是在去年初夏那一个早上，张打铁走了之后祖孙仁心里都憋着气说的，也是做孙子辈的姐弟俩头一次与既当爹又当娘的奶奶正面顶撞。

花儿知道奶奶把她和弟弟拉扯大不容易，所以对奶奶也就特别孝顺，唯一在对待傻老五的事情上，她却不那么顺从。弟弟牛儿懂事得早，穷人家的孩子基本上都这样的，也许就是因为懂事得早，所以他才在关键时特别地护着自己的姐姐。

"我是家里的男子汉！"牛儿总是自豪地对姐姐花儿说，也宽奶奶的心。

"你呀！见风快些长吧，哪天姐姐我真嫁人了，你还得照顾奶奶呢！"

"姐，你会真嫁到唐家观去吗？"只有牛儿最懂得姐姐的心思。

"八字还没得一撇呢！"自从去年张打铁走了后，姐姐花儿的心就乱了。

"那……那我也要……要去唐家观去找青儿。"傻老五接话总是不择时候。

"要要要，要你个猪头哇，还去找青儿呢！"花儿气得胸脯一鼓一鼓地说。

"老、老五不蠢，老五……仁……仁义！"老五一急就更加结巴起来。

"好好好，你不蠢，你仁义，那是我蠢总该行了吧？"花儿说这话是有底气的，她有着一双天生的巧手，能无师自通把刺绣活做得十里八村都闻名，从十二岁那一年起，唐家观镇上就有一家铺面专门经营她的绣品。她绣的富贵牡丹，花瓣上还带着欲滴未滴的露珠儿；她绣的丹凤朝阳，展开的一对凤翅像是在凌空颤动，那一颗喷薄而出的朝阳更是灿灿的都暖到人的心里头去了……但瞎眼奶奶看不见，也不管这些，说："外地人靠不住的。像你岩山伯一锄三棵粟多实在！"

这也是去年张打铁走了以后，奶奶给孙女花儿的慎重告诫。

花儿当时一声不吱，双手搓着她那一对乌黑发亮的长辫子，埋下头去看了一眼自己被气得一起一伏的胸脯，便佯装有事走开了，身后却始终跟着一条尾巴。

"外……外地人……靠……靠不住的。"跟在后面的尾巴说。

在一旁的牛儿还真想多嘴说几句，他始终不明白奶奶为什么要这么固执。

"人家张打铁怎么就不实在呢？"牛儿在心里自言自语地嘀咕着。

牛儿从小就会唱那一首"张打铁，李打铁"的民谣，并且还是奶奶亲口教他唱的，也听熟悉了大人们经常说过的、有关于邵阳人一路赊销菜刀和镰刀的种种美谈。这在年少的牛儿看来，既然敢于把自己亲手打造的铁器拿出来做赊销，而且还敢承诺不好用、不耐用不要钱的人，就一定是有真本事的人，是讲信誉的人。

"奶奶，你这样会害了我姐姐的！"牛儿最终还是忍不住了。

奶奶摇着头一声叹息，说："你年纪小不懂事，你姐姐也跟着不懂事！"

三

出生在资水畔白驹村的孩子们，从小就会背诵的不是《三字经》，也不是《弟子规》，而恰恰就是这一首朴素的民谣："张打铁，李打铁/打把菜刀送姐姐/姐姐说她不要/转背送给嫂嫂/嫂嫂抿嘴笑笑/替代哥哥舞镰刀/镰刀割麦又割稻/还能上山割芭茅……"连三岁的小孩们都会，童稚的歌谣像春天的阳雀，声音亮亮的很婉转，如山涧流泉，叮叮咚咚，能润泽人心……只是姐姐花儿的脸上却越来越没有了多少笑容，她还会总是把一双幽幽的目光投向资水上游的远方。

邵阳史称宝庆府，第一个提出"睁眼看世界"的魏源，还有倡导"扎硬寨打死仗，打落牙齿和血吞"的曾国藩就是宝庆人。花儿只偶尔听爷爷辈说起过，村里人一般都不会关心这些，但谁都知道邵阳汉子来这一带赊销铁器已有多年，并且每年一到立夏前后，就总会有人打着日罩子朝资水的上游张望，这已经是白驹村女子一代又一代遗留下来的一种情结，那可是邵阳汉子呀！只是没想又落到花儿的身上了。从秋到冬，又到了春天，冰雪化了，梨花和桃花也都开过了，紧接着就是立夏节要到了，姐姐花儿这到底是在望谁呢？远方又是在何处呢？弟弟心想，就是过了株溪口的联珠桥，再沿一条纤道也是官道往上走的小镇唐家观吧？

"当——当当——"耳边忽然就响起了铁搭子清脆的声音,这声音是从联珠桥洞飞过来的,不一会儿又是一声"赊菜刀、镰刀啊——"的男高音喊响了,刹那之间,满垅满村都似在回应,"当——当当——""赊菜刀、镰刀啊——"

这声音不仅于白驹村人异常地熟悉,就连在山坡上啃食芭茅草的老牛也并不陌生。因为每年在春夏交替的时节,都总会有从邵阳那边过来的铁匠进村赊销他们的产品,若不是张铁匠,就会是李铁匠或石铁匠。邵阳铁匠在出发前就分好了路线的,每隔三五年就相互交换一次。为什么要交换路线呢?"是为了求一个公平嘛!"这话也是张打铁说的,见人们还听不太明白,他又接着说:"我们邵阳人都特别抱团,出了门就像是亲兄弟,互换路线时,结算多少也从不在乎。"但是在这几年里,却年年都是张打铁从白驹村路过,连老人和孩子都认得他了,都和他混得很熟悉了。人们一律都称呼他张打铁。他的手中照例握着一个铁搭子,那是由两块不厚不薄的铁板串在一起组成的,形似逢年过节时打莲花闹上门讨喜钱的快板,也许是年长日久的缘故,铁搭子敲击得两头都发亮了,所以声音也特别的亮。也有人说那就是两块钢板,但无论是铁板还是钢板,人们都叫它铁搭子。

"铁搭子又敲响了,肯定是张打铁过来了。"

"也说不准今年是换成了李打铁哩!"

"不会吧?邵阳帮是有意照顾张打铁,说他儿子好到这边来发展。"

"李铁匠好像已经有十多年没来过了吧?"也有人在窃窃私语,旧事重提。

李铁匠是村里田寡妇的相好,后来田寡妇的儿女们都大了,也就断了往来。

张打铁的喊赊声还没有落地,在田垄里劳作的农人们就开始猜测了,当然还有在家里磨米粉子和剥水竹笋的主妇和伢妹子,他们中有好奇心强的也或侧起耳朵或伸出了脑袋来听是谁的声音。其实伢妹子还更有理由盼着铁匠的到来,因为挑着一副铁器担子的张打铁或者李打铁从两百多里路程的邵阳那边过来,一路上得经过好几个县城,而且做铁匠的心又特别细,每次都总是会顺便进一趟南杂百货店,买了好几种颜色的丝线或糖粒子带在身边,碰巧在哪户人家的家里寄宿或搭伙吃一餐便饭,他就会分送一些给人家当酬谢。出门在外,不能欠人情太多。

人们并不知道,今年最盼望张打铁来的人,是牛儿和他姐姐花儿。

"是张打铁来了!"最先认出来人的是田塍上的牛儿,"后面还跟了个挑铁器的年轻人,该不会真是他儿子叫青……青儿的吧?"他又接着在心里补充一句的时候,张打铁的喊赊声便起了。"喊赊"是一个动词,邵阳铁匠却是作名词用。

这邵阳人真是会做生意,有专卖剪刀的,也有专卖菜刀和镰刀的。

邵阳在资水上游,听说那地方山多田少,家家户户都有男人从事手艺活,而且是做铁匠的居多。但当地的销量肯定很有限,于是精明的邵阳人就想出了一个大胆的销售办法——那就是冲出邵阳,走村串户满世界去赊销,这里所说的满世界,其实就是沿着资水的南北两岸一直往下游走,一路过来也没有要赖账的。这已经延续很多代了。到了后来,为方便客户起见,铁匠们又有了新的发展,收账时也可以不付现款,用白米或稻谷代也行,他们收了抵账的粮食后,再到途经的小镇粮店去换成铜钱或现钞。这明明是给了人家方便,但邵阳人却豪爽地说:"吃了百家粮,活得寿命长。你看我们邵阳人多精神,打铁的像铁打的。命硬!"

"赊菜刀、镰刀啊——"张打铁的喊赊声还没落音,牛儿老远就迎了过去。

因为往年每一次都是岩山伯家的傻老五捷足先登,他不仅是为了给花儿讨彩色丝线,自己还能够要到糖粒子。牛儿六岁起就跟着大人放牛,爬山是常事,所以这回他跑得比狗还快,还不慎摔了一跤,但他并没有喊痛,爬起来又往前赶去。

"张打铁,去我们家吧!"牛儿还告诉他说,"我姐姐在家里剥水竹笋。"

"嚯,还是牛儿懂事。"张打铁笑笑的,回头看了一眼说:"我帮你带姐夫哥来了。"又赶紧从布袋里拿出糖粒子给牛儿,但牛儿没有接,只在前面领路。

他刚起步又回头看了一眼,"这人好帅气哦!真会是我姐夫哥吗?"牛儿并没有这么问张打铁,也没有问那个年轻人,他只是在心里问自己。"我们还是快点回家吧!"牛儿也并没说姐姐在等他们。他的眼睛里飘过了一抹阴云,稚气未褪的脸上也似乎漫涨了几许忧郁,只是这细微的变化,那父子俩未必没有觉察到。

"我奶奶不会又为难张打铁吧?"快到家门口时,牛儿又回头偷望了一眼英俊魁梧的"姐夫哥",心里还真是有些七上八下不踏实,三人不觉就进了堂屋。

"大娘,您老人家这一年来还好吧?"张铁匠一如既往地客气。

奶奶就像是一尊木雕的菩萨,手里握着一根幽光闪亮的探路棍,照例是背靠神龛坐着,这是老人固定的位置,自从她双目失明以来,几乎每天都坐在那里。

张打铁给奶奶先请过安,又回头说:"青儿,快叫奶奶。"

这时，"木菩萨"才终于开口说话："是张打铁啊？你又——又来了！"奶奶豁了牙的嘴话语冷冷的，还有意把一个"又"字音拖得老长并重复了一遍，而且并不理会后面跟着的年轻铁匠，只把手中的拐扙一扫，趴在她身边的黄狗被挨了重重的一扙后，猛一蹿就躲到禾坪外那棵老槐树下去了，"汪汪"地叫个不停。

"叫什么叫——是不是狼来了？"奶奶的骂声一语双关，她说："有种你把狼赶走嘛！"谁都晓得奶奶的眼睛瞎得精，虽然看不见，但她该知道的全都知道。

被老人家给了一个下马威的张铁匠却不并不在乎，只装没有听懂，还笑笑地回了牛儿他奶奶一句同样是一语双关的话，说："这就叫着人亲骨头香，你家的黄狗是在欢迎我们呢！畜与人同，狗狗的话我们走江湖的人听得懂。"他毕竟是跟随同是邵阳人的蔡锷将军打过仗的，连死都不畏惧，更何况他后来自学徒那一天起，师傅就交代过要能吃得三坨热屎，走江湖的人什么样的委屈没有受过呢？

令牛儿特别佩服的还是后面那个叫青儿的年轻人，他还真不愧是进过新学堂的，虽然一担铁器仍然直挺挺挑在肩上，却也不卑不亢就叫了一声："奶奶。"

"我要吃糖，我要吃糖！"这时，率先从灶屋里跑出了傻老五来。

青儿一定是听他父亲说起过的，见状却一点也没觉得惊讶，忙放下担子，顺手就替爹将一捧糖粒子给了忽然冒出来的老五，老五就望着这个陌生人傻笑着。

姐姐花儿应该早就知道张打铁父子进了堂屋，只是一直在等时机罢了。老五的话音未落，花儿就一手端着一杯茶水出来了，然而，奶奶却依旧是一脸木然。

"牛儿你也是不是跟着老五学傻了，还不赶紧拿凳子去。奶奶不是从小就告诉我们，白驹村虽然是个穷地方，凳子还是有的嘛，进屋都是客，连起码的礼貌都不懂，这不是要丢我们白驹村的丑啊！"花儿的话说得平实，音却落得很重。

气氛顿时就变得有些紧张，所幸不一会堂屋里就挤满了人，像是专门过来打圆场似的，一双双目光投向了铁器担子。女的挑菜刀，男的选镰刀，也有不挑菜刀不选镰刀只来打量年轻铁匠的，问："张打铁，这是你儿子吧？比你英武多了！"

"是吗？"张铁匠就笑出了一脸自豪来，"有什么奇怪的，这才叫青出于蓝而胜于蓝嘛！"接着又重复了一些请多包涵之类的客气话，然后话题一转说："他今后就留在唐家观镇上打铁了。也免得我年年岁岁这么老远来给你们送货哩。"

张打铁此言一出,堂屋里有两个人的脸色随即就形成了反差:奶奶的脸色更黑了,姐姐的脸色更红了。牛儿心里鬼精得很,却没有喜形于色,只在暗地里怂恿傻五哥拍着手大声嚷嚷:"嗬——嗬——!我就天天都到唐家观街上去吃糖粒子哦!"老五倒是跟青儿特有缘,笑笑地往他跟前一站,个头身板就像双胞胎。

"是真的吗?张打铁你有狠哩,不声不响就在唐家观买门面了!"

"哪买得起呀,是先租而已。"张铁匠回这话时,用余光瞟了一眼花儿。

"那以后我们就成邻居了,虽不同村,却共着一个保哎!"

"往一方走,交一方狗,你们父子俩可千万别得罪王保长啊!"

村人们口中说的王保长就是小镇唐家观人,他其实也就是这几年才当上保长的。真是说曹操,曹操到,人们正在围着张打铁父子问这问那,王保长就踩着方步也进了堂屋。王保长的模样五大三粗,像个杀猪的屠夫,披着一件布纽扣黑色外套,左腋下挂着一只盒子枪,"大家都在啊?"声音嗡嗡的,算是打了招呼。

堂屋里一下就沉寂了,只有外面老槐树下的黄狗在朝着里间人群"汪汪"叫。

这其实并不是意味着人们怕他王保长,而是根本就不想搭讪这种人,又没理由赶他走,还是瞎眼奶奶的心里点着灯,拐拐一顿说:"这一回还真来狼了!"

人们哄然大笑起来,唯有傻老五却双眼盯着王保长短枪柄上的红缨,他觉得那东西很像是花儿绣富贵牡丹的红丝线,就想走拢去试着摸一摸。他是摸过花儿绣缕里的红丝线的,那丝线的感觉真好,滑滑腻腻,就像自己小时候"吃饭饭"的感觉。当然有时候也是用的绿丝线,油绿油绿的,那是草儿的颜色。可惜每次他的手刚摸上去,就被花儿腾出的手"啪"一下给打掉了,但即便是被打了,他也觉得很喜欢,因为花儿打他的手也是软软柔柔的,而且打得并不痛。

王保长就"哼"了一声,毕竟人多为王,他这是在给自己壮胆。大家正僵持着时,傻老五一窜就到了王保长跟前,说:"嘿嘿,丝线线,丝线线……"他正要伸手去摸那红缨,王保长警觉地往后一退,大声喝道:"大胆刁民!你还想偷袭本保长不成?"说着就把短枪掏出了盒子,朝天"呼"地就是一枪,白驹村木屋的中堂是没有楼枕也没铺楼板的,空空的直通屋顶,击碎的瓦砾便应声砸了下来。

"哎哟——"有人头上开花,摸了满掌鲜血,这是谁也没有想到的事。

"出人命呐!出人命呐!短枪打死人了啊——"年过七旬的瞎眼奶奶虽然眼

睛看不见，耳朵和鼻子却灵得很，她不但闻到了是短枪的响声，还嗅出了有血腥味，她担心会闹出什么大事来，便倚老卖老地喊起冤来："出了人命呐！出了人命呐！短枪打死人了啊——这青天白日的是哪一个吃了熊心豹子胆呐——敢把人命当草芥啊！"还有意把声音也拖得老长、老长，就差没有就地打滚发泼要赖了。

王保长见状，竟一时傻眼了，也有怕事人想着要伺机开溜。

然而就在这时，谁也没有想到的事情又接着发生了，还真是有吃了熊心豹子胆的，这不是别人，却是年轻铁匠张青儿，只见他从铁器担子上取过那条桑木扁担，大步逼上前去，扁担往地上一杵，便义正词严道："当保长的理应保一方平安，仗着政府给了你一支盒子枪，你就用它来恫吓良民，你是哪家的保长呀？"

奶奶侧耳听着，脸色顿时柔和起来，花儿却在一旁心跳得好厉害。

"就是嘛，有狠的你去东三省打小日本呐！"

"跟老百姓动刀动枪的，也不想想是哪个在养着你们！"

一时间民冤沸腾，瞎眼奶奶家的堂屋里如同一锅滚粥，大有一触即发之势。

"刁民，一群刁民！"王保长满脸横肉，人却滑头，因为上面有令，说最近有土匪在这一带活动，他此次来白驹村就是以巡查土匪为名，而实则却是想来蹭立夏丸子吃。他每年这个时候都会来，虽说每次来并不怎么受欢迎，但也总会有人巴结他，是吃馋了嘴的。只是这一次偏偏就碰到人都扎了堆，并且还冒出了一个会说几句官话的人来，再加上见有人挂了红，深知众怒难犯。好汉不吃眼前亏，他狠狠地瞪了陌生年轻铁匠一眼，鼻子里重重地"哼"一声，便灰溜溜走人了。

王保长叫王长贵，取长久富贵之意，他虽然也自知保长不算个什么官，但毕竟管着资水两岸的鸦雀坪、余皋溪、株溪口、白驹村和唐家观共四村一小镇。这实际上原本是三个保，只是没有几个人真愿意出面当这个头，才并成了一个保。

王长贵这回吃了哑亏，灰溜溜走了之后，张青儿就趁热打铁，跟围观的白驹村乡亲们说起了很多外面世界的大事，他侃侃而说，保甲制度最早提出是在国民党对共产党的红军进行军事"围剿"的时候。那时候蒋介石以军事委员会委员长身份督师江西，他认为剿共不力的原因之一是民众不支持政府，于是就在"剿匪总司令部"所属党务委员会内专门设了一个地方自卫处，研究保甲制度，草拟法规，先在江西试行。1931 年 6 月，老蒋划定江西修水等 43 县编组保甲,将原有闾邻等自治组织一律撤销。第二年,就颁布《剿匪区年各县编查保甲户口条例》,规定 10 户为甲,10 甲为保,联保连坐。到 1934 年,国民党"中政会"决定由行政院通令各省市切实办理地方保甲,根据这个,行政院又在那年 12 月通知各省,普遍实行保甲制度。张青儿还说:"国民党当局虽然对保甲制寄希望极大,但保甲制的推行却收效甚少,其中主要的原因是一般公正人士多数不愿任保甲长,而一些不肖之徒又多以为保甲长有利可图,百般钻营。正人不出,自然只有坏人的世界,这个不错的制度也就变成了欺压老百姓的工具,因此民众怨声载道。"

满堂屋人竟然鸦雀无声。花儿听得尤其入神,奶奶脸上的表情却复杂起来。

其时,被王保长一枪给吓蒙了的老五突然来了一句,"刁民,一群刁民!"

"傻老五,你说哪个是刁民呐?"接话的是个年轻汉子,他是来挑镰刀的。

老五白了那汉子一眼,"你才傻呢,王保长是个刁民!这你也不晓得?"

堂屋里顿时又爆发出了热烈的笑声……

四

黑瘦的张打铁,眉毛也黑,如两只卧在双睛之上的蚕子,村里有人给他送了个绰号,叫:"卧蚕张。"这一回他的眉头却破例显得特别舒展,当家的女人们一个一个忙着与他结算去年的旧账,有缺现款的照例又是带来了稻米,也有带来谷子的,他也二话不说全都收下了。"还是张打铁好说话。"人们的赞叹声是由衷的。

来挑镰刀和菜刀的是头一次与新人青儿打交道,话就更多一些,"我们村不缺少愣头后生,缺的就是像你这种饱读诗书能晓得天下大事的年轻人!"有人就赶紧附和,"打铁哥,你若不嫌弃,我们这里的漂亮妹子随你挑一个,干脆做我们白驹村的上门女婿要得啵?"张打铁在一旁听得高兴,这群上山下水的梅蛮后裔,还是头一回称呼打铁的为打铁哥,卧蚕眉又动了一动说:"那是好事嘛!"

"我们这里最漂亮的妹子就是花儿!"傻老五终于说了句清白话。

张青儿把目光再一次投向了花儿,花儿脸色红红的,心里也有着花儿盛开。

"我说花儿,你还不快进灶屋里煮立夏丸去,"神龛下的奶奶也发话了,"人家赶了一天路,只怕是肠子都饿得打结了。"奶奶这话,也是说给其他人听的。

"喔耶,真的,我们也饿了,廖奶奶,不打扰了,那你们这一家子热热闹闹地过一个团圆节啊!"这话说得多暖心呀!还有意把廖张两家人也说成了一家子。

"打铁哥,在唐家观安了家后,我们会常去你们铁匠铺的。"

"即使不来买镰刀和菜刀,也想来听你讲外面世界的新鲜事,要得啵?"

"要得,要得,"父子俩几乎是异口同声,"铁匠铺门为你们开着呢!"

大伙儿与铁匠父子说说笑笑,推推搡搡着各自回家,傻老五却笑笑的不想走。

这是一顿很特别的晚餐,味道真是很爽。主食是立夏丸子,也就是北方人说的汤圆,只是比汤圆要大,做工也更加讲究,里面是用油炸的花生米拌芝麻馅。

奶奶还专门交代了孙女,要给张青儿的丸子里包两个鸡蛋进去。

新女婿过门是要吃荷包蛋的,这也是村里老辈人传下的习俗。花儿心领神会。

时间过得真快,一晃就到了宿鸟归巢、鸡鸭进笼的黄昏……

张打铁欲起身,"还要重新筑炉子,离真正点火开炉,怕要忙半个多月。"

张青儿会意,趁进灶屋里放碗筷时,轻轻问花儿,"你会常到唐家观来吗?"

"我来做什么呀?又不会打铁。"花儿佯装听不明白,一副的腼腆样子。

花儿后来又还是忍不住有点害羞地抬头问了一句,"硬要今晚走啊?"

张青儿当时只用热热的眼神看着她点了点头,没回话。

花儿的脸就更红了,整个身子热热的,"走就走呗,又不是不能再来了。"

花儿把张打铁父子送出门,望断了背影后就倚着禾坪边的老槐树看月亮。她心里柔柔的,软软的,却也满是遗憾和惆怅:"为什么就不肯留一宿再走呢?"奶奶还特意嘱咐她检饰了客房。这话从奶奶的口中说出来多不容易呀!可张打铁说还要赶到唐家观去,他们租下的店铺是从今天起就要算租金的,得早点去检场收拾。

父子俩走了,牛儿和老五却一直跟着他俩走出了田垅,并且上了联珠桥头。

"开业那……那天……我要来吃糖粒子。"老五还踮着脚尖在追着背影喊。

"好的,我会在唐家观镇上等着你们!"张青儿的声音很亮,月光也陡然一亮,穿过了联珠桥的青石双拱,也飘到了瞎眼奶奶家禾坪里老槐树下的花儿耳中。

若有若无的晚风拂过田垅,老槐树在如水的月光下婆娑,花儿却一动未动。

日子如白帆翻过,不多不少,张打铁在唐家观镇上的铺子刚好半个月就挂牌开炉了,没有举行任何开张庆典的仪式,也没请过任何一个亲朋好友来捧场,"张打铁铺子"五个墨色饱满的魏碑大字, 由年轻铁匠张青儿自己亲手书写,就写在一块泛红的苦楮树木板上。但没想到这招牌刚一挂出来,正好就被在街巷里闲逛的老进士德先生瞧见了,"真是好翰墨,真是好翰墨啊!"一看细字落款,署名是"宝庆人张打铁"。老先生驻足赞叹不已,再把眼睛往铺子里瞄去,只见一瘦削老头和一虎背熊腰的敦实汉子,老者拉动风箱,年轻的正往炉膛里添加煤炭。

唐家观是匍匐于资水北岸的一座小镇,里边的店铺依山而筑,对门是后廊柱插入江流撑起来的清一色吊脚木楼,新开张的铁匠铺在从白驹村进入唐家观的街口上,德老进士家是住在去东坪镇的街尾上,以至于他从悠长的青石板街道一路走回时,还摇头晃脑,念念有词,"这张打铁是何许人也,老生佩服、佩服!"

王长贵则刚喝过早茶,吃过早点,接过年轻厨娘递过来的毛巾擦了擦嘴脸正要到对河余皋溪去巡视。他总是习惯于一个人独自下乡,有人说他是索贿钱财时免得让手下人看到。"大清早的,老叔你佩服谁呀?"他踩着方步,背着手从保公所出得门来,老远就听到德先生在自言自语。

"哦,是长贵呀,你也还不晓得在街口上开了一家打铁铺子吧?"德先生稍停了一下,又自言自语般说:"宝庆人张打铁的翰墨功夫真是了得!老夫这进士算是白中了……"王保长是德先生的堂侄,但他却从来就没正眼看过这个堂叔。

"什么?你说什么?"王长贵先是一愣,接着又顺口说道:"这有什么奇怪的,不就是一家铁匠铺吗?"王保长还确实并不知情,他虽然口里这么说,心里却想,"尽管打锄头和斧头的铁匠铺早已有了几家,但这张打铁毕竟是在我眼皮底下的唐家观街上新开铺子——也太不把本保长当回事了吧!"再回头看那位只懂得八股文言的清末进士的堂叔,远去得只剩背影,自己便索性就往街口走去。

从保公所到张打铁铺子,也就百多米远近,中间隔着七家店铺,有做纸扎匠的,有做裁缝的,也有做银匠打镯子耳环的,最有名气的一家是谌寡妇的米豆腐店,还有另外两家也是打铁铺子,不过只打锄头和刀斧,同样是从邵阳来的人开的,来了多少年没人记得。街上也只有这几间店铺是开门面江,屋后是青黑的岩山,几间木屋如壁上挂鸡窝般紧靠着石坎,前廊柱外,五尺许的吊脚,是用了从九峡溪里面的擂钵山界上砍来的古树,或斜或竖插入资水崖隙中撑起来的,就连通往街巷的过道也是铺设的杂树原木,风吹雨蚀,年长日久,早已经色如腊肉皮。

就要临近街口张铁匠铺了，王保长收住了自以为很官样的方步，用左手把腋下的盒子枪向外挪了挪，下脚便有了几分谨慎。这地方他以前没当上保长时有事没事也会常来走动，一来是莫裁缝有一个如花似玉的女儿，二来是谌寡妇店里的米豆腐既便宜又风味特别，后来莫裁缝的女儿嫁人了，嫁到了对河余皋溪；再后来，又听人风传说他那只会文言八股的堂叔德老进士与谌寡妇有染；更主要的还是他当上了一保之长，保公所里请了专门的厨娘，想吃什么开口就是，也就只有去株溪口和白驹村往这里过一过路，算来是半年三五次吧，所以觉得路也生了。

张打铁铺子还真是在无声无息中开炉的。王保长才懒得去欣赏招牌上的翰墨呢，来到门口了，他连头也懒得抬，就这么背手站着，也不吱声，獐眉鼠目往里看。只见炉膛里的火由红变白，风箱"扑哧"吼了几声，黑瘦的老铁匠双手并用，一手握着铁钳，将一块白炽的条形铁片从炉膛中拖出，往铁凳上重重一搁，另一只手中的小锤便"叮叮"了两下，紧接着他对面的一条年轻汉子便甩开了大锤，并舞得呼呼生风，锤声起落间火星四溅。王保长连退了几步，再一举目，一把弯月般的镰刀便成形了……这一回王长贵算是大开眼界，原来传说中的镰刀就是这样铸造成的。他就这样心怀叵测地观察着，不禁就使他想起了自己刚上任跟随县警察局蒋科长在东坪镇实习时，从抓获的一名党员家中搜出的一面红旗上绣着的标识，那不也正是由一把弯月镰刀和一个铁锤组成的吗？这念头虽然只是一闪而过，却仿佛给了王长贵无限的灵感，他猛一拍后脑，突然便觉得眼前这后生好像有几分面熟，待他再定睛一看，心就一怔，白驹村里的一幕就浮现在他的眼前了。

"嗬，小王八崽子，急水滩上碰不到你，死水塘里终于可以逮着你了，这回真是踏破铁鞋无觅处，得来全不费功夫！"王长贵不觉一阵窃喜，"我王家的祖坟上要冒青烟了！"他暗自低语着，竟然一刻也没有多做停留，也顾不得脚下是古木铺设的简易通道，一路小跑便回到了保公所，也没惊动任何人，拿起电话就说："快给我接县警察局。"因为他早就接到过上面通知，说是有地下党潜入在安化境内，他这是先去电话找坐镇东坪的蒋科长讨价还价谈抓住共匪后的赏金。

电话接通了，王保长也想要装一回大尾巴狼，毕竟他发现了地下党线索嘛，却没想对方一声吼，立即就蔫了说："科长您就把心放进肚子里，等着我的消息好了,这死水塘里抓王八的事就包在我长贵身上。我定会把事情办得圆圆满满,打一场漂亮仗!"王保长放下电话,脸上正露出狰狞的笑容时,铃声又响了,是侦缉科蒋科长追来的,"你王长贵还真闻到腥味了是吧?"对方很不友好地说:"老子话没说完,你挂什么电话嘛!"原来他还要通知王长贵,南京那边也派了秘密特使过来,警告这好色贪财的家伙别得意忘形搞错对象,偷鸡不成反蚀一把米。

"啊?您说什么?还有这事呀?好,那我知道了,我知道了。谢谢科长的提醒!"他口中虽然答得谦卑,心里头却很不服气,便嘀咕说:"哼,别以为什么事少了你们警察所就不行!"在王长贵看来,这说不准就是姓蒋的怕他抢了功劳。

五

即便就是一头狮子,也有着狮子的得意和悲哀,这与一只小蚂蚁无异。按说当一个保长也不容易,既要维护一保治安,还要管征兵征粮,而县里除了给他几支警察局淘汰的破枪,就是每月按三个人头发放津贴,其余不足部分全是由他们自己去想办法。何谓苛捐杂税猛如虎?就是从最基层的一级非行政组织开始,一级一级向老百姓动刀子。王长贵是个爱讲排场的保长,他不但聘有三名保丁,还另外雇了一名少妇厨娘,这些人的吃喝开销,全都得摊派到辖区百姓头上去的。

这一回,王保长把在家的三名保丁全带上了,而且一个个都是荷枪实弹。他早就听说共产党个个都是硬汉子,更见识过一回那个年轻人。张打铁铺子就在进街口的第二家,他横叼着的一支烟刚好吸完就到了,但是,一踏进店门,王长贵就怔住了——割痛他视线的那一把毛坯镰刀就搁在铁凳上,炉膛里还吐着红红的火舌,更令他大吃一惊的是,一老一年轻的两个铁匠,居然手捧着一个足有一尺宽两尺长、并镶着金边的大相框,正泰然自若地立在堂中恭候着王保长和众保丁。

"你……你们……"这一破天荒的举动,还真是王长贵万万没有想到。

"我倒是要问你王长贵,"张青儿一脸肃然说,"你们这是去前线抗日吗?"

"你……你们……"王保长立在铁匠铺门口仿佛一只木鸡,他憋气站住,一双贼眼朝里看。相框里只有两个人,一个是省主席何键,一个竟然就是面前的这个年轻铁匠！下面还印有一行繁体字。王长贵当然没有资格见过省主席，就连县里魏县长恐怕也没有见过省主席，但下面那一行楷书黑字王保长却是认得的：何键主席与邵阳师范文科状元张青儿同学合影，还有一行小字：民国二十四年夏。

"嘿哟喂，这是大水冲了龙王庙，自家人不认得自家人！"王长贵倒吸了一口寒气，一双眼珠子好不容易从照片上拔了出来，突然记起蒋科长提醒过他"南京那边也派了秘密特使过来"的警告，就差没有向张青儿跪下了，便忙不迭地讨好他说："本保长有眼无珠，国之栋梁，却自愿来我们小镇唐家观为众乡亲打镰刀和菜刀，真是委屈张同学了！"又一脸庄严地吩咐左右保丁道："你们给我听着，今后不要为难张打铁——不，不，一定要为张同学的铺子做好保驾护航工作！"

"是，是，我们一定做好保驾护航的工作！"众保丁异口同声。

这一幕，倒是把一路跟过来想追着看热闹的街坊邻居，捧着肚子笑了个半死。

他们才不管什么省主席何键或海键，天高皇帝远，他们只晓得这里最大的鸟官就是他王保长。"哈，也有把王长贵吓得屁滚尿流的时候！"人们颇觉得意外。

飞来横祸，刀光剑影，虽不是谈笑间灰飞烟灭，却被一张黑白照和一行文字就这么轻而易举给平息了。这其实也见怪不怪，古往今来此类招数曾屡试屡奏效。

人们刚走，做儿子的就怨言父亲，说："爹，你这事有欠妥当的。"

"有何法子？这也就是肚子痛摸脚板，事出无奈嘛。"老铁匠也明白这么做会留下后患，却一脸苦笑说："火烧豆子，一节节来，我这是担心你会出事！"

父亲其实早就知道了儿子的身份和使命，是儿子毕业的那一年，有一回张打铁回家得晚，见家里黑灯瞎火，可是一侧耳，却又听到像是有人在里屋说话的声音，他觉得有些奇怪："青儿他娘病逝才过头七，家里莫还真是闹鬼不成？"再轻轻悄悄地走近细听时，才知是自己儿子和十几个同学正凑在他娘的房间秘密商量一件大事，是会招来砍头之祸的大事。他也就并没有吱声，守在门外面把风。

"反正我母亲不在了，父亲又常年跑资水中下游，而且他老人家毕竟在蔡将军手下受过熏陶,去安化发展组织,策反半边山土匪武装的任务就交给我吧!"

这是儿子张青儿的声音。张打铁不由得听出了几分自豪来,心想:"这就对了嘛!你爹毕竟是给蔡将军做过侍卫的。"他在安化那边跑赊销时,也早就听人说起过半边山有一支骁勇剽悍的土匪队伍,只是当时听了也就听了,而当他这晚听儿子说要主动去策反这支队伍时,心里却有了几分担忧。张打铁嘀咕道:"我儿原本有着大好的前程,却偏偏碰上战乱!"其实后来他就一直在帮儿子考虑这件事,这一回来唐家观栖身落脚,也就是他一手安排的。儿子却还蒙在鼓里。张青儿是张打铁唯一的独苗,妻子是前年过世的,也就是在儿子师范学校毕业的那一年。儿子也曾有好几次提出过要跟他出门来跑赊销,可他却总是说:"不急不急,下一次吧。"——原来当父亲的一直是在暗地里动脑筋,想着要替儿子创造一个水到渠成的机会,就连王保长一早来门口窥探,也被机敏过人的老铁匠一眼就看破了,并且料准了这厮一定还会来的,他临时折回,肯定是去邀他手下的保丁了。像这种小伎俩还能瞒得了他一个当过侍卫的眼睛么?不一会儿,果然就听到了乱糟糟的脚步声。当父亲的便急中生智,不,应该说是早有盘算, 只见他不慌不忙从铁器担子的木箱底下翻出了这个相框来,"就算是借钟馗打鬼,也先挡一阵算一阵吧!"他几乎是强拉着儿子一起捧着相框站在店铺中央抵挡王保长一行的。没想到他前年有意藏在铁器担箱底下的这个东西,还真的派上了大用场。

张青儿毕竟还太过年轻,虽有着满腔的革命热情,却缺少历练,也就难免一时心乱,他想起组织上派他来资水中下游的重要埠头唐家观建立交通站,自己还假以跟父亲当学徒传承祖上手艺的名义骗过了父亲,如今终于就绪,张打铁铺子也点火开炉了,紧接着就可以循序渐进地开展工作了,可是……张青儿还以为父亲也被他蒙在鼓里,没想刚才从父亲的言谈和神情看,他是早就知道这一切的。

"革命不是请客吃饭,是你死我活的斗争,必要时得舍小家为国家。"这是在前年学校毕业时,青儿的班主任、也是入党介绍人的范老师跟他说过的话,他记得当时与那位双手沾满了共产党人鲜血的省主席何键在学校视察时的合影,也是范老师有意凑成拍摄的,还嘱咐他必须留着,以便在掩护自己身份时用得着。

"今后面临的斗争会很残酷,你还年轻,保全自己才是第一位的。"那一天在学校操场一侧,张青儿的上级范老师既慷慨激昂,但也语重心长地跟他说了很多,他还说:"你是严冬的火种,是长夜的蝙蝠侠!"不想这么快在这种场合就把照片用上了。此刻,他也感到了不安,因为真正的潜伏是不显山露水,是静如处子,动如脱兔,而刚才这一招,使他的来龙去脉全都暴露在众目睽睽之下了。

张青儿还正在想着心事,思考着如何解套的办法,又有人闯了进来。

"打铁哥,打铁哥,我是老五,我又来了,我又来了耶。"原来是傻老五。

这略显得幼稚的声音,把张青儿从混乱的思绪中拉了回来。

"来了就来了嘛!"乍一见到傻先五,张青儿还以为傻老五又是来讨糖粒子吃的,正要开口责怪,傻老五却把他叫到一边,悄悄地告诉他说:"是花儿要我来的,她叫我送好东西给你。"张青儿觉得奇怪,说:"是什么东西呀?给我看看。"

傻老五却一副神神秘秘的样子,打着结巴,说:"我……我……我把它藏在婆婆崖的石头缝里了。"还揭开了自己的衣领,指着里面的一块红色披肩给张青儿看。

"你藏在那里干什么?宝贝呀!"张青儿的心里正烦着。

父亲张打铁瞟了一眼,说:"这是花儿的一片心意,是能够辟邪消灾的。"

张青儿就有了几分感动,便想,花儿这姑娘还真是心细如缕呀!

婆婆崖是资江北岸去南岸鸦雀坪的一个渡口。守渡船的是个上了年纪的聋人老倌,过渡人都戏称他"喊不应",当然也有叫他"雷不醒"的,因为只要天一擦黑,他就会倒在船舱里睡大觉,并且鼾声如涛声,即使是有人上了渡船,杵到他的耳边都难得叫醒他。聪明的花儿还真是会挑地方,她与张青儿的几次约会就选在婆婆崖堍上的水竹林,里面正好有一块大青石。前几天傍晚,张青儿还去过的,那也是花儿托傻老五带去的口信,说有事要找他,其实他和她见了面后也没说什么,她只问了他的生辰八字。"今年是你的本命年,"花儿低着头轻轻地说。

"你还信这些?"张青儿就伸出了双手,把花儿的绣花手也拉了过来。

"我这还不是在乎你呀!"花儿说着,顺势就偎进了张青儿怀里,两人就……

人约黄昏后,下弦弯月挂在远远的天边,婆婆崖土堍上才打苞的一片玉米丛青翠欲滴,江面上月色朦胧,一只水鸟"嘎"的一声惊起,飞向了对岸的柳林……

"我们快去吧,打铁哥。你肯定喜欢的!"张青儿的思绪又被老五打断了。

其实老五并不像人们认为的那么傻,他刚才还来过的,只是进街口时,正好看到了王保长领着一群拿枪的保丁气势汹汹地进了铁匠铺,他在不远处驻足停了一会,之后又悄悄地转身了,就站在离唐家观一里多路的婆婆崖处,还鬼使神差把花儿托他送给张青儿的两块宝贝红色的披肩,分成了两份,一块先给自己披上了,而另一块却藏了起来,就藏在崖洞里,看到王保长一行离去了才又打转过来的。

"嚯,不就是一块扛东西用的披肩吗?还能辟邪消灾呀!"张青儿再也按捺不住好奇心,拉了老五就出了打铁铺子,像两支离弦的响箭,往婆婆崖方向飞射而去……他们的脚下,是长满芭茅乱草的丈余高崖壁,滚滚江流扫崖壁激荡东去。

也真是无巧不成书,两个年轻人刚一出门,从唐家观街巷里就追来了王保长和三个保丁——原来王长贵被相框里的省主席唬住后,当时还真是懵了一阵,但一回到保公所他又总感觉到有什么地方不对卯隼,于是便拿起了电话,"喂,给我接东坪警所蒋科长……"没想到他的话还只说了一半,对方就破口大骂,"你个混蛋!省里通缉的正是此人,他的几个同党都已经抓了,只有这个叫张青儿的和他的班主任老师范向东潜逃在外。"并且还下令,一旦拒捕,可以当场击毙。

"娘的!这邵阳佬还真是狡猾!"这不禁令他想起了曾经听过的蔡锷当年虎口逃生的传说,"老子这次真是大意失荆州……"王长贵在心里一个劲地骂自己。

"科长您放心,他就是长了翅膀想飞上天,我也要把他从空中打下来!"

王保长挂了电话,早已如梦方醒,他哪里还敢有一毫一丝的怠慢呀,朝身旁的保丁一声大喝,"他娘的,你们还磨蹭什么?走!"便一路疯狗般重又扑来。

吃一堑,长一智,王长贵这次是做足了准备的,盒子枪也打开了保险,"站住,站住!"王长贵一双贼眼特别尖,看到了往婆婆崖方向跑去的两个身影,率先"叭"地就朝江边开了一枪,紧接着几名保丁的长枪也一齐"叭叭叭"开火了。

"天呐——是祸躲不过啊!"待当过侍卫的父亲手抢铁锤纵身跳出店铺,朝子弹横飞的几百米处的江岸望过去时,便只见一个人影"啊"了一声,跟跄着倒下,而另一个却如生出了翅膀的岩鹰,凌空一跃,"扑通"一声飚进了滚滚江涛。

王长贵一行狂奔过去,"打,狠狠打!"歇斯底里地朝江中又是一顿乱枪……

六

枪声喊打声终于平息下来，崖壁耸立的江岸纤道上挤满了闻声来看热闹的人。张打铁紧握铁锤的手，青筋里鼓胀着黑血，他几次冲出门外，怒目远视，心如刀绞……但他真不愧是条铁血汉子，最后还是克制住了自己，因为他想起了蔡将军曾经说过的一句话，"凡谋大事者，制怒方可制胜。"还有就是，他早已经料到儿子迟早会有这么一天，只是令他深感遗憾的是自己还未来得及与青儿多作交流，更不知道他来到安化的任务是什么。"壮志未酬身先死啊！"张打铁叹道。

但是，谁也没有料到，中枪毙命的竟然会是傻老五。

当时，王长贵命令保丁翻过倒在血泊中的年轻人左看右看，其实也是一脸疑惑，而当他后来验明正身时，却意外地发现了傻老五的右肩上系着一个披肩，是一个用鲜红绸缎刺绣成的披肩——上面一左一右，还绣着一个铁锤和一把镰刀。

这其实纯属是一种巧合，花儿给心上人绣披肩时，也并不知道张青儿的真实身份，只想让做铁匠的他与别人肩上的披肩有所区别，于是就绣了铁锤和镰刀。

"那后生不就是赊销镰刀的张打铁的儿子吗？"不知是谁在将错就错说。

这正好就给了领赏心切的王长贵台阶下，忙说："是的，就是这个赤佬！"

"对对对，肯定就是这个赤佬！"几个保丁也得意地附和着帮腔。

"娘的，打道到东坪警所请功领赏去，把老铁匠也给我一并带走！"

待王长贵忽然又想起来还有一个老铁匠，吆喝着几名保丁再回头找人时，却只见到铁凳上那一把明晃晃的镰刀，和炉膛里一团燃烧得正旺的熊熊烈焰……

"怎么会是他呢？"这一件怪事，令随后赶来的花儿尤其感到了深深震惊。

这无疑就成了一桩悬案，但也正是这一桩悬案却成就了傻老五的人生传奇。

人们后来才知道，这是花儿按照"男人本命年脖子上戴披肩，既可辟邪，又能消灾"的白驹村风俗特意给心上人张青儿刺绣的，但为什么又还绣上了镰刀和铁锤呢？花儿坦言说："依据她的理解，红色可以避邪，而铁锤是象征张青儿的职业，镰刀却是她自己每年割稻时必须要用的，比绣戏水鸳鸯或丹凤朝阳更有意义……"

一年多以后，"卢沟桥事变"发生了，国共两党也终于迎来了全面性一致抗战的大好消息，剿共的事情也就因此而平息下来。倒是张青儿却生不见人，死不见尸。

"我家老五也算死得值了。"这话听起来有些凄怆，却是从忠厚老实的岩山伯口中说出来的，他还说："只是可怜了花儿，要是那个青儿还活着就好啊！"

老奶奶照例背靠着神龛而坐，手里也仍然握着那根幽光闪亮的拐杖，不过从那以后，口中总是念念有词："这个打铁的还真是个人物啊……"姐姐花儿的魂魄却丢了，牛儿也很久没唱过那一首"张打铁，李打铁"的歌谣了。但是牛儿却还始终记得，在那一个初夏的正午，太阳格外地老辣，而且又格外地明亮，尤其那一块绣着铁锤和镰刀图案的鲜红披肩，戴在傻五哥的脖子上，特别特别的醒目。

日子如资水上的白帆，一页又一页翻过。然而，有一天夜里，张打铁偷偷地来到了白驹村，他悄悄地把儿子逃过劫难后，又与他的组织取得了联系，并收编了半边山土匪武装以及正准备带队伍开赴抗日前线的事，全告诉了奶奶和花儿。

"好啊！我晓得这后生是个铁打的命，没那么易得出事的。"奶奶这话说得掷地有声，并且越说越激动，还拐杖一挥说："好儿郎就当如此！就当如此！"

"奶奶，我的好奶奶！"花儿兴奋得亲了奶奶一口，她以前只是听人说奶奶小时也上过私塾，却没想奶奶在大是大非面前，居然还会表现出比男人更有力量的一种英雄气概！也就是在那一天夜里，花儿还想起了奶奶曾对她说过的"巾帼不让须眉"的一句话，于是，连夜穿针引线，决意要绣一面她认为很特别的旗帜。

在灯下紧赶慢赶红旗的花儿怀里涌着爱的潮水，竟然"唉哟"一声，她这是分心被绣针扎了一下，一滴血珠无声地滑落在旗帜上，油灯"哔哔"笑出了花来。

同在那一天夜里，花儿鼓足勇气，羞红了脸跟奶奶说了自己的心思……

第二天一早，曙色才从向阳岭山垭间现出鱼肚白，老铁匠就要走了。他刚跨过堂屋门槛又被已经坐在神龛下的奶奶叫住,也不知奶奶跟张打铁耳语了几句什么,张打铁看了眼花儿大笑说:"好啊,但愿老天顾念,能给我张家留个后!"

花儿会意,春心一阵狂跳,脸色竟然像向阳岭上日出前的朝霞,灿烂无比。

于是,花儿也随张打铁去了半边山,一个多月后,又由张打铁亲自送了回来。

"队伍后天就会开赴武汉。"张打铁这是在替儿子向奶奶报告行程。

"好儿郎就当如此!"奶奶却情不自禁地又一次重复说:"就当如此!"

就在第二天晚上,牛儿也跟奶奶和姐姐说好了,他要跟张打铁一起去找队伍。

"去吧,你们都去吧!"奶奶一脸肃然说:"这就是白驹村女人的宿命。"

姐姐一直把弟弟和张打铁送到联珠桥头,等了差不多一袋烟久,队伍终于从半边山方向开过来了,姐姐眼尖,老远就看见那面绣着镰刀和锤子的红旗飘扬着过来了,还看到腰间别着驳壳枪,有意敞着衣领,露出脖子上戴着的鲜红披肩走在最前面的那个英武汉子,那就是她的心上人张青儿。花儿几乎像风一样飘到他的面前,还拉过他的手摸了一下她的肚子,眼睛却说:"里面有你播的种呢!"

队伍戛然停住了,并齐崭崭地向花儿和张打铁行了个军礼。

这时,傻老五的父亲岩山伯也赶来了,他的怀里还抱了一个盛满墨汁的砚台和一支从村里写对联的盛昌先生那里借来的长毫毛笔。他的身上浪满了墨汁,气喘吁吁地说:"是花儿她奶奶要我去借了赶紧送来的,她说你们准会用得上。"

张青儿一脸感激,恭敬地从傻老五的父亲手中接过毛笔,二话不说,将三寸长毫往砚台里左右一滚,又顺势把刺绣着镰刀和斧头的旗帜展开在联株桥的压石上,右手悬空,便"刷刷刷"一气呵成写下了"湘中铁血支队"六个铿锵大字。

旭日朝晖从向阳岭照过来,将士们再一次迈开步子时,一面"湘中铁血支队"鲜红的旗帜就已经迎风飘扬在队伍的前例了。旗手就是戴着鲜红垫肩的张青儿。

那一天,阳光格外明媚,资水特别清澈,直到望断队伍登上了事先就泊在联珠桥下的帆船并消逝在崩洪滩后,花儿还像一尊石像,久久地立在联珠桥头……

一年过去了,两年过去了,五年也过去了,等啊,等啊,硬是等到了抗日战争胜利。然而,国共两党又起狼烟,花儿还是没有把青儿和牛儿等回白驹村……

在等待中度日的人是不会轻易老去的。如今,年届九旬的花儿虽然已经满头白发,而且膝下也有了一群重孙辈,她的双目却还能望穿秋水。这一天,她终于望来了队伍里的人——是省军区一位曾经担任过副司令、现在早已离休了的九十高寿的老首长派来的。来人握着花儿奶奶的手,尽可能详细地介绍说:"我们老首长是当年湘中铁血支队在武汉整编时,由八路军办事处专门派往支队的政治指导员,他与张青儿支队长是生死搭档。"他接着说:"张青儿支队长和牛儿同志在台儿庄大会战中牺牲后,老首长就一直委托邵阳和益阳方面在寻找他们的亲人,直到前不久,才由益阳军分区的同志通过安化县民政局找到了您的下落。"

花儿奶奶听了来人的述说后,却显得出奇的平静,并且还婉言拒绝了军区领导邀请她去省城参加抗日战争胜利 70 周年的庆典仪式。然后,又扬了扬手,表示同志你回去吧!来人无奈,只好直接拨通了老首长的电话,并请老奶奶自己跟首长说。花儿奶奶接过对方的手机,先是望了望天空,之后好一阵才喃喃地说了一句,"历史是用来遗忘或涂改的,它只有在某个特定的时段才被人突然记起并校正。"花儿奶奶的这一句话,是听她那如今已是作家的孙儿说过的,她听到后觉得还蛮有道理,所以就记住了——因为她曾被指责为国民党军官的情妇……

估计老首长早就已经耳背了,"喂,你说什么?喂喂喂……"之后竟无言。

那一天,是一个爽朗晴天。白驹村田垄里的稻菽迎风翻滚,稻香扑鼻。

只是不久,有一首新的歌谣就唱得更加深情:"小寒已过大寒来/满山满垅白皑皑/祖奶奶两眼都望呆/雪融春水桃花开/……"童稚的声音里有浅浅的哀愁。

喊响童谣的那个男孩,就是花儿的重孙,姓张,名继祖。

菊儿,菊儿

一

　　菊儿是时光里的老婆,是他儿子和闺女的亲妈。此说并非多余,而是他在有意识地强调,因为像他们这一代人,尤其是与他有着相同经历的成功男人进城之后,特别是自认为有了出息后,差不多一个二个都抛弃糟糠,重新组织了家庭,也就是说儿女还是自己的儿女,而妈却已经不再是儿女的亲妈。

　　时光里就是在一个重新组织的家庭环境里长大的。

　　他生母去世得早,父亲中年丧妻,另择新偶属于事出无奈。尽管如此他心中对此是有着许多感触的。但为了给父亲一份慰藉,也为了对继母曾经的付出表示一种感恩之情,他还专门写了一篇标题叫《我把继母当亲妈》的文章。没想该文在省报副刊发表后,却在长沙城里的老乡圈中产生了强烈反响,昔日的旧友纷纷打来电话,说文章写得如何如何的好,还有人提出设家宴请他喝酒。他后来一寻思才发现了蹊跷,原来这些伙计都是进城后离过婚的。

　　"老婆还是糟糠好。"这是时光里发自内心的肺腑之言。他还说:"婚姻不是儿戏,是一辈子的磨合,喜新厌旧瞎折腾,付出的不仅仅是自己半辈子人生代价,也会给后人的心灵留下难以愈合的情感创伤。得不偿失啊!"朋友却笑他说:"你这是渐入老境的缘故,已经越来越热衷于怀旧了。"而他自己却认为这是一种尘埃落定后清醒,说:"有很多事物是需要时间才能澄清的。"

　　菊儿出生于 20 世纪 50 年代,娘家在资水中游北岸有名的唐家观。

　　说唐家观有名,那是指在旧社会,资水汤汤七百里,船来船往,这里是水上人泊船歇息的一个极具特色的风物埠头。江岸上的吊脚木楼,依江湾汤汤流水而建,鱼鳞青瓦的檐口衔着檐口,甚是别致而又极显祥和。或上或下的水上人,一眼望过去,就像望见了一弯迷人的月牙儿,瞬间就点亮了他们的目光,于是便心怀好奇,在江湾里收了桨橹把船停下来,扎下铁锚也插了竹篙,三三两两的,就沿了麻条石码头拾级而上,入得由一块紧接一块溜光青石板连成的街巷时,就更是大开了眼界:这街巷好深好繁华啊!珍稀山货如笋干菌类等,用竹篓或用木盆盛着,每隔七八户人家门前就有一堆;特色小商品如奇石、根雕、竹刻等琳琅满目;更惹人嘴馋的还是地方小吃如糯米青团、蒿子粑粑、米豆腐等应有尽有……把能够看透湍急江流的水上人眼睛都看花了,肚子里的蛔虫也闻香蠢蠢欲动爬上了喉咙。唐家观小镇的人气就是如此这般日复一日地旺起来的。凡是在七百里资江吃水上饭的人,都晓得有一个叫唐家观的小镇。只是在新中国成立以后,首先当然是工商业和土地改革运动的兴起,打破了小镇人一代又一代摸索出来的原有的经营模式,一些与邻村有农产品供货契约的百年老店被划归为工商业兼地主,再就是合作化时,镇上的青壮年又被强制要求下放到了农村,准确地说是自上游修建了拦江大坝柘溪水电站,又修通了省城长沙至县城安化的公路,交通由水路改为陆路运输以后,唐家观的角色定位即开始变得模糊起来,既不属于吃国家粮的城镇人口,又无尺田寸土可以耕种,更无山中林地能够经营,遂变成一个纯粹靠做手工活或下水打鱼挣钱购买墟场指标粮过日子的所谓"小镇"了。

菊儿姓张,是唐家观小镇上一户普通人家的长女,她下面有三个弟弟和两个妹妹,父亲是个铁匠,母亲是家庭妇女。可想而知,在这样一种生活环境中长大的菊儿该有多艰辛,她12岁就跟着镇上的女人们开始学织箬笠和编晾席,好在她心灵手巧又勤快,大家左一声菊儿右一声菊儿的叫,甚是讨街坊邻居的喜欢,直到帮父母把弟弟妹妹全都带大成人,她也就成了个大姑娘。

菊儿这名字,是她打铁的父亲顺手从江湾里捡来的。

20世纪50年代中期,小镇唐家观同样是物质生活最贫乏的时候。好在吊脚楼下有一湾资江,自从上游修了电站以后,年年岁岁逢秋必关闸蓄水。大凡在这样的季节,小镇唐家观吊脚楼下的江湾里,就总会有还未来得及逃生的鱼虾搁浅在水草中。这一天下午,年轻的张铁匠也夹在前来捞鱼虾的人群中。他家里有个怀胎九月的孕妇,或许就正等着河鲜补一补临产的身子呢。

张铁匠原籍是在邵阳县魏家桥乡,家中有三个兄弟和一个妹妹,13岁那一年，魏家桥暴发山洪，村里好端端的良田被摧毁，他家的四间土坯房屋也被冲垮了一半。他作为张家的长子，唯一能为父母分忧的办法就是省出自己这一张吃饭的嘴来，他是搭乘了当时一条送煤炭去益阳的货船出门的，没想到跟随了船佬大在小镇唐家观上岸后，遇上了同是邵阳人的石铁匠。这其实是好心的船佬大帮忙牵上的线，刚好铁匠铺里也需请小工，就把他给留下来了，后来又学会了打铁……

突然，小镇唐家观就炸响了"劈劈啪啪"的鞭炮声。人们仰首望去，便冲着张铁匠道喜："恭喜恭喜啊！张师傅，你老婆肯定是给你生了个小铁匠！"张铁匠听了就笑眯眯地说："那就好，那就好，我将来也好有个帮手！"提起脚踝边的鱼篓子就飞快地上了江岸。一双下水时脱掉的布鞋静静地躺在江岸纤道旁金灿灿的野菊丛中，拾鞋的时候，张铁匠却没有忘记顺手摘了一枝素面朝天的金菊。他是要用这枝金灿灿的菊花去犒赏为他生了个小铁匠的老婆。

张铁匠家就住在小镇唐家观下街进口处的麻条石码边，也是一栋吊脚木楼，原来分给他的时候只有三缝两进，后来他又利用码头过道的空地与邻居说情檐口衔着檐口新加了一进，中间是堂屋，左边是住房，右边是门面。门面是用于作锄头、斧头、镰刀等铁器产品的展示厅，打铁的工作间就安排在吊脚楼下临江的第二层。此时，乐得像个笑和尚的张铁匠拎着双赤脚刚进家门，把鱼篓子往堂屋里一扔，进房就要从接生婆曹妈手中抢婴儿。曹妈就紧张了，怯怯地说："是个没带把的女娃子。"没想到张铁匠却更加高兴，"女娃好！女娃好！我就是盼着要先有一个女娃！"曹妈听了先是一怔，立马就又喜笑颜开地附和道，"先开花，后结果，儿女一大络。张师傅你好福气哦！"并笑笑地要张师傅给女儿取名字。张铁匠把手中的菊花在婴儿惺忪的眼前一晃便大声地说："叫菊儿呀！"江湾里即刻便有了回声，"叫菊儿呀！叫菊儿呀！"

这时正值晚秋，小镇唐家观吊脚楼下的纤道旁，野菊花正热热闹闹地盛开着，开得从容，开得放肆。江风拂过来，野菊花欠了欠瘦削的身子，依旧昂着头，仰着脸，一点也不在乎秋风的萧瑟，一点也不惧怕寒霜的凛冽……

二

正如接生婆曹妈当年所赞，"先开花，后结果，儿女一大络。"张铁匠也确实"福气"了一把。菊儿打了头阵后,娘居然就像挤酸枣核一样,每隔两年就生下了一个孩子。菊儿12岁那年,最小的妹妹也从娘肚里出来赶队伍了。

刚读完初小的菊儿就没有再进校门,边学手艺边帮母亲当起了带崽婆。

小小菊儿经常是背上背一个小妹妹,手里拉一个小弟弟,有街坊邻居就打趣地问她,"菊儿,菊,你娘到底生了几个啊?"菊儿就煞是认真地回答说:"头一个是弟弟,第二个还是弟弟,第三个是妹妹,第四个又是弟弟,第五个……"话还没有说完,菊儿就马上意识到人家是有意逗她开心的,于起抬起小脚就踢人家。街坊邻居都笑弯了腰,还给菊儿送了个绰号,叫宝庆朝天椒。一想到这些,正端端地坐在桌前照镜子的菊儿不禁笑了。笑容极是灿烂。

日子如吊脚下的资水汤汤流过,一晃,菊儿就已经出脱成大姑娘了。

这一年秋天,菊儿19岁。按照当地的风俗,女大十八,谈婚论嫁。但是已经大姑娘的菊儿,却依旧是一副大大咧咧的粗糙性格,男女间事一点也不懂得。就连第一次来例假时她还勒着裤脚问母亲,"娘,我怕是在江湾里捞鱼虾被河蚂蟥咬了吧?"娘一细看,脱口就骂:"你个蠢婆娘,是来月经哒!"

"月经是嘛子,为嘛子还会咬人呐?咬出我这么多血来!"

"蠢婆娘!来月经证明你发育成熟哒,可以嫁人当妈妈哒!"

"你说嘛子?"这下菊儿似乎是听懂了,脸一红说:"我才不嫁人呢!"

之后的若干年里,凡是有人上门来给她介绍对象的,菊儿得知后果然文则一顿乱骂,武则拖起扫把就赶人。"是个梦生子哦!"如此三番五次油盐不进,张铁匠亦只能无奈地摇着脑壳,他后来干脆向热心的说媒人表明自己的态度说:"由她去吧!嫁牛嫁马,有个命的。"菊儿就晓得父亲是会向着她的,冲父亲一笑,提起鱼篓子往腰里一系,风风火火地就去了吊脚楼下的江湾。

又是一年秋天到来,太阳刚才还笑笑的露着圆圆的脸庞,忽然就起雾了。

雾罩子是从小镇唐家观后山的新路坡崙上盖下来的,一瞬,新路坡通往山那面的石板路就不见了,小镇朦胧了,江湾里也朦胧了。但那乳白色的雾里并没含多少水分,像飘落的棉絮,又像涌来的烟缕,忽聚忽散着,让人疑心是新路坡山垭里那一座被毁得只剩下残砖废瓦的千年古庙地基底下冒出来的怨气。新路坡原来的名字叫青石坡,如今这名字,是新中国成立后才改的。

这时,在江湾里捞鱼虾的人群中,有一位人称刘半仙的老者就自以为是地说:"中午降霜,晚见夕阳。"菊儿就顽童般冲着模模糊糊的人群里喊,"刘半仙,你格是在策白吧!"惹得在江湾里捞鱼虾的男女老少笑得一个个前仰后合。这是男孩性格的菊儿最快乐的时光。然而乳白色的雾罩子久久没有散去。

雾未散,人也未散。在浅水的江湾里抓鱼捞虾靠的不全是眼力,还得耳朵尖,还得手脚快捷,只要发现哪一丛水中稍一颤动,人们就准能从草丛里捞出鱼虾来。有人在发问:"才至古(刚才)打趣刘半仙的人,是菊儿吧?"

"不是她还会是何扎个?"何扎个也是方言,是"哪一个"的意思。

"莫讲起,菊儿其实还是我们小镇唐家观一个蛮不错的女子。"

"就是嘛!女大十八变,我看菊儿越变越是个乖(漂亮)女女哒。"

"是啊,何扎个男人要是娶了菊儿,那才叫有福气哦!"

也看不清到底是些嘛子人在江湾的浓雾里这么议论。起初菊儿并没有在意,只顾全神贯注地在"听鱼虾"。而当她听到后面的这几句对话时不觉脸就热了,耳根也热了,一颗女人心,一下子就变得柔柔软软的了。这时果然就有了暖暖的秋阳撕破云层,穿过了雾罩子,浅浅江湾里的水波就一闪一闪地照见了菊儿红红的脸庞。还没等江雾完全散去,菊儿就逃也似的离开了江湾。

这一种令人欣喜,也让人心慌的感觉,是菊儿从来都未有过的。

小镇唐家观依旧如常。张铁匠在自家吊脚楼下的工作间里,一手拉着鼓风厢,一手握着铁钳,老二老三各握着一柄大锤静静地侯在父亲身边的铁凳两旁。炉火随着风厢的拉动"呼呼"地吐着火舌。在炉火的映照下,父子三人都满面红光,像是有嘛子喜事将要到来似的。张铁匠"扑哧!扑哧!"又紧拉了两下风厢手柄,铁钳便伸进了白炽的炉膛,手到钳来,一块火星四溅的条形白炽铁块就搁在了铁凳上。说时迟,那时快,只见张铁匠左手钳着铁块,右手顺势就拎起小小领锤"当当"地示意了两下,老二老三便应声抡起了大锤:

"哐!"

"当当!"

"哐!"

"当当!"

但听得大锤起兮小锤落下,声音在资水唐家观的江湾里此起彼伏。张铁匠一边有节奏地挥着领锤,又一边从容地钳着铁块不断地变换着角度,七上八下,一块白炽微红的条形铁块眼见就变成青色的铁锄雏形了。尔后他又把已成雏形的铁块重新放入炉膛,攥过一把小铁铲勾腰从身旁的煤堆里撮了几铲拌了黄泥的煤炭盖上去,慢悠悠地拉动着风厢,一副怡然自得的样子。两个儿子则放了大锤,手扶吊脚楼下的护栏,看资水汤汤而来又汤汤远去……

"爹——! 给我钱,我要钱用!"

忽然有个熟悉的声音飘来,张铁匠循声回头,是闺女菊儿杵在了面前。

"你说嘛子?"看着平日里大大咧咧、从不晓得花钱的女儿居然红着脸杵在面前伸手向自己要钱,爹着实一愣,便下意地又问了一句,"你才至古说嘛子?"就连两个弟弟也瞪大了眼睛望着姐姐,半天没弄清到底是什么情况。

"爹,我要钱用,你到底给不给嘛?"菊儿见状急了,忙补充自己要用钱的理由:"我要去扯一段灯芯绒,做一件列宁装衣服!"菊儿的脸就更加红了,红得好妩媚。张铁匠就又吓了一跳,以为自己是耳背听错了。待醒过神来,便乐得像个天真的小孩似的连连应允:"给! 爹马上给! 爹马上给!"当真赶忙就从口袋里掏钱,连数也没有数,零零散散一大把全塞进了菊儿手中。

菊儿终于晓得要打扮自己了。这是多么快意的事情! 待菊儿旋风般走得不见了背影,张铁匠就对面前的两个儿子说:"你们先试着自己掌炉吧。"便乐哈哈地拾级上了吊脚楼,"菊儿她娘,菊儿她娘!"他这是吹风报喜讯去了。

那一天,秋阳格外明丽。蓝天上洁白洁白的云朵,像一群缓缓移动的绵羊,江上清风柔柔软软地拂过,纤道旁的野菊亦吐出了清清淡淡的馨香……

三

又是一年秋天姗姗到来,菊儿终于要订婚了。这个迟来的消息如一阵风似的刮遍了小镇唐家观的一公里街巷。新姑爷到底是个嘛子样的角色呢? 一时间竟成了街坊邻居们议论和猜测的话题。也是啊,菊儿的大弟弟都结婚几年了,她当姐姐的却还这个不从,那个不依,都成个二十好几岁的老姑娘了。

有消息灵通的人说,菊儿找的对象是个在县里当干部的,也有人说是个吃四方做手艺的,还有人说根本就是个挖锄头修补地球的。此语一出,肖媒婆就立马接过了话茬,"那不正好啊! 反正岳老子是个专门打锄头的铁匠。她宝庆朝天椒就是找一个移山的愚公,也有的是锄头挖啊!"肖媒婆是挨过菊儿骂也挨过她扫把的,正好借机一顿发泄。有人就见不得肖媒婆那一副幸灾乐祸的样子,立马插嘴说:"人家菊儿是找的一个文化干部。"肖媒婆就扯起嗓子回敬，"干部个鬼！顶多是个土干部。"果然被肖媒婆说中了。菊儿的对象叫时光里，是一个捡屋漏的瓦匠，同时还兼了乡上的文化站辅导员一职，被称为三分之一的土干部。这是 20 世纪 70 年代末至 80 年代初中国南方乡镇的特殊产物。所谓三分之一，是户口和职业不变，每月由乡政府抽调 10 个工作日，从事文化辅导员的专业，既定期给乡政府门前的文化墙撰写版报，或由乡党委办指定典型，给写一写人物通讯和新闻报道等。这 10 天工资由县文化馆直接补发的，每月 18 元。但不管怎么说，大小也算是本乡的一个文化人。

菊儿和时光里就是通过乡政府门前的那一堵文化墙认识的。

那时菊儿最小的妹妹在乡中学读寄宿。每逢周三，菊儿都会沿一路青石板台阶翻过小镇唐家观后山的新路坡，步行三四公里到学校去看一次由她一手拉扯大的小妹。学校就正好在乡政府旁边，每次等候小妹下课时菊儿就总喜欢在文化墙下站一会，有心无心地看一看墙报上的文章。慢慢地，虽然只念过初小的菊儿就喜欢读墙报上的文字了。其中有一首新民歌她特别喜欢：

爱吃蜜糖先养蜂，
想吃芝麻自己种，
跟党努力干四化，
幸福生活在手中。

这一天风和日丽，菊儿又站在墙报下，半生半熟地念着上面的那一首民歌，碰巧作者也正好来更换墙报上的内容。那就是"三分之一"的"土干部"时光里。

"普通话不错嘛！"见有人在朗诵自己写的诗，时光里就主动先打招呼。

菊儿竟吓了一跳，回头便大大咧咧说："碰哒个鬼，这也叫普通话呀？"

"真是经不起表扬，这——就不是普通话了嘛！"

"我本来就不会讲嘛子普通话，我要是会讲普通话，蛤蟆都笑出尿来。"

"哈哈，蛤蟆都笑出尿来！好形象的语言。"

听话听音，菊儿好奇地问："曜，这墙报上的文章未必是你写的？"

"是的，"时光里居然有几分自豪地告诉对方说："这是就我写的呀！"

这回菊儿便是一怔，看了一眼墙报文章后的署名问："你是时光里？"

"我就是时光里，时光里就是我。请问姑娘你是——"

菊儿本来就是个男儿性格，顺口便回道："我是小镇唐家观的菊儿。"

"菊儿，菊儿……"时光里喃喃自语般说："是深秋里的菊……儿……"

"你这人就味呀！菊儿菊儿菊儿……未必还不记得？"

"记得，记得记得……肯定记得，一辈子都记得！"

两人就这么认识了。不久，菊儿与时光里就成了情投意合的一对恋人。

然而就是这一桩原本迟来的婚事也经历了坎坷。先是菊儿娘对男方的家境不满意，尔后见了准女婿时光里就更是对女儿婚后的前程表示担忧。那也确实，菊儿家尽管人口众多，但近年来因为铁匠铺生意红火，也算是小镇唐家观响当当的富裕家庭。而男方就是挨邻杵宿的白驹村人。虽说祖上发达却反而成了后来的包袱，被画上了一个小土地出租的成分，并且母亲早逝，家中兄弟三人，基本上是各人自扫门前雪的状况。尤其是时光里以男朋友身份头一次随菊儿上门，见过准岳父岳母后他倒像个闺女似的，躲进了吊脚楼临江的菊儿房中，只顾埋头看自己随身带来的一本叫《文艺生活》的杂志去了。

菊儿的母亲当然不会知道，那是由省文化馆主办的一份公开刊物，更不晓得里面还刊登了时光里写给她大女儿的一首诗，并且题目就叫着《菊儿》：

谁没有被耽误的际遇呢？

你就未赶上春日的暖阳，

是花，总会盛开的。

和煦的春天过去了，

热烈的夏季过去了，

执着地、执着地，

你在茎秆的心间把信念积蓄，

谁说萧瑟的秋风里没有花朵呢？

你不信秋天就只有沉甸甸的收获，

秋天是收获的季节，也是，

生长希望的季节，

为了作一次幸福的体验，

你把所有的痴情，

盛开在寒风凛冽的枝头，

花开得越迟，

香留得越久。

这是时光里向菊儿求婚时写下的情诗。菊儿看着看着，一知半解的她居然流出了幸福的眼泪。"爱情本身就是一首诗！"时光里说。他却不敢把这首情诗抄录在乡政府的墙报上，而是怀着惴惴的心情寄给了省文化馆主办的《文艺生活》。没想这朵自己心中的《菊儿》，竟然就真的在公开刊物上盛开了。

资水在吊脚楼下静静地流着，划出一波一波的问号，时光里就在菊儿家临江的吊脚楼里一遍又一遍地欣赏着《菊儿》。隔壁厨房里准岳母和未来的妻子到底在谈论些什么，时光里当时一点也没有在意。倒是后来菊儿娘忽然起了高腔的一句话，一下就把自我陶醉中的时光里给惊醒了，菊儿娘说："一进门就只晓得躲进房里看书，这今后养得儿女活啊！"时光里就如坐针毡了，正犹豫着是否进厨房帮忙呢，还是偷偷走人，张铁匠刚好就闯进了厨房，"你懂个鬼！人家看书做文章是脑力劳动，出息是迟早的事，就怕我菊儿冒得这么好的命！"听父亲如此一说，菊儿就乐了。急忙进房故意响亮地亲了一下尴尬的时光里，并高调地宣布："我们的事我们自己做主！爹就是我们的坚强后盾。"

菊儿的终身大事就这么定下来了。

四

悠悠岁月，从恋人到家庭主妇的菊儿依旧是个忙人，也是个大大咧咧的人。"老天爷对每一个人都是公平的。"这是菊儿的口头禅。她还说："我虽然冇有嘛子文化，也冇有兴趣再去学嘛子文化，但我在屋里伺候的都是些文化人，男人是个写文章的作家，崽女也都是喝足了墨水的大学毕业生，屋里总得要有个做饭洗衣的呀！"菊儿其实是有着自己的明确人生方向的人，她认为自己过每一道坎，闯一道关，需要的并不仅仅只是吃苦和耐劳那么简单，有很多的时候，更需要宽容，需要释怀，需要有牛马一般的忍辱负重的精神。

她这一路走过来，即便明晓得男人有时也烦过她，很少有带她出席过大场面，甚至还听人嚼舌根说自己的男人外面有女人。但菊儿从不动声色，她的心里就只记得两句话，一句是打铁的父亲在她出嫁那天跟她说的："菊儿啊菊儿，嫁牛嫁马有个命的。做女人的受再多的气，呷再多的苦，只要能守住自己的家就嘛子事都会顺起来的。"还有就是男人当年写给她的那首诗中的末尾一句,"花开得越迟,香留得越久。"菊儿从不懂什么叫哲学,却能够在自己的人生中用辩证的方法看待问题,处理问题,解决问题。菊儿的思维或许有些简单,但行为从来就不简单;菊儿的大半辈子人生确实也有过不少哀怨,但更多的却是幸福和快乐。如今菊儿的丈夫确实是出息了,成了省城里排得上号的文化名人。正如她男人自己在一篇文章中所写:我是一棵被移植进城里的树,虽然当初也难免有伤根折枝的痛苦,但因为自己比一般树先移植进了城里,并且自觉地慢慢扎深扎牢了根须,从舒枝展叶到枝繁叶茂,居然成了湘江北岸一隅的一道风景。菊儿早已经做了奶奶也当了外婆。用她自己的话说:"我菊儿在你们时家,今后是神龛上有牌位的人!"这话确实不假,所以时光里也曾经开玩笑地说:"可以写上故显考妣时母张氏菊儿老孺人。"

五

时间过得真快,夏日染红了石榴,秋阳璀璨了菊花,雪落高山,霜降平地,转眼立冬就已经有了些时日。这是一个很平常的傍晚,江风拂面早有了微寒,时光里与菊儿是穿了闺女早几天特意从香港给采购来的情侣羽绒服出门的。在出小区大门口时,正好就碰上了住隔壁的一对年轻新婚夫妻,新娘子眼尖,见了二老的着装,双目一亮就停下了脚步向二老打招呼,并啧啧称道说:"叔叔阿姨您老好浪漫哟,法国名牌的情侣装哎!"菊儿笑吟吟地回话说:"是我闺女从香港买来的,又轻又柔又暖和。"新娘子满口长沙话,"这肯定哟,一万多块钱一件呢!"菊儿听得直吐舌头,心里却在喃喃自语说:"这鬼妹子呀,一点也不随她娘,总是大手大脚的。"抬手就把羽绒服的帽子盖到了头上。她的身体已经大不如从前了,偶有风寒就会头痛,就会感冒,一旦倒床,就是好多天不得康复。前一阵子弟媳过来,两妯娌道家常时也就说到了彼此的身体。弟媳就告诉她说:"二嫂,不晓得你信不信,我以前也是经常腰酸脖子胀的,贴膏药也不管用,后来文霞就硬是逼着要我每天晚上跟着那些老太太去学跳摆手舞,还不到两个月呢,一身就不痛了,真的蛮有效果。"

菊儿就笑着说:"还跟我比,你年轻一轮呢,跳舞是正当时呀!"

弟媳说:"看你讲鬼话,现在跳广场舞的,比你年纪大得多了去了。"

满嘴乡音的两妯娌就咯咯地笑起来。时光里插话说:"哪里有笑声,哪里就有阳光,有阳光的家才有真正的幸福!我也就能安心遛狗品茶著文章了。"

弟媳也年过五十了,就在楼下的万和超市打工站柜台,文霞是她的长闺女,也住在湘江世纪城。这当然是得益于时光里的影响,早年侄女文霞在深圳打工,她是冲着二伯在省府的人脉关系才主动来长沙的,果然短短几年自己就开了公司,买了房子和小车,爸爸妈妈和一个弟弟也全都变成了长沙人。

"如今我就是个老太太呀!"菊儿又"咯咯"地笑了,笑出一脸的菊花瓣。

弟媳这其实是遵循了女儿文霞旨意专门来当说客的,文霞对二伯和二伯母心怀感恩,知道两位老人最重要的就是身体健康。弟媳就赶紧趁此气氛再一进言说:"跳摆手舞的地方就在售楼部门前的广场。我每天晚上都去的。"

"你也去试试嘛!"时光里又接话说:"我专门负责接送呀!"

见话都说到了这个份上,菊儿就只好改口说;"要得!那我就先去试试。"

于是,只要是天不下雨,江边不刮大风,家里又没有特别重要的事情给占着,每天傍晚,时光里就会送菊儿去广场。摆手舞也就只有十二节操,踩着节奏点,在售楼部前的空坪里反复来回数次,一场下来也就四十分钟。时光里把菊儿送进了队伍后,自己就端着个手机,边写诗边悠哉游哉散步至楼盘的尾端,也就是捞刀河注入湘江的口子上,然后转身就正好接老婆回家。

在这种两岸灯火暧昧人稠密,一带江声下洞庭的喧嚣环境里,时光里已然将随心所欲的漫步成了习惯,并且还能够旁若无人的在手机上看他人文章或独自写诗,也就是这天晚上,他写了一首与老婆小恙有关的打油诗。诗曰:

老婆近日患流感,
我的心里有点乱。
少年夫妻老来伴,
左手右手也得牵。
曾经沧海难为水,
江湖友好一时欢。
浪荡风流留情处,
芳草已然碧连天。
修身齐家百姓事,
治国安邦有圣贤。
乌龟不捉汤不喝,

清风明月勿花钱。
我就这点小出息,
遛狗品茶著诗篇。
帝王将相来敲门,
贱内有恙懒得见。

这是时光里有感而发的真情流露,也是他目前的一种心理状态。

正好是四十分钟,时光里接到老婆后,索性又掏出手机摇头晃脑给她读起诗来。这是菊儿最喜欢听的顺口溜,听了便笑言,"你这是浪子回头啊!"

时光里确实是浪过的,在社会上混了那么多年,正青春年华又碰上改革开放,谁没有过爱江山更爱美人的冲动?不过还算好,如今浪子已回头。男人就淡然一笑,因为他知道菊儿也就只是一张刀子嘴,心绝对是豆腐做的。

湘水在静静地流着。一日,时光里忽然收到了一条来自老家安化朋友的短信,信息中说:"有一句话蛮好:年轻时愿意和男人过苦日子的女人,年老时愿意和原配过好日子的男人,都是值得人们尊重的。所以我蛮尊重你和菊儿姐。"这时候,菊儿正和丈夫牵手走在湘水北岸的江堤上。然而丈夫并没有把这一条短信给菊儿分享,而是停住了脚步邀妻子坐在了江堤旁盛开的菊丛里。老夫老妻就这么静静地坐着,遥望着吻向河西岳麓山顶燃烧的夕阳……

许久,许久,丈夫时光里突然像个回过神来的孩子,手拈着一枝昂首盛开的菊花,几分天真几分幽默地问妻子:"你晓得这菊花为什么会香得那么久吗?"菊儿却笑笑地回答男人:"这还不晓得,花开得越迟,香留得越久。"

这是时光里发表于20世纪80年代初的一首短诗中末尾的句子,有谁还能记得它呢?男人便有了一种久违的感动,原来老婆才是自己最忠实的读者。

"嗦,不错耶,这你也记得呀!"时光里心中大喜,便不禁刮目相看起身边的菊儿来,他于是又郑重其事地说:"我当年曾经写过一篇散文,题目叫《我把继母当亲妈》,现在看来我应该写一个标题叫《菊儿,菊儿》的小说了。"

菊儿急了,涨红着脸说:"我有嘛子好写,会让蛤蟆都笑出尿来!"

美人鱼

一

那一天,维特就像一名训练有素的讲解员,面对着一位年轻的知性女子侃侃而谈说:"我大号自觉。这你不一定知道。"也不等女徒插话,他又紧锣密鼓地自我推介说:"此号源于我自掏银子与友人创办的一份叫《自觉》的民刊。年龄60沾边,但若按照联合国新出台的标准划分,也就是个成熟的壮年。尤其心不老,含饴弄孙,江堤遛狗,案前品茶,还不时有灵感缤纷而至喜欢在手机上写几首小诗,入夜又把诗粘贴到电脑发送给某个微信平台。这不仅仅是手痒,而是六根不净!"

他看了一眼女徒的反应又接着说:"我曾在朋友圈里自嘲:本人号自觉而尚难自觉,但自觉是我奋斗的目标。此言即出后,朋友圈中有目光如炬的人便一针见血,毫不留情地指出:这哪配得上自觉? 更有人留言道:你个胡子,真是越老越不正经,一天到晚要在微信里秀几次,不是秀狗就是秀人。"他吸了口烟又说:"人们称呼我胡子是有玄机的。欲叫我新取的大号自觉倒明显有些滑稽,至少目前尚欠修炼;叫我胡子倒贴切,若三天不动刮胡刀收拾,宽阔的红黑脸庞便会蓬乱一片。加上我近年来头顶上的毛发脱得厉害,光明顶下的满脸胡子也就更加打眼了。"

一道闪电划破夜空,远处有雷声沉沉滚来。女徒趁机瞟了一眼他智慧的头颅。

春夏之交的气候,变化无常,维特透过窗玻璃闪了一眼远天,感觉好端端的晴空又像有雨水要降临。他还同时感觉到自己最近的心情也好像与气候很相似。女徒名字取得比她从事的职业还大胆,叫燕妮,想必其父是一个坚定的马克思主义的忠实信徒。她与维特面对面拥茶几而坐,趁雷声过后,便满脸桃红地插言说:"是人家根本不懂得欣赏男人嘛!"小女子倒也会拣好听的:"这叫美髯公!"

维特把目光移近了,说:"也只有你们这些小姑娘能正视我老维特。"

"还老维特?"燕妮胆子也大,说:"你忘了我们是同一天生日吧?"

哈哈,维特乐了一下,又正色道:"同一天就没了长幼?"

"不敢,不敢,"小女子一语双关地说:"美髯公是燕妮我的老——师——呢!"

"我才不配当老师呢。"维特从女徒拖着长音里"老——师——呢"里似听出了弦外之音,自己也就终于没有忍住,便使劲地吸了口烟,慨然说:"为人师表多难呐!天地君亲师,那是写在神柱牌位上的。当代已无师表!"烟雾吐出,表情便有些复杂,他本想还愤青几句,但立马又意识到这话题有些太过了,故转而笑曰:

从明天起,做一个幸福的人,
喂马、劈柴,周游世界,
从明天起,关心粮食和蔬菜,
我有一所房子,面朝大海,春暖花开。

燕妮当时也许没有听懂,说:"就是嘛!就是嘛!还俨然像个胜利者。"

维特却并没有趁机跟她谈起海子。在他看来,20世纪80年代后涌现出的诗人中,海子是一个特例,《面朝大海》是一首经常被人误读或者说是被人曲解的诗,那是一朵跨时代绽放出来的美丽绝望之花!只可惜没有多少人能够真正懂得。维特只是苦笑,眼角纹像漾开的波浪漫过脸上茂密的水草。

也许是为了有意转移情绪,他杵灭了手中的烟蒂,却下意识地又掏出了一支香烟来,在茶几上顿了顿便送上了厚厚的嘴唇,然后从几案上摸过火柴"砰"地撞燃一朵小小火苗,让硫黄的气味飘过后,再举起手来把烟点上,深深吸了一口……

维特进入思索状后,乖巧的燕妮也正好借机起身去了洗手间。

这不是简单的回避,应该是可心的徒儿对师傅的理解和尊重。

二

来桃花坞里品茶的客人很多。地方是维特亲自敲定的,燕妮主动说要过来拜访师傅,地点和节目请为师做主便是。今天正好又是周末,她老公跟几个朋友到崀山自然风景区游玩去了,年轻人嘛,平时在公司里神经绷得太紧,一到了周末吆三喝四出去放松也是常事。燕妮却不方便走开,一是工作性质特殊,她在省纪检部门工作,单位有新的规定,凡出市区得先写事由报告,另外还有个两岁多的孩子,虽然平时由奶奶带着,到了周末也想多陪宝宝亲热亲热。另外呢,小女子最近发疯般爱上了写诗,还新结识了省作协一位笔名叫维特的资深作家兼诗人。

燕妮是慕名加上维特的微信的。曾经一度疯狂得像是一只万恶的蚂蟥,死缠活缠着维特想要吸他的"血",每每只要写了几首小词或几个长短句子,就会兴高采烈地忍不住发给他,并留下热切之言说:"我是您徒儿,请师傅点拨。"维特看到这行字就好笑,真忍不住想要回她一句,"谁是你师傅?别自作多情。"

"文章千古事,得失寸心知"是维特自学习写作以来一直坚信的硬道理,哪怕到了如今他对文坛的某些风气嗤之以鼻,自己也坠落到了把写诗当玩儿,他却始终保持着一颗绝不写颓废之作的初心。但要是偶尔有请他指点迷津甚至还有请他推荐作品的人,他却几乎全都婉拒了,且理由堂而皇之:"我虽然是省文联的一名中层干部,但我毕竟既不分管文学创作队伍的培养,又不分管机关刊物,严格地讲我自己也只是一名业余作者。"其实深层次里他是对当下文坛的风气很失望。

这样僵持有几个月,他却慢慢开始习惯"师傅"这个称呼了。有一次还忍不住点开她的空间,"哇!美女耶!"他居然叫出声来。没想到对方像是正在等着他这声呼唤似的,微信里叽咕一声跳出一行字:"师傅,徒儿有一颗诗的种子在心里萌芽,请您栽培哦!"维特闻声回看,这是早有预谋吧?果然见她又发来了一首新作:

天空的眼神深邃,挑逗,
游在河床里的水,
动了凡心,触了情根,

不自禁地一路往前冲，

也许是冲昏了头，

竟奏起了欢快的交响乐，

一曲高过一曲，

跑了调也浑然不知不觉，

弯儿拐过，滩亦飘过，

不管东西南北将错就错，

游在河床里的水，

一个劲地往低处，

再低，至底，

风雨无阻，昼夜不息，

河床里的水游戏了一生，

终于悟出了一个理，

最低处也就是最高处。

读完微信里的诗句，维特竟脱口唤了一声："燕妮！"还玩味地吟哦了"最低处也就是最高处"，最后又按捺不住激动，点了有三个大赞。也就是从那天起维特与燕妮便有了正式文字沟通，并破例多次不遗余力帮她把修改后的诗作推荐给了几个他所熟悉的微信平台，这小女子竟然还真是块当诗人的料，形象思维特别活跃，语感极棒，作品是越写越好了。然而渐渐地也成了壮年维特心中的烦恼。

一个有着如此鲜活感觉的准诗人却是在纪委工作，她每天要面对的是看不完的案卷。而且在那些案卷中，不是违法乱纪就是以权谋私，这不是迟早会被那些龌龊的东西把一颗诗人的良心给污浊或掩埋了吗？但他后来又把头一扬，有几分自信地说："或许就是因为她的心中有诗，她才会是人间不一样的烟火……"维特并没有继续再往下想，他害怕因此而触到了自己内心深处的某些隐秘而引起阵痛。

"师傅，今天是周末呢！"这是维特已经把燕妮这个名字怀在心里后的第二个周末，他忽然接到了一个陌生电话，手还未抬呢，一声柔软的"师傅"便灌入了耳帘，维特竟有些猝不及防，忙支吾说："是呀！是呀！"对方又紧接着补了一句，"我晚饭后过来拜访师傅，您看方便吗？"维特稍微犹豫了一下，即热切地回道："方便方便，我怎么可能有不方便呢！"然后还佯装很豪爽地打出了一串响亮的哈哈来。

于是，师徒俩便有了在桃花坞茶吧的这一次会面。彼此的话题当然是从微信里聊过的秀人秀狗开始的。燕妮还似乎很随意地问过师傅是哪天出生的，维特也就随口报出了自己的生日。"哇！真巧吧，我也是9月20过生日！"燕妮兴奋得眉飞色舞，几乎要跳了起来，"您说这是不是真的有缘哪——师傅？"声音娇滴滴的。

维特却只轻声地吟道："菩提本无树，明镜亦非台，本来无一物，何处惹尘埃。"

燕妮却并没有听到。但即便听到了又能如何呢？

佛祖曾说：每一次遇见，都是前世的约定。情之烦恼总是身不由己的。何谓空？何谓色？即使自己真想做一个唐僧，偶尔做一回猪八戒也触犯不了天条吧？

茶吧里的灯光还算明亮，也很柔和。聪慧的燕妮或许早已经感觉到了一些什么，她去过洗手间后在回到茶吧座位的途中，好几次都忍不住想笑，笑师傅的矜持，笑师傅的"曾经沧海难为水，除却巫山不是云"，那么……谁是巫山的云呢？

在一小时前，燕妮如一棵年轻的柏杨旁若无人般穿过前面的几个茶台直接向维特走去。这毕竟是头一次见自己在文学创作上的师傅，她肯定是经过了一番悉心而又诗意的打扮，浅绿色的落地裙，乳白色的衬衣，外面还套了一件鹅黄色的休闲开领衫，浑身洋溢着青春的气息。彼此在微信里见过照片的，脸相早就熟了。

"嘿！在这呢！"维特努力做出一副绅士状，便先打了招呼。

徒儿也早就认出师傅了，莞尔一笑，还做了个"ok"的手势。

师徒俩果然一见如故。

只是师傅这会儿却仿佛变了个人似的，燕妮的脚步不觉便有了迟疑。

见他手中的烟缕还在袅袅升腾着，一定是又续了一支吧，而且那一颗智慧的头颅仍然微微仰着，一双虽然不大却分明聚光的眸子，像是牢牢地盯在一处，燕妮的心里不禁一愣，半天没敢向师傅走近……有服务生迎了过来，燕妮伸出一个指头到薄薄的唇边，"嘘"了一声再朝隔着两个茶台的维特那边努了努嘴，意思是告诉服务生她就是那个茶台的客人，同时也是示意不要去打扰那一尊庄严的雕像。

三

维特曾经与燕妮在微信里私聊时说过一句很经典的名言：在这个物质坚硬的俗世里,幸亏还有诗人的心是柔软的。燕妮当时读到这一段文字时心里怦然一动,便有了露水爬上睫毛的感觉。然而就在此时,窗外又骤然滚过"轰"的一声巨雷……

好雨知时节,当春乃发生,随风潜入夜,润物细无声……

燕妮的心里,有一颗诗性的种子也许正在破土发芽了。

"师傅,您这是在想念故人呢,还是又在构思新的故事呀?"燕妮是检饰过自己心情后才又款款出场的,这小女子真是个精灵鬼怪的人儿,在一旁静静地观察了大约有一刻多钟,见师傅已一副云开日出的模样了,便飘然而至,款款落座了。

对于这师傅长师傅短的称谓,维特其实并不陌生,他早已经在微信里就领略过无数遍了,然而当他听到这突如其来的一声面对面的"师傅"时,却让如梦初醒的维特对燕妮似乎又有了新的发现,"你该不是警官学校毕业的吧?"他有意避开燕妮的探询,答非所问,而且那两束平和的目光也同时照到了燕妮红润的脸上。

这是一张青春的脸庞,是一张月亮般流淌着清辉的脸庞。尤其那一对幽幽的眸子像盈着一泓清泉,怎么也难以令人相信她会是"打虎队"(纪检委)的成员。

"您真是神呢!我是警校毕业就直接分到纪检委的。"燕妮一双明眸勇敢地向维特的目光迎了过去。说着,她又立马把话拉入了自己所认为的所谓正题:"师傅您刚才是……"燕妮有意不把话说完,她自信师傅一定能够明白徒儿想要知道什么。

"我呀,刚才是想到了一个故人。"维特支吾着转换了频道。

"咯咯咯……"燕妮这下笑得很放肆,"还真是呀?师傅能说给徒儿听一听吗?"

"这你也真想听啊?"维特一脸少儿不宜的长者表情。

燕妮脸一红,忽觉得有些不好意思起来,自己或许不应该逼师傅说出隐私。

维特又掏出了一支烟来,这一回帮他把烟点上的却是美女徒儿燕妮。她擦火柴的样子很认真,两个指头把火苗擎着,专注地望着师傅。她见他深深地吸了一口,又打开口腔让烟缕随着缓慢而轻微的呵气四溢而出。这是维特吸烟的习惯动作,说是如此能减少烟雾对肺部的压力,他还有一个爱好就是喜欢用火柴点烟:

> 你这么埋着头就撞了过去,
>
> 以一种奋不顾身的姿势,
>
> 开启了一生中短暂的旅行,
>
> 举着一朵小小的火焰,
>
> 照亮我的天空,点燃我的思绪。

这是维特写过的一首咏火柴的小诗,也是他自己审美观的价值取向。他骨子里是很欣赏那一根小小火柴的。维特像一个赤子,竟然在桃花坞茶吧温馨的灯光下,旁若无人般把埋藏了20多年的一段不堪回首的婚外旧情缓缓地说了出来……

他当然已把故事主人公白鸽的真实背景和姓名都隐去了,而且还通过剪辑只保留了最美好的段落。但不知为什么维特在一边叙述着自己曾经的往事时,眼前总是在走马灯似的交替着白鸽与燕妮的面孔。是的,维特后来想,自己之所以头一次与女徒见面就主动说出了埋藏在心深处20多年的隐私,或许是有着特别的内涵和用意。但究竟是有着什么样的内涵和用意,他至今也说不出一个所以然来。

维特说,他始终忘不了20世纪90年代中后期与白鸽在桃花岛上的那一个夜晚,充满着青春气息的白鸽就像是一根蓬勃而柔软的藤蔓,缠着他的腰,吊着他的脖颈使劲往上攀爬,直到踩着他的肩膀,她还说要伸手去摘天上的星星……

燕妮的明天不会是白鸽的昨天吗?只有诗歌和良心在当下。他在心里不断地反问过自己,乃至后来许多烦恼均由此而生。白鸽是维特的一个心结,她曾经也是一位年轻女诗人,诗如童话一样优美,出版过一本诗集,封面是她18岁那年的生活照,背景是广阔的田野,金色的稻浪簇拥着她,脸上是温暖的阳光和微笑。

"你是阳光与大地最宠爱的女儿。"维特说。

他记得这是自己对白鸽说过的赞美词中最朴实的一个句子。

"才不呢！我是一只等了你 23 年才开臀的鸽子……"

维特当时还真没有想到白鸽的回答会是如此直截了当。她涂过些许唇膏的嘴附在他的耳边热切地说过这一句话后，还狠狠地咬了一口他的后脖颈。维特下意识地抬手摸过去，都已经时隔 20 多年了，仿佛还能触摸到那两排温热的齿痕……

> 她有一口细细密密的好牙，
> 像是用雪水，不，
> 而是被皎洁的月光擦过，
> 但她却说，我的前世，
> 是湘江河里的一条美人鱼，
> 鳞片脱落了牙齿却还留着，
> 留着就为了咬一口你的脖颈，
> 上颚 36 颗，下颚有多少颗，
> 你得用半辈子的回忆，
> 慢慢，慢慢地去计这个数，
> 直到有一天，你的牙全都掉了，
> 我的牙印还在，等着你的到来，
> 等着你听我把谜底揭开。

这是维特送给白鸽的一首情诗。这时白鸽已经办理了正式调入手续，并一步到位成了省委统战部所属刊物《统一战线》的编辑部主任。"谁会要你把谜底揭开呀？"白鸽看了后明显很不高兴。维特的心似有一种被金刚钻划破玻璃般的痛感。

她当然早就不写诗了，如今是省纪委派驻省委宣传部的副厅级纪检员，与燕妮还是同行呢。但燕妮当然不知道谁是白鸽。他怕言多必失想要打住，欲取了支烟点上，却被燕妮中途给截了，并且还忍不住拖着甜甜的声音叫了声"师傅——"

"哈，你这是想在太岁头上动土啊！"他的笑容里分明有着几分不自在，因为在他每每擦亮火柴点烟时，同时被点亮的还有老婆在一旁的忧郁而又无奈的目光。

"徒儿这是在为您着想，为师母分忧呢！"她居然大言不惭地补了一句说。

"我倒是该叫你师傅才是。"他当然是指燕妮四两拨千斤的拿捏功夫。于是徒儿纵声大笑。维特却没有笑，而且还有一丝隐忧在心头拂过：她与白鸽真是太相似了！这当然只是他一时的感觉。不会吧？也许是自己太过敏感了。维特在心里说。

时钟敲过午夜 12 点，服务生便提醒顾客要打烊了。燕妮抢着先去埋单，师徒俩是最后离开茶吧的顾客。燕妮大大方方地挽着师傅的手出门，维特也并未矜持，他早已习惯了自己的女儿挽着手陪他散步。燕妮比维特的女儿只大了两岁呢。

春夜的阵雨已经停住，十五的满月升上了中天，有几片云彩缓缓而来，是想要去擦拭月亮里的阴影吗？却反而被激情饱满的圆月映衬得成了纯银色的锦缎。

"燕妮若穿上这种料子的衣裙，肯定会比月亮还要美。"维特在心里说。

燕妮也在仰首明月，而且不禁一声微叹："今晚的月亮真圆啊！"

四

维特一早就起床了，无论睡得有多晚，他都会在凌晨六点准时醒来。

昨夜一直处在似梦非梦的混沌之中，他的生物钟却并未紊乱，只是有一种灵魂未附体的感觉。他回头望了一眼熟睡中的妻子，把自己起床时拨开的被子轻轻压了压，握着手机便破例直接去了临江的阳台上。江面上有乳白的水汽在氤氲中缓缓流动。流水不问方向，却自有方向，她并不会因长滩而迷失，也不会因江湾而怠懈。正如小女子燕妮在诗中所写"最低处就是最高处，"流水的目标很明确。

也许因为年龄，也许……他曾有过一种归隐田原的厌世情绪，是诗歌在支撑着他。维特的好友中，天成是来阳台上坐得次数最多的一位。去年冬尾春初的那一场大雪，纷纷扬扬了半天加一整夜。那天下午天成也在，两人于客厅围炉煮茶并闲聊往圣先贤及现实生活中的趣事、烦恼事，也不时步入阳台看一看雪景。他当时觉得，这样的一种情调才真正适合自己。可好友天成却说："先生的心理年龄还停留在春天和夏天。""是吗？"维特只淡然一笑。天成对面前这位兄长有些陌生。

天成是北大历史系的高才生,要不是毕业时卷入到那一场反腐运动,他或许也不会有今天的闲适时光与清澈心境,以及饱览子曰经书并释道经要的机会。人生就是如此,所谓阴差阳错,不到尘埃落定还真说不出一个对与错来。维特与天成曾经是工作上的搭档,更准确地说,是天成等一批才华横溢的年轻学子的老板。

尽管如今这一批人也大多都已经奔 50 岁了,但维特在世纪之初从省委统战部拍屁股净身出门,把人事档案往人才交流中心一扔,便潇洒下海三年承包了省作协一个资料型内刊时,这些弟兄们个个都是策划与文章高手。人生如炼丹炉。天成在经历了那一场后来被政治所裹挟的学潮风暴后,也便在现实生活中且战且退,懒得再去自寻什么理想和主义的烦恼了。他如今受聘于省文化厅书法艺术院做教授,老婆经商,女儿在南京大学读书。也就是前不久他还截屏了一家三口小圈子里的聊天视屏发给了维特,并且还留言说:"这就是人间烟火,供先生一哂。"

天成:"学古文的智蕾同学在吗?"

智蕾:"我在听音乐,窦唯的香港红磡。"

天成:"啊,帅爆了!"

智蕾:"我还是决定要多看古文,比如临的这些帖子。"

天成:"先把汲黯传和洛神赋二文读通。"

智蕾:"司马迁和曹植,才高八斗,真是令人钦羡。"

天成:"高峰只能用来仰望,脚踏实地才能稳步前行。"

父女俩正与千年古人网上晤面,在北京出差的老婆便从王府井商城横插了进来:"我这微图上的衣服好看吗?"随即是服装的分类图,有仿古服装也有现代服装。

父女俩同时愣了。天成发了个尴尬表情,智蕾却发的是闭嘴。

维特看了后不由得捧腹大笑:"我们都是在人间烟火里熏陶啊!"

但笑过之后他不禁又想,天成发此截图定是有深意。因为也只有他与天成之间不但无话不谈,而且很多时候根本就用不着谈只需一个动作或脸部表情,便可以意会对方的想法和用意。如果真有默契一说,这在他俩之间就是很好的印证。

忽然间又想起了这些陈年往事,或许并非维特直奔阳台而来的本意,说不定是仍未附体的灵魂在给他某种暗示呢!维特曾经坦言:"我 57 岁前是个甘心当牛做马的命,一直在为打造一个和谐小家庭用破心思,绞尽脑汁。而 57 岁后却只想为自己也为侍候了我大半辈子的老妻轻轻松松活一把。"也就是这一年,维特主动辞去了省文联某协会的秘书长兼法人代表,只挂了个副主席头衔在家里想干吗便干吗。也是呵,他确实想放松放松自己了。但诗人的心中却充满着矛盾,就像个陀螺,永远在理想与现实的边缘旋转,一旦停下就会愁绪满怀,所以他注定了只能跋涉在诗的途中。他忽然又想了美徒燕妮,也想起了冷藏在心深处多年了的凌白鸽,而且俩人又重叠在一起,于是便情不自禁地将一首《美人鱼》录入手机:

　　　　我伫立在湘水江畔的桃花坞前,
　　　　曾一度把你想象成桃花流水养肥的美人鱼,
　　　　还想象你曾无数次爬上江岸偷吃香草,
　　　　啊,美人鱼,美人鱼,今晚你若再上江岸,
　　　　我决不会让你再孤孤单单回到水族,
　　　　我会不顾一切地投身江中为你做伴。

　　这几个长短句,是维特在日前的又一个晚上目送美徒燕妮驱车远去时脱口而出的。手机在这时便"叽咕"了一下,维特的心也又动了一下。他无须去想就知道是谁发来的信息。近一段时间来,彼此暖心的一声互问仿佛成了两人的依赖,他不禁又想起了曾经给徒儿发过的一个句子:"上帝在不断给人施放蛊毒,人便永远在寻找解药的途中。"她信息回得真快,徒儿说:"师傅,你会把燕妮练成一枚解药吗?"

五

　　这时候当然还并不是品上午茶的时间,那是在遛过狗吃过早餐以后的事,维特平日里起床后的头等大事,便是先烧上一壶开水,再把昨夜里备好的凉白开水兑成温热后先盛一杯自己饮了,而另一杯非得亲手送到床前监督老婆"咕噜咕噜"饮下之后,才再入卫生间去洗刷。但老婆大人的这种高规格待遇也是在近两年才有的。以前的维特那可是衣来伸手，饭来张口，前脚喊要，后脚就到的家皇帝派头。

他忽然记起了自己做得最理亏的一件往事，他拐弯抹角地对老婆说："喂，你老公算不算是个厉害角色？"老婆没什么文化，又比维特年长四岁，28 岁那年跟着维特，风风雨雨几十年，她除了能操持家务，孩子升学、挣钱养家、里里外外全都靠维特一个人。老婆有些莫名其妙，便想也没想说："岂止是个角色？你简直就是我们家的皇帝呢！"老婆说的确实是实心话，她在回这话时连眼睛也没有眨一下。

"我真是家里的皇帝？"维特假惺惺地想讨好老婆，正要走过去拥抱她，老婆却不习惯，侧身佯装去捡扫帚说："不是真的还有假呀！"维特便得意忘形说："皇帝可有三宫六院的，我嘛，多个把女人总行吧！"原来这看似正人君子的臭男人居然在外面有了女人！老婆正要发作想说几句什么，皇上手机又响了，人就夺门而去了。

这当然是在 21 世纪之初的事，如今的维特早已像变了个人似的。他曾说："圣人有言，修身齐家，治国平天下。"我只取前面的四个字足矣。他还引用了清代名臣陶澍的名联说："红薯苞谷菟根火，这种福老夫所享；齐家治国平天下，那些事小子为之。"他确实是想过要努力改变自己的，还开玩笑说："虽不能至，心向往之。"

维特是在自从儿女开始谈对象后就彻底斩断了与外面女人的联系。虽然有疼痛，但也必须痛斩孽缘！照维特自己的话说："若是哪天儿子在外面惹出点什么风流韵事来，儿媳发宝气顺口就来那么一句上梁不正下梁歪，这是有传统的。那我可比遭鞭刑还难受啊！"而真正让他一改大老爷们习气，到如今的心细如缕对待老婆，却是因为与天成创办《自觉》民刊，尤其是老婆大病了一场之后……

那是在前年秋天，准确的日子是前年中秋节，那一天维特的夫人还专门去菜市场买了一只老母鸡回家，杀鸡煺毛在阳台上一弄就是一个多小时，没想到刚一起身，腰椎便"嘎"的一声，人就倒在了一地湿鸡毛堆里……到医院一透视，竟然是腰伤，而且还是旧疾复发。"至少做好住院十天半月的准备。"医生很严肃地说。

怎么还会有旧疾呢？维特接过大夫手中的片子左看右看。

医生脸一沉，态度很不友好："两根肋骨至少已经变形 20 年了。难道你就一点都不知道？"听医生说得肯定，维特便问老婆，"你这是做什么事折断的肋骨呀？"

"还不是你做的好事！"老婆一脸委屈说。稍微犹豫了一下她却又转换了话题交代男人："这几天你就到楼下杨裕兴吃吧，隔壁美食尚有小笼包和油条的，我没在家你得照顾好自己。"维特半天没吱声。他似乎想起来了，当年自己在外面有了所谓的红颜知己后，一星期总有几晚彻夜不归，有一次老婆跟踪盯梢被他发现，两人居然在大街上吵了起来，维特觉得很没面子，拦腰抱起老婆就往家里跑，不小心脚下踩滑一颗石子，一个跟跄竟然把老婆抛出去一米多，"哎哟"一声，老婆忍痛含泪又自己爬了起来……维特再也不敢往下想，忙说："老婆，对不起！"自从那次住院以后，他便暗暗发誓，自己不但要治好老婆的腰伤，更要治好她心灵上的旧疾。维特确实是从心深处有了忏悔之意的。后来又发现老婆肠胃不好常有便秘和口臭，便一直坚持要她起床时先灌一杯温水。这就是维特突然想起要去做的功课。他把明知有爱徒信息未看的手机往茶台上一撂，就开始给老婆烧水，并且手脚熟练而麻利。"快坐起来把这杯水喝了！"维特来到老婆床前哄小孩般说。"今天你一个人去遛狗吧！"老婆接过水杯说："我好像又有点不舒服，还想睡一会。要不你自己到楼下的美食尚去吃早餐算了。"老婆说话的声音有气无力，眼巴巴地望着男人，心里充满了歉意。"我知道了。"维特答话有些哽咽，不忍看老婆憔悴的面容。

六

最近的会议一个接着一个开，而定在今天下午两点半前签到入场的会议就更加重要，连省委常委、宣传部方部长届时也会莅临。维特是昨晚才接到通知的。

他自从主动请辞协会秘书长一职后，一般情况下确实很少去文联机关。以至于守传达的老谢都说："胡子主席都来了，文联必有正经事。"好像省文联平时就没个正经似的。这话是去年元旦节前传开的，那一段时间刚好也是会议多，什么三严三实、自查自纠、贪腐官员录像警示片观看等。所以在一次分组讨论时维特还说过一句幽默话："硬是把个装诗歌的脑壳也搞成了个木鱼脑壳，请各位原谅我在发言时只能先敲一下木脑袋。"结果惹得哄堂大笑。这话也只有维特敢说,他是个无党派的专业人才,又与省里分管领导有着或深或浅的交往。这是名人效应,而那个谢老头因为一句"文联必有正经事"的话传开后,今年就无缘再守传达室了。

一阵热烈的掌声骤然响起,维特也跟着鼓掌,遂抬头才知是省委常委、宣传部方正部长等领导驾到。主席台上的几位领导刚一落座,会议就正式开始了,坐在主席台正中的是方部长,左边两位是组织部巡视员老韩和主持会议的省文联党组副书记、副主席兼秘书长老苏,右边第一位是个新面孔,当然这张面孔对维特而言却是那么熟悉,并且曾经是那么亲切甚至朝夕相处过。维特的目光几乎就停在那一张熟悉而又已然陌生的面孔上了,只用余光扫了一下她旁边的省文联党组书记兼副主席老龚。然而记忆却不肯作停留,陈年往事在眼前如过电影一般……

时光一晃就是 20 年,当时维特调省委统战部才两年多,准确地说,那是在 1998 年国庆放假之后上班的头一天。维特刚从政研室主任兼主编黎新手中接过这一期杂志的终审稿,门又被推开了。"是哪阵风把唐部长您给吹来了!"黎主任赶紧上前。"给你们杂志社推荐一位女将。"唐部长开门见山地说:"诗写得很不错的,是个才女。"他的语言笃重平实,不是商量,而是安排。"主任您好!"同唐部长一并进来的才女很大方地自我介绍,"我叫凌白鸽,以后请主任多指教!"说着又侧过身跟维特打招呼,"您就是维特老师吧?您写的散文真棒!"看得出她的热情不是装出来的。

唐部长是省委统战部常务副部长,在地市做过党政一把手,是个老资格,在部里的威信极高,这事虽然还没有跟黎新主任通气,但他也只能照办。不就是先试用吗?反正调入时还得上部务会议的。凌白鸽来杂志社试用只三个多月时间就转为了正式编制,并接替了维特的编辑部主任一职,而维特也被正式下文任命为《统一战线》杂志社副处级执行主编。只是他始终觉得这职位来得有些不光彩。都已经过去有 20 多年了,有一个声音似乎还在他的耳边鼓噪:

"傻吧你?不去试你怎么会知道啊!"凌白鸽的声音带有刚意。

"这样做不好,传出去很丢人的。"维特明显有着犹豫。

凌白鸽脚一蹬说:"未必比你和我上床的事还丢人呐!"

"你以为是我要……"年轻气盛的维特像受了奇耻大辱,说:"是我要你上床啊?"

"还什么我要你要啊！我要的就是你应该做的。只要你摆平了林部长那里，就是双赢！"凌白鸽把该说的话一股脑儿说过，然后便温柔一刀把维特的嘴给堵住了。

这件事其实是他俩私下里到桃花岛去度周末就已经说起过的。

这才叫典型的狼狈为奸！虽然此事已过去多年，如今想起来维特的心里还在狂跳。那是他平生第一次向领导行贿，照凌白鸽的安排，他去给分管副部长林风家里送了几个从乡下搜来的清代瓷坛。虽然当时并不是太值钱，却很稀罕，而且林部长又特别喜欢古玩，算是对症下药。唐部长那里当然是她亲自去摆平的。其结果完全是按照凌白鸽设计的思路走的，参加部务会议的四个副部长稳稳当当便占了两席，而且一个是常务，一个是分管，所以经研究室黎主任提出，事就成了。

凌白鸽与维特共事不到四年，后来就做了省委常委、省委统战部篮茵部长的秘书。维特一直觉得有愧组织，凌白鸽离开杂志社不久他也就把人事档案往人才交流中心一挂下海承包了省作协的一本内刊，做了三年文化公司的老板后才又被省文联主席招安进了文联机关，之后他们也只是偶有联系。十多年磨一剑，凌白鸽已于日前履新省纪委派驻省委宣传部的纪检组长了。这次会议的主旨内容就是由凌白鸽组长宣布的。会议有两项重要内容：一是省文联党组书记因年龄到线正常易主；二是省文联主席早已超龄，这次也一并宣布了代理主席人选，待日后的文联全委会再行选举通过。最后是省委常委宣传部方部长作重要讲话。此时的维特已经感觉到有一双迟疑的目光在他的身上停了一下，也就忙下意识地抬眼迎了过去，果然是凌白鸽在眼镜后看着他，并在掌声中朝他点了点头。这一点头却已然很陌生，包括那一双架在鼻梁上的金边眼镜，这让维特的心里不免一凉，这就是那个曾经面对着自己深情演绎过《我真的好想你》和《枕着你的名字入眠》的白鸽吗？这就是那个自己为了去与她赴一个私密约会给老婆脊梁骨留下了暗伤的白鸽吗？她应该不到48岁吧，怎么整个脸孔都像变了形，变成了那种只有党政领导干部才特有的僵硬肌肉和那种看起来似是而非的笑容呢？更悲摧的是白鸽和燕妮的两张不同脸孔总是在他的眼前重叠交织……会议只开了一个多小时，不到下午四点就宣告会议结束。往事历历在目，维特还沉浸在缠绵纠结的往事中。

他是被一阵热烈的掌声召回到省文联五楼会场的。

其实每个人都生活得不容易。谁没有苦衷呢？白鸽也有，只是维特无从走进她的内心。当然也就更加不会想到，就在白鸽把目光落在他维特身上并向他点了点头的那一瞬间，她还冷不丁记起了自己前天晚上心血来潮草时写的一首短诗：

> 小时候姑姑总是喜欢摘下眼镜看我，
> 每一次都爱说同一句话：
> 我们家白鸽这么聪明，如此漂亮，
> 长大后肯定会是一个女诗人，
> 妈妈正好是从田野里回家的途中，
> 远远丢来一声呸！诗能当饭吃吗？
> 我家小白鸽今后要当个厅局长，
> 屁股大一点不要紧，江山坐得稳，
> 姑姑那时候大学刚毕业是个文青，
> 手里常捧着钢铁是怎样炼成的小说，
> 她说自己就是那个叫冬尼娅的主人公，
> 我娘是个家庭主妇，还要兼顾农耕，
> 我少女时代写诗，并且还出版了诗集，
> 从金色的田野到霓虹闪烁的省城，
> 才女嘛！而且又漂亮，还算顺水顺风，
> 可这一段路程却付出了，
> 我作为女人最最宝贵的东西，
> 如今的我确实已经官至正厅，
> 完成了姑姑的梦想，执行了母亲的命令，
> 但一路走来一路血痕有谁知我苦心，
> 高处不胜寒，女人尤甚，即使是夏天，
> 我也总是会感觉得周身寒冷。

是呵，维特也偶尔想起过她的，毕竟是与自己有过肌肤之亲的知性女人。

维特是最后一个离开会议室的，之后又是高一脚低一脚地到了楼下……在今天下午听报告的这段时间里，维特照例又收到了燕妮发过来的新作，只是

还没有心思去细看。自言大道纵横的维特是一个让人乍一看觉得悠闲，但实际上却心思缜密并非真闲暇的男人。人给人能看到的大多只是假象，号自觉的维特也不例外。

他一刻也没有在单位停留。他知道自从这一次所谓的重要会议结束后，又将会有很多种不同的声音消磨人们的时间，比如对已卸任的前党组书记和主席，甚至包括新继任的书记和还未履职的代理主席等，都会在人们不同场合的言谈中高频率的重复出现。这就是机关！维特苦笑着摇了摇头。归家后闷着头就回卧室躺床上去了。老婆是丈夫肚里的蛔虫，知道男人心里有事，只是她一般也懒得多过问，但这又并不等于她不关注他，她以前也是敏感过的，也问过男人是出什么事了吗？可得到的回答却是："是的，我的事你能帮上忙吗？"作为维特的老婆，她已经习惯了只默默地关注和无言的等待。"一辈子夫妻，我等得起。"这是她的心里话。

但如果真有事若轮到她出手时，她却也绝不含糊。就拿男人当年与凌白鸽的风流韵事在省委统战部机关传得满城风雨，她还主动去找过分管杂志社的副部长要求辟谣。只是她却并没有想到男人今天的阴郁心情又是因为与凌白鸽之间的一个眼神。但应该远不止如此，或许还有对拥有着一颗诗意良心种子的燕妮的担心。

七

维特确实是在想着心事，但心思已经不在会议，也不在白鸽，而是在……

"昔人已乘白鸽去，春风剪剪燕归来。"这是维特躺在床上一声叹息后吟出的两个句子。人有时真是奇怪，感性的男人尤其奇怪。维特是已经把燕妮当成缪斯养在自己的心里了，这世界怎么能没有诗呢？没有诗的世界该是何等的荒凉啊！尤其是与今年春天才相识的燕妮，两人简直已经有着老少恋般的狂热了，尽管维特在一直努力地克制自己心中逆风生长的那份野性，但那种"野火烧不尽，春风吹又生"的顽劲依然常有露头，不然他怎么会突然冒出来那一句"春风剪剪燕归来"呢？

维特进卧室上了床后，就始终处于一种似梦非梦的状态。他感觉自己并不是躺在床上，而是沉浮在水中，并且迷迷糊糊地还抱着一个似鱼非鱼，似人非人的尤物在怀里。那感觉真是奇妙啊!尤物绵绵软软的,又光滑无比,一寸一寸地与自己贴近,最后便融成了一个整体……仿佛时光正在倒流,昨天晚上维特目送徒儿开车远去,他自己却并没有直接回家,而是独自在江边徘徊。终于,一条微信在他的期待中"叽咕"而至,当时苹果正在掌中,指头一点,便是燕妮发来的急就章:

今夜,好一场酒醉,

醉倒在月光的怀里,

轻轻地,柔柔地,

本姑娘且把长袖一挥,

却挥来了陌生的街道,

迷幻的灯火几多暧昧,

挥来了埋头穿梭的车流,

归来去往的情窦芳菲,

我醉了。我醉倒在,

城市月夜的温柔乡里,

甜甜的,香香的,

是青春霓虹般的体香味,

星星点点的萤火虫,

是从我眼睛里飞出来的,

美美的眼睫毛丛中,

闪闪的泪珠也是星星,

今夜,我只想买醉,

有谁能把我虚脱的灵魂,

挽回,把我无言的苦涩揉碎。

又是周末,又是由徒儿向师傅发出的热情邀请,也同样是在老地方。这是第几次了呢?维特有些恍惚。师徒俩无非又是聊诗聊人生,当然,时不时也会有着某种指向模糊但又含有些许挑逗意味的闪烁言词,并且在聊到开心或兴奋处时两人有意或无意的肌肤碰触也还是有过的。不然在维特用深沉中含有期许的目光目送燕妮进入车门时也不会无端地来一句,"姑娘,我们也算是有过肌肤之亲的哦！"

燕妮却如受惊一般"啊"了一声，头一扬还险些儿撞到了车门，一头半披半束的秀发在月光下如同飞泉流瀑，微仰的半边脸庞则像刚刚绽开的白玉兰花瓣，"美人鱼呀！"维特由衷地赞叹着。或许燕妮也想御风而至向维特怀里扑过来的，只是……

这首买醉诗就是燕妮深夜开车归家的途中即兴写下的,这徒儿或许也真有了几许迷失,当即就发给了维特,并附了一句,"师傅,徒儿醉了! 以诗为证,请帮我点评哦。"维特当时的心里一"咯噔,"还真是心有灵犀,无酒人自醉呀! 他这么感叹着,指尖便不由自主地在手机上写道:"今宵酒醒何处,桃花坞前,江滨杨柳树。"

仿佛还在昨夜的梦中,维特一翻身爬起便摇摇晃晃地直接奔到了阳台上。此时已是日头偏西,他有些懵懵懂懂地抓住了阳台外栏,凭栏怅望着江面,夕阳晚照下的点点余晖,恰似碎金般跳跃在沉沉北去的江流中,是那么摄魂,那么夺魄,此时的维特简直再也难以自控激动的心情,疯狂地啸叫起来:"美人鱼! 美人鱼! "

在厨房的老婆便闻声出来张望,"又是在构思吧？"老婆说。其实"构思"这个词就来自维特, 几天前她忽然敏感地发现男人总是一坐下来就扬着头像在想什么心事,看着那发呆的样子令她很担心,便好心问他:"喂,你到底怎么哪? 要不到医院去检查一下吧？"她话音未落,男人头也没回就吼道:"没见我正在构思作品呐! "

"对不起,对不起,你以前……"老婆还想申辩一句你以前不也经常写作品难道就没有过构思吗? 却忙改口连声喏喏,"我只是担心你嘛! 这未必也有错呀? "说着就一个人躲到卧室里偷偷地哭去了。像这样泪水洗脸的日子她从前也有过,但是那都已经是过去的事情了。后来闺女出嫁,儿子娶了媳妇,男人为了在家里树立一个好的榜样,夫妻俩之间也就很少动过粗口。尤其是前几年邀了天成老弟一起主编一本叫《自觉》的刊物以来,男人更像变了个人,变得有了佛菩萨一般的开阔心境,而自从后来她进了一趟医院检查出身子骨有暗伤,就对她更多了几分体贴,他今天这又是哪根神经出毛病了? 女人就是这样,一旦习惯了男人的细致就对他突然的粗暴再也难以相容……她这么想着想着,不由得就抽泣起来……

嗯?人呢?维特一回头不见了老婆的身影,自己刚才……他这一惊醒,心立时就软了,觉得自己不能为了写一篇文章而无缘无故凶老婆一顿,便主动去找老婆欲向她认错,没想到她却正趴在床铺上哭泣。"对不起,对不起,"这回轮到维特连声诺诺了,他就坐在老婆的床头说:"谁叫你跟了一个神经质的作家呢,作家在构思作品的过程,就像母鸡生蛋一样,一有骚扰,蛋就生不出来了。"见老婆止住了抽泣,维特便接着又幽默了一句:"你就认命吧你!"老婆想起往事,心里也就有了温暖,也默不吱声地仰头向西边的天际望去。在她的眼里,远处的落霞是那么安详,那么多彩而迷人……她那一张被岁月网满了皱纹的脸竟也被缓缓地打开,似有一朵金菊在静静地绽放……是的,她觉得自己从来没有被如此感动过……

然而就在这时,忽听到"呼"的一声闷响,随之便是正在观赏着安详落霞的女人一声撕心裂肺的惊呼:"来人哪! 来人哪!"原来是沉浸在美人鱼狂喜中的维特不知何故骤然坠地,像吸饱了水的一堆软棉絮,沉沉地倒在了阳台的栏杆边,任凭老婆怎么摇晃就是没有吱声。幸亏老婆马上又清醒过来,男人以前也曾经有过这种突然晕厥的神经发病史,忙一探鼻子底下,呼吸还算正常,便又赶紧进房打了120,并通知了也该到下班时间的儿子、儿媳和女儿……在这将近半小时的时间里,女人就坐在阳台栏杆边,她使劲地把男人的上半身枕在自己的双腿上,又把男人的头拥抱在自己的怀里,双手轻轻地给他的头部做着按摩,而且还一边淌着泪水,强忍着心痛,一边哼唱着小时候唱过的一首也是与美人鱼有关的童谣:

天不下雨地上旱,

地上旱来江河干,

小鱼小虾全干死,

唯有美人鱼上了岸。

她这么唱着唱着,男人竟开口说话了:"美人鱼,美人鱼……"

"在这呢,在这呢……我在这呢!"女人饱含着委屈忙低下头去,把自己那一张满是泪水的脸,整个地贴在了男人疯长着野草的脸上。"你不要离开我,你不要离开……"男人梦呓般的声音在请求。这时救护车已经开到了楼下,儿女们也已经领着医护人员到了阳台上。看到这一幕,人们全都惊呆了,这到底是怎么回事呢?

正惊愕间，医生说："莫慌，莫慌。"儿女们这才算松了口气。医生接着说："这肯定是因为患者在外界受到了什么刺激，继而又唤起了他记忆中某种难忘的往事，才引发了他潜意识里的某种幻觉，他这是在强迫自己梦游，想在梦游中实现他的心愿。"于是便回头要护士给注射一针镇静剂，他自己则使劲地按着患者的人中。

也就是几十秒钟过去，只听得"噗"的一声，从维特的胸腔里倏地逼出了一股恶浊之气。果然是虚惊一场，此时的维特已经完全清醒过来，并喃喃地说："一切都是颠倒梦想啊！"声音的腔调，正好与徒儿燕妮首约见面时在电话中吟哦那一首"本来无一物，何处惹尘埃"的禅诗没有二致。维特的老婆和儿女儿媳们也听到了，却不知所云，面面相觑。站在他们身后的天成却反而笑言道："先生心思太重，经历这一劫后，道就平坦了。"天成一直称维特先生。维特其实也是礼让过的。

"你老弟学富五车，这不是折杀我吗？"维特说："这是哪里话呀？古代就有经师与人师两种。先生才是人师。"是夜，其他人都走了，天成却留了下来。

维特嘱妻儿们尽管放心去休息，说自己还要与天成讨论《自觉》事宜。他泡了一壶陈年老茶，将琥珀的茶汤静静地注入公道杯。"就先生与学生在，还用得着匀茶汤的公道杯吗？"天成说。"哪怕是我一个人品茶，也是会用公道杯的。"维特笑答。"先生今天倒是真性情了一回。"天成终于把话引入正题说，"只是学生也生出了疑问，这一劫难来得是不是太突然？"维特便笑答："兄弟是在拷问我？我死去活来想要抱住的那一条美人鱼只是'颠倒梦想'，搂在怀里的不还是自己的老婆吗？"

"也许这就是天意，先生必经过此次劫难后，才能真正清除心中魔障。""一切烦恼，皆是风动，我已经放下了，兄弟也放下吧！""我也该回了。"天成临走时忽然说："让你徒儿燕妮也参与《自觉》的编辑吧？"

彼此当初策划出这一本民刊的初衷，就是为了在俗世修行：日日新，苟日新。

维特便起身，一直送天成出了楼下的大门，既没有说行，也没有说不行。

夜已经很深了，夏虫嘶鸣，星光点点，月色如水，浮尘将息。

天成的背影已然远去，维特仍独自一人在江边站了许久。

"还不回家呀？天就快亮了！"一个声音幽幽地飘过耳际。

维特心里一惊，不会又是美人鱼在挑逗我吧？

然而江面上静悄悄的，遂回头，才知是老婆远远地跟在身后。

秋风引

一

何处秋风至？萧萧送雁群。朝来入庭树，孤客最先闻。

刘禹锡的这首《秋风引》，阿拉菜馆的老板娘白秀秀以前是读过的，当时只是觉得标题很美，没有特别在意。然而今天偶翻闲书又再次见到，却如他乡遇故知，有了别样的滋味在心头。俄顷，她自己也写下了如下句子：

倚着吊脚楼的回廊，

看自己的倒影，

在秋水里蹉跎，

江边伸出去的跳板，

是秋风的引子，

风即使不来，

江湾里的倒流水，

也与我的心思一样，

不会有片刻宁静，

江中肥美的水草疯长，

长不过我的心事，

游来游去的鱼，

摩擦我的酥胸，

比水更加柔软的，

是徐徐而来的，

那一缕秋风，

秋风引，秋风引，

能把远去的帆引来吗？

我宁愿帆是一柄利剑，

把女人的心划开，

我要用被划开了的心，

迎接那一缕秋风，

那一页鼓风的帆.

这是在 2016 年的一个秋日。是白秀秀写在一个有塑料封皮的本子上的。只要她落笔在这个本上写东西，就会先把年月日期写在上面，这已经是她的习惯，也是她一个人的秘密，有秘密的女人眼角眉梢总是有点儿浅浅的哀愁。但这哀愁却反而令白秀秀有了一种与其他女人不一样的优雅和娴熟。她手中的本子不大，16 开，里面纸张已经泛黄，写在前面的字迹甚至有些模糊。她是用一块湖波绿的锦缎包着它的，其珍视的程度可见一斑。但她却很少去翻动过前面的页次，更很少有在那上面记别的文字，有时根本一年都不会去动它第二次。她总是在心里提醒自己，说这不过就是一个日记本嘛，总共才 365 个页次。

她接着又补充说："我是要用它记一辈子心思的！"

但是在每年秋天的这个时候，她就会把它从箱底拿出来，先是在怀里捂上一阵，像有意要捂热已经过去的日子，然后才小心翼翼地揭开湖波绿的锦缎，打开日记找到上一回折了角的页次，再在后面写一段交心的文字。她每写到哪一页，就会在哪一页下面折上一个角。

这一次也不例外，只是她终于没有忍住又看了一眼扉页。

其实扉页上也并没有太多的什么秘密，无非就是竖着写了几个龙飞凤舞的钢笔字"赠白秀秀留念"和一个大大的感叹号，接下来的落款是阿拉，还有就是 1972 年 9 月 20 日。就这么简单，也很明了。

不简单的是阿拉当年就下放在唐家观，就落户在白秀秀家。至于明了与否，这只有当事人彼此知道，或者说只有白秀秀自己知道。

还有一样礼物，或者不算是礼物，因为阿拉并没有说是留下来送给白秀秀的。也许只是他当时回城心切，走得匆忙忘记在她家里也有可能，就像依旧还搁在壁柜上的《钢铁是怎样炼成的》《舒拉和卓娅的故事》《牛虻》等他从上海带来的那些书籍一样，当然还有一本《唐诗浅析》他也没有带走。秀秀也没有主动问起过他，她一直以为他还会来的。他的父亲当年还只是随团在唐家观考察路过呢，后来不也曾专门来看望和感谢过白老师吗？秀秀这么想也不是没有一点道理。

白老师就是白师傅，是秀秀的爸，也只有阿拉父子这么叫过他。

然而阿拉只是作为一个符号始终养在白秀秀的心里，人却黄鹤一去无消息。也许……也许……秀秀当然也是有过叩问的，却始终没有一个正确答案，再说主要是她不愿意往深里想。书是有气息的，菜也是有气息的，这话都是阿拉说的。那么这……这还是有声音的呢？

秀秀读过了刘禹锡的《秋风引》，也写了一堆心里的句子在本子上，却突然记起了这一件不但有气息，又还能发出声的"礼物"来。

这一天，秀秀终于把她同样看重的这一件礼物也给抱了出来：原是一台老式手风琴！这也是秀秀把它当宝贝一样藏着的。她当年还专门去百货店扯了一段蓝绿相间的布匹，把手风琴盖着放在自己的床头底下。这一切秀秀她爸是知道的，有一次他进闺女房里去找一样油漆工具，见床底下有用布匹盖着的一堆东西，顺势就用脚踢了一下，那东西却"呜"的一声叫了……"唉，真是造孽哦！"她爸也就只是一声叹息。

睹物思人，这时的秀秀仿佛又看到了那个长头发一甩，把手风琴抱在怀里摇头晃脑边拉边唱《莫斯科郊外的晚上》的阿拉了……

当然多半是在夜晚，是在资水北岸的江边。夜晚有微风拂过，吊脚楼下的江湾里并不平静，粼粼清波里有月亮的影子，有像巨人的手臂长长地伸向江湾流水的跳板的影子，还有把脚掌探入水中任小鱼抵舔，人却坐在码头月台上的阿拉和陈先生以及白秀秀的影子……

手风琴拉响了，有歌声仿佛又从吊脚楼下的码头月台处飘来：
深夜花园里四处静悄悄，
树叶儿也不再沙沙响，
夜色多么好，令我心爽朗，
在这迷人的晚上，
夜色多么好，令我心神往，

在这迷人的晚上，

小河静静流，微微泛波浪，

映月照水面闪银光，

依稀听得到，有人轻轻唱，

多么幽静的晚上，

依稀听得到，有人轻轻唱，

多么幽静的晚上，

我的心上人坐在我身旁。

……

　　白秀秀抱着手风琴来到吊脚楼回廊，还刚刚边拉边唱过半支曲子呢，去查高考分数的孙子白小沪就回来了，"哇！奶奶您真神呀！"

　　"啪"的一声，还没有来得及系背带的宝贝手风琴，便应声掉在了楼板上。"你个鬼崽子，人都被你吓走魂了！"奶奶惊魂甫定，也忘了问小沪的成绩如何却去抱手风琴，而且后来就一直忘记了问孙儿的名次。

　　"我来我来，"孙子忙弯下腰去抢着抱时，却又丢出了一句颇不以为然的话，他说："奶奶，都什么年代了，这东西也太 out（老土）了吧？"

　　没想到奶奶却脸一拉说："什么奥特不奥特呀？这是手风琴！"

　　"你小孩子懂什么？"奶奶像是还不解气，说："跟你说了也是白说！"

　　小沪本来兴高采烈赶回家是想要向奶奶报喜的，他的总分成绩是全县第一名，班主任老师还帮他分析过了，说清华北大由他挑选。但小沪却一直记得奶奶曾经跟他念叨过，说："小沪你最好是能够考上复旦大学。到时候奶奶也好陪你去大上海呢！"小沪还有意借此机会问过奶奶，说："自己这名字是不是与上海有什么关系？"奶奶那次也是脸一沉。

　　奶奶今天这又是怎么了？她那么关心他的成绩居然问也不问一声，却为了这土得掉渣的玩意还生起气来……孙子疑惑地望着奶奶。

二

　　白秀秀是资水小镇唐家观的一个谜（应该说她一家三口，包括儿子和孙子都是一个谜),但有更多人,却始终还把她视为女神。

舆论不谴责强者,白秀秀就是一个强者。她一个女流之辈,把父亲风风光光送上山,把一个来历不明的儿子培养成大学生,如今孙子白小沪眼看也就要上大学了,却很少有人能看出她是个花甲之人。

尤为难得的是,白秀秀是在独自经营好一家名叫阿拉菜馆的同时,还能始终坚持读闲书。阿拉菜馆在小镇唐家观也是一个谜。

阿拉曾经跟她说过,"有时间你应该多读点书呀,哪怕只是随便翻一翻,不求甚解也行。书是有气息的,和书在一起的时间多了,身上自然而然就有了书卷气。"阿拉是一个很情绪化的男人,刚才还是很理性地在跟白秀秀说读书的事,转瞬又一脸孩子气说:"不过你做的菜比书更加养人,那也是有气息的,这气息会让我一辈子都忘不了……"

白秀秀之所以后来开了这一家菜馆,就是因为忘不了阿拉说过的这一句话。正在信手翻着一本《唐诗浅析》的秀秀忽然起这些,却都是因为一眼又看到了刘禹锡的《秋风引》:"秋风引,秋风引……"她喃喃地也是梦呓般地自语着,就去临江的房间捧出了那一团湖波绿……

也就是因为心里被秋风引起了波澜,她才又去抱出了手风琴。

秀秀身上不但有阿拉所说的书卷气,自然也有菜香气。她是阿拉菜馆的老板,也有人叫她老板娘。但无论客人怎么称呼,她都总是笑迎笑送从容对答。她在店里既当厨师又做服务员,忙里忙外全都是一个人。也只有在每天下午两点半至四点之间,是她最难得的休闲时光。这样的时候她才有机会在临江的吊脚楼回廊里或坐或躺下来,要么想一想心事,要么翻一翻闲书。这当然是一种好的习惯。而促使她养成这种习惯的,就是白秀秀始终忘记不了的那个叫阿拉的上海人。

阿拉菜馆的旗幌也是湖波绿,取了个上海名却不在上海,而是在资水中游北岸的唐家观。菜馆就是饭店,因为是以阿拉喜欢吃的几样特色菜起家,秀秀当年就请陈先生随手写了这几个字,又把这几个字用红色的丝线绣在两块真丝锦缎上,做成旗幌高高地悬挂在吊脚楼前后的檐口。在有风起的时候旗幌就会发出"啵啵"的声音来,湖波绿里的红色就显得如火苗般耀眼,而且那时急时缓的"啵啵"声更像是一种同气相求的召唤;在无风的时候旗幌就静静地悬着,悬挂成一种等待。

说随手是陈先生自己谦虚，字是魏碑体，绣在锦缎上古意盎然。

有人说这两块真丝锦缎是秀秀拆了自己母亲的当家旗袍，重新裁剪后再拓了陈先生的墨迹刺绣而成，也有人说是当年从上海下放到唐家观的那个年轻人送给了秀秀两块真丝锦缎做留念，而秀秀又始终忘不了陈先生叫他阿拉的那个青年，才用它做成了这别具一格的旗幌招牌。这事陈先生或许是知道底细的，却没人好意思找他去求证过。

但秀秀做出的这几道拿手菜的味道确实是与众不同，摆在餐桌上看一眼就让人嘴馋。主菜是水煮鱼，水当然是资水，鱼是资江鱼，一坨一坨的先过茶油，二面焦黄后再把油滤尽，扔几片老生姜，放少许干白辣椒，河水淹过鱼坨即可，把盐撒匀，盖一捂，"咕噜咕噜"将青水熬出酽浓如牛奶的鱼汁来，形容那味道只需两个字：鲜味！配菜有豆腐，只煎一面黄，另一面依然嫩白如初，出锅时抓一爪青葱或韭菜末再溅几点清水。秀秀说："这就叫清白分明。"豆腐还可做汤，勿用煎，先把水烧开，再把豆腐平端于掌中，划成薄片，然后扔几棵洗净的带根菠菜，放少许盐后果断出锅。这道菜汤名叫红咀绿翅白踏板。是阿拉手把手传授给秀秀的绝活。当然还有别的菜可供顾客随堂选择。

秀秀还始终记得关于这一道菜的一个有趣的传说，也是阿拉讲给她听的。阿拉说："这是一道御菜。"秀秀听了就想笑，说："不就是豆腐菠菜汤吗？"阿拉比秀秀年长好几岁，又是从上海过来的大学生，言行举止就特别讲究，便像个大哥哥似的说："这就是江湖与庙堂的区别！"

秀秀当时是个16岁的花季少女，江湖与庙堂都离她太遥远，就闪着一双清澈的眸子等下文。阿拉就告诉她，说："这是乾隆爷当年假扮秀才，只带了个书童微服私访江南时留下的一个传说。"阿拉继续绘声绘色地说："那一天秋雨潇潇，他们在一个农妇家里躲雨，可那一场大雨却下得天昏地暗不肯停歇，眼看就到了吃中午饭的时候，好心的农妇家里又实在拿不出更好的东西来招待这两位躲雨的不速之客，便只好就地取材做了一道豆腐菠菜汤给客人下饭。没想到乾隆爷吃过后龙颜大悦，赶忙嘱随从取出纸笔，龙飞凤舞就留下了'红嘴绿翅白踏板'七个大字……"说到这阿拉还咽了一口口水，又咋了咋舌说："当不得真的，这只是一个民间传说而已。不过这一道菜汤确实很可口。"

阿拉菜馆一开已经是几十年，白秀秀却一点也不显老，尤其是那身段，还一样阿娜，肤色也依然白里透着红润。陈先生曾经在私下里说："心里怀人的女子是不容易老的。"陈先生当过白秀秀的老师,却也一样不显老,莫非他的心里也怀着人吗?这些年来,阿拉菜馆的名气是越来越大了,白秀秀却始终把生意做得相当节制,不请厨师,连帮工也不请,里里外外都必须她亲自到堂。她这是把每一道菜都当成艺术品在做,始终当成是做给当年的阿拉吃的,只做中晚餐,每天接 6 桌,一般不接待零散客人,全都是提前预约好的,只有陈先生例外。

三

陈先生土生土长在唐家观,爷爷中过举人,父亲做过几年私塾先生,新中国成立后又当了镇小的老师,他自己也是老师。阿拉来到唐家观的那一年,陈老师也从县二中被发配到了唐家观,顶替他父亲空出的位置。管陈老师叫陈先生的,当时也就只有阿拉,他说:"侬系复旦大学毕业的高才生呢,先生这称呼侬担当得起的。"阿拉是用上海话与陈老师在沟通。陈老师却只是淡然一笑,说:"阿拉你有所不知,我爸就因为是一个从旧社会走过来的先生,才被联校停职去搞劳动改造的。"

"这完全系两码事呀!"阿拉想也没想就用否定的语气说。

阿拉愣了一下,像是也有了同样心思,倚在吊脚楼回廊上的两个年轻人,此时都已把忐忑的目光投向了一江资水,交谈就打住了。阿拉是溯资水乘船而来,是伸向江湾里的跳板把他引上岸边码头的。

隔墙有耳,他俩在吊脚楼回廊里的谈话,被正好在临江灶房里拆菜的秀秀听得一清二楚,就噘着樱桃嘴"嘀咕,"一个被称为先生的平时总是严肃着一张脸,一个叫阿拉的又经常心事重重,像个丈二高的和尚。你们才是真正的知己呀!少女的心里便有了几许莫名的惆怅。

灶房就在回廊档头,是用枕木挑出去的一间小屋,袅袅的炊烟从檐口探出头来,又被江风拽到了江面,江上的流水也就真有了烟波的意味。"烟波江上惹人愁,无事莫登吊脚楼。"阿拉忽然又来了一句。

秀秀的心思似乎就更重了。她是真希望陈老师能经常过来走动的,只有他过来了,阿拉英俊的脸上才会有笑容,才会也陪着来几小盅自酿的谷酒。酒是断肠药,也是忘魂汤,几盅热酒下肚,三个男人才会一边把酒盅碰得"叮当"响,一边高声地说出些秀秀似懂非懂的诸如什么是民间艺术的瑰宝，什么又是西方艺术的巅峰之类的话来。

菜是秀秀亲手做的，母亲在的时候，她从不与灶屋沾边，连家里的扫帚把倒地了也懒得去扶一下。母亲也偶尔打趣女儿，说："秀秀呵你若是这么懒下去，今后哪个男人敢要你呀！"秀秀却黛眉一挑说："我还不嫁呢！我就守着爸爸和您，就在这唐家观小镇上待一辈子！"没想还真是一语成谶……这当然是后话。母亲去世以后，更准确地说是自从阿拉来到了家里以后，秀秀像完全变了个人似的，不但无师自通做得一手好菜，还会做女红了，飞针走线让唐家观的闺秀们啧啧称羡。

男人们在高谈阔论饮酒，她三下五去二吃完了饭后就在一旁默默地候着，等着给父亲和陈老师还有阿拉盛饭。有时父亲和陈老师喝得有了几分醉意，话就更多一些，聊来聊去还扯到了秀秀身上。

陈老师忽然说："白叔，秀秀不再去教书了是正确的。"

"不过也是啰！"白叔打了个酒嗝说："女子无才便是德嘛！"

"那倒不是，秀秀是有才华的，但……"陈老师也嗝了一声。

唯有阿拉不插言，只是听。但秀秀却真希望哪一天阿拉也能喝一个烂醉。为什么会有这样一种奇怪的念头呢？少女的心里有些乱。

阿拉在一年之后果然大醉过一次，也就是那一次，白秀秀后来就有了那个叫白果的不明不白的儿子……但这并不要紧，这样的事情在小镇唐家观也不是首例，更何况白秀秀不久就干脆开了一家菜馆，而且堂而皇之亮出了阿拉菜馆的旗幌。一言以蔽之，舆论不谴责强者！

秀秀当时总共只在镇小代了一个月课，是顶另一个老师的空缺。

秀秀家里只有父女俩，母亲是去年得急症走的。前不久却又突然冒出个从上海来的大学生，而且是指名道姓来找秀秀的爸爸白老师的。这是个奇怪的男生，个子高高挑挑的，蹬着一双白色球鞋，头发留得老长，背上背着一包鼓鼓囊囊的东西，怀里还抱了一台手风琴。

"我爸什么时候又成白老师了？"秀秀回复说："我们家只有白师傅！"

"系这里呀！"来人掏出个信封说："唐家观 168 号，白玉成老师。"

"你是从上海来的？"从临江敞着门户的吊脚楼工坊里闪出了秀秀的父亲，他上下打量了一眼着学生装的青年，说："本人就是白玉成。"

看过他递上的简短信函，白师傅二话不说就带他去了一趟镇（其实是大队）革委会，回来后居然就把这个上海青年安排到了自己的房间里住，还说："挤是挤了一点，但是就这个条件，总比去农村强吧！"

原来是一个来插队落户的知青！这事也并不新奇，邻村井湾里和株溪口都有，只不过从上海来的还是头一个，而且是插到了我们唐家观（这是个半商半农的小镇，建制仍然属于农村大队），还是指名道姓来投亲靠友。就有街坊围过来指指点点，说昨天就看见过他的。

在阿拉来到唐家观之前的上半年，秀秀还是县二中的学生，陈先生就是先一年大学毕业后新分配到学校的，是秀秀的班主任老师。听说他本来可以留在上海复旦大学任教的，但他是个独子，早年母亲去世后，在唐家观当小学老师的父亲身边没有了亲人，他是为尽孝主动要求回乡的。他那斯文了大半辈子的父亲还气得动了粗口，骂他说："你怎么蠢得像一头年猪啊！这不是鼠目寸光吗？"他却一脸正色地回答父亲，说："儒生孝字当先，这也是教过我的呀！"父亲把头摇得像拨浪鼓说："你呀你呀！"当时大学生稀罕得很，何况还是国内数一数二的名校的高才生，县教育部门如获至宝，直接把他安排在县二中教毕业生。

没想才教上一年，陈老师又被发配到老家唐家观做小学老师了。

秀秀也是在这一期高中毕业，升大学总分成绩差了几分，刚好这时镇小少了一个教初年级的老师，她父亲找到当镇革委主任的本家堂弟，半是说情半是霸蛮，才同意让秀秀做了每月拿28元的代课教师。

师生俩又在唐家观遇见了，并且还成了一个学校的同事。

"早啊，秀秀老师！"这是开学那天，陈老师跟秀秀说的头一句话。

"老师您不应该这么叫学生的。"秀秀脸热耳烧，心里扑通直跳。

"能站上讲台的就是老师。"陈老师说："我们以后就是同事了。"

"才不呢，您在学生心里永远是老师！"秀秀想也没想又追了一句。

陈老师怔了一下，然后有些迟疑地说："嗯，那好吧！"

以后两人见面就有了些尴尬，多半时间只是彼此点一下头。

陈老师教的高年级教室在楼上，秀秀教的低年级教室在楼下，学校里有四个老师和一个工友，只有秀秀和那个打杂做饭的阿姨是没有正式编制的，也没有住校。秀秀家就在学校对面，过一块大操坪和一条青石板街道就是，方便得很。工友阿姨的家在学校后面，也只相隔了几步路。按说陈老师也可以不住校，他家就在进街口的第二个巷弄口，因为家里反正只有他一人，干脆就以校为家，倒也省了不少事。

学校是由旧祠堂改造的，背靠新路坡，校门前街道的对面是一溜小商铺，其中有两间是秀秀家的，也算是商铺，但经营的不是小件商品和小吃，而是木器家具。唐家观只此一家。她的父亲原是个著名的纸扎匠（专门给亡灵扎纸屋的），因为破四旧手这门艺闲了下来，又改做了漆匠，并且这两年还做起了家具生意。家具是由乡里木匠做好了成批卖给他的，到了他的店里后，再经他妙手上漆绘画，就洋气起来，值钱起来。秀秀有时也帮她父亲打下手，画梅花，描喜鹊，居然像模像样。在小镇唐家观，秀秀家算得是一个比较殷实的家庭。

阿拉本来是要跟大队伍整体下放到云南去，却因为当教授的父母被遣送到崇明岛劳动改造时水土不服病倒了，他去探望父母延误了行期，才带了一张由浦东区革委会开具的介绍信到了小镇唐家观。

这事是他父亲一手策划的，是想让儿子跟白老师学习民间技艺。

这算哪门子亲戚呀？儿子当时一听还有些不乐意。

父亲却脸一沉说："白老师是一位了不起的民间艺人！"他还说："我当年也是随费孝通先生去做古民居考察时结识他的，你去了后不但可以从他的身上学到不少东西，还能感触到小镇唐家观的淳朴民风。"

儿子便无话可说，他是怀着一种不置可否的心情来到唐家观的。

四

阿拉的父亲是复旦大学美术系教授，几年前曾应费孝通先生的邀请参加过一次古民居考察活动。教授回去后灵感与激情勃发，创作出了一组反映南方特色小镇《古风》的系列油画，其中的一幅代表作品，原型就是来源于秀秀父亲给亡灵扎下的纸屋。教授后来还专门独自前往小镇唐家观对秀秀的父亲表示了感谢，也因此结下了兄弟般友好的情谊。他给儿子几笔就描了一幅唐家观的草图，并写下了门牌号码和姓名，当然还郑重其事地给白老师写了一段把儿子拜托给他的话。

"你白叔叔是一位非常了不起的民间艺人。"父亲对儿子说。

母亲也嘱咐儿子："要你爸真正佩服的人不多,你要虚心哦!"

"你名义上是下放农村,实际要去的地方却是一个美丽的南方小镇。"父亲接着说,"镇上没田地可以耕种,吃的是墟场粮,但仍属于农村户口,养家全靠做小生意,幸亏你白叔叔有一双巧手……"父亲还要母亲把平日省下的百多斤粮票也找了出来,嘱咐儿子带给白叔叔。

母亲又说:"只要政策稍有松动,爸就会想办法安排你回上海的。"

"你要千万记住自己是个上海人!"母亲近乎唠叨地再补了一句。

阿拉是乘长途在益阳下车后,再搭船溯资水而上到的唐家观。

船是帆船,当时资江还鲜有机器船。这种船过平缓的江流时多半是借力于鼓满长风的布帆,而遇上激流险滩时须动员年轻的乘客上岸协助拉纤。一开始阿拉还摆出一副上海男人的臭架子不肯屈尊,到后来见拉过纤的人一个个从岸上回来居然兴奋不已,才想起也应该去尝试一下。"劳动之后果然有大快乐!"这句话是阿拉从心里说出来的。

正如他父亲几笔勾勒出来的速写,小镇唐家观是匍匐于资水中游北岸的一幅世外风情画。船往江湾里靠时居然勿用拢岸,有一长长的跳板如巨人的手臂伸出来,在回流水中由两根圆柱坚实地竖立于粼粼清波里撑着,把乘客接上岸去。唐家观埠头只有阿拉一个人下船。他已经在船上宿了两晚,此时还不到中午,便立在跳板上静静欣赏了一会江岸的吊脚楼。色如黑漆,危如累卵。阿拉忽然发出了如此感叹。

他当然还不会知道,自己将要在个小镇上发生的青春故事。

阿拉是在 20 世纪 70 年代初的秋天怀着一颗惴惴不安的心来到了资水北岸的唐家观小镇。他望了一会吊脚楼又回头望了一眼荡荡远去的资水,心里不免怅然:"我将要与之朝夕相处的那一位白叔叔真会有如自己父亲说的那么好吗?人世间真还会有那么宁静的小镇吗?"

跳板的另一端是由一块块麻条石铺就的月台,这是往来船只卸货的去处。几经风雨的侵蚀和洪水暴涨时的浪打,麻条石早已凹凸不堪,但也并不难看出小镇唐家观昔日的繁荣。只不过此时的阿拉并不会有如此心境。他几乎是极不情愿地沿着麻石台阶走进了逼仄的街巷。

一抬眼,迎面居然是一家写着"海上来"三个深蓝大字的客栈。

为什么会是海上来呢?不干脆是上海来更好吗?阿拉像是跟谁赌气似的走

进了客栈。客栈有些清冷,却很整洁,左右是抹过桐油的杉木板壁,一边挂了一幅图画,阿拉环顾了一眼,没想目光便直了:一幅是蓬莱仙境,上有八仙小憩,形象生动而搞怪,逗乐得很;一幅是唐家观小镇,两侧木屋被岁月抹了黑脸,一路青石铺向幽深,商铺里尽是土货山货和吃食,曲里拐弯处仿佛还能听到远去的蛩音……

如此精到的作品却不见落款和署名。阿拉伫立于画框下,心中便有了疑惑:难道这些民间艺术家还真不拿自己的作品当一回事吗?

"这是陈老先生画的。"店门口闪进一个女子,问:"您住店吗?"

阿拉的脑筋还没转过神来,有些猝不及防,说:"系的系的。"

女子又问:"是不是啊?"

阿拉愣了一下,忙改口用普通话说:"是的,你是店家吧!"

他然后又问了一句,"这店名为什么叫海上来呢?"

正好此时跟来了一场阵雨,雨珠儿从檐口挨着檐口的缝隙里斜飘下来,女子说:"刚才还是晴天呢,看这雨下得,该不是你带来的吧?"

女子接着又像是自言自语说:"难怪陈老先生说这资江河里的水是流进海里的,海里的水又化成了雨,落到了我们唐家观来。老先生还说,信不信由你,这些年的雨水全是苦咸苦咸的……"

这话仿佛一道哑谜,令这个从上海来的阿拉听得一头雾水。

里间出来个大嫂才是店主,那女子只是她的邻居。店主人接过话茬说:"老先生已经被送去劳动改造了,少先生回来刚好顶了他的空缺。"

她们口中那个陈老先生一定是个高人,海上来的名字取得多好!

阿拉说:"给我登记先住一晚上吧。"说着就掏出了钱和学生证。

他是这么想的,出门即是旅途,人在旅途也不能过于地太委屈了自己。这几天一路风尘劳顿,尤其是这两晚在船上没睡得安稳,不如在客栈里先补一觉;二是也好独自在这小镇上闲逛先熟悉一下环境。

客栈就在唐家观镇小学的旁边,透过右边的格子窗,听得见学校里正在敲响下课铃,阿拉凭窗望去,见学生们从楼上楼下的教室涌出,口里还高兴地喊着,"噢,回家吃午饭去哦!回家吃午饭去哦!"听到这喊"去吃午饭"的声音,阿拉的肚子里也"叽咕叽咕"地跟着叫了起来。

他这才想起,自己这几天既没有睡好,也没有吃好。把行李放进了一楼客房,阿拉问掌柜的说:"嫂子,您这哪里有好吃的吗?"

"街上多的是!吃什么花样都有,只怕你口袋里没得钱。"

时刚好正午,街上有些冷清。刚洒过阵雨的青石板,光亮得如同镜面,有阳光从居中的檐口泻下来,氤氲的湿气便从青石板的缝隙里袅袅地浮出来,如烟似雾,人在街上走,有进入了仙境的感觉。商铺五花八门,有卖各种山货土特产的杂货铺,有卖紫砂陶瓷的南杂小店,还有卖剪刀镰刀的小件铁器店,就连卖针线针顶的也有,各色小吃如糖油粑粑、白砂糖饺子、糯米青团等,真是大开了眼界啊!

快到街口上了,忽见一米豆腐西施的招牌,"来一碗米豆腐吧!"

阿拉人还没有进店门,先就把话递了进去。

"好嘞——米豆腐一碗!"声音软软的,手脚之麻利却令人意外,阿拉还刚刚在四方小桌旁坐下,一碗热气腾腾的米豆腐就端了过来。

果然是西施啊!眉目是线装书中见过的那一种,脸颊白净中有微红,尤其是那两个浅浅的酒窝,看一眼就令人陶醉……

阿拉居然忙低下了头,问了一句,"多少钱呐?"

"不急的。"对方抬手拨了下鬓边秀发,说:"您先吃吧!一碗 8 分钱。"

那个从上海来的阿拉真会吃,居然一口气吃了二毛四分钱!

这话是从米豆腐西施的口里说出来的,不过是在多年以后。

阿拉当时确实一连要了三碗米豆腐,有如风转残云一般。从学生装的上衣口袋里掏出纸巾,抹了抹辣得通红的嘴巴便打道回了客栈。没想到手中的几个银毫子却"叮咚"一声掉了一个在青石板上,明晃晃地一路滚过去老远,他紧追过去,银毫子又不见了,掉进青石板的缝隙里去了。阿拉耸了耸肩觉得很遗憾,上海人的小心眼由此可见一斑。

一夜无梦,睡到次日学校打铃上第二节课他才起床去找白老师。

也就是在当天,他一眼就认出了陈老师。

那是在下午,他正在看着白老师在一套衣柜上描仕女图,也算是先见习吧!白老师说他远道而来,先休息一下,熟悉熟悉环境。他说:"我已经休息过了,"当然没告诉白老师自己已经住了一晚海上来客栈。

学校的下课铃响过,学生们像放出的羊群满操场乱跑。

从楼梯往下走的陈老师隔着操场朝这边望来,脸上便有了惊讶。

正好阿拉也抬眼望向学校,双目相碰,果然在他乡到了故知。

"嘿——密斯陈!"

"系阿拉呀!侬系哪天到的啊?"

原来他们早就认识,是阿拉的父亲随费老考察回去后不久,打听到学校中文系有一个安化唐家观学生,就专门把他约到家里去,请他吃了一顿家常饭,也顺便把他推荐给了自己正在上高中的儿子。

阿拉这称呼就是这么传开的,从此便没有人再在乎他的姓名了。

"啧啧,从上海来的哒!你看看人家那样范,往哪一站都是风景!"

"那还用说?父母都是教授,龙生龙凤生凤,一看就是个富贵种。"

"我要是家里有个好'窖'(女人的肚子),非留下颗种子不可!"

阿拉的到来像吹进小镇唐家观的一缕清风,在人们的心湖中荡开了阵阵涟漪。人们对于阿拉的种种议论,白秀秀都留心听着呢!

正好晚上给阿拉接风,白秀秀亲自下厨,还请了陈老师作陪。

五

陈老师也就是从那时起,来白秀秀家里的次数就特别勤了。白秀秀也似乎又找回了学生时代的感觉,只要一有时间,她就会把阿拉带来放在回廊木架上的书籍端在手里,有时还会与阿拉一起讨论小说里的人物命运。那是一些多么难忘和难得的日子啊,白秀秀就像一颗青葱的小树苗,在春风春雨春阳里尽情地沐浴,身体与思想也迎来了前所未有的发育期,渐渐地,她觉得自己的心里正在盛开着花朵……

但阿拉对于小镇唐家观而言只是过客,来得迟疑,走得却匆忙。

他是被来自上海的一封电报催回去的,拍电报的是他父亲,电文只有一句话,但有两层意思:母病危,带插队表现速归。"插队表现"的证明是白秀秀的父亲带了两瓶当时流行的邵阳大曲,亲自去找到他堂弟开的。白师傅说:"人家还是个年轻后生,你要给多写几句好话。"

"那你来写。"堂弟把酒接了,便拿出了公章,还拿出了半刀印着唐家观生产大队革命委员会的红头材料纸,说:"我只负责盖章总行吧!"

白师傅开具了表现证明匆匆回家,却不见人,就连秀秀也不在厨房里。这个鬼妹子，也不好好在家里给阿拉做一顿晚饭，人家明天一早就要回上海去了，也不晓得这辈子还能不能再见面呢！白师傅的心里是有了几丝隐痛的，自己女儿对阿拉的上心他早就看在眼里了。

父亲是个重口味，最爱吃又辣又咸又油炸的东西，就连蔬菜里也要放一把干辣椒，这都是母亲在世时给惯的。可是自从阿拉来到了家里，这鬼妹妹子样样都顺着他的口味走，幸亏阿拉还算明理，说自己也爱吃辣。不过说句实话，这折中的菜吃习惯了口味也还真的不错。

这两个年轻人该不会……白师傅的心里就有些不踏实起来。

阿拉收到电报后表情有些复杂，准确地说是有些不置可否，这是心细如麻的白秀秀看出来的。电报也是白秀秀代签收的。她当然没敢先看，直接就送到了在吊脚楼作坊里给洗脸架上描喜鹊的阿拉手中。

"你家里来电报了。"秀秀说："一定是有什么急事……"目光却惴惴地落在读电文的阿拉脸上，她见他先是脸色一阴，继而又有些茫然。

阿拉确实有些茫然。或许母亲是真的病了！但他也还是想到了自己临行时母亲说的那一句"只要政策稍有松动，爸就会想办法安排你回上海的"话。他于是把电报递给白师傅，说："那我明天先回去？"

"是应该回去呀！"白师傅看了电文说："我就给你开证明去。"

"才来一年吧！"白秀秀忽然就蹦出一句话说："你真是来走亲戚的呀？"也是在同时，17岁的秀秀居然就萌生出了一个大胆的念头来。

阿拉脸一红，心里像打鼓似的，他不敢抬眼看比米豆腐西施还要西施的白秀秀。要不是母亲有过你是个上海人的叮嘱，自己早就……

父亲前脚刚走，白秀秀便立马提议说："我们下河捕鱼去吧！"

小渔船是从柳塘湾传福家里买来的二手货，还有一张渔网。这都是因为阿拉爱吃资江里的鱼，白师傅咬牙添置的。入夏以来，他每天晚上都会把渔船摇到江湾外面去撒几网，有时秀秀和阿拉也跟了去。

今天却是他们两个年轻人去的。白秀秀是个大胆泼辣而又性情倔强的女子，她的心里其实早有了盘算，还带了瓶邵阳大曲和一手绢包红薯片和落花生。打鱼当然只是个幌子，她就是想要让阿拉也醉一回酒，不然就再没机会了，她要与阿拉单挑。说着便自己先上了船。

快把锚提上来呀！她俨然像个船佬大，待阿拉登上船头，白秀秀就像《水浒》中的孙二娘,把竹篙一点,船就离开了江岸,再绕过码头的长臂跳板,到得靠近江心的湍流还有丈许处,又把锚往水中一扔说:"平时都是只看你们喝酒,今天我也陪你来几口。不然没机会了!"

秀秀说的你们,自然是父亲和阿拉还有陈老师。

阿拉知道秀秀有情绪,但也不好阻止,他已经领略过她的倔强。

于是两人进船舱喝酒,你一口,我一口,没有酒杯,就对着壶吹。

"已经一年零八天了,你对我们唐家观感觉怎么样?"白秀秀问。

"还用说,有世外桃源的感觉。"但阿拉没说你的记性真好。

"陈先生是一个好人,学问又深。"阿拉心里还念着陈老师。

"你什么意思?"白秀秀满脸桃花像火烧,"是把我托付人是吧!"

"我才不舍得呢!"阿拉也有了醉意,"咕噜噜"把酒瓶来了个底朝天。

"真的还是假的呀?不过有你这句话就够暖和一辈子!"

于是船就晃动起来,江上没有风,船却越晃越厉害……

两人是披着月色回到家里的,那一夜唐家观小镇上出奇地寂静。

这寂静是由刚起的更鼓声衬托出来的。

"剥剥剥,当!"敲更鼓的是个大爷,手中抱着半节空竹,提着一个小锣。当的声音刚落,拖长音的喊话就起了,"小心火烛,防止偷盗啊!"

有月辉从街巷的檐口泄下来,醉眼蒙眬的阿拉走在秀秀前面,他边上码头的石级,边使劲地看了一眼早已经熟视无睹的"海上来客栈"那几个深蓝的招牌字,年轻人的心居然像被什么重重地撞了一下。

难怪陈老先生说这资江河里的水是流进海里的,海里的水又化成了雨,落到了我们唐家观来……此时的阿拉已经知道了陈老先生就是陈先生的父亲。他忽然想起这些,心里也在翻滚着又苦又咸的海水。

白师傅却并没有睡,他在吊脚楼作坊里就着马灯给一套新到的家具上漆,而且,他也在暮色中看到了泊在江湾外的打鱼船……他是听到打更后街巷里又响起了脚步声才进房去的,还假装响起了鼾声。

两个年轻人回到家里时酒已经全醒了,阿拉摸黑从旅行袋里拿出个塑料封皮的日记本来,这是他早有准备的,也没点灯,就在经常与陈先生聊天的吊脚楼回廊里借着月色星辉凭栏写了一行字,再双手捧着送给了白秀秀。秀秀把日记本捂在怀里,用嘴撸了撸父亲的房中说:"快去睡呀!明天要起早的。"她自己却仍然在回廊里站了好一会。

第二天一早阿拉就走了,是乘船走的。白秀秀把阿拉一直送到了码头跳板的尽头,也一直看着船过婆婆崖江湾后又拐弯进入了崩洪滩。她当时还真没想到自己以为的人生也有了这样一条激浪翻滚的长滩。白师傅没有去送行,他在作坊里抱着只木盆在描一对戏水鸳鸯。

六

秀秀始终记得那是 1972 年 9 月 21 日,晴天。这个日子是写在阿拉送给她的日记本上的开篇语,也是刻在她心中的生命抛物线。

白秀秀不是花痴,而是情圣!这话是陈先生在心里说的。

孙子白小沪的录取通知书到了,果然是上海复旦大学。

这天中午,陈先生也来了,他是来祝贺白小沪的。

陈老师已经退休,退休的陈老师不再是老师,而是陈先生。小沪却一直叫他陈爷爷。小沪能够有今天的好成绩,是与陈爷爷分不开的。

人过了 60 岁,按说已经云淡风轻,陈先生今年 67 岁,仍孑然一身,想来是做好了烟消云散的心理准备?或许又不尽然。他的身子骨至今硬朗,精神矍铄,这可能与他这些年来常习古人书帖有一定关系。他真正爱上写毛笔字,是在白秀秀请他写下了"阿拉菜馆"的招牌之后。白秀秀萌发这一念头也不是一天两天的事,那是阿拉回上海后的第十一个年头,那一年她的父亲走了,儿子白果也小学毕业了。

说起来阿拉当年也并不是一走了之,他回上海后还给白家来过一次信的。从信中得知,他母亲那一次根本就不是什么病危,而是为了让儿子能够回上海,她把自己永远地交给了崇明岛的大海⋯⋯她在遗书中写道:我儿生于上海,长于上海,不得流落他乡,恳请组织用本人空出的编制接纳我儿⋯⋯结果,刚回到上海的阿拉就被指控为抵制上山下乡运动,并且要被强制发配到第二批知青下放的北大荒⋯⋯

"真是可怜天下父母心呐!"白师傅读过来信后一声叹息。

一开始白秀秀死活也不肯相信,说不管阿拉去了哪里,他还会与自己再联系的!可是等呀等呀,一直等了整整十年,她也根据阿拉来信的上海地址去过了一封又一封信,却又一封接着一封如石沉大海。

"要不我陪你去上海找阿拉吧?"陈老师始终把秀秀当自己的亲妹妹,不,更准确地说应该是当红颜女友一样看待。他认为只要找到当地有关部门,就一定能够找到阿拉本人,也就可以死了秀秀的痴心。

"这样最好了。"白师傅话接得很快,说:"总这样拖着也不算回事呀!"

秀秀却无言。秀秀的心里好乱……她知道父亲对陈老师印象特别好,经常夸他有大学问,夸他人品正,谁跟了陈老师谁享福等等。

秀秀不是赌徒,上帝掷下的骰子,正反两方面她都不想知道。

这样一直到父亲病重一卧不起,她才开始想要改变自己。

父亲是得肺癌死的,因为常年与生漆打交道,又因为女儿的倔脾气让他劳了不少心。秀秀把父亲送上山后,又把吊脚楼作坊里接的最后一批家具也上过漆,作过画,全都卖出去了才终于下定了决心。

一天白秀秀主动找到陈老师说:"老师,我要开饭店了,请您帮我写个招牌。"阿拉没走时,陈老师每到周末都会来家里吃饭,菜是他买来的,酒也是他带来的,这样一走就成了习惯。后来阿拉回了上海他也经常来,说是陪白师傅喝两盅。父亲走了,他就很久没来过了。

"啊?"书生气十足的陈老师愣了一下,"你开饭店?要我写招牌?"

"是的。"秀秀答得很肯定,说:"就请老师写个'阿拉菜馆'的招牌字吧!"

陈老师终于明白,即便船到不了埠头,秀秀这也要定锚拢岸了。

"好的好的,写好了我给你送过来。"陈老师答得快却表情复杂。

但不管怎么样,对白秀秀委托做的事他必须得认真做好,何况他这还是头次给人写招牌。唐家观以前的很多招牌都是他父亲陈老先生写的,老先生前年刚落实政策就走了,留下了文房四宝和一堆宣纸。为了写好这几个字,陈老师在家里苦练了几个晚上,那天一早他故作轻松地把写好的四尺整宣递给秀秀说:"信手写了这几个字,看要得不。"

女人的心一旦不再彷徨,做起事来比男人更有定力。秀秀已经把心思全都绣进湖波绿的锦缎上了,把定力全都扎进"阿拉菜馆"里了。生意居然越做越有影响,但她却始终守住初心,不徐不疾,按部就班。

"奶奶,你是真要送我去上海吗?"孙子小沪也许知道一些什么了。

白秀秀终于从冗长的记忆中回过神来,认真地看着孙子,心里却在说,像,太像了！她当然是说孙子像他的谜一般的爷爷阿拉。

吊脚楼的回廊里出奇地寂静,祖孙俩显得有些尴尬。其实小沪的父亲也是个谜,在厦门大学毕业后就留在了沿海,而且是在厦门海关做报关员工作。有一天夜里儿子却突然抱了个小男孩回家,说是自己转入了新中国成立以来福建最大的一桩通天走私案,他的女朋友赖雨晴一家都已经去了国外,也给他办好了护照,他是专门来把儿子托付给奶奶的。白秀秀一听就噎住了,因为儿子什么时候有了女朋友她一点都不知道,突然又还冒出了一个不到两岁的孙子来。见儿子一脸菜色,俨然是个逃窜犯似的,也就什么也没问,接过照样是来历不明的孙子和儿子递过的一本签名白小沪的6位数存折,把事情一直隐瞒至今。

她儿子白果也至今下落不明,毫无音讯。

在如此一种神秘氛围中长大的孙子居然能够身心健康,真是菩萨保佑啊!但秀秀心里清楚,小沪的成长他陈爷爷是花了不少心血的。

"是啊!"白秀秀好一阵才说:"奶奶要把'阿拉菜馆'开到上海去。"

这时陈先生也刚好来了,接过话说:"那我就帮你做个账房先生吧!"

"哇!"小沪高兴得跳了起来,说:"这简直是天下的最佳拍档!"

两个老人一时无语。但又同时把目光望向了江面,落霞在江湾的柔波里静静地荡漾,从码头月台伸出的跳板上有着光斑在闪烁。陈先生的脸上似有着恬静的微笑,白秀秀的嘴却像在微微地颤动,她是在默诵着前不久因《秋风引》写在阿拉送给她的日记本上的一堆句子:

倚着吊脚楼的回廊,
看自己的倒影,
在秋水里蹉跎,
江边伸出去的跳板,
是秋风的引子,
风即使不来,
江湾里的倒流水,
也与我的心思一样,
不会有片刻宁静,
江中肥美的水草疯长,

长不过我的心事，
游来游去的鱼，
摩擦我的酥胸，
比水更加柔软的，
是徐徐而来的，
那一缕秋风，
秋风引，秋风引，
能把远去的帆引来吗，
我宁愿帆是一柄利剑，
把女人的心划开，
我要用被划开了的心，
迎接那一缕秋风，
那一页鼓风的帆。

　　但是，这是 2016 年的深秋，在这一条荡荡而来又荡荡远去的资水河上，早就已经没有了帆船，那一页又一页如日子般翻过去的白帆，也只不过是从他们这一代人心中翻过去的无瑕而又美好的记忆……

时光里在年夜前忽然失联

托马斯·潘恩说："想要收获自由之果的人，必须承受维护自由的劳苦。"

——代题记

一

春节临近的长沙城，仿佛在一夜之间就着上了红装，大大小小的红灯笼像一朵朵火红的绣球花，忽然就绽放在每一个小区和单位的门前，家家户户也全都贴上了红色的春联。尤其是几个较大的公园里还搭上了红色的戏台，甚至在台前台后也是一片红纸伞倒挂成的红色海洋……人们喜欢红色，崇尚红色，更希望来年的日子能够红红火火。之后，人与车就渐渐地稀落了，一些店铺也已陆续停止了营业。离乡背井的进城务工者出门就是一年，到了每年的这个时候，他们心里揣着的或口里说的也就只有同一句话，"有钱没钱，回家过年"。城里的所谓热闹与繁华，实则是由乡下人撑起来的。如今他们陆陆续续地都走了，当然还有户口落在城里有了固定工作单位而父母兄弟却在乡下的年轻人，也已经在赶往乡下的途中。

哦，明天就是除夕了。只要过了这一天，时光里身上的红兜兜和红内裤就可以脱下了。这是老婆张菊儿专门为他过 60 岁生日亲自缝制并霸蛮逼着他穿上身的。菊儿说："红色能够避邪，今年是你的本命年，男人必须信这个，不然会有血光之灾的。"其实时光里根本就不信这些，但当时碍于儿女儿媳并小孙外孙全都在场，他也就只好幽默了老婆一句："下一次我再过本命年就劳你大驾给我备一套黄色的吧！"菊儿一听就瞪大了眼睛，心想，哼，这老不正经的，还黄色！儿子倒是听得懂了父亲话里的意思，忙出面打圆场说："爸，您在家里本来就是个皇上呀！"

女儿对妈使了个眼色，"时同志话里是藏有玄机的。"她经常称呼爸为时同志。

两个小家伙就乐了，皇爷爷皇爷爷的叫得好不热闹……

可眼下本命年就要过去了，自称是老顽童的时光里却突然失联了。

夕阳正在与河西的岳麓山吻别，斑驳的火烧云在逐渐淡去，天色眼看着就暗了。张菊儿匆忙给喊肚子饿的小孙女和小外孙盛了碗饭，自己则满腹怨气地走近座机猛打起丈夫的手机来，可一遍又一遍拨过去，就是无人接听。"还真是来哒这活鬼，死到哪里去也该把个信呐！"她满口乡音地骂着男人，心里却七上八下地没了主张，于是又给在外办事的儿女各打了一个电话，要他俩赶紧帮忙找人……

时光里老家在资水中下游的安化县白驹村，初小没读完就已经辍学，年少时跟村里人驾过船也拉过纤，后来还拜师学过瓦匠和弹花匠。因为天资聪颖，爱好文学并发表了不少诗文作品，在 20 世纪 80 年代被破格招工转干进了县城，而后又调进了省城。用他自己的话说，他时光里就是一棵拖泥带草被移植进城里的树。

每个人都有太多不易，时光里亦然，但他始终是个乐天派。十二岁进入船帮讨生活，其中那个赤身裸体只勒了一条青布裤衩晒得一身锅底般油黑的少年就是他。过路人远远望见还以为那个少年连遮羞布也没有一块，而某日他听信纤夫们唆使干脆把短裤衩也脱了时，却反而让人好奇那少年怎么会穿着一条白短裤拉纤呢？以至于他后来做了瓦匠上屋检漏也会忍不住偶尔来一恶作剧，在屋脊上掏出胯下的家伙就撒起尿来，若被人发现说时瓦匠就是个流氓，他却一脸认真地辩护说："我是在试水看瓦隙里漏不漏水……"他就是这么个人，即便是在风雨无常的人生中他也会逆来顺受能活出个滋味来的，像他这样的人怎么会突然离家出走呢？

我是一峰负重前行的骆驼，

孤烟直，落日圆，

蹄印如邮戳或深或浅，

寒来暑往风云悠闲，

诗文寄意天地人间，

从不问前路还有多远，

逆来顺受，

我自绽放一张笑脸。

　　这是时光里为过 60 岁生日那天准备的一首短诗，见性见情，浪漫而又无奈。

　　前几天过小年，吃过简单的早餐后，他先是在电脑旁工作了近两个小时，这回主要是把一个小中篇在文字上再过目一次。收拾停当又照例在写作间独个儿发起呆来。能有时间并且还能有兴致发呆，真好。莫非圣人所说的"每日三省吾身"就是在如此不断地发呆中完成自省的吗？这是他在自言自语。他已经习惯了这样一种自言自语的状态，他继而说："能从自己的日常生活中清醒地意识到这些，老夫就是个俗世神仙。"之后便顺手端过保温杯来小抿了一口热茶，这是他年初回老家白驹村亲自采摘并亲手揉制的明前茶，且又把舌尖抵着上腭"啧啧"有声作回味状。

　　忽然一个脑袋伸进来，把正在韵味的时光里赫了一跳，"像个幽灵！"他说。

　　这是在阳台上拖地的张菊儿，她以为是男人要添水了，遂探进写作间猫了一眼。没想好心没好报，张菊儿有些不置可否，本想如往常一样说一句"又发嘛子神经呐！"但话到嘴边还是忍住了。也就是在同一瞬间，时光里那一颗敏感的心不免就生出了些许惆怅。一阵发呆过后便郑重其事地在电脑上敲下了一段创作感言：

　　人生是多么无奈，但那又绝对不是编出来的无奈，胡编乱造的故事往往会把正常人引入歧途，有时甚至会怂恿和唆使读者走向极端，把故事颠倒成事故。人生最好不要有太多故事，没有故事却有着逆来顺受的生活态度才是真正的人生。

　　时光里近来经常发呆，有时在电脑桌前发呆，有时在江堤上散步也发呆。但他又并不觉得这是自己的哪根神经出了问题，倒是认为自己无论或坐着或站着发呆时的样子像一尊思想者的雕像。他还真有几分帅气，一脸粗黑的络腮胡，额阔嘴唇厚，虽说眼睛不大，目光却深邃如潭，阅事阅人如同烛照，尤其是最近还剃了个光溜溜的和尚头，又为了图个方便还时常穿一件深黑色的羊皮风衣，竟然活脱脱像个江湖大佬。连平时并不懂得何为幽默的妻子张菊儿也打趣男人说:"我看你呀,原本是想剃尽万千烦恼丝图一个自在,却歪打正着帅得天天发起呆来了。"

她这一回却破例把普通话说得很完整。这倒反而引起了时光里的心虚,因为这同样措辞的话还有弯弯美女也说过。他怔了一下,便只意味深长地一笑说:"在你们眼里呀,我哪天真落难成了个讨米要饭的乞丐,怕也还会把我当作是微服私访的布衣天子!"看来时光里还真把不久前撞入他生活中的弯弯美女也视为身边人或者至亲了。他所说的"你们"其实是有意说给妻子听的,敏感的时光里一定以为张菊儿早已经知道了他与美女路弯弯走得很近的事,这算是先打个预防针吧。

想到路弯弯,时光里便眼帘一颤,仿佛时间又回到了昨日下午临街的止渴亭茶室。茶室里窗明几净,气氛温馨,时光里吹着口哨踏歌而来,顺口便说:"麻屋子,红帐子,里头睡着个白胖子。"他这是在有意想倡导一种简单的气氛,因为能天天来茶室里蹭茶喝的大多是些衣食无忧又闲得无聊的人。怎样才能让自己越老越受人尊重?那就要老得清清澈澈,简简单单,只有简单了才不会去设计谋划无事惹事。但他当时并没去想另一个近乎哲学的命题,那就是缺什么,炫耀什么。

他们还能缺什么呀?这些一个个看上去全都光鲜光亮的所谓成功男人!

时光里又说:"就当是我抛砖引玉吧。"他一副老顽童相,把顺路从小馋嘴食品店买来的一袋熟花生往茶案上一丢,便接着笑言,"猜中有奖!"在场的徐总却颇不以为然地接腔了,说:"这也叫谜语呀?你当教授的尽糊弄人吵,明明就是一首儿歌子。"徐总叫徐来,名片上一长串某公司和某某公司的副职头衔,是个地道的老长沙油子,年过六旬了还经常把一头自然卷发梳理出几多波浪,言语中总喜欢带个子呀、吵的方言腔,并浑身散发着浓郁的江湖气。但没几人能真正知道他所从事的到底是何种职业,不过如今老总经理遍地是,称呼他徐总也错不到哪里去的。

"你看看你老徐,这一回你又上当了吧?时教授明明说自己抛出的就是个砖头嘛。"方叔毕竟是在部队里历练过多年,又是在市妇联担任过工会主席的退休老同志,说起话来有板有眼。他虽然骨子里一不小心就会冒出股淫邪之气来,其外表看上去却是个极其严谨而又颇讲究生活品位的人,行为举止亦丝丝入扣,有人还笑他在睡觉前都要往身上喷洒香水的,也不知是真是假,不过他很会保养身体那却是千真万确的。每天早晚吸一支古汉养生精,二十多年如一日,从来就未曾间断过,还做得一手营养佳肴,什么墨鱼炖五花肉,清蒸鳜鱼等样样拿手。他老婆是个北方女人,又是部队首长的千金小姐,虽说早年做过子宫切除手术,也很少涉及家务,但夫妻间看上去关系还算不错。时教授这个称呼就是他叫开的,说什么文创一级是个高级职称,按行政级别套相当副厅,按专业技术职称套就是个正教授的级别。时光里听了却笑而不语,因为他本人更看重的还是两年前被破格聘任为省政府文史研究馆馆员的身份,倒不是为每个月有几百元车马费补助,而是辞世之后能在党报上发布一条框黑边的短消息。文人最看重的是虚名,就连自认为淡泊的时光里先生亦不例外。悲乎?喜乎?但方叔却无疑是这一群茶客中最喜爱显摆的那种人,只是也天天叫苦说心里闲得发慌。其实也难怪,人家服役时是在部队文工团当过团长的,回地方后又进了市妇联,在花园里待得太久,一旦举目无颜色苦闷心慌也是必然。这时,曹总也插言了,他说:"什么叫返璞归真?年届花甲了还能把儿歌倒背如流,能把一脑壳稀疏的头发削成个光和尚那才叫返璞归真哩!"曹总叫曹策,西装革履,皮鞋雪亮,成天装扮得像个准文化人,出口便来几句不知从哪本书上临时得来的老子或庄子曰等,而实际却是个搞劳务清包的工头。稍有得意的时光里一则童谣又出口了:"弯弯的月儿小小的船,小小的船儿两头尖,我在小小的船里坐,只看见闪闪的星星蓝蓝的天。"眼睛里居然闪烁出月亮般的清辉,并且还用余光瞟了一眼弯弯美女。

"哈哈,弯弯月,小小船,两头尖。"照例是个大美女的水清清长发一甩便笑言说,"这才是时教授今天开讲的主题。难怪有批评家分析《荷塘月色》说朱自清先生文章中散发着女人体香,是典型的文人意淫之作。这才是作家含沙射影的真功夫。"水清清伶牙俐齿,居然很文艺范就把时教授的童谣解构出别样的一种味道了。

大家便不约而同又把目光投向了当店长的路弯弯美女。又是老不正经的徐来起哄说:"教授是老牛想吃嫩草哟,对某些人有着暗恋倾向,是在下暗钩子哟!"

开心的笑声几乎把个小小的止渴亭茶室也抬了起来。

水清清和路弯弯也在笑,笑得前仰后合,如两株和风中婀娜的杨柳。

时光里居然趁机说:"爱美之心人皆有之,暗恋个把美女又不犯法的。且不卑不亢一副心地依旧坦荡的君子模样。"他说着还用余光扫了一眼路弯弯。

时光里与路弯弯关系确实不错,见众人全都在拿他俩开涮也就干脆机智勇敢地表白道:"我要是能减去个二三十岁,她路弯弯早就已经是我时光里怀中的人了!"在满室嘻哈笑闹的气氛中,路弯弯亦不无遗憾地脱口而出:"君生我未生,我生君已老。"

时光里深知年龄并不是阻隔他与弯弯美女交好的鸿沟,殊不知俩人私底下还常有着心灵小语通过手机互动哩。若照此发展下去一切皆有可能。趁大家都在狂笑不止时,他却想起了在不久前发生的一件趣事,路弯弯居然连谈个男朋友也没有忘记于当晚十一点多还给他时教授发信息报告说:"亲,我和牛魔王已经好上了。"她男朋友姓牛,名叫牛大力,也是偶尔开着一辆大奔来止渴亭茶室购茶时认识路弯弯的,"牛魔王"是茶友们送给他的诨号。小伙子看上去人还不错,牛高马大,是个富二代公子哥。时光里当即看了短信心里就纳闷,好了就好了,怎么叫好上了?这些年轻人呐!但又一想这毕竟是美事一桩,也就以长辈的口气很真诚地给路弯弯回了一句:"好上了就好好珍惜。我祝福你们!"只是俩人双飞双宿出去旅游了几日回长沙后又平白无故分手了。如今的女子还真够大气,好上好下也算不得一回事。时光里虽然有几分幸灾乐祸,却也没有少给过她安慰。但已经有过两三次失恋史并偶尔还宣称自己是个恋爱无对手的路弯弯却还反过来宽慰时教授说:"这有什么?我俩本来就属相不合,这只能说明缘分还没有到,您还以为我会成为剩女呀!"说着还悄然发了一条温馨短信对他的关心表示谢意:"看来我路弯弯还真是在佛祖面前求了不下千年,才得以让时教授如此宠爱。"

止渴亭茶室也就是今年农历正月十八才开张的,主营安化黑茶,兼及其他茶类和茶具等。店长路弯弯老家就在黑茶之乡安化,是个喝资江水长大的典型的美人胚子,鹅蛋脸庞,柳叶眉,像个影视明星似的。但也就是做明星梦害了她,十七岁考入省艺校,没毕业就被一草台班子的导演拉入剧组试过镜头,后来不知怎么又被辞退了,并发誓宁可去当保姆也不再当演员作践自己。好在社会是个大舞台,她后来又去学习茶艺,23岁的她终于当上了店长。而总部派来监管业务和指导茶艺的水清清则更是聪明伶俐的一个奇女子,魔鬼身材腰细堪比杨柳,细皮嫩肉肌肤有如凝脂,也难免不令扮文人做派而行包工头之职的曹策常伴左右。但路弯弯倒是照例大大方方,在公司总部刘新安老板的遥控指挥下奇招迭出:凡来此品茶者一律被视为门店坐上宾客,既无须付茶水钱还常有安化本地的其他土特产尝鲜,诸如芝麻豆子擂茶粉、红薯苞谷老葛根等,让人都吃喝得有些不好意思。

　　或许正是因为有着如此高超的营销手段,像时教授、方叔、老徐、曹策以及汪警官和王法官等,这些多少有点身份的老中青茶客才会常来此品品人生下午茶。当然他们也不可能总是白吃白喝,或偶尔购一两款茶砖作收藏;或买个茶具当礼品送朋友;还间或带上点自家好茶或其他美食来店里供主顾分享,也算是一种人情往来罢。生意的兴隆便可想而知了。但时光里对止渴亭店名特别是常来此聚会的茶客却另有着一番诠释,他侃侃而谈说:"何谓止渴亭?因为人生多有干渴,尔后才有这止渴亭呀;而各位又为何能自发来此相聚?说白了,不过是一群绕树三匝,因少信念而无枝依的鸟雀。"众茶客听了心便一怔,自然是面面相觑一脸窘态。

二

　　阳光刚退出书房,张菊儿粗重的安化口音亦穿窗而至,"喂,我说你还在发嘛子鬼呆呀?快要呷中饭哒!"一副粗糙嗓门将半月形阳台上几只觅食的鸟雀也惊得"扑棱棱"远逸而去。当然也把时光里从人生下午茶苦辣酸甜的回忆中唤醒过来。他顺手关上电脑,站起身伸了个懒腰,又踢了踢有些发麻的腿脚,便哑然摇了摇头走出写作间,又凭栏看了看北去的江景,然后才去陪家人潦潦草草地吃过简单的午餐,就进入卧室去睡午觉了。这也是他最近一年来才养成的好习惯,只要没有特殊情况,每天中午都得睡上一觉。但同时也多出了一个坏毛病,上床就捧着一本书或杂志信手乱翻。说他乱翻当然是有缘由的,因为他看书时总是喜欢从最后一页往前翻,并且还不让拉上窗帘,说自己是个从不搞阴谋而要搞也只搞阳谋的人,连午睡时做梦也得在阳光下做。按照本地流行的话说他是个典型的趷脑壳。

　　然而有一次他却被书里的一段话着实吓了一跳。那段话的原文这样写道:愈是内心脆弱的人,愈叫嚣自己坚强,越是内心蒙尘的人,越声称自己纯洁。此语虽然尖酸刻薄了些,却显老辣冷峻,而且亦不无道理。他当时还真有一种恍惚被人强拉进解剖室的感觉,便渗出了冷汗。但眼下没有拉上窗帘的卧房确实被映照得明明亮亮,上床时要随手翻阅的几本杂志就横七竖八摊在床头。有《中国作家》《当代》《十月》，还有本省文联和作协机关的《创作与评论》及《湖南文学》等，前三种是他明年小说创作的主攻目标，后两种是他文学转型期的战略大本营。

时光里去年初就主动辞去了省文联某协会秘书长职务，只挂了个专职副主席头衔不用坐班。当初有很多人都不理解，尤其是分管组织人事的老王还善意地提醒过他说："你时光里的想法也太前卫了吧，协会秘书长虽然官不大，只是个处级，但毕竟也是个二级机构的法人代表。还干一年多就要正常换届了，到时候言退也不迟嘛！"时光里却只是老顽童般一笑，说："反正迟退早退都得退，早退早心安呗。"

他也只能这么回答。因为他的某些举动确实令太多人一时难以接受，如20世纪90年代初，他作为全国知名散文家，又获得过省劳模称号，组织上正准备把他从文联主席岗位上安排做党外副县长候选人时，他自己却给县委留下了一封言辞恳切又文采斐然的公开信，说什么我原本是资水江上的驾船人，干行政不但会误国误民，还反而会磨钝了创作个性，硬是一拍屁股就走人了。在省委统战部机关杂志社应聘当了个编辑部主任。再如21世纪之初，他又从省委统战部《统一战线》杂志社执行主编的岗位上辞去职务，把人事档案往人才交流中心一挂，去省作协承包了一份文学内刊当起了个体老板来，居然还搞得风生水起，既延续了文学薪火又挣到了买房购车的票子，还早有预谋存了一笔私款。要不是后来省文联老主席赏识他的经营才能，硬是主动要把他调到省文联抓协会工作，时光里怕真是成了个儒商也未可知。那当然又会是另一种人生光景。纵观时光里一次二次甚至三次辞职的主要原因，他的潜意识里或许还真是个不想担太多公责的人……

他曾经是个工作狂人，在生活上却随心所欲惯了，如今思想一旦放松，心情一旦懒散，所有的俗事也就看得更加淡了。就连家里要办什么年货，正月里回乡下老家拜年是哪一天去，老婆张菊儿已经以商量的口吻问过他好几次了，可时光里却总是一句，"你是家里的一把手，你看着定就是了。"把妻子的话给挡了回去。

身在红尘里，

万事不由人，

流水虽无意，

风来起波纹。

　　这就是时光里日前在朋友圈晒过的一首打油小诗,或许这只是他信手拈来率性而为,又或许是他思绪游离的真实写照。人本身就是个矛盾体,何况自己才从一线退居二线,角色的转换也确实需要点时间。"慢慢来吧!"时光里自言自语地说。

　　张菊儿把碗筷收拾停当,又特意进卧室瞥了一眼男人,见他这本书看看,那本杂志翻翻,一副心不在焉的样子躺在床上翻白眼,也就学着电视午间本地新闻里正在播报的"两会"专题中的口气又专门征求了时光里一次意见,她说:"你到底还有没有意见要发表啊?"张菊儿是一个典型的农村妇女,深知自己与丈夫有着文化上的差异,她其实也想多学点新知识做些弥补。见丈夫半天没有回应,再一回眸,人却已经睡着了,就只好无奈地嘟噜了一句,"反正问你也等于问神龛上的菩萨,有得回音的!"妻子在家里确实供了菩萨。她早已经习惯了男主外女主内的规则,这是时光里挂在嘴上几十年了的口头禅,他本来就是个家里扫帚倒地也懒得一扶的主。这在外人看来或许也确实不失为一种完美的分工,但实际上却是经不起任何推敲的。夫妻间哪能分得如此彻底?还美其名曰是充分放权各负其责。

　　"我怕是到死也别想指望他会操这份闲心的。"张菊儿有怨言却只能自吐苦水。

　　她天生是个替人操心的命,在娘家时是老大,下有三个弟弟和两个妹妹。父亲是个铁匠,母亲是个家庭主妇。有一年母亲突然生了场怪病成天胡话,病愈后竟脱口说自己已是菩萨附体之身,居然自命不凡帮一些患有疑难杂症死马当成活马医的病人偶尔赐碗仙水划几道鬼符或是过一回阴,问一问生死祸福,但奇怪的是竟也有人被她糊弄好了和糊弄准了的,她于是也就糊里糊涂成了当地颇有名气的仙娘。张菊儿却是个实在人,虽然没读几年书就过早地介入了繁重的家务,也还常遵母命帮她装神弄鬼打打下手,但若是有人问起:"你妈真的有能赐仙水能过阴的本领呐?"她也就只是笑一笑,说:"信则有,不信则无。我也真搞不清白她到底有还是没有。"答了也等于没有回答。即便是后来嫁到了时光里家,她的身份也没有太多改变,照例是个家庭主妇。但是她今天之所以有意又问起对家事甩手不管的男人,是因为上午在超市与时光里单位的几个家属偶聚一起时听了个笑话，说的就是他们单位一个副厅级行政干部，上个月才退休的，但没想这位领导同志硬是一时拐不过弯来，连续好多天用过早餐后就夹了个公文包在自家客厅里走来走去并口里还不停地唠叨，"这小王怎么也变得不守时间了。"小王是跟了他十来年的专职司机。他老伴见状便气不打一处来，说："你这是车接车送当老爷当上瘾了吧？我看你脸皮真比牛皮厚，你现在已是个退休老同志了，未必不晓得在家里陪我带孙子安安逸逸度晚年呐！"大家听了，笑得前仰后合，说这就是那种典型的板着脸当惯了领导干部，而没有丁点儿生活情趣，只晓得把生命消耗在办公室和小车里的人。还说这就是体制内官员的悲哀，也是个人性格的悲哀。看看人家秦老书记多潇洒，多放得开，刚退出要职，就晓得去美院拜个女教授学习写一写生、画一画胡子。一说到"画胡子"，大家就又笑了。谁不知这"画胡子"就是长沙方言中情人的代名词呢？张菊儿听了后，心里却是一紧，我们家时光里不也辞去秘书长退居二线了吗？虽然从表面上看他像是想得开，除了写写文章还偶尔帮我到江边去翻翻菜地，从没见他发过什么牢骚，但最近老是发呆的样子还真让人觉得心里不踏实，他内心深处是不是也会有失落呢？所以她也就对他比以往更多了一分关注。却没想自己好心得不到好报，男人居然连屁也不放一个合上眼睛就睡着了。

妻子读不懂丈夫的心，无疑是一件悲哀的事。张菊儿明显有些迷茫。

其实时光里自己也并没有搞懂自己，他如今看似一身轻了，而心思却更加重了，尤其是常去止渴亭结识了路弯弯美女以后，这种感觉就更加明显了。但不管怎么说他今天的这个午觉却睡得特别踏实，也特别安稳，虽然做了个梦，却是美梦，竟然在梦里连身也没有翻动一下。当他一觉醒来睁开惺忪睡眼，看到午后的窗外仍然遍地阳光时，他那满是络腮胡的脸上还绽放出了灿烂的笑容，并大声地说："呵呵，我终于又梦回过去的美好岁月了！"这是只有孩提时才有的那种天真而纯洁的笑容！如此自我陶醉着，也就忍不住将一段即兴的文字刻入了脑海里：幼年时，相信一切童话都是真的；青年时，怀疑一切道理都是假的；中年时，认清了世界的半真半假，而如今，才体会到真假并不重要，重要的是尊重自己的内心。时光里本来就是个感性的人，一路走来，总是对自己未来的人生心怀梦想。他也确实是一个不但头落枕合上眼睛就有梦，而且有时坐在办公桌前偶尔打一下瞌睡也会做梦的人。但那大多都是梦在当下，无非是人们常说的那种日有所思，夜有所梦的世俗生活的延续。但人又不能没有梦。他曾经认为，一旦人生连梦想也没有了，那将是何等的空虚和无聊。他真不舍得让如此美好的梦境就这么悄然溜走，尽管他也同时明白那不过只是自己童年生活的再现，但问题在于，当下人的初心早已经丢了，都只顾一心向钱看，没有几个人再愿意回过头去看来时路。他忽然记起了一位印度哲人说过的一句话：请放慢你的脚步，回头等一等自己的灵魂。

他于是再次合上了眼睑，试图让自己的思绪继续追梦而去，追回初心……

三

那时他的祖母还在人世，只不过老人家的身子骨不再硬朗，满头秀发也已经被岁月的风雨洗涤得成了根根银丝，而一双被旧时代裹得变了形的小脚，"蹭蹭蹭"一天中却总要去葵花地里跑好几个来回。祖母是在细心地侍弄着她的宝贝葵花苗。当时的小时光里还只是个混沌未开的蒙童，母亲过早地离开了人世，父亲又常年行医在外，他几乎是每时每刻都屁颠屁颠地尾随在祖母的身后，不是帮忙，而是添乱。慈祥的祖母却从不会生晚辈们的气，那一张满是沟壑的脸庞上总是流淌着笑意。"你看看，你看看，人小脚粗的，又把葵花苗给踩翻了。"她这么说着，一双爬满青筋的手便很是小心地去把被踩翻了的葵花苗重新扶正。有一幅画面令时光里久久难忘：佝偻着身子的老祖母手牵着他置身于日渐茂密的葵花丛中，阳光从绿叶及金色的花瓣间筛落下来，蒙童仰着的笑脸亦如葵花的脸庞，虔诚而又纯净地舒展开来，承接着光与热的亲抚，就连祖母那一张满是沟沟壑壑的老脸亦同样闪烁着金色的喜悦！有一回，老祖母从葵花地里忙完活计回家，就站在檐下的麻条石上一手反过去捶背，一手遥指着阳光下耀眼的葵花意味深长地对她的孙儿们说："这葵花多么可爱啊！它们总是追随着太阳旋动自己的身子，哪怕是在没有太阳的阴天或雨天，它们也会凭着记忆，毫不迟疑地寻觅着太阳走过的方向仰脸相望。"就在祖母说着这番话时，童年的时光里却一脸沉思地点着头，眼睛里闪闪地放出了异样的光彩。葵花的生命，是激情的，是奔放的，是火一般热烈的；而如同葵花的人生，也应该是浪漫而积极的，向上的，即使是遭遇凄风苦雨，也永远不会迷失生活的方向。也许正因为有着如此一段美好的记忆，许多年以后，当他也开始文学创作时，便很自然地写下了一首《我们是小小的向日葵》的小诗：

我们是小小的向日葵，

绽放在宇宙的大花园，

小小的我们，

有一个小小的心愿，

没有黑暗，

没有严寒，

没有对民意的强奸，

没有对良心的欺骗。

小小的我们，

心愿真的很简单，

我们仰起小小脸，

每天跟着太阳转，

追求光明，

沐浴温暖。

我们是小小的向日葵，

绽放在宇宙的大花园，

向着太阳、向着春天，

向着无忧无虑的美好童年。

时光里不禁想说，记忆是被岁月风干了的童趣，是老年生活最佳的下酒菜！

莫非自己真老了，要靠回忆来填充内心的空虚了？但他又着实多有不甘！想到这一层时他便情不自禁地纵身从床上跳了下来，竟然有着几许恍惚地走进了浴室，并且把水龙头拧开想冲个热水澡。他是决意要把满身的世俗之气一股脑儿冲去，从今往后，要做一个胸怀坦荡、光明磊落而又轻履布衣的纯洁文人么？温水如瀑布般"哗啦啦"淋下来，热气一瞬间便氤氲了整个浴室，他倏忽便感觉到自己那颗曾经蒙尘的心竟如出水净荷正在舒缓地展开，而且身体里亦似乎有了血脉喷涌的畅快，便不禁狂呼，这是怎样的一种肆无忌惮，这是怎样的一种大快乐啊……

妻子闻声忙赶了过来，推开浴室门，见此情形竟吓得连退了数步。

这又是只有时光里和他的家人才听得懂的一声惊叫，"嘿呀呀，咦嘎得了！你这又是在发嘛子神经呐？有病吧你！"——"咦嘎"是"怎么"的意思。时光里也被她这声惊叫吓得一怔，但他毕竟没有说现实是多么的残酷！他真不舍得自己意念中的美好这么快就被妻子给破坏殆尽，而是忙"嘘——"地做了个噤声的手势又赶紧草草抹干身子，还特意要妻子给挑了一套休闲冬装。他此时又一次感到了生活的无奈：在时光里的潜意识里，虽然对时下有些人那种家外有家的做法很是排斥，很看不顺眼甚至不屑，但对于有着文化差异的夫妻间牛头不对马嘴却也是有着恐惧的。他不禁又突然想起了不久前与路弯弯在江堤上散步时的情景：江堤的石板路平平展展向两端延伸，路旁的垂柳在微风里扭动着婀娜的身姿，迟桂花的暗香亦扑鼻而来，于是，也便有了两人在半开玩笑半认真状态下的一个约定。

那天，路弯弯往前一站，如一株亭亭玉立的桂花树，倏忽仰起鹅蛋脸童言无忌般说："从认识你的那天起我就有一个愿望，那就是在我也七老八十时，还能有您一路相伴在夕阳下散步，看天边的晚霞。"她清澈的眸子中闪烁着似水的柔情。

时光里听了先是一愣，因为他一直想成为一个既发乎于情，又能止乎于礼的精品男人。然而此时却似乎乱了方寸，他真想把路弯弯顺手揽入怀中。他这么幻想着，老半天才装淡定地"哦"了一声。对方却像看穿了他的心思，双眸晨露般明亮。也就是在那个时候，他仿佛感觉到有一腔激情从胸臆间喷涌而出，满脸的络腮胡亦如钢针般坚硬了。他其实始终在努力地想把路弯弯视为小侄女或忘年交，但是在此时此刻，他的一颗雄心却狂跳不已，还似乎闻到了一股荷尔蒙的膻腥味。这时，却正好有一对恋人相拥而过。

时光里终于按捺不住澎湃的激情脱口而出："一言为定！"路弯弯双眸中洋溢着波光说："必需的！"时光里紧接着又大声说："那我得好好活，活到百岁出头！"路弯弯柳叶眉忽地一扬，又撮起红嫩的下嘴唇吹了吹额前那一挂如瀑布般油黑的刘海说："那我们拉钩吧！"便兴奋地伸出了小指头，脆亮而娇嗔地说："拉钩，扯钩，一万年，心不变。"两个人的指头紧紧地勾着，而且旁若无人地开怀大笑。只是那笑声一个如泉水叮咚，一个若沉雷滚滚。时光里当然知道，这不过只是大叔与小女子之间开的一个玩笑，当不得真的。但自那以后，随意率性惯了他，还真的向当过兵也从事过妇联工作的方叔学习起养生来了，而且态度很是虚心，也很是认真。

人是生活在现实中,但同时也是生活在某种意念里的。

他的思绪在自由的意念之海中畅游着,一厥小打油诗也便信手拈来:

辞去小吏图自在,

闲写诗文也种菜,

功名利禄由它去,

虚荣讲究全抛开,

偶与美女手勾手,

儿歌童谣常抒怀,

老少相聚无尊卑,

且看逝水掉头来。

好个放纵的时光里,一回神居然向妻子发号施令说:"还发什么愣嘛?快把手机递给我!"对于丈夫的大呼小叫,妻子早已经见怪不怪了,说:"你又是想起约茶友去聊天了吧?"时光里接过手机,顺口就回敬说:"你还真以为自己也是个仙娘啊!"

茶友多是些没什么正经事的老同志,每天下午闲得无聊就聚在那里,根本无须他的邀约,他是要把这首即兴小诗录进手机,这是他近年来养成的习惯,是他与朋友们信息往来的拿手绝活。手机短信已呈现出多种形态,有节假日简单的问候和祝福,有偶尔得来的浑段子,也有灵感一闪时的顿悟,而时光里发给朋友们分享且获好评的无疑是后者。其实称赞与否并不是目的,他图的只是一吐为快的抒发过程。他手机录字的速度已然很快,人还刚到临江的阳台,这首小打油诗就已经录完并给几位年龄相仿、又习相近的官员或朋友群发了过去。调侃自己也愉悦他人,这无疑是他打发休闲岁月的另一种最得意的抒怀方式。临江的半月形阳台有五十来平方米,凭栏远眺是南来衡岳,俯身近看是北去湘江。他还专门在阳台的右侧隔了间玻璃小屋做写作室,一张书桌一条凳加一台手提电脑,他的许许多多个上午时光就是在这间写作室里度过的。他把时间安排得很科学,上午写作发呆,中午睡个短觉,下午散步喝茶会朋友,晚上再进入写作间看看书或浏览一下网上新闻。刚搬家那会,时光里还特意下血本添置了一张乒乓球桌大小的实木几案摆在阳台中心,也想偶尔面对湘江习几笔书法,既附了风雅又练了身体,所谓游手好闲,照他的理解就是常写写毛笔字。

可没几日却被妻子当成晒红辣椒或白萝卜的农家禾场给侵占了，也就只好苦笑着作罢。时光里跟妻子发牢骚时虽然也想努力控制情绪，但话一脱口却又不免刻薄，诗向会人吟，"能让出个写作间不被你从娘家搬来的坛坛罐罐给占领就算是我时某有福了！"而张菊儿也毫不示弱说："你如今卖诗文能换得几个钱呐？"她虽然回答得牛头不对马面，却常以胜利者自居，还说："我都已经是你们时家的祖婆了，莫动不动嫌弃人哩！"还狠狠地剜了丈夫一眼。

午后的冬阳明晃晃的，他欲抬起头来，却不敢直面太阳，而只是望了一眼蓝天下白色的云朵。云朵是飘浮不定的，并且在不断地变幻着姿态，时光里的嘴角上忽然就溢出了几丝无奈的苦笑：人心与人的意识以及行为，不是也如这云朵般飘浮不定，变幻莫测的吗？所谓正能量也好，负能量也罢，人的灵魂与肉体，总是无时不在展开着一场旷世而持久的拉锯战。但时光里毕竟是理智的，他还由此想到了曾经身居高位的安化老乡秦书记与那一位自愿投怀送抱的女教授的"画胡子"绯闻。真是半生英明一朝毁啊！要是哪一天我也干出点有响动的事来……时光里便再也不敢往下想了。他害怕哪天潘多拉的魔盒一旦真的被开启，这个至少如今在外人眼中看来还算和谐美好的家庭，说不准就会天下大乱了。他不禁又向江边瞥了一眼，见江堤上闲人渐渐地多了，也就又照例出了家门往楼下走去。只要是晴好的日子，他几乎每天都会在楼下的这段江堤上散一会儿步，用苹果手机一顿乱拍几张江景或在手机里写几句短诗，未了又在途中一棵老桂树旁的条石上落座，而且常常一坐就是个把小时，然后再去附一楼临街的止渴亭茶室与茶友们扯一通闲谈，逗一通美女。"美女泡茶，我泡美女。欢歌笑语，一日过去。"一厥打油小诗又顺口溜了出来，路弯弯的美丽倩影也仿佛再次撞入时光里的眼前了。

四

这座叫湘江世纪城的开发商真是牛气，他们当初打出的口号就不是建房，而是"我们为地球村造城"。时光里从小在资水畔长大，他之所以宁愿把从省委统战部大院分得的房子送给了女儿，自己则力排众议也要在此购房，冲着的并不是这里楼盘大，而是因为它面临着北去湘江。上善若水，智者乐水，唯有流水方能行止无定势……他对水有着特殊的情感。湘水汤汤，从游人的注目礼中浩浩然流过,满盛砂卵石的驳船从下游斩浪而来,几点渔舟在大开大合的波涛间起伏,撒网人却镇定如初。时光里是个幼时就看惯了船上白帆,听惯了艄公号子并且在年少时就能够一个猛子扎入资江潜水十多分钟的淘气角色。即便已近退休年龄,在今年夏秋之季,他也能照例在这一段江域游上几个来回,并且独自横渡,一展英雄本色。当然更主要的是有着身穿比基尼泳装的路弯弯在浅水中为他助兴。他偶尔还钓过几次鱼,如今手机里依然保存着当时信手写下的一首即兴小诗,诗曰:

随手抛鱼饵,

点点是闲情,

信口小打油,

贯耳江流声,

成败俱不计,

乐趣握手中,

任意下钩子,

钓者老顽童。

聪慧的路弯弯声音里带几分娇嗔说:"哈哈,你这是自比姜太公吧?"

时光里却答得从容,说:"是,但也不是。钓与被钓,皆由缘分来定夺。"

说句实话,在真正懂平仄格律的行家法眼中,这类小诗明显就很矫情,不就是打油诗嘛!但在时光里的一些官员和商界朋友圈中,也包括已退休的省委原副书记秦解放却照例是点赞如潮,看来有权有钱者亦喜矫情,并且还动不动开口就是儒啊佛啊道的,吹起牛来他们好像对儒释道比谁都尊重。其行为让江湖人望生莫及。时光里信步在江堤上这么一路走过去,"嘀嘀嘀,"手机便有了短信息闪过来。打开一看,是从湘省副省长岗位上调往沿海任省委常委兼公安厅厅长的刘兄发过来的。短信倒也朴素温馨:羡慕先生的闲适状态。小年是冬的结尾,也是春的开头。在这传统的节日里,把一声祝福送到先生的心口。他所指的状态,是时光里诗中的状态,当领导的也是人,尤其是接近退休的领导,无疑更有着想要回归本色生活的愿望。

时光里始终还记得,在他乡下的老屋左侧有棵老桂树,树干粗得儿时的他和哥哥姐姐还有弟弟四人手牵手也抱不下来。那深绿的树冠更如一片蓝色的烟云浮在半空,夏夜里一家老小在桂树下乘凉时,祖母摇着一把大蒲扇边为孙辈们驱赶蚊虫,边讲着民间故事,是一个重复了许多遍许多遍的"很久很久以前……"的老故事。祖母豁了牙的嘴刚一张开,调皮的小时光里却先打叉了,说:"快看,快看呐,星星全都躲进在树叶间了!"全家人亦举起头来,那明晃晃的星星还真像是结在老桂树枝叶间的一颗颗光鲜光亮的果实哩。尤其是深秋,点点金色的桂花挂满了枝头,那朴素的,或浓或淡的芳香一直延续到冬至还久久不肯散去。祖母照例会满脸菊花瓣绽放,且神情自豪地对孙辈们说:"这就是迟桂树。因为它花开得迟,所以才香得久。"回忆刚到这里,时光里心就一颤:因为这同样的一句话,于今年秋末冬初的一个下午,他与妻子在楼下江堤上一次难得的散步时也曾复述过。说难得,是因妻子从来就不兴这一套。"我一早到黑屋里屋外有走够啊?"老婆所言亦不无道理。那是个哭笑不得的下午,邮递员送来了一张 3600 元的稿费单,菊儿签字认领后,像是要犒赏时光里似的说:"你不是老要我去散步吗?走起啊!"两人在路过那棵老桂树时,时光里刚好收到了一条来自老家安化的短信,"有一句话说得蛮好:年轻时愿意和男人过苦日子的女人,年老时愿意和原配过好日子的男人,都是值得尊重的。所以我蛮尊重你和菊儿姐。"他一看手机号码,居然是陌生的,短信息也没有署名,但时光里的心中却弥漫着从没有过的一种感激,能得到家乡人的认可,也算是给后人积了一分功德吧!只是丈夫却并没有把这条短信给妻子分享,而是停住了脚步,邀妻子坐在了桂树旁的石凳上。老夫老妻就这么静静地坐着,各怀心思地遥望着傍近河西岳麓山顶上燃烧的夕阳……时光里忽觉得自己是有负于妻子的,他们一路走来,从农村到城市,转点挪移数次多有不易,但菊儿更不易。虽然他一直都想在行为上给她补偿,而内心却难免杂念丛生。

两人就这么静静地坐着,许久,许久,时光里终于似酝酿了一腔激情,像个回头的浪子,手拈着一枝有些枯萎的金色桂花,几分天真几分幽默地问妻子,"你晓得这树桂花为什么会香得那么久吗?"妻子却并不明白丈夫所指,竟莫名其妙地反问,"你这是在怜香惜玉吧?"妻子的无知令时光里顿觉得索然无味,但他还是很勉强地说了这么一句:"花开得越迟,香留得越久。真希望我们的人生亦是如此。"从字面上看,时光理这话也确实是说得在情在理的。只是语气的落差太大,妻子张菊儿虽是个粗人,但见丈夫一脸晴转阴心底里便起了疑问:"我哪里又说错了?这近一年来,不,尤其是近几个月来我们两口子间几乎越来越少了沟通和交流。家里该做的事我都做了,你成天发呆散步,喝茶闲聊还嫌不够啊?那我也就实在是无能为力哒。"张菊儿嘴里嘀咕着,一抹淡淡的愁绪便罩上了她多皱的脸庞。这意想不到的变化,敏感的时光里当然注意到了,只是心一淡,也就懒得再开尊口。

他心里始终装着旧事。那时祖母已经去世,父亲也出车祸走了,年轻的时光里先是做瓦匠,后来又改行当作了几年吃江湖饭的弹花匠。家里的清贫是不言而喻的,并且还有人预言说:"这个心高气傲的家伙,只怕是会一辈子打光棍的。"但他与菊儿的相识也确实很是偶然,因为他就是在小镇唐家观给张铁匠家弹棉被时认识张菊儿的,一见面,她就似乎对他有了那个意思。他也没有想到过一定要回避,男大当婚,女大当嫁,娶个堂客先成家。反正就那么回事呀。为了记录那一段尴尬而苦涩的恋情和婚事,也就是他和她在成亲后不久,仅读过初小的时光里竟然也跃跃欲试写起了文章来,而且题目就叫《一路弹花也谈婚》。是的,那并不叫谈情,而只能是叫谈婚。就在前不久,时光里还专门从箱底下找出了这篇文章,而且重新一字一句地认真读过。当然是一个人于夜阑人静时躲在写作间默默地阅读。他这么回忆着,终于又情不自禁地默诵起文章中的那一首打油小诗来:

泥瓦匠,

住茅房,

纺织娘,

没衣裳,

卖盐人,

喝淡汤,

弹花匠,

寒难挡。

湘水汤汤,他的心头不禁又漫涨了几丝酸楚,那应该是他与她共同的酸楚。

五

这一天下午,独坐在湘江畔的长条石凳上,时光里身后便是那棵熟悉的但又不知从何处山野间移植来的老桂树。也许是当初进城时为了方便装卸，粗硕树干撑开的却是已被锯去了一大截的五短枝柯，一道道刀伤和锯痕仿佛一道道结了黑痂的伤疤，如今虽然已长出无数新枝，也照样能在秋季里盛开出点点金色繁花，但那艰辛而痛苦的移栽过程又有几个人能够真正地懂得呢？时光里不禁又一次想起了自己与张菊儿闪电般的婚事来。平心而论，那也并不能说是在正确的时间成就了一桩错误的事。是张菊儿的婶子亲自过来做了大媒，并且是在那一年中秋节两人就正式领取结婚证成亲了。婚礼当然是在时光里家中举办的，但整个婚礼的操办和费用等，却都全是由岳父大人张铁匠所承担。正因为如此，也就无形中增加了时光里日后对妻子张菊儿及岳父家的负债感。那一年的时光里25岁，张菊儿28岁。也就是从那时起，一心想要出人头地的时光里竟然异想天开学着写起了诗文来，居然以一篇自我写照的《一路弹花也谈婚》获得了香港华文散文奖，且也因为文学而改变了他的身份和命运。那是一个全民都热衷于文学的时代。在那一段激情燃烧的岁月里，张菊儿确实没少求过自己的母亲，求她敬神，请她拜菩萨，就是为了保佑时光里能早日出息。以至于那一尊菩萨还跟着她进了省城。

年长日久，不堪回首啊！时光里游丝般轻微地叹了声气。

手机短信又响了，"嘀嘀嘀，"也把时光里从冗长的回忆中唤了回来。

他看过信息，这次果然是先到止渴亭茶室的茶友方叔发过来的，说："大家都等着你时教授过来出题。"室雅，聚会也雅，他们的聚会每次都有个话题，除了很少谈论国事，世间万事皆是谈资。时光里狡黠地一笑，便回了首打油诗把基调定了：

出题就出题，

都说说自己。

全抛一片心，

隐私大揭秘。

这是个用心良苦的话题。既能让路弯弯对他多一些了解，也想由此引发口口声声说无聊的茶友们对生活的热情。名叫止渴亭的茶室临街敞开着大门，时光里老远就透过窗橱玻璃瞟见茶室中那熟悉的一切了：中间是个吧台，两面靠墙的立柜中陈列着各类茶具和茶样，一条长约三米，宽约一米的整块红木茶案摆放在进门左侧，主顾早已依次而坐，清清美女用演示茶艺的优美姿势给对面的客人们杯中注茶水。人未进门,先闻其声,亭亭玉立于吧台前的路弯弯店长便笑着高声喊道:"有请时教授!"并双手在吧台上打起拍子来,还亮开嗓门说:"欢迎时教授,隐私大揭秘,先说说自己。"声音甜甜脆脆如山泉淙淙淌过。但谁知她那幸灾乐祸的喊声里就没有别的用意?时光里闪身进了茶室,一脸坏笑说:"又想要我先抛块砖头吧?"并接过美女服务员姣姣递上的青花茶杯,大大方方在老中青男女间落座。

他品了口酽浓的安化老黑茶,清了清嗓子说:"那我就真不客气了啊!"

于是就把自己与老妻张菊儿《一路弹花也谈婚》的旧事来了个和盘托出……

话音一落,他却照例没有忘记侧过头去,用余光扫了一眼倚吧台认真倾听的路弯弯美女,但见她双眸中有泪光在闪烁,而且是一副无限神往的样子。但是不知何故,时教授的心中却又有了些许慌乱和愧疚。聪慧的水清清却生怕茶客们不堪情感的重负,或者干脆说是怕路弯弯美女想喧宾夺主而不能的重负,忙接过话一边斟茶一边启发众人说:"浪是浪漫,也够隐私,只是话题沉重了些。下面我们欢迎方叔大胆地来一段婚外情史如何?"于是大家便起哄般把目光又投向了一贯衣冠整洁且风度翩翩的方叔,说:"好啊,那太好了!"这叔字辈的称呼,是门店美女们先叫开的,后来却连比他只小三五岁的时教授和徐老板,也跟着这么叫得蛮顺口了。在台上作过大报告的方叔却有些腼腆:"怎么说呢?"看样子还真有可能会说出点艳史来。这时,一双双期待的眼睛已注视着方叔,他照例没有忘记要摆出一副绅士派头,先是从上衣口袋里掏出个精致的牛角烟嘴,又用牙签剔了剔斗中的烟油,再把香烟弹出一支来,在红木几案上顿了一顿装进烟斗中,继而才"啪"地打燃了防风火机点上香烟,一整套动作下来如行云,似流水。他浅浅地吸了一口,边吐烟圈边诡笑着道:"那我就给大家来一段听桔的陈年旧事吧。"便欲说还休地开言了:"话说当年,我刚从部队转业到地方,被分配在女人窝的市妇联做行政工作,又正值改革开放进入高潮期,各处室接待或上或下面来的客人,去歌厅舞厅自然是常有的事。也不瞒各位说,那时的方某人,可谓是中年英俊,风流潇洒又倜傥,一进场便有姣美少妇的灼热目光射了过来,老子也就毫不客气地把外衣随手往卡座里一摞,便大步流星出场——那可是真正的军人步伐啊!擦亮眼挑一窈窕女子,便给客人做起了表率来……而这类机会又几乎每周都有,一来二去就有渐熟悉的少妇主动邀我出去喝咖啡,还撒娇要我送人回家。我当然明白人家就是那个意思,也就跟屁虫般伴随左右,哪知走着走着猛一抬头,居然进了省委后门。这下我倒有些心虚起来,因逢场作戏根本还没来得及搞清对方的背景和底细,便不敢贸然进入。对方就'咯咯'地笑了,说省委的女人也是女人,又不是吃人的老虎。我还真不信你堂堂男儿是个公公呢!进院里去陪我听听橘树开花的声音总行吧?"故事到此却戛然而止,任大家怎么怂恿鼓励,狡猾的方叔就只回答两个字:"完啦!"而且有某种不甘和失落情绪如阴霾般掠过了他那看似容光焕发的脸颊。每个人皆有每个人的苦衷。不过方叔夜入省委大院听桔的罗曼蒂克史,便成了止渴亭茶室里日后的止渴美谈却是他始料未及的。

"好好好,那接下来该是你们哪一个出场啊?"又是一泡老黑茶浓了又淡了,水清清边换茶叶边点卯说:"是老徐呢,还是曹总,今天反正你们人人都要过关的。"

徐老板年纪六十有二,据说是出身名门旺族,祖上曾在长沙老街南门口有过房产数栋,而且家族中还出过推翻袁世凯的辛亥元勋以及后来的国民党高级将领等,虽自己这一代生不逢时,但他脑瓜子灵泛嘴皮子巧,照样在江湖上混得如鱼得水,且在政界商场均有不少朋友,有时还真能掏出一张皱巴巴印有省委或政府某副秘书长头衔的名片来。只是这茶室中没几人能知道他所言是真还是假,当然也无须搞清,萍水相逢,茶友而已。但他手里却常有自认为名贵的紫砂茶壶把玩,口袋中亦常有所谓同样名贵的茶杯掏出来展示一番,那却是有目共睹的事实。

徐老板头一昂说:"那我也来个小段子哟。俗是俗了点,但也是那个时代的产物。"又叉开五指把一脑壳卷毛理了理,照例牛皮哄哄说:"那是在 20 世纪 80 年代,我也算得是个在长沙城里先富裕起来的小老板,一台嘉陵摩托胯下夹,手里握着个大哥大,背后跟着一绺长发飘飘的十七八,胖的,瘦的,高的,矮的么子样的女人味我还没有尝过?"他端起自带的紫砂杯慢吞吞抿了口滚烫茶水,有意卖关子似的自问自答道:"就只差没开过洋晕了哟!"并且还显出一副贼心不死的贪婪相。

"哈哈,难怪,难怪!尊夫人总是喜欢染一头黄毛卷发,原来是你老徐想让自己在家里也能过上一把洋大姐的干瘾呐!"时教授一语中的笑笑地接过了话茬说。

"哎,啧啧,你们这些男人呐,看上去个个道貌岸然,其实骨子里却散发出一股子尿臊气！"路弯弯这次却一改往日的清纯风格,仿佛顿时便真成了个能解风情的睿智女人,于是便口吐连珠般说:"有道是人闲骨头贱,尤其是你们这些忙忙碌碌了大半辈子的过来人,由于种种说不清的原因,夫妻间的感情质量也确实就是那么个样子,乍一看一个二个地似乎都是些成功人士,但心里头又人人都觉得受尽了委屈,像是生活真的亏欠了你们太多！不过要我看呐——"她突然停了下来,卖关子似的用水汪汪的眼睛扫过众人,然后又把目光聚到了时光里身上说:"就算真给你们这些在情感上老无所依的爷们更大的生活空间又如何呢？你们还真能够冲破传统文化的束缚,又还真敢不顾及自己,特别是你们家人的所谓面子吗？"

谁也没想到路弯弯会说出如此犀利冷峻而惊世骇俗的一番阔论来。

大家正惊愕着,但见时教授那一张网满了络腮胡子的脸肌肉一颤一颤的表情极为复杂,而且就连同是 80 后新潮女性的水清清也一时间没有弄明白路弯弯此言有何用意。难不成她是出于对时教授的同情或者说还包含着别的什么动机？水清清脑海里迅速地划出一串问号,但她却又始终没有忘记要把控住点到为止的和谐大局,便大声地直言说:"到此打住、打住,还是我给你们来个脱俗的净一净身吧！"她给每人再次继上了茶水,然后便将一个从微信中改编而成的故事娓娓道来:

"在一座千年古刹里住着个老和尚和七个年轻和尚,他们每日参禅念佛,心无杂念。然老和尚毕竟年事已高,需要考察一个能接班的住持了,但怎样才能从七里挑一选出这个接班和尚呢？老和尚手中拨动着一串放着黯红光亮的佛珠,思来想去终于有了办法:就从这串佛珠着手吧。他于是对七个徒弟说:为师怕是离圆寂不久矣,得从你们中挑个接班人,我今天当着大家的面把这串祖传佛珠供在如来佛像前,供七七四十九天,到时看佛珠在谁手上谁就是佛祖指定的接班人。老和尚深邃的目光扫过众徒,便虔诚地把佛珠供上了佛祖的掌心里。然而就在 48 天的那个晚上,佛珠却不翼而飞了。第二天一早,师徒八人照常打坐念佛,佛祖的掌心里却已空空如也,师傅扫了一眼众弟子,见个个面色凝重,彼此间流露出相互猜忌的神色。他暗自摇了摇头,也就没有吱声。念佛毕,有六位徒弟为了证明自己的清白,便相继提出离开寺庙,却唯有一个愿意留下来陪伴老和尚……"

故事讲到这里,水清清便又是一巡茶水续过来,笑问众人道:"各位都是有一颗玲珑心的,你们猜猜看,最后的结果该是如何?"大家竞相发言,都说肯定是留下的那一个和尚偷了佛珠。"非也,非也。"时教授是何等阅历的人物?且不言他在政商两界中穿梭得如鱼得水,仅凭其悟性也要比众茶友高出一筹(当然只是轮到自己有心结时却也不识庐山真面目)。他说:"其实是老和尚自己把佛珠藏了起来。"

经常自以为机敏活泛的徐总还是未懂其中玄机,问时教授那是为何?

水清清说:"这还用问吗?老和尚要考的就是做佛家弟子的担当。"

"明白了吧?这就是凡人与佛的区别!"时光里发出了一句由衷的感叹。

此时的路弯弯却快人快语接过了时光里的话茬笑道:"所以要我说啊,还是做个凡人好,为自己活,活在当下。什么担当不担当,去它的吧!自然是尽显了她对生活的追求和人生态度。"应该说,她同时也是有意把底牌亮出来给时教授看的。

又是徐老板怂恿的话:"就是嘛!我完全赞同弯弯美女的见解。"

活在当下固然好,就怕日后多烦恼。时教授却打的是一个哑谜。

水清清恰到好处地接言,她似是做总结般说:"嗯,我听出来了,时教授就是最后留下的那个和尚,这便是传统文化使然。"还好,她并没直接说这就是代沟。

这次时教授却破例没敢把目光再投过去看路弯弯听过此言后的反应。但他的心里是有了某种歉疚的,虽然从网满了络腮胡子的脸上还一时看不出端倪。倒是方叔开言了,说:"我们这一代人也真是命苦,年少时什么都没有,就想一年到头能添置一件新衣服,能有顿饱饭吃,后来改革开放了,可刚快活几年就又到了退休年龄。"方叔像有着满腔苦水要倒出来似的,可终究又欲言又止。"苦衷人人有,不露是高手。"正在这时,路弯弯在珠海当小老板的表姐霁霁却面带笑容接言,并款款进了茶室。她笼统地打了个招呼,"各位都在啊?"又说了声:"祝大家小年夜快乐!"

这种话老长沙油子的徐总接得最快,他说:"小年的白天是过得快乐,就是担心夜里不太快乐。天天搂着个旧枕头,你妹子说句实话哟,到底快乐不快乐?"

霁霁是个快乐独身女子,三十挂龄年纪,身高一米六八,人又长得漂亮,还天生了一副脆脆甜甜的好嗓子,活脱脱是一个人见人爱的美少妇模样。她"咯咯咯"一阵笑声滚过后又正色说:"你们以为快乐是天上掉馅饼呐?那可是要自己去寻找的!"她每月都会来茶室一两次,还开玩笑说是专门来督查她表妹的工作与生活。

三个女人一台戏,这下刚好凑齐了。又是一波笑浪滚过,这就是小年夜下午主顾人等在止渴亭茶室的原生态写照。也难怪茶室里人气日旺,生意愈来愈红火。

六

时间随茶水流逝,明天就是除夕了。午餐后的时光里似睡非地睡仰躺在床上思绪纷乱难宁。心想自己也算是功成名就,衣食无忧,一儿一女均已成家并且已独立了门户,但为何反而觉得夫妻俩在一起的日子却越过越索然无味?这要是在以前忙着所谓的事业,他是从来就没有心思去回忆往昔和咀嚼当下人生的。这是一个浮躁的没有了人生信念的时代,是一个遗憾与饱暖并存的时代。而他呢则是个典型的心存传统文化,又渴望切入所谓的现代文明与时尚潮流的行将退休的男人。于是乎也就更想要抓住所谓的青春的尾巴。或许悲哀就正在于此。窗外冬阳依旧温暖,卧室里的光线依旧明亮,而时光里心中却似乎有云团和雾霭在飞飘翻滚。几经岁月风雨的打磨,时光里的心或许早已如核桃壳般多棱而又坚硬,他毕竟知道自己所需要的是淡定和从容,是亲情友情乡情。但是无情未必真豪杰!人是生活在情感里的动物。他也深知自己还并未被世俗尘埃彻底淹埋,他那一颗如核桃壳般坚硬的心,或许就是一颗陈年的种子,在默默期待着一场突如其来的春风化雨哩!就这么翻江倒海地思忖着时,他仿佛就见到一株嫩芽正破壳而出……但几乎又是在同时,他的心便又感觉到了一阵难忍的疼痛:现实环境早已经被世俗功利所污染,每天都有含毒的雾霾来袭,尤其是人们心中的小宇宙更是没有了正常秩序,任你怎么整肃和调理,亦如这纷乱的尘世。时光里不禁一声长叹:"心不安,则无家!安心处,即是吾乡啊!"说着,便复又深陷在难以自拔的矛盾中。

时光里始终在努力地想使自己变得平静,竟在心里头默默地念起了前不久读过的一册礼佛入门书里的一段话来:"祛妄念,存善心,远离颠倒梦想……"他这么一气念叨过去,情绪似果然得到了控制,便将被子一掀,一个鲤鱼打挺般从床上一跃而起,并且还装得如一个返老还童的孩子,边大步走出卧室边大声地嚷嚷起来:"老婆,老婆,我们干脆回乡下老家过年去!"他这是在想只有回到老家才能接上地气,才能复活灵魂,才能找回失去的童心,才能焕发出勃勃向上的生机,才能与妻子同步合拍。他本意确实并不想因在某一时生出的邪念而晚节不保而毁了半世英名。这时便有童稚声飘然而至："噢,我们回乡下老家过年去噢!"最先响应的,是回家陪爷爷奶奶过大年的小孙女和小外孙。这使时光里多少有了安慰。小孙女和小外孙的爸妈各有各的事业,各有各的工作和生活圈,所谓回家,也不过是如同到机关的公共食堂来聚聚餐而已。就连大过年的日子,他们也还得要像赶场子的演员一般,赶着去给自己的上司或业务客户拜年送礼,是为续上来年关系的链条。如今确实是个竞争越来越激烈的时代,年轻人有年轻人的苦衷,世风如此,这也是没有办法的事情。时光里是个典型的过来人,他就是这么走过来的并且还走得更为艰难,因为他那时的起点更低,所以他也就特别能理解儿女们的这一切。却没想到妻子对丈夫的热情竟表现得极为反感说:"我看你呀,天底下也就只有你这么一个闲人!"她正蹲在阳台的水池旁拔鸡毛,见身着睡衣的丈夫近了眼前也就没好气地又补了一句,"你这是越老越神经吧?你想去你一个人去就是!"她居然连头也没有抬,继续忙着她那些鸡毛蒜皮的事。妻子的话如一瓢冷水般泼过来,时光里不禁脸红脖子粗,"你还真以为自己成了时家的祖婆,可以把我也扫地出门不成呐?这世界真是没得救了,连夫妻间都没有了正常的交流。我热了,你却又冷了。"但他也只怒吼了这么几句,便觉得没有什么好多说的,故麻木着一颗心,绷紧着一张脸又悄然进了一趟房间,"窸窸窣窣"了一阵,然后便准备独自出门。

这已经是他和她几十年来养成的一种对话习惯了,一句两句,话不对机,任何一方也并不争执,这就是外人眼中所谓的和谐家庭,也是儿女们心中的好爸爸和好妈妈的良好形象。不过这次时光里的心情似乎很重,临走时还把小孙女和小外孙也叫过来,在他们的额头上分别亲了一下,两个小家伙受宠若惊般瞪大了清澈的双眸,因为他们的爹爹或外公是很少如此亲近过他们的,在晚辈们的面前总喜欢摆出一副威严的样子。而他所做的这一切,在阳台上忙着拔鸡毛的张菊儿已然不会知道。他于是便悻悻然下了楼,心事重重地向江堤上走去。而且还将目光随汤汤湘水一直投向了远方,胸心也总算随之开阔。他这才忽然记起明天是年三十,是无法再去止渴亭与茶友们闲聊,同美女们逗乐子的,因为门店已经放过年假了。那么何不干脆自己也充当一回组织者,召集大家来暖冬里的江边一聚,既解了当下闲愁,也好聊一聊开春后伙计们还有没有什么更好地打发衣食无忧日子的奇招?时光里当然还记起了老方曾经介绍过的一条找乐子的实战经验。那一天老方照例一副绅士模样，说："你哪天真觉得太寂寞，太无聊了，又不想身边缠着个小三怕麻烦的话，可独自跟个旅行团外去溜达一圈，途中或许还能遇上个既谈得投缘又还中意的少妇，也就不妨双双私奔几日。怕懒得呢，反正是互惠互利做几天露水夫妻，也好试一试自己的宝刀到底是不是真的未老。"老方说这段话时脸上露着诡秘的笑容。时光里当初听了颇不以为然，说："你呀，你呀！亏你还老党员哩！"老方却笑道："有些事其实你老挡也并不见得就挡得住的。还不如放下架子来适当做些疏通工作，这样既有利个人身心健康，也无碍社会公共秩序。"他总是一套一套的，居然还认为自己诙谐得很有道理。"真是知人知面不知心，你这40年党龄的方主席还会背着组织干出这等下流事情来！"他此时却又鬼使神差般一个电话先打给了老方。

　　哈，还真是没有想到，电话那端却滚出了开心的朗笑声，说："时教授啊，你猜猜看我此时在做什么事？这次你要是也能猜得出来，我倒真愿意自掏腰包请你去新马泰一游！不过小费嘛……"方叔在嘈杂的市声中显得兴高采烈。时光里也就想调侃一下方叔，有意又拿止渴亭和美女做谈资说："你不会告诉我你这是在大街上扫地吧？我还想邀你去止渴亭陪美女聊天哩。"老方居然一口花腔说："还止什么渴啰，茶室都已经关门了，美女们也都回去过年了，依我看不如干脆在石榴裙下找乐子来得更韵味！"从言语中，时光里似乎感觉到他已经在干着某种其乐融融而且是大快人心的美事。平日里做派有余又激流暗涌，还总是怨言退休生活除了散步就是品茶聊天太单调的方叔今天居然如此振奋，这倒是让当作家的时光里根本就没办法想到的，便问他说："是什么乐子啊？也让我跟着你同乐一回嘛！"方叔却说："依我看呐，只怕你教授干不来。不过你可以先过来见习见习，我就在广福园小区门口。不跟你策了，我又来生意了。"对方当真就挂了手机。广福园离湘江河堤也就一里多路程，时光里还正在途中，又接了茶友汪警官一个电话，他说这绝对是个爆炸性新闻，真是不可思议，太不可思议了！汪警官算是个在警察队伍中唯一迂腐得令人生痛的人，却找了个比自己小十多岁的漂亮娇妻，白天值勤上班，下班回家还得做饭接孩子，因此老徐曾笑他这是老牛吃嫩草惹的祸。原来"老配少"更是有着一本难念的经呐！那一次，时光里却完全是以一种过来人身份发出的感叹。

　　"到底是一件什么不可思议，太不可思议事情呀？"见电话里的时教授在不断地重复发问，汪警官说："就是那个一门心思要想开一次洋荤的徐老板，这伙计居然到了年关还真的包了个在乐够歌厅坐台的洋妞，并且就在附近的世纪金源大酒店开房风流，结果却被年终搞突击检查的派出所民警给逮了个正着。要不是碰巧我也在酒店执行公务替他给保了下来——"汪警官还有意丢包袱般顿了顿才又接着说："正好是闯在东莞扫黄风暴席卷大江南北的当口上，那就不仅仅只是罚两千块钱可以脱身的……"听老实巴交的汪警官那口气，倒还像是真帮了徐老板大忙似的。时光里的心里头不禁"咯噔"了一下，在电话这端正色说："这个徐老头也真是越老越邪门，越来越无法无天了，居然真闹出了这等笑话来！"

不知怎么时光里却像是自己被逮着了似的惊出了一身冷来，连声说："这是晚节不保！晚节不保哟！"他正嘀咕着，便不觉走近广福园小区的大门口了。猛一抬头，就看到了停在一旁的一辆牌号熟悉的三菱越野车。原来是曹策先一步到了，他打开车门低声喊道："教授，教授，您看那个在小区门口给少妇擦皮鞋的像不像方叔啊？"却是一副将信将疑的样子。时光里忙挂了电话，扶着曹策的车门，举目循他手指的方向望去，正好就看见一位被擦过长靴的窈窕少妇起身掏钱，而那擦鞋的老者亦起身，但见他把一只穿着雪亮高档皮鞋的脚往自己刚坐过的小凳上一掭，并顺手将一条棕色的羊毛长围巾潇洒地向脖颈后一甩，好不文雅地说："相逢即是缘，费就免了吧！"完全是电影《上海滩》里许文强的大佬做派。少妇愕然，后又莞尔一笑，友好地点了点头便悄悄转身而去。"什么像不像，"时教授出语很是肯定地说："那明明就是方叔！难怪这老家伙敢和打赌，说我猜着了他就请我去新马泰旅游呢。"老方也一眼就发现时光里和曹策了，于是便"哈哈"打得如春雷般炸响，末了又从从容容地走过来旁若无人般喊道："看你们有没有胆量也蹲下身子来在石榴裙下捡快乐？我跟你们讲明的，只专为美少妇服务而且还免费！"只是走近后他又压低了嗓门说："跟你俩伙计讲正经的，我儿子和儿媳都到亲家老子那里过春节去了，要是他俩在家呀，我还能敢如此放纵自己？"车来人往的广福园门口，老方一脸的红润如燃烧的晚霞。

方叔的表白还真把曹总也给震撼了，他说："方主席呀，你一表人才，却给少妇擦皮鞋，你这是晚节不保哩！尤其是平日里还人前人后装洒脱，让路弯弯以为高端大气上档次的时光里也硬是被呛得半天喘不过气来说，变态，你这是典型的变态！"他本想赶过来见了老方把刚听到的桃色新闻向他作传达，结果自己亲眼看见的这位老兄，他的所作所为更让人难以置信了。这就是人生百态，只怕你不敢想，没有你不敢做！时光里愕然。原来即便是奋斗过一辈子的人，包括那位平日里党性原则当口头禅挂在嘴边的老领导在内，一旦心中失去了信念，空虚起来居然同样会不保晚节……时光里这话当然只悄悄地在心里说出了一半，他居然又想起了路弯弯表姐霏霏所鼓吹的"你以为快乐是天上掉馅饼？那可是要自己去寻找的"话来。时光里忽然觉得头脑胀痛，眼前发黑，便心事重重地高一脚低一脚又朝着江边走去，以至于从止渴亭路过时居然连看一眼的勇气也没有了。

不知不觉间，时光里又来到了那棵熟悉的老桂树下。他像是一叶行驶在大海上突然断了舵柄的孤舟，已完全无法把控前行的方向：苦海茫茫，何处是归航？

污染日重的湘江水浑浊而无声地从眼前流过，时光里欲哭无泪。

他又在发呆了。眼前无端地时而浮现出老祖母佝偻的身影，时而又走过来茶友们的身影，还有自己老婆张菊儿的身影和忘年交弯弯美女的身影。那些身彩重重叠叠，反反复复。奇怪的是时光里竟然又还想起了路弯弯曾有意无意介绍过的她表姐霏霏的身世："别看我表姐她平时快乐得像只百灵鸟，其实也很不容易的，她十六岁就南下广东打工，起初在酒店当服务员，后来又进歌舞厅做了小姐，不久就被歌舞厅老板看中，暗地里把她介绍给了他的一位在我们省里当领导的老同学做了情人。"

这么胡乱想着时，一阵江风拂来，时光里不禁身子一晃，忽然便有了种被世俗尘埃压迫得喘不过气来的感觉。可当他再回望那一棵因过冬而显得满目沧桑的老桂树时，却又似有所悟般信口沉吟道：

本想做闲人，
身闲心难闲，
不如伴佛去，
皈依南岳山，
山上风光好，
空气奶样鲜，
远离红尘事，

佛门可了烦。

还是早年间，时光里在省委统战部主编刊物的时候，就因为工作的关系曾去过南岳山多次，还与多座寺庙里的方丈是很要好的朋友，就连老婆与儿女也知道他至今仍和山上的好几位大和尚保持着或多或少的交往。沉吟过这一首打油诗后，时光里不禁一声叹气，接着又是一个激灵，并且在心里说："我怕也真该干出点有响动的事来，先激活一下自己的小环境再说了。"时光里如此自言自语着，然后又诡谲一笑，尽管还并没想好接下来到底做什么或怎么做才能真正激活自己的小环境，却已照例把这首小诗录进了手机，继而再恶作剧一般把手机稳稳地放在了老桂树的树杈中。他是想以此来试探家人的反应和社会人心对无聊老人的重视么？

在大过年的除夕前的这一天傍晚，静静地燃烧在河西岳麓山顶的晚霞已然消逝，天幕上亦闪现出了点点寒星，时光里却始终还没有回到家。时夫人该找的地方都找过了，该问的朋友也都问过了，最后却只找到了那一台手机。筛选了手机里所有的信息后，获得的资信有二：一是没准他真上南岳山净心洗俗尘去了，正如那一位印度哲人所言：请放慢你的脚步，等一等你失散的灵魂；二是也有可能他只是虚晃一枪，而实际上则是邀了路弯弯到天涯海角去体验另一种人生去了。方叔是接了时夫人电话后最早就赶过来的茶友，但他却并没有对众人说出自己适才的分析和想法，而是慢条斯理地掏出牛角烟嘴，照例用牙签剔了剔烟斗，便安慰众人说："依我看呐，时教授毕竟是个做事有分寸的人，他其实哪里也不会去，只是想独自一人找个地方静一静，把自己也把如自己同样将进入人生暮年的伙伴们的生活状态理一理，也好为我们这些有缘在止渴亭茶室相识的老朋友们写一篇轶闻哩。"朋友们居然非常认同老方的判断，便你一言我一语安慰时夫人说："方叔的这一分析是很有道理的，所以嫂子你也不用太着急，时教授是个有担当的男人，也许更晚些时候，或许就在明天，说不定他就回来了。"老婆张菊儿的情绪却极不平静，骂骂咧咧地说："嘛子鬼担当不担当，是越老越自私还差不多，家又不是我一个女人的！"满肚子的怨气竟一发不可收地倒了出来，在场的人，尤其是她的儿女孙辈们，居然听得如同坠进了五里云雾。其实自认为了解时光里的老方还有句话并没有说，那就是时教授曾私下里向老方透露过，他早年下海经营杂志时就想过为妻室儿女们的物质生活全安排妥当后，要在自己的有生之年尝试独个儿去过一种自由自在、无牵无挂的俗世神仙生活。他毕竟压抑得太久了，所以一直在左冲右突想要寻找一种合理的解脱办法，而现在也算是机缘巧合了，就来一次颠覆性的反弹，既保住了晚节，也体验了另一种人生？这当然只是方叔一厢情愿的武断猜测。是耶？非耶？这恐怕连看似洒脱而实则负重的时光里自己也没想得明白。

这时，平素看似大大咧咧的女儿却蛮有把握地安慰自己的母亲说："妈，你就把心放进肚子里去吧，也不想一想老时同志原本菩萨心肠，他怎么离得开你这个冤家，怎么舍得抛下我和弟弟还有他的孙女外孙呢？"她说话的声音明显有些哽咽。

儿子也接过了她姐姐的话茬安慰母亲说："爸的本命年不是就要过去了吗？都说一个甲子是一个轮回，他这是在体验返老还童的心态，想要与我们捉迷藏的。"

一阵空前的沉寂后，远处却倏忽传来了缥缈的歌吟声，歌曰：

当无奈习以为常，

当抵抗缴械投降，

当火焰遭遇冰雪，

当激情的狮子冲向猎枪，

我这才突然明白，

原来妥协，

也是一种美丽的绽放。

声音由远而近，又似乎由近而远，是那么熟悉，却又是那么陌生。

已是暮色渐浓，雾霾如期来袭。在这个辞旧迎新的除夕前夜，湘江世纪城小区前的红灯笼亮得诡谲，数百栋高楼里的阑珊灯火便愈发地朦胧而又神秘起来。

逝者如斯夫

任何人都一无所有，除了他曾经做过的事情。

——引勒克莱齐奥语代题记

　　我曾经在许多篇写资水的文字中都写到过我的父亲，他确实是驾过船，也拉过纤，然而那只是我精神意义上高于生活的父亲。我父亲还是一个军人，这是他在历次填写履历时写得最认真、也最得意的一笔。但我父亲又是一个胆小怕事的人，有一个细节可以证明：那是他第一次做父亲的时候，母亲"坐月子"要吃雄鸡补气血，这当然只能是由丈夫亲自动手了。可笑的是，我父亲把一只雄鸡抓到手里去拿菜刀时，尽管把舌尖咬得发紫，手却打摆子般颤抖不已，结果是把刀拿到手中，鸡早逃之夭夭跳上了晾衣竿，并且还嘲笑他似的喊出了"果果儿儿朵"来。

　　那一年，父亲19岁，这在当时并不算早婚。从此他被终生剥夺了杀鸡权。

　　但我父亲毕竟去当兵了。并且当时他已经有了一女一儿，也就是我的姐姐和哥哥。那是在湖南宣布和平解放后不久，局部战争还并没有完全结束，我们那一带也还没有进行土改，父亲在离家约两里多地的小镇唐家观与人合开了一家二友诊所，当坐堂医生。我们那医生叫郎中先生，还有个药剂师，叫彭其方，也就是诊所的房东。房屋是全木结构的吊脚楼，只有三盈两进，临街的一间是药房，另一间是诊室，里面的两间是各自的卧房。卧房的枕木下面是汤汤资水，后廊柱全都阴差阳错地杵在资水江岸的崖壁缝隙中，看似危如累卵，却历经百年风雨而未曾倒塌。倒是每当到了资江涨洪水的季节，卧房下的激浪洪涛便有如万马奔腾。

我父亲和彭其方的合作时间并不长,也就只有半年多吧,第二年春夏之交的梅雨季节,小镇唐家观忽然驻扎了一支部队,说是解放军去湘西剿匪的一个先遣营。当晚,已经敲过三更了,二友诊所的门被"嘭嘭嘭"地擂响了,起初,我父亲和彭其方都并没有听见,因为床脚下浪涛的喧嚣声也是"嘭嘭嘭"的声音,后来又听到了很粗犷的北方人口音在喊:"喂,屋里有大夫吗?"我父亲慌忙起床,趿着双圆口布鞋手提马灯开门一看,只见一群士兵抬着一副单架,单架上的人脸色通红如着了火似的,白被单下的身子却像筛糠的筛子抖个不停,在一旁擎着吊瓶的漂亮女军医一脸寡白,用颤抖的声音说:"这是我们营长,连续几天冒雨急行军,整个衣服没一根干纱,掌灯时骤然病倒,推注了几支药和吊了两瓶水也一直不见效……"

　　"快进来,快进来,"治病救人是郎中的天职。我父亲想也没想就把人往诊室请。

　　刹那间十多支手电筒全都打开了,诊室里顿时一片彻亮。

　　女军医说:"大夫,我能帮上忙吗?"

　　"我只是个郎中。"父亲否定了大夫这称呼说,郎中只能做个中间人的。人却已经开始有条不紊地忙碌起来,从出诊箱里取出了一个布包,展开是一排银针。

　　"你到底有没有把握救人?"这次霸气问话的是个指挥官,士兵称他为教导员。

　　我父亲并没有回话,只顾埋着头一脸肃然地忙自己手中的事,倒是已被安顿在病床上的营长昏迷中说了一句,"用人不疑,疑人不用,干脆死马当活马医吧!"

　　营长姓马,单名一个驹字,在辽沈战役时,是某团尖刀连连长,就是他率领尖刀连孤军摸进了国军兵团司令部廖耀湘帐下的,因此还立了特等功。前不久又被任命为湘西剿匪先遣营营长。没想却出师未捷,倒在行进途中,身染重疾……

　　"这是疟疾。"我父亲肯定地说:"在我们这里叫打摆子。得先用针灸,再下猛药。"

　　我父亲的针也下得猛,一排银针有十二根,一根一根地全都扎进了马营长的头颅,然后从壁柜中拿出三个乌黑油亮的竹筒,划燃火柴,点了一撮草纸往三个竹筒里烧了个遍,便忙嘱士兵把营长翻过身并撸起衬衣,让其赤背朝天。我父亲扫了一眼马营长满是枪伤并弹片伤愈合后的疤痕,居然毫不犹豫地就将三个竹筒依次按在了他的赤背上,此时诊室里一片寂静,只听见竹筒底下

"咝咝"的吸气声。

"这叫拔火罐。"我父亲说："马营长体内好重的湿寒呐！"

待扎过第二遍银针，拔过第三遍火罐，马营长居然就一个鲤鱼打挺般坐起了身来。之后，我父亲又亲自给他抓了两剂中药，除了有一味药性辛、热，具有温中散寒、行气止痛作用的荜茇是草药之外，其余全都是极具毒性的蜈蚣、土鳖虫等。这让在一旁的老药剂师彭其方看得目瞪口呆，又不便吱声，因为人家廖筱山毕竟是"盖卦真传"的郎中，师父又是当年石达开手下名老郎中的第九代弟子。

目送着一行人从街巷里走远，我父亲的身子也重重地抖了一下，他自己身上的单衣也已经没一根干纱了，合上门，进厨房从案板上拿了一块老生姜津津有味地嚼着，又静静地坐回诊室里发了一会儿呆，心里却像在击着鼓点。正好打更的又从门前路过，"驳、驳、驳、驳——喤！"才知已经是五更天了，遂上床去睡觉。

第二天中午，队伍开拔前马营长带着他的勤务兵又来到了二友诊所，他拉着我父亲的手说："大夫，我们的士兵大多是来自北方，你也看到了，我之所以染上疟疾全是因为水土不服，我们需要你，请跟我们走。"话说得文雅，却没有回旋余地。就这样，我的父亲被征加入了湘西剿匪部队，连与家人商量及与妻儿告别的时间都没有，便匆匆忙忙上路了，当然也没有与当地政府交涉，任何手续都没有办。

但谁想得到呢？我父亲一个连杀鸡都不敢的人，居然曾自告奋勇独闯过盘龙山田司令匪穴，既为在潮湿的山洞里染上了肺痨沉疴并身怀六甲的压寨夫人成功接生，还凭着一颗医者仁心和高超的医术令山大王与之称兄道弟，并晓之以理说服了也是被迫上山为匪的田文镜缴械，兵不血刃拿下了湘西群匪中的一个山头。

这事是我父亲与营长和教导员一起合计之后，由他自己主动请缨实施的。

"主意是个好主意，但毕竟太危险，这是拿你自己当人质。"教导员有些犹豫。

"如果能做到兵不血刃解救数百名被逼上山为匪的山民，我即便冒险也值得。"

"我同意廖大夫的意见。"马营长一咬牙拍板说，"但必须先摸清敌情。"

"已经把前期工作做得差不多了。"我父亲说。

事情的起因是我父亲那天去湘西会馆的仁爱大药堂给部队采购几味常用

中药材,无意间竟听到了盘龙山土匪司令田文镜的压寨夫人一直体弱多病,如今好不容易怀上了身孕,并且临产期日近,田司令正心急如焚,委派了师爷四处打探名医为之治病与接生。正好仁爱大药堂的麻老板又是当地党组织的统战对象,是他受地方组织和部队的委托,为我父亲与那位肩负田司令重托的师爷牵线,并说我父亲是由他仁爱大药堂专门从省城重金聘请来的名医。师爷闻言大喜,立马上山将此事报告了田司令,司令当时正在给一脸惨白的夫人揉肚子,手一挥说:"还不快用轿子给我请上山来!"也正是在这个时间点上,我父亲的设想得到了批准。

虽说是文请,眼睛却还是被蒙上了黑布。师爷解释说这是道上的规矩。我父亲沉着应对说:"江湖规矩我懂的。"一路上既是涉水又是爬山坡,摇摇晃晃硬是小半天才到目的地。我父亲一个文弱郎中哪里经得起这天昏地暗的半日折腾,下轿时直接就昏倒在地了。但是当他朦胧间听到女人撕心裂肺的哭喊声时,心想一定是匪首的老婆已经临产了,说时迟,那时快,我父亲当即就强打精神起身说:"赶紧的,快扶我进去,给我端半碗凉水来。"师爷说:"救人要紧!"几名女匪就不管三七二十一把我父亲拥进了夫人房中,我父亲自然懂得规矩,撩起白大褂遮住双眼接过半碗凉水,自己先包了满口,摸近床边朝号啕的方向"扑哧"就是一口凉水喷了过去……夫人被这突如其来的陌生人一口凉水惊得一声尖叫,紧接着便是一个新生命"哇"的一声降临人间……"是个男儿!是个男儿!""恭喜司令啊!"众人齐声贺喜。司令接过婴儿吻了一口,又递给了身旁的一位奶妈,拉起我父亲的手就来到了山洞正厅,并亲自焚香烧纸,欲与我父亲拜为兄弟,田司令拱手道:"先生乃是世外高人,更是我夫人与犬子的福星呐!"我父亲却从容答道:"我既然已经上山了,还是先将夫人的沉疴诊断清楚后再言兄弟之事如何?"田司令亦忙改口说:"如此甚好。"

原来田文镜也是个读书之人,在乡下当过私塾先生,因为一气之下用猎枪击毙了来家里骚扰他刚过门的媳妇的伪保长,才携妻出逃找到了在盘龙山为匪首的堂叔。结果不到五年,当山大王的堂叔暴病身亡,他也就阴差阳错坐上了盘龙山的第一把交椅。我父亲在山上整整待了七日,也确实找准了压寨夫人的病根,我父亲跟田文镜说:"尊夫人是肺痨病。"田文镜一脸忧郁问:"先生可有良药?"经过数日对田文镜的观察,我父亲发现此人心本善良,便一语双关说:"良药苦口哦!"田文镜是何等聪敏,即接言豪爽答道:"无妨,只要是有利于病,我夫人咽得下的。"

于是,我父亲也就大着胆子说出了自己的真实身份和另一个任务。

"哈哈,果然是一位大胆仁医!"没想到田司令却说,"我第一眼见你就晓得了。"

父亲的心眼实,也并没有多做解释,只说了一句:"我只是个中间人。"顿了一下父亲又说:"但无论怎样,作为医者,夫人的病我一定会尽自己的能力医治的。"

田文镜俯身便拜说:"先生仁心,我愿成全先生,这也是在成全我们自己呀!"

在场的几位大小头目也便齐崭崭应声道:"我们全都听司令的!"

田文镜大声说:"还叫什么鸟司令呐?今后就叫我田老师。我们都听廖大夫的。"

"如此甚好。田兄下山后还可以继续当老师,各位也好与家人团聚。"我父亲说。

第二天一早,由我父亲率领数百之众下山,山呼水笑,为湘西剿匪开了个好头。盘龙山土匪能够主动缴械下山,部队当然要为我父亲庆功,我父亲却说:"我不过只做了个中间人而已。"这是做郎中的本分,况且大多数土匪其实都是被迫的。

后来全国解放了,父亲在一个雨夜曾悄悄地潜回过家里,那时部队刚好撤出了湘西在邻县溆浦集结休整,各地农村的土改运动也正搞得如火如荼。父亲是个敏感的人,他已经感觉到自己当过族长的爷爷必定躲不过这一场运动的大劫。为了怕被村里人发现自己,他没敢贸然进屋,而是先躲在屋后的猪圈里听动静,没想却惊动了正在打鼾的一头母猪,惹得这畜生"吭哧吭哧"一阵嚎叫,也害得我父亲还踩了满脚的猪粪。我奶奶听得了母猪的怪叫声,心想这深更半夜的莫非有人偷猪不成?便赶忙掌灯去看,见是当兵的儿子回家了,立马就堵在门口不让进,并朝屋外警觉地扫了一眼,低声吼道:"蠢儿子,这风口上你回来做什么?你爷爷是当过族长的,被打成了大恶霸,你爸他也被划成了地主,就因为你还是个现役军人,所以只给你划了个小土地出租。你这一回来,不就……"娘说着就狠心将儿子往淫雨里推。我父亲踮起脚尖来,想看一眼也许还在做噩梦的妻儿,但屋里一片漆黑,只有一只突然受了惊吓的老鼠"吱"的一声溜出门坎,又从他的脚边蹿过。其实蒙在被窝里的妻子是醒着的,甚至早在婆婆之前就听到了这熟悉的脚步声,这是她连做梦都渴望听到的声音呀!但聪明的儿媳又怕让公公婆婆为自己操心……

父亲终于没有敢停留,在途经村口联珠桥旁的那一株百年老槠树下时,一道长长的闪电划破夜空,随着便是一声炸雷滚过苍穹,枝繁叶茂的槠树亦居然像是做了某种亏心事似的一阵颤抖,无数颗水珠簌簌而下,恰似无数颗沛然而下的泪珠儿滚落在我父亲的雨衣上。我父亲天生鼻子灵敏,竟从雨水中嗅出有一股似曾相识的血腥味,但他却并不知道,自己73岁的当了50年廖姓族长,也亲自主修过联珠桥,还给婆婆崖渡口捐献过渡船的老爷爷就是在白天被活活地吊死(镇压)在这棵树上的。这件事家里人一直瞒着我父亲,他后来又随部队跨过鸭绿江参加了抗美援朝。在朝鲜战场上,父亲还立过二等功,被提拔为上士班长。当然是卫生班,没有握枪打过仗的。也幸亏是卫生班,如果是上前沿阵地握枪打仗,那双连杀鸡也发抖的手不知握枪会是什么样子。好在父亲从来就不喜欢炫耀自己的当年勇,或许根本就无勇可言吧,包括他在朝鲜的那段经历也没有跟我们提及过。

我未出生时父亲就已经转业到了地方,他是1955年转业的,在此之前,我母亲已经被政府照顾当了一名乡村公办教师。第三年,也就是1957年9月,这个家庭中就多了一个叫"静仁"的二儿子。父亲一开始是转业在县卫生局的19办公室当科长,那是疟疾防治科,但不久后,就又被不明不白地调到了地方卫生院,最初是羊角公社卫生院。再后来,也就是1961年,父亲才被调到了江南区卫生院,并担任院长。这算是小小的一件喜事,但我父亲一辈子最大的"官"也就是当到这个区卫生院院长为止。虽然他的医术在地方上算得上是出类拔萃,人品更不用说,而且还精于诗词,写得一手好毛笔字,然而也就是在那一年,家里发生了一件大悲不已的事——我那担任国家教师的母亲抛家弃子走上了黄泉路。

母亲的印象在我的脑海中始终是模糊的,她的死因更是一个解不开的谜团。

依稀记得1961年初夏某一个夜晚的一些片段。那年我才进四岁,有一些事情记不太准确,我当时就坐在学校操场坪临江的一块青色条石上。学校有一二三四四个班级,六个教师,其中有一个是专门的文体老师,还聘请了一个做饭和打扫操场卫生的工友,教室是由各班级学生轮流打扫的。工友大概有四十多岁,满脸的肉疙瘩,样子倒像个杀猪的屠夫,是个光棍汉。但老师们却习惯叫他伙夫。

"伙夫,今天的伙食标准怎么又下降了呀?"

"真是的,还想不想让人活嘛?"

"巧妇难为无米之炊,我又不能变戏法,有点吃的饿不死就算是烧高香了。"

"哈,你还好意思称自己是巧妇?"

"我当然不是巧妇,但熊校长是巧妇啊!"

那时正是国家最困难的时期,这样的议论和牢骚每天都有。熊校长就是我母亲,学校只有我母亲一个人是吃国家粮的公办教师,也就是说她既是校长,也是兼职的总务,因为学校里给老师们供了一餐午饭,粮食由生产大队在每年上交的公粮中支出,其实人平也就二两大米,二两红薯米的标准,偶尔有学生家长送一点坛子菜过来。一天门学校倚山而建,汤汤七百里资江横前,对面是江南镇,我的父亲就在江南镇卫生院当院长。虽然与家里只有一江之隔(我父亲说有母亲的地方才叫家),并且还有可供免费过渡的渡船,但父亲也只有在周六才回家住一宿,第二天一早又要赶往医院去。那一天刚好又是星期六,按理我父亲也该回来了,我傻傻地望着渡船从江那边过来,又听到船靠岸时顶得码头发出的"嘭"的一声闷响,但下船的人中却没有我的父亲,我于是就扭过头去,朝身后给姐姐和哥哥还有与母亲报信说:"船上的人都已经走完了,爸爸还没有回来!"却没有人愿意搭理我,唯有一只落单的野猫从眼前窜过。我再次目送着渡船过去,后来渡船又泊进了码头江湾,可还是不见我父亲的身影,但有萤火虫一闪一闪从眼前来来去去。

以上的这一段文字,是我回到了老家白驹村读三年级的那一年写在一篇作文里的,可我姐姐看到后,却一脸严肃地给我做了更正。这一天是母亲的忌日,这么重要的日子是不能记错的。姐姐说:"是在春夏之交的一个夜晚。那一天是立夏节,农历三月廿二,公历5月6日,星期六。"姐姐还说:"立夏到,蝼蝈鸣,蚯蚓出,黄瓜生,夜里已有了萤火虫,万物至此皆长大。"姐姐说着说着声音就哽咽了。

后来我也终于又记起一些事情来,那天傍晚,母亲特意进卧室换了一身青布衣服出门,见只有学校档头的老槐树上的树杈里蹲着一只正在嚎春的野猫,便轻脚轻手而又匆匆忙忙地出了学校,她的怀里揣着一只竹簸箕,那一定又是到邻近的一个瞎眼奶奶的家里借石磨去磨米粉子了,是红薯米和大米各一半混着合磨的。

瞎眼奶奶偶尔在夜阑人静时，也拄着拐杖摸到学校来过，我母亲每每见了她如见亲娘，却又一脸愧色说："婶，都这么晚了，还辛苦您来，让我多不好意思。"

"你这是什么话！"瞎眼奶奶说，"我眼睛虽然看不见，心里却明亮着呢！"

我母亲欲说无言，匆匆忙忙进办公室握了一团白纸后，又搀扶着瞎眼奶奶原路返回，再回来时，她手里的白纸就包了一小包米粉子，并且侧身进了厨房，不一会，我们姐弟就每人分到了一小碗稀如米汤一样的米糊，这正好可以填充晚饭只吃了个半饱的饥肠啊！于是那一个夜晚我们都会睡得很沉很香。莫非瞎眼奶奶还会有多余的食物匀给我们吗？带着这一疑问，有一次我曾偷偷地尾随在她们身后去看了个究竟，当母亲搀扶着瞎眼奶奶跨进堂屋，门就合上了，但我从门缝里却看得非常清楚，瞎眼奶奶摸着擦燃了火柴，点亮灯，她平时一个人在家估计是从不点灯的，在瞎眼奶奶手中灯光的照耀下，最显眼的是堂屋中间的一副石磨。

"今天已有好几家人来用过磨子了，里面肯定会粘了些粉子的。"瞎眼奶奶说。

"婶，您就是个活菩萨！"其实我母亲心知肚明，这是瞎眼奶奶在有意关照我们母子，一地一乡俗，因为在资水北岸的一天门自古就传下了规矩，借人石磨是要给石磨主人剩一些垫磨底的粉子的。我母亲熟练地掀起了石磨的上页，从磨架上拣起一把小棕扫，既是扫又是吹，很快就从磨齿和磨芯里清理出来一小堆粉子了。

瞎眼奶奶却一声叹息："唉，人都快饿死了，老天爷，这是什么世道啊！"

"婶，这话可不能乱说的。"我母亲蜡黄的脸色陡然寡白，"嘘，小心隔墙有耳。"

"我才不怕呢，我是个盲人，未必这世上的人全都是盲人？"

但我母亲却害怕了，她不敢久留，小心翼翼地捧着白纸包就慌忙告辞……

我的心里不禁一沉，也就掉头赶紧先开溜了……

然而那晚，我在回忆中满怀期待地等待着父亲回家，因为在给我们姐弟分晚饭时母亲就说了："先垫一下肚子吧，等你爸爸回来了，晚上我给你们做汤丸吃。"

但是我怎么就忘记了那一天是过立夏节呢？是害怕自己也会长大吗？那

样的时候，我正在隔江盼望父亲，而姐姐和哥哥，却在母亲楼上的办公室里做作业。

也不知那晚母亲到底遇见了什么人，显得神色慌张，进房就蒙头睡床上了。

我们也悻悻然睡了。

夜已经很深了，正处在梦中的我突然被姐姐的抽泣声惊醒。

姐姐为什么会在这个时候哭泣呢？

睁开惺忪的睡眼，满目已是一片狼藉的景象：姐姐倚着床沿一边抽泣一边摇着母亲的双肩使劲喊："妈，妈妈，你醒醒……"哥哥也起床了，赤着膀子在姐姐的身边直跺脚，只有不懂事的弟弟还趴在母亲的胸前东张西望。母亲脸色惨白，静静地躺在床上，是那种对这个世界已然不屑一顾的冰冷神情。我们上床时母亲还是上好的一个人，她虽然自己始终蒙着头，却把弟弟安排在枕边睡着……四岁的我仿佛在骤然间猛长了几岁，脑海中就迸出"母亲死了"这一念头来。也就是这念头刚一闪现，我便跳起来推开弟弟扑进母亲的怀里，大声地哭喊着："妈，妈妈。"

母亲死了，似乎是无缘无故地就死了。待父亲从对河医院赶来，母亲的身体已经僵硬，但我们当时谁也没有发现父亲已经从母亲的掌心里读到了几行字……

父亲悲从中来，但又一脸凝重地说："你们记住，你们的母亲是得急症死的。"

一个人影在后窗仓皇闪过……那一只该死的野猫却依旧在夜色里嘶声哀号。

据说我母亲原本是那种开朗火爆敢作敢当的女中豪杰性格。可是在我的零星记忆中，母亲除了在课堂上教学声气爽朗，也偶尔有将教鞭在课案上"啪"的一声抽得粉笔灰顿起的时候，但与老师尤其与学生家长们说话却从来都是彬彬有礼、细声细气的，就连有什么事情交代那个长得像屠夫的伙夫也很少起过高腔。可近几日母亲确实是有些反常的，老发闷脾气。有一回哥哥的家庭作业没有完成好，母亲扬起手就打了他一耳光，我们哥兄姐弟是被父亲宠惯了的，尤其是哥哥的性格像牛一样犟，拿他发泄，他就忍不住这口气："打吧，你打吧，就让你打死算了！"

"你……你……你欺负我是个糯米团是吧？也晓得要挟你娘了！"母亲无名火起又是两个耳光扇下去，结果是，犟牛一样的哥哥傻着眼没有哭，母亲自己却哭了。

姐姐既心痛母亲，又想护着她的大弟弟，淌着眼泪急得团团转……

家里发生了大不幸，父亲是从急症患者的病榻前闻讯赶回来的。办完母亲的丧事后，整整两天没有沾一点饭食茶水。是第三天早上吧，父亲强打着精神起床了。他把我们哥兄姐弟喊到一起，用商量的口气对我们说："你们母亲走了，父亲撑起这个家是有难处的，送你们到老家祖母那里去好吗？"姐姐含泪率先点头，哥哥也点头，我也跟着点头，就这样我们离开了一天门学校，来到了老家白驹村。

没想到老家人对我母亲的印象亦会那么深刻。我们家老宅是在村口上，有一次我进村里去找玩伴，经过关山里那一座小鹊桥时，被在桥上乘凉歇息的一位面相陌生的大婶拦住我问，"你就是廖筱山和熊梦贞的二儿子吧？"还没等我答话，那位大婶说："你母亲是我们村里八百年来最俊俏的媳妇耶！那身段呀，配上她自己亲手裁剪的那一件大红旗袍，简直就是仙女下凡呢！你母亲的女红也一顶一地做得好，绣出的鸳鸯会戏水，绣出的牡丹能引来蝴蝶……唉，只可惜好人命不长！"

但我怎么从来没见母亲穿过大红旗袍，不知道母亲会绣鸳鸯戏水和牡丹呢？

回到家里，我问姐姐，姐姐却赶紧用手背挡住我的嘴："嘘，这不能乱说的。"

到底是从什么时候起，让母亲丢失了她之前那一个真正属于自己的本我呢？

母亲出身大户人家，读过私塾，也上过新学堂，是当时少有的一部分女性知识分子中一成员。母亲是读新学时认识父亲的。他们是同学，属于自由恋爱。我们家在当时是很有声望的，曾祖父是廖姓家族的族长。父母亲结婚办得很体面那是情理中的事。可那一天也发生了小小的意外。母亲从花轿中下来，被接亲的人搀扶着向点上了红蜡烛的堂屋里走去时，竟还时不时挣出手来掀起顶着的红纱巾头盖东瞅西瞧。这其实并不算什么大不了的事，所指的意外是新郎新娘双双跪着拜天地公婆的时候。我父亲和母亲两人婚前就已经多次手拉手到双方的家中走动过，与彼此家的长辈及晚辈都有过接触，加上母亲又是一位性情开朗不拘小节的新型女子，对婚礼上的这一套虚假礼节从内心就感到可笑。双方正拜天地时，母亲居然"咯咯咯"笑出声来，并且没待新郎揭头盖时，自已就把那遮住视野的红纱巾给摘下了。燃烧着红蜡烛的堂中顿时大哗。有人当面指责说："还是大户人家出来的女子呢?疯疯癫癫,一点教养也没有。"把我那胆小怕事的父亲闹得一脸窘相。

那时父亲已经学医了。学的是中医,常常要跟随师父跑江湖。母亲是个爱热闹的人,独个儿在家里闲不住,她除了每天上午把自己强关在房中描一会儿鸳鸯戏水和牡丹再绣到缎子布上去,就总喜欢找人家说话或帮人家做事。我们家请了个长工,名叫王正来。说是请,其实并不确切。王正来是讨米来我们村的,曾祖父见他诚实忠厚就收留了他,还给了他两间房子,帮他娶了婆娘。王正来比我父亲要长几岁,父亲和母亲都称呼他"正来哥"。父亲不在家时,母亲就常去陪正来嫂。那时,正来嫂已经有了身孕。母亲脱脱洒洒一个人,手脚正闲得难受,就几乎把正来嫂家里的家务事全包了起来。祖父和祖母,包括我那权威十足的曾祖父在内,也是睁一只眼,闭一只眼的。一方面,他们知道母亲的性格不那么容易被驯服,说也没有用;另一方面,那就是他们已经看到了大趋势,这个盛极一时的家族已接近衰败了,让儿媳学着做一做家务也有好处。母亲是没有什么事瞒着父亲的,她把自己的所作所为告诉父亲时,父亲就笑了笑,也不发表任何见解。

1950 年,父亲出去当兵了。那时我姐姐四岁,哥哥刚进两岁。

父亲是突然外出的,走时连家里人也不知情,是后来父亲孤身深入匪穴立下了大功后,才由部队与当地政府联系上的。他一去就是五六年,况且父亲走后的第二年家乡就搞起了土地改革。好在母亲是公认的军属,又已和祖父祖母分了家,她那些嫁妆和其他财产才没有被抄走。但生活条件和生存环境已经明显不如以前了。曾祖父和祖父被村上的基干民兵看管起来。家里就我祖母和母亲两个妇人,既要下地耕耘播种,又要带着两个儿女,苦是一定的。

不久,我母亲居然被县教育局正式录用为国家教师了,这当然是幸亏了父亲和母亲的一个高中同学在县教育局当人事科长。新中国刚刚成立,各方面人才奇缺,尤其是教师队伍更是急需补充老师。有一天,我母亲因事去唐家观小镇,偶然看到了学校门口贴出的一纸公告,也没做多想就按照要求去报了名,没想第二天就接到了要她去现场试教的通知。那其实是现场考试,讲台上坐着几个监考的领导,其中就有父亲与母亲的那个高中同学,但彼此都只礼貌地点了一下头,而下面坐的却是新招收的一年级新生。我母亲那天穿的是当时流行的双排扣新款妇女装,轮到她上场时,先是撮嘴吹了吹额前的刘海,然后扯了扯衣角,大大方方走上讲台,从容拿起一支粉笔不卑不亢地先写了个一字,然后转身拿起教鞭又侧身指着那个字朝下面问:"同学们,认识这个字吗?"下面就异口同声回答,"是个'一'字"。我母亲又果断地在一字下划了一横,稚气的童声立马就传过来,"这是个'二'字呀!"我母亲笑出满脸慈祥说:"对,同学们真是聪明。"她又写了一个"人"字,接着还在旁边写了一个"天"字和一个"夫"字,然后讲解说:"'二'字里走进一个'人'字,就成了一个'天'字,也就是二人共着同一片天的意思,但'人'字出头就是个'夫'字了,这是大丈夫的'夫'字,也是农夫的'夫'字。是不是可以说,大丈夫和农夫都是顶天立地的呢?"

整个课堂里顿时鸦雀无声……

据说我母亲那次考试是全票通过的,只是政治审查时却被卡壳了,有人提出异议说我母亲是地主家的儿媳,是那个在县教育局当人事科长的同学在关键时刻据理力争说:"人家也是现役军人家属呀,我们如果把熊梦贞同志招进教师队伍里来,不正好是体现了党的怀柔政策吗?"就这样,我母亲就成为一名人民教师。

老家白驹村有一种说法:女孩子的心是怀人的心。这话是有道理的。我们哥兄姐弟四人,相比起来姐姐就更怀念母亲了。每每听正来伯母讲过母亲后,姐姐就总要痴痴地发一阵呆。有一回发呆的姐姐猛地打了一个激灵,突然启齿喃喃着道:"我母亲确实是很能吃苦的。"并且还梦呓般地说起了1957年秋天的一件往事。

我就出生在那一年的秋天。那时,母亲是在田庄公社一个叫作甘溪村的村小教书。教一、二、三、四共四个年级,虽然全校加起来也就38人,但麻雀虽小五脏俱全,却只有我母亲一个教师。那时候当教师的也并没有休产假这一说,母亲怀着我快要临产了,也不见联校派人来顶替。就在农历九月二十那一个月黑风高的夜晚,母亲突然觉得肚子痛得厉害,凭着已经生过两胎的经验,她知道自己就要生了。当时姐姐十岁,哥哥八岁。女孩子确实懂事早些,见母亲一副极难受的样子,姐姐就自告奋勇地去厨房摸了一把镰刀,提着马灯去喊接生婆李妈。但是没想到姐姐提着马灯舞着镰刀刚出校门,老天爷就狂风大作,暴雨滂沱,李妈家离学校毕竟有不近的一段路程。姐姐说她明明记得是把被狂风吹灭了的马灯挂在校门左侧的那一棵小樟树上的,但是就在她接了李妈回学校的时候,却骤然风停雨住,而那一盏马灯又还奇迹般地亮着,并且还挂在了右侧的一棵桂树上了。姐姐把这怪事告诉李妈,没想李妈脱口便说:"你娘是喜得贵子了!"待李妈赶到时我果然已"呱"的一声降临到了人世,正安详地睡在母亲的襁褓中……母亲是忍着剧痛自己用牙齿把脐带咬断的。

讲到这里,姐姐轻轻地叹息了一声,那时我们已有了后妈,这是父亲做出的决定,因为母亲走的那一年父亲还只有 36 岁。为躲开后妈的视线,我们坐在禾坪里高高的草垛上。抬头望天空,一片白色的云絮在黄昏的天幕上渐渐飘远……

母亲的形象在我们的记忆中也渐渐飘远……

我原来一直认为母亲是得急症死的,这是我父亲当年亲口作出的结论。但是当有一天我们家建新屋拓宽老宅屋基时,却在屋后窖藏红薯的地窖里挖出了一只旧皮箱来。姐姐一眼就认出来了,说:"这是爸爸从部队带回的最奢侈的物件。"我们怀着无比好奇的心情把皮箱打开,却从里面发现了母亲传说中的那一件大红旗袍,还有母亲当年以同学名义送给父亲的一个老式牛皮封面的日记本。这当然是我父亲藏起来的。至此我们也从父亲的日记本中终于得知了我母亲真实的死因。

母亲是服安眠药死的。那一年父亲刚从羊角卫生院调到江南区卫生院,为了便于照顾我父亲,组织上就把母亲安排到了江北的一天门中心学校。比起在甘溪村小来中心小学就大多了,上游祠门口和下游百花台两个大队的学生都集中在这一所学校,共有六个教师,还配了个炊事员。因为母亲是学校校长,还因为我们家又不在学校一起开餐,老师们也很放心,就一致推举我母亲兼任食堂总务。然而祸事也就出在这个总务上。那时我哥哥和姐姐正长身体,常常少盐缺油的食量就更大了。为了能使哥哥和姐姐及我少饿肚子,母亲在过称给伙夫粮食做午饭时也就每次匀出了少许,所以才出了后来的事……这件事本来也是炊事员主动怂恿我母亲干的,可人心叵测,不久后那位看似是好心的炊事员却以此做要挟,趁我父亲很少在家,竟打起母亲的坏主意来……在我父亲的日记中还记录了我母亲写在手掌心里的一首绝命诗:儿女是骨肉,丈夫连着心;若为尊严故,轻生乃重生。

可是母亲啊!您紧攥在掌心里的秘密,却还是让你的儿女们给知道了……

母亲的死对我父亲的打击很大,也就是从那时起,父亲的嘴里就经常会突然冒出一句,"为医者只能医病,要是能医得了人心就好。"大凡一个家庭,多是靠做母亲的撑起来的。母亲死了,就等于家庭已经残缺了。这对我父亲的打击几乎是致命的,是不可能仅仅只用一句"中年丧妻,痛不欲生"所能概括得了的。且不说别的,单说生活负荷就已经全部落到了我父亲一个人的肩上。自此,父亲忽又重新拾起了书法爱好,待我们姐弟入睡后,就会拧开几案上的台灯,倒半砚墨汁并顺手取了一张宣纸,宁神静气地习起了沙门怀仁集《圣教序》来:自玄奘法师者,法门之领袖也。幼怀贞敏,早悟三空之心;长契神情,先苞四忍之行。松风水月,未足比其清华;仙露明珠,讵能方其朗润。故以智通无累,神测未影,超六尘而迥出,只千古而无对。凝心内境,悲正法之凌迟;栖虑玄门,慨深文之讹谬。思欲分条析理,广彼前闻,截伪续真,开兹后学。是以翘心净土,往游西域。乘危远迈,杖策孤征。积雪晨飞,途闲失地;惊砂夕起,空外迷天。万里山川,拨烟霞而进影;百重寒暑,蹑霜雪而前踪……临至此处,父亲会忽然搁笔,长长地叹息了一声,慨然道:"玄奘远志,非我等俗人可望其项背也!"那年月正是国家最困难的时期,买个鸡蛋也要一二块钱。住在江南小镇吃国家粮的我们哥兄姐弟共(弟弟才两半)四人,再也无法度日子了。父亲是出于无奈,才把我们送到了乡下老家白驹村的。老家的主要亲人就我祖母一个孤寡老妇。好在我祖母身体还算过得去,把房前屋后的空地全种了南瓜、芋头什么的,也能弥补粮食的不足。

父亲当然没有把我们一送了事。每每在星期天,父亲就会为我们送一些食物来。江南小镇离我们老家白驹村只有 12 里路程,父亲总是肩背手提的上路。他常年出诊在外,自己的那份口粮就能省下来不少,于是全背了回来;左肩上背的是一个红十字出诊箱,右肩上背的是一个盛有粮食的粗布袋,而手里却提着一个有盖的小木桶,木桶里盛着米豆腐。也只有米豆腐最廉价,两块钱可买得满满的一小桶,和汤和水,填肚子可饱食好几餐。那时我姐姐已经有 13 岁了,哥哥也有了 11 岁。每每在星期天的那日,姐姐和哥哥就会到村口去接父亲。可惜那时我的年纪太小,无法感受到父亲是何心境。现在想来,若是换了我是父母那时的境地,一定会觉得活着还不如死了来得痛快。当然,这完全是一种不负责任的想法,如果父亲真的死了,会有我们这些后来者吗? 还是不说这些丧气的伤心事吧。

有一天, 从姐姐的口中忽然就冒出了一句:"父亲的内心其实一直是在修行。"

哥哥似懂非懂问:"姐,你是说爸爸是一个苦行僧吗?"

我和弟弟却瞪大眼睛在看天边的云彩,心想,妈妈哪天会乘着云彩回家吗?

第二年,父亲还是给我们娶了个后妈。后妈是江南镇造纸厂的工人,丈夫是个肺结核患者,沉疴在身十多年,两人一直没有生育,领养了个女儿,比我大一岁。后来偶尔听人说,我父亲当时续弦完成是出于一种内疚心理,他当年曾亲口承诺过患者家属(也就是我后来的继母):一定会医治好她丈夫的肺痨病。经几载既服药又针灸调理,也确实有了向好的苗头。但就在我母亲出事的那天,患者又突然染上了疟疾,我父亲刚给他做过头一遍针灸,正准备做第二遍时,有人就急匆匆地闯进了急诊室,哭丧着脸说:"廖院长不得了,你爱人她……她出事了!"

没想也就是我母亲殁了的当晚,本来就只剩半条命的疟疾患者也走了……

我母亲是服药自尽的,而我父亲却一直说她是得急症身亡。个中原因直到我父亲也走了之后,我们才知道了真相:原来我母亲供职的一天门小学,有六个教师,唯有我母亲一人是国家教师,她既是校长,又兼做食堂总务,因为我们一家大小有五张嘴吃饭,母亲每餐给伙夫过秤发粮食时就匀出了少许,没想到光棍汉的伙夫多次调戏我母亲未果,后来却以此为要挟,我母亲丢不起人,于是就……

我父亲与后妈结婚后,他的生活负担便更重了,为了把两家合成一家来安排生活,父亲硬是磨破了嘴皮子才好歹让后妈也来到了白驹村,但后妈从来就没有下过地的,到了我们家也还像在江南镇上一样,身上不愿染尘土,还在我父亲好不容易周末送救济物回家一趟时,后妈又动不动扯起嗓子"砍的剁的"一顿大骂。父亲当然只能打落牙齿和血吞,而我祖母心疼儿子却又只能躲在一旁悄悄抹眼泪。

有一次,我无意间听到了父亲与后妈的一段对话,而且是有关于我的。

"这个家很快就能苦尽甘来的。"父亲说:"儿女们不是都在长大吗?"

后妈却有些不屑:"又不是我生的。今后哪个还会管我呀!"

"你不是有丽娜吗?这是你从小就带亲了的。"丽娜是我后妈领养的孤儿。

"她迟早都会嫁人的,到时候我不还是个孤家寡人呐!"

"也未必。"父亲讨好似的对后妈说,"把她许配给静仁,你不是儿女双全了吗？"

"亏你想得出来呢！"后妈笑起来的样子其实还是蛮好看的。

我在一旁听了，粗气不敢出，趁没人注意到我，赶紧便脚底下抹油溜走了。

父亲也是个不会做农活的人，16岁拜师学医，后来又行医在外并去了部队服役。尽管不会做，但眼看着祖母一个白发老妇挖菜园地，父亲忍不下心，只好抢过锄头来。分明看着他是咬着舌尖使劲挖下去的，可锄头刚触到地面就不见有什么力度了。因此就总是要在一个旧锄头眼里挖好几次才能翻得动一小块泥土。半天下来，地是翻了一小片，但弄得一身汗渍渍的，眉梢嘴角鼻尖上尽是泥土，一双手掌满是血泡，转身一看，所翻动的一小块地又尽是数不清的脚板印，比没有翻过的地松散不了多少。父亲就苦笑着摇了摇头，并且还会游丝般地叹息一声。

我至今也弄不明白，父亲何以会有如此顽强的生活勇气呢？难道真是《圣教序》中的"万里山川，拨烟霞而进影；百重寒暑，蹑霜雪而前踪"在鞭策他吗？

尽管父亲什么农活也不会干，却什么农活也难不倒他。比如烧火土灰吧，那是农活中难度最大的。之所以难度大，因为那需要技术。在往年，祖母施南瓜及芋头之类农作物的火土灰全都是请邻居家的老农掌管烧的，父亲、哥哥和姐姐只帮一帮忙，当下手。不过父亲对此很感兴趣，总是默默看人家怎样起堆，怎样铺茅柴，怎样盖草皮……但是那一年的一天，当然是星期天，父亲却突奇想说要自己亲手掌管着烧火土灰。他把由哥哥姐姐平日挖来的树蔸一个个嘴对嘴合着起好堆，又到后院的屋檐下去把茅柴一捆一捆扛过来解开，再一层一层地铺在起好的堆上。说也奇怪，那时还是春头上，可茅柴底下却发现有两条蛇扭在一块，像少女织成的辫子。父亲当然无奈，他是连鸡也不敢杀的，打蛇就更不敢动手了。不知是觉得奇怪呢，还是吓得呆了，他站在那儿痴痴地看着，连粗气也不敢出。直到后来那两条孽障怕是感觉到了早春的寒冷，才分离开来，悄无声息地溜之大吉了。这件事父亲从来就未跟我们晚辈提及过。是若干年后祖母才告诉我们的。祖母说："春头上看见蛇'相夫'，是很不吉利的事。"果然，那年父亲被调到龙塘乡卫生院，先是被免去院长职务，尔后又下放到该乡一个偏远的茶场……

其实我父亲也有过一次自杀的经历，那是他被关在医院药剂室后面仓库里有三个月之久的某一天，他用一根锈铁钉刺破了自己的手腕动脉，血水沿地板流出来才被人发现的,当时就已经快不行了,因为公社医院条件差,更主要是没人愿意给他输血。止住血后就直接送到县医院并通知了家属,我们姐弟四人都连夜赶到了抢救室,父亲惨白着脸拉着我哥的手说:"你是家里的老大,我要是真殁了,你要带大两个弟弟。"姐姐在旁饮泪责怪说:"您不能轻生的。"没想父亲却说:"我是想你们呐!"原来父亲是想用这样的一种方式见一眼儿女们。我也忍不住哭出了声来说:"您当年不是到了家门口都能忍住没进屋就又去了部队吗?"父亲却苦笑着说:"这不是一回事。"我一直还记得父亲当时那一张因苦笑而变形的脸。

在父亲被关押的那三个月里,我祖母和后妈真是度日如年,但婆媳俩的关系却因此而密切了许多,并且还合计着把家里唯一的一只生蛋的老母鸡也杀了,煲了一罐鸡汤,又将两条鸡腿和成块的鸡胸挑出来盛入饭盒,要我去二十多里的龙塘卫生院送给父亲。但我并没有见到父亲,把门的却还扔了一条鸡腿先让狗吃。

那是一只不知从哪里窜出来的野狗,毛色很黑,我想那把门的人心一定更黑。

我眼巴巴地看着野狗啃完鸡腿,怯怯地求把门的人,"我想看一眼我爸爸……"

受宠若惊的野狗仍在使劲地摇尾。那人这才说:"嗯,没有放毒。你回去吧!"

父亲理所当然地得到了平反,只是平反了的父亲并未见得有什么喜悦之色。他已是老态龙钟的一副模样了,错过了喜形于色的年龄。也应该是,经历了这一次又一次人生磨难,父亲是有理由把许多事物看得很淡的,不仅仅是因为年龄的缘故吧,父亲坚决拒绝了落实政策给他的院长职务。他只管治病,一心一意地给患者治病。

那时已经是 1977 年了。准确地说,是 1977 年农历三月的一天上午。

那时,我已经算得上是一个全劳力了。在公社的社办企业基建队做泥工。

那一日阳光真好,天上没有一丝云彩,无边的空旷使人目眩。我当时望了一眼远天正弓着身子准备砌墙,耳中突然响起了一个熟悉的声音:"静仁!静仁!"一抬头是父亲来到了我的面前,他那天并不见得有什么异样,同样是一脸慈祥,见我望怔怔地看着他,父亲说:"我想买一件绒衣,跟我去试一试吧,今后你也好穿哩!"前面就是供销社,同父亲一起下了脚手架,只百余步就走到商店的柜台前了。父亲要过一件蓝色的绒衣，自己穿上，又脱下，再递给我，说："看合身不？"果然合身。父亲是到就近出诊骑自行车回龙塘卫生院的，看着他骑上车，那老态龙钟的瘦削背影便渐渐地消逝在远方了……这样的时候，心里就不禁一酸，我虽然是近20岁的人了，但真正地与父亲相团聚的日子其实又并不是很多的，即便偶尔相聚在一起，父子间也很少谈些什么。儿子在父亲的眼里，也许还是个小孩吧。

现在想起来，父亲应该是早就已经有了某种预感的。他走后还不到半个小时噩耗就传来了。我还正在脚手架上边砌墙边哼着小调，公社中学的一位总务老师满头大汗地闯进了工地问："你们哪一位是廖医生的崽呀？"这急切的呼喊声当然就使我大吃一惊，忙答应："是我，有什么事吗？"果然是大不幸的事从天而降。他告诉我，"你父亲在前面不远的一个坡段上出了车祸。"幸亏一辆长途客车路过，已把他抬上车，径直送往县人民医院去了。那位总务老师刚好是出差乘客班车回学校来，他是认得我父亲的，父亲断断续续地告诉他我所在的工地，便昏了过去……

我顿时就想到了父亲今天叫我一起去供销社试衣的事，感觉情况不妙，待我以最快的速度骑车赶到县人民医院时，父亲已经上了手术台。他的头部隆肿，一头枯槁发丝已被削去，鼻孔里伸出来一根长长的氧气管……我机械地走近手术台紧紧地握着父亲的手，这也算是父子间的一种交流吧。突然就记起父亲说过的关于死亡的话来："人总是免不了会死的。活着时，抓紧把该做的事情做完，尽量做到不欠人家的债务就行。"这是前不久父亲与一位老者道闲谈时说的。双方都显得宁静。父亲此时也很平静。可以这么说，母亲是父亲亲自送上山去的，儿女们也都长大成人了，他该给这个世界的，这世界已经得到了。父亲没有欠人家什么了。

着白大褂的医生跨出手术室大门，从幽深的过道里走了过来，把一份卡片递给了我，叫我签字："你父亲是脑震荡，头部血管破裂，只有打开颅骨做最后的争取了。"他当然是从举止中得知了我的身份，对我说话时，是一种无力回天的语气。

这一次父亲终于没有被救活，我冲进了手术室，拼命地呼喊着："爸爸，爸爸……"

又是那个白大褂过来说："我们已经尽力了。"然后把那一件蓝色的绒衣塞给我。

傍晚的阳光透过窗玻璃,静静地落在手术室床头,给死者的脸上添了些许红润。一只白色的老鼠在氧气罐下窜来窜去,自由自在的样子,无忧无虑的样子。

父亲生于 1919 年。享年 58 岁。

时间如流水,父亲离开我们一晃又是几十年过去,但我却一直记得父亲说过的那一句,"为医者只能医病,要是能医得了人心就好。"我的父亲是一名仁心医者。

这毕竟是很遥远的故事了。

此时我的姐姐也已经去了天堂,她还会继续做自己父亲和母亲的长女吗?就在前不久我又跟哥哥和弟弟说到了父亲和母亲,问他俩还记不记得父亲与母亲曾经说过的人生格言,即"为医者要是能医得了人心就好",和"'二'字里走进一个'人'字,就成了一个'天'字,也就是二人共着同一片天的意思,但'人'字出头就是个'夫'字了,这是大丈夫的'夫'字,也是农夫的'夫'字"。然而彼此相对无言,却仍然在无语中向前走着。后来,我们终于在白驹村口那一座由当年的廖姓族长、也是我们的曾祖父主修的联珠桥上站定了。我们不再年轻,头颅渐白的兄弟三人,依旧是默默无语地临桥俯视身下的河水。那河水也一样是无语的,仿佛是从夕阳里流出来,若血一般殷红,待渐至近处又灰白如同乳浆。然后静悄悄地从桥下滑过去。

小河注入资江,给汤汤远去的流水增添了一叠清澈的浪响。

逝者如斯夫! 不舍昼夜……

铜锣三声震天地

一

酒是断肠草,也是忘魂汤。这话古人说得确实不错,其实还有一句也说得实在,那就是酒壮英雄胆,而我却说:"铜锣哥,今天非比往常,我俩再走一个?"

铜锣哥果然就英雄起来,"走就走,谁怕谁呀!"他答话的语速很快很豪情。

那一年正月初六,是黄铜锣过 55 岁生日,我俩不知不觉便已经把酒饮成了酽浓的夜色。餐桌上第二瓶"二锅头"又下去一半了,铜锣哥也明显有了醉意,却仍然把酒杯高高举着,打了声嗝,便很不逻辑地发出了一句无厘头的感叹:"光里呀,我说时间这东西,其实不过只是个概念,你说它快就快,你说它慢也慢,这是我 50 岁后才悟出来的一点点人生心得。"说着又是一声酒嗝,一脸苦相地向我望过来。我当时就坐在黄铜锣对面,也把酒杯齐眉举着,"来,那我先走!"

两人你一来我一去,又走了数巡,眼看着酒瓶就只剩下空气了。

这些天来,我一直都沉浸在浓醇的年味中,但每晚回到宾馆后,却还是没敢忘记读几页《红楼梦》。我这是在补课,因为有一位老编辑曾经直言不讳地说过我:"亏你还混了个一级作家,连老祖宗留下的《红楼梦》都没有好生读过。"

今夜,酒到酣畅处,一句"赏心乐事谁家院,良辰美景奈何天"便溜到了嘴边,哦,对了,还有一句"一只空了的酒瓶迎风而歌"也……但没想到铜锣哥却先我发出了一番有关时间的感叹来,也就戛然止住了我自己的抒发,抬眼等铜锣哥继续往下说。我心里一直觉得,我这当作家的形象思维还不如学逻辑的铜锣哥。

只听得又是"叮咚"一声响,铜锣哥再次把酒杯碰了过来。

"就拿我黄铜锣本人来说吧,这50多年走过来,有时觉得,也就只是一眨眼的工夫便过去了,而有不顺心时又像是翻过了99座山,涉过了99道水,还有时甚至感觉像是穿过了一个黑咕隆咚的世纪!"他这一串"有时"说过后,忽然记起已碰过的酒杯仍然举着,便把杯子往嘴边一靠,脖子一仰,就又倒了进去。

"黄太爷,慢点,你慢点喝。"我一不小心,又改口叫铜锣哥"黄太爷"了。

不过这也难怪,"黄太爷"这个响亮的名号是我当年还在资滨县工作时就叫得顺溜的。我虽然一个劲叫"黄太爷慢点喝,"却把自己杯中的酒也"嗞溜"一声倒进了肚子,再说话时舌头就有些打起转来,"舍⋯⋯舍命陪君子,我⋯⋯我今天就是醉⋯⋯醉了,也是醉⋯⋯醉倒在我铜锣哥家里。"我本来就是个不缺少豪气的人。

四方餐桌旁只有我俩,更准确地说,是铜锣哥整个家里也就只有我们俩。

桌中间的火锅炖的是腊牛肉,生铁炉里的木炭火这会儿也越燃越旺,热气弥散着,浓烈的八角茴香味道很是呛人,彼此的面目便显得有些像雾里看花似的模糊。火锅边还配有三碟凉菜,一碟是油炸花生米,一碟是酱萝卜干,还有一碟是豆腐皮,这些都是由楼下的家常菜馆做好了送上来的。黄太爷平时很少在家里做饭吃,除了那些推不掉或者根本就不能推的公务应酬外,他从不去参加任何私人宴请,就在机关食堂里用餐。因此也就少不了有方方面面的议论,有人说他黄铜锣官越当越大,性格却越来越孤傲,甚至还有人说他根本就是个假正经。黄太爷倒是宰相肚里能撑船,他即便是听到了也从不把这类话当一回事。他还说:"只要你是个俗人,就免不了会有人说闲话,我黄铜锣身正不怕影子斜,由他去吧!"

他总能够把人们对自己的说三道四当成是耳旁风,一吹就走。这当然不能说他就没有心结,黄铜锣虽然是资滨县堂而皇之的几任县太爷,能够在一个有着90多万人口的山区大县呼风唤雨,甚至还可以说是干得风生水起,并且又一直严于自律,但自己的家庭生活却一塌糊涂,一团稀糟,似有满腹愁肠无处倾诉。

"我⋯⋯我说光⋯⋯光里⋯⋯你铜锣哥⋯⋯哥我这⋯⋯这也算得是⋯⋯是个家吗?"当他听我说就是醉了,也是醉倒在铜锣哥家里时,黄太爷心便一揪,忽一脸凄凉说:"老⋯⋯老婆⋯⋯孩⋯⋯孩子热⋯⋯热炕头⋯⋯才⋯⋯才像个家呀！"但他又毕竟是一个受过高等教育的人，稍停了片刻后，似乎还悟出了另外的一层意思，便缓和了口气，像是说给自己听似的嘟噜着道："圣人云：修身齐家，治国平天下。我一个连自己小家都没治理好的人，怕还真是不能再当这个县长了。"黄铜锣在读大学时，曾一度钻研过被淘汰了的逻辑学，在他看来，凡事只有先讲逻辑，才能再讲天下秩序。他觉得按照逻辑思考确实应该是这个道理。

我听了后心头一酸，本来也想提醒他说："我的黄太爷，现实生活中哪还有什么逻辑可言呐！"但是出口却说道："事……事情都只能顾一头的，你……你丢的是芝麻，捡……捡的是西瓜！"我一时也不知用什么话来安慰眼前这个男人。

"嗯……嗯，你……你这么一说……我……我看也……也蛮合逻辑的。"黄太爷的情绪刚刚趋于平静，但一杯白酒下去，心又躁动起来，吐词也就更加结巴了，他又接着说："跟……跟你老弟说也……不怕你笑话，你嫂子即便是……是对我个……个人千不好万不好，那……那都是无所谓的，你也应该晓得，我们黄家……几代都是一脉……一脉单传，而到了我……我这一代却……"说到这，他的声音已然有些哽咽，便忙把头别一边说："却……却没能……没能给我娘……我娘得一个……得一个孙儿，百年之后……我……我怎么好去见她……她老人家啊！"居然又是一声酒嗝打得山响，房间里的空气，也便明显的有了龌龊气味。

"这……这话……不能乱……乱讲……黄……黄太……太爷……你这……这属于家……家族隐私……"望着眼前这位一直令我极为钦佩的兄长，我摇着头善意地提醒他说："计……计划生育是……是基……基本国策，时……时时代不同了，男女都……都一样……都一样啊！"我知道铜锣哥心里苦，但万万也没想到会有这么苦。人在仕途，表面上看似风光，但真正能倾心相诉的又有几人？

那是我与铜锣哥人生中不可多得的一个晚上，两个大男人都喝醉了，并且又绝对是酒醉心里明。我是专程从省城赶回老家来过春节的，入住在县城的茶马驿馆。老家白驹村已经没有什么至亲的人了，一栋四榀三进的木屋早就空寂在村口临近滨江的一座山坳里，漏着太阳也漏着风雨，檐条和横枕以及廊柱、板壁上还长出了各种颜色的木耳，似乎是在倾听着过往岁月中的只言片语。每年清明节前，我都要携妻带子女回一趟老家，去给祖人扫墓，也会顺便在老屋的檐前站一站，因为这里毕竟还保留有先人的某种气息和我童年的身影，也还会去看一看八十多岁的堂叔。而春节回来，主要是陪老婆给舅子或姨妹家拜年，我自己也正好可以顺便看看早年在县城工作时的老同事和老朋友。几乎每年都是这样，只要正月初六这天没有要事急着赶回省城，我必定要去陪黄太爷一起过生日。

我高一脚低一脚晃晃荡荡地回了宾馆，黄铜锣却独自蜷缩在自家的沙发里。

二

那一晚，老天爷似乎是在有意识地酝酿着一场倒春寒，既没有月亮，也没有星星，小城的阑珊灯火在夜色里显得扑朔迷离，即便偶尔也会被几声爆竹骤然炸开出一群冲天火花，一瞬又恢复了平静。黄铜锣家里也是静悄悄的，只有一台壁挂式空调发出的"嗞嗞"声，以及偶尔从空调水管的入口处渗出的几滴水漏声。

其时，和衣躺在客厅沙发里的黄铜锣似睡非睡正想着心事。这些年他在工作上确实从未有过含糊，年年是市里甚至省里的先进，资滨县经济社会发展也连续五年排名在全市第一位。他这么想，当然并不是自我膨胀，也非自吹自擂，而只想证明自己是不是真如时作家酒后所说的"丢的是芝麻，捡的是西瓜"，但动不动就喜欢用逻辑思维来界定客观事物的他，又似乎觉得这样的考量并不到位。

黄铜锣就是个出了名的工作狂，即便是喝醉酒后，他也只稍稍分心想了一下有关逻辑上的事，心思立马又回到了手头的几件大事上来：第一件是几个老山界穷乡如何能够真正脱贫致富，方案已由市发改委报到省里去了，而且省里去年就曾经给予过支持，只要纳入了国家对贫困山区的扶贫计划，他就打算亲自带领有关局去搞一次现场办公。他自己已经去调研过多次了，对老山界人民的生活条件，尤其是对孩子们的学习环境，十分揪心。他是想要带上那些成天只待在机关里的局长们，去亲身体验一把"出门就是山"的乡镇长们的真实生活和工作状态，让他们与工作在第一线的同志面对面把一些相关问题钉对钉、铆对铆一揽子拍板解决。人家来县城一趟不容易，拜了东家拜西家，找了张局长还要找李局长。扶贫如救火，山区的群众等不起呀！第二件就是县城要向南区发展,迫在眉睫是要修一座滨江大桥。这事虽然在常委会上提出后有人说他太冒进,有搞政绩工程之嫌,但城镇人口剧增,老城区根本就无法再拓展了这已是不争的事实。前几年还在湘中市市长任上的仲华同志来资滨县搞调研时,听了黄铜锣打算要开发南区新城的汇报后,曾激动不已并且还鼓励他说:"这是城镇化发展的一步好棋呀,铜锣!"可如今一晃几年又过去了,这事却还一直悬着,一切只能先以保民生为根本。现在眼看着政府班子就要换届了,全县经济社会发展的基础也得到了逐步夯实,若是自己还能够继续任一届县长,即便是砸锅卖铁,哪怕是厚着脸皮去招商引资,也一定要把这个关乎城镇化建设的龙头工程搞起来。俗话说得好,活人不会被尿憋死,办法总比困难多。关键是领导班子作风要硬,思想要进一步解放再解放,那样才有可能真正地带领全县人民心往一处想,劲往一处使,用一句时髦话说,那才能真正做到让财富的源泉充分涌流,使全县人民的热情和积极性竞相迸发。但是话又说回来,这些事真要一件一件抓落实,得非脱一身皮不可!他这么想也并不是在打官腔,而是酒后大脑神经异常活跃的真实想法和当家人的内心盘算。

他其实同时也还想起了另外一件事,那是去年底在市里参加经济工作会议时,市委组织部一位当副部长的老朋友曾跟他半开玩笑地吹风说,"你黄太爷怕也该考虑挪一挪位置了吧?"他当时也就只随便地回了人家一句,说:"在同一工作岗位上不是可以干两届的吗?市里要是想提拔我,那我就先领情了,我恋的不是这个位置,而是觉得有几件大事还没有为资滨人民办好,心放不下来。"还一副踌躇满志的样子,硬是想着等换届后再度发力,一举完成扶贫与建桥的心愿。

"嚯,你黄太爷干了两届副的、一届正的,莫非还没过瘾呀?"对方本来有什么话想要跟他说的,但见他黄铜锣大大咧咧,也就只半含半露点了这么一截。

想到这一幕时,黄铜锣的心里便不禁一怔,他似乎像感觉到了什么,但到底是什么呢——难道今天自己与时光里喝酒时的情绪之所以如此反常,究其深层次的缘由,莫非就是因为换届的事还一直悬着未定,心里不踏实?这不合逻辑呀!人其实始终是处在未知的途中,有时多想也只不过是空想而已,那就随缘吧。

黄铜锣忽然就哼起歌曲来了:"你挑着担,我牵着马,迎来日出,送走晚霞……"也就哼了几句,不知不觉间逻辑已乱的黄太爷仰躺在客厅沙发上睡着了。

三

白驹村曾经有一首关于铜锣的民谣：铜锣一声惊蟊贼，蟊贼回头做好人；铜锣二声示火警，火灾远离白驹村；铜锣三声震天地，天地人心思太平。这首民谣我也会唱，是小时候奶奶教我唱的，奶奶还对我说过："照铜锣可以正衣冠……"

但我此时要说的铜锣，却是从滨水江畔的白驹村走出去的这个男人，他这名字虽然看似土得掉渣，却能听得出响当当的金属声，而且还颇有些来历。他与名叫时光里的我同是白驹村人，我们是地地道道的老乡，只是比我年长几岁，是 20 世纪 50 年代农村大搞合作化时出生的。他家祖上几代都是雇农，土改的那一年他们家虽然也分得了一亩三分地，还分得了两间木屋，却没有分到耕地的牛，幸亏不久后又走上了合作化道路，耕牛可以统一使用，他父亲也就顺利地娶上了婆娘——是白驹村被镇压的地主家的一个女佣，十个月后，又为他喜得了一个白胖小子，中年得子的父亲喜得像发疯了似的，一纵身从神龛上取下祖传铜锣，"当当当"就使劲地敲了三声，还顺手给儿子捡了"铜锣"这个名字，于是便村头村尾一路狂喊狂呼："我黄家有儿子了，我黄家有儿子了，我儿子就叫黄铜锣！"

我在年幼时，就常听奶奶说起过铜锣家的事，奶奶说："铜锣他娘呀，那个爱熨帖噢！以前做佣人时还看不出端倪，嫁到黄家，尤其是当了母亲后，那硬是变着戏法检饰自己的儿子，就连给铜锣穿破了的衣服补个补丁，针脚也缝得细细密密，像是贴上去的。"奶奶还说："他娘梳妆打扮时，就是用那柄光光亮亮的铜锣当镜子，小铜锣每天早上去学校，她娘也非得要他对着铜锣正过衣冠后才准出门。"奶奶上过私塾，说话文文绉绉，如"照铜镜（锣）以正衣冠，响锣不用重锤"总是随口而出。长大后我终于明白，奶奶之所以喜欢拿铜锣娘俩说事，既是在鞭策和警醒她自己，也是有意想让我以村里最有出息的男儿黄铜锣当榜样。

"石头缝里长良木，穷人家中出宰相。"这也是我奶奶的口头禅。

我奶奶与铜锣他娘的关系相处得特别近，两人在一起总有说不完的话。

黄铜锣的父亲本来就是个敲锣手，他是从他父亲手中接过那一柄铜锣的。

在新中国成立前的白驹村，敲铜锣是一份吃公家饭的专门职业，跟守渡船的如出一辙，一家人的口粮，是由村里廖姓大族的族长家提供。一族之长保一方平安,这是大户人家的担当。因为白驹村是傍近滨水的一条羊肠村,两三百户人家零零散散分布在羊肠两面的山坡下,敲铜锣的人其实就相当于小镇上的更夫,是专门在夜里出门巡逻守村的,无论阴晴雨雪从不间断。这是一般人眼中的下等职业,只有口饭吃,不可能发家,所以他家几代都是单传,然而他爷爷的爷爷却说出了一句石破天惊又很符合逻辑的话来:"打铜锣是为子孙积德,我黄家五代后必有栋梁出。"老黄家是白驹村里的一户杂姓,却能始终为拥有这份职业而深感自豪。

敲锣人从上村巡查到下村,约莫有五六里路远近,每夜里一手掌灯笼,一手执铜锣,来来回回得走六七趟。我年幼时曾听奶奶说:"敲锣守夜的人其实是最有担当精神的,是黑夜里醒着的魂魄。"这话就像一颗种子,始终在黄铜锣的心里捂着。也许只是凑巧,这一柄铜锣传到黄铜锣他父亲的手上正好是第四代。

我参加工作后,也曾偶尔听铜锣哥说起过他家的家史,他总是绘声绘色地说得头头是道:"你知道吗? 若是遇上有外人摸黑进村,铜锣就会'当'地重响一下,然后又拖着长音一声提示,'当心黄鼠狼上屋梁啊!'那响亮的铜锣声和示警声,在羊肠般的白驹村里回荡很久。"我便脱口而出说:"这还不晓得? 那一首关于铜锣的民谣,我三岁时就能背得出来的——铜锣一声惊蟊贼,蟊贼回头做好人;铜锣二声示火警,火灾远离白驹村;铜锣三声震天地,天地人心思太平。"黄铜锣听接过我的话说:"是啊,天地人心思太平!"他还说:"只是到了我父亲接手巡夜后,也就只有四五年的光景,白驹村就搞起了土改,廖老族长家被划成了地主,成了阶级敌人,而新社会后的支书和大队长却根本不信这一套,他们说,如今解放了,天亮了,来来往往的全都是阶级兄弟,还用再敲这破铜锣吗? 后来我母亲干脆就把闲置的铜锣当作她自己梳妆打扮和为我正衣冠的铜镜用了。"

这些事我当然是知道的,心里不禁想起了奶奶所说,铜锣他娘对铜锣是情有独钟的,尽管没过几年她男人"得急症"死了,她却守着壁上的铜锣和膝下的铜锣儿子如守着男人的魂魄,硬是凭着她一个寡妇的能耐把一脉单传的儿子给拉扯大。其实我后来还隐约听到过有关铜锣哥他父亲死因的另一个版本,这并不是听我奶奶说的,而是如一场人们躲之唯恐不及的瘟疫在暗地里蔓延流行——打铜锣的其实并不是死于什么急症,而是村里的食堂饭根本就吃不饱,有人不忍饥饿于五更天潜入粮仓行窃时,被巡惯了夜的黄铜锣他爹发现了。他那天夜里照例手执铜锣,却因为见到的人果然是阶级兄弟,就没敢敲铜锣喊捉贼，只是用手中铜锣砸了那人的脑袋，还砸出了"当"的一声闷响，他再举起铜锣砸过去时，那人却顺手捡起一根木方挡过来，铜锣又哑哑地"当"了一声，中间便砸出了一道破损的裂缝，于是搏斗升级，他是在与行窃者搏斗时身亡的。这件事按理还应该上报公社给死者追认为烈士，但当时我们白驹村是被公社树立起来的一面"移风易俗"的红旗，这荣誉得来多不容易呀！闹出这种丑闻还了得？便瞒了下来。

所幸黄铜锣果然应验了他祖上的预言，成了白驹村自新中国成立后最有出息的第一人。他从村小学一路奔跑考上了大学，在学校入党，还当过学生会主席，毕业后做了一年多教师，再又调到了县委宣传部，在机关里从一般干部到宣传部副部长，历练了几年后就被直接安排到县教育局当了局长。我也没让奶奶失望，算是紧追铜锣哥村里有出息的第二个男儿，虽然没有上过几年学校，却凭着自学在省以上报刊发表了几篇文学作品，竟也被破格招工转干了。黄铜锣当上教育局局长之后的第四年，我也被任命为改革开放后县委新创办的机关报第一任总编辑了。

在此之前，我还亲眼见证过关于铜锣哥家里那一柄铜锣的一桩难忘旧事。

那时，黄铜锣已经参加了工作，他母亲病危，吊着一口气不肯断，是好心的大队支书一个电话催他回家的。儿子"扑通"一声跪在母亲病榻前，久久无语。

那一天，我正好在他们家隔壁的公屋里跟生产队的男劳力们学习揉毛茶，见铜锣哥匆匆赶了回来，也便一溜烟尾随着他跟进了房中。我亲眼见到骨瘦如柴的老人硬是要从县二中赶回来的儿子把那一柄供在神龛上的铜锣取过来给她，先是用青筋暴露的手轻轻地抚摸过那一道开了坼的裂缝，像要极力抚平似的，再自己对着铜锣照了一遍，从容地理了理鬓边的几丝乱发，尔后又郑重其事地把铜锣交到已是教师的儿子手中，喃喃地嘱咐："这是我们黄家祖上的传家宝，你要用心护着，常对着它照一照。"铜锣娘还说："你爹他……他……他死也没有给敲锣的人丢过脸。"儿子点着头，从娘的手中接过铜锣紧紧地搂在怀里，声音哽咽地说："娘，您放心，儿子一定会记得您说的话。"说完，便泪如雨下。

老人满脸的皱纹里却顿时流淌着笑意，这才咽下了最后一口气。

在一旁怔怔地看到这情景的我，也被铜锣哥他娘俩的话感动得落下了眼泪，那时我已经开始学写新诗，当晚回到家中，就在稿纸上一气呵成写下了如下句子：铜锣是悬在中天的月亮/锣锤却握在人的手中/即便是哪一天出现了裂缝/也同样能驱走黑暗/赶走黄鼠狼/一朵一朵的白云拂过/把铜锣擦拭得亮亮堂堂/响锣不用重锤/望一眼可正衣冠/凝神谛听/便不会迷失方向。

但是在后来,当我又听到了另一个有关那一柄铜锣的传闻时,心里却为铜锣哥感到了深深的遗憾还有愤慨。那是他从县二中教师岗位上调县委宣传部的头一年,具体地说是他与地委雪副书记的女儿举行结婚仪式的那一天。婚礼的热闹自不必说,尽管黄铜锣那时还只是一名普通干事,而且他黄家也无什么直系亲属,但是他岳父毕竟在县里曾担任过一把手,如今又是地委分管组织人事的副书记,冲他来捧场的人自然不少,就连县里的四大头也来了。黄铜锣既要敬酒,又要送客,硬是折腾到半夜。然而,当一对新人由父母送进新房后,醉眼蒙眬的黄铜锣首先做的第一件事,居然是把从老家请来的那一柄因年久没有擦拭过而显得黯淡无光的铜锣当宝贝一样,双手捧着在灯下左看右瞧,还找来一条崭新的毛巾擦了又擦,之后又恭恭敬敬地供在自己的书桌上时,两个人的战争便从此拉开了序幕——夫妻之间的矛盾,也就从这柄铜锣"哐啷"一声开始了。他俩虽说是自由恋爱,但是新娘子却对黄铜锣的家境并无多少了解。她曾经是资滨县最高行政长官的独生女儿,掌上明珠,高傲得很呢,见黄铜锣把一柄不知做什么用途的破铜锣居然摆在了书案中间,顿时就无名火起,"什么破玩意呀!"她顺手就是一摞,铜锣"哐啷"几下便滚进了床底。当时岳父岳母在场,新郎官大声不敢出,赶紧就把两人的结婚照摆在了书桌上,此后很长时间,他都一直不敢去碰那一柄铜锣。

我也从来就没有跟他再提及过有关铜锣的事,即便他后来当上了黄太爷。

四

那一晚,我还记起了自己90年代初去教育局办公室拜访铜锣哥时的情景。

"在家靠父母,出门靠朋友,我时光里今天却是小老乡见大老乡。"当年我履新县委机关报总编辑,亲自出马为刚创办的报纸以专题采访名义去县直单位搞征订和化缘时,经过一番深思熟虑后,首站就选择去已经在县教育局局长任上干得风生水起的黄局长那里,这是我见了铜锣哥后,说的一句自以为煽情的话。

"嚯,时老弟啊!今天这是哪一阵风把你给吹来了?"我的话音还没有落下来,黄铜锣就笑得如弥勒佛似的接招说,"有那么严重吗?只怕你是两眼放绿光吧！"在县委宣传部就应付惯了新闻媒体的黄大局长心如烛照，便朗声说道："既然你时老弟亲自上了门，只要是我能够帮上忙的，你时胡子的事，那就是我黄铜锣的事嘛！"当着我这位意气风发的小老乡的面，黄铜锣也就半点都不含糊表明了自己的态度，末了还补充一句说："谁让我们是喝一口井水长大的兄弟呢！"

"哈哈，我铜锣哥果然是名不虚传，响锣不用重锤，掷地有声啊！"我确实被铜锣哥亲切而又热乎的话语所打动，忙拱手说："有我心中的偶像铜锣哥这一句敲得山响的话，老弟我也就吃了颗定心丸了。"我虽然比黄局长小了个七八岁，却一脸络腮胡茂盛如野草，连县委汪书记和黎县长都直呼 30 多岁的我"时胡子"。

"我说时胡子，你这是无事不登三宝殿，但你把心放进肚子里去吧！我表的态是一定算数的，至于具体如何办理，我带你去跟办公室林主任对接就是了。"

黄局长年纪 40 出头，却是个老资格了，我也看出了一点道道来，他这是既要把我的事情办好，自己又不用担责任，这就是历练，这才叫领导艺术。我于是说话时就有意留了一手，"理解万岁呀！"我说："能船过舵过我就心满意足了。"

"来来来，"他说着便起了身，一挥手就领我往林主任的办公室走去。

县教育局是一栋独院，有四层，局领导班子并不在同一层，但办公室主任却与局长只隔了一间档案室，是在顶楼，两人还未走到办公室门口，黄铜锣就朗声先发话了："小林呐！林主任，县委机关报是在你父亲等老领导们的提议下创办起来的，时总编又对我们教育局如此重视，他今天亲自过来给我们出题目了，你只怕也得答个八九不离十才行哦！"黄局长一脸和颜悦色，说起官话来滴水不漏。

林主任叫林莉，我当然是认识的，不到 30 岁，是资滨县最年轻的正股级女干部，大美人，她父亲是县人大的林主任。"您不是常说响锣不用重锤吗？有您这么一交代，我林莉的心里自然就有分寸了，肯定不会丢教育局的脸，更不会丢局长您的脸。"清脆如银铃的声音从局办公室里飘出来，笑脸也就迎到了门口，林主任真不愧是个女中豪杰，薄薄的嘴唇似风翻麻叶一般，把话答得满满当当。

"你看看，你看看，我就说嘛！我们教育局的林大管家、林主任肯定会让你时总编满意而归的。我还有些杂事赶着要去处理，谈妥后，你时老弟可要记得来找铜锣哥叙叙旧噢。"这话虽然是对着我说的,而实际上却是说给林主任听的。

既然话都说到了这个份上,我此行的工作任务也就理当完成得十分顺利。办完正事后我又去了一趟黄局长办公室,也只说了几句感谢的话,两人便海阔天空一顿闲扯,既回忆了一阵儿时旧事,也海聊了一通资滨当下的改革形势,但谁也没有涉及那一柄铜锣的旧事和新闻,说说笑笑中,小半天时间就这么溜走了。

黄局长心里有事,有些迟疑地站起了身来,说:"时老弟呀,中午我就不请你进馆子了,也不好意思邀你去我家里吃饭。"我发现他的脸上有了阴霾:"不瞒你说,我堂客什么都好,就是少了点人情味,还成天防着我像防火防盗一样,生怕我在外面偷野食。唉,你说这是哪跟哪呀——我黄铜锣好不容易从一只丑小鸭变成了白天鹅,未必还不晓得珍惜自己的羽毛?"说起家常事来,原本谈笑风生的黄铜锣便一脸无奈:"时胡子,还是你命好,找个平民女子做老婆,一天到晚把你当皇上伺候。"按说家丑不可外扬,他也只有在老乡面前吐吐苦水。送我至大院门口,铜锣哥说:"手头还有几个文件没有圈阅,更重要的是还有县领导批过条或打过招呼要调入城关镇当教师的名单等着最后拍板。"他又转身回办公室去了。

五

时间已经是十一点钟了。黄局长的办公室里静悄悄的,桌上摊开着几份待阅的文件,他随便翻了几下,浏览个大概,签下个名字就推到了一边去,然后又极不情愿地从屉子里取出了一份教师名册和若干份领导批示,一声叹息:"唉!这真是一道又一道世纪难题啊——简直就是一堆无解的代数!"那一个个打印的铅字和上级领导龙飞凤舞的手书批示,出现在黄铜锣的眼前时居然还真像变成了一座座山冈或一条条河流似的,令他滋生出一种难以逾越的畏难情绪和疲惫之感。

他在县教育局局长的位置上已经干了四年,还差一年就要满届了,这在外人眼中,教育是县里最牛的油水局,"百年大计,教育为本。""最苦不能苦孩子,最穷不能穷教育!"有谁不羡慕呢?单位每年的支出占去了小半个县财政,这该是一个风光无限的好岗位呀!但殊不知无限风光在险峰,有苦难言呐!即便是在外人眼中聪明智慧的黄铜锣,每年在教师进城的问题上也不知要死去多少脑细胞。

他摇了摇头,下意识地从抽屉里掏出了一支香烟来,放在鼻子底下闻了闻却没有打火点上,他这是害怕会染上烟瘾,因为在家里连放个屁他也要赶紧躲到一边去,否则被有洁癖的妻子闻到有臭气又会做河东狮吼。说实话,依他黄铜锣的性格根本就不是个惧内的人,他从小就是白驹村的孩子王,不怕天,不怕地,只怕娘"当当当"敲响铜锣,而如今的所谓惧内,其实是怕内人的父亲。明眼人都会知道,他黄铜锣就是再有文凭有能力,说穿了是因为有一个在市委当副书记的老爷子暗中发力,仕途才如此畅达。大凡是人,都会有着软肋,尤其是在仕途上想要有所作为的人,这他妈的是什么逻辑呀! 黄铜锣不禁在心里愤恨地骂出了声来。也就在这时,他的耳边好像又响起一个熟悉的声音:"小黄啊,你也别怪我又要给你打预防针,人要学会珍惜眼前,得好好在这个岗位上先干满一届,要保持好家庭和谐,莫到了政府换届时又后院起火。"这就是黄铜锣前不久到市教育局开会去看望老爷子时,岳父大人对他的暗示与嘱咐。老岳父也深知自己的女儿从小就被她姨娘给宠坏惯了,当初他俩在学校恋爱时,他就不支持,甚至还反对过,但最后他还是依从了又哭又闹又拼命的女儿。而黄铜锣当初就更是切身感受到了女朋友的性情乖张和专横跋扈,所以两人后来即使是同居了,他也从未领她去过家里,她也根本就没主动有过想去乡下看望准婆婆的要求,直到结婚时,她才多少知道了一点他家里的情况。为此他俩还吵过架,她说:"难怪你黄铜锣就这么一点素质,家里穷得哐啷响,也只有将一柄破铜锣当作祖上传下来的宝贝了! "女人的这一类话无疑很刺伤男人的自尊心,但作为毫无社会关系和家庭背景的黄铜锣,为着自己的前途也只得忍气吞声了。好在功夫不负苦心人,他黄铜锣虽然在家里猥猥琐琐,在外面却风风光光,离换届也总算只有年把时间了,如果不出意外,下一届副县长的位置肯定会有一把交椅等着他。一座一座山都翻过去了,还真怕眼前这几道水就涉不过去么? 想到这里,黄铜锣把手中的香烟往桌下的垃圾桶里一扔,扬了扬两撇卧蚕眉,便开始认真地按照逻辑推敲起名单来。

如今摆在办公桌上的这一份名单,出笼已经有已经半个多月,并且还开过好几次局党组会议了,可以说是伴着官声民声叫屈声才定下来的。上了这份名单的一共有 12 个人,而实际岗位又只有 8 个,砍谁谁都有背景,谁都会有理由闹得你一个学期无法安宁,尤其是若得罪了不该得罪的人。但是,谁又得罪得起呢？黄铜锣还真不敢继续往深里想了。他长吁了一口气，想努力地使自己的情绪先平静下来，再一个名字一个批示地比对过去，国字脸上的卧蚕眉便拧得更紧了。

"咚，咚咚。"他的心里还正在扯着一团乱麻，门被轻轻敲响了，进门的是林莉主任。她倒是一脸春风一脸笑，说自己是来汇报与时总编商定的结果。大概的意思黄局长其实早就从时光里口中得知了。他头还没抬，快嘴林美女却又像风翻麻叶似的说开了，"《资滨报》作为我县的第一大主要党报纸媒，又是新生事物，我就先自作主张给全县基层小学、各区及乡镇联校和中学，还有局机关科室等，全都给订阅了一份，还有就是……"黄局长听到这便身子一站，说："打住，打住"，他故作惊讶地打断了林主任的话，脱口就是一句，"你还有啊？"一脸沉思的愁容还没有化开。林主任也着实吓得后退了一步，但是她立马又忍不住想要笑出声来。她太了解眼前这位曾一度热衷于研究逻辑学的局长了——他黄铜锣虽然还算不上是那种很有城府的人，但是说话办事却特讲究策略，而且还很擅长迂回战术。这是她当了快三年的办公室主任亲眼见识过的，凡是他黄局长带到办公室交代过的事，你尽管放胆办就是了，当然在你办过之后，他也许还会跟你来一套太极拳，把责任先往你身上放一放，待风头过后，大家都没什么意见了，他才会再伺机对你的担当大加赞赏。"你先听我把话说完嘛，我的黄大局长。"也说不上是撒娇，林主任讲话虽然语速较快，声音却软软款款的，有着港台播音员的风格。

"你说，你说。"黄局长复又坐下了，干脆把人事难题先撂在一边。

"局长，我是这么想的，"林主任也就毫不谦虚，在黄局长对面的椅子上坐了下来，并且双手撑在办公桌一角，又如风翻麻叶般说开了她自己的想法和建议，"我们给下面征订的报纸是可以通过财务室在下拨款中代扣的，这对局机关的经费并无影响，而我和时总编谈好的是我们所订阅的报纸须按每年每百份为单位来计算，也就是说每一百份报纸他必须赠送教育系统一个免费宣传专版，而如此算来，那就是《资滨报》每年至少得给我们 24 个专题策划版。什么叫借力？借县委机关报的平台和影响力为我们教育系统做宣传，这很划算呀我的局长大人！"

"嗯，嗯，这主意倒是不错！"黄局长便又是一脸笑容了，说："喔耶！还真没有想到，你还这么会谈生意，是块抓经营管理的好材料。"欣赏之情溢于言表。

一听到抓经营管理,林主任果然就来了兴致,她干脆起身去给自己倒了一杯水,也给黄局长续上后说:"局党组不是已经研究过,要成立教育产业经营中心吗?我们何不也搞一家文印厂,干脆把《资滨报》的印刷业务也拿过来嘛!我还特意向时总编打听过,他们每年花在报纸印刷上的经费,差不多上百万呢!"话说得有理有据的,小算盘在心里拨得溜活,林主任充满期待地等着黄局长表态。

"这小丫头片子,还真是敢想!"黄局长思忖着却没有马上吱声。

林莉是何等冰雪聪明的女人,她完全是冲着产业经营中心主任可以享受行政副科级待遇这个位置,才主动出谋划策的。但善于逻辑推理的黄铜锣灵感的火花一旦被点燃,却无疑比她想得更深、更远。若是通过这次契机能把教育产业经营中心的事情定下来,让林莉这鬼妹子串通好她那当人大常委会主任的父亲出面向县里多要几个编制,不就什么问题都迎刃而解了?弄不好黎县长还会赞赏我黄某有开拓精神!他在心里思忖道。"嗯,嗯,这想法果然不错,不错!"黄局长终于开口了,"在下周局党组会上我把你这想法提出来。"他又故作难色地说:"这个中心主任可不好当啊!你得先到编办探一探底,至少得给我们增加三五个编制才行。"

"我说局大人啊,您也真是敢想!"这话倒让林莉给说出来了。

"怎么,这有问题吗?"黄铜锣想先来点激将法,便明知故问。

"这其实已经不是个技术问题,而是个政治问题,如果局里真定了要我筹备教育产业经营中心,我哭也得哭来这几个编制!"林莉的心中其实早就已经有底了,他父亲林主任在去人大之前就是分管党群口的县委副书记,再加上他既在下面区乡当过一把手, 之后又在县直机关的人事局和组织部门也盘踞过多年,资滨县还有人在私下里称呼他为林副统帅呢!而林莉则是林主任的独生女,他能不为女儿的前程亲自出马? 林莉当然也想到了这些,万一搞实业不是自己的特长,再回机关或调到别的单位去,自己不但理所当然,而且还是个名正言顺的副局长。

这时,桌上的电话铃骤然响了起来,黄铜锣一看手表,说:"嚯,你看,你看,已经是中午 12 点半钟了,"不用接他就知道是自己老婆又在追踪他的下落,忙伸出手指头做了个噤声的手势,便拿起话筒,"刚散会,我正准备动身了。"

林莉就在他的对面掩着嘴窃笑,待黄局长把话筒刚一放下,便"噗"地笑出了声来,"你们这些男人哪,撒谎不用打腹稿。"这当然也是她数落自己丈夫时的话。

"不就是因为你们女人……"

"我们女人怎么啦?"

这小女子接话真快,问得黄局长噎了半天。其实黄铜锣本来是想说一句"因为你们女人背后的人太强势",但话到了嘴边立马又改口说:"少不得男人呐!"他这是不想让下属感觉到自己太在乎她们有后台和背景,就事事处处绕着走。

六

黄铜锣的妻子叫雪红梅,是资滨县档案局的党组成员、副局长。其实在我出任《资滨报》总编辑的前几个月,我们就打过一次交道,那是她专门到文联去找我的,主要是想通过我,联系上在县里的几名中国作协会员和其他协会的会员。

"时主席,您好!"雪红梅果然名不虚传,齐耳的短发,一袭仿空姐的蓝色职业装尤为得体,还专门对我亮出了身份介绍信,说起话来也是一套一套的,她说:"我们局里有一个想法,那就是把你们几位国家级的作协会员单独建档,要请你们把已经出版的作品集和有关手稿及平时下乡体验生活的照片等,凡是能够提供的,都提供一份给我们,以便我们搜集到位后,进行一次系统性的整理和归类,上面来了什么重要领导和贵宾,这也是我们县里面可供展示的成果呀!"

"就这事啊?"我却对她有一种本能的戒备心理,几乎是毫无表情地说。

"是的。不过这并不是我们无事找事,而是县领导的意思。"见我对此事好像并不热心,她又补了一句,"得劳您大驾帮我们联系和组织一下其他几位艺术家,或提供联系方式,我上门去拜访也行。"话说得在情在理,语气也比较委婉。

"哦,那这样更好,我先把他们的家庭住址和办公室电话号码写给你。"因为在此前,我曾听说过有关雪红梅的一些负面传闻,更主要的还是"善待"过我的铁杆铜锣哥,我当时也就故意公事公办地说:"我自己的资料准备好了后,会叫办公室给你送来。"也没有再多说什么客套话,就埋头写了一张纸条递给她。

雪红梅临走时还不卑不亢地说了一句:"有空到家里来玩嘛!"

人家照样是不卑不亢,这倒是令我感觉得有些不好意思起来,因此在心里对此事还一直耿耿于怀。要不是第二年黄铜锣过生日那天,我去他们家亲耳听见了雪副局长对黄铜锣的蛮横态度时，我还以为是自己想得太多，冤枉了好人。

那是在 20 世纪 90 年代初期，也是在正月初六，其时，我已经知道了自己要去筹备《资滨报》的消息，县委宣传部和组织部的朋友早就向我透露了有关报社的人事安排。下午三时许，我还去买了个蛋糕，是专门想以给铜锣哥庆生日的名义先去热热身，以便到了报社争取他的支持时也好说话一些，没想刚爬到黄铜锣家五楼正准备敲门，里面就传出了雪红梅冷冰冰的数落声："你大小也是个县教育局局长，白驹村那些不着边际的什么兄弟姐妹，也不晓得少招惹一点，以为人家给你送一块腊肉、几把红薯粉丝就是尊敬你？土物产就是土炸弹，到时这个升学那个找工作，我看你有多大的本事去帮忙！"接着就是东西被扔到地上的声音。

"你轻点，轻点呀！"黄铜锣已经把嗓音压到了低八度，似是苦口婆心地解释说："人家根本就没有什么事要来求过我们，只是记得我今天过生日，来城里逛街时才顺便过来给拜个晚年，再说我也晓得你见人家到家里来会不高兴的，这不是特意连饭都没留人家吃一口，只喝了杯热茶，就给他们打发走了嘛！"

"哼！你别我们我们的，谁是你的我们呐？"又是雪红梅的声音，"我可警告你，在外面你可要收敛点，莫有事没事去舞厅，还真以为是潇洒走一回啊！"

于是，房间里好一阵沉寂，只有电视里在重播春晚的一个小品，好像也是《拜年》。这一回，我还真是算长了见识，正欲敲门的手缩了回来，慌忙掉头就走。

黄局长惧内是出了名的。那一天，林莉主任本来还想要多跟局长大人鼓吹几句教育产业经营中心的事，见他挂了夫人的电话就起身要走，也只好作罢。

从教育局回到家里，只有十多分钟的路程，妻子和保姆小雪已经先吃过午饭了，女儿黄雪在一中读寄宿，除了周末和寒暑假，平时是不回家里来吃饭的。

见黄局长开门进屋，保姆小雪就忙去给他盛了饭，本来还想把快要凉了的菜拿到厨房去回锅再热一下，用余光瞟了一眼女主人，见她依旧是一副冷美人般的漠然样子，小雪的心里便有些发怵，也就有意脱身，到阳台上晾衣服去了。

小雪是雪红梅从老家唐市镇请过来的保姆，三十出头，却是个守了好几年寡的可怜人。她丈夫是 36 岁那一年，在滨水驾船跑长途货运时不幸遇难的，也就是同一年，她给他生下了一个憨头憨脑的胖儿子，那一年，小雪才 28 岁。

因为有算命先生说过她克夫，小雪便发誓从此不再改嫁。

其实若按照族系说，小雪还是雪红梅她父亲雪副书记未出五代的堂侄女，与雪红梅是堂姐妹，也是雪副书记动了恻隐之心，要女儿请了她帮忙做点家务，于是她便一边当保姆，一边当母亲，还租了一间廉价房在城关镇的边街上，5岁多的儿子阳阳就放在民办幼儿园，早送晚接，所得工钱刚好够打发房租和托育费。

"我说雪副局长，有个事，我得跟你先通报一下，"黄铜锣夹了些菜到饭碗里，来到正襟危坐在客厅沙发上看电视的雪红梅身边，便大模大样地说："你那位表弟呀，不是一直想着要调到城关镇小学的吗？依我看呐——"他还有意停顿了一下，不急不慢又咽了口饭，才接着说："依我看干脆就一步到位算了。把他安排到教育局产业经营中心不更好啊！"黄铜锣脸上的笑容一看就是装出来的。

"什么？亲爱的！你刚才你说什么？"一听男人说到她表弟的事，雪红梅就条件反射地从沙发里弹了起来，明眸一闪便问道："你这话靠不靠谱啊？"她似乎又找到初恋的感觉了，还"啵"的一声，就在黄铜锣脸上吻了一口。

"别，别"，黄铜锣居然用了一种拒绝的方式想要躲开，"我已经受不得你这一补了。"这种热吻以前在大学谈恋爱时是常有的，那时雪红梅的父亲刚离开县里去师专当校长。只是后来随着老丈人的地位变化，黄铜锣从教师岗位上改行调县委宣传部，特别是在后来又到县教育局当局长后，雪红梅在黄铜锣面前便不由自主地有了一种居高临下的傲慢姿态。久而久之，黄铜锣也就慢慢地习惯了。

"夫妻间也只有名利用来做交易了，且忍且过吧！"黄铜锣在心里说。

"好你个黄铜锣，不识抬举是吧？"雪红梅的脸色立时就变了，她觉得自讨没趣，屁股一扭，又坐到了沙发上，连头也懒得再抬，"那你给我说说看，到底是怎么回事？"口气居然像在审判犯人似的，心里却仍然挂着自己表弟的事，见黄铜锣半天没有吱声，雪红梅更急了，又催了一句："哑巴了是吧？你说呀！"

黄铜锣刚才说到的"你那位表弟"，就是雪红梅她姨娘的儿子，这小子是个典型的啃老族，高中毕业未能考上大学，在唐市小镇当了两年小学代课老师，后来又去当了两年半义务兵，从部队回来走后门给弄了个教师编，又重新回到小镇并当上了小学老师，因为只有他一个公办编制，也就顺理成章成了唐市镇村级小学的校长。雪红梅从小由她姨娘宠大，所以对这个表弟的事也就特别上心。

"你先别急呀，事情是这样的，"黄铜锣后来还是一本正经地说："黎县长多次指示教育局要勇于改革，敢于开拓，我们正准备成立一个副科级教育产业经营中心，下辖一个文印厂和一个教辅发行部，此事如果进展顺利，你表弟就来当这个文印厂的厂长，反正局里又没有几个人晓得他与我们的这一层关系，也好先上个台阶，解决个副股级嘛！"他一口气轻松地说下来，在情在理，这回倒是让黄铜锣头一次终于在家里找回了做男人的感觉，居然连手中捧着的饭也忘记了吃。

"嗯，还算你这当姐夫的有点儿良心。"雪红梅一听可以给自己的表弟解决个副股级，矜持的架子立马又放了下来，也就忙冲着阳台上喊道："小雪，小雪呀——你快进来，帮老黄热一下饭菜，再给打一个蛋汤呀！"望了一眼阳台上的小雪，她接着又交代说："要不给他做几个荷包蛋吧！"连声音也变得柔软多了。

小雪其实一直在听着他俩的对话，响亮地应声"好"，小跑着去厨房冰箱里拿鸡蛋，脸上居然笑开了桃花。这是她来这个家三年多第一次见雪红梅关心男人，她有时看了在家里蔫头耷脑的黄铜锣心里都疼，想给他点体贴又怕女主人多心。

"算了，算了吧，听了你的表扬，我其实一点儿都不饿了。"黄铜锣说着便放下了碗筷。他还要急着打电话交代林莉约时光里下午商谈报社印刷业务的事。

小雪见状，也只好无声地摇了摇头，便又去阳台上忙她的事去了。

黄铜锣终于觉得一身轻松了，解放了，如果林莉提出来的这个方案能够成功实现，想要调进县城的12个对象就可以随便消化了。因为那12个对象中，还真有一个就是他的小舅子，那就是雪红梅的表弟。现在好了，总算是有去处妥善安排了。黄铜锣终于长长地嘘一口气。

雪红梅一直为了表弟调县城的事，心里始终悬着，如今也终于可以把心放进肚子里了，档案局在县委机关，离住处比教育局远一些，她便先下楼上班去了。

小雪洗过碗筷，将厨房和饭厅收拾停当后，和平时一样，又独自去了客厅外面阳台，心里空空地倚着齐胸的杆栏，慵懒地晒着仲春下午的太阳，一双忧郁的目光，却望着远处江湾里的一片青色屋脊，那里是滨水北岸的边街，她儿子黄阳阳就在那片青色屋脊的一家民办幼儿园里。黄铜锣其实本想跟她道几句家常，想问一问阳阳他爸是不是与白驹村的黄姓属于同一族系，但话已经到了嘴边，却还是忍住了。而小雪对这位比自己年长十岁左右的黄局长始终是心怀感恩的，因为这三年来每逢春节她回老家唐市小镇时，他总会瞒着红梅姐偷偷地塞一个红包给她，还要她存起来："儿子越大，将来越要花钱，日子远着哩。"这话多暖心啊！

此时的黄铜锣也就只在客厅的门口稍站了一下,望了一眼小雪的背影,又转身进了自己的卧室,那一张用镀金相框框着的彩色结婚照,已然有些泛白,如同他们的婚姻,早就没有了生气;床铺上整整齐齐地叠着两床被子,他与雪红梅一人一床,每个月只准睡在同一个被窝里两次,并且全由雪红梅指定时间。她说她这样做完全是因为履行法定妻子的义务,否则早就已经分房睡了。当他刚一想到雪红梅开口闭口就诅咒他又回白驹村里打铜锣去的这句损人话时,黄局长还真是激灵了一下,像忽然受到了某种启发似的,忙蹲身把半个脑袋钻进床沿底下,摸索着将那一柄满是尘埃的铜锣取了出来。他如获至宝一般把它捧在怀中,反反复复地端详着,却忽然发现铜镜中的自己仿佛变成了一个青面獠牙、头上长角、眼放绿光的怪人,不禁心里一惊,背脊上便渗出了冷汗,就想是不是自己欲往上爬走火入魔了? 他于是再也顾不得斯文,连忙哈了口气,用袖子擦起铜锣来。然而任凭他怎么擦拭,铜锣中间那一道裂缝却总是无法抚平,并且里面还黏着污垢。

"这是祖上留下的传家宝,你要用心呵护,常对着它照一照。"黄铜锣的身子猛然颤抖了一下,他仿佛又看到了母亲临终时满怀期许的样子。

"娘,您就放心吧,儿子会记住您的话。"他忽然感觉心里堵得发慌,真想撕开嗓门大声呼喊,"娘,您放心吧!"但又深感这些年有违了对母亲的承诺,自己身在官场也沾染了不少虚伪气,所以铜镜中才显现出了一个丑陋的灵魂。

他还忽然想起了高尔基"让暴风雨来得更猛烈些吧"的名言,真正地希望能够来一场淋漓大雨,冲刷去他七尺男儿心中无处诉说的委屈和羞辱,但老岳丈严肃的面容似乎又浮现在他的眼前,"好好在这个岗位上先干满一届,要保持好家庭和谐,莫到了政府换届时又后院起火。"黄铜锣的内心里是多么地煎熬啊!

七

那一天,雪红梅下班比往常早,还特意借故打发小雪提前回边街照顾阳阳去了,并亲自下厨做了几样她自认为色香味俱佳的菜肴,有荤有素,都是黄铜锣以前最喜欢吃的,她这是在有意想让丈夫找回过去的味道,她一定要好好地犒赏一回自己的男人,是他变着戏法为表弟轻轻松松就捞了个进县城当副股长的职位。

"今天晚上，我俩也来一支红酒吧！"男人前脚刚一进门，系着天蓝色围裙的雪红梅就一脸笑意地迎着黄铜锣说："还真是好多年没有同你浪漫过了。"

"啊？你说什么？"黄铜锣还以为是自己听错了，就是一怔，在门口呆头呆脑地杵着，一时间还真有些不明就里，故只好装着什么也没有听见。他那两撇一进入宿舍楼道就开始皱着的卧蚕眉动了一动，一眼扫去见餐桌上居然摆着六菜一汤，并且连一对高脚酒杯都已经左右摆上台面了，也不见保姆小雪的身影，心里却反而有些七上八下起来。他似乎知道，妻子今天醉翁之意肯定并不在酒。

"你摆这么大场面，是敬哪一路神仙呐？"男人明知故问。

"装什么宝？敬你黄大局长啊！"雪红梅解掉了围裙，微笑依然，颇是得意地说："很久没有这样的心情了，不然，这一年一度的春天又白白地溜走了。"

男人只"哦"了一声，便没有多说什么，进门换了双拖鞋，在雪红梅对面的位置坐下来，强装笑颜把女人斟上的酒往微腆着的肚子里一杯一杯地倾倒下去。

女人并没有太在意男人的细节，不，应该说自俩人正式结婚后，她就几乎没有正眼看过他。但她这一次却是很放开的，包括胸襟和情怀，仿佛又回到了两人刚恋爱的时候，也确实喝了不少酒，并且明显有了几分醉意，便起身闪了一眼男人，扭着丰腴的体态说："剩下的都归你了，春宵一刻值千金，我先去洗澡了。"男人也放下了碗筷，却木木地坐在餐桌前发呆。他的眼前居然像过电视连续剧似的，首先播放的是大学生活期间的剧情花絮：那是在大三放暑假的时候吧，他和她碰巧同乘一辆从省城直达资滨县城的大巴，而且是一前一后的座位，他坐在第 5 排，她坐在第 6 排。车过桃花江，她终于忍不住伸手拍了一下正在埋头看书的他那厚实的肩膀，主动搭讪说："喂，黄同学，都说桃花江上是个美人窝，你却头也不抬，就不想看一看窗外的风景呀？"他怔了一下，便回头礼貌地问了一句："你认识我？"她莞尔一笑："我们大名鼎鼎的学生会主席，天下谁人不识君呐？"

也就是在那一次，她原本是打算在湘中下车，先去师专看望父母之后，第二天再乘车到唐市镇去小姨家度暑的，却又鬼使神差临时补票与他一起到了资滨。并且还以迅雷不及掩耳之势把偶然同车的黄铜锣给俘虏了。那时，雪红梅的父亲从资滨县委书记的岗位调湘中师专当校长只有一年多，县委机关的住房还没有退掉,她便主动把他领到了家中,还特意买了两支干红并去公共食堂买了几样荤素搭配的菜肴,在温馨的两人世界里,酒足饭饱后,当晚就睡到了一起。

他俩在感情上真正出现危机,就客观事实而言,首先应该是家庭和社会背景的差异,但是就主观心理原因来说,真正的引爆点,却还是那一柄祖传的铜锣。当然还有就是在资滨二中当教师的那一年多,因为黄铜锣总觉得组织上对自己的毕业分配有失公平,与他曾祖父曾经预言过的"五代必有栋梁出"的期待颇有悬殊,所以他一直心有不甘,还想靠继续复习考研来改变命运,而直接分配到了县委机关的雪红梅却又三天一吵,五天一闹,还破口大骂他太幼稚,直到后来她通过升迁为市委副书记的父亲发话,把他调入了县委宣传部后,两人才正式堂而皇之地领证结婚。也就是从那时起,她便在他的面前有了一种救世主的心态。

"喂喂,我说黄同学,你还假正经什么?快过来也冲个澡嘛!"这时,雪红梅推开了半边浴室门,冲着饭厅扭捏地喊道,声音里明显有着几分作态的娇嗔。

黄铜锣终于从纠结的往事中被雪红梅同学唤醒过来了,却始终没有应声,并且还有意冷了一会儿,才迎声侧过头去,朝她望了一眼,但见热气弥漫中一个女人身子,一头长发水淋淋滴着,曾几何时,这情景他是多么熟悉啊!然而如今,尤其是在此刻,却不但唤不起他的雄心,反而还对雪红梅心生出了几丝厌恶之意。

我后来也偶尔问起过铜锣哥的家事,他都总是摇头一声叹息。

但黄铜锣又毕竟是一位已经从书本的逻辑中,逐渐进入到现实生活中的成熟的基层领导了,他从不会把家庭矛盾的情绪带到单位上去,而且早出晚归中午回家更加守时,基本上已做到让雪红梅无懈可击。当然,他在外面也并不是完全没有意乱情迷的时候,只不过能够及时控制罢了,用时髦话说是在可控范围之内。

日子就这么一天一天地过着,工作也在一件一件地抓落实,几桩棘手的事也已经得到了逐步解决,到 12 月上旬,县人大每年一次对政府各组成局的评议就结束了,从上至下对教育局的反映都很不错,尤其是前几天,黄铜锣在去政府汇报工作进大院门口时,县委汪书记看到他还老远就迎了过来,并紧紧握着他的手说:"铜锣啊,好好干!"书记是一个谨言慎行的人,虽然只有简单的六个字,其中的意味却并不那么简单。万事俱备,只等待着人大、政协两会的胜利召开了。

若是能够顺利当选,黄铜锣自然是有着百倍信心当好一个副县长的。

他一心想着的就是能有个更大的平台施展才华,能够当上一个真正可以为老百姓做点实事的好官。那一天,他又把冷落已久的铜锣从床底下取了出来,长长地哈了口气,还使劲甩长了袖口,再一次用衣袖擦了又擦,然后才正面端着以铜锣当镜又反复地端详自己,"望一眼可正衣冠/凝神谛听/便不会迷失方向。"此时,他已经有了高度警觉,发誓要对得起那一柄曾经"当当"响过的祖传铜锣。

"是的,关键是不要迷失方向!"黄铜锣又在心里告诫自己说。

"我的黄局长呵,小女子我在你下面工作的这几年里,有一个最最重大的发现,那就是你每年 365 天,几乎天天都是扑在教育事业上。"这是林莉去教育产业经营中心当主任后,第 11 次到黄局长的办公室里来单独汇报工作。时间过得确实很快,她去产业经营中心走马上任大半年了,没有当办公室主任了的她说起话来也就反而更加放得开了,"你只怕夜里也是扑在工作上吧?"林莉说。

"哈哈,这倒又被你说到点子上了。"当时黄局长想也没想就随口回答说:"我黄铜锣就是这苦命,不扑在工作上又能扑到哪里去嘛!"

林莉就打着兰花指用手背挡着嘴吃吃地笑,直笑得鹅蛋脸上桃花怒放。

黄局长也敞开嗓门大笑起来,这几天考察的舆情几乎是一边倒,人也就兴奋起来。

他仿佛还真听到了自己的胸腔里有"嗞嗞"的声音在响着,那是烧红的铁块在淬火的声音,是男人的心在被撕裂的声音,便有些言不由衷地说:"林莉主任这回功不可没啊!一口气就把五个全民编给跑了下来,还把教育产业经营中心也玩得遛遛活。"黄局长假咳了一声,然后正色道:"局党组对你林莉的工作给予了高度评价,这样吧,等你为中心培养出一个能当主任的人选后,争取春节前重新回到局机关来。"黄局长一时冲动,就把话说得铁板一块了,这并不是他的风格。

"我还真发现了一个经营管理型人才。"林莉主任仍没止住笑意。

"谁呀?能让你林主任如此赞赏。"黄局长显得有些迫切。

"你说还能有谁?就是那个王进才啊!"林莉不假思索便脱口而出说:"是从

唐市小镇调过来的王校长,现在的文印厂王厂长。这你该不会不认识吧?"

"你呀,你呀,我看你林大主任真是成人精了!"王进才是何许人?林莉心里当然是早就清楚得很的,其实黄铜锣等的也就是这个名字。他已经颇用心思地想过,自己越是要与雪红梅冷战下去,就越是要努力把所有事都做得让她无话可说。

"好好好,就等你铜锣局长一锤定音了!"

"哈哈!你以为铜锣还用得着重锤呀?"

但凡事得循序渐进,讲究个天下秩序。他的思路又回到了以往学过的逻辑中。

林莉正在为自己心里的小盘算终于落到了实处而暗自庆幸,但她又毕竟年轻,脸上沉不住气,不经意间便荡开了两颊红霞,胸腔里也无疑是盛满了欢喜,人一激动,便风一般地旋到了黄铜锣的面前,而且还一俯身子,在正襟危坐的上司脸上"啵"地吻了响亮的一口,"咯咯咯"洒一路笑声,风一般地旋走了。

黄铜锣怔怔地坐在原处老半天一动未动。他并不愿意相信这是一种真实的存在,但愿只是一场梦。

林莉挟香风而来,踏笑浪而去,黄铜锣的办公室里又恢复了寂静。他想起了自己曾祖父所说,他是祖上几代人打铜锣积了德才出的一个栋梁之材。是可担大任的,决不能在女人的阴沟里翻了船。"那百年之后,我就真无脸见我娘了!"

那一年元旦节刚过去没有几天,我又亲自登门去县教育局拜访了我的铜锣哥。人还没有进门,我就故意油腔滑调地先喊了一声"报告",然后就直接奔黄铜锣身边而去,还神神秘秘地把嘴贴近了他的耳边说:"铜锣哥,你知道吗?市委组织部这次还专门来了一位副部长,听说就是对不久前来考察过的下一届政府班子候选对象的民意测验呢,怕是要不多久,我就要改称你为黄太爷了。"

我当时还一副蛮得意的样子,以为自己是专门前来发布权威信息的。

"喂,喂喂喂,打住,且打住……"我还想要继续吹风时,黄铜锣就赶忙站起身来,而且举起食指到嘴边,先"嘘"了一声,便一边为我去倒杯茶水,一边有意提高了嗓门说:"哈哈,我就晓得你时总编是无事不登三宝殿的,今天亲自过来了,没准又是来搞报纸订阅和拉版面吧?"他还朝门外扫了一眼,把声音压得很低很低说:"现在正是关键时刻,千万乱讲不得。"其实他早就已经知道了。

"喔耶,看来还是你黄大局长既讲政治,又讲老乡情面,我人未进门你就晓得了我的来意。"我也就有意拉大了嗓门说:"怎么样?今年怕还得加大力度吧!"

"已经有了去年打下的良好基础,我们今年的合作,肯定还会在更多的领域有所突破。"已经坐到了隔壁副局长位置上的林莉,这时也闻声赶了过来,她这么说当然是有足够理由的,"什么叫互惠互利?那就是你好,我好,大家好,我们黄大局长更好。"她一进门又风吹麻叶般对《资滨报》给予了极高的评价,"毕竟是著名作家主持办报,上下普遍都反映可读性很强,尤其是头版的《改革纵横谈》、第二版的《资滨新风尚》和第四版的文艺副刊,既有深度,又有广度,更有着穿透读者心灵的力度。"她一口气数下来,稍停了几秒居然又话锋一转,说:"依小女子的意见,我们至少可以保持去年的订数哦!"

"那确实,抓工作嘛!本来就应该有着连续性,我完全赞同林副局长刚才的意见。"黄局长也就乐得做个顺水人情,但因为现在正处政府班子换届的敏感时期,他又很慎重地交代林莉说:"这剩下来的工作嘛,就由你这个分管办公室的副局长去做了,我看啦,最好的办法还是由你亲自出面,先跟其他几位局领导成员都通一通气,然后再上局务会,这也是民主决策呀!你说对不对?"

看来铜锣哥的逻辑还真是没有白学,既要把帮我这位小老乡的人情做到位,又要做到船能过,舵也能过,真是难为他了。

"我办事,你放心!"林莉闪了一眼黄局长,语气有些怪怪的。

"哪里,哪里,你林莉当上了副局长后,也学会跟我客气了。"

"这也是客气吗?"她做了鬼脸说:"我只是也想学会抓重点而已。"

开着中央空调的办公室内,暖气融融,气氛尤其热烈。

窗外飘起了鹅毛般的雪花,轻轻盈盈,无声无息,这是入冬以来的第一场纷飞大雪。"瑞雪兆丰年啊!"推门告辞时,我也有意来了句一语双关的话。

八

1992年早春,县委大院里还有着积雪,松枝上挂着冰凌,元宵节刚过,县人大、政协两会便如期召开了。俗话说,"守得云开见日出",也就是在这次人大会议上,黄铜锣终于高票当选为资滨县人民政府副县长了。说起来这当然也有林莉和我的一份功劳。人在仕途,天时地利人和,缺一不可。《资滨报》毕竟是一份期发量超两万并覆盖到了全县各区、乡、镇、村、组的县委机关报,每月都有着县教育系统的改革专题和校风花絮,而且在我和林莉的亲自组织策划下,每期专版的总基调又始终牢牢地把握着"一上一下,真实感人"的八字方针,即:县里四大家和上级主管部门以及区、乡、镇各级党委、政府对教育工作的重视、支持和关心, 还有全县教师队伍中不断涌现出的先进典型人物和校风不断改进的典型事例等,除了极个别有关教育改革的重大活动报道外,很少提及局机关甚至根本就没有提及过黄铜锣本人。也就是说,真正做到了张弛有度和扎实内敛。就在人大会闭幕前的那天上午,连任后的黎县长向全体代表和新闻媒体介绍了新班子成员,当介绍到黄铜锣时,黎县长说:"铜锣同志在教育局任局长期间,资滨县教育工作搞得风生水起,可谓一步一个脚印,一年一个台阶,真是其人如名,铜锣不用重锤;但他自己却为人低调,工作扎实,作风过硬。"掌声骤起,镁光灯闪烁,在读大三时就担任过学生会主席的黄铜锣,却显出一副很腼腆的样子。

雪红梅是县直部门推选出来的人大代表之一, 与同是人大代表的林莉就坐在一排,中间只隔了三个座位,两个女人都着了正装,而此时的表情却迥然不同,前者乍一看似乎很是淡定,面部肌肉却绷得很紧,而且眼神里略带忧郁,她照例也拉开手掌一张一合地拍了几下,但动作却明显有些机械和僵硬;后者则眉飞色舞,彩霞满面,使劲地鼓掌,就差没有站起身来了。

"哼,小人得志!什么东西嘛?"雪红梅仍然端端正正地坐在代表席,目视着主席台,我感觉她心里却似乎很是反感地丢出了这么一句无厘头的话来,却不知是针对在台上心潮起伏的黄铜锣,还是在近旁显得神采奕奕的林莉代表。

作为"两会"新闻组主抓会议报道的副组长,当时我也就在现场。

我的胸前挂着一台报社新添置的长镜头照相机,当我举着手中的相机抓了几个自以为得意的镜头后,也不时用余光注意过我所"熟悉"的这两个女代表的两种表情。在我看来,这其实都很正常,雪红梅身为黄铜锣的妻子,一方面肯定是希望自己的男人能够飞黄腾达,而另一方面,她也有可能担心他真飞黄腾达了又会失去她对他的控制, 要知道她本来就是一个对男人有着强烈控制欲的女人;而林莉的行为就更好解释,她作为黄铜锣多年的同志和下级,并且可以说他还对她有过提携之恩, 所以她对他的升迁完全可以理解为发自内心的高兴。至于雪红梅在心里所骂的那一句"什么东西嘛"的话,即便其他人当时是真的听到了,只怕照样也不知道那是针对谁发声的。我天生就是一个最不喜欢在女人身上花太多心思的人, 所以一开始干脆就找了个村姑早早地把婚给结了,还得了一女一儿,至于什么"女人的心,天上的云,飘来飘去没个准"之类的形容词,我也只是在写文章时偶尔借来一用,坦白地说,我虽然是个作家,但功利心却在黄铜锣之上。

九

"两会"终于胜利闭幕。"你现在台阶也已经上了,我们分居吧。"就在黄铜锣当选副县长后的第四天,刚好是周末,保姆小雪也请假回了唐市小镇,夫妻俩一起进午餐时,雪红梅突然冷不丁地说:"我爸下个月就已经到年龄了,不过他还是赶在退休前帮我协调好了调市档案局去的事,就只等商调函过来了,再说黄雪下半年就要升高中了,市里的教育质量也会比县里要好一些,这对女儿的发展有好处。"雪红梅说话的语气异常平静,这是黄铜锣始料未及的,而使他更没有想到的是,她似乎把一切都已经安排妥当了,现在提出这事来并不是商量,而只是情况通报。男人半晌无言。夫妻间虽然已经没有了感情,而一旦妻子真的提出来要带着女儿离开他,离开这个多年来一直少有温馨,但毕竟还是有着人间烟火的小家时,黄铜锣的心里便不免又感到了一种少有的悲凉,他说:"红梅同志,我们这把年纪了,你一定要做出这样的选择吗?人生苦短,没必要这么折腾的。"

"正因为人生苦短,我才决定了不再钳着你。"雪红梅的语气冰冷而坚决。

话都已经说到这个份上了,黄铜锣听了后,也就只能是独自咽下苦果。其实雪红梅也根本就没指望他还会说些什么,恰恰相反,她自己却想借此机会多说几句,像是要把满腔的怨愤全都倾泻出来似的,雪红梅说:"人是环境中的产物,因为也只有环境才能够改变人、塑造人的个性,而性格又恰恰是决定人命运的关键,说穿了,有一类人根本就是那种扶不上墙的烂稀泥。别自认为当个小芝麻官就可以光宗耀祖,内质改变不了,也就那么回事。"雪红梅接着又说:"既然不可改变,倒不如趁早分道扬镳,这对大家都好。反正我家老爷子以后也不可能再帮你抬轿子了,你黄太爷一柄祖宗传下来的破铜锣看来总算可以敲得当当响了。"

雪副局长放连珠炮似的,这已经不是阴阳怪气,而是冰冷锥心。

"雪红梅,你我毕竟夫妻一场,你……你讲话得凭点良心呀!"黄铜锣一时被呛得不知说什么好，只觉得胸腔里一股热气往上腾，脑门子都快要冲血了似的。

"在你心目中我就是个没良心的，幸好已经有个既有良心又贤惠的女人正在等着你。"雪红梅也就不再绕弯子了，便直截了当地说："哦，对了，你哪天想要离婚，说一声就是，我一定会配合你的。"冷言同碗筷一丢，便起身进了卧室。

黄铜锣照例无语，独自落寞地坐在饭桌前发呆。

雪红梅为何突然作出了这样的决定，并且还说出了以上这一番针尖麦芒的话来呢？黄铜锣的思绪在飞速地追踪着一些能够回想起来的记忆片段，但最后得出的结论，无非就是他黄铜锣不该始终惦记着祖上传下来的那一柄铜锣。

而在雪红梅的眼中和心里，那一柄铜锣根本就是封建社会的残余，什么"照铜锣（镜）以正衣冠"，什么"响锣不用重锤"等，全都是狗屁！说穿了他黄家几代人不就只能是糊个口吗？也就是那次她满怀兴致想要与他重新修好时，他不但没领她的热情，反而在她先去上班后，又把那一柄从他母亲手中接过的破铜锣从床底下取了出来，还擦拭得光光亮亮地重又供在了书案上，并且压了一张"祖传之宝，外人勿动"的字条在旁边。如今想想，这"外人"二字也太伤人了。或许就是在那以后，她便生出了既然不能改变，不如分居两地的想法来，只是还念及旧情怕影响自己父亲对他在仕途上的设计，所以一直等到现在才正式实施。

嗯，这应该是符合逻辑的。黄铜锣继而又想：那么，从雪红梅口中说出的那一句"反正已经有一个既有良心又贤惠的人在等着你"又指的是谁呢？他翻着白眼，望着天花板沉思良久后，终于又想起了另外一件事来。那是他顺利当选为副县长后的那二天晚上，教育局一帮原来的同事们说是要向新县长讨一杯喜酒喝。时间已经是深夜快十一点钟了，黄铜锣那晚列席参加了县委常委会议，其实也还刚散会回到家里，当时雪副局长正在客厅里看电视，见男人的一帮老部下来了，也就忙起身给每个人都倒了一杯开水，很客气地说："你们慢慢聊吧，我就不打扰你们谈正事了。"她欠了欠身，然后又很礼貌地说自己身体不太舒服，就独自躲到里面的卧室去了。黄副县长当时就在心里思忖道，"好你个雪红梅，这不明显是想要给我黄铜锣难堪吗？"于是便只好亲自上阵，系上围裙，翻箱倒柜地行动起来。冰箱里菜是有的，可他一时却拙了手脚，便只好打电话叫教育局原来的司机，"你晓得地方的，请立马去边街上把小雪接过来。"也就十几分钟，司机就把小雪接过来了，她的手脚真是麻利，大家正扯着闲谈，几个小菜就上桌了。

"不好意思呀！你们边吃边聊着。"小雪脸上漾着笑容，她也在为黄铜锣当上了县长高兴呢，"腊肉正煮着，很快的。"把碗筷一摆，她又闪身进了厨房。

几杯白酒下肚，同事们的话就多了起来，便你一句"黄太爷"，他一句"黄太爷"地轮番敬酒。"黄太爷"这个响亮的称呼，就是从那一个晚上被叫开的。

小雪心细如缕，耳观六路，她生怕大家把这位刚当上副县长的雪家姑爷给灌醉了，在旁边着急地说起了关切话来："少喝点，少喝点，喝醉了会伤身的。"

"哈哈，你们看看，你们看看嘛，我们家的小雪同志就是好！既有良心，又贤惠，还晓得疼人。"被左一声黄太爷，右一声黄太爷地叫得心花怒放的黄铜锣，其实也就只是乘着酒兴这么随口一说："今后哪个要是娶了我们家小雪呀，哪个就等着享清福哦！"不过这也确实是他的心里话。

但谁也没在意隔墙还有着一双灵敏的耳朵，正在关注着这里发生的一切。

这时，雪副局长刚好出来上卫生间，她还特意偏头望了一眼饭厅。

想到这里，黄太爷不禁无奈地摇了摇头，他总算明白了雪红梅那一句"反正已经有一个既有良心又贤惠的人在等着你"的话，意思的指向原来是很明确的。

不久，雪红梅果然调到了市委档案局，并且把女儿黄雪也办了转学手续，而黄太爷因为怕自己与小雪被人误解，心有余悸，也就决然把保姆给辞退了。

还有一件事，或许是连小雪本人也不一定会完全知道的（她也许早就已经猜到了），那就是她离开了黄太爷家回到唐市小镇后，每月都收到了 500 元未署汇款人单位和姓名的汇款单。小雪回家后，因陋就简，利用原有的两间木屋自己开了一家小小的米豆腐店，虽然也曾有媒人找上门来，可她照例是说自己的命硬会克夫的，把媒人给婉言拒绝了，孤儿寡母，就这么平平淡淡地打发着日子。

一年以后，我主动调往了省城，在省会的一家杂志社做执行主编。而就我所知，雪红梅和黄铜锣谁也没有先提出离婚，两人一直就这么耗着。

十

黄铜锣昨晚就在客厅沙发上睡了一宿，也"醒"了一宿。

壁挂空调的"嗞嗞"声仍在继续，水管的漏水也阴一滴，阳一滴，一直到了晨光破窗而入,他才真正地似睡非睡中醒过神来,不过也好,他居然趁着酒兴把自己这几十年的人生,梦游似的做了一次简明扼要的回顾和梳理。但他却已经不太记得自己昨晚频频举杯饮酒时到底说过些什么,难道说过"我本不该继续当这个县长"的话吗?"应该不会吧?"黄铜锣骨子里确实是很在乎这个位置的。

那一天,旭日刚刚升起来的时候,有铜锣那么大,红红火火的,但是只稍微露了大约有半个小时的脸,黄铜锣前脚出门准备去上班,他得去审阅明天开班子收心会的材料,太阳就被紧追而来的一片乌云给遮住了,并且云层久久不散,是一个似晴非晴的郁闷日子。这也是黄铜锣已经当过了两届副县长,而且在县长正职上又干了近五年,也就是即将届满后的那一年正月初七,春节长假正好结束。

但是他并不知道还有更令人郁闷的事情正在等着他。当天下午约3时许,黄铜锣在资滨县人民政府他自己的办公室里,刚修改完明天会议的讲话稿,却突然被市委组织部和市纪律检查委员会组成的联合调查组的人神秘地带走了。

坐在一把无靠背的长条木凳上的黄铜锣,情绪一下子就完全失控,他本想站起身来,但谁知猛一起身时,便只觉得眼前一团漆黑,似乎天在旋,地在转……张嘴就是一口鲜血喷了出来……

黄铜锣一米七三的个子,只晃了几晃,便一头栽倒在地……

以后所发生的事情,他也就只依稀记得一些零碎的片段了。迷迷糊糊中,他仿佛又做了一场梦,梦见了自己的母亲把铜锣交到了他的手中,"这是祖上留下的传家宝,你要用心呵护,常对着它照一照。"母亲的声音脆弱得细如游丝。

幸亏离人民医院不是太远,经过多方抢救,直到第二天傍晚,黄铜锣终于苏醒过来。好个铿锵的黄铜锣,眼睛还并未完全睁开,他就在喃喃地喊着:"小李,小李,你赶快把我放在家里的那一柄铜锣给拿过来!"小李是他的工作秘书,黄铜锣还以为自己在县长的岗位上。他记得刚才一直是在做梦,先是梦见了自己的母亲,后来又梦见自己在一片热烈的掌声中,再一次以全票当选连任为资滨县人民政府县长。他是早就已经做了充分准备的,一旦选举成功,他就会先"当当当"地敲响三通铜锣,然后就会当着全县代表的面,立下军令状:本人愿意带头发誓,在本届政府班子的任期内,一定要以身作则,哪怕是砸锅卖铁,勒紧裤带,也得把资滨人民期盼已久的几件大事一件一件地做好!

"老黄,老黄啊!"他仿佛听到了一个熟悉的声音在耳边呼唤。

黄铜锣终于吃力地睁开了眼睛，也闻到了一股强烈药味，这才发现自己是躺在医院的病床上，手上和脚上吊着药水瓶，刚才自己向全县人民代表所做出的铿锵承诺，都不过只是一句自以为是的梦话。他已经没这个机会了，而亲切地唤醒他的人，是已经卸任了多年的老市长仲华同志。"我也是今天下午才得知这一消息的，幸亏抢救得快，你脑袋里抽出了好几针管淤血。"仲华老市长就坐在病榻前，用爱抚而又信任的目光望着黄铜锣，"你放心吧！问题总会查清楚的。"他那深邃的目光仿佛能够穿透人心，"你呀，知天命的人了，还是没有学会放弃。"

黄铜锣顿时泪如泉涌，"我……我……我冤枉啊！"那是委屈的泪水，是只有在亲人的面前才能淌出的信任的泪水啊！他几乎是泣不成声地说："我……我确实是太幼稚了，硬是放心不下已经开了个好头的那几件大事啊——老市长！"

仲华同志脸色凝重，安慰他说："我知道。但凡事只能顺势而为。"

只是雪红梅却一直没有现身，或许是怕引起黄铜锣的误会说她是来看笑话？但是有一件事却令黄铜锣深感奇怪，在他家里当过几年保姆的小雪却不知怎么到得了消息，还有意把在广州打工的儿子黄阳阳也电话召唤过来了，更不知他们母子俩是怎么找到市人民医院并闯进了病房。

"阳阳，快给恩人跪下。"小雪一进门就拉着儿子跪在了病榻前。

这事来得实在太过突然，黄铜锣根本就没有想到，他一下子就慌了神。

"喂，喂喂喂，你们这是在干什么呀？要不得的，要不得的，快站起，快站起呀！"黄铜锣赶紧自己拔掉了吊针，忙翻身下床，把黄阳阳扶了起来。

小雪被他辞退后，黄铜锣当然也见过小雪几次——只要有机会下乡调研去小镇唐市或路过唐市时，他都总会带同行者们到她家的小店里去坐一坐，吃上一碗热气腾腾的米豆腐。他还曾半开玩笑地为她的米豆腐店打广告说："小雪年轻时是个大美女，只可惜那时她没有开店，不然米豆腐西施的美名早就名扬滨水两岸了，没准还成了我们资滨县的知名企业家呢！"却很少见过她的儿子阳阳，因为他高中毕业以后，就一直外出打工了，只有过年时才会回家里来。

"阳阳，阳阳你哑巴了是吧？快叫黄叔叔呀，娘跟你说过的，黄叔叔可是我们家的大恩人啊！"黄铜锣记得小雪一直是跟着圈子里的朋友们叫他黄太爷，今天却教儿子称呼起他黄叔叔来了，而且还嘱咐儿子留下来陪护黄叔叔。

"要不得的，要不得的。"黄铜锣居然也有语拙的时候。

但他还是很认真地看了一眼黄阳阳,并且还用了一种极为欣赏的口气说:"应该不到 20 岁吧?却长得结结实实的,像一座铁塔耶,而且还在外面打过好几年工了,也算是一种对人生的历练。"他正欲跟小雪说也该给儿子找一个好姑娘时,纪委派来名义上伺候病人,而实际是行使看守之职的一个年轻干部便进来了。

"同志,对不起,请你们不要打扰病人了。"说话的口气很坚决。

母子俩最终还是走了,是含着泪水走的,小雪一步三回头。

时间在煎熬中过去,一个多月后,也就是资滨县新一届政府班子选举产生并工作步入轨道后,黄铜锣的所谓问题也已经真相大白了。这整个就是一场偷梁换柱的滑稽闹剧。组织上最后给出的结论是"事出有因,查无实据"。

"感谢组织!也感谢你们考虑得如此周到。"没想黄铜锣不但对组织没有表示出半点怨言,而且还不假思索就接过话说:"组织的关怀我黄铜锣领情了,但我本人的意愿还是想请组织批准我提前退休,你们也知道的,我都已经脑出血了。"他还有意顿了一下顿,又补充说:"我非常理解组织的难处,利用这一段时间的反思,我也终于想明白了很多事理。"他的话说得极其诚恳。

这一个多月来,黄铜锣也确实按照自己始终信奉的逻辑学想了很多事。原来在很长的一段时间里,自己其实并不存在,自己一直只是工作与生活之间的一个裂缝或半个裂缝,这当然也包括人生中某些既成事实的所谓真相,在讳莫如深后照例会成为又一个裂缝。人或许还真应该停下来等一等自己的灵魂。但最后是老市长仲华同志说过的那一句"你呀,知天命的人了,还是没有学会放弃"的肺腑之言提醒了他。当然他也还反省和思考过自己的过去,首先想到的就是早几年已经当上了县人事局局长的林莉,他与她的关系确实一直都很不错,她在竞争县人事局局长岗位时,他也确实帮她说过话,但是平心而论,甚至可以对天发誓,他在这些大是大非的表决上是并没有徇过私情的,完全是考虑到她有比其他人无法相提并论的政治资源,还有就是她的协调能力确实比较强,点子也多,可以把全县人事的一盘呆棋走得更活泛一些,不然自己后来也不会因为她想到政府办当主任的事得罪了她,也得罪了她那在县人大常务委员会行将退休的父亲林主任。

"唉,用人还是要德才兼备啊!"黄铜锣不禁便有了满腔的惭愧。

而黄铜锣这次突然提出要提前退休,组织上也同样没有想到。但鉴于他曾经对资滨县经济社会发展作出过重要贡献,为表示对他的安抚,还给了他一个副巡视员的身份作为补偿,尔后才以身体健康为由,批准了他的退休请求。

资滨人却还是一碰见他就习惯地称呼他黄太爷:"黄太爷,你好!"

"黄太爷,你如今终于有时间了,哪天到我们家去做一回客嘛!"

"你前一阵子的那些事呀!我们都听说了,自古忠臣良将,总是难敌小人的迫害,但人心是杆秤,你黄铜锣在我们的心里,仍然是一位响当当的黄太爷!"

人们对黄铜锣的尊敬是由衷的,而他却总是会很认真地说:"感谢大家,你们千万千万别这么叫我了,还是直接喊我铜锣更加响亮。"这真不是他的谦虚。

黄铜锣无官一身轻,人也长了精神,他随即就办了人生中的两件大事:一是与雪红梅正式办理了离婚手续。此时的雪红梅已临近退休,女儿刚生过小孩,她满可以其乐融融地当好一个外婆了。黄铜锣是亲自找上门去的,两人见面,居然形同路人。那天正好女儿在娘家,她毕竟是黄家的血脉,硬要留父亲吃过午饭再走,父亲却摸了摸女儿的头,满脸惭愧但又很真诚地说了一声,"黄雪,爸对不起你!"便无声地走了。望着父亲转过身去,女儿不禁泪眼盈盈却无言语。她又能说什么呢?如今自己也是做母亲的人了,她知道父亲和母亲其实都不容易……

十一

时间真快,转眼就是清明节了。这一天,黄铜锣一早就从县城携着那一柄被他擦拭得金光闪亮的铜锣回了一趟白驹村,他已经很久没有回过白驹村了,老家那一栋被岁月抹黑了脸孔的木屋,始终空寂在村口右侧的山脚下。他并没有回家里去看一眼,自从把娘送上了金鸡坟地后,老屋对于他就只剩下温馨的记忆了。这其实也是我们这一类人共同的记忆。此时的铜锣在村口的联株桥上深情地望着老屋驻足良久,心想,我的余生是否还会来守着这一栋老屋吗?有个念头在他的心头一闪,我虽然当不了县长,当个村主任总可以吧?他后来直接就到了父母亲的坟前虔诚地跪下了,同他的父亲母亲说了很久很久的话。只是他却怎么也没想到小雪也带着她的儿子阳阳到了坟地。有一件事大概黄铜锣一直还不知道,这些年他身为黄太爷,为了资滨县人民的大事小事忙得几乎忘记了节假日时,每年清明节这天,小雪都会如期来到白驹村黄家二老的坟前,替儿子黄阳阳的恩人来给亡灵烧一叠纸线,把坟前坟后疯长的杂草清理一次,并跪下来给黄铜锣的父母亲作几个揖。她每次都是在中午时分才到坟地的,她得尽量避开村人的耳目。

如今黄太爷终于退休了,他已经成为黄家二老名副其实的儿子黄铜锣了,所以这一次黄太爷出现在他父母的坟前似乎是小雪预料中的事。但是她却并没想到黄铜锣会有那么多的心里话要向两位老人诉说,她怕打扰了他,便示意儿子阳阳一同坐在不远处的一棵苦楝树下,等他说完话后,自己再带儿子去给老人扫墓。

天上忽然间就起了乌云。"清明时节雨纷纷,路上行人欲断魂。"这两句诗小雪也是知道的,她看了一眼自己握在手中的雨伞,这是一把蔚蓝色的塑料雨伞,是她离开黄铜锣家时他追到楼下送给她的,他当时对她说:"天有不测风云,这把伞你带上!"她此时还真有千恩万谢或千言万语,想要跟眼前的这位好县太爷和这个好人说,又抬眼望了望天空,"老天爷你能给我机会吗?"她在心里问。

黄铜锣对老人的诉说仍然在继续,声音不时被山风灌入了小雪母子俩的耳中,"儿子不孝,没有能为二老找一个门当户对的儿媳妇,而是一心想着去攀龙附凤,以为只有这样,才能实现自己所谓的栋梁梦,这本身就是不符合逻辑的呀!并且儿子在为官之初,也曾一度为贪恋高位还玩弄过权术,又没有能够及时以铜锣为镜,以至于险些迷失了人生的方向。虽然儿子后来也确实有所觉悟了,想要踏踏实实地履行好一县之长的职责和使命,可刚干出些成绩来又遭小人暗算,是时势不讲究逻辑。不过二老放心,亡羊补牢,有些事还是来得及的,我一定会给我们黄家补上一个真正的男儿,好把这一柄铜锣一直相传下去。到了今天,儿子已经终于醒悟,您给儿子留下的并不仅仅只是一柄铜锣,而是一种精神和信念……"真是心有灵犀,黄铜锣此时似乎已经感觉到小雪母子就在不远处注视着他。这话有一半其实就是说给这一对母子听的。虽然这逻辑来逻辑去的话小雪母子俩不一定能够听懂,但后面的那一句"我一定会给我们黄家补上一个真正的男儿"的话,这对母子却肯定是懂的。有山风轻拂而过,小雪的鹅蛋脸上顿时就绽开了山杜鹃,她推了推儿子,用慈祥的目光盯着他,这分明是在对儿子说:"还犹豫什么?打你从幼儿园起,一直到高中毕业,娘送你读书的学费全都是人家黄叔叔资助的,他是对你有再造之恩的人!"

儿子阳阳也已经是一个男子汉了，自从上次娘把他召回来一起去医院看黄叔叔，他就已经懂得了母亲的心思。此时的阳阳也同样听到了黄叔叔在坟前的倾诉，儿子望着有几分羞赧的母亲连连点头。小雪母子正欲向黄铜锣父母坟地的方向走去时，却见黄太爷那一米七三的身板忽然就立了起来，这个55岁的男人，倏忽把腰杆挺得笔直，是那么的精神，那么的自信，更令人感到惊诧的是，他居然一手把铜锣高高地举过了头顶，而另一只握着锣槌的手却使劲地擂打着锣心……

就是在清明节的这个上午，白驹村金鸡岭上的半山腰祖坟地里，骤然就敲响了"当——当——当——"的铜锣声——尽管铜锣因为有了裂缝而声音失真，但这如春雷般久违的锣声同样令白驹村人沸腾起来，"呵嗬嗬！铜锣又敲响啦！呵嗬嗬！铜锣又敲响啦！"有眼尖的人当然就看得尤其真切——他们看到了一个有如铁塔般的年轻小伙子，已"扑通"一声跪在了黄太爷父母的坟前。

"还真是巧耶！那个女人不就是曾经在铜锣哥家里做过保姆的小雪吗？而下跪的男子就是她儿子吧？"那一天，我也正好回到了白驹村，是来给祖人扫墓的。本来也想先去一趟县城看望铜锣哥的，但后来转念一想，有可能会在回村时能够碰上他，没想还真被我猜对了。此时此刻，我仿佛又听到了那一首关于铜锣的民谣：铜锣一声惊蟊贼，蟊贼回头做好人；铜锣二声示火警，火灾远离白驹村；铜锣三声震天地，天地人心思太平。老天终于开眼，清明雨在锣声中潸然而下……

我终于情不自禁地在心里唱响了那一首已经久远了的"铜锣谣"。而且当我再一抬首仰望时，还真真切切地看到了一位虽然饱经风霜，却依旧窈窕的中年妇女——小雪，正毫不犹豫地为擂响铜锣的黄太爷撑开了一片蔚蓝色的天空……

追风的子衿

一

水泡像一个又一个小小的白气球,在玻璃器皿中直往上冒,不锈钢烧水炉的底座也是透明的,看得清里面盘着的一串细细的电阻丝由微红到鲜红再到炽白,这燃烧的过程也同样是风的热血沸腾的过程。

这个烧水的新玩意是子衿从远天远地的厦门带过来送给风的见面礼物,这小女子绝对是一个有心之人,她早已经从微信里熟悉了风的生活习惯和兴趣爱好,还给他带了一罐半斤装的武夷山大红袍。说她有心,当然还并不仅仅是指这些,自从她与风有了微信交往以来,她就已经从海量的资讯中进行过拉网似搜索,把凡是能从网上找到的有关风的文字或图片资料建立了专门的文件夹并分类做了加密收藏。

这些都是子衿在不动声色中独自做成的,风到目前为止也还并不知道。风也无须知道,他骨子里就是那种独来独往只享受过程的人。

当然罗,子衿也并不是要做给风看的,她在做着这一切的时候觉得自己很快乐,也很享受,有一种被幸福所陶醉的满足感。子衿在上大学时攻读的就是心理学专业,对风的心路历程,尤其是个性特质肯定也有过一番研究和分析。她也更了解她自己。子衿的微信相册里有一句格言:我给世界的,或者希望世界给我的,就是喜欢和爱。这其实与风的人生观大抵有着相同之处。不然为什么会叫人以群分呢?

子衿当时从旅行包中掏出一个深蓝色的茶罐来,说:"亲爱的,不要嫌土气哦！"风听了心就一愣。从两人在网上聊天的"亲"，到现在面对面的称呼"亲爱的"，这个过程也同样令风的心旌有了匪夷所思的摇荡。他毕竟是一个男人，而且还是个读过许多闲书又思想开放的专业作家，不过风当时还并没有认为这是一个茶叶罐，他指缝间夹着一支香烟，偏着头一边欣赏，一边在心里暗忖：如此精致的汝窑小罐该不是什么文物吧？善解人意的子衿就俯身拉开了罐盖，告诉他这是武夷山最负盛名的，被誉为"茶中之王"的大红袍。子衿的老家在武夷山，父亲是个茶农。她又接着说："这种茶是生长在九龙窠内的一座陡峭的岩壁上，年产量很少。是我春上专门请假回家去自己采摘的。"

这小女子还真是上心！未必她是从早春就有了准备，而一直等到秋天的深处才专程来给我一个突然袭击的？风想开她一句玩笑，但还是咽下去了，却把目光移向了自己指间夹着的烟蒂，看着裹了一层白色烟灰的那一星微红火光出神。这是他在思考问题时下意识的习惯。

罐盖打开，子衿抓了少许茶叶放进身边小圆桌上的瓷碟中，又从百宝箱似的旅行袋中取出了一个玻璃器皿和烧水炉及一套别致的双人茶具，她说："这都是我专门挑选了送给你的。她把它们一样一样地列队摆放在风的面前，然后又意味深长地说，我们今晚就先试泡呗！"

风就像个小学生在认真地看老师演算一加一等于二一样，对子衿意味深长说出的"我们今晚就先试泡呗"的话似乎并没有引起重视。

子衿却依旧热情未减，又笑笑地进了里间的盥室去打水。但是就在她去打水的时候，几许清纯的香气就已经从深蓝色的汝窑罐里溢了出来，风深深地吸了一口，便陶醉地说："这太珍贵了！"他当然是个懂茶之人，这些年来他品过不少好茶，其中也包括市面上流行的所谓大红袍，但香得如此纯正的却还是头一回领教。"这太珍贵了！"他又补充了一句。"难道比我还珍贵？"一声娇嗔终于从克制不住内心躁动的子衿口中奔放出来，她说："最好的茶叶也得需要用适度的温水来冲泡呀！"

风狡狯狡狯的，其实他等的就是子衿的这一句话，或者干脆就明说了吧，他此前憨头憨脑的样子根本就是在装！这一年多以来，两人已经在微信私聊中无话不说，甚至还有过老夫聊发少年狂，令他在半夜里去冲了个冷水澡才把熊熊燃烧的欲火浇熄的时候。但是就在这一天，当子衿从薄暮的斜晖里真向他走过来时，他又多少显得有些拘束和不安，那是年龄的拘束，是成熟男人的不安，因为人家毕竟是个80后，是个优秀的小学教师。风曾经跟她开过玩笑说："为人师表耶！"

子衿是突然出现在风所居住的这个城市的。她那天着了一袭深蓝色旗袍，领口的两边各绣着一朵纯白色的风信子，顺手拖着一个带双轮的旅行袋也是深蓝色的。风想起了自己曾经读过的一本杂书中就有过对色彩与人性格的描述，深蓝色：因爱而有些忧郁；纯白色：暗恋。

风已经早就在子衿预订好的宾馆门口等她了，子衿刚下车，他一眼就认出她了，她也认出了风。但两人毕竟是在大庭广众之下，看得出双方其实都在努力地克制着初次见面的激动，是风先向她打招呼的，他微笑着大步朝她跨了过去，说："千里迢迢而来，真是辛苦你了！"可当他欠身接过她手中的旅行袋时，子衿也轻轻地说了一句："你可比照片显得更加年轻和威猛哦！"风就附耳说："这话我真是爱听。"但是现在子衿的这一句"最好的茶叶也得需要用适度的温水来冲泡呀！"的话刚一出口，风就当真如风一样向子衿扑了过去并把她卷了起来……

这一切来得那么突然，又如此适时，风是今天早上才从微信私聊中得知子衿要来长沙，信息是她上列车时发过来的，而他自己则是昨天才刚从老家回来。风不禁在心里感慨，这小女子还真是能掐会算啊！

风一连就刮了两个晚上。

大白天却照例是秋高气爽，子衿按照自己在网上预先查询过的几个人文景点去参观，当然还包括了去考察与她的职业相关的几所学校，如雅礼和周南等。这都是善解人意的子衿在微信里向风通报过的，她还说自己已经习惯了早出晚归，独来独往的方式，却叫风尽管回家去泡茶遛狗写作陪家人，决不扰乱他的正常生活秩序。风当时虽然口中答应着，而心里却在紧锣密鼓地拨打着小盘算，他早上就跟家人做了备案，说这几天省文史馆有一个专家会议要开，是封闭式的，得在宾馆吃住，还得关闭手机。风是湘省破格聘请的最年轻的文史馆员。

那一夜风刮得很紧，子衿说："风，你刮得我喘不过气来！"

风正在劲头上，说："未必比你们沿海的台风还强劲呀？"他这话也是喘着气说的。子衿就再没有说话了，她已经说不出话来……

后来台风终于平静了，两个满身汗淋水滴的人进了浴室，不，更具体地说是双双进了浴缸。原来子衿一进客房就先去了趟洗盥间，她早就已经用沐浴露将浴缸清洗过，并打开龙头调好了水温。这是五星级宾馆的江景大单间，白瓷的浴缸也很大。房间却是子衿自己从网上预订好的，她也曾在微信里跟风说过："本人这次是自费游，无须先生破费的，你只要能够请我'吃特色夜宵'就行。"他当时还不太理解她为什么把"吃特色夜宵"这几个字打上了引号。此时一切都明白了。

是子衿先溜进浴池去的，她还有意回过头朝风报以了一个妩媚的微笑，号称是厦门中心小学游泳冠军的她一溜进浴缸就来了个鱼翔浅底。风也是一个在水中从不示弱的家伙，他从小就在资水边长大，那时候时兴用自制的手雷炸鱼，年少的风和一群同样是光着屁股的伢儿，总是预先藏身于某个经常过鱼的江湾，那情景就如他后来读过的一个叫邓刚的作家写过的《龙兵过》差不多。炸鱼人的引线还刚刚被点着，他们就几乎未等手雷爆炸就跳入了水中，那种被炸弹的冲击波振得麻酥酥的感觉，这时又似乎重新回到了风的体内，他于是大呼一声："我来也！"便跃入了水中……

二

子衿轻轻啜饮了一小口茶水，把舌尖顶出薄薄的朱唇，上下抵舔和搅动着，然后又缩回去"啧啧"了两声，那种自得其乐，自我陶醉的样子极是迷人，俄顷，她才又意味深长地问横陈在对面躺椅里的风说："亲爱的，你看过一部名片叫《昼颜》的日本电视剧吗？挺大胆的。"风虽然有了些许疲惫，但新刮过胡楂的青色脸庞上却似乎仍有着愉悦在荡漾，他正在想别的事，对子衿刚才的问话并没有听清楚，或者说根本就没有在意。

风的根本就没有在意，其实是从两人各裹着一条白色的大浴巾相拥着回到房间后，子衿又去浴室打纯净水准备泡茶时就开始了。作家的思维总是跳跃性的，风当时也余兴未尽，正仰头在躺椅上对着四盏如盛开的玉兰花般的电灯泡出神，脑海里却忽然想起了一连串的怀旧词汇来。他先是由电灯想到了油灯，这是他这般年龄儿时最熟悉也最温暖的一种特殊记忆。他记得祖母总是在油灯下缝补衣服或纳着鞋底，灯光有些飘忽，却层次分明，祖母时而扬起手来将针尖在白如积雪的发间轻轻地刮几下，他就好奇地问祖母，"这是磨针吗？"他其实是对着壁上的影子问的,影子就动了一动,说:"你真是个蠢宝崽啊!头发怎么能磨针呢?我这是在给针尖揩点油腻,它走起来脚步就会快一些。"可如今这电灯只需将开关一按,整个房间就如同白昼,一览无余。他继而又想到了飞针走线,想到了春风得意马蹄疾……但是这些极具古典美感的词在现代写作中还能用得上吗?是的,他还想到了一个与当下刚刮过的"风"相关联的词,那就是"云雨"。他当时想到这个美好的敏感词的那一瞬间,也是关注过子衿的,他看见她正打着兰花指在滤茶,动作是如此的从容,姿态是那么的优雅,但是至于后来她突然冒出的那句你看过什么电视剧的问话,他确实没有听得清楚。

"你说什么电视剧?"风忽然下意识地弹起来,坐直了身子问对方。

"你们男人呐!"子衿无比娇羞地微红着脸感慨道:"风刮过天就阴了。"

风就有了明显的不服气,端过小桌上氤氲着雾状茶气的杯子,一仰头饮尽了半盏血色的大红袍,有几分狡黠地辩驳说:"我正在想海明威《老人与海》中的老人是怎样与那一条马林鱼展开殊死搏斗的呢!"

子衿是获得过心理学硕士学位的,《老人与海》中的老人就曾经进入过她的心理学分析视野,她也还清楚地记得海明威对自己的这部小说所做出过的评价:"一艘渔船越过世界的尽头,驶向未知的大海,船头上悬挂着一面虽然饱经风雨剥蚀却依旧艳丽无比的旗帜,旗帜上,舞着云龙一般的四个字闪闪发光——超越极限!"她还曾经不止一次地被这位杰出的作家感动过。而现在自己对面坐着的也是一位令她钦佩的作家,而且……她于是就莞尔一笑,并风平浪静地说:"老人最终还是战胜了那条不可一世的马林鱼,他才是笑到最后的胜利者。"

风却并没有感到得意,而是陷入了沉默。他又在想什么呢?

此时的江景客房里静悄悄的,只有烧水的玻璃器皿中不断地冒出的水泡,风又横陈在躺椅里了,仍仰头望着吊灯出神。子衿忽然觉得有些尴尬,但在她看来,这并不是年龄与职业的尴尬,而是观念与文化的差异。作为20世纪六十年初出生的风,传统文化肯定已经深入了骨髓,尽管他是一个作家或者诗人,浪漫与洒脱只不过是如他的笔名一样,是一时间刮起的一股风,而对于80后的子衿而言,一进入学校就几乎浸浸在渐进的西风中,尤其是进入网络时代的当下,即便是包括了她作为教师在内的一些年轻男女,思想的各方面早已经呈现出多元化的状态,有保守的,更有激进的,也就是说他们之间肯定存在着代沟。她此时并不想用心理学去分析风到底在想什么,或许他什么也没想,只是被风刮得累了,需要休息了。

"亲爱的,我们到床上去休息吧!"子衿上前吻着风的额头说。

"才不呢!"风顺势就把子衿抱了过来,"你不是要跟我说电视剧吗?"

"是啊!"子衿像一只听话的猫偎在风的怀里,这正是她的所求。她于是就侃侃而谈地说起了那一部片名叫《昼颜》的日本电视剧梗概:

"《昼颜》是以新词语'平日昼颜妻'为主题的一部描写所谓的'出轨'的电视连续剧——主要讲述了两段不同的年龄段的女性婚内外遇的故事,年龄 40 岁的利佳子丈夫事业成功,可是丈夫在婚姻生活中非常专制,将利佳子视为自己的佣人,呼之即来,挥之即去。利佳子刚开始是为了发泄婚姻中的不满和压抑,与自己丈夫的下属,一位出色的年轻画家产生了迷恋,在一次出轨过程中这个秘密被年轻的只有 30 岁的纱和发现,利佳子为了自己的事情不暴露,向纱和提出了一些交换条件,并且向纱和袒露了自己在窒息的婚姻中能够活下去的勇气就是对情人的迷恋,每次和情人在一起之后,回家应对老公的严苛指责不会积压太多的怨恨。纱和自己处于和丈夫的无性婚姻中,也备受压抑,最后在利佳子的鼓励下,与妻子是大学老师,受控于妻子强势的暖男北野老师迷恋并出轨。北野是自己侄女的班主任老师……"

"这其实是一个很一般性的故事!真的。"听到这里,风却很不礼貌地打断了子衿似乎饶有兴致地叙述,他几乎是毫不客气地接着说:"这种事在我们今天的现实生活中,或者说在你和我的身边多了去呀!"

"是吗?"子衿依旧是笑笑地,而且还仰起了脸来,睁大了她那一双虽然并不十分清澈却水汪汪的眸子充满着期待地想听他继续说下去。

"难道不是吗?"风也微笑着,还把下巴贴过去用胡楂扎她的额头。

之后,两人都沉默了。不,应该说是彼此都陷入了沉思。

风当时还并不了解子衿的成长与婚姻之路要比常人更加崎岖,所知道的只是她作为一个心理学硕士,应该一直在致力于对人性中的弱点当然也包括优点的研究,她或许还希望通过用自己的在场实践,寻找出一条符合人性的和谐途径。至于所谓的传统道德在她的实践中将会被一一粉碎,但是,这又并不妨碍她是个好母亲,是个优秀教师。

这只是风的主观臆想和武断猜测，谁也无法走进谁的内心。但风还是想起了臧克家老的一首短诗：不要总把自己视为珍珠，时时都会有被埋没的痛苦，还是把自己当成泥土吧，让人在身上踩出一条路。

此时的子衿却突然弹了起来，挣脱了风的怀抱，并且毫不讳言地说："应该是每个人在婚姻中都有着自己无法调整和改善的地方，每个自己也都不可能是完美的人，所以我的主张是允许每一个自己的身上都有着灰色的行为和感情存在。"她接着又补了一句，"那就是喜欢和爱！"

一席话有如惊雷。这是风根本就没有想到的，自己的内心世界居然被子衿透视得一清二楚，一览无余！他还真有些猝不及防。为什么呢？因为风在这次回老家时就与自己的一个在小镇唐家观当教师的老乡探讨过这方面的事情。老乡名叫未济，是 20 世纪 80 年代末复旦大学的高才生，曾因为参与过当年那一场很著名的学生运动而改变了他的命运，从此以小镇教师为职业，潜心钻研古籍，钓鱼为乐，也只有风偶尔回老家时他俩才有可能来一次思想的碰撞和交流。但是这次两人之间探讨的话题却很世俗，是风跟未济主动说起了他的一位茶友的故事。他说："我有一位茶友，是在副厅级岗位退休的，曾经是在部队服役，人到不惑之年才回地方工作，今年 62 岁的他身子骨仍如铁打铜铸，但老婆却在几年前就做了子宫瘤切除手术不行了，家有儿媳，膝下又有小孙，要他找情人这档子事显然不合适了，于是通过网络当真与网友有约过，并且事后他的情绪果然有了好转。他这还是作为心得专门将此事说出来与风分享的，风当时听了后也是这么跟茶友说：应该允许有灰色的行为和感情存在。"但是没想到此言即出，未济便摇头感叹道："这纯粹属于心灵秩序混乱所至！"

"有如此严重吗？"风当时有些颇不以为然，说："混乱的何止心灵啊！"

未济的表情却很严峻，便自言自语说："心乱，则大千世界乱。"

此时的风下意识地望了一眼窗外，对岸万家灯火已熄，只有几盏路灯如惺忪的眼睛在窥探着这一座喧嚣过后的弱显得疲惫的城市。但是风的精力却又似乎旺盛起来了，这当然是大红袍所发挥出的作用。

子衿的精力当然会比风的精力更加旺盛，只见她拉开了镜前的抽屉，熟练地取出了一支银白色的蜡烛，又顺手从小桌上的烟灰缸旁拿了火柴，然后又走向床头摁灭了所有的灯光，也几乎是在同时，她把裹在身上的浴巾一扯，挥手就扔在了床上，随即将夹在右手指间的一根红头火柴棍往左手掌中的火柴盒黑磷上奋不奋身地撞了过去，只听得"啪"的一声，蜡烛就被她点亮了。摇曳的烛光中，子衿如同从月亮走出的女子，不，而更像是一尊线条优美的女神像站在了风的面前，居然毫无保留地说起了她自己的故事……

三

这样的人生故事确实只宜在忽暗忽明的烛光里慢慢道来，子衿告诉风说，她原来的名字并不叫子衿，而是叫河女。"为什么会取名河女呢？"风忍不住疑惑地追问道："你是河神爷的女儿呀？吓死本宝宝了！"

"我早就被吓死过了！"坐在风对面的子衿说："我是个死过了几回的女人。"燃烧的蜡烛发出了"嗞嗞"的声音，白色的烛泪像凝固成琥珀，子衿的脸色顿时就难看起来，对光的一面白得惨淡，背光的一面黑得凄迷。"我是个弃婴，"她接着说："是我娘从五夷山下的河滩上捡回家的。"

风就没敢再油腔滑调了，一脸肃穆地听子衿诉说着她的身世。

"那是35年前的一个早上，五夷山下的小河里刚发过洪水，两岸的杂柴和茅草上，因退水而残留下来的各色烂布筋以及塑料片等，如清明节墓头上挂着的彩色冥纸，在晨风里阴一下阳一下地晃荡着……"

子衿的叙述很缓慢，风当然知道，她是在想努力地还原现场。

"哦，对了，我娘说，捡到我的那天就是清明节。"子衿末了补充说。

……故事已接近了尾声，子衿的惊魂却似乎仍然萦绕在往事中。

"亲爱的，"风也改口叫她了，他是在想尽量地多给予她一些爱抚……

狂风卷过，烛泪已干，户外的月影西沉，万籁也在俱息中。

第二天早上，哦不，已经是上午九点多了，房间里才又有了轻微的响动。是子衿先醒来的，睁开惺忪的睡眼，才知两个人儿昨夜里在宽厚的沙发躺椅中融为了一体。这使她想起了女娲捏人的传说：用一个揉了又揉的泥团，先捏一个男人，再捏一个女人，然后让他们紧紧地搂抱在一起……

"即使你真是万里长风，也该停在树梢草叶上歇歇气了！"子衿说。

她一直是站在心理学的角度理解和适应身边这个叫风的男人，她知道男人都是这样，尤其是像风这样的艺术型壮年男人，爱过之后是极不情愿再去扭捏逢迎或惺惺作态的。她于是努力地克制着心中不舍的迟疑，然后只深情地回眸了一眼,便进洗盥间冲澡刷牙和梳妆去了。

她是在对镜梳妆的时候才忽然发现了自己的脖颈左右已经有着红一块紫一块的牙印。这不免使她大吃了一惊,心想,昨夜大风起兮云飞扬,该不会怀上了风的种子吧?她在经历了两次婚变之后,本来已经做好了想要与女儿晴相依为命的打算。并且刚满八岁的晴也很懂事,无论是在上幼稚园还是现在上初小,为了给单亲妈妈留出足够的空间,只要一到寒暑假,她就会主动提出要到外婆的乡下去,还说她长大以后要做一个武夷山的茶仙子,帮专门做茶的外公外婆卖茶,也给喜爱品茶的妈妈泡茶喝。就连这一次国庆长假也是如此。

一想到女儿,子衿的心里就荡漾开了幸福的涟漪。

但是万一……万一要真怀上了风的种子……她不禁"扑哧"一声笑了,却照例是满怀满脸的幸福,一个是带,两个也是带,多好的事啊!只是这事绝对不能让风知道,这是上帝给我的"爱与喜欢"的恩赐!

这些年来,也就是她改名为子衿以后,就始终是怀揣着"爱与喜欢"的格言面对生活和工作甚至人生的。所以她班上的学生,也包括个别以前调皮捣蛋的学生,才都在私下里叫她子衿妈妈,就连学校里的同事和领导,也改变了因为她曾有过婚变史而用有色眼镜对她的看法。她还想起了自己与风在网上初识时曾经读过的他写的一首小诗:

人在岁月的征程跋涉,
健步如飞或者蚁行,
并无本质上的区别,
无论身处何地,
均属于匆匆过客,
记得携灵魂一起上路,
怀揣着爱与喜欢,
虽然它们有时候,
不如纸币和身份证重要,
但若是丢了它们,
你就既回不了故乡,
更去不了天堂。

也就是因为读过了这一首清淡如水的小诗，她与风才有了后来更深更亲密的交流。子衿当时就留言说："生活中并不需要那么多的豪言壮语，人在旅途,确实只需记得携上灵魂和怀揣着爱与喜欢便足矣!"

这次在国庆长假的最后三天，子衿就是携上灵魂和怀揣着爱与喜欢追风而来的，并且追得毫不犹豫，无怨无悔……要是真有这么个意外的收获，这个秋天就完美了!想到这里，子衿心的里又是一热,脸上也顿时飞上了火烧云。再举目窗外，秋阳已经老辣,便赶紧收拾停当,拿了遮阳镜出门时,又深情地望了风一眼,并留下了一张小纸条。

风醒来的时候，已经快中午了，他唤了声子衿,却只见身边的小桌上留下的纸条:"亲爱的,我按照既定路线出去了,特意没有惊动你,起床后你可以电话叫餐或者回家,要休息好哦! 我们晚上见。爱你的子衿。"风的目光在最后那句"要休息好哦! 我们晚上见。"停留了片刻,摇了摇头说:"这小女子! 那我就电话叫餐吧,好好休息,养足精神,我们晚上见。"

等待的滋味也就是反刍的滋味。但是风并没有对彼此在网上的交往交流多做停留,他想起了子衿的一句玩笑话:"你就省省吧,现在都已经进入到网络时代了,你一个当作家诗人的还那么多的夫子气,未必写出的文字会有人看呐!"尽管风的骨子里或许对此说有些颇不以为然,他骨子里也许是更偏向于认同未济所说的"心乱,则大千世界乱"的"先天下之忧而忧"的警世之语,但他却也十分看重子衿作为一个心理学硕士所说的对自我心理的疏导和调整。他还记起了子衿所言:应该是每个人在婚姻中都有着自己无法调整和改善的地方,每个自己也都不可能是完美的人,所以我的主张是允许每一个自己的身上都有着灰色的行为和感情存在。风一旦面对子衿,就成了个矛盾体。

不在沉默中爆发,就会在沉默中死亡。人的感情生活亦如此,更何况一些常挂在人们口头上的所谓道德,乍一看有道理,而实则却有违了人性,如某些所谓条例和乡规民俗一样,与法律是搭不上界的东西。风于是断言,这是一个值得引起作家们去探索和思考的主题!

风并没有回家,用过午餐后还叫服务生送了一包香烟,就开始了自己泡茶自己饮。真正的武夷山大红袍就是与众不同,韵味悠长,口齿留香。这使他首先想到了子衿的养父养母和他们非同寻常的人生。

四

茶气氤氲,余香袅袅,风仿佛进入了30多年前武夷山区的九龙窠下。那天是二十四节气中的清明,前几天才下过一场暴雨,当地有一句民谚:谷雨要淋,清明要明,这一天正好是一个爽朗晴日。墓已经扫过了,茶农们得趁这样的好日子上九龙窠去采开春以来的头茶。

山下的一户茶农家有两个儿子,长子当兵退伍后留在了城里,在厦门武装部工作,小儿子继承父业留守在九龙窠山下育茶做茶。前不久才结婚,还沉浸在蜜月中。但采头茶非小事,每家得有人参与,男人一早就要进山,行前交代女人说:"你就不要去了,留下忙家务吧!"

"我晓得的,你去吧!"女人含情回答,"崖坡上路滑,你多留点心"。

收拾过桌上的碗筷,扫过地,太阳已经照上台阶了,女人就背了公公婆婆和男人的半竹篓换洗衣服,准备去禾场坪外面的小河边。

她自己的衣服昨晚就在家里洗过了,九龙窠村有一个祖上传下来的规矩,凡结婚未满月的新媳妇的衣服是不能拿进河水的,说是身子脏,会玷污了河神爷。刚出门,婆婆果然就追问:"你的冇混在一起吗?"

"冇有呢。"新媳妇赶紧回婆婆说:"我的已经晾在后面檐下了。"

小河里的水涨得快,也退得快,蹲在一块溜黑的河礁石上浣衣的新媳妇娘家也是茶农,她懂得婆婆说的规矩,只是在心里头有一些对旧俗的不满,为什么偏偏就瞧不起女人呢?难道定这规矩的就不是女人所生所养的吗?她正在胡思乱想着,衣服就已经洗完了,一抬头,却发现从小河的上游晃荡晃荡地漂来了一个木盆。是谁家的媳妇这么不小心呀!该不是也在洗衣服想着心事想忘神了吧?她有些好奇,挽起了裤管就去打捞,原来里面是一件破烂的小棉袄。这谁稀罕呐!她正要松开手,棉袄就动了一下,这不禁使她一惊,还没等她醒过神,紧接着又是一声婴儿的啼哭从木盆里传了出来,女人的心软了,也疼了,想也没想就把小棉袄抱进了怀里,展开一看,原来是一个刚出生不久的女婴。这小生命还真是懂事,居然睁开了一双黑亮的小眼珠,还嘟着冷得发紫的小嘴朝她笑呢!她几乎是毫不犹豫地把小女婴抱回了家中,还给她取了一个好听的名字:河女,意思就是河神爷送来的。

公公婆婆脸色虽然难看,但人心毕竟是肉长的,也没多说什么。

关于河女的身世至今是一名谜,或许是某对青年男女图一时快活不负责任地播下的孽种,也或许是某个家庭重男轻女怕占去了生育指标而有意弃之,又或许是因为家庭贫寒养育不起?但不管是出于哪一种原因,反正是被人弃了。这当然对改变她的人生观有过巨大影响的。

当时河女却并没有给捡养她的女人带来好运气,相反带来的还是大不幸。也就是在这一天,上山的男人却因为在陡峭的九龙窠采茶时不幸摔伤,而且伤到了命根子的根部,从此便丧失了性生活的能力。

"还不就是因为你捡了个女婴回来?"婆婆像自己不是个女人似的,不但没有对儿媳的同情,还常把一句"女人是祸水"的话挂在嘴上。

幸亏公公和男人明理,说:"有一个女儿也好,等于捡了件小棉袄。"

五夷山区还有着另外的一个传统,那也是专门针对女人的,"嫁出去的女,泼出去的水",娘家人明知自己的女儿这一辈子的幸福给毁了,但也未敢让她提出过"离婚"这两个字。而且女人在48岁以前却始终是在公公和婆婆的严密监视之下过日子,婆婆还声称宁肯断子绝孙,也绝对不能让儿子戴绿帽子!直到公公婆婆先后去世,总觉得这一辈子亏欠自己女人太多的男人,才默认妻子与本村的一个年近60的老单身汉暗中有来往……在这样的一种家庭背景中长大的河女,性格的叛逆便是可想而知了。她后来好不容易在厦门当上了市武装部副部长的伯伯的帮助下进了教师队伍。在本乡教初小,再后来又与一茶商富豪公子结了婚,但是却始终怀不上,未满三年就被协议离婚,男方补给了她一笔钱后来了个"刀脱把脱"。河女的第二次婚姻有些偶然,那是在一次学区会上,离婚不久的她与一位风流倜傥的男老师一见钟情,坠入爱河,速战速决就领了结婚证。但男方父母了解到未来儿媳是一个离过婚的女人,便死活不同意这门婚事,当时河女已经怀上了男方的孩子,这就是她现在的晴。晴空霹雳,无奈之下两人便友好分手了。

乱棍打鸳鸯,受伤最深的是河女,她还要瞒着对方自己已怀孕。

打击是一波接一波的,也就是这时,河女还无意中听到了自己是一个被捡来的弃儿,再联想到养父养母平时的古怪行为,尤其是得知养母几十年来守着活人寡的境遇后,她整个地要崩溃并被激怒了,但又不知该向谁诉说和发泄。河女也亲口问过她的养母:"这些都是真的吗?"养母却只是哽咽地埋着头,泪珠像檐水似的落下,什么话也不说。

河女深情地叫了一声"娘",紧紧地搂着她,"您永远是我的娘,比亲娘还要亲的娘!"但是她却怎么也想不明白,自己的母亲辈们为什么能如此心甘情愿地接受着这一切。经过一番痛苦的挣扎后,她终于选择了再度报考大学,而且是选择了心理心学学科,再后来她又是在伯父的帮助下才进入了厦门市中心小学……从此以后,河女不但改了名字,更重要的是她整个人的精神面貌也全都发生了翻天覆地的变化。

她后来之所以能够变得如此阳光,变得这般开朗的主要因素有二,子衿毫不掩饰地说,一是源于知识的更新和视野的开阔;二是源于对传统女性,尤其是自己养母大半辈子人生的反思和反省……她自豪地说:"我喜欢无拘无束,我爱生活,爱我的女儿和我的学生……"

茶水淡了,又换了一泡。风的整个下午都几乎陷入在子衿昨夜里讲述的故事中,他在不断地反刍了她的身世后,也就更加对她如今在面对自己的生活和工作时的那份热爱并喜欢的人生态度,有了由衷的赞赏;还对她所说过的允许每一个自己的身上有着灰色的行为和感情存在,有了更深的关切和理解。"子衿,子衿,"风呼唤着她的名字并不由得自言自语地沉吟道:"这确实一是个需要理顺各种秩序的时代啊!"

五

这个晚上,两人就围着烛光而坐,一直到半夜。他们似乎有说不完的话,话题扯得很宽,也很野,子衿是平静的,风也是平静的。

"老马的文章你应该读得不是很多吧?"子衿忽然谈起了读书的事。

风愣了一下,说:"确实不多,只读过他的《致燕妮》。"风是坦诚的。

"亲爱的,此马非彼马,我是说《百年孤独》和《霍乱时期的爱情》。"

他的大将风度一扫而光,说:"《百年孤独》我几次都没有读完。"

子衿便坦言:"《霍乱时期的爱情》读过之后对我影响特别大,也是通过那本书我才知道了世间存在的爱情有千万种,有的人一生只爱一个,有的人一生爱了无数个,而且每个都感情真挚。有的人可以一年360天在婚姻中生活,只有5天和情人在一起,有的人没有和真正的爱人在一起过上一天,却深爱着对方。"她还顺便说到了余秀华的诗。

但风却说："我并不喜欢余的《穿过大半个中国来睡你》的诗。"他接着也对老马的《霍乱时期的爱情》发表了自己的看法,他认为,这本书要告诉人们的爱情观应该是唯一的爱用千万种爱都不可替代!完全不是说可以有万千种爱!是主人公渴望去寻找到可以代替折磨自己的爱的其他的爱,但最后他才终于发现唯一的爱从来都不可替代!风又回到原点上说:"世界的秩序才不会混乱。"

两人便有了短暂沉默。但肯定又都在思考着道德与人性的话题。

是子衿先打破了沉默,她说:"《雪国》和《花未眠》你一定读过。"

川端康成的主要作品风是有所接触的,他知道眼前这位心理学硕士是在有意考自己,也就挑了一部古印度的《薄伽梵歌》说话,没想到子衿居然也说得头头是道,然后还回头问风,"《圣典博伽瓦谭》呢?"

风却如数家珍般回答说:"《圣典博伽瓦谭》一书又叫《巴嘎瓦特往世书》,简称《博伽瓦谭》。这部巨著被称为是外士那瓦的《圣经》。"

这不能不令子衿感到震惊! 其实呢,《薄伽梵歌》和《圣博伽瓦歌》风都并没有读过,但是他却从他的老乡未济口中听到过许多次。

"是吗?"子衿含而不露,说她也是在早年苦闷时才读过一些书。她还说:"当代文学我很少有光顾的,但你的作品是个异数,特别接地气。"

一讲到接地气,风的兴致就上来了,说:"生活才是一部百科全书。"

"正是的,如我读过的书可能不会比你少,却只知道写几篇论文。"

风说:"但你提出的那个灰色行为和灰色情感的概念就很有意思呀!"

子衿就笑着就信手拈来了李清照的一段词句:"唯有楼前流水,应念我,终日凝眸。凝眸处,从今又添,一段新愁。"她接着慨然道:"哪来这许多愁呀!"

风从来都反对吊书袋子,而且最忌讳什么事都上升到理论的高度,说穿了他就是一个知道型的作家,而并非知识型的文学工作者,所以他每次回老家一旦与深潜于儒释道古籍中的未济做过深度交流后,就总是会狡黠地说一句"理论是灰色的,只有生活之树常青"来做结束语。但子衿是灵动的,他们之间的对话显然很轻松也很愉快。

后来风提议,两人就唱起了"围着烛光让我们静静地度过……"

这个晚上还算是安静的,因为考虑到子衿第二天要早起回厦门。

凌晨还不到六点,子衿就起床了,她得赶飞机回厦门,她不能耽误了自己的工作,更不能让孩子们长假后来学校见不到他们的子衿妈妈。她对送她至酒店大门口的风说:"其实我也很想孩子们了。"风被她的敬业精神所感动。是子衿执意只允许风送到大门口的,她还是那句我已经习惯了独行的话。子衿从风的手中接过行囊时深情地看了他片刻,最后又还没忘记扮了个鬼脸很认真地充了一句说:"更不能占用阿姨的……"她有意把"阿姨的"三个字说很慢也很甜。

深秋的晨风擦耳拂过,很凉,风游丝般轻微的叹息声随风而逝。

与来时一样,子衿依旧着一袭深蓝色的旗袍,她从的士后座探出头来招手向风道珍重时,旗袍领口两侧的两朵纯白的风信子在橘红色的晨曦里显得特别宁静而醒目……子衿就这么宁静地远去了,正如她远天远地的来,不是跟她的风说再见,而只道了一声珍重!还有,风忽然又想起来,还有就是"更不能占用阿姨的……"那半句谜一般的话。风也只稍愣了一下便摇着头说:"这小女子,是把我老婆当阿姨呀!"

子衿就这么走了,从来处来,到去处去,只为喜欢与爱。已经过去有一个多月时间了,她没有再在微信里出现过。风也在努力地克制自己不去打扰她。但风也偶尔在想,或许她原本就是这俗世红尘中亮出的一柄惊世骇俗的锋利宝剑,喜欢着这样的一种开始,也喜欢着这样的一种收鞘!如同生命只有一次,人生至少应有一次全然抛开道德与责任的真欢喜与真相吸的爱……

青青子衿,悠悠我心。但为君故,沉吟至今。

风心里有无限的遐思,但没有愁绪,子衿不喜言愁。他又说:"有的人每天照面,却视而不见,有的人长期潜水,但在心里同我聊天。"

资水河畔的女人

> 最终，也只有揣在她怀里的一张照片——那其实是一张大海的照片，海很辽阔，舰艇很小，当副舰长的儿子就更小，但那却是留在她记忆里最最重要的东西。
>
> ——代题记

资水在静静地流淌。

淌着夕辉，流着霞光。此情此景，也就正合了那一句"夕阳无限好，只是近黄昏"的古人诗意。但是这时，从前面一箭之地的江湾木屋里走出来的这位年近七旬的老妪，她却并不懂得诗为何物。她的大名叫船妞，是这一栋江湾木屋的主人。她的肤色黑里透红，脸上布满皱纹，发如银丝，却盘得一丝不苟，真正打眼的还是她那一双常年只穿草鞋的宽蹼脚板。这就对了，她就是这资水河畔的女人。

"政府把我家泊在婆婆崖江湾几十年的一艘老船都给拖走了，我还算得是资水河畔的女人吗？"船妞说这句话时，脚步明显变得沉重，尽管她是在心里说的。

事情是这样，今天上午，船妞家忽然来了一群人，其中一个年轻人她是认得的，是村上的支书。她正纳闷，莫非是自己在南海舰队的儿子又进步了？支书却先开言了，"船阿姨，镇上与河道办的干部要同您商量一件事。"可当她听说是政府要把她家的船拖走上缴，却一口气没接上，几乎当场就晕倒了。后来有干部就把她儿子也抬出来说："您是当海军舰长的母亲，政府现在号召禁渔，您应该带头呢！"

"我儿子真进步了？"船妞立马就改了口气说："要得的，那我带头，带头。"

眼睁睁看着自己家里的木帆船被一艘机器船像铐坏人似的，用铁链子牵着被拖走后，她的心里不免一阵空虚，于是匆匆忙忙又去了九峡溪口，想去打听到底是怎么一回事。当她踏着一双穿草鞋的大脚蹼到得村口，正好聚在联珠桥头的村人们也在议论此事，一听才知道还真是政府作出的决策，说是把零散的渔船和木帆船集中起来分批销毁，有利治理江河污染，修复生态，还人们一江清澈的资水。

"依我看这是典型的瞎指挥！资江河里连一条船也没有，这还算资江吗？"

"就是嘛，形式主义害死人，过不了几天又要纠偏的。"

说话大多都带着情绪。船妞就不敢久留，心想政府还会害我们吗？于是便逃也似的离开了人群。但心里仍空落落的，她不舍的还真不只是那一艘老帆船……

她已经收拢思绪来到了婆婆崖下。这是一尊立于江岸的巨石，因形状酷似妇人脸孔而得名。船妞来这儿看中的是婆婆崖下的那一块飞来石，成四方形，高与膝齐，仿佛老天爷早就给她安排好，专门供她来此地打望的。她此时已经在方石上坐了下来，身子微微朝下游的奔洪滩方向斜倾，目光里似有几许固执的企盼和几丝挥之不去的哀愁。她的脚踝边是一丛生命力极强的芭茅草，在江边向晚的柔风里，正不可一世地摇曳着它浑身带齿的青绿，并且不断而虔诚地向她俯身鞠躬。

"这不就是我昨晚上在梦里见过的那一丛青绿吗？"她想。乡间有解梦的俗话说："梦青见亲人。"但她的亲人都已经相继去了天国，就连她的一个曾一度发誓不会离开她的独生儿子，自从去当兵吃粮后，三年五载也总是难得回家来看望她一次。她已经形单影只在资水北岸的婆婆崖江湾里过了许多年。但她说："我并不曾孤单过。"堂屋的神龛里有她的两个男人——虽然那只是她儿子当上了海军并升为副舰长后，趁回家探亲时，请来专门的美术师凭着他的记忆和口述给两位父亲画下的碳素像（他俩都没有照片，因为按照资水船帮的旧俗，驾船人从不照相，说是会摄走魂魄），母亲却偏着头也眯着眼说："像，太像了。看来你父……父亲们，没有白疼你。"母亲的声音有些微颤抖，仿佛是从奔洪滩传过来的浪涛声。她总是会在每天做好晚饭后，先来到屋档头婆婆崖壁下的这一方石头上坐一会，几乎从不间断，脚下的这一丛发了又砍、砍了又发的芭茅草可以作证，屁股下已经坐出了一个深凹的石头也可以作证。这时，浑圆的落日像是被西山垭给搁住了，又或许是对自己曾经光照过的世界充满着留恋？但这是天上的事情，谁知道呢！她那单薄的身段已由慷慨的夕阳给悄悄地披上了一件美轮美奂的袈裟。难怪常有人说："船妞是一个俗世菩萨，只要她晓得哪个家里快要断炊了，即使省下自家的口粮也会去接济，只要她眼看见有人遇上难处，更是会舍命相帮。"不过也还是有人刻薄地说她，"船妞是恶魔化身，命硬如礁石，先是克死了自己的亲娘，后来又克死了第一个男人，再后来又克死了第二个男人。"以上两种说法当然都是事实。说她好话的是昔日船帮里的男人，说她坏话的都是些长舌妇。但天道是公允的，身披夕照袈裟的船妞已从怀里摸出了她儿子的照片，其实是大海的照片，海很辽阔，舰艇很小，儿子更小，她与婆婆崖一道在聆听大海的声音呢。

儿子人在南海，难得回家一趟，但这二十多年里毕竟还是回家过几次。每次回家他都会跟娘说起在海上的事情，还说起过她听不太懂的甲午年间的事呢……

往昔一如她脚踝边的那一丛芭茅草，在水腥味渐浓的江风里婆娑摇曳……

资江系长江支流，又称资水。左源赧水发源于城步苗族自治县北青山，右源夫夷水发源于广西资源县越城岭，两水于邵阳县双江口汇合，始称资江，流经邵阳、武冈、新化、安化、桃江、益阳等市县，于益阳甘溪港注入洞庭湖，全长653公里，流域面积28142平方公里。干流西侧，山脉迫近，流域成狭带状；上、中游河道弯多滩险，穿越雪峰山一段，陡险异常，有"滩河""山河""野河"之称，为湖南四水之一。流至船妞家下游约1500米处，河床忽遭到两岸黧黑石山的挟挤，于是就有了让人一听便不免会毛骨悚然的资水第一险滩——奔洪滩。

时光倒流一个甲子，甚至更远，船妞家的那一艘老木船就正在上奔洪滩。

木船确实是老了。尽管在每年入冬的枯水季节都照例被拖进了九峡溪的联珠桥下，请来船木匠既是用糯米浆拌着竹绒黏裂缝，又是用热桐油整体刷过一遍又一遍，也始终无法提起它的精气神来。就在次年，她父亲又亲自请了几个船帮的年轻伙计帮他把船拖进联珠桥下准备黏裂缝并刷桐油时，跟在父亲身后的船妞就嚷嚷道："耶老子，如今人家都旧船换新船了，我们嘛子时候也造一条新船吧！"

父亲便侧过身来，抬头纹一闪笑着说："要得，要得，等你嘛子时候要嫁人了，耶老子就送一条新船给你作陪嫁。"管父亲叫耶老子，是本地的乡土俗称。

几个年轻伙计便哄笑起来说："看来船妞日后是非嫁给资水野河不可了！"

船妞当即被闹了个大红脸，说："我就嫁给野河，气死你们这一群白鸭子！"

“哈，好一张厉害嘴巴，还骂我们是一群伸长了脖子的白鹭呢！”

“你们想得美，嘛子白鹭呀，明明就是一群白鸭子、白鸭子……”

船妞不禁“扑哧”一笑，船也就跟着抖了几抖，她这才醒过神来，自己是在船上。

按照以前的惯例，上奔洪滩是应该等伴船的，纠一帮纤夫将船按先后顺序拉上滩涂。可船妞家的船那天是急着要到下游的江南镇去装公粮，且看着正顺了风向，才想侥幸一回试试。资水两岸，山高崖陡，尤其奔洪滩更是险峻，两面危崖将河道逼得成了一线细缝，“轰隆隆”的水声，犹如千万匹嗥啸的野兽从江峡中撞过。

船开始上滩了。船妞正急匆匆地挥着手中的竹篙，撑得滩石“当当”地响。到激流处时，那船就如同被钉子钉住了一般，只听见船舷边的水流飙得“嗖嗖”有声，而且还挟带着一股冷风；那浪涛，就仿佛是成堆成块的岩石在涌动，雄劲地压向船头，使整个船身像在这一瞬间就会裂开一般……船妞急了，用篙尖死死地顶住滩涂礁岩，篙尾就强压在自己瘦削的肩胛上，用劲到极处时，就迸出了一句号子来：

“咿哟约哟——嗬！”

待那“嗬”字一出声，她便借了咬牙巴骨的力量把脚蹼扣住船头的甲板，拼命地压下去、压下去，那单薄的身腰，也颤颤抖抖的了，似乎随时都有被弹起来的危险。她用整个身心在抗争着，但激流的阻力委实太大了，船身只是稍微向前动了动，竹篙就“咝”地拱了起来——在这惊心动魄的对峙中，竹篙也胆寒了！

她父亲不愧是一名驾船掌舵的老手。虽然心中也有着几分吃紧，但表面却显得若无其事。他从鼻子里“哼”了一声，咬咬牙便将舵柄往外推去了好几寸，继而把系帆篷的绳索向里边一扯，让正面上滩的船，稍微倾斜了些许角度，船头便开始向外偏去；这一招果然很灵，船奇迹般抖了抖身子，便开始缓缓地前行了。

行至丈余远，船舵又往里面扳了几寸，继而，那系帆篷的绳索，也又朝外一拉扯，船头便再向里面翘了过来……这叫着绕“S”字，是船打单帮时，逆水行舟的应急绝招，然而也是跑长途的船最忌讳的险招——因为系帆篷的绳索经常年风吹雨蚀，毕竟不会是很牢靠的呀，一旦绳索断掉，帆篷坠落，即便是河神再世也会束手无策！船妞的父亲不是不清楚这些，只是船已至此，除此招已无别办法。

他在心里暗暗地祈祷着。

船妞终于能够喘上一口气了。抬头望了眼负重拉着纤缆的母亲，当看到母亲佝偻的身子，几乎是贴着地面，双手又拼命地向前伸直着，似乎总是想能够抓到点什么——哪怕是能抓到一棵小草，那也是力的牵引呀！船妞的心弦又一次被绷紧了……她像一头被激怒了的狮子，急促的号子，又一声紧似一声从喉咙中迸出：

"咿哟哟——嗬！咿哟哟——嗬！"

兜着满风的布帆惨白着脸色，整个像变了形似的"吱呀吱呀"地呻吟着，然而就在这时，意想不到的事情终于发生了——那船绕完了三个"S"字，正开始绕第四个"S"字时，系帆的绳索"啪"的一声闷响，赌气的风帆便重重地跌在了船篷上……继而又是"呼"的一声，船妞手中的竹篙，一下被弹出去老远；舵叶也"嘎"一声被扭断了……在一阵天旋地转中，船头车转了一个三百六十度……

船妞的父亲起初也是一懵，但马上又镇定住了。他那黑红的胸脯内像撞击着万顷浪涛，起伏、起伏……他的手抖动着，蓦地将五指叉开，犁一样"掣"进了花白的发蓬中，狠狠一揪，指缝间便满是发丝了……他打了一个趔趄，但没有倒下，那双粗大的、长满了硬茧的手，死死地握紧着那叶以防万一时用的桨片，此刻唯一能把握船与人命运的就靠这叶桨片了，他机智地闪过暗礁，躲过漩涡……

船妞的嘴唇，早被咬破了，血与泪已经模糊了她那张虽然经受过不少风风雨雨，但仍然显得有些稚气的脸，她正扭过披散乱发的头，在绝望中声嘶力竭地呼喊，呼喊着她那连人带纤缆一并坠入在滚滚激浪狂涛的奔洪滩江峡中的母亲……

——母亲！母亲啊！

鸟雀在江峡的低空啼鸣，猿在两面的山崖哀号，滩啸声一阵高过一阵……

想是在为船妞的母亲举行着极其悲壮的葬礼吧。

船终于在祠门口前面的平缓处停了下来。这时，刚好有从下游开来的一队船帮，当这群专喝老白干，爱骂粗野话，腰壮膀子粗的汉子们知道了船妞家惨遭不幸时，一个个都勾下了头颅。没有人埋怨生者，只有一片为死者惋惜的唏嘘声。

船妞的父亲,毕竟是一条血性汉子,他把牙齿磨得"咔嚓、咔嚓"响,又狠狠地捶打了一阵波浪般起伏的胸脯后,便"哗"地跳进了江水中……好一阵,他终于把自己的亡妻给打捞了起来。于是,就有人帮着他把船篷上的布帆也卸了下来,将死者安放在惨白的布帆上,尔后又有人扶着船妞给母亲磕了三个响头……

处理完死者的后事,船,照样还得起锚。资水有首民谣如是说:

"前面滩涂打烂船,

后面滩涂船扬帆。"

一代又一代,驾船人的生活就是这样!

"——开船罗!"

"——开船罗!!"

从粗犷嗓门中迸出的,使整条资江也感到战栗的、一声比一声更加响亮的吼喊,仿佛是决意在向崩洪滩宣战一般——然而,这宣战又仅仅只是对奔洪滩吗?

是的,前面滩涂打烂船,后面滩涂船扬帆。也不知到底是这雄浑厚重的号子声能给人以力量,还是死者的灵魂在激励着生者……面对着曾经吞噬过无数生命的崩洪滩,船妞反而已经没有了一丝畏惧和惊恐,她仿佛在一夜间就长成了大人。

也许人都是这样,只有当知道自己已经成长为大人了,才忽然感觉童年的可贵,那些无忧无虑的时光不会再重来。船妞照样也有过幸福快乐的童年。她的童年是在奶奶的呵护下度过的。每每父亲和母亲随船帮去湖北汉口或江苏南京跑长途了,奶奶就总是会扳着指头算日子,到了往后几天,奶奶会翻箱倒柜找出家里所有的旧衣服,每天用小木桶提几件到九峡溪口的联珠桥下码头去浣洗。小船妞是奶奶的影子,却并不懂得奶奶的心思,但有一个场景她至今仍然记得,那就是奶奶在用棒槌杵衣服时,总是心不在焉地阴一下阳一下,而一双老花眼睛却不停地往奔洪滩方向望过去,直到跑长途的船帮平安返回,家里的旧衣服也正好浣洗完了。而那一天,也就是全家人最隆重的节日,因为船妞的母亲会给在码头上把目光都望长了的一老一幼带来只有大城市才有的礼物,比如给奶奶带来的是驱蚊子的花露水或防寒的羊绒围脖,而给船妞带来的则必定是彩色塑料蝴蝶夹或连环画,也还总是会发一回慈悲,拉着船妞的小手去一趟唐家观买好吃的。从家里出发,过了门前九峡溪口的联珠桥,沿一条溯江而上的纤道往前走,到得婆婆崖江湾,远远地就能够看清匍匐于资水北岸的小镇唐家观了。一根根色如腊肉皮的柱子探入时涨时退的江水中,居然能奇迹般地支撑起一栋又一栋吊脚木楼。在蒙童的眼里和心中那是一个多么繁华的小镇啊!南杂百货,山珍河鲜,剪纸风筝等琳琅满目;尤其是各式各样的资水特色小吃,如:麻辣豆腐干、白嫩豆腐脑、糖油粑粑、粟米粽子、糯米青团、蜜制酸枣等等应有尽有,看得船妞眼热嘴馋,口水"咕咕"地含在嘴里不舍得溢出来,因为在船妞的幻觉里,她已经一样样地尝过鲜了。

"唉,看把你这张小嘴给馋的哟!"母亲心疼地说着,摇了摇头,便从怀里掏出个手绢包一层一层地打开,拿出几个硬币来,给她买了几个糖油粑粑饱口福。

"好吃吗?"母亲看着女儿把舌头都吞下去的样子,自己也咽了下口水问。

"好吃。好……好吃耶!"船妞边吃边回答母亲,却不舍得给母亲也分一个。

但是随着年龄的不断增长,尤其是母亲去世后,糖油粑粑的味道也变了……

不久,船妞就嫁人了,嫁给了本村一个技艺高超的船夫。父亲并没有失信于女儿,硬是用房屋做抵押,贷款给船妞打造了一条新船作陪嫁,但男方却拒收了这一分重礼,而且是她婆婆亲自出面跟亲家老子说:"这份情我们心领了!我儿子能娶到你家船妞做媳妇,是他的福气,这一条新船的花销由我老太婆补偿。"

婆婆虽然是一个盲人,心里却明亮得跟灯笼是一样的:一是因为她晓得亲家老子丧妻后日子过得并不宽裕;二是她确实打心眼里喜欢这个新媳妇。说出来也不怕笑话呢,船妞头一次去婆家过门,就被瞎眼婆婆拦在了堂屋门口,她硬是伸出一只右手来,先是摸船妞的肩胛,再是摸船妞的臀部,然后在摸到船妞的那一双宽大脚蹼时,婆婆大喜说:"嗯,不错,不错,肩胛有老茧,能撑上水船;臀部骨骼宽,保准能生男;一双宽脚蹼,趴得住船板。"船妞对婆婆当然更是尊敬有加。她早闻婆婆是个霸得蛮吃得苦的人,三十六岁那一年,男人趁发桃花水送长途货物去湖北汉口,不期在过洞庭时遇到风暴,一去就没有再回来,婆婆整日泪水洗脸,硬是把一双眼睛也哭瞎了,还要把才几岁的儿子拉扯大。如今,儿子也成了船夫并且已成家立业。有一天,婆婆对船妞说:"我把儿子交给你,放心。"

船妞对男人就更放心。他总是能如铁塔般立于艄位，一双眼睛眨也不眨地能穿透二三丈深水，然而，当船接近奔洪滩时，那神情，便也是稍有几分紧张的。

资水船帮自古便有着等级之分，一等船跑长途，二等船跑短途。船妞家男人的船队，无疑是专跑长途的一等船帮。船妞跟了男人后，硬是坚持了八年不肯怀孕，即使怀上了她也没少用土方子堕过胎。船妞的理由很简单，父母给了她一双大脚蹼，就是用来帮男人驾船的，先把家业基础打牢实，三十几岁生育也不迟呀！

如今单门独户在婆婆崖江湾的这一栋木屋就是在船妞的手里修建的。她之所以要选址于此，是因为婆婆崖江湾离唐家观近一些。"这都是童年的记忆在作怪哦。"船妞说。她后来果然生了个男儿，可婆婆却已撒手西去。那时计划生育抓得紧，"一胎上环二胎扎"，船妞第一胎就生了个男儿，她男人那个高兴啊，简直无法形容。每每只要他出远门回家，就会把儿子举过头顶自豪地对船妞说："你就好好在家里给我带崽，我崽长大后是要去当海军的。只可惜他奶奶走了，看不到了。"船妞不免一声叹息。儿子只有三四岁，就经常不是泡在江里捉鱼，就是在纤道上把捡来的草鞋当船拖，学拉纤。儿子打小就知道，父辈的船队若是从湖北汉口或江苏南京等地装满食盐和布匹之类的货物送往资水上游的邵阳、新化等地，得过长江，越洞庭，入了甘溪港，逆流而上三百余里到得他们家下首的奔洪滩时，父亲总是会蹬一双益阳板子草鞋，自告奋勇地上岸做起拉纤的头纤手来。

人怕出名猪怕壮，头纤手无论如何也不是那么好当的。

雪天。雨天。烈日暴晒的夏天……

纤夫们拉着古老而沉重的木船，与一江激浪狂涛相对峙。其时脚是脚，手也是脚了，十个趾头，深深地抠进窄而且曲的纤道，而两只手，也一样能将路面刨出坑来……那深深浅浅的坑里，浸着纤夫们的汗水，也浸着纤夫们的鲜血呀！但是，纤夫们却没有哀叹，没有呻吟，有的只是喊不成声而又颇感厚重的拉滩号子：

"杭——唷！杭——唷！"

……

而像拉奔洪滩这样的险滩，又无论如何也得等来伴船才行。多则十条、十一条,少也得七条八条——因为每一条船上,按常规总会有固定纤夫两人,而十条船便有了纤夫二十余名,待集中人手后,再一条一条船拉上滩去;他们把所有的气力全都聚于一根纤缆;匍匐在窄窄弯弯的纤道上,一任命运加剧着前程的坎坷崎岖,江风江浪,如一把不停地挥动的雕刀,日里夜里,剔刮着他们黑红色的肌肤……而头纤手,无疑便是这一逆来顺受的匍匐族群中的总指挥,他的手中要搂抱一大卷纤缆,那是拉大江湾时延长距离所需要的;拉到艰难处,还要领腔喊号子;每每把三四条船拉上滩时,头纤手口中便满是鲜血了,但是却仍然不停地喊着,那是能够鼓舞人的斗志,能够更好地把一帮人的劲聚到一块来的呀! 多少年来,纤夫们的心(当然也包括了船工和舵手),就被这拉滩号子紧紧地牵系着:

"杭——唷! 杭——唷!"

……

号子声从低沉到高亢,传出老远、老远……

船妞家在婆婆崖江湾,离奔洪滩也就千多米。船妞的耳朵比兔子还灵呢,总是她最先听见从奔洪滩一路喊响过来的拉纤号子。每每在这样的时候,她便很是激动地对一群正在玩拉纤的伢儿们说:"去去,准是你父亲他们的船来了,快帮他们拉纤去!"话音未落,便拿着自己亲手用针线儿扎得密而又密的纤搭肩,风一般率先"啪嗒啪嗒"赤脚走上了纤道。到得奔洪滩,那一群顽皮伢儿如果发现不是他们父辈的船队时,就爬到纤道以上的峭崖平整处,喊起顺口溜来戏谑纤夫:

"纤狗子,冒卵扒,

四脚四手,地上爬。"

……

而船妞自己,却早已经进入到那一列陌生的纤夫队伍中去了,正用一双愤懑的目光怒视着顽童,那意思在说:"你们这些不懂事的青屁股伢儿,还是不是人呐? 船帮如骨肉,这不是对自己亲人的不敬重吗!"目若刺尖扎心,顽童的顺口溜便戛然而止,幼小的心灵不禁也暗自感到了羞辱。仿佛在一夜间,顽童们都变得懂事了许多,一双双耳朵,似乎也有了一种能捕捉拉纤号子的特殊本领。一旦知道有船从下游来,他们便不再用船妞催促,一路猛跑着向奔洪滩赶去,并且连那些没有体力帮助纤夫们拉纤的妹子,也便主动地从家里为纤夫们端来茶水……

但是，真正对"船帮如骨肉"这句话理解得透彻，还是在那一个反常的冬天。

那是在年关将近的时候罢。

船妞的男人已经离船上岸与家人团聚度岁末了。对于一个长年在水路上行走的人来说，这是他们一年中最值得珍惜的平安日子，资水民谣说："水上行，不是人；进家门，是贵人。"船妞本来就贤惠能干，其时便显得愈发温顺了。如侍候小孩一般，船妞把煨得滚烫的老白干斟了满满一蓝花瓷碗递到男人的手中，把那切得薄如火纸的腊肉用竹筷挟着送进男人的嘴里……然而，就在这时，远远地突然就传来了呼喊救命的声音。男人说声"不妙，"来不及多想便陡然站起身来，把手中的酒碗一扔，箭一般循声射了出去。原来是一条没有来得及赶回家中团聚的外地货船，被迫停在上游不远的竹山江湾躲避洪水，而纤夫和船工都步行回家去了，只留了一个才上船不久的年轻后生在看守船只，不期，竟断了绚船的缆索……

事后有人说那是鬼在催命。依照气象规律，冬天是不会暴涨洪水的，但那一年竟连续下了整整三天三夜瓢泼大雨，澄碧清澈的资水也变得浑浊泥黄了，树木杂柴如同狂狮猛兽在江峡中乱冲乱撞……她男人自然最清楚情况会有多么危急。

远远地，船妞看见男人三下两下扒掉衣服，毫不犹豫也毫无畏惧地纵身跳进了滚滚狂涛。她不禁心里一紧，那是怎样寒冷的天气呀！待船妞追着那如同脱缰野马似的货船赶到奔洪滩滩头时，她男人已鲤鱼打挺般跃在船上了。"你那一身骨骼是铁打铜铸的吗？"船妞喃喃地说。两行滚烫的泪水夺腔而出……许是料定船在闯奔洪滩时十之八九难得有救了罢，男人一掌将那位仍在嘶声呼救的年轻后生推入了水中，旋即，又飚了块船板给他做依托，自己则撑着船篷跳到了舵舱……

终于，那个外地后生爬上了江岸……

然而就在此刻，"轰隆——"一声巨响，如沉雷般从远处滚来，把船妞的心都撞得碎了。木然地，船妞立在奔洪滩滩头，不敢向远处张望——"他……爹啊！"

他爹啊，你是做了种种努力的，既想为异乡的同行保全货船，也为和家人明晚一块欢度大年岁末——船妞为你煨的老白干还没冷呢，桌上的菜也还在冒着热气呢，但是，由于洪水实在太猛，更由于惯性使然，你终于没能躲避开这资水第一险滩——奔洪滩两岸阴森森左逼右突于江峡中的礁崖的暗算。这就是宿命吗？

天暗了下来，北风呼呼。黧黑的石山上有猿在啼啸；奔洪滩的滩啸声也一阵紧似一阵了……哦哦，那不是在为我男人的悲壮殉身在奏着一支深沉的哀乐吗？

船妞吃惊那噩耗居然传开得如此神速，就在她男人遇难后第二天，也就是年三十的那天下午三时许，她家门前的江面上倏忽间便聚集了成百条木船，桅杆竖立似森林，"这些船帮的弟兄们，今天是大过年的日子呀！"船妞激动得身子也发起了抖来，暗哑的声音像是自言自语，又像在对她儿子说："你看，你看，船帮里都来悼念你爹了！"说着，忙拉儿子跪倒在堂中的神龛下……

有声音从江面上盖了过来："佬大，你安息罢……"佬大是她男人在水上的称呼，船妞回过头立时便惊得呆了：成百条船上正跪着一片黑红脊背的汉子——那是些面对飓风狂浪敢于将苦难饥餐笑饮的铁铮铮的汉子啊！为了表示对她男人亡灵深重地哀悼，在如此严寒的日子，他们竟然全都一丝不挂地赤裸着上身……

船妞无论如何也没有想到会有这等事情发生——那位看上去似乎怯懦如女人的异乡船工（就是那位曾留下来看守船只的异乡后生），居然在极度痛苦和忏悔的烧灼中能够升华到完全忘我的境界中（忘记了自己的年龄，也不顾对方是否能接受……），他似乎变成了另一个人，发狂一般跳上江岸直朝船妞冲过来，并且双手将她搂起，如滩啸一般一字一顿地宣布："我——要——娶——你——！"

船妞的脸色立时"刷"的惨白，陡然从那汉子的怀中挣脱开来，接着一声撕心裂肺的长嚎："他——爹——啊——！"便猛地朝男人的血衣扑去，把血衣紧紧地搂进怀里，许久许久，又出乎意料地转过身来，一双拳头如铁锤，擂打着那后生的胸脯。然而那后生竟任其锤打，纹丝不动，如一座坚不可摧的石山……不知是锤打得累了呢，还是终于被那后生铁打的意志所感化？不知不觉之间，船妞那激愤的拳头居然变成了温柔的手掌，在那后生青肿的胸脯上疼爱地抚摸着……

人们一怔，旋即又一个个全低下了头去：那是船帮对这位敢于以如此一种抉择作为报答行为的船夫的默许，也是对船妞那种似乎是离经叛道的行为的首肯。

其时，世界一派静穆，只有资水汤汤，一如天籁……

那后生与船妞是在灵堂里拜的天地，这是沿袭船帮旧俗——叫给家里冲喜。

然而好景不长，那后生跟了船妞的第三年春天，桃花水发，船妞才满十岁的儿子，见洪水中漂浮着一头"嗷嗷"叫的肥猪，便一纵身跳进了滚滚洪涛，他是想要去把肥猪打捞上岸，给母亲一个惊喜……儿子本来是懂得水性的，却没想刚游出去两丈多远，就被从上游冲来的一根旧屋枕木迎头撞了一下，只听得"啊"的一声叫喊，人就不见了——最先听到儿子叫喊声的是他母亲船妞，她赤着一双大脚蹼飞奔出门，却被紧跟在身后的男人一把拖住，说时迟，那时快，已经成了船妞前夫儿子继爹的那个男人，竟然和衣跳进了江中……最后，船妞的儿子被推上了江岸，而她的第二个男人，因为衣服吃水太多，更因为过度用劲，却未能爬上岸来，并且后来船妞自己也跳入了水中，在快到下游联珠桥旁才把他拉上江岸……

再后来，她一个寡妇人家，又硬是含辛茹苦地把自己的儿子也拉扯大……

然而，当年那一艘由父亲借贷给她打造了作陪嫁、而实则是由婆婆给出资的老帆船，在婆婆崖江湾里陪伴了她好几十年的老帆船，如今却也离她而去了……

这还有嘛子可说的，我船妞好歹也是海军舰长的亲娘，我能拖政府后腿吗？

哦，船妞，资水河畔的女人啊！

夕阳收走了最后的一抹余晖，也收走了披在船妞身上的那一件美轮美奂的袈裟。天色渐暗，暮色四合，她的两眼却闪烁出了熠熠光辉，脸上的纹沟里流溢着微笑，哦，她仍然在端详着手中儿子的照片——大海辽阔，着海魂衫的儿子立在舰艇甲板上硬朗朗如一根笔直的桅杆。慢慢地，一个单薄的身影从婆婆崖下立了起来，一盘银白的发髻如一粒萤火在缓缓移动，不一会，船妞家的灯光亮了……

资水在一如既往地静静流淌……

相看白羊山

一

山还是那两座山，一座是资江南岸的白羊山，一座是资江北岸的金鸡岭；水还是那一汪水，是七百里资江中游的孟公塘；两座山如两个忠诚的卫士，日夜守护着这一汪蓝莹莹的江水，而这一汪盈盈江水却也无时不把这两座山揽入她的怀中，映在她的心里。但这山这水，却因为新到来的两个人物而有了不一样的故事。

话得分两头来说，先说居住在金鸡岭下、孟公塘江湾江景楼里的传灯。

传灯老家在金鸡岭右侧的白驹村。他自幼丧母，父亲又行医在外，为了生计十多岁就曾混入船帮打短工给上崩洪滩的船拉纤。每拉上 5 艘为一组的货船即可领得一份微薄报酬，但报酬并不是钱而只是几个荞麦粑粑，他自己不舍得吃，得带回去与家人分享。成了准劳力后又跟堂叔学过篾匠，再后来又跳槽进公社基建队做了泥瓦匠，并且鬼使神差爱上了文学，居然有作品变成了铅字，还当上了公社改乡后的半脱产文化站辅导员，并获得了百花文艺出版社《散文》月刊奖。

村里有人说他是文宿星下凡，也有人说他根本就是个混混，但不管怎么说他却走狗屎运在 20 世纪 80 年代初，被破格招工转干调进了县文化馆，老婆孩子也解决了农转非户口成了城里人。不久后县里成立文联，他又被推选为副主席兼秘书长，再后来还做了县委机关报总编辑，继而又调进了省城……然而人生真是有趣，年少时就做过纤夫的传灯，一路负重前行不曾懈怠，从纤夫到作家,从农村到县城到省城,于省文联某协会副主席岗位退休后却忽然提出"还至本处"回老家,在自己祖坟地的金鸡岭下、也是在少年时打短工拉纤泊船领报酬的孟公塘江湾处建了一栋颇有特色的江景小楼。楼的左侧,是七百里资江曾经最著名的险滩——崩洪滩,但如今却早已经不再有昔日的激浪狂涛,因为在上游不到40里水路的中间段就修建了三座低水坝电站。这当然会影响河流的自然生态。江河宜疏不宜堵,世态人心亦然。"但是……"传灯却淡然地说:"如此也好,正适宜我养老。"

大自然的优劣与否,其主要因素在人类,而世态人心的变化呢?……

传灯有一儿一女,也有小孙外孙,他们仍然居住在省城。传灯曾不止一次地跟老婆菊儿说:"城市是属于年轻人的,我国的城市化还处在成长中,儿孙们正好与城市共成长,三代养一个贵族,城市的发展和成熟路还很长,儿孙们还任重道远,我们却已经老了,回到生养自己的家乡与自然山水为伴,不是一件很幸福的事情吗?"他还常跟菊儿说:"执子之手,与子偕老。"菊儿读书不多,有些话不是全懂,大致意思却是明白的,所以也就常常微笑着点头称是。菊儿确实感到很满足。

传灯在前不久完成的一个小说中,曾有过一段叙述自己打发时间的文字:

他经常会把时间掰成三分来过,一分是在江景楼两档的菜地里打发的。菊儿当然不会让自己的男人独自去做这些杂碎事,是夫妻双双一并去下地的。女人头戴草帽,男人则总喜欢光着脑袋,他就是这么一个人,从来就不戴草帽的。如今头发稀落,就正应了那一句"和尚打伞,无发(法)无天"的俗语了;还有一分时间则是服务于晚饭后散步过来的白驹和株溪口的闹武神(即年轻人),他们已经把喝晚茶的据点从建勇家里移到了江景楼,这是传灯在建房时就承诺过大家的。能与年轻人在一起喝茶聊天,也是传灯之所求,他喜欢听闹武神们漫无边际地扯闲谈,察其言,观其行,他始终坚信自己能从中发现未来的乡贤,也确实有所发现呢;另外的一分时间才是完全属他一个人的,那便是手握黄卷在阳台上翻一会儿书,还说自己是在与古代圣贤相会晤,又发一会儿呆,把目光投向横在眼前的七百里资江,以及下游崩洪滩江峡中的荒洲,还总是时不时往楼左边的那一棵松树上扫一眼,但遗憾的是,他所期待的那一对仙鹤却极少光顾,或许是来过了他也没有见到,仙鹤已经修炼得与天光同色……当然啰,他偶尔也会到楼下河滩上去捡几枚形状各异的卵石回来,并供于堂中的茶案上用茶水养着;还说是亿万年前恐龙下的蛋呢!他经常会一个人自言自语地说出些令菊儿无法听懂的话。

而倏忽有一天,当江上水雾散尽,他把目光越过水色盈盈的孟公塘江面抬眼向对岸的白羊山望去时,竟在平日里夕阳落脚的山垭间发现了一缕袅袅青烟……

自打从那一天起,他每次早起手捧黄卷独上临江的阳台后,就总是会以一种神往的甚至可以说是迫不及待的心情,期待着盈盈水色横前的孟公塘里的雾霭早早地散去,然后便以仰视的目光钉子般钉着青烟升起的地方看,后来果然就有所发现了,他先是看到了一个红色的点,再往细里看时,就认出原来是一栋小平房。

山上小平房里住的会是谁呢?该不会也是从城里回家来养老的吧?但为什么要把房子建在那么高的山垭呢?传灯觉得很奇怪,心想,自己哪天应该去看看。

"是应该去看看的,你们本来就是有缘人。"这是如风如江声的鹤语在提示他。

传灯把目光遂投向松树时,却只见到松枝在动,随即便是一团白光远逝……

这便引出了另一个人物和故事……

这个故事是由白羊山山垭上那一栋红色平房里的老者所口述,并经他身边的女人记录在一个记事本中。这当然就是传灯在江景楼阳台上仰视那一缕青烟之后的某日,由儿子传奇陪同他一并上山去拜访那一位老者时,才读到的绚丽文字。

二

那是在数十年前的一个正月十五。还是在旧时代呢!具体是哪一年我已经记不起来了,但我还记得当时的旧风俗:在我们白驹村,这一天的午饭是特别讲究的,家家户户的灶台上都煮着腊肉,菜锅里腊肉的香气随炊烟从一栋又一栋木屋的檐口袅袅浮出,又被乍暖还寒的穿山风往下一赶,整个村子的旮旮旯旯里全都香了。这顿中午饭叫作吃开工肉。白驹里村有一句民谣:吃了开工肉,翻地犁田劲头足。主妇们有意识地把每一片腊肉都切成有男人的手掌那么厚那么宽,一口咬下去,嘴角两边都流油。吃过中午饭,该上山翻地的荷锄去翻地,该下水犁田的吆牛去犁田,这新的一年就算正式开工了。汤圆却是留在晚餐吃的,吃过汤圆后再排排场场地点蜡烛和松柴发元宵。这是我们白驹村人的一种庄严仪式,老辈人传古说,元宵火是给虫蛇划出的界线。这叫发元宵,而不是闹元宵,乡下人穷怕了,在乎的就是一个"发"字,在每家每户的门前,也包括禾场坪里,插上蜡烛,堆上松柴,比哪一家的蜡烛松柴燃得更旺,哪一户的小孩喊发喊得声音大。

我们白驹村还有一件事其实也看得同样重要,那就是从过小年节开始,每家每户都会争先恐后去求德先生写春联,并且是要当家人亲自上门去请的,还不能空着手去,不然会有人说是辱没了斯文,家境宽裕点的自然会给老秀才送上一个红包,不过一般人家都是奉上几个鸡蛋或一碗两碗坛子菜。德先生也不谦让,年近九旬的老人却还能笑出满脸红光且不卑不亢地说:"那我就替圣人谢过各位了!"

唯独我哈儿是个特例,我父亲死得早,母亲前年又跟一个做瓦匠的新化人私奔了,家里只剩有两间木屋……我就是在这样的家庭环境里长大的,不过好歹也上过三年私塾,母亲出走的那一年,我已经 13 岁了,我的职业是给族长家放牛。

元宵节那一天,我并没有进山里去放牛,而是去了村口联珠桥外面的江湾野滩。资江河里每年都会发几次大水,也会给野滩抹上厚厚的淤泥,间或还有没被洪水带走的野曾或家畜的尸体。经过几场秋雨和一冬雪水的浸淫,腐尸便成了野滩上芨芨草最好的肥料,这秘密是我最先发现的,因为有事没事我总会到江边去,我是到江边去叉鱼。我叉鱼的本领简直有点神,这信不信由你。我手里握一根有丈把长,两头各兑了半边磨得锃亮风快剪刀的简易鱼叉,双眼扫过江面,只要发现哪里的流水波纹有些异样,鱼叉所到处必能叉到鱼。刚刚露出水面的鱼或许还以为自己是跳过了龙门,尾巴几摇几摆,悬空划出花来,优美极了,却不晓得自己是怎么死的。我经常跟玩伴夸口说:"这还不易得,鱼飚得再快,能有我手里的鱼叉快吗?"我吹牛的神情没准就像在喝鲜鱼汤一般,听得玩伴们口水都流出来了,他们或许还真的恨不得自己就是我手中鱼叉两头的半边破剪刀呢,天天都有鱼吃。"娘的,鱼也怕过冬呀!"这话是我说的,真见鬼哎,一到冬天,像样一点的鱼就全都潜底不现身了!不过这难不倒我,俗话说得好,一蔸草会有一蔸露水养。

这时,我手中握着的已经不再是鱼叉,而是用两个指头夹着的"鼠标",其实也就是我用父亲留下的小钢斧，将废铁丝斩成约两寸长磨制出来的标枪，我私下里称它为"鼠标"，是专门用来"标"老鼠的，然后我每天又能吃上烤鼠肉了。

我家里空徒四壁，自然也就藏不住老鼠，更养不活老鼠，但是族长家的牛栏屋里老鼠却成堆，因为屋梁上堆满了稻草，那是专门为牛过冬准备的，鼠们钻进稻草堆里找瘪谷子吃，顺便还在里面建了鼠窝，我几乎每天都能在牛栏屋里标到老鼠。我标老鼠的手法简直灵巧得无法形容，从未伤及过鼠皮，我把打磨得寒光逼眼的"鼠标"夹在食指与中指间，然后一抬手将"鼠标"飞去，不偏不倚刚好就标住了鼠尾，将一个溜得比风还快的活物钉牢在原地，那龇着满嘴鼠牙"吱吱"叫的样子真不雅观。我吃鼠肉很刁，先不开膛剖肚，而是用鼠标绕鼠嘴角处割一圈，从头到尾如平时脱袜子一样就把鼠皮给剥了，然后掏净内脏，再里外抹一层盐才送到灶火上去烤，居然同样能烤出香味来，且肉质鲜嫩。我又吹嘘说："能不鲜嫩吗？事先没放血的，这叫吃活肉，还蛮有营养呢！说着就伸出了手臂，你们看看，未必不比你们这些只晓得吃死肉的结实得多呀！"这确实会让我的那几个放牛玩伴相形见绌。他们本就是来占便宜打秋风的，于是边抹嘴巴边附和，说："那是的，那是的。"

吃过了鼠肉后，悬空吊在火络上的鼠皮血水也烘干了，我于是又开始捣鼓起鼠皮来，用指头掐着外露的鼠尾巴尖尖，轻轻一甩，鼠皮就翻过来了，我然后就抓了火塘里的柴灰往鼠皮嘴里灌进去，只一会儿，一只憨态可掬的老鼠就趴在地上了……我的另一间空房里，不但存列着灰老鼠，还存列着一根一根的鱼脊骨。

有第一次见到这种场面的玩伴就觉得很惊讶："你这是干吗？"

我也就总是会自豪地回答玩伴："难不成你们不觉得这是我的赫赫战绩呀！"

察言观色，我似乎听见有玩伴倒抽了一口寒气……

那年是隔年春，我先天就手握鱼叉到江边走了两三趟，本想着第二天就是正月十五了，别人家的灶台上都有腊肉煮，哼，我要是运气好能叉到几条鱼，老子就敞开锅盖子全给炖了，让鲜鱼汤的香味飘到九霄云外去，馋死天上的神仙！这一天也是我的生日，我就是在12年前的这天凌晨钻出母腹来到人世的，就像只有我父亲在世时和我娘在乎过我的生日，别的人从不在乎我过生日一样，其实我哈儿也根本就没有把村里人的腊肉看在眼角里。然而来来回回走了好几趟，握鱼叉的手心都渗出了汗珠，却连鱼的影子也没有见到，却发现了一野滩青嫩鹅黄的芨芨草。我的心里其实说不出有多高兴,吃过开工肉牛,也要下田了,正好让老牛也饱吃一顿嫩草呀!我放牧的是一头九岁了的水牯,这当然算得是一头老牛了。

在我的邀约之下,我们几个少年郎一清早就赶着牛去了村口联珠桥外面的野滩。哈,牛见嫩草,就像蜜蜂见了鲜花,一头扎下去头就不见抬起来。我照例是带了鱼叉去的,说实话,我的心里其实如点了蜡烛,晓得玩伴们既羡慕我,也同情我,尤其是逢年过节的时候,一个人孤孤单单多冷清呀!所以也真希望我这一天能够叉上几条鱼……然而,牛的肚子被嫩草胀得像一面鼓了,我却是空手而归。

族长家的牛栏屋就在离村口半里地的学堂山山咀上,我们拴了牛刚走出牛栏屋,就见一群喜鹊从头顶"喳喳喳"地朝学堂山的操坪方向飞去。"这是老天犒赏我哇!"我喜出望外地说,有得鱼肉过十五,喜鹊肉也是美味呀!于是我就往学堂山的操坪里飞步而去。所谓学堂,其实就是私塾,操坪两则有十多棵古樟树,喜鹊是爱凑热闹的鸟类,不怎么怕人的,当时操坪里就有好几拨人,有带了小孩在打陀螺的,有蹲在地上玩纸牌的,还有几个年纪大的在听老秀才德先生说古书《逼上梁山》。我飞跑到了操坪后,居然粗气不喘,目中无人一般勾腰捡了个石子,眼也未抬顺手就朝树上的喜鹊射了过去。我真不愧是个天煞星耶,手法好准哪,只听得"喳"的一声惨叫,一只喜鹊就应落在了操坪,没想这下却犯了众怒,因为白驹村有"春头莫打鸟,十打九戴孝"的一种说法,而我爹死娘改嫁,戴孝也是戴在人家头上啊!先是绰号叫刚狗子的带头向我发难,因为他家里老父亲已经病危过好几次了,紧接着二三十人嗡地就围了上来,还真是多亏了年近九旬的老秀才德先生在场,他拨开人群走了过去,一句"他就是个哈儿"帮我给解了围……

三

好一个天煞星哈儿!或许是那一天上午我受了众人的羞辱与刺激,心里憋屈得慌,仅仅到手了一只飞禽过正月十五还觉得并不过瘾,从人堆里钻出来把喜鹊往家里一撂后,又将一把家传的小钢斧别在腰间,进了江对岸的"禁山"白羊山。

关于这把小斧头其实还有个辛酸但也幽默有趣的故事，那也是正月十五，刚刚分娩过我的娘一滴奶水都挤不出来，而我却饥饿得鬼一样"恐啊恐啊"地惨叫。这时，在外面灶屋案板上用小钢斧剁猪头的父亲一声怒吼："你这天煞星，恐嘛子恐啊！是恐鬼还是恐人呐？猪头肉都已经进锅里煮着了，你娘吃过猪头肉就会有奶水了！"这个猪头是我父亲从唐家观小镇张屠夫那里赊来的。然而灶台上的锅里正香气四溢时，张屠夫却亲自登门前来讨赊账了。手长衣袖短的我父亲一脸无奈，只好把煮熟的猪头肉全都捞出来退给了人家……

这肯定是真事。是我娘在跟那个新化瓦匠私奔的前一天才鬼使神差般把这事唠叨给我听的，娘最后还一声叹息又补了一句说："这也怪不得人家张屠夫，猪头是过年前赊来的，赊账不过年夜呀！也亏了有这半锅猪头汤，你才没有被饿死。"

难怪村里有人曾背着我唱过一段顺口溜：

原本到了嘴边菜，
猪头煮熟债主来，
手长神短无钱付，
骨肉退还汤喂崽。

也许这就是从我爹口中溜出来的，我想亲口问爹，但我爹已经走了好多年。

我父亲并不是白驹村人，他老家在江对岸的白羊山，所以给我取的名字就叫白羊山。资水中游一带有很多旧俗，其中被封为禁山里的"胞衣树"恐怕就是最重要的一条，那就是在这座山中的许多棵个性鲜明的树上，都挂着人们的"命篓子"，命篓子里则存放着一个刚从娘肚里出来的血肉胞衣，那树也因此被叫作"胞衣树"。不然唯独这座山中能有如此榛榛莽莽的一片森林？因为这是"禁山"！

不知是否真惊动了山神，那天我刚踏入禁山，榛榛莽莽的林子里就旋出了一股冷飕飕的阴风，树枝与树叶的摩擦声"咔嚓咔嚓"，"窸窸窣窣"，山中杂柴茅草几乎也被刮得倾倒在地。要是换了我的那几个玩伴，他们早就已经被吓得屁滚尿流溜之大吉了，我却还竖起了双耳，瞪大了两眼，手握斧头在等待着有野兽的出没。

同样充满期待的应该还有我手中的这把小钢斧，这本来就是一把吃肉嗜血的钢斧！哈，果然不负我天煞星所期望，居然有一匹眉眼如同描过，嘴脸俊俏，毛色油黑发亮的狐狸从百米处的杂柴丛中钻出，既不畏阴风也不惧我，稍许蹲身就撒出了一泡尿，我分明看见那尿液洒出时是成片状的，心想好家伙，难不成还是个美女狐狸？只是经迎面刮来的山风一搅，"嘿呀呀"，狐狸的尿液都刮到老子的脸上了，尤其是那一股怪异的狐臊气，真他娘的呛人！它还想慢条斯理地伸一个懒腰时，老子就再也没得耐心了，一声怒吼道："你这妖女狐媚子，以为我天煞星手里的斧头是根朽木呀！"话音未起，斧头却"嗖"的一声逆风劈了过去，一颗美丽的狐狸头颅便哑哑然劈开成了两半，脑浆和鲜血溅在倾伏于地的茅草上斑斓而绚丽。

我走近前去，拉开它的后腿一看，嘿，那东西灿若鲜桃，果然是个母狐！

这里顺便交代一句，天煞星是我娘恶狠狠从小叫我到大的另一称呼，娘的理由是，自从有了我，我前面的一个哥哥和姐姐都殁了，而且我父亲也被我克死了。

这一个中午我没有邀任何玩伴，也邀不动任何玩伴，人家都围着八仙桌在团团圆圆喝开工酒，吃开工肉，有哪个还会来甩起我哈儿呢？我当然也不会甩起别个的，待我一肩膀扛了那匹母狐狸到得家门口，阳光刚好给屋檐下的阶沿划出了一根崭齐的直线，看来已经是正午时分了，难怪肚子里"咕噜"直叫，想必是用红薯饭养大的蛔虫又要造反了。将肩上的狐媚子往禾坪中间一摞，三步并两步进灶屋里舀了一瓢凉水先把自己喂了个半饱，我便摆开了阵势开始处理狐狸的后事。哈哈，待我如剥鼠皮般熟练地剥下狐皮，用竹篾块撑开往阶前的廊柱上一挂，我的双目顿时被那狐媚子的一身油黑毛色点亮，心想，这东西怕是值几个钱呐！接下来便是开膛剖肚，但是，令我万万也没有想到的是，当我果断地一刀划开它的肚皮，双手往两侧一掰时，我的两眼便突然发直，那一颗被玩伴们戏称为让坚硬核桃壳裹着的少年心，却像是被自己刚才的一刀给捅破了一般，恍惚间似有五雷从头顶上劈下来。我手脚发麻，全身发抖，嘴里咬着的尖刀亦无声地滑下……说时迟，那时快，被娘诅咒了十多年天煞星的我居然伸手就接下尖刀，寒光闪闪的刀口上不仅沾有狐血，也沾上了我的血……我终于清醒过来，刚才我所有的失常举动，完全是缘于看见——是我亲眼看见了鲜血满腔的狐腹中有狐婴正在蠕动……

但是，接下来的事情更是令我觉得诡异。

我居然鬼使神差般将剥了皮，也开了膛的狐媚子抱了起来，搂入在怀里，然后又将其端端正正地放到了我的床上，还给盖上了被子并且小心翼翼地将两侧掖紧。之后才惊魂甫定去做饭，其实我几乎没有沾一粒米饭，而是烤了那一只由好心的老秀才德先生送了个"哈儿"绰号给我换来的喜鹊，用喜鹊肉咽了几口苦酒。

我当然不会喝酒的，空徒四壁的家中也没有酒，是上边屋里按我娘的辈分应该叫月桂姨的从我家门前路过，她一眼就看上了挂在廊柱上的那一张狐皮。于是满脸堆笑走进灶屋里跟我套近乎说："哎，我跟你讲耶，今朝是元宵节，晚上到我家里去吃汤圆呀！"我正在给褪去了禽毛，也掏空了内脏的即将烧烤的喜鹊身上抹盐，对她虚情假意的殷勤爱理不理，没料她又补上了一句："哎，我家里那酒鬼中午还剩了半瓶白酒，要不给你拿过来喝几杯？今天好歹也是过节呀！"我心里正好还为自己一斧头就要了数条狐命七上八下，顺口就应了："好好好，这还差不多！"

不曾想几口白酒下肚，我的脑袋就懵了，待我从懵里懵懂中醒过神来，廊柱上的狐皮居然不见了，这肯定是被黄鼠狼给鸡拜年没安好心的月桂姨顺手牵羊给牵走了。心想怕懒得，狐皮顺走了，狐的肉身还在（我当时并没想好该如何处置它）。我晕里糊涂又进了房间，这时太阳早已落入西山，房间里一片阴暗，我点了油灯走近床沿时，恍惚间似看见捂着的被子里有什么东西在蠕动，并且还从被窝里发出了一个女人凄楚的哭诉声："你这该死的天煞星，还我儿女的命来！还我儿女的命来……"我手中的油灯怦然落地，便头也不敢回从房间里仓皇逃了出来。

"呸呸呸……"我口中不停地嘀咕："怪事，这真是怪事，狐狸也阴魂不散呐！"

这时，白驹村家家户户门前的阶沿上及禾场坪里全都点燃了蜡烛，也点燃了松柴，整个村子瞬间如同白昼，一阵比一阵高亢的"发啊！发啊"声，把整个村子都抬了起来。乡下人的愿望是那么淳朴，他们企盼用火焰驱走虫子，用一个"发"字呼喊来好运。在禾坪里打望的我忽然觉得自己也像被点燃了一般，顿时周身发热，发烫，但猛一回头，我却傻眼了，我身后的房子已经有明火冲出了屋檐……

房子是被油灯点着的，仿佛是天意安排要为惨死的母狐及它肚子里的幼狐举行隆重的火葬仪式，也焚烧灭迹了我日积月累起来的鼠皮并鱼骨……但我却是那个纵火犯！当晚,我孤身逃进了存放有我的血肉袍衣的白姓"禁山"——白羊山。

幸好那一把小钢斧还别在我的腰间,我就在白羊山山垭上搭了一间简易的茅草棚住了下来。为什么我会选择在山垭上搭草棚?因为我的血肉胞衣就挂在山垭的一棵野石榴树上。父亲为什么偏偏是选择了一棵野石榴树做我的胞衣树呢? 这令我百思不得其解。但自从我躲进白羊山后,却是开得像火焰的石榴花重新点燃了我求生的愿望,不久,我又上了传说中的土匪窝半崩山,找到了经由山匪改编成的湘中抗日游击队,我早就听白驹村的老秀才德先生说过,我们村的狠角色黑皮就在游击队里当司令。就这样,我便从此走上了革命道路。你说传奇不传奇呢?

老者其实就是传灯的一位故人,这又引出了他自己曾经写下的一个故事。

四

那一夜月光如水,我漫步在湘水北岸十里长堤,却总是疑心自己每一脚都击在空明的水色之中。江上微波粼粼,似万千问号不断地重叠涌来,而江岸垂柳依依,像是离人挥动的长袖,亦牵动着我的思绪,这使我又一次想起了白老爷子。

白老爷子当然姓白,名字很土,叫羊山,连着读就是我老家江对岸一座山的名字。我曾问过老爷子:"您是白羊山的?"但他却跟我说他是唐家观人。我家在小镇下游三里处的白驹村,彼此算是同乡,他看上去应该比我父亲年长,如果我父亲还健在的话。为了图个亲切,所以我经常叫他白老爷子,而很少称呼他白书记。

我此前曾接过一个电话,对方说:"小传啊,你怎么也学鲁迅写起杂文来了!"

"您说什么?"我当时听了一惊,还真没想到会有人拿我的一组短文与鲁迅先生的杂文放在一块说话。听声音很耳熟,称呼也并不陌生,却一时想不起这人到底是谁。我于 20 世纪 90 年代初就进了省城,在省委统战部党刊任过副主编,认识我的许多老领导仍习惯叫我小传。我犹豫了一下,看来电显示果然是2217 开头的省委内线号码,而且随即就反应过来了,是老领导加老乡的白老爷子打过来的。

"您这又是在批评我吧？白……白书记！"我心里便有些惴惴然。

"我早就已经不是白书记了，是白……白老爷子——传伢子哟！"

一句响亮的"传伢子哟"，里面蕴藏着浓浓乡情，这令我顿感温暖而亲切！

老爷子情绪似有些激动，稍微停顿了一下他又说："仰望星空是为了使自己的心廓变得清晰。这文章好，虽然只有几百字一章，却蛮有分量。"原来白老爷子是看了我发在省报副刊上的几个短小随笔，还真被他一语中的，褒奖之情溢于言表。

"随感而已，白老爷子您过奖了！"我的回答有几分敷衍。

说实话，我以前对这位曾经给过我帮助的老领导是有些反感甚至不屑的，这或许并不是针对白羊山本人。但我又对这位卸任后的白老爷子刚才一开口就能谈论起鲁迅来颇感意外，并且根本就没有想到，令我更感到意外的事情还会在后面。

"感谢你们包容我多年！"白老爷子又接着说："我也是最近一段时间才慢慢悟出了一些做人和说人话的道理来。"白老爷子语气平缓，像与邻居在拉家常："有时间来陪陪你白老爷子呀！也好帮助帮助我，不是有句成语叫亡羊补牢，犹未为晚吗？"

白老爷子的话里话外居然有着对自己当年的悔意，一句"亡羊补牢"击中了我的软肋，"不晚，不晚。我一定会常过来给您老请安的。"我说的确实是真心话。

"那好，那好。传讶子，要说话算数哦！"白老爷子心情愉快地挂下了电话。

我当时正在翻阅《诗经》：关关雎鸠，在河之洲，窈窕淑女，君子好逑……

盎然诗意仍在我的脑海中荡漾，我再也闲坐不住，于是便下楼到了江边散步。

白老爷子在省委副书记的岗位上历时五年有余，并且分管的又是全省的意识形态工作，他在位时是左得出奇，也霸道得出了名的，以至于在文化艺术界还有人私下里给他取了个"白加黑"的绰号。这比喻当然不一定准确，文人嘛，最大的毛病就是喜欢主观臆想，自以为是。不过有一个典型的例子还是蛮滑稽，那是在全省的一次宣传工作会议上，行伍出身的白副书记为了显摆自己也是个有水平的内行领导。在他作重要讲话时一开腔就甩出了高八度的声音，他说："今天在座的都是我省各级掌管喉舌的领导同志，我出一道文化题让你们答——"他有意把"掌管喉舌"几个字说得很重，稍做了一下停顿，抿了口茶水又"咳"了一声，继而才又正色道："你们当中，有哪一个晓得最早来我省的南下文化干部是谁和谁吗？"

白副书记还真是会卖关子，他又有意停了下来，用得意的目光扫视会场。

台上台下，顿时鸦雀无声，还真的没有一个人能够答得出来。

"嘿，你看看，你看看，你们这么多的书生、这么多的秀才呀，还真不如我一个行伍出身的——是屈原和贾谊嘛！不然，我们这里怎会被称之为屈贾之乡呢？"

屈原和贾谊是南下文化干部吗？此言一出，台下一片哗然，有人说，这根本就是偷换概念。有人摇头，这是牛头不对马嘴。当然更多还是热烈的掌声如雷霆般滚过。也就是在那次会议后，文化圈中便有人暗地里称他为"白加黑"书记了。

他真是一个没有水平的白加黑吗？至少我始终对此论颇感怀疑。

白副书记是 20 世纪 90 年代末退居二线的，他那年已进 60 岁。当领导干部的成也年龄，败也年龄，刚好当时正流行省副部级领导提拔七上八下一刀切，但组织上还是给了他一个省委顾问的头衔，其实也就是个虚职而已。为了能适用全退后的闲居生活，老爷子专门拜了省美院一位中年女教授做老师，一天画几个小时的静物，或撑开画架在大院的后花园里写生。他或许是一片苦心，知道自己心直口快，又爱犯"左倾"，而现在时代不同了，不如干脆磨磨性子养养身，免得退居二线了还忍不住以顾问名义到基层去视察指导，麻烦地方官也骚扰民众，而此种现象几十年来在官场却是屡见不鲜的。他能这么想当然是一件无可非议的好事。

我对白老爷子的过去有一些了解，据说他 12 岁那年就参加了地方武装，还有幸投身到雪峰山抗日在蓝田的一次阻击战，后来又经历了解放战争和抗美援朝等。虽然只念过三年私塾，却在血与火的考验中成长得很快，在 55 岁那年竟然当上了省委副书记分管宣传口，而且在政界圈子里也常有人尊称他为白老爷子。

"小传呀，你说说看，什么《潇洒走一回》，什么《爱江山更爱美人》，像这一类所谓的流行歌曲，不是在给改革开放拉后腿吗？"白副书记不但曾经在大会小会上阐述过他自己对流行歌曲不满的观点。而且有一次我去省委公干顺路去他办公室看望他时，一进门白老爷子就又说起了这个话题："我十多岁当兵，就是高喊着大刀向鬼子们的头上砍去的进行曲冲锋陷阵的，后来抗美援朝时不也是唱着雄赳赳气昂昂的革命歌曲跨过鸭绿江的吗？如今倒是好，不光是鼓动你何不潇洒走一回，还唆使你爱江山更爱美人！这不是胡扯淡吗？"白老爷子确实气不打一处来。

其实也不能一概而论的,我当时说:"艺术家对现实生活是敏感的,你不唱出来而事实上这种情绪也阻挡不住呀!时代不同了,世风如此呢!我的白老爷子。"

"我说小传啦,这就是你的不对了!你不仅仅是一个搞艺术的,你还是组织上任命的省委一家党刊的执行主编,应该要严把舆论关,你怎么也能如此认为呢?"

我是仗着在私下里叫他老爷子才说出的心里话,没想还是挨了他一顿批评。

白副书记接着又自问自答道:"什么叫主旋律?主旋律就是真善美嘛!"

"当然,当然,您说的根本就没有不对的。"我也就立马幽默地附和他说。

老爷子留恋的是整整一个时代,或者更准确地说是有着时代的局限性。一晃多年,也同样是这个白老爷子,他今天却主动来电话夸我那一组几百字一章的随感写得不错,还说他自己也悟出了做人和说人话的道理来。那么他是已经意识到以前的自己并不是自己,意识到说过的话并不是"人"话?人的思想转变也许还真得从他能够换位思考并设身处地才有所觉醒的。这得从他开始拜师学画说起。

五

白老爷子说他的老家在资水中游北岸的唐家观小镇,从小就对那一座有着鲜明特色的小镇心怀深刻记忆:一长溜俯身可鉴人影的光亮青石板从上街铺向下街也铺向吊脚楼临江的码头,还有铺向里边靠山的杏花巷、李花巷、桃花巷、蕉影巷和石榴巷并且直通人家后花园里去的。后花园由近人高的水竹篱笆围着,里面一般都栽种有与巷弄名字相同的花树。如芭蕉巷就必有阔叶浓绿的芭蕉丛,或于某个微风轻拂的早晨,肥厚的蕉叶随风俯仰,就看见园深处的格子窗前有一窈窕女子正对镜梳妆呢!女子的鹅蛋脸白里透红,柔柔的秀发披散着,一双正在编织辫子的巧手十指修长而美丽;而傍晚的石榴巷便更加有趣。石榴巷的后花园里栽种着石榴树,季节一到,榴花就像一朵朵被点燃的欲望之火苗,开得热烈而放肆。

白老爷子似乎对石榴树情有独钟,他曾津津乐道地跟我说:"石榴有两种,一种落叶乔木,是树,树高可达 5-7m,一般 3-4m,树龄长的能活 200 多年。还有一种矮生石榴、微型石榴,仅高约 1 米或更矮,最矮的百仕图微型石榴不到

20厘米,但那些都只能叫灌木。我家乡唐家观的石榴属于前者,山里还有野生的呢。"

他有时还会情不自禁地哼唱一首童谣:

月亮走,我也走,

推开后门摘石榴,

脚踏石榴树,

手攀石榴桠,

羡煞几多后生家。

这歌谣我也会唱,人之初的记忆真是如此令他难忘么?恐怕只有风儿知道。

但后来白羊山就进了私塾,先生一口一声"君子立德立言立功",又曰:"君子务本,本立而道生。"这句话的译文是"君子要致力于根本,根本确立了,治国做人的原则也就产生了"。着长衫的先生左一个己任,右一个原则,是想要把人修炼成金刚铁骨的不朽之身吗?一点做人的情趣都没有了!再后来,日寇长驱直入,打破了小镇唐家观的和谐与宁静,他的家人和房子也毁于日本飞机随意扔下的几枚炸弹,一气之下,少年白羊山便被迫上了半崩山,找到了他在白驹村的表兄——也就是湘中抗日游击队的司令,懵懂少年的白羊山也就这么跟着表兄黑皮进了革命队伍(这些都是白老爷子亲口跟我说的,直到现在我才知道了真相)。

全世界无产阶级联合起来!

只有解放全人类,才能最后解放无产阶级自己!

这是参加了革命队伍之后的白羊山听得最多的两句豪言壮语。毫无疑问,在经历了血与火考验的白羊山同志革命意志是无比坚定的,更何况他后来还参加过各种级别的军校和党校的学习及培训。他也许从未怀疑过自己已经修炼成真正的金刚不朽之身了。但谁会想到呢?当他因为有了时间能停下来重新思考,或者说是能够经常仰起属于自己的头颅望过星空?反正就是在他退居二线后的一段时间里,白老爷子居然就经常一次又一次忆念起童年时的小镇唐家观,也常无端地想起了唐家观当年的那些窈窕女子来。他甚至还觉得就是从进了私塾后,先生一口一声"君子立德立言立功"开始,自己就走迷了路,丢失了童趣也丢失了灵魂。

"我还能回到过去吗?"有一回老领导忽然心念一动,不禁爆发出一声被长久压抑后的感叹来,"率性乃是大丈夫!"两鬓斑白的白老爷子此话刚一出口,竟把正在用铅笔认真地为他勾勒人物线条的女教授吓了一跳,因一时不明就里不便答话,故只好装没听懂似的点点头,而他的眼睛却骤然一亮,仿佛站在他身边的不是老师,而是在后花园唱着"月亮走,我也走,推开后门看石榴"的唐家观女子。

终于在一天下午,白顾问还是忍不住意味深长地对着女教授忽发感叹说:"我老羊山戎马并从政了大半辈子,虽说不上夙夜在公,却也是一心想着公事,成天不是去一线搞调研、作指示,就是开不完的会,剪不完的彩和奠不完的基,前呼后拥着没有半点儿个人空间,而且又未必真给人民办过几件实惠事。如今总算是退休了,过起了闲适的日子,却又觉得空虚无聊,浑身——上下不自在……"并有意把"上下不自在"说得很慢也很重。女教授就又装作听不懂似的莞尔一笑,只是重又拿起画笔时便在她为老领导做示范画下的人物嘴上添了两撇黑黑的胡子。

再抬首双目一碰时,两人便心照不宣地笑出了几多暧昧。

女教授姓秦名素芬,自从省美院毕业留校当老师并成了画家后,又取了个笔名叫秦雨,40出头,虽说徐娘半老却也风韵犹存。她是省内一位知名画家的遗孀,更准确地说还是那位名画家的关门弟子。名画家原本是有前妻并子女的,收她为徒后两人日久生情便坠入爱河不能自拔,于是名画家就给了前妻一栋连排别墅和一笔可观的生活费,去法院办理了协议离婚,不久后又理所当然与比自己年轻20多岁的女弟子重新组织了家庭。这种事在圈内已不足为奇!但自古红颜多命薄,女弟子与先生结婚还不到十载,刚评上副教授却又成了遗孀。她原本与老领导并不熟悉,是美协主席兼画院院长的顶头上司介绍给老首长当老师的。可是没有不透风的墙,一次老领导的夫人居然就大吵大闹到了美院,并指名道姓骂秦教授是个画胡子,是在巧借她男人在官场的关系撮钱花。

"画胡子"是流行于民间的本土方言,实际上就是情人的代名词。

这也并非空隙来风,因为秦教授在沿海某市搞了一次个人画展,而张罗这次画展的幕后推手正是老首长之前的一个秘书,现在是该市政协副主席兼市委统战部部长。不看画面看人面,前来捧场的大老板肯定多的是,女教授第一次在外省主办个人美展也就实实在在地风光了一把,并且带过去的80余幅作品无一而归。

　　白老爷子的妻子是辽宁锦州人，她父亲曾经是解放战争辽沈大会战时的一个师长，白羊山就是那位师长当年的勤务兵，是师首长身负重伤知道自己撑不过去时才把唯一的女儿托付给小白的。首长的女儿比白副书记年长，又是个没有文化的乡下女人，夫妻俩一路走来原本就摩擦不断，好在白羊山一直以领导干部的觉悟要求自己时刻注意身份和影响。但比他年长的妻子却始终是一种居高临下的姿态，动辄就端出自己父亲来说事，白羊山心里着实窝了不少火气：“我老白一身正气，两袖清风，还真以为党内的所有高级干部都如现在一些官场小说描写的个个贪财好色？殊不知高居庙堂者实则是如履薄冰，连个贼心都不敢有，何来贼胆呐！”

　　那一次夫人发飙，白老爷子是随后才赶到美院的，他硬是把她强行拉进小车便走人了。不过上车后白老爷子还是给怒气未消的夫人丢了两句狠话，他说：“你也不要总在我面前指手画脚了，我并不欠你什么。”他还说：“我与秦教授原本只是师父与学徒的关系，如今被你无事生非这么一闹，也算是给我指出了一条明路！”

　　嗬，我这位白老爷子还真是深藏不露啊！一想到秦教授在教老爷子画人物时往嘴上添的那两撇黑黑的胡子，我亦不禁哑然失笑。但我毕竟也是个知天命的大男人，随即又思忖道：即便如此，我们就有资格对一位老领导和中年教授说三道四吗？这又岂是老爷子夫人作河东狮吼所能解决的问题么？人性的舒张乃出自本能，旁人实在是无权指责。我继而又想到，也许正是从那时起老领导的内心就有了某种煎熬吧？这“煎熬”二字是我最近以来在心里重复得最频繁的一个词。

　　因了有关白老爷子的传闻，我也终于又想到了自己在感情的纠葛……

六

　　春天到了，桃花开了。湘江北岸的长堤上游人也逐渐地多了。

　　那时我正独自在一棵盛开着粉红色桃花的桃树下，先是发了一会儿呆酝酿情绪，然后才打开随身携带的画架开始工作。绘画是我在几十年前担心乡文化站辅导员时练就的基本功，擅长画人物素描。也真是奇怪，自从三年前的春天与那个叫桃的女子在这一棵桃树下邂逅，我就像完全变了个人似的，变得年轻，变得更富激情，变得心中有了牵挂。我以前从来就没有太理会"牵挂"这个词，但自那以后，却突然感同身受地体会到这个词原来就是"牵肠挂肚，心中储满了暖意"。

正这么想着时，我于是便笔走龙蛇，信手在画框的稿纸上写下了一首感时怀人的打油小诗：又是春天到，再见桃花开；与君有个约，我来君未来。书毕，又回首瞥了一眼湘江，我于是便自嘲般笑道："人面不知何处去，桃花依旧笑春风。"

这一棵桃树是我前几年亲手栽下的。当初物业公司倡导业主们在小区楼盘前的长堤上义务植树时，我自己却偏偏选择了种下这一棵小桃树。是天意还是人意？很长一段时间以来我却始终没有弄得明白当初一时兴起的原因和动机。记得那天是植树节，晚饭后看本地新闻时电视里还播报了省领导和离退休老同志参加植树活动的新闻。我下意识里还认真寻找了一下，却没有见到白老爷子，于是就一个电话拨了过去，没想到电话那端却乐哈哈地说："你看看你，只晓得用老眼光看新问题嘛——我怎么还会去凑那份热闹啊！"然后又用很肯定的声调说："我倒是看到你传作家了。"我猜测这一定是白老爷子在开玩笑，他怎么会见到我呢？就随口应道："那是的，老爷子是千里眼嘛！"为了证实自己所言不假，白老爷子又补充了一句说："你栽的是一棵小桃树哩！"他还像真在场似的，这反倒把我给弄糊涂了。

我今天照例是糊里糊涂来赴一个自称叫桃的女子的约会。

或许我早就朦胧地意识到自己决意要寻找的对象已经超越了某一个具体的人和物；还或许是因为我的情感世界过于苍白，上帝才有意赐我一棵桃树——这粉红色的桃花便是留给我的一种精神记忆，一个美好的意象，一种对生命、对幸福和爱的提示或者暗喻？要么再往白里说，是对自我传统文化心理的一种挑战！

关关雎鸠，在河之洲，窈窕淑女，君子好逑……

在不断地守望和期盼中，一个模糊的意念却在我的心中渐渐地变得清晰，或者说是有如种子般在我的心田里悄然地萌芽了。我家住在回首可见的湘江世纪城豪庭苑，从自家的观景阳台上，只需把目光一扫就能望得见那一棵桃树，并且连粉红的花瓣也看得清清楚楚。那棵树就在被人们称誉为"泰坦尼克号"的景观船右侧，当然还有其他杂树，只不过春天里的桃树更加抢眼罢了。自从桃花开始绽放花蕾的那一天起，我每天都会怀着满腔期许地来到这一棵看似普通，但又因承载着一个粉红色的邀约而变得万般圣洁的桃树下，双手合揖，口中还"喃喃"地呼唤着那一个叫桃的美丽如山鬼般女子的名字，重复着她当时娇羞而又大胆的邀约。

在路人眼中，我或是个花痴，是个傻蛋，我却独自乐此不疲。

树叶在春风里"窸窸窣窣"摇响，我仿佛又听到那熟悉的声音了。

"明年的桃花还会开吗？"女子声音好甜，提问却有些幼稚。

"怎么不会？"我被问得一愣，续而说："只要春天到来，桃花就会盛开。"

"真是这样吗？明年桃花开时，我也一定还会来的。信不信由你！"那女子的脸庞却比桃花更红了，说："你也会来吗？"娇羞的声音如一缕春风旋入了我的心田。

记得那一天春阳很暖，很明媚，江堤上有彩蝶飞舞，江面有渔人撒网并对唱渔歌。又正好是周末，我倏忽心血来潮找出了沾满尘埃的画架和画笔，鬼使神差般来到了楼下，而且直奔江畔的那一棵由我亲手栽植的，如今正迎风怒放着花朵的年轻桃树而去。难怪说十年树木，百年树人，才手植两载的桃树真是见长噢！

我是有意想让这一树粉红色的桃花点燃我自己的创作灵感吗？

人心浮躁，我已经多年不曾动笔创作了，在经过"泰坦尼克号"景观船时我居然连头也没抬。船上的红男绿女成双成对，有的在船头张开双臂做飞行状，有的在船舷边指点湘江放眼碧浪卷起千堆雪。而我的双目却丝毫也未曾游离，远远地我就已经看到在桃树近旁一位特立独行的女子了。是一位容貌娇好的女子，二十出头的青春年华，齐腰的长发在阳光下披散着如同飞瀑，白嫩的鹅蛋脸被一左一右的两咎微卷的秀发各遮了一半，两撇浅浅的柳叶眉下双眸分外清澈，长长的睫毛一颤一颤的似有明亮的露珠在眼眶里积蓄着，仿佛一不小心便会簌簌滴落，而两片红红润润的薄薄嘴唇：一片是微微下翻的下嘴唇，另一片是微微上翘的上嘴唇更是红润得调皮，红润得鲜嫩，红润得直令人心神发慌。这小女子一看就是个不安分的家伙！难道她就是屈原笔下的山鬼么？是蒲松龄笔下的狐仙么？我的眼睛眨也不眨地望着她那时而嫣然一笑，时而撮嘴凝眉旁若无人般做着各种精灵鬼怪的样子，她已经沉醉在用手机自拍自赏的喜悦中，丝毫也没有察觉我的到来。

"嘿——！"我居然先开口了，"既然如此爱美，我给你画一幅素描吧！"

"你——你说给我画一幅素描？好啊！"那女子却一点也没有感到意外，而是用清秀的眉目传过情来，热热闹闹地说："哇——！艺术家呀？"声音里充满了磁性。

我忽然就觉得，这女子似是从前见过的，是在梦里，抑或是在幻觉里？但我一时又记不起到底是在哪里见过她。佛祖说："人是有着今生前世和来世的。"莫非她就是我上一辈子的情人？又或许是因为我们苦修得根本还不够，所以即便是这辈子真的见了也只能是似曾相识？不禁就有了几缕惆怅在我的胸臆间弥漫着，缭绕着，忽聚忽散着……"我生君未生，君生我已老……"我在心底里喃喃地说。

坦白说心仪和崇拜我的女子是有过的，但一路走来何其匆忙，我还真未对哪一位女子这么心动过；又或许是因为我潜意识里早就一直有着这个女子？竟也想到了有关白老爷子和秦老师的"画胡子"绯闻，当然自己也就不愿意错失这一天赐良机，激情如眼下的湘水奔涌，我在相距她几米处的桃树下迅速地支开了画架。

我确实沉醉了！沉醉在前所未有的创作激情里。我的目光一向好毒，我的记忆好精确，只定定地看了那位容貌娇好的女子一眼，便落笔成形把她的肖像速写勾勒出来了。我还在聚精会神地为肖像画配诗呢，根本就没有察觉她已经轻手轻脚绕到了我的身后。灵感如火花一闪，心亦为之一亮，我便兴手写下了一首小诗：

> 我很想，很想为你画一张素描，
> 可画着画着我却又犹豫了，
> 画你青春的脸蛋成熟的水蜜桃，
> 又担心画着画着会把我醉倒，
> 画你额前的刘海缕缕惆怅飘呀飘，
> 又害怕牵系起我相思的烦恼，
> 画你清澈的眸子长长的眼睫毛，
> 那肯定会把我淹没将我缠绕。

配诗一气呵成，直指人心，我真想面对北去湘江大声朗诵，但当我扬起头来,桃树依旧在,桃花朵朵开,美人却不见了踪影。刚才那美丽女子到底是人还是妖?该不会真是《楚辞》里的山鬼或传说中的狐仙吧?我的心中不免就有了几许惆怅。

美丽总是愁人的,而且往往会稍纵即逝。那就继续苦修吧!

我愣了片刻,于是踢了踢腿又伸了伸腰,自信完全可以凭记忆把这幅作品完成并想要把它创作成一幅肖像油画,而且标题都在我心里想好了,就叫《只有风知道》吧!我其实一开始是想用"一棵树的涅槃"作标题的,但又一想,还是觉得自己无论如何也不可能达到涅槃的境界。我已经做好了充分的思想准备,欲拿出时间和心情,决意要把这一幅油画创作成自己艺术人生中的精品力作。可正当我准备收拢心思继续这一幅作品时,身后却又掠过了游丝般轻微的一声叹息……

七

"真是传神耶,简直太传神了!"原来是山鬼般的女子潜入到了我身后并一声惊呼,转而又有些不解地问:"为什么叫《只有风知道》呢?"声音里也似有淡淡惆怅。

"每个人都会有着属于他自己的过往。因为我从娘胎里一生下来,父亲就为我选定了一棵苦楝树作为胞衣树,但本人一点也不喜欢父亲为我选定的那棵树,所以我的内心很惶惑。你不一定懂的。"我当时是那么的诚实,想也没想就回答她了。

"你呀——!"她撅起樱桃小嘴嘟噜着说:"你知道你这是在与谁较劲吗?"

我却只是狡黠地笑了一笑,当然并没有正面回答那一句"人生最大的敌人其实就是你自己"的俗不可耐的话,而只是顺口便说:"所以《只有风知道》嘛!"

女子点了点头,就又故意装傻似的问:"明年的桃花还会开吗?"

"怎么不会?"我回答得十分肯定:"只要春天到来,桃花就会开盛开。"

"这是的吗?明年桃花开时,我也一定还会来的。信不信由你!"她微微仰起了桃花般灿烂的鹅蛋脸庞说:"你会来吗?你会在这里等我吗?"是咄咄逼人的口气。

"与烂漫桃花有约,当然会来!"我想也没想就鬼使神差般地答应了。

那女子就"咯咯"地笑了起来,声音有如环佩一路摇响,也摇开了一江北去的雪浪花,她还告诉我说:"我的名字就叫桃。是桃花的桃,而不是逃之夭夭的逃……"

这就是我与桃的第一次见面。不会只是一场游戏,一场春梦吧?

时间亦如江上的流水,一晃就是初夏,一天,已经全退了的白老爷子突然来造访。他是打电话约我下楼等他的,说是他也想在湘江世纪城豪庭苑买一套二手房,要我为他谋划参谋。他是从省委打的士过来的。坐在副驾驶位置的卿秘书先下车,退了一步很熟练地拉开后坐的车门,一只手就像小桥般搭了过去,这是当秘书的请首长下车的礼数,跟着老领导下车的还有一位体态丰腴的知识女性,都是艺术圈里的人,不用白老爷子介绍,我便非常客气地先打了招呼:"秦教授好!"

"您好!"秦教授略显腼腆而又夸张地说:"您真会挑地方耶!"

"原来你们早就认识啊?"老领导就是老领导,说:"起话来仍声若洪钟。"

他俩已经相好多年了,却一直拖到去年才低调结婚,那一天又正好是白老爷子的 69 岁生日,毕竟是在战火中练就的金刚之身,一高兴他连喝了三大碗茅台也没有醉。也许毕竟是因为年事已高,又是再婚,为了注意影响,他与秦老师结婚并没有太声张。比他大 4 岁的发妻 5 年前已死于脑中风,也有人说是因为白老爷子有了外遇被气死的。他有个儿子在成都军区当副师长,有一个女儿在上海复旦大学也评上了副教授,两兄妹及家人热热闹闹把母亲送到了明阳山公墓入土为安后,与老爷子就没有太多来往,去年父亲再婚也只派了休暑假的孙辈来做代表。

"有人奇怪我们为什么要离开省委常委家属区,你觉得呢?"白老爷子问我说。

我当时根本就没有去想白老爷这是基于什么样心理要搬出省委大院的,也更没有想到他会突然问我这么一个问题,"这……这……"我一时间还真是答不上来。

是秦老师忙出面帮我解了围,她一脸和善地微笑着说:"住到这湘江边上,环境多好呀!别以住为省委大院就是天堂,那地方成天被荷枪实弹的武警守着,连个亲戚和朋友进来也要既查询又登记。"

老领导只是笑,并不插话,笑得慈眉善目像个罗汉。这使我更加觉得老爷子的变化确实很大,像完全换了个人似的,以前的浮夸及霸道作风已然全都消逝了。

"嗯,不错,不错,确实不错,看起来这地方还真是一块风水宝地哟!"刚抬腿往前只走了几步,白老爷子又忽然停了下来,把一双深邃的目光投向了不知是从何处移植进城的一株石榴树。他似乎若有所思地就这么站着,片刻后才遂又满意地点着头,末了还半开玩笑地幽默了一句说:"我也得跟你们这些知识分子学一学"——老领导又在卖关子,半晌他才朗声补上后半句说:"那个什么罗马的……客呢!"

我却听得一脸疑惑,心想,老领导不会又是用"南下干部"的方式在考我吧?

"你呀……那叫罗曼蒂克哩——老爷子!"秦老师忙更正说。

我忽然觉得白老爷子像个顽童了,或者说是一个赤子会更加准确。二手房是我帮老爷子选定并促成的,老夫少妻当年就搬进了新居过春节。像一个谢幕后的演员,没有了镁光灯的跟踪,老爷子头上的光环在渐渐消失,可他却说:"这才是正常人过的日子。你以为我白羊山还真留恋那些被人前呼后拥着的场面?狗屁!"

有一天,白老爷子一如往常,他又电话把我召唤过去,在他家临江的阳台上闲聊,言辞中好像他以前是被人要挟着受了天大委屈似的说:"你看看,我如今多好,多自在!"他接着又说:"只有当你真正地放下了,那才是真正地解放了你自己!"

我们虽然同住在一个小区,也只是偶尔见见面,聊聊天,但我却从老领导的言谈中长了很多见识。一个人的成功并不是偶然的,尤其是在枪林弹雨中闯过来又在政界摸爬打滚了这多年的白老爷子,别看他没多少文化,却有着一双鹰一样的眼睛能看到问题的本质,有着一颗敏感的知轻知重的心。只两件小事就不得不使我佩服,第一件事是他只到我家串过一次门,后来碰到我他就半开玩笑说:"小传啊,你这个家庭也只不过是金玉其外噢。"我听了一惊,他这话我当然是懂的。

第二件事是他早年还任着省委顾问时,家里突然来了一位锦州乡下大爷,听说是白顾问的战友,还为他挡过子弹,负伤后就回了老家,他是好不容易才打听到已经身居高位的白羊山的下落。这次来是想请他帮忙把他在省武警当兵的孙子谋一份好点的差事。白顾问听了二话没说,拿起桌上的红机子就给省武警总队宋政委通了话,人家也真给面子,立马就说:"我知道了,这事就包在我身上。"这还不能说明白顾问这人讲义气重感情,碰巧那一段时间,他的老婆又正好在省人民医院住院,心挂两头的他就先留客人在家里住下来,还特意交代老战友说:"你若是有什么事拿起桌上那一台红色电话的话筒说就是了。"那是一台内部机要电话,24小时有人值班的,需要什么只需通知一声,随后就有工作人员送来。也没人知道他那位老战友是不是用过那一台机要电话,第二天老战友要回锦州时,白顾问还非常真诚地对他说:"需要什么你开口就是,你儿子的事就是我的事,你放心好了。"

老战友硬是愣了小半天,一双眼睛却像是做贼似的窥视着他书房里办公桌上那一台红色电话,又一直心虚地嗫嚅着不好意思开口。两人就这么僵持了有好一阵,老爷子终于明白自己这位战友是怎么一回事,居然大步走进书房就把机要线拔了,把那一台红色电话往老战友怀里一塞,并十分豪爽而认真地说:"这宝贝就送给你吧!但你得留给你孙子今后有出息了再用。"他这是在跟老战友打哑谜……

秦老师还没有说完就捧着鹅蛋脸笑弯了腰,我更是笑得前仰后合哈哈直滚。

唯独白老爷子却不但没有笑,还脸色凝重地接过了话来,他满是遗憾而又深情地说:"你们是不知道啊,我能够拒绝一位癌症到了晚期、还硬撑着病体来求生死战友给孙子找关系的老人的愿望吗?我能够笑他的无知吗?他回去后没几日就死了。好在他孙子现在已经给宋政委当上秘书了,也算是对他在天之灵的慰藉。"

这件事当然是秦老师所不知道的,怔怔地望着老爷子,于是三个人都沉默着。

八

我还能回得去吗?我后来又想了很多,但当我倏忽间又记忆起白老爷子曾经发的这一句天问般的感叹时,心里头难免就有了一种莫名的悲哀。难道白老爷子在位时所有的官话大话都是言不由衷吗?那么他如今所谓的轻松又都是装出来的吗?人的一生真是不易,尤其有这样一种人生经历的人,没有人能够走进另一个人的内心深处。如此时此刻的我,就越来越觉得连我自己也不了解自己了……

又是一个春天到来了,桃花也依旧如火焰般怒放。

那个叫桃的女子是从何处来，要到何处去？她不会就是在河之洲的那一位窈窕淑女吗？恍若梦中的我仍然在深情地凝望着画框里那位山鬼般美丽女子远逝的背影，有江风轻抚而过，使人不禁打了一个激灵，但待我稍一定神时却又发现了一男一女，而且正双双朝着我这边走来。男的约40岁上下，却形影枯槁，头上有一溜白色剃痕，一看就知道是刚做过化疗的顽症病人；而女子最多不过二十五六岁，虽是素颜却怎么看也不失为一位风姿绰约的佳丽。女人搀扶着男人平和而从容地挪动着碎步，然后又安安静静地在一棵双桠石榴树一侧的石凳上坐下。

那会是谁种植的呢？每次见到这棵石榴树我都觉得特别熟悉。

月亮走，我也走，

推开后门看石榴，

脚踏石榴树，

手攀石榴桠，

美煞许多后生家。

一首怀旧的歌谣也便不由自主地从我的心腔里涌出。

有清风从江面款款而至，柔柔的，暖暖的，江波一浪一浪地划着问号，问号越近便越大，一个声音亦随风灌入了我的耳中："亲爱的，如今肿瘤又并不全是不治之症，大夫不是说过吗？你这还是初期，只要能配合治疗，放松心情，有坚定顽强的求生意志加上新研制的药物，说不定就能慢慢康复的。"女人像哄孩子般说。

"好话歹话全都让医生给说尽了，但是……我……怕连累和耽搁你了。"男人心有歉意，把另一只手也搭在了女人的手背上。两双手码在一起的姿势自然而平和。

"人生如同散步，走走停停为必然，关键是我们不要错过了沿途的风景。石榴树比桃树开花要迟些，还没见有花蕾。"但女人却手指着我这边的年轻桃树莞尔一笑又接着说："你看看那树桃花开得多么灿烂噢，活脱脱就像是我们美院试验班那些崇拜你的女学生。她们一个个都在等着你早日康复哩！"她的声音依然平静。

男人眼中掠过一丝异样的光亮。俩人相拥着如身后的连理树。

沉默，一阵长时间的沉默。浮躁的尘世亦仿佛变得肃穆极了。

两人的对话，我听得特别真切，但我心里却在翻江倒海：这女人的话真有意思！这么嘟噜着时，我随即也欣喜地想到了白老爷子退二线和全退后的思想转变及心态的变化。这世界原来依旧美好，只不过是我们的心灵蒙尘太多，而身处名利场上的人却往往又不知自省，以至于把自己的灵魂也丢了。我丝毫也没有犹豫地收起画架，却并不是赶着要回到家里去，而是更换了角度，在画框上再贴了一张纯白的稿纸，我要为眼前的这一棵连理树画像。我照例是先用简洁的笔画完成了人物速写，然后又几乎是不假思索地在一旁配了一首题目就叫《连理》的小诗：

人生有太多风雨需要彼此共同面对和抵御，
于是我和你才相拥成树的连理紧抱在一起，
连理树即便遭遇斧锯也没有要分离的意思。

又是一个与树有关的意象！这是我此时此刻对眼前人的一种由衷赞叹和感性解读，是我自己内心深处对爱的渴望的一种真实写照！我的表情一定显得颇为复杂，时而皱紧了眉头又时而脸溢笑容，我到底是由此想到了什么？感悟到了什么？但我一时又答不上来。此刻我的心情还真是令自己也难以捉摸，难以置信。

又一阵微风轻轻拂过，那俩人的对话便再一次灌入我了的耳中。

爱其实就是一种很美、很健康的心情，是自身能量的一种无条件释放。女人的声音很细，却坚定而中肯，她说："比如我们头顶上的太阳，它每天升起又落下，按照宇宙的规律走完自己的行程，至于在这个过程中它给万物洒下的光和热，在它看来，这既不是什么恩赐更不是什么施舍。所以太阳每天都像一个新生的婴儿。"

"这是一种无端的爱，更是一种傲慢的爱。"男人执拗地说。

"你呀！"女人佯装生气说："我就知道你会强词夺理的。所以我头一句就说了爱是一种心情。是一种心情哩我的先生！"女人的脸上随即便有着一种小小的得意。

"心情不过是内因，内因往往会随着外因的变化而变化。"

"你看看，又来了，又来了！"女人耐着性子说："这我当然知道的。但我更知道真正的爱原来很简单,只要是从心灵出发并回归到常识,随着日子与日子的不断重叠和累积,不也照样能构筑起一座宛如宗教的爱的圣殿吗?"她依旧平静地说。

"唉——你呀!"一声叹息过后,男人终于就抚着女人的秀发说:"怎么我那么多学生当中,偏偏就出了你这么个另类啊!"他的心中充满着怜爱,更多的却是感激。

"我愿意,我就愿意嘛!"女人毕竟年轻,一脸娇嗔地注目着先生。

沉默。又是一阵沉默。难道沉默真的是一种最高境界的理解吗?

我已经完完全全地被眼前的这一对情侣感动了。莫非那男人是怕拖累了女人才故意如此矜持?而女人却一心想要用无私的爱去唤醒男人的求生意志并因此证明自身的力量?我有些武断地想。因为我所了解的毕竟只是局限于他们彼此的一席对话。对他们曾经有过的爱的经历毫无所知。但这已经够了!于是我大踏步走了过去,主动地与俩人搭起话来。我当然是想为这一堆爱情之火再添一把柴薪。

"不介意我给你们讲一个故事吧?"我知道此举有些唐突,但没能忍住自己。

相依在双桠石榴树下的两人一怔,随即又很礼貌地给我让出了半边座位。

"这是一个关于心理暗示的陈年故事。你们可以把它当成是一个神话,但我却始终认为这是真实的,至少是在精神层面的一种真实。或许也对先生的康复会有帮助。"我于是滔滔不绝地把自己听来的一个近乎荒诞的故事绘声绘色说了一遍。

那是在很久很久的从前,有一个死刑犯被押解到了刑场,他当然不舍得就这么离开人间,更不舍得离开自己的亲人,但他知道既然是被判处了死刑,就不可能再有人救得了他,于是他干脆从容地仰起头颅,等着那夺命的一刀能来一个痛快。没想到他慷慨赴死的镇定神情却令刽子手十分不解,便想起要开他一个玩笑。

"你是不想死才装得这样若无其事的吧?"刽子手好奇地问。

"幼稚!难不成这世上有谁还真想死啊?"死刑犯说着便仰天大笑。

"那我放你一马,让你走如何?"刽子手故意很认真地说。

"当真?"求生的本领令死刑犯狂喜不已。

"你人都要死了,我骗你又得不到什么好处。"刽子手于是装成给死刑犯解铁镣的样子在他的耳边说:"我等下挥刀大喝一声的时候,你拔腿就逃,逃得越快越好。"

死刑犯欣然点头,神采就昂扬了……也就是在他点头之际,刽子手一声大喝。

囚犯却不知从哪里喷发出来的激情,头一昂便拔腿就跑……

奇迹果然出现了,他不死的灵魂一直陪伴着自己的娇妻生儿育女,一直奉养着自己的父母且极尽孝道。日子就这么如流水般过去,几十年后他的灵魂却突然与当年那个恶作剧的刽子手偶遇,他远远地就向刽子手抱拳致谢,而刽子手却吓得一声大呼:"你明明被我一刀割下了头颅的,怎么这还活在人间?"死刑犯听了心里一惊,顺手一摸项上的头颅,摸到的果然是一摊冷血……悲哀莫过于灵魂已死。

故事讲完了,湘水依旧长流,三个聪明人相视而笑。

"谢谢你!"那女的真诚地对着我深深地鞠了一躬。

仿佛是有一根火柴擦过磷片,男的明显非常激动:"我懂的,我懂的。真是惭愧啊!"他赶忙站起身来紧紧地握着我的手说。枯槁的脸上居然有了几许光泽。

"我这也是偶然听高人说过的,见笑了,见笑了。"倒是我先有些不好意思起来。"其实最容易忽视的往往是自己的内心。"我说这话时目光中无疑闪着异样的光泽。

我与那一对老夫少妻就这么认识了,虽然彼此未问及姓名却一时间成了无话不谈的朋友。女人还说起了他们学校一位姓秦的美术老师,夸她是一位追求真爱的女神。男子却并不这么认为,他说秦老师有附庸之嫌。我当然知道两人说的是谁,但这并不要紧,只要彼此真爱,这才是最关键的。后来从两人的口中我还得知,他俩也是一对师生恋人。男人是美院的一个敬业狂,深爱着自己的职业却一直未谈恋爱,在他身体健康春风得意时,全班的女生几乎个个都暗恋着他,但唯有她却能在他身患癌症后始终伴随在他的左右,而且坚信他能一天天地好起来。

"你肯定能好起来的。"我由衷地说。

"是的。我一定要好起来!"男的果然精神多了。

"我已经给他联系了最好的医院,过几天我就会陪着我的先生去海滨城市的一家康复中心疗养。"那女的又像个孩子了,一脸灿烂,搀扶着她的男人从容而去。

"爱和被爱的人都是世间最幸运的宠儿。"我心里深有感触地说。

那女人所说的没错,人生就如同散步,走走停停是为必然,关键是不要错过沿途最美的风景。我忽然又想到:白老爷子的变化会不会是因为有了秦老师呢?

或许是,又或许不是,看来这一切还真的只有风儿知道。

九

20 世纪 80 年代初,二十出头的我曾一度迷恋过《诗经》,那是我自学美术和文学创作的时候,县文化馆一位老师送给我的,老师当时笑着对我说:"有人说熟读唐诗三百首,不会作诗也会吟。但我认为读《诗经》对陶冶人的审美功能作用更大。"他说的确实没错,每每捧读,如沐田野清晨的微风,令人沉醉,引人遐思。

"关关雎鸠,在河之洲,窈窕淑女,君子好逑……"

我如此朗声地读着这些纯美的句子时,一颗青春心亦曾对在河之洲的伊人充满了向往。但老祖母教诲的"共贫贱妻不下堂,苟富贵夫不弃糟糠"的叮嘱声更是不绝于耳。我一直想成为一个"有用之材",不敢有违老人的意愿和期许。既然已为人夫,为人父,就必须百信努力地为家人撑起那一把遮风挡雨的蔚蓝色神伞,把修身齐家视为生命中的第一要务。那时我还是一个泥瓦匠兼乡文化站辅导员,因为爱好文学并获得了散文大奖。一举成名后,县文化局向县委做了专题汇报,作为有特殊贡献的专业技术人才,我被破格招工转干,而且连妻子和一儿一女也一并解决了城镇户口。莫非真是如老祖母所说的有一棵菩提树在保佑着我吗?

仿佛在一夜之间,从村里到县里各种议论和猜测都有。妻子菊儿虽没多少文化性格却耿直刚烈,是一个能吃苦耐劳的典型农村妇女。对于丈夫的角色突然转换她多少有些不知所从,并且有着隐隐的担忧。我觉得这很滑稽,却也能够理解。

"我们离婚吧!"有一天妻子对我说:"你已经是名人了,我们会拖累你的。"

"是谁让你这么胡思乱想的?"我听了当即脸色一沉说:"共贫贱妻不下堂,苟富贵夫不弃糟糠。"我把老祖母曾经说过的话复述了一遍,并且想起了自己童年时因家庭的不完整所经历过的种种屈辱往事。我没有理由让儿女们也步自己的后尘。

"这个话题就此为止！"我的神情冷峻得如一块铁。

"只是太委屈你了。"刚烈的妻子眼眶里盈满了泪水。

"妈妈，妈妈，你怎么又哭了？是不是爸爸不要我们了呀？"儿子和闺女从门外突然窜进房来，走在前面的姐姐一脸疑惑，举起小手来为妈妈擦拭眼角的泪水。

"是爸爸不要我们了吗？"弟弟重复着姐姐的话，清澈的明眸里似含了愤怒。

"怎么会呢？爸爸对妈妈和你们姐弟好着哩！"妻子忙打圆场。

"爸爸，妈妈是说真的吗？谁骗我们谁是小狗！"闺女传奇转过身问我说。

"是的，谁骗我们谁就是小狗！"弟弟传奇也紧跟着说。

我一时语塞答不上话来，却极是认真地连连点头，妻子菊儿也跟着极认真地点头，孩子们终于释然了。那时闺女4岁多，儿子刚满3岁，从老家的乡村突然搬进城里，一切都觉得特别新奇，楼上楼下的满世界乱窜。为了不影响单位邻居，妻子趁机给孩子们立下了几条规矩：见人要先打招呼懂礼貌；有从乡下带来的特色食物要给其他小朋友分享；不准高声喧哗；不准随便踏入别人家的门槛。

孩子们懂事而认真地点了点头，然后才轻轻松松地出了家门。

我的胸腔里却从此有了一个心结。但是对创作才华的施展和分内的工作却从未敢有过松懈，因为我始终坚信老祖母说过的，每一个人的前面一定会有一棵菩提树在护佑着我们！我依然一路放胆而艰辛地走着，后来又从县城走进了省城。

我是在时任省委副书记的白老爷子的推荐下进省城的，调进了省委统战部《统一战线》杂志社，不久又当上了执行主编。如今想来，当初确实是有过激烈的思想斗争，好不易从县城跑单帮出来了，而且偶尔出去应酬时也学会了吼几句"东边我的美人，西边黄河流"以及"红尘呀滚滚，痴痴呀情深……"等流行歌曲，尤其是后来还把编制挂到了人才交流中心下海当了几年文化公司的老板……

干脆就从了妻子所言，顺水推舟离婚重组新家吧。但还刚有这念头冒出的同时，我又无端地每晚做起了噩梦，不是老祖母手握被岁月浸染成血色的家法（一块长长的竹板）追着要打我，就是儿女仇视的目光如箭矢般向我射过来，当然还有已经身居高位的白副书记的家庭对我的正面影响……几回回惊醒，几回回忏悔,几回回心里矛盾重重。也就是从那时起,我便有了独自散步仰望星空的习惯。

几度风雨,几载艰辛,家底子已逐渐殷实后,我又被调到了省文联机关,还临危受命被推选为某协会的副主席兼秘书长,且一干又是 8 年。其时儿女已成家,我这一棵从乡野间被移植进城的树也终于扎稳了根须,撑开了枝繁叶茂的华冠。

那一天,春阳很暖,春色亦明媚,秦老师也支开了画架,她是在写意左边空地上的那一株有着两根躯干的双桠石榴树,鹤发童颜的白老爷子却踱着官步来到了桃树下,他瞥了一眼我正在继续完善的美人油画,意味深长地说:"梦中美人!"

我却只能是傻傻地一笑,算是对老爷子的回答。

春风依旧怡荡,游人如织的江堤上,一个熟悉的声音却又倏忽随风拂过了我的耳际:"哇——你还真的在等我,是吗?"桃花一颤一颤的,湘水也泛起了涟漪。

是突然,又是果然,白老爷子虽然已经离开,我的心里却明显有些慌乱。

这是我与那个叫桃的女子有约后的又一个春天。

三载春风画美人,应该是定稿的时候了。

她终于在我渐趋平静的时候又一次出现了,我说:"只要桃花盛开,我就会来。"

"你还真的是一个怪人。"桃微笑着,无拘无束地向我走近。

"是吗?"我定定地望着她,一语双关地说:"这个花期真是漫长噢!"

桃一眼瞥见了画框里的自己,紧接着补了一句说:"她不是一直在陪着你吗?"

真是个野性的女子,故意一个趔趄,她便顺势扑进了我的怀里。

"你可要活到一、百、一、十、岁、噢!"桃一字一顿,声音里似乎充满了期待。

我却一时语塞。因为我根本就没想到她会蹦出这么一句话来。

她便"咯咯"地笑了,"你必须让我到了 80 岁时,也还能在这棵桃树下与你见面!"说着便仰起了她那张白嫩的鹅蛋形脸庞,薄薄的红唇充满激情地微微颤动着……

我知道这意味着什么,顿时便心跳加速,热血上涌。

"我能,我一定能!"几乎没有片刻犹豫,我已经确信自己一定能活到 110

岁了！便紧紧地搂住了她……我这是已经欣然接受了人生中的第一次桃色挑战吗？天空蔚蓝，白云朵朵，春阳和煦，桃花灼灼，可我和她的世界里却仿佛突然刮起了狂风，脚下的湘水卷起了雪浪，江边的苇草时而扑地而倒，又时而昂首相向……

过了一阵，不，仿佛是过了一个世纪，她才终于从我的怀里挣脱开来。

"你能把这一幅作品送给我吗？"语气似乎是很随意的。

"行啊！你反正早已经在我的心里了。"我说着就动手为她取画。

"你可要活到110啊？不然我会寂寞死的！"

仿佛是三年前的镜头回放，一路"咯咯"的笑声有如环佩摇响，一如她的突然出现，她又突然在我的视线里消逝了，这次却连画框里她的画像也跟着她一起走了。

"小传呀，你是不是又在做桃花了啊？"是白老爷子的声音，这我猛然一惊。心中便想，刚才的这一幕，莫非也已经被不远处的秦老师和白老爷子全都看到了？

我有些不好意思，却在心里嘀咕着说："我还没得及问她是哪里人呢，虽然从她的语音中听出有乡音的味道，又似乎不全是。她也许还会来的，也许……"

也许个鬼！我再一定神，却看到白老爷子所说的梦中美人依旧在画框里……

十

灿烂的桃花倏忽又变得迷离，我却如桃树旁一尊前倾的塑像。
我是守候在路边的一棵树，
为你绿叶，为你红花，
为你站立成一树粉红色的童话，
终于有一天你经过这一棵树下，
与另一个男人手挽着手，
却未曾察觉出你眉宇间有丝毫变化，
我却会依旧守候在原处，
还一笔债似的，无怨无艾，
为你守候着红与绿的韶华。

我怀里一直揣着一首三年前写下的小诗。为什么刚才在梦中没有把这一首小诗一并送给她呢?是无意还是有意?我摇了摇头,又点了点头,嘴角上却溢出了几许外人难以察觉的狡黠的笑意。因为,我的心深处原本是不想就此与她了结的。

尽管结果难以预料,但我所求的不是结果,而是求个心安。

又是一年花好处,激情依旧的我照例携画架来到了桃树前,我要重新给桃画一幅素描,而且把那首已经写好的打油小诗做了几字修改并重新续了一阙,诗曰:

又是春天到,

再见桃花开,

与树有个约,

树在我亦在,

人面知何处,

诺言揣心怀,

活到一百一,

春光任我裁。

我朗声读罢小诗,正为自己的豪迈之情得意时,手机里却"咕咕"地传来了短信息:"有一句话说得蛮好,年轻时愿意和男人过苦日子的女人,年老时愿意和原配过好日子的男人,都是值得人们尊重的。但正如村里的老人们所预言,你已经开始分心了。人们是从你那棵胞衣树分出的新枝看出来的。请原谅我以梦幻般的形式出现,因为你心念已动,我不出现同样会有别人出现,而我给你带来的却是深深祝福。"哈,这山鬼般来去不定的小女子还真是我的老家白驹村人!我再往后看时言词却极是暖心:"祝你和菊儿姨永远相好!也祝你真正能活到110岁!我还期待着到老在你回家乡时陪你共赏胞衣树哩!"短信息没有署名。还用得着署名么?

我仿佛看到那个叫桃的家乡女子正与一位风度翩翩的青年男子手挽手从桃树前谈笑而过。她真没有回头,眉宇间亦果然没有变化。我顿时一脸茫然,但再定睛一看,桃花依旧绯红,天空依旧高远,我却怎么也控制不住自己的情绪了。

我亦语无伦次地喃喃着："关关雎鸠,在河之洲,窈窕淑女,君子好逑……"

一阵纠结之后,我便顿悟般开怀畅笑起来,而且也回了一条短信息过去,"让我们共同守住这一个小秘密吧,就因为曾经有你,我一定能活到 110 岁的!"我于是便想,这一场梦幻般的桃花运,或许就是我家乡女子送给我的特殊礼物吧!

短信刚发送过去,身后便传来了从容的脚步声,蓦然回首,原来是 3 年前在此地邂逅过的那一对师生情侣。我简直不敢相信自己的眼睛,那男的已然完全康复,且一脸春风怡荡的样子。女的却变得消瘦了许多,几载辛勤劳苦,无疑在她那美丽的眉梢以及眼角处留下了些许深深浅浅的印痕,而她的容颜却依旧照人。

"你好!"那男的大步向前,紧握着我的手表示致意。

"我们是专程来向你道一声感谢的。"那女的一脸真诚。

奇迹——奇迹啊!看来人的意念还真是一味灵丹妙药。我为他的康复感到由衷的高兴。但顿了顿我又有些好奇地问道:"你们怎么知道我还会在这一棵树下?"

男人扫了一眼身旁的女人,见她莞尔地点了点头,也就笑着说:"她说如果没有意外的话,你一定还会在这棵桃树下守候和期待。是你上一次的目光告诉她的。"

"能够热切守望和有着美好期待的人,肯定是个意志坚定的人!"女人补充说。

正如你之前所说,爱其实就是一种美好的、健康的心情,是自身能量的一种无条件释放。但我并没有把刚才的失态和已贮藏进自己内心深处的秘密说出来。

三个人再一次相视而笑,而且照例笑得放纵,笑得开怀。

"小传啊,物管公司当年倡导业主们在江边植树的主意,就是你白老爷子我以省委顾问的名义给提议的。你得感谢我哦!"那一天老爷子终于告诉了我这个秘密。

"而有件事你也还并不知道吧?我们早就植过树了。"接话的是秦老师,她指着不远处的那棵双桠石榴树说:"呶——这是老爷子特意请人从他的老家移植来的。"

"我也总得要率先垂范做一件移风易俗的好事嘛！"白老爷子自豪地说："我已经和秦老师合计好了，百年之后就让人把我俩的骨灰撒在这棵树下。也许只有这样才是一种真正的解脱和自我回归吧！"他是有很多心里话想说的，最后却又止住了。

白老爷子是觉得自己百年之后已经回不去了？并且又不愿意去挤公墓吗？我一时无言。

一回头，但见石榴花和桃花仿佛陡然间全都笑了，笑得红红灼灼如同滴血。

树后有一个窈窕的身影闪过，该不会是桃在偷听我们的谈话吧？

只是接下来的事情却太出人意料，是人们谁也没有想到的。

十一

就在这年中秋节的那个夜晚，白老爷子却遂"死"于心肌梗死。

秦老师头一个通知的竟然是我。我们住在同一个小区。那一晚月色空明得有些异常，走在小区的石子路上仿佛踩在融融的水色中。我却毫无心思举头望当空的那一轮据说是几十年不遇的皓月，和妻子菊儿匆匆赶去时，白老已经停止了呼气，躺在宽大的席梦思床上的样子很安详。倏忽从墙角的那一株万年青盆栽旁溜出一只银白色的小老鼠，先是用前爪搔了搔嘴上的几根胡须，又一溜进了床底下。

怎么会这样呢？事情来得突然，我不敢相信这会是真的。

老爷子只长叹一声，说了一句"无药可救！就……"秦老师也显然一脸迷茫。"您报告办公厅了吗？"没有见到卿秘书，我觉得有些奇怪。

都没有通知，这是老爷子交代过的。见我和菊儿一脸疑惑，秦老师接着解释说："他今天本来好好的，还要我切了月饼，说是一起到阳台上看月亮……他后来一定是知道自己不行了，才要我把他扶上床去，还特别给了我三点指示。老爷子说这是他作的最后一次指示：一、不要再给组织添任何麻烦，你就请我的那位小老乡传灯帮个私人忙；二、不要开任何形式的追悼会，因为所有的盖棺定论未必真实，人死如灯灭，死了也就死了；最后一点就是记着一定要把我的骨灰撒在那棵石榴树下。切记！切记！"眼泪如决堤的洪水，终于从秦老师眼中夺眶而去……

我听得一脸肃穆，也没有多安慰秦老师几句便开始有条不紊地帮着处理老爷子的后事。在通知过殡仪馆后我竟意外地看到了老爷子的手中居然还握着那一台银灰色的"苹果"。

　　我还真没想到扛枪打过江山，分管过全省意识形态的白副书记心理防线竟会如此脆弱！回想起近年来与老爷子的交往，我似乎就明白了他所感叹的"无药可救"的真正原因了。原来有些东西已经深入了骨髓，就如祖母的教诲始终影响着我一样，白羊山同志其实一直在心底里关注着时政，只是不在其位不谋其政罢了。他后来所表现出来的种种怪异的行为，当然也包括了与秦老师的结合，说不准就是他自己的灵魂在与肉欲的博弈——他一方面想要努力抓紧时间对往昔的遗憾进行补偿，一方面又想以身作则为在位和不在位的那些老同志们树立一根标杆吧！

　　临危受命，我确实一切都是按照老爷子"最后"的指示逐一落实的，却没想殡仪馆的运尸车已经停在了楼下的湘水江畔，几个身着白色工作服和套白色手套的人刚接触到白老爷子的身体时，躺在床上的"尸体"竟突然"嗝"了一声……

　　人又奇迹般活过来了！这事就发生在 2015 年中秋夜，这一年白老爷子 83 岁。

　　毕竟是死过一次的人，白老爷子的性格一定是发生了很大的变化吧？他后来就再没有主动与我联系了，有几次我提出想要去看他，可心里琢磨来琢磨去又还是犹豫了，我想，或许在阎王殿打过转的老爷子眼中，现实的人都已经是鬼吧？

　　以上便是传灯记录在电脑中的一堆文字，并曾经想以小说的形式准备重新进行一次梳理，却因为面临退休，后来又动了要回老家建房的念头而耽搁下来。直到这一次，他已经搬入了江景楼，并逐步养成了早晚都要手捧黄卷至临江的阳台上翻一会儿书，与古籍中的往圣先贤晤面之余，又必会独自凭栏，面对七百里资江横前的孟公塘江湾这一汪盈盈碧水发一会儿呆，也还会偶尔扫一眼江景楼左侧的那一棵年轻松树，期望能够与那一对神秘的仙鹤再度相逢并聆听鹤语……但是就在某一次，他正看着江上忽聚忽散的水雾时，偶一抬头，目光却倏地被对岸白羊山山垭上的一缕青烟所牵引，而且数日后，他就在儿子传承的陪同下来到了白羊山山垭上。这不，居然还意外地见到了白老爷子和秦教授，也证实了事情其实还远远超出了他当初的猜测——老爷子居然已经不认识小传了，传灯也差一点没有认出白老爷子来。老爷子原来的一头青丝已经变成了皓首银发，而且还闪烁着光亮，这传灯立马就想到了修炼得成了一团玄光的仙鹤！白老爷子的精神状况和气色却出奇的好，他正蹲在屋档头的一棵绽放出火红石榴的树下看蚂蚁搬家……

怎么会是这样呢？传灯欲问秦教授，但他还是忍住了。

秦老师见了传灯父子，简直像是见了外星人似的，连连说："稀客，稀客呀！"

俄顷，秦教授就从平房的堂屋里端了两条小木凳出来，她示意传灯和传承先坐一会，自己就又去里间给传灯父子俩泡茶。这样的时候，传灯还趁机在打量着周边环境和这一栋小平房的布局，令他想到的却是"世外仙境"这个词。山垭就像是一副马鞍，房子就如同骑在马鞍里，四周有粗硕的古树合围着，挡风遮雨又遮阴，平房不大，却有三进。我想这应该分别为卧室、书房、厨房和饭厅。居中的这间是堂屋，所不同于农村堂屋的是还铺着实木地板，一架传灯曾经听秦教授弹过的钢琴居中摆着，这自然就令他想起了刚才在上山快接近小平房时，听到的像泉水流淌又像簌簌的风声，该不会就是从秦教授指间溢出的琴声吧？

这时，秦教授已经用小茶盘托着茶水出来了，她颇为自豪地说："这是我亲手采摘并制作的明前野山茶，而且还是用苦楝树下面的泉水冲泡的呢，慢慢品哦！"

从秦老师笑盈盈的脸上，还真难得看不出她的实际年龄。传灯津津有味地品着明前野山茶，秦教授也端了一条小木凳坐下了。她娓娓道来说："自那一次老爷子活过来后，就留下了铂金森病的后遗症，眼前发生过的很多事他都已经不记得了，就连我也不认识，更不愿意见外人，还总是一个人自言自语说胡话，并且还要求我把他说的话全都记下来。他总是自责，说自己这一辈子干了太多见不得人的事，也滥杀了不少生灵，包括老鼠、包括鱼、包括那一匹身怀小狐狸的母狐……也说了太多不是人说的话……后来他就一直吵着要回到白羊山去，还要把房子建在挂有他的血肉胞衣的那一棵石榴树旁。这栋小平房是我瞒着他通过县里的同志修建的，还修了一条下山的简易公路。"秦教授接着说："县里的同志为了不引起他怀疑是专门为我们修的公路，还特意在山顶上建了一座移动电话宽带接收塔……"

原来是这样啊！传灯却似乎松了口气说："这或许就是'还至本处'吧！"

告别白老爷子和秦老师，传灯父子俩默默地下山……

俩人回到江景楼，正好太阳就快要落入到白羊山垭上了。

夕照中的那一栋小平房居然像被点亮了一般，整座林子也全都被照亮了……

传灯照例又上了临江的阳台，这一次却破例没有手握黄卷，而是一卷由上海古籍出版社再版的绘画本《唐诗》，信手一翻，便是李白的那一首《独坐敬亭山》：

众鸟高飞尽，孤云独去闲。

相看两不厌，只有敬亭山。

资水汤汤流日月，孟公塘里的盈盈水色却时不时会呈现出一个比一个大的问号，但这不是屈夫子的《天问》，而是七百里资江的《水问》。于此情此景中的传灯，遂想起了另一位古圣人来，口中便喃喃着道，子在川上曰，逝者如斯夫！